KNAUR

Über den Autor

Dr. Andreas Kammel, 1985 am Bodensee geboren, entdeckte schon früh zwei Leidenschaften: die Wissenschaft und das Schreiben. Nach Abitur und Studium generale legte er bei Stephen Hawking an der University of Cambridge seinen Master in Physik ab, ehe er am Max-Planck-Institut in München promovierte.
Seine Begeisterung für die andere, emotionale Seite der »großen Fragen« lebt er derweil durch das Schreiben aus, unter anderem in einer selbstgegründeten Firma für Spielesoftware.
Er wohnt, wenn er nicht gerade für einen seiner Jobs durch die Weltgeschichte reist, mit Partnerin und Hund in München.

ANDREAS KAMMEL

LETZTE ZUFLUCHT

SANCTUARY

THRILLER

KNAUR

Besuchen Sie uns im Internet:
www.knaur.de

FSC
www.fsc.org
MIX
Papier aus verantwortungsvollen Quellen
FSC® C083411

Originalausgabe Juli 2015
Knaur Taschenbuch

Ein Imprint der Verlagsgruppe
Droemer Knaur GmbH & Co. KG, München

Redaktion: Hanka Jobke
Karte: Andreas Kammel
Umschlaggestaltung: ZERO Werbeagentur, München
Umschlagabbildung: FinePic®, München
Satz: Adobe InDesign im Verlag
Druck und Bindung: CPI books GmbH, Leck
ISBN 978-3-426-51524-2

2 4 5 3 1

KAPITEL 1

Christopher starrte auf die fußballgroße, schwarze Kugel, die ein paar Handbreit über dem Abhang schwebte, so, als sei dies das Normalste auf der Welt. Feine Rillen durchzogen ihre Oberfläche und ließen sie im Halbschatten der Mangobäume glitzern. Der Wind frischte auf. Er zeichnete Muster in das hohe Gras der Savanne, doch die Kugel stand noch immer regungslos in der Luft.

Christophers Augenbrauen zogen sich zusammen. Ihm schien es, als wollte ihn an diesem Sonntag die ganze Welt verhöhnen. Widerwillig nur war er Mtoto gefolgt, als das Mädchen vor ein paar Minuten an die Tür seiner Basthütte gehämmert und atemlos von einer schwebenden Kugel berichtet hatte. Christopher hatte das natürlich für Unfug gehalten. Doch da Mtoto eine seiner besten Schülerinnen war, konnte er schlecht nein sagen, selbst wenn der Zeitpunkt ungünstig war. Seine Freundin Max und er hatten sich ein paar vielsagende Blicke zugeworfen, waren Mtoto dann aber in die grelle Nachmittagssonne gefolgt.

Das Mädchen hatte sie aus dem Dorf geführt, vorbei an den Maisfeldern, hin zu einem lichten Mangohain, in dem sie oft mit ihrem Bruder spielte und an dessen Rand sich ein kleiner Bach tief in die Erde eingeschnitten hatte. Der letzte Regenguss hatte hier besonders kräftig gewütet. Die Blätter der Bäume glitzerten, zahlreiche Pfützen sprenkelten den rostroten Boden. In einer von ihnen trieb achtlos der kleine Stoffball, mit dem die Kinder wohl eben noch gespielt hatten.

Ein paar Meter weiter, am Bach, war es zu einem Erdrutsch gekommen. Eine Halde aus Lehmbrocken staute das Schlammwasser hüfthoch auf und hinterließ am Steilufer ein Loch von der Größe eines Kleinwagens. Und just dort schwebte nun diese Kugel, völlig bewegungslos, als wäre sie im Boden vergraben gewesen, bloß darauf wartend, endlich freigelegt zu werden.

Zu viert standen sie an der Abbruchkante: Christopher, Max, Mtoto und ihr Bruder, neun und vierzehn die beiden, jeweils mit einem Azonto, einem neumodischen Mix aus Afro und Rastalocken, der bei Mtoto halb unter einer giftgrünen Baseballkappe verschwand. Sie alle starrten auf das Ding unter ihnen.

Christopher empfand die absolute Ruhe der Kugel als verstörend. Unnatürlich. Beängstigend. Als wollte sie ihn damit provozieren – und sich nebenbei mal eben über die Grundgesetze der Physik lustig machen. Nichts auf der Welt konnte so ruhig in der Luft stehen, erst recht nicht bei diesem Wind. Und dennoch schwebte dieses Ding hier vor ihnen. Vielleicht wurde es ja von hauchdünnen Fäden an Ort und Stelle gehalten? Christopher kniff die Augen zusammen. Er konnte keine erkennen. Er tastete über der Kugel in der Luft herum, stets darauf bedacht, ihr nicht zu nahe zu kommen. Nichts. Oder hatte es etwas mit Magneten zu tun?

Er fragte sich, woher die Kugel überhaupt gekommen war, ausgerechnet hier, im Nirgendwo Südosttansanias.

Aus den Augenwinkeln sah Christopher zu Max hinüber. Ihr brauner Pferdeschwanz wippte hin und her, als sie den Kopf schüttelte, fast unmerklich zunächst, dann immer schneller. Ein Lächeln umspielte ihre Lippen.

»Na, sieh mal einer an«, sagte sie an die beiden Kinder gewandt. »Ihr zwei hattet recht. Das ist tatsächlich eine beeindruckende Entdeckung.«

Christopher war sprachlos. Wie schaffte sie es nur, bei so etwas derart souverän zu bleiben? Zugleich war er von sich selbst überrascht, wie sehr er sie dafür bewunderte.

Mtoto sah empört zu Max hoch. »Natürlich hatten wir recht, Frau M'x.« Sie verschluckte das »ä« in der englischen Aussprache von »Max«, wie es viele Suaheli-Sprecher taten. »Wir würden Sie nie stören, außer es ist was ganz Wichtiges!«

Ihr Bruder beugte sich derweil etwas weiter über die Kante.

Max runzelte die Stirn. »Sei bitte vorsichtig, Kukinga.«

Christopher beobachtete Max eingehender. Sie war normalerweise ganz und gar nicht der Typ, der andere zur Vorsicht mahnte.

Ihre Worte zeigten Wirkung. Widerwillig machte der schlaksige Junge einen Schritt zurück und knabberte dann auf seiner Unterlippe herum, sichtlich bemüht, sein Temperament im Zaum zu halten. Mtoto gab ihm einen Kuss auf die Wange, als wolle sie ihn damit unterstützen. Kukinga ließ es geschehen – völlig untypisch für einen Jungen am Beginn der Pubertät, wie Christopher sie dutzendfach aus seinen Klassen kannte. Christopher wusste allerdings auch, dass die beiden eine besondere Historie hatten. Vor etwa einem Jahr, kurz bevor Max und er New York den Rücken gekehrt hatten, um an dieser kleinen Dorfschule im Herzen Afrikas einen Neuanfang zu wagen, hatten die beiden ihre Eltern verloren – Christophers und Max' Vorgänger im Amt. Seitdem kümmerte sich Kukinga um Mtoto. Er war alles, was sie noch hatte. Und vielleicht war deshalb ihr Verhältnis so innig.

Max schien zu spüren, dass Christopher sie musterte. Sie sah in seine Richtung, doch als sich ihre Blicke trafen, senkte sie rasch den Kopf. Ihr Lächeln verschwand und wurde prompt durch ein anderes, künstliches ersetzt, das vor allem für die Kinder gedacht war, die Traurigkeit in ihren Augen aber nicht verbergen konnte. Christopher zuckte innerlich zusammen. Mit einem Schlag kam alles zurück, was die Kugel zwischenzeitlich verdrängt hatte.

»Herr Christopher?« Mtoto zerrte an einem Zipfel seiner Leinenhose und sah ihn dabei mit großen Augen an. »Was machen wir denn jetzt?«

Obwohl ihm nicht danach zumute war, musste Christopher lachen. Als ob er das wüsste!

Er strich mit Daumen und Zeigefinger durch seinen nicht vorhandenen Bart. »Wir gehen genauso vor, wie ich es euch in der Schule beigebracht habe«, sagte er schließlich mit gespielter Begeisterung. »Wir beobachten und dokumentieren die Kugel jetzt ganz exakt und schauen, ob wir so etwas über sie in Erfahrung bringen können.«

Kukinga stöhnte ein bisschen, aber Mtoto nickte eifrig. Der Anflug eines echten Lächelns huschte über Max' Gesicht. Doch Christopher selbst war ganz und gar nicht wohl zumute. Er beäugte die Kugel. Für einen Moment glaubte er, die Rillen in ihrer Oberfläche pulsieren zu sehen. Christopher kniff die Augen zusammen. Nein, es musste Einbildung gewesen sein. Da war nichts.

Er stemmte seine Hände in die Hüften und schaute zu den beiden Kindern herab. »Noch wissen wir nicht, was es ist. Es könnte giftig sein oder vielleicht so etwas wie eine Mine! Das heißt, ihr werdet das Ding auf gar keinen Fall berühren, versprochen?«

»Versprochen«, sagte Mtoto.

Kukinga sah nicht zu ihm auf, aber auch er nickte.

Max berührte Mtoto leicht an der Schulter. »Komm, wir schauen mal, ob wir in den Lehmbrocken da unten noch andere merkwürdige Dinge finden.«

Max stieg über die Kante und versuchte, mit ihren Sandalen zwischen Erde und Gras etwas Halt zu finden. Mtoto sprang kichernd hinterher. Eine Hand am Abhang, rutschten und kletterten sie die paar Meter bis zu dem kleinen Stausee, der durch den Erdrutsch entstanden war.

Christopher wandte sich an Kukinga. »Und wir beide filmen die Kugel und dokumentieren damit unseren Fund.«

Kukinga rieb sich vor Aufregung die Hände. Christopher kramte nach seinem Smartphone und betätigte den Aufnahmeknopf der Videokamera. Doch als er die Linse auf die Kugel richtete, bemerkte er, dass Kukinga sich einen dünnen, knapp zwei Meter langen Ast geschnappt hatte – und diesen nun mit ausgestrecktem Arm waagerecht über die Kugel hielt, so nah, dass die Spitze des Astes nur ein paar Zentimeter über ihrer Oberfläche schwebte.

»Kukinga!«, rief Christopher.

Aber es war zu spät. Noch bevor die Spitze des Astes sie berührte, gerade in dem Moment, als das rote Aufnahmelicht der Kamera aufleuchtete, veränderte sich die Kugel. Ein gleißender Punkt aus purem Licht brach von innen durch ihre Oberfläche. Am Fuß des Abhangs japste Mtoto auf und verzerrte das Gesicht, als würde ihr die schiere Helligkeit bereits Schmerzen bereiten. Weitere Punkte, dann ganze kleine Bereiche der Kugel begannen zu schimmern und schließlich weiß zu glühen. Unter ständigem Pulsieren breiteten sich diese Flecken weiter aus, wurden kräftiger und vereinigten sich miteinander, so dass letztlich die gesamte Oberfläche blendend hell leuchtete. Innerhalb weniger Augenblicke floss diese Hülle aus purem Licht nun an der Kugel entlang nach unten und sammelte sich dort in einem einzigen Punkt, aus dem unter ohrenbetäubendem Zischen ein gleißender Lichtstrahl in den Boden raste. Sekundenbruchteile später schoss ein zweiter Lichtstrahl von unten aus der Erde hervor und in die Kugel zurück.

Kukinga schrie auf und ließ den Ast fallen. Alle vier machten einen Satz zurück.

Christopher blinzelte. Für einen kurzen Moment war ihm, als würde das Abbild der Welt vor seinen Augen flimmern, als wäre es überlagert von anderen Eindrücken, Bildern, die er nicht einmal ansatzweise identifizieren konnte. Dann kehrte seine normale Sicht zurück.

Die Kugel leuchtete noch einmal hell auf und verlor dann jegliche Textur. Kein Glänzen mehr, keine Spiegelungen, keinerlei erkennbare Oberfläche oder Tiefe. Christopher konnte sich nicht daran erinnern, jemals ein derart reines Schwarz gesehen zu haben. Als söge die Kugel alles Licht in sich auf, erschien sie nun aus jedem Blickwinkel wie eine absolut runde, unglaublich dunkle Scheibe.

Ihr einziger sichtbarer Makel war der Ast, dessen Ende nun wie der Schaft einer schwebenden Fackel in ihr steckte, fast horizontal und ohne jeden Bodenkontakt. Es war ein alberner Anblick: Der Ast war fünfmal so lang wie die Kugel und fast halb so breit, er sollte ihr eigentlich ein erhebliches Übergewicht verleihen. Und doch blieb er an Ort und Stelle.

Kukinga hatte sich als Erster von dem Schock erholt und griff nun nach dem Stück Holz. Trotz Mtotos Protest zog er daran, doch die Kugel gab keinen Millimeter des Astes frei. Erst als Kukinga ihn schob, bewegte er sich und drang tiefer in die Kugel ein, widerstandslos, ohne ein Geräusch, ohne ein Kräuseln ihrer Oberfläche oder sonst eine wahrnehmbare Reaktion. Mit offenem Mund beobachtete Christopher, wie der Ast einige Zentimeter weit in der Kugel verschwand, bis er sich auch in dieser Richtung nicht mehr bewegte – so, als sei er von innen an die andere Seite gestoßen. Nun zog der Junge wieder, doch abermals bewegte sich der Ast keinen Millimeter aus der Kugel heraus. Als hätte sie Widerhaken, als gäbe sie nichts mehr her, was sie einmal erwischt hatte.

Christopher reichte es. Etwas unsanft zog er den Jungen mit einem Arm von der Kugel fort und beäugte bang ihre neue Erscheinungsform.

»Ich wollte den Ast doch überhaupt nicht reinstecken«, verteidigte sich Kukinga. »Nur schauen, was passiert, wenn er der Kugel nahe kommt.«

»Das hast du jedenfalls geschafft«, stöhnte Christopher.

Max und Mtoto kamen hinzu. Auch sie waren baff angesichts der vollkommenen Schwärze, in die sich die Kugel nun verwandelt hatte.

Um sie herum war es still geworden. Das übliche Geschrei der Vögel und das Gezirpe der Insekten waren verstummt.

Auch von den Ziegen, die sonst die wenigen Grasbüschel im Halbschatten der Bäume klein hielten, war nichts zu hören. Nur der Wind raschelte durch die feuchten Blätter über ihnen und wehte einzelne warme Wassertropfen auf ihre Schultern.

Einer der Tropfen fiel auf die Kugel. Mühelos schien er in sie einzudringen – und doch kam er unten nicht mehr aus ihr heraus.

Max' Augen weiteten sich. Christopher kannte diesen Blick.

»O nein«, sagte er, kaum hörbar. »Max, bitte ...«

Doch sie ignorierte ihn. Mit einer Armbewegung wie beim Brustschwimmen schob sie die beiden Kinder ungeachtet derer Proteste hinter sich und machte einen langen Schritt auf die Kugel zu. Direkt an der Abbruchkante ließ sie sich auf alle viere nieder. Christopher folgte ihr, wenn auch zögernd. Erst beim Hinknien bemerkte er, dass er wie in Trance noch immer die Kamera auf die Kugel gerichtet hielt. Er schaltete die Aufnahme aus.

Beide lagen fast ausgestreckt auf dem Boden, nur noch auf ihre Ellbogen abgestützt, keinen halben Meter von der Kugel entfernt. Die Erde unter ihnen fühlte sich merkwürdig an. Dort, wo die Sonne den Lehm durch die lichten Baumkronen hindurch erreichte, hatte sich eine dünne, harte Kruste gebildet, bedeckt von dem allgegenwärtigen roten Staub der Savanne. Der Rest des Bodens war feucht und dampfte in der nachmittäglichen Schwüle. Noch immer hing der Geruch von Regen in der Luft und vermischte sich mit den Aromen von nasser Erde, halb verfaulten Mangos und den allgegenwärtigen Exkrementen der Ziegen. Christopher spürte, wie sich seine Hose mit Schlamm vollsog. Max erging es nicht anders – bloß, dass es ihr nichts auszumachen schien, mit beiden Beinen in einer stinkenden Pfütze zu liegen.

Ihr Brustkorb hob und senkte sich, schwerer als sonst. Sie kniff die Augen zusammen, um irgendetwas auf der Oberfläche der Kugel zu erkennen. Er widerstand dem Impuls, ihr eine

Hand auf den Arm zu legen oder seine Schulter an ihre zu schmiegen.

»Was auch immer das ist«, sagte Max, die Stimme gesenkt, »wenn es uns verletzen wollte, hätte es bereits die Chance dazu gehabt.«

»Wir haben doch gar keine Ahnung, wozu es imstande ist.« Weil Max flüsterte, tat es Christopher auch. »Es könnte alles Mögliche sein.«

Max zuckte mit den Achseln. »Wir können es ja einfach mal fragen.« Sie schmunzelte und winkte dann der Kugel zu. »Hallo! Kannst du uns hören?«

Die Kugel reagierte nicht. Wahrscheinlich hatte auch Max nichts anderes von ihr erwartet, trotzdem jagte sie Christopher damit einen Riesenschrecken ein.

Er funkelte sie an. »Wir müssen vorsichtiger sein, solange wir nicht mehr über das Ding wissen.« Doch dann lächelte er wieder, bemüht, Geborgenheit auszustrahlen. »Bitte, lass in Zukunft mich vorgehen, okay?«

Max sah zu ihm hinüber, die Augen zu Schlitzen verengt. »Du mit deinem selbstgefälligen Grinsen! Du hast heute Morgen auch gar nichts verstanden, oder? Ich brauche keinen Beschützer!«

Christopher wich ihrem Blick aus und fuhr sich ein paarmal durch das strubbelige, viel zu lang gewordene Haar. Angestrengt starrte er auf die Kugel, um nicht Max anschauen zu müssen. Aber je länger er das tat, desto mehr wurde sein Blick von dem merkwürdigen Gegenstand vereinnahmt, desto mehr verspürte er ein instinktives Bedürfnis, ihm näherzukommen. Unsinn. Warum sollte er das tun? Und doch … Er wollte die Kugel ja gar nicht berühren. Nur … ja, was? Sie näher verstehen? Eine gewisse Aura umgab sie schon, diese makellose Schwärze, die regungslos im Raum stand.

Wie in Trance schloss Christopher seine Augen. Ganz langsam bewegte er seine freie Hand nach vorn. Millimeter für

Millimeter näherte er sich der Kugel. Und tatsächlich, er spürte etwas. Ein leichtes Vibrieren vielleicht? Oder ein Summen, ein tausendfaches ... Flüstern? Es war so schwach, dass es genauso gut Einbildung sein konnte, aber es fesselte ihn, band ihn förmlich an die Kugel. Er versuchte, sich mit aller Kraft darauf zu konzentrieren, bis sich plötzlich etwas mit Gewalt um sein Handgelenk schloss. Christopher riss die Augen auf. Es war Max, die mit entsetztem Blick seinen Arm festhielt.

»Was zum Teufel soll das?«, blaffte sie ihn an.

»Ich ...« Er stockte. Seine Hand war nur noch ein paar Zentimeter von der Kugel entfernt. Näher, als er gedacht hatte. Näher, als er ihr hatte kommen wollen. Irgendetwas stimmte hier nicht. Christopher konzentrierte sich, sah weg, blinzelte, sah wieder hin. Zunächst dachte er, seine Augen würden ihm einen Streich spielen. Er blinzelte noch einmal, doch der Eindruck hatte ihn nicht getäuscht. Das Ding hatte sich bewegt!

Wie konnte er das übersehen haben? Die Kugel wurde größer. Ganz langsam, Millimeter für Millimeter, verschluckte sie den Ast, der in sie hineinragte.

»Das Ding wächst«, sagte Max.

Christopher sagte gar nichts, und doch rumorte es in ihm. Er war wütend, wütend auf die Kugel, darauf, dass sie überhaupt existierte, obwohl sie in seinem Weltbild nichts verloren hatte. Und wütend auf Max, weil sie mit dem unerklärlichen Auftreten dieser Kugel, von der er sich bloß verhöhnt fühlte, so viel besser klarkam als er selbst.

»Was ist passiert? Habt ihr was herausgefunden?« Die Kinderstimmen waren für Christophers Geschmack viel zu nahe an seinem Ohr, sprich, zu nahe an der Kugel.

»Geht bitte ein paar Schritte zurück. Was auch immer das Ding hier ist, es wird größer.«

Christopher und Max standen auf. Weitgehend erfolglos versuchten sie, den Schlamm und die Erde von sich abzuschütteln.

Als sie es schließlich aufgaben, war die Kugel wieder merklich gewachsen. Nur noch wenige Zentimeter trennten sie vom Erdboden.

»Schau mal, Herr Christopher«, quietschte Mtoto. Ihr Blick sprang zwischen ihm und der Kugel hin und her. »Das Ding wird immer schneller.«

Christopher ging in die Knie, auf Augenhöhe zu Mtoto. Er versuchte, sein gewinnendstes Lächeln aufzusetzen. »Das kann sein. Aber weißt du was? Du brauchst dir keine Sorgen zu machen.« Er nahm ihr die Baseballkappe vom Kopf, begutachtete das Logo, ohne es sich wirklich anzuschauen, wuschelte durch ihre wilden Locken und setzte ihr die Kappe wieder auf. »Wir kriegen schon noch raus, was es damit auf sich hat.«

Er warf unauffällig einen Blick zurück zur Kugel. In der Tat, das Ding schien sich ein kleines bisschen schneller auszudehnen als noch vor einer halben Minute.

Er wagte es nicht, Max anzusehen. Stattdessen blickte er leicht an ihr vorbei. »Pass bitte auf die Kinder auf, okay? Ich gebe im Dorf Bescheid, was hier los ist.« Christopher räusperte sich. »Wenn das überhaupt möglich ist.«

Dann reichte er Max sein Handy, noch immer bemüht, ihrem fragenden Blick auszuweichen, und joggte los.

»Was zum …?« Christopher traute seinen Augen kaum.

Schon auf dem staubigen Pfad an den Maisfeldern entlang, noch Hunderte Meter von Max und den Kindern entfernt, hatte er sich eingebildet, etwas Dunkles unter den Mangobäumen zu erkennen. Als er sich dem Hain näherte, eine Reihe von Leuten aus dem Dorf im Schlepptau, schlug dieser Eindruck in Gewissheit um. Keine zehn Minuten war er weg gewesen, doch die Kugel – die Hälfte von ihr, die noch aus dem Boden ragte – hatte sich in dieser Zeit enorm aufgebläht und wie eine gigantische Blase aus Pech Kukingas Ast längst vollständig verschluckt. Wie hoch mochte sie mittlerweile sein, acht Meter, zehn? Es fehlte nicht mehr viel, und ihre Kuppe würde bis an die ersten Zweige der Mangobäume heranreichen.

Max stand etwas abseits, die Kinder im Arm, und sah dem Treiben einfach nur zu. Neben der Blase wirkte sie noch kleiner als sonst. Christopher legte die letzten hundert Meter im Laufschritt zurück.

»Was ist passiert?«

»Nun, das Ding ist größer geworden«, sagte sie lakonisch. Vielleicht ließ sie sich nur aufgrund der Kinder nichts anmerken, aber besonders geschockt wirkte sie nicht. Besonders begeistert aber auch nicht.

Mtoto hingegen war ausgesprochen nervös. Sie zappelte und flutschte schließlich aus Max' Griff, um auf Christopher zuzulaufen. »Herr Christopher, was tun wir denn jetzt?«

Christopher atmete tief aus. Wie sollte er das wissen?

»Ich fürchte, es gibt nicht viel, was wir tun können«, sagte er. »Wir können beobachten, was weiter passiert. Und wir können Leuten Bescheid geben, die vielleicht mehr davon verstehen als wir.«

»Du meinst Nkombe?«

Nkombe war der Bürgermeister ihres Dorfes. Auch wenn das Wort Stammeshäuptling wohl besser passte.

»Nein, Nkombe ist gerade unterwegs. Und ich fürchte, auch er weiß nicht genug von solchen Dingen. Dafür brauchen wir echte Wissenschaftler.«

»Also Amerikaner, so wie du?«

Christopher lachte, unterbrach sich aber sofort, als er sah, wie grimmig ihn Mtoto anblickte. »Tut mir leid, ich wollte dich nicht auslachen. Nicht alle Amerikaner sind Wissenschaftler. Genau genommen die wenigsten. Ich bin ja auch keiner. Wenn ich von Wissenschaftlern rede, denke ich eher an Leute von der Universität von Nairobi. Nur brauchen wir dafür ein Satellitentelefon, ich bekomme nämlich selbst im Dorf keinen Empfang.« Christopher grinste schief und versuchte damit, die Sorgen zu überspielen, die sich ihm immer tiefer in die Mundwinkel gruben. »Wahrscheinlich ist mal wieder die Palme ausgefallen.«

Besagte Palme war der höchste Baum im Dorf, den sie als Mobilfunkmast missbrauchten, weil ein echter Mast zu teuer gewesen wäre.

Hinter Christopher stieg der Lautstärkepegel abrupt an. Er schaute über seine Schulter; die ersten Dorfbewohner hatten die Blase erreicht. Sie unterhielten sich aufgeregt, wahrten aber trotz ihrer Verblüffung einen respektvollen Abstand von dem Ding. Einer ging kopfschüttelnd im Halbkreis um es herum, andere liefen schnurstracks auf Max zu, wahrscheinlich, um sich erklären zu lassen, was hier vor sich ging.

»Entschuldigt mich bitte. Ich versuche mal, an das Telefon ranzukommen.« Christopher schritt einem nicht mehr ganz jungen Mann mit breiten Schultern und noch breiterem Bauch entgegen, der gerade mit einer großen Kiste in den Armen auf ihn zukam, einer Last, an der er außerordentlich schwer zu tragen schien. Christopher erkannte ihn sofort am Gang – so träge bewegte sich nur Mhubiri, der Hausmeister ihrer Dorfschule. Wenigstens hatte der Anblick der Blase das ewig zufriedene Grinsen aus seinem Gesicht vertrieben, bei dem Christopher immer den Eindruck bekam, Mhubiri wisse etwas, das er nicht wusste. Christopher eilte ihm zu Hilfe und nahm ihm die Kiste aus den Händen. So schwer war sie eigentlich nicht. Trotzdem keuchte Mhubiri.

Christopher brauchte eine gefühlte Ewigkeit, um zu verstehen, was der Mann murmelte: »Hab die Instrumente, die du wolltest.« Oder so etwas Ähnliches. Sobald die Leute kein reines Suaheli mehr benutzten, sondern es mit ihren Stammessprachen vermengten, stieg Christopher aus. Er war schon froh, dass er wenigstens die Hochsprache beherrschte, gut genug zumindest, um den Kindern damit Englisch beizubringen.

»Danke«, sagte Christopher. Dann legte er Mhubiri einen Arm um die Schulter und führte ihn etwas von den anderen fort. Er senkte die Stimme. »Mhubiri, kannst du mir einen Gefallen tun?«

Der Mann runzelte die Stirn.

»Ich möchte, dass du zurück ins Dorf läufst und mit dem Satellitentelefon von Nkombe – sofern er es dagelassen hat – die Universität von Nairobi anrufst. Lass dir am besten Professor Solomon Haki aus dem Physikdepartment geben und beschreibe ihm ganz genau, was hier vor sich geht. Und erzähl ihm auch, dass dieses Ding immer schneller wächst! Wenn er dir nicht glaubt, dann sag ihm, dass ich dich geschickt habe.«

Mhubiri zögerte kurz, als müsse er das Gehörte erst verarbeiten. Dann nickte er und wandte sich zum Gehen.

»Ach, eines noch: Versuch, die Behörden zu alarmieren. Ich weiß nicht, wen du da am besten anrufst, aber schau, dass du sie davon überzeugt bekommst, dass hier etwas passiert, das sie sich unbedingt ansehen müssen. Völlig gleich, wie du das anstellst!«

Mhubiri nickte und lief dann los.

Christopher warf einen verstohlenen Blick zu Max, doch sie war gut damit beschäftigt, einem Pulk von Dorfbewohnern ihre Beobachtungen zu schildern. Mtoto und Kukinga unterstützten sie dabei mit wilden Armbewegungen. Christopher huschte ein Lächeln übers Gesicht. Die beiden Kinder schienen in ihrer Rolle als Erzähler voll aufzugehen.

Christopher nutzte die Chance. Er kniete sich hin und öffnete die Kiste. In ihr lag der Stolz seiner Schule: die wissenschaftlichen Instrumente. Doch keines von ihnen schien dazu zu taugen, diesem Ding auf den Grund zu gehen: ein langes Maßband, eine Stoppuhr, ein Fernrohr, ein verrostetes Strommessgerät, eine Wetterstation mit Luftdruckmesser und Thermometer sowie ein alter Geigerzähler sowjetischer Bauart, der wahrscheinlich bereits Sammlerwert hatte.

Ein Geigerzähler! Christopher lief es kalt den Rücken hinunter. Daran hatte er überhaupt nicht gedacht. Was, wenn diese

Blase radioaktiv war? Der Lichtblitz vorhin, war das vielleicht der Beginn einer Kettenreaktion gewesen? Was, wenn sie alle längst verstrahlt waren? Christopher wurde schwindelig. Er griff mit zitternden Händen nach dem Gerät, auch wenn er keine Ahnung hatte, wie man es bediente. Max hätte damit sicher keine Schwierigkeiten, aber er wollte sie nicht beunruhigen, solange es nicht ein falscher Alarm sein konnte. Er drehte das Rohr in seinen Händen hin und her, bis er den einzigen Schalter fand und ihn mit klammen Fingern betätigte. Tack. Tacktack. Tack. Der Geigerzähler schien noch zu funktionieren.

Christopher hielt ihn auf die Erde. Der Abstand zwischen den Geräuschen blieb derselbe. Dann atmete er tief ein und versuchte, den Zähler so unauffällig wie möglich auf die Blase zu richten. Tack. Tack. Tacktack. Kein Trrrrrrr, kein Rattern. Er zielte noch einmal neu, doch wenn überhaupt, dann schlug der Geigerzähler sogar weniger an als zuvor. Mit einem Pfeifen ließ Christopher die Luft zwischen seinen Zähnen entweichen. Sein Körper entspannte sich.

Er rief nach Max und winkte sie zu sich. Sie sah ihn fragend an, wühlte sich dann aber durch die Menschentraube, die sich um sie und die beiden Kinder gebildet hatte.

»Ja?«, fragte sie, als sie sich neben ihn auf den Boden setzte.

Christopher drückte ihr den Geigerzähler in die Hand. Sie richtete das Gerät ohne zu zögern auf die Blase, dann auf sich selbst. Etwa ein- bis zweimal in der Sekunde knackte es, nicht mehr.

»Wenigstens eine gute Nachricht«, seufzte sie. »Das hätte uns gerade noch gefehlt.«

Sie sah sich um, dann beugte sie sich zu ihm. »Die Ausbreitung von diesem Ding macht mir Sorgen«, flüsterte sie ihm ins Ohr. »Ich will hier keine Panik schüren, aber das Ding wird immer schneller.« Sie deutete hinter sich, wo die Kugel fast ortsfest schien. »Mittlerweile ist es schon deutlich mehr als ein Meter in der Minute.«

Christopher riss die Augen auf. »Ein Meter?!«

Ein paar der Leute drehten sich zu ihnen um. Sonderlich besorgt wirkten sie allerdings nicht.

»Hast du …?« Max sah mit gerunzelter Stirn zu den Dorfbewohnern hinüber.

Christopher nickte. »Sie sind gewarnt. Ich habe ihnen strikt verboten, sich der Kugel zu nähern. Oder Blase, oder was auch immer das ist.« Er sah an Max vorbei. Zwei junge Männer bückten sich gerade nach kleinen Steinen, die sie dann mit voller Gewalt in das Ding pfefferten. Geräuschlos verschwanden die Kiesel in der Schwärze. Ein dritter näherte sich mit einem Ast.

»Hey!«, rief Christopher ihnen zu. »Was habe ich gesagt? Lasst den Mist!«

Die Männer maulten ein bisschen und warfen ihm feindselige Blicke zu, gesellten sich dann aber zu Christophers Überraschung tatsächlich wieder zu der Gruppe rund um Mtoto.

Max fuhr sich mit den Händen übers Gesicht und massierte sich die Schläfen. »Egal was es ist, wir sollten dringend herausfinden, wie rasch sich seine Wachstumsgeschwindigkeit erhöht.«

»Und wie sollen wir das anstellen?«

»Damit«, sagte sie und holte die Maßbandrolle aus der Kiste. »Und damit.« Sie kramte Christophers Handy aus ihrer Tasche.

Ohne ein weiteres Wort lief Max auf die Blase zu und beschwerte dort den Anfang des Maßbands mit einem Stein. Dann rollte sie das Band so sorgfältig wie möglich in gerader Linie ab.

»Zwanzig Meter«, sagte sie zu Christopher, als sie wieder bei ihm angekommen war. »Das reicht hoffentlich.«

Sie scheuchte ihn in Richtung Blase. »Du gibst mir alle fünfundzwanzig Zentimeter ein Zeichen. Danach messe ich mit deinem Handy die verstrichene Zeit. Und dann sehen wir ja, wie sich die Geschwindigkeit entwickelt.«

Christopher war von ihrem Plan nicht überzeugt – und erst recht nicht darauf erpicht, sich für das Ablesen der Entfernungsmarkierungen so nahe an dem Ding aufzuhalten –, aber er tat, was sie sagte.

Entsprechend penibel achtete er darauf, dass die Blase nie näher als einen halben Meter an ihn herankam, und verdrängte die merkwürdigen Gefühle, die er in ihrer Nähe gelegentlich zu spüren glaubte. Ab und an musste er einen kleinen Schritt zurück machen, um den Abstand wiederherzustellen. Die Blase kümmerte das nicht. Sie kroch mit einer unnatürlichen Gleichmäßigkeit am Boden entlang und fraß das Maßband Strich für Strich auf, völlig geräuschlos und unspektakulär.

»Jetzt«, rief Christopher, als der nächste Viertelmeter erreicht war.

Einige Zentimeter kam die Blase in jeder Sekunde voran. Zwischen den Messpunkten blieb ihm etwas Zeit, sich umzusehen. Ein paar der Dorfbewohner schauten Max und ihm belustigt oder mit unverhohlener Neugierde zu, andere hatten sich einige Meter von dem ganzen Spektakel entfernt und diskutierten mit gesenkten Stimmen. Unter ihnen waren auch die drei Rabauken von eben. Christopher warf ihnen einen Blick zu, von dem er hoffte, dass er sie stark genug einschüchtern würde, um weitere Dummheiten zu unterlassen.

»Jetzt!«

Die meisten Menschen jedoch, gerade die immer zahlreicher werdenden Neuankömmlinge, standen noch immer um die beiden Kinder herum und lauschten ihren Berichten, die sie in ihrer Stammessprache vortrugen. Hoffentlich, dachte Christopher, erzählt Kukinga nicht zu viel von dem Ast, mit dem er sich dem Ding genähert hatte. Nicht, dass sie den Jungen am Ende noch für das Ganze verantwortlich machen!

Er erhaschte einen Blick auf die Männer, die direkt vor Mtoto und Kukinga standen. Sie wirkten verwirrt und vielleicht auch ein bisschen verängstigt, hörten aber ohne Drängen zu, sichtlich bemüht, das Unbegreifliche zu verstehen. Es machte nicht den Anschein, als hätten die beiden Kinder irgendetwas zu befürchten. Zumindest nicht von den Männern …

»Jetzt!«

Christopher strich sich eine Strähne aus der Stirn. Der Wind war merklich stärker geworden. Dunkle Wolken zogen dicht über dem Horizont heran. Die Blätter über ihm begannen wieder zu rascheln. Christopher richtete den Blick nach oben. Obwohl sie in gut zehn Metern Höhe hängen mochten, hatte die Blase die ersten Äste der Baumkronen erreicht. Eine besonders starke Bö drückte einen Ast, dicht beladen mit überreifen Mangos, die wie Glocken an ihm hin und her schwangen, tief in die Blase hinein. Die Bö ließ bald wieder nach, doch der Ast schwang nicht mehr zurück. Wie angeklebt verharrte er in seiner neuen Position.

»Jetzt!«

Für einen Moment setzte der Wind aus, die Blätter in den Bäumen kamen zur Ruhe. Und doch wehte noch eine Brise, ganz schwach, aber sehr gleichmäßig. Christopher spürte sie, wenn er seine Hand nahe genug an die Blase hielt. Dieser Wind unterschied sich von den Böen, die chaotisch um ihn herumgewirbelt hatten, er war konstant auf die Blase gerichtet, so, als würde stets ein kleines bisschen Luft in sie hineinströmen.

»Jetzt!«

Kaum, dass er Max von Neuem zugerufen hatte, spürte Christopher erst ein Kitzeln und dann einen Stich an seinem rechten großen Zeh. Er schaute hinab und sah, wie unzählige Termiten in zwei, drei großen Strömen kreuz und quer über seinen Fuß flüchteten, manche von der Blase fort, manche aber auch direkt auf sie zu. Fluchend sprang er auf und ab, bis er den Großteil der Tiere losgeworden war. Er klopfte seine Sandale aus und blickte dann dem Rest der Ströme hinterher. Verdammt! Wo waren die alle hergekommen? Es sah fast so aus, als wäre ein ganzer Termitenhaufen auf der Flucht.

»Jetzt!«

Beinahe hätte er seinen Einsatz verpasst. Verdammt, die Blase wurde tatsächlich schneller. Deutlich schneller ...

Einige Dutzend Rufe und eine gefühlte Verdoppelung der Ausbreitungsgeschwindigkeit später – die ersten Mangobäume waren vollends in der Blase verschwunden – winkte Max ihn zu sich. Falten hatten sich auf ihrer Stirn gebildet. Trotz ihrer braungebrannten Haut sah sie bleich aus.

»Alles okay?«, fragte Christopher, als er vor ihr stand.

Sie reichte ihm das Handy. »Guck dir das an.«

Christopher nahm das Gerät in seine linke Hand, und beschattete es mit seiner rechten, um vom Display ablesen zu können.

Max deutete auf eine Reihe von etwa vierzig Balken, die nach rechts rasch größer wurden. »Das sind die aus den gemessenen Zeiten berechneten Geschwindigkeiten, eine nach der anderen aufgetragen. Jeder Balken ist ein Messwert.«

Christopher beugte sich über das Gerät. Die Balken waren sauber nebeneinander aufgereiht. Jeder war ein Stückchen höher als der vorhergehende, auch wenn diese Höhenunterschiede bei den späteren Messwerten etwas kleiner zu werden schienen.

Max zeigte auf die linke untere Ecke. »Für den Nullpunkt habe ich einfach die Anfangszeit von deinem Handyvideo genommen. Den Moment, als sich die Blase verändert hat.«

Christopher nickte. »Und die rote Linie hier, die die höchsten Punkte der Balken miteinander verbindet und nach dem letzten Balken weiter ansteigt?«

»Das ist die Kurve, die das Programm aus den ganzen Messwerten berechnet hat.«

Christopher nahm sich Zeit, noch einmal genauer hinzusehen. Diese sogenannte Kurve war eher eine steil ansteigende Gerade. Nur ein kleines bisschen schien sich die Entwicklung im Laufe der Zeit abzuflachen.

»Was du siehst, ist quasi eine Prognose«, erklärte Max, »für die zukünftige Geschwindigkeit.«

»Das ist mir durchaus klar«, sagte er, bemüht, sich seinen Ärger nicht anmerken zu lassen, und zoomte mit Daumen und Zeigefinger aus der Grafik heraus. Der Trend setzte sich fort. Die Geschwindigkeitskurve wurde immer flacher und mündete, nachdem er abermals herauszoomte, in eine konstante Höchstgeschwindigkeit – bei viel zu hohen Werten.

»Und du bist dir damit sicher?«, fragte Christopher. Worauf hoffte er eigentlich? Darauf, dass Max ihn anlog?

»Ja, ich bin mir sicher.« Sie wagte nicht, ihn anzusehen. »Die Blase wird von Minute zu Minute schneller. Deutlich schneller. Wenigstens scheint sie auf eine Höchstgeschwindigkeit zuzusteuern.« Die Lehrerin in Max erwachte. Ihre Aussprache wurde ruhiger, akzentuierter. Sie hob ihren Blick. »Stell dir einen Autofahrer vor, der voll aufs Gaspedal tritt. Das Auto wird am Anfang sehr rasch an Tempo gewinnen, aber dann tut es sich immer schwerer, noch schneller zu werden, obwohl der Fahrer das Gaspedal weiterhin voll durchdrückt. Irgendwann ist eben ein Maximum erreicht.«

»Und bei der Blase verhält es sich genauso?«

Max sagte nichts. Sie nickte bloß.

»Dann ist, neben dem Fahrer des Wagens, die alles entscheidende Frage …«

»… die nach dem Wert seiner Höchstgeschwindigkeit«, vollendete Max den Satz.

Christopher suchte auf dem Display seines Handys nach dem Höchstwert der roten Linie. Er fuhr mit dem Finger nach links, zur Achsenbeschriftung. In seinem Hals bildete sich ein Kloß. 1,6 Meter pro Sekunde. Das waren fast sechs Kilometer in der Stunde. Mehr als Schrittgeschwindigkeit.

Er versuchte, nicht daran zu denken, wie dieses Ding aussehen würde, wenn es mit sechs Stundenkilometern auf ihn zukäme.

»Das ist natürlich mit Unsicherheiten verbunden.« Max' Stimme klang belegt. Sie wusste genauso gut wie er, dass das nur ein theoretisches Argument war. Dass diese Unsicherheiten das Endergebnis nicht wesentlich beeinflussen würden, es vielleicht nur noch katastrophaler machten.

Was klar war, jenseits aller Messfehler: Solange sich nicht etwas Fundamentales an der Blase änderte, würde dieses Ding schon bald unangenehm schnell werden. Christopher und Max sahen einander an. Max' allgegenwärtiger Optimismus war aus ihren Augen verschwunden. Als wäre etwas in ihr zerbrochen.

Christopher musste den Blick abwenden. Benommen schaute er in Richtung der Dorfbewohner, von denen die meisten noch immer zwischen ihm und der Blase beisammenstanden, manche ängstlich oder unsicher, andere äußerlich unbeeindruckt. Einer schien gerade einen Witz gemacht zu haben. Einige der Männer lachten.

Christopher fühlte sich ihnen so fern wie nie zuvor. Zeitgleich mit Max richtete er den Blick nach oben, zum höchsten Punkt dieser mehr als baumgroßen, pechschwarzen Barriere, die unaufhaltsam näher rückte. Und er fühlte sich auf einmal unendlich klein.

Plötzlich ging ein Raunen durch die Menge. Dann ein Schrei. Christopher war schlagartig hellwach. Das war Mtotos Stimme! Doch er konnte sie nicht sehen. Er rannte auf die Gruppe zu, dicht gefolgt von Max.

»Was ist los?«, schrie er. Niemand antwortete ihm, alle riefen durcheinander und deuteten auf diese Blase … diese schwarze *Wand*. Christopher kämpfte sich einen Weg durch die Menge und stieß zwei Frauen unsanft beiseite. Endlich hatte er freien Blick auf das Geschehen dahinter.

»Kukinga?« Christophers Augen weiteten sich. »Kukinga!«

Der Junge lag ausgestreckt auf dem Boden, die rechte Hand um einen kleinen Stoffball geschlossen, die linke in die Erde gekrallt, Panik in seinen Augen. Mtoto kniete neben ihm und zerrte unter Tränen an seiner Schulter. Christopher wurde auf einen Schlag eiskalt. Das linke Bein des Jungen steckte bis zum Unterschenkel in der Wand … und verschwand jede Sekunde tiefer in der Schwärze.

KAPITEL 2

Ein Lächeln umspielte Catherines Lippen, als sie auf die Uhr sah. Kurz vor sieben, an einem Sonntag. Ganz Washington, D. C., schlief noch, doch sie selbst war schon wieder fit. Und das nach einer *solchen* Nacht. Hastig stieß sie ihre Decke auf die andere, stets ordentlich bezogene Seite des Doppelbetts, um nicht in Versuchung zu geraten, sich noch einmal umzudrehen.

Nur in ihren dünnen Morgenmantel gehüllt, die Balkontür weit aufgerissen, um die erquickende Frische des Frühsommermorgens hereinzulassen, setzte sie sich vor die Bildschirmreihe, die eine ganze Wand in ihrem ansonsten spärlich eingerichteten Loft einnahm. Ihre Kommandozentrale, wie Besucher es gern nannten – wenn sie denn mal welche hatte.

Catherines Finger flogen über die Tasten, gaben hundertfach geübte Zeichenfolgen ein. Eine Reihe von tristen, schwarzen Konsolen trat an die Stelle der farbenfrohen Hintergrundbilder ihres Systems. Catherine tippte ihre Anmeldedaten ein, steckte den Ausweis des Department of Defense in den dafür vorgesehenen Schlitz an einer kleinen Box auf ihrem Schreibtisch und wartete auf ihre Authentifizierung. Weiße Buchstaben- und Zahlenkolonnen wanderten Zeile für Zeile über ihren Hauptbildschirm.

Catherine lehnte sich zurück. Der kalte Rauchgeruch in ihren Haaren wich dem Duft frisch gemahlener Kaffeebohnen, als die Maschine neben ihr zu zischen begann. Auf den drei Monitoren vor ihr bauten sich derweil zahllose Fenster auf, in denen Streifen für Streifen Aufnahmen von Spionagesatelliten aus aller Welt erschienen. Falschfarbenbilder der Vegetation auf Luzon, der größten Insel der Philippinen. Infrarotaufnahmen des nächtlichen Peru. Turkmenistan. Marokko. Projekte, an denen sie mitgearbeitet hatte, oder die sie noch begleitete.

Catherine nippte an ihrem Cappuccino. Ihr zentraler Bildschirm zeigte nun Satellitenbilder aus der Rub al-Khali, einer Wüste im Südosten Saudi-Arabiens, in der – so hatte sie Freitagnachmittag erfahren – die US Air Force eine geheime Drohnenbasis errichten wollte. Catherines Auftrag war es nun, den perfekten Ort dafür zu finden; eine Position, die sowohl gut zu versorgen als auch leicht zu verbergen sein musste. Dies war Catherines bislang wichtigster Job – auch unter moralischen Gesichtspunkten. Immerhin sollten in ein, zwei Jahren von dieser Basis aus Offensiven auf Terrorzellen im Jemen starten. Angriffe, bei denen Kollateralschäden nicht immer auszuschließen waren, ganz zu schweigen von dem neuerlichen Hass auf Amerika, der damit geschürt werden würde.

Zumindest wären dies die Argumente, die Christopher jetzt anbringen würde … Catherine war froh, dass ihr Ex nichts von diesem Auftrag wusste. Er würde sie dafür verachten, den Job überhaupt in Erwägung zu ziehen. Auch Catherine hatte zunächst geschluckt, das Angebot aber dennoch angenommen. Unterm Strich war sie davon überzeugt, dass diese Angriffe mehr Leben retten als kosten würden. Und nicht zuletzt war es einfach die größte und spannendste planerische Herausforderung, der sie bislang gegenübergestanden hatte – was auch einer der Gründe war, weshalb sie sich schon am Wochenende darauf stürzte, obwohl das selbst im Pentagon niemand erwartete.

Catherine nahm einen weiteren Schluck aus ihrer Tasse und schaltete mit ein paar Klicks stoßweise neue Informationsebenen dazu. Geländeneigung, Wind- und Temperaturverhältnisse, Bodenbeschaffenheit, Vegetation. Das Satellitenbild wurde von so vielen Schraffuren und Farbebenen überlagert, dass ein Laie bestenfalls noch moderne Kunst darin erkannt hätte.

Plötzlich stockte Catherine. Sie ließ Maus und Tastatur los. Irgendetwas war nicht in Ordnung. Noch war sie sich nicht sicher, was es war. Es war mehr eine Ahnung. Irgendetwas am Rande ihrer bewussten Wahrnehmung. Sie ließ ihren Blick über die Bildschirme gleiten, bis er schließlich an dem linken Monitor hängen blieb. Fenster für Fenster überprüfte sie, was er anzeigte.

Da! Da war es. In der linken unteren Ecke. Ein einfaches Wärmebild des nächtlichen Pazifiks südlich von Hawaii, komplett in Schwarzweiß gehalten.

Auf Hawaii hatte die Morgendämmerung gerade erst begonnen. Das Land war über Nacht auf knapp zwanzig Grad Celsius ausgekühlt, während der Ozean der Skala zufolge noch immer sechsundzwanzig Grad warm war. Entsprechend dunkel erschien er auf den Infrarotbildern.

Catherine erkannte sofort die Ostküste von Big Island links oben in der Infrarotaufnahme, ein hellgrauer Streifen, der sich merklich vom wärmeren, dunkelgrau dargestellten Meer ringsherum abhob.

Doch das war nicht das Problem. Der *andere* hellgraue Streifen war es.

Er war gigantisch. Das gesamte untere Drittel des Satellitenbildes, eine Fläche weit größer als die Hawaiis, war in verschiedene, helle Grautöne getaucht, die innerhalb der Fläche fließend ineinander übergingen, sich aber an ihrem sanft geschwungenen Rand scharf von dem monotonen Dunkelgrau des Pazifiks abhoben. Wolken konnten es nicht sein, dafür waren die Temperaturen in dem Streifen zu hoch und die Strukturen zu ungleichmäßig. Catherine vermutete eher eine abstruse Sensorstörung, wahrscheinlich durch einen kleinen Sonnensturm. Das kam schon mal vor.

Catherine öffnete ein anderes Fenster. Die Sonnenaktivität lag praktisch bei null. Sie spürte, wie sich ihre Rückenmuskulatur anspannte, wie sie sich noch aufrechter setzte und mit ihrem Bürostuhl näher an die Bildschirme heranrollte. Das konnte nur ein Fehler in der Bildauswertung sein. Eine Störung im System. Bestenfalls ein dummer Scherz eines Programmierers.

Sie tippte eine Reihe von Befehlen in ihre Konsole, rief die Daten anderer Satelliten ab. Das aktuelle Übersichtsbild aus der Region war eine achtundfünfzig Minuten alte Aufnahme des zivilen Geostationary Operational Environmental Satellite, kurz GOES 15, eines Wettersatelliten, der ebenfalls im Infrarotband arbeitete. Catherine zoomte in das Bild und wählte zur besseren Vergleichbarkeit denselben Ausschnitt wie eben. Keinerlei Ungewöhnlichkeiten. Trotzdem wagte Catherine nicht, sich zu entspannen. Erst wollte sie die nächste Aktualisierung von GOES 15 abwarten.

Das würde nicht allzu lange dauern. Der Satellit befand sich im geostationären Orbit, so weit von der Erde entfernt, dass er ortsfest über einem Punkt schwebte und in vergleichsweise kurzen Abständen von stets demselben Bereich Bilder an die Bodenstation sandte. Im Fall von GOES 15 geschah dies einmal jede volle Stunde. In ein paar Augenblicken würde Catherine also mehr wissen.

Sieben Uhr. Die neue Aufnahme baute sich auf, Block für Block, derselbe Bereich wie eben. Catherine stockte. Da war es wieder. Am gleichen Ort, mitten im Ostpazifik, einige hundert Kilometer südlich von Hawaii. Verschiedene Grautöne, scharf abgegrenzt von dem einheitlichen, dunkleren Anthrazit des Ozeans. Also kein Scherz. Der hellgraue Bereich war nun sogar noch größer, umfasste fast die Hälfte des Bildausschnitts. Catherine zoomte zurück zum Übersichtsbild. Ihre Augen weiteten sich. Der hellgraue Streifen stellte nur einen winzigen Teil einer weit umfassenderen, perfekt runden Anomalie dar. Das Gebilde war riesig, mehr als siebenhundert Kilometer im Durchmesser, gut die doppelte Größe von Texas.

An ihren Cappuccino dachte Catherine längst nicht mehr. Während der zu ihrer Linken langsam abkühlte, rief sie die Umlaufbahnen einer ganzen Phalanx von Spionagesatelliten ab, die derzeit den Pazifik überflogen. Allerdings waren diese militärischen Spähaugen auf eine möglichst hohe räumliche

Auflösung ausgelegt, was bedeutete, dass sie zu nahe über der Erde kreisten, um stationär über einem Punkt bleiben zu können. Neunzig Minuten dauerte typischerweise jeder Umlauf, doch bis sie genau über der Stelle schwebten, die einen Beobachter gerade interessierte, musste dieser meist deutlich länger warten. Catherines Hoffnung lag daher in der schieren Menge an Satelliten, die dort draußen kreisten.

Die Liste erschien. Catherine verzog das Gesicht. Es würde fast eine halbe Stunde dauern, ehe ein weiterer hochauflösender Satellit wieder über demselben Gebiet kreuzte. Bis dahin war sie auf die Aufnahmen von GOES 15 angewiesen, sofern sie noch weitere finden konnte. Doch zu ihrem Glück lagen auf dem Server nicht nur die offiziellen stündlichen Aufnahmen, sondern noch weitere, unaufbereitete Bilder, die im Fünfzehn-Minuten-Takt gemacht worden waren.

Sie klickte sich durch das Archiv. Vor einer Dreiviertelstunde – Viertel nach zehn Weltzeit, also Viertel nach sechs Washingtoner Zeit –: keine Auffälligkeiten. Ebenso um halb sieben. Vielleicht war es doch nur eine Reflexion. Oder tatsächlich eine Störung im Auswertungssystem. So etwas konnte in einer außergewöhnlichen Situation durchaus auch zwei Satelliten betreffen. Immerhin war die Anomalie perfekt rund; das bestärkte den Verdacht, dass es sich hierbei um einen künstlichen Effekt handelte.

Doch dann lud das Bild von Viertel vor sieben, und Catherine wurde schlagartig bewusst, dass es sich nicht um einen einfachen Fehler handeln konnte. Dieselben Strukturen mitten im Ozean, dieselben Grautöne wie auf den Aufnahmen eine Viertelstunde später, nur etwa auf den halben Durchmesser beschränkt.

Catherines Gedanken rasten. Was auch immer sie da beobachtete, es war innerhalb einer Viertelstunde in allen Richtungen um fast dreihundert Kilometer gewachsen. Dreihundert Kilometer in fünfzehn Minuten! Das entsprach beinahe der

Schallgeschwindigkeit. Und dabei waren die Strukturen im inneren Teil dieselben geblieben. Das Ding hatte sich also nicht einfach aufgebläht, wie man es vielleicht bei einer technischen Störung vermuten mochte – es war eindeutig gewachsen.

Catherines Augen musterten die drei Bilder, die sie von der Anomalie hatte: das des Spionagesatelliten von 6.57 Uhr. Die beiden von GOES 15, von 6.45 Uhr und 7.00 Uhr. Catherine montierte die Aufnahmen notdürftig übereinander. Die Entwicklungsgeschwindigkeit war frappierend. Und dabei lag das Epizentrum, wenn man den Mittelpunkt dieser scheibenförmigen Anomalie so nennen konnte, nur etwas mehr als eintausend Kilometer südöstlich von Hawaii. Wenn sich die Anomalie weiter so schnell ausbreitete, würde sie die Insel in fünfzehn Minuten erreichen. Catherine zwang sich, ruhig zu bleiben, kontrolliert ein- und auszuatmen. Sollte sie jemanden warnen? Wenn ja, wen? Die Behörden auf Hawaii, an einem Sonntag, um zwei Uhr nachts Ortszeit? Ihren Vorgesetzten?

Und wovor genau sollte sie warnen, einem hellgrauen Fleck auf einem Infrarotbild, der sich fast mit Schallgeschwindigkeit über den Pazifik ausbreitete? Fernab aller Schifffahrtsrouten, fernab der Zivilisation?

Sie brauchte dringend mehr Daten. Für eine Sekunde schloss sie die Augen. Da! Ein neues Bild traf ein, viel früher als erwartet. Ganz offenbar konzentrierte die Leitstelle von GOES 15 jetzt die volle Bandbreite des Satelliten auf den entscheidenden Bereich zwischen Hawaii und den Osterinseln. Catherine zoomte gerade hinein, als sich das Bild erneut aktualisierte. Sie stockte. Zum ersten Mal wich das Objekt von seiner perfekt runden Form ab. An seinem nördlichen Rand hatte sich ein Einschnitt gebildet. Ein kleiner Teil seiner Frontlinie hatte sich innerhalb der letzten halben Minute nicht mehr weiter in den Pazifik vorgefressen.

Das nächste Bild traf ein. Der Trend bestätigte sich, an der Ausbuchtung im Norden ging es nicht mehr voran. Und auch im Südwesten hatten sich Teile der Front der Anomalie nicht weiter fortbewegt. Andernorts jedoch breitete sie sich noch immer ringförmig aus, so dass das gesamte Gebilde zunehmend einer Pizza ähnelte, in deren Rand wahllos hineingebissen worden war.

Catherine fieberte dem nächsten Bild entgegen, ihre Zeigefinger fest an die Schläfen gepresst. Da! Weitere Teile der Front waren ortsfest geblieben, nun auch im Osten. Bei der darauffolgenden Aufnahme hatte bereits mehr als die Hälfte des Randes gestoppt, und noch ein Bild später schien die Anomalie vollends angehalten zu haben. Catherine ließ sich in ihrem Sitz ein paar Zentimeter nach unten gleiten, schloss die Augen und atmete langsam aus. Doch das Bild auf ihrem Monitor ging ihr nicht mehr aus dem Kopf: Die Anomalie, so, wie sie sich jetzt präsentierte, war gigantisch, etwa halb so groß wie Australien, mit einer Form, die entfernt an ein Herz erinnerte, oder auch an den Umriss Afrikas.

Catherine öffnete die Augen. Eine Schaltfläche am rechten Rand ihres Monitors blinkte. Jason-2. Ein NASA-Satellit zur Höhenmessung des Meeresspiegels mittels Radar. Die Anomalie war so stark gewachsen, dass er sie viel früher als erwartet streifen würde.

Zeile für Zeile baute sich das Höhenbild des Satelliten auf. Rot stand für Abweichungen nach oben, Blau für solche nach unten. Alles dazwischen, ein oder zwei Meter rund um den durchschnittlichen Meeresspiegel, war grün oder gelb. Das Blickfeld von Jason-2 hatte den Rand der Anomalie noch nicht ganz erreicht. Eine weitere Zeile Ozean erschien. Das Bild bestand ausschließlich aus Grüntönen. Catherine atmete erleichtert auf. Die Meeresoberfläche blieb ruhig. Wenigstens zu einem Tsunami würde es wohl nicht kommen.

Die nächsten Zeilen bauten sich auf. Jason-2 erreichte den Rand der Anomalie – und auf einen Schlag war alles tiefrot. Am Anschlag der Skala. Catherine legte wieder ihre Zeigefinger an die Schläfen und starrte angestrengt auf den Bildschirm. Was auch immer sich hier befand, es ragte mindestens zweihundert Meter aus dem Wasser – ohne dass es den Ozean unter sich verdrängt hatte. Es hatte ihn einfach … *ersetzt*, wie auch immer so etwas möglich war.

Noch einmal rief Catherine das Wärmebild von GOES 15 auf. Die kühleren Bereiche hier stimmten mit den höher aufragenden Gebieten in der Radaraufnahme überein. Und auch die Muster, die Nuancen in den Schattierungen, die verzweigten Strukturen, die sich innerhalb der Anomalie befanden, kamen ihr seltsam vertraut vor. Hundertfach gesehen.

Catherine sprang so schnell auf, dass der Stuhl unter ihr wegrutschte und scheppernd auf die Seite fiel. Mit einem Schlag war ihr klargeworden, was sie da eben entdeckt hatte. Sie hatte nicht die leiseste Ahnung, wie das passieren konnte oder warum, doch die Faktenlage war eindeutig.

Mit rasendem Puls in ihrer Wohnung auf und ab gehend, versuchte sie, ihre Gedanken zu ordnen, Gegenargumente gegen ihre Theorie zu finden. Doch es gab keine.

Catherine schnappte sich ihr Handy. Viertel nach sieben. Sie würde ihn aus dem Bett schmeißen. Egal. Das hier war einfach zu wichtig.

Doch gerade, als sie die Kurzwahltaste ihres Chefs drücken wollte, vibrierte ihr Handy. *Eingehender Anruf – unbekannte Nummer*, stand auf dem Display. Sie zögerte kurz, verärgert über die Unterbrechung, nahm den Anruf dann aber doch an.

»Catherine Strive.«

»Miss Strive, hier ist Mister Wilson.«

Catherine versuchte, sich zu konzentrieren. Sollte sie einen Mr. Wilson kennen? Der Mann nuschelte ein bisschen, klang ansonsten jedoch nicht unsympathisch. Die Stimme kam ihr vage vertraut vor.

»Sie kennen mich noch nicht persönlich«, sagte der Mann. »Zumindest nicht in meiner wahren Position. Ich bin, wenn Sie so wollen, der inoffizielle Chef Ihres Chefs.«

Catherine hatte keine Ahnung, was sie mit dieser Information anfangen sollte.

»Mister Wilson, freut mich sehr, Ihre Bekanntschaft zu machen«, sagte sie. »Ich … nun, wenn ich ehrlich bin, habe ich noch nicht besonders viel von Ihnen gehört.« Catherine presste die Lippen zusammen. Verdammt. Ihre Gedanken waren eindeutig bei etwas anderem.

Doch der Mann am anderen Ende der Leitung lachte nur. »Das hat durchaus System, Miss Strive. Ich vertrete nicht gerade den öffentlichkeitsaffinsten Teil des Verteidigungsministeriums.« Er räusperte sich, klang danach bestimmter. »Weshalb ich Sie anrufe, Miss Strive: Ich möchte Ihnen ein Jobangebot unterbreiten. Eine Beförderung, wenn Sie so wollen.«

Catherine atmete tief aus. »Ich höre Ihnen zu.«

»Nun, Miss Strive, Sie müssen erst zusagen, danach kriegen sie die Details.«

Sie stockte. »Das ist etwas … unorthodox. Selbst für meine Verhältnisse.«

Der Mann am anderen Ende der Leitung lachte wieder. »Das stimmt.«

Catherine ließ sich auf einen ihrer Küchenstühle sinken. »Können Sie mir nicht zumindest die grobe Richtung verraten?«

»Nun ja, sagen wir so: Es bleibt bei Ihrem bisherigen Tätigkeitsbereich. Fernerkundung, wahrscheinlich auch Infrastruktur- und Logistikplanung.«

Catherine wollte sich eben schon über die vagen Informationen beschweren, als plötzlich die Puzzleteile zusammenfielen. Ihr klappte die Kinnlade herunter, als sie begriff, was man ihr gerade vorschlug.

»Miss Strive? Sind Sie noch dran?«

»Ja, ich bin noch dran.« Ihr Herz schlug bis zum Hals. »Mehr noch: Ich nehme Ihr Angebot an.«

Sie stand auf und sperrte den Computer, indem sie ihren Ausweis aus dem Schlitz zog, eilte ins Schlafzimmer und riss den Kleiderschrank auf.

»Sie wissen, dass es kein Zurück gibt?«

Sie wäre schön blöd, wenn sie sich die Chance, bei dem Ereignis des Jahrtausends dabei zu sein, entgehen lassen würde! Hastig stieg sie in ein Paar Jeans und zog sich den erstbesten BH an, das Handy zwischen Kopf und Schulter eingeklemmt.

»Ja, das ist mir sehr wohl bewusst.«

Catherine warf sich eine Bluse über. Zuknöpfen konnte sie sie unterwegs. Dann griff sie nach ihrer Handtasche und dem Mantel, während sie in ihre Schuhe schlüpfte.

»Hervorragend«, tönte aus ihrem Handy. »Dann kann ich Ihnen ja jetzt erzählen, worum es geht.«

Catherine lächelte. Sie war selbst erstaunt, wie ruhig sie auf einmal war. Nein, nicht ruhig. Fokussiert. Hinter ihr fiel die Tür ihres Apartments ins Schloss.

»Ich glaube, das wird nicht nötig sein, Mister Wilson. Ich bin in zehn Minuten bei Ihnen. Und ich denke, ich weiß bereits, worum es bei diesem Job gehen wird …«

Selten war Catherine so froh gewesen, dass sie sich ein Apartment in der Nähe ihres Arbeitsplatzes gesucht hatte. Tatsächlich dauerte es keine zehn Minuten, bis sie die Steintreppe vor dem pompösen, halb im Nebel versunkenen Haupteingang des Pentagons emporeilte.

Catherine nickte den wachhabenden Soldaten zu. Einen der beiden kannte sie: Ramirez, ein Schrank von einem Mann, den sie noch nie schlecht gelaunt erlebt hatte. Er lächelte und winkte sie einfach durch, ohne ihren Ausweis auch nur anzuschauen. Der andere Corporal starrte steif an ihr vorbei.

Ihre Schritte hallten durch den Empfangssaal. Marmorböden und Säulen schmückten den überlebensgroßen Raum. Catherine hatte die Architektur des Pentagons nie gemocht. Zu groß, zu kalt, zu undemokratisch. Nicht dem angemessen, was es schützen sollte. Sie hielt ihren Ausweis an das Lesegerät und trat dann durch die Personalschleuse. Die wachhabende Offizierin machte keine Anstalten, sich von ihrem Stuhl zu erheben. Sie blickte Catherine nur missbilligend an und wirkte froh, als sie endlich durch war.

In den inneren Ringen wurde das Gebäude langsam freundlicher. Dreißigtausend Menschen arbeiteten im Verteidigungsministerium, mehr als in so mancher Kleinstadt wohnten. Entsprechend wirkte der Gebäudekomplex eher wie ein Einkaufszentrum als wie eine Regierungsbehörde. Zu ihrer Linken erschien ein Burger King, rechts der Starbucks, bei dem sie schon ein halbes Vermögen gelassen hatte. Beide Geschäfte lagen sonntags um sieben Uhr dreißig wie ausgestorben vor ihr. Catherine konnte sich nicht erinnern, das Pentagon jemals so leer erlebt zu haben. Andererseits – wie oft war sie schon um diese Zeit hier?

Der Gebäudekomplex bestand aus fünf Ringen, Catherine erreichte gerade den dritten. Sie bog nach rechts ab und nahm den Aufzug. *US Air Force – Installations, Environment & Logistics*, stand neben dem Knopf, den sie schon hundertfach gedrückt hatte.

Sie zog ihren Ausweis durch einen weiteren Schlitz. Der Lift setzte sich in Bewegung. Als sich die Türen ein paar Sekunden später wieder öffneten, stand bereits eine Frau mit wallenden roten Locken vor ihr und strahlte sie an. Sie war vielleicht Ende dreißig, ausgesprochen schlank und trug einen Tablet-PC unter dem Arm.

»Doktor Strive«, sagte sie und zeigte dabei ihre blendend weißen Zähne. Catherine richtete sich unwillkürlich auf. »Schön, dass Sie da sind. Mein Name ist Jennifer. Wenn Sie mir bitte folgen wollen, ich bringe Sie dann zu den anderen.«

Bevor sich Catherine erkundigen konnte, welche anderen sie meinte, hatte Jennifer bereits auf dem Absatz kehrtgemacht und sich in Bewegung gesetzt. Dafür, dass sie einen viel zu engen Minirock und absurd hohe Absätze trug, war sie erstaunlich schnell. Catherine musste sich beeilen, um nicht den Anschluss zu verlieren.

Missbilligend schaute sie der Frau auf den Hintern. Fehlte nur noch eine Brille und ein Klemmbrett anstelle des Tablets, und Jennifer hätte die perfekte Klischee-Sekretärin abgegeben, stets aufgedonnert und mit einem verführerischen Lächeln auf den Lippen. Catherine wischte diese Gedanken beiseite. Und wenn schon. Sie selbst kam auch ohne eine solche Figur gut genug bei den Männern an.

Hinter einer Glastür, in einem Bereich, in dem sich Catherine noch nie aufgehalten hatte, war zum ersten Mal so etwas wie Aktivität festzustellen. In einem kleinen Besprechungsraum saßen eine Handvoll Leute. Sie alle schauten auf eine große Leinwand.

Jennifer öffnete Catherine die Tür und schloss sie hinter ihr wieder, ohne selbst den Raum zu betreten. Catherine ging auf die u-förmige Bestuhlung zu. Ihre Absätze waren auf dem Steinboden gut zu hören, und auch als sie schließlich Handtasche und Handy nebeneinander auf die schwere Tischplatte legte, lief das ziemlich geräuschvoll ab. Und doch drehte sich keiner nach ihr um. Die Blicke aller Anwesenden waren auf die Leinwand gerichtet, auf der eine Reihe von Satellitenbildern dargestellt war. Catherine erkannte die unregelmäßige Form in der Mitte sofort wieder.

Ein rundlicher, älterer Afroamerikaner mit kurzen weißen Locken und breitem Mund erhob sich von seinem Platz und lenkte so die Aufmerksamkeit der anderen auf Catherine. Der Mann watschelte ihr regelrecht entgegen, die Knie weit nach außen gedreht, und trotzdem strahlte er eine ungemeine Autorität aus. Er trug eine dunkelblaue Uniform, die über seinem Bauch spannte, an den Schulterklappen jedoch mit vier Sternen protzte. Und ja, er kam ihr tatsächlich bekannt vor. Von wegen

Mister Wilson. General Wilson! Anders als Catherines direkter Chef war dieser Mann kein Zivilist. Sie wunderte sich, dass er sich ihr nicht mit seinem militärischen Dienstgrad vorgestellt hatte.

Der General musterte Catherine mit wachen, hellgrauen Augen. Dann lösten sich seine strengen Gesichtszüge, und lächelnd streckte er ihr die Hand entgegen. »Doktor Strive. Freut mich, Sie persönlich kennenzulernen.«

Sein Händedruck war kräftig, vielleicht etwas zu kräftig. Auf Männer gemünzt. Aber Catherine war das im Pentagon bereits gewohnt, verzog keine Miene und deutete im Gegenzug eine leichte Verbeugung an. »General.«

Dschänäräl. Es klang nicht so respektvoll, wie es hatte klingen sollen.

Der General machte keine Anstalten, ihre Hand wieder loszulassen. Im Gegenteil. Er drehte sich rechts neben sie und legte ihr auch noch seine linke Hand auf die Schulter.

»Meine Damen und Herren«, wandte er sich an das kleine Grüppchen vor ihm. »Darf ich Ihnen Miss Catherine Strive vorstellen, Ihre neue Chefin.«

Unwillkürlich stellte sich Catherine ein bisschen aufrechter hin und verschränkte die freie Hand hinter dem Rücken. Mit dieser Entwicklung hatte sie nicht gerechnet. Ganz offenbar war sie damit nicht die Einzige. Ein Raunen ging durch den Raum.

General Wilson ignorierte die Reaktionen. »Miss Strive ist eine unserer fähigsten Kräfte auf dem Gebiet von Fernerkundung, Basiskonstruktion und genereller Infrastrukturplanung. Harvard. Doktor am MIT. Und vier grandiose Jahre im DoD, auch wenn ich Ihnen davon leider wenig erzählen darf.« Er grinste. »Aber Sie wissen ja, wie das bei uns läuft.«

Endlich ließ der General von ihr ab. Catherine begann, ihre neuen Mitarbeiter zu mustern. Durchgehend Männer. Keiner von ihnen war nur annähernd so jung wie sie. Ein paar kannte sie aus ihrer Abteilung, als Leiter von eigenen kleinen Teams, doch Catherine hatte nie den Kontakt zu ihnen gesucht.

Die Männer erwiderten Catherines Blick, manche neutral oder skeptisch, andere – darunter ein indischstämmiger Mann mit schütterem Haar – offen feindselig. Catherine versteifte sich innerlich. Das würde keine leichte Aufgabe werden.

Sie setzte ein Lächeln auf, von dem sie hoffte, dass es gewinnbringend wirkte, strich sich eine Strähne aus den Augen, die sich aus ihrer Frisur gelöst hatte, und breitete die Hände aus, so dass ihre Handflächen zu sehen waren.

»Meine Herren, ich freue mich sehr auf die Zusammenarbeit mit Ihnen und mit Ihren jeweiligen Gruppen.«

Keine Reaktion.

Schließlich ergriff General Wilson wieder das Wort. Er wandte sich direkt an Catherine. »Miss Strive, Sie sind bestimmt gespannt, worin genau Ihre Aufgabe besteht. Im Gegensatz zu Ihrem neuen Team sind Sie schließlich noch nicht über die Situation unterrichtet worden. Schauen Sie!« Er deutete auf den Bildschirm hinter sich. »Vor einer guten Stunde hat sich etwas absolut Ungeheuerliches zugetragen.«

»Ich weiß.« Diesmal war Catherines Lächeln echt, sehr echt. »Im Pazifik ist ein neuer Kontinent entstanden.«

Raunen. Ungläubige Blicke.

Und obwohl Catherine ihn selbst ausgesprochen hatte, klang dieser Satz in ihren Ohren falsch, regelrecht absurd.

General Wilsons Verblüffung verwandelte sich rasch in ein anerkennendes Grinsen. »Ausgezeichnet! Ich sehe, Ihnen eilt Ihr Ruf zu Recht voraus, Miss Strive.« Er räusperte sich. »Dann wissen Sie sicher auch, was diese Entwicklung bedeutet?«

Nein, das wusste sie nicht. Noch nicht.

Catherine sah ihm in die Augen, hielt aber den Mund.

»Natürlich wissen Sie das«, sagte der General, klopfte ihr grinsend auf die Schulter und drehte sich dann zu den anderen um. »Es ist eine gigantische Option, eine Chance, Geschichte zu schreiben. Und eine Chance, die wir rasch ergreifen müssen. Glauben Sie mir, auch die Chinesen schlafen nicht. Das Wettrennen hat bereits begonnen.«

Catherine schluckte. Allmählich begriff sie die Dimensionen, um die es hier ging.

General Wilson stützte sich mit beiden Fäusten auf dem Tisch ab. »Wir müssen jetzt handeln, sofort, solange alle anderen noch unter Schock stehen.« Dann lehnte er sich lachend zurück. »Heilige Scheiße, da draußen ist eben ein neuer Kontinent entstanden! Und fragen Sie mich bitte nicht, wie. Das kann Ihnen zum jetzigen Zeitpunkt bestenfalls der liebe Gott erklären. Aber solange nicht alle unsere Satelliten zugleich spinnen, ganz zu schweigen von dem Radar unserer Fregatte, ist das da draußen real. Und sehr bald haben wir dafür auch einen handfesten Beweis.«

Er erhob seine Stimme. »Meine Dame, meine Herren. Vor zehn Minuten ist eine F/A-18 von der USS Ronald Reagan gestartet. Die Ronald Reagan befindet sich derzeit keine zweihundert Seemeilen von dem nordöstlichsten Punkt dieses Objektes entfernt.« Er strahlte. »Das bedeutet: Wir rechnen jede Minute mit den ersten Bildern.«

General Wilson zelebrierte den Moment, als er mit übertriebener Langsamkeit die Fernbedienung auf den Bildschirm richtete. Die Ansicht aus dem Cockpit eines Militärjets erschien, doch viel mehr war bislang nicht zu erkennen. Das Flugzeug befand sich inmitten dichter Wolken. Die Stimme eines Offiziers der USS Ronald Reagan dröhnte aus den Lautsprechern. »Massives Radarecho zehn nautische Meilen voraus. Der Pilot geht in den Sinkflug über.«

Auf dem Monitor war noch nichts zu sehen. Trotzdem wandte niemand den Blick ab, selbst dann nicht, als einige weitere Männer in den Raum kamen und wortlos Platz nahmen. Auch Catherine setzte sich.

Die Wolken auf der Leinwand wurden heller und – wie ihr schien – dünner, glühten regelrecht auf. Das Instrumentenpult wurde von einem einsamen Lichtstrahl getroffen, und ein paar Augenblicke später brach der Pilot durch die Wolkendecke. Grelles, warmes Licht durchflutete das Bild, nahezu waagrechte Strahlen einer aufgehenden Sonne, die das Cockpit von einer Seite orange leuchten ließen. Nur der Blick geradeaus wurde noch von einer zweiten, tieferliegenden Wolkenschicht verdeckt.

Der Pilot drückte den Steuerknüppel nach vorn. Unter dem Flugzeug war in einzelnen Wolkenlücken der Ozean auszumachen, dunkelblaues Wasser, auf dem Wellenberge in der Sonne glitzerten.

Der Jet sank tiefer. Tausend Meter, fünfhundert … für Catherine war die genaue Höhe schwer festzustellen. Dann verschwand der Ozean aus dem Sichtfeld, das Flugzeug tauchte in die nächste Wolkenschicht ein. Die Sekunden dehnten sich. Catherine war versucht, abzuschätzen, wie lange es noch dauern konnte. Ein, zwei Minuten höchstens.

Just in diesem Moment brach der Jet durch die Wolken, und ein atemberaubendes Panorama entfaltete sich vor ihren Augen. Land. Land!

Eine schroffe Steilküste, von Wasserfällen durchzogen, ragte kilometerhoch aus dem Meer. Ganze Gebirgszüge voller eisbedeckter Gipfel wurden vom ersten Licht des neuen Tages in rotes Feuer getaucht. Weit unter ihnen, in geschützten Tälern und Schluchten, die sich fjordartig viele hundert Meter tief in die Bergrücken einschnitten, erstreckten sich Wälder, so weit das Kameraauge blickte. Manche lagen noch im Schatten der Wolken oder waren halb unter Nebelschwaden verborgen, doch auch hier arbeiteten sich bereits die ersten Sonnenstrahlen vor, und schon bald war auch das Grün der Hänge von einem fast unheimlichen Glühen erfasst.

Catherines Mund stand offen. Dieser Kontinent – ein Kontinent, der noch vor zwei Stunden gar nicht existiert hatte – barg *Leben*.

Das änderte ihre Mission. Änderte sie ganz beträchtlich. Ihre Gedanken rasten, sie überschlug die Konsequenzen, während ihre Augen mit voller Aufmerksamkeit jedes Detail auf der Leinwand einzufangen suchten – und so vollkommen übersahen, wie das Handy vor ihr mehrfach aufleuchtete, und schließlich ein einziger Satz auf dem Display erschien: *O Gott, Kate, bitte geh ran – wir brauchen deine Hilfe!*

KAPITEL 3

»Meine Beine!« Kukinga schrie aus voller Lunge. Er lag hilflos auf dem Bauch, die Augen vor Panik weit aufgerissen. Bis zu seinem Knie hatte sich die Wand bereits vorgearbeitet.

»Bitte«, flehte er. Sein Blick irrte hin und her, ohne mit irgendwem direkten Augenkontakt herzustellen.

Mehrere Männer stürzten auf ihn zu, doch Christopher erreichte ihn als Erster. Er schob Mtoto, die noch immer an Kukingas Schulter zog, zur Seite, packte den Jungen an den Handgelenken und zerrte an ihnen mit aller Kraft, die er aufbringen konnte. Es half nichts: Stück für Stück wurde Kukinga von der Wand verschluckt, langsam, aber ohne Unterlass.

Christopher brüllte frustriert auf. Seine Füße schlitterten weg, immer wieder versuchte er vergeblich, sie in die harte Schlammkruste zu rammen, um besser Halt zu bekommen. Er taumelte, spürte, wie seine Muskeln zu zittern anfingen und er das Gleichgewicht verlor, als sich plötzlich zwei kräftige, tiefschwarze Unterarme um seine Hüfte schlangen, ihn aufrichteten und dann seinerseits an ihm zerrten. Weitere folgten, zogen an Christopher und an Kukinga selbst, aber auch mit vereinten Kräften bekamen sie den Jungen keinen Millimeter frei.

Immer mehr der Dorfbewohner schrien wild durcheinander. Einige wirbelten Äste über ihren Köpfen herum, die sie schließlich mit aller Gewalt auf die Wand hinabsausen ließen. Doch das einzige Resultat der Attacke war der seltsame Anblick einer Reihe von Stöcken, die fein säuberlich nebeneinander in der Schwärze steckten und sich durch einen leichten Stups an ihr Ende lautlos in ihr versenken ließen. Verdutzt starrten die Männer auf die Wand. Schließlich stieß einer von ihnen einen gutturalen Schrei aus, zückte eine Machete und stürmte auf Kukinga zu, mit der freien Hand wild auf sein Bein deutend.

Mtoto ließ zum ersten Mal von ihrem Bruder ab und warf sich dem Anstürmenden tränenüberströmt in den Weg, dicht gefolgt von Max. Der Mann zögerte, lange genug, dass ein paar weitere Dorfbewohner dazustoßen konnten. Gemeinsam schirmten sie Kukinga von ihm ab. Mit bebenden Nasenflügeln ließ der Mann die Machete sinken. Es war alles so schnell gegangen, dass Christopher keine Zeit geblieben war, zu bemerken, dass der Mann auf seine Art dem Jungen einen Gefallen hatte tun wollen. Doch nun war es so oder so zu spät: Die Wand hatte Kukingas Hüfte erreicht.

Noch einmal zerrten Christopher und die anderen Männer mit voller Kraft an dem Jungen. Sie kugelten ihm fast die Schultern aus. Und noch einmal, zusammen mit Max und Mtoto, die sich wie eine Löwin vor ihr Junges zwischen Kukingas Rücken und die Wand gestürzt hatte. Und noch einmal. Christopher spürte, wie zusammen mit seiner Kraft die Hoffnung aus ihm schwand. Vor lauter Wut über seine eigene Resignation verdoppelte er seine Anstrengungen. Noch einmal. Und noch einmal.

Doch zugleich versiegten Kukingas Schreie, sein Atem wurde gleichmäßiger.

»Lasst mich los«, sagte er, an Christopher gewandt. Seine Stimme klang beängstigend ruhig. »Bitte, lasst mich los. Das bringt nichts.«

Der Griff der um seinen Bauch geschlungenen Unterarme lockerte sich, selbst Max ließ zögerlich von Kukinga ab. Doch Christopher konnte einfach nicht aufhören. Nicht, solange auch Mtoto noch an ihrem Bruder zog. Christopher spürte, wie seine Augen feucht wurden. Er zerrte an dem Jungen, als ginge es um sein eigenes Leben.

»Bitte.« Jegliche Panik war aus Kukingas Stimme verschwunden. Die schwarze Wand hatte sich bereits um seinen Brustkorb gekrallt, aber Kukinga beachtete sie gar nicht mehr. Stattdessen sah er seiner Schwester tief in die Augen, ohne Furcht in seinem Blick. Christopher spürte, wie sich auch in Mtotos Blick etwas veränderte. Sie ließ ihren Bruder nicht los, aber sie hörte auf, an ihm zu ziehen. Sie begann leise zu schluchzen und legte schließlich seinen Kopf in ihre Hände. Christophers Mund schnappte mehrmals auf und zu, unfähig, etwas zu sagen. Er fühlte, wie ihn seine Kraft verließ, so, als hätte er sie bloß geborgt gehabt und müsste sie jetzt zurückgeben. Er schwankte, spürte die Hände des bäuchlings daliegenden Jungen aus den seinen gleiten, mehr durch eine unaufhaltsame Naturgewalt als durch eine freie Entscheidung, und sackte dann vor Ort und Stelle in sich zusammen, von zwei weichen Armen aufgefangen, zu schockiert, um auch nur einen Laut von sich zu geben.

Mtoto beugte sich ganz nah über Kukingas Kopf. Lächelte der Junge? Tatsächlich, er lächelte! Christopher fühlte, wie sich etwas in seiner Magengrube zusammenzog. Er spürte, wie die Wut ihm in die Kehle stieg und dort steckenblieb. Der Junge hatte kein Recht, zu lächeln! Christopher krallte seine Hände in die harte Schlammkruste. Er sollte sie nicht daran erinnern, was sie gerade an ihm verloren!

Aber Kukinga hatte nur Augen für Mtoto. Er drückte ihr den kleinen Stoffball, der noch immer direkt neben ihm lag, in die Hände und flüsterte ihr etwas ins Ohr. Fast hätte er aus Mtoto so etwas wie ein Lächeln herausbekommen. Doch der Ansatz erstarb so schnell, wie er gekommen war. Kukinga hingegen lächelte unbeirrt weiter. Er setzte ihr einen Kuss auf die Wange und strich ihr über Hals und Kinn. Dann schob er sie sanft von sich fort.

Mtoto jedoch ließ sich das nicht gefallen. Obwohl die Wand bedenklich näher rückte, klammerte sie sich weiterhin unter Tränen an den Kopf ihres Bruders.

»Es tut mir so leid«, flüsterte Kukinga in diesem Moment. Und mit einer Kraft, die Christopher ihm nicht mehr zugetraut hatte, riss er sich los. Er schaute Mtoto direkt an, die Augen weit aufgerissen. Seine Stimme bebte wieder. »Versprich es mir!«

Kukinga ließ Mtoto keine Zeit, irgendetwas zu erwidern. Mit beiden Armen stieß er sich vom Boden ab, katapultierte seinen Oberkörper nach hinten und verschwand lautlos in der Wand.

Das Geschrei der Dorfbewohner endete schlagartig. Nur Mtotos Schluchzen drang durch die Stille. Mit bebender Unterlippe und roten Augen starrte sie auf den Ball und auf ihre Hände, mit denen sie eben noch ihren Bruder gehalten hatte.

Christopher kniete benommen im Staub. Er spürte, wie sich ein weiteres Paar Arme um seinen Oberkörper schlang und ihn von der Wand fortschleifte, ehe sie auch ihn erfassen konnte. Neben ihm versuchte Max dasselbe mit Mtoto. Anders als er hatte Max die Tränen nicht zurückgehalten. In Strömen zogen sie über ihre Wangen, während sie Mtoto von der Wand fortzerrte.

Christopher schüttelte seinen Helfer ab. Taumelnd richtete er sich auf. In die Menschenmenge war Bewegung gekommen. Max war sichtlich bemüht, alle mit ruhiger Stimme zusammenzuhalten, doch viele der Dorfbewohner stoben bereits in Panik davon. Christopher holte tief Luft. Einen Moment zögerte er noch, darum ringend, das Zittern in seiner Stimme in den Griff zu bekommen.

»Hey!«, schrie er schließlich, so laut, dass ihm die Kehle schmerzte. »Bleibt stehen!«

Einige der Menschen hielten inne, andere rannten unbeirrt weiter, in Richtung Dorf die meisten, manche aber auch scheinbar planlos in die Felder, weg von dieser Monstrosität.

»Wir müssen zusammenbleiben!«, rief er ihnen hinterher. Vergeblich; selbst einige von denen, die kurz gezögert hatten, schlossen sich den Flüchtenden wieder an.

Christophers Stimme wurde leiser, resignierter. »Wir müssen einen kühlen Kopf bewahren, gemeinsam überlegen, wie wir vorgehen wollen!« Kaum einer hörte ihm noch zu.

Christopher schaute zu Boden und fluchte leise. Dann blickte er zu Max hinüber, in deren Armen Mtoto immer stärker strampelte. Sie sah genauso ratlos aus, wie er sich jetzt fühlte. Abgesehen von ihnen selbst, war nur noch eine Handvoll Leute übrig, zwei ältere Männer und drei Frauen. Ihre Blicke richteten sich auf Christopher.

Er ging zunächst zu Max und nahm ihr – obwohl er sich eigentlich selbst nicht dazu in der Lage fühlte – Mtoto ab, ehe ihre Kraft versagte. Christopher bereute die Entscheidung augenblicklich: Mtoto versuchte tatsächlich alles, um sich aus seinem Griff zu winden. Sie hatte einzig und allein Augen für die Wand.

Christopher schlang seine Arme noch enger um sie und versuchte, irgendwie Blickkontakt mit den Dagebliebenen aufzunehmen.

»Wir müssen die Leute warnen«, sagte er.

Die Menschen um ihn herum nickten.

»Und zwar alle. Die im Dorf, aber auch …« Christopher lachte fast, weil ihm der Rest des Satzes so absurd erschien. »Aber auch die anderen Dörfer. Und den Rest des Landes. Behörden, Wissenschaftler, Rettungsdienste. Alle, die wir erreichen, je mehr, desto besser.«

Die jüngste der Frauen, eine der Neuankömmlinge, schüttelte den Kopf. »Mhubiri hat aber gesagt, dass das Satellitentelefon nicht im Dorf ist!«

Christopher bedachte sie alle mit einem grimmigen Blick. »Dann brauchen wir umso dringender das Handynetz.«

Wieder allgemeines Nicken. Für einen winzigen Augenblick vergaß Christopher, warum sie ihm eigentlich an den Lippen hingen und genoss all diese Aufmerksamkeit beinahe.

Er senkte die Stimme. »Wir haben keine Ahnung, wie groß dieses Ding noch werden wird. Ob es überhaupt stoppt. Von Gegenmaßnahmen will ich gar nicht erst reden.«

»Aber was können wir denn tun, außer die Mobilfunkantenne zu reparieren und so viele wie möglich zu warnen?«, fragte der ältere der beiden Männer, während Christopher einem Ellbogen Mtotos auswich. »Wir sind doch viel zu weit weg von Mtwara. So rasch kommt hier keine Hilfe her. Auf dieser mickrigen Lehmpiste? Und selbst wenn, was können die schon tun, außer uns hier wegzubringen?«

Christopher blieb stumm. Er wusste es nicht. Was waren schon ihre Optionen, angesichts etwas derart Unerklärlichem, ohne eine plausible Chance, es zu bekämpfen oder zu untersuchen?

Er richtete sich auf, soweit das mit dem strampelnden Kind auf seinem Arm möglich war.

»Dann kümmern wir uns eben umeinander.« Er sah Mtoto an, die nicht im Traum daran dachte, ihn zu beachten. »Geben aufeinander acht. Halten uns von dem Ding fern, so gut es geht, bleiben ruhig und organisieren die Kommunikation mit der Umgebung.« Christopher versuchte krampfhaft, etwas Staatstragendes in seine Stimme zu legen. »Gemeinsam stehen wir das schon irgendwie durch.«

Sicher nicht die beste Antwort. Bestenfalls klischeehaft, schlimmstenfalls nichtssagend. Dementsprechend schienen die Anwesenden damit auch nicht besonders glücklich zu sein. Wenigstens Max' Mundwinkel wanderten ein kleines bisschen nach oben.

Doch ihr Lächeln erstarb, als Mtoto plötzlich in Christophers Unterarm biss. Mehr vor Schrecken als vor Schmerz ließ er sie fallen, doch als er seinen Fehler bemerkte, war es schon zu spät: Mtoto war bereits aus der Reichweite seiner Arme heraus. Mit vollem Tempo sprintete sie auf die Wand zu. Für Christopher war es wie ein Alptraum, der mit jedem Augenblick schlimmer wurde. Er rannte sofort hinterher, aber die Wand war zu nahe, und Mtoto hatte zu viel Vorsprung, um sie auf der kurzen Strecke einzuholen. Christopher spürte, wie sich seine Kehle zusammenzog, wie sich dasselbe Gefühl des Schocks und der Ohnmacht wie zuvor bei Kukinga in ihm breitmachte.

Keine zehn Meter.

Doch dann … wurde Mtoto langsamer, zögerlich zunächst, am Ende bestimmter. Schließlich hielt sie ein paar Meter vor der Barriere einfach an. Christopher kam keuchend neben ihr zum Stehen. Er wusste nicht, was er zu ihr sagen sollte, blinzelte ein paarmal und schaute sie dann mit offenem Mund an.

»Wie kannst du das von mir verlangen?«, flüsterte Mtoto mit zitternder Unterlippe. »Das ist nicht fair!« Ihre Worte waren an die Wand gerichtet, nicht an Christopher.

Christopher wollte gerade in die Knie gehen, sie mit seiner ruhigsten Stimme fragen, wovon sie redete, als sie sich abrupt zu ihm umdrehte. Ihre Augen blitzten, ihre Zähne waren so stark aufeinander gepresst, dass Christopher ein Knirschen zu hören meinte. Ihre Fingerknöchel, die sich eng um den Stoffball schlossen, traten weiß hervor.

Christopher bekam es mit der Angst zu tun. Wollte sie ihn wieder angreifen oder, schlimmer noch, abermals auf die Wand zurennen? Christopher versuchte, sich vorsichtig zwischen Mtoto und die Wand zu manövrieren.

Da sackten plötzlich Mtotos Schultern zusammen. Ihre Haltung zerfiel, als hätte ein Puppenspieler ihre Fäden durchschnitten. Sie tat einen wackeligen Schritt in Richtung Christopher, legte ihre Arme an seine Hüften und begann hemmungslos zu schluchzen. Behutsam hob Christopher sie hoch und streichelte ihr über den Rücken, während Mtotos Tränen einen feuchten, salzigen Fleck auf seinem T-Shirt entstehen ließen.

»Wie ist das passiert?«, fragte sie ihn durch einen Tränenschleier.

Christopher wusste keine Antwort. Vielleicht war Kukinga gestolpert, als er den Ball retten wollte. Vielleicht hatte er die Geschwindigkeit der Wand unterschätzt. Was machte es für einen Unterschied?

Oder redete Mtoto am Ende gar nicht von Kukinga? Christopher starrte auf die Wand vor sich, diese sie alle verhöhnende, zur Hilflosigkeit verdammende schwarze Blase, die mittlerweile den kompletten Mangohain umschloss. Christopher kniff die Augen zusammen, in der Hoffnung, etwas in dieser perfekten Schwärze ausmachen zu können, irgendetwas. Keine Chance. Nicht eine einzige Unebenheit, nicht einmal eine winzige Reflexion. Und dennoch, irgendwo dort drin musste Kukinga sein.

Christopher versuchte sich einzureden, dass sie ja gar nicht wissen konnten, was jenseits der Barriere geschah. Dass der Junge vielleicht noch lebte. Doch wenn er ehrlich war, glaubte er wirklich daran?

Christopher warf einen letzten, bitteren Blick auf die Wand, die Handbreit um Handbreit näher kam, ehe er sich umdrehte und, Mtoto in den Armen, den anderen in Richtung Dorf folgte.

Warnen mussten sie dort niemanden mehr: Schon von den Maisfeldern aus sahen sie, dass das gesamte Dorf auf den Beinen war.

Es dauerte einige Zeit, bis sie inmitten des Chaos ihre Hütte erreicht hatten. Schließlich löste Christopher sachte Mtotos Hände, die seinen Nacken umklammert hielten, und drückte das Mädchen Max in die Arme, die sie ihm wortlos abnahm. Dann joggte er zum Dorfplatz, hin zu ihrer einzigen Verbindung mit der Außenwelt.

»Mhubiri? Mhubiri!« Schon aus einigen Dutzend Metern Entfernung rief Christopher nach dem Mann, der sich eben in der Krone der Palme zu schaffen machte. Keine Reaktion. Dabei war er sich sicher, dass er ihn hörte.

»Mhubiri? Hey! Was machst du da?«

Christopher legte seine Stirn in Falten. Besonders professionell sah es nicht aus, wie der Mann da oben mit seinen kruden Werkzeugen an der Mobilfunkanlage und der zugehörigen Solarzelle herumhantierte.

»Mhubiri? Lass die Anlage in Ruhe, bevor du sie noch kaputt machst!« Das war etwas schärfer herausgekommen als beabsichtigt, aber Christopher ging die Geduld aus. »Die brauchen wir noch! Du hast doch davon gar keine Ahnung.«

Endlich reagierte der Mann. »Der Steuerchip der Richtfunkantenne zur nächsten Funkzelle in Zahanati hat 'ne Überspannung abbekommen.« Fast lupenreines Englisch. Das hatte Christopher noch nie von ihm gehört.

Sein Ärger wich völliger Verwirrung. »Woher willst du das wissen?«

Mhubiri zuckte mit den Schultern. »Die Logs zeigen 'ne Spannungsspitze. Is' nicht lange her, vielleicht 'ne halbe Stunde.«

Christophers Augenbrauen schnellten nach oben. »Eine halbe Stunde, sagst du? Weißt du, was das bedeutet?«

Mhubiri sah ihn zum ersten Mal direkt an. »Natürlich weiß ich, was das heißt. Bin doch nich' blöd.« Dann wandte er sich wieder seiner Arbeit zu.

Christopher stutzte. »Aber wie willst du das rausgefunden haben? Du hast doch keinen blassen Schimmer von Technik.«

»Stimmt nich' so ganz. Hab' nach dem Studium 'n paar Jahre als Ingenieur für die Vodacom Tanzania gearbeitet.«

»Du hast *was?*«

»Als Ingenieur für die Vodacom Tanzania gearbeitet.«

Christopher war regelrecht verstört. »Und dann lässt du dich an dieser Dorfschule als Hausmeister anstellen?«

»Is' halt gemütlicher. Meistens zumindest. Heute nich' so.«

»Das heißt, du hättest die Antenne die ganze Zeit reparieren können? Warum hast du uns nie etwas davon erzählt?« Christopher stemmte die Hände in die Hüften. »Verdammt noch mal, du hast es seit einem halben Jahr nicht einmal geschafft, den Generator der Schule zu reparieren!«

Mhubiri verzog das Gesicht. »Weil's dann nur wieder heißt: Mhubiri, reparierst du meinen Jeep? Mhubiri, das Handynetz ist wieder ausgefallen! Mhubiri hier, Mhubiri da. Immer nur im Stress, anstatt mal das zu tun, was ich möchte. Wollt' ich irgendwann nich' mehr.«

»Und der plötzliche Sinneswandel jetzt?«

Mhubiri schaute nicht einmal auf. Stattdessen deutete er mit dem Daumen in Richtung der schwarzen Halbkugel, die mittlerweile von jeder Stelle im Dorf aus zu sehen war.

»Bringt trotzdem nichts«, fügte er dann doch noch hinzu. »Ohne Ersatzchip kann ich hier nichts machen. Auf diesem Weg geben wir in Mtwara jedenfalls nich' Bescheid.«

»Keine Chance«, rief Christopher, noch bevor er richtig in der Hütte war. »Der Sender ist weggebrutzelt, wahrscheinlich zeitgleich mit dem Lichtblitz von diesem Ding da draußen.«

Max schien seinen nächsten Gedanken zu erraten. »Und du denkst, wir haben in Mtwara mehr Glück?«

Christopher zuckte mit den Achseln. »In Mtwara können wir zumindest den Behörden Bescheid geben. Außerdem glaube ich nicht, dass dort viel Schaden entstanden ist. Selbst der Großteil der Mobilfunkanlage in unserem Dorf ist ja noch heil. So stark kann der Effekt also nicht gewesen sein.«

»Ist ja letztlich auch egal«, sagte Max. »Wir müssen hier so oder so weg.«

So langsam gewöhnten sich Christophers Augen an die Lichtverhältnisse in der Hütte. Und so sah er nun, dass Max gerade diverse Objekte in ihren Rucksack stopfte.

»Was machst du da?«

»Ich packe ein bisschen Essen ein. Etwas Wasser. Kleidung. Werkzeug. Ein paar Dinge, die mir wichtig sind.«

Christopher war sprachlos.

Max drehte sich abrupt zu ihm um. »Was denkst du denn, was das hier wird? Glaubst du etwa, dieses verfickte Scheißding wird einfach so vor dem Dorf haltmachen und wieder dahin zurückkriechen, wo es hergekommen ist?« Max lächelte schief, zugleich standen Tränen in ihren Augen. Mtoto saß zitternd neben ihr auf dem Bett.

»Natürlich nicht«, verteidigte er sich. »Aber wenn wir jetzt unsere Sachen einpacken und von hier abhauen, dann ist das ja so, als wären wir ...«

»Ja«, sagte Max und hielt seinem Blick stand. »Flüchtlinge.«

Flüchtlinge. Was verband Christopher als Amerikaner schon mit diesem Wort, abgesehen von Fernsehbildern? Max hatte einmal von der Flucht ihrer Großeltern erzählt, aus Ostpreußen, im Januar 1945. Doch auch ihr musste die Vorstellung, selbst einmal fliehen zu müssen, absurd vorgekommen sein. Sogar in Tansania, einem – nach afrikanischen Maßstäben – halbwegs reichen und friedlichen Land.

Christopher schaute sich um. Auch wenn er hier kaum etwas besaß, war ihm vieles an seiner Wahlheimat ans Herz gewachsen. Wie sollte er sich binnen ein, zwei Minuten entscheiden, was er mitnahm? Geschenke, die er von seinen Schülern bekommen hatte? Seine Bücher, die im Gegensatz zu denen von Max noch auf echtem Papier gedruckt waren? Ja, sogar mit den meisten seiner Kleidungsstücke verband er irgendwelche Erinnerungen. Die ockerfarbene Stoffhose, die er von Max geschenkt bekommen hatte, an dem Tag, als sie beide sich zum ersten Mal zu einem abgelegenen See davongeschlichen hatten. Erinnerungen an andere, glücklichere Zeiten. Vor den Streits. Und vor der Wand.

Die Stoffhose kam mit und auch sein kleiner Arbeitslaptop, aber bei den meisten Dingen fiel Christophers Wahl recht pragmatisch aus.

Als er schließlich in seinen Gore-Tex-Stiefeln aus der Hütte trat, wartete Max bereits mit verschränkten Armen auf der Straße, zu ihren Füßen Mtoto, die ihr seit der Rückkehr zum Dorf keinen Schritt von der Seite gewichen zu sein schien. Mtoto starrte mit leerem Blick auf ihre eigene Hütte, die sie mit Kukinga geteilt hatte. Hinter ihr ragte die Wand empor, dunkel und kalt, wie ein riesiges Mahnmal für ihren Bruder, das einen von Minute zu Minute erheblicher werdenden Teil des Horizonts einnahm.

Die Blicke der beiden Erwachsenen trafen sich. Was auch immer zwischen ihnen vorgefallen war, in dieser Sache wussten beide, dass sie nur eine Wahl hatten.

Max ließ Christopher den Vortritt.

»Mtoto, du begleitest uns, in Ordnung? Wir machen einen kleinen Ausflug.« Er sah Mtoto direkt in die Augen, versuchte, ihre Aufmerksamkeit zu gewinnen. »Oder auch einen größeren.«

Max ging in die Knie und strich dem Mädchen über die Wange. »Ist das für dich okay? Möchtest du mit uns mitkommen?«

Langsam wandte Mtoto den Blick von der Hütte ab. Nach ein paar Sekunden Zögern sah sie erst zu Max und dann zu Christopher. Schließlich nickte sie.

Max legte ihr eine Hand auf die Schulter. »Willst du noch irgendetwas mitnehmen?«

Mtoto schüttelte den Kopf, umklammerte aber noch stärker als zuvor ihren Ball. »Nur das hier. Das reicht.«

Das Dorf wirkte auf einmal wie ausgestorben. Wo noch vor ein paar Minuten die Menschen hin und her gerannt waren, herrschte nun gähnende Leere. Waren sie so rasch geflohen? Oder suchten sie etwa gerade ihre Habseligkeiten zusammen?

Christopher wurde plötzlich schwindelig. Ihr Wagen! Solange Nkombe nicht im Dorf war, war ihr Mini-Jeep mit 15 PS und quasi nicht existenter Ladefläche das einzige funktionsfähige Fahrzeug vor Ort. Was, wenn jemand versucht hatte, ihn zu stehlen? Christopher beschleunigte seinen Schritt. Sie hatten den Zweisitzer ein paar Hütten weiter geparkt, unter einer Reihe von Palmen, die den Anfang der einzigen aus dem Dorf führenden Staubpiste markierten.

Er bog nach links ab. Und die gespenstische Leere nahm ein jähes Ende.

In einem kleinen Vorgarten hinter einem Zaun aus Mangoästen und Bast hatten sich ein paar Dutzend Menschen zu einer lautstarken Diskussion versammelt. Sie würdigten Christopher, Max und Mtoto keines Blickes, dafür aber sehr wohl der Wand, die sich bereits weit über hundert Meter in den Himmel erstreckte und damit alle Bäume und Hütten vor ihr wie Spielzeug erscheinen ließ.

Noch einmal bogen sie ab, diesmal nach rechts in das arme Viertel des Dorfes, insofern diese Unterscheidung überhaupt sinnvoll war. Keine einzige Ziege stand hier in den Vorgärten, nur ein paar Dornensträucher. Mittlerweile rannte Christopher regelrecht. Max und Mtoto hatten Mühe, ihm auf den Fersen zu bleiben und nichts von der roten Staubwolke einzuatmen, die er aufwirbelte.

Nur noch eine leichte Linkskurve den Hügel hinunter, und sie wären da.

Nein! Christopher fluchte innerlich. Nein, nein, nein! Sie waren nicht die Ersten, die sich an den Jeep erinnert hatten. Eine kräftig gebaute Gestalt hatte sich in den Fußraum des Fahrersitzes gequetscht und schien unter dem Lenkrad herumzunesteln, soweit man das auf die Ferne erkennen konnte. Nur ein hin und her scheppernder Rucksack und zwei dicke Beine ragten heraus.

»Hey«, rief Christopher und lief auf den Jeep zu. »Hey!«

Der Mann kroch hektisch, aber unbeholfen aus dem Fußraum heraus, nicht ohne sich dabei mit einem dumpfen Klonk den Kopf am Lenkrad anzuhauen.

»Mhubiri?« Christopher hielt ein paar Meter von ihm entfernt inne. »Du schon wieder!«

Mhubiri blinzelte. »Na ja, jetzt wo das Handynetz dauerhaft ausgefallen ist und Nkombe bei einer seiner Frau…« – er räusperte sich und rieb sich dabei den Kopf – »… und Nkombe auf einer Geschäftsreise ist …«

»Da hast du dir gedacht, du könntest einfach mal mein Auto klauen?«

Mhubiri wackelte nervös herum. »Tut mir wirklich leid.« Doch neben einer ordentlichen Portion Schuldgefühl funkelte auch ein kleines bisschen Trotz in seinen Augen auf. »Aber ich hab keinen anderen Weg gesehen. Du hast mir selbst gesagt, dass ich die Leute informieren soll, ganz egal, wie ich das anstell. Und als ich euch nich' gleich gefunden habe, hatt ich mir eben gedacht: Bring ich den Wagen erst einmal zum Laufen. Dann kann ich euch immer noch suchen, hab aber keine Zeit verloren.«

Christopher machte einen Schritt auf Mhubiri zu, die Arme in die Hüften gestemmt. »Ist mir so was von egal, was du dir dabei gedacht hast. Hände weg von meinem Wagen!«

Mhubiri gehorchte und trat noch einen Schritt zur Seite. Er schielte jedoch weiterhin auf den Jeep. »Ich wär nicht ohne euch gefahren. Ehrenwort!« Seine Stimme wurde leiser. »Bitte, lasst mich hier nich' zurück.«

Christophers Blick wanderte zu Max, die ihren Kopf schief legte und fast unmerklich nickte. Christopher verdrehte die Augen.

»Na gut«, sagte er schließlich. »Du kannst mitkommen.« Er warf Mhubiri einen bösen, fast spöttischen Blick zu. »Sofern du es schaffst, dich auf die Ladefläche zu quetschen.«

Mhubiri ließ sich das nicht zweimal sagen. Er schwang sich über die Seitenwand und klammerte sich unbeholfen am Überrollbügel fest. Max ging um das Auto herum und nahm auf dem Beifahrersitz eine völlig in sich gekehrte Mtoto auf den Schoß. Christopher stieg auf der Fahrerseite ein. Er schluckte. Er hatte den Motor noch nicht einmal angeworfen, und doch kam er sich schon wie ein Verräter an seinen Freunden und Bekannten vor.

Sie schnallten sich gerade an, als es hinter ihnen unruhiger wurde. Ganz offensichtlich waren einige der Leute, die sich noch im Dorf aufhielten, auf ihre kleine Exkursion aufmerksam geworden. Fast zwei Dutzend Männer, Frauen und Kinder kamen mit versteinerter Miene den Hügel hinab, gespenstisch klar vor dem nachtschwarzen Hintergrund der Blase, die wie eine gigantische Kuppel düster über dem Dorf thronte.

Niemand von ihnen rannte. Dennoch fummelte Christopher unter Hochdruck die Drähte zurück ins Zündschloss. Erst als der Schlüssel schließlich steckte, beruhigte er sich etwas.

Die Dorfbewohner blieben etwa zehn Meter vom Jeep entfernt stehen. Sie alle schauten Christopher an.

»Wir holen Hilfe für euch«, sagte er.

Keine Reaktion.

»Es tut mir leid.« Er drehte den Schlüssel um und ließ die Kupplung kommen.

Ein ängstliches Raunen ging durch die Menge. Christopher blinzelte. Er kannte fast alle von ihnen. Ein paar der Maisbauern mitsamt Familie, die Frau vom Dorfladen, den alten Ziegenhirten, der immer die anzüglichsten Witze machte. Einer aus der Gruppe trat einen Schritt vor und blickte Christopher fragend an, den Arm um seine drei Söhne gelegt. Kibwara, der Dorfschreiner. Einer der tüchtigsten Männer, die Christopher je kennengelernt hatte, und dann auch noch alleinerziehender Vater. Zwei seiner Kinder waren in Christophers Klasse. Lausbuben und Schwätzer, aber eigentlich tolle Jungs.

Christopher schüttelte nahezu unmerklich den Kopf. Ihm versagte fast die Stimme. »Es tut mir leid.«

Der Jüngste der drei schaute ihn mit großen Augen an. Christopher musste den Blick abwenden, fixierte stattdessen den Vater. »Wir kommen wieder. Wir holen euch hier raus. Irgendwie holen wir euch hier raus.«

Niemand von ihnen wusste besser als Christopher, dass dies eine Lüge war. Christopher bebte. Da ging es hin, sein schönes Mantra des Zusammenhalts. Eben noch hatten sie gemeinsam um Kukingas Leben gekämpft, und jetzt war ausgerechnet er es, der die stillschweigende Abmachung brach.

Er sah in Max' Augen, dass sie nicht weniger damit kämpfte als er selbst. Christopher wandte sich ab, weg von Max, weg von den Menschen hinter sich. Er konzentrierte sich nur auf die Straße vor ihm, versuchte so, die Stimmen in seinem Kopf zu übertönen, vergeblich. Schließlich gab er Gas. Der Motor heulte auf, der Jeep setzte sich mit fast durchdrehenden Rädern in Bewegung.

Im Rückspiegel sah Christopher durch die rote Staubwolke, die sie hinter sich herzogen, noch immer die Menschen aus seinem Dorf. Sie hatten sich nicht vom Fleck bewegt und schauten dem Jeep nur stumm hinterher, während hinter ihnen langsam, aber unaufhaltsam eine immer absurder wirkende schwarze Halbkugel in den Himmel wuchs.

Die Lehmpiste führte über eine Böschung und eine langgezogene Linkskurve in ein kleines, dichtbewaldetes Tal, wo sie sich an einem reißenden Bach entlangschlängelte, der sich einige Meter tief in die umgebende Landschaft gegraben hatte. Das schwarze Ungetüm lag nicht mehr direkt hinter, sondern neben ihnen. Christopher erspähte es einige hundert Meter zu ihrer Linken durch die Akazienkronen hindurch. Die Strecke wurde kurviger. Während links von ihm die Bäume vorbeisausten und zu seiner Rechten der durch den vielen Regen angeschwollene Bach sowie der dahinterliegende Steilhang immer näher kamen, tat sich Christopher von Sekunde zu Sekunde schwerer, den Wagen auf der Piste zu halten. Schließlich nahm er den Fuß vom Gas.

»Schneller, nich' langsamer!«, schrie Mhubiri von hinten. Christopher sah im Rückspiegel, dass er sich nur mit Mühe am Überrollbügel des Jeeps festklammerte.

»Viel zu gefährlich«, brüllte Christopher so laut, dass Mtoto auf Max' Schoß neben ihm zusammenfuhr.

»Viel zu gefährlich, nich' zu beschleunigen!«, schallte es zurück.

»Warum?«

»Darum!« Mhubiri zeigte nach links. Und jetzt sah Christopher es auch. Die Lehmpiste folgte weiterhin dem Verlauf des kleinen Baches zu ihrer Rechten. Bloß, dass dieser nun in eine weitere langgezogene Linkskurve eintrat, die fast direkt auf die Wand zuführte.

»Verdammter Mist!«, schrie Christopher.

Die Schwärze links vor ihnen war gigantisch, weit größer als noch vor ein paar Minuten. Christopher spürte Wut in sich hochkochen. Wie konnte das sein? Der halbe Wald zu ihrer Linken war bereits in der Kuppel verschwunden. Ein Blick zurück zeigte, dass sie auch das Dorf schon bald erreichen würde. In Fahrtrichtung sah es nicht besser aus, denn vor ihnen drehte sich die Straße derart ungünstig zur Wand hin, dass sich beide fast berührten. Und das Ding dehnte sich unaufhaltsam weiter aus …

Max beugte sich nach vorn, bis ihre Nase fast an die Windschutzscheibe stieß.

»Noch reicht es. Noch ist die Straße frei. Mhubiri hat recht. Gib Gas!« Sie strich dem zitternden Mädchen auf ihrem Schoß die Haare aus der Stirn. »Keine Angst, Mtoto. Jetzt jagen wir mal der Wand einen Schrecken ein!«

Christopher konnte durch die vorbeirauschenden Blätter kaum etwas erkennen, aber er stieg trotzdem voll aufs Pedal. »Festhalten!«

Die Kurve verengte sich weiter, an der schmalsten Stelle querte die Lehmpiste mittels einer Handvoll Balken den rostroten Bach. Christopher heizte über die Brücke, die kaum breiter war als der Jeep selbst, Schweißperlen auf der Stirn. Der Bach strömte nun zu ihrer Linken. Zu ihrer Rechten zog sich hinter einem kleinen Graben ein Steilhang an der Piste entlang. Der Jeep schlitterte ratternd durch die Kurve, ehe diese schlagartig in eine langgezogene Gerade überging. Beinahe hätte Christopher übersteuert und den Jeep geradewegs in den Bach gesetzt, doch der Wagen fing sich wieder.

Christopher zitterte am ganzen Körper. Die Steilwand zu seiner Rechten mochte hier gut zehn Meter hoch sein. Zugleich wurde nun die gesamte linke Hälfte seines Sichtfelds von der riesigen, tiefschwarzen Halbkugel eingenommen. Einige Hundert Meter vor ihnen hatte die vorderste Front der Wand soeben den Bach überschritten und nagte fast an der Lehmpiste. Ihr Schatten hatte bereits die Felsen erreicht und tauchte den enger werdenden Korridor zwischen der Wand und dem Steilhang in ein schummriges Zwielicht. Christopher fühlte sich, als würde er sehenden Auges in einen Tunnel rasen, dessen Wände sich mit beängstigender Geschwindigkeit aufeinander zubewegten.

»Gib Gas!«, schrien Max und Mhubiri wie aus einem Mund.

»Das reicht nicht!«, brüllte Christopher zurück. Trotzdem stieg er bis zum Anschlag aufs Pedal.

Sie kamen dem Punkt, an dem die Wand die Piste erreicht hatte, rasch näher. Zeitgleich hatte die Wand bereits einen weiteren halben Meter des Weges verschluckt.

»Das reicht!«, schrie Max. Mtoto kreischte.

»Das reicht nicht!«, schrie Christopher. Ihm war eiskalt. Seine Augen flatterten. Er biss sich auf die Lippen und nahm den Fuß vom Gas, nur für einen winzigen Augenblick. Er atmete lautstark aus und stieg dann wieder voll aufs Pedal.

»Das reicht, das reicht!«, schrie Max, die Arme eng um Mtotos Körper geschlungen.

Fast der halbe Weg war schon verschluckt. Christophers Körper bebte. Sechzig Stundenkilometer, auf dieser Piste! Der Tacho war am Limit. Nur noch ein paar Meter. Die Sonne verschwand hinter der Wand. Der Jeep wurde in unnatürliche Dunkelheit getaucht, als wäre der Schatten der Wand mehr als nur ein Schatten, als würde die Wand alles Licht in ihrer Umgebung regelrecht aufsaugen. Christopher bugsierte den Wagen so nahe wie möglich an den kleinen Graben direkt vor der Felsklippe. Zu nahe. Der rechte Außenspiegel blieb an einem Vorsprung hängen. Mit einem schrillen Krächzen zerbarst er und sauste pfeifend nach hinten weg.

»Das reicht nicht!«, schrie er.

Der Jeep schabte fast am Fels entlang. Christopher hielt das Lenkrad krampfhaft fest, die Augen zusammengekniffen.

Und dann ging alles ganz schnell.

Der linke Kotflügel streifte die Blase. Nur ganz leicht, doch das genügte. Mit einem Ruck wurde der Wagen brutal nach links herumgerissen, sein Heck nach rechts gegen die Felswand gefetzt und innerhalb von Sekundenbruchteilen jäh in die Höhe geschleudert. Der Jeep kam, mit der linken Seite der Schnauze in der Wand steckend, praktisch augenblicklich zum Stillstand.

Christopher japste auf, als ihm alle Luft aus den Lungen gepresst wurde. Sein Anschnallgurt schnitt ihm tief in den Brustkorb. Sein Kopf wurde hart nach rechts geschleudert. Eine Momentaufnahme schoss durch sein Gehirn. Ein Bild von Mtoto, die neben ihm schrie, von Max, die die Augen geschlossen hielt, das Gesicht schmerzverzerrt.

Ihm wurde schwarz vor Augen. Der Schmerz in seiner Brust raubte ihm den Atem. Christopher spürte, wie ihm sein Körper langsam entglitt – und wie sich die Dunkelheit, die immer weiter über die Motorhaube auf ihn zugekrochen kam, letztlich über alle seine Sinne legte …

Es war Mtotos zweiter Schrei, ein unvorstellbar schrilles Gebrüll voller Wut und Panik, der ihn wieder zurückholte. Er starrte in die Schwärze vor sich und war augenblicklich hellwach, trotz aller Schmerzen. Die Wand fraß sich unaufhaltsam weiter durch die Motorhaube vor, nichts als Schwärze hinterlassend. Dieses … Gefühl war zurück, diese fast lockende Aura, die ihm mehr Angst einjagte als alles andere. Panisch fingerte Christopher an seinem Anschnallgurt herum. Die Barriere war keinen Meter mehr von seinem Oberkörper entfernt. Und sie war schneller, viel schneller als zuvor am Mangohain. Achtzig Zentimeter, sechzig, vierzig. Endlich traf er den Auslöser seines Gurtes und hämmerte sogleich auch auf den des Beifahrersitzes ein. Mtoto sprang aus eigener Kraft aus dem Auto, ihren Stoffball umklammert, doch Max musste von Christopher unsanft hinausgestoßen werden. Die Wand flutete bereits den Fußraum vor dem Fahrersitz. Panisch krabbelte Christopher nach rechts und rollte sich in letzter Sekunde aus dem Wagen.

Max war durch den harten Aufprall auf der Erde zu sich gekommen und versuchte, sich zusammen mit Mtoto von dem Auto fortzubewegen. Keine Chance – sie waren eingekeilt. In Fahrtrichtung vor ihnen hatte die Wand bereits den Steilhang erreicht, während hinter ihnen der Jeep den Rückweg blockierte. Und dieses Dreieck, das ihnen zwischen Wagen, Wand und Steilhang zu ihrer Rechten blieb, wurde von Sekunde zu Sekunde kleiner.

Zwei Meter weiter, im Schatten der Ecke, in der die Wand auf den Fels traf, rappelte sich eine Gestalt mühselig auf und knickte gleich wieder ein. Mhubiri! Der Mann musste aus dem Jeep geschleudert worden sein. Er sah furchtbar aus, Blut tropfte aus einer Wunde am Kopf, während er die linke Hand auf seinen Brustkorb presste.

»Unter den Wagen«, krächzte er.

Christophers Augenbrauen zogen sich zusammen, bis er einen Blick auf den Jeep warf – und für einen Moment sogar das Atmen vergaß. Nicht nur, dass der Wagen jetzt quer zur Piste stand, er schwebte halb in der Luft! Die Fronträder befanden sich nur ein paar Zentimeter über dem Boden, doch das Heck stand einen halben Meter in der Luft. Genügend Platz, um darunter durchzukrabbeln.

»Schnell!«, rief Christopher und schob Mtoto voran. Dann Max, dann Mhubiri. Schließlich folgte er selbst durch den Schlamm, zu seiner Linken der blanke Fels, nur wenige Zentimeter rechts von ihm dieses undefinierbare Schwarz, das nun mit atemberaubender Gleichmäßigkeit den Unterboden des Wagens auffraß.

Christopher nahm all seine Kraft und seinen Hass auf dieses Ding zusammen. Halb krabbelnd, halb von Max gezogen, kam er gerade in dem Moment unter dem Jeep hervor, als der letzte Rest des Wagens von der Wand verschlungen wurde.

Christopher rappelte sich auf, stöhnte und hielt sich die schlammbespritzte Brust. Seine Rippen schmerzten. Max und Mhubiri bluteten und klammerten sich dabei an ihre Rucksäcke. Sie alle vier boten ein erbärmliches Bild. Mhubiri lehnte keuchend an der Steilwand. Mtoto hatte ihre Augen so weit aufgerissen, als stünde sie unter Schock. Wenigstens körperlich schien die Kleine aber unversehrt zu sein.

»Wir müssen weiter«, schnaufte Max.

Sie hatte recht. Aber wohin? Es ging weder vor noch zurück. Dort, wo sie herkamen, hatte die Wand mittlerweile fast die Brücke erfasst und war nahe dran, die Piste auf der gesamten Länge ihrer Geraden zu erreichen. In ihrer Verfassung würden sie es niemals rechtzeitig zur Brücke schaffen.

Christopher sah Max an. Beide blickten zeitgleich nach oben, die Felswand hinauf. Sie zog sich zwar steil in die Höhe, wurde aber niemals senkrecht. Und sie war nur etwa zehn Meter hoch. Mit genügend Zeit und guter Verfassung eigentlich kein Problem.

»Wir müssen da rauf«, sagte Christopher schließlich.

Mhubiri lachte schrill. Mtoto klammerte sich an Max' Beine. Sie schüttelte immer wieder den Kopf.

Christopher ging in die Knie, auch wenn ihm diese Bewegung sofort einen neuerlichen stechenden Schmerz durch die Rippen jagte.

»Es tut mir leid, Kleine«, sagte er. »Das ist der einzige Weg.«

Mtoto schaute ihn mit großen Augen an. Er sah, wie sie mit sich rang. Dann, ganz langsam, begann sie tapfer zu nicken. »Wir schaffen das, oder?«

Max drückte ihre Schulter. »Klar schaffen wir das.«

Zum Glück konnte Mtoto ihr Gesicht nicht sehen. Oder Mhubiris.

Und doch, die ersten paar Meter gingen besser als erwartet. Hier war die Steilwand zum Teil von Geröllhalden unterbrochen. Sogar Mhubiri konnte sich mit Christophers Hilfe hochhieven, auch wenn mehrfach das Geröll unter ihm wegrutschte. Erst als sie unter Stöhnen und Ächzen die halbe Höhe erreicht hatten, begann der wirklich schwierige Teil.

»Kommt schon«, rief Christopher. »Nur noch drei, vier Meter.« Er zog Max und Mtoto zu sich auf einen kleinen Vorsprung und machte prompt den Fehler, in die Schwärze hinter sich zu blicken, die nun – bis auf ein Stück trockengefallenen Bachbetts flussabwärts – das komplette Tal ausfüllte und nur noch einen dünnen Wegstreifen verschont ließ, der von Sekunde zu Sekunde schmaler wurde. Max bemerkte seinen schreckensstarren Blick, folgte ihm und wurde ihrerseits ganz bleich.

»Wir müssen weiter«, flüsterte sie, doch erst als sie ihm eine Hand auf die Wange legte, gelang es ihr, Christopher aus seiner Apathie zu reißen.

»Okay. Auf drei«, sagte er. Max legte einen Fuß in seine Hände. »Eins, zwei, drei.« Und damit katapultierte Christopher sie nach oben. Max schrie auf und stöhnte, doch ihre Hände bekamen die Felskante zu greifen. Unter lautem Fluchen und Drücken von Christopher zog sie sich hoch.

Mtoto zitterte am ganzen Leib. Auch sie hatte den Fehler gemacht, einen Blick zurückzuwerfen. Mittlerweile war selbst das letzte bisschen Staubpiste unter ihnen verschwunden und hatte nichts als die bodenlose Dunkelheit eines schwarzen Lochs übriggelassen. Und jetzt kroch dieses Loch den Abhang hoch, schneller, als sie klettern konnten.

Christopher drückte Mtoto fest an sich, nahm sich ein, zwei kostbare Sekunden Zeit, um sie zu beruhigen. Er half Mhubiri auf den Vorsprung und hob dann Mtoto hoch. Gemeinsam stemmten die Männer Mtoto in die Höhe. Ein letztes Kräftesammeln, dann schleuderten sie das Mädchen bis zur Felskante empor. Mtoto kreischte und strampelte vor Angst, doch Max bekam ihre Handgelenke zu fassen und zog sie zu sich hoch. Mhubiri stöhnte auf und brach in sich zusammen, die Arme an den Brustkorb gepresst. Christopher kniete sich sofort neben ihn, aber Mhubiri scheuchte ihn fort. »Geh.«

Christopher schüttelte den Kopf. »Nein. Nicht nach dem, was du gerade für Mtoto getan hast.«

Er versuchte, Mhubiri zu stützen. Doch der brüllte auf und presste sich die Hand auf die Rippen. »Geh!«

»Nein.« Christophers Stimme zitterte. Sein Blick schnellte zwischen Mhubiri und der Wand hin und her, die immer näher kam.

»Verdammt, du kriegst mich da nich' hoch. Hau endlich ab, bevor du uns noch beide in die Scheiße reitest!«

Christopher richtete sich zögerlich auf.

»Los!«

Er drehte sich zur Wand um, starrte hinab. Fünfzehn Sekunden blieben ihm, vielleicht zwanzig.

»Geh!«

Christopher sah Mhubiri an, musterte seine Gestalt. Was mochte er wiegen? Hundertzwanzig Kilogramm, hundertdreißig? Er wollte etwas sagen, wusste aber nicht, was. In seinem Hals bildete sich ein Kloß. Lautlos fluchte er, dann krallte er seine Hände in den Felsen und zog sich hoch, Hand für Hand, Fuß für Fuß. Sein Brustkorb brannte, ihm wurde schlecht. Auf den letzten Zentimetern senkte sich ihm eine Hand entgegen, half ihm hoch, dann eine zweite und eine dritte. Mit vereinten Kräften zogen Max und Mtoto ihn über die Kante. Christopher hustete. Gemeinsam richteten sie ihn auf, und gemeinsam schleppten sie sich ein paar Dutzend Meter weiter durch die fast strauchlose Savanne, so lange, bis sie sich für den Moment sicher wähnten. Unter dem breiten Stamm eines einsamen Affenbrotbaums brachen sie zusammen.

Ihr Blick fiel auf die Stelle, an der sie gerade noch hochgeklettert waren, die Stelle, wo die Wand just in dieser Sekunde den Abhang erklomm und sich nun in die Hochebene ergoss. Die Stelle, wo Mhubiri soeben von ihr verschluckt worden war.

Christopher ließ einen Schrei los, aus Schmerz, aus Wut, aus Frustration.

Lange starrten sie auf die anrückende Schwärze, zählten die Meter, die sie an Boden gutmachte, untersuchten ihre Verletzungen – nichts Katastrophales, zum Glück – und versuchten, sich Mut zu machen für den Weg, der nun vor ihnen lag.

Bis plötzlich zu ihrer Linken – Hunderte Meter von ihnen entfernt, dort, wo die Wand erst jetzt die Felsklippe erreichte – ein winziges, merkwürdig vertrautes Etwas aus dem hohen Gras auftauchte und auf sie zuwankte. Christopher kniff die Augen zusammen, doch es war Mtoto, die die Gestalt als Erste erkannte. »Mhubiri!«

Auf einmal waren die Schmerzen fast vergessen. Christopher und Max sprangen auf und liefen dem Mann entgegen, stützten ihn, als er vor Erleichterung und Erschöpfung umzukippen drohte.

Max lachte vor Freude. »Wie … wie hast du …?«

Mhubiri grinste schief, bei jeder Bewegung verzerrten Schmerzen sein Gesicht. »Ich bin ums Verrecken nich' hochgekommen. Hatte mich eigentlich schon aufgegeben und bloß noch an die Wand gelehnt. Dabei ist mir dann aufgefallen, dass ich vielleicht nich' hochkomm, aber sehr wohl zur Seite ausweichen kann. Deswegen bin ich einfach auf gut Glück auf gleicher Höhe am Vorsprung weitergekraxelt.« Er lachte. »Ich mein', was hatte ich schon zu verlieren?«

Mhubiri hustete. Das klang ungesund. Es dauerte eine Weile, ehe er sich wieder fing.

»Jedenfalls hatte ich kurz vor der Brücke Glück. Da ging es auf einmal ganz leicht.« Er lachte noch einmal und kippte dabei trotz des Stützens fast hintenüber.

Christopher sah aus den Augenwinkeln, wie Max lächelnd den Kopf schüttelte und, als sie glaubte, Christopher würde es nicht bemerken, mit geschlossenen Augen eine Dankesformel murmelte. Dann kramte sie ein kleines Erste-Hilfe-Pack aus ihrem Rucksack, desinfizierte Mhubiris Stirnwunde und verband sie schließlich mehr schlecht als recht, bevor sie vorsichtig seinen Brustkorb abtastete.

»Fühlt sich so an, als wären zwei Rippen gebrochen. Aber ich glaube, du hattest Glück«, sagte sie. »Die Lunge scheint in Ordnung zu sein.«

»So fühlt sich also Glück an«, sagte Mhubiri mit schiefem Grinsen. »Wollt' ich schon immer mal wissen.«

Sie grinste zurück, den Blick auf die flache Graslandschaft gerichtet, die sich scheinbar endlos vor ihnen ausbreitete. »Umso besser. Dann hast du nämlich keinen Grund, zu jammern, wenn ich dir zeige, wie viel Weg noch vor uns liegt. Stell es dir einfach als einen kleinen Sonntagsausflug vor.«

Nur Christopher grinste nicht. Er war genauso froh, dass Mhubiri es geschafft hatte, doch seine Freude wurde durch die auf sie zukommende Wand und ihren eigenen desolaten Zustand erheblich gedämpft. Als Christopher bemerkte, wie Mtoto in ihre Lethargie zurückzufallen begann, weil er sie mit seinem Pessimismus anzustecken drohte, wandte er den Blick ab, räusperte sich und deutete über die Schulter in Richtung der Wand. »Kommt schon. Das Ding nimmt keine Rücksicht auf uns. Wir müssen weiter.«

Die Wand hatte sich verändert. Nicht in ihrer Form, aber in ihrer Wirkung. Kilometerhoch ragte sie mittlerweile auf, eine Halbkugel ohne Tiefe oder Boden.

Laut ihrer Berechnung dehnte sie sich mittlerweile mit einer Geschwindigkeit von etwa zwei Stundenkilometern aus. Noch nicht genug, um ihnen unmittelbar gefährlich zu werden. Sie selbst kamen fast doppelt so schnell voran, und entsprechend hatten sie in den letzten drei Stunden einige Kilometer gutgemacht, trotz der Schmerzen, die Christopher, Max und Mhubiri bei jedem Schritt hatten. Doch die Wand beschleunigte weiter. Diese Luxussituation würde sich also ändern. Bloß wann?

Auf diese Entfernung war die Ausbreitung der Wand mit bloßem Auge nicht auszumachen. Wie ein überdimensionaler, texturloser Teertropfen hing sie in der Landschaft, ein halber Kilimandscharo, riesig und träge. Doch dann sahen sie wieder, wie ein gerade noch sichtbarer Baum, unvorstellbar winzig im Vergleich zur anrückenden Front, in Sekundenschnelle in ihr verschwand. Und die Veränderung zwischen jedem Blick, den sie auf ihrem Weg gen Norden, nach Mtwara, zurückwarfen, war merklich.

Doch die psychologische Wirkung der Wand war nicht nur ihrer schieren Größe geschuldet, sondern vielmehr dem, was sie mit der Welt ringsum anstellte.

Seit Stunden hatte sich kein einziges Tier mehr blicken lassen, mitten in der menschenleeren Savanne, die sonst vor Antilopen und Gnus nur so wimmelte. Was bedeutete das? Waren die Tiere geflohen? Alle? Und wohin? Oder hielten sie sich versteckt? Für Christopher war das Verschwinden der Tiere völlig unerklärlich. Und je mehr er darüber nachdachte, desto mehr ängstigte es ihn.

Dann war da noch diese … Finsternis. Wann immer sich eine Wolke vor die Sonne schob, bekam Christopher den Eindruck, dass sich die Umgebung deutlich stärker verdunkelte, als es sich eigentlich für sie gehörte. Ein bisschen wie bei einer riesigen partiellen Sonnenfinsternis, wegen des Stücks, das die Wand aus dem hellen Himmel herausgebissen hatte. Ein Stück Himmel weniger, das nun die Welt darunter beleuchtete. Wenn die Sonne schien, fiel das kaum auf, doch bei indirektem Licht war der Effekt frappierend, fast beängstigender als die gigantische Blase selbst. Je öfter der Himmel nun bewölkt war, desto schlechter wurde Christophers Laune.

Aber genau das war Teil des Problems: Der Himmel zog sich tatsächlich immer mehr zu. Der Wind hatte aufgefrischt, war vollends an die Stelle der sonst so flirrenden Nachmittagshitze der Savanne getreten. Beständig blies er ihnen nun entgegen und erschwerte so das Vorankommen. Und offenbar war das kein Zufall. Es schien, als wehte er von überall auf die Wand zu, vor der sie, genau wie wohl jeder andere Mensch mit intaktem Verstand, gerade zu fliehen versuchten. Ein Blick nach oben genügte, um diesen Eindruck zu bestätigen. Aus allen Himmelsrichtungen flogen die Wolken förmlich auf die Wand zu, wie auf ein extrem komprimiertes Tiefdruckgebiet. Ein Teil der Wolken schien geradezu in die Wand hineinzurasen, während andere in der turbulenten Luft in die Höhe schossen, bis sich weit über der Blase ein Ring aus riesigen Gewitterwolken ausbildete, oben weiß und unten ebenso tiefschwarz wie die Wand selbst. Solche Gewitterwolken waren um diese Tages- und Jahreszeit in dieser Gegend prinzipiell nichts Ungewöhnliches, aber ihre Anordnung und ihre schiere Größe reichten aus, um es Christopher kalt den Rücken hinunterlaufen zu lassen. Vor allem, wenn er daran dachte, dass sie vor einer halben Stunde noch nicht existiert hatten …

Er trieb die anderen drei weiter voran, um der sich ausdehnenden Gewitterfront ein gutes Stück voraus zu bleiben – mit mäßigem Erfolg. Mhubiri ging es dreckig, immer wieder mussten sie ihn stützen oder kurz rasten lassen, und immer unsicherer klangen seine Schätzungen, wie lange sie noch nach Mtwara brauchten. Mtoto war in eine beängstigende Schwermut gefallen und antwortete nicht einmal mehr, wenn man sie etwas fragte. Sie hatte sogar ihren Ball Mhubiri zur Verwahrung gegeben. Und Max wusste nichts Besseres mit der Zeit anzufangen, als angesichts des strapaziösen Marsches darauf hinzuweisen, dass sie mindestens mit einem halben Wagen an der Wand vorbeigekommen wären, wenn Christopher nicht so unentschlossen gehandelt hätte. Christopher hielt es für müßig, darüber zu diskutieren, aber er sah sich auch im Recht. Er war überzeugt, dass sie die Wand mit einer weitaus größeren Wucht gerammt hätten, wenn er nicht gezögert hätte. Dann würden sie jetzt mit mehr kämpfen als schweren Prellungen, ein paar oberflächlichen Schnittwunden und – im Falle Mhubiris – zwei angeknacksten Rippen. Christopher machte sich allerdings wenig Mühe, Max seine Sicht der Dinge differenziert darzulegen. Dadurch eskalierte Max' Provokation zu einem handfesten Streit, der die nächste Zeit sicher so weitergegangen wäre, wenn ihn nicht ausgerechnet Mtoto durch einen verstörend leeren und gerade dadurch umso anklagenderen Blick abrupt beendet hätte.

Und so stiefelten sie wieder stumm nebeneinanderher, immer in der Hoffnung, endlich Menschen zu treffen, die Ausläufer der Stadt zu erreichen oder wenigstens einen Augenblick lang Handyempfang zu bekommen.

Was sie stattdessen bekamen, war Regen. Plötzlicher als gedacht. Früher. Und viel, viel mehr. Die Savanne zu ihren Füßen, nur von ein paar hohen Gräsern und der gelegentlichen Alibi-Akazie bedeckt, verwandelte sich in Minutenschnelle in einen schier unpassierbaren Morast. Auch wenn nun wenigstens die Wand ihrem Blick entzogen war, die Laune sank ins Bodenlose. Und noch immer waren sie etliche Kilometer von Mtwara entfernt.

Zu weit, als das Christopher die Stimmung mit einem Schulterzucken akzeptieren konnte. Diese Niedergeschlagenheit entwickelte sich viel zu schnell zu einer echten Bedrohung für ihr Vorankommen, lähmender noch als der Regen oder der Morast.

Und so schnappte sich Christopher Mtoto, setzte sie ungeachtet aller Schmerzen mit einem kraftvollen Armschwung auf seine Schultern und begann zu singen, so laut wie schräg.

»Row, row, row your boat,
gently down the stream.«

Über ihm kicherte es, und plötzlich umspielte sogar Max' Lippen ein kleines Lächeln. Und auch wenn sie keinerlei Anstalten machte, selbst in das Lied mit einzustimmen – »viel zu kitschig«, flüsterte sie, »die Peinlichkeit tue ich mir nicht an« – konnte Max ihre Freude nicht verbergen, als sie zu Mtoto aufblickte.

»Merrily, merrily, merrily, merrily,
life is but a dream.«

Und ehe Christopher sich versah, hatte er einen Bariton dazugewonnen, und schließlich einen hellen, kindlichen Sopran, der – erst unbeholfen, dann immer textsicherer – beide Männer an Begeisterung und Schmetterbereitschaft um Längen übertraf.

Christopher konnte nicht genau sagen, wie viele Stunden sie am Ende marschiert waren, völlig durchnässt, dunkle Wolken vor ihnen, noch weit dunklere hinter ihnen, dort, wo die Wand alles Licht aus dem Himmel sog – doch irgendwann geschah das Wunder: Sein Handy zeigte einen einzigen Balken Netzempfang. Im strömenden Regen, das Handy mit der Hand und einem Teil seines T-Shirts notdürftig beschützend, versuchte Christopher einen Anruf bei der Person, von der er sich am ehesten so etwas wie Hilfe versprach: John Murray.

John war der einzige Pilot, den er in der Gegend kannte. Er besaß einen kleinen Helikopter, mit dem er gelegentlich Touristen auf Luftsafaris durch die Gegend flog. Christopher drückte auf Johns kleines Konterfei und hielt sich das Handy ans Ohr. Gott sei Dank, der Mann hob ab! Christopher ließ ihn gar nicht erst zu Wort kommen, unterbreitete ihm in kurzen Sätzen den Vorschlag, sie in spätestens einer halben Stunde direkt an der Maschine zu treffen. John war sofort einverstanden. Er wohnte am anderen Ende der Stadt und hatte erst vor kurzem von den Ereignissen erfahren. So wie er die Situation auf den Straßen Mtwaras beschrieb, würde er wohl nicht lange vor den vier Flüchtlingen am Hangar eintreffen.

Eigentlich hätte ihm der Anruf Anlass zum Optimismus geben müssen, doch Johns besorgter Tonfall und der Lautstärkepegel im Hintergrund, gegen den John gerade so hatte anschreien können, hatten Christopher Falten auf die Stirn getrieben. Also noch ein Anruf. Christopher wusste, dass der nächste Gedanke weit hergeholt war. Aber vielleicht, ganz vielleicht könnte sie ja ... Das Handy klingelte. Noch einmal. Und noch einmal. Christopher wartete eine geschlagene halbe Minute, spürte, wie ihm sein Herz nach und nach in die Hose rutschte. Schließlich gab er auf. Nicht einmal ein Anrufbeantworter. Mit aufgeweichten Fingern tippte er auf dem Touchscreen herum. Jeder zweite Buchstabe ging zwischen ihnen, dem Regen und dem Display verloren, ehe er schließlich einen kurzen, reichlich panischen Hilferuf per Kurznachricht absetzen konnte. Das würde nicht reichen. Noch einmal startete er einen Anruf, ließ es klingeln, bald eine Minute lang. Da, die Mailbox! In kurzen Worten, Worten, die ihm surreal erschienen, beschrieb er die Wand, ihre Notlage, ihren Plan, sich zum Flughafen von Mtwara durchzuschlagen.

Plötzlich – er war noch gar nicht fertig – brach die Verbindung ab, und der Bildschirm wurde dunkel. Christopher schüttelte das Handy, hielt es vor seine Nase, drückte alle Tasten. Doch das Display blieb schwarz. Er drückte auf den Anschaltknopf, lange und fest. Nichts passierte. Wahrscheinlich ein Kurzschluss. Christopher fluchte.

Er bedeutete Max, deren Handy endlich auch Netz hatte, es auszuschalten und sofort den Akku zu entfernen, um nicht dasselbe Ergebnis zu riskieren. Doch erst als Christopher ihr mit seinem toten Gerät vor der Nase herumwirbelte, brachte sie ihren Anruf bei einem befreundeten Journalisten in Daressalam – ihre Eltern hatte sie offenkundig nicht erreicht – zu einem abrupten Ende und schaltete ihr Handy freiwillig aus.

Wieder trotteten sie stumm nebeneinanderher, Mtoto auf Christophers Schultern, Mhubiri von Max gestützt. Und auch wenn der Mobilfunkempfang ihrer Laune etwas Auftrieb gegeben hatte und der Regen etwas nachließ, war der Flughafen noch immer weiter entfernt, als sie hofften.

Die Savanne wurde allmählich grüner, je näher sie der Küste kamen. An die Stelle der Gräser trat übermannshohes Strauchwerk, das ihr Fortkommen zunehmend erschwerte. Und so dauerte es eine geschlagene Stunde, ehe die vier triefenden Gestalten endlich fluchend und mit zerkratzten Armen aus einem größeren Dickicht ins Zwielicht einer gewaltigen Lichtung traten – und sich prompt auf der falschen Seite des Flughafenzauns wiederfanden.

Oder vielleicht doch auf der richtigen. Denn offenkundig waren sie nicht die Ersten, die diese Idee gehabt hatten …

»Heilige Scheiße!«

Christopher, Max und Mhubiri schauten verblüfft nach unten. Sie hätten es nicht besser ausdrücken können, aber das ausgerechnet Mtoto solche Worte in den Mund nahm, hatte keiner von ihnen erwartet. Max musste unwillkürlich grinsen, und auch Christophers Mundwinkel bewegten sich ein ganz kleines bisschen nach oben. Besser als ihre stundenlange Stille war Mtotos unflätiger Ausspruch allemal. Und er brachte die Situation auf den Punkt.

»Das müssen Tausende sein«, murmelte Max.

»Abertausende«, bekräftigte Mhubiri.

Obwohl die Wand noch einige Kilometer entfernt sein musste, wurde das kleine Flughafengebäude von einer gigantischen Menschenmenge belagert. Der größte und zugleich lautstärkste Teil der Meute hatte sich rund um die Flugzeuge versammelt, die direkt davor parkten. Ganz offensichtlich waren viele der Flieger bereits voll besetzt, denn einige von ihnen begannen, sich ebenso langsam wie rücksichtlos einen Weg durch die umgebende Menge zu bahnen. Die Menschenmassen waren in Aufruhr, und auch wenn Christopher das nicht für möglich gehalten hätte, übertönte ihr Lärm sogar den der Flugzeugpropeller.

»Das ist unsere Chance«, rief Max und deutete auf den Hangar diagonal gegenüber, jenseits der aufgebrachten Menge, jenseits der Startbahn. Im Gegenzug zum Hauptterminal mit seinen großen Propellermaschinen versuchte nur eine Handvoll Menschen dort ihr Glück.

»Und wie kommen wir über den Stacheldrahtzaun?«, fragte Christopher.

Max zog ein großes Schweizer Offiziersmesser aus ihrem Rucksack. »Damit.«

Sie begann, mit viel Mühe einen Draht nach dem anderen durchzuschneiden.

Mhubiri schüttelte bloß den Kopf. »Weiße«, murmelte er.

Dann machte er einen Schritt zurück, holte kräftig aus, trat mit voller Kraft gegen den nächstbesten Metallpfosten – und taumelte mit schmerzverzerrtem Gesicht zurück. Doch er hatte es geschafft: Der Pfosten hatte sich gelockert. Noch drei, vier Tritte von den anderen beiden Erwachsenen, und er lag am Boden. Christopher stellte sich auf den Stacheldraht und drückte ihn, so tief es ging, in den schlammigen Grund. Dann hob er Mtoto hinüber, bemüht, ihr ein aufmunterndes, möglichst ehrliches Lächeln mit auf den Weg zu geben. Max und Mhubiri folgten.

Gemeinsam liefen sie los. Max mit Mtoto vorneweg, dahinter Christopher und Mhubiri, durch das Gras auf den rissigen Asphalt der Startbahn zu. Sie waren noch ein paar Meter vom Rollfeld entfernt, als Max urplötzlich stehenblieb, Mtoto zu Boden riss und sich selbst über sie warf. Christopher hatte keine Ahnung, was vor sich ging, aber instinktiv warf er sich neben Max ins feuchte Gras.

Keine Sekunde zu früh. Ein Grollen zog auf, ein düsteres Fauchen, das nicht der wütenden Menschenmenge geschuldet war. Eines, das rasch näher kam und zu einem ohrenbetäubenden Dröhnen anwuchs. Christopher presste sich die Hände auf die Ohren, das Gesicht durch den Krach schmerzverzerrt. Die startende Maschine zog von schräg hinten direkt über sie hinweg. Ihre Propeller schnitten keine zwei Meter über ihnen durch die Luft und pressten sie mit orkanartigen Windstößen tief in den Morast. Christopher spürte die Luft aus seinen Lungen entweichen.

Der Druck ebbte ab, doch der ohrenbetäubende Lärm hallte noch nach, als sich das Flugzeug schon wieder von ihnen entfernte. Wie zum Teufel konnten sie das bloß überhört haben?

»Alles okay?«, brüllte Max in die Runde, bemüht, sich zumindest den gröbsten Dreck vom Hemd zu streichen.

Niemand antwortete ihr. Mtoto starrte sie mit offenem Mund an, Schlamm tropfte von ihrer Nase und aus ihren triefend nassen Haaren, obwohl der Regen praktisch aufgehört hatte.

Sie wirkte wie ein kleines Bündel Elend. Das Mädchen hatte heute schon mehr durchgemacht, als Christopher jedem Feind für ein ganzes Leben wünschen würde.

Er hob sie auf beide Arme und lief ohne jeglichen Kommentar los. Max und Mhubiri folgten ihm so gut es ging. Alle vier achteten diesmal penibel auf die beiden über Kreuz liegenden Startbahnen, doch die restlichen Maschinen taten sich überraschend schwer, aus der Menschenmasse herauszukommen – und das, obwohl ihre Propeller auf Hochtouren liefen. Christopher wollte sich nicht ausmalen, was passieren würde, wenn die nachdrückenden Flüchtlinge einen der ihren in die Triebwerke stießen.

In einem weiten Bogen umkreisten die vier die äußersten Belagerungsringe. Keuchend und schwitzend erreichten sie schließlich die Rückwand des Hangars. Die Tür war unverschlossen. Obwohl er am ganzen Körper zitterte, setzte Christopher Mtoto ab, drückte die Türklinke vorsichtig herunter und lugte dann durch einen dünnen Spalt in die Halle dahinter.

Der Hangar war nahezu leergeräumt. Neben dem Hubschrauber, einem veralteten Eurocopter-Modell, befand sich nur noch eine Cessna in der Halle. Ein halbes Dutzend Männer quetschte sich gerade in die kleine Maschine. Von John Murray, ihrem Helikopterpiloten, war weit und breit nichts zu sehen.

Christopher stockte der Atem. Einer der Männer hatte ihn entdeckt. Er sah Christopher mit durchdringendem Blick an, die Augen zu Schlitzen verengt, die rechte Hand locker an der abgewandten Seite des Gürtels eingehakt. Christopher konnte nicht erkennen, ob der Mann nur bluffte oder ob er wirklich eine Waffe bei sich trug, aber er hatte kein Interesse daran, es herauszufinden. Der Mann wartete, bis der letzte seiner Kameraden in der Cessna verschwunden war. Und erst als das Flugzeug aus dem Hangar rollte, schloss er hinter sich selbst die Tür, den Blick nach wie vor auf Christopher gerichtet.

Max wurde ungeduldig, drängte ihn, ihr zu sagen, was vor sich ging. Doch Christopher schüttelte bloß den Kopf. Erst als die Cessna außer Reichweite war, öffnete er wortlos die Tür und ließ sie in den Hangar.

»Er ist nicht da, oder?«, fragte Max.

»Sieht so aus.« Christopher deutete auf sein totes Smartphone. »Und ohne seine Nummer können wir nicht einmal versuchen, ihn zu erreichen.«

Mhubiri keuchte, die Hände auf den Oberschenkeln abgestützt. Aber trotz schmerzverzerrtem Gesicht grinste er und deutete mit seinem Kinn auf eine Pinnwand zu seiner Rechten. »Doch, können wir. Die Nummer! Hier auf dem Werbeplakat steht seine Nummer!«

Christopher spürte neue Hoffnung in sich aufkeimen. Auch Max' Mundwinkel zuckte leicht. Fast wäre ein Lächeln daraus geworden. Mit rasenden Fingern tippte sie die Nummer in ihr Handy. Doch mit so viel Enthusiasmus sie eben noch ihr Handy ans Ohr hielt, mit ebenso viel sichtbarer Enttäuschung ließ sie es gleich wieder sinken. Selbst Christopher konnte das leise »Klick« aus ihrem Lautsprecher hören.

Seine Schultern fielen kraftlos herab. Das bedeutete, dass ihnen nur noch eine Option blieb. Sofern er das überhaupt eine Option nennen wollte …

Eine halbe Minute später standen sie rings um den Helikopter. Max schluckte, kletterte ins Cockpit und warf einen Blick auf die Kontrollen. Kopfschüttelnd kam sie wieder heraus.

»Keine Chance«, sagte sie. »Bevor wir versuchen, dieses Ding selbst zu fliegen, könnten wir uns auch gleich in die Propeller der nächsten Maschine werfen. Würde uns zumindest eine ganze Menge Arbeit ersparen.«

Christopher ignorierte ihren letzten Kommentar einfach. »Ganz zu schweigen davon, dass wir ja nicht einmal den Zündschlüssel auftreiben können«, sagte er, legte seine Hände vor den Mund und atmete tief ein. »Hat ein Helikopter überhaupt so etwas?«

Er schaute in ratlose Gesichter.

Stille.

»Der Hafen?«, schlug Mhubiri vor.

»Dazwischen liegt die ganze Stadt«, sagte Max, eine Hand an ihre Rippen gepresst. »Die Chancen stehen denkbar schlecht, dass wir uns einen Platz auf einem der paar Dutzend Fischerboote sichern können, bevor es hunderttausend andere tun. Wir sollten lieber versuchen, etwas zu machen, worauf nur wenige kommen. Ideen?«

»Das ist doch alles absurd!«, stöhnte Christopher und begann, auf und ab zu laufen. Er war selbst überrascht, wie nahe er auf einmal den Tränen war. »Was soll der ganze Scheiß? Das ist doch einfach unmöglich. So etwas geschieht nicht ohne Grund.« Er stoppte. Sein Brustkorb schmerzte bei jedem Schritt, jetzt, wo das Adrenalin nachließ. »So etwas hat überhaupt nicht zu geschehen!«

Mtoto schaute ihn völlig verängstigt an.

Christopher biss sich auf die Lippen. »Mtoto, es tut mir …«

Knattern. Lautes Knattern. Zugleich wurde die Menge drüben bei den Flugzeugen leiser, nur um dann unüberhörbarer denn je zu brüllen. Was war da los?

Vorsichtig traten die vier aus dem Hangartor. Direkt über dem Flughafen war es etwas aufgeklart, ein paar Sonnenstrahlen drangen durch die Wolken, während am Horizont noch immer Blitze zuckten. Der halbe Himmel zu ihrer Linken war von Gewitterwolken dominiert, und in den Lücken zwischen ihnen drang die tiefe Schwärze der Wand hindurch.

Doch das Knattern kam gar nicht von links. Fast zeitgleich drehten sich Christopher, Max, Mtoto und Mhubiri nach rechts. Ein kleiner, schwarzer Helikopter schwebte unter lautem Klopfgeräusch durch die Luft. Aber nicht von ihnen weg …

Der Hubschrauber verlor rasch an Höhe. Ganz offensichtlich peilte er den einzigen Heli-Landeplatz direkt vor ihnen an. Und ebenso offensichtlich waren sie nicht die einzigen, die das bemerkt hatten: Ein Teil der Menschenmassen gab den Kampf um die verbliebenen Flugzeuge auf und bewegte sich stattdessen auf den Landeplatz zu.

Christophers Blick wanderte nervös zwischen dem beginnenden Ansturm und dem Helikopter hin und her, bis ihm plötzlich die Markierung auf dem Heck auffiel.

Max hatte es auch bemerkt. Ein fünfzackiger weißer Stern auf einem blauen Kreis. Und daneben ein einzelner Schriftzug: *Marines.*

Sie sahen einander an. Christophers Herz machte einen Sprung. Max lachte wie wild. Christopher stimmte ein, bis sein Blick wieder nach links fiel. Als die Kufen des Helikopters den Asphalt berührten und sich Christopher, die Hand schützend vor die Augen haltend, auf das laute Ungetüm zubewegte, da fing die Vorhut der Meute, noch mehr als einen halben Kilometer entfernt, an zu rennen. Und wie sie rannten!

Christopher bekam es mit der Angst zu tun. Er beschleunigte seinen Schritt, bis er direkt neben dem Helikopter stand. Eine Schiebetür glitt auf. Drei Männer mit schwarzen Helmvisieren und den dunkelgrünen Tropenuniformen der US Marines saßen dahinter, dicht gedrängt, die Waffen im Anschlag.

»Sind Sie Christopher Reginald Hill?«, brüllte ein Mann mit zwei goldenen Eichenblättern am Revers.

Christopher stutzte. Woher kannte der seinen Namen?

»Ja«, sagte er.

Der Soldat schlug sein Visier hoch, musterte erst ihn, dann Max, die Hand in Hand mit Mtoto neben ihm stand, rümpfte angesichts ihres Erscheinungsbildes mehrfach die Nase und warf dann einen Blick auf sein Klemmbrett.

»Und Sie sind Maximiliane Annika Kersch?«

Nur Christopher fiel auf, wie ihre Wangen bei der Nennung ihres vollen Namens leicht zuckten. Für den anderen blieb es bei einem ebenso neutralen wie knappen: »Ja.«

Der Offizier legte das Klemmbrett beiseite. »Sehr gut. Auch Ihr Aussehen passt.«

Christopher legte den Kopf schief und die Stirn in Falten. Woher wusste der, wie er auszusehen hatte?

»Ich bin Major Samuel Clevin. Ich habe Befehl, sie zwei auszufliegen. Haben Sie die Aufzeichnungen dabei?«

»Die Aufzeichnungen?« Christopher wurde von Sekunde zu Sekunde verwirrter.

Max nahm seine Hand, drückte sie fest – sehr fest – und schob sich dann an ihm vorbei.

»Natürlich haben wir die Aufzeichnungen«, sagte sie an seiner Stelle und ließ ihren Blick unmissverständlich auf seine Jeanstasche fallen.

Der Major folgte ihrem Blick, schaute danach mit unverhohlener Geringschätzung auf Mhubiri hinab und sah schließlich in Richtung der anstürmenden Menschenmassen. Auch Christopher schielte verhohlen nach links. Vier- oder fünfhundert Meter, höchstens.

»Gut.« Der Major deutete auf die Haltegriffe in dem winzigen freien Raum im Helikopter. »Dann rein mit Ihnen beiden, ehe uns diese farbigen Horden überrennen.«

Nicht nur Mtoto schaute ihn finster an. Der Offizier und seine beiden weißen Begleiter grinsten nur.

»Komm, Mtoto«, sagte Max, nicht ohne einen vernichtenden Blick in Richtung des Majors zu werfen. Sie wollte Mtoto gerade in den Hubschrauber heben, als die beiden Soldaten ohne jegliche Vorwarnung auf sie anlegten.

Christopher stellte sich sofort dazwischen. »Hey! Was zum Teufel soll das?«

»Ich habe meine Befehle«, sagte der Major. »Nur Sie beide. Keine Ausnahmen.« Es lag keine Gefühlsregung in seinem Gesicht, als er auf Mtoto blickte, deren Augen mittlerweile Blitze spien. »Auch nicht für kleine schlammbedeckte Mädchen.«

Christopher sah Max an. Sie schien mit sich zu kämpfen, als würde die Wut in ihr durch ein ganz anderes Gefühl ersetzt. O nein … er wusste genau, worüber sie gerade nachdachte. Wenn er es jemandem zutraute, seinen Platz für Mtoto zu räumen, dann ihr.

Nein. Niemand würde sich hier und heute opfern. Und damit plusterte sich Christopher so weit auf wie er nur konnte, bemüht, sich seinen rasenden Puls nicht anmerken zu lassen.

»Wissen Sie, was das hier ist?« Er hielt dem Major sein Smartphone unter die Nase.

Der Major antwortete nicht. Umso besser.

»Auf diesem Gerät«, fuhr Christopher fort. »Befinden sich sämtliche Aufzeichnungen. Verschlüsselt natürlich. Und das Handy ist hardwareseitig gesperrt. Probieren Sie selbst.« Er warf es dem Major in die Hände, der es sogleich einem seiner Untergebenen weiterreichte. »Sie werden es ohne meine Hilfe nicht einmal anschalten können.«

Der Soldat probierte ein paar Knöpfe. Nichts geschah. Christopher atmete unmerklich auf.

»Sehen Sie«, sagte er. »Sie brauchen mich. Ohne mich kommen Sie nicht an die Aufzeichnungen ran. Das heißt«, hob er drohend die Stimme, »wenn Sie nicht Ihren Vorgesetzten erklären möchten, warum Sie weder die Aufzeichnungen noch die Menschen gerettet haben, dann lassen Sie uns alle mitfliegen.« Er blickte nach links. Dreihundert Meter. »Und zwar rasch.«

Für einen Moment überkam Christopher die Panik, dass er zu hoch gepokert hatte. Dass der Major sie einfach zurücklassen würde. Doch stattdessen schüttelte der Offizier nur langsam den Kopf.

»Sie verstehen nicht, Mister Hill. Selbst wenn ich wollte, könnte ich nicht. Wir haben nicht genügend Platz für Ihre ... *Freunde*. Und schon jetzt sind wir nahe an der Grenzzuladung.«

Sein Blick fiel auf Mtoto und blieb dann an Mhubiris kräftigem Oberkörper hängen.

Christopher wurde laut. »Wenn Sie denken, dass Sie ein kleines Mädchen hier einfach so ...«

»Das wird nich' nötig sein.«

Das kam von hinten. Von Mhubiri.

»Was?« Christophers Augenbrauen rasten in die Höhe und stürzten sofort erbost wieder hinunter. O nein. Nicht schon wieder dieser Gesichtsausdruck.

»Das kommt überhaupt nicht in Frage!«, stammelte er.

Mhubiri schüttelte den Kopf, die Arme fest an die Brust gepresst. »Er hat recht, Chris. Mtoto kriegt ihr da schon noch irgendwie rein. Aber ich wieg fast so viel wie ihr drei zusammen.«

»Mhubiri ...«, begann Christopher.

Doch Mhubiri lächelte. »Außerdem hab ich eh keine Lust, mir mit 'nem verkappten Rassisten 'nen Helikopter zu teilen. Davon hatte ich in meinem Leben schon genug.«

»Das ist doch völliger ...«, japste Max.

»Haltet einfach mal den Mund, alle beide!«, fiel ihr Mhubiri ins Wort, halb grinsend, halb ernsthaft erbost. »Ich versuch hier ausnahmsweise mal, den Helden zu spielen. Also lasst mich gefälligst! Und jetzt …« Sein Blick fiel nach links. Keine hundert Meter mehr. »Steigt. Ihr. Da. Ein. Sofort!«

Er hatte recht. Sosehr Christopher ihn auch dafür verfluchte, er hatte recht. »Mhubiri, wir …«

Mhubiri sah ihm in die Augen, den rechten Zeigefinger erhoben. »Versprich nichts, was du nich' halten kannst.«

Christopher stockte. Wortlos schloss er seinen Mund wieder. Fünfzig Meter. Die Menschen hatten sie fast erreicht. Die Lärmkulisse war verstörend. Er drehte sich wie in Zeitlupe von Mhubiri fort. Diesmal stellten sich ihm die Soldaten nicht in den Weg, als er Mtoto packte und in den Helikopter hineinhievte.

Der Major wirkte baff.

»Das hätten Sie *so einem* nicht zugetraut, was?«, sagte Max kühl, während sie hineinkletterte.

Zuletzt sprang Christopher in die Maschine. Er passte gerade eben noch hinein. »Dann muss ich mich ja glücklich schätzen, dass ich nur zu einem Viertel schwarz bin«, ätzte er. »Das fällt dann ja nicht mehr so auf.«

Hinter ihm nestelte Mhubiri plötzlich an seinem Rücken herum. »Ich hab noch Kukingas Ball in meinem Rucksack!«

»Vergiss den Ball! Ist nicht wichtig«, schrie Christopher zurück, um den Lärm des anlaufenden Rotors und der heranstürmenden Menschen zu übertönen. Die ersten von ihnen hatten den Helikopter trotz der sturmartigen Winde durch seine Rotoren fast erreicht.

»Aber mir ist es wichtig«, war das Letzte, was er von Mhubiri verstand. Bevor Christopher die Chance hatte, zu widersprechen, flog der Rucksack bereits auf ihn zu, dicht gefolgt von zwei keuchenden Gestalten. Christopher fing ihn und presste ihn sich an den Leib, als die Schiebetür Millimeter vor seiner Nase zuschoss – Sekundenbruchteile, bevor wütende Fäuste dagegenhämmerten.

Mtoto starrte noch stumm aus dem Bullauge, als Mhubiri längst in der anstürmenden Menge untergegangen war, ihren Stoffball fester an ihren Oberkörper gepresst denn je. Ihr Gesicht war wie versteinert. Christopher fragte sich, ob sie gerade an ihren Bruder dachte. Vielleicht daran, was er ihr im letzten Moment zugeflüstert hatte?

Der Hubschrauber gewann langsam an Höhe. Tief unter ihnen hatte sich ein weiteres Flugzeug freigekämpft, aber selbst aus dieser Entfernung erkannte Christopher, wie überfüllt es war. Die Maschine kämpfte damit, ausreichend zu beschleunigen. Als die Piste schließlich zu Ende war, schaffte sie es gerade so, abzuheben. Noch bevor er es sehen konnte, ahnte Christopher, dass es nicht reichen würde. Das Flugzeug schwebte, bestenfalls durch ein bisschen Bodeneffekt getragen, ein paar Meter über der Savanne, dann sackte es auf einmal ab. In dem Moment, als die Maschine das Buschwerk streifte, schob sich eine Wolke dazwischen, klein und weiß. Für einen kurzen Augenblick war es, als hielte die Welt den Atem an. Dann glühte die Wolke auf, hellgelb, orange und schließlich tiefrot. Eine schwache Schockwelle erschütterte den Helikopter, doch so schnell wie sie gekommen war, war sie auch wieder vorbei. Einzig ein orangefarbenes Flackern an den Rändern der Wolke zeugte noch von dem, was eben geschehen war.

Christopher zog Mtoto vom Fenster weg, drückte sie eng an sich und strich ihr durchs Haar, immer und immer wieder. Doch Mtoto weinte nicht. Stattdessen starrte sie stumm und mit anklagendem Blick in die Leere vor sich. Anklagend nicht gegenüber Christopher und auch nicht gegenüber Max. Nur gegenüber ihrer Welt, die sich in so kurzer Zeit so dramatisch verändert hatte.

Bald schon schwebten sie einige Kilometer hoch über der tansanischen Küste, mit Kurs nach Süden, in Richtung Mosambik. Schräg hinter ihnen lag der Flughafen von Mtwara, die verbliebenen Flugzeuge noch immer zwischen Hunderten, Tausenden Pünktchen eingekeilt. Weitere Menschenmassen hatten sich nach Nordosten in Bewegung gesetzt, auf die Küste zu, zum Hafen, zu den Straßen der Stadt. Fort von der gigantischen, alles Licht verschlingenden Monstrosität im Südwesten, dieser Halbkugel aus purer Nacht, um die sich mittlerweile ein kilometerbreiter, fast lückenloser Ring aus tiefschwarzen Gewitterzellen gelegt hatte. Im Zwielicht darunter zuckten Blitze zu Hunderten gen Boden. Und selbst dort, wo die Wolken bis in die obersten Schichten der Troposphäre reichten, wo ihre blumenkohlartigen Köpfe weiß, unschuldig, sonnenbeschienen aus dem Chaos lugten, weit höher, als der Helikopter fliegen konnte, selbst dort wurden sie noch überragt von einer Kuppel aus reiner Schwärze, dieser lichtlosen, stummen Explosion, die in Zeitlupe übers Land und durch alle Wolkenschichten schoss. Höher als jede Gebirgskette, dunkler als das All, unaufhaltsamer als alles je von Menschenhand Gemachte – und schon jetzt, keine sechs Stunden nach ihrer Geburt, mit solch schrecklichen Konsequenzen.

Christopher sah zu Mtoto hinab, die sich mittlerweile völlig entkräftet an ihn gekuschelt hatte. Er spürte, dass Max ihn beobachtete. Ihre Blicke trafen sich. So vieles hatte sich in den letzten Stunden verändert. Und doch war so vieles zwischen ihnen immer noch genauso wie zuvor.

Christopher musste den Blick abwenden, obwohl er sich fast nicht traute, ihn erneut aus dem Fenster zu richten. Mtoto eng an sich gedrückt, ihren Kopf an seinen Bauch gepresst, so dass sie nicht noch mehr miterleben musste, schaute er schließlich doch wieder nach unten. Und sosehr er sich auch wünschte, er hätte es nicht getan, so wenig konnte er nun wegsehen, als er tief unter sich immer mehr Grüppchen ausmachte, winzige Ansammlungen von Punkten, die sich durch die verdunkelte Savanne bewegten wie durch den Aschereegen eines Vulkans, scheinbar planlos, chaotisch. Von hier oben fügten sich ihre Bewegungen zu einem furchtbaren Gesamtbild. Zu Hunderten,

Tausenden, Zehntausenden flüchteten die Menschen, wie Tiere, die von einem Feuer aus ihrem Bau getrieben wurden. Sie alle kannten nur ein Ziel: weg von der Blase.

Es war so unglaublich absurd und abstrakt zugleich. Christopher konnte aus der Sicherheit des Helikopters kaum glauben, dass dort unten tatsächlich Menschen in Todesangst vor einem Ding flohen, das vor einem halben Tag noch nicht einmal existiert hatte. Dass ihr beschauliches Dorf schon nicht mehr existierte. Und was war mit ihren Kollegen, ihren Freunden? Den Kindern aus ihren Klassen? Und was würde sein, wenn selbst das nur der Vorgeschmack von etwas viel Schrecklicherem war?

Schon jetzt war das kontinuierliche Wachstum der Blase selbst aus großer Höhe gut zu erkennen. Schon jetzt war die Wand fast so schnell wie die Menschen, die vor ihr flohen. Und im Gegensatz zu ihren Opfern ließ sie sich von nichts verlangsamen. Sie brauchte keine Pausen, keine Nahrung. Mit einer maschinenhaften Konstanz und Unerbittlichkeit trieb sie die Flüchtenden vor sich her. Christopher begann, unkontrolliert zu zittern. Was geschah bloß mit den Menschen unter ihnen? Was geschah bloß mit der Welt?

KAPITEL 4

Zwanzig Minuten verblieben bis zur Landung, vielleicht dreißig. Weiße Wolken unter einem strahlend blauen Himmel, so weit das Auge reichte. Jeder normale Mensch hätte sich bei diesem Anblick gefreut. Nicht so Catherine. Nicht bei diesem Flug. Und ganz sicher nicht bei diesem Ziel. Die dichte Wolkenschicht unter ihr vermieste ihr die ohnehin schon schlechte Stimmung noch mehr.

Wobei sie auch bei guter Sicht nicht viel hätte erkennen können. Eine C-130J Super Hercules war eben kein Touristenflieger, im Gegenteil, das Flugzeug schien darauf ausgelegt zu sein, seinen Passagieren die Reise so unangenehm wie möglich zu machen. Um einen Blick durch eines der wenigen, ebenso winzigen wie viel zu hoch angebrachten Bullaugen nach draußen zu erhaschen, musste sich Catherine in ihrem Gurt fast artistisch verrenken. Wie alle anderen in dem etwa zu gleichen Teilen mit Gerätschaften und den dazugehörigen Ingenieuren gefüllten Flieger, saß sie auf einer der beiden Bänke, die sich an den Seiten des Militärtransporters entlangzogen, den Rücken an die Außenwand der Maschine gelehnt. Die Luft war dünn und verbraucht, die ockergrüne, einem Kartoffelsack nicht unähnliche Uniform, die diesmal auch sie als Zivilistin tragen musste, rieb an den Nähten, und da sich der Aufwand, aus dem Fenster zu sehen, auch nicht wirklich lohnte, wusste sie nicht, womit sie sich beschäftigen und wohin sie schauen sollte. Arbeiten konnte sie jetzt nicht, dafür war sie viel zu aufgeregt und müde zugleich. Und so starrte sie, um sich wenigstens einen Hauch von Privatsphäre einbilden zu können, auf den Boden oder hielt, wenn es die Turbulenzen erlaubten, die Augen geschlossen, verzweifelt darum bemüht, trotz der lautstarken Vibrationen der Propellermaschine, trotz des Gestanks nach

Gummi, Metall und Öl und trotz ihrer Aufregung über die bevorstehende Landung zu etwas Ruhe zu kommen. Sie hatte Erholung dringend nötig, nach der harten Arbeit der vergangenen beiden Tage und Nächte. Nach dem Schock von der anderen Seite der Welt. Nach dem nicht minder verstörenden Gespräch, das sie kurz vor dem Abflug mit ihrem Vater geführt hatte. Ja, vor allem nach diesem Gespräch.

Doch gerade als die Turbulenzen nachließen und sie dachte, dass sie nun endlich eine Chance auf Ruhe bekäme, nutzte ihr Vorgesetzter die erste luftlochlose Phase, um sich stöhnend auf den Bankplatz neben sie fallen zu lassen.

Catherine verdrehte unmerklich die Augen. »General Wilson.« Dabei deutete sie eine leichte Verbeugung an, die nur zur Hälfte ernst gemeint war. Sie wusste genau, was jetzt folgte.

Zunächst aber sah sie der General nur stumm an. Catherine musterte mit übertriebenem Interesse die gummierten Anti-Rutsch-Streifen auf dem nackten Metallboden des Fliegers. Wenn er ihr eine Standpauke halten wollte, dann würde er selbst damit anfangen müssen.

»Miss Strive«, sagte der General schließlich, während er den Gurt um seinen runden Bauch zu schließen versuchte. »Sie wissen, was für eine Ehre es ist, in diesem Flieger zu sitzen?«

Catherine schaute weiter zu Boden. »Natürlich, Sir.«

»Und wissen Sie auch, dass meine Vorgesetzten Sie eigentlich schon von dieser Mission suspendieren wollten?«

»Nein, Sir, das wusste ich nicht.«

Zum ersten Mal klang echter Ärger in seiner Stimme durch. »Lassen Sie das ›Sir‹, Miss Strive. Wir sind hier nicht im Pentagon, und Sie sind keine Angehörige des Militärs. Kein Doktor, kein General, kein Sir. Und glauben Sie nicht, dass ich Ihnen hier einen Strick drehen will.« Endlich hatte er den Gurt geschlossen. »Ich will nur, dass Ihnen klar ist, dass Sie nicht einfach unter Vortäuschung falscher Zuständigkeiten einem Helikopter der US Marine den Befehl geben können, zwei Zivilisten von einem tansanischen Regionalflughafen auszufliegen.« Er atmete vernehmlich aus. »Ganz gleich, unter welchen Umständen.«

Für einen Moment verstummte der General, wandte den Blick von ihr ab und musterte denselben Bodenbereich, den auch Catherine anstarrte.

»Nichtsdestotrotz möchte ich Ihnen aber auch danken. Ohne Ihre völlig regelwidrige, noch dazu persönlich motivierte Anordnung wären wir nicht so rasch auf die Problematik in Ostafrika aufmerksam geworden und hätten weit weniger Daten über die Entstehung dieses Objekts zusammentragen können. Ich kann Ihnen versichern: Wir werden es auf jeden Fall im Auge behalten.«

Catherine schaute auf, eine Augenbraue hochgezogen.

»Sie werden es im Auge behalten? Wissen Sie, was Sie da sagen? Das Ding ist Dutzende Kilometer groß!«

Auch General Wilson hatte den Blick wieder gehoben. Er sah sie direkt an. »Immerhin wächst es oberhalb der Ozonschicht nicht mehr weiter in die Höhe. Wer sagt, dass es nicht auch bald in der Breite stehen bleibt?«

»Und selbst wenn! Schon jetzt ist das eine Katastrophe. Schon jetzt sind Hunderttausende Menschen davon betroffen. Und nicht alle haben das Glück, dass sich jemand für sie über Vorschriften hinwegsetzt! Was denken Sie, wie gut ein einfacher Afrikaner vor etwas fliehen kann, das sich tagein, tagaus mit Schrittgeschwindigkeit ausbreitet? Was passiert, wenn das nicht nur einer versucht, sondern Hunderttausende, vielleicht schon bald Millionen?«

»Wir haben bereits etliche Flüchtlingswellen …«

»… tatenlos ausgesessen, wollten Sie wohl sagen. Das hier ist aber etwas anderes!«

Catherine war beim letzten Satz regelrecht laut geworden. Zwei Nächte ohne Schlaf und zwei weltbewegende Ereignisse, und schon war ihre ganze Selbstbeherrschung dahin. Das halbe Flugzeug schaute stirnrunzelnd zu ihr herüber.

General Wilsons Stimme blieb ruhig und bestimmt, gewann aber zugleich an Schärfe. »Miss Strive. Auch wenn unsere Ressourcen momentan dünn gestreut sind und sich natürlich auf den Pazifik konzentrieren, kann ich Ihnen versprechen, dass wir alles Erdenkliche unternehmen werden, um diesen Menschen zu helfen. Erst vor einer Stunde ist der Aktivierungsbefehl an die USNS Comfort herausgegangen, das modernste Krankenhausschiff der Navy.«

»Und wie viele Patienten kann die Comfort versorgen? Eintausend? Wie lange dauert es, bis sie startklar ist? Fünf Tage? Bis sie Ostafrika erreicht? Drei Wochen? Vier? Hat das überhaupt jemand durchgerechnet? Bis dahin kann dieses Ding sonst wo sein!«

»Wie gesagt, wir haben keinen Grund zu der Annahme, dass sich dieses Gebilde noch weiter ausdehnt.«

»Und ebenso wenig gibt es Grund zu der Annahme, dass es sich bald verlangsamt!«

Wieder war Catherine lauter geworden. Wieder hagelte es neugierige, aber auch feindliche Blicke. General Wilson packte sie am rechten Oberarm.

»Glauben Sie, das ist dem Generalstab nicht bewusst?«, presste er so leise wie möglich hervor. »Die Aussendung der USNS Comfort ist eine symbolische Geste, um zu zeigen, dass wir uns kümmern. Dass wir die Lage im Griff haben. Dass wir wissen, womit wir es zu tun haben.«

Langsam zog er seine Hand zurück, blieb jedoch weiterhin so leise, dass ihn niemand sonst hörte. »Seien Sie nicht so naiv, Miss Strive! Bei einem solchen Ereignis geht es nicht mehr nur darum, den Betroffenen zu helfen. Es geht darum, herauszufinden, was da überhaupt vor sich geht. Wie wir es bekämpfen können. Und solange wir das nicht wissen, ist die oberste Devise, die Bevölkerung nicht zu verunsichern.«

Er holte tief Luft. »Was passiert, ist weit weg. Und wahrscheinlich kommt dieses Ding nicht einmal aus Ostafrika heraus. Mit etwas Glück ist der ganze Spuk in ein paar Tagen wieder vorbei.«

»Und was, wenn nicht?«

»Dann werden wir einen Weg finden. Wir finden immer einen Weg. Es ist schließlich nicht einmal klar, ob dieses Ding überhaupt tödlich ist. Auch wenn wir es noch nicht geschafft haben, ein Signal nach draußen zu schicken, so liegen uns doch Berichte vor, dass im Moment des Kontakts ein Prickeln in den erfassten Extremitäten verspürt wird.«

Catherine sah ihn entgeistert an. »Das ist ihre Taktik? Sie vertrauen darauf, dass dieses Ding vielleicht gar nicht so schlimm ist? Dass es womöglich bald wieder anhält? Dass die Menschen dahinter weiter ein glückliches Leben führen? In Dunkelheit vielleicht? Oder vertrauen Sie etwa auch darauf, dass Licht durch diese Barriere dringt? Haben Sie auch nur eine Sekunde lang in Erwägung gezogen, dass dieses sogenannte Prickeln vielleicht bloß eine Nervenüberreizung sein könnte, eine Fehlschaltung des Gehirns, nachdem es bereits allen Kontakt zu den Extremitäten verloren hat?«

Catherine hielt inne. Sie hatte sich in Rage geredet. Das war nicht gut.

General Wilson musterte die Decke des Fliegers, offenkundig bemüht, sich seinen neuerlich aufkeimenden Ärger nicht anmerken zu lassen.

Catherine war durchaus bewusst, wie sehr sie auf das Wohlwollen des Generals angewiesen war. Denn mit einem hatte er hundertprozentig recht: Diese Mission hier war eine einzigartige Ehre, eine Chance und eine Herausforderung, wie man sie in seiner Karriere bestenfalls ein einziges Mal bekam.

Catherine biss sich auf die Unterlippe. »Es tut mir leid.« Tat es nicht. »Ich wollte Sie damit nicht persönlich angreifen. Ich wollte lediglich sicherstellen, dass alle Eventualitäten gleichermaßen berücksichtigt werden. Dass es angesichts dieser einmaligen Herausforderungen zu keiner politisch gefärbten oder unverhältnismäßig einseitigen Betrachtung der Lage kommt.«

Der General holte tief Luft. »Lassen Sie mich Ihnen versichern, dass wir gerade Ihre Begeisterung für … Verhältnismäßigkeit sehr an Ihnen schätzen, Miss Strive.« Seine Stimme wurde schärfer. »Mehr jedenfalls als Ihre Ader für Impertinenz.«

Wie sie solche Gespräche hasste. »Ich werde mich in Zukunft mehr bemühen, Mister Wilson.«

Ein Lächeln umspielte seine Lippen. »Danke. Ich habe auch nicht weniger von Ihnen erwartet.«

Für einen Moment blieben beide stumm. Dann blickte Catherine wieder zu ihm auf.

»Nur aus Neugierde«, sagte sie leise. »Was ist mit den beiden Evakuierten geschehen?« Diese Frage hatte sie den ganzen Flug über beschäftigt.

General Wilson lehnte sich etwas zurück. »Genau genommen waren es drei Evakuierte. Sie hatten noch ein kleines Mädchen bei sich.«

Catherine spürte einen kleinen Stich in der Magengrube. Chris und Max hatten doch kein Kind zusammen, oder? Davon würde sie doch wohl wissen! Aber warum sollten sie einfach so ein Mädchen aus dem Dorf mitnehmen? Außer …

»Und wo hat man die drei hingebracht?«, fragte sie mit gedämpfter Stimme.

»Auf eine Militärbasis in Kapstadt. Anscheinend waren sie sehr kooperativ und haben alles an Material ausgehändigt, was sie von diesem Phänomen hatten. Ich nehme an, dass sie inzwischen die Basis verlassen haben.«

»Und dann?«

»Was, und dann? Sie können machen, was sie wollen. Sie sind ja keine Gefangenen!«

»Ja, aber werden sie nicht in die Staaten ausgeflogen?«

»Warum sollten wir das tun? Wie gesagt, unsere Ressourcen in der Region sind eh schon begrenzt. Und wenn die drei das

Land verlassen wollen, dann steht es ihnen frei, dies auf jede erdenkliche Art zu tun.«

»Sofern das überhaupt noch so leicht möglich ist«, fügte Catherine bitter hinzu.

General Wilson beobachtete sie mit zusammengekniffenen Augen. »Ich warne Sie, Miss Strive. Wenn Sie noch einmal versuchen, Ihren Freunden durch Missbrauch unserer Ressourcen zu helfen, sind Sie diesen Job los. Und dieses Mal können Sie sich nicht mit der Wichtigkeit ihrer Daten herausreden. Haben Sie das verstanden?«

Catherine hielt den Blick auf den Boden gerichtet. Schließlich nickte sie leicht.

»Gut.« General Wilson löste seinen Gurt. Doch im Aufstehen hielt er inne, dann setzte er sich wieder hin. »Eine Frage habe ich noch.«

Catherine lehnte sich etwas zurück. »Ja?«

»Wie haben Sie überhaupt davon erfahren?« Der General spreizte seine Finger. »Ich meine, Sie werden ja wohl kaum den Anruf auf ihrer Mailbox entdeckt und dann einfach so, ohne weitere Information, alles in Gang gesetzt haben.«

Catherine rollte belustigt mit den Augen. »Was denken Sie denn?«

General Wilson stutzte für einen Moment. Dann lächelte er, ganz langsam und kaum sichtbar zunächst. »Tut mir leid.« Endlich erhob er sich. »Manchmal scheine ich zu vergessen, womit Sie bei uns Ihre Zeit verbringen.«

Catherine lächelte kühl zurück. Dabei war es in Wahrheit gar nicht so einfach gewesen. Die Satellitenbilder hatten sich als wenig aussagekräftig erwiesen. Den Großteil ihrer Informationen musste sie schließlich von Kurznachrichtendiensten im Internet und von lokalen News-Aggregatoren beziehen. Und tatsächlich auch aus dem Anruf selbst. Aber das brauchte sie dem General ja nicht auf die Nase zu binden. Genauso wenig wie die Tatsache, dass die Kontaktaufnahme mit den Einheiten vor Ort denkbar leicht fiel, wenn man schon einmal mit einem hohen Offizier der Marine … wenn man eben seine Kontakte hatte.

Catherine lächelte. Endlich war sie wieder mit ihren Gedanken allein. Sie wand sich in ihrem Sitz, um einen weiteren Blick aus dem Fenster zu erhaschen. Noch immer hing dieselbe dichte Wolkendecke unter ihr, aber näher als zuvor. Wahrscheinlich hatte der Pilot bereits den Sinkflug eingeleitet, ohne seiner Fracht Bescheid zu geben. Typisch Militär.

Sie sackte zurück in ihre Gurte. Zur Ruhe kam sie nicht. Zu viel war passiert, zu viel stand ihr noch bevor. Catherines Gedanken sprangen wild hin und her, von ihrer Mission, in die sie die letzten beiden Tage so viel Herzblut gesteckt hatte, hin zu Chris und Max am anderen Ende der Welt und zu all den Menschen, denen in dieser verzweifelten Situation nicht dieselben Privilegien vergönnt waren. Selbst heute, an Tag drei, war ihr Schicksal den großen westlichen Medien bestenfalls eine Randnotiz wert – in Catherines Augen ein gewaltiges Versäumnis. Landauf, landab wurde die Berichterstattung vom Wunder von *Pacifica* dominiert, wie einige Kommentatoren den neuen Kontinent genannt hatten.

Aber häufiger noch als an Pacifica, sogar mehr noch als an dieses Ungetüm in Ostafrika, das zur selben Zeit entstanden war und doch nichts mit dem Kontinent gemein zu haben schien, musste Catherine an ihren Vater denken und an das eine kurze Gespräch, das sie bei ihrem Zwischenstopp an der Westküste geführt hatten. Vielleicht war sie deshalb gerade so dünnhäutig, so unbeherrscht – wegen allem, was er gesagt hatte?

Die Besuche bei ihm waren ohnehin stets hart für Catherine. Und sie wurden mit jedem Mal härter. Von dem stolzen Mann ihrer Kindheit – dem Ostküstenaristokraten mit all seinem herrischen Gehabe und seiner scheinbaren Distanziertheit, diesem Ehegatten, der jahrelang dachte, dass seine Frau nicht mitbekam, wie er sich abends in Catherines Zimmer schlich, um ihr aus Märchenbüchern vorzulesen, diesem Vater, der sich nach dem Tod von Catherines Mutter für seine beiden Töchter geradezu aufopferte – von diesem Mann war praktisch nichts übrig geblieben.

Irgendwann war die Krankheit so weit fortgeschritten, dass Catherine ihn in eine Einrichtung für betreutes Wohnen hatte bringen müssen. Heute, keine drei Jahre später, gab es kaum noch Tage, an denen er Catherine und Clarity überhaupt erkannte.

Doch gestern, als sie ihn zusammen mit ihrer Schwester besucht hatte, eine kostbare halbe Stunde geopfert hatte, damit sie alle drei wieder – wie vor so vielen Jahren – zusammen im Halbschatten der Walnussbäume sitzen und Pancakes essen konnten, da war für einen Moment alles anders gewesen.

Catherine hatte von ihrer Mission erzählt. Clarity hatte so still und zurückgezogen neben ihr gesessen wie immer. Sie schien gar nicht mitzubekommen, was Catherine erzählte. Vielleicht lauschte sie den Vögeln. Vielleicht arbeitete sie in ihrem Kopf an einem neuen Computerprogramm. Catherine war mit ihr aufgewachsen, kannte Clarity besser als jeder andere, und doch hatte sie keine Vorstellung davon, was in ihr vorging.

Ihr Vater hingegen war so klar bei Verstand gewesen wie seit Jahren nicht mehr. Wissbegierig sog er jedes Wort in sich auf, nickte, fragte nach, schüttelte den Kopf, so dass sein schütteres weißes Haar regelrecht Wellen warf. Catherine kam aus dem Staunen kaum heraus. Sie hielt seine Hand und erzählte ihm aus ihrem Leben. All das, was sie ihm seit Jahren hatte sagen wollen, wozu sie aber nie die Gelegenheit gehabt hatte.

Ihr Vater aber hatte nur Ohren für ihre Mission. Als sie endlich seinen Wissensdurst gestillt hatte, setzte er sich aufrecht und rückte die Brille zurecht, so, wie er es früher immer getan hatte, wenn er ihr etwas Wichtiges mit auf den Weg geben wollte.

Doch anders als früher hatte er diesmal stumm ihren Kopf in seine Hände genommen und seine Handflächen auf ihre Wangen gelegt. Catherine ließ es geschehen, genoss diese Zärtlichkeit, die sie als Kind so oft ersehnt und doch so selten erfahren hatte, voller Angst, dass dieser Moment des Glücks und der Klarheit jeden Augenblick zu Ende gehen würde.

»Darf ich mich neben Sie setzen?«

Catherine öffnete die Augen. Ein junger Mann stand direkt vor ihr, viel zu nahe für ihren Geschmack. Einer der drei Neuzugänge in ihrem Team, die heute mit im Flieger saßen, nachdem sie ihren eigentlichen Führungszirkel lieber in D.C. gelassen hatte. *Der Sonderling,* wie sie ihn nannten. Alex? Oder Adam? Sie schloss die Augen wieder, entschlossen, sich von niemandem aus ihrer Erinnerung herausreißen zu lassen.

Jeder normale Mensch hätte seine Vor-Vorgesetzte jetzt in Ruhe gelassen und wäre wieder zu seinem Platz zurückgekehrt. Ganz offenkundig war ihr Gegenüber aber kein normaler Mensch. Vielleicht war er ausgesprochen wagemutig. Oder einfach nur autistisch. Jedenfalls spürte sie, wie sich die Bank neben ihr leicht nach unten bog.

»Was ist denn?« Catherines Blick konnte nun wirklich niemand als freundlich fehlinterpretieren.

Doch der junge Mann lächelte noch genauso wie vor ein paar Sekunden. Definitiv autistisch, dachte Catherine. So mutig konnte niemand sein.

»Glauben Sie an zweite Chancen, Doktor Strive?« Seine Augen funkelten. Das Lächeln war echt.

Diesem Gespräch würde sie anscheinend nicht so leicht entgehen. Sie seufzte leise und richtete sich dann auf. Wenigstens hatte sie eine Ahnung, worauf er hinauswollte. »Für wen? Die Menschheit?«

»Genau. Ein neuer Kontinent, einfach so aus dem Nichts. Unbesiedelt, aber fruchtbar. Groß genug, um Abermillionen zu ernähren. Um es diesmal richtig zu machen.« Wieder dieses Lächeln. »Wenn das kein Geschenk ist, was soll es sonst sein?«

Catherine zog eine Augenbraue hoch. »Und von wem? Von Gott etwa?«

Das Lächeln des Jungen nahm einfach kein Ende. »Warum nicht? Wäre jedenfalls der richtige Zeitpunkt. Oder fällt Ihnen eine bessere Erklärung ein?«

»Im Moment nicht«, sagte sie. »Das heißt aber nicht, dass es keine gibt.«

»Möglich.« Immer noch dieses Lächeln. »Aber ich spüre, dass ich recht habe. Dieser Kontinent ist unser Schicksal.« Er beugte sich zu ihr herüber. Sie konnte seinen Atem in ihrem Nacken spüren. »Auch unser ganz persönliches Schicksal.«

Catherine erschauderte. »Was hast du eben gesagt?« Das Duzen sollte eigentlich Respektlosigkeit transportieren, doch jetzt klang es vor allem verunsichert.

»Das der Kontinent unser Schicksal ist. Für jeden von uns.«

»Von wem hast du das?«

Zum ersten Mal verschwand sein Lächeln, wenn auch nur für den Bruchteil einer Sekunde. »Von niemandem. Ich spüre es einfach.«

Catherine fuhr sich mit der Hand über ihre Wange, wo sie noch immer die Berührung ihres Vaters erahnte. Sie nahm zum ersten Mal Augenkontakt mit dem jungen Mann auf.

»Adam, richtig?«

»Ja, Doktor Strive.« Er lächelte sie wieder seelenruhig an. »Alles in Ordnung?«

»Mein Vater …«, begann sie. »Er hat fast genau dasselbe gesagt.«

Und ohne zu wissen, warum sie das tat, erzählte sie Adam von ihrem Besuch bei ihrem Vater, sprach überhaupt zum ersten Mal seit Jahren mit irgendwem von ihm und seinem Zustand. Schließlich erzählte sie sogar von seinem kurzen Moment der Klarheit. »Er hielt meinen Kopf in seinen Händen. Sagte mir, dass er sich sicher sei, dass dieser Kontinent über unser aller Schicksal entscheiden werde. Nicht nur über unser Schicksal als Spezies, sondern vor allem über das Schicksal von uns als Individuen. Und ganz besonders über meins. Er sah mich an, und im nächsten Moment war er wieder ... wie sonst.«

»Es tut mir leid, das zu hören«, sagte Adam. Er schien es ehrlich zu meinen. »Klingt, als wäre ihr Vater ein weiser Mann.«

Doch Catherine schüttelte den Kopf. »Du verstehst nicht. Er hat den Kontinent nicht als Geschenk bezeichnet. Er hat mich davor gewarnt.«

Adam faltete seine Hände. »Jedes Geschenk ist zugleich ein Fluch. Jedes Schicksal hat seine guten und schlechten Seiten.«

Langsam wurde es Catherine zu viel. Der Junge klang ja immer mehr wie ein Prediger. »Ich glaube nicht an das Schicksal. An eine höhere Macht. An einen Sinn jenseits dessen, den wir selbst unserem Leben geben.« Sie funkelte ihn an. »Was willst du überhaupt von mir?«

»Eigentlich«, sagte er und lachte, »will ich nur über die Arbeit reden. Ich habe da nämlich noch ein paar Ideen. Zum Beispiel für die Treibstoffversorgung des Flughafens. Die Piste, wie wir sie geplant haben, liegt ja lediglich zwanzig Meter über dem Meeresspiegel ...«

Catherine musste sich beherrschen, um nicht mit den Fingern auf ihre Sitzfläche zu trommeln. »Ich höre.«

»Nun, ich glaube, dass wir uns für den Moment die aufwendige Installation eines Pumpensystems, um den Treibstoff vom künftigen Tiefwasserhafen zu den Tanks neben dem Flugfeld zu befördern, sparen können. Wenn wir die Dieselgeneratoren der Öltanker selber benutzen, um mit ihnen einen Druckturm zu speisen, aus dem ein einfaches Fallrohr mit einem oder zwei Prozent Gefälle zum Flugfeld führt, sparen wir massiv an Personal, Geld und Transportgewicht.«

Catherines nickte. »Die Idee gefällt mir.«

Adam strahlte. »Danke!«

»Aber hast du das auch durchgerechnet? Größe des Druckbehälters, Leistung der Dieselgeneratoren, Risikoabschätzung, all das?«

»Selbstverständlich.« Adam zog einen Tablet-PC aus seiner Jackentasche. »Wo sonst sollte ich diese Augenringe herhaben?«

Catherine musste schmunzeln. Seine Müdigkeit schien es tatsächlich mit ihrer aufnehmen zu können. Sie studierte die Zahlen, überschlug die Rechnungen im Kopf. Das Wesentliche schien zu passen. Erstaunlich. Wenn der Junge recht hatte, dann hatte er ihnen soeben mehrere hundert Personenstunden eingespart.

Sie dachte daran, wie schwer es ihr fiel, ihre Mitarbeiter, die ihr als zusammengewachsenes Team von Gruppenleitern unterstellt worden waren, für sich einzunehmen – insbesondere ihren griesgrämigen Vize, Jamal Bhattacharya, einen alternden Junggesellen und zugleich jüngstes Mitglied einer Hindu-Dynastie, die seit vier Generationen in Maryland lebte. Im Gegensatz zu ihm und seiner Truppe schien Adam regelrecht kooperativ zu sein.

»Du hast gemeint, du hättest noch ein paar Ideen?«, fragte sie ihn, nun nicht mehr darum bemüht, das Interesse in ihrer Stimme zu verbergen.

In der Tat hatte Adam noch einige Ideen. Auf vieles davon war Catherine selbst schon gekommen, aber einiges war auch ihr neu, darunter auch Detailoptimierungen der Flugpläne. Das war wohl der Preis dafür, die Leitung innezuhaben: Man bekam eine Übersicht über alles und die Macht, die ganz großen Entscheidungen zu treffen, hatte aber nicht mehr genügend Detailwissen, um jedes Problem selbst zu lösen.

Und doch war sie sich nicht sicher, ob sie wirklich so viele Einfälle gehabt hätte wie Adam. Der Junge war ausgesprochen talentiert. Kreativ, mit einem guten Gespür für Verhältnismäßigkeit und geschwind mit den Zahlen. Sogar ein paar der Ideen, die Catherines Führungsriege ihr als die eigenen verkauft hatte, schienen ursprünglich von ihm zu stammen.

Über ihr Gespräch vergaß Catherine fast die Zeit. Erst als die Kabine deutlich dunkler wurde und die ersten Ingenieure nervös in ihren Gurten herumzurutschen begannen, merkte sie, dass sie bereits in die tiefhängende Wolkenschicht eingetaucht waren. Ebenso wie die anderen drehte sich auch Catherine hastig in ihrem Gurt zum Fenster und streckte sich, um einen Blick nach draußen zu erhaschen.

Just in diesem Augenblick riss das frustrierende Grau um sie herum auf. Ein Raunen ging durch die Menschen an Bord. Sie waren viel tiefer als gedacht, nur noch einige hundert Meter vom Boden entfernt. Und unter ihnen lag die Küste einer neuen Welt.

Grüne Sträucher und Bäume wiegten in einer strammen Brise hin und her. Der dichte Bewuchs reichte bis fast zur Wasserlinie, wo die Gischt des aufgewühlten Ozeans auf einen felsigen Strand traf. Zu ihrer Rechten bahnte sich ein träger Strom seinen Weg durch das Baumland, in Dutzende, langgeschwungene Arme aufgespalten, die sich aufteilten und wieder zueinander fanden, durch unzählige Inseln aus Sand, Geröll und Mangroven voneinander getrennt. Der Fluss ging nahtlos ins offene Meer über, ohne Delta und Mündungsarme, erkennbar nur noch an dem von Sedimenten tiefbraun gefärbten Wasser, das er in den Pazifik trug. Die Gebirgskette, aus der er diesen Sand bezog, war weit in der Ferne hinter sanft ansteigenden Hügelketten am Horizont zu erahnen, ebenso der Durchbruch, den der Fluss tief in sie geschnitten hatte.

Obwohl es draußen nieselte und ein grauer Teppich über der Landschaft hing, hätte das Panorama nicht atemberaubender ausfallen können. Die neue Welt sah wild aus, vollkommen unberührt – und doch unverkennbar irdisch.

Plötzlich zog Adam Catherine zurück in ihren Sitz. Gerade noch rechtzeitig, denn das Aufsetzen des Flugzeugs auf dem Boden fiel ausgesprochen unsanft aus. Polternd rollte die C-130J über die Piste, die im bisherigen Ausbauzustand aus nichts als festgeklopfter Erde bestand. Catherine wurde jäh in Richtung Cockpit gepresst, als die Bremsen voll anschlugen.

Der Nachteil eines Flugzeugs, das mit extrem kurzen Landebahnen auskam.

Schon eine Minute später standen sie neben einer Handvoll weiterer Hercules-Transportflieger vor dem improvisierten Terminalgebäude, einer kleineren Ansammlung aus Proviant- und Kommandozelten inmitten eines riesigen Containerhaufens.

Eine Durchsage ertönte, mit der Aufforderung, die bereitliegenden Gasmasken anzulegen. Catherine rollte mit den Augen. Luft und Boden waren schon x-mal untersucht worden, dabei hatte man trotz aufwendigster Experimente bis jetzt noch keine gefährlichen Mikroben entdeckt. Oder überhaupt welche.

Dennoch, die Klappe der Transportmaschine senkte sich erst, als alle ihre Masken über den Kopf gestreift hatten. Catherines Herz raste, als sie endlich die Rampe hinabstieg. Ihr erster Schritt auf einem neuen Kontinent. Auf einer Welt, die nur wenige Menschen vor ihr betreten hatten. Vielleicht ein Schritt in eine neue Zukunft für die Menschen, zumindest aber in ein großes Abenteuer – oder, wenn es nach ihrem Vater ginge, in Richtung ihres Schicksals.

Zunächst aber endete ihr erster Schritt bloß in knöcheltiefem Morast. Catherine fluchte. General Wilson klopfte ihr lachend auf die Schulter.

»Ein kleines Schlammloch für einen Menschen, aber kein Hindernis für die Menschheit«, drang es dumpf aus dem Mundstück seiner Gasmaske.

Und damit watschelte er an ihr vorbei, ohne ihr aus dem Morast zu helfen. Catherine stöhnte auf. Wie konnte es sein, dass dieser Mann, der sicher das Doppelte von ihr wog, praktisch nicht im Schlamm einzusinken schien?

Schließlich erbarmte sich Adam, ihr aus ihrer misslichen Lage zu helfen. Mit einem lauten Plop kam ihr Stiefel frei. Catherine schüttelte den Schlamm ab und machte vorsichtig einen weiteren Schritt. Der Rest der Strecke war weniger problematisch, allerdings nur, was den Boden anging. Denn vor ihnen war die Hölle los.

Baumaschinen sausten in beide Richtungen an ihnen vorbei, Catherine wurde dabei fast von einer rücksichtslosen Lastwagencrew angefahren. Vorsichtig nach links und rechts schauend, joggte sie an Adam vorbei zu General Wilson und wies ihm den weiteren Weg zwischen zwei Containerstapeln hindurch. Immerhin war sie es gewesen, die die exakte Position jedes einzelnen Provisoriums hier festgelegt hatte.

Die frisch eingeflogenen Ingenieure und zwei weitere von Catherines Mitarbeitern, die ihr mit einigen Metern Abstand gefolgt waren, wandten sich nun nach links in Richtung Fahrzeuglager, um den Großteil ihres Equipments auf einen Transporter in Richtung Küste zu verladen. Catherine hingegen stapfte mit General Wilson und Adam auf eines der offenen Hauptzelte zu, in dem etwa zwanzig Soldaten um einen Tisch standen und zwei Offizieren zusahen, wie sie einzelne Punkte auf einer riesigen Papierkarte markierten. Einer der beiden Offiziere – ein Mann in einer lehmverdreckten Armeehose, oben herum nur im Unterhemd und ohne Gasmaske unterwegs – bemerkte sie, kam ihnen aus dem Kommandounterstand entgegen und salutierte vor General Wilson.

Der General klang irritiert. »Wo ist Ihre Gasmaske, Major?«

Die Haltung des Soldaten wurde etwas strammer. »Wir haben eben die endgültigen Ergebnisse aus dem Labor in Seattle bekommen, Sir. Die Luft ist rein. Perfekt rein sogar. Solange wir hier nicht anfangen, den Boden zu essen, sehe ich nicht, was uns passieren könnte.«

Der General grunzte. »Na gut, Major. Dann testen wir doch mal, ob Sie recht haben.« Und mit diesen Worten zog er seine Gasmaske vom Gesicht. Catherine und Adam taten es ihm gleich. Catherine fiel beinahe um vor Schock. Vielleicht war es nur der Kontrast zur Gummimaske, aber es war atemberaubend, wie frisch die Luft roch, trotz ihrer Wärme, trotz ihrer

Feuchtigkeit. Der Wind mochte zwar helfen, indem er die Kerosin- und Dieselgerüche des Flughafens von ihnen wegwehte, aber dennoch, eine solche Reinheit der Luft hatte sie nicht einmal im Familienurlaub in Vermont vernommen.

General Wilson sah sie aus den Augenwinkeln an. »Miss Strive, wären Sie so nett, mich durch die Anlage zu führen, bevor Sie sich an Ihre eigentliche Arbeit machen?«

»Aber gerne doch.« Und wie gerne sie das tat, immerhin war das hier ihr Baby! Sie deutete gegenüber dem General eine kleine Verbeugung an. »Wenn Sie mir bitte folgen würden.«

Catherine führte ihn in Richtung eines kleinen Hügels, von den ersten Pioniertrupps Mount Audacity getauft. Adam folgte mit ein paar Schritten Abstand. Es fühlte sich seltsam an, wie vertraut ihr alles war, dabei hatte sie die Gegend bisher nur in Form von Satellitenbildern und Flugzeugaufnahmen erkundet. Der kahl geschlagene, planierte Bereich endete einige Dutzend Meter unter dem Gipfel. Ab hier wurde es deutlich ruhiger. Sie folgten einem schmalen Pfad, der sich an Farnen, großblättrigen Noni-Bäumen, wilden Bananenstauden und einzelnen Palmen vorbeischlängelte, Vegetation, die ebenso gut auf dem benachbarten Hawaii oder in Mittelamerika hätte wachsen können.

»Unglaublich …«, murmelte Adam.

Auch Catherine ging mit offenem Mund an all den fast erschreckend vertrauten Pflanzen vorbei. Ein süßlicher, erdiger Geruch von Blüten, Regen und Lehm zog durch ihre Nase. Ein, zwei Minuten später – General Wilson war in der schwülwarmen Luft bereits ziemlich ins Schwitzen gekommen – standen sie auf der fast baumfreien Kuppe, in deren höchsten Punkt eine einzelne, stolz im Wind wehende amerikanische Fahne gerammt worden war, bewacht von einem Soldaten, dessen lupenreine, perfekt gebügelte Gardeuniform in dieser Umgebung völlig fehl am Platz wirkte. Die Absurdität des Bildes wurde dadurch auf die Spitze getrieben, dass ihn offenkundig noch nicht die Erlaubnis erreicht hatte, seine Gasmaske abnehmen zu dürfen.

»Nach den Fernsehbildern von vorgestern Abend«, grinste Catherine, »dürfte das jetzt wohl die berühmteste Fahne der Welt sein.«

»Und ein starkes Symbol, an unsere Verbündeten wie an unsere Feinde«, fügte der General hinzu. »Wenn es darauf ankommt, sind die Vereinigten Staaten noch immer ganz weit vorne.«

Catherine nickte. »Immerhin haben wir die Japaner und Australier mit ihren Landungen an der Westküste um stolze zwei Stunden geschlagen.«

»Natürlich nur im Namen der Wissenschaft«, wandte General Wilson ein.

Catherine lächelte kühl zurück. »Natürlich.«

Sie strich beiläufig über den Mast und erntete dafür prompt einen tadelnden Blick zweier gasmaskenbedeckter Augen. Doch sie grinste nur, deutete schelmisch auf ihre eigene, unbedeckte Nase – nachdem der General keine Anstalten machte, dem Gardeoffizier ein Abnehmen der Gasmaske nahezulegen – und führte ihre kleine Delegation noch einige Meter weiter in Richtung Küste, hin zu einem kleinen Überhang.

Noch immer konnte sie nicht glauben, was hier vor ihr lag. Dass sie auf einem Kontinent stand, der noch vor gut zwei Tagen nicht einmal existiert hatte. Doch der Boden unter ihren Füßen war real. Die Luft, die sie atmete, war real. Der Sprühregen, der auf sie hinabnieselte, war real. Die Blätter, deren silbergraue Unterseiten in den Böen glitzerten und funkelten, waren real.

Der Blick auf die neue Welt war schlichtweg atemberaubend: Unter schnell dahinziehenden, tiefhängenden Wolken erstreckte sich von Horizont zu Horizont eine sattgrüne Hügellandschaft, unterbrochen nur von einem gewaltigen Strom, der geruhsam mäandrierend in den Pazifik floss. Ein Paradies, so weit das Auge reichte, neuartig und doch seltsam vertraut. Und seltsam still. Bar jeglicher Fauna, soweit man das bisher sagen konnte. Und dennoch so beeindruckend, so majestätisch. Im Verhältnis zu dieser Urgewalt unberührter Natur erschienen die Eingriffe, die sie in den letzten Tagen veranlasst hatte, geradezu winzig.

Und trotzdem: Catherine hätte stolzer nicht sein können. Die emsige Betriebsamkeit in der Basis, einer nur auf den ersten Blick ungeordneten Ansammlung von Zeltdörfern, Lehmstraßen und zweier langer, bisher komplett unbefestigter Flugzeugpisten, bot einen Kontrast zur Leere ringsherum, der kaum überboten werden konnte. Ein stetiger Strom von Hercules-Transportmaschinen landete und hob bald wieder ab, nur um einige Stunden später mit neuen Gerätschaften und neuem Personal zurückzukehren. Hunderte Menschen eilten umher, damit beschäftigt, Ausrüstung aufzubauen oder rings um die Landepisten weitere Schneisen in den Wald zu schlagen, die dann von einer kleinen Planierraupen-Armada zu einem regelrechten Netzwerk aus Lehmstraßen ausgebaut wurden. Jeeps und Militär-Lkw brachten Kisten, Container und sogar ganze Forschungslabore an Dutzende, strategisch durchdachte Plätze an den Endpunkten dieser Wege, die daraufhin ihrerseits zu Keimzellen neuer Netze wurden. Wie die Gänge in einer Ameisenkolonie zogen sich diese ockerfarbenen Pisten schon jetzt auf einer Fläche von fast einem halben Quadratkilometer durch die ansonsten unberührte, tiefgrüne Natur.

Catherine schüttelte grinsend den Kopf. Sie war von der Geschwindigkeit der Arbeiten »ihrer« Pioniere tief beeindruckt. So dicht die Vegetation auf den ersten Blick auch wirkte, so überraschend leicht ließ sie sich entfernen, fast so, als zögen sich die Sträucher freiwillig zurück, sobald sich die Menschen mit schwerem Gerät näherten. Stündlich wurden neue Fakten geschaffen. Derzeit ging es mit Hilfe der beiden Versorgungsschiffe, die seit heute Mittag vor der Küste ankerten, an den

Bau des ersten provisorischen Tiefwasserhafens, für dessen Hauptkai die Mannschaften in ein paar Minuten die ersten Pfähle in den Boden treiben würden. Der Weg dorthin, die breiteste und zugleich längste Piste, die sich von der Hochebene rund um die Landebahnen bis zur Küste zog, wurde soeben von dem schweren Gerät geräumt, das noch während der Landung ihrer Hercules-Maschine die letzten Lücken geschlossen hatte. Catherines Grinsen wuchs in die Breite. Selbst ihren eigenen, überaus ambitionierten Zeitplan hatte sie damit schon um mehr als zwölf Stunden unterboten.

Catherine konnte sich an den Arbeiten und der Natur ringsherum nicht sattsehen. Auch als sie sich General Wilson zuwandte und mit ihrem Vortrag begann, schweifte ihr Blick weiter über die atemberaubende Aussicht.

»Wie Sie sehen, haben wir uns große Mühe bei der Suche nach der idealen Lage für unsere erste Basis gegeben.« Sie lächelte. »Und nicht bloß aus ästhetischen Gründen. Denn die Nordküste war nicht allein wegen ihrer geographischen Nähe zu den USA eine logische Wahl, sondern auch wegen ihres ausgewogenen Klimas. Im Gegensatz zu den beiden Wüsten im Westen und in Teilen des Ostens kommt es hier an den küstennahen Hügelketten zu erheblichen Stauniederschlägen durch die Nordost-Passatwinde. Und bevor Sie fragen: Der Süden ist von Anfang an durchs Raster gefallen.« Noch ein Lächeln. »Dank seiner Lage inmitten der Innertropischen Konvergenzzone, die ihm derzeit einen kräftigen Monsun beschert, wäre ich dort sicher nicht als Einzige im Schlamm stecken geblieben.«

Als der General keine Miene verzog, fuhr Catherine nahtlos fort. »Aber auch die Mikro-Lage ist mit extremer Präzision bestimmt worden, dank Terabytes an Daten von Satelliten, Drohnen und lokalen topographischen Analysen. Der breite Fluss erlaubt uns einen leichten Zugang zum Landesinneren und sorgt zugleich für einen Gürtel äußerst fruchtbaren Schwemmlandes, falls das mal von Interesse sein sollte. Den Stützpunkt mitsamt den beiden provisorischen Start- und Landebahnen hingegen haben wir hochwassergeschützt auf einer Anhöhe über dem Flussbett errichtet, dicht neben einem natürlichen Hafenbecken ein paar Kilometer östlich der Mündung. Dank der gut zugänglichen Hügelkette im Süden haben wir auch mehr als genügend Erweiterungsmöglichkeiten, falls ein umfangreicheres Infrastrukturnetz nötig werden sollte.«

Adam lächelte. »Und die Landebahnen sind so ausgelegt, dass wir sie im Fall einer Störung im Betriebsablauf zügig freiräumen könnten.«

General Wilson drehte sich zu ihm um. »Und das kann mal relevant werden?«

Adam zuckte mit den Schultern. »Im Notfall schon, wenn zum Beispiel eine Hercules bei Start oder Landung ihr Fahrwerk verliert, und wir das Wrack nur über eine Klippe hinunterstürzen müssen, um den Flughafen wieder freizugeben. Es ist immer gut, für alle Eventualitäten vorzusorgen.«

Catherine warf ihm einen finsteren Blick zu. Auf diesen Gedanken war sie noch gar nicht gekommen. Ganz zu schweigen davon, dass das hier ihr großer Moment war, nicht seiner.

»Mittlerweile«, fuhr sie einfach fort, »sind auf dem Stützpunkt mehr als siebenhundert Pioniere und zweihundert Ingenieure im Dauereinsatz. Dabei verfügen sie bereits über achthundert Tonnen an Gerätschaften und Baumaterial. Und wenn das so weitergeht, dürfte die Personenstärke am Ende der Woche bei über dreitausend liegen.« Sie lächelte. »Das ist dann schon fast eine kleine Stadt. Bis dahin sollte übrigens auch der Hafen stehen. Dann geht es hier erst so richtig los.« Ihr Lächeln wurde immer breiter. »Sie sehen also: Wir haben hier so ziemlich alles richtig gemacht, was man nur …«

Catherine hielt mitten im Satz inne. Ein dumpfes Grollen ertönte aus dem Grau über ihnen. Auch ihre Begleiter erstarrten. Das Geräusch wurde von Sekunde zu Sekunde lauter, steigerte sich zu einem ohrenbetäubenden Dröhnen.

Und dann brach das erste Flugzeug aus den Wolken, dicht gefolgt von einem weiteren, und noch einem, bis schließlich direkt vor ihren Augen ein volles Dutzend riesiger, vierstrahliger Maschinen durch die Luft fauchte. Auf jedem Heckleitwerk prangte dieselbe rote Flagge, mit einem großen gelben Stern in der linken oberen Ecke, halbkreisförmig von vier kleineren umringt.

China.

Die Formation hielt direkt auf den kleinen amerikanischen Stützpunkt zu. Catherine hörte, wie die Sirenen ansprangen und die Menschen unter ihnen hektisch durcheinanderrannten, während die Flugzeuge nur wenige hundert Meter über ihren Köpfen hinwegdonnerten. Die Maschinen legten sich leicht in die Kurve, und für einen kurzen, gnädigen Augenblick schien es, als würden sie beidrehen. Doch dann öffneten sich ihre Heckklappen, alle zur selben Zeit. Kleine schwarze Punkte stürzten heraus, Dutzende, bald schon Hunderte, die sich in langen Reihen dicht über dem Ufer des großen Stroms ergossen. Fallschirmjäger. Hunderte, vielleicht Tausende. Mit rasender Geschwindigkeit öffneten sich einer nach dem anderen ihre Fallschirme, bis der halbe Horizont unter einem langsam zu Boden sinkenden Vorhang aus weißem Stoff verschwand.

KAPITEL 5

»Das ist doch verrückt, einfach nur verrückt!« Christopher lehnte sich in Richtung Fernseher, die Ellbogen auf den Knien aufgestützt, den Kopf in die Hände gelegt. Die abgewetzte Couch, auf der er und Mtoto saßen, knarzte aus Protest.

»Das brummelst du schon seit Mosambik vor dich hin«, sagte Max. »Ein bisschen mehr Abwechslung bitte!« Sie drehte sich gar nicht erst zu ihm um. Seit einer gefühlten Ewigkeit stand sie am Vorhang des einzigen Fensters ihres miefigen, kleinen, praktisch unmöblierten Zimmers und starrte durch einen schmalen Schlitz auf die Straßen Kapstadts unter ihnen.

Christophers Blick wanderte an Max' Körper entlang, folgte ihren Konturen, die durch das wenige harte Licht, das neben dem Vorhang in den Raum drang, fast unrealistisch stark betont wurden. Christopher ärgerte sich, dass dieser Anblick noch immer etwas in ihm auslöste, dass Max noch immer eine gewisse Macht über ihn besaß, selbst jetzt noch, wo doch eigentlich er ihr böse sein sollte, und nicht andersherum.

Schließlich hatte sich Max auch heute wieder merkwürdig verhalten, schon nach dem Aufstehen, mindestens aber seit ihrem fast geflüsterten, in schnellen Sätzen gehaltenen Telefonat mit ihren Eltern. Wortkarg, nachdenklich, fast schroff. Sie wirkte ungewöhnlich angespannt. Andererseits: War das ein Wunder, nach diesen letzten beiden Tagen?

Christophers Augen glitten wieder zurück zu dem kleinen Röhrenfernseher, in dem die ewig gleichen Bilder in Dauerschleife liefen. Das beinahe schon legendäre Interview mit der hysterischen BBC-Reporterin in Daressalam, wo die Wand wie ein monströser Eishockeypuck fast den halben Horizont überspannte. Eine ganze Reihe von wackeligen Handyvideos, die frühesten noch aus Mtwara, alle weiteren aus anderen Städten

Ostafrikas. Jedes von ihnen zeigte dasselbe Motiv: eine kilometerhohe, von schweren Unwettern begleitete, schwarze Wand, vor ihr zigtausend Flüchtlinge, die in gleichem Maße gegen die Sturmböen wie gegen ihre eigene Angst ankämpften. Viele von ihnen waren zu Fuß unterwegs, darunter zahllose Kinder. Und doch, was Christopher am meisten getroffen hatte, war ausgerechnet ein Bild, welches das menschliche Leid erst einmal auszublenden schien: Eine einzige Satellitenaufnahme, die auch jetzt wieder über die Mattscheibe flimmerte. Sie zeigte Afrika mit seinen charakteristisch satten Grün- und Ockertönen. Und mit einem gigantischen, tiefschwarzen Loch, das sich wie ein Geschwür in den Osten des Kontinents und in den Indischen Ozean hineingefressen hatte. Als würde dort ein Stück der Erde fehlen. Als müsste das Meer jetzt jede Sekunde anfangen, sich kubikkilometerweise in das »Loch« zu ergießen.

Dass man solche Bilder überhaupt für bare Münze nahm! Der Kontrast zwischen dieser völlig strukturlosen Scheibe und dem vertrauten Kontinent ringsherum war dermaßen extrem, dass Christopher das Bild am Anfang für eine schlechte Computersimulation gehalten hatte. Wie konnte so etwas Absurdes wie diese Wand auch real sein?

Die Wand. Kurios, wie schnell sich fast alle Medien auf denselben Begriff geeinigt hatten. Dabei hatte das Gebilde von oben besehen eher die Form eines monströsen Pfannkuchens, den jemand unachtsam auf die Erde geklatscht hatte, oder wie eine Halbkugel, deren Kuppe nahe am Boden sauber abgetrennt worden war, fünfhundert Kilometer breit, aber kaum mehr als zwanzig Kilometer hoch. Darüber, in der Tropopause, jenseits der höchsten Wolken, hatte das Gebilde schlagartig sein Wachstum eingestellt. Doch zu den Seiten hin breitete es sich weiterhin unerbittlich aus. Und so war, vom Boden aus betrachtet, *die Wand* eine treffende Bezeichnung: die Anomalie hatte mittlerweile einen derart gigantischen Durchmesser, dass ihre Krümmung aus menschlicher Perspektive nicht mehr zu erkennen war. Für jeden, der in die unglückliche Situation geriet, diese Monstrosität aus nächster Nähe zu sehen, verlief sie schier in gerader Linie vom einen Horizont zum anderen – und nach oben, bis an die Grenzen des Alls.

Und dazu kam *Pacifica*. Als Christopher bei den elendigen, zwanzig Stunden währenden … *Befragungen* in Mosambik erstmalig von dem neuen Kontinent erfahren hatte, hätte er um ein Haar lauthals losgelacht. Er konnte nicht sagen, was von beidem absurder klang, was der schlechtere Scherz sein musste: die Wand oder Pacifica.

Wenigstens blieb dieses neue Stück Land dort, wo es war, so dass sich Christopher mittlerweile – einen Tag später – schon fast damit abgefunden hatte, dass die Welt gleich noch ein wenig wahnsinniger geworden war. Was blieb ihm auch anderes übrig?

Max konnte sich jedenfalls so viel beschweren, wie sie wollte: *Verrückt* war ein viel zu harmloser Begriff für all das, was hier vor sich ging. Sie mussten hier weg, so schnell es nur ging, raus aus Afrika. Max stimmte ihm dabei durchaus zu. Bloß: Wie sollten sie das anstellen, wo doch alle Wege dicht waren?

Zum bestimmt zehnten Mal lief nun schon diese verdammt unverantwortliche Computersimulation im Fernsehen, bei der sich Christopher jedes Mal aufregte, dass der Sender sie überhaupt ausstrahlen durfte. Es war eine düstere Prognose der weiteren Ausbreitung der Wand, die mit einem reinschwarzen Erdball fünf Monate in der Zukunft endete. Und zum bestimmt zehnten Mal sah ihn Mtoto danach mit riesengroßen Augen an. Neu war, dass sie danach den Mund öffnete.

»Aber, Herr Christopher, warum fliehen wir überhaupt, wenn es bald nirgendwo mehr sicher ist?«

Jetzt drehte sich Max um. Sie schaute Christopher an, die Arme lose vor der Brust verschränkt. Ihr Blick wirkte ernst und fast ein bisschen wehmütig. Und zum ersten Mal bemerkte

Christopher, dass das nicht nur an Mosambik lag, sondern dass auch Max denselben Gedanken hegte, den Mtoto ausgesprochen hatte.

Und, schlimmer noch, vielleicht hatte sie damit sogar recht. Denn was verleitete ihn eigentlich zu der Annahme, dass alles besser würde, wenn sie erst einmal Afrika verlassen hatten?

Christopher hoffte, dass weder Max noch Mtoto sahen, wie sehr er mit sich rang. Er wollte, nein, musste Optimismus ausstrahlen, auch um seiner selbst willen.

»Es gibt auf dieser Welt fast acht Milliarden Menschen. Acht *Milliarden!* Wisst ihr, was das bedeutet?« Er legte seine Hand auf Mtotos Schulter und versuchte krampfhaft, sie anzulächeln, während sein Blick kurz zu Max hinübersprang. »Es bedeutet, dass schon jetzt, in diesem Augenblick weltweit unzählige kluge Köpfe an einer Lösung für dieses Problem arbeiten. Und das wahrscheinlich bald mit der geballten Macht aller Regierungen dieser Erde!«

Christophers und Max' Blicke begegneten einander. Sie schüttelte ganz leicht den Kopf und lächelte fast dabei. Christopher bemühte sich, nicht die Augen zu verdrehen. Er wusste genau, was sie meinte. An ein *bald* glaubte sie nicht, eher an ein *erst dann, wenn sich der Westen selbst bedroht fühlt.*

Doch mit ihrer Skepsis lag sie definitiv falsch. Zumindest hatte Christopher mit jedem weiteren Satz weniger das Gefühl, sich selbst – und ihnen allen – etwas vorzumachen, und mehr den Eindruck, tiefe Wahrheiten auszusprechen.

»Es ist nur eine Frage der Zeit, bis wir als Menschheit diese Herausforderung meistern«, sagte Christopher mit fester Stimme. »Vielleicht nicht heute, aber bestimmt in ein paar Tagen oder Wochen. Hier in Kapstadt kommt die Wand den Schätzungen zufolge in vierundzwanzig Tagen an. Das könnte mit etwas Pech knapp werden. Daher gehen wir einfach auf Nummer sicher, wenn wir an einen Ort fahren, den die Wand erst in einigen Monaten erreichen würde, zum Beispiel die USA.«

Max hob eine Augenbraue, doch zumindest Mtoto schien mit der Erklärung zufrieden zu sein. Jedenfalls nickte sie so eifrig, dass die Couch unter ihr quietschte.

»Und wer weiß«, legte Christopher nach, »vielleicht stoppt die Wand ja auch irgendwann. So wie sie es in der Höhe getan hat.«

Max senkte den Blick und schloss die Augen. Sie atmete tief aus, versteifte sich unwillkürlich und schaute dann wieder auf, nicht mehr gar so ernst wie zuvor und doch irgendwie ernster.

»Du hast recht. Niemand von uns kann sagen, wie das alles weitergeht. Wenn wir erst einmal aus Afrika raus sind, stehen uns mehr Möglichkeiten offen, ganz egal, was noch geschieht.«

Immerhin, Unterstützung gewährte sie ihm noch.

Christopher nickte. »Die einzige Frage, die wir uns jetzt stellen müssen, ist, wie genau wir das mit der Ausreise hinbekommen«, sagte er, halb an Mtoto gewandt und halb zum Fenster gerichtet. »Zug oder Auto scheiden aus, da wir bei den derzeitigen Verhältnissen wohl nicht schnell genug in Richtung Norden kämen, ehe uns die Wand in Namibia oder spätestens in Angola den Weg abschneidet. Schiffe sind zwar schnell genug, brauchen aber bis zu vier Wochen für die Überfahrt. Das könnte uns also auch in eine gefährlich unflexible Lage bringen. Außerdem ist dem Fernsehen zufolge der Hafen bereits abgeriegelt. Die beste Option ist und bleibt also ein Flughafen.«

»So wie der, wo wir rausgeworfen wurden?«, fragte Mtoto.

»Die Ysterplaat Air Base«, schob sich Max dazwischen, »war ein Militärflughafen. Ich glaube nicht, dass Chris denkt, dass wir da noch eine Chance haben. Außer ich habe etwas verpasst und die geben neuerdings Sammelheftchen aus.« Ihr Mundwinkel zuckte. »Wer dreimal von der Air Base geworfen wurde, darf beim vierten Mal bleiben?«

Christopher unterdrückte ein kleines Lächeln. »Hey«, sagte er, an Mtoto gewandt. »Wir hatten einfach riesiges Pech, dass dieselben Leute, die uns in Mosambik noch die Evakuierung in die USA versprochen haben, in Kapstadt plötzlich nichts mehr zu sagen hatten. Ich kann mir nicht vorstellen, dass die uns absichtlich belogen haben.«

Max verzog das Gesicht. »Ausschließen würde ich das nicht …«

»Es waren immerhin amerikanische Offiziere, da gehe ich doch schwer davon aus, dass sie uns die Wahrheit sagen!« Christophers Stimme wurde etwas leiser. »Aber selbst wenn nicht: Mit dem damaligen Wissen war Kapstadt eindeutig die beste Wahl.«

Max schlug das rechte Bein vor das linke, die Arme vor der Brust verschränkt. »Was für eine Wahl? Du hast uns ja nicht einmal eine gelassen! Mtoto und ich haben schließlich erst in der Maschine nach Kapstadt mitbekommen, dass in Mosambik auch ein Flug nach Lissabon geplant gewesen war.«

Christopher presste Luft zwischen den Zähnen heraus. Ging es ihr immer noch darum! »Was hätte es da zu wählen gegeben? Auf der einen Seite gab es eine Garantie, in die USA ausgeflogen zu werden – eine Garantie! –, und auf der anderen eine wilde Vermutung, dass die paar portugiesischen Berater und Dolmetscher auf der Basis eine Maschine nach Europa organisiert bekommen. Wenn du mich fragst, klang das nicht nach einer echten Alternative. Und überhaupt, die Vereinigten Staaten liegen viel weiter von der Wand entfernt. Schon alleine deswegen war es die klügere Wahl. Und dass deine Eltern in Deutschland sind …«

»… ist so ziemlich der legitimste Grund, den man nur haben kann, auch dorthin zu wollen!«

»Das streitet ja niemand ab.«

»Aber?«

»Aber etwas zu wollen und etwas zu erreichen sind zwei verschiedene Dinge. Du warst bei meinem Verhör ja gar nicht dabei. Ich glaube, du siehst nicht, wie schwer es war, überhaupt diese eine Evakuierungsoption herauszuhandeln, nachdem sie mir die Speicherkarte abgenommen hatten! Ehrlich gesagt, hatte ich eigentlich erwartet, dass du dafür dankbar wärst. Aber stattdessen hältst du mir vor, dass ich nicht noch mehr erreicht habe. Dabei müssen wir doch zusammenhalten!«

Max legte den Kopf schief. »Müssen wir das wirklich, wenn – wie so oft – *du* die Spielregeln bestimmst?« Jetzt hatte auch sie die Stimme erhoben. »Vielleicht hätte ich ja ganz gerne das Risiko in Kauf genommen, und wer weiß, vielleicht wären wir dann jetzt schon in Europa.«

Für einen Moment war es absolut still im Raum. Mtoto schaute unsicher von Christopher zu Max und dann zu Christopher zurück. Christopher war geschockt, wie leicht Max das mit dem Zusammenhalt über die Lippen gekommen war. Er wich ihrem Blick aus und starrte stattdessen konsterniert auf den Boden.

»Fakt ist jedenfalls«, legte Max nach, jetzt mit weit weniger Schärfe im Ton, »dass du über unseren Rücken hinweg entschieden hast. Und jetzt sitzen wir in Kapstadt fest und dürfen die Basis noch nicht einmal mehr betreten.«

»Warum eigentlich nicht?«, fragte Mtoto leise. Ängstlich schaute sie zu Christopher auf und auch zu Max, die sich daraufhin neben sie setzte.

Christopher und Max sahen einander an. Max' Blick war so etwas wie ein kleines Friedensangebot, Mtoto zuliebe. Entsprechend fuhr Christopher den sanftesten Tonfall auf, den er gerade zusammenbekam. »Vielleicht hatten sie Regeln, wegen denen sie uns nicht mehr auf der Basis lassen durften. Oder sie hatten einfach Angst wegen den vielen Menschen vor den Toren.«

»Wollten diese Menschen denn auch alle in ein Flugzeug?«

»Manche von ihnen vielleicht. Vor allem die, die nicht von hier sind. Viele haben aber einfach nur protestiert, weil jetzt Soldaten in der Stadt sind. Oder weil sie Schutz suchen, oder Erklärungen. Du hast ja gesehen, wie sie uns angeschaut haben und was sie alles gefragt haben. Die Menschen haben ganz einfach Angst, weil sie nicht wissen, was los ist und was sie tun sollen.«

Mtoto legte den Kopf schief. »So wie wir?«

»Ja, ein bisschen so wie wir. Nur dass wir, im Gegensatz zu ihnen, wissen, was wir tun wollen.« Christopher zögerte kurz, ehe er sich entschied, ehrlich zu Mtoto zu sein. »Wir wissen nur nicht genau, wie wir es erreichen. Denn die vielen Privatflughäfen sind zu klein, und der eine große Flughafen ist mittlerweile genauso dicht wie die Militärbasen. Wenn die Berichte aus dem Fernsehen stimmen, gingen gestern Nachmittag die letzten planmäßigen Flüge mit Zivilisten raus, vor allem mit Ausländern wie uns. Da hatten wir eh keine Chance. Wir sind ja erst gestern Abend hier angekommen, mussten uns auch erst einmal orientieren und einen Unterschlupf für die Nacht finden. Mittlerweile wird auch der eigentlich zivile Flughafen nur noch vom Militär beziehungsweise von der Regierung benutzt, aus Gründen der nationalen Sicherheit, wie es so schön heißt.«

Mtoto sah erst zu Max auf, dann zu ihm. »Aber was können wir denn dann machen?«

»Nun ... Wir müssen es irgendwie schaffen, trotz der Abriegelung und trotz unseres Status als Ausländer, drei Plätze auf einem der Flüge zu erwischen, die aus dem Land führen. Das Problem ist nur, dass wir eigentlich bereits alle möglichen Optionen erschöpft haben.«

Max erhob sich und ging ein paarmal im Raum auf und ab, ehe sie sich wieder an den Fensterrahmen lehnte und schließlich Mtoto anlächelte. Ein Teil des Funkelns war in ihren Blick zurückgekehrt. »Und deswegen müssen wir uns jetzt eben an den unmöglichen versuchen!«

Mtotos Augen weiteten sich schlagartig. »Okay!« Fast genauso schnell wanderten jedoch ihre Augenbrauen zusammen. »Aber was heißt das denn?«

»Das heißt, dass wir das machen, was kaum wer ernsthaft erwägt. Zum Beispiel, indem wir in den Untergrund gehen. Leute zu finden, die Leute kennen, die uns hier rausbringen können, das könnte unsere Chance sein! Mal ganz abgesehen davon, dass es uns verdammt guttäte, endlich aus dieser Bude rauszukommen.« Max zwinkerte Mtoto zu. Selbst in Christophers Augen wirkte die Geste nicht gespielt. »Ich weiß ja nicht, wie es dir geht«, sagte Max und fixierte dabei demonstrativ die flieder- und purpurfarbenen Blütenmuster unter ihren Füßen, »aber ich kann diesen grässlichen Teppich einfach nicht mehr sehen!«

Mtoto musste kichern.

Nur Christopher hielt die Arme noch vor seiner Brust verschränkt. »Bist du dir sicher, dass das so ein guter Plan ist?« Er hätte die Worte gar nicht laut aussprechen müssen; Max sah es auch so in seinen Augen.

Sie stieß sich vom Fensterrahmen ab und ging mit zwei, drei schwungvollen Schritten auf die Couch zu. Christopher stand instinktiv auf. Max blieb keinen halben Meter von ihm entfernt stehen – und beugte sich dann zu ihm vor.

Es war irritierend, sie plötzlich so nahe an sich zu spüren, nachdem sie letzte Nacht nicht einmal auf derselben Couch geschlafen hatten.

Max lächelte. »Natürlich nicht.« Sie hatte die Worte geradezu gehaucht. Wusste sie, was sie damit bei ihm anstellte? Was für eine blöde Frage – natürlich wusste sie das. Wahrscheinlich spielte sie nur mit ihm, als eine perfide Form der Rache.

Christopher schluckte, versuchte, die Gänsehaut zu ignorieren, die sich auf seinen Unterarmen entwickelt hatte.

»Und du denkst, dass es da draußen ruhig genug ist?«

Max lachte, ein echtes, volles Lachen. Sie deutete mit dem Kopf in Richtung Fenster. »Glaubst du, ich habe nur am Fenster gestanden, um nachzudenken und die Aussicht zu genießen, und dir dann die Lynchmobs auf den Straßen zu verschweigen? Da draußen ist es so ruhig wie in einem nordkoreanischen Kindergarten. Etwas mehr Polizisten als sonst, und ein paar Militärs, das war's.«

Und damit war die Diskussion beendet. Sie packten rasch ihre Sachen zusammen. Als sie fertig waren, fiel ihr Blick auf Mhubiris Rucksack, den sie die gesamte Zeit mit sich geschleppt hatten. Und zum ersten Mal sahen sie hinein. Zwischen ein paar Alibi-Klamotten und einer Handvoll Erdnusspäckchen hatte Mhubiri bestimmt ein halbes Kilo archäologische Fundstücke gebunkert, Dutzende, uralt aussehende Faustkeile und Pfeilspitzen aus Obsidian. Was zum Teufel hatte der Mann bloß in seiner Freizeit gemacht? Wo auch immer er die Fundstücke her hatte, legal konnte das nicht sein. Und nützlich erst recht nicht. Auch wenn Christopher ein schlechtes Gewissen überkam, ließen sie alles aus Mhubiris Rucksack zurück.

Zehn Minuten später standen sie mit ihren wenigen Habseligkeiten auf einem Gehsteig am Rande der Voortrekker Road, einer der größeren Straßen, die über den nahen Liesbeek River nach Westen ins Zentrum Kapstadts führte. Doch die drei wandten sich stattdessen nach Osten, in Richtung einer Handvoll in Flughafennähe gelegenen Adressen, die sie auf dubiosen Seiten und wahrscheinlich unter horrenden Roaming-Gebühren auf Christophers endlich wieder funktionsfähigem Handy gefunden hatten.

Die breite, auf beiden Seiten bestenfalls zweistöckig bebaute Straße zog sich hin. Die anfangs zahlreichen Straßenläden – *Liquor & Tobacco* – wurden erst durch Industriebetriebe ersetzt und schließlich durch Lagerhallen zu ihrer Linken und einen großen jüdischen Friedhof zu ihrer Rechten.

Es waren einige Autos unterwegs, auch ein oder zwei Militärfahrzeuge, aber kaum Leute zu Fuß. Und die, auf die sie trafen, eilten meist an ihnen vorbei, die Blicke gesenkt oder starr in die Ferne gerichtet. Christopher war sich unsicher, ob sich die Menschen in diesem Viertel immer so verhielten oder ob das bereits die Auswirkungen der Nachrichten der letzten Tage waren. Vielleicht lag es auch bloß an dem kühlen, trockenen Südwind, der über die Straße fegte, ungleich stärker werdend, wann immer sie an eine offene Kreuzung kamen. Christopher fröstelte. Ihm war klar, dass der Mai in Kapstadt nicht mehr zur Hauptsaison zählte, aber selbst für einen Spätherbsttag wie diesen fühlten sich knapp zehn Grad nach arg wenig an.

Noch zwei Blöcke. Zu ihrer Linken erschien das Wingfield Aerodrome, ihrem Handy zufolge ein kaum noch genutzter Ausbildungsflugplatz. Hier war auf einmal mehr los. Einige hundert Menschen – die wenigsten von ihnen hellhäutiger als Christopher – standen vor den bewachten Zäunen, eingepackt in Mäntel oder gleich mehrere löchrige Pullover. Manche von ihnen reckten Schilder in die Höhe und skandierten Sprüche, doch insgesamt wirkte die Meute nicht größer und nicht lauter als die, in die sie gestern vor dem Tor der Ysterplaat Air Base geschoben worden waren.

Trotzdem, Christopher und Max wollten kein Risiko eingehen. Sie bogen nach Süden ab, die Nase nun direkt in die kalte Brise gereckt, querten den jüdischen Friedhof, kletterten vorsichtig über zwei Stahlzäune, um eine Bahnstrecke zu überwinden, und hielten dann immer auf den Flughafen zu. Zunächst marschierten sie noch durch ein gepflegtes Wohnviertel mit dicken Gittern an den Fenstern, dann durch ein Areal voller Schwerindustrie, so lange, bis sie ihr erstes Ziel erreicht hatten: Bonteheuwel. Hier sahen die Häuser anders aus als in den wohlhabenderen Gegenden der Stadt, nur noch einstöckig, oftmals baufällig und chaotisch durcheinandergewürfelt, mit winzigen vertrockneten Gärten, abblätterndem Putz und windschiefen Fenstern. Gitter fehlten fast völlig, sei es aus Kostengründen oder weil hier eh nichts zu holen war.

Anders als zuvor waren hier kaum noch Autos unterwegs, und trotzdem waren die Straßen deutlich belebter. Wie in einem schlechten Film standen junge Männer, ausnahmslos Schwarze, viele in Hoodies oder abgewetzten Pullovern, in Zweier- und Dreiergruppen an den Straßenkreuzungen und beobachteten sie, meist neugierig, teils aber auch feindselig. Obwohl er sich nicht direkt bedroht fühlte, wurde Christopher rasch mulmig zumute. Für einen Moment überlegte er, ob sie es nicht doch einfach direkt beim Flughafen versuchen sollten, ganz egal, wie schlecht ihre Chancen dort standen. Irgendwie hatten sie es in Mtwara schließlich auch geschafft.

Doch dann standen sie unverhofftterweise vor ihrem ersten Ziel, einer Bar, deren vergitterter Eingang etwas unter Straßenniveau lag, gut versteckt zwischen zwei eng aneinander stehenden, offenbar längst verlassenen Häusern. Christopher sah Max an und holte tief Luft, doch noch ehe er dazukam, diese wieder auszustoßen, hatte Max bereits die Tür geöffnet und war ins Halbdunkel dahinter gestiegen.

Ein paar Stunden später befanden sie sich wieder in der Nähe der Kellerbar, mit der sie angefangen hatten. Christopher wusste nicht, ob ihm zum Lachen oder zum Weinen zumute war. Max hatte sich da schon eher entschieden.

»Ich hätte nie gedacht, dass wir so schlecht darin sein könnten, Kontakte in den Untergrund zu knüpfen. Oder zu irgendjemandem«, lachte sie, auch wenn das Lachen etwas hohl klang. »Ich glaube, das war jetzt die fünfte Bar in Folge, wo wir uns einfach nur blamiert haben. Das mit der Zweitkarriere als Schmuggler können wir wohl vergessen.«

Christopher nickte, auch wenn bei ihm die Frustration eindeutig überwog. »Ich hätte mir das auch etwas leichter vorgestellt. Was machen wir denn jetzt?«

»Wir versuchen unser Glück eben doch direkt beim Flughafen. Vielleicht finden wir ja vor Ort eine Hintertür …«

Hinter ihnen lachte es schallend. »Und ihr glaubt, dass ihr euch dort besser anstellen werdet als hier?«

Christopher, Max und Mtoto fuhren herum. Vor ihnen stand ein schlanker, dunkelhäutiger Mann mit Oberlippenbart, dicker Hornbrille und raspelkurzen, an den Schläfen bereits ergrauenden Haaren. Er trug Sakko, Hemd und eine eng geschnittene

Anzughose, in deren Taschen er seine Hände vergraben hatte. Aus der Brusttasche seines Hemdes ragten ein paar Zigaretten.

Christopher stellte sich instinktiv vor Mtoto. »Wer sind Sie?«

Der Mann bewegte sich nicht, seine Miene war plötzlich ernst, konzentriert, so, als würde er nun in eine Rolle schlüpfen, die er lange einstudiert hatte. »Euer Ticket hier raus.«

Max musste sich beherrschen, um nicht zu prusten.

Christopher war weniger amüsiert. »Sind Sie uns gefolgt?«

»Na ja, ich musste doch erst einmal abklären, dass ihr auch passt. Besser gesagt: dass *du* passt.«

Christophers Augenbrauen wanderten zusammen. »Was zum Teufel soll das heißen?«

Der Mann kramte in seiner Hosentasche. Obwohl er darin wohl kaum eine Waffe versteckt halten konnte, spürte Christopher, wie sich etwas in seiner Magengrube verkrampfte. Doch dann zog sein Gegenüber bloß ein paar Papiere und eine Plastikkarte hervor. Die Papiere, darunter die Rabattkarte eines Autohändlers und das Passfoto eines jungen Mannes mit hellbrauner Hautfarbe, stopfte er hastig zurück, doch die Plastikkarte reichte er Christopher. Zögernd nahm der sie entgegen.

Transnet National Ports Authority, Port of Cape Town war darauf zu lesen, darunter ein vage holländisch klingender Name und das Porträt eines Mannes mit halbwegs hellem Teint und dunkelbraunen Strubbelhaaren, der Christopher auf den ersten Blick erstaunlich ähnelte. Seine Nase sah anders aus und die Augen auch, aber auf die Ferne hätte man die beiden durchaus verwechseln können. Christopher begann zu verstehen, worum es hier ging.

»Woher haben Sie diesen Ausweis?«

»Ich glaube, das spielt hier keine Rolle.«

»Das spielt sehr wohl eine Rolle«, sagte Max, die Arme in die Hüften gestemmt, »wenn Sie erwarten, dass wir uns weiter anhören, was Sie zu sagen haben.« Mtoto nickte feierlich, und imitierte die Geste.

Der Fremde hielt seine Augen starr auf Christopher gerichtet, ohne die Frau anderthalb Köpfe unter sich – oder gar Mtoto – auch nur eines Blickes zu würdigen. Doch Christophers Blick war nicht weniger kritisch.

»Jetzt schau nicht so!« Der Mann schüttelte den Kopf. »Ich habe den Kerl weder entführt noch umgebracht, noch überhaupt irgendjemandem ein Haar gekrümmt. Alles Weitere ist nebensächlich. Was zählt, ist, dass wir alle hier rauswollen. Und dass ich diesen Ausweis habe und du dem Burensohn« – er grinste, stockte aber, als er Christophers verständnislosen Blick bemerkte –»dem *Weißafrikaner* ähnlich genug siehst, damit wir alle durch die Absperrungen rund um den Hafen kommen.«

In Christopher rumorte es. Dennoch, die Skepsis überwog. »Wir wissen überhaupt nichts über Sie! Sie tauchen hier auf, mit Ihrer Wunderlösung, und erwarten, dass wir Ihnen das glauben?«

Der Mann zögerte. Fast schien es, als würde er lautlos seufzen, dann neigte er den Kopf leicht zur Seite. »Mein Name ist Soma. Ich bin Professor für Mathematik an der Universität von Kapstadt. Ich bin durch Glück an diesen Ausweis gekommen. Und ich möchte hier raus, solange es noch möglich ist.«

»Ganz schön edle Schuhe für einen Mathematiker.« Das kam von Max, die betont gelangweilt an ihrem Pferdeschwanz herumspielte. Sie hatte recht. Edel schimmerndes, rotbraunes Leder, ein silbernes Markenlogo. Die allerbilligsten Treter waren das nicht. Und das in dieser Gegend.

»Was ist denn ihr Spezialgebiet?«, stimmte Christopher ein.

»Funktionentheorie und Differenzialgeometrie«, kam es wie aus der Pistole geschossen. »Insbesondere symplektische Mannigfaltigkeiten.«

Für einen Moment starrten sie einander nur an, doch der Mann wahrte sein Pokerface, und Christopher hatte schlicht zu wenig Ahnung von Mathematik, um weiter nachbohren zu können. Er wandte den Blick ab, musterte stattdessen die überaus gepflegten Fingernägel des Mannes. Was, wenn sie an einen Trickbetrüger geraten waren? Andererseits, was für ein Motiv könnte er haben? Was sollte er mit dieser Geschichte bezwecken? Christopher seufzte still. Der Ausweis und die vage Hoffnung, dass an alledem doch etwas dran sein könnte, ließen ihn schließlich nicken. Er stellte sich vor und wiederholte dasselbe dann auch mit Max und Mtoto, doch Soma ergriff nicht einmal ihre Hände.

»Ich weiß, was du denkst«, sagte Soma stattdessen, abermals nur an ihn gewandt. »Du glaubst mir nicht. Und weißt du was? Das ist dein gutes Recht. Aber was ich dir hier und jetzt sage – dass ich einen Weg hier raus kenne –, das ist die Wahrheit. Ich habe den Ausweis, du hast das passende Gesicht. Wir haben beide gefunden, was wir gesucht haben. Das sollte doch wohl reichen.« Eine kurze Pause. »Zumindest wenn wir uns beeilen, denn heute Nacht legt das letzte große Schiff mit Kurs auf die Vereinigten Staaten ab.« Soma lachte kalt, wandte sich halb von Christopher ab. »Schon ironisch, dass mein Schicksal mal wieder in den Händen von Weißen liegt.«

So weiß nun auch wieder nicht, dachte Christopher.

Max rollte mit den Augen. »Jetzt hören Sie mal auf mit dem Mist! So schlimm kann Ihr Leben ja kaum verlaufen sein, wenn Sie es wirklich zum Professor gebracht haben.«

Wieder wurde sie von dem Mann ignoriert. Er schloss kurz die Augen, massierte sich mit der rechten Hand die Stirn, dann sah er wieder Christopher an. »Wie klingt der folgende Vorschlag? Wir machen uns auf den Weg zum Hafen, und ich beantworte zwischendurch alle deine Fragen?«

Christopher zögerte noch immer. Ihm war bei dem Ganzen nicht wohl, wegen des Kerls selbst, wegen dieses Ausweises und auch, weil der Flughafen in seinen Augen noch immer die weit bessere Option wäre, wenn sie nur eine Chance hätten, hineinzukommen. Aber wenn Soma sie wirklich auf ein Schiff bringen konnte, war das alles dann nicht egal? War so ein zwielichtiger Kontakt nicht genau das, was sie die letzten Stunden über vergeblich gesucht hatten?

Max maulte zwar, aber auch sie schien zu wissen, dass sie ihr Glück nicht überstrapazieren durften.

»Unter einer Bedingung«, sagte Christopher schließlich. »Wir versprechen uns, dass wir einander in die Staaten bringen. Keine faulen Tricks.«

Soma hielt seinem Blick stand. Er nickte, dann schlug er lächelnd ein. »Keine faulen Tricks.«

Entgegen Christophers Befürchtungen führte der Mann sie tatsächlich in Richtung des Zentrums von Kapstadt, weg von den übleren Vierteln der Stadt.

Je näher sie der Innenstadt kamen, umso mehr entspannte er sich. Langsam kam er mit Soma ins Gespräch. Vorsichtig und immer darauf bedacht, die Zwischentöne aufzuschnappen, um den *Herrn Professor* besser einschätzen zu können, tastete er sich dabei von Thema zu Thema vor. Er ließ Soma davon erzählen, wie er von der Entstehung der Wand und des Kontinents erfahren hatte, und gab schließlich bereitwillig Auskunft über ihre eigenen Erlebnisse. Ihr Begleiter ließ sich kaum etwas anmerken, aber Christophers anfänglicher Eindruck, dass Soma seiner Erzählung von der Entdeckung der Wand und ihrer Flucht nach Mtwara keinen Glauben schenkte, kehrte sich nach und nach ins Gegenteil um. Spätestens als Christopher davon berichtete, wie sie auf dem geheimen Stützpunkt in Mosambik fast einen ganzen Tag lang über jedes Detail der Wand ausgefragt worden waren und er bei der Herausgabe des Videos nur mit Mühe hatte durchsetzen können, nach Kapstadt – und angeblich eben auch weiter in die USA – mitgenommen zu werden, hing Soma gebannt an seinen Lippen.

Es schien Christopher, als habe Soma genauso viel Angst davor, betrogen zu werden, wie sie selbst. Oder zielte er bloß darauf ab, dass Christopher das glaubte? Soma wollte ihnen noch immer nicht sagen, wie er an den Ausweis gelangt war, aber immerhin war er bereit, den groben Plan zu erklären. Dieser klang denkbar simpel: Christopher würde dank seines Ausweises einfach einen der Kontrollposten passieren und könnte den drei anderen dann eine von außen verschlossene Tür an einem der Hafengebäude öffnen, womit sie zumindest schon einmal auf dem Gelände wären. Soma versicherte ihm, dass er sie in einem zweiten Schritt dann sehr leicht auf ein Schiff nach Boston bekommen würde. Christopher hingegen hatte noch immer die Sorge, dass Soma sie genau in diesem Moment im Stich lassen würde, aber ihm fiel partout nicht ein, wie er das verhindern könnte.

Er versuchte, Max diese Gedanken wortlos mitzuteilen, doch sie schien zur Genüge damit beschäftigt zu sein, Mtoto von der Notwendigkeit eines weiteren langen »Spaziergangs« zu überzeugen. Nur gelegentlich meldete sie sich mit spitzen Kommentaren zu Wort und ließ dabei keinen Zweifel daran aufkommen, dass sie Soma nicht besonders gut leiden konnte. Doch nach wie vor würdigte sie der Mann nicht einmal eines Blickes.

Umso verwirrter war Christopher, als er Max schließlich dabei ertappte, wie sie ihren BH unter dem Tanktop ausschnittsförderlich zurechtrückte. Das tat sie sicher nicht ihm zuliebe! Zugleich wurde sie Soma gegenüber nochmals scharfzüngiger.

Und kurioserweise schienen gerade diese ambivalenten Signale und ihre wachsende Widerborstigkeit zu bewirken, dass sich Soma zum ersten Mal dazu herabließ, auf Max einzugehen und sie schließlich auch direkt ansprach.

Und sobald sie erst einmal am Gespräch beteiligt war, gab sie die Zügel nicht mehr aus der Hand. Innerhalb einer halben Minute schaffte sie es, das Gespräch zwischen Soma und Christopher, das sich bislang vorwiegend um ihren Plan auf dem Hafengelände und die Situation an den verschiedenen Flughäfen gedreht hatte, in eine völlig andere Richtung zu lenken.

»Warum bist du nicht schon längst geflohen?«, fragte sie. »Du warst doch die ganze Zeit in Kapstadt – am ersten Tag hätte es doch sicher noch eine Möglichkeit gegeben, hier herauszukommen.«

»Stimmt. Ich hatte da aber noch nicht verstanden, was es mit der Wand auf sich hat.«

»Und jetzt weißt du es?«

Soma schaute stur geradeaus. »Ich verstehe zumindest genug, um zu wissen, was ich tun muss.«

Max bemühte sich, mit ihm Schritt zu halten. »Und das wäre? Fremden das Goldene vom Himmel zu versprechen und einen auf mysteriösen Macker zu machen?«

Immer noch schaute er sie nicht an. »Das wäre: In die USA zu gelangen.«

»Und warum das?«

»Weil wir dort sicher sind.«

»Ach, so einfach ist das also?«

»So einfach ist das. Die Vereinigten Staaten werden sich damit niemals selbst schaden.«

Christopher und Max hielten fast zeitgleich inne und drehten sich zu Soma um. »Du denkst ernsthaft, die US-Regierung steckt dahinter?«, fragte Max mit großen Augen. Sie wartete seine Antwort gar nicht erst ab. »Das ist doch vollkommen bescheuert. Woher bitte schön sollten sie diese Macht haben? Und warum sollten sie das tun?«

Soma drehte sich schulterzuckend zu ihnen um. »Ganz einfach: Weil sie es können. Die USA haben noch nie eine gute Begründung für irgendetwas gebraucht. Und bei den Billionen an Steuergeldern, die über die letzten Jahrzehnte in Waffenforschung geflossen sind, ist es da wirklich überraschend, dass am Ende so etwas dabei herauskommt?«

Christopher starrte Soma ungläubig an. »Die Wand soll eine amerikanische Waffe sein?«

Max schüttelte nur den Kopf. »Das ist doch … einfach nur völlig bescheuert. Wie erklärst du dir dann den Kontinent, hm?«

Soma holte eine Zigarette aus seiner Hemdtasche und zündete sie in aller Ruhe an. »Ich behaupte ja nicht, bereits jedes Detail verstanden zu haben. Aber solange ihr keine bessere Theorie habt …«

Max schnaubte regelrecht. »Das ist ja wohl nicht besonders schwer.«

Soma nahm einen tiefen Zug. »Ich bin ganz Ohr.«

Und auf einmal stockte Max. »Nun ja …« Ihr Blick zuckte zwischen Mtoto, die nach Christophers Hand gegriffen hatte, Christopher und Soma hin und her. Es dauerte eine ganze Weile, ehe sie leise zu reden begann. »Ich denke schon, dass ich es so langsam verstehe … ein bisschen zumindest. Aber schön ist das alles nicht.«

Christophers Augenbrauen wanderten zusammen. Er begriff gar nichts. »Was verstehst du?«

»Das da.« Sie deutete mit dem Daumen hinter sich, nach Nordosten, in Richtung der Wand. »Ich weiß noch nicht genau was für einen, aber es muss einen Sinn haben. Einen Zweck. Etwas Derartiges passiert nicht einfach so. Und deshalb muss es auch etwas geben, was dahintersteht, was ein Ziel damit verfolgt. Und dieses Ziel kann wohl kaum unsere Auslöschung sein, dafür ist die Vorgehensweise viel zu … unorthodox, zu kompliziert. Es fühlt sich nicht richtig an.« Langsam wurde ihre Stimme fester, ihr Blick steter. »Zugleich fühlt es sich aber auch nicht richtig an, darauf zu hoffen, dass die Wand bald stoppt. Es gibt bislang keinen plausiblen Grund, warum sie sich auf Ostafrika beschränken sollte. Ebenso wie es nicht plausibel ist, anzunehmen, dass sich ein derartig gigantisches, nie zuvor beobachtetes Phänomen so leicht … neutralisieren lässt.«

Max wandte den Blick von den Männern ab. Sie ging neben Mtoto in die Hocke und strich ihr durch die Haare. »Ich will ehrlich mit dir sein. So leid es mir tut, aber ich kann dir nicht versprechen, dass wir die Wand wirklich bekämpfen können und dass wir ihr auf Dauer entkommen.«

Mtoto sah sie nur mit großen Augen an.

»Versteh mich nicht falsch: Das heißt ganz und gar nicht, dass wir es nicht versuchen sollten.« Max schaute wieder von Christopher zu Soma. »Aber vielleicht ist ein Teil der Antwort auch der, dass wir darauf vertrauen müssen, dass die Wand einen Sinn hat. Und dass wir diesen Sinn schon finden werden.«

Auf Christophers Stirn hatten sich immer mehr Falten gebildet.

Max warf ihm einen halb verunsicherten, halb schelmischen Blick zu. »Schau nicht so herablassend.«

Herablassend? *Sie* war herablassend, so leicht, wie sie es sich machte! Christopher schüttelte vehement den Kopf. »Und was passiert, wenn wir den *Sinn* des Ganzen in Erfahrung bringen? Davon löst sich die Wand ja auch nicht auf! Und selbst wenn sie einen Zweck erfüllt, und selbst wenn dieser Zweck gut sein sollte, dann ist das noch lange keine Garantie, dass sie nicht trotzdem – versehentlich, oder weil der Zweck mit uns gar nichts zu tun hat – tödlich sein kann. Herrgott, das sind doch alles bloße Spekulationen! Da kann ich doch genauso gut fabulieren, dass es sich um eine Invasion von Aliens handelt, die unseren Planeten für ihre eigenen Bedürfnisse umgestalten. Würde auch hervorragend zu dem ganzen Bullshit passen, den sie einem im Fernsehen vorsetzen: den Polarlichtern und dem ganzen Eingefriere und Eingesauge durch die Wand.« Er sah mit zusammengekniffenen Augen in Richtung Soma, der sich mittlerweile völlig aus dem Gespräch zurückgezogen hatte. »Oder man macht es sich so richtig einfach und sagt, dass es eine amerikanische Geheimwaffe sei. Kann man ja auch schlecht widerlegen.« Er lehnte sich zu Soma herüber. »Außer vielleicht durch ein bisschen Nachdenken!«

Christopher blinzelte zurück zu Max. »Ich verstehe ja, dass dir die Wand Angst einjagt. Mir auch, weit mehr, als ich das dir oder auch mir eingestehen möchte. Aber das, was du gerade tust, ist doch nur ein Versuch, dir die Welt so zurechtzubiegen, dass der ganze Mist da draußen einen Sinn ergibt – und du dich allen unangenehmen Wahrheiten gegenüber verschließen kannst.«

Max verzog den Mund zu einem süffisanten Lächeln, während sie aus den Augenwinkeln Soma in Schach hielt, falls er auf die dumme Idee kommen sollte, wieder in das Gespräch einzusteigen. »Welche Ironie; solch ein Satz aus dem Munde des dreifachen Weltmeisters in Selbstgefälligkeit«, sagte sie. »Du hast übrigens genauso das Recht, für dich selber einen Sinn in alledem zu finden, wenn es dir hilft, besser damit klarzukommen.«

Christopher schloss für einen kurzen Moment die Augen. »Es ist immer leicht, eine Erklärung zu finden, die nicht mit Fakten überprüfbar ist.«

»Und es genauso leicht, eine Option zu leugnen, deren Konsequenzen man sich nicht gerne vorstellt. Ich bin nicht leichtfertig …«

Just in dem Moment riss sich Mtoto von Christopher los. »Hört endlich auf! Alle beide! Ihr streitet euch doch nur noch!«

Max wurde augenblicklich still. Sie entschuldigte sich zwar bei Mtoto, doch als Christopher in ihre Richtung schaute, sah sie ihn nur herausfordernd an, so dass er den Blick gleich wieder abwandte und stattdessen stumm neben ihr her trottete. Nur Soma schien auf einmal ein bisschen zu lächeln.

Christopher hoffte derweil noch immer auf sein vermeintliches Ass im Ärmel. Alle paar Minuten warf er einen verstohlenen Blick auf sein Handy. Doch während Max ihre Eltern problemlos über ihren Plan, Boston zu erreichen, hatte informieren können, hatte sich Catherine trotz all seiner Kurznachrichten und Anrufversuche noch nicht wieder bei Christopher gemeldet. Ihr letztes und bisher einziges Lebenszeichen seit Mtwara war der knappe Text von gestern Abend gewesen: *Versucht es bei der Ysterplaat AB (Cape Town International ist schon dicht). Tut mir so leid, dass ich von hier nicht mehr tun kann!*

Passt auf euch auf, Kate. Eine Kurznachricht, die ihn zynischerweise nur wenige Minuten, nachdem sie von eben dieser Air Base geworfen worden waren, erreicht hatte. Christopher versuchte, sich auszumalen, was um Himmels willen passiert sein konnte, dass Catherine nicht mehr antwortete – um zehn Uhr dreißig an einem Dienstagvormittag in Washington, D.C.! Und dass sie zu allem Überfluss auch noch mit *Kate* unterschrieben hatte, beunruhigte Christopher nur noch mehr.

Es tat ihnen allen jedenfalls gut, als das erste große Kreuzfahrtschiff zwischen den Häuserblocks zu erahnen war. Max fiel es zusehends schwer, mit der Gruppe Schritt zu halten, auch wenn sie das bestmöglich zu kaschieren versuchte. Ihre Prellungen von dem Jeepunfall waren wohl doch nicht so harmlos, wie sie bislang behauptet hatte.

Je länger nun ihre Schatten auf dem Asphalt wurden und je näher sie Paarden Eiland, dem Hafenbezirk, kamen, desto mehr war auf den Straßen los. Auch hier wurden sie nie direkt bedroht, doch die Stimmung in der Stadt war ungemütlich, fast so, als würden die Menschen ihren Alltag nur noch spielen, um jederzeit die Hüllen fallen lassen zu können und ihren wahren Seelenzustand zu offenbaren.

»Warum fliehen die denn nicht?« Christopher war selbst verblüfft, wie viel Ärger in seiner Stimme lag.

»Das hier ist ihre Heimat. Wohin sollten sie da fliehen?«, antwortete Soma, der eine neue Kippe im Mundwinkel stecken hatte. »Die meisten halten eine Flucht doch nur für den Aufschub des Unvermeidlichen. Wenn sie sich der Gefahr überhaupt bewusst sind. Anders als du kennen sie die Wand nur aus dem Fernsehen. Das Ding ist noch viel zu abstrakt und viel zu weit weg. Wenn die Gefahr näher rückt, wird sich die Reaktion der Leute schon noch ändern, aber ich würde gerne vermeiden, das aus nächster Nähe mitzuerleben.«

Ganz um die Nähe zu anderen Leuten kamen sie allerdings nicht herum. Rings um den östlichen Zugang zum Hafen, den sie kurz nach Sonnenuntergang erreichten, hatte sich bereits eine größere Gruppe Menschen versammelt.

Soma trieb sie mit leiser Stimme über einen eingerissenen Zaun hin zu einer notdürftig errichteten Barrikade in der Nähe eines weniger belagerten Seiteneingangs. Außer Sichtweite des Wachpostens klippte sich Christopher den Ausweis ans Shirt, wuschelte Mtoto einmal kurz durchs Haar und gab wie abgesprochen seinen Rucksack an Max weiter, woraufhin die Dreiergruppe anfing, unauffällig einer der Meuten in Richtung Norden zu folgen.

Mit festen Schritten ging Christopher auf den kleinen Kontrollpunkt zu, umrundete wie selbstverständlich die kleine, aber lautstarke Gruppe, die sich auch hier versammelt hatte, und nickte dem Mann im Wärterhäuschen und den drei Soldaten hinter ihm kurz zu. Der Wärter sah auf seine Brust und nickte dann kurz zurück, woraufhin die Soldaten ihm Platz machten, ehe sie sich den nachdrängenden Passanten wieder in den Weg stellten. Und damit war er durch, einfach so. Das Ganze mochte keine zehn Sekunden gedauert haben, aber Christopher schwitzte und zitterte am ganzen Leib.

Vor lauter Angst, doch noch aufzufallen, kämpfte er die Übelkeit hinunter, orientierte sich in dem Gewirr aus Containern, Kränen und noch mehr Containern und ging schließlich auf die am äußersten Rand des bewachten Hafenbereichs gelegene Lagerhalle zu, die Soma ihm beschrieben hatte. Vorsichtig öffnete er die zum Hafenbecken gewandte Tür und durchschritt die Lagerhalle bis zum anderen Ende. Er hatte Glück. Außer ihm hielt sich derzeit niemand in dem Gebäude auf. Dennoch zitterten seine Hände so stark, dass er es kaum schaffte, seine Chipkarte durch den Leser zu ziehen, der die Tür in Richtung Stadt versperrte.

Soma, Max und Mtoto mussten schon eine ganze Weile in

Position gewesen sein. Kaum, dass Christopher die Tür geöffnet hatte, huschten sie auch schon hindurch.

»Und jetzt?«, fragte Christopher.

»Jetzt folgt ihr mir. Zügig, aber leise.«

Halb gebückt, aber überraschend schnell führte Soma sie zunächst durch eine weitere Tür an der Seite, die Christopher bis eben gar nicht gesehen hatte, hinaus auf einen kleinen Vorplatz und dann zwischen hohen Containertürmen hindurch immer weiter in Richtung des größten Piers – fort von dem Kreuzfahrtschiff, das Christopher bis dato ins Auge gefasst hatte. Er hatte Mtoto an die Hand genommen und lief so zwar nicht mehr Gefahr, die Kleine in diesem Labyrinth aus den Augen zu verlieren, dafür aber Soma. Fast bekam er den Eindruck, ihr Begleiter wolle sie absichtlich abschütteln.

Schließlich, an einer Stelle, wo sie im letzten Licht des Tages ein paar Meter freien Raum zwischen zwei größeren Stapeln überwinden mussten, sah er ihn wieder. Christopher erstarrte. Auf der anderen Seite des Platzes stand ein junger, etwas schmächtiger Afrikaner in der blaugrauen Uniform eines Hafenmitarbeiters, die Arme vor der Brust verschränkt. Christopher wollte Soma warnen, doch das stellte sich rasch als unnötig heraus: Die beiden Männer begrüßten sich mit einem kurzen Nicken und verständigten sich darauf in kurzen, kaum hörbaren Sätzen in einer Sprache, die nur noch entfernt an Englisch erinnerte.

Irgendetwas wechselte den Besitzer. Geld? Christopher stoppte Max und Mtoto, wollte sie beide und auch sich selbst außer Sichtweite von Soma bringen, doch es war schon zu spät. Soma hatte sie bereits gesehen und winkte nun Christopher, Max und Mtoto aufgeregt zu sich herüber. Zögernd folgten sie der Aufforderung – was blieb ihnen auch anderes übrig? Schließlich standen sie zu fünft inmitten einer riesigen Ansammlung turmhoher Stapel aus bereits versiegelten Containern. Bloß bei einem der bodennächsten, einem rostbraunen, fünfzehn Meter langen Ungetüm, war die Tür nur angelehnt.

Christopher ging mit gerunzelter Stirn auf Soma zu. Er ließ die Arme an seinen Seiten betont locker herabfallen, um nicht zu verraten, wie alarmiert er wirklich war. »Was hat das zu bedeuten?«

Ein schmales Lächeln erschien auf Somas Lippen. »Ach, der Container? Der ist nur zum Verstecken von euren Leichen, nachdem wir euch ausgeraubt haben.« Er ruderte mit der Hand in der Luft herum. »Ihr wisst schon, wie das nun mal so in unserer Natur liegt.«

Christopher schob Mtoto instinktiv hinter sich. Soma lachte hell auf. »Zu herrlich mit euch! Was denkt ihr denn, warum ich euch zu einem Container führe?« Soma sah zwischen Christopher und dem Container hin und her. »Das ist unser Ticket in den Westen!«

»No way!«, entfuhr es Max.

Christopher vergaß fast auszuatmen. Selbst Mtoto schien zu begreifen, was hier vor sich ging, so erschrocken wie sie zu Max aufsah.

»Jetzt stellt euch nicht so dumm!«, sagte Soma. »Was hattet ihr erwartet? Eine Vier-Sterne-Kabine auf einem Kreuzfahrtschiff?«

»Wenn wir gewusst hätten …«

»Deswegen habe ich es euch nicht erzählt«, sagte Soma. »Was nicht heißt, dass ich unfair zu euch war. Ihr habt mich in den Containerhafen gebracht, wofür mein Freund hier nicht die nötige Sicherheitsstufe besitzt. Und ich biete euch eine Chance, hier rauszukommen. Ihr solltet froh sein, dass überhaupt noch ein paar Schiffe beladen werden, und dass ihr zu einem davon durchgedrungen seid. Das hättet ihr da drüben« – er deutete in Richtung des Kreuzfahrtschiffs ein paar Piers weiter – »bei den ganzen Soldaten nicht geschafft. Also stellt euch nicht so an und kommt mit. Oder lasst es bleiben. Eure Wahl.«

Christopher schaute entgeistert zu Max hinüber.

»Keine Sorge, wir werden da drin nicht ersticken oder verhungern.« Soma deutete auf seinen Rucksack und die Gegenstände in seiner Hand. »Ich habe alle nötigen Werkzeuge dabei, um den Container nach ein paar Stunden von innen zu öffnen, zumal unser Freund dafür auch noch ein bisschen Vorarbeit von außen leisten wird.« Er klopfte seinem schief grinsenden Helfer auf die Schulter. »Der Container wird auch als einer der letzten verladen, so dass die Tür nicht von außen blockiert ist. Sobald wir dann erst einmal auf hoher See sind, können wir gefahrlos auf uns aufmerksam machen.« Er grinste. »Das Schiff wird nicht unseretwegen umdrehen. Und in den Atlantik werden sie uns auch nicht werfen.« Das Grinsen ließ schlagartig nach. »Sind schließlich auch zwei Weiße in der Gruppe.«

Christopher ignorierte ihn, richtete seine Aufmerksamkeit stattdessen auf den Fünften im Bunde. »Und Sie? Was ist mit Ihnen?«

Ihr Helfer schüttelte nur den Kopf. »Ach, irgendwie wird sich das alles schon wieder einrenken. Und wenn nicht, kann ich ja auch nichts machen. Was bringt's mir, wenn mich das Teil dann eben ein paar Wochen später in Alaska röstet?« Er sah nach links, in Richtung Tafelberg. »Hier ist meine Heimat. Ich gehe hier nicht weg. Erst recht nicht bei dem riesigen Barbecue, das meine Mama heute schmeißt. Boerewors und Chakalaka!«

Christophers Unverständnis war wohl nicht zu übersehen.

»Trotz allem«, legte der Mann nach. »*Wegen* allem.« Er sah zu Soma und in seinem Blick lag so etwas wie Bewunderung. »Ich bin nur hier, um einem Freund zu helfen, der mir mal geholfen hat. Das ist alles.«

»Bei einer mathematischen Abhandlung an der Universität, nehme ich an?« Max, wer sonst.

»Nein«, sagte ihr Helfer, ohne jede Ironie in der Stimme. »Als mein Bruder im Sterben lag.«

Max' Lächeln schmolz zu einer dünnen Linie zusammen. Schließlich nickte sie ganz leicht.

Christopher spürte, wie die Stimmung kippte. »Und du«, fragte er Mtoto, die nach ihrer beider Hände gegriffen hatte.

»Ich gehe rein, wenn ihr reingeht«, sagte die Kleine mit leiser, aber klarer Stimme.

Christopher atmete noch einmal tief durch. Dann setzte er sich in Bewegung.

Zwei Stunden lang saßen sie im Halbdunkel ihres kleinen LED-Lichts inmitten von Paletten fein säuberlich gestapelter Weinkartons, die den Großteil des Innenraums einnahmen. Zwei Stunden, in denen die Stimmung in den Keller sackte. Zwei Stunden, in denen sie Gespräche auf ein Minimum beschränkten und den Geräuschen der Welt draußen lauschten, den Hafenarbeitern und den Motoren der Fahrzeuge, bis das Kreischen des Verladekrans endlich von direkt über ihnen kam und unter ohrenbetäubendem Dröhnen vier Haken an den Ecken ihres Containers befestigt wurden. Ein Ruck, und schon wurden sie unsanft in die Höhe gerissen. Christopher schlug mit dem Kopf gegen die Containerwand. Er ließ das Licht fallen. Zwei Weinkartons, an denen sich Max notdürftig festhielt, lösten sich aus ihren Spanngurten, woraufhin etliche Flaschen lautstark auf dem Boden des Containers auf und ab zu rollen begannen.

Hektisch versuchte Soma, sie eine nach der anderen wieder einzufangen, ehe er bei einer der letzten abrupt stockte. Er presste das Etikett im Flackerlicht der herumkullernden Lampe fast an seine Nase. »Das ist ja Französisch«, quiekte er.

»Was meinst du?«, sagte Christopher.

»Das Etikett. Das Etikett ist auf Französisch! Und das hier auch! Französisch! Auf südafrikanischem Wein!«

Christopher sah ihn verständnislos an, nur um dann zu realisieren, dass Soma den Blick im Halbdunkel ja gar nicht bemerken konnte.

»Wisst ihr, was das bedeutet?« Soma klang fast panisch.

»Pssst!«, zischte Max.

Soma ignorierte sie. »Das heißt, dass wir auf das falsche Schiff gebracht werden! Nach Frankreich, auf jeden Fall nach Europa!«

Christopher wurde bleich. »Scheiße«, flüsterte er.

Nur Max blieb stumm. Christopher bildete sich ein, ein gehässiges Lächeln auf ihrem Gesicht entstehen zu sehen. Klar, dass ihr diese Planänderung recht war!

»Die Ladung könnte ja auch für Quebec bestimmt sein.« Max klang in der Tat nicht allzu aufgebracht.

»Kanada? Kanada! Wie wahrscheinlich ist das denn?« Soma trat mit voller Wucht gegen eine der Flaschen, die daraufhin klirrend an der Containerwand zerschellte.

Christopher bekam es mit der Angst zu tun. »Sei ruhig, verdammt noch mal!«, zischte er, seine eigenen Gefühle beiseiteschiebend. »Wir können jetzt eh nichts mehr ändern.«

»Aber die Abmachung war, uns in die Staaten zu schmuggeln!«

»Und? Es ist ja nicht unsere Schuld, dass wir in diesem Container sitzen. Du hattest uns ja nicht einmal in deinen Plan eingeweiht!« Max senkte die Stimme noch weiter. »Und jetzt halt einfach die Klappe.«

Just in diesem Augenblick setzte sie der Kran unter einem weiteren, heftigen Ruck an ihrem Bestimmungsort ab. Schlagartig war es still in ihrem Container.

Christopher horchte angestrengt in die Nacht hinaus. Er traute sich kaum zu atmen. Eine Minute, zwei. Nichts geschah. Niemand schien auf sie aufmerksam geworden zu sein. Er hörte, wie Max unwillkürlich neben ihm ausatmete.

Ein Lächeln erschien auf Christophers Lippen und verwandelte sich nach und nach in ein breites Grinsen. In diesem Augenblick war es ihm egal, ob das Schiff nach Frankreich fuhr oder nach Papua-Neuguinea. Sie hatten es geschafft!

Doch die Freude währte nur ein paar Sekunden. Dann ertönte ein ohrenbetäubender Knall, direkt an der Stirnseite ihres Containers, und die Bolzen der Tür schossen aus ihren Verankerungen. Mit einem satten Klonk löste sich die Verriegelung. Und bevor Christopher überhaupt verstand, was hier vor sich ging, flutete bereits das gleißende Licht eines halben Dutzends Taschenlampen in ihr Versteck.

KAPITEL 6

»Die Chinesen halten noch immer die Stellung auf der anderen Flussseite.« Adam schritt lächelnd auf sie zu, die Hände in die Hosentaschen gesteckt. »Allerdings glaube ich nicht, dass es jetzt noch zu Kampfhandlungen kommt. Die Bauarbeiten an deren Basis ruhen mittlerweile genau wie die bei uns.« Er ließ sich neben Catherine auf die Sitzbank fallen, schlug die Beine übereinander und verschränkte die Arme hinter dem Kopf. »Kam eben rein.«

Der Baustopp war ihr neu, aber das musste sie ihm ja nicht unter die Nase reiben, solange er so blasiert auftrat. »Ich weiß«, sagte Catherine. »Damit sieht es wie aus? Dreitausend von unseren Jungs gegenüber dreitausend von deren?«

»Eher zweitausendachthundert auf unserer Seite, Ma'am. Zwei C-130 des Ingenieurskorps sind eben ausgeflogen worden. Und wir können fast froh sein, dass es nicht schon mehr sind. Wenn die Chinesen nicht da wären, hätte das Verteidigungsministerium die Basis wohl schon längst dicht gemacht.« Adam drehte sich zu ihr und blinzelte dabei, obwohl er mit einer Hand seine Augen vor der Sonne abschirmte. »Aber ich nehme nicht an, dass Sie mich an einem Sonntagnachmittag hierher gebeten haben, um Fakten aufzuzählen, die wir beide kennen?«

»Nein. Du bist hier, weil ich gerne deine Einschätzung zu ein paar dieser Fakten hören würde.« Sie deutete auf das viele Grün, das die hohen Betonmauern ringsherum fast vergessen machte. »In ungezwungener Atmosphäre.«

Adam lehnte sich zurück, was seine schlaksige Figur nur noch mehr betonte. »Und dann treffen wir uns im Innenhof des Pentagons? Zweihundert Meter von unserem Arbeitsplatz entfernt?«

»Hundertfünfzig Meter. Alle anderen Parks in D.C. sind sonntags völlig überlaufen. Auch jetzt noch.« Sie schaute ihn kühl an. »Der hier ganz bestimmt nicht.«

Adam verschränkte die Hände hinter seinem Kopf. »Nun gut, Ma'am. Womit kann ich Ihnen dienen?«

Indem er ihr zeigte, dass er der Richtige für den Job war. »Du könntest damit anfangen, mich nicht mehr Ma'am zu nennen.«

Adam deutete grinsend ein Salutieren an. »Jawohl, Ma'am.«

Falls er sich ein Lächeln erhofft hatte, verweigerte sie ihm den Gefallen. Wenn er schon die Befehlskette missachten wollte, musste er wenigstens einen guten Grund dafür haben.

»Das ist das letzte Mal, dass du diesen Witz reißt.« Es war keine Anweisung, eher die Feststellung einer Tatsache. Sein Grinsen verschwand augenblicklich.

»Zurück zur Sache.« Catherine richtete sich auf. »Wie wird es die nächsten Tage weitergehen?«

Adam zuckte ein bisschen unsicher mit den Schultern. Er hielt den Blick auf die frischen Blätter der Buchen vor sich gerichtet, während Catherine ihn von der Seite beäugte.

»Im Wesentlichen wohl so wie die letzten fünf Tage. Während sich der Fokus der Regierung stetig weiter auf das Objekt in Afrika verlagert, dürften uns immer weniger Ressourcen für den Ausbau der Basis auf Pacifica bereitgestellt werden. Umso mehr, da auf einmal keine der anderen Nationen unseren rechtmäßigen Anspruch auf den Kontinent als amerikanisches Territorium in Frage stellt. Auch die Chinesen nicht.« Er räusperte sich. »Selbst die Medien stürzen sich ja nur noch auf die Wand.«

Catherine schüttelte den Kopf. »Warum eigentlich ›Wand‹? Warum nicht so etwas wie ›Walze‹? Das Wort ›Wand‹ suggeriert doch eher etwas Stationäres, oder?«

»Und wenn das System hat?« Falls Adam sah, dass sie auf ihre Weise mit ihm spielte, ihn testete, dann ließ er sich das nicht anmerken. Er lehnte sich nach vorn, die Ellbogen auf die

Knie gestützt. »Es ist kein großes Geheimnis, dass die Mainstream-Medien das Ganze kleinreden.«

»Mit Panikmache wäre ja auch niemandem gedient.«

»Ich rede nicht von verantwortungsvoller Berichterstattung. Ich rede von Zensur. Und ich bin mir nicht sicher, ob diese Zensur selbst auferlegt ist.«

»Nein, das ist es nicht. Jedenfalls nicht hier in den Staaten.« Catherine stand abrupt auf. »Im Gegensatz zu Teilen des Militärs verstehen die meisten Medien nicht einmal ansatzweise die Größenordnung des Problems. Das deutet doch schon die Wortwahl an. ›Krisengebiet‹. ›Flüchtlinge‹. Das impliziert, dass nur eine Handvoll Länder betroffen sind, dass es ein *Außenherum* gibt, einen sicheren Zufluchtsort. Dabei weist nichts darauf hin, dass es bei einem lokalen Problem bleiben wird – immerhin breitet sich die Wand seit fast einer Woche mit konstanter Geschwindigkeit aus.«

»Und doch hat der Präsident die Errichtung von Zeltstädten angekündigt und die USNS Comfort nach Mosambik entsandt.« Adams Blick verfinsterte sich etwas. »Ressourcen, die eigentlich für amerikanische Bürger reserviert bleiben sollen.«

Catherine schüttelte den Kopf. »Das ist doch alles nur eine leere Geste – oder eine grobe Dummheit. Bis das Schiff vor Ort wäre, gäbe es halb Ostafrika nicht mehr. All das ist nur ein weiteres Argument, warum es völlig sinnlos ist, an den Symptomen herumzudoktern. Wir müssen uns um die Wand selbst kümmern. Und dazu müssen wir sie erst einmal verstehen.« Es war Zeit, die Daumenschrauben anzuziehen. »Was weißt du über sie?«

»Nur das, was ich mir angelesen habe, genau wie Sie auch. Ich bin kein Experte.«

»Genau deshalb frage ich dich.«

Immerhin, mehr als einmal musste sie nicht nachhaken. Mit seinen Fingern zählte er die Fakten auf. »Wir wissen, dass nichts aus ihr herausdringt, bis auf zwei Ausnahmen: Zum einen Infrarotstrahlung, die jenseits einer Durchschnittstemperatur keine Aussage über das Dahinter erlaubt, und zum anderen Luft in großer Höhe, die die eingesaugte Menge genau ausgleicht. Wir wissen außerdem, dass die Barriere auf den letzten Millimetern von extrem starken elektromagnetischen Feldern umgeben ist. Zig Kilovolt pro Meter, zig Tesla. Dass der Anstieg der Feldstärke in ihrer Nähe aller Wahrscheinlichkeit nach stärker ausfällt, als es ein menschliches Gehirn jemals verkraften könnte, jedenfalls zu stark, als dass empfindliche Elektronik den Kontakt überstehen könnte. Wir wissen, dass kein Kontakt mit der anderen Seite zu existieren scheint, was bedeutet, dass bei dem Eintritt eines Menschen in die Wand zumindest für eine kurze Zeit sämtliche Nerven und Blutgefäße abgetrennt werden, mit höchst unklaren Konsequenzen. Wir wissen, dass Betroffene schwere Spasmen erleben und ihre erfassten Körperteile nicht mehr spüren. Dass die Freiwilligen – die auf den Lkw-Anhängern, die sich in Schrittgeschwindigkeit mit der Wand mitbewegt hatten, um dem Prozess des Erfasstwerdens in Zeitlupe untersuchen zu können – von widersprüchlichsten Emotionen und Sinneswahrnehmungen berichtet haben; von Lichtblitzen, Schwindel und von Geräuschen, einem Summen oder Rauschen, das bislang nicht objektiv verifiziert werden konnte. Und dass die Wand über und unter der Erde generell wie eine halbdurchlässige Membran zu funktionieren scheint – unter Wasser jedoch keinen gesteigerten Durchfluss bewirkt.«

»Alles richtig.« Catherine stieß sich von der Bank ab und stellte sich direkt vor ihn. »Aber warum? Warum wird das Wasser unserer Meere einfach an Ort und Stelle erfasst, während die Luft mit hoher Geschwindigkeit in die Wand stürzt? Warum sorgt sich die Wand darum, dass wir nicht ersticken, indem sie die eingesaugte Luft an ihrer Oberseite wieder ausstößt? Warum hat diese ausgestoßene Luft stets die gleiche Zusammensetzung, auch wenn wir gezielt Gase in die Wand leiten, um mit den eingebrachten Isotopen Nachrichten zu übertragen? Warum wirkt die Wand nicht einfach direkt bei Kontakt tödlich? Warum diese irrsinnige Komplexität?«

»Weil es keines natürlichen Ursprungs ist. Weil die Wand so designt wurde.«

»Ja.« Sie hielt kurz inne. »Aber von wem? Und wofür?«

Adam lächelte. »Von Gott.«

Catherine schüttelte kaum merklich den Kopf. »Wenn der da oben uns ins Handwerk pfuschen wollte, könnte er das auch einfacher erreichen.«

»Nicht unbedingt. Was, wenn es eine Prüfung unseres Glaubens sein soll?«

Sie seufzte. Vielleicht hatte sie ihn doch überschätzt. »Ich weigere mich, bei Prüfungen mitzumachen, die Massenmord gleichkommen.«

»Ich denke nicht, dass Gott uns damit töten möchte.«

»Aber nach allem, was wir wissen, ist es genau das, was die Wand tut.«

»Der Luftausgleich spricht gegen eine Tötungsabsicht.«

»Das ist nicht gesagt. Vielleicht ist er für die Funktionsweise der Wand nötig. Außerdem wissen wir ja recht gut Bescheid, was mit Menschen geschieht, die von ihr erfasst werden. Und das sieht nicht schön aus. Aber selbst wenn wir für einen Moment annehmen, dass die Wand überlebbar ist: Sie ist immer noch eindeutig so designt, dass keine Kommunikation mit der anderen Seite möglich ist. Das spricht nicht unbedingt für die edlen Absichten des Verursachers.«

»Es sei denn, es handelt sich eben um eine Prüfung.«

»Und hast du dafür irgendwelche konkreteren Indizien?«

»Nein. Diese These kann per Definition weder bestätigt noch widerlegt werden. Es ist eine Frage des Glaubens.«

Catherine rollte mit den Augen. »Als Privatmeinung darfst du ja denken, was du möchtest, aber als Arbeitsgrundlage kann ich das nicht akzeptieren. Wenn wirklich ein Gott dahinterstecken sollte – und verzeih mir meine Zweifel –, dann wären wir per Definition seinem Willen ausgeliefert, ohne unser Schicksal selbst in die Hand nehmen zu können.«

Adam nickte, plötzlich ganz ernst.

»Wir werden also im Rahmen unserer Diensttätigkeit ausschließlich von belegbaren Thesen ausgehen. Kann ich da auf dich zählen?«

Adam nickte wieder. »Jawohl, Doktor Strive.«

Sie sah ihm in die Augen. Er hielt ihren Blick. Falls er seinen Gehorsam ironisch meinte, dann wusste er das wenigstens gut zu verbergen.

»Gut. Sehr gut.« Sie drückte den Rücken durch. »Zurück zu den Fakten: Wir können nicht sagen, was hinter der Wand passiert. Wir wissen trotz des Luftausgleichs nicht mit Sicherheit, dass die Luft dahinter der unseren entspricht, sofern dort überhaupt so etwas wie Luft existiert. Das einzige, was wir dank der Infrarotstrahlung sagen können, ist, dass dahinter in etwa irdische Temperaturen herrschen.«

»Womit die New York Post schon einmal unrecht hätte.«

Catherine stockte. »War das die Theorie mit dem Portal? Oder das Terraforming durch Aliens?«

»Letzteres.« Adam schmunzelte. »Die haben etwas von Außerirdischen geschrieben, die nur knapp *unter* dem absoluten Nullpunkt und ohne jegliche Strahlung überleben können, und Teile der Erde gerade nach ihren Vorstellungen umgestalten. So was wie ein apokalyptisches Niemandsland mit ewigen Stürmen. Pacifica war ihnen zufolge eine Art Test, ob das mit dem Terraforming funktioniert, und eine Ablenkung, solange ihre neue Welt noch verwundbar war.«

»Da passt doch rein gar nichts zusammen!«

Adam zuckte mit den Schultern. »Deswegen ist es auch bloß die New York Post, und nicht die New York Times.«

»Zumindest hat das Blatt versucht, endlich einmal beides miteinander in Verbindung zu bringen. Den Kontinent und die

Wand. Was mich zu meinem Kernpunkt bringt.« Sie lächelte kalt. »Du weißt, warum du wirklich hier bist?«

Adams Augen leuchteten auf, doch er schüttelte den Kopf.

Catherine setzte sich wieder neben ihn. »Auch wenn das offiziell nicht unser Auftrag sein mag: Du wirst mir helfen, diese Wand zu verstehen – und eine Lösung des Problems zu finden.«

»Sitzen wir dafür nicht in der falschen Abteilung?« Der Hauch eines Grinsens wanderte über seine Lippen. »Sollen wir die Wand etwa zu Tode vermessen und durch Straßenbauprojekte aufhalten, nachdem selbst Laser und elektronische Waffen nichts bewirkt haben? Warum sollten wir bessere Ansätze haben als die Experten?«

Catherine schüttelte den Kopf, doch sie lächelte dabei. »Ganz im Gegenteil: Wir sitzen genau in der richtigen Abteilung! Viel zu wenige Leute suchen aktiv nach einer Verbindung zwischen dem Kontinent und der Wand, einfach deshalb, weil es ihnen an sinnvollen Ansatzpunkten mangelt. Und vielleicht am richtigen Blick.« Sie deutete mit dem Zeigefinger in Richtung Osten. »Nur die Wand breitet sich aus. Nur die Wand wird vom Militär als Bedrohung eingestuft, und auf ihr liegt nun der einzig echte Fokus. Dabei ist längst erwiesen, dass beide Phänomene auf die Minute genau zur selben Zeit begonnen haben und aller Wahrscheinlichkeit nach sehr, sehr eng zusammenhängen. Und wenn wir diesen Zusammenhang ergründen, dann können wir vielleicht die Frage nach dem Warum beantworten, und damit womöglich auch die Frage, wie sich das Ding bekämpfen lässt.« Sie sah in die Ferne, fixierte dann Adam. »Sag, was weißt du über Pacifica?«

»Dass er irdische Flora zu besitzen scheint, aber keinerlei Fauna. Dass er sich ansonsten unauffällig gibt, so, als wäre er auf normalem Wege entstanden. Dass er das Meer dort … ersetzt hat, sprich, dass die Gesamtmasse praktisch erhalten geblieben ist.«

»Und das ist alles?«

»So ziemlich, ja. Oder wissen Sie etwas, das ich nicht weiß?«

»Nein, eben gerade nicht! Genau das ist doch das Problem: Der Kontinent ist einfach viel zu schlecht erforscht. Und ohne ihn gut zu verstehen – was ihn kennzeichnet, wie er entstanden ist und warum – werden wir auch den Schwachpunkt der Wand nicht finden.«

»Und warum sagen Sie das alles mir und nicht Ihren Vorgesetzten?«

Catherine schmunzelte. »Das habe ich längst, und General Wilson steht voll hinter uns. Bloß hat auch der ein paar Vorgesetzte. Noch ältere Herren mit noch mehr Orden an der Brust.«

»Die Joint Chiefs of Staff?«

»Genau die. Sie haben entschieden, dass die Mittel für Pacifica auf ein Mindestmaß zurückgefahren werden. Die Basis soll nicht aufgegeben, aber im Laufe der nächsten Woche so gut wie eingemottet werden. So viel zu dem Paradigmenwechsel. Alles was wir jetzt tun können, ist, kreative Lösungen zu finden, wie wir mit sehr begrenzten Ressourcen einen Minimalbetrieb weiterführen können, der nicht nur den Fortbestand der Basis sichert, sondern uns auch hilft, Pacifica seine Geheimnisse zu entreißen.«

Und Catherine obendrein ihr Werk bewahren ließ. Kaum etwas erschien ihr schlimmer, als ihre größte Schöpfung so bald verfallen zu sehen.

Adams Kopf nickte. »Ich denke, das schaffe ich.«

»Das schaffen Sie?« Catherine warf ihm einen skeptischen Blick zu. Der Junge war ja schon ganz schön überheblich. Er hatte noch nicht einmal gefragt, warum *er* hier vor ihr saß, und nicht Jamal oder ein anderes alteingesessenes Mitglied ihrer Gruppe. Dabei hatten sie ihre Gruppenleiter sogar noch vor Adam gewarnt. Arrogant sei er – und auch sie selbst, wenn sie richtig zwischen den Zeilen las –, praktisch nicht teamfähig und obendrein noch manipulativ. Wobei Catherine den Eindruck hatte, dass sich die Männer damit ebenso gut selbst beschrieben.

»Wir haben ja noch fast drei Monate, ehe die Wand die Vereinigten Staaten erreicht«, fügte Adam hinzu.

Catherine runzelte die Stirn. »Ehrlich gesagt, hätte ich ganz und gar nichts dagegen, wenn wir eine Lösung finden, bevor die Wand den Rest der Welt verschluckt hat.«

»Natürlich. Ich werde selbstverständlich so schnell wie möglich arbeiten.«

»Nicht so voreilig«, sagte sie. »Du hast noch nicht den kompletten Deal mitbekommen. Wir müssen den Großteil der Arbeit in unserer Freizeit erledigen.«

»Warum?«

»Weil wir wohl schon morgen einen neuen Auftrag erhalten werden, der mit Pacifica nichts mehr zu tun hat. Worum genau es geht, weiß anscheinend noch nicht einmal General Wilson.«

Adam dachte für einen Moment nach. »Okay. Nebenbei ist auch in Ordnung.« Es klang einen Hauch eifriger, als er es wohl klingen lassen wollte.

Catherine spürte, wie sich ihre Schultern entspannten. Sie hatte zwar nicht wirklich gedacht, dass er nein sagen würde, aber Ersatz für ihn wäre tatsächlich dünn gesät – und dass er sich mit ein bisschen Gefühl, wichtig zu sein, so leicht zu unbezahlten Überstunden hatte überreden lassen, überraschte sie dann doch ein bisschen. Nicht, dass sie sich beschwerte.

»Sehr gut. Das ist definitiv die richtige Entscheidung.« Sie hielt ihm die Hand hin. »Ich freue mich schon auf unsere weitere Zusammenarbeit.«

Adam stand eilig auf und ergriff ihre Hand mit einer Bewegung, die erstaunlich ungelenk wirkte. Mehr Schuljunge als Pokerspieler.

»Danke, Ma'a… Doktor Strive.«

Ein Schuljunge mit einem ausgesprochen schelmischen Blick.

»Einfach nur Catherine, das reicht. Zumindest, solange wir unter uns sind. So riesig ist der Rang- und Altersunterschied nun auch nicht.« Sie sah auf ihre Uhr. Schon fast drei. Sie musste los. »Wir sehen uns dann morgen früh. Ich erwarte, dass du bis dahin ein paar Ideen parat hast.«

Wieder nickte Adam.

Catherine wandte sich zum Gehen, hielt dann noch einmal inne und sah ihn an. »Ach, eins noch: Wenn du mich trotzdem noch einmal Ma'am nennst, egal ob absichtlich oder aus Versehen, wirst du am eigenen Leib erfahren, wie eine Ma'am mit einem Jungen umgeht.« Und damit drehte sie sich um und ging los, ohne ihm die Chance zu geben, herauszufinden, wie ernst sie diese Drohung wirklich meinte.

Um 14:59 Uhr betrat Catherine durch ein Seitentor den Nationalfriedhof in Arlington, de facto den einzigen großen Park in der Nähe des Regierungsviertels. Grüne Wiesen, uralte Bäume und Hunderte Reihen von Grabsteinen aus strahlend weißem Marmor, die in langgezogenen Linien den Hügeln folgten – und dazwischen, auf asphaltierten Wegen, die Lebenden, die in kleinen Grüppchen leise miteinander sprachen. Familien, Veteranen, sogar noch ein paar kamerabepackte Touristen ließen sich an diesem frühlingshaften Sonntagnachmittag blicken. So merkwürdig es klang, Catherine verbrachte hier gern ihre Zeit. Die endlosen Gräberreihen erinnerten sie daran, wie rasch das Leben vorbei sein konnte, ganz gleich, wie edel oder primitiv die Absichten und Taten des Einzelnen auch gewesen sein mochten. Und auch wenn es hier nicht so ruhig war wie im Innenhof des Pentagons, so waren die zweihundert Hektar des Nationalfriedhofs doch deutlich besser für Spaziergänge geeignet – und nicht zuletzt hatte ihr Handy hier Empfang.

Um 15:00:02 klingelte ihr Gerät. Sie hatte mit ihrem Fingerabdruck und einem Passwort bereits den verschlüsselten Modus gestartet, so dass sie nur noch auf einen Knopf an ihrem Headset drücken musste, um das Gespräch anzunehmen.

»Du weißt, dass das so nicht vereinbart war?«, plärrte es augenblicklich aus dem Lautsprecher.

Zum Glück hatte Catherine die Lautstärke nach unten geregelt.

»Ich freue mich auch, dich zu hören, Schwesterhe...«

»Wir telefonieren einmal im Monat, jeweils am ersten Sonntag um fünfzehn Uhr. Das war die Vereinbarung. Heute ist der *zweite* Sonntag.«

»Du weißt genauso gut wie ich, was letzten Sonntag los war.«

»Das verstehe ich. Aber dann hättest du mir auch mailen können. Du weißt, dass ich jeden Montagmorgen meine Post beantworte.«

Catherine rieb sich über die Stirn. »Ich wollte dich eben trotzdem hören. Gerade jetzt, mit dem Ding da draußen.«

»Aber unsere Vereinbarung ...«

»Clarity! Es reicht! Ich passe mich schon genug an deine Eigenarten an. Du wirst damit klarkommen, dass ich es das eine Mal nicht getan habe, verstanden?«

Keine Antwort.

»Für mich. Für Papa.«

»Ich will ja nur vermeiden, dass es auch in Zukunft zu solchen Planänderungen kommt.«

»Clarity, du arbeitest von zu Hause aus! Du könntest jederzeit flexibel sein.«

»Natürlich könnte ich das. Aber ich will nicht.«

»Ich predige schon seit Jahren, dass du mehr rausmusst.«

Sie kicherte. »Ich bin doch draußen.«

»Einmal im Monat, bei unseren gemeinsamen Spaziergängen. Und selbst da hast du nur zugestimmt, weil sie dich an unsere Sommerlager erinnern.«

»So grün wie daheim ist es hier in den Yerba Buena Gardens allerdings nicht.«

»Dann geh doch einfach mal woanders hin. San Francisco hat auch andere Parks.«

»Keine, die direkt vor meiner Wohnung liegen. Außerdem bist du auch fast jedes Mal in Arlington.«

Catherine seufzte. Das führte zu nichts. »Sag mal, wie ist eigentlich das Wetter bei dir?«

»Das könntest du doch in Sekundenschnelle dein Handy fragen.«

»Ich versuche nur, ein Gespräch mit dir zu führen.«

»Und dann redest du über solche Banalitäten? Müssen wir das wirklich tun? Du kennst mich doch.«

»Musst du so störrisch sein?«

»Du bist störrisch.«

Catherine lachte. »Vielleicht haben wir da ja auch beide was von Papas Genen abbekommen.«

Für einen Moment war es still. Catherine konnte förmlich fühlen, wie Clarity mit den Augen rollte. »Es ist San Francisco. Hier beginnt der Sommer frühestens im August. Heute früh liegen die Temperaturen gerade einmal in den Mitt-Fünfzigern. Befriedigt das deine Neugierde?«

Catherine lachte wieder. »Siehst du, jetzt hatten wir fast schon ein normales Gespräch.«

»Ich will gar kein normales Gespräch. Und du eigentlich auch nicht.«

»Das stimmt.«

»Aber wenn wir schon dabei sind: Was macht dein Sexleben?«

»Sagt meine kleine Schwester, die Jungfrau! Fragst du das, weil du ehrliches Interesse an meinem Privatleben hast oder weil du mich irritieren möchtest?«

»Ein bisschen was von beidem.«

»Nun, seit letztem Samstagabend habe ich niemanden mehr aufgerissen.«

»Seit acht Tagen kein neues Opfer? Da kann sich die Männerpopulation in D.C. ja regelrecht erholen.«

»Ich habe momentan einfach zu viel Arbeit.«

»Aber sonst findest du die Zeit doch auch? Du hast schließlich *immer* zu viel Arbeit.«

»Du auch.«

»Nein. Viel, aber nicht zu viel. Exakt die Menge, die ich will. Außerdem geht es voran. Das neue Programmierprojekt ist schon durch. Nicht, dass das jetzt noch relevant wäre.« Sie sagte es in demselben Tonfall, in dem sie die ganze Zeit schon gesprochen hatte.

»Das ist noch nicht gesagt.«

»Für den Moment schon. Zumindest müsste man erst beides besser verstehen. Die Walze *und* den Kontinent.«

Catherine lächelte. Sollte es sie überraschen, dass auch ihre Schwester das Ding *Walze* nannte? Ihr Lächeln wuchs in die Breite. »Vielleicht ist da ja schon jemand dabei.«

»An der Walze? Sicherlich. Aber auf Pacifica? Seit dem chinesischen Rückzug und der Einmottung der Basis wohl nicht mehr.«

Catherines Lächeln verflüchtigte sich. »Woher weißt du das? Das sind streng geheime Informationen!«

»Kate, entspann dich! Die Leitung ist hervorragend verschlüsselt. Da kann nicht einmal die NSA mithören.«

Catherine beschleunigte ihren Schritt. »Hast du Seiten des Verteidigungsministeriums gehackt? Weißt du nicht, wie riskant das ist?«

»Wer redet da von hacken? Wenn das DoD« – sie dehnte das Wort noch mehr als Catherine, *Diii-Au-Diii* –»seine Türen offen lässt, werfe ich eben mal einen Blick hinein. Die meisten Informationen sind eh frei im Internet zugänglich. Man muss sie bloß als solche erkennen und in den richtigen Kontext setzen. Alles was ich getan habe, war ein kleines Programm zu schreiben, das alle herumliegenden Fakten zusammenträgt und auf relevante Verbindungen checkt.«

Catherine seufzte. »Warum wundert es mich nicht, dass du so etwas hinbekommst?«

»Ich wundere mich eher, dass kaum jemand anders das hinbekommt. Eigentlich müsste so eine Information schon längst geleakt sein, genau wie die Details zu den Nebenwirkungen der elektromagnetischen Felder rund um die Walze oder die bevorstehende Aktivierung der Streitkräfte.«

»Was zu Recht geheim gehalten wird, um die nationale Sicherheit nicht zu gefährden!« Catherine rieb sich über die Augen. »Clarity, bitte sag mir, dass du nicht wieder irgendwelche Verschwörungstheorien entwickelst!«

»Mach ich nicht.«

Catherine atmete auf.

»Zumindest noch nicht«, fügte Clarity hinzu. »Es gibt jedenfalls vieles, was bei euch am DoD nicht zusammenpasst, vor allem in Bezug auf die Walze. Ob aus Unwissenheit oder mit Absicht, das weiß ich noch nicht.«

»Willst du sagen, dass wir hier etwas vertuschen? Oder ist das immer noch dein Groll, weil ich in Papas Fußstapfen getreten bin?«

»Nein. Ich bin bloß nicht überzeugt davon, dass ihr so ein gemeinnütziger Verein seid, wie ihr euch gerne darstellt.«

»Ich mache diesen Job, um Menschen wie dich und Papa zu beschützen!«

»Und weil du der Welt deinen Stempel aufdrücken willst.«

»Wenn es mir hilft, meinen Job besser auszuüben, dann mache ich auch gerne Karriere, ja. Aber das kommt erst an zweiter Stelle.«

»Nun, wir werden ja sehen, wie ehrlich eure Bemühungen wirklich sind. Noch bin ich jedenfalls skeptisch, was euren Plan für Johannesburg angeht. Der EMP wäre schlicht nicht stark genug, und wie katastrophal die Nebenwirkungen wären, darüber müssen wir ja nicht reden.«

»Unseren Plan für Johannesburg?«

»Die Bomben.«

Ein Japaner, in jeder Hand eine Kamera, joggte an ihr vorbei, um noch rasch ein Bild des Grabs des unbekannten Soldaten zu erhaschen, ehe Catherine ihm ins Foto lief. Catherine senkte instinktiv die Stimme. »Was für Bomben?«

»Der Versuch, rund um die Stadt mit der Zündung dreier strategisch angeordneter Atombomben ein Loch in dieses Kraftfeld zu schlagen.«

Catherine stöhnte auf. »Es gibt keinen solchen Plan.«

»Merkwürdig. Ich hätte erwartet, dass du davon wüsstest. So wie ich die Informationen verstehe, wird die Logistikabteilung gerade deswegen so rasch von Pacifica abgezogen.«

»Wie gesagt. Es gibt keinen solchen Plan. Das ist einfach gewaltiger Unsinn.«

Stille.

Catherine atmete tief ein. »Solche Ideen entstehen, wenn die Fantasie mit den Menschen durchgeht.«

Sie bildete sich ein, regelrecht zu hören, wie Clarity vehement mit dem Kopf schüttelte. »Ich habe den gegenteiligen Eindruck. Ich frage mich eher, warum sich die meisten Leute so wenig damit beschäftigen und warum noch nicht weit mehr Angst herrscht. Die Menschen tendieren doch sonst so leicht zu Panik, gerade in den USA.«

Catherine wich einer Großfamilie aus. Die Erwachsenen gingen stumm nebeneinanderher, aber die Kinder, jedes eine dicke Eistüte in der Hand, strahlten. »Ich glaube nicht, dass sich die Leute zu wenig damit beschäftigen. Sie können es nur einfach nicht wirklich einordnen. Schau dir nur einmal das Internet an – die Online Community hat ja im Wesentlichen mit einem kollektiven What-the-Fuck? reagiert. Die Bedrohung ist einfach zu absurd.«

»Ja, aber wir begreifen die Gefahr doch auch? Es reicht doch bereits, die Bilder der Walze zu sehen und der Menschen, die mit ihr in Kontakt kommen.«

Catherine atmete tief aus. »Selbst wenn? Das sind alles Bilder aus Afrika, weit weg. Es gibt eine Hilfspetition – das ist die Reaktion! Ich denke, viele können sich einfach nicht vorstellen, dass es in den USA jemals ähnlich aussehen könnte. Dafür haben sie – was du ja immer ganz gerne kritisierst – viel zu viel blindes Vertrauen in die Autoritäten. In eine Wunderlösung. In ihre Überlegenheit. In Gott. In was auch immer.«

»Und wenn sie das nicht haben?«

»Was sollten sie tun? In eine Blockhütte in den Rockies fliehen?« Catherine spürte ihre eigene Furcht und ihre eigene Frustration durchschimmern. »Das Ding ist doch keine klassische Bedrohung, lokal begrenzt wie ein Krieg oder eine Seuche! Man kann ihr nicht auf Dauer entkommen. Also gehen die Menschen weiter zur Arbeit, einfach, weil ihre Nachbarn auch noch zur Arbeit gehen.«

»Immer mehr tun das nicht.«

»Du auch?«

»Ich schätze meine Strukturierung. Aber ich verstehe, dass viele in ihrem Alltag keinen Sinn mehr sehen. Hier in Kalifornien schießen Sekten wie Pilze aus dem Boden. Es gibt zwar auch Gruppen, die sich sinnvoll mit den Phänomenen auseinandersetzen, aber die meisten sehen die Walze als Tor ins Jüngste Gericht. Manchen wollen sogar Wallfahrten in sie hinein organisieren.«

»Dann ist es ein Glück, dass der Flugverkehr nach Afrika eingestellt ist.« Catherine seufzte. »Die sind ja noch schlimmer als die Gruppe aus L.A.!«

»Die auf CNN, die gestern mit einem Fischerboot auf Pacifica angelandet ist, um dort die Aufnahme in das Reich Gottes zu erwarten?«

Sie nickte, auch wenn Clarity das nicht sehen konnte. »Bisher warten sie jedenfalls vergeblich. Und wahrscheinlich verhungern sie da drüben, ehe irgendwas passiert.«

»Mag sein. Aber die Motive von Einzelnen sind letztendlich auch irrelevant. Fakt ist: An den Rändern beginnt sich die Gesellschaft bereits aufzulösen. Wie lange dauert es, bis der Trend die Mitte erfasst? Denk allein an das, was in den letzten drei Tagen passiert ist. Nicht in Afrika, im Westen.« Clarity holte tief Luft. »Erst ist der Ölpreis in die Höhe geschnellt, dann wurde auch noch der Handel an den Börsen ausgesetzt. Morgen sollen einige Papiere wieder freigegeben werden, aber unter strengen ›Regulationen‹, was auch immer das heißt. Der Präsident hat die Reserve in Bereitschaft versetzt. Das sind zweihunderttausend Reservisten, ohne dass er dazu den Kongress hätte befragen müssen. Bei den Vereinten Nationen jagt eine Sondersitzung die nächste. Die EU hat einen Notfallfonds erlassen, zur sogenannten ›Gefahrenabwehr und Stabilisierung‹, und obendrein ihre Konvergenzkriterien für neunzig Tage ausgesetzt – was kurios ist, da von der EU in drei Monaten nur noch ein paar Karibikinseln existieren, falls die Walze nicht gestoppt wird. Und trotz all diesem blinden Aktionismus haben die Menschen noch immer Vertrauen in ihre Regierungen?«

Catherine stieg langsam den Hügel hinab in Richtung Osten. Diesen Teil ihres Spaziergangs mochte sie ganz besonders. Der Blick atmete Geschichte: Das Lincoln Memorial direkt voraus, schräg dahinter das Washington Monument, sogar das Capitol war zwischen den Eichen zu erahnen. Und davor die Gräber, das frische Grün, die Familien, die hier spazieren gingen. Auf eine merkwürdige Weise passte das alles zusammen. Bislang zumindest hatte es zusammengepasst.

»Du verstehst das falsch. *Gerade deswegen* haben die Menschen Vertrauen. Ihre Regierungen handeln. Das erweckt den Eindruck, sie wüssten, was sie tun. Und ich denke auch, dass sie tatsächlich wissen, was sie tun – soweit man das derzeit über irgendjemanden sagen kann.«

»Ich bin da skeptischer«, sagte Clarity. »Vertrauen ist ein Gut, das sehr leicht verspielt werden kann.«

»Das stimmt. Und genau das ist der Grund, weshalb wir jetzt rasch vorankommen müssen. Der Punkt, an dem die Bedrohung so präsent wird, dass die Furcht überhandnimmt, jagt mir jetzt schon Angst ein.«

Clarity senkte ihre Stimme. »Und genau das wird passieren, falls die Bomben ihre Wirkung verfehlen.«

»Du mit deinen Bomben!« Catherine rollte mit den Augen. »Pass erst einmal auf dich selbst auf, versprochen?«

Catherine hatte fast den Haupteingang des Parks erreicht. Ihrer Erfahrung nach bedeutete das, dass auch Clarity mit ihren Runden fertig war, und das Gespräch bald zu einem Ende kommen würde.

»Ich passe immer auf mich auf.«

»Aber jetzt bitte ganz besonders.«

»Ach, Kate, du kennst mich doch.«

»Ich sag ja nur.« Eine kurze Pause. »Wir hören uns nächsten Monat?«

»Ja, wir hören uns.«

Und damit war das Gespräch beendet.

Catherine machte sich auf den Weg zurück nach Hause. Sie hatte eigentlich genügend Arbeiten, mit denen es vorangehen musste, und doch kam sie immer wieder zu Claritys Fantastereien zurück.

Was, wenn ihre Schwester tatsächlich auf etwas gestoßen war? Drei simultan detonierende Bomben, um zumindest kurzzeitig ein Loch in die Wand zu reißen – das klang so wahnsinnig, dass es schon fast wieder real sein konnte.

Wahrscheinlich war es nicht mehr als ein Hirngespinst, aber das hielt Catherine nicht davon ab, etwas Recherche zu betreiben, welche Vorkehrungen für ein solches Experiment nötig wären. Wie man die Bomben am besten in Position bringen könnte, welche Bomben man verwendete, um den unvermeidbaren Fallout zumindest zu reduzieren, wo man sie am besten zündete, um nicht gleich die halbe Stadt zu verstrahlen. Solche Dinge.

Catherine hielt mittendrin inne. War ihr eigentlich klar, worüber sie da gerade nachdachte, so, als ginge es um die Auswahl einer neuen Bluse? Andererseits: Es war ja nur ein Gedankenexperiment. Nichts, was in der echten Welt jemals relevant würde.

Zumindest dachte sie das, bis sich am nächsten Tag General Wilson vor sie und die zwölf verbliebenen Mitarbeiter ihrer Pacifica-Abteilung stellte – und mit lapidaren Worten verkündete, dass sie eine Woche Zeit hätten, einen Teil der Koordinierung eines vielversprechenden Experiments zu stemmen. Über manche der Details ließ er sie im Unklaren – jedenfalls am ersten Tag –, aber das, was er sagte, reichte, um jeden Zweifel auszuräumen: Clarity hatte recht.

Als der erste Schock abgeklungen war, fühlte Catherine fast so etwas wie Dankbarkeit gegenüber Clarity. Ihre Schwester hatte ihr immerhin einen veritablen Startvorteil verschafft, etwas, das auch General Wilson positiv aufgefallen war – und nun dazu führte, dass er mit immer mehr Fragen direkt zu ihr kam.

Und so war sie tagsüber damit beschäftigt, die logistischen Vorbereitungen für den ersten urbanen Einsatz von Kernwaffen seit dem Ende des Zweiten Weltkriegs zu koordinieren – während sie abends und nachts darum kämpfte, zumindest eine Rumpfbasis auf Pacifica am Laufen zu halten, und mit dem Personal vor Ort mehr Informationen aus dem neuen Land herauszuquetschen, als nur die simple Aussage, dass es »aus völlig normaler Materie« bestünde.

Dabei war das unangenehme Gefühl in ihrer Magengrube fast eine größere Herausforderung als die Arbeit selbst. Schrecklich oft fiel in den nächsten Tagen das Wort *Kollateralschäden*, und das zu Recht.

Natürlich würde die Bevölkerung vorgewarnt werden, würden die betroffenen Landstriche rund um die Fünf-Millionen-Metropole evakuiert werden, sofern nicht bereits die anrückende Wand dafür gesorgt hatte. Und natürlich würden verhältnismäßig kleine und, wie es so schön hieß, *saubere* Bomben zum Einsatz kommen, zweistufige Fusionswaffen mit einer Zerstörungskraft von weit unter hundert Kilotonnen TNT.

Eine der Bomben sollte hoch oben in der Stratosphäre zünden, mitten über der Stadt. Das war kontrollierbar. Ein Lichtblitz, eine schwache Druckwelle – keine unmittelbare Bedrohung für die Einsatzkräfte, die direkt darunter auf eine Lücke in der Wand warteten, oder die Menschen, die sich noch immer in der Stadt versteckt hielten. Die anderen beiden Bomben jedoch waren dafür gedacht, fast auf Bodenhöhe zu detonieren: In Cosmo City, einem Villenviertel zwanzig Kilometer nordwestlich des Stadtzentrums, und in Tsakane, einem ärmlichen Township zwanzig Kilometer im Südosten. Ironischerweise würden also gerade die Bomben den verschiedenen Teilen Johannesburg eine Gleichheit bringen, die diese auch Jahrzehnte nach dem Ende der Apartheid nicht erreicht hatten – aber in einer Form, auf die sie wohl gern verzichtet hätten.

Und sie führten in den Außengebieten der Stadt zu einem ernsten Problem. In diesem Kommunikationschaos und mit den Flüchtlingsströmen, die in Richtung Südwesten durch Südafrika zogen, war es unmöglich, zu garantieren, dass sich nicht doch der eine oder andere in die beiden Sperrbezirke verirren würde. Oder Dutzende. Oder Tausende.

Und auch wenn die Wand jeden Tag Millionen erfasste, war dies doch etwas anderes. Menschengemacht.

Catherine blieb keine andere Wahl, als zu hoffen, dass sich Todesopfer so gut wie möglich vermeiden ließen – und darauf zu pochen, die Pläne so rasch wie möglich öffentlich zu machen. Und zu beten, dass sich die Physiker mit ihren Berechnungen nicht irrten. Dass es das wirklich wert war.

Denn wenn nicht …

Nun, dann war zumindest die richtige Zeit, sich mit Vorräten einzudecken, für den Fall der Fälle. Und genau das machte Catherine in der wenigen freien Zeit, die ihr blieb, zum Teil zusammen mit ihrer Nachbarin Juliette, zum Teil allein. Konserven, Müsliriegel, Nüsse, Mehl, alles, was in irgendeiner Form den Eindruck erweckte, mehrere Monate überdauern zu können.

Und so, wie die Regale in ihrem Pentagon-City-Supermarkt um die Ecke aussahen, war sie nicht die Erste, die diese Idee hatte. Der Effekt war subtil: Es waren nur ein paar wenige Produkte, die rasant zur Neige gingen. Nicht die Importgüter, die genügend Nachlauf hatten, um noch wochenlang einzutrudeln, sondern die langlebigen Nahrungsmittel. Genau das, wonach auch Catherine Ausschau hielt.

Dementsprechend verunsichert sah die Verkäuferin zu Catherine auf, als sie nach und nach ein ganzes Kassenband füllte und in ihr Auto laden ließ. Und auch Catherines Antwort auf ihre unausgesprochene Frage – »nur so ein Gefühl« – half nicht gerade, die Frau zu beruhigen.

Draußen vor dem Supermarkt saß ein bärtiger Mann mit einem Pappschild. *The End is Nigh,* stand darauf. Er schimpfte nuschelnd auf einen jungen Mann ein, der scheinbar unbeteiligt auf der anderen Straßenseite stand und im direkten Vergleich geradezu übertrieben gepflegt wirkte, mit dicker Hornbrille und akkuratem Seitenscheitel. Auch dieser Mann hielt ein Schild in seinen Händen. *He's been saying that for years,* stand darauf.

Catherine musste lächeln. Vielleicht sollte sie sich von dem Mann eine Scheibe Lockerheit abschneiden. Der Kontinent und die Wand konnten ihre Geheimnisse schließlich nicht ewig für sich behalten.

Genauso wenig wie die Regierung. Die Öffentlichkeit wurde tatsächlich allumfassend über den Plan in Kenntnis gesetzt, mit einer Ehrlichkeit, die Catherine überraschte, sich aber auch bezahlt zu machen schien. Catherine sah es an den Soldaten im DoD, an den Sekretärinnen und am Kantinenpersonal: Die Anspannung und die Unsicherheit, die unterschwellig immer größer geworden waren, schienen verdrängt und durch einen vorsichtigen Optimismus ersetzt worden zu sein. Sogar eine Live-Übertragung sollte es geben, was Corporal Ramirez, den stets gutgelaunten Wachsoldaten am Pentagon-Haupteingang, prompt dazu veranlasste, sie zu sich nach Hause einzuladen, um gemeinsam mit seiner Familie dieses »monumentale Event da drüben in Afrika« mitzuerleben. Bei Chips und Bier, als wäre es der Superbowl.

Sie redete sich mit Verweis auf ihre Arbeit aus der Einladung heraus, aber tatsächlich wurden Catherine und ihr Team am Tag der Entscheidung, einem kalten Dienstag im Mai, schon am frühen Abend nach Hause geschickt. Es gab für sie schlicht nichts mehr zu tun – außer abzuwarten.

Anfangs versuchte sie noch, die Zeit für ein paar weitere Analysen zu nutzen, doch ihre Konzentration war wie weggeblasen. Irgendwann, draußen war es längst dunkel geworden, gab sie entnervt auf und kauerte sich vor den Fernseher.

Nachrichten. Belangloses Zeug zunächst. Ein Bericht über einen alternden Hollywood-Schauspieler, der in den Achtzigern und Neunzigern mit Martial-Arts-Filmen Erfolg gehabt hatte und dessen neugegründete Endzeit-Kirche *The Path of Redemption* in wenigen Tagen eine Viertelmillion Eintritte verzeichnet hatte. Zu Tausenden versuchten ihre Mitglieder nun, nach Afrika zu reisen, um der Wand ihren geballten Glauben entgegenzustemmen – und ganz nebenbei selbst ins Paradies einzutreten.

Außerdem, mal wieder, Gerüchte um die endgültige Absage der Olympischen Sommerspiele. Auch wenn das bevorstehende Großereignis bei der derzeitigen Ausbreitungsgeschwindigkeit der Wand nicht einmal mehr seine Schlussfeier erleben würde, auch wenn die ganze Welt wahrlich andere Sorgen hatte: Wegen der auf dem Spiel stehenden Sponsorenmilliarden wurde diese Entscheidung immer weiter hinausgezögert.

Und dann, endlich, Johannesburg.

Der Sprecher ratterte noch einmal das herunter, was bereits dutzendfach vermeldet worden war. Dass der Fallout keine Gefahr darstellte, weil er in die Wand hinein gesogen würde. Dass die Bomben genau aufeinander abgestimmt sein mussten, um exakt zeitgleich und so dicht wie möglich vor der Wand zu explodieren. Und, mit deutlich mehr Pathos, dass jetzt, sechzehneinhalb Tage nach der Entstehung der Wand, deren Vernichtung unmittelbar bevorstand.

Es dauerte eine gefühlte Ewigkeit, doch irgendwann stand die Countdown-Uhr in der oberen Ecke des Bildschirms auf sechzig Sekunden.

Catherine war froh, als die Kamera zu einem der Helikopter umschaltete, die über Downtown Johannesburg schwebten, direkt über den Hochhäusern des Finanzviertels. Tief unter ihnen, auf dem Gandhi-Platz, einem nun völlig verwaisten Busbahnhof, standen die freiwilligen Expeditionsmitglieder mit all ihren Instrumenten: etwa dreißig Wissenschaftler und Journalisten, begleitet und beschützt von einer ganzen Kompanie Soldaten. Und umgeben von Tausenden Schaulustigen, die trotz schwerer Sturmböen auf dem Platz ausharrten und auf diese Chance hofften, Wahnsinnigen und Verzweifelten, die nicht mehr fliehen wollten oder nicht mehr fliehen konnten.

Es sollte in Johannesburg bereits kurz vor Sonnenaufgang sein, ein herbstlicher Mittwochmorgen mitten im Mai, doch von einem Tagesanbruch war wenig zu erkennen. Die Kamera des Helikopters schwenkte nach oben, in Richtung Nordosten. Nichts als Schwärze, Finsternis, die sich langsam durch die Skyline der Stadt fraß, binnen zehn, fünfzehn Sekunden ganze Bürotürme verschlang. Ein paar hundert Meter noch, und sie hatte den Platz erreicht.

Es wurde Zeit.

Das Bild schaltete wieder um. Die Skyline Johannesburgs erschien, und dahinter die Wand, beides merkwürdig fahl und zusammengequetscht, wie durch ein Dutzende Kilometer entferntes Teleobjektiv betrachtet. Und tatsächlich, die Kamera zoomte heraus. Die Skyline schrumpfte. Ein Fernsehturm erschien, doch auch dieser schrumpfte rasch zu einer dünnen Linie zusammen.

T minus zwanzig Sekunden.

Und die Kamera zoomte noch immer heraus. Ein grauer Brei im Zwielicht, ein paar winzige Zacken in der Ferne, Details waren in dem Häusermeer bald nicht mehr auszumachen. Die Helikopter über dem Zentrum waren längst zu winzigen grauen Punkten geschrumpft.

Die Kamera zoomte weiter heraus, schneller. Und noch immer füllte die Schwärze dahinter das ganze Bild aus. Sie überragte selbst den Fernsehturm um das Zwanzigfache, das Fünfzigfache, bald das Hundertfache, ließ die Wolkenkratzer in Bedeutungslosigkeit verschwinden, als seien sie nicht mehr als ein paar einsame Grashalme am Fuß einer mannshohen Mauer.

Endlich war das Ende der Schwärze erreicht. Dunkelvioletter Himmel erschien am oberen Bildrand. Und von der Stadt war praktisch nichts mehr zu sehen. Zwanzig Kilometer hoch war die Wand. Zweieinhalb Himalayas. Zum ersten Mal verstand Catherine, was das wirklich bedeutete. Und es jagte ihr eine verfluchte Angst ein.

Noch fünf Sekunden.

Catherine starrte bang auf den Fernseher vor ihr. Hoffentlich wussten sie, was sie da taten.

Zwei, eins.

Null.

Licht. Blendend weißes Licht.

Es dauerte eine halbe Ewigkeit, bis der grelle Schein verblasste, bis Gelb- und Rottöne an die Stelle des Weißen traten. Drei Sonnen erschienen, vor der Wand, in ihr, Kugeln aus purem Feuer, die alles andere überstrahlten. Wie in Zeitlupe stiegen sie in die Höhe, dehnten sich dabei aus. Die Explosionen links und rechts bildeten Atompilze, ein Anblick, der Catherine vertraut vorkam, und so verstörend schön. Die obere Sonne war anders. Gewaltiger noch und doch … zarter. Durch den Boden unbeeinflusst, behielt sie ihre ursprüngliche Form bei, eine perfekte Kugel, an der rotes Feuer in leuchtenden Schwaden entlangfloss, an der Außenseite nach unten, innen nach oben.

Doch dann verblasste der Glanz – und mit ihm alle Hoffnungen, die sie sich gemacht hatte. Die Wand war noch da, so schwarz wie eh und je. Und die Kugeln, die in ihr aufzusteigen schienen? Sie waren in Wahrheit nur halbe Kugeln, scharf abgeschnitten, dort, wo sie mit der Wand in Kontakt kamen.

Verrauschte Bilder aus dem Zentrum der Stadt, von einem der Helikopter, der sich nur mit Mühe in der Luft halten konnte. Johannesburg war in einen giftroten Schein getaucht.

Und unten auf dem Boden war Panik ausgebrochen.

Die Wand hatte den Platz erreicht. Und die Menschen darauf stoben in alle Richtungen davon, völlig planlos, von der Wand weg, in die Wand hinein, von den Böen getrieben, Tausende, die sich durch die engen Straßenschluchten schoben – und mittendrin das Militär. Der Helikopter drehte einfach bei, versuchte gar nicht erst, irgendjemanden zu retten.

Und Catherine schaltete ab.

Wie in Trance stand sie auf, trat hinaus in die kalte Nacht, auf ihren Balkon, von dem aus sie die halbe Stadt überblickte.

Pistolenschüsse in der Ferne. Das Geräusch von zersplitterndem Glas. Ein Feuer, nur zwei Blocks entfernt. Jeden Moment nun würde in den Straßen unter ihr Panik einsetzen, Chaos ausbrechen und nackte Gewalt, jetzt, wo die Wand in den Herzen und den Köpfen der Menschen angekommen war.

Aber nichts dergleichen geschah.

Stattdessen war das Militär zur Stelle, mit einer Geschwindigkeit und in einem Umfang, die Catherine sprachlos machten. Transporter fuhren vor, Dutzende, Hunderte in ihrem

Blickfeld allein, als hätten sie nur darauf gewartet. Soldaten sprangen heraus, errichteten Barrikaden wie provisorische Checkpoints und patrouillierten über die Straße. Einer der Transporter hielt direkt unter ihrem eigenen Wohngebäude.

Keine Minute später hämmerte es an ihre Apartmenttür.

»Doktor Strive?« Eine Männerstimme, schneidend scharf.

Catherine stotterte fast. »Wer sind Sie?«

»Colonel Banders. Ich bin hier, um Sie ins Pentagon zu bringen.«

»Ins Pentagon? Jetzt?«

»Doktor Strive, das ist keine Bitte. Meine Befehle sind eindeutig. Sie werden mich unverzüglich begleiten, ob mit oder gegen ihren Willen. Suchen Sie es sich aus.«

KAPITEL 7

Die Sichel des Mondes stand nur noch eine Handbreit über dem Atlantik und tauchte doch einen ganzen Meeresstreifen in ihren Schein. Vom Horizont bis zur aufstäubenden Gischt am Bug des Schiffes glitzerten die Wellen des Ozeans in einem fast magischen, sich von Sekunde zu Sekunde wandelnden Licht. Christopher hätte ewig zusehen können, wie der Atlantik tief unter ihm gemächlich dahinglitt, so ruhig und friedlich erschien ihm das Meer in dieser Nacht. Zumindest hier vorn. Christopher vermied es, einen Blick zurückzuwerfen, zum Heck des Schiffes, dort wo der Himmel so dunkel war, dass es so schien, als sei die Wand persönlich hinter ihnen her.

Fast zwei Wochen harrten sie nun bereits auf dem Containerschiff aus, zur Untätigkeit verdammt, in kleinen Kajüten, zwischen rostigen Aufbauten und grobschlächtigen Seeleuten, deren Sprache sie nicht verstanden, ewig den Geruch von Diesel in der Nase und das Brummen der riesigen Aggregate in den Ohren. Und dabei hatten sie noch großes Glück gehabt. Gegen den Widerstand seiner eigenen Mannschaft hatte der Kapitän, ein ebenso gestrenger wie streng pietistischer Holländer, sie und einige weitere blinde Passagiere an Bord behalten, immer wieder betonend, ein »guter Christ« müsse eben so handeln. Mehr noch, dank Max' Hartnäckigkeit – was genau sie mit ihm ausgehandelt hatte, wollte sie Christopher nicht sagen – hatte er ihnen sogar ein richtiges Quartier zugewiesen und ihnen letztlich auch Zutritt zur Mannschaftsmesse gewährt.

Christopher hatte sich dennoch die meiste Zeit über nicht sehr redselig gezeigt. Er schätzte die Ruhe draußen an der Reling des Vordecks, unter einem turmhohen Stapel von Containern, vor sich nichts als die See, und nutzte sie, um nachzudenken über alles, was noch folgen mochte.

Kommunikation mit der Außenwelt war seit Kapstadt praktisch nicht mehr möglich, jedenfalls nicht für Max oder ihn, sosehr Christopher auch darum bettelte. Mit dem Kapitän verband ihn ohnehin eine zunehmende Antipathie – die umso ausgeprägter wurde, je öfter dieser sein ach so edles »Gutmenschentum« betonte –, die Mannschaft verstand er nicht und Max, nun, Max wollte er einfach nicht mehr hinterherrennen. Nicht, solange nicht sie auf ihn zukam. Doch danach sah es momentan nicht aus. Sie schien ihre Zeit lieber mit Mtoto oder sogar Soma zu verbringen als mit ihm. Und das, obwohl Soma, ganz im Gegensatz zu Max, immer noch darüber erbost war, dass ihr Schiff in die Alte Welt unterwegs war, zum Europoort in Rotterdam, ihrem einzigen Ziel auf dieser Überfahrt.

Auf dem Weg zurück zu seiner Kabine wurde Christopher von einem der philippinischen Mannschaftsmitglieder abgefangen. Insoweit Christopher das Gesagte zusammenstückeln konnte, hatte der Kapitän ihn und Max – und nur sie beide – auf die Brücke eingeladen. Das war bisher noch nie passiert, und erst recht nicht um drei Uhr nachts.

Die Verwirrung stand Max und Christopher noch ins Gesicht geschrieben, als sie den kargen, metallisch riechenden Raum betraten. Der alte Kapitän saß gerade zusammen mit seinen beiden Stellvertretern vor dem kleinen Fernseher, lauschte einer Live-Berichterstattung von CNN aus Johannesburg und wirkte dabei mindestens so ratlos wie schockiert.

Und das völlig zu Recht.

Christopher hätte derartige Bilder schlicht nicht für möglich gehalten: Der Central Business District der wohl wichtigsten Stadt Afrikas, aufgenommen aus einer Entfernung von Dutzenden Kilometern. Die Hochhäuser, fast nicht mehr auszumachen vor dem Hintergrund einer Wand, die sie um das Hundertfache überragte. Wackelige Filmschnipsel aus der Innenstadt, von einem Polizeihelikopter aus aufgenommen. Die Flüchtlinge. Der

Sturm. Und wie schnell die Wand doch war! Schrittgeschwindigkeit, das klang so harmlos! Ein Countdown wurde eingeblendet. Christopher sah fragend zu Max hinüber, doch sie schüttelte nur den Kopf, die Augen nicht vom Bildschirm abwendend. Ihr Pferdeschwanz wippte noch nach, als die Bomben fielen, fast zeitgleich, lautlos und gleißend hell. Für ein paar Augenblicke verschwand das Bild, wurde durch pures Weiß ersetzt, dann war es zurück. Die Stadt leuchtete, glühte förmlich in einem orangefarbenen Licht, doch die Wand war noch immer da – und sie rückte weiterhin unaufhaltsam vor.

Die Diskussion, die zwischen dem ersten Offizier und dem Kapitän entbrannte, als dieser den Fernseher ausschaltete, endete ebenso lautstark wie ergebnislos. Niemand hatte eine Ahnung, was sie nun tun sollten, aber jeder von ihnen schien Angst zu haben, genau das einzugestehen. Schließlich stürmte der Kapitän aus dem Raum, kehrte nach nur ein paar Sekunden wieder zurück und verkündete mit reichlich Pathos, dass sie den nächsten großen Hafen anlaufen würden, und so viele Flüchtlinge aufnehmen, wie nur möglich war. Der erste Offizier protestierte gegen die Entscheidung, und tatsächlich schien der Kapitän jedes seiner eher pragmatischen Argumente zur Kenntnis zu nehmen. Doch dann wandte er sich plötzlich an Christopher und Max und bat sie um ihre Meinung.

Christopher wunderte sich, warum er ausgerechnet sie fragte, wenn seine Entscheidung doch schon festzustehen schien. Weil sie die Entstehung der Wand und die ersten Flüchtlingsströme miterlebt hatten? Weil sie studiert hatten? Wollte er sie testen, oder wünschte er sich von ihnen einfach eine Bestätigung? Er wollte es ihnen nicht sagen – wusste es vielleicht selbst nicht einmal – beharrte aber darauf, ihre Empfehlung zu hören, hier und jetzt. Max sprach sich nach langem Ringen letztendlich dagegen aus, aufgrund ihrer Sorge, beim Anlegen die Kontrolle über das Schiff zu verlieren und damit ihrer aller Leben zu riskieren. Auch Christopher hatte Angst davor, was Hunderte zusätzliche Mäuler für ihre eigene Sicherheit und ihre eigene Versorgungslage bedeuten würden, aber zu seiner eigenen Überraschung stimmte er dem Kapitän zu, dass es hier nur eine »richtige« Entscheidung gab – und so setzte er sich schließlich mit deutlichen Worten für eine Hilfsoperation ein.

Der Kapitän musterte ihn lange, sehr lange. Dann gab er Befehl, Kurs auf den etwa zweihundert Kilometer entfernten Hafen von Lagos zu setzen.

Eigentlich sollte es noch mehr als zwei Stunden bis zum Sonnenaufgang dauern, doch trotzdem verfärbte sich der Himmel bereits. Zunächst war der Effekt sehr subtil, und Christopher hätte ihn schon fast als Einbildung abgetan, doch angesichts der Schwärze der Nacht war der rötliche Schein vor ihnen irgendwann nicht mehr zu leugnen. Immer heller, immer kräftiger glühte der nordöstliche Horizont, ehe der halbe Himmel von einem gespenstisch roten Leuchten erfasst war.

Angestrengt starrten sie dorthin, wo die Küste auftauchen musste. Ihnen allen hätte eigentlich an diesem Punkt klar sein müssen, dass es nur eine Erklärung für diesen Schein geben konnte, aber es war eine Erklärung, die sich niemand einzugestehen traute.

Um 4:37 Uhr Ortszeit schließlich sahen sie die ersten Feuer. Riesige, wild umherzuckende Tupfer aus Orange und Rot, die ganze Küstenabschnitte in einen unheimlichen Glanz tauchten, Dutzende Brandherde, die sich dicht an dicht aneinanderreihten. Hunderte Meter hoch schlugen die rußigen Flammen. Ein gleißendes Licht erstrahlte direkt vor ihnen, gefolgt von einem gigantischen Feuerball. Christopher kniff die Augen zusammen, als zwei weitere Explosionen den Nachthimmel erhellten. Verständnislos, wütend darüber, was da gerade geschah, starrte er auf das Flammenmeer.

Es dauerte fast eine halbe Minute – die Feuerbälle hatten sich längst weit in den Himmel ausgebreitet und langsam an Leuchtkraft verloren –, bis ein Vibrieren durch das ganze Schiff ging, sich aufschaukelte und schließlich in drei markerschütternden Schlägen gipfelte. Christophers Ohren schrillten so sehr, dass er sich die Hände an den Kopf presste und sich bloß mit Mühe aufrecht halten konnte. Der Crew ging es ähnlich, nur langsam erholten sich die Männer von dem Schock. Doch nicht der Kapitän, sondern der erste Offizier reagierte als Erstes. Er brüllte: »Beidrehen!« über die Brücke und warf sich gleich selbst bis zum Anschlag ins Steuerrad, woraufhin sich das riesige Schiff überraschend schnell und scharf in die Kurve legte. Christopher wurde gegen die Armaturen geschleudert. Er klammerte sich an ihnen fest, während er mit weit geöffneten Augen zusah, wie die brennenden Öllager Nigerias an ihrem Schiff vorbeizogen …

Keiner von ihnen hatte ein Wort gesagt, seit sie die Küste hinter sich gelassen hatten.

Auf CNN wurde ein kurzer Bericht verlesen, in dem es hieß, dass aus ungeklärten Ursachen im Laufe von Unruhen ein erheblicher Teil der westnigerianischen Öllager und Raffinerien in Brand geraten seien und dass vorläufigen Schätzungen zufolge mit Zehntausenden Toten zu rechnen sei, vielleicht weit mehr, angesichts der ungezählten Flüchtlinge in der Stadt. Keine Fotos, keine Videos, nur zwei Sätze, die von einem Blatt Papier abgelesen wurden.

Christopher legte die Hände an die Schläfen. Eine solche Katastrophe, und sie war nur eine Randnotiz wert?

Die Nachrichtensprecherin stockte, schien jemandem konzentriert über ihr Headset zuzuhören. Sie begann in schneller Abfolge zu blinzeln.

»Wir haben eine Liveschaltung ins Weiße Haus«, war alles, was sie sagte, ehe ihr Bild dem Konterfei des US-Präsidenten wich.

»… mit sofortiger Wirkung das Kriegsrecht ausgerufen. Bitte verstehen Sie dies nur als temporäre Vorsichtsmaßnahme zu

Ihrer eigenen Sicherheit, bis die derzeitige Situation geklärt ist. Es besteht keinerlei Anlass zur Besorgnis. Diese Vorkehrung dient einzig der Wahrung der Stabilität und Handlungsfähigkeit unserer Wirtschaft im Angesicht der Herausforderungen, vor denen wir in dieser schweren Stunde stehen. Denken Sie daran: Wenn wir jetzt besonnen bleiben, haben wir nichts zu befürchten. Die Versorgungslage ist exzellent und ein Durchbruch im Umgang mit diesem Phänomen steht unmittelbar bevor. Bis dahin rufe ich jeden von Ihnen auf, Ruhe zu bewahren und den Anweisungen der Behörden Folge zu leisten. Ich wünsche Ihnen einen friedlichen Abend, und sei Gott mit Ihnen.«

Der Schnitt ging zurück auf die Nachrichtensprecherin, doch noch ehe diese zu Wort kam, war die Verbindung auf einen Schlag tot. Und nicht nur diese … Etliche rote Lämpchen am Kommunikations- und Steuerpult blinkten auf, als hätte das Schiff jegliche Verbindung zu den Telekommunikations- und Navigationssatelliten verloren.

»Das ist doch völlig unmöglich«, entfuhr es dem zweiten Offizier immer wieder, während er wie verrückt Befehle in seinen Computer eingab. »Die GPS-Koordinaten springen wild hin und her.«

»Steht die Verbindung noch?«, fragte der Kapitän.

»Die steht noch. Es ist eher so, als würde uns der Satellit absichtlich verzerrte Koordinaten übermitteln.«

Der Kapitän schaute ihn gar nicht mehr an. »Dann navigieren Sie notfalls eben mit den Schiffsinstrumenten, dem Kreiselkompass und unserem Kartenmaterial.«

»Aye, Kapitän.« Ein kurzes Zögern. »Das Netz ist auch weg. Beziehungsweise: Der Kontakt ist noch da, aber wir empfangen nur noch verschlüsselte Daten …«

Christopher hatte genug gehört. Das alles klang wie der Auftakt zu einem zweiten Akt, dem er sicher nicht beiwohnen wollte, und so verließ er ohne viel Aufhebens den Raum, stieg die Außentreppe des Brückenhauses hinab und folgte der Steuerbordgangway etwas unterhalb der ersten Containerschicht bis zum Vorderdeck, wo er sich an die Backbord-Reling stellte und angestrengt aufs offene Meer hinaussah, bemüht, den Blick nicht in die Gegenrichtung fallen zu lassen.

Wie viel Zeit sie hier bereits verloren hatten, und wie viel noch dazu kommen mochte: Zwei weitere Wochen würde die Überfahrt nach Rotterdam dauern! Er wollte sich gar nicht ausmalen, wie es bis dahin dort aussah. Christopher zwang sich, einmal tief aus- und wieder einzuatmen. Nein, das war die falsche Art, zu denken. Rotterdam war nicht Lagos. Und in den USA blieb es ja anscheinend auch noch recht ruhig. Er durfte nicht den Fehler machen, Nigeria, das ohnehin schon am Rande eines Bürgerkriegs gestanden hatte – und fast am Rande der Wand! –, mit dem Westen zu verwechseln. Nein: Der Westen war besonnener.

Irgendwann bemerkte Christopher, dass er nicht allein war. Max und Soma hatten sich ebenfalls zum Vorderdeck begeben, doch anders als er hatten sie sich an die Steuerbord-Reling gestellt und sahen dem zu ihrer Rechten nach und nach verblassenden rötlichen Schein hinterher. Wahrscheinlich hatten sie ihn nicht bemerkt; immerhin war seine Gestalt halb hinter dem riesigen Ankerhaus verborgen, und der tiefstehende Mond tat sein Übriges. Andernfalls hätten sie sich kaum so nahe zu ihm gestellt, dass er Teile ihrer Unterhaltung mithören konnte. Anfangs drehte sich das Gespräch um Gott und die Wand und darum, wie genau Soma an den Ausweis gekommen war, eine Frage, die Max ihrem Tonfall zufolge nutzte, um mit ihm zu flirten und ihn zeitgleich zu provozieren. Zu Christophers Verblüffung antwortete Soma diesmal tatsächlich – und behauptete, er hätte ihn einfach neben einem Auto im Dreck gefunden.

In der Folge wurde das Gespräch immer formloser und wandelte sich nach und nach zu einer Debatte rund um die unterschiedlichen Bier- und Weinkulturen in Deutschland und Südafrika. Wie zum Teufel konnten sie jetzt bloß über so etwas Banales reden? Und dann lachte Max sogar noch und zog kokett an der Zigarette, die Soma ihr angezündet hatte!

Christopher war kurz davor, sich einen neuen ruhigen Platz zu suchen, als sich Soma endlich verabschiedete. Christopher überlegte, ob er Max ansprechen sollte. Doch noch ehe er einen Entschluss gefasst hatte, stand bereits sie vor ihm, so, als hätte sie die ganze Zeit von seiner Anwesenheit gewusst.

»Na«, sagte sie, die Hände in die Taille gestemmt, die Hüfte nach außen geschoben. Herausfordernd, ein bisschen widerborstig, aber ohne die üblichen schelmischen Lachfalten um die Augen.

»Was na?«, erwiderte Christopher, die Stirn in Falten.

»Einfach nur na. Wir haben länger nicht geredet.«

Er zog eine Augenbraue in die Höhe. Sie roch nach Zigarettenqualm. Sie sollte wissen, wie wenig er das mochte. Herrgott, eigentlich hasste sie das doch selbst! »Und du denkst, jetzt ist ein guter Zeitpunkt dafür?«

»Warum nicht?« Sie zuckte mit den Schultern. »So, wie es aussieht, gibt es momentan keine wirklich guten Zeitpunkte.«

Christophers Stimme bebte. »Da hinten sterben gerade Menschen! Zehntausende!«

Max' Blick verfinsterte sich. »Und du denkst, mir ist das nicht bewusst? Du denkst, mir würde das nicht nahegehen?« Für einen Moment zitterte ihre Unterlippe. »Einer meiner besten Freunde aus dem Studium ist aus Lagos! Aber was bringt es ihm, wenn wir an dem ganzen Übel, das gerade da draußen passiert, zerbrechen? Was bringt es uns?«

Christopher verschränkte seine Arme. »Es gibt einen feinen Unterschied zwischen nicht zerbrechen und mit den Schultern zucken. Wie du mit alledem umgehst, ist bloß noch zynisch.«

»Aber du bist besser? Verkriechst dich hier vorne und maulst die ganze Zeit nur rum?«

»Was soll ich denn auch sonst machen, während du dich so prächtig mit Soma amüsierst?«

Max sah ihn entgeistert an. »Dich vielleicht einfach mal mit uns beiden unterhalten? Er ist ein faszinierender Kerl, wenn er sich ein bisschen öffnet. Du wärst überrascht, wie herzlich er sein kann!«

»Das überrascht mich gar nicht.« Christopher fuhr sich durch die Haare. »Glaub mir, er manipuliert dich! Ich habe gesehen, wie er ein paarmal versucht hat, mit dem Kapitän zu reden. Er führt irgendetwas im Schilde.«

»Das hast du schon in Kapstadt gedacht. Dabei hat Soma bisher jedes seiner Versprechen gehalten. Und du traust ihm immer noch nicht?«

Christopher wich ihrem Blick aus und sah an ihr vorbei zu Boden.

»Ach so! Du traust *mir* nicht …« Max' Stimme wurde leiser, schneidender. »Ich werde dir nicht noch einmal sagen, dass da nichts läuft.« Ihr Mundwinkel zuckte nach oben. »Nicht, dass ich nicht das Recht dazu hätte, wenn ich wollte.« Sie atmete tief aus, massierte sich die Schläfen. »Eigentlich solltest du wissen, wo meine Prioritäten liegen. Ich wünschte bloß, du würdest das endlich kapieren.«

»Natürlich kapiere ich das!« Christopher machte einen Schritt auf sie zu. »Sie sind immerhin deine Eltern! Aber das heißt nicht, dass es immer vernünftig ist, seinen Impulsen nachzugeben und noch mehr Zeit zu verlieren.«

»Du solltest dich reden hören! Und du sagst, dass ich auf Lagos zynisch reagiere? Wo ist dein Idealismus, wenn es mal um mehr als hohle Worte geht? Es sind meine Eltern, verfickt noch mal! Aber wahrscheinlich kannst du das ja gar nicht verstehen …«

Christopher schluckte. Zum ersten Mal war es still zwischen ihnen beiden.

»Das ist nicht fair«, flüsterte er dann.

Max schloss die Augen und fuhr sich mit beiden Händen durchs Gesicht. »Es tut mir leid. Das war wirklich nicht fair.« Sie sah ihn wieder an. »Aber das ändert nichts am Kernproblem: Wie willst du von mir Loyalität erwarten, wenn du selbst nicht dazu bereit bist? Ich verlange nicht von dir, dass du mich bei meinen Zielen unterstützt. Aber wenn du es nicht tust, dann wundere dich bitte nicht, wenn ich auf deine Wünsche ebenso wenig Rücksicht nehme.«

Und damit ließ sie ihn stehen. Lange stützte er sich auf die Reling und starrte in die schwarze See tief unter ihm. Sie hatte recht. Natürlich hatte sie recht, auch wenn er ihr das nie sagen würde. Er brauchte keine Eltern, um zu wissen, was sie fühlte. Für seine Großmutter hätte er alles getan. Alles. Und natürlich wäre er auch in die deutsche Pampa gefahren, um sie da rauszuholen, sie in Sicherheit zu bringen, selbst wenn es seine eigenen Chancen massiv verschlechterte. Aber genau das war der Punkt, oder? Es war nicht *seine Oma*. Es waren Max' Eltern – Menschen, die er nur von Fotos und vereinzelten Telefonaten kannte, und von dem merkwürdigen, gleichermaßen innigen wie distanzierten Verhältnis, dass sie zu ihrer Tochter pflegten.

Vielleicht war er ja wirklich egoistisch, und nicht mehr loyal genug Max gegenüber. Aber vielleicht war das auch ganz gut so. Vielleicht zwang es ihn, endlich einmal konsequent zu sein.

»Du siehst nicht gut aus ...«

Christopher zuckte zusammen, als wäre er gerade bei einem Seitensprung erwischt worden. »Mtoto!? Was machst du denn hier draußen? Wie viel Uhr ist es überhaupt?«

Mtoto schaute in Richtung Osten, wo das Dunkel der Nacht langsam einem ersten bläulichen Schimmer wich. »Kurz vor Sonnenaufgang? Ich konnte nicht schlafen. Alle waren so unruhig.«

»Ja, und wie es scheint, kommen alle früher oder später hierher«, murmelte Christopher. »Warum auch immer.«

»Ich bin hier, weil ich wusste, dass du hier bist.«

Christopher drehte sich vollends zu ihr um. »Und woher wusstest du das?«

»Aber du bist doch jeden Tag hier vorne, Herr Christopher!«

Er fuhr sich durch sein Haar, zugleich ertappt und unsicher, worüber er ein Gespräch führen sollte, ohne dass Mtoto früher oder später nach den Bränden fragen würde. »Und sonst? Geht es dir gut?«

Mtoto nickte, doch dann schüttelte sie den Kopf. »Mir tun die ganzen Leute leid.«

Christopher schluckte. »Welche Leute?«

»Die, die von der Wand verschluckt werden. Kukinga. Und all die anderen. Max sagt, dass es ihnen ja vielleicht gutgeht. Sie sagt, dass wir die Hoffnung nicht aufgeben dürfen und dass es vielleicht eine Prüfung ist oder so.« Mtoto richtete sich zu ihrer vollen Größe auf. »Aber ich glaube das nicht. Ich glaube, die sind alle tot.«

Christopher wusste nicht, was er sagen sollte. Er wusste nicht, was er tun sollte. Es fühlte sich irgendwie falsch an, Mtoto in den Arm zu nehmen. So, wie sie gerade durch ihn hindurchstarrte, bekam er es fast mit der Angst zu tun.

»Wir hatten auch mal ein Feuer im Dorf. In der Schule. Das Feuer, in dem meine Eltern gestorben sind.« Sie stockte, kaum merklich. »Ich hoffe, es hat den Leuten in Nigeria nicht zu lange weh getan.«

In Christophers Hals hatte sich ein mächtiger Kloß gebildet. Er wollte Mtoto hochreißen, sie schütteln, aber er wusste nicht einmal, warum. In seinem Kopf stieß er die wildesten Beschimpfungen aus, verfluchte Gott und das Schicksal gleichermaßen. Nach außen hin aber setzte er sein kämpferischstes Lächeln auf.

Mtoto legte ihren Kopf schief, dann griff sie nach seiner Hand. »Weißt du was?«, sagte sie und tastete nach dem Ball, den sie seit ein paar Tagen in einer kleinen Tasche am Gürtel trug. »Wir sollten viel mehr miteinander spielen.«

Christophers Stimme versagte fast. Er nickte. »Ja, das sollten wir tun. Unbedingt!«

Die Tage verstrichen, ohne dass jemand außerhalb – und, so vermutete Christopher, auch innerhalb – des Offizierskorps viel von der Außenwelt mitbekam. Christopher verbrachte nach wie vor mehr Zeit auf dem Vorderdeck als in der kleinen Kajüte, die er sich mit Max und Mtoto teilte. Sein Versprechen Mtoto gegenüber hielt er aber ein, was ihm fast noch mehr half, auf andere Gedanken zu kommen, als der Kleinen.

Für den Rest der Überfahrt hielten sie sich so lange wie möglich von der Küste fern. Erst im Ärmelkanal mussten sie diesen Anspruch aufgeben, doch ihre Befürchtungen schienen unbegründet gewesen zu sein: Die Alte Welt machte einen recht ordentlichen Eindruck. Keine Rauchwolken am Horizont, und auch einige Schiffe waren noch unterwegs.

Kurz vor Sonnenaufgang erreichten sie schließlich die niederländische Küste. Christopher konnte schon aus der Mannschaftsmesse Teile der Deichanlagen des Rhein-Maas-Deltas ausmachen, und dahinter, im Gegenlicht, Fabrikschlote, Containerkräne sowie eine lange Reihe von Windkraftanlagen, die sich mit beruhigender Friedlichkeit und Gleichmäßigkeit in der morgendlichen Brise drehten.

Plötzlich kam Max in den Raum gerannt, Mtoto im Schlepptau. Sie hatte ihr Handy in der Hand, immer und immer wieder flogen ihre Augen über die Zeilen einer Textnachricht auf ihrem Bildschirm. Sie ließ sich in den Stuhl neben Christopher fallen.

»Meine Eltern!«, rief sie mit sich überschlagender Stimme. »Ich habe gerade eine Nachricht von meinen Eltern empfangen, knapp zwei Tage alt.« Sie las sie vor. »Liebe Maxi! Falls du es nicht gehört hast: Die Wand bremst ab, aber leider zu spät für uns. Die Flughäfen sind fast alle dicht. Wir versuchen jetzt, ein Schiff in die USA zu erwischen, im Idealfall direkt zu dir nach Boston. Bitte lass von dir hören! Ich bete jeden Tag, dass der Herr seine schützende Hand über dich hält. In Liebe, deine Mutter.«

Christopher stand vor ihr, ohne sagen zu können, wann er aufgesprungen war, unfähig, auch nur einen Muskel zu rühren.

Das Handy in Max' Hand brummte erneut. Es musste tatsächlich das erste Mal seit Kapstadt sein, dass sie Netz hatte. »Und noch eine zweite, von gestern«, sagte Max. Sie räusperte sich, ehe sie auch diese Nachricht vorlas. »Heute früh sind eine Reihe von Notverordnungen in Kraft getreten. Die Bundeswehr lässt vorerst nur diejenigen gehen, die nahe an der Küste wohnen. Wir sitzen hier fest. Bitte melde dich! In Liebe, deine Mutter.«

Max wartete nicht einmal ab, was Christopher oder Mtoto zu sagen hatten. Sie rief sofort ihre Mutter zurück, die Augen auf den Linoleumboden gerichtet. Es tutete, dreimal, fünfmal. Niemand nahm ab. Max atmete durch ihre Zähne aus und legte auf. Mit fliegenden Fingern tippte sie eine Antwort und schickte sie ab, doch auch als sie fertig war, hörte sie nicht auf, das Handydisplay anzustarren.

»Das sind ja hervorragende Neuigkeiten! Das ändert alles!«

Christopher zuckte zusammen.

Max' Augen verengten sich zu Schlitzen. »Hervorragende Neuigkeiten?«, wiederholte sie, ging um Christopher herum und blieb unmittelbar vor Soma stehen, die Hände in die Taille gepresst. »Meine Eltern stecken in Deutschland fest! Und sie denken, dass ich immer noch auf dem Weg nach Boston bin. Und das sind für dich hervorragende Neuigkeiten?«

Soma nahm seine fast heruntergerauchte Zigarette aus dem Mund, drehte sie in der Hand und schnippte sie dann in Richtung Mülleimer. »Alles in allem, ja. Damit wäre bewiesen, dass meine Verschwörungstheorie doch nicht so bescheuert ist. Hab ich doch gesagt, dass die USA das hier überstehen! Und dass wir dort dementsprechend sicher sind.«

Soma mochte ein Schwätzer sein, aber diesmal lag er goldrichtig. Natürlich nicht mit seinen kruden Gedanken, aber mit allem anderen. Allem, was zählte. Christopher strahlte, vor Erleichterung, vor Glück. All diese Nächte auf dem Schiff, in denen er nach irgendeiner Lösung gesucht hatte. All die Zeit, in der er geahnt hatte, dass sie in den USA Zuflucht fänden, dieses Gefühl aber genauso wenig begründen konnte wie Max ihr merkwürdiges Vertrauen in die Wand. Und jetzt gab es diesen Ausweg wirklich!

So langsam wandelte sich auch Max' Gesichtsausdruck, ein Lächeln huschte über ihre Lippen. »Das stimmt.« Doch dann bekam ihre Stimme einen verschmitzten Unterton. »Das heißt, ich kann mich jetzt guten Gewissens mit euch auf den Weg in die Staaten machen. Sobald …« – sie zog das Wort in die Länge – »… ich meine Eltern aufgestöbert habe!«

Soma sah Max an, dann Christopher, dann wieder Max. »Selbstverständlich können wir zuerst nach deinen Eltern suchen«, sagte er mit ernster Miene. »Was könnte dabei schon schieflaufen?«

Christopher runzelte die Stirn. Das meinte er doch wohl ironisch, oder? Doch bevor er nachhaken konnte, fiel seine Aufmerksamkeit auf Mtoto.

»So viele Menschen«, murmelte die Kleine, immer und immer wieder, die Nase an eines der großen Bullaugen gepresst.

Alle drei eilten zu ihr, folgten ihrem Blick. Christopher wurde augenblicklich schlecht. Max und er sahen einander an, dann liefen sie zur Außentreppe, hinauf zur Brücke. Der Kapitän versuchte erst gar nicht, sie zu verscheuchen.

Die Sonne war aufgegangen. Direkt vor ihnen glitzerte im ersten Licht des Tages die Maasmündung, die die Einfahrt in den Rotterdamer Hafen markierte. Dutzende, vielleicht Hunderte Schiffe strömten ihnen entgegen, winzige Segelboote ebenso wie Passagierfähren und Öltanker, alle bis zum Bersten voll mit Menschen. Weiter in Richtung Stadt, kurz vor einem Sturmflutwehr, verdichtete sich der Strom noch weiter. Dort lag ein gigantisches Kreuzfahrtschiff auf Grund, von einem kleineren Schüttgutfrachter regelrecht aufgespießt, das Deck um mehr als zwanzig Grad zur Seite geneigt.

Ringsherum, auf beiden Seiten der Maas, auf den Deichen, unter den Windrädern, neben den Öltanks, auf den Kaimauern, sogar im Wasser selbst standen, saßen, rannten und schwammen Menschen. Tausende, Zehntausende, Hunderttausende, ein Meer aus Köpfen, aus farbigen Pullis, Jacken und Anoraks, das bis weit über die Hafengrenzen hinaus zu reichen schien. Es war mucksmäuschenstill auf der Brücke. Noch nie in seinem Leben hatte Christopher eine derart riesige Ansammlung von … irgendetwas gesehen.

»Biegen Sie in die Maasvlakte ein, Steuermann«, sagte der Kapitän mit bleierner, aber erstaunlich ruhiger Stimme. »Und bereiten Sie alles vor zum Anlegen am Containerterminal, direkt im Yangtzebecken.«

»Sir, wir haben keinen Kontakt zur Leitstelle, und keinerlei Information über die Betankungsanlagen.« Der Mann klang ziemlich nervös. »Soll ich dennoch das Manöver vorbereiten?«

»Ja, sollen Sie. Dann müssen wir es eben darauf ankommen lassen. Wir ziehen jedenfalls alles genauso durch wie geplant. Auch wenn es mehr sind, als wir dachten.«

Christopher stutzte. *Wie geplant? Mehr als sie dachten?*

Falls der Kapitän seinen fragenden Blick sah, ignorierte er ihn. »Wir haben eine Verpflichtung, die Leute aufzunehmen«, sagte er, und klang dabei sehr gefasst. Kein Vergleich zu der Unsicherheit, die vor Lagos in seiner Stimme lag.

Max machte zwei schnelle Schritte auf den Kapitän zu. »Bei aller Hochachtung: Das ist der reinste Selbstmord! Sie haben Angst, dass Sie das Schiff nicht betanken können? Wenn Sie da wirklich anlegen, dann wird das Ihre kleinste Sorge sein. Die Menschen werden Ihr Schiff einfach überrennen! Und selbst wenn Sie die Kontrolle bewahren, wie wollen Sie die Massen, die auf das Schiff strömen, während der Überfahrt ernähren? Etwa aus den Containern, mit edlem Wein und Autoersatzteilen? Wo sollen sie für zwei Wochen Unterschlupf finden, sanitäre Einrichtungen, ausreichend Trinkwasser?«

»Ich biete den Menschen keine Garantie. Nur eine Chance. Alles Weitere liegt in deren Hand. Und Ihrer, wenn Sie das denn wollen.«

Max riss ihre Arme zur Seite. »Sie könnten wenigstens versuchen, den Ansturm zu regulieren, indem sie nur eine begrenzte Zahl auf Ihr Schiff lassen!«

»Wer bin ich denn, zu entscheiden, wann Schluss ist?«

»Der Kapitän, verdammt noch mal!« Das kam von Christopher und Max zugleich. Christopher schaute sich nach der Brückenbesatzung um, auf Unterstützung hoffend, doch die Männer grinsten bloß. Selbst der erste Offizier schien voll und ganz hinter dem Kapitän zu stehen.

»Nein«, sagte der Kapitän und schüttelte dabei den Kopf. »Diese Entscheidung werde ich einfach nicht treffen.«

Das Schiff war in der Zwischenzeit aus der Maas in den ersten Seitenkanal an Steuerbord abgebogen und hielt nach einer neuerlichen Kurskorrektur und einer Beinahe-Kollision mit einem Gischt sprühenden Schüttgutfrachter direkt auf das Containerterminal zu – was natürlich der Menge vor ihnen alles andere als verborgen blieb. Einzelne Menschen rannten los, immer mehr schlossen sich ihnen an. Und langsam geriet der gesamte Haufen in Bewegung. Die Leute drängten zurück, in Tausenden, Zehntausenden, weg vom Maasdeich, hin zum Binnenhafen, zur Kaimauer, der sich ihr Schiff gerade näherte.

Der Kapitän hatte den Blick längst von Max abgewandt und stattdessen seinem Steuermann eine Hand auf die Schulter gelegt. »Sie haben das Anlegemanöver in den Computer eingegeben? Mitsamt dem Seitwärtsschub?«

Ein kurzes Nicken, mehr nicht.

»Und das System bis dahin gesperrt?«

Noch ein Nicken.

»Gut«, sagte der Kapitän. »Dann geben Sie das Signal. In einer Minute sind alle am Treffpunkt.«

Tiefe Falten zogen sich durch Max' Stirn. »Wohin gehen Sie?«

»Zum Beiboot.«

»Sie verlassen das Schiff?«

»Sie sagen das auf eine Weise, als würden wir uns damit unserer moralischen Verantwortung entziehen. Ganz im Gegenteil: Wir verlassen es nicht, wir *über*lassen es – denen, die damit vielleicht noch etwas anfangen können. Vielleicht ist ja doch noch Treibstoff in den Tanks da draußen. Und vielleicht kommt das Schiff auch so noch ein paar Hundert Seemeilen weit, zum Beispiel über den Ärmelkanal nach Southampton. Das wäre zumindest etwas.«

»Und Sie?« Max klang schockiert.

Der Kapitän tauschte einen kurzen Blick mit seinem ersten Offizier aus. »Wir wollen einfach nur an Land. Zu unseren Familien.«

Christopher schnaubte. Bestimmt sahen das die einfachen Besatzungsmitglieder aus Übersee anders. »Und was ist mit uns?«

Der Steuermann quetschte sich an ihm vorbei, dicht gefolgt vom ersten Offizier. »Sorry. Das Beiboot ist voll.«

»Nun«, sagte der Kapitän. »Was Sie jetzt tun, ist einzig und allein ihre Entscheidung. Sie kennen die Situation. Machen Sie das Beste daraus.«

Und damit hatte er die Brücke verlassen, und mit ihm der Rest seiner Crew.

Christopher und Max sahen einander an.

»Wir haben höchstens noch ein paar Minuten«, sagte Max leise. »Wir müssen hier runter, und zwar jetzt, solange wir noch können …«

Christophers Gedanken rasten.

Soma hingegen stellte sich direkt vor sie. »So leid es mir tut, aber wir können das Schiff nicht verlassen.«

»Was soll das denn heißen?«

»Ich …« Soma stockte. »Es gibt wichtige … Informationen, die ich euch noch nicht mitgeteilt habe.«

Christopher atmete tief ein. So etwas hatte er die ganze Zeit schon befürchtet. Soma hatte sie von der ersten Sekunde an hinters Licht geführt.

Max fixierte Somas Blick. Der Mann öffnete den Mund, nur um ihn sofort danach wieder zu schließen, als sie ihn immer eindringlicher musterte. Schließlich drehte sie sich abrupt von ihm fort. »Ich glaube dir nicht.«

Somas Stirn legte sich in Falten. »Was? Aber ich habe doch noch gar nichts gesagt.«

»Stimmt. Aber egal, was du sagen wirst: Ich glaube dir nicht. Alles, was du uns gesagt hast, war die Wahrheit. Bis jetzt.«

Christopher war sprachlos. Soma auch, zumindest für einen kurzen Moment.

»Aber wir müssen in die Staaten, so schnell es geht!«, rief er schließlich, die Stimme erhoben. »Bozeman, Montana, dort …«

»Niemand zwingt dich, das Schiff zu verlassen«, unterbrach ihn Max, die Arme vor der Brust verschränkt. Christopher war verblüfft, dass sie nicht versuchte, ihn zu überreden, sie zu begleiten. Und das sie ihn noch nicht einmal anhörte! War zwischen ihr und Soma am Ende etwa doch nichts gelaufen, oder war sie tatsächlich derart auf ihre Eltern fokussiert? Und würde sie am Ende bei ihm ebenso kühl reagieren?

»Außerdem wird das eh nur ein kurzer Abstecher«, sagte Max. »Sobald wir meine Eltern gefunden haben, fahren wir wieder zu einem der Häfen. Keine Sekunde später, aber auch keine Sekunde früher.«

Soma hatte die Hände in die Hüften gestemmt. Er schien sich halbwegs gefasst zu haben. »Und du denkst wirklich, wir finden dann noch ein Schiff?«

»Ganz ehrlich? Ich weiß es nicht. Aber wir haben im Extremfall noch fast einen Monat Zeit, ehe die Wand Mitteleuropa erreicht, und katastrophaler als jetzt kann die Lage in den nächsten Tagen kaum werden. Ich glaube, ihr begreift noch nicht, was sich jetzt gerade da draußen zusammenbraut, unten auf dem Pier. *Hier* finden wir definitiv kein Schiff.«

»Wir *sind* bereits auf einem Schiff!«

»Auf einem Schiff ohne Treibstoff, das dem Untergang geweiht ist. In dem Moment, in dem wir anlegen, sind wir geliefert.«

Soma schaute zu Christopher und Mtoto herüber, streckte seine Hände nach ihnen aus. »Bitte, glaubt mir einfach – wir können, nein, *müssen* das hier hinbekommen. Wir …« Seine Stimme stockte, als er Christophers Kopfschütteln und den verstörten Blick Mtotos sah, und plötzlich schoss Zorn in seine Augen.

»Erst freundet ihr euch mit mir an …«

»Ich nicht«, sagte Christopher trocken.

»… und dann bringt ihr so etwas? Das hat man davon, wenn man sich mit Weißen einlässt, ein ums andere Mal! Wenn ihr gehen wollt, dann geht, aber bitte schön ohne mich!«

Max nickte nur. »Gut. Dann eben ohne dich.« Und damit machte sie kehrt.

Christopher stand ein paar Sekunden lang verdattert im Raum, ehe er endlich auf die Idee kam, Max und Mtoto hinterherzustürmen, die Treppe hinab und zur Steuerbord-Reling.

»Hey!«, brüllte er gegen all die Geräusche an, gegen die Motoren, den Wind und die näher kommende Menschenmenge zu ihrer Rechten, die einem Tsunami gleich die langen Containerreihen zwischen den zahllosen orange-blauen Kränen umströmte und die komplette Hafenanlage zu überspülen drohte. »Sollten wir nicht lieber helfen, als uns davonzustehlen? Irgendeine Lösung finden, wie wir das Chaos vermeiden können? Was, wenn Soma den richtigen Riecher hat?«

Max hielt augenblicklich an und drehte sich zu ihm um. Ihr Blick sprach Bände. »Wenn du wirklich denkst, dass du die

Menge da unten im Zaum halten kannst, dann kannst du gerne hierbleiben. Und darauf hoffen, dass wie durch ein Wunder die Tanks gefüllt werden können, irgendeiner von denen das Schiff tatsächlich steuern kann und die Versorgungslage während der Überfahrt akzeptabel bleibt.« Sie strich sich eine Strähne aus der Stirn, eine Hand an die Schläfe gepresst, damit ihr nicht neuerlich Haare in die Augen wehten. »Aber du weißt genauso wie ich, wie wahrscheinlich das ist.«

Christopher breitete die Arme aus. »Das heißt nicht, dass die Situation morgen besser wäre!«

»Weißt du was? Vielleicht ist sie das tatsächlich nicht.« Max stockte, und zum ersten Mal wurde Christopher bewusst, dass sie viel mehr Angst verspürte, als sie nach außen hin zugab. Dass sie wusste, wie gefährlich, und auch wie egoistisch ihr Plan war.

Doch dann war ihre Selbstsicherheit auf einen Schlag zurück. »Aber vielleicht finden wir dafür auch eine andere, bessere Möglichkeit, anstatt jetzt mangels Überblick auf diese Todesfalle zu setzen.« Sie schaute über die Reling, und Christopher folgte ihrem Blick. Das Beiboot der Schiffsbesatzung schlug aus großer Höhe auf dem Wasser auf, tauchte kurz unter und schoss dann am Heck entlang in Richtung Innenstadt. Währenddessen hatten die Menschen die Kaimauer fünfzehn Meter unter ihnen und zu ihrer Rechten erreicht. Sie waren nahe genug, dass man ihre Gesichter erkennen konnte. Eine Frau, die in der Menge hin und her geworfen wurde, reckte ihr schreiendes Kind, vielleicht ein paar Monate alt, der Bordwand entgegen. Was zum Teufel bezweckte sie damit? Ein anderer Mann stürzte durch den Druck der Menge ins Hafenbecken und ruderte hilflos mit den Armen. Niemand schien sich um ihn zu kümmern, überhaupt schien niemand für Ordnung zu sorgen; Sicherheitskräfte oder gar Soldaten waren weit und breit nicht zu sehen, nur ein durchgehender Teppich von Menschen, der sich fast bis zum Maasdeich auf der anderen Seite des Terminals erstreckte. Wie konnten so viele bloß so blöd gewesen sein?

Die Schiffsmotoren gaben nun volle Kraft rückwärts, zugleich begann sich die Lücke zwischen Kaimauer und Schiff rasch zu schließen. Offenbar hatten sie ihren Liegeplatz fast erreicht.

»Letztlich ist es ganz einfach«, sagte Max und warf einen kurzen Blick zu Mtoto. »Du kennst meine Wahl. Du kannst dich jetzt entscheiden, ob du uns begleitest.«

Mtoto sah nicht besonders glücklich aus; Christopher war sich nicht sicher, ob sie überhaupt zwischen ihnen beiden wählen könnte, wenn sie müsste.

Max lief wieder los. »Aber ich glaube, du hast dich bereits entschieden«, rief sie ihm über ihre Schulter zu, Mtoto hinter sich her zerrend.

Christopher sagte nichts. Sie hatte recht, objektiv betrachtet. Eine ungefährlichere, kontrollierbarere Option würde kommen, musste kommen. Und waren sie nicht immer noch, trotz aller Härte, irgendwie, irgendwo zwei Menschen, die Gefühle füreinander hegten? Ja, vielleicht … doch Christopher spürte, dass sein wahres Hauptmotiv, von einem Verantwortungsgefühl gegenüber Mtoto einmal abgesehen, weit weniger romantisch war. Denn in erster Linie hatte er einfach nur schreckliche Angst. Angst davor, zurückgelassen zu werden. Angst davor, dieser Bedrohung allein gegenüberzustehen.

Und so sah er zu, dass er Max einholte, ehe sie das Vorderdeck erreichte. Mit einem furchtbaren Ächzen und Stöhnen berührte das Schiff die Kaimauer und schabte noch ein paar Meter an ihr entlang. Es war niemand mehr an Bord, der den Menschen am Kai Taue zuwerfen konnte. Stattdessen presste sich das Schiff mit minimalem seitlichem Schub selbst gegen die Hafenmauer. Max stand an der bugseitigen Nottreppe, zögerte aber noch, sie in die Tiefe sausen zu lassen. Stattdessen wartete sie, bis sich die Treppe am Heck vollautomatisch löste. Sofort ergossen sich unzählige Menschen an Deck, und noch mehr wurden über die Kaimauer gegen die Bordwand in das Hafenbecken gestoßen, während die bugnahe Menge in Richtung Heck nachrückte.

Das war der Moment, auf den Max gewartet hatte. Mit zwei Handgriffen fuhr sie die seitliche Nottreppe aus und sprang, noch während diese dem Kai entgegensank, hinauf. Mtoto und Christopher beeilten sich, ihr zu folgen. Doch sie waren kaum zwei Schritte weit gekommen, ehe ein Teil der Menge sie bemerkte. Christopher riss Mtoto empor und sprang, die Kleine auf den Armen, blind je drei oder vier Stufen auf einmal hinab. Gerade noch rechtzeitig bekam er festen Boden unter die Füße, als die ersten zehn oder zwanzig Flüchtlinge, alles Männer, die untersten Stufen erreichten und regelrecht um den Zugang zum Schiff zu kämpfen begannen.

Mtoto schaffte es dank eines Schubses von Christopher, zu Max aufzuschließen, doch Christopher selbst wurde von einer höllisch gutaussehenden Frau mit großen roten Ohrringen und einem enganliegenden Designer-Shirt unsanft zur Seite gerempelt. Er war schockiert, mehr noch, fast erstarrt angesichts des Blickes der Frau und der anderen Flüchtenden, denen er gerade noch ausweichen konnte. Bis auf Äußerlichkeiten der Menschen – ihre Kleidung, ihr Schmuck, ihre Leibesfülle – war alles haargenau wie in Mtwara.

Ein zweiter Schlag. Christopher verlor die Orientierung, nur für einen kurzen Moment, doch das reichte. Ein Ellbogen traf ihn hart in die Magengrube, ließ ihn auf die Knie sinken. Alles was er nun noch sah, waren Füße und Beine, die in schierer Panik um ihn herum und auf ihn zu stürmten. Zwei Männerarme schossen direkt vor ihm nach unten, versuchten, ihn in die Höhe zu hieven, doch noch ehe er sich vollends an sie geklammert hatte, wurde der Mann schon vom Strom mitgerissen.

Weitere Menschen rammten Christopher an der Schulter und am Kopf – und nahmen nicht einmal Notiz von ihm. Er wusste, dass er aufstehen, sich bemerkbar machen musste, wenn er hier lebend rauskommen wollte, doch mehr als eine halb vornübergebeugte Haltung, die Arme schützend vor den Kopf gepresst, bekam er nicht zustande. Das Atmen fiel ihm schwer, so, als sei kein Sauerstoff mehr vorhanden, mit dem sich seine Lungen füllen konnten. Der Menschenstrom fühlte sich von Sekunde zu Sekunde reißender an. Er spürte, wie er den gutgemachten Boden wieder verlor, wie er nach hinten gerissen zu werden drohte.

Plötzlich griff eine schlanke, aber kräftige Hand nach ihm, zog und zerrte an seinem Arm, ehe die Hand und er es mit vereinten Kräften schafften, zu seiner Linken durch die Menge zu brechen, nahe an der Kaimauer, weg vom Schiff, dort, wo sie langsam dünner würde. Es war Max, die ihn mit grimmigem Blick aus den schlimmsten Stromschnellen herausriss, und ihn, gefährlich nah an der Kaimauer entlang, gemeinsam mit Mtoto aus der ärgsten Gefahrenzone bugsierte.

Christopher, Max und Mtoto rannten, stießen mit weiteren Menschen zusammen, taumelten, rannten weiter, an einer Reihe von Containerkränen, Gleisanlagen und einem einsamen Büroturm vorbei, über Asphalt, trockenes Gras und niedergetrampelte Zäune, so lange, bis der Strom zu einem Rinnsal zusammenschmolz und sie endlich einen Punkt erreichten, an dem sie durchatmen konnten. Zum ersten Mal riskierte Christopher einen Blick zurück. Keine gute Idee. Die Aufbauten des Schiffes waren praktisch nicht mehr zu erkennen. Es war, als hätte man einen Ameisenhaufen darüber ausgeschüttet. Ein Schuss erklang, dumpf, aber erkennbar. Dann noch einer. Das Schiff begann, seitlich vom Kai wegzudriften, doch die nachdrückende Menge schien davon nichts mitzubekommen. Die vordersten Reihen wehrten sich nach Kräften, aber es half nichts: Zu Dutzenden, Hunderten wurden die Menschen über die Kaimauer in das Hafenbecken gestoßen. Und es drückten immer noch mehr nach …

Christopher entschied sich bewusst dagegen, sich ein weiteres Mal umzudrehen. Er nahm Mtoto an der Hand und beschwor auch sie, nur auf das zu achten, was vor ihnen lag, nicht auf das, was sich hinter ihnen befand. Doch zunächst einmal lag vor ihnen nur eine breite Straße, die dem Deich folgend einmal um das gesamte Hafenbecken führte. Mit der Ausnahme von ein paar Windrädern war das gesamte Areal noch so gut wie unbebaut. Eine ganze Hundertschaft von Autos stand hier herrenlos herum, im Dünensand oder mitten im kargen Gestrüpp.

Zielstrebig hielt Max auf das erste von ihnen zu, einen uralten Opel mit belgischem Nummernschild und deutlichen Kratzspuren rund um das Schloss der Fahrertür.

»Du kannst doch nicht einfach …«, protestierte Christopher, doch da war Max bereits eingestiegen und machte sich an den heraushängenden Kabeln des Zündschlosses zu schaffen.

»Siehst du? Ist sogar schon alles vorbereitet.« Sie hielt zwei zusammengedrillte Kabel hoch. »Ich würde ganz schön viel darauf wetten, dass wir nicht die ersten unrechtmäßigen Eigentümer dieses Wagens sind.« Sie deutete mit ihrem Daumen über die Schulter, auf das Chaos, das gerade hinter ihnen seinen Lauf nahm. »Ganz zu schweigen davon, dass unser Vorgänger gerade andere Probleme hat.«

Und damit hatten sie einen Wagen, noch dazu zu drei Vierteln vollgetankt. Gut 400 Kilometer, hatte Max gesagt, seien es bis in den Taunus. Christopher rechnete kaum damit, dass sie es bis zum Einbruch der Dunkelheit nach Deutschland schaffen würden, nicht nach ihren Erlebnissen am Europoort, nicht nach dem Anblick der chaotischen Zeltstädte, die sich hektarweit über das flache Land südlich des Hafengebiets verteilten.

Sie umfuhren Rotterdam in einem weiten Bogen nach Süden, auf pappelgesäumten, ebenso winzigen wie kreisverkehrverseuchten Straßen, die in seiner Heimat noch nicht einmal als Feldweg durchgegangen wären, vorbei an Kanälen und kleineren Häfen, in denen die Welt noch streckenweise normal schien. Sie sahen still in der Morgensonne liegende Dörfer, aber auch Männer, die jungen Familien für ganze Koffer voller Bargeld Segelboote andrehten, die es nicht einmal über den Ärmelkanal schaffen würden.

Schilder zogen an ihnen vorbei, offizielle und inoffizielle, mit Anweisungen, die Christopher fast lesen zu können glaubte. Schließlich stießen sie auf die holländische A16 – und stellten mit Erstaunen fest, wie unbegründet ihre Ängste waren. Niemals hätte Christopher erwartet, dass die Straßen so leer sein würden, nicht nur ihre eigenen Spuren in Richtung Süden, weg vom Meer, sondern selbst die der Gegenfahrbahn. Andererseits … seit der Meldung waren jetzt zwei Tage vergangen. Womöglich hatten sie den ganz großen Ansturm schlicht verpasst, im Guten wie im Schlechten, und das in Rotterdam waren bloß die Nachwehen?

Doch ganz so einfach war es leider nicht. Kurz vor Eindhoven – dem letzten Ort, an dem Max' Handy noch einmal Empfang hatte – erkannte Christopher, warum der erwartete Ansturm ausblieb … An mehreren strategisch relevanten Punkten blockierte jeweils eine ganze Reihe von Militärfahrzeugen die gesamten zweieinhalb Spuren der Gegenfahrbahn. Zwei oder drei Dutzend schwerbewaffnete Soldaten bewachten die Straßensperre. Vor ihnen hatte sich ein Stau gebildet, wie Christopher noch nie zuvor einen erlebt hatte, die Autos Blech auf Blech, in vier, zum Teil gar fünf Reihen ohne nennenswerten Zwischenraum nebeneinandergequetscht. Weiter verschlimmert wurde die Situation durch den Versuch einiger Autofahrer, trotz der engen Platzverhältnisse an Ort und Stelle zu wenden.

Und nun erschienen auch auf ihrer Seite der Straße sogenannte Kontrollpunkte, bei denen sie von den Soldaten allerdings nur desinteressiert und vielleicht ein bisschen überrascht durchgewinkt wurden.

Mehrfach ebbte der Stau auf der Gegenfahrbahn massiv ab, womit sich jedoch nur die nächste Straßensperre in Richtung Nordsee ankündigte. Kreuz Mönchengladbach, Kreuz Kerpen; es schien, als wären die Blockaden generalstabsmäßig geplant worden.

Bei Max schlug die Nervosität zunehmend in Galgenhumor um. »Autofreier Montag, Apokalypse, autofreier Montag, Apokalypse …«, kommentierte sie die Situation auf der Gegenfahrbahn. »Das ist doch der reine Wahnsinn! Wie lange wollen die die Leute auf der Straße festhalten?«

Christopher hingegen fing an, sich ernsthaft Sorgen um ihre Rückfahrt ans Meer zu machen. Was, wenn die kleineren Straßen ebenso effektiv abgeschirmt wurden?

Zumal ihnen dieser Rückweg vielleicht sogar noch am selben Tag bevorstand: Dank der freien Straßen kamen sie verblüffend gut voran. Bald schon überquerten sie den Rhein. Die letzten Wolken hatten sich verzogen, es versprach, ein wundervoller Frühsommertag zu werden.

Die Landschaft wurde hügeliger und ländlicher. Es war kaum zehn Uhr vormittags, als sie schließlich bei Idstein, etwa dreißig Kilometer vor Frankfurt, in Richtung Osten von der Autobahn abbogen.

Wie fast überall entlang ihrer Fahrtroute sahen die Häuser – und überhaupt, die Welt – im Taunus noch heil aus, friedlich geradezu. Christopher war verblüfft, wie lieblich die Gemeinden entlang der weitgehend verwaisten Straße wirkten. Hohe Giebel, enge Gassen, sogar das eine oder andere Fachwerkhaus; eingebettet in eine Mittelgebirgslandschaft voller Laubwälder und unbewirtschaftbar kleiner Felder. Er hätte nie gedacht, dass Deutschland wirklich so klischeehaft aussah. Und so friedlich. Sogar die eine einsame Rauchsäule im Südosten, die sie seit der Autobahnausfahrt im Blick hatten, löste sich bald wieder auf.

Je näher sie ihrem Ziel kamen und je intakter die Welt um sie schien, desto redseliger und euphorischer wirkte Max. »Ich bin froh, dass wir bald da sind. Meine Eltern legen großen Wert auf Pünktlichkeit.« Sie zwinkerte. »Wir wollen ja nicht den Brunch verpassen.«

Mtoto rutschte auf der Rückbank herum. »Denkst du, sie werden mich mögen?«

Max richtete den Rückspiegel auf Mtoto. »Und wie sie dich mögen werden – und du sie! Sie können ziemlich gut mit Kindern. Und sie sind noch recht jung. Meine Eltern haben mich bekommen, da waren sie kaum aus der Uni raus. Und das war kein Unfall. Ich war ein absolutes Wunschkind. Mein Papa hat damals sogar einen mäßig spannenden Job in der Stadtverwaltung von Wiesbaden angenommen, als eine Art Ansprechpartner für einen großen Stützpunkt der Amerikaner, nur um mehr Zeit daheim zu verbringen.« Sie sah zu Christopher hinüber, nur ganz kurz, ehe sie wieder einen Blick in den Rückspiegel warf. »Solange man mit ihnen nicht über Gott oder Politik diskutiert – und keine Sorge, da bist du weniger gefährdet als ich –, gibt es kaum Menschen auf der Welt, mit denen man sich besser verstehen kann, oder die liebenswürdiger wären als meine Eltern. Einmal haben sie sogar Helmut, meinen kranken Goldfisch, zum Tierarzt gebracht, was wahrscheinlich fünfzigmal so viel gekostet hat wie der Fisch selber. Und dann, als es ihm wieder gutging, haben sie mir und ihm eine Wieder-gesund-Party geschmissen.«

Mtoto saß mit großen Augen auf der Rückbank. »Ihr habt Ärzte für Fische?«

Christopher musste grinsen. Das war womöglich nicht genau das, was Max Mtoto hatte mitgeben wollen. Doch bevor einer von beiden antworten konnte, tauchte Max' Heimatort aus dem Wald auf, eine enttäuschend fachwerkhausarme Gemeinde von vielleicht fünftausend Einwohnern, die sich an einen sanft geschwungenen Südhang schmiegte. Auch hier wirkte alles ruhig. Christopher sah vom Beifahrersitz, wie sich ein sentimentaler Glanz in Max' Augen breitmachte, als sie schließlich von der grauen Hauptstraße abbog, an winzigen Läden mit ein, zwei Parkplätzen vorbei, und zielsicher durch eine Reihe von Nebenstraßen mit üppig blühenden Gärten navigierte, Gärten, die außerordentlich europäisch aussahen mit ihren Zäunen und hohen Hecken, den Betongaragen, Gartenteichen und den winzigen Rasenflächen. In einem jätete ein älterer Mann sogar gerade Unkraut. Doch kurz nach einer weiteren Abzweigung, auf der letzten, steil nach unten abfallenden Straße, wo ein fernes, weites Tal durch die Hecken blitzte, nahm die Idylle ein abruptes Ende. Gerümpel blockierte den Weg; Kleidung, diverse Einrichtungsgegenstände, sogar schwere Möbel, die scheinbar in großer Hektik auf die Straße geräumt worden waren. Langsam rollten sie an den Haufen vorbei. Wie in Zeitlupe drehte Christopher seinen Kopf nach rechts, ließ seinen Blick über das Gerümpel schweifen, hin zum Ende der Straße, wo im starken Gegensatz zum Rest des Dorfes drei schwarze Gerippe in den Himmel ragten – drei Ruinen inmitten all dieser adretten Einfamilienhäuser. Das vorderste Haus war halb, die hinteren beiden völlig zerstört, fast bis auf die Grundmauern abgebrannt, mit schwarzen Büschen vor den Fenstern und schwarzem Gras vor der Lücke, wo einstmals die Tür gewesen sein musste.

Er schaute mit bangem Blick zu Max, in der Hoffnung, in ihren Augen einen Hauch von Erleichterung zu finden, ein Aufatmen darüber, dass dieses Unglück, so schlimm es sein mochte, nicht sie betraf.

Sie sah ruhig aus, sehr ruhig, und doch ließ ihr Blick nicht den geringsten Zweifel daran, dass Christophers Hoffen vergebens war. Mitten auf der Straße stellte sie den Motor ab, stieg ohne ein Wort aus dem Wagen und ging mit langsamen, steifen Schritten auf das halb zerstörte Haus zu. Christopher und Mtoto sahen einander mit großen Augen an, schlossen dann aber rasch zu ihr auf. Voller Unglauben musterten sie das verkohlte Holzgerippe der linken Haushälfte und das riesige, in ihr klaffende Loch, das ein vollkommen ausgebranntes Wohnzimmer mit schwarzen Wasserlachen am Boden offenbarte.

Max' Augen wirkten abwesend, als fokussierten sie einen Punkt im Unendlichen. »Mama?«, flüsterte sie in die Stille. »Papa?« Sie fingerte einen Schlüssel aus einer kleinen Plastikfolie, die sie aus einer Fuge am Rande des Vorgartenwegs gezogen hatte. Ihre Hände zitterten fast unmerklich. »Ich bin daheim.« Langsam ging sie auf die Haustür zu, die noch immer in blendend reinem Weiß erstrahlte.

Max brauchte zwei Anläufe, ehe sie mit ihren zitternden Händen das Schlüsselloch traf. Christopher und Mtoto standen ein paar Schritte hinter ihr und wagten nicht, sich ihr zu nähern. Mtotos Hand wanderte suchend Christophers Oberschenkel entlang, ehe Christopher sie fest ergriff, unendlich dankbar für dieses Angebot. Hand in Hand standen die beiden hinter Max und sahen ihr stumm zu, wie sie langsam die Tür öffnete und mit kurzen, unsicheren Schritten in den Flur trat. Zahllose Schuhpaare standen hier penibel sortiert, eins neben dem anderen, und auch die Jacken waren in Reih und Glied aufgehängt. Es war, als hätte jemand sein Haus für einen zweiwöchigen Urlaub verlassen.

Max zog ihre Schuhe aus, langsam, einen nach dem anderen, und stellte sie fein säuberlich an das Ende der Reihe. Christopher spürte, wie seine Augen feucht wurden, wie er Mtotos Hand fast zerquetschte und, schlimmer noch, wie Mtoto sich nicht einmal beschwerte. Christopher wollte Max warnen, davor, dass das Haus einsturzgefährdet sei, doch seine Stimme versagte. Max hängte ihre Jacke auf, legte den Schlüssel in ein kleines Schälchen auf einer Kommode und bog im Flur nach links ab, in Richtung des völlig ausgebrannten Wohnzimmers. Für einen Moment verlor Christopher sie aus den Augen, ehe sie ein paar Sekunden später wieder auftauchte, den Blick auf ein breites Sofa ein paar Meter vor ihr gerichtet, das durch ein Loch im Dach in Sonnenlicht getaucht war. Einst mochte es der

Mittelpunkt des Zimmers gewesen sein, doch jetzt war von dem Möbelstück nicht viel mehr übrig als ein schwarzes Eisengerippe, an dem lange, ölig aussehende Fetzen hinabhingen, vielleicht die Überreste des Polstermaterials oder der Bezüge. Und dennoch wirkte Max gefasst, ruhig geradezu, als sie langsam auf die Mitte der Couch zuschritt. Als sie das Möbelstück erreicht hatte, drehte sie sich um. Ihr Blick streifte über Christopher und Mtoto, und doch war beiden klar, dass Max sie nicht wahrnahm, dass sie gerade in einer anderen Welt war. Liebevoll wischte Max etwas von den angeschmolzenen Polsterresten weg, so, wie man mit der Handfläche eine Decke glattstrich, legte sich einen größeren, noch nassen Polsterrest, einem Kissen gleich, auf den Schoß, setzte sich auf das blanke Eisengitter, umringt von den Resten des Wohnzimmers ihres Elternhauses, den Rücken durchgedrückt, die Hände auf dem Kissen ruhend, den Blick starr geradeaus gerichtet – und rührte sich nicht mehr.

KAPITEL 8

Ihre Eskorte dachte gar nicht erst daran, Catherine zum Pentagon zu bringen. Stattdessen hielt der Truppentransporter ein paar hundert Meter weiter östlich, in unmittelbarer Nähe einer kleinen Bucht direkt am Potomac River. Hier, unter grünen Parkanlagen verborgen, lag das Konferenzzentrum des Verteidigungsministeriums. Hell beleuchtete Räume, weiße Wände, viel Glas und spiegelnde Böden – das Pentagon Conference Center war in vielerlei Hinsicht das Gegenteil seines Muttergebäudes, und doch ähnelte es ihm in der Kälte, die es ausstrahlte.

Diese Kälte, oder einfach nur die Verunsicherung über die Katastrophe in Johannesburg, hatte sich leider auch auf die Soldaten übertragen, die so grimmig dreinblickten, dass sich Catherine fast wie eine Gefangene vorkam, als sie Tür für Tür weitergeschoben wurde.

Schließlich erreichten sie einen grellweißen Konferenzsaal, den zweitgrößten im Gebäude, der eigentlich nur für etwas mehr als hundert Personen ausgelegt war. Doch die Menschen standen dicht an dicht gedrängt, eine kleine Armee von 45-jährigen Büroarbeitern in Karohemden und mit Haaransätzen, die sich langsam, aber sicher auf dem Rückzug befanden. Erstaunlich wenige von ihnen unterhielten sich. Die meisten von ihnen warfen einen verwirrten oder gar ängstlichen Blick in Catherines Richtung. Sie war nicht die Einzige, die jetzt noch hinzustieß, wohl aber die Einzige mit uniformierten Begleitern. Catherine selbst war nicht minder überrascht. Sie kannte hier so gut wie niemanden. Unwillkürlich tastete sie nach ihrer Bluse, zog ihr Sakko straff. Dann nahm sie sich ein Herz und bahnte sich einen Weg durch die wartende Menge.

Erst am anderen Ende des Raumes fand sie ein bekanntes Gesicht: Jamal. Sie hatte weniger Lust denn je, mit ihrem Vize zu reden, seit er sich in den vergangenen Tagen von einem feindseligen, und ansonsten ganz und gar blassen Technokraten zu einem noch blasseren Technokraten gemausert hatte, der sich obendrein hervorragend aufs Nörgeln verstand. Auch jetzt schien er in ein Wortgefecht mit dem Mann neben sich vertieft zu sein. Adam. Catherine war neugierig, worüber die beiden Männer stritten, doch die Diskussion stoppte in dem Moment, als sie Catherine bemerkten. Auch der Rest ihres Teams war nicht weit. Hinter Adam standen die Zwillinge, zwei untersetzte Glatzenträger mit stahlgrauen Augen, daneben Paul, der Wikinger, mit dem rostroten Bart.

Und dann, ihnen allen gegenüber: General Wilson.

Catherine hatte ihren Mund kaum geöffnet, da klatschte bereits eine kräftige Pranke in ihre rechte Hand.

»Miss Strive! Schön, Sie zu sehen!«

Catherine runzelte die Stirn. »Was geht hier vor?«

»Ein neuer Auftrag für Sie. Eine Herausforderung, wenn Sie so wollen – und ein Dankeschön für die Übererfüllung Ihrer Pflichten.« Er musterte sie, verstörend lange. »*Aller* ihrer Pflichten. Sehen Sie sich das ruhig schon einmal an, solange wir noch nicht vollzählig sind.«

Er zog ein altmodisches Klemmbrett hervor, darauf lag ein einzelnes Blatt Papier. Ein schematischer Plan der Gegend rund um die Basis auf Pacifica, mit zahlreichen eng beschriebenen Linien, die in großer Eile, stümperhaft und offenbar sogar ohne Lineal eingefügt worden waren. Linien, die kilometerweit über die Grenzen der Basis hinausreichten.

Catherine fuhr mit ihrem Finger über das Papier. Sie fröstelte. Hier ging es nicht mehr um den Aufbau eines Außenpostens, um Gebietssicherung oder wissenschaftliche Experimente. Das hier war die Blaupause für eine ganze Stadt.

»General … Sie wissen, was diese Pläne bedeuten?«

Er schaute sie an, scheinbar fröhlich, aber mit einer Schärfe, die dicht unter der Oberfläche lauerte. »Ja.«

»Ein Verteilungszentrum in der Mitte. Und das hier, das wäre ein voll ausgestattetes Kommandoviertel. Verarbeitende Betriebe hier« – ihr Finger fuhr über das Blatt – »und hier – idiotischerweise direkt in den Überflutungszonen. Und das dort, die großen Kringel? Das sind Unterkünfte für wie viele Menschen?« Sie überschlug im Kopf die Belegungsdichte der Strukturen, von zeltartigen Siedlungen bis hin zu festen Gebäuden. »Zweihunderttausend?«

»Zweihundertdreißigtausend.«

Catherines Mund öffnete sich leicht, ihre Augenbrauen wanderten zusammen, aber sie hielt seinem Blick stand. Sie beide wussten, was sie fragen wollte.

Er antwortete nicht, aber er bewegte den Kopf, ein winziges Stückchen nach links, und dann nach rechts. Er wusste es also auch nicht. Oder er wollte es ihr nicht sagen.

Dann schlossen sich die Türen. Zwei Soldaten blieben im Raum, bewachten mit ernster Miene die Ausgänge.

Der General trat hinter ein Podium und begann zu reden. Er schaltete das Mikrofon nicht einmal an. Selbst ohne die absolute Stille, die ihn nun umgab, hätte seine Stimme den Raum bis in den letzten Winkel gefüllt. Doch Catherine hörte nur mit einem halben Ohr hin, während er all das verkündete, was sie bereits korrekt erraten hatte. Ihre Gedanken kreisten um eine einzige Frage: *Warum?* Ein solches Projekt würde Dutzende Milliarden verschlingen, ganz zu schweigen von dem immensen Zeitbedarf. Selbst unter idealen Voraussetzungen, selbst, wenn es zum Großteil bei einer Zeltstadt bliebe, selbst wenn alles Baurecht und sämtliche Sicherheitsrichtlinien ignoriert würden, selbst wenn die Stadt auf dem Festland errichtet würde, direkt hier, vor den Toren Washingtons, würde so etwas Monate dauern. Warum also solch ein wahnsinniges Projekt? Und warum jetzt, während einer solchen Katastrophe?

Der technische Teil der Rede war vorbei. Catherine wurde auf die Bühne geholt. Wieder leierte der General die Stationen ihrer Laufbahn runter und lobte sie für ihren »vorausschauenden Einsatz«, nur eben jetzt vor Hunderten Leuten statt einer Handvoll. Und dann, in einem Halbsatz, ernannte er sie zu einer der Stellvertreterinnen des Staatssekretärs der Luftwaffe, ehe er salutierte. Ihr, der Zivilistin.

Catherine erschien das alles nur noch surreal. Sie hatte sich ihren kometenhaften Aufstieg anders vorgestellt, ohne den fahlen Beigeschmack ihrer derzeitigen Situation – und ohne eine solch eklatante, nur durch den Zusatz der »kommissarischen Geschäftsführung« abgeschwächte Missachtung der geltenden Ernennungsrichtlinien.

Catherine erwiderte den Gruß und stellte sich vor die Menge. Ihre Stimme erklang laut und klar, aber ihre Rede war so inhaltsleer, dass sie jedem Politiker zur Ehre gereicht hätte. Ein paar belanglose Dankesworte, und die Hoffnung auf rasches Vorankommen, das war es. Ein paar der Anwesenden klatschten, aber die meisten wussten mit ihrem neuen Job und ihrer neuen Chefin genauso wenig anzufangen wie sie selbst.

Dann ergriff der General noch einmal kurz das Wort. Er verlas eine Notdienstverordnung des Verteidigungsministers, die neben einer radikalen Erweiterung der Befugnisse des Generalstabs insbesondere ein allgemeines Urlaubsverbot und die Verpflichtung zur Wochenendarbeit beinhaltete. Catherine war das bis auf den symbolischen Aspekt egal. Aber dass auch die Hundertschaften vor ihr die Ankündigung ohne Murren zur Kenntnis nahmen, überraschte sie dann doch.

»Eins noch«, sagte Catherine, an General Wilson gerichtet, als sie wieder neben ihrem alten Kernteam stand. »Wenn ich den Posten übernehme, würde ich gerne einen neuen Vize berufen. Und zwar Mister Gavril anstelle von Mister Bhattacharya.« Wie beiläufig ließ sie ihren Blick über Adam schweifen, dessen Augen fast aus ihren Höhlen hervortraten.

General Wilson musterte alle drei. »In Ordnung.«

Catherine hielt Ausschau nach einem hasserfüllten Blick ihres Nun-Ex-Vize, doch da kam nichts. Fast wirkte er, als sei er erleichtert – und schaffte es damit zum ersten Mal in den letzten beiden Wochen, Catherine zu überraschen.

Leider blieb es nicht bei dieser einen Überraschung. Völlig ohne Vorwarnung erklärte noch am selben Abend ein Regierungssprecher das bisherige Kabinett des Präsidenten der Vereinigten Staaten für aufgelöst. Praktisch im selben Atemzug wurde eine neue Regierung der nationalen Einheit ausgerufen, eine ganz große Koalition, die Vertreter der Demokraten wie auch der Republikaner beinhalten sollte. Zeitgleich löste der Oppositionsführer im Repräsentantenhaus den bisherigen Vizepräsidenten ab.

Und während manche Kommentatoren noch darüber diskutierten, ob ein solcher Schachzug ohne Neuwahl überhaupt verfassungskonform sein konnte, sahen es andere bereits als ein Eingeständnis des existenzbedrohenden Ausmaßes dieser Krise, da eine vergleichbare Maßnahme zuletzt von Abraham Lincoln im Bürgerkrieg ergriffen worden war.

Doch trotz dieses politischen Erdbebens, trotz ab sofort geltender Rationierungen von Treibstoff, trotz der Ankündigung einer staatlichen Übernahme »systemrelevanter Unternehmen« und einer fortan von der öffentlichen Hand geregelten Grundversorgung mit Strom, Wasser, Kommunikations- und Transportmitteln, trotz einer Verschlüsselung des GPS-Systems für Nicht-Militärs – trotz alledem schien eine prekäre Restordnung bestehen zu bleiben. Die Lage draußen auf den Straßen, wo Militäreinheiten gemeinsam mit der Nationalgarde patrouillierten, war ruhig, selbst bei Nacht.

Catherine selbst blieb von einigen dieser Einschränkungen verschont, ihrer Meinung nach aber von den falschen. Dank der Benzinmarken des DoD konnte sie ihren Dienstwagen theoretisch jeden Tag kostenlos volltanken, aber wozu brauchte sie ein Auto, wenn sie nur noch arbeitete? Dafür waren nun einige der Kurznachrichtendienste offline, die für sie wie selbstverständlich zu ihrem Tagesablauf gehört hatten, wegen Stromrationierungen bei den Serverfarmen oder, noch trivialer, weil ihre Mitarbeiter schlicht nicht mehr zur Arbeit erschienen waren. Wirklich katastrophal jedoch war die Tatsache, dass aufgrund des völligen Stillstands im Außenhandel allmählich die Kaffeevorräte des Pentagons zur Neige gingen – und die herangekarrte Ersatzbrühe zum Strecken des Pulvers zwar angeblich auch Koffein beinhaltete, Catherines Meinung nach aber nie und nimmer eine Kaffeebohne aus der Nähe gesehen, geschweige denn mit ihrem Supremo Pico San Cristóbal etwas gemein hatte.

Zumindest entschädigten sie ihre vierzig Quadratmeter Bürofläche im höchsten Stock des Außenrings ein bisschen für den Verlust. Auf einen »Personal Assistant« hatte sie verzichtet – sie hätte tatsächlich Anspruch auf eine Sekretärin gehabt! –, weil sie sich auch so schon in eine Manager-Rolle gedrängt sah, die sie im Kern gar nicht wollte. Stattdessen bestand sie darauf, alle Pläne selbst abzunicken oder zumindest über jede größere Entwicklung Mitteilung zu erhalten – auch wenn das bedeutete, dass einer ihrer Mitarbeiter dem nächsten die Türklinke in die Hand gab. Catherine hasste diese Gespräche. Ihre Mitarbeiter waren entweder unmotiviert, weil sie zu dieser Arbeit gezwungen worden waren, deren Nutzen sie nicht sahen, oder, schlimmer noch, speichelleckende Opportunisten, denen es völlig egal zu sein schien, dass um sie herum gerade die Welt zusammenbrach. Nur spätabends, wenn sie Zeit für eigene Analysen fand oder gemeinsam mit Adam Ideen besprach, wie sie all diesem Wahnsinn einen Nicht-Wahnsinn abtrotzen konnten, hatte sie das Gefühl, noch sie selbst zu sein.

Danach wurde sie stets gemeinsam mit einigen anderen hochrangigen Mitarbeitern des DoD von zwei Soldaten in einem leicht gepanzerten Truppentransporter direkt vor ihre

Haustür gefahren – sofern sie nicht ohnehin im Pentagon blieb. Dieselben Soldaten bewachten dann über Nacht ihren Apartmentkomplex, ehe sie Catherine morgens wieder ins Pentagon begleiteten. Angesichts der ruhigen Verhältnisse draußen kam Catherine diese Maßnahme reichlich übertrieben vor, aber laut Aussage des internen Sicherheitschefs war sie nicht verhandelbar; zu viel geschah angeblich hinter den Kulissen.

Catherine konnte das kaum glauben, wenn sie durch die schmalen Scheiben ihres Transporters auf die Welt da draußen blickte. Vielleicht lag es daran, wie früh sie aus dem Haus ging und wie spät sie wieder heimkam, aber die Straßen wirkten gespenstisch leer, trotz der großspurig angekündigten Busse und Fahrgemeinschaften, die viele Menschen noch immer zur Arbeit bringen sollten.

Und dennoch ... an jeder Straßenecke hingen die Plakate obskurer religiöser Kulte. Die Sekten gewannen wieder rapide an Einfluss, online wie im realen Leben – und hatten nicht zuletzt erheblichen Anteil an einer der tragischsten Nebenwirkungen der Katastrophe, der explosionsartigen Zunahme der Selbstmordrate. In den drei Wochen seit der Entstehung der Wand hatten sich in den Vereinigten Staaten nach offiziellen Angaben etwa fünfzigtausend Menschen das Leben genommen, so viele wie sonst in einem ganzen Jahr, und die meisten davon in der kurzen Zeit seit dem Fehlschlag in Südafrika. Nicht wenige der Fälle waren sogenannte »Mitnahmeselbstmorde«, bei denen die Todessehnsüchtigen gleich noch ihre Liebsten oder auch Wildfremde mit ins Grab nahmen, ob mit dem Wunsch, ihnen vermeintliches Leid zu ersparen, aus einem verqueren Glauben heraus oder einfach nur aus purer Wut.

Doch erst als der Fahrer ihres Transporters Catherine unter Tränen anvertraute, dass auch seine Nichte einem solchen Verrückten zum Opfer gefallen sei, hörte sie auf, gegen die Sicherheitsmaßnahmen im und um das Pentagon zu protestieren.

Am Vormittag des 25. Mai, fünfeinhalb Tage nach dem Fall Johannesburgs, verkündete der Präsident, mit Hochdruck daran zu arbeiten, der Öffentlichkeit noch vor Ablauf des Monats »wundervolle Neuigkeiten« präsentieren zu können – doch wen Catherine auch immer darauf ansprach: Im DoD schien niemand zu wissen, wovon der Mann redete, und auch Clarity beantwortete Catherines fragende E-Mails bloß mit einem virtuellen Schulterzucken und verlegte sich lieber wieder darauf, ihr wahlweise »Bedrängung« oder »Bemutterung« vorzuwerfen, weil sich Catherine mal wieder außerplanmäßig bei ihr meldete.

Immerhin: Während der Präsident bei seinem neuerlichen Versprechen Details schuldig blieb, löste er sein älteres ein, das Kriegsrecht – zumindest teilweise – wieder auszusetzen. Das Militär durfte nun Nationalgarde und Polizei nur noch dann »unterstützend« unter die Arme greifen, wenn es dazu einen konkreten Hilferuf der Behörden erhielt. Im Gegenzug wurde ein Dekret erlassen, welches unerlaubtes Fernbleiben vom Arbeitsplatz unter empfindliche Strafen stellte, insbesondere in zuvor definierten systemrelevanten Branchen.

Einmal sah Catherine, mit welcher Härte dieses Dekret angewandt wurde, als zwei Soldaten inmitten eines Wolkenbruchs ihren Jeep neben dem benachbarten Apartmentkomplex parkten, in das Haus eindrangen und kurz darauf zwei Männer mit Waffengewalt in das Fahrzeug zwangen.

Das war nun wirklich verfassungswidrig. Aber es erfüllte seinen Zweck. Eine gewisse Rumpfwirtschaftsleistung blieb bestehen, und Catherine hatte weiterhin Zugriff auf eine solche Fülle an strategischen Ressourcen, das sie sich auch in besseren Zeiten kaum mehr hätte wünschen können.

Entsprechend hart arbeiteten sie, und entsprechend gut kamen sie mit den grundlegenden Vorbereitungen voran, von der Katalogisierung und Beschaffung der benötigten Güter, der Bereitstellung der Transportmittel und der Reaktivierung des

Ingenieurkorps bis hin zu den ersten neuerlichen Planierarbeiten nahe der Basis auf Pacifica.

Doch der Fokus wandelte sich. Seit auch China seine Basis reaktiviert hatte, lautete der neue Befehl, entlang des Flussufers schlagkräftige Verteidigungseinrichtungen zu errichten.

Zudem sollten landwirtschaftliche Tests stattfinden, nachdem erste Indizien aufgetaucht waren, dass erfolgreichen Ackerbau im großen Stil eine geradezu absurde Menge an Dünger vonnöten sein könnte.

Nicht nur, dass all dies zu viel auf einmal war – es ließ Catherines Verstörung nur noch wachsen. Was wussten die Chinesen, insofern sie es ihrem Gegenüber nicht bloß gleichtaten? Und warum sollte irgendjemand auf dem neuen Kontinent nennenswert Landwirtschaft betreiben wollen? Um dort gerade die erste Ernte einzufahren, während die Wand über ihn rollte?

Wenigstens hatte sie jetzt die Mittel, auch ohne große Heimlichtuerei nennenswerte Ressourcen in die Erforschung des Kontinents zu investieren, stets auf der Suche nach einer Wunderwaffe gegen die Wand. So ging sie immer öfter gemeinsam mit Adam die paar Häppchen durch, die sie neu in Erfahrung brachten.

Leicht war der Kontinent, zu leicht, aber das hatten sie vorher schon gewusst. Die Satelliten im Orbit maßen im Schnitt das gleiche Gravitationsfeld, das man auch bei einem reinen Ozean erwartete – obwohl der Kontinent teils etliche Kilometer aus dem umliegenden Meer emporragte. Und da Erde und Gestein obendrein nicht dafür bekannt waren, eine geringere Dichte als Wasser aufzuweisen, musste hier etwas sehr faul sein. Als hätte sich das Meer nach oben gestülpt und in Land verwandelt. Als wäre der Kontinent Atomkern für Atomkern, Elektron für Elektron aus dem Wasser des Pazifiks zusammengesetzt worden.

Adam vermutete in der Tat Nukleosynthese – die Verschmelzung von Atomkernen – als Entstehungsprozess, doch wie angesichts der dabei anfallenden Hitze – der Explosion einer

Wasserstoffbombe vergleichbar – pflanzliches Leben entstehen konnte, war auch ihm unerklärlich. Tatsächlich aber ließen sich die Proben, die auf Pacifica entnommen wurden, von allen relevanten Eigenschaften her nicht von normaler Materie und normaler Flora unterscheiden.

Bis eben auf die Abwesenheit jeglichen bakteriellen Lebens.

Denn das war die andere wertvolle Erkenntnis neben dem merkwürdigen Schwerefeld: Nicht nur die Vegetation auf dem Kontinent, auch der Boden unter ihm war langweilig. Alles, was es spannend machte, ein paar Meter in die Tiefe zu bohren – Fossilien, Öl, Mikroben –, weigerte sich hartnäckig, gefunden zu werden.

Die erste Idee war naheliegend: Sie mussten sehr viel tiefer gehen. Dort würden sie vielleicht die Antwort auf *beide* Fragen finden. Und zum Glück ließ sich mit der Suche nach Öl wunderbar rechtfertigen, eine schwimmende Bohrplattform zum Kontinentalschelf Pacificas zu beordern. Wenn das DoD sogar schon Landwirtschaft vor Ort erwog, dann würde es von der Idee, autark Treibstoff zu generieren, geradezu begeistert sein! Das einzige Problem: Bis die Bohrung beginnen und schließlich eine ausreichende Tiefe erreicht würde, dürften noch einige Wochen vergehen. Zeit, die sie nicht hatten.

Catherine ging an der langen Fensterfront in ihrem Büro auf und ab, sah hinaus auf die Lichter Washingtons. Das Militär hatte auf der 14th Street Bridge nach D.C. einen Checkpoint eingerichtet, und einen zweiten weiter nördlich, in der Nähe des Lincoln Memorials. Ansonsten lag die Stadt um diese Zeit scheinbar menschenleer vor ihr.

Adam hatte bis eben noch grübelnd vor einem der Flipcharts gestanden, den Marker in der einen Hand, sein Tablet in der anderen, doch jetzt spürte sie seinen Blick in ihrem Rücken.

»Was hatten wir die letzten zwei Tage?« Sie redete mit ihm, ohne sich umzudrehen. »Einen Bürgerkrieg in Saudi-Arabien, mit dem Versuch, noch eben eine Theokratie auf Erden zu etablieren, ehe die Gläubigen im Himmel landen. Neue Unruhen in Lissabon und Athen. Exzessive Polizeigewalt in Großbritannien und Ungarn – und eine EU, die das *verurteilt*. Ein erfolgloser Putschversuch in Russland und ein erfolgreicher in Thailand. Ein Papst, der zu friedlichem Gebet aufruft und dazu, doch bitte einfach etwas Vertrauen in Gott zu haben. Die Rückkehr der letzten ISS-Besatzung. Eine Jahrhundertdürre in Hawaii, durch die veränderten Luft- und Ozeanströmungen im Zentralpazifik. Wetterkapriolen in Afrika, weil die Wand de facto als riesiger Tiefdruckwirbel fungiert. Und auf Pacifica binden die Chinesen immer mehr unserer Mittel, indem sie uns dank ihrer explosiven Aufrüstung in den letzten Tagen in einen kalten Stellungskrieg entlang des Flusses zerren.« Sie lachte kühl. »Soll ich weitermachen?«

»Worauf willst du hinaus?« Adams Stimme klang ruhig, ruhiger als ihre eigene. Das war noch immer eine Seltenheit.

»Amerika ist fast so etwas wie eine Insel der Seligen. Aber das wird sich nicht mehr lange beibehalten lassen. Wir *müssen* langsam Ergebnisse liefern.«

»Das lässt sich nicht erzwingen, das weißt du genauso gut wie ich. Es gibt immer mehr Indizien, dass wir die Aspekte, die wir verstehen können, bereits verstanden haben. Auch bei der Wand ... die ganzen Laserexperimente, die Drohnen und Roboter, das hat alles zu keinem Ergebnis geführt, außer einer Bestätigung, dass sich die Wand adaptiv verstärken kann, wenn sie Gefahr läuft, lokal überlastet oder durchdrungen zu werden.«

Catherine schaute noch immer nach draußen. »Was wir aber schon seit Johannesburg wissen.«

»Ja. Aber ich glaube, wir können hier nun einmal nichts erzwingen.«

Catherine seufzte. Warum ließ sich Adam von diesem Stillstand nur so verstörend wenig frustrieren? Als hätte er nicht den Hauch eines Problems damit, dass sie nicht vorankamen.

Adam zögerte einen Augenblick. Dann machte er einen Schritt auf sie zu. »Es hilft jedenfalls wenig, wenn wir immer über unsere Grenzen gehen.« Seine Stimme klang unsicher und besorgt, aber auch ein bisschen überheblich. »Du hast die beiden vergangenen Nächte in deinem Büro geschlafen, oder?«

Ein Lächeln huschte über Catherines Gesicht. Sie und der Sandmann hatten in der letzten Zeit Meinungsverschiedenheiten gehabt. Erhebliche Meinungsverschiedenheiten.

»Habe ich nicht«, sagte sie schließlich, und log damit nicht einmal.

»Umso schlimmer.«

Ein zweites Lächeln. »Hatten wir nicht vereinbart, dass wir einander auf so etwas nicht mehr hinweisen?«

»Du bist umgekehrt nicht besser.«

Das Lächeln verschwand. »Aber ich bin immer noch deine Vorgesetzte.«

Er antworte nicht, aber er stand jetzt direkt hinter ihr. Sie spürte, wie er zögerte, ehe er weitersprach. »Wir müssen der Möglichkeit ins Auge blicken, dass wir keine Lösung finden werden.«

Catherine wirbelte herum. »Und dann? Was dann? Ich werde nicht einfach anfangen, auf das Beste zu hoffen. Oder noch eben eine kleine Sonde ins All schießen, mit einer Plakette, auf der steht: *Es war schön, solange es währte.*« Sie fixierte seine Augen, presste ihren Zeigefinger auf seinen Brustkorb. Adam zuckte regelrecht zusammen.

Sie sprach leise, aber mit einer Schärfe in ihrer Stimme, die sie selbst überraschte. »Ich werde das nicht zulassen. Ich werde nicht aufgeben. Und du auch nicht. Du wirst mir bei diesem Kampf helfen, bis zum Ende. Hast du das verstanden?«

Adam sah sie für einen Moment mit großen Augen an. Dann nickte er, so schnell, dass seine Haare auf und ab wippten.

Es klopfte. Noch bevor Catherine reagieren konnte, öffnete sich die Tür, und General Wilson wuchtete seinen schweren Körper in den Raum.

Er sah zu den beiden hinüber, die Stirn in Falten gelegt. »Störe ich?«

»Nein, Sir.« Catherine trat einen Schritt zurück, senkte die Hände so abrupt und mit einem solchen schuldbewussten Blick, als hätte sie Adam bis eben am Kragen gepackt gehabt.

Der General blieb ein paar Meter vor ihr stehen. »Sie sehen müde aus.«

Catherine verschränkte die Arme vor der Brust. Was hatten denn auf einmal alle mit ihrem Schlaf? »Es gibt derzeit nun einmal viel zu tun.«

»Ich fürchte, daran wird sich so rasch auch nichts ändern. Aber ich kann Ihnen vielleicht etwas Druck nehmen.«

»Wie meinen Sie das?«

»Haben Sie in den letzten zehn Minuten zufällig die Nachrichten verfolgt?«

Catherine sah zu Adam herüber, der den Kopf schüttelte. »Nein, haben wir nicht.«

Plötzlich hatte der General ein triumphales Lächeln auf den Lippen. »Dann werden Sie das hier lieben!« Er wartete einen Moment, als genieße er ihre Anspannung. »Die Wand bremst ab.«

»Was?«

»Die Wand. Sie wird langsamer.«

Adam stammelte nur. »Das ist … das ist …«

Catherine machte einen Schritt auf den General zu. »Sind Sie sich sicher?«

»Eben kam die Bestätigung rein. Es ist ein subtiler Effekt, aber ja, die Zahlen sind eindeutig.«

»Wie subtil?« Sie zitterte am ganzen Körper. Das war zu schön, um wahr zu sein.

»Sie wissen, dass sich die Wand mit etwa 1,5 Metern pro Sekunde ausbreitet?«

Catherine nickte. Er sollte um Himmels willen weiterreden.

»Nun, ihre Geschwindigkeit ist natürlich noch sehr viel exakter bestimmt worden. Und von diesem exakten Wert hat sie in den letzten vierundzwanzig Stunden ein halbes Millionstel verloren.«

»Ein halbes Millionstel?«, fragte Adam. »Ist das überhaupt messbar?«

Catherine warf ihm einen bösen Seitenblick zu. »Natürlich ist das messbar! Bei hundertdreißig Kilometern am Tag macht das … locker einen Viertelmeter.«

»Und so ist es«, sagte der General. »Gestern hat die Wand sechsundzwanzig Zentimeter weniger zurückgelegt als erwartet, das haben Satelliten- und Lasermessungen unabhängig voneinander bestätigt. Heute waren es bereits achtundzwanzig. Und morgen werden es schon zweiunddreißig sein. Die Wissenschaftler hatten sich zuerst nichts dabei gedacht, aber mittlerweile sind sie überzeugt, ein System erkannt zu haben; quasi die Umkehrung der Ausgangslage. Die Abbremsung mag zunächst winzig anmuten, aber sie wird sich in den kommenden Monaten immer weiter beschleunigen – so, wie sich am ersten Tag in Tansania die Beschleunigung der Wand immer weiter abgebremst hatte.«

Adam kniff die Augen zusammen und fuhr sich über die Stirn, trotz all seiner Talente eine gefühlte Ewigkeit darum bemüht, dem letzten Satz eine Bedeutung abzuringen. »Mathe war nie meine größte Stärke«, flüsterte er Catherine zu – und erntete damit einen weiteren bösen Blick, der so etwas wie »Aber eine von meinen« aussagen sollte.

»Wie lange dauert es, bis ihre Geschwindigkeit Null erreicht?«, fragte sie, und konnte gerade noch verhindern, dass sich ihre Stimme überschlug. »Wird sie stoppen, ehe sie die Erde umfasst hat? Gibt es eine Prognose für ihren Endradius?«

»Nun, das ist die ganz große Frage, nicht wahr?« Der General lächelte. »Aber ja, die gibt es, und die Unsicherheiten werden immer kleiner. Der wahrscheinlichste Wert liegt jetzt irgendwo bei zehntausend, maximal bei zwölftausend Kilometern, entlang der Erdoberfläche gemessen.«

Zwölftausend Kilometer? Das änderte alles.

Catherine spürte, wie ihre Knie nachgaben. Sie hätte sich am Liebsten hier und jetzt auf den Teppichboden gesetzt und einfach nur geweint – oder sich die Seele aus dem Leib gejubelt.

Stattdessen zwang sie sich, ihr Zittern zu verbergen und ruhig vor General Wilson stehen zu bleiben. Nur ihre Mundwinkel wanderten nach oben. »Das heißt, die Wand wird irgendwo im Westatlantik zum Stehen kommen – und Nordamerika bleibt verschont.«

»Ja. Genau das heißt es. Aber vertrauen Sie nicht auf mein Wort, schauen Sie sich die Unterlagen an, die das Informationsbüro des Präsidenten veröffentlicht hat.«

Adam war schon dabei, wischte wie wild auf seinem Tablet herum. Ein dickes Grinsen zog sich vom einen Ohr zum anderen. Catherine konnte sich nicht daran erinnern, ihn jemals so zufrieden erlebt zu haben. Als würden sich für ihn alle Puzzleteile zusammenfügen.

Dabei war ihre Arbeit noch lange nicht vorbei.

»Sir, wir müssen augenblicklich alle Einheiten aus Pacifica zurückbeordern!«

»Wozu die Eile?« Adam strahlte immer noch. »Wenn wir doch gerettet sind …«

»… dann gilt das noch lange nicht für den Rest der Welt!« Catherine lief nun im Raum auf und ab. »Wir müssen alles nach Europa, Afrika und Asien werfen, was wir nur zusammenkratzen können. Wir müssen die Leute da rausholen, so viele wie möglich, so schnell wie möglich!«

Der General schaute sie mit versteinerter Miene an. »Nein, das müssen wir nicht.«

Catherine blinzelte. »Sir, ich verstehe nicht … Wir könnten Hunderte Schiffe von ihren derzeitigen Missionen abziehen. Rund um Pacifica ist doch die halbe Navy im Einsatz!«

»Und dort wird sie auch bleiben.«

»Aber diese Kapazitäten … das reicht, um Hunderttausende in die Staaten zu evakuieren. Millionen vielleicht.«

»Nein.«

Catherine blickte unsicher zwischen Adam und General Wilson hin und her. Was ging hier vor sich?

»Die betroffenen Staaten haben niemals ausreichende Kapazitäten, um innerhalb von ein paar Wochen ihre Evakuierung zu stemmen! Das ist eine humanitäre Katastrophe!«

»Das ist wahr«, sagte der General. »Und in Europa scheint sich die Nachricht bereits wie ein Lauffeuer auszubreiten. Die werden in den nächsten Stunden ein gigantisches Flüchtlingschaos bekommen, wenn sie nicht sofort handeln. Aber es scheint, als ob sie das täten. Die Nato hat bereits den Bündnisfall ausgerufen, wenn auch ohne Abstimmung mit ihren Mitgliedsländern. Wir haben sogar schon ein offizielles Hilfsgesuch aus Großbritannien erhalten.«

»Und?«

»Wir werden eine Handvoll Schiffe nach Southampton schicken; was wir eben entbehren können. Eine Geste des guten Willens, nicht mehr, nicht weniger.«

Catherine machte keinen Hehl mehr aus dem Zittern ihrer Hände. »Und das finden Sie gut?«

Der General zögerte, bloß einen winzigen Moment. »Nein. Aber ich habe meine Befehle. Und Sie die Ihren.«

Und damit händigte er ihr ein weiteres Klemmbrett aus, als würde er diese Dinger aus der leeren Luft herbeizaubern.

Catherine überflog das Blatt und sah dann zu ihm auf. »Das ist ein Witz, oder?«

»Sehen Sie mich lachen?«

»Sie verlangen allen Ernstes eine derartige Aufstockung unserer Truppen auf Pacifica? Gerade jetzt, wo wir unseren Verbündeten helfen sollten? Das ist doch blanker Hohn und eine Verschwendung von Ressourcen, die wir praktisch kaum noch haben.«

Langsam wurde der General lauter. »Es ist mir ehrlich gesagt ziemlich egal, was Sie darüber denken, solange Sie Ihre Arbeit machen.«

Sie klatschte mit dem Rücken ihrer Hand gegen das Blatt. »Mein Auftrag bestünde darin, gigantische Bunkeranlagen entlang des Flussufers zu errichten, dazu Dutzende Kasernen und Flugfelder im Hinterland.«

»Um zu verhindern, dass China und andere Nationen – darunter auch manche unserer sogenannten Verbündeten – weiter in amerikanische Siedlungsräume expandieren, auf einem Kontinent, der rechtmäßig amerikanisches Territorium darstellt.« So langsam klang er wirklich verärgert, aber Catherine konnte nicht anders. Das Thema war einfach zu wichtig.

»Und das hier?« Catherine deutete auf eine Reihe von Kringeln südlich der Basis. »Sie wissen, was das hier ist? Sie wollen allen Ernstes Nuklearsilos auf Pacifica errichtet sehen?«

»Als Abschreckungsmaßnahme, um China in Schach zu halten, ja.«

»Das hat mit einer Abschreckungsmaßnahme nichts mehr zu tun!«

Der General ging auf sie zu, riss ihr das Brett regelrecht aus der Hand. »Miss Strive …«

»Bei dieser räumlichen Nähe wären Atomraketen nicht nur symbolisch brandgefährlich …«

»Miss Strive …« Er brüllte ihren Namen regelrecht, doch Catherine ignorierte ihn.

»… sondern auch strategisch völlig wertlos …«

»Catherine!« Das war Adam. Er war zwischen die beiden gesprungen und schob sie nun behutsam ein Stück zurück.

Für einen Moment waren sowohl General Wilson als auch Catherine still. Doch dann richtete der General seinen Zeigefinger auf sie. »Ich habe Sie gewarnt! Sie sind gut, aber Sie sind nicht unersetzbar! Und Sie müssen endlich lernen, das zu tun, was von Ihnen erwartet wird. Selbst wenn Sie eine andere Meinung vertreten.« Seine Stimme wurde einen Hauch leiser, klang fast verbittert. »Selbst wenn Sie damit recht haben sollten.« Dann kam die Schärfe zurück. »Verstehen Sie das?«

»Das versteht sie sehr gut«, sagte Adam.

Sprach er jetzt etwa für sie?

Der General kniff die Augen zusammen. »Da bin ich mir nicht so sicher.«

Doch Adam nickte bloß unterwürfig. »Sie ist perfekt für den Job geeignet, gerade wegen ihrer Eigenschaft, selber zu denken. Und ich verspreche Ihnen, ein derartiges Verhalten wird nicht wieder vorkommen.« Er warf ihr einen kurzen Blick zu. »Nicht wahr, Doktor Strive?«

Catherine war kurz davor, Adam einfach wegzustoßen. Was maßte er sich da eigentlich an? Doch sie tat es nicht. Stattdessen biss sie sich auf die Unterlippe, und nickte, klar und deutlich.

Der General schloss die Augen, atmete einmal tief aus und öffnete sie dann wieder. »Perfekt geeignet oder nicht, ein derartiges Verhalten wird tatsächlich nicht wieder vorkommen: Ms. Strive, Sie haben eine Stunde, ihre Sachen zu packen!«

Und damit fiel die Tür hinter ihm ins Schloss. Und Catherine stand einfach nur da, zitternd, sprachlos. Sie starrte zu Adam hinüber, der rasch zu Boden blickte.

Dann öffnete sich die Tür wieder. Der General war zurück – und der Hauch eines schelmischen Grinsens zuckte über seine Lippen. »Ich muss sagen, ich mag Ihren schockierten Blick!«

Catherine sah ihn fassungslos an.

»Aber nun mal im Ernst«, sagte der General, und die Andeutung eines Lächelns verschwand augenblicklich. »Ich hoffe, Sie haben Ihre Lektion gelernt. Disziplin und Gehorsam sind dann besonders wichtig, wenn die Entscheidungen eben gerade nicht leichtfallen. Und egal wie edel Ihre Motive auch sein mögen, selbst Sie haben sich an die Regeln zu halten. Sonst werfe ich Sie nächstes Mal wirklich raus. Oder ist das etwa Ihr Wunsch …?«

Catherine brachte nur ein Kopfschütteln zusammen.

»Dann reißen Sie sich aber auch verdammt noch mal zusammen. Schaffen Sie das?«

Sie nickte, bemühte sich um eine stramme Körperhaltung. »Ja, Sir.«

»Gut.« General Wilson wandte sich zum Gehen, nicht ohne ihr zuvor noch das Klemmbrett auf ihren Schreibtisch zu knallen. »Sie wissen, was Sie zu tun haben.«

Catherine bebte regelrecht. Sie hatte lange nicht erlebt, dass sie derart die Kontrolle über eine Situation verloren hatte … und, schlimmer noch, über sich selbst.

Sie musste sich hinsetzen.

Sie wählte den Stuhl hinter ihrem Schreibtisch. Adam nahm gegenüber Platz.

Catherine warf einen Blick in ihre Unterlagen, dann schob sie sie angewidert fort. Heute war der Tag, an dem ganz Nordamerika erleichtert aufatmete, und sie fühlte sich schlechter denn je, plante Atomsilos, wo sie ihre Macht doch ganz anders hatte einsetzen wollen.

Eine Zeitlang schwiegen Adam und Catherine einander an.

»Danke«, sagte Catherine dann. »Du hättest die Situation auch ausnutzen können, um dir meinen Job unter den Nagel zu krallen.«

»Ich will deinen Job gar nicht.« Er lachte. »Viel zu viel Verantwortung.«

Catherine verzog das Gesicht zu einer Grimasse. Er ahnte ja nicht, wie sehr er damit recht hatte!

Dann legte sie ihre Hände auf den Schreibtisch. »Aber warum hast du mich nicht in meinem Protest unterstützt? Ist es dir egal, was mit den Menschen da draußen geschieht, die nicht das Glück haben, in den USA zu leben?«

»Das hat nichts mit Glück zu tun.«

»Sondern?«

»Damit, dass Gott unsere Nation auserwählt hat.«

»Das ist jetzt nicht dein Ernst, oder?«

Adam sagte nichts, hielt aber ihren Blick. Catherine lehnte

sich in ihrem Stuhl zurück und breitete ihre Arme aus. »Woher stammen diese Überzeugungen? Hattest du nicht mal gemeint, du kämst aus einer gottlosen Familie?«

Adam setzte zu einem schwachen Grinsen an, das ihm schon nach Sekundenbruchteilen entglitt. »Ja und nein. Mein Stiefbruder und ich waren durchaus manchmal in der Kirche, aber nur, weil meine Mutter in einer ihrer trockenen Phasen auf einmal Sorge um unser Seelenheil bekam. Oder um ihres. Was mein Vater davon hielt, weiß ich nicht. Er war …« Adam zögerte, schien mit sich zu ringen, ob er das wirklich erzählen wollte. Dann veränderte sich sein Blick, und auf einmal brach etwas aus ihm hervor. Verbitterung. Hass. »Er war« – Adam spuckte das Wort regelrecht aus – »*schwach*. Ein verschlossener, völlig unbeholfener Mann, der bei jedem Streit in den Keller floh und nicht ein einziges Mal für sich oder seine Kinder einstand. Ein linker Verschwörungstheoretiker ohne Job, der am liebsten amerikanische Flaggen verbrannt hätte, wenn er denn endlich mal den Mumm dazu gehabt hätte! Aber meiner Mutter und ihren Anfällen hatte er nie etwas entgegenzusetzen.« Adam sah aus dem Fenster. Seine Stimme verlor beängstigend rasch jegliche Emotion. Als hätte er einen Schalter umgelegt, von wütend zu kalt. »Irgendwann in der Pubertät habe ich es nicht mehr ausgehalten. Und damit meine ich nicht, dass ich weglaufen wollte. Ich habe einfach keine Perspektive für mich gesehen, nirgendwo.« Sein Blick wanderte zurück zu Catherine, doch er schaute durch sie hindurch. »In der Nähe von unserem Haus gab es ein Kliff, locker achtzig Fuß hoch. Ich bin darauf zugegangen, mitten in stockfinsterer Nacht, einen Schritt nach dem nächsten. Und irgendwann ist mein Fuß ins Leere getreten, genau wie ich erwartet hatte, und ich bin gefallen. Aber dann … die paar Sekunden danach waren der absolute Horror. Kein vorbeiziehendes Leben, kein Gefühl des Loslassens. Ich habe es praktisch sofort bereut. Alles. Diese Feigheit. Dieses Wegducken. Diese Beliebigkeit. Genau wie mein Vater. Aber da war es natürlich schon zu spät – und das Einzige, woran ich denken konnte, war, dass mir wahrscheinlich nicht einmal meine eigenen Eltern hinterherweinen würden.« Die eisige Nüchternheit in Adams Stimme ließ Catherine einen Schauer über den Rücken laufen. »Dann kam der Aufprall. Ich konnte mich nicht mehr bewegen, konnte nicht mehr atmen. Ich dachte, ich sei tot, das wäre es gewesen. Bis ich wieder Luft in die Lungen bekam, hustete und das Laub um mich herum spürte. Ich war keine achtzig, sondern höchstens zwanzig Fuß tief gefallen. Meilenweit in beide Richtungen endete das Kliff in nichts als Felsbrocken, und ich hatte die einzige große Astgabel des einzigen Baums erwischt. Und in dem Moment wurde mir klar, dass das kein Zufall war. Dass ich aus einem höheren Grund verschont wurde. Ich bin aus der Baumkrone nach unten geklettert, völlig unversehrt, und dann einfach weitermarschiert, immer geradeaus, bis es hell wurde und ich in der nächsten Stadt ankam. Meine Familie habe ich nie mehr kontaktiert, außer meinen Stiefbruder, Jahre später. Stattdessen habe ich vor Ort den erstbesten Job angenommen und mir mit dem Geld ein winziges Zimmer gemietet. Und mir geschworen, alles besser zu machen als mein Vater; sein Gegenstück zu werden, in jedem einzelnen Punkt. Und so habe ich all die Versprechungen auf die Probe gestellt, die an meiner Familie stets vorbeigegangen waren. Die des American Dreams, die des Glaubens und überhaupt. Ich habe nur noch gearbeitet und studiert, doch damit habe ich in Rekordzeit meinen Highschool-Abschluss geschafft und mir schließlich einen Platz in Yale erkämpft. Und gesehen, dass es alles stimmt. Dass all die Versprechungen wahr sind, wenn man dem Zweifel und der Beliebigkeit keinen Raum lässt. Und jetzt bin ich dabei, nach und nach alle Darlehen zurückzuzahlen – die gegenüber meinem Land, und die gegenüber Gott.«

Bei all ihrem Mitleid, bei allem Befremden: Catherine wusste nicht, was sie dazu sagen sollte. In ihr stiegen eigene, längst verdrängte Gefühle auf, Erinnerungen an ihre Mutter, und wie sie sie verloren hatte, einfach so bei Claires Geburt. Mit zwölf, zu einer Zeit als sie *Mama* so sehr gebraucht hätte. Für einen Moment durchströmte Catherine ein starker Impuls, den Verlust und den Schmerz mit ihm zu teilen, Adam zu erzählen, wie sie damit zu leben gelernt und schließlich ihre eigene Schwester mit großgezogen hatte, dieses Bündel an Absurdität und Genialität, das es noch nicht einmal als arrogant empfand, um jeden Preis Clarity genannt werden zu wollen.

Doch irgendetwas hielt sie zurück.

Der Moment verstrich. Und Catherine blieb stumm.

Schließlich stand Adam auf, räusperte sich und ging ohne ein weiteres Wort zurück an die Arbeit.

Auch Catherine verschanzte sich wieder hinter der Bildschirmphalanx in ihrem ansonsten kargen Büro und versuchte, den Gedanken an die Abermillionen Menschen auszublenden, die nun aus aller Welt verzweifelt in die USA gelangen wollten.

Vielleicht wäre ihr das gelungen – wäre nicht ausgerechnet Christopher einer dieser Menschen gewesen. Doch was sie auch versuchte, sie erreichte ihn nicht. Sie hoffte, dass er es zumindest aus Kapstadt herausgeschafft hatte, denn ansonsten würde es nun sehr, sehr eng für ihn werden.

Doch egal, wo er steckte: Sie konnte ihm nicht helfen. Sie konnte niemandem helfen, auch nicht ihrer eigenen Schwester, die sie mittlerweile beschuldigte, »tief in alledem mit drin zu stecken« und nicht einmal mehr auf verschlüsselte E-Mails reagierte.

Stattdessen musste Catherine einer Arbeit nachgehen, die alles verhöhnte, was jetzt wirklich wichtig gewesen wäre.

Zwei Tage ging das so weiter, während derer die Flüchtlingswelle ein solches Ausmaß annahm, dass schließlich sämtliche US-Flughäfen für ausländische Maschinen gesperrt wurden – bis am dritten Tag die ersten Gerüchte aufkamen; Gerüchte, wonach die bisherigen Messungen fehlerhaft waren. Gerüchte, wonach die Wand die Vereinigten Staaten doch nicht verschonen, sondern erst kurz vor dem neuen Kontinent haltmachen würde.

Und plötzlich ergab alles einen Sinn. Der Fokus auf Pacifica. Ihre Arbeit an etwas, das man bald schon eine Kolonie nennen konnte. Und Catherine wusste, dass diese Behauptungen wahr sein mussten.

Natürlich ließ sich eine solche Nachricht niemals geheim halten. Die halbe Netzgemeinde – die Hälfte, die sich noch einwählen konnte – schien die Ergebnisse zweier unabhängiger Forscherteams zu diskutieren, die nun in immer schnellerer Abfolge durchsickerten. Auf achtzehntausenddreihundert Kilometer Endradius kam das eine, auf achtzehntausendeinhundert Kilometer das andere. Das reichte nicht einmal für Hawaii.

Der Präsident reagierte prompt. Am nächsten Morgen ließ er in aller Herrgottsfrühe über seinen Sprecher ausrichten, dass auch die regierungseigenen Zahlen in der Tat darauf hinwiesen, dass nur ein winziger Teil der Welt damit rechnen konnte, nicht erfasst zu werden: Ein schmaler Ring des Pazifiks, und, in seinem Zentrum, der Kontinent selbst. Doch noch im selben Atemzug rief er zur Ruhe auf – und kündigte für den späten Abend eine Ansprache an die Nation, ja, an die gesamte Welt an, bei der er »sensationelle Fortschritte« bekanntgeben wollte.

Selbst in ihrer Abteilung im DoD schien niemand eine Ahnung zu haben, was der Präsident damit meinte. Doch zumindest Catherine musste sich nicht lange gedulden. Gemeinsam mit anderen ausgewählten Regierungsmitarbeitern – aus unerfindlichen Gründen war Jamal dabei, alle anderen Mitglieder ihres Teams jedoch nicht – wurde sie am frühen Morgen, mehr als einen halben Tag vor der offiziellen Ansprache, für eine »wichtige Bekanntgabe« in einen kargen Raum mit ein paar Dutzend Stühlen und einer großen Leinwand geführt.

Warum nur sie, warum nicht ihr ganzes Team? Sollte das die Bindung der Führungsriege ans DoD stärken, ihr das Gefühl vermitteln, besonderes Vertrauen zu genießen, in besonderem Maße wertgeschätzt zu werden?

Ohne einführende Worte wurde ein Video gestartet. In der Ferne kamen die gigantischen Zeltstädte rund um Kapstadt ins Bild, die Millionen, die in die Enge getrieben waren und auf Rettung hofften, hier an der Südwestspitze des Kontinents. Zur Linken ragte der Tafelberg empor, zum ersten Mal seit Jahrzehnten von einer dicken Schicht Schnee überzogen. Ein Schwenk in die andere Richtung, der selbst Catherine zusammenzucken ließ: pure Dunkelheit, höchstens ein paar Hundert Meter weit entfernt. Die Aufnahmen mussten etwa eineinhalb Tage alt sein.

Südafrikas letzter Abend.

Das Bild wechselte, zeigte nun Sand und ein paar windzerzauste Sträucher, Wüstenboden, auf den dicke Regentropfen niederpeitschten. Ein martialisch aussehender, von Drähten umwickelter Glaskasten mit schweren Tragegriffen wurde auf den Boden gestellt. Eine Kamera kam ins Bild. Sie wurde von zwei handschuhbewehrten Armen durch eine Klappe ins Innere des Kastens geschoben.

Die Perspektive wechselte erneut, offenbar zu dem Material, das die Kamera im Kasten aufzeichnete. Schlamm, ein paar eingetrocknete Pflanzen – und nur einige Meter weiter vorn: perfekte Schwärze.

Die Kamera wurde angehoben. Dann bewegte sie sich wackelnd auf die Wand zu. Ein Timer erschien am oberen Bildschirmrand, doch das war völlig unnötig. Die Kamera erreichte die Wand, bevor Catherine auch nur eine Chance hatte, auszuatmen. Das Bild wurde erst schwarz, dann verschwand es völlig. Rauschen. Rund um Catherine war es mucksmäuschenstill. Das Rauschen blieb bestehen, doch es veränderte sich, wurde großflächiger und begann schließlich zu wabern. Formen schälten sich heraus. Und plötzlich konnte Catherine zwei menschliche Schemen ausmachen, vage, aber unverkennbar. Die Schemen bewegten sich. Waren das ihre Arme? Ja, das mussten ihre Arme sein.

Sie winkten.

In die Kamera.

Auf der anderen Seite der Wand.

Dann brach die Übertragung ab – und die Menschen im Konferenzsaal fingen wie wild an, zu klatschen, die Fäuste in die Luft zu recken, sich in die Arme zu fallen.

Catherine stand völlig regungslos da. Nach und nach entspannten sich ihre Muskeln, begriff ihr Körper noch vor ihrem Kopf das Wunder, das sie soeben gesehen hatte. Ihr Kampf, ihre Sorgen. All das nahm ein Ende – ein solch schönes, wie sie es sich nie zu erträumen gewagt hätte.

Sie sah sich um, sog die Erleichterung ein und die Freude, die sie in den Gesichtern der Umstehenden ausmachte – bis ihr Blick an Jamal hängenblieb. Ihr ehemaligen Stellvertreter war der einzige in der Runde, der nicht jubelte und niemanden umarmte. Das allein wäre vielleicht mit seiner generellen Miesepetrigkeit zu erklären gewesen – die aschfahle Blässe in seinem Gesicht war es nicht.

Der Mann drehte sich um und schlich förmlich zwischen den feiernden Menschen hindurch aus dem Saal. Catherine fackelte nicht lange und folgte ihm mit einigem Abstand hinaus auf den weiten Flur, wo es viel leiser und leerer war, dann nach links in eines der kleineren Treppenhäuser. Sie hörte die Schritte über sich, gefolgt von einem Quietschen und einem dumpfen Schlag. Diesmal zögerte sie einen Moment, doch dann stieg sie ihm hinterher, öffnete selbst die Luke und trat hinaus.

Und da saß er, mitten auf dem Flachdach des Pentagons, den Blick auf das Regierungsviertel gerichtet, den Kopf in die Hände gelegt, die Hände auf den Knien abgestützt. Noch schien er sie nicht bemerkt zu haben. Catherine musterte ihn genauer. Er schien keine Waffe bei sich zu tragen, und er saß so weit vom Rand entfernt, wie man nur sitzen konnte. Sie entschied sich, näher heranzugehen.

Noch immer keine Reaktion.

Sie setzte sich neben ihn. Er hatte sie bemerkt, keine Frage, aber er starrte stur geradeaus.

»Jamal?« Sie sprach ihn eigentlich nicht mit Vornamen an, aber das war ihr in diesem Moment egal. »Jamal?«

»Ein schöner Himmel.«

Catherine sah irritiert nach oben. Es war der erste fast wolkenlose Abend seit einer guten Woche. Die untergehende Sonne zeichnete Streifen aus Purpur und Violett in die Luft.

»Ja?«, sagte sie, und meinte damit *Ja, aber?*

»Das Leben hat schon einen gewissen Sinn für Ironie.« Seine Stimme klang ruhig, sehr ruhig.

»Wie meinen Sie das?«

»Kennen Sie das Konzept des Avidyā?«

Catherine wurde nervös. Worauf wollte er hinaus? Sie schüttelte den Kopf.

»Avidyā ist ein altes Sanskrit-Wort. Es heißt so viel wie Selbsttäuschung, Ignoranz oder Unwissenheit, und bezieht sich auf die Barriere zwischen dem Menschen und tieferen Wahrheiten. Avidyā ist etwas, das ein guter Hindu hinter sich zu lassen hat, um Mokṣa zu erreichen, die Erlösung.«

Er hielt inne, griff nach einem kleinen, glattpolierten Stein, drehte ihn zwischen Daumen und Zeigefinger hin und her und strich mit seiner anderen Hand über die Oberfläche.

»Allerdings bin ich kein guter Hindu. Ich bin nicht einmal ein besonders gläubiger Mann. Für mich steht Avidyā für etwas weit Profaneres: das Streben nach der Wahrheit im Hier und Jetzt.«

Jamal hielt den Stein in die Höhe. Er glänzte im Sonnenlicht.

»Bis heute dachte ich, es gäbe kein hehreres Ziel. Ich dachte, die Wahrheit brächte einen immer weiter, persönlich, moralisch. Aber es gibt sie, die Wahrheiten, die das Gegenteil bewirken.«

Er schleuderte den Stein fort, weit nach vorn, über den Rand des Daches hinaus. Es dauerte zwei, drei Sekunden, dann hörten sie ein leises Klack, als der Stein fünf Stockwerke tiefer auf dem Asphalt des Parkplatzes aufschlug.

Catherine berührte ihn an der Schulter.

»Jamal, was möchten Sie mir sagen?«

»Man hat mich immer unterschätzt. Auch Ihr Vorgänger schon.«

»Wenn es um die Sache mit der Degradierung geht …«

»Nein. Ganz und gar nicht. Ich will nur sagen, dass ich Beziehungen habe, dass ich an Informationen komme, von denen nicht einmal General Wilson weiß.«

»Jamal, wovon reden Sie?«

»Wenn Sie es wirklich wissen wollen, dann loggen Sie sich mit meinem DoD-Account ein. Das Passwort ist Amshula1946, nach dem zweiten Vornamen meiner Mutter, und ihrem Geburtsjahr.«

»Warum geben Sie mir Ihr Passwort? Warum sollte ich mich in Ihren Account einloggen wollen?«

»Damit Sie sich selbst ein Bild von den Beweisen machen können. Tun Sie damit, was sie für das Richtige halten. Sie haben den nötigen Einfluss, um etwas zu bewirken – sofern Sie sich nicht dagegen entscheiden.«

Jamal stand auf, machte einige Schritte nach vorn und blieb dann direkt vor dem Abgrund stehen.

»Jamal?« Catherine folgte ihm. In ihre Stimme hatte sich ein panischer Unterton eingeschlichen. »Tun Sie jetzt bitte nichts Unüberlegtes!«

»Machen Sie sich keine Sorgen«, sagte er ruhig, und lächelte ihr über die Schulter zu. »Ich bin ein vernünftiger Mensch. Ich tue nie etwas Unüberlegtes.«

»Jamal! Was für Beweise? Wofür?« Sie ging ein, zwei Schritte auf ihn zu. »Bitte, reden Sie mit mir! Was möchten Sie mir sagen?«

»Es gab nie eine Expedition nach Kapstadt«, sagte er, ohne sich noch einmal zu ihr umzudrehen. »Das Video ist eine raffinierte Fälschung, mehr nicht.«

Dann nahm er zwei Schritte, ruhig, zielgerichtet, über den Rand des Daches hinaus. Kein Schrei, nicht einmal ein Seufzer – der dumpfe Schlag des Aufpralls war das einzige, was Catherine noch von ihm hörte.

KAPITEL 9

Was Christopher auch versuchte, es half alles nichts. Max blieb wie angewurzelt auf der ausgebrannten Couch sitzen, aufrecht und den Blick nicht von einem imaginären Punkt an der Wand vor sich lösend, selbst als Mtoto ihr ihren Ball reichen wollte, selbst als Christopher sie warnte, dass das Haus einsturzgefährdet sei.

Schließlich hatte er genug, verließ den Raum – durch das riesige Loch auf der Straßenseite – und begann, an die Türen auf der anderen Straßenseite zu hämmern. Erst beim dritten Haus machte jemand auf, eine uralte Frau, die partout kein Englisch verstehen wollte. Sie versteckte sich hinter einer Türkette, die bloß einen so schmalen Spalt offen ließ, dass Christopher kaum ihr halbes Gesicht erkennen konnte. Immer wieder schaute sie auf seinen Hals, seine Hände, fast so, als störe sie sich an seinem Teint.

Er radebrechte mit dem wenigen Deutsch, das ihm aus Schulzeiten und durch den Unterricht bei Max geblieben war, aber er bekam nur quälend langsam etwas aus der Frau heraus, zumal sie auf nichts sehnlicher zu warten schien als darauf, endlich die Tür schließen zu können. Was Christopher am Ende verstanden hatte, war, dass die Kerschs scheinbar gestern ihr Haus verlassen hatten, kurz nachdem der Strom und die Mobilfunknetze ausgefallen waren. In der darauffolgenden Nacht hatte dann ihr Nachbarhaus Feuer gefangen, vielleicht wegen Kerzen oder einem offenen Kamin, so genau schien die Frau das nicht zu wissen. Offenbar hatte sich die Feuerwehr ewig nicht blicken lassen, wegen Überlastung und langen Kommunikationswegen, und als sie schließlich doch erschien, hatte das Feuer bereits auf zwei weitere Häuser übergegriffen, darunter das von Max' Eltern.

Doch Christophers wichtigste Frage, die nach dem Ziel der Kerschs, konnte die Frau nicht beantworten. Stattdessen zog sie ihm die Tür vor der Nase zu.

Zurück im Wohnzimmer, erzählte Christopher Max, was er gehört hatte. Er wusste zwar, dass Max nicht daran glaubte, dass ihre Eltern in einem zu einem Drittel abgebrannten Haus ums Leben gekommen waren, aber dennoch hatte er gehofft, dass die Gewissheit sie aus ihrer Apathie herausreißen würde. Immerhin schaute sie ihn an, als er sprach, und nickte leicht. Trotzdem merkte er, wie Frustration in ihm aufstieg. Solange Max in diesem Zustand blieb, zwang ihn sein Verantwortungsgefühl, Entscheidungen in ihrer aller Interesse allein zu treffen. Und das bedeutete eben auch, dass er kein Recht hatte, die Suche nach ihren Eltern eigenhändig abzublasen – auch wenn Max eine reine Hit-and-Run-Aktion versprochen hatte. Vielleicht war aber auch genau das die Lösung. Vielleicht würde ja gerade die Suche selbst sie wieder aus ihrem Zustand reißen – und damit hoffentlich zur Vernunft bringen.

Er seufzte, dachte angestrengt nach. Max hatte mehrfach erwähnt, dass ihr Vater Kontakte zu einem amerikanischen Stützpunkt in der Nähe hatte. Was, wenn ihre Eltern dort Hilfe gesucht hatten? Diese Basis wäre auf jeden Fall einen Besuch wert, zumal bei der Beschreibung eigentlich nur die Lucius-D.-Clay-Kaserne in Frage kam, das Hauptquartier der US Army in Europa, wohin Catherine mal fast abkommandiert worden wäre. Womöglich eröffneten sich ihnen auf der Basis auch neue Möglichkeiten, aus diesem Land herauszukommen.

Christopher bat Mtoto, ihm die Beifahrertür aufzuhalten, legte einen Arm unter Max' Schulterblätter und den anderen unter ihre Oberschenkel und trug sie so zum Auto. Sie wehrte sich nicht; im Gegenteil, er meinte fast zu spüren, dass sie sich an ihn anlehnte. Er war regelrecht schockiert, wie schön es sich anfühlte, ihr auf diese Weise zu helfen, ihr etwas Stärke zurückzugeben – und zu merken, dass selbst Max manchmal Schutz und Unterstützung brauchte.

Behutsam setzte er sie auf den Beifahrersitz, schnallte sie an und nahm dann selbst hinter dem Lenkrad Platz. Sobald sich auch Mtoto angeschnallt hatte, fuhr er los.

Der Wald rund um Max' Heimatort machte bald einer ersten größeren Stadt Platz, Königstein, und noch ein paar Minuten später hatten sie die Hügel des Taunus hinter sich gelassen. Der Blick weitete sich, als sie in gerader Linie auf einer langgezogenen, von Feldern und Städtchen umgebenen Straße in die Mainebene hinabfuhren, die nahe Skyline Frankfurts zur Linken. Max schien langsam wieder zu sich zu kommen. Sie setzte sich aufrecht, nahm die ihr offenkundig vertraute Szenerie in sich auf. Christopher schielte derweil immer wieder auf den zerfledderten Straßenatlas auf dem Armaturenbrett, und auch auf die Tanknadel, die so langsam in den roten Bereich kam – und verpasste darüber fast die Auffahrt auf die A66. Wie schon die anderen Autobahnen am Vormittag war auch diese erschreckend leer, obwohl er jetzt sogar grob in Richtung Westen fuhr. Christopher fragte sich unwillkürlich, wo die ganzen Leute steckten. Sie konnten sich doch unmöglich alle an der Nordsee stapeln oder daheim hinter ihren Vorhängen verkrochen haben?

Kleine, auf den ersten Blick völlig verwaiste Städte und Felder wechselten sich miteinander ab, während sich zu seiner Rechten die bewaldeten Hügel des Taunus erhoben. Immer wieder schaute er sich um, versuchte vergeblich, Bewegung in der Landschaft auszumachen. Dafür übersah er das Schild für Wiesbaden-Erbenheim, und so hätte er schließlich um ein Haar auch diese Ausfahrt verpasst, wenn nicht zu seiner Linken eine einzelne Landebahn in der Mittagssonne geglänzt hätte.

Keine zwei Minuten später standen sie vor dem Kasernentor – und Christopher bereute prompt, die Ausfahrt doch erwischt zu haben. Den Empfang mit eisig zu beschreiben, wäre eine

Untertreibung gewesen. Tatsächlich waren in kürzester Zeit ein halbes Dutzend Gewehrläufe auf ihr Auto gerichtet.

»Kehren Sie sofort um«, brüllte es ihnen aus einem Megaphon entgegen, auf Deutsch.

Christophers Herz schlug ihm bis zum Hals, als er sich aus dem halb geöffneten Fenster lehnte. Er brüllte auf Englisch zurück, seinen Bostoner Slang bewusst betonend. »Wir sind hier, um den diensthabenden Offizier zu sprechen!«

Für einen Moment war es still. Dann erschallte die nächste Order: »Steigen Sie aus! Ich will Ihre Hände sehen!«

Christopher spürte, wie sich ein Kloß in seiner Kehle bildete. Links von ihm, etwas in einem Maisfeld versteckt, lagen die durchlöcherten Wracks dreier Autos. Er tastete mit feuchten Händen nach dem Anschnallgurt, dann nach dem Türgriff, ehe er praktisch aus dem Wagen fiel.

»Sie!« Das war an Christopher gerichtet. »Auf die Knie! Hände hinter den Kopf!« Er gehorchte sofort, doch Mtoto kauerte noch auf dem Rücksitz, eng an die Seitentür gepresst, die Hände um den Kopf geschlungen. Max starrte die Soldaten einfach nur an, tiefe Falten auf ihrer Stirn.

Die Stimme wurde schriller. »Verlassen Sie alle drei unverzüglich den Wagen, oder wir werden das Feuer eröffnen!«

»Verdammt noch mal, Sie ängstigen das Mädchen zu Tode!«, rief Christopher, während er einen flehentlichen Blick in Richtung Max warf.

Er wusste nicht, was letztendlich den Ausschlag gab. Der Augenkontakt, die Gewehrläufe oder einfach ihre Erkenntnis, dass auch Mtoto und Christopher in Gefahr waren. Jedenfalls waren Max' Augen mit einem Schlag glasklar. Sie löste den Gurt, öffnete ihre Tür und dann die Tür hinter ihr, ehe sie Mtoto hochhob und sich mit der Kleinen, eng an sich geklammert, neben Christopher kniete, die eine freie Hand in die Höhe gestreckt.

Christopher beobachtete mit zunehmender Frustration, wie die Soldaten noch immer auf sie anlegten. Ein paar Raben krächzten in der Stille.

»Was wollen Sie?«, drang es schließlich aus dem Megaphon.

Christopher schloss für einen Moment die Augen. Er hatte nur eine Chance, das hier richtig zu machen. Er musste sich auf sein Bauchgefühl verlassen, und das ging nur, wenn er ruhig war, so ruhig, wie er in dieser Situation eben sein konnte.

Als er die Augen wieder öffnete, hatte er sich so weit unter Kontrolle, dass seine Stimme fest und klar klang. »Mein Name ist Christopher Hill. Ich bin amerikanischer Staatsbürger. Ich und meine Begleiter sind hier im Auftrag von Doktor Catherine Strive, U.S. Ministry of Defense. Ich befinde mich im Besitz von streng vertraulichen und hochbrisanten Informationen über die Wand.«

Christopher war froh, dass er all dies über die Lippen gebracht hatte, bevor ihm die Stimme versagte. Streng genommen war wenig davon komplett gelogen. Doch wenn auch nur ein Teil seines Bluffs nicht funktionierte, waren sie geliefert.

Für einen weiteren, gefühlt unendlich ausgedehnten Moment war wieder nur das Krächzen dieser vermaledeiten Raben zu hören.

»Warten Sie hier.«

Und mit diesen Worten wurden sie mit einem halben Dutzend Soldaten alleingelassen, noch immer auf dem harten Asphalt kniend, die Hände hinter dem Kopf verschränkt.

Es dauerte eine weitere gefühlte Ewigkeit, ehe ein kleiner, rundlicher Mann mit raspelkurzen Haaren und Stiernacken, der sich selbst als Colonel Miller vorstellte, den Soldaten befahl, die Waffen zu senken.

»Sie haben ja ganz schön mächtige Freunde. Acting Assistant Secretary of the Air Force for Installations, Environment & Logistics. Ihre Doktor Strive ist eine ziemliche Nummer!«, sagte er. »Na gut, dann wollen wir mal nicht so sein. Machen

Sie schon, stehen Sie auf. Wir sind ja hier kein Erschießungskommando.« Er lachte, wobei das Lachen wie das einer Hyäne klang. Er reichte Christopher die Hand, just als dieser wieder auf seinen Füßen stand, ein Handschlag, der wie ein Baseball von der Seite herangeschwungen kam und Christopher halb die Knochen brach. »Na, dann zeigen Sie uns doch mal, was so wichtig ist, dass sie sich an eine bis zu den Zähnen bewaffnete Installation herantrauen …«

In dem schlichten Büro des Offiziers entpackte Christopher die verschlüsselte Kopie des Videos, die er noch vor Mosambik still und heimlich in den Gerätespeicher seines Handys übertragen hatte. Christopher schmunzelte – wer hätte gedacht, dass er all diese Spielereien, die Catherine ihm vor Jahren beigebracht hatte, einmal wirklich brauchen könnte! Der Colonel wirkte jedenfalls schwer beeindruckt, was glücklicherweise auch bedeutete, dass er nicht wusste, dass das Video längst an die verantwortlichen Stellen weitergegeben worden war. So wiederholte Christopher in kurzen Sätzen das, was er in Mosambik schon hundertfach gesagt hatte und schrieb eine ebenso kryptische wie beeindruckend offiziell wirkende E-Mail an die Dienstadresse, die er von Catherine noch im Kopf hatte.

Und tatsächlich, zumindest für den Moment, schien das zu reichen. Christopher, Max und Mtoto wurde eine kleine Unterkunft am Rande der eigentlichen Kaserne zugewiesen, mit der unzweideutigen Anweisung, allen Befehlen augenblicklich Folge zu leisten und das Gelände der Basis auf keinen Fall zu verlassen. Im Gegenzug erhielten sie eine Grundversorgung und das Versprechen, bei einer in den kommenden Tagen geplanten Evakuierung der Basis mitgenommen zu werden, insofern die Kapazitäten denn ausreichten. Kurioserweise – der stiernackige Mann schien die Gründe dafür selbst nicht zu kennen – nach Sigonella, Sizilien, wo seit ein paar Tagen der Großteil der europäischen Streitkräfte der USA gebündelt wurde, und damit auch der Großteil der Evakuierungsmöglichkeiten in Richtung Amerika. Einen Platz in einem der Flugzeuge garantieren wollte ihm der Colonel zwar nicht, aber er hielt es für »sehr wahrscheinlich«, dass »ausreichend Kapazitäten« zur Verfügung stehen würden. Damit war Christopher erst einmal halbwegs zufriedengestellt, doch für Max waren die weiteren Neuigkeiten weniger erfreulich: Den Unterlagen zufolge hatte nie ein Ehepaar Kersch die Basis aufgesucht. Nicht, dass sich Christopher nach ihrer Begrüßung darüber wunderte: Wie sollten die Kerschs hier auch Zuflucht gefunden haben?

Doch dann meinte einer der Soldaten, erst gestern Mittag ein zu Max' Beschreibungen passendes älteres Paar in einem schwarzen Golf vor den Toren der Basis wenden und in Richtung Wiesbaden davonfahren gesehen zu haben.

Und damit war der Salat schon angerichtet. Christopher musste Max nur in die Augen sehen, um zu wissen, dass sie dieser Spur um jeden Preis folgen würde, Erlaubnis hin oder her. Sie stritt es noch nicht einmal ab – dummerweise auch nicht vor dem Colonel.

»Ihnen ist schon bewusst, dass Sie sich unserer Obhut nicht entziehen dürfen?«, sagte er, legte die Beine auf den Schreibtisch, und zündete sich zu allem Überfluss noch eine dicke Zigarre an. Wie klischeehaft wollte der Mann eigentlich wirken? »Mit einer solchen Aktion könnten Sie uns alle in Gefahr bringen.« Er blies einen fast perfekten Rauchring in die Luft.

Christophers Gedanken rasten. Wenn Max so weitermachte, würde der Colonel seine Zusagen noch zurücknehmen. Er musste das Gespräch dringend in andere Bahnen lenken. Doch noch bevor er sich eine Besänftigungsstrategie überlegt hatte, hatte Max schon die Hände in die Hüften gestemmt.

»In Gefahr bringen?« Sie schüttelte vehement den Kopf. Ihr Pferdeschwanz wippte so stark hin und her, dass er ihr abwechselnd gegen die rechte und die linke Schulter schlug. »Womit bitte schön würde ich Sie in Gefahr bringen, wenn ich mich ihrer *Obhut* entzöge?« Christopher warf ihr einen giftigen Blick zu, damit sie endlich die Klappte hielt, doch sie ignorierte ihn nur.

Der Mann paffte unbeeindruckt weiter. »Sie könnten Informationen über diese Basis weitergeben.«

»Informationen? An wen? Und welche? Wir haben doch nur das Wärterhaus und eine Baracke gesehen! Was sollten wir da weitergeben?« Christopher versuchte, Max am Arm zu packen, doch sie drückte ihn zur Seite.

Zeitgleich erhob sich der Offizier von seinem Stuhl. Er hielt seine Zigarre über den Aschenbecher und sah dabei zu, wie der vorderste halbe Zentimeter in diesen hinabrieselte.

Just in dem Moment klingelte das Telefon. Miller zögerte kurz, dann hob er ab, die Rechte am Hörer, die Linke mit der Zigarre auf den Tisch gestützt. Eine Zeitlang schwieg er, legte nur die Stirn in Falten.

»Heute Nacht schon?«, fragte er schließlich, laut genug, dass auch Christopher ihn problemlos verstand. »Verstehe, Sir.« Immer wieder hörte er eine lange Zeit nur zu, um dann einzelne kurze Sätze dazwischenzuschieben. »Was für eine Videoaufnahme? … Können Sie mir denn … Verstehe … Ich sehe sie mir nachher in Ruhe an … Werde die Männer darüber informieren … Sind Sie sicher, dass ich das erst unterwegs bekanntgeben soll? … Verstehe, Sir … Ja, Sir.«

Schließlich legte er auf. Christopher war sich nicht sicher, ob es gute oder schlechte Neuigkeiten waren, die der Colonel erhalten hatte, aber wenn es gute waren, dann ließ sich der Mann das definitiv nicht anmerken.

Fast nahtlos setzte er stattdessen das Gespräch mit Max fort. »Sie wissen nicht, wie gefährdet unsere Lage hier ist. Sie haben nicht mitbekommen, wie es vorletzte Nacht hier aussah.«

»Das stimmt. Aber ich habe die Autowracks am Eingang gesehen. Und ich verstehe, dass Sie Sorge um Ihre Leute haben. Doch was auch immer die letzten Tage hier passiert ist, es wird nicht noch einmal passieren. Ich meine, wenn mittlerweile schon Ihre Soldaten Angst haben, wie geht es dann erst der Zivilbevölkerung? Die Leute, die noch da sind, trauen sich doch kaum mehr aus ihrem Haus! Niemand bei klarem Verstand wird auf die Idee kommen, eine gut bewachte Basis der Army zu überrennen – insbesondere dann nicht, wenn der Stützpunkt der Air Force in Ramstein nur einen Katzensprung von hier entfernt ist. Sie haben hier ja nicht einmal ein einziges Flugzeug, das es über den Teich schaffen würde!«

Der Colonel umrundete seinen Schreibtisch, schüttelte zornig den Kopf. »Es geht hier nicht um Vermutungen oder Wahrscheinlichkeiten. Die Vorschriften …«

Christopher streckte abermals eine Hand nach Max aus. Das würde so nicht funktionieren.

Und Max wusste das auch. »Wir erwarten ja nicht, dass Sie uns einfach so einen Gefallen tun, egal wie klein der wäre. Wir wollen uns auch dafür revanchieren.«

Der Mann verschränkte die Arme vor dem Bauch.

Max sah ihn unbeirrt an. »Wie gesagt: Ich verstehe, worum es Ihnen geht. Und ich verstehe auch, dass Sie niemanden von der Basis lassen. Dass Sie nicht auf sich aufmerksam machen wollen. Aber« – sie zog das Wort in die Länge –»zugleich wollen Sie ja auch einschätzen können, ob Ihnen wirklich Gefahr droht. Wie die Versorgungslage da draußen aussieht, in welchem Zustand sich die Institutionen befinden, ob Ordnung herrscht, ob die Straßen frei sind. Das ist doch alles auch relevant für Sie, nicht wahr? Und wir bieten Ihnen all diese Informationen an, ohne dass Sie sich aus der Basis herauswagen müssen.«

Keine Reaktion.

»Wir mögen vielleicht so aussehen, Sir, aber wir sind keine Amateure. Sie wissen, dass wir im Namen von Doktor Strive hier sind. Sie wissen, wo wir bereits waren, was wir bereits erreicht haben.«

Noch immer keine Reaktion.

»Sir, ich bin hier aufgewachsen. Ich spreche Deutsch, akzentfrei. Ich trage zivile Klamotten. Wir fahren einen zivilen Wagen. Nichts würde Sie mit uns in Verbindung bringen. Und doch könnten wir Ihnen alle Informationen besorgen, die Sie benötigen.«

Ein schmales Lächeln erschien auf den Lippen des Kommandanten. »Verlockend.«

Dann erstarb es, so schnell, wie es erschienen war. »Aber ich fürchte, ich muss ablehnen. Selbst wenn ich Ihnen vertrauen würde: Die Vorschriften verbieten es mir, dieses Risiko einzugehen.«

Max kniff die Augen zusammen. Ihre Stimme wurde leiser, und doch klang sie bestimmter und schärfer denn je. »Meine Familie ist da draußen. Mein Vater, meine Mutter. Ich weiß nicht, ob Ihnen Ihre Familie genug bedeutet, dass Sie das überhaupt verstehen können, aber ich *werde* nach meinen Eltern suchen – und ihre Vorschriften werden mich davon nicht abhalten.«

Christopher schnitt eine Grimasse. So viel zum diplomatischen Vorgehen. Der Colonel, fast zwei Köpfe größer als sie, machte einen Schritt nach vorn. Er stand nun so nahe an Max, dass sein massiger Bauch fast bis an ihre Brust reichte. Er brüllte nicht, drohte nicht, sondern schaute ihr bloß in die Augen – und war ihnen beiden dabei so nahe, dass sogar Christopher seinen Atem spüren konnte. Er roch nach warmem Rauch und fettem Essen.

»Verlassen Sie den Raum«, sagte er leise, an keinen der beiden gerichtet. Die zwei Soldaten hingegen, die Max und Christopher eskortiert hatten, leisteten seinem Befehl sofort Folge.

Auf einmal war es beängstigend still. Der Offizier zog noch einmal an seiner Zigarre, ehe er sie in einem Aschenbecher ausdrückte. Er stieß eine Rauchwolke aus, nicht direkt in Max' Gesicht, aber doch nahe genug, dass sie einiges abbekam. Max blieb ruhig. Sie hustete nicht, beschwerte sich nicht, hielt seinem Blick stand, mit demselben Glitzern in den Augen, das sie die ganze Zeit schon hatte, die Hände noch immer in die Hüfte gestemmt. Wenn überhaupt, dann wurde ihr Stand noch breiter, streckte sie ihren Rücken noch mehr durch, hob sie ihr Kinn noch mehr an.

»Wissen Sie eigentlich, wie Sie mit mir reden? Wenn Sie einer meiner Soldaten wären, würden Sie es jetzt schon bereuen, den Mund aufgemacht zu haben!« So wie er es sagte, klang es wie eine Tatsache, nicht wie eine Drohung.

Plötzlich legte er seine Hände auf Max' Schultern. Es sah angsteinflößend aus, regelrecht besitzergreifend. Christopher regte sich, doch ein kurzer Blick des Offiziers reichte, dass er sofort innehielt. Max rührte sich nicht, aber Christopher kannte sie lange genug, um ihre immer stärker werdende Anspannung zu spüren. Die körperliche Überlegenheit des Soldaten und die Bedrohung ihrer Intimsphäre forderten ihren Tribut. Der Griff ihrer Hände um ihre eigene Hüfte hatte sich gelockert. Hoffentlich machte sie jetzt keine Dummheit. Nein, hoffentlich machte *er* jetzt keine Dummheit!

»Ich liebe meine Eltern«, sagte er schließlich, seine massigen Pranken noch immer auf ihren Schultern. »Ich würde verdammt viel dafür geben, jetzt daheim bei ihnen in Kentucky zu sein. Und genau wie Sie würde ich jede rote Linie überschreiten, um sie zu retten, wenn sie in Lebensgefahr wären. Aber das heißt nicht, dass ich erwarten kann, dass der Rest der Welt Verständnis dafür zeigt!«

Und damit ließ er sie plötzlich los. Christopher konnte sehen, wie sich ihre Hände, die sich bereits zu Fäusten geballt hatten, wieder lösten. Doch seine eigene Anspannung blieb.

Der Colonel hatte sich von ihnen weggedreht, seine Fingerknöchel auf dem Schreibtisch abgestützt.

»Ich werde Ihnen zuliebe nicht die Regeln brechen und die Sicherheit dieser Basis aufs Spiel setzen. So gering das Risiko auch sein mag – ich muss garantieren können, dass Sie keine Informationen weitergeben.« Er hielt kurz inne, ihnen weiterhin den Rücken zugewandt, ehe er in betont kühlem, fast abschätzigem Tonfall fortfuhr. »Und deswegen werde ich Ihnen zwei Soldaten als Aufpasser zur Seite stellen. Sie haben bis Sonnenuntergang. Wenn Sie allen Anweisungen Folge leisten, nehme ich Sie heute Nacht mit.«

Christopher begann ungläubig zu grinsen, just, als sich Colonel Miller wieder zu ihnen umdrehte. Christophers Lächeln verschwand augenblicklich.

An dem durchdringenden Blick des Mannes hatte sich nichts geändert. »Solange Sie unter Bewachung stehen, ist es mir egal, ob sie hier drinnen oder da draußen sind. Also bilden Sie sich jetzt ja nicht ein, mit ihrer kleinen Rede zu mir durchgedrungen zu sein. Ich hatte ohnehin vor, ein paar verdeckte Aufklärungstrupps auszusenden.« Er fischte eine weitere Zigarre aus seiner Hosentasche. Seine Stimme wurde leiser. »Sie sind jedenfalls nicht die Einzigen, denen der letzte Monat ordentlich ans Bein gepisst hat.« Eine kurze Pause, in der sein Blick noch einmal auf Max ruhte. »Und jetzt raus hier!«

Mtoto verstand sofort, wie sehr es Max drängte, rasch loszukommen, auch wenn sie draußen vor der Tür nur einen Teil des Gesprächs mitbekommen hatte. Ihren deutschstämmigen Bewachern – just die beiden Soldaten, die sie anfangs ins Büro von Colonel Miller eskortiert hatten – schien es weniger eilig zu sein, und so dauerte es eine Weile, bis sie sich auf die Rückbank eines bestenfalls funktional eingerichteten, streng nach Öl und Metall riechenden Jeeps quetschen durften.

Genau wie am Vormittag waren die Straßen praktisch frei. Die wenigen Autos und Fußgänger, die sie schließlich passierten, waren schwer beladen. Der Großteil von ihnen ignorierte sie, aber manche wichen regelrecht aus, als Christopher, Max, Mtoto und ihre beiden nun in Jeans und T-Shirt gekleideten

Begleiter den Asphalt hinunterbretterten. Zivilfahrzeug hin oder her – ihr uralter Opel wäre weniger auffällig gewesen.

Max' erstes Ziel war die Stadtverwaltung von Wiesbaden, der Arbeitgeber ihres Vaters. Entgegen Christophers Erwartung war an diesem Nachmittag eine kleine, hoffnungslos überlastete Rumpfcrew tatsächlich noch bei der Arbeit. Einige von ihnen waren damit beschäftigt, eingehende Meldungen mit einer provisorischen Zentralstelle des Technischen Hilfswerks und des Roten Kreuzes auf dem Schlossplatz zu koordinieren, andere schienen gerade per Telefonkonferenz über den aktuellen Stand der Versorgungslage der Stadt zu beraten. Strom hatten sie hier also noch – oder wieder. Dennoch dauerte es eine Ewigkeit, ehe sie einen Beamten fanden, der gerade abkömmlich war und auch noch Max' Vater kannte.

Und tatsächlich: Ihre Eltern waren hier gewesen, gestern erst, kurz nachdem sie es an der Army Base probiert hatten. Sie hatten anscheinend versucht, an Informationen über die Straßenblockaden zu kommen, und als das nicht klappte, hatte Max' Mutter gegenüber ihrem Mann etwas von einem Vereinsheim und einer Kirche geredet. Mehr konnte ihnen der Mann auch nicht sagen.

Zusammen mit ihren beiden Begleitern, denen die Warterei neben den verbliebenen deutschen Einsatzkräften sichtlich unangenehm gewesen war, marschierten sie zurück zum Jeep. Max hatte bereits eine Vermutung, welches Vereinsheim er gemeint hatte – sie murmelte etwas von »blasierten Entwicklungshelfern« –, und lotste sie zu einem unscheinbaren Gebäude in einem kleinen Ort nahe an der A3. Doch das Haus lag wie ausgestorben vor ihnen.

Während Max trotzdem mit Mtoto an ihrer Seite – deren große Augen ihre mangelnde Kenntnis der fremden Sprache mehr als wettmachten – an Dutzende Türen hämmerte und vergeblich versuchte, den Leuten im Dorf eine Antwort bezüglich des Verbleibs ihrer Eltern zu entlocken, blieb Christopher im Jeep sitzen. Immer öfter schaute er auf die Uhr, in wachsender Sorge, zu spät zur Basis zurückzukehren. Auch Max schien sich des Zeitlimits bewusst zu sein. Obwohl sie weiterhin Besonnenheit auszustrahlen versuchte, sah er, dass sie hektischer wurde, unruhiger. Und mit jeder neuerlichen Enttäuschung sank ihre Stimmung weiter.

Schließlich kehrte sie in den Jeep zurück, ohne Christopher in die Augen zu sehen. Mit leisen Worten navigierte sie ihre beiden Begleiter in Richtung Osten.

Es war bereits nach neunzehn Uhr, als sie schließlich die Kirche in Königstein im Taunus erreichten, nur ein paar Kilometer südöstlich von Max' Heimatgemeinde gelegen.

Doch schon als sie auf dem Kirchenparkplatz anhielten, war klar, dass das Gebäude nichts mit dem Vereinsheim gemein hatte. Die Pforte stand offen, das Rauschen vieler lautstarker Gespräche drang nach draußen. Als Max, Christopher und Mtoto sich zusammen mit den beiden Soldaten der Kirche näherten, trat gerade eine ältere Dame aus dem neugotischen Bau, an der Leine einen auf Hochglanz gestriegelten Dackel. Ohne sie – oder den Jeep an der Straße – auch nur eines Blickes zu würdigen, ließ sie den Hund auf einem abgelegenen Stück des Rasens sein Geschäft erledigen und schritt dann wieder in die Kirche zurück, so, als wäre dies das Normalste der Welt.

Der erste Eindruck hatte tatsächlich nicht getrogen: Die Kirche war zum Bersten voll, mit Jungen wie Alten, von denen nun viele die Neuankömmlinge beäugten. Ganze Familien waren hier, einige hatten sogar ihre Haustiere mitgebracht, andere beteten gerade in einem großen Kreis in der Nähe des Altars. In einer Ecke der Kirche, direkt unter der Kanzlei, war eine kleine Suppenküche eingerichtet worden. Der Geruch von saftigem Gulasch stieg Christopher in die Nase und sorgte dafür, dass ihn sein Bauch lautstark daran erinnerte, dass sie seit dem Schiff nichts mehr zu essen bekommen hatten. Vielleicht konnte er ja zumindest noch ein Stück Brot für die Fahrt einpacken …?

Christopher sah sich um, doch wenn irgendwelche Kirchenvertreter hier die Führung hatten, dann ließen sie sich nicht blicken.

Max hatte Mtoto in seiner Obhut gelassen und arbeitete sich nun in den Raum vor. Immer wenn sie ein Gesicht erkannte, fing sie ein Gespräch an, das rasch in ein Kopfschütteln der befragten Person mündete – bis sie schließlich länger bei einem Mann gehobenen Alters mit einem völlig aus der Zeit gefallenen Backenbart stehen blieb.

Christopher bewegte sich mit Mtoto in ihre Richtung, um mitzubekommen, worüber sie redeten – beziehungsweise, worüber der Mann redete, denn er ließ Max kaum zu Wort kommen.

»… es ist furchtbar, einfach furchtbar! Niemand weiß, was zu tun ist. Im Fernsehen kamen einmal Meldungen, dass die Wand tödlich ist, und dann wieder, dass sie völlig ungefährlich sein soll. Mittlerweile kommt bloß noch, dass es nur mehr eine Frage von Tagen ist, ehe man all das genauer versteht und in den Griff bekommt. Und das mit den USA … wer weiß schon, ob das jetzt stimmt oder auch wieder nur so eine Meldung ist, die genauso gut falsch wie richtig sein kann!«

»Georg …«

»Deswegen ist auch erst einmal fast niemand geflohen. Bis zu den Straßensperren durch die Bundeswehr und den nächtlichen Ausgangssperren und den Straßenschlachten in Berlin und dem Umsturz in Portugal und den Meldungen über die slowakische Regierung, die ja angeblich nach Amerika geflohen ist. Und dann war das auch noch die Nacht, als es Mekka erwischt hat, und man kann sich ja vorstellen, was da im Nahen Osten los war, und auch bei uns in den Großstädten. Dann wollten auf einmal doch mehr raus, und einen halben Tag lang herrschte das größte Chaos, das man sich nur vorstellen kann. Aber selbst dann … wenn man nicht weiß, wo es noch sicher ist … und wenn man hört, dass es in den USA auch nicht besser aussieht … die meisten sind dann am Ende doch in ihrer Heimat geblieben, bei ihren Liebsten, weißt du?«

»Georg …«

»Es ist alles nur so schlimm, wie man es macht. Wenn man zusammenarbeitet, dann kriegt man das schon hin. Lebensmittel kommen noch genug rein. Die großen Lkw-Speditionen helfen mit, und viele ehrenamtliche Organisationen auch. Das Trinkwasser passt auch, außer natürlich in Frankfurt. Und die öffentliche Ordnung … wenn man nicht gerade nachts oder in den großen Städten unterwegs ist, ist das auch nicht so schlimm, jedenfalls nicht mehr so schlimm wie in der Nacht auf Sonntag. Die letzten eineinhalb Tage sind nur Nachwehen. Und seit heute Mittag haben wir sogar wieder durchgehend Strom!«

»Georg, ich habe dich nach meiner Mutter gefragt!«

»Dafür ist jetzt aber unsere Pastorin weg, was natürlich schlimm ist. Wobei man das auch verstehen kann; sie wollte einfach nur zu ihrer Tochter, nach Amerika.«

»Georg!« Max packte ihn unsanft am Ellbogen. »Birgit *ist* meine Mutter!«

Der Mann starrte sie verständnislos an.

»Georg, du kennst mich – wir waren mal Nachbarn! Ich bin's, Maximiliane!«

»Aber … Maximiliane ist doch auf dem Weg nach Amerika.«

»Wenn ich auf dem Weg nach Amerika wäre, dann könntest du mir jetzt nicht dabei zusehen, wie ich die Augen verdrehe.«

Er blinzelte. »Maximiliane?«

»Die Leibhaftige.«

»Maximiliane!« Er legte ihr die Hände an die Oberarme. »Es ist so schön, dich in Sicherheit zu wissen! Deine Mutter ist auf dem Weg zu dir.«

Max verzog das Gesicht zu einer Grimasse.

»Maximiliane, ich kann dir gar nicht sagen …«

»Jetzt nicht, Georg. Bitte, erzähl mir alles, was du von meiner Mutter weißt.«

Ein unsicherer Blick. »Nun, sie ... sie hat hier gestern Mittag die letzte Predigt gehalten und ist dann direkt mit ihrem Mann, also ich meine, deinem Vater, zu einer Basis der Amerikaner bei Wiesbaden gefahren. Er hat gemeint, er könnte dort vielleicht gewisse Beziehungen ausspielen.«

»Wir waren bei der Basis«, sagte Max. »Meine Eltern durften dort nicht bleiben.«

»Ja, das haben sie auch gesagt.«

Max zuckte zusammen. »Wie? Du hast sie danach noch einmal gesehen?«

»Ja, gestern Abend. Deine Mutter hat noch einen Brief an die Kirchengemeinde geschrieben und mir übergeben. Weil sie Angst hatte, dass die Menschen sich von ihr im Stich gelassen fühlen. Sie wollte erklären, warum sie geflüchtet sind, und dass es vor allem wegen dir war. Weil sie dich auf jeden Fall in den Staaten noch einmal sehen wollte, bevor ... nun, für den Fall, dass alles nicht so glimpflich ausgeht.«

Max schluckte sichtlich.

»Aber wenn du jetzt hier bist, dann kannst du ja gar nicht in Amerika sein!«, sagte der Mann plötzlich. »Was tust du überhaupt hier? Deine Mutter sagte, du seist auf einem Schiff nach Boston!«

»Das dachte ich auch ...«, sagte Max, den Mund verzogen. »Und jetzt bin ich hier, und meine Eltern sind es nicht mehr! Haben sie denn angedeutet, wohin sie wollten?«

»Ja, das haben sie. Sie hatten erst überlegt, zu den Amis nach Ramstein zu fahren, bis sie in den Nachrichten davon gehört haben, wie es dort aussieht. Und als dann Gerüchte aufkamen, dass in Frankfurt doch noch Maschinen abheben, wollten sie es noch einmal dort am Flughafen versuchen.«

»Frankfurt? Aber das war doch sicher einer der ersten, die geschlossen wurden?«

»Ja, das hat dein Vater auch gemeint. Er hat aber auch gesagt, dass er es an allen möglichen anderen Flughäfen probieren will, wenn Frankfurt nicht klappt.« Georg schaute Max unsicher an. »Ich glaube, sie haben einfach darauf gehofft, dass die Meldungen stimmen. Am Ende haben sie wohl schlicht keine andere Option mehr gesehen.«

Um den Flughafen noch rechtzeitig vor Sonnenuntergang zu erreichen, mussten sie sofort aufbrechen. Christopher bereute es, in der Eile nicht doch noch ein Stück Brot eingepackt zu haben, mehr noch, er bereute es sogar, sich nicht entschieden dafür eingesetzt zu haben, die Suche hier und jetzt komplett abzubrechen – um ihre Evakuierung nicht zu gefährden.

Überhaupt war er schon den ganzen Tag in Gedanken mehr bei ihrer baldigen Evakuierung gewesen als bei Max und der Suche nach ihren Eltern. Oder selbst bei Mtoto und ihren Gefühlen.

Dabei war er noch in Tansania, noch an dem Morgen, bevor sie dieses unheilvolle Ding entdeckten, fest davon ausgegangen, dass sich das mit ihm und Max wieder einrenken würde, irgendwie, irgendwann. Dass das, was sie verband, zurückkehren würde. Die Wand hatte an diesem Gefühl nichts geändert. Im Gegenteil, eine Zeitlang war er davon ausgegangen, dass ihre Zusammenarbeit bei der Flucht bedeutete, dass eben genau diese Verbindung wieder wuchs. Aber war dem wirklich so? Oder hatte die Zweckmäßigkeit einer gemeinsamen Flucht ihre Probleme einfach nur zeitweilig verdeckt? War er für Max vielleicht bloß noch ein weiterer Soma, ein willkommener Begleiter, von dem man sich aber ohne viel Aufhebens lossagen konnte, sobald es unbequem wurde? Und, schlimmer noch: War sie dasselbe für ihn?

Christopher lehnte den Kopf gegen die Fensterscheibe und schloss die Augen. Tansania, das Tansania, als sie sich noch glücklich wähnten – dieses Tansania war schon lange vom Erdboden verschwunden.

Die Sonne stand bereits tief, als sie auf der A5 den Main überquerten. Für ein paar Sekunden tauchte zu ihrer Linken, ausnahmsweise nicht durch Lärmschutzwände und Gebäude verdeckt, die große Eisenbahnbrücke und das dahinter liegende Herz der Metropole auf – und die Schemen Tausender Menschen, die zu einer großen Masse verschmolzen. Die tiefstehende Sonne spiegelte sich in den Glastürmen des Finanzviertels und tauchte die Innenstadt in ein Meer aus Feuer. Auf den ersten Blick schien das Stadtgebiet weitgehend unversehrt zu sein, doch für einen Moment meinte Christopher zu erkennen, wie zwischen den unzähligen orangenen Reflektionen auch zwei oder drei echte Feuer aufflackerten … Ein paar weitere Sekunden und das surreale Spektakel war ihrem Blick wieder entzogen, so, als wäre es nur ein Traum gewesen.

Bald darauf erreichten sie den Flughafen, und stellten den Jeep einfach direkt vor dem Haupteingang ab.

Christophers erstes Gefühl war Erleichterung. Der Flughafen war intakt. Gepäckstücke lagen herum, und Autos parkten kreuz und quer, aber die Anlage an sich sah noch gut aus.

Doch dann kamen die Sorgenfalten. Der Flughafen war nicht nur intakt, er war vor allem leer. Keine Menschen, so weit das Auge reichte, nicht auf dem Parkplatz, nicht in der Empfangshalle, nicht im Terminal.

Max war bereits aus dem Jeep gesprungen und in Richtung der Schalter gerannt. Christopher und Mtoto folgten ihr, an den Schaltern vorbei, durch die Sicherheitsschleusen – ein merkwürdiges Gefühl, da so einfach durchzustürmen – und dann schließlich beim Gate über ein offenes Treppenhaus direkt auf das Flugfeld.

Hier erst war Max stehen geblieben. Als Christopher außer Atem zu ihr aufschloss, drehte sie sich gerade langsam im Kreis. Mit Bestürzung in den Augen starrte sie auf die Flughafengebäude, die Gangways, die Start- und Landebahnen, den Tower, der im letzten Licht und der letzten Wärme der untergehenden

Sonne erstrahlte. Alles war leer. Nicht eine einzige Maschine: kein Airbus, keine Boeing, nicht einmal eine kleine Cessna. Lange schon musste das so sein, von den Pfützen in den Gangways und dem Müll auf dem Boden zu schließen, zu lange, als dass Max' Eltern gestern Abend noch einen Flieger hätten erwischen können. Doch wohin sie stattdessen gefahren waren, konnten Christopher, Max und Mtoto nicht einmal erahnen.

Sie waren einen Tag zu spät gekommen.

Nur einen einzigen Tag.

Christopher war verblüfft, welchen gefassten Eindruck Max während der Rückfahrt erweckte. Sie kraulte Mtoto und machte sogar ein paar teils eher witzige, teils eher zynische Kommentare über die Situation der Welt im Allgemeinen und Frankfurts im Speziellen. Doch tief in sich drinnen wusste Christopher, was die Ereignisse der letzten Stunden für sie beide bedeuteten. Er fühlte sich wie im Auge eines Sturmes. Fast hätte er sich den starren Blick zurückgewünscht, den Max in der Ruine ihres Elternhauses gehabt hatte. Oder einfach nur Tränen. Etwas, das ihm zeigte, dass sie verstand, was das alles gerade mit sich brachte, für sie, für ihn, für Mtoto.

Aber es blieb beim schwarzen Humor, auch, als sie schließlich in der Dämmerung in die Basis zurückkehrten. Das gesamte Gelände war wegen der bevorstehenden Evakuierung von hektischer Betriebsamkeit erfüllt. Christopher, Max und Mtoto hingegen wurde befohlen, sich nach ihrem Rapport in ihrem Zimmer »bereitzuhalten«, um sich dann Punkt vier Uhr morgens an einem Lkw-Versorgungsdepot direkt vor ihrer Baracke einzufinden. Ein paar Stunden Schlaf hätten sie also theoretisch noch bekommen können, doch Christopher wusste, dass er keine Chance hatte, zur Ruhe zu kommen. Nicht nach diesem Tag. Aber dass auch Max nicht schlafen konnte, hatte er noch nie erlebt.

Und so war Christopher auch nicht wirklich überrascht, als ihm Max noch mitten in der Nacht, ein paar Minuten vor Abfahrt des Konvois, klarmachte, dass sie nicht mitkommen würde, wortlos, mit einem einzigen Blick. Er hatte sich darauf vorbereitet, seit Stunden schon.

Er wusste, dass sie sah, wie irrational und egoistisch sie sich verhielt, und wie gering die Chancen waren, ihre Eltern zu finden, falls sie nicht von sich aus zurückkehrten.

Er wusste, dass sie zweifelte, zögerte, wegen Mtoto und wegen dieser Chance, die Sizilien darstellte.

Aber er wusste auch, dass sie ihre Eltern nicht aufgeben würde.

Und trotzdem hatte er sich dazu durchgerungen, hart zu bleiben. Vernünftig zu sein, endlich einmal, ohne seinen Ängsten oder falsch verstandener Nostalgie nachzugeben. Die einzige Chance zu nutzen, die sich ihm bot, um hier lebend rauszukommen. Und das, obwohl Mtoto wahrscheinlich bei Max bleiben würde. Obwohl er damit sein Verantwortungsgefühl verriet, und den Teil in ihm, der noch an den alten Zeiten hing.

Max wusste von seiner Entscheidung, genauso, wie Christopher von der ihren wusste. Und beide wussten, dass der andere es wusste.

Nur, dass auch Mtoto es wusste, sah Christopher erst, als sie sich mit großen Augen vor der Barackentür neben Max stellte, Kukingas Ball in den Händen. Selbst sie kam ohne Worte aus, und als Christophers Blick auf ihren Ball fiel, da begriff er, warum sie sich so entschieden hatte, wusste er, dass sie verstand, was Max gerade fühlte.

Und fast hätte er einen Rückzieher gemacht.

3:58 Uhr. Wie eisig es doch auf einmal geworden war! Ein Militärtransporter zuckelte in der Dunkelheit heran. Seine Scheinwerfer malten diffuse Lichtkegel in den Frühnebel. Noch einer tauchte auf, und noch einer, und noch einer, bis schließlich eine ganze Kette von Lastwagen und Jeeps an ihnen vorbeikroch, eine Lanze aus Licht in die Kälte und Schwärze der Nacht schneidend. Einer nach dem anderen passierte das

Haupttor. Es dauerte lange, bis Christopher das Ende der Reihe ausmachen konnte, bis sich der letzte der Lastwagen brummend ihrer Baracke näherte. Schließlich kam genau dieser Transporter dicht neben ihnen zum Stehen.

Christopher griff nach dem Rucksack, den er gepackt hatte, und drehte sich zu Max und Mtoto um. Mtoto nickte ihm zu, ein knappes, aber entschlossenes Nicken, fast wie das eines Erwachsenen. Christopher spürte, wie sich sein Brustkorb verengte.

Er wollte irgendetwas Bedeutungsvolles sagen, etwas, das diese Situation für sie alle ein bisschen erträglicher machen würde, aber ihm fiel partout nichts ein. Er wollte sie umarmen, aber er konnte nicht.

Und so stieg er einfach wortlos ein.

»Nur Sie?«, fragte der Fahrer.

Christopher nickte bloß.

Max und Mtoto sahen ihm durch den Beifahrerspiegel hinterher. Als sich der Truck in Bewegung setzte, drehte sich Mtoto von ihm fort und vergrub den Kopf in Max' Schoß. Max und Christopher hingegen konnten den Blick nicht voneinander abwenden. Und so sah Christopher mit feuchten Augen zu, wie seine beiden Mädchen im Rückspiegel immer kleiner wurden, kleiner und fahler, ehe die Schwärze der Nacht Max und Mtoto vollends verschluckte.

KAPITEL 10

Catherine hatte nur noch vage Erinnerungen an alles, was danach geschehen war. Jemand hatte die Polizei gerufen. Einer der Beamten hatte sie zur Seite genommen, noch auf dem Dach des Pentagons, und sie ausgefragt. Sie wusste nicht mehr, was sie ihm gesagt hatte, aber er schien damit so zufrieden gewesen zu sein, dass er Catherine schon bald gehen ließ, so, als ginge es bloß um eine zerbrochene Fensterscheibe.

Irgendwie hatte sie ihre Pflichten dann noch hinter sich gebracht, und irgendwie hatte sie es am Ende des Tages zurück zu ihrem Wohnkomplex geschafft, hatte benommen ihren Computer eingeschaltet, mit zittrigen Fingern die Verbindung über einen sicheren Proxy geleitet und schließlich Jamals Anmeldeinformationen eingetippt.

Bis zuletzt klammerte sie sich an die Hoffnung, er habe sich geirrt oder zumindest etwas übersehen, aber je intensiver sie das Material durchforstete, die Videos begutachtete, das Quellenmaterial, die Zeitstempel – Teile waren schon vor fast zwei Wochen erstellt worden, nur einen Tag nach dem Fall Johannesburgs –, desto klarer wurde ihr, dass es keine andere Interpretationsmöglichkeit gab. Jamal hatte recht gehabt. Das Video war eine Fälschung. Und sie hatte den Beweis.

Catherine bebte am ganzen Leib. Sie stand auf, stützte sich mit zittrigen Knien auf die Lehne ihres Stuhls, so lange, bis dieser wegrutschte, und machte dann ein paar langsame, ungelenke Schritte durch den Raum. Ihr Blick reichte in die Ferne, über die ganze Stadt, doch ihre Augen konnten sich auf nichts fokussieren, an nichts Halt finden. Sie stieß an die Panoramascheibe, schmiegte ihre Wange gegen das Glas. Ihr Atem beschlug an der Scheibe. Sie rollte sich am Fenster herum, bis sie mit dem Rücken daran lehnte und sackte dann langsam an der

Scheibe herab. Und so saß sie da, stumm, mit zitternden Armen und Beinen, unfähig, auch nur einen Muskel ihres Körpers bewusst zu kontrollieren.

Ihr Verstand raste, doch es fühlte sich an, als kämpften sich ihre Gedanken durch Brei. Sie biss die Zähne zusammen, versuchte mit wachsender Verzweiflung die lähmende Angst beiseitezuschieben.

Sie wusste, was all das bedeutete. Die Wand war tödlich, alle Indizien deuteten darauf hin. Und nur der Kontinent würde verschont bleiben. Auch wenn sie es nicht wahrhaben wollte, auch wenn ihr Gehirn sie anflehte, diesen Gedanken nicht zu Ende zu denken: Beides passte perfekt zusammen. Und die Konsequenz war klar. Pacifica würde als einziger Rückzugsort verbleiben. Ein Refugium für die Menschheit. *Das* Refugium. Egal, wer oder was den Kontinent geschaffen hatte, egal, welche Hintergedanken dahinter standen, egal, ob er überhaupt dauerhaft Bestand hatte: Er war ihre einzige Hoffnung. Eine Notheimat, vielleicht für ein paar Monate nur, vielleicht auch für immer, falls die Wand am Punkt ihrer größten Ausdehnung einfach verharren würde.

Sie wollte schreien, mit ihren Fäusten gegen die Fensterscheibe hämmern, in der wütenden Hoffnung, sie durchzuschlagen, all dem hier ein Ende zu bereiten, doch sie konnte nicht, konnte ihre Hände nicht bewegen, *durfte* sie nicht bewegen.

Zorn stieg in ihr empor, und Hass. Hass auf Jamal, weil er ihr das eingebrockt hatte – und sich im selben Atemzug so feige aus der Verantwortung gestohlen hatte. Und ihr zugleich eine echte Wahl verwehrte, ihr nur diese eine Möglichkeit ließ.

Nein.

Das konnte es nicht sein. Es musste eine andere Option geben. Die richtige.

Und doch … Ihre Mission war glasklar. Sie musste so viele Menschen wie möglich retten. Ihnen eine Lebensgrundlage auf dem Kontinent schaffen. Das war das Einzige, was jetzt noch zählte.

Doch dazu brauchte sie Ruhe und Ordnung. Ungestörten Zugriff auf die nötigen Ressourcen. Eine stabile Wirtschaft.

Und genau dafür war die Fälschung geschaffen worden: um Zeit zu erkaufen. Um Panik zu vermeiden, einen Zusammenbruch der Ordnung, einen unkontrollierten Exodus nach Pacifica, wo die Menschen, unvorbereitet, auf sich allein gestellt, keine Chance hätten – sofern sie überhaupt so weit kamen, sofern der Fluchtversuch von Millionen nicht in demselben Desaster endete wie die europäische Diaspora der letzten Tage, in zerstörten Häfen, die niemandem mehr helfen würden.

Und doch: Die Menschen verdienten, selbst eine Wahl zu treffen. Sie hatten ein Recht, die Wahrheit zu erfahren. Und Catherine hatte die Pflicht, ihnen zu ihrem Recht zu verhelfen.

Jamal lag in einem Punkt goldrichtig: Catherine hatte die nötige Macht – erst recht mit Claritys Hilfe. Sie konnte die Fälschung bekannt machen, auf Kanälen, auf denen niemand die Nachricht aufhalten konnte.

Sie bebte, von Kopf bis Fuß. Ihr blieb schlichtweg keine Wahl, als die Wahrheit ans Licht zu bringen. Sie musste es tun, so, wie sie atmen musste, um am Leben zu bleiben. Jede Sehne in ihrem Körper verlangte danach.

Und doch: Sie durfte es nicht tun. Wenn sie die Fälschung aufdeckte, dann verurteilte sie Hunderttausende zum Tod, vielleicht Millionen. Die USA würden im Chaos versinken. Die Wirtschaft würde zusammenbrechen. Und die Menschen, die es auf den Kontinent schafften, würden ohne eine effiziente Versorgung schon die ersten Wochen nicht überleben.

Aber wenn sie im Gegenzug die Chance bekam, nur noch ein, zwei Monate mit der geballten Macht der amerikanischen Wirtschaft die Infrastruktur und die Wasserversorgung auszubauen, Unterkünfte zu schaffen und Felder anlegen zu lassen, heimlich und in Ruhe, bevor die Regierung eine geordnete

Evakuierung anlaufen ließ, dann konnte sie eine Lebensgrundlage für Millionen schaffen.

Und würde damit zugleich allen anderen die Chance rauben, selbstbestimmt über ihr Schicksal zu entscheiden. Zu fliehen, anstatt auf eine Lüge zu vertrauen. Zu handeln, anstatt in trügerischer Sicherheit auf die Ankunft der Wand zu warten.

Nein. Nein!

Sie spürte, wie sich ihre Gedanken immer schneller im Kreis drehten, wie ihr Herz raste und sie zu hyperventilieren begann. Sie stand kurz davor, umzukippen. Sie kämpfte dagegen an, aber warum eigentlich?

Sie hatte die Wahl zwischen falsch und falsch. Wie sollte das gehen? Und doch musste sie eine Entscheidung treffen, weil nichts zu tun – weder für sie zu kämpfen, noch sie für sich selbst kämpfen zu lassen – noch viel verwerflicher wäre.

Catherine spürte, wie ihre Augen feucht wurden. Wütend biss sie die Tränen zurück. Nichts von alledem war fair. Die Wand, der Kontinent, ihre Rolle in dieser fürchterlichen Scharade.

Aber sie musste sich entscheiden, hier und jetzt, bevor sie die Kraft dazu verließ, bevor sie sich zu einer kleinen Kugel zusammenrollte und hier liegen blieb, auf immer und ewig. Bevor sie sich weigerte, nach den Regeln zu spielen, die ihr diese wahnsinnig gewordene Welt aufgezwungen hatte.

Und sie wusste, wie die Entscheidung ausfallen würde. Ein Teil von ihr hatte es schon die ganze Zeit über gewusst.

Ehe ihr Körper begriff, was sie da tat, hatte sie sich in die Höhe gekämpft und mit vier langen, starren Schritten den Weg zu ihrem Computer hinter sich gebracht.

Und bevor ihr Bauch eine Chance bekam, sie doch noch davon abzubringen, hatte sie sich bereits hinter ihre Monitorphalanx geschwungen und eine Reihe von Befehlen in ihre Tastatur gehämmert.

Ihr Gesicht zeigte keine Regung, als sie mit Enter das Kommando bestätigte, das sämtliche Dateien in Jamals Konto zigfach überschrieb und damit unwiederbringlich zerstörte.

Ein, zwei Minuten dauerte es, dann meldete der Computer die erfolgreiche Ausführung des Kommandos. Es war, als hätte es die Beweise nie gegeben.

Catherine stand auf. Sie zitterte nicht mehr. Ihr Blick war klar.

Sie ging zum Bett, legte sich darauf, steif, kerzengerade, ohne die Decke über sich zu ziehen, ohne ihre Schuhe, ihre Stoffhose oder ihren Blazer abzulegen, und starrte an die Decke über sich, auch dann noch, als schließlich die Nacht hereinbrach und sie nichts mehr sah außer den flackernden Mustern, die ihr Gehirn in der Dunkelheit zu erkennen glaubte, auch dann noch, als die Rede des Präsidenten aus dem Fernseher ihrer Nachbarin schallte, als draußen die Hupkonzerte begannen, die Feuerwerke und die Partys.

Und sie starrte noch immer auf die Decke, als es hell zu werden begann und ein neuer Morgen anbrach, schöner noch als der zuvor.

Ihr Wecker läutete. Sie schaltete ihn aus, stand auf und verließ ihre Wohnung, als sei es ein Tag wie jeder andere.

Auf dem Flur begegnete sie Juliette. Catherine versuchte, so zu tun, als habe sie sie nicht gesehen, doch ihre Nachbarin hielt schnurstracks auf sie zu und fiel ihr um den Hals, so herzlich wie eh und je. »Ach, Catherine, ich bin so glücklich! Das sind wunderbare Nachrichten, nicht wahr?«

Catherine erstarrte, unfähig, die Umarmung zu erwidern. Juliette gab ihr zwei Küsschen auf die Wangen. Catherine spürte jeden Muskel und jeden Knochen ihres schlanken, durchtrainierten Körpers unter dem Sommerkleidchen. Der Geruch von edlem Parfüm stieg ihr in die Nase.

Catherine wand sich aus dem Griff. Ihre Haut fühlte sich so an, als würde sie brennen, überall dort, wo Juliette sie berührt hatte.

»Ja, wirklich wunderbar.« Catherine war auf einmal furchtbar übel, doch sie zwang sich zu lächeln. Ein, zwei Sätze Konversation, vorher würde Juliette sie nicht gehen lassen. »Deinen Töchtern geht es gut?«

»Ich habe gestern Morgen zuletzt mit ihnen gesprochen. Maman war mit ihnen unterwegs nach Bordeaux, zu einem Schiff in Richtung New York. In ein, zwei Wochen sind wir wieder vereint. Dann warten wir hier alle zusammen auf die Wand.« Sie lachte. »Wird auch Zeit, dass der Spuk vorübergeht! Lars scherzt schon, ich verkäme immer mehr zu einer Hausfrau und obendrein zu einer ganz furchtbaren, weil ich nicht einmal mehr sein Lieblingsbier auftreiben kann.« Sie schüttelte grinsend den Kopf. »Manchmal denke ich, er kann's gar nicht erwarten, dass ich meine Taekwondo-Schule wieder aufmache und meine Energie woanders ablasse.«

Catherines Hände ballten sich zu Fäusten, versuchten, das Zittern zu unterdrücken, das ihren Körper erfasst hatte. Und wenn Sie ihr einfach einen winzig kleinen Hinweis gab, einen Verdacht streute, der sie von sich aus zum Nachdenken brachte? Das konnte doch keinen Schaden anrichten, oder?

Juliette stockte. »Was ist los mit dir?« Sie strich Catherine eine Strähne aus dem Gesicht. »Du siehst ja ganz bleich aus.«

Catherine trat einen Schritt zurück, aus Juliettes Reichweite hinaus. »Eine schlechte Nacht, das ist alles.« Sie zwang sich, ihre Finger zu entspannen.

»Oh, du Ärmste! Magst du kurz reinkommen? Ich mache dir eine heiße Schokolade, die vertreibt die Müdigkeit im Nu!«

»Nein!« Sie erschrak selbst, welche Schärfe sie in das Wort gelegt hatte. Catherine nahm all ihren Willen zusammen und senkte die Stimme. »Danke, aber ich kann leider nicht. Ich muss zur Arbeit.« Sie schritt zum Aufzug, drückte wie wild auf den Knopf, der ihn rief.

»Bist du dir sicher?« Juliettes Stirn runzelte sich.

»Ja. Alles gut. Danke dir!«

Endlich öffnete sich die Aufzugtür. Catherine huschte hinein. Die Tür schloss sich hinter ihr, der Lift setzte sich in Bewegung.

Catherine hielt die Luft an, ein paar Sekunden noch, bis sie sich sicher war, außer Hörreichweite zu sein.

Dann schrie sie, kreischte und brüllte sich die Frustration aus dem Leib, bis ihre Stimme brach.

Es half. Als sie die Lobby erreichte, hatte sie sich nach außen hin wieder unter Kontrolle – und schwor sich, diese Kontrolle nie wieder abzugeben.

»Nie wieder« war vielleicht ein etwas harter Ausdruck, selbst für Catherines Begriffe, aber es gelang ihr in den darauffolgenden Tagen tatsächlich, ihren Selbstekel in etwas zu kanalisieren, das ihrer Mission dienlich war: Verbissenheit.

Sie arbeitete härter denn je, schlief kaum noch – und wenn, dann tief und traumlos – und verschrieb sich mit all ihrer Energie dem Ziel, aus ihrer Abteilung das maximal Mögliche herauszuholen.

Das Problem dabei war nicht etwa ein Mangel der materiellen Ressourcen, über deren Verwendung sie mitentscheiden durfte, sondern die Motivation ihrer Mitarbeiter, die von der Notwendigkeit völliger Selbstaufopferung am Arbeitsplatz weit weniger überzeugt waren als Catherine selbst. Nun rächte es sich, dass sie nie versucht hatte, etwas gegen ihren Ruf als unnahbare, strenge Perfektionistin zu unternehmen. Ihre Mitarbeiter fremdelten mehr denn je mit ihr, und damit auch mit der Mission, die sie ihnen gegeben hatte. Einzig bei Adam hatte sie noch das Gefühl, dass er sich wirklich in die Sache reinhängte, doch selbst diese Bastion begann zu bröckeln.

An einem Abend – sie hatten bis lange nach Mitternacht gemeinsam an der Priorisierung ihrer weiteren Schritte gesessen –

fragte Catherine beiläufig, was ihn eigentlich zur Arbeit motiviere. Anfangs zuckte er bloß mit der Schulter und murmelte etwas von seiner Dankbarkeit gegenüber seinem Land und seinen Pflichten als Patriot, doch als sie das dritte Mal nachhakte, sprang er plötzlich zornig auf.

»Weil ich dem Video noch immer nicht so recht glauben kann!«

Catherine versuchte, sich nichts anmerken zu lassen, doch sie spürte, wie ihr Herz zu rasen begann. »Sei ehrlich, egal, wie absurd es in deinen Ohren klingen mag.« Oder in den ihren. »Warum denkst du das? Deine private Meinung, bitte.«

Adam setzte sich keinen Meter von ihrem Stuhl entfernt auf ihre Schreibtischplatte und fing an, wild zu gestikulieren. »Es passt einfach nicht zusammen. Wenn ich akzeptiere, dass Gott« – Catherine zuckte unmerklich zusammen –»uns mit der Wand vor eine Prüfung stellt, dann kann es bei dieser Prüfung nur eine richtige Antwort geben. Anfangs dachte ich, dass die Wand selbst diese Antwort sein könnte, aber seit sich die Vorhersagen bestätigen, dass sie vor Pacifica haltmachen wird, glaube ich, dass Pacifica die Antwort sein muss.« Adams Finger kreiste bedenklich nahe vor der Karte auf dem größten Bildschirm. Er blinzelte nervös in Catherines Richtung, als suche er ihre Bestätigung, als wäre er sich dessen, was er sagte, selbst nicht sicher. »Warum sonst sollte ausschließlich der neue Kontinent verschont bleiben? Warum sonst sollte er so einladend gestaltet worden sein? Und – vielleicht am Wichtigsten – warum sonst sollte er so nahe an den USA liegen, vor der Haustür der Nation mit den meisten Christen weltweit?« Jetzt tippte er tatsächlich auf die Darstellung der USA, nur ein paar Tausend Kilometer nordöstlich des Kontinents. Catherine blinzelte, unterdrückte den Impuls, die Fettflecken auf ihrem Bildschirm sofort wegzureiben.

Sie verkniff sich auch den naheliegenden Kommentar, dass die Wand für zahlreiche andere Hochburgen des Christentums, von Brasilien über Schwarzafrika bis hin zur EU und Russland, denkbar ungünstig lag. Oder dass die Westküste der USA, die Pacifica am nächsten lag, nun nicht gerade für ihre überbordende Religiosität bekannt war.

Adams Augen blitzten auf. »Ich denke, die ganzen Kulte, die bis zur Veröffentlichung des Videos auf die Wand zugerannt sind, haben es völlig falsch verstanden. Nicht die Wand ist das Geschenk Gottes, Pacifica ist es.«

»Und die Wand?« Catherine bemühte sich, ihre Stimme so neutral wie möglich klingen zu lassen.

»Eine Säuberungsmaßnahme? Ein *Reboot* für die Erde?« Er zögerte, kratzte sich am Ellbogen. »Ehrlich gesagt: Ich weiß es nicht. Ich dachte eigentlich, ich hätte alles verstanden. Aber das passt nicht, falls die Wand wirklich überlebbar ist. Das lässt den ganzen Plan beliebig erscheinen, wertlos. Es sei denn, Pacifica ist die Falle, und das Vertrauen in die Wand die Antwort. Aber wenn dem so ist: Was mache ich dann überhaupt hier?«

Seine Stimme hatte fast einen weinerlichen Unterton entwickelt. Catherine verkrampfte sich unwillkürlich. Wenn sie jetzt nicht die richtigen Worte fand, konnte das Gespräch rasch eine fatale Wendung nehmen.

Sie hielt inne, nur einen kurzen Augenblick. Sie wollte das nicht tun, aber sie hatte keine andere Wahl. Sie brauchte ihn.

Sie stand auf, vergewisserte sich, dass die Tür geschlossen war und sich niemand auf dem Korridor davor aufhielt. Dann ging sie zu Adam zurück, setzte sich direkt neben ihn auf die schwere Schreibtischplatte und legte ihm, so unangenehm ihr das auch war, in einer beinahe mütterlichen Geste eine Hand auf die Schulter.

»Es gibt starke Indizien«, sagte sie, die Stimme zu einem Flüsterton gesenkt, »dass dieses Video eine Fälschung sein könnte. Eine Fälschung, von der auch der überwältigende Teil der Regierung nichts weiß.«

Er sah sie mit großen Augen an.

»Ich sage nicht, dass es so ist. Ich sage nur, es könnte so sein. Verstehst du?«

Adam nickte. Er verstand. Und wie er verstand. Er lächelte, so abrupt, dass es Catherine unheimlich wurde.

»Danke«, sagte er. Noch einmal, lauter diesmal: »Danke!« Und dann fiel er ihr um den Hals.

Die ersten paar Tage hatte sie die Sorge, den größten Fehler ihrer Karriere begangen zu haben. Doch das Gegenteil war der Fall, und nicht nur, weil Adam – abgesehen von ein paar merkwürdigen, für ihn regelrecht untypischen Fehlern, die sie aber noch ausgemerzt bekam – ihrer eigenen Arbeitsleistung Konkurrenz zu machen begann. Darüber hinaus war es ihm auch gelungen, einen nennenswerten Anteil der Mitarbeiter in ihrer Abteilung mit seinem Arbeitseifer anzustecken. Wie er das so schnell hinbekommen hatte, blieb ihr ein Rätsel – umso mehr, da ihre eigene Verzweiflungstat gescheitert war, durch die Teilnahme an der Kaffeerunde ihrer Untergebenen für etwas mehr gefühlte Nähe zu sorgen –, aber laut Adam hatte ein kurzer Verweis auf die eine Million Amerikaner, die auf einen Herzschrittmacher angewiesen waren und damit nicht einfach in den USA auf die Wand warten konnten, bereits gereicht.

Der Motivationsschub war auf alle Fälle bitter nötig, denn die Herausforderungen nahmen nicht ab. Im Gegenteil, plötzlich wurden Themen relevant, die Catherine bislang als höchst nebensächlich abgestempelt hatte. Insbesondere die Nahrungsversorgung entwickelte sich zum Dauerthema. Bereits die Versorgung der vierzehntausend Soldaten und Ingenieure vor Ort erforderte eine logistische Meisterleistung – und dabei hatte sie derzeit noch einen kompletten Unterstützungstross von der Westküste zur Verfügung.

Wenn auf Pacifica eine echte, autarke Kolonie entstehen sollte, dann würde das nicht reichen. Dann musste sich der Kontinent vollständig selbst ernähren, nachhaltig und auf Dauer.

Und doch, die ersten Testpflanzungen vor Ort waren katastrophal verlaufen, noch weit erfolgloser, als zunächst befürchtet. Größere Gewächse, die direkt eingepflanzt wurden, vegetierten nach einem ordentlichen Start nur noch vor sich hin, es sei denn, sie wurden mit erheblichen Mengen Dünger versorgt. Saatgut hingegen keimte in den meisten Fällen nicht einmal.

Zudem tauchten Berichte über ungewöhnliche Ereignisse bei den Rodungen auf, Berichte, bei denen nie so recht klar war, wie ernst man sie nehmen sollte. Gleich mehrfach kam es angeblich zu Fällen, in denen ein von Vegetation befreites Gebiet am nächsten Tag wieder in sattem Grün erstrahlte, mit Pflanzen, die den staunenden Pionieren bis über den Kopf ragten, ein ganzer Wald voller *Zombie-Sträucher* und *Phoenix-Bäume*, wenn man den Soldaten Glauben schenken wollte.

Dann wieder gab es Truppen, die vom Gegenteil berichteten, von Vegetation, die sich mit Herbiziden und Ähnlichem so leicht zurückdrängen ließ, dass man fast den Eindruck bekam, sie nur anhauchen zu müssen, damit sie verwelkten.

In beiden Fällen galt jedoch: Sobald Wissenschaftler zu den Orten reisten, konnten sie an der Vegetation nichts Ungewöhnliches feststellen. Einzig die Schwierigkeiten bei der Aufzucht mitgebrachter Pflanzen ließen sich immer und immer wieder eindrucksvoll bestätigen.

Ein neuer, radikalerer Ansatz musste her. Daher ließ Catherine seit ein paar Tagen von einem ihrer besten Teams eine ebenso kleine wie robuste Haber-Bosch-Anlage entwerfen, die von den Nuklearreaktoren der vor Anker liegenden USS Ronald Reagan mit Strom versorgt werden konnte und aus – durch Holzvergasung gewonnenem – Wasserstoff sowie dem Stickstoff der Luft ein paar Dutzend Tonnen Ammoniak pro Tag herzustellen vermochte. Das war auf Dauer sicher nicht genug, um die offensichtlich viel zu kargen Böden mit ausreichend Dünger zu versorgen, aber es war ein Anfang. Sofern sie das Projekt bei ihren Vorgesetzten durchgesetzt bekam.

Denn gerade das wurde wegen der Aufrüstungsspirale mit China immer mehr zu einem Problem; und wegen zwei weiteren DoD-Projekten, die erhebliche Ressourcen banden: einem gigantischen Experiment in Sizilien, das »alle verbliebenen Zweifel beseitigen sollte«, und der Entwicklung einer ganzen Reihe von »elektromagnetischen Schutzkapseln«.

Bisher war nichts davon offiziell vorgestellt worden, aber den über die Korridore wabernden Gerüchten zufolge handelte es sich bei Letzterem um ein Fünfzigtausend-Mann-Projekt, welches vom DoD in Zusammenarbeit mit einem riesigen Firmenkonsortium durchgeführt werden sollte. Die Idee dahinter war, in jeder amerikanischen Stadt mindestens eine solche überlebensgroße Kapsel zu installieren, um sensible Elektronik – und vielleicht auch Träger von Herzschrittmachern? – vor der Wand zu beschützen. Privatleute sollten für einige hundert Dollar einen aktentaschengroßen Platz in ihr buchen können, während die Mietpreise für Unternehmen den Gerüchten zufolge rasch astronomische Summen erreichten.

Catherine schnaubte nur, als sie davon hörte: Der elektromagnetische Schutz sollte auf dem gleichen Prinzip beruhen, mit dem auch das Video von jenseits der Wand geglückt war. Also waren auch die Schutzkapseln nichts als eine Ablenkungsmaßnahme oder, schlimmer noch, eine zynische Abzocke, eine doppelte Verhöhnung, um ausgerechnet mit dem Glauben an all die Lügengeschichten den heimlichen Aufbau der Basis auf Pacifica quer zu finanzieren – sofern Geld für die Wirtschaft bis dahin überhaupt noch eine Bedeutung hatte.

Catherine fragte sich, ob die beteiligten Unternehmen und DoD-Beamten wussten, an welcher Farce sie da eigentlich arbeiteten. Wahrscheinlich glaubten sie wirklich daran – ansonsten wäre es wohl so gut wie unmöglich, eine derartige Lüge geheim zu halten.

Die zuvor überall aufkeimende Skepsis in der allgemeinen Bevölkerung war jedenfalls wie weggeblasen. Die Menschen jubelten, eine Familie applaudierte sogar Catherine persönlich, als sie wie jeden Morgen von ihrem Transporter ins Pentagon gebracht wurde.

Ihr, *der Retterin aus dem DoD*.

Überhaupt spülte eine Welle von Solidarität und Patriotismus durch das Land, die Catherine regelrecht wütend machte und sie dazu brachte, ihre Landsleute schütteln zu wollen, die Augen aufzumachen und endlich die Wahrheit zu erkennen. Stattdessen war eine Beinahe-Normalität zurückgekehrt, trotz der Ankunft der ersten Flüchtlinge aus Europa, trotz halb leerer Schaufenster, knapper Benzinvorräte und der Tatsache, dass selbst die Kantinen im DoD nur noch »All American Produce« anboten – Brot, Kartoffeln, Soja, Äpfel, was sich eben regional noch auftreiben ließ.

Catherine fühlte sich wie im Auge des Sturms – und doch war sie es, die den Menschen den Orkan ringsherum verheimlichte …

Allen Menschen.

Mit ihrem Vater konnte sie nicht ernsthaft reden, sooft sie es dieser Tage auch versuchte, und mit Clarity wollte sie es nicht. Sie hoffte, dass es ihrer Schwester gutging, doch eine Debatte mit ihr war nichts, was Catherine in ihrem derzeitigen Zustand wegstecken konnte. Vor der Fälschung warnen musste sie sie eh nicht, da Clarity sowieso niemandem ein Wort glaubte. Und so ließ sie den nächsten Termin am ersten Sonntag im Juni einfach verstreichen. Von Clarity kam nicht einmal eine beleidigte E-Mail zurück, aber für den Moment war das auch zweitrangig.

Wirklich dringlich war, dass sie endlich zu Christopher durchdrang. Auch wenn sie im Spam-Ordner ihres alten Postfachs eine völlig wirre, über alle Maßen formell klingende E-Mail von ihm vorfand – auf ihre Antworten kam keinerlei Rückmeldung. Selbst telefonisch hatte sie ihn nicht erreicht, und das war eine weit schlechtere Nachricht, als es auf den ersten Blick schien. Den Staaten ging es noch immer gut genug, dass er sich zu ihr hätte durchschlagen können, wenn er es jemals hierher geschafft hätte. Also war er nicht in Amerika. Doch die Wand erstreckte sich schon fast von Indonesien nach Marokko; sie hatte Indien und Griechenland erfasst und stand kurz davor, die Grenzen Russlands und Chinas zu erreichen. Wenn Christopher noch immer in Europa feststeckte, inmitten dieses Chaos, das seit den Tagen der großen Fluchtbewegungen dort herrschte, dann musste ein kleines Wunder geschehen, damit er noch einen offenen Hafen fand.

Doch die Tage verstrichen, und das Wunder blieb aus.

Dafür holten sie ihre dienstlichen Pflichten wieder ein. Insbesondere General Wilson vertrat vehement die Auffassung, dass sie schon zu lange hinter ihrem Schreibtisch gesessen habe und dass es wieder an der Zeit sei, ihre Eindrücke aus der Ferne mit der Lage vor Ort abzugleichen. Zu seiner Überraschung stimmte Catherine sofort zu. Gute sechs Wochen waren seit ihrem ersten Besuch verstrichen, vier seit Johannesburg und mehr als zwei seit der Enthüllung des Videos. Und jede dieser Phasen hatte Veränderungen mit sich gebracht, für Catherine, für die Welt, für Pacifica, deren Einfluss kaum überbetont werden konnte. Der Besuch war nicht nur an der Zeit, er war längst überfällig nach den massiven Fortschritten der letzten Tage, Fortschritte, von denen der General nicht einmal etwas ahnte …

Keine zehn Stunden später saß sie wieder in einer dieser unsäglich lauten, nach Motoröl stinkenden C-130J Super Hercules, irgendwo hoch über dem Pazifik. Sie hatte sich auf einer der knallroten Bänke an der Seite der engen Maschine festgeschnallt. Der V-förmige Gurt schnitt ihr in den Bauch und in die Brust, aber wenigstens schlief ihr Hintern nicht mehr ein, seit sie sich einen Sack Reis unter selbigen geklemmt hatte. Der Bonuseffekt: Sie konnte so relativ mühelos einen Blick aus einem der Bullaugen hinter sich werfen – und schon allein für den Blick auf die Basis würde sich das alles lohnen. Für den Anblick ihrer Stadt.

Es war eine Schande, dass Adam sich geweigert hatte mitzukommen – »nicht, solange die Chinesen da noch sitzen«, war seine Antwort gewesen, wobei sein Lächeln nicht klarmachte, wie ernst er diese Ausrede wirklich meinte –, aber immerhin hatte sie so die nötige Ruhe gewonnen, um endlich ihren Bericht fertigzustellen.

Auch General Wilson hatte sie lange Zeit in Frieden gelassen, doch als die Maschine in den Landeanflug überging, kämpfte er sich zwischen den bis an die Decke gestapelten Proviantkisten nach vorn, setzte sich neben sie und schloss den Gurt um seinen voluminösen Bauch. Eine Zeitlang saß er stumm da und schaute ihr über die Schulter. Catherine ließ sich nicht anmerken, wie sehr sie das nervte. Sie ersetzte den entleerten Zusatzakku ihres Laptops durch eine frische Zelle und stellte dann die letzten Absätze der Risikoanalyse fertig, mit der er sie am Anfang des Fluges beauftragt hatte – ohne zu wissen, dass sie schon seit Tagen an genau so etwas gearbeitet hatte.

»Ich bin schwer beeindruckt«, sagte er schließlich.

Catherine klappte den Laptop zu, ließ ihn aber auf ihrem Schoß liegen. »Ich habe Ihnen doch noch gar nichts gezeigt.«

»Ich rede davon, wie sehr Sie sich die letzten Wochen in die Arbeit gekniet haben, Miss Strive. Gerade auch nach der Veröffentlichung des Videos, wonach die meisten im DoD erst einmal einen Gang zurückgeschaltet haben.«

War das irgendein abstruser Test?

»Was wollen Sie damit sagen?« Sie zog eine Augenbraue in die Höhe, verzweifelt bemüht, jetzt auf keinen Fall zu passiv rüberzukommen. »Werfen Sie mir etwa vor, zu fleißig gewesen zu sein?«

»Nein, das sicher nicht. Das Gegenteil ist der Fall. Ich bin bloß überrascht, positiv überrascht.«

Die Augenbraue blieb oben.

Er lachte. »Ich glaube, ich will nur gestehen, dass ich selber erst einmal geschwächelt habe. Mir hat ja auch nie jemand erklärt, warum wir uns auf Pacifica derart reinhängen. Als dann das mit der Abbremsung rauskam, habe ich es zwar verstanden, aber absolut überlebensnotwendig ist unsere Mission ja trotzdem nicht.« Seine Miene versteinerte sich plötzlich. »Womit ich natürlich nicht die Meinung vertreten möchte, dass eine starke, dauerhaft funktionsfähige Kommandobasis nicht extrem wichtig ist. Ich glaube, die Menschen fangen jetzt erst an zu verstehen, was so ein EMP daheim anrichten kann. Und wie sinnvoll es ist, dass das hier im Wesentlichen eine Einrichtung des Militärs ist.«

Catherine blinzelte. Entweder der Mann war ein hervorragender Schauspieler, oder er glaubte wirklich, was er sagte. War es möglich, dass selbst er, eine Ebene unter den Joint Chiefs of Staff, nichts von der Fälschung wusste? Waren am Ende selbst die nur Befehlsempfänger? Von wem ging das alles denn dann aus?

Der General schien ihre Reaktion ganz anders zu deuten. »Aber ich will Sie hier ja nicht langweilen. Möchten Sie lieber zu Ihrem Report kommen?«

Catherine nickte knapp. »Haben Sie etwas dagegen, wenn ich Ihnen nur eben die wichtigsten Punkte nenne, und den ausführlichen Bericht an Ihre Mitarbeiter weiterleite?«

»Selbstverständlich nicht. Ich muss so schon genug lesen.«

Catherine setzte sich aufrecht hin und faltete die Hände zusammen. »Ich habe versucht, die wirtschaftlichen Hauptherausforderungen zu identifizieren, die bei der Entwicklung einer nachhaltig und autark operierenden Basis im Laufe der nächsten vierundzwanzig Monate auftreten könnten. Bedenken Sie bitte, dass es sich dabei noch um einen sehr konservativ gewählten Zeitrahmen handelt. Niemand weiß, was mit der Wand nach Erreichen ihrer maximalen Ausdehnung geschieht.

Es ist durchaus vorstellbar, dass sie langfristig in dieser Position verharrt.«

General Wilson nickte. »Das ist mir bewusst.«

»Also gut. Nach steigendem Risikofaktor sortiert, wären das fünf Punkte.« Sie räusperte sich. »Erstens: Die Logistik. Das betrifft die zu entwickelnde Infrastruktur auf dem Kontinent, aber auch die Probleme bei der Versorgung von außen. An den Herausforderungen vor Ort arbeiten wir, da liegen wir sogar vor dem Plan. *Pacifica Base* wächst und gedeiht.«

»Dank Ihnen.«

»Die Versorgungslage von außen ist derzeit noch gut, allerdings sehe ich Gefahren, falls die achttausend geplanten Schutzkapseln mehr Ressourcen als gedacht verschlingen. Für diesen Fall würde ich vorschlagen, Pacifica Priorität einzuräumen.«

»Warum?«

Weil das mit der Überlebbarkeit der Wand eine menschenverachtende Lüge war? Catherine spürte, wie eine vertraute Wut in ihr aufstieg, aber sie biss sie fort. »Weil die Hauptmission der Kapseln, essenzielle Elektronik zu beschützen, durch Verbringung dieser Elektronik nach Pacifica weit kostengünstiger erreicht werden könnte. Ich rede hier nicht von privaten Smartphones, sondern von Systemen, die für die Führung eines Landes und für die Leistungsfähigkeit seiner Industrie unverzichtbar sind.«

»Genau.« Ein knappes, fast schon überhebliches Lächeln, als wollte er sie dafür tadeln, den wichtigsten Punkt übersehen zu haben. »Und deswegen ist es umso wichtiger, dass diese Systeme nach Durchzug der Wand so rasch wie möglich wieder aufgebaut werden können. Und das geht nicht, wenn sie die Systeme auf *dieser* Seite der Wand belassen, weit von den Staaten entfernt. Schnelle Reaktionszeiten sind hier entscheidender als Kosteneinsparungen.«

Es ging doch nicht um Kosteneinsparungen – es ging darum, dass die Kapseln ein reines Ablenkungsmanöver waren! Für einen Moment erwog Catherine ernsthaft, ihm genau das entgegenzuschreien. Doch was würde dann passieren? Wahrscheinlich würde er ihr mangels Beweisen einfach nicht glauben. Vielleicht würde er einfach nur sein Vertrauen in sie verlieren. Und falls er ihr doch glaubte, würde er die Sache entweder nach oben tragen oder sich direkt an die Öffentlichkeit wenden. Und nichts davon würde ihre Arbeit erleichtern.

Also schluckte sie ihre Widerworte hinunter.

»Was noch?«, fragte der General.

»Hawaii. Ich empfehle Ihnen, die Häfen Hawaiis als Zwischenlager zu nutzen, um die bislang unzureichenden Kapazitäten der Häfen auf Pacifica nicht zu einem Nadelöhr werden zu lassen. Hawaii liegt nur etwa tausend Kilometer entfernt, und die Inselkette wird nicht vor Oktober von der Wand erreicht.«

»Das klingt vernünftig. Ich werde diesen Vorschlag an meine Kollegen weiterleiten. Sonst noch etwas?«

»Einige Details, aber die finden Sie in meinem Bericht.«

»In Ordnung. Die zweite Gefahr?«

Catherine warf einen kurzen Blick nach draußen. Zu ihrer Linken schälte sich die Küste von Pacifica aus den Wolken. Für einen Augenblick schlug ihr Herz höher, fast wie damals, als sie den Kontinent zum ersten Mal gesehen hatte. Dann kamen die Gedanken zurück. An Jamal. An alle.

»Ein eklatanter Mangel an Fachpersonal«, meinte sie schließlich und wandte den Blick wieder ab, »spätestens in ein bis zwei Wochen. Kurz gesagt: Weder Air Force noch Army und Navy haben die Expertise, um eine Stadt in der Größenordnung zu errichten, wie wir sie gerade planen. Nicht, wenn es darum geht, Kraftwerke oder Raffinerien zu errichten. Oder ein Kommunikationsnetzwerk.«

»Was schlagen Sie vor?«

»Wir müssen Ingenieure aus der Zivilwirtschaft nach Pacifica locken.«

»Das wird nicht einfach.«

»Ich weiß. Ich sage nur, dass es nötig werden wird. Vielleicht ließe sich da mit exorbitant hohen Prämien etwas ausrichten.« Dass sie sich ziemlich sicher war, dass Prämien nicht ausreichen würden, sagte sie nicht. Aber seit dem *Stand United Act* gab es auch andere Mittel. Seitdem war es letztlich nicht mehr so entscheidend, ob die Fachleute freiwillig mitkamen oder nicht. Sie wurden vielleicht für den Zwang entschädigt, aber das hieß nicht, dass es nicht genau das war: Zwang.

Der General nickte. Dachte er dasselbe? »Sofern ihr Einverständnis überhaupt erforderlich sein wird.« Ja, dachte er. Und der Konzentration nach zu schließen, mit der er dabei die Bodenplatten des Flugzeugs musterte, schien er davon auch nicht begeisterter zu sein als sie selbst.

Catherine zitterte. Den nächsten Teil musste sie jetzt richtig hinbekommen.

»In diesem Fall schlage ich vor, dass wir ihnen erlauben, ihre Familien mitzubringen, Sir.«

Sein Blick schnellte zu ihr herüber. »Was? Wir hätten niemals die Ressourcen, das zu stemmen!«

»Ich denke schon. Was glauben Sie, wie motiviert eine Ingenieurin ist, die ihre zwei kleinen Kinder in den Staaten zurücklassen muss – während die Wand immer näher rollt? Selbst wenn sie versteht, dass ihre Arbeit für dieses Land wichtig ist: Nicht zu diesem Preis. Und das gilt für Männer ganz genauso.«

General Wilson atmete tief aus.

»Sie wissen, dass es die richtige Entscheidung ist«, schob Catherine hinterher. »Mehr noch: Es ist die einzige Möglichkeit, wenn wir wollen, dass diese Leute wirklich für uns arbeiten.« Abgesehen davon, dass sie nur so für ein ausgewogeneres Verhältnis zwischen Männern und Frauen sorgen konnte. Für den Fall der Fälle. Catherine schloss für einen kurzen Moment ihre Augen. Ihr war nur zu klar, wie wahnsinnig diese Gedanken klangen.

Schließlich nickte er. »In Ordnung, ich werde sehen, was ich tun kann.«

Catherine zwang sich, nicht zu deutlich auszuatmen. Ihr Blick wanderte wieder nach draußen, auch, damit er das Lächeln in ihren Augen nicht sehen konnte. Das Flugzeug sank unter die Wolken. Die Sonne stand tief im Westen, einen Fingerbreit nur über dem Horizont, und die ersten Schiffe waren zu erkennen, Fischerboote, die zu Testzwecken von Fangzügen zurückkamen, und auch zwei größere Roll-on-roll-off-Schiffe, die für Materialtransporte zwangsrekrutiert worden waren.

»Der dritte Punkt: Öl«, sagte sie, bevor er eine Chance bekam, seine Position noch einmal zu überdenken. »Wir bohren danach, aber wir haben bislang noch nicht einen einzigen Tropfen gefunden. Ein Tanker ist zwar bereits auf dem Weg, und zusammen mit den Reserven vor Ort stehen uns insgesamt dreieinhalb Millionen Barrel Öl zur Verfügung. Aber auch das reicht kaum länger als einen Monat.«

»Das ist falsch. Es sind fünfzehn Millionen Barrel.«

Catherines Blick schnellte zu ihm zurück. »Wie ist das möglich? Das entspricht vier oder fünf Ladungen der größten Öltanker der Welt!«

Er sah sie mit ernster Miene an. »Genau fünf.«

»Wir haben keine fünf Tanker im Pazifik, die …« Catherine hielt inne. »Moment, die Schiffsentführungen der letzten Tage – das waren *wir?*«

Der General nickte. »Ja. Ein paar Einheiten der Navy Seals, um genau zu sein.«

Catherine wäre aufgesprungen, hätte sie nicht der Ruck ihres Gurtes auf die Bank zurückgezwungen. »Zwei der Schiffe waren unter australischer Flagge unterwegs, und eines unter japanischer. Das sind unsere Alliierten!«

»In einer Notlage oder im Krieg …«

»Sir, wir sind nicht im Krieg!«

»Miss Strive. Lassen Sie mich ganz offen zu Ihnen sein. Es steht außer Frage, dass wir unseren Verbündeten so etwas nicht antun sollten. Aber wir brauchen dieses Öl. Und wir haben die Macht, es uns zu nehmen. Und kein Protest bei der UN wird daran etwas ändern.«

»Das wird noch ein Nachspiel haben.«

»Welches denn? Nur China besitzt die militärische Stärke und den raschen Zugang zum Pazifik, die nötig sind, um uns auf dem Kontinent Paroli zu bieten. Und mit China können wir es uns kaum noch mehr verscherzen. Die anderen Länder hingegen …«

»… werden uns hassen.«

»… haben im Regelfall weder die Ressourcen noch die Motivation, um sich auf Pacifica zu engagieren. Ein paar Basen hier, ein paar Exilregierungen dort, mehr wird da nicht kommen.« General Wilson lehnte sich etwas zurück. »Für viele Länder ist dieser elektromagnetische Puls ein Luxusproblem, die sind schon überglücklich, wenn sie daheim so etwas wie Ordnung aufrechterhalten können. Da sind keine großen Sprünge mehr für ein Verwaltungszentrum auf Pacifica drin.«

»Das weiß ich.«

»Und doch scheinen Sie die Stärke unserer Konkurrenten …«

»… unserer Konkurrenten und Verbündeten …«

»… unserer *Konkurrenten* zu überschätzen. Schauen Sie sich doch nur einmal die derzeitige Lage an. Die Europäer haben sich unter Federführung Frankreichs mit einigen tausend Mann den einzigen netten Streifen im Nordosten gekrallt. Aber der liegt, wie sie ganz genau wissen, auf den Hochebenen über den Fjorden, und ist mit Schiffen praktisch nicht zu versorgen. Um die paar hundert Quadratkilometer Laubwälder und Bergwiesen wird sich jedenfalls niemand mit ihnen streiten. Die Russen, Koreaner, Japaner und Australier haben ähnlich große Siedlungen am Fuß der Gebirge im Westen, aber viel mehr

Platz ist da auch nicht. Und ganz im Süden gibt es noch eine Station der Inder, aber die müssen wahnsinnig sein, wenn sie denken, dass sie es lange in diesen Mangrovensümpfen aushalten, mit zehn Metern Jahresniederschlag und tropischen Wirbelstürmen, die alle paar Wochen übers Land peitschen. Dazu kommen dann vielleicht noch ein paar Tausend Spinner, die uns und damit auch dem Video und aus Prinzip misstrauen und überzeugt sind, sich auf dem Kontinent schon irgendwie selbst durchschlagen zu können, als seien sie irgendwelche Trapper aus dem 18. Jahrhundert. Und das war es.« Er schlug die Hände zusammen. »Oder anders gesagt: Neunzig Prozent der Menschen auf Pacifica sind entweder Amerikaner oder Chinesen.«

Catherine schüttelte immer vehementer den Kopf. »Zahlen sind nicht alles. Der Verteidigungsminister spielt mit dem Feuer, wenn er meint, unsere Verbündeten gefahrlos in die Ecke treiben zu können. Warum hat er das gemacht? Warum haben wir nicht zum Beispiel die Briten eingeladen, sich an unserer Basis zu beteiligen, oder das Gouvernement d'Outre-Mer? Stattdessen gibt es jetzt starke Indizien, dass die HMS Victorious Pacifica erreicht hat. Und glauben Sie nicht, die Briten wären die einzigen, die ihre Atom-U-Boote vor der Küste parken! Nukleare Abschreckung funktioniert auch ohne Silos.«

General Wilsons Stimme kühlte sich ab. »Das mag sein, aber dieses Thema liegt nicht mehr innerhalb Ihrer Expertise, *Miss* Strive.« Das war das erste Mal, dass er ihren Status als Zivilistin derart betonte. Und das erste Mal, dass sich die Nichtnennung ihres Doktortitels für sie wie eine Ohrfeige anfühlte. Catherine schaute zornig aus dem Fenster.

»Glauben Sie mir, wir haben unsere Konkurrenten unter Kontrolle«, sagte der General. »Die Chinesen, aber auch alle anderen.«

Sie weigerte sich, ihm in die Augen zu sehen. Und sie weigerte sich, ihm das einfach so abzunehmen.

Und der Blick nach unten auf die Jefferson Bay, die der Basis vorgelagerte, von Inseln durchzogene Bucht, schien ihre Einschätzung nur zu bestätigen.

Während das Land dahinter bereits im Schatten der Hügelketten verschwand, war das Wasser östlich der Mündung des Jefferson River mit Dutzenden stahlgrauen Flecken übersät, die im letzten Licht der Abendsonne glitzerten. Der größte Fleck in der Mitte war die USS Ronald Reagan, umgeben von einer ganzen Reihe von Raketenkreuzern und Zerstörern. Ein volles Trägerkampfgeschwader lag hier vor Anker, viel näher an der Küste, als es jede Kriegsdoktrin vorsah. Versorgungsschiffe und kleinere Fregatten schwirrten rings um die Armada im Wasser wie Putzerfische um einen Hai, und sogar drei amphibische Angriffsschiffe hatten Stellung bezogen – 250 Meter lange Helikopterträger, deren innere Welldecks eine Reihe von Luftkissenbooten beherbergten, die im Ernstfall in Minutenschnelle Truppen an den Strand Pacificas befördern konnten.

Doch so beeindruckend diese Demonstration der Macht auch wirkte, die nordwestliche Hälfte der Bucht war von noch mehr Grau überzogen: Die chinesische Flotte war eingetroffen, und mit ihr die Liaoning, ein Träger, der es fast mit der Ronald Reagan aufnehmen konnte.

Keine drei Kilometer trennte die beiden Schiffsverbände, eine absurd kurze Distanz, die im Fall des Falles beide Flotten schmerzhaft zu spüren bekämen. Und General Wilson sprach bei einem derartigen Stand-off von einer Situation, die man unter Kontrolle hatte?

Doch der General ignorierte den Blick aus dem Fenster. Stattdessen beugte er sich zu Catherine herüber. »Verraten Sie mir auch, was der nächste Punkt auf Ihrer Liste ist?«

»Derselbe, womit ich Ihnen die ganze Woche schon die Ohren volljammere: die Lebensmittelproduktion vor Ort. Wir arbeiten mit Hochdruck an einer Lösung. Extensive Düngung wäre womöglich eine Option. Aber ganz gleich, was sich da noch tut, brauchen wir vor allem eins: mehr Land. Fruchtbares Land. Und davon gibt es – wie sie eben schon völlig richtig bemerkt haben – auf Pacifica nicht allzu viel. Die einzigen Gebiete, die nicht von Steppen, Sümpfen oder Gebirgen dominiert sind, liegen entlang zweier Korridore, die von unserer Basis aus in Richtung Südwesten und Südosten zeigen. Der westliche, kleinere Korridor besteht im Wesentlichen aus einer langgestreckten Flussoase entlang des Jefferson River, und kann darüber hinaus viel zu leicht durch chinesische Truppen blockiert werden, da sich deren Basis nun einmal etwas weiter flussaufwärts im Westen befindet. Aber den anderen Korridor, der den Hügelketten in Richtung Südosten bis zum Gebirgsmassiv im Zentrum des Kontinents folgt, müssen wir um jeden Preis halten und ausbauen. Oder, wie Sie es formulieren würden, unter unsere Kontrolle bringen. Und zwar damit.«

Sie klappte den Laptop wieder auf. Der General betrachtete eine Reihe von Diagrammen. Dann beugte er sich nach vorn und stützte seine Arme auf den Oberschenkeln auf.

»Das ist nicht Ihr Ernst, oder?«

»Doch. Bis Ende des Monats soll das erste Teilstück stehen.«

»Bis Ende des Monats? Eine Eisenbahn?«

Catherine lächelte. »Ich glaube, sie haben da die falschen Bilder im Kopf. Das hier ist nichts, was Sie oder ich unter einer modernen Eisenbahn verstehen würden. Einspurig, bis fünfzig Stundenkilometer, weniger als zwanzig Tonnen Achslast, nahezu keine Redundanz. Aber es würde reichen, um Menschen und Material einigermaßen zuverlässig ins Kontinentinnere zu schaffen – und später ihre Erzeugnisse zurück an die Küste. Und das mit weit weniger Treibstoffbedarf, als wenn wir eine ähnlich aufwendige Staubpiste für unsere Trucks aufbauen. Natürlich ist das nicht der einzige Vorschlag, den ich für Sie habe. Aber es ist der einzige, den ich Ihnen wirklich ans Herz legen würde.« Und der einzige, mit dem sich notfalls auch ein Vielfaches der geplanten Bevölkerung versorgen ließ, wenn die

Regierung in ein, zwei Monaten endlich mit der Evakuierung begann.

»Kostenpunkt?«

»Für das erste Teilstück? Fünfzig Millionen, bei etwa zweihunderttausend Mannstunden.« Ihr Lächeln wuchs, als sich ein ungläubiger Blick in den Augen des Generals breitmachte. »Ich sage Ihnen doch, dass das nicht mit einer modernen Eisenbahn vergleichbar ist.«

»Na gut. Das muss ich mir erst einmal in Ruhe anschauen.«

»Das ist Ihr gutes Recht. Sie müssen das Projekt schließlich nach oben hin verteidigen. Sie finden alle Argumente im Detail in meinem Dossier.«

»Ich werde mich gleich morgen damit befassen. Und Punkt Nummer fünf?«

»Punkt Nummer fünf befasst sich mit einem hypothetischen Worst-Case-Szenario. Falls die Wand nie verschwindet oder sich etwas auf dem Kontinent unerwartet entwickelt. Falls wir keinen Zugang mehr zur Welt dahinter erlangen. Falls es um das Überleben unserer Zivilisation geht, unserer Kultur, unserer Technologie.«

Falls sie alles waren, was übrig blieb.

»Klingt das jetzt nicht ein wenig theatralisch?«

»Vielleicht, vielleicht aber auch nicht. Aber niemand kann das Risiko wirklich einschätzen. Und angesichts dessen, was auf dem Spiel steht, halte ich den zugegebenermaßen großen Kostenaufwand für vertretbar, zumal der Plan reihenweise Synergieeffekte für unsere Präsenz auf Pacifica mit sich bringt.«

»Na gut. Dann schießen Sie mal los. Was brauchen Sie von mir?«

Catherine lehnte sich zurück. »Wenn ich ehrlich bin: nichts. Ich habe mich nur verpflichtet gefühlt, Sie darüber in Kenntnis zu setzen.«

»Was soll das heißen?« Seine Augenbrauen zogen sich zusammen. »Wovon reden Sie überhaupt?«

»Von diesem Notfallprojekt. Es läuft schon in der nächsten Woche an, in Norfolk und in San Diego. Die Finanzierung ist bereits gesichert.«

»Wie ist das möglich? Jedes Air-Force-Projekt einer solchen Größenordnung landet auf meinem Schreibtisch!«

»Es handelt sich dabei aber nicht um einen Auftrag der Air Force. Das Projekt wird mit den Ressourcen der Navy auf die Beine gestellt. Und ich habe bereits alle Details mit dem Secretary der Navy abgesprochen.«

»Wie haben Sie Kontakt zum Secretary der Navy bekommen?«

»Fleiß? Sturheit? Persistenz?« Catherine zuckte mit den Schultern. »Außerdem war es einfach eine verteufelt gute Idee, die nicht nur eine Absicherung für den absoluten Notfall darstellt, sondern auch ein paar ganz praktische Probleme auf Pacifica lösen wird.«

General Wilson stemmte seine Hände in seine Oberschenkel. »Und was zum Teufel tun Sie da?«

»Das darf ich Ihnen leider nicht sagen. Auch meine Untergebenen wissen nichts davon und ebenso wenig der Großteil der Navy-Administration. Es war schon ein Kunststück, den Minister zu überreden, dass ich Ihnen überhaupt von der *Existenz* eines solchen Geheimauftrags erzählen darf. Ich wollte nur verhindern, dass Sie das Gefühl bekommen, ich verheimliche Ihnen etwas.«

»Aber genau das tun Sie doch gerade!«

»Ich verheimliche Ihnen aber nicht, *dass* ich es Ihnen verheimliche. Das ist das Beste, was ich Ihnen anbieten kann. Bitte haben Sie Vertrauen.«

Der General erwiderte nichts. Stattdessen starrte nun auch er mit ernster Miene aus dem Fenster.

Die Sonne war untergegangen, und die Schiffe hinter ihnen verschwanden nach und nach im Graublau des Meeres. Stattdessen tauchten nun beide Basen aus dem Grün auf, die amerikanische nur ein paar hundert Meter unter ihnen, die chinesische auf der anderen Seite des Jefferson River.

Ein kleiner Stich durchfuhr sie, als sie sah, mit welcher Kompetenz und Disziplin ihr Gegenpart auf chinesischer Seite gearbeitet haben musste: Die Siedlung der Chinesen stand ihrer eigenen in keinem Punkt nach.

Doch auch Pacifica Base wuchs. Weit langsamer zwar, als es ohne die Bedrohung durch die Nachbarn denkbar gewesen wäre, weit langsamer, als Catherine sich angesichts der Wichtigkeit ihrer Mission erlauben konnte, aber dennoch: Es ging voran. Baracken, mit Zeltplanen bespannte Metallreben, schlängelten sich in langen, weißen Ketten über die Hügel, Reihe um Reihe, bis fast zum Horizont, wo sie abrupt in dichte Vegetation übergingen. Ein nur auf den ersten Blick chaotisches, von Hunderten Lkw befahrenes Wegenetz verband sie mit dem Zentrum der Siedlung, den überlebensgroßen Lagerhallen, den Tanks und Containerterminals, den Parkplätzen und den Helikopterplattformen, den improvisierten Produktions- und Versorgungsgebäuden aus Holz und Stoff, dicht an dicht gepackt, den Hafenanlagen und nicht zuletzt dem Kommandogebäude, einem mehrere Hektar großen Rohbau aus Beton und Stahl, der die ganze Siedlung überragte. Arbeiter wuselten in Gruppen von Dutzenden hin und her. Gleich an mehreren Stellen des Gebäudes wurde geschweißt. Funken stoben fontänenartig in die Höhe, vertrieben für kurze Momente die anbrechende Dunkelheit, während Transporter tonnenweise Baumaterial an stacheldrahtbewehrten Kontrollpunkten abluden. Nur von den Flutlichtern, die einmal die gesamte Basis überziehen sollten, waren erst eine Handvoll in Betrieb, dort, wo sie am dringendsten benötigt wurden: am Ufer des Flusses, wo unter dem wachsamen Auge einer ganzen Kompanie eine Reihe von Bunkern entstand – mit unverbaubarem Panoramablick auf die andere Seite.

Doch hatten sich die Funkenfontänen bisher auf die Kommandozentrale konzentriert, griffen sie nun in Sekundenschnelle auf andere Gebäude über, zunächst auf die Lagerhallen, dann auch auf die Produktionsgebäude in Richtung Hafen. Für Sekundenbruchteile nur leuchteten sie auf, dann verschwanden sie abrupt. Weitere Lichtblitze, diesmal auf Höhe der Barackensiedlungen. Catherine japste nach Luft. Das waren keine Schweißarbeiten, das war Mündungsfeuer!

Ein dumpfer Schlag, den sie sogar im Flugzeug spüren konnte, gefolgt von einem weiteren, und noch einem. Eine Baracke stand in Flammen, rasch gefolgt von zwei weiteren.

Catherines Hände begannen zu zittern.

Ein Alarmton schrillte durch die Kabine, als der Pilot die Nase der Hercules steil nach unten drückte.

Catherine klammerte sich an ihrem Gurt fest, den Blick unverwandt nach draußen gerichtet, unfähig, die Augen auch nur einen Moment zu schließen.

An immer mehr Orten brandete Mündungsfeuer auf, neben immer mehr Gebäuden stiegen Feuerbälle in den Himmel, bis sich so etwas wie eine zackige Linie bildete, die sich einmal den talwärts gelegenen Rand der Basis entlangzog, vom Hafen an der Küste bis zu den Kasernen im Westen, quer durch das Schwemmland unter ihnen – und doch keinen Kilometer von ihnen entfernt.

Scheinwerferstrahlen zuckten durch die Nacht. Allmählich bildete sich eine zweite Linie von Mündungsfeuer, der ersten entgegengerichtet, doch diese Linie war löchriger, ungleichmäßiger, und wich schließlich zurück.

Die Vibrationen weiterer Einschläge, viel näher diesmal.

Ihr Flugzeug setzte hart auf und zog sofort die Bremsen an, presste sie und General Wilson neben ihr mit aller Gewalt auf ihre Bank.

Sie kamen rutschend und ratternd fast quer zur Landebahn zum Stehen. Catherine löste erst ihren Gurt, dann seinen, riss die Luke auf und sprang hinaus auf den Asphalt. Und nun *hörte* sie es auch. Die Sirenen, das Maschinengewehrfeuer, die Einschläge der Granaten. Selbst die Schreie.

Zwei Soldaten kamen auf sie zugespurtet, junge Burschen, zwanzig, einundzwanzig Jahre alt vielleicht. Ihre weit aufgerissenen Augen ließen keinen Zweifel daran, dass auch sie nicht wussten, was hier vor sich ging, aber als sie den General sahen, nahmen sie Haltung an und bestanden darauf, sie zum Kommandobunker neben dem Tower zu führen.

Zu viert rannten sie über das Rollfeld. Immer wieder schaute Catherine hinüber zur Basis, zu den Feuergefechten, die dort unten tobten, zu den Bränden, die sich unkontrolliert ausbreiteten.

Kampfflugzeuge des Trägerverbands donnerten über das Inferno, im Tiefflug, doch sie feuerten nicht eine einzige Rakete ab. Hundertfaches Knattern folgte auf ihren ohrenbetäubenden Krach. Catherine blickte in Richtung Küste. Ihre Pupillen weiteten sich. Eine riesige Armada Ospreys schimmerte im Glanz der sich ausbreitenden Feuer, Flugzeuge, die die Rotoren an ihren Flügelspitzen nach oben kippen konnten und nun wie Helikopter über der Basis gen Boden schwebten, ihre Ladeflächen randvoll mit Marines.

Die Erde bebte. Ein mächtiger Schlag, direkt hinter ihnen. Sie spürte die Druckwelle, die Hitze in ihrem Nacken. Ein flackerndes, trichterförmiges Loch im Asphalt, direkt neben der Heckklappe ihrer Hercules. Dort, wo sie eben noch gestanden hatten. Ein kurzer, schockierter Blick, dann wurde sie von den beiden Soldaten weitergerissen.

Der Bunker. Einer der beiden Soldaten schob sie durch die schwere Stahltür, die sich direkt hinter ihnen wieder schloss. Catherine japste nach Luft, versuchte sich zu orientieren. Der Raum war dunkel und muffig, die Wände bestanden aus unverputztem Beton, und der einzige Blick nach draußen erfolgte durch eine Reihe von winzigen Scheiben aus Panzerglas. So langsam beruhigte sich ihr Atem, schärfte sich ihre Sicht. Vor den Bildschirmen, die direkt an der Wand angebracht waren, stand eine Reihe von Offizieren, darunter zwei Generäle mit breiten Schultern: der eine im Army-Tarnfleck mit einer Bürstenschnittfrisur, der andere praktisch glatzköpfig; ihre Namensplaketten waren im Zwielicht nicht zu entziffern.

»Solange wir nicht sicher sein können, dass wirklich die Chinesen dahinterstecken, wird nicht ein einziger Schuss auf deren Einheiten abgegeben!«, sagte der Army-Offizier, die Stimme drohend erhoben. »Nur weil ein Teil der Angriffe nahe der Pufferzone begonnen hat, ist das noch kein Beweis!«

Der General links von Catherine, in der blauen Uniform der Air Force, machte einen Schritt auf sein Gegenüber zu. »Unsere halbe Basis steht in Flammen, und Sie fordern eine Untersuchung? Wir müssen augenblicklich zurückschlagen, solange die Nuklearsilos noch online sind.«

Catherine lief ein Schauer über den Rücken. Die Silos, die sie hatte errichten müssen.

Der Army-General rührte sich keinen Millimeter. »General, ich warne Sie! Sie lösen hier eine Katastrophe aus!«

Noch ein Schritt nach vorn. Keine Armeslänge trennte die Gesichter der beiden Männer. »Lassen Sie mich an den Funkapparat!«

Die Hand des Army-Generals bewegte sich in Richtung seines Gürtels. »Bleiben Sie, wo Sie sind! Sie können nicht garantieren, dass es die Chinesen sind. Für Mutmaßungen steht hier zu viel auf dem Spiel!«

Sein Gegenüber warf einen kalten Blick zur Seite. Zwei weitere Offiziere in Uniformen der Air Force bewegten sich langsam auf den Army-General zu. Und dann ging alles rasend schnell. Einer der beiden Luftwaffenoffiziere streckte seinen Arm nach dem Telefonhörer aus. Der Army-General legte die Hand auf den Knauf seiner Dienstwaffe, seine drei Gegenüber von der Air Force taten es ihm gleich.

Catherines Herz raste, ihre Augen schossen von links nach rechts. Ihre Kehle war staubtrocken. Ihre eigene Stimme klang ihr fremd, schrill und hoch. »Es sind nicht die Chinesen!«

Alle Blicke schwenkten zu ihr herum.

Catherine wiederholte es, diesmal langsamer, leiser. »Es sind nicht die Chinesen.«

»Woher wissen Sie das? Wer sind Sie überhaupt, *Zivilist*?«

Catherine stellte sich breitbeinig vor die beiden Generäle, die Arme vor der Brust verschränkt. »Doktor Catherine Strive, Assistant Secretary der Air Force.«

Der Air-Force-General musterte sie von Kopf bis Fuß, mit diesem speziellen, für Frauen reservierten Blick, den sie nach Jahren unter Militärs einfach nur satt hatte. »Nun, Doktor Strive?« Der Mann schritt langsam auf sie zu, seine rechte Hand wieder ein paar Zentimeter von seiner Pistole entfernt. »Was wissen Sie, was wir nicht wissen?«

Auch sie machte einen Schritt auf ihn zu, was ihn merklich aus dem Konzept brachte. »Ich verfüge über hochaktuelle Informationen der Auslandsgeheimdienste. Die Chinesen wissen ganz genau, dass ein Angriff ihre eigene Vernichtung nach sich ziehen würde, wahlweise durch unsere Vergeltungsmaßnahmen, wenn es sich um eine konventionelle Attacke handelt, oder durch die Kollateralschäden, die ein nuklearer Erstschlag auf solch engem Raum mit sich bringen würde.« Ihre Stimme wurde eisig. »Und wenn ihre Armeeführung doch so dumm wäre, uns anzugreifen, dann würde sie alles auf uns werfen, was sie hat – nicht bloß Maschinengewehre und Granaten!«

»Und wer schlachtet dann gerade unsere Männer ab?«

»Terroristen.«

General Wilson warf ihr erst einen verdutzten und dann einen fragenden Blick zu. Als ob ihm klar war, dass sie bluffte.

Die Augenbrauen des Air-Force-Generals zogen sich zusammen. »Und dafür haben Sie Belege?«

Catherine atmete tief ein. »Wenn Sie mir etwas Zeit geben, ja.«

»Wir haben keine Zeit. Und das wissen Sie ganz genau.«

Plötzlich ging General Wilson auf die anderen beiden Männer zu. »Doktor Strive hat recht. Unseren Informationen zufolge handelt es sich tatsächlich um einen terroristischen Anschlag.«

Catherine war völlig verblüfft, dass sich General Wilson derart weit aus dem Fenster lehnte. Umso mehr musste sie sich zusammenreißen, sich ihre Überraschung nicht anmerken zu lassen, als der Blick des Hardliners von der Air Force zwischen ihr und ihrem Unterstützer hin und her zuckte.

Der Air-Force-General schwitzte. Obwohl er nominell den gleichen Rang einnahm – und einen völlig anderen Arm der Luftwaffe verantwortete –, schien er vor General Wilson Respekt zu haben, fast so, als hätte er Informationen über ihn, die Catherine bisher entgangen waren.

Und schlagartig wurde ihr klar, dass sie tatsächlich so gut wie nichts über die Zuständigkeiten und den Machtbereich des Mannes wusste, der trotz ihres zivilen Amtes seit über einem Monat ihr Chef war.

»Und was, wenn es Agenten der chinesischen Regierung sind?« Der Air-Force-General sagte es mit deutlich weniger Nachdruck als zuvor. »Was, wenn sie genau das wollten? Uns bluten zu sehen, aber mit solch perfiden Mitteln, dass wir uns nicht sicher sind, ob wirklich die dahinterstecken?«

Catherine riss sich zusammen, konzentrierte sich wieder voll und ganz auf ihr Gegenüber. Sie schüttelte den Kopf. »Das würde sich niemals lange genug geheim halten lassen, um einen Gegenschlag zu verhindern.«

»Den chinesischen Militärs ist alles zuzu…«

»General!« Sie stellte sich auf die Zehenspitzen, ihren Zorn nur mühsam unter Kontrolle. Sie würde niemals zulassen, dass all die Arbeit hier – egal, ob ihre oder die der Chinesen – zerstört wurde. »Es. Sind. Terroristen.«

Einen Moment lang, der Catherine wie eine Ewigkeit vorkam, starrte der Mann ihr tief in die Augen, versuchte, sie einzuschüchtern, sie dazu zu bringen, einzuknicken und ihn in ihre Karten blicken zu lassen. Für einen kurzen Moment tat er dasselbe mit General Wilson und auch dem General der Army. Dann atmete er lange und lautstark aus – und ließ endlich seine Hände sinken.

Just in diesem Moment ertönte eine Männerstimme aus den Lautsprechern des Bunkers, die mit schnellen, vokalreichen Lauten alles andere übertönte. Sie klang extrem schrill und hart, als ob der Sprecher wutentbrannt und auf allen militärischen Frequenzen Befehle in ein Mikrofon bellte. Catherine verstand kein einziges Wort, aber die Sprache erkannte sie: Mandarin. *Chinesisch*.

Als die Durchsage endete, wurde es schlagartig leise in ihrem Bunker. Catherine trat an die Fenster, sah hinaus auf die Stadt unter ihr, auf die Ospreys, deren Heckklappen dicht hinter der Front Heerscharen an Marines ausspien, auf die Brände und die Schusswechsel, die in fast allen Bezirken tobten.

Und plötzlich ließ das Mündungsfeuer nach. An einem Ort nach dem nächsten hörten die Angreifer auf zu schießen – und die Kämpfe endeten so abrupt, wie sie begonnen hatten.

KAPITEL 11

Christopher scherzte mit dem Soldaten zu seiner Rechten, über Basketball und ihre Highschool-Zeit, während die Trucks in einer langen Reihe über die Autobahn brummten.

Ihm ging es prächtig. Als wäre eine Last von ihm abgefallen. Er hatte sich entschieden, und er hatte die richtige Wahl getroffen. Er würde es in die USA schaffen. Und auch Max und Mtoto hatten sich entschieden. So tat jeder das, was er für richtig hielt, ohne den anderen zur Last zu fallen. Nicht wahr?

Die Lastwagen vor ihnen bremsten, kamen mit laufenden Motoren mitten auf der Autobahn zum Stehen. Ihr eigener folgte augenblicklich.

Christopher sah hinüber zu dem Soldaten zu seiner Linken, dem Fahrer, doch der zuckte nur mürrisch mit den Schultern.

»Mechanischer Defekt bei einem der Trucks«, sagte der andere Soldat. »Haben wir ständig. Ich seh mal nach.«

Und damit sprang er aus der Tür. Bis Christopher und der Fahrer ihm schließlich folgten, war der erste Soldat bereits in der Seitentür eines der vorderen Lastwagen verschwunden, und Christopher blieb mit dem Fahrer zurück. Und so standen sie im kalten Nebel und warteten darauf, dass es endlich weiterging. Christopher starrte in die Dunkelheit.

Und auf einmal fühlte er sich gar nicht mehr gut.

Er brauchte das Gespräch, brauchte die Ablenkung.

Dringend.

Fuck.

Hier in der Stille ging ihm der Anblick der beiden nicht mehr aus dem Kopf.

Wie Max ihn angesehen hatte. Und dann die Kleine!

Fuck.

Vielleicht brauchten sie ihn tatsächlich nicht. Vielleicht war ihr Zusammenhalt bereits genug.

Aber das war nicht die Frage, um die es wirklich ging, oder?

Wieder sah er Max, als stünde sie direkt vor ihm. Kein Vorwurf in ihrem Blick. Keine Reue. Nur diese gottverdammte Stärke.

Fuck.

Bilder fluteten seine Gedanken. Ihr erster Kuss, direkt vor Catherines Apartment in D.C., so stürmisch und unverkrampft. Max' Lächeln. Ihre Flapsigkeit, ihre derben Witze. Das Picknick im Central Park, an einem warmen Frühlingstag, als sie beschlossen, ihr bisheriges Leben aufzugeben. Wie befreit er sich gefühlt hatte, wie erfüllt. Und dann der Neuanfang in Tansania, damals, als ihnen der Alltag noch nicht dazwischengekommen war. Die beste Zeit seines Lebens.

Fuck.

Alles nur Nostalgie! Er musste sich klarmachen, dass er die Vergangenheit in zu schönen Farben malte. Vielleicht war es bloß die Einsamkeit.

Herrgott, warum schwitzte er denn plötzlich so, hier draußen in der Kälte? Er nestelte ewig am Reißverschluss seiner Jacke herum, ehe er bemerkte, dass seine Finger zu sehr zitterten. Er gab es auf und trat stattdessen voller Frustration mit seinem Schienbein gegen die Felge des Reifens neben sich. Der Fahrer warf ihm einen irritierten Blick zu, doch Christopher ignorierte ihn nur. Noch ein Tritt. Tränen standen in seinen Augen. Die Rücklichter der Lastwagen vor ihnen verschwammen zu einem rötlichen Brei.

Fuck!

Eines nach dem anderen begannen sich die Rücklichterpaare von Christopher zu entfernen. Die Kolonne setzte sich in Bewegung. Auch der Fahrer seines Trucks stieg wieder ein – und zog die Tür direkt hinter sich zu.

Christopher bemerkte es, zumindest der Teil von ihm, der nun mit aller Macht aufschrie. Und doch, ehe er reagieren konnte, wollte, musste, hatte sich der Lastwagen ratternd in Bewegung gesetzt. Der Rückspiegel schlug ihm gegen den Rucksack, stieß ihn der Länge nach zu Boden. Noch ehe er zu Atem gekommen war, hatte der Transporter beschleunigt und war abermals in den Konvoi eingeschert, als letztes einer schier endlosen Reihe von Paaren roter Lichter, die in Christophers Augen immer mehr miteinander verschmolzen und schließlich hinter einer unscheinbaren Hügelkuppe im Nebel verschwanden.

Seine einzige Chance. Sein einziges Ticket raus aus diesem ganzen Alptraum. Und er hatte es verspielt.

Fuck, fuck, fuck!

Christopher keuchte. Sein Brustkorb schmerzte. Sein Rucksack war aufgegangen, Teile des Inhalts hatten sich über das schmutzige Gras neben dem Standstreifen verstreut. Mehr denn je war ihm zum Heulen zumute, doch er wischte sich bloß über die Augen und stopfte hastig das Verlorene – ein paar Armeerationen und ein Stück Seife aus den Restbeständen der Militärbasis – zurück in das Hauptfach, dann kämpfte er sich mitsamt Rucksack in die Vertikale.

Er wandte dem Konvoi den Rücken zu, joggte los, so schnell er konnte, mitten auf der Autobahn, zurück zu Max und Mtoto.

Wenn sie überhaupt noch da waren. Wenn sie nicht schon längst zu einem der Orte aufgebrochen waren, an dem Max ihre Eltern vermutete.

Kurzum: Wenn er überhaupt noch eine Chance hatte, sie zu finden. Ohne Handy, mitten in einem fremden, verlorenen Land.

Er gab Tempo, peitschte seinen Körper voran, immer rücksichtsloser, immer panischer, bis er die Autobahn regelrecht entlangrannte, über den Mittelstreifen, die geschwungene Auffahrt auf die Straße hinauf, die zur Basis führte, an Maisfeldern vorbei, immer weiter, immer schneller durch die sternlose

Nacht, durch den Nebel, getrieben von der Angst, zu spät zu kommen, mit dieser einen Entscheidung alles verloren zu haben.

Seine Beine fühlten sich an wie Brei, als er die leerstehende Pforte erreichte, als er nach rechts bog, dorthin, wo die Evakuierung ihren Ausgang genommen hatte, dorthin, wohin ihr Auto geparkt worden war.

Und da standen sie. Zwei Gestalten, allein auf weiter Flur, zwischen Truppentransportern und schwerem Baugerät, auf einem unbeleuchteten Platz in einer verlassenen Basis, mitten in der Nacht.

Mtoto sah ihn zuerst. Für einen Moment schien sie zu zögern, schien sie die keuchende, völlig verschwitzte Gestalt dreißig Meter vor ihr nur zu mustern. Doch dann rannte sie los, die Arme ausgestreckt, den Blick unverwandt auf ihn gerichtet. Der Ball, den sie eben noch in Händen gehalten hatte, entglitt ihr und rollte zur Seite weg, doch das schien ihr für den Moment egal zu sein. Sie sprang in Christophers Arme und presste ihm damit alle Luft aus der Lunge. Ihm war, als würde jede Rippe einzeln zerspringen, und doch wollte er ihre Nähe um keinen Preis missen. Er drückte sie an sich, so fest, wie er nur konnte, seine Hand in ihrem Haar.

Max kam auf die beiden zu, einen Benzinkanister in der linken Hand. Christopher versteckte seinen Kopf auf Mtotos Schulter. Er wollte nicht, dass Max die Tränen in seinen Augen sah.

Einen knappen Meter von ihm entfernt blieb sie stehen. Christopher hob den Kopf. Das Licht reichte kaum, um ihr Gesicht auszumachen, doch Christopher bildete sich ein, sie lächeln zu sehen. Langsam schüttelte sie den Kopf. Ihr imaginäres Lächeln wuchs in die Breite.

Sie streckte einen Arm aus, legte ihn Christopher auf die Schulter und begann, zärtlich über seinen Oberarm zu streichen. Dann zog sie ihn, nur für einen kurzen, aber unbeschreiblich schönen Moment ganz nahe an sich heran, ihre andere Hand in seinen Nacken gelegt, den Kopf auf seiner Schulter. Und für diesen winzigen Augenblick verharrten sie alle drei in dieser Umarmung.

Die Laune der drei, als sie ihren Wagen schließlich betankt, Mtotos Ball eingesammelt und sich wieder auf den Weg zu Max' Elternhaus gemacht hatten, war so gut wie lange nicht mehr. Max lächelte, wann immer sie sich unbeobachtet fühlte – in den anderen Fällen hagelte es beißenden Zynismus, was ein ebenso gutes Zeichen war –, die Traurigkeit in Mtotos Augen war fast verschwunden, und selbst Christopher – ja gerade Christopher – fühlte sich gelöst, regelrecht befreit, trotz der riesigen Dummheit, die er eben begangen hatte. Denn ganz egal, wie sie letztlich zustande gekommen war: Jetzt war die Entscheidung wirklich gefallen. Jetzt gab es kein Zurück mehr.

Es war Viertel nach fünf Uhr, als sie Max' Heimatgemeinde erreichten. Einzelne Nebelschwaden hielten sich noch auf den Wiesen, die sanft in Richtung der umgebenden Wälder abfielen. Ansonsten war die Luft ebenso klar wie kühl. Am nordöstlichen Horizont kündigte sich gerade erst der Sonnenaufgang an, und entsprechend hatte Christopher erwartet, dass der Ort mindestens so verschlafen vor ihnen liegen müsste wie am Vormittag des Vortags. Dass es dauern würde, bis sie weitere Nachbarn nach dem Verbleib von Max' Eltern befragen konnten.

Doch dem war nicht so, ganz und gar nicht. Die Straßen waren voll mit Menschen, Männern und Frauen jeglichen Alters, die notdürftig Mäntel oder Jacken übergeworfen hatten und nun lachend miteinander diskutierten oder sich einfach in die Arme fielen, obwohl sich noch keinen Tag zuvor alle misstrauisch in ihren Häusern verbarrikadiert hatten. Die ganze verbliebene Gemeinde schien auf den Beinen zu sein, und wer es noch nicht war, der wurde gerade von denen in Schlafanzügen und Pantoffeln aus den Häusern geklingelt.

Christopher fuhr rechts ran.

»Fasching«, kommentierte Max die Szene. »Oder Freibier. Andere Erklärungen fallen mir nicht ein.«

Noch bevor Christopher den Schlüssel abgezogen hatte, war Max bereits auf dem Weg zum ersten Grüppchen.

»Was ist hier los?«, rief sie in die Runde, während Christopher und Mtoto gerade erst zu ihr aufschlossen. Eine junge, etwas rundliche Frau mit vielen Sommersprossen im Gesicht drehte sich zu Max um.

Max breitete die Arme aus. »Anne? Anne Tolberg?«

Anstatt ihr zu antworten, fiel die Frau ihr um den Hals.

»Alles ist gut«, sagte die Frau schließlich, nachdem Max es endlich geschafft hatte, sich von ihr zu lösen. »Alles!«

Ihr Strahlen hörte gar nicht mehr auf. »Kam eben im Fernsehen, auf allen Kanälen, die noch senden. Ein Video, von der anderen Seite!«

Christopher legte die Stirn in Falten. Nicht zum ersten Mal war er unsicher, ob er an seinen Deutschkenntnissen zweifeln sollte oder ob er sein Gegenüber tatsächlich richtig verstanden hatte.

»Von der anderen Seite?«, wiederholte er mit vermutlich viel zu dickem Akzent. »Der anderen Seite von was? Von der Wand?«

Die Frau nickte wie verrückt. »Die Amis haben ein paar Wissenschaftler durchgeschickt, zusammen mit ganz viel Gerätschaften, Magnetspulen und Lasern und was weiß ich nicht noch alles. Und die haben es damit geschafft, einen Filmschnipsel zurückzuschicken«, sagte die Frau. »Und wisst ihr, was das Beste ist? Auf der anderen Seite bleibt alles so wie hier! In dem Video ist sogar der Himmel zu sehen. Das müsst ihr euch mal auf der Zunge zergehen lassen: Hinter der Wand ist der Himmel zu sehen!« Sie begann lauthals zu lachen. »Das heißt, niemand muss mehr fliehen! Dieses Drecksding ist völlig ungefährlich! Na gut, nicht völlig«, sagte sie, Christophers entgeisterten Gesichtsausdruck komplett fehlinterpretierend. »Offenbar ist der Durchgang für Elektronik nicht besonders gesund. Die haben den Großteil ihrer Ausrüstung verloren, obwohl die speziell dafür gebaut worden war, und das Video ist auch total verrauscht. Aber für Menschen scheint die Wand völlig harmlos zu sein.«

Max und Christopher sahen einander an.

»Das ändert alles.« Max kam aus dem Grinsen gar nicht mehr heraus.

»Das ändert alles«, wiederholte Christopher. Er konnte es fast nicht glauben. Wie lange hatte er gehofft, dass so etwas eintrat, irgendetwas, das die Gefahr, die von der Wand ausging, brechen würde? Und nun war es passiert!

Ihm wurde ganz schummerig. Nach all dem Auf und Ab der letzten vierundzwanzig Stunden musste er sich erst einmal setzen. Christopher ließ sich auf den eiskalten Bürgersteig plumpsen und sah einfach nur zu, wie sich die Leute gegenseitig in die Arme fielen. Das änderte in der Tat alles …

Wie Christopher rasch mitbekam, war Anne die Tochter Georgs, des alten Mannes, mit dem Max in der Kirche von Königstein geredet hatte. Sie und Max waren zwar nicht direkt befreundet, kannten einander aber gut. Dementsprechend lud Anne sie alle drei schließlich zu sich ein, damit sie sich in Ruhe aufwärmen und selbst ein Bild von dem Video machen konnten, jetzt, wo der Strom wieder ging. Das Haus der Tolbergs lag nur einen Steinwurf von ihrem Parkplatz entfernt, drei Grundstücke schräg gegenüber von Max' Elternhaus.

Die Übertragung im Fernsehen ließ Christopher nicht mehr los. Das Blitzlichtgewitter. Der Anblick des Präsidenten auf der Empore mit dem Rednerpult, hinter sich das Siegel des Weißen Hauses, links und rechts zwei stattliche Flaggen. Er machte einen ruhigen, souveränen Eindruck, aber ganz gleich, wie sehr sich die Visagisten ins Zeug gelegt haben mochten, selbst ihm war die Anspannung der letzten Wochen anzumerken.

»Guten Abend.« Das Fernsehen überlagerte seine Worte mit der deutschen Übersetzung. Der Präsident sah auf die Blätter auf dem Schreibtisch vor sich hinab, zögerte einen Moment und wischte sie dann kurzerhand beiseite. Stattdessen richtete er den Blick direkt auf die Kameras. »Lassen Sie mich in dieser schweren Stunde gleich zur Sache kommen. Es gibt zwei Dinge, die mir am Herzen liegen. Zum einen möchte ich mich bei Ihnen allen für die falschen Hoffnungen entschuldigen, die diese Administration in den letzten Tagen in Ihnen geweckt hatte. Die Tragödie von Johannesburg. Ich garantiere Ihnen: Solche Fehler wie in Johannesburg oder bei der fehlerhaften Meldung, dass die Wand vor den USA anhalte« – Christopher runzelte unwillkürlich die Stirn, doch ein Blick zur Seite verriet ihm, dass diese Aussage Anne weder überraschte noch erschreckte – »werden uns nie wieder passieren.« Der Präsident nippte von einem Glas Wasser, das neben ihm stand. »Aber zugleich habe ich Ihnen heute auch etwas sehr, sehr Erfreuliches mitgebracht, eine Videoaufnahme, die uns heute früh in der Nähe von Kapstadt geglückt ist. Aber sehen Sie selbst …«

Und dann wurde das Video gezeigt. *Das* Video.

Schließlich erschien wieder der Präsident im Bild. Er lächelte. »Was Sie soeben mit eigenen Augen miterlebt haben, ist die schönste Nachricht, die ich je übermitteln durfte: Die Wand ist nicht tödlich. Ich wiederhole es noch einmal, weil es so absurd scheint, das so klipp und klar zu sagen: Die Wand ist nicht tödlich!« Noch ein Schluck Wasser. »Das bedeutet leider nicht, dass sie gänzlich ungefährlich ist. Elektronik nimmt beim Durchtritt sehr wohl Schaden, sofern sie nicht mit extrem aufwendigen Maßnahmen davor bewahrt wird. Aus diesem Grunde habe ich mein Kabinett angewiesen, im Verteidigungsministerium eine *Homeland-Defense*-Arbeitsgruppe einzurichten, die sich mit genau diesen Herausforderungen beschäftigen wird. Aber wie Sie selbst gesehen haben: Das Problem ist definitiv lösbar, und ich rechne damit, dass wir noch diese Woche erste Ergebnisse verkünden werden, wie wir es auch im größeren Stil angehen werden.«

Ein hochgewachsener Mann im Anzug, der bisher etwas abseits gestanden hatte, trat ins Scheinwerferlicht. »Der Präsident hat Zeit für eine Frage.«

Und plötzlich kam Leben in die Journalisten, die bisher praktisch in Schockstarre zugehört hatten. »Mister President«-Rufe ertönten aus allen Ecken des Raumes. Der Präsident lächelte und deutete schließlich auf eine Person links vor ihm.

Die Kamera schwenkte auf eine zierliche Dame Ende vierzig. »Danke, Mister President. Carla Woodward, Washington Post. Was sagen Sie zu den Berichten über immer umfangreichere Bauaktivitäten auf Pacifica durch eine Spezialabteilung des Pentagons namens *Continuity of Operations*? Planen Sie, Washington vor dem Eintreffen der Wand zu verlassen?«

Das Lächeln des Präsidenten fror ein. »Miss Woodward, ich fürchte, Ihre Quellen haben die Sachlage missverstanden. Ja, es gibt in der Tat eine Gruppe im Verteidigungsministerium, die unsere Basis auf Pacifica in moderatem Umfang weiter ausbaut. Die Idee hinter dieser Mission beschränkt sich jedoch ausschließlich darauf, auch während des Durchzugs der Wand unsere Kommunikations- und Verwaltungsinfrastruktur aufrechtzuerhalten. Ich kann Ihnen versichern, dass diese Administration zu jedem Zeitpunkt während dieser Krise ihre vollen Ressourcen nur in Amerika und nur für die Bürger der Vereinigten Staaten einsetzen wird. Und ich verspreche Ihnen, bei Gott, dass ich diese Nation und ihre Bürger nicht im Stich lassen werde. Mein Platz ist und bleibt hier, in Washington. Unser aller Platz ist in unserer Heimat.« Das Lächeln war zurück. »Wir haben nichts mehr zu fürchten.«

Das Bild wechselte, zeigte den entscheidenden Teil des Videos, immer und immer wieder, mit deutschen Kommentatoren, die aufgeregt über seine Bedeutung diskutierten. Bis zum Sonnenaufgang hatte Christopher die Bilder von jenseits der Wand bestimmt fünfmal gesehen, und dennoch jagte ihm auch noch die sechste Wiederholung einen Schauer über den Rücken. Die schlechte Qualität, das körnige, verrauschte Bild, schlimmer als jede Aufnahme aus den Sechzigern, all das unterstrich nur die historische Bedeutsamkeit dieser elf Sekunden. Selbst Mtoto hatte mit offenem Mund vor dem Fernseher gesessen, obwohl sie kein einziges Wort Deutsch verstand.

Anne hatte recht. Wenn die Wand nicht tödlich war, wenn sie offenbar selbst die USA nicht verschonte – was für einen Grund gab es dann noch, zu fliehen?

Zumal sich beide Nachrichten in Windeseile über die ganze Welt verbreiten würden. Wenn die Kerschs noch am Leben waren und sich irgendwo in Europa aufhielten, dann war es nur eine Frage der Zeit, ehe sie zurückkehren würden – selbst dann, wenn sie Max' Nachrichten nie empfangen hatten. Für Max war es daher sonnenklar, dass sie bis dahin hier auf sie warten würden.

Und so wurden aus ein paar Stunden schließlich Tage, während derer sie sich mit Annes Segen bei den Tolbergs nach und nach häuslich einrichteten. Da ihr Vater allein mit ihr auf mehr als zweihundert Quadratmetern wohnte, schätzte er die Gesellschaft und die Hilfe sehr.

Anne selbst arbeitete von frühmorgens bis spätabends in einem großen Krankenhaus in der Nähe, in dem ihren Berichten zufolge nicht einmal mehr die Hälfte der Belegschaft zum Dienst erschien. Zusammen mit den Stromausfällen der letzten Tage war es wohl ein Wunder, dass überhaupt noch so etwas wie ein halbwegs geregelter Notbetrieb aufrechterhalten werden konnte – was Anne zufolge leider auch daran lag, dass mit den streng bewachten Tankstellen und den staatlichen Benzinrationen, die vordringlich an Leute wie sie selbst gingen, gerade jene Menschen nicht mehr zum Krankenhaus gelangten, die es wirklich nötig gehabt hätten.

Doch Notbetrieb hin oder her, Christopher wurde den Verdacht nicht los, dass sie auch deswegen gar so lange im Krankenhaus blieb, um nicht so viel über all die verstörenden Entwicklungen nachdenken zu müssen. Oder auch, um schlicht weniger Zeit mit ihrem überraschend anstrengenden Vater zu verbringen, dessen Redefluss auch Christopher und Max schwer ertragen, geschweige denn bremsen konnten. Und nicht zuletzt hätte sich Christopher doch arg gewundert, wenn die Versorgungslage dort nicht weitaus besser wäre als hier im Städtchen.

Schlechter konnte sie schließlich kaum sein. Strom, Mobilfunk, Internet, Müllabfuhr, der vielgerühmte europäische Nahverkehr, Polizei, Supermärkte: Christopher war verblüfft, wie wenig noch funktionierte, obwohl die äußerlichen Schäden durch die Ereignisse der letzten Tage gering wirkten. Aber offenbar hatte das kurze Chaos bereits gereicht. Wenn die komplizierten Logistikketten einmal aus dem Takt geraten waren, dann schienen sie sich nicht mehr so leicht flicken zu lassen. Und wenn dann noch Teile der Belegschaft lieber bei ihren Familien blieben, als wieder mit anzupacken … Kein Wunder, dass sich die Lage nur sehr langsam entspannte.

Doch dies war endlich einmal ein Punkt, an dem sie ansetzen konnten! Christopher und Max waren entschlossen, sich nicht noch einmal zur Passivität verdammen zu lassen, so wie in den Wochen auf dem Schiff. Wenn sie schon hier auf Max' Eltern oder die Wand warteten – je nachdem, was von beidem sie früher erreichen mochte –, dann konnten sie die Zeit wenigstens sinnvoll verwenden und überall da in ihrer Gemeinde Hilfe leisten, wo es die öffentliche Hand nicht mehr vermochte. Denn wenn es eine nennenswerte staatliche Reaktion gab – und die gab es, wenn man dem Radio trauen durfte, mit der Bundeswehr, dem THW sowie Hunderten auf die Schnelle zwangsverstaatlichten Speditionen und Supermarktketten –, dann konzentrierte sie sich bislang auf die größeren Städte oder die Orte, in denen die Situation schlimmer war als hier im Taunus, Orte, in denen es kein fließendes Wasser und keinen Strom mehr gab.

Hier hingegen hatten sie sogar noch frische Lebensmittel, weil ein Lastwagen eines lokalen Unternehmens trotz vielerorts geschlossener Supermärkte alle ein, zwei Tage das Kunststück schaffte, mehr oder weniger vollbeladen in die Gemeinde zurückzukehren. Kurioserweise entwickelte es sich ausgerechnet zu Christophers Aufgabe, gemeinsam mit zwei anderen Männern die dadurch angehäuften Vorräte zu katalogisieren und zu rationieren – womöglich traute man einem Außenseiter am ehesten zu, unparteiisch zu handeln. Max setzte sich derweil dafür ein, die Wiese in der Nähe des Limes, ein paar hundert Meter von einem alten Römerkastell entfernt, zu einer provisorischen Deponie auszubauen, um dem rasant wachsenden Müllproblem entgegenzuwirken. Ausgerechnet ihre Erfahrungen aus Afrika halfen ihnen nun, das Ganze mit einfachsten Mitteln zu organisieren.

Und ausgerechnet diese Arbeit war es, die Christopher und Max wieder etwas gab, dass sie verband. Etwas, worüber sie sich austauschen konnten. Etwas, worin sie beide einen Sinn erkannten.

Und sie half dem teils argwöhnisch beäugten Christopher, diesem *Fremden,* Fuß zu fassen, nach und nach zu einem Teil dieser Gemeinde zu werden und zu verstehen, was es für Max bedeutete, eine Heimat zu haben – selbst wenn das, was sie am meisten mit dieser Heimat verband, so schmerzlich fehlte.

Die Tage vergingen. Die Arbeiten gingen voran, die Stimmung war gut und wurde nur noch besser, als schließlich die ersten Rückkehrer eintrafen – Menschen, die auf der Flucht von dem Video erfahren hatten. Aus einer Handvoll am ersten Tag wurden im Laufe des zweiten Hunderte. Schließlich veranstaltete die Gemeinde sogar ein kleines Fest, um die Heimkehrer angemessen zu begrüßen, und selbst die Kegelbahnen im Bürgerhaus öffneten wieder. Doch plötzlich war der Zenit der Heimkehrwelle überschritten, und fortan trafen von Stunde zu Stunde immer weniger Menschen ein – und Max' Eltern waren noch immer nicht unter ihnen. Schlimmer noch, keiner der Neuankömmlinge hatte sie überhaupt gesehen. Alle Anrufe, alle Versuche, eine Kurznachricht zu übermitteln, wann immer das Handynetz mal funktionierte, scheiterten, und mit jedem Tag, an dem sie kein Lebenszeichen von ihnen vernahm, schwand Max' Optimismus ein bisschen mehr. Christopher hielt sich mit seiner Sicht der Dinge zurück. Und so war es Max, die schließlich einsah, dass es eigentlich nur zwei Möglichkeiten gab: Ihre Eltern hatten es tatsächlich bis in die USA geschafft, dorthin, wo sie Max vermuteten. Oder ihnen war unterwegs etwas zugestoßen.

Und sie beide wussten, welche die wahrscheinlichere war.

Max versuchte, so wenig wie möglich darüber nachzudenken, und stürzte sich stattdessen immer tiefer in die Arbeit, sich heimlich an der Hoffnung festklammernd, dass doch noch ein kleines Wunder geschehen könnte.

Vergebens. Stattdessen schien sich nun auch noch das Wetter gegen sie zu verschwören. Der Nordwind hatte sich, bis auf seltene freundliche Momente, deutlich verstärkt. Die Luft fühlte sich eher nach November an als nach Juni, und das, obwohl die Sonne hoch am Himmel stand. Schließlich erreichten die Temperaturen im Durchschnitt kaum mehr fünf Grad. Im Radio wurde von einem »temporären Effekt« gesprochen, ausgelöst durch die nahende Wand. Die atmosphärische Zirkulation mit ihren Passat- und Westwindzonen sei praktisch weltweit zusammengebrochen, und eisige Luft aus dem Nordpolargebiet ströme nun weitgehend ungebremst über Europa in Richtung Süden, ehe diese Luftmassen, durch Corioliskräfte abgelenkt, über dem Atlantik spiralförmig auf den westlichen Rand der

Wand träfen. Auf ähnliche Weise waren auf der ganzen Welt die vorherrschenden Windrichtungen durcheinandergebracht worden. Indien wartete vergeblich auf seinen Monsun – während die westliche Sahara binnen weniger Tage mehr Niederschlag abbekam als sonst in Jahrzehnten –, Brasilien steuerte auf die schwerste Dürre seit Menschengedenken zu, und Europa wurde eben von einer Kältewelle heimgesucht, die es so noch nie gegeben hatte – einer trockenen Kälte überdies, da die Wand die eingesogene Luft punktuell in großer Höhe wieder ausstieß und es just diese durch die extreme Höhe sehr trockene Luft war, die über den Polen schließlich wieder gen Boden sank.

Auch wenn Anne bei solchen Nachrichten interessiert zuhörte, waren Christopher die meteorologischen Details genauso egal wie Max und Mtoto. Ganz und gar nicht egal war ihm nur, dass er im angehenden Hochsommer das Haus nicht mehr ohne Mantel verlassen konnte.

Dabei hatten die Menschen einen solchen Temperatureinbruch im Frühsommer anfangs sogar für normal gehalten – ein Phänomen, das sie Schafskälte nannten und das Christopher für höchst unanständig hielt – doch nach und nach hatte sich die Stimmung gewandelt. Das Problem mit dem Müllgestank hatte sich temperaturbedingt verflüchtig, dafür schienen nun die elektrischen Heizungen das noch immer instabile Stromnetz zu überlasten. Immer wieder fiel stundenweise die Elektrizität aus, und der Versuch, danach das versäumte Heizen doppelt und dreifach nachzuholen, verschärfte die Lage nur noch weiter. Immer kürzer wurden die Phasen, in denen der Strom tatsächlich floss, und ebenso die Momente, in denen der Wind doch einmal drehte und, für ein paar Stunden vielleicht, so etwas wie Frühling herrschte.

Am zehnten Tag schließlich kehrte der private Lkw, der sie bisher so zuverlässig versorgt hatte, zum ersten Mal leer zurück.

Und das ganze Städtchen stand unter Schock – alle bis auf Mtoto, die Christopher nur verständnislos ansah.

»Aber Herr Christopher?«, fragte sie und zeigte auf die weiten Flächen südlich der Stadt. »Warum ernten wir nicht einfach die Felder, um etwas zu essen zu haben, und sammeln Holz aus dem Wald?«

Christopher seufzte. »Auf den Feldern hier wird vor allem Raps angebaut, und ein bisschen Futtermais. Selbst wenn das jetzt schon reif wäre: Das kann man nicht wirklich essen.«

Mtotos Augenbrauen zogen sich zusammen. »Aber warum baut ihr das dann an?«

»Na ja, der Raps ist für die Autos. Und der Mais ist dafür da, die Rinder und Schweine zu mästen.«

»Das heißt, wir essen dann die Rinder und Schweine?«

Christopher schüttelte den Kopf. »Ich fürchte, die bekommen wir nicht mehr hierhergebracht. Die Tiere leben woanders in Deutschland, viel zu weit weg.«

Wenn sie nicht gerade selbst verhungerten. Aber das sagte er lieber nicht.

Jetzt stieg Mtoto komplett aus. »Aber warum sind die denn woanders, wenn ihr Futter hier ist?«

»Manchmal ist es eben billiger, Dinge, die eigentlich zusammengehören, auf verschiedene Orte zu verteilen.«

»Und deshalb macht ihr das mit dem Essen auf so eine komische Art, Herr Christopher?«

Er öffnete den Mund und schloss ihn gleich darauf wieder.

»Habe ich dir nicht gesagt, dass du mich nicht mehr Herr Christopher nennen sollst?«, sagte er dann und wuschelte ihr dabei durchs Haar. »Einfach nur Christopher, okay?«

Mtoto senkte den Kopf. »Okay.«

Eine kurze Pause, dann lächelte ihr Christopher zu. »Das mit dem Holz ist jedenfalls eine sehr gute Idee.«

Das war es wirklich. Gerade die alten Leute in den Wohnungen mit elektrischen Heizungen litten derart unter der Kältewelle, dass Christopher und Max anregten, das Bürgerhaus und letztlich eine ganze Reihe von verlassenen, mit Holzöfen ausgestattete Häuser – Christopher war verblüfft, wie viele Gebäude hier einen Kamin besaßen – in Notunterkünfte umzuwandeln, in der Hoffnung, dass das Zusammenlegen der Alten und Kranken in ein paar einzelne, wärmere Räume mehr Nutzen als Schaden brächte. Und so kam es, dass er sich schließlich mit dreißig anderen Männern und einer Axt in der Hand im Wald wiederfand.

An allem anderen außer Holz mangelte es jedoch. Medikamente. Und Lebensmittel. Die versprochene Hilfe durch die Bundeswehr traf nie ein. Stattdessen liefen im Radio nur die ewig selben Durchhalteparolen sowie die ewig selben Anweisungen, wie mit dem elektromagnetischen Puls der Wand zu verkehren sei, wenn sie denn endlich mal in Mitteleuropa ankam – nicht, dass irgendetwas davon auch nur ansatzweise hilfreich gewesen wäre. Christopher wollte sich gar nicht ausmalen, wie es hinter der Wand aussah, ohne Elektronik, die erst einmal aufwendig repariert oder aus ein paar angeblich »elektromagnetisch geschützten« Bunkern herbeigeschafft werden musste. Und dann? Sollten die Menschen auf ewig unter dieser Blase eingeschlossen bleiben? Doch je mehr Christopher über die Situation hinter der Wand nachgrübelte, desto weniger schien sie sich von ihrer derzeitigen Lage zu unterscheiden. Schon jetzt waren sie abgenabelt und eingeschüchtert, nur eben auf eine andere Art.

Christopher fühlte sich elend. Da hatten die Regierungen der Welt die einmalige Chance, in Anbetracht einer globalen Bedrohung zusammenzustehen und alle ihre Ressourcen zusammenzulegen, um die Wand zu bekämpfen oder zumindest den Durchgang weniger verlustreich zu gestalten, und was hatte man getan? Ein paar chaotische, kaum miteinander abgestimmte Experimente durchgeführt, durch die man nun wusste, dass sie sich in irgendeiner Form anpasste an alles, was sie berührte, weshalb sie sich bei Meerwasser anders verhielt als bei Luft und anders als bei Lebewesen. Diese »elektromagnetische Adaption« war so ziemlich alles, was gesichert war. Der Rest – und gerade die Frage nach dem Warum – blieb völlig ungeklärt, auch vierzig Tage nach ihrem Erscheinen. Dafür kam es nun zu so etwas wie einem goldenen Zeitalter für Gerüchte, auch hier in ihrer Gemeinde. Die Wand existiere gar nicht, sie sei nur eine Cover-Story für einen außer Kontrolle geratenen Klimawandel. China sei an allem schuld und kontrolliere das Phänomen durch eine Basis, die unter dem neuen Kontinent läge. In den USA sei ein Bürgerkrieg ausgebrochen. Die Wand verstrahle die Menschen, so dass man sie zwar anfangs überlebe, dann aber elendig an Krebs sterbe. Die Wand töte die Menschen, stelle aber eine exakte Kopie von ihnen her. Die Wand habe in Wahrheit schon gestoppt, nur wenige Meter vor dem Felsendom in Jerusalem, und die öffentliche Versorgung werde schon morgen wiederhergestellt … Die Debatten in ihrer Gemeinde drehten sich schon bald nicht mehr um das, was wahr war, sondern um das, was man am liebsten für wahr hielt. Selbst diese unsägliche Sekte aus seiner Heimat, *der Pfad der Erlösung*, hatte hier schon Anhänger gefunden, Menschen, die am liebsten gestern statt morgen der Wand gegenübertraten, und dafür sogar ihre Familien und die relative Sicherheit ihrer Gemeinde hinter sich ließen.

Und die Realität? Die Wand hatte gerade erst das Mittelmeer erreicht, doch schon jetzt schaffte es die Regierung nicht, den Abwärtstrend im Land auch nur zu verlangsamen. Stattdessen war nun auch der Bürgermeister verschwunden, mit seinem Dienstwagen, ohne Licht und mitten in der Nacht. Niemand konnte sagen, was ihn dazu bewegt hatte. Wusste er etwas, was sonst niemand wusste? Oder hatte er einfach nur in Panik gehandelt?

Zwei Wochen waren mittlerweile vergangen, seit sie Deutschland erreicht hatten. Von Schnee waren sie bislang verschont geblieben, aber nur, weil die Luft zu trocken war. Die Kälte hingegen reichte aus, dass sich über Nacht auf dem Swimmingpool des Nachbarhauses eine nennenswerte Eiskruste bildete, die erst mittags, unter der fast senkrecht stehenden Sonne, zaghaft schmolz. Zum ersten Mal bemerkte Christopher, dass sich ein Teil der Blätter der Eiche vor seinem Fenster gelb zu verfärben begann. Noch waren die Felder im Westen der Gemeinde weitgehend grün, doch es brauchte nicht viel Fantasie, sich auszumalen, was mit der Ernte geschah, wenn die Temperaturen noch länger im Keller blieben. Und nicht nur hier. In halb Europa dürfte es bald ähnlich aussehen.

Und dennoch, die Lichtblicke verschwanden nie ganz: Heute hatte Max zum ersten Mal seit Monaten wieder einen seiner Pullis stibitzt – und sich ungewohnt kleinlaut damit gerechtfertigt, dass ihrer ein Loch am Ellbogen habe. Und dann lief am Abend zum ersten Mal seit zwei Tagen wieder der Strom. Und zum ersten Mal seit einer gefühlten Ewigkeit hatte Christopher sogar wieder Mobilfunkempfang. Es wäre ihm gar nicht aufgefallen, hätte das Handy am Stromkabel nicht wie wild vibriert. Max und Mtoto schauten entgeistert auf das kleine Gerät.

Christopher brauchte eine Sekunde, um zu realisieren, was das bedeutete. Dann hastete er wie ein Verrückter auf das Handy zu, erwischte gerade noch rechtzeitig die richtige Taste.

»Chris?«, klang es dumpf aus der Leitung.

»Kate? Kate!«

»Chris! Oh, mein Gott, bin ich froh, dich zu hören! Ich hab euch ewig nicht erreicht!«

»Kate, ich …«

»Keine Zeit, die Verbindung kann jederzeit abbrechen. Wo steckt ihr? Ihr seid nicht in den Staaten, oder?«

»Nein, in Deutschland, in Max' Heimartort.«

»Dann könnt ihr dort nicht bleiben!«

Christopher schluckte. »Kate …«

»Kein Aber! Glaubt mir, ihr müsst da raus!« Catherines Stimme klang extrem besorgt. Christopher sah zu Max hinüber. Sie schien das Meiste mitzubekommen. Tiefe Falten hatten sich in ihre Stirn gegraben. Selbst Mtoto schien die Stimmung zu spüren.

»Seht ihr irgendeine Chance, wie ihr das schaffen könntet? Irgendeinen Ort, wo sie jetzt noch evakuieren?«

Christopher schaute Max in die Augen. Sie nickte, wenn auch unsicher. »Nur einen. Sizilien.«

»Sigonella?«, fragte Catherine. »Dann habt ihr bis morgen Abend, kurz vor Mitternacht.«

Christophers Augenbrauen schnellten in die Höhe. »Du weißt von Sigonella?«

»Ja. Da wird gerade ein riesiges Experiment aufgebaut. Aber das ist für euch nicht wichtig. Entscheidend ist: Kämt ihr da rein, für die Evakuierung?«

»Ich denke schon, ja. Wir drei wären sogar fast bei dem Konvoi aus der Lucius-Clay-Kaserne dabei gewesen.«

»Und da seid ihr nicht mitgefahren?« Catherine atmete tief aus. »Vergesst das, ihr konntet das ja nicht wissen.«

»Was wissen?«

»Bitte, ich kann euch so rasch keine Antworten geben. Aber ich flehe euch an, bei eurem Leben, seht zu, dass ihr nach D.C. kommt!«

In dem Moment ging das Licht im Zimmer aus, und ebenso im Rest des Straßenzugs. Christopher betete, dass wenigstens die Batterien in den Handymasten noch etwas Saft hatten.

»Kate, bitte!«

Tatsächlich, sie drang noch durch. »Ganz egal, was in Sigonella geschieht: Ihr dürft da nicht bleiben!«

»Kate! Du kannst nicht einfach …«

»Hört ihr mich? Ihr dürft da um keinen Preis bleiben!«

»Catherine!«

Und damit war die Leitung tot.

Christopher starrte entgeistert in den Raum.

»Scheiße«, sagte Max, und ließ sich auf das Bett sinken. »Sie klang ganz schön panisch, nicht?«

Christopher nickte.

Max massierte sich die Schläfen. »Ich habe keine Ahnung, was sie meint. Aber wenn jemand etwas weiß, das wir nicht wissen, dann ist es wohl Kate.«

Wieder ein Nicken. »Das heißt, wir sollten besser auf sie hören.«

Max sah ihm tief in die Augen. Es war ein schmerzvoller Blick, aber zugleich ein fester. »Ja.« Einfach nur ja. Auch wenn es bedeutete, dass sie damit die letzte Hoffnung auf ein Wiedersehen mit ihren Eltern aufgab.

Christopher strich ihr zärtlich über den Oberarm, doch Max stand bloß ruckartig auf. »Gehen wir einfach, okay?«

Mtoto wie Christopher nickten.

Sie hatten versucht, Anne und Georg zu überzeugen, sie zu begleiten, ja, sie hatten es letztendlich bei der halben Gemeinde probiert, immer drängender, doch keiner war bereit, seine Heimat wegen einer panischen Aussage einer Fremden überstürzt aufzugeben, ganz egal, welche Position Catherine mittlerweile innehaben mochte. Und ohne Beweise oder zumindest Details – wie konnten sie es ihnen auch verdenken? Anne hatte ihr Krankenhaus, Georg hatte Anne, die Menschen hier hatten einander, und, verdammt noch mal, selbst Christopher war bis eben davon ausgegangen, die Wand hier zu erwarten, in Gesellschaft dieser Leute, von denen ein paar kurz davor standen, seine Freunde zu werden. Christopher gab sich nicht der Illusion hin, er sei für die Gemeinschaft unverzichtbar. Er war noch immer der Außenseiter, der Neuling, der Deutsch, wenn überhaupt, nur gebrochen sprach. Und doch hatte er sich hier einen Platz erarbeitet. Er begann zu zweifeln, auch wegen der Frage, ob die Flüchtlinge wirklich schon lange genug weg und die Heimkehrer lange genug zurück waren, so dass sie Sizilien überhaupt rechtzeitig erreichen konnten.

Fast hätte er sich noch einmal umentschieden, freie Straßen hin oder her. Einzig Catherines Tonfall gab am Ende den Ausschlag. Ihre Worte, ihre Stimme, ihre Schärfe und Dringlichkeit gingen ihm einfach nicht aus dem Kopf. So hatte er sie noch nie erlebt. Und Max auch nicht.

Und so saßen sie schließlich doch in ihrem alten Opel, allein mit einer weinenden Mtoto, die nicht Anne, aber sehr wohl Georg liebgewonnen hatte, und dem unschönen Gefühl, ihre Leidensgenossen im Stich zu lassen, im Kofferraum nichts außer ihren Rucksäcken, ein paar Wasserflaschen und den mageren Rationen, die sie für den nächsten Tag erhalten hatten. Einen Tag für die Fahrt bis nach Sizilien. Das war schon unter normalen Bedingungen schwierig. Und dann noch mit diesem Auto?

Ihr erster Stopp war daher vorprogrammiert: die Militärbasis der Army. Christopher war überrascht, wie wenig sich hier in den letzten beiden Wochen verändert hatte. Keine Plünderungen, keine Zerstörungen. Es war, als hätte niemand etwas von dem Abzug der Army mitbekommen.

Max suchte aus den zahlreichen Möglichkeiten rasch das richtige Gefährt heraus: einen Achtziger-Jahre-Pick-up, der mit seiner geschlossenen Ladefläche und der Tarnfleck-Bemalung martialisch genug aussah, um darin ernst genommen zu werden, aber nicht so sprithungrig und langsam wie die gepanzerten Humvees daneben wirkte. Dennoch tankte Max ihn randvoll, und hievte mit Christophers Hilfe auch gleich noch drei weitere Zwanzig-Gallonen-Kanister hinein. Während Max den ganzen Krempel, der sich sonst noch in dem Pick-up befand, unter die Lupe nahm, suchte Christopher hektisch nach dem Schlüssel. Es dauerte länger als gedacht, bis er den passenden fand – aber woher zum Teufel sollte er auch wissen, in welchem Schrank der Militärbasis die Schlüssel aufbewahrt wurden?

Sobald der Pick-up erst einmal lief, ging es gut voran, so gut, dass ihre Panik allmählich nachließ. Die Heizung funktionierte zwar nicht vernünftig, so dass sich Max und Mtoto noch jeweils einen der Army-Mäntel umwarfen, die zuhauf auf der

Ladefläche ihres Fahrzeugs herumlagen, doch die Autobahnen waren tatsächlich frei, freier noch, als sie es bislang erlebt hatten. Bis auf eine einzige hellerleuchtete Tankstelle bei Karlsruhe, um die herum sich eine Traube aus Polizei- und Rettungswagen gebildet hatte, und einen unheimlichen, rötlichen Schein über Basel verlief die Fahrt ereignisarm. Schon nach wenigen Stunden hatten sie das Schweizerische Mittelland erreicht. Doch dann verschwand die fahle Mondsichel hinter Wolken, und Schneefall setzte ein, ein Grießeln zunächst, an dem sich Mtoto schier nicht sattsehen konnte; doch je näher sie den Alpen kamen, desto mehr ging es in ein dichtes Schneetreiben über, das die Scheinwerfer kaum noch durchschneiden konnten. Die Autobahn war nicht geräumt – natürlich nicht –, und schon ein paar Kilometer hinter Luzern schwoll die Schneeschicht auf der Fahrbahn zu einer bedenklichen Dicke an, gerade dann, als sich die Straße ein enges Tal emporkämpfte, rauf zum Gotthardtunnel. Die vielen kurzen Tunnel waren kein Problem, aber die Streckenabschnitte unter freiem Himmel waren fast unbefahrbar. Mit kaum mehr als Schrittgeschwindigkeit pflügten sie durch den Neuschnee, der zum Teil bis zu einem halben Meter tief war; an den steileren Stücken waren sie fast schon froh, wenn sie nicht zurückrutschten. Schließlich ging gar nichts mehr. Christopher fuhr zähneknirschend an einem kleinen Rastplatz rechts ran. Ohne den Motor abzustellen, stieg er aus und zerrte bei eisigem Wind zusammen mit Max zwei der Schneeketten aus dem Wagen. Gemeinsam gingen sie im dichten Schneegestöber ans Werk – und bemerkten deswegen erst viel zu spät, dass sie nicht allein waren.

Mtoto, die bibbernd hinter ihnen stand und dabei doch mit großem Enthusiasmus Schneeflocken aus der Luft pflückte, sah die Männer zuerst. Ihr Japsen ließ auch Christopher aufblicken. Außerhalb des Lichtkegels ihrer Scheinwerfer, etwa zwanzig Meter schräg vor ihnen und zwischen den vielen Flocken kaum auszumachen, standen drei dick vermummte Personen im Halbkreis rund um etwas Dunkles, das zwischen ihnen im Schnee lag.

Keine Frage, dass sie den Schrei gehört hatten. Und die Scheinwerfer ihres Wagens gesehen. Sie schienen in ihre Richtung zu schauen, und dann, schlimmer noch, sich auf sie zuzubewegen.

»Fuck«, sagte Christopher. »Fuck, fuck.«

Max hatte derweil die Ketten fallen lassen und war zur Fahrertür gerannt. Christopher hingegen war klar, dass sie keine Chance hatten, ohne Schneeketten rechtzeitig hierwegzukommen.

»Hey, Leute«, sagte er, als die Gestalten bis auf sechs oder sieben Meter herangestapft waren. Er streckte die Hände weit von sich, die Finger gespreizt, die Handflächen nach vorn gerichtet. »Wir wollen keinen Ärger.«

»Ihr vielleicht nicht«, ertönte es zurück. In der Hand der mittleren Figur blitzte etwas auf. Christopher konnte die Augen des Mannes nicht sehen, nur seinen Mund. Der Kerl war jung, erschreckend jung. Fast ein Kind. Ein grinsendes Kind. »Wir schon.«

Der Junge lispelte ein bisschen, was der ganzen Situation eine erhebliche Komik verliehen hätte, wenn Christopher nicht so eine verdammte Angst gehabt hätte.

Das Grinsen des Jungen verschwand. »Ihr seid genauso schlimm wie unsere Eltern und die ganzen anderen von eurem Kult! Ihr fahrt auf das Ding zu und lasst dabei alle zurück!« Noch ein Schritt nach vorn. Das Lispeln wurde stärker. »Und dafür werdet ihr jetzt bluten!«

»Max?« Es klang bei weitem nicht so souverän, wie es hatte klingen soll, mehr wie der Hilfeschrei, der es war. Keine Reaktion. Was zum Teufel taten sie und Mtoto da hinten?

»Musst du nach deiner Freundin rufen, du kleiner Schisser?« Jetzt blitzte es auch in den Händen seiner beiden Kollegen. Sie alle drei traten ein paar Schritte auf ihn zu.

»Määäx?« Das klang schon regelrecht panisch.

»Vielleicht ist deine Max ja genauso ein Schisser wie du!«

Und plötzlich hörte Christopher hinter sich das Knirschen von Schuhen im Schnee.

»Seine Max ist sogar noch ein viel größerer Schisser«, sagte sie, mit absoluter Ruhe in der Stimme.

Die Kinnlade des Anführers kippte herunter.

Max stand nun direkt neben Christopher. In ihren Händen hielt sie ein schwarzes Sturmgewehr.

»So groß, dass sie eine M16 zu einem Messerkampf schleift.«

Mit einem Ruck zog sie den Ladehebel durch und ließ ihn zurückschnalzen, so, als hätte sie das schon tausendfach gemacht. Ihr linker Daumen legte die Sicherung um.

Die drei standen wie angewurzelt im Schnee.

Langsam, in aller Ruhe, hob Max die Waffe auf Brusthöhe. Sie legte an, die Schulter am Kolben, die linke Hand um den geriffelten Lauf geschlossen, den rechten Zeigefinger am Abzug.

»Und jetzt …« Sie hauchte die Worte nur, doch die drei hingen ihr an den Lippen. Langsam, lustvoll rollte sie das R. »Rennt!«

Zeitgleich fielen die drei Messer in den Schnee. Ihre Besitzer rannten, so schnell, wie Christopher noch nie einen Menschen hatte rennen sehen. Der Lispler stolperte, stürzte in den Schnee, schaute zurück zu Max, die ihn noch immer im Visier hatte, den Lauf nachgezogen. Der Junge rappelte sich panisch wieder auf und rannte weiter, vorbei an dem Fleck auf dem Boden, vorbei an zwei Autos, die Christopher vorher in der Dunkelheit gar nicht gesehen hatte. Dann stürzten sich alle drei über die Leitplanke und einen bewaldeten Abhang hinab. Die Geräusche von knirschendem Schnee und brechenden Ästen längst laubloser Bäume waren noch zu hören, als Christopher die Teenager längst nicht mehr sah.

Schließlich drehte er sich zu Max um, die die Waffe endlich gesenkt hatte, aber noch immer breitbeinig und mit durchgedrücktem Rücken dastand. Er versuchte gar nicht erst, die Bewunderung in seinem Blick zu verbergen.

»Was zum … und überhaupt, wir hatten die ganze Zeit ein Sturmgewehr im Wagen?«

Max grinste. »Nicht nur eines. Sind alle in der Kiste, auf der *M16* steht.« Ihr Grinsen wuchs in die Breite. »Aber leider alle ohne Munition.«

Christopher starrte sie verdattert an.

Sie zog das Magazin aus der Waffe, hielt es ihm vor die Nase. Tatsächlich, es war leer.

Christopher schüttelte nur noch den Kopf. Schließlich konnte er nicht mehr. Er begann zu lachen, aus voller Kehle, so laut, dass es wohl selbst ihre Angreifer noch hören konnten – und es womöglich noch mehr mit der Angst zu tun bekamen.

Das Lachen verging ihm erst, als er sich in Richtung der Autos bewegte und den bereits von einer dünnen weißen Schicht bedeckten Haufen genauer betrachtete. Christopher griff nach den beiden Benzinkanistern, die daneben im Schnee lagen und wandte sich dann rasch ab. Er musste nicht näher hinsehen, um zu wissen, dass sie dem Mann nicht mehr helfen konnten.

»Was ist los?«, fragte Max von hinten.

»Die Jungen haben hier ihre … Beute zusammengetragen.« Christopher ging schnell zu Max zurück. »Außer den Kanistern ist da nichts, was für uns von Wert wäre. Komm, wir müssen schauen, dass wir weiterkommen.«

In der nächsten Zeit war es sehr still in ihrem Pick-up. Mtoto war so müde, dass sie trotz aller Aufregung rasch wieder einschlief. Max wirkte zwar äußerlich gut gelaunt, aber wie in den Stunden zuvor redete sie auch jetzt auffallend wenig, zu sehr schien sie daran zu knabbern, aus einer Resthoffnung eine traurige Gewissheit gemacht zu haben. Und Christopher? Ihm ging der Anblick des toten Mannes nicht aus dem Kopf. Die ersten Eiskristalle auf den geöffneten Augen. Die … Wunden.

Er versuchte, nicht daran zu denken, was ohne Max' Bluff mit ihnen passiert wäre, und was die Jungen erlebt haben mussten, dass sie zu solch einer Tat fähig waren. Natürlich gelang es ihm keine Sekunde. Christopher starrte in die Nacht, doch die Welt da draußen blieb ihm eine Antwort schuldig. Alles sah so friedlich aus, weihnachtlich, mit den Kerzen in den Fenstern der wenigen erhellten Gebäude, mit dem lockeren Pulverschnee überall rings um sie herum und der Ruhe auf den Straßen. Doch es war nicht Dezember, es war Juni. Und es war nicht friedlich da draußen, ganz und gar nicht.

Wenigstens kamen sie nun gut voran. Mit ihren Schneeketten erreichten sie bald das Nordportal des Gotthardtunnels – und konnten sie sogar schon beim nächsten Stopp zum Nachfüllen des Tanks wieder abnehmen, da auf der anderen Seite des Tunnels, im Windschatten des Hauptalpenkamms, trotz Eiseskälte so gut wie gar kein Schnee gefallen war. Zum ersten Mal hatten sie den Eindruck, dass sie es vor der Wand nach Sigonella schaffen könnten.

In der Poebene, hinter Mailand, wich die Nacht allmählich dem Tag. Dichte Nebelschwaden wechselten sich mit den ersten Sonnenstrahlen ab. Es dauerte lange, ehe die Sonne den Kampf gewann und der Rauhreif von den Pappeln zu blättern begann. Doch je weiter sie nach Süden vordrangen, desto kräftiger schien die Sonne und desto mehr verflüchtigten sich die Spuren dieses unnatürlichen Winters. Pinien traten an die Stelle der Pappeln und Eichen Norditaliens, nur um ihrerseits von Oliven- und Zitronenbäumen abgelöst zu werden. In der Nähe des Vesuvs, als sie das Benzin aus ihren neu gewonnenen Kanistern in den Tank gossen, war zum ersten Mal der Frühling zurückgekehrt. Der Geruch von Zitronenblüten lag in der Luft, Mtoto rannte begeistert von Strauch zu Strauch. Allein schon dieses Bild reichte aus, um Christopher traurig zu stimmen. Er hatte schon immer einmal Italien bereisen wollen, bloß hatte er dabei an eine langsamere Form gedacht, in kurzen Hosen und mit einer Kamera in der Hand. Nicht an einen Wettlauf gegen die Zeit, in einem Army-Pick-up auf leeren Autostradas.

Doch das sollte nicht lange so bleiben. Zuerst waren es nur einzelne Wagen, die sie auf den Gegenspuren sahen, doch mit jeder weiteren Stunde schwoll der Strom an, bis ihnen kurz vor der Überfahrt nach Sizilien eine regelrechte Lawine aus Fiats und Alfa Romeos entgegenkam. Wochen hätten die Menschen Zeit gehabt, zu fliehen, und jetzt erst taten sie es, Stunden vor der Ankunft der Wand?

Doch als sie schließlich am westlichsten Zipfel Kalabriens – als einziger Wagen in diese Richtung – auf eine der letzten offenen Fähren fuhren und sich zu ihrer Linken die Straße von Messina öffnete und zum ersten Mal den Blick nach Süden freigab, über ein stürmisch aufgepeitschtes Mittelmeer – da verstand Christopher plötzlich, warum.

Fast der gesamte Himmel im Süden war schwarz. Von Kalabrien bis zum Südzipfel Siziliens erstreckte sich eine einzige Unwetterfront, regensatt, mit riesigen Ausbeulungen an ihrer Unterseite, die durch die Reflektion der Sonne im Mittelmeer in einen zinnoberroten Schimmer getaucht wurden, als würde gleich – wie in *Independence Day* – ein außerirdisches Raumschiff aus ihnen hervorbrechen. Das Ganze verband sich zu einer gigantischen, in Zeitlupe auf sie zurollenden Walze, die die untere Hälfte der Wand völlig verdeckte, umtost von Sturmböen, durchzogen von Blitzen, die zu Dutzenden ins Meer zuckten, und gekrönt von Wolkentürmen, die ambossförmig in solche Höhen emporschossen, dass ihre obersten Schichten von der schräg hinter ihnen stehenden Sonne beschienen wurden. Das reine Weiß der Wolkenkronen stand in krassem Kontrast zur Düsternis unter ihnen – aber mehr noch zur Schwärze über ihnen. Denn selbst die gewaltigsten Wolkentürme reichten nur halb so hoch wie die Wand, die sich, einer Mauer aus Obsidian gleich, noch ein paar weitere Kilometer vertikal nach oben fortsetzte, und dann noch ein paar, und noch ein paar, bis sie fast die Atmosphäre zu verlassen schien. Und dann endete sie plötzlich, überall auf derselben Höhe, mit einer sanft geschwungenen Linie, die sich von weit im Osten bis hinter die höchsten Berge Siziliens zog. Und über dieser scharfen, scheinbar bewegungslosen Grenze strahlte der Himmel in einem sommerlichen Blau, so friedlich, als wolle er Christopher – nein, die ganze Menschheit – einfach nur verhöhnen.

Nur die angeblich mit der Wand einhergehenden Polarlichter gab es nicht. Ein kleiner Teil von Christopher nahm das mit Befriedigung zur Kenntnis. Es bedeutete, dass viele Medien noch genauso unzuverlässig waren wie eh und je. Zumindest in diesem Aspekt lebte die Welt von vor der Wand noch immer weiter …

Wie in Trance stiegen Christopher, Max und Mtoto schließlich aus dem Auto und stellten sich an die gischtumtoste Reling der Fähre. Es war nicht wirklich hell, aber sonnig und fast sommerlich warm, doch zugleich zerrten heftige Böen an ihnen, als wollten sie sie direkt in den Schlund des schwarzen Monsters vor ihnen reißen.

Und doch war sich Christopher unsicher, was in diesem Moment in ihm vorging. Klar hatte er Angst – aber das war nicht alles. Er fühlte auch eine gewisse … Faszination? Eine gewisse Verbindung vielleicht? Eine Anziehung, so wie damals in Tansania?

»Wäre das jetzt nicht eigentlich der Punkt, an dem wir Panik bekommen müssten?« In Max' Augen stand nicht nur Belustigung geschrieben, sondern auch Verwirrung, so, als hätte sie gerade exakt dasselbe empfunden wie Christopher. Sie verzog den Mundwinkel. »Immerhin sind wir die einzigen Deppen, die freiwillig auf das Ding zufahren!« Sie setzte zu einem halbherzigen Lachen an, in das niemand einstimmte. Stattdessen klammerte sich Mtoto nur noch fester an sie beide. Christophers Hand griff hinter Mtotos Rücken nach der von Max. Sie ließ es zögerlich geschehen.

Und so standen sie da, spürten die Sonne in ihrem Gesicht, den Wind in ihren Haaren und starrten auf das Chaos, das sie bald aus geringerer Entfernung sehen würden, als jedem von ihnen lieb sein konnte.

»Ich war nicht bei ihrem Begräbnis«, sagte Christopher schließlich, wie aus dem Nichts, den Blick auf eine weitere Gewitterwolke gerichtet, die gerade wie in Zeitlupe in die Höhe wuchs.

Er sah aus den Augenwinkeln, wie Max mit schiefgelegtem Kopf zu ihm herüberschaute.

»Meine Oma«, sagte er. »Ich war nicht bei ihrem Begräbnis. Und zwar nur wegen meinen Eltern. Sie waren extra dafür ein paar Tage zurückgekommen, in die Staaten. Meine ganze Kindheit, meine ganze Jugend über waren sie nie zurückgekommen, hatten auf meine Briefe nie reagiert, nicht bei meinen Erfolgen, und auch nicht, als ich sie am dringendsten gebraucht hätte.« Er schluckte. »Und dann eines Tages doch, eben, als Granny gestorben ist. Und ich Idiot bin deswegen nicht zu ihrem Begräbnis gegangen. Aus Stolz, aus Wut. All die Jahre habe ich meine Eltern dafür verachtet, weil sie mir die Möglichkeit genommen haben, mich von meiner *richtigen* Mama zu verabschieden. Dabei war genau das die einzige Sache, für die sie mal nichts konnten.«

Max sah ihn mit großen Augen an. Christopher war nicht überrascht – er hatte das noch nie jemandem erzählt, noch nicht einmal Kate. Er schaute weiter starr geradeaus.

»Zur Abwechslung war mal nur ich ganz alleine schuld. Aber ich habe die Schuld auf meine Eltern geschoben, und irgendwann dann, ohne es zu merken, auf Eltern im Allgemeinen, auch auf deine. Vielleicht auch aus Neid. Weil ich nicht glauben wollte, dass andere Leute so viel mehr Glück hatten als ich.«

Eine Fähre in Gegenrichtung zog an ihnen vorbei, zum Bersten voll.

»Warum sagst du mir das alles?«, fragte Max mit leiser Stimme. Zum ersten Mal schaute er direkt zu ihr herüber. Sie sah regelrecht schockiert aus.

»Weil ich will, dass du verstehst, warum ich mich so egoistisch verhalten habe. Eben nicht nur, weil ich in die Staaten wollte, sondern auch, weil irgendein Teil von mir dich und deine Eltern regelrecht verachtet hat, dafür, dass … dafür, dass ihr so glücklich miteinander wart.«

Er sah sie an, schaute kurz zu Boden und dann wieder zu ihr. »Max, es ist mir wichtig, dass du verstehst, dass mir in den letzten Wochen Dinge bewusst geworden sind – auch dank dir –, an die ich vorher nie gedacht habe. Ich will, dass du weißt, wie ungern ich dir am Anfang bei der Suche nach deinen Eltern geholfen habe – ohne selber vollends zu verstehen, warum ich da so ablehnend war. Aber ich will auch, dass du weißt, wie sehr sich das gewandelt hat und wie weh es mir am Ende getan hat, dich ohne sie fahren zu sehen.« Er lehnte sich gegen die Reling. »Ich will nicht mehr aus den falschen Gründen etwas tun oder nicht tun. Ich will einfach nur zu hundert Prozent offen mit dir sein, ehrlich. Und mit mir …« Sein Blick wanderte wieder in Richtung der Wand. Er lächelte. »Wann, wenn nicht jetzt?«

Max sagte nichts. Aber seine Hand ließ sie nicht mehr los, bis sie den Hafen von Messina erreicht hatten.

Schon aus der Ferne hörte man die Autokorsos hupen. Hier schienen zwar nicht so viele Menschen aufs Festland zu drängen, wie Christopher angesichts der Reaktion in Kalabrien erwartet hatte, doch die wenigsten Fähren fuhren noch, und das reichte, um die Situation ausgesprochen unschön werden zu lassen. Christopher war sehr froh, dass sie in die andere Richtung unterwegs waren. Ein Zurück gab es jetzt jedenfalls nicht mehr – im Gegenteil, sie mussten sich beeilen.

Angesichts dessen, was auf dem Spiel stand, war Christopher erstaunt, wie ruhig sie alle waren. Max und Mtoto, aber auch er selbst. Mehr als eine Stunde folgten sie der Küste, zu ihrer Linken das aufgewühlte Meer, die Wellen bald meterhoch, dahinter diese Monstrosität, zu ihrer Rechten der Ätna. Kilometerhoch ragte der Vulkan und mutete im Vergleich zur noch immer weit entfernten Wand dennoch mehr wie ein Schlittenhügel an. Selbst die Heerscharen an Vögeln, riesige Schwärme, Millionen von Tieren, die weit oben am Himmel auf die Wand zuhielten, oder von ihr fort, waren im Vergleich dazu immer weniger zu erkennen. Der hellerleuchtete Teil des Himmels schrumpfte nach und nach, und obwohl die Sonne schien, wurde das Land um sie herum dunkler, als würde die Schwärze der nahenden Wand auf die ganze Welt abfärben.

Und vielleicht tat sie das ja auch.

Als sie die erste Prozession erlebten, einen halben Kilometer in Richtung Küste, hatten sie es noch für einen Einzelfall gehalten. Doch dieser Eindruck verflüchtigte sich schnell. Gefühlt schien mindestens jedes dritte Dorf einen großen Festzug auf die Beine gestellt zu haben, mit einem feierlich voranschreitenden Priester, Ministranten, die an langen Stangen kleine Kreuze trugen, und Hunderten Menschen im Schlepptau. Viele hielten windfeste Fackeln oder Laternen in den Händen, obwohl noch die Sonne schien, und manche trugen sogar eine weiße Robe und eine spitze Haube mit Augenlöchern, die Christopher verstörend an die Kluft des Ku-Klux-Klans erinnerte. Erschreckender als das war jedoch das Ziel, das all diesen Kreuzweg-Prozessionen gemein war, denn jede von ihnen, ohne eine einzige Ausnahme, führte schnurstracks in Richtung Wand …

Christopher wandte den Blick nach Süden, dort, wo die Küste bereits im Schatten der Wand lag, dort, wo sich lange Lichterketten zu Dutzenden, Hunderten auf die Finsternis und auch auf die Unwetter zuschlängelten.

Immerhin, so groß die Wand auch war: Für ihre gigantischen Ausmaße war sie geradezu grotesk langsam. Und da sie nun parallel zu ihr in Richtung Südwesten fuhren anstatt auf sie zu, wurden Christopher und Max mit jedem Kilometer optimistischer, dass sie Sigonella tatsächlich rechtzeitig erreichen würden – und auf Höhe von Catania hatten sie schließlich Gewissheit.

Diese Gewissheit hielt sich etwa eine Viertelstunde lang – bis kurz vor der Militärbasis. Bis sie um eine scharfe Kurve bogen, direkt in die blendend tiefstehende Sonne hinein, und Mtoto plötzlich »Achtung!« schrie.

Die Straße vor ihnen war blockiert. Nicht durch die Polizei oder das Militär, sondern durch Menschen. Viele Menschen. Sehr viele Menschen. Und die, die ihnen am nächsten waren, trugen brennende Fackeln. Bündelweise.

Christophers Augen zuckten nervös zwischen dem Rückspiegel und der Szenerie vor ihrem Wagen hin und her. Er wollte zurücksetzen, doch dafür war es zu spät. Auch hinter ihnen strömten die Menschen schon aus den Häusern und über die Straße.

»Chris!«, rief Max.

»Ich sehe es!«, rief Christopher zurück. Doch sie hatten keine Chance. In Windeseile war ihr Fahrzeug eingeschlossen.

Einer der Männer mit den Fackeln und einem Rucksack auf dem Rücken kam auf die Fahrertür zu. Er wankte, offenbar war er betrunken.

»Chris!« Max zog mittlerweile an seinem Ärmel. Ihre Stimme klang merkwürdig.

Der Trick mit dem Sturmgewehr? Würde das noch mal funktionieren, bei so vielen Leuten? Er sah zu Max herüber. Doch sie sah gelöst aus, lächelte sogar.

»Was?«

»Die wollen uns nichts Böses«, lachte sie. »Siehst du nicht, was das ist?«

In dem Moment klopfte der Mann mit den Fackeln an die Fahrertür, gestikulierte, dass Christopher die Scheibe herunterkurbeln sollte. Christopher zögerte, doch der Mann gestikulierte weiter, und schließlich öffnete Christopher das Fenster.

Der Mann griff in den Rucksack und zog eine Flasche heraus – eine gewöhnliche Weinflasche. Wortlos reichte er sie Christopher, der die Flasche entgeistert ansah, so, als würde eine Lunte in ihr stecken.

Max nahm ihm die Flasche ab, nicht ohne dabei weiterzulachen. »Das hier ist eine Party!«

»Aber das sind Tausende.«

»Eine große Party eben.« Sie deutete auf einen Hang zu ihrer Rechten, zu dem die Menschen strömten. Jetzt sah es auch Christopher: Festzelte, zwischen den Menschenmassen und einem Olivenhain fast verborgen.

»Aber warum?«

»Warum nicht!« Das war von Mtoto gekommen.

Max lächelte sie an. »In der Tat. Ich könnte mir schlechtere Arten vorstellen, mit der ganzen Unsicherheit und Anspannung umzugehen.« Sie zuckte mit den Schultern, den Mundwinkel zu einem schiefen Grinsen verzogen. »Im besten Fall war es die größte Party des Lebens. Und im schlimmsten muss man sich wenigstens keine Sorgen um den Kater am Tag danach machen.«

»Immerhin wird die Straße langsam wieder frei«, brummte Christopher.

Max stupste ihn in die Seite. »Beschwer dich nicht. Wir haben gerade umsonst eine Flasche Wein bekommen. Haben wir was für den Flug, sofern sie uns reinlassen.«

Das mit dem Reinlassen erwies sich zu ihrer aller Überraschung als das kleinste Problem. Keine Menschenmassen, die das Tor blockierten, keine Begrüßung wie in Wiesbaden. Eine gehörige Prise Kaltschnäuzigkeit, ihr Militärfahrzeug, Christophers Nationalität und die Nennung eines einzigen Namens – dem von Colonel Miller – reichten aus, dass sie die Pforte der Basis in Sigonella passieren durften, obwohl es sich noch nicht einmal um eine Einrichtung der Army handelte.

Generell war die Stimmung der Handvoll wachhabenden Soldaten gut, gelöst fast, und ihr Pick-up wurde bis zu einem großen Parkplatz zwischen den Kasernen und den Flugzeughangars durchgewinkt. Bis hierhin wirkte die Basis beinahe ausgestorben – bis sie eines der höheren Gebäude umrundeten und vor sich die Leinwand sahen.

Ein gutes Stück schräg vor ihnen standen Zehntausende Stühle in langen Reihen vor einer der größten Flughallen, fast alle mit Soldaten besetzt. Zwischen dem Meer aus Tarnfleck und dem Hangar selbst war eine riesige hölzerne Bühne aufgebaut worden, darauf ein einziges Rednerpult und ein Mast mit einer im Sturm wild hin und her schlagenden amerikanischen Flagge – sowie ein paar kleineren Flaggen, die Christopher nicht erkannte. Dahinter erhob sich die gigantische Leinwand, vielleicht zwanzig, fünfundzwanzig Meter hoch.

»Noch eine Party!«, sagte Max. »Ich hoffe, sie zeigen was Gutes.«

Christopher schaute sich um. Die halbe Basis schien hier vor der Leinwand versammelt zu sein, wenn nicht gar mehrere Basen. Und wer kümmerte sich jetzt um die Evakuierung?

»Das muss irgendwie mit dem Experiment zu tun haben«, sagte er. »Aber was ist dieses Experiment? Ich meine, sie hätten uns ja wohl kaum so einfach hier hereinspazieren lassen …«

Max' Blick ruhte auf einem Punkt hinter Christophers Schulter. »Das da«, sagte sie mit zusammengekniffenen Augen, »ist das Experiment.«

Christopher folgte ihrem Blick – und sah zunächst direkt in die Sonne. Ein Problem, dass sich rascher legte, als es ihm lieb war; bereits jetzt war ihr gleißendes Licht halb hinter der Kante der Wand verschwunden, scharf in der Mitte geteilt. Es dauerte nur eine Handvoll Sekunden, dann war sie vollends weg. Schlagartig wurde es kühler und der ohnehin stürmische Wind bekam eine beißende Komponente. Doch zumindest konnte Christopher jetzt erkennen, was Max gemeint hatte.

Auf dem höchsten Hügel in Richtung Südwesten, umgeben von tiefschwarzen Wolken, war eine große Anzahl von Antennen zu erahnen, wann immer herabzuckende Blitze die Szenerie erleuchteten. In der Mitte dieses Antennenfeldes stand ein gewaltiger silberfarbener Turm, die umgebenden Anlagen um Hunderte Meter überragend. Und auf der Spitze dieses Turms ruhte eine große, metallische Kugel, in die im Sekundentakt Blitze einschlugen, immer und immer mehr …

Ein Raunen hinter Christopher ließ ihn wieder herumfahren.

Ein hagerer, praktisch glatzköpfiger Mann mit Hornbrille trat ans Rednerpult. Zeitgleich erschien er in vielfacher Vergrößerung auf der Leinwand. Er wirkte schüchtern, fast verunsichert. Wäre da nicht die schwarze Paradeuniform gewesen, an der eine fast sowjetisch anmutende Menge an Orden hing, Christopher hätte an eine Verwechslung geglaubt.

»Steht die Verbindung nach Washington?«, fragte der Mann, trotz der riesigen Lautsprecher gegen den Sturm kaum hörbar, und dann, nach einer Pause, deutlich lauter: »Männer und Frauen der Streitkräfte, meine sehr geehrten Bürger daheim in den Staaten und überall auf dieser Erde, Mister President. Heute stehen wir an einem Wendepunkt, nicht nur in der Geschichte unserer großartigen Nation, sondern in der Geschichte aller Nationen. Das bange Warten, die Unsicherheit, die Opfer, die Sie alle gebracht haben: All das wird ein Ende haben, wenn uns in wenigen Minuten mit Gottes Hilfe ein Experiment glücken wird, das seinesgleichen sucht.« Der Mann ließ das Pult los, stellte sich direkt daneben. Die anfängliche Unsicherheit in seiner Stimme war verschwunden. Sein Tonfall wurde immer kräftiger, seine Gestik immer ausladender. »Was wir zeigen werden, geht nochmals weit über den sensationellen Erfolg von vorletzter Woche hinaus. Was wir zeigen werden, ist viel mehr, als mit jahrzehntealter Technologie ein paar Fragmente einer Botschaft von der anderen Seite der Wand zurückzuschicken. Was wir zeigen werden, lässt keinen Raum für Zweifel, keinen

Raum für Unsicherheit. Denn wir werden hier und jetzt beweisen, dass die Effekte der Wand komplett beherrschbar sind. Dass auch moderne Technologie den Kontakt mit ihr überleben kann. Und wie werden wir das zeigen? Indem wir live und in Farbe mit den beiden tapferen Menschen reden, die in wenigen Augenblicken die Wand passieren werden, Sergeant Williams und Sergeant Sanchez, zwei hochdekorierte Soldaten unserer ruhmvollen Einrichtung in Sigonella. In diesem Augenblick sitzen die beiden bereits in einer fünf Meter großen Hightech-Gerätschaft, einer Art Faraday-Käfig 2.0, auf einem Turm zweihundert Meter über dem Monti Iblei. Meine Mitarbeiter sagen mir, dass die Generatoren die extrem starken Felder, die für eine Zwei-Wege-Kommunikation nötig sind, fast anderthalb Minuten lang aufrechterhalten können. Genug Zeit, um uns zu versichern, dass es den beiden gutgeht und dass auch alle Gerätschaften den Durchtritt überstanden haben.« Die Arme des Mannes ruderten auf und ab, als wollte er ein Flugzeug ans Terminal dirigieren. »Ich sage es noch mal, weil es eine solch unvorstellbare Leistung ist: Was wir hier erreichen, ist nichts weniger als eine Live-Schaltung, durch die Wand hindurch!« Hinter ihm begann ein Countdown herunterzuzählen. Noch vierzig Sekunden. Auf dem riesigen Bildschirm erschienen die Gesichter eines Mannes, der denselben hellfarbigen Teint wie Christopher aufwies, und einer wohl mexikanischstämmigen Frau, die einen hochgradig nervösen Eindruck machte. Aber wer konnte ihr das auch verübeln?

»General! Sergeant Williams und Sergeant Sanchez melden: Alles bereit«, sagte der Mann. »Es ist uns eine große Ehre, auserwählt zu sein, im Namen des amerikanischen Volkes diesen Schritt zu machen.«

Fünfundzwanzig Sekunden.

Der General salutierte. »Die Ehre ist ganz die unsere.«

Ein weiteres Bild erschien auf der Leinwand. Offenbar eine Außenkamera an der Kugel. Ein Scheinwerfer erhellte die Szenerie, doch außer einem kegelförmigen Ausschnitt des Starkregens war nichts zu erkennen.

Christopher presste Max und Mtoto enger an sich, ehe sich Max schließlich gegen die Umarmung wehrte. Der Wind frischte weiter auf. Max' Pferdeschwanz hing fast horizontal neben Christophers Gesicht und peitschte ihm gegen die Wange. Max hatte Mühe, ihn zu bändigen, bis sie ihn schließlich mit der flachen Hand an ihren Nacken presste.

Fünfzehn Sekunden.

Sergeant Williams' Mundwinkel bewegten sich nach oben, und sogar Sergeant Sanchez brachte etwas zustande, was man als Lächeln hätte bezeichnen können. »Bis gleich, General!«, sagte sie in einem bemüht kumpelhaften Tonfall.

Zehn Sekunden.

Eine besonders starke Bö erfasste das Podium und riss die Aufhängung um, an der der Fahnenmast befestigt war. Mit einem Krachen donnerte er zu Boden, die wehenden Stars and Stripes im Schlepptau, doch der General schaute kaum hin. Seine Augen waren, wie die aller, gebannt auf die Leinwand gerichtet.

Fünf Sekunden.

Zunächst dachte Christopher, der Regen würde schwächer werden. Doch der Regen wurde nicht schwächer – der Scheinwerferkegel wurde nur … *kürzer*. Ein Blitz ließ die Umgebung für einen Moment taghell erleuchten. Zigtausende Regentropfen erstrahlten als goldene Lichtpunkte, gleichmäßig verteilt – bis zu einer Ebene einige Meter von der Kamera entfernt, hinter der die Lichtpunkte abrupt aufhörten, so, als hätte sie jemand aus der Luft herausgeschnitten.

Zwei Sekunden. Eine.

Die Außenkamera fiel schlagartig aus. Rauschen auf dem Kanal, sonst nichts. Dann folgte die Innenkamera. Ein Raunen ging durch die Menge. Ein paar Sekunden lang war auf der gesamten Leinwand nichts als statisches Rauschen zu sehen.

Selbst das Raunen verstummte. Zehntausende Menschen waren mucksmäuschenstill.

Drei Sekunden. Vier. Fünf.

Und plötzlich schälten sich die Gesichter der beiden Soldaten aus dem Brei. Nach ein paar weiteren Sekunden war das Innenbild wieder so scharf und klar wie zuvor.

»Uns geht es gut!«, sagte die Frau. »Hören Sie uns, Basis? Uns hat es zwar ordentlich durchgeschüttelt, aber es geht uns gut!«

Gewaltiger Applaus brandete auf. Innerhalb weniger Augenblicke hatten sich Tausende Soldaten aus ihren Sitzen erhoben.

»Damit sind sie nicht allein!«, brüllte der General über den Applaus. Er hatte sich auf seinem Pult aufgestützt, Schweißperlen standen auf seiner Stirn. »Sie haben uns einen gehörigen Schreck eingejagt!«

»Immer wieder gerne, Sir!«, sagte der Mann und grinste. Er hielt etwas in die Höhe, dass wie ein klobiges Smartphone aussah. »Und es wird Sie sicher freuen zu hören, dass auch sämtliche Elektronik, die sich innerhalb der Kapsel befand, die Reise gut überstanden hat.«

»Das kann ich bestätigen, Sir!«, sagte die Frau, den Blick immer wieder auf etwas vor sich gewandt. »Alle Systeme laufen auf hundert Prozent.«

»Hervorragend«, sagte der General. »Beginnen Sie dann bitte mit dem zweiten Teil des Versuchs.«

»Ja, Sir«, sagte sie. »Ich schalte jetzt die Abschirmung der Kapsel aus.« Einen Moment blieb es still, doch die Bildverbindung blieb bestehen. »Abschirmung ausgeschaltet. Ich bestätige: Die Generatoren laufen nur noch für die Kommunikationsverbindung!«

Die Miene des Generals hellte sich weiter auf. Jeder formale Ton war aus seiner Stimme verschwunden. »Und wir hören Sie immer noch klar und deutlich! Das ist absolut großartig!«

»Sir, der Riss in der Wand beginnt sich zu schließen. Die Generatoren sind fast am Ende«, sagte die Frau. »Wir haben nur noch genügend Energie, um den Transponderarm für etwa fünfzehn Sekunden zu befeuern. Wir freuen uns aber schon, Sie in ein paar Stunden auf unserer Seite der Wand begrüßen zu dürfen!«

Der Mann stand auf und nestelte über der Kamera herum, bis ein Teil einer Ausstiegsluke ins Bild schwang – und plötzlich warmes Abendlicht in die Kapsel strömte. »Ach, noch etwas, Sir.« Er setzte sich wieder hin, das breiteste Grinsen der Welt im Gesicht. »Die Sonne kommt gerade raus.«

Und damit brach die Verbindung ab – und ein Jubel brandete auf, den selbst der General nicht zu bändigen wusste.

»Denken Sie dran, in den Hangars ist ein Büfett aufgebaut, wie es diese Basis noch nie gesehen hat! Wir hatten eigentlich eine Outdoor-Party geplant, aber die Wettervorhersage für die nächsten paar Stunden ist nicht die Beste.« Ein paar Lacher von denen, die ihm noch zuhörten. »Sofern noch nicht alle elektronischen Geräte in der entsprechenden Anlage gesichert worden sind, holen sie das bitte jetzt noch nach. Davon abgesehen: Genießen Sie die Party! Sie haben es sich redlich verdient!«

Mit diesen Worten war die Übertragung beendet, so plötzlich, wie sie begonnen hatte. Die Soldaten stürmten in die Hangars, während die ersten schweren, großen Tropfen auf den Asphalt niedergingen. Christopher und Max hingegen blieben wie angewurzelt im Regen stehen – und sahen einander einfach nur an.

KAPITEL 12

Ein einsamer hellgrauer Helikopter knatterte über das Flammenmeer, von Scheinwerfern am Boden in ein grelles Licht getaucht. Ein rotes Kreuz auf weißem Grund erstrahlte an der Seite und am Heckleitwerk, und doch hatte jemand zusätzlich noch lange weiße Leinentücher an die Kufen geknotet. Eine Vorsichtsmaßnahme, die Catherine einleuchtete, als sie die chinesischen Schriftzeichen am Bauch der Maschine sah …

Die amerikanische Luftabwehr hielt den Helikopter die gesamte Zeit fest im Visier, aber sie ließ ihn in der Nähe der Hauptstartbahn des Flughafens landen, keine fünfzig Meter vom Kommandobunker entfernt. Noch bevor das Heulen des Rotors verklang und sich die Türen des Helikopters aufschoben, war bereits ein ganzes Platoon Marines hinaus in die Nacht gestürmt und hatte das Gefährt umstellt, ihre M16 im Anschlag.

Ein älterer, dicklicher Chinese trat als Erster durch die breite Seitentür des Helikopters, eine Hand in die Luft gestreckt, die andere im Sturm der Rotoren auf seine Offiziersmütze gepresst. Er trug eine mit zahlreichen Sternen besetzte dunkelblaue Uniform, die fast wie die eines Generals der US Air Force aussah.

Fünf weitere Männer folgten, unter ihnen auch ein Zivilist: ein schmal gebauter, lächelnder Mann mit Brille und schütterem Haar. Auch er hatte die Hände erhoben.

Für einen Moment standen die sechs im grellen Licht der Gewehrlampen, die Augen halb zusammengekniffen. Catherine sah, wie schwer es dem kommandierenden Offizier fiel, die Empörung in seinem Blick zu kaschieren.

»General Sun, Volksbefreiungsarmee«, rief der Mann, laut und in erstaunlich akzentarmem Englisch. »Wer hat hier das Kommando?«

Während Catherines Vorgesetzter stehen blieb – offiziell hatte er hier nichts zu sagen – bahnten sich die anderen beiden Generäle einen Weg durch den Ring aus Marines.

»General Cralk. Ich bin der Oberkommandierende der Luftwaffe auf Pacifica«, sagte der Hardliner von der Air Force.

»General Polanski. Mir untersteht die Armee auf diesem Kontinent«, sagte sein Pendant von der Army.

»Und wer von Ihnen beiden hat hier die Entscheidungshoheit?«, fragte ihr Gegenüber, mit dem Abklingen der Rotoren nun leiser sprechend.

General Polanski machte einen Schritt nach vorn. »Solange sich der Chairman des Continental Committee im Transit befindet, steht Pacifica Base unter dem Kommando der Army.«

General Cralk schüttelte energisch den Kopf. »Die Kommandoeinrichtungen der Basis sind Installationen der Luftwaffe. Insbesondere der Flughafen, auf dem wir uns gerade befinden.«

Die beiden tauschten eisige Blicke aus.

General Sun ließ langsam die Hände sinken, ungeachtet der Unruhe, die er damit bei den Marines auslöste. Wenn sich die Empörung bisher gegen etwas anderes als seine amerikanischen Gegenüber gerichtet hatte, so begann sich das nun allmählich zu ändern. Und doch lag da noch mehr in seinen Augen als bloße Wut. Scham etwa? Oder gar Schuld?

Catherine schob kurzerhand einen der Marines aus dem Weg. »Was wollen Sie hier?«, fragte sie den chinesischen Kommandanten in einem solch schneidenden Ton, dass alle zu ihr herübersahen.

»Wer sind Sie?« Der Mann musterte sie von oben bis unten. »Was hat jemand wie Sie hier zu suchen?«

Catherine deutete mit dem Kopf in Richtung Küste. In ihrer Stimme lag echte Wut. »Das was da unten brennt, ist *meine* Stadt.«

»Ah, Sie waren das!« Der hagere Zivilist verbeugte sich leicht vor ihr und blickte dabei etwas scheu zu Boden. Sein Akzent war deutlich stärker, aber sein Englisch selbst war nahezu perfekt.

»Und wer sind *Sie?*« Catherine bemühte sich nicht einmal, ihre Worte nett klingen zu lassen.

»Ich bin Yóu. Quasi Ihr Pendant.« Er rückte seine Brille zurecht. »Und ein großer Bewunderer Ihrer Arbeit!«

Ein scharfes Wort des Kommandanten in Chinesisch ließ ihn augenblicklich verstummen. Catherine hätte einiges drauf verwettet, dass »Schnauze!« eine treffende Übersetzung gewesen wäre.

Sie ging noch einen Schritt auf ihr Gegenüber zu, ehe einer der amerikanischen Generäle sie daran hindern konnte. »Warum. Sind. Sie. Hier?«

Der Mann hielt sich aufrecht und würdigte sie dabei kaum eines Blickes. »Wir sind hier, um diese unangenehme Angelegenheit aufzuklären.«

»Ich wusste es!« General Cralk bedachte Catherine mit einem wütenden Blick – seine Augen schrien förmlich: *Lügnerin!* – und stürmte direkt auf General Sun zu, als hielte er es mehr denn je für einen Fehler, dessen Basis nicht sofort in Grund und Boden bombardiert zu haben. »Ihr seid Kriegsverbrecher, und ihr gebt es auch noch zu!« Er zog seine Pistole, richtete ihren Lauf auf den Boden vor seinem Gegenüber, jederzeit bereit, sie in die Höhe zu reißen.

Der wiederum rührte sich nicht. Doch in ihm schien es zu rumoren. »Ich fürchte, Sie missverstehen da etwas, General.«

»Was soll ich da missverstehen? Sie haben uns hinterrücks angegriffen und versuchen nun – nachdem Sie kläglich gescheitert sind – einen auf reuigen Sünder zu machen.«

»Der Angriff ist nicht gescheitert. Wir haben ihn gestoppt.«

»Und warum sollten Sie das tun?«

»Weil er niemals autorisiert war.«

»Nicht autorisiert? Was soll das denn heißen? Dass sie ein paar Freischärler vorgeschickt haben, von denen sie sich später wunderbar distanzieren können?«

General Sun atmete tief ein, offenkundig bemüht, seine Emotionen im Zaum zu halten. »Vor etwa zwei Stunden hat eine Gruppe von bewaffneten Männern den Zhōngnánhǎi in Běijīng gestürmt und ein Massaker im Regierungssitz angerichtet. Der Premier war auf der Stelle tot, ebenso der Vorsitzende des nationalen Volkskongresses sowie zwei weitere Mitglieder des Ständigen Ausschusses des Politbüros. Einer der höchsten Militärs unserer Streitkräfte, General Lin-Yang, hat sich währenddessen vor das restliche Zentralkomitee der Partei gestellt und versucht, sich dort unter Waffengewalt als Staatsführer ausrufen zu lassen. Zeitgleich haben in fast allen größeren Städten ultranationalistische Armeeeinheiten begonnen, lokale Regierungsgebäude zu übernehmen und, wie sie sagen, ›für Ordnung auf den Straßen‹ zu sorgen. Aber die Putschisten haben die Zähigkeit der Gegenwehr wahrer Patrioten unterschätzt. Anders als von diesen Feiglingen erwartet, wurde das Politbüro nicht völlig ausgelöscht. Auch der Staatspräsident hat den Angriff schwer verletzt überlebt. Und sobald diese Nachricht anfing, sich zu verbreiten, ist der Plan der Putschisten wie ein Kartenhaus in sich zusammengefallen. Die federführenden Generäle wurden vor wenigen Minuten festgenommen und umgehend standrechtlich exekutiert. Und jetzt hoffen wir, mit einer Generalamnestie für die unteren Ränge auch die weiteren Rebellionen im Land rasch unter Kontrolle zu bekommen.«

»Und warum sollte mich interessieren, zu welchen Machtspielchen es in Ihrem Zongna-irgendwas kommt?«

»Weil dieselben ultranationalistischen Kräfte, die unsere Nation an den Rand des Zusammenbruchs gebracht haben, auch hier ihre Hände im Spiel hatten. Um Feuer zu säen und Krieg zu ernten. Sie sind schon seit langem der Meinung, dass wir uns hier auf Dòng Tiān zu passiv verhalten. Dass wir den Amerikanern und ihrem Video zu sehr vertrauen, bloß, weil wir selbst es nicht geschafft haben, das Experiment zu reproduzieren.«

»Aber Sie haben doch auch ein eigenes Video veröffentlicht …?« General Polanski.

Der chinesische Kommandant machte eine abschätzige Bewegung mit seiner rechten Hand. »Unser Video ist bloß eine Fälschung, dazu gedacht, das Vertrauen all derer sicherzustellen, die amerikanischen Quellen grundsätzlich ablehnend gegenüberstehen. Egal, wie gut sie belegt sein mögen.«

Catherines Augenbrauen schossen in die Höhe. Und das sagte er ihnen einfach so? Der Mann hatte ja Nerven.

Der Lauf von General Cralks Waffe zeigte noch immer auf den Boden vor General Suns Füßen. »Und Sie haben diese Kräfte natürlich sofort heldenhaft gestoppt, wenn ich das richtig sehe?«

»Wir waren zunächst durch die Nachrichten aus Běijīng wie paralysiert. Aber sobald wir bemerkt haben, was hier vor sich ging, wussten wir: Wenn wir die Kämpfe nicht zu einem Ende bringen, bevor die Amerikaner herausfinden, dass es sich bei den Angreifern um chinesische Soldaten handelt, dann würde von unserer beider Präsenz auf Dòng Tiān nichts mehr übrigbleiben. Daher stehe ich jetzt vor Ihnen. Und daher habe ich diese Durchsage angeordnet.«

Catherines Stimme hatte einen Teil ihrer Schärfe eingebüßt. »Was genau hat sie denn beinhaltet?«

»Nur drei Sätze: *General Lin-Yang ist tot. Der Putsch ist gescheitert. Legt die Waffen nieder und ergebt euch, uns oder den Amerikanern.*« Er wandte sich wieder an die Generäle, seine Stimme wurde tiefer. »Das werden Ihre Übersetzer mit Leichtigkeit bestätigen können. Und ich biete Ihnen noch mehr.«

Er schnippte mit den Fingern. Ein weiterer Soldat kletterte aus dem Hubschrauber; sofort legte ein halbes Dutzend Marines auf ihn an. Doch der Soldat trug keine Waffe. Stattdessen zerrte er einen anderen Soldaten aus der Maschine, einen Mann, dessen Schulterklappen nur einen Stern weniger aufwiesen als die des chinesischen Kommandanten. Seine Handgelenke steckten in Handschellen. Eine Kette, die bis zu den Fußfesseln rund um seine Knöchel führte, verhinderte, dass er sie höher als bis zum Bauch heben konnte. Sein Gesicht zeigte trotz der demütigenden Behandlung keine Regung. Mit Trippelschritten kam der Mann aus dem Hubschrauber heraus, was den Soldaten an seiner Seite nicht hinderte, ihn so lange voranzustoßen, bis der Häftling vor den Marines auf seine Knie stürzte.

»Das ist Shàojiāng Dào, der höchstrangige Offizier der Putschisten hier in unserer Basis Bìnàn Suǒ.« General Sun spuckte neben dem Mann auf den Boden. »Er hat ebenso sehr meine Leute auf dem Gewissen wie Ihre.«

Und plötzlich griff General Sun nach seiner Pistole. Einer der Marines brüllte noch einen Warnruf, doch die Finger des chinesischen Kommandanten kamen nicht einmal in die Nähe des Abzugs. Er hielt die Waffe am Lauf und reichte sie General Cralk. »Verfahren Sie mit ihm, wie Sie es für angemessen halten.«

Mit einem verwirrten Blick nahm der Air-Force-General die Waffe an und starrte auf das Ding in seiner Hand.

»Das beweist noch gar nichts«, sagte er, als er schließlich wieder aufsah.

General Sun machte zwei Schritte vorwärts, so dass er direkt vor seinem amerikanischen Gegenüber stand. Und er sprach auf einmal so schnell und leise, dass ihn selbst Catherine kaum mehr verstand. »Ich habe nicht das Gefühl, dass Sie uns viel Sympathie entgegenbringen, General. Und ich kann Ihnen versichern, dieses Gefühl beruht auf Gegenseitigkeit. Aber wir sind beide professionelle Soldaten.« Sollte das ein Seitenhieb auf das Hickhack in der amerikanischen Führungsebene sein? »Und wir sind beide unserem Vaterland verpflichtet.« Er hob seine Stimme wieder. »Wenn wir von Ihnen gewisse … Garantien bekommen, gewisse Zusicherungen, dass Sie auf Vergeltungsmaßnahmen verzichten und darauf, die Gebiete entlang des Chóngshēng Hé, ihres Jefferson Rivers, zu beanspruchen, dann sind wir selbst zu erheblichen Zugeständnissen bereit.«

»Sie erwarten, dass wir *Ihnen* entgegenkommen?«

»Ich erwarte, dass Sie Ihre eigenen Interessen wahren. Und diese dürften beinhalten, alles dafür zu tun, was zu einer Deeskalierung dieser Lage führt. Und zu einem Wiederaufbau Ihrer Basis.«

General Sun richtete sich zu seiner vollen Größe auf. Er warf einen Blick über seine Schulter, auf die brennende Stadt unter ihm, auf die Menschenketten, die das Feuer zu löschen versuchten, die gefangenen Soldaten, die inmitten von Flutlichtkegeln auf dem Boden knieten, die Toten, die auf den Straßen lagen. Seine Miene verfinsterte sich noch weiter. »Wenn Sie uns diese Garantien geben, werden wir dafür sorgen, dass Ihre Basis bis Ende des Monats wieder instand gesetzt ist. Ich biete Ihnen dafür all meine Soldaten und all meine Ressourcen an. Und zwar unter Ihrem Oberbefehl, als Geste des guten Willens.«

Für einen Moment war sogar General Cralk sprachlos.

»Warum tun Sie das?«, fragte Catherine mit leiser Stimme.

General Sun sah an ihr vorbei, bewusst und um einen möglichst neutralen Tonfall bemüht. »Es ist die Überzeugung meiner Regierung, dass weder Sie noch wir über ausreichende Ressourcen verfügen, um die bevorstehenden Herausforderungen in einer Atmosphäre ständiger Konfrontation meistern zu können. Selbst wenn dies die letzten Schüsse waren, die zwischen unseren Nationen gefallen sind: Die ständige Bereitschaft, der Ausbau der Verteidigungsanlagen, der Unterhalt der Streitkräfte – all das verschlingt den Großteil unseres und sicher auch Ihres Budgets. Und da es angesichts vergleichbarer Voraussetzungen keine von beiden Parteien schaffen wird, einen nennenswerten Vorteil gegenüber der anderen zu gewinnen, wird dies auch in Zukunft so bleiben. Damit gerät das Ziel in Gefahr, unserer jeweiligen Führung eine Basis der Kontinuität zu bereiten.« Er blinzelte, machte eine lange Pause, so, als koste es ihn erhebliche Überwindung, weiterzusprechen. »Weshalb mich der Staatspräsident beauftragt hat, Ihnen noch etwas anzubieten …«

Eine Allianz. Catherine saß im Flieger zurück in die USA. Immer wieder schüttelte sie unwillkürlich den Kopf. Nicht bloß eine Kooperation, nein, der chinesische Kommandant hatte ihnen allen Ernstes eine Allianz vorgeschlagen.

Bei dem amerikanischen Kommandostab hatte er damit natürlich nur Häme geerntet, selbst General Polanski hatte ihn für verrückt erklärt, ihn für den Moment sogar zusammen mit dem Rebellenführer Shàojiāng in Verwahrung genommen.

Und doch ... je länger Catherine darüber nachdachte, desto mehr Sinn erkannte sie hinter seinen Worten. Selbst wenn es fortan *bloß* bei einem Kalten Krieg bliebe, würden sie einander doch stets schwächen – anstatt gemeinsam die Grundlagen für das Überleben Hunderttausender zu schaffen.

Natürlich würde es schwer werden, das nötige Vertrauen aufzubauen, und natürlich waren es die Chinesen, die jetzt gefragt waren, mit gutem Beispiel voranzugehen. Sie hatten ihre Basis schließlich unbedingt neben der amerikanischen installieren müssen – weil sie sich verständlicherweise nicht mit dem zweitbesten Standort hatten begnügen wollen – und ihre Rebellen waren es, die Pacifica Base überfallen hatten.

Wäre die chinesische Führung früher und härter gegen ihre eigene Opposition vorgegangen, wäre es vielleicht nie zum Tod von über tausend amerikanischen Soldaten gekommen und zur Zerstörung der halben Basis – durch Feuer, die zum Teil noch bis zum Morgengrauen gewütet hatten.

Doch Catherines Wut über all die Verwüstungen durfte sich nicht an den Falschen entladen. Und sie durfte nicht verhindern, dass sie jetzt das Richtige tat. Auch wenn Adam ihr wohl mit aller Vehemenz, ja gar mit Hass, widersprechen würde: Diese Kooperation war auf jeden Fall einen Versuch wert.

Und offenbar teilte der Präsident diese Meinung. Er ließ bereits am darauffolgenden Morgen des 18. Juni über den Verteidigungsminister ausrichten, dass er das Hilfsangebot des chinesischen Ingenieurkorps akzeptierte, die materiellen Schäden des sogenannten *Zwanzig-Minuten-Krieges* zu beseitigen, und kündigte in einer schriftlichen Stellungnahme – so getimt, dass sie von der Berichterstattung über die Ankunft der Wand in Neu-Delhi weitgehend überschattet wurde – Eilverhandlungen über »weiterreichende Kooperationen« zwischen verschiedenen Vertretern beider Nationen an. Damit überraschte er sogar eine Reihe von Politikern aus seiner eigenen Partei.

Nicht jedoch Catherine. Im Gegenteil. Seine unerwartete Milde machte ihr auf einen Schlag schmerzlich klar, dass auch er wusste, wie wichtig Pacifica wirklich war …

Doch diese Gedanken waren wie weggeblasen, als Catherine es schließlich, kaum war sie wieder in D.C. gelandet, noch einmal bei Christopher versuchte. Sie hatte die Reportagen über Europa mitbekommen, die Interviews mit den Flüchtlingen, die sich artig für ihre Aufnahme in den USA bedankten und eifrig davon berichteten, wie furchtbar es im Rest der Welt aussah. Wenn auch nur ein Bruchteil der Berichte stimmte, dann rollte eine Welle aus Hunger und Not über die Alte Welt, wie sie diese seit drei Generationen nicht mehr erlebt hatte, verstärkt durch arktische Kaltlufteinbrüche, die die Britischen Inseln unter dicken Schneeschichten begruben und das Stromnetz des Kontinents weit über seine Belastungsgrenzen trieb.

Und ausgerechnet unter diesen Rahmenbedingungen – oder hatte die Propaganda doch wieder ein bisschen übertrieben? – hatte sie ihn erreicht. In Deutschland, in Max' Heimatort. Zusammen mit diesem Mädchen, wer auch immer sie war. Die drei wussten von Sizilien – nicht von den Lügen, aber von dem Experiment selbst. Catherine konnte ihnen nicht die volle Wahrheit sagen, erst recht nicht am Telefon, aber sie flehte Christopher an, sich in Sicherheit zu bringen, versuchte, ihm eine solche Angst einzujagen, dass er um jeden Preis diese Chance zur Evakuierung nutzte, so knapp es auch werden mochte. Und dann war die Leitung tot – und Catherine konnte nur warten und hoffen, dass er auf sie hörte. Dass er es schaffte.

Am nächsten Abend sollten die beiden Maschinen aus Sizilien auf der Andrews Base landen, ein paar Kilometer südöstlich von Washington. Mit Christopher an Bord – wenn er es in vierundzwanzig Stunden durch ganz Italien schaffte. Wenn er tatsächlich auf die Basis gelangte. Und wenn nichts, was er dort sah, ihn davon überzeugte, doch in Europa zu bleiben, oder Max, oder das kleine Mädchen.

Dass Catherine stundenlang wach lag, dass sie den Versuch, wenigstens etwas Schlaf zu bekommen, schließlich aufgab und sich schon frühmorgens an die Arbeit machte, das kannte sie schon von sich. Aber dass sie den gesamten darauffolgenden Tag nichts, aber auch rein gar nichts zustande brachte, weil ihre Gedanken ausschließlich um etwas anderes als die Arbeit kreisten, das hatte sie noch nie erlebt.

Auch horchte sie nur kurz auf, als die Meldung die Runde machte, dass die rund um Pacifica Base vernichtete Vegetation in der zweiten Nacht nach dem Angriff wie durch Geisterhand wiederauferstanden war. Die Beweislage war so eindeutig, dass sich nun eine ganze Heerschar von Forschern daranmachte, an den Pflanzen alle möglichen Tests durchzuführen.

Und selbst als mittags auf allen Sendern die Live-Übertragung aus Sizilien gezeigt wurde, selbst als Adam mit Zornesröte im Gesicht den Raum verließ, nahm sie kaum von dieser neuerlichen Lüge Notiz. Die Berichte bewirkten einzig, dass ihre Sorgen noch präsenter wurden.

Und so brach sie bereits eine Stunde früher als erforderlich zur Andrews Base auf und suchte schon an der Hauptpforte den Abendhimmel nach den beiden Transportflugzeugen ab. Doch egal, wem sie ihren DoD-Ausweis vor die Nase drückte, bis zu den Hangars ließ man sie als Zivilistin nicht durch.

Sie stand am Zaun, als die beiden Flieger endlich erschienen, und sie stand noch immer dort, als die Maschinen ausrollten, ihre

Propeller zum Stillstand kamen und sich ihre breiten Heckklappen öffneten, kaum mehr als hundert Meter von ihr entfernt. Dutzende Menschen sprangen aus den Fliegern, junge Männer und Frauen, die meisten von ihnen in Army-Mäntel gehüllt. Sie lachten, zündeten Zigaretten an und beeilten sich, vom Rollfeld zu kommen, einer von ihnen führte sogar seine Tochter an der Hand. Eine Handvoll Zivilisten folgte ihnen. Catherine musterte jeden einzelnen von Kopf bis Fuß – doch niemand von ihnen hatte die Statur von Christopher oder Max. Und dann versiegte der Menschenstrom. Ein paar Soldaten der Basis kletterten ins Innere der Flugzeuge, winkten die Piloten heraus. Und das war es.

Catherine krallte ihre Finger in die Gittermaschen vor ihr. Sie starrte auf die beiden Maschinen, auf die gutgelaunte Prozession, die von ihnen wegführte. Und auf die Leere dahinter.

Sie begann ganz leicht den Kopf zu schütteln. Da musste ein Fehler vorliegen. Ein riesiger Fehler! Sie schloss die Augen, atmete einmal tief ein, öffnete sie wieder. Nada.

Und in diesem Moment wusste sie, dass er es nicht geschafft hatte. Sie hatte immer gewusst, dass diese Möglichkeit bestand, dass es weit hergeholt war, einfach davon auszugehen, dass alle Zahnräder fein genug ineinandergreifen würden, um Christopher wirklich die Flucht zu ermöglichen. Aber Gewissheit zu haben? Das war etwas anderes, etwas weit Vernichtenderes. Sie fühlte keine Trauer, keinen Schmerz, nur Leere.

Sie kämpfte den Kloß hinunter, der sich in ihrem Hals bildete, und zwang sich, das Gitter loszulassen. Sie musste zurück zur Arbeit. Ganz dringend, ehe sie anfing, nachzudenken.

Hinter ihr erklangen Schritte und stoppten dann urplötzlich. »Kate? Kate!«

Catherine sauste herum.

Und da stand er.

In einer viel zu weiten Army-Jacke.

Und grinste.

Dieses alte, schäbige Grinsen auf seinen Lippen!

Er kam auf sie zu, umarmte sie und klopfte ihr auf den Rücken, kumpelhaft, als hätte er sie heute Morgen zuletzt gesehen. Sie schloss für einen kurzen Moment die Augen, sog seinen herben Geruch ein. Genau, wie sie ihn in Erinnerung hatte.

Catherine wusste nicht, was sie sagen sollte. Sie sah Christopher an, dann Max, die lächelnd auf sie zukam, dann das Mädchen, das mit etwas skeptischem Blick hinter ihnen beiden stand. Sie atmete unmerklich auf. Definitiv nicht Christophers Tochter.

»Ihr … ich?«

Max knuffte Catherine in die Seite. »Es ist schön zu sehen, dass du nichts von deiner Eloquenz eingebüßt hast!« Dann drückte sie Catherine einige Sekunden lang ganz fest an sich.

Für einen Augenblick lag so etwas wie ein Schmunzeln in Catherines Gesicht. »Und ihr nichts von euren schlechten Manieren!« Sie ging in die Hocke. »Ihr habt noch gar keine Anstalten gemacht, mich eurem Staff Sergeant vorzustellen.«

Das kleine Mädchen kam auf sie zu. Selbst sie trug einen Army-Mantel, der fast auf dem Boden schleifte – und gleich von vier Streifen auf den Schulterklappen geschmückt wurde.

»Ich kann mich auch selber vorstellen«, sagte sie trocken. »Ich heiße Mtoto.«

»Freut mich, Mtoto. Ich bin Catherine.«

»Chris nennt dich aber Kate!«

»Dann darfst du mich ab jetzt auch Kate nennen. Einverstanden?«

Die Kleine nickte.

»Und die beiden haben seit Afrika brav auf dich aufgepasst?«

»Warum fragen das immer alle?« Sie verschränkte die Arme vor der Brust. »Ich hab genauso auf sie aufgepasst!«

Christopher zupfte grinsend an seinem Mantel. »Das stimmt. Ihre Dackelaugen haben uns immerhin in diesem arschkalten Flieger zu den Mänteln verholfen. Und sie haben uns durch die Einreisekontrollen gebracht. Wenn man das da hinten so nennen kann.«

Mtoto nickte wie wild. »Die Leute hier waren aber auch sehr nett! Sie haben gesagt, dass sie uns eigentlich nicht ins Land lassen dürfen, aber dass sie es trotzdem tun, wenn wir das niemandem verraten.«

Max wuschelte ihr über den Kopf. »Genau das tust du gerade, weißt du das?«

Mtoto stockte.

Catherine nutzte die Gelegenheit und klatschte lächelnd in die Hände. »Wie wäre es, wenn wir das Gespräch bei mir daheim fortsetzen?« Sie zwinkerte ihnen zu. »Ich habe eine verflucht gemütliche Couch und einen vollen Kühlschrank!«

Und drei Augenpaare leuchteten auf.

So leer, wie die Straßen vor ihnen lagen, waren sie keine zwanzig Minuten später in Catherines Wohnung. Mtoto drückte ihre Nase an die Panoramascheibe und schaute staunend aus dem Fenster.

»Wie hoch sind wir hier?«

»Etwa siebzig Meter.«

»Das ist ganz schön viel!« Ein kurzes Zögern. »Gibt es Häuser, die noch höher sind?«

Catherine lächelte. »Ein paar.«

Mit diesen Worten verschwand sie in die Küche – und kam mit einem Tablett zurück, das sie randvoll mit Weintrauben, französischem Käse, Serrano-Schinken und allerlei weiteren Köstlichkeiten beladen hatte. Selbst sie kam nicht mehr leicht an so etwas heran, aber mit einem halben Wochenvorrat ihrer Benzinscheine und viel Hilfe von Juliette hatte sie es doch noch hinbekommen. Sogar Schokolade hatte sie besorgt, ohne dass sie gewusst hatte, ob die Kleine überhaupt schon alt genug dafür war. Alles nur für den Fall, dass die drei es schafften …

Mtotos Augen wurden riesengroß, als die Platte dicht vor ihrer Nase auf dem Beistelltisch landete.

Catherine schob das Essen etwas weiter auf sie zu. »Greif nur zu!«

»Danke!«, sagte sie, und drehte erst vorsichtig eine Traube ab, ehe sie sich mit wachsendem Mut an die Schokolade wagte.

Catherine sprang noch einmal in die Küche – für ein großes Glas Wasser, drei Weingläser und einen edlen Tropfen von 2004, den sie für einen besonderen Anlass aufbewahrt hatte – und nahm dann ihren Gästen gegenüber Platz, aus Mangel an Möbeln auf einem einfachen Klappstuhl. Christopher und Max plünderten derweil das Tablett.

»Danke für alles«, brachte Max zwischen ein paar Bissen hervor. Christopher sagte gar nichts. Er grinste bloß schief.

Wie schön es war, sie wieder bei sich zu haben!

Und doch, irgendetwas war anders. Zwischen den beiden.

Max bemerkte Catherines fragenden Blick. Sie sah zu Christopher herüber, der ihren Augenkontakt erst zaghaft erwiderte und dann zu Boden sah.

Hatten sie sich etwa getrennt? Catherine stellte die Frage in den Raum, ohne überhaupt den Mund zu öffnen.

Max nickte, aber so zögerlich, dass Catherine nicht überzeugt war.

Max und Christopher hatten sich schon ein paarmal mehr oder weniger getrennt, und waren doch immer wieder zusammengekommen. Meist ging es dabei um absolute Nichtigkeiten, um kleine Entscheidungen, die Christopher traf, ohne Max vorher zu fragen, oder um Meinungen, die er als unumstößliche Tatsache präsentierte, was Max gern als Bevormundung und chauvinistische Selbstgefälligkeit anprangerte. Woraufhin Christopher typischerweise entgegnete, dass er das nur tat, um sie vor Schaden durch ihre eigene Verantwortungslosigkeit zu bewahren. Und so ging es weiter, mit der üblichen Reihe an Eskalationsstufen.

Christopher sah solche Streitereien nicht als Trennungsgrund an. Max hingegen schon. Doch normalerweise hielt der Zwist nur ein paar Stunden.

Normalerweise.

So liebevoll die beiden jetzt auch miteinander umgingen – es war nicht so wie früher. Und es hätte Catherine nicht überrascht, wenn das schon seit Afrika so ging.

Christopher knetete seine Finger, sein Blick zwischen Max und Catherine hin- und herwechselnd.

»Übrigens, Glückwunsch zur Beförderung!«, sagte er dann, so plötzlich, als habe er Angst, Catherine könnte doch noch nachhaken. »Assistant Secretary der Air Force, das klingt schon nach was.«

Catherine setzte sich aufrecht hin. »Es ist bei weitem nicht so glamourös, wie es scheinen mag.«

»Aber ist es nicht genau das, was du immer wolltest?« Es klang fast wie ein Vorwurf.

»Ja, schon, aber …«

»… dein eigener Chef sein. Etwas bewegen.« Eine kurze Pause. »Ich meine, du bist jetzt nur noch zwei oder drei Hierarchiestufen unter dem Verteidigungsminister, oder?«

»Das System ist in letzter Zeit etwas aufgeweicht worden. Aber ja. Ich war zur richtigen Zeit am richtigen Ort.« Oder gerade am falschen.

»Und was genau tust du da?«, fragte Christopher, während er ein Stück Serrano-Schinken zwischen Daumen und Zeigefingern zusammenrollte.

»Ich würde sagen, *Mädchen für alles* trifft es ganz gut. Die Details sind leider nicht für die Öffentlichkeit bestimmt, und ich fürchte, auch ihr drei gehört dazu.«

Christopher lehnte sich auf der Couch zurück und legte den Kopf schief. »Hast du denn überhaupt Zeit für uns, wenn du jetzt so wichtig bist?«

Catherine brachte nur ein schmales Lächeln über die Lippen. »Ich bin jedenfalls wichtig genug, dass ich mir selbst einteilen kann, wann ich keine Zeit habe.«

Im Gegensatz zu Christopher erwiderte Max das Lächeln.

Dann lehnte sie sich im Schneidersitz nach vorn, die Hände zwischen ihren Beinen abgestützt.

»Wie geht es Clarity?«, fragte sie in betont beiläufigem Tonfall.

Catherine schüttelte den Kopf. »Du weißt ja, wie sie ist. Wir haben zur Zeit kaum Kontakt. Sie verstrickt sich immer mehr in irgendwelchen kruden Theorien, gerade jetzt.«

»Aber sie arbeitet noch im Valley?«

»Ja. Von zu Hause aus.« Catherine schmunzelte. »Und das ist auch besser so, für sie und ihre Kollegen.«

»Und George? Ist er noch …?«

Das Schmunzeln verschwand augenblicklich. »Am Leben? Ja. Er hat immer noch sein Zimmer im Pflegeheim im Marin County, mit Blick auf die Bucht. Aber die Momente der Klarheit werden immer seltener.«

Max beugte sich über den Beistelltisch, strich Catherine über die Hand. »Es tut mir leid, das zu hören.« Für einen Moment legte sich ein Schimmer über Max' Augen, und plötzlich begriff Catherine, wieso ihr Gegenüber so viel Mitgefühl empfand – und sie wusste, dass sie Max nicht nach dem Verbleib ihrer Eltern fragen musste.

Catherine atmete tief aus. »Es ist wie es ist. Er ist nicht mehr derselbe Mann wie damals.«

Ein schwaches Lächeln umspielte Max' Mundwinkel. Sie stupste Catherines Ellbogen. »Hey, weißt du noch, wie wir ihn an dem einen Sonntagabend mit der Zigarre ertappt haben? Als er diesen furchtbaren Krimi geschaut hat?«

Bilder einer lange vergessenen Zeit stiegen in Catherines Kopf empor. »Das war ihm sogar richtig peinlich. Beides.«

»Und wie! Er hat überhaupt nicht verstanden, wie sehr wir uns für ihn gefreut haben, dass er endlich einmal die Füße hochgelegt hat.« Max hielt kurz inne. »Versteht Clarity eigentlich mittlerweile, was er alles für sie geopfert hat?«

»Irgendwo schon, denke ich. Manchmal versteht sie Menschen besser, als man ihr zutraut.« Für einen Moment fixierte sie Max' Augen. »Aber das solltest du eigentlich genauso gut wissen. Du hast in deinem einen Au-pair-Jahr bei uns so viel Kontakt mit ihr gehabt wie ich während meines ganzen Studiums. Und du hast gesehen, wie unser Vater drauf war.« Dann schaute sie wieder in die Ferne. »Er hat sich halt nie selbst etwas genehmigt. Hat immer nur gearbeitet.«

Es dauerte einen Moment, ehe sie merkte, mit welch durchdringendem Blick Max sie ansah, den Kopf leicht schief gelegt.

Catherine runzelte die Stirn. »Reden wir immer noch von meinem Vater?«

Max beugte sich weiter zu ihr. »Sag du es mir.«

»Mein Vater und ich haben doch kaum etwas gemein.«

»Du *bist* dein Vater, Kate. Mehr denn je.« Sie lachte plötzlich. »Okay, bis auf deinen Umgang mit deiner Sexualität.«

»Was soll das denn auf einmal heißen?«

Max hob die Hände in die Höhe. »Nur, dass du schon in frühen Jahren ein überaus gesundes Ventil gefunden hast, um Stress abzubauen. Meine ich ernst.«

»*So* lange kennst du mich nun auch noch nicht. Außerdem warst du auch kein Kind von Traurigkeit, wenn ich mich erinnere.«

Max lächelte. »Mag sein. Aber an mein großes Vorbild bin ich trotzdem nie rangekommen. Weißt du noch, der eine Kerl in der Bar Ecke Neunundvierzigste? Der so aussah wie Kurt Cobain? Du hast keine zehn Sekunden gebraucht, bis er dir aus der Hand gefressen hat. Und das war nur einer von vielen.«

Catherine beobachtete aus den Augenwinkeln, mit welcher Konzentration Christopher eine Weintraube nach der anderen aus der Rispe pflückte. Zugleich war er peinlich darum bemüht, weder Catherine noch Max ins Gesicht zu sehen. Mtoto hingegen hörte ihnen aufmerksam zu.

Catherine stemmte die Arme in die Hüften, halb spielerisch, halb ernst. »Du würdest nicht in solchen Anekdoten schwelgen, wenn du nicht eine Agenda hättest.«

»Ich sage ja nur, dass du so aussiehst, als ob dir eine Zigarre und ein schlechter Krimi mal ganz guttäten. Bloß ein gutgemeinter Ratschlag.«

Catherine runzelte die Stirn.

»Sie hat recht.« Das kam von rechts. Christopher hatte nach einer weiteren Scheibe Serrano-Schinken gegriffen. »Vielleicht nicht mit dem konkreten Vorschlag.« Er lächelte, auch wenn es etwas gequält wirkte. »Aber auf jeden Fall damit, dass du auf dich aufpassen musst.«

Mit anderen Worten: Er fand, dass sie furchtbar aussah. *Er.*

Catherine fühlte sich auf einmal schrecklich verwundbar. Nackt geradezu. Sie schlang ihre Arme um ihren Körper. »Was soll das heißen?«

»Das soll heißen«, sagte er und stopfte dabei die Schinkenrolle in seinen Mund, »dass du noch nicht einmal eine einzige Weintraube probiert hast.«

»Ich habe mich heute schon mehr als genug vollgestopft.« Mit Kaffee und Energydrinks.

Ihre Hände strichen unwillkürlich ihre Seiten hinab. Wie schmal sie in den vergangenen Wochen geworden war. War das nicht die Figur, die sie immer haben wollte?

»Aber ihr habt ja recht.« Sie griff nach einem Stück Gruyère, ihrem Lieblingskäse, setzte es vorsichtig auf ihrer Zunge ab. Er war genauso saftig und weich, wie sie ihn in Erinnerung hatte, und doch schmeckte er eigenartig fad. Die nussigen Aromen, die Würze, all das, was den Geschmack ausmachte, fehlte. So wie sie es die letzten Tage allzu oft erlebt hatte.

Dennoch griff sie nach einem zweiten Stück, und dann einem dritten, nippte sogar ein wenig an ihrem Wein und lächelte.

Christopher sah zu Max hinüber, mit einem besorgten Blick, den sie mit demselben Ernst erwiderte. Dann beugte er sich zu Catherine vor. Ein einziges Wort. »Warum?«

Catherine hatte gewusst, dass sie um diese Frage nicht herumkommen würde. Seufzend stellte sie ihr Glas auf den Tisch.

»Warum ich euch gebeten habe, nicht in Europa zu bleiben?«

»*Gebeten* ist ein ziemlicher Euphemismus, aber ja.«

Catherines Blick zuckte zwischen Christopher, Max und Mtoto hin und her. »Weil ich denke, dass die Gefahr, die die Wand darstellt, unterschätzt wird, und zwar massiv. Und weil ich euch Zuflucht anbieten möchte.«

»Zuflucht? Wo?«

Catherine zögerte, aber gerade die dadurch entstehende Pause ließ die folgenden Worte umso schärfer erscheinen. »Auf Pacifica.«

Stille. Christopher und Max sahen einander an.

Dann schüttelte Christopher den Kopf. »Wir brauchen keine Zuflucht. Wir sind in den Staaten. Ich kann mir kein Land vorstellen, das sich besser auf die Ankunft der Wand vorbereiten würde.«

Max schien nicht so überzeugt. Weit eingehender als Christopher beobachtete sie Catherine, versuchte, in ihrem Gesicht das zu lesen, was sie nicht offen sagte. »Warum gerade Pacifica?«

»Weil nur Pacifica frei bleiben wird.«

»Das ist noch nicht endgültig …«, sagte Christopher.

»… aber extrem wahrscheinlich«, unterbrach ihn Catherine. »Und es ergibt ja auch Sinn. Wenn diese beiden Phänomene zur selben Zeit entstehen, dann müssen sie auch irgendwie zusammenhängen.«

Christopher warf die Hände in die Höhe. »Na gut, meinetwegen, dann bleibt Pacifica eben verschont! Das ist aber noch lange kein Grund, auf einen Kontinent mit ein paar Zehntausend Soldaten und einer Handvoll Verrückter zu ziehen.«

»Es ist schon einer, falls die Wand nicht überlebbar sein sollte.«

»Darüber müssen wir uns ja jetzt zum Glück keine Gedanken mehr machen, seit dem Video.«

Catherine atmete tief ein. »Vielleicht sind die Videos nicht … repräsentativ. Ein normaler Mensch wäre beim Durchtritt durch die Wand nie so gut vorbereitet wie diese Soldaten in ihren Schutzanzügen oder in ihrer Kapsel.«

»Und du denkst, das macht einen Unterschied?«, fragte Max.

»Denkt doch mal an die extremen Feldstärken, die in der Nähe der Wand auftreten. An die Auswirkungen, die das auf das menschliche Gehirn und das zentrale Nervensystem hat.«

»Ich habe aber auch gehört«, sagte Christopher, »dass diese Feldstärken immer weiter zurückgehen, weil das Erdmagnetfeld nach und nach an Stärke verliert. Das gleicht das doch sicher aus, oder?«

»Die Theorie ist widerlegt. Das Erdmagnetfeld reagiert bloß auf die Wand, es ist aber nicht Quelle ihrer Energie. Das kann es auch gar nicht sein. Die Wand ist so anpassungsfähig, dass sie sich in kürzester Zeit auf kleinstem Raum um zig Größenordnungen verstärken kann. Daher ist die gängige Vermutung eher, dass sie ihre Energie jeweils lokal generiert, und auch ihre Umwelt lokal erfasst – und auf diese Weise sehr genau wahrnimmt, mit was sie in Kontakt kommt. Und sie verändert sich nun einmal besonders extrem bei diamagnetischen Stoffen wie Wasser – sprich, auch bei lebendem Gewebe. Das ist dann wie bei einem Frosch, der hilflos in einem starken Magnetfeld schwebt. Wenn er Glück hat.«

Catherine hoffte, dass dieser Informationsmix ausreichte, um ihm ein gesundes Misstrauen gegenüber der Wand einzuimpfen. Zumindest suggerierten sie, dass sie wusste, wovon sie sprach.

Max beugte sich vor. »Und alles, was kein Wasser beinhaltet?«

Catherine zuckte mit den Schultern. »Ich glaube, die Forscher stochern da noch ziemlich im Nebel.«

Christopher schüttelte bloß den Kopf. »Woher weißt du das alles so genau?«

Darauf antwortete Catherine nicht.

Christopher sackte frustriert in die Kissen. »Wie soll man bei dem ganzen Mist da draußen denn überhaupt noch etwas verstehen? Was soll man noch glauben?«

Mtotos Blick wanderte von einem zum anderen.

»Dass die Menschheit einen Weg findet«, sagte Max.

Catherine nickte.

Christopher schnaubte. »Fakt bleibt jedenfalls, dass die Wand überlebbar ist, ganz egal, was deine Theorien behaupten. Und da habe ich keine Lust, auf dieses gottverlassene Stück Land mitten im Nirgendwo zu flüchten.«

Max zögerte ein paar Augenblicke lang, doch dann nickte sie.

Catherine schloss die Augen, versuchte, das beginnende Zittern in ihren Fingerspitzen zu unterdrücken.

Etwas vibrierte. Ihr Handy. Sie griff danach, las die ersten paar Zeilen – und legte es kreidebleich auf den Tisch zurück.

»Was ist los?«, fragte Max.

Es dauerte eine Weile, ehe Catherine antwortete. »Ich bin ab heute Nacht einige Zeit auf Dienstreise.«

Als Teil der amerikanischen Kommission für die Verhandlungen mit China. Auf einer winzigen Gebirgsbasis der Chinesen. Irgendwo im Zentrum Pacificas. Für mindestens eine Woche.

»Auf Dienstreise?« Christopher quiekte regelrecht. »Bei allem, was da draußen abgeht, gibt es bei euch noch Dienstreisen? Wohin denn nur?«

Catherine seufzte. »Pacifica.«

»Du warst schon einmal auf Pacifica?«

Sie spürte einen Anflug von Zorn in sich emporsteigen. Sie hatte Pacifica zu dem gemacht, was es heute darstellte. Sie *war* Pacifica.

»Ja«, sagte sie. »Und macht euch keine Sorgen. Ihr dürft selbstverständlich in meiner Wohnung bleiben, bis ich zurück bin.«

»Und dann?«

»Und dann nehme ich euch mit nach Pacifica.«

Max hatte sich aus dem Schneidersitz gekämpft. »Warum willst du uns unbedingt nach Pacifica bringen? Die Kate, die ich kenne, würde das niemals ohne guten Grund tun – und du kannst mir nicht erzählen, dass eine Reihe von Vermutungen über ein eventuell unterschätztes Bedrohungspotenzial der Wand dieses Kriterium erfüllen würde!«

»Ehrlich gesagt ist es mir gar nicht so wichtig, was du so für Vermutungen anstellst.« Christopher fuhr sich durch die Haare an seinem Hinterkopf. Den Tick hatte er schon in ihrer Beziehung gehabt – eine Übersprunghandlung, um zu kaschieren, wenn er sich hilflos fühlte. »Ich verstehe ja noch nicht einmal, was wir da auf Pacifica überhaupt sollten. Da gibt es *nichts*! Sogar Pacifica Base ist nicht viel mehr als ein kleines Militärlager an der Küste eines Kontinents, über den wir absolut nichts wissen und der jederzeit wieder verschwinden könnte, genau so plötzlich, wie er erschienen ist. Und wenn die letzte Notausgabe der Washington Times recht hatte, sitzen auf der anderen Seite des Stroms auch noch die Chinesen, bis an die Zähne bewaffnet.« Er legte das Stück Schinken zurück, nach dem er bereits gegriffen hatte. »Du wirst uns jedenfalls nicht zu einem solchen Wahnsinn überredet bekommen.«

Catherine atmete tief ein. »Dieser Wahnsinn ist unsere einzige Chance.«

Christopher sah sich zu Max und Mtoto um. Die Kleine schaute ihn nur an, aber Max schüttelte leicht den Kopf.

Catherine krallte sich mit ihren Händen in ihre Oberschenkel. »Bitte!« Ihr Blick wanderte zwischen ihnen beiden hin und her. »Ich bitte euch, hört einfach auf mich. Ich weiß, wovon ich rede!«

»Nein.« Christophers Tonfall wurde schärfer. Catherine musste sich auf die Zähne beißen, um ihm nicht zu zeigen, wie sehr sie das verletzte, doch er schüttelte nur den Kopf. »Verdammt noch mal! Wir wissen ja, dass du es gut meinst, aber wir können doch nicht auf Grundlage deiner Vermutungen unser Leben verwetten!«

Max war bis zum Rand der Couch gerutscht, die Hände auf ihren Knien abgestützt. »Bitte, Kate! Du verheimlichst uns doch was. Was ist los? Was weißt du, was wir nicht wissen?«

Catherine starrte auf das halbleere Tablett vor sich. Sie spürte, wie sich ihre Kehle zusammenzog. Da war er also, der Moment.

Ihre Stimme klang genauso heiser und schwach, wie sie sich fühlte. »Es ist eine Fälschung.«

Max blinzelte. »Was ist eine Fälschung?«

Plötzlich schaute Catherine auf und fixierte Christopher und Max mit solch scharfen Blicken, dass sich die beiden unwillkürlich aufrichteten.

»Das Video. Es ist eine Fälschung. Eine Farce. Eine Lüge.« Obwohl sie leise blieb und langsam sprach, kam es ihr so vor, als spuckte sie die Worte regelrecht heraus. »Nichts daran ist wahr. *Nichts.*«

Auf Max' Stirn bildeten sich tiefe Falten. In ihrem Blick lag ein großes *Bist du dir wirklich, wirklich sicher?*, eine Frage, die immer mehr verpuffte, je länger sie in Catherines Augen sah. Christopher hingegen schien regelrecht erstarrt zu sein. Mit einer quälenden Langsamkeit öffnete er seinen Mund. »Aber …«

»Nein.« Catherine saß völlig steif auf ihrem Stuhl. »Es gibt keinen Raum für Zweifel. Ich habe das Rohmaterial gesehen, aus dem das Kapstadt-Video zusammengeschnitten wurde. Die Zeitstempel. Die Filter- und Schnittprogramme. Sogar die Outtakes. Die Beweise sind eindeutig.«

Christopher breitete die Hände aus. »Aber wir waren doch in Sizilien dabei!«

»Auch das war eine Täuschung. Die Aufnahmen aus der Kapsel wurden schon Tage vorher gedreht und sind dann einfach nur passend eingespielt worden. Es gibt Indizien, dass sie mit exakt derselben Kamera aufgenommen wurden wie die aus Kapstadt – und wahrscheinlich an ein und demselben Ort.«

Ihre Gäste sackten in sich zusammen, gerade Christopher wirkte kleiner als je zuvor. Mtoto schaute mit großen Augen zu Max. »Heißt das, wir können nicht hier bleiben?«

Niemand antwortete ihr, und sie kuschelte sich eng an Max heran.

Christopher stemmte sich abrupt in die Höhe. »Wir … wir müssen es den Leuten sagen.« Er begann, in Catherines Wohnzimmer auf und ab zu laufen. »Wenn das stimmt, dann sind auch die Kapseln eine Lüge. Das ist die ultimative Katastrophe!« Christopher ballte die Hände zu Fäusten. »Es muss einen Weg geben, dieses Wissen unter die Menschen zu bringen!«

Catherine stand auf. »Chris.« Sie zitterte am ganzen Körper.

»Alles, was wir brauchen, sind die Beweise, bevor diese Verbrecher sie noch verschwinden lassen …«

»Chris.«

»… und Kontakt zu irgendwelchen großen, freien Medien …«

»Chris!«

»… oder jemandem, der einflussreich genug ist, um diesen Kontakt herzustellen.«

»Chris!« Catherine machte einen Schritt auf ihn zu, drehte ihn zur Seite und packte ihn an den Schultern. »Die Beweise existieren nicht mehr.«

Er starrte sie verständnislos an.

Sie sah ihm tief in die Augen, zwang ihn durch ihren Blick, es ihr gleichzutun.

»Ich habe sie zerstört, Chris! Verstehst du das?« Ihre Stimme brach. »*Ich* war es.« Sie flüsterte nur noch. »Ich bin einer dieser Verbrecher …«

Christopher blinzelte, einmal, zweimal. Dann veränderte sich etwas an ihm. Ein Schatten legte sich über seine Miene.

Seine Gesichtszüge verhärteten sich. Und dann machte er einen Schritt zurück. Catherine versuchte, sich an seinen Schultern festzuklammern, aber er zog sich von ihr zurück, versagte selbst ihren Fingerspitzen den Körperkontakt, den sie gerade so dringend brauchte.

Max und Mtoto saßen regungslos auf der Couch, aber in Max rumorte es, als kämpfe sie an vielen Fronten zugleich. Catherines Augen suchten Halt bei ihrer alten Freundin. Für einen Moment tat sie ihr den Gefallen, doch dann wandte Max den Blick ab und sah zu Boden.

Catherine schlang ihre Arme eng um ihren Körper. Plötzlich war ihr kalt, sehr kalt.

»Ich will, dass ihr versteht!« Nein. Sie wollte, dass er ihr *vergab*.

Sie machte einen halben Schritt nach vorne, auf die drei zu. »Es war eine unglaublich harte Entscheidung.«

Christopher starrte sie entgeistert an.

»Bitte! Denkt an das Chaos, das dieses Wissen auslösen würde, die vielen Toten, den Run auf Pacifica, ohne dass die Infrastruktur auf dem Kontinent dafür bereit wäre. Die Leute würden elendig zugrunde gehen. Aber daran arbeite ich, Tag und Nacht! Mit genügend Ordnung kann ich Pacifica darauf vorbereiten, das Überleben unserer Spezies …«

Christophers Augenbrauen zogen sich zusammen. »Hörst du dich überhaupt reden? *Das Überleben unserer Spezies*? Du bist doch nicht Gott! Du hast nicht das Recht, so eine Entscheidung zu treffen! Es geht hier doch nicht um irgendwelche abstrakten Rechnungen, es geht hier um das Schicksal von normalen Menschen. Den Milliarden da draußen, die vertrauensselig auf die Wand warten!« Plötzlich kam er auf sie zu, drohte ihr durch die Art, wie er sie ansah. »Aber das kannst du wohl nicht verstehen, hier oben in deinem Penthouse, bei Käse und Wein?«

Catherine stolperte zurück, als hätte er sie geschlagen. »Chris, bitte … Ich kann euch nach Pacifica bringen! Wenn ich wieder zurück bin, nehme ich euch mit nach Oakland, und dann …«

»Das heißt, du bestimmst am Ende auch noch, wer auf deinen Kontinent darf? Maßt dir an, für andere zu entscheiden, was gut und richtig ist?«

Er redete wieder wie früher, mit blitzenden Augen – und schien dabei überhaupt nicht zu realisieren, was für ein Angebot sie ihm gerade machte!

»Du verstehst mich völlig falsch! Jeder soll eine Chance bekommen, jeder, sobald nur alles steht!«

Und plötzlich veränderte sich die Art, wie er sie ansah. Sein Ärger wich etwas viel Schlimmerem.

Gleichgültigkeit.

»Du hast dich kein bisschen verändert.« Er wandte sich von ihr ab, ging hinaus auf die Terrasse und sah in die Ferne, beide Ellbogen auf der Brüstung abgestützt. Max folgte ihm nach ein paar Sekunden, stumm mit ihren eigenen Gefühlen ringend und ohne einmal Catherines Blick zu suchen. Und so ließen sie sie einfach stehen.

Catherine erkannte sich selbst nicht wieder. Warum ließ sie sich so etwas in ihrer eigenen Wohnung gefallen? Und wo war ihre dicke Haut geblieben, ihre Coolness und Selbstkontrolle? Stattdessen zitterte sie und fühlte sich leer, eine Leere, die nur noch schlimmer wurde, weil sie unfähig war, die Augen von Christopher zu lösen.

Sie hatte nicht gemerkt, dass Mtoto noch immer auf der Couch saß. Und wenn das Mädchen nicht plötzlich vor ihr gestanden hätte, hätte sie vermutlich gar nicht mehr an sie gedacht.

Catherine probierte sich an einem schwachen Lächeln, aber sie versagte auf ganzer Linie.

Mtoto schaute zu ihr hoch und musterte sie, auf eine solch intensive Weise, als würde sie das schon seit Minuten tun. »Du liebst ihn noch, oder?«

Catherine sah sie völlig verdutzt an.

Mtoto senkte ihre Stimme. »Ich sag's ihm auch nicht. Ehrenwort!«

An Catherines entgeistertem Blick änderte die Aussage wenig. »Das ist nicht die richtige Zeit für so ein Gespräch«, sagte sie, als wäre sie regelrecht empört.

Mtoto bewegte ihren Kopf ein paar Grad zur Seite. »Warum hast du ihn denn verlassen, wenn du ihn noch liebst?«

Catherine atmete tief ein. »Wie kommst du darauf, dass es von mir ausging?«

Mtoto zuckte mit den Schultern. »Chris ändert nie irgendwas von sich aus.« Wieder legte sie den Kopf schief. »Warum hast du ihn verlassen?«

Catherine seufzte. »Du bist ganz schön anstrengend für dein Alter, weißt du das?« Sie ließ die Hände an ihrer Seite hinabgleiten, suchte Halt an der glatten Glaswand hinter ihr. »Weil ich ihm nicht guttat. Dafür waren mir andere Dinge viel zu wichtig. Meine Arbeit. Meine Schwester, mein Vater.«

»Und das war für ihn okay?«

»Nein, war es nicht.« Catherine schloss für einen Moment die Augen. »Wie du selbst gesagt hast: Er hätte die Beziehung von sich aus nie beendet, obwohl sie ihm nicht guttat, *ich* ihm nicht guttat. Das Aus hat ihn damals ziemlich getroffen, und ich glaube, er hat bis heute nicht verstanden, dass es an allem lag, aber nicht an meinen Gefühlen für ihn. Doch ich habe es wieder hingebogen.« Sie deutete mit dem Kopf in Richtung Max. »Auf die eine oder andere Art.«

Mtoto wandte den Blick nicht ab.

»Aber ist das nicht dumm?«

Catherine setzte zu einer Antwort an, doch dann schloss sich ihr Mund wieder. Ihr fiel partout nicht ein, was sie darauf erwidern konnte. Also sagte sie etwas anderes. »Das Versprechen, das ich euch auf Pacifica bringe, das bleibt gültig, trotz allem.«

Mtoto nickte.

»Siehst du ein, dass ihr dahin müsst?«

Wieder nickte sie.

»Gut. Sehr gut.«

Hoffentlich sahen Christopher und Max das ebenso, sobald sie all das verarbeitet hatten.

Die Kleine schaute Catherine schon wieder so merkwürdig an. »Du?«

»Ja?«

»Er meint das alles nicht so böse.« Dann ging Mtoto zu den anderen beiden auf den Balkon hinaus.

Und wieder sah Catherine ihr verdutzt hinterher. Schließlich atmete sie tief aus. Sie hoffte, dass die Kleine recht hatte. Aber sie glaubte es nicht. Und je länger sie in sich hineinhorchte, desto sicherer wurde sie, dass sie keine Chance mehr bekommen würde, all das noch einmal zu kitten. Weil sie spürte, dass sie Christopher nie wiedersehen würde …

KAPITEL 13

Tschack, tschack, tschack. Immer wieder ließ Christopher die Klinge aus Damaszener Stahl auf das Holzbrett niedersausen. Es war befriedigend, zu sehen, wie schnell auch die letzten Zwiebelringe in kleine Stückchen zerteilt wurden. Als er fertig war, schob er die feingehackten Würfel mit der Messerrückseite in den heißen Wok. Die Dunsthaube schaltete sich ein, aber dank des gemächlich drehenden Deckenventilators war Catherines Küche trotzdem augenblicklich von einem süßlich-beißenden Duft erfüllt. Zwiebeln, frische Karotten, sogar eine kleine Portion Hühnchenfleisch hatten sie hier in diesem behüteten Viertel noch bekommen. Abgesehen davon, dass draußen der heißeste vierte Juli seit einem halben Jahrhundert herrschte, hätte man meinen können, dass alles so war wie früher. Dass sich die Welt nie verändert hatte.

Doch während Christopher darauf wartete, dass die Zwiebeln glasig wurden und Max den Knoblauch hinzugab, fiel sein Blick durch die halboffene Tür auf ihre Dachterrasse, hoch oben im zwanzigsten Stock, und dann darüber hinaus zu der Menschenmenge, die sich in der letzten Viertelstunde seit Sonnenuntergang – als der Südwestwind auffrischte und die Temperaturen erträglicher wurden – auf der anderen Seite des Potomac River drüben in D.C. versammelt hatte. Viele der Demonstranten trugen Anzug oder Businesskostüm. Banker vielleicht, Juristen oder Geschäftsleute, Büroarbeiter jedenfalls, deren Lebensgrundlage durch das Ende des Außenhandels und die re-industrialisierte Zwangswirtschaft zerstört worden war. Einige von ihnen waren vermummt. Sie skandierten Parolen, manche schienen stumpfe Gegenstände in den Händen zu halten.

Die wenigen verbliebenen Ordnungskräfte in dem Viertel begannen, Tränengas einzusetzen. Dichte Schwaden zogen vor dem Jefferson Memorial vorbei, spielten Christophers Sinne Streiche und ließen ihn für einen Moment glauben, selbst im Tränengas zu stehen, ehe er merkte, dass es nur der Zwiebeldunst war. Die Lust am Kochen, sofern sie überhaupt einmal existiert hatte, war ihm gründlich vergangen. Und ganz egal, wie gut ihre Wohnanlage geschützt war: Noch länger wollte Christopher hier nicht mehr bleiben. Von einer guten Woche hatte Catherine geredet, und nun waren es bereits zwei – und sie hatten noch immer nichts von ihr gehört.

Christopher machte sich an den Karotten zu schaffen, versuchte, sich mit dieser Arbeit von den Gedanken an sie abzulenken, doch die Tatsache, dass er Catherines Messer verwendete und in Catherines Küche stand, verdammte diesen Plan zum Scheitern. Es war ihm unangenehm, noch immer ihre Gastfreundschaft in Anspruch zu nehmen, dank ihr so privilegiert zu sein, und das, obwohl er sie derart angefahren und sich in seiner Verstörung nie bei ihr bedankt hatte. Seine Wut war berechtigt – das glaubte er immer noch –, aber sein Ton war vielleicht doch zu harsch gewesen. Und auch wenn er dies Catherine gegenüber niemals eingestehen würde, so hätte er sich doch nichts lieber gewünscht als die Chance auf ein bisschen Wiedergutmachung.

Es klingelte, Max öffnete die Tür. Juliette strömte in ihre Wohnung, beugte sich zu Max herunter, so dass ihre langen braunen Haare über die Träger ihres Kleides fielen. Küsschen links, Küsschen rechts. »Ich hab eure Kartoffeln und das Klopapier bekommen. Und was ganz Besonderes für Mtoto. Beziehungsweise für dich, Chris. Davon kriegt selbst das DoD so schnell keine mehr nach!« Sie warf ihm zwinkernd eine reife Mango zu. »Zahnpasta hatten sie heute allerdings keine mehr.«

»Danke dir!«, sagte Christopher, während er ihr den Sack abnahm. »Morgen sind wir wieder dran.« Ein kurzer Moment der Stille. »Hast du was Neues von Clara, Céline und Camille gehört?«

Juliette war wie immer elegant gekleidet, mit ihrem eng taillierten Sommerkleidchen sowie den hochhackigen Sandaletten, die sie selbst Christopher überragen ließen, und perfekt geschminkt, trotz der Hitze, die Haut so makellos wie das Lächeln auf ihren Lippen. Nur ihre rehbraunen Augen verrieten ihre Traurigkeit, und ihr Akzent, der so stark durchschlug wie noch nie.

»Nein, seit Bordeaux nichts mehr. Und sie sind auch nicht auf LovedOnes gelistet. Ich bete, dass es ihnen und Maman gutgeht.« Sie sah zu Max herab. »Und bei dir? Hast du eine Spur von deinen Eltern gefunden?«

Max schüttelte nur den Kopf. Christopher antwortete an ihrer Stelle. »Wir waren bis zum Shutdown quasi durchgehend auf Lovedones.org und sind jetzt ständig auf Lovedones.info. Leider bislang ohne Erfolg, selbst wenn wir nach ähnlichen Namen suchen. Zumindest eine Birgid Kersch mit *d* hatten wir gefunden, aber die war erst vierzehn und aus Hamburg.« Er schaute kurz zu Max hinüber, die zumindest einen halbwegs gefassten Eindruck machte. »Aber das muss nichts heißen, für uns alle nicht. Ich meine, es ist schon beeindruckend zu sehen, wie viel da zwei Hobby-Programmierer per Crowdsourcing erreichen können, wenn Millionen Menschen mit ihrem Smartphone die Daten von Flüchtlingen aufnehmen. Jede Stunde gibt es hunderttausend neue Einträge auf der Karte, sowohl in den RER-Camps als auch bei denjenigen, die weiter nach Westen ziehen. Du wirst schon sehen: Irgendwann sind auch deine Töchter dabei.« Dass die hunderttausend neuen Einträge, von ein paar britischen Frachterladungen abgesehen, kaum noch Menschen aus Europa beinhalteten – die namensgebenden *Rich European Refugees* oder *RER* der ersten Welle, ein ebenso herablassender wie populärer Begriff, den viele Medien mittlerweile für alle Flüchtlinge aus der ersten Welt benutzten –, verschwieg er lieber.

»Ich hoffe es«, sagte Juliette, die Arme eng an ihren Körper geschmiegt. »Ich hoffe es so sehr! Mein Mann versucht auch, was er kann. Aber das wird immer schwieriger. Er weiß ja nicht mal mehr, wovon er überhaupt noch Botschafter ist. Von einer vierzig Mann starken Exilregierung in Vancouver? Seit Schweden erwischt wurde … nun, die Amerikaner haben ihn ernster genommen, als seine Landsleute noch kein in alle Winde – oder hinter alle Wände – verstreutes Völkchen waren.« Ihre Stimme klang belegt. »Von seinen Eltern in Malmö haben wir auch nichts mehr gehört. Und dann will uns auch noch das DoD aus der Wohnung ekeln!«

»Was?« Max starrte sie verständnislos an.

»Haben die El-Amins erzählt. Es geht um die paar Leute im Block, die nicht beim Verteidigungsministerium arbeiten, die ausländischen Diplomaten und ihre Familien. Angeblich sollen wir Platz schaffen, für wen auch immer. Ich hoffe bloß, die meinen das nicht ernst.« Sie schloss für einen Moment die Augen. »Ich erzähl euch morgen alles ganz ausführlich, oui? Jetzt sollte ich erst mal wieder rüber. Lars hat geschrieben, dass er schon auf dem Heimweg ist.«

»Wir müssen es ihr sagen«, flüsterte Max, als sie die Tür hinter Juliette geschlossen hatten und zurück in die Küche gingen.

Christopher fuhr sich hilflos durch die Haare. »Ich weiß! Ich wollte es ja, wirklich … Aber ich bringe es einfach nicht übers Herz. Was, wenn es ihre Kinder und ihre Mutter nie über Bordeaux heraus geschafft haben? Wenn Catherine mit dem Video recht hat, dann sind sie schon seit Tagen tot.« Er senkte die Stimme. »Und ich fürchte immer mehr, dass sie tatsächlich recht hat. Vorhin, nachdem ich Mtoto ihren Gutenachtkuss gegeben habe, war ich noch mal in den Foren. Auf den Seiten, die noch online sind, gibt es mittlerweile so viele Leute, die das Video einen Fake nennen, das glaubst du nicht. Und sie widersprechen einander kaum! Fast alle Gerüchte decken sich mit dem, was Catherine uns erzählt hat. Manche gehen sogar noch darüber hinaus. Dieser Vox_Veritatis, auf den du vor ein paar Tagen gestoßen bist; der, der die Videoaufnahmen von den Protesten in Boston verbreitet hatte, von dem toten Demonstranten – der will sogar an Informationen über die beiden Soldaten in der Kapsel gekommen sein. Dass sie ein paar Tage vor der Aufnahme in Sigonella noch einmal in die USA geflogen worden waren, offiziell, um ihre Ausrüstung zu testen. Rat mal, wo sie das getan haben – irgendwo in den Weiten Nordminnesotas. Tja, und der Typ ist irgendwie sogar an Aufnahmen der Anlage gekommen. Wie ein Hightech-Labor sieht das nicht aus. Eher wie ein Filmstudio.« Er seufzte. »Ein stichfester Beweis ist das noch nicht. Aber es ist verdammt nahe dran.«

Max strich sich eine Strähne aus dem Gesicht. »Immerhin entbindet uns das von der Verantwortung, online die Wahrheit zu verbreiten. Es gibt schon genügend andere Leute, die sich dafür in die Nesseln setzen; oder auch nicht, falls die Behörden gar nicht mehr die Ressourcen haben, das jenseits von Fernsehen und Radio zu unterbinden.«

»Aber glaubt den Leakern überhaupt jemand?«

»Jedenfalls nicht weniger, als man uns glauben würde. Und bei Mainstream-Online-Medien würden wir selbst mit Beweisen kein Gehör finden. Die, die noch regelmäßig veröffentlichen, schreiben doch fast alle aus den USA; da sitzen die Daumenschrauben und die Maulkörbe seit dem Stand United Act doch schon viel zu fest. Die könnten gar nicht darüber berichten, selbst wenn sie es wollten! Und mal ganz ehrlich: Ohne Catherine würden wir den paar unscharfen Bildern und zusammengebastelten Theorien im Netz doch auch keinen Glauben schenken. Verschwörungstheorien gab's schließlich schon immer.« Sie warf die Handvoll Hühnchenstreifen in den heißen Wok. »Das Ganze ist ja auch eine Art selbstverstärkender Prozess. Solange die meisten Leute Vertrauen haben – also das Gefühl, beschützt zu werden und sich zugleich relativ frei bewegen zu können – solange gibt es vielleicht ein paar Demos, aber keine ausgewachsene Panik. Und solange noch Ordnung herrscht, ist zumindest eine Notversorgung gewährleistet. Und solange *das* der Fall bleibt, werden die meisten Leute – ohne Beweise für das Gegenteil – weiter Vertrauen in ihre Regierung haben und in ihre Behauptungen über die Wand, womit wir wieder am Anfang wären …«

Christopher warf einen skeptischen Blick auf das Gewürzregal. »Es geht ja nicht nur um die Wand. Vox_Veritatis veröffentlicht neuerdings auch was zu Pacifica, unter anderem eine unabhängige Bestätigung der japanischen und australischen Berichte, dass die Wand tatsächlich vor der Küste des neuen Kontinents stoppen wird. Und dass da weit mehr investiert wird, als es für einen reinen Not-Regierungssitz angemessen wäre. Hast du die Zahlen gesehen, die im Netz kursieren? Wenn das stimmt, dann ist das praktisch die halbe verbliebene Wirtschaftsleistung, die da reingesteckt wird!«

»Das alles passt einfach zu gut zusammen«, sagte Max. »Da hat Catherine definitiv recht.«

Christopher griff nach zwei metallenen Dosen und reichte sie ihr. »Wie meinst du das?«

»Dass die Wand den neuen Kontinent verschont. Und nur den. Zwei derart absurde Phänomene, die auch noch zum gleichen Zeitpunkt entstanden sind? Dass *muss* ja irgendwie zusammenhängen. Irgendeinen Sinn haben.«

Christopher streckte seine Arme aus, die Handflächen nach oben gerichtet. »Aber was für einen?«

Max gab etwas Currypaste und Chili dazu, probierte von einem der Fleischstücke, sorgsam darauf bedacht, nicht zu viel abzubeißen, und würzte dann noch einmal nach. Sie zwinkerte ihm zu. »Wenn ich das genauer wüsste, würden uns die Behörden mit so viel Hühnchen überschütten, wie wir nur essen könnten.«

Doch aus den Augenwinkeln warf auch sie einen Blick ins Freie. Ein großer Teil der Demonstranten drüben in D.C. hatte vor dem Tränengas die Flucht ergriffen. Die Lage schien sich zu beruhigen – für den Moment.

»Wir sollten nicht mehr lange hier bleiben«, sagte Max, die Stimme gesenkt. »Wir haben getan, was wir konnten, für meine Eltern, für uns, für alle. Es wird Zeit.«

»Wir haben ausgemacht, dass wir noch bis übermorgen warten.«

»Und das werden wir auch tun. Aber es ist jetzt schon eine Woche verstrichen; und niemand scheint etwas über ihren Verbleib zu wissen. Du musst akzeptieren, dass sie vielleicht nicht mehr zurückkommt.« Max sah durch ihn hindurch, ihre Lippen zuckten. »So wie ich akzeptieren muss, dass ich meine Eltern wohl nie wiedersehen werde.«

Christopher strich ihr über den Arm.

Sie schaute zu ihm auf. »Wenn Sie es tatsächlich auf ein Schiff oder in ein Flugzeug geschafft hätten, dann müssten sie längst hier sein. Und selbst, wenn sie in einem der RER-Auffanglager an der Küste gelandet wären – auch die setzen mittlerweile auf LovedOnes.« Ihre Augen glänzten, doch in ihrem Blick lag auch eine neu gewonnene Stärke. »Ich werde sie nie wiedersehen, Chris. Ich würde dir gerne sagen, dass das okay ist. Aber nein, das ist es nicht. Es ist absolut nicht okay. Aber es ist nun einmal so, wie es ist, und damit muss ich irgendwie klarkommen.«

Er griff nach ihrer Hand. »Max, es gibt noch Hoffnung. Vielleicht …«

Sie wand sich sanft aus seinem Griff. »Bitte, Chris, komm mir nicht so. Du weißt genauso gut wie ich, wie unwahrscheinlich es ist, dass sie überhaupt aus Deutschland rausgekommen sind.« Ihre Augen funkelten. Nicht vor Wut, vor Entschlossenheit. »Meine Eltern sind tot. Und das hat nichts mit aufgeben zu tun. Ganz im Gegenteil. Wie du nicht müde wirst, zu betonen, haben wir eine Verpflichtung. Gegenüber Mtoto, gegenüber uns selbst. Und dir ist klar, was das bedeutet.«

Christopher schluckte.

»Ich weiß, du suchst noch immer nach anderen Optionen neben Pacifica«, sagte sie, ohne ihm zu gestatten, seinen Blick abzuwenden. »Als wäre Catherines Angebot nur eine Art Notfalloption. Etwas, das wir in der Hinterhand haben, falls alle Stricke reißen.«

Christopher nickte unsicher. »Etwas, das uns Zeit gibt, einen besseren Plan zu schmieden.«

»Und das kann ich vollends verstehen, so wahnsinnig absurd, wie das alles klingt. Und doch fürchte ich, dass der Kontinent tatsächlich alternativlos ist. Dass wir uns langsam eingestehen müssen, dass es wohl keine bessere Option gibt.«

Christopher stützte sich mit beiden Händen auf der Arbeitsfläche ab, das Kinn fast auf der Brust. »Irgendwie weiß ich das ja auch! Aber es will mir nicht so recht in den Kopf. Ich meine, das kann es doch nicht sein, oder? Hast du gesehen, wie es auf Pacifica ausschaut? Und wie es da zugeht? Das alles macht mir einfach Angst.« Er stieß sich von der Arbeitsfläche ab. »Da könnten wir genauso gut an den Amazonas ziehen. Pacifica – was haben wir denn da für Perspektiven? In einer kleinen Hütte an irgendeiner schlammigen Piste zu wohnen, ohne Aussicht auf Veränderungen, ohne Luxus und fließend Wasser.«

Max lächelte. »Klingt irgendwie nach Tansania.«

Für einen Moment, nur einen kurzen, musste Christopher schmunzeln. »Ja, aber in Tansania waren wir aus freien Stücken. Wir wussten, was uns erwartet, wir hatten eine sinnvolle Beschäftigung, und wir hatten jederzeit die Option, zurückzukommen. Das hier wäre lebenslänglich, und zwar auf allen Bedeutungsebenen. Lebenslänglich in einer winzigen, vollkommen unterentwickelten Rest-Welt, eingesperrt durch eine zwanzig Kilometer hohe Mauer. Was für eine Existenz wäre das denn?«

Max seufzte. »Genau das wäre es! Eine Existenz. Wir würden leben.«

Christopher wusste nicht, was er darauf erwidern sollte. Langsam drehte er sich von ihr weg und lehnte sich an die Tür zur Dachterrasse. Er starrte über die Dächer Arlingtons auf das Pentagon zu seiner Linken, eine graue Trutzburg aus Beton, die durch das Zwielicht der Dämmerung und die Panzersperren vor ihren Toren abschreckender denn je wirkte, und dann auf die frisch errichtete Baustelle im Gravelly Point Park zu seiner Rechten, tief unten am Fluss. Sein Blick schweifte über das immer dunkler werdende Wasser des Potomac und blieb schließlich an einigen Wahrzeichen Washingtons hängen, den großen Memorials, dem Washington Monument, dem Kapitol – und den sie umgebenden Nestern aus Schützenpanzern und Luftabwehrgeschützen. »Selbstverständlich nur eine Vorsichtsmaßnahme gegen die unmittelbar bevorstehende Invasion durch den Iran«, hatte Max gefeixt. Auch die letzten Demonstranten am Südrand des Regierungsviertels waren mittlerweile aus Christophers Blickfeld verschwunden. Die Stadt lag relativ ruhig vor ihm, und trotz Hunderttausender am Anschlag laufender Klimaanlagen war sie, bis auf ein paar Gebiete im Norden, noch voll beleuchtet. Etliche Radfahrer waren auf den Straßen zu sehen und, Spritknappheit hin oder her, auch noch eine ganze Reihe ziviler Autos.

Und das sollte es alles in ein paar Wochen nicht mehr geben? Verschlungen von einem hirnrissigen Phänomen, das wie aus dem Nichts aufgetaucht war? Warum konnte dieser Alptraum nicht wenigstens einen Teil der Welt verschonen – hatte er nicht auch so schon genügend Verwüstung angerichtet?

Und doch hatte Max recht: Es gab keinen Grund, warum die Wand ausgerechnet Christophers Heimat verschonen sollte, wenn sie anderen Menschen die ihre nahm. Und auch wenn es jetzt noch nicht so aussah, als ob die breite Masse an dem Video zweifelte, würden sich die Indizien im Netz immer weiter verbreiten.

Noch aber hatten sie einen Wissensvorsprung. Noch konnten sie von sich aus aktiv werden.

»Wenn Catherine bis übermorgen nicht zurück ist, werden wir ihren Wagen und einen Teil ihrer Benzinscheine nehmen.« Christopher war, als höre er jemand anderen reden. Als hätte sich ein anderer Mensch seines Mundes bemächtigt. Er drehte sich nicht zu Max um. »Wir werden uns über die I-80 nach Kalifornien durchschlagen, so wie wir uns nach Sizilien durchgeschlagen haben.« Er spürte einen Windzug, als sich Max neben ihn stellte, auch sie den Blick auf die Stadt gerichtet. »Und bis wir dort sind, haben wir entweder wieder Kontakt zu ihr, oder wir schiffen uns auf eigene Faust ein.« Sofern das auch nur ansatzweise machbar war ...

Max nickte nicht einmal. »Vorräte haben wir mehr als genug. Und für den Fall, dass Catherine zurückkehrt, können wir ihr eine Nachricht hinterlassen. Für das Fahrzeug und die Benzinscheine dürfte sie Ersatz bekommen. Ich denke nicht, dass sie uns dafür böse sein wird.« Sie lachte auf. »Solange wir ihre heilige Kommandozentrale nicht anrühren, dürfte ihr das alles egal sein.«

Für einen Moment standen sie stumm nebeneinander. Ein leichter Geruch von Rauch stieg in ihre Nasen. Schon wieder bengalisches Feuer auf der Straße unter ihnen, so wie gestern? Doch plötzlich machte Max einen Satz zurück. »Oh, das Abendessen! Ich glaube, das dürfte jetzt fertig sein.«

Max stellte außer der Mango auch eine Portion mit extra viel Hühnchen beiseite, für Mtoto, für den nächsten Morgen. Sie und Christopher hingegen aßen ihren Teil direkt draußen auf der Terrasse, im letzten Licht des Tages. Selbst jetzt war es noch ungewöhnlich heiß, deutlich wärmer jedenfalls als in ihrer Wohnung, so dass sie sogar in Tanktop und T-Shirt ins Schwitzen gerieten.

In der Ferne waren vereinzelt Schüsse zu hören, aber keine Polizeisirenen. Die Lichter in einem zweiten Viertel im Osten flackerten, verloschen für ein paar Sekunden, sprangen dann wieder an – und boten damit doch noch die passende Kulisse für das Highlight des Abends: Das große Feuerwerk. Fourth of July, Independence Day.

Der Ort war nicht zufällig gewählt: Gravelly Point Park, eine kleine Grünfläche etwa einen Kilometer Luftlinie von Catherines Wohnung entfernt, nördlich des seit letzter Woche geschlossenen Ronald Reagan Washington National Airports, in unmittelbarer Nähe des Pentagons. Und zugleich der Standort der landesweit ersten Schutzkapsel, von einer ganzen Kompanie bewacht. Ursprünglich hätte die Kapsel – die erste von Tausenden – anlässlich der Feierlichkeiten des Unabhängigkeitstages heute mit großen Reden eingeweiht werden sollen, doch Verzögerungen bei den Bauarbeiten bedingten, dass der größte Teil der Anlage noch unter einer riesigen amerikanischen Flagge verborgen lag. Und auch wenn die eigentlich übliche Parade aus sogenannten »Gründen der öffentlichen Sicherheit« abgesagt worden war; das Feuerwerk stand dem in besseren Jahren in nichts nach. Pünktlich um halb zehn ging es los. Schon die erste Salve war so prächtig, dass sie den Potomac und die ringsherum liegenden Stadtteile in schillernden Farben erstrahlen ließ – und zugleich so laut, dass Christopher nur durch einen zufälligen Blick über die Brüstung mitbekam, wie es zeitgleich tief unter ihm zu einem dumpfen Geräusch kam, irgendetwas zwischen einem lauten Klicken und einem leisen Schuss, vage metallisch und beunruhigend nah. Er kniff die Augen zusammen, doch die schwach beleuchtete Straße sah ruhig aus. Einzig ein Militärtransporter parkte dort, der vorhin noch nicht da gestanden hatte.

Doch dann ertönte dasselbe Geräusch wieder, drei weitere Male in schneller Abfolge. Kleng, kleng, kleng.

Max hatte sich neben ihn gestellt, dort, wo das Geländer in die Betonwand mündete, die ihre Terrasse von der ihrer Nachbarn trennte. Diesmal hatte sie es auch gehört. Sie sah ihn beunruhigt an.

»Ich schau mal raus in den Flur«, sagte Christopher.

Die Treppe war – außer bei Notfällen – nur für die ersten paar Stockwerke gedacht, trotzdem reichte sie bis hinauf zu Catherines Etage. Wenn er seinen Kopf zwischen die Gitter quetschte und den Schwindel unterdrückte, konnte Christopher problemlos bis in die Lobby zwanzig Stockwerke tiefer schauen. Ein strohblonder Mann mit Aktentasche und Anzug, klein wie eine Spielzeugfigur, betrat gerade aus Richtung der Tiefgarage Christophers kleinen Ausschnitt der Welt da unten. Lars, Juliettes Mann.

Doch plötzlich hielt der Mann mitten in der Bewegung inne und drehte sich um, den Blick auf etwas fixiert, das Christopher nicht sehen konnte. Ein weiteres dumpfes Kleng, und Lars sackte lautlos in sich zusammen.

»Was zum …?«

Zwei Männer erschienen neben ihm, in Militäruniformen, mit schwarzen Sturmmasken. Einer richtete etwas auf Lars, das wie eine Pistole mit überlangem Lauf aussah. Noch ein Kleng. Sein Körper zuckte noch einmal, dann lag er regungslos da.

Christopher spürte, wie er am ganzen Leib zitterte, und sich doch nicht bewegen konnte.

Einer der beiden Männer beugte sich zu dem leblosen Körper hinab und legte eine Hand an den Hals, während der andere auf der ersten Stufe des Treppenhauses Position bezog. Zugleich begann das Display über dem Aufzug zu blinken. G, 1, 2 …

Der Aufzug war bereits auf Höhe des dritten Stocks, als Christopher begriff, was hier geschah. Abrupt riss er sich los, rannte zurück zu Catherines Apartment, hielt kurz inne, hämmerte wie wild an die Tür der Anderssons und brüllte »Wir werden angegriffen!«, in der Hoffnung, dass Juliette ihn hörte. Ein kurzer Blick zurück. Neunter Stock. Keine Zeit mehr. Max stand bereits in der Tür, die Augen weit aufgerissen.

Christopher schob sie in die Wohnung. »Weck Mtoto!«

Max eilte zurück.

Christopher schloss die Tür hinter sich und verriegelte sie. »Fuck! Das sind Profis, in Uniform, mit Pistolen und Schalldämpfern. Die gehen systematisch vor. Ein paar sind noch in der Lobby, aber mindestens einer fährt gerade hier hoch«, rief er in Max' Richtung, als sie gerade mit einer schlaftrunkenen Mtoto auf dem Arm aus dem Schlafzimmer kam.

Seine Kehle wurde ganz trocken. »Sie haben Lars erschossen!«

Spätestens jetzt war auch Mtoto wach.

»Was ist mit dem Treppenhaus?«

Christopher schüttelte den Kopf. »Die kontrollieren den Eingang. Wir sitzen in der Falle.«

»Und wenn wir die Tür verbarrikadieren?«

»Wir haben nichts, was sie lange genug aufhält. Außerdem verraten wir damit sofort, dass wir da sind. Unser einziger Vorteil ist, dass wir wissen, dass sie da sind, sie aber keine Ahnung von unserer Anwesenheit haben.«

»Und was dann?«, sagte Max mit zusammengepressten Lippen. »Verstecken können wir uns nie und nimmer, so spartanisch, wie die Wohnung eingerichtet ist.«

Mtoto schaute ängstlich zwischen ihnen beiden hin und her.

»Wir können sie aber überraschen.« Christopher rannte in die Küche, kam mit Catherines schärfsten Damaszener Messern zurück. Eines reichte er mit bebenden Fingern an Mtoto weiter, die es zögernd annahm und in ihrer Hand hin und her wendete.

»Messer? Das ist doch Wahn…«

Doch sie kam nicht dazu, den Satz zu beenden. Christopher presste sie alle drei in den halb begehbaren Schuh- und Kleiderschrank direkt am Eingang, dort, wo die aufschwingende Tür sie für einen Moment verdecken würde.

»Wir müssen jetzt ganz still sein, okay?«, sagte er an Mtoto gewandt, die er hinter sich in die dunkelste Ecke drückte. Mtoto nickte hastig, Panik in den Augen. Max starrte bloß auf das Messer in ihrer Hand.

Ein Piep, draußen auf dem Gang, gefolgt von einem Knarzen, als sich die Aufzugtüren öffneten. Schritte, von mehreren Personen.

Christopher stand Schulter an Schulter neben Max, spürte, wie sie zitterte. Sie sah ihn an, mit Angst in den Augen, mehr Angst, als er je bei ihr erlebt hatte. Ihre Blicke zuckten für einen Moment nach hinten, zu Mtoto, die sich hinter ihnen an die Wand kauerte.

Christopher spürte, wie seine eigene Hand eiskalt wurde, das Messer kaum mehr umschließen konnte. Er versuchte, sich klarzumachen, dass er nicht zögern durfte, wenn es drauf ankam … doch konnte er auf einen Menschen einstechen? Und was dann? Würde er an die Pistole rankommen? Hatten sie überhaupt eine Chance gegen den Rest?

Die Schritte hatten haltgemacht, ganz in der Nähe. Die Männer mussten vor ihrer und Juliettes Tür stehen. Für einen Moment war es mucksmäuschenstill. Selbst das Feuerwerk draußen schien innezuhalten.

»Die zuerst!«, hörte er dann einen der Männer sagen.

Christopher schloss für einen Moment die Augen. Das war es.

Drei Schüsse, dann ein kräftiger Tritt, und die Tür flog nach innen auf. Doch es war nicht ihre Tür.

Das Getrampel einer ganzen Meute, als die Angreifer in die Nachbarswohnung eindrangen. Dann ein entsetzter Schrei, dazu das Klackern von Absätzen. Eine weitere Tür, die zum Schlafzimmer, fiel ins Schloss. Ein Schaben, dann ein kräftiger Schlag, als von innen etwas gegen die Tür gewuchtet wurde. Männerstimmen fluchten. Ein berstendes, krachendes Geräusch, erst einmal, dann regelmäßig, als würde jemand mit einer Axt auf die Tür losgehen.

Keuchen, gefolgt von einem ebenso schrillen wie wütenden Schrei Juliettes, als die Männer schließlich durch die Barrikade brachen.

»Ihr habt zwei Minuten«, rief dieselbe Stimme, die vorhin den Angriffsbefehl gegeben hatte. »Packt alles in die Rucksäcke, lasst es wie einen Raub aussehen. Ich kümmere mich derweil um unsere reizende Gastgeberin.«

Die Schritte verteilten sich auf die verschiedenen Zimmer. Schubladen flogen auf, Vasen und Geschirr stürzten scheppernd zu Boden und überdeckten für einen Moment die Geräusche von Tritten und Schlägen und die Schreie, die aus dem Schlafzimmer drangen.

Christopher hielt sich die freie Hand über den Mund. Er fühlte sich, als ob er schreien müsste, oder kotzen, oder beides zugleich.

»Das ist unsere Chance«, flüsterte Max ihm mit bebender Stimme zu.

Christopher schlich auf Zehenspitzen zum Türspion. Doch als er hindurchschaute, rutschte ihm sein Herz bis in die Hose.

Er schlich zurück zu Max. »Da draußen sind immer noch zwei, die bewachen den gesamten Flur. Das wäre der reinste Selbstmord.«

Noch mehr Tritte aus dem Schlafzimmer. Dann noch mehr Schreie. Klarer diesmal, lauter als das Feuerwerk. Aber nicht von Juliette. Von einem Mann. Dem Anführer. Ein Tritt. Es schepperte. Die Schreie hörten auf. Füße trappelten durch den Flur, von der Küche ins Schlafzimmer.

»Schlampe«, brüllte ein Mann. »Du verdammte Hure!« Dann lauter: »Sie hat Jon ausgeknockt!«

Ein Schuss. Das Klirren einer Scheibe, gefolgt von einem weiteren Männerschrei.

Die anderen Angreifer in der Wohnung stürmten dazu. Ein wütendes Brüllen. Tritte, Schleifgeräusche. Noch ein Schrei, diesmal höher, spitzer, dann drei Schüsse in rascher Abfolge. Stille.

»Scheiße, Mann«, schrie einer.

»Helft Jon und Steve auf, macht schon«, rief ein anderer zurück. »Und dann nichts wie raus hier! Rüber zum Nächsten! Da sitzt der Jackpot.«

»Ich dachte, die Beamtenschlampe wäre längst gekillt?«

»Schnauze! Wir gehen auf Nummer sicher.«

Plötzlich zerrte Max Christopher und Mtoto aus ihrem Versteck.

»Wir haben keine Chance«, zischte sie, als er sich sträubte. »Nicht gegen so viele.«

»Aber was …«

»Wir haben nur ein paar Sekunden«, fuhr sie ihn an, schaltete das Licht aus und lief so schnell und leise, wie sie nur konnte, durch den Flur, die Küche und schließlich auf die Terrasse, ihr Messer über die Brüstung werfend. Christopher und Mtoto folgten, doch sie erstarrten, als Max auf das linke Ende des Geländers zuhielt, für Sekundenbruchteile von einer besonders starken Salve des Feuerwerks in einen blutroten Schein getaucht.

»Das sind siebzig Meter!«, zischte Christopher.

»Nicht runter! Rüber!«, zischte Max zurück. Und ohne ein weiteres Wort kletterte sie auf die andere Seite des Geländers.

Und Christopher verstand. Doch er blieb wie angewurzelt stehen, seine Gedanken kreisten nur noch um den Abgrund vor ihm. »Das überleben wir nie!«, flüsterte er.

»Das überleben wir nie!«, kam es zurück, mit einem Nicken in Richtung ihrer Wohnung.

Max hing nun dort, wo das Geländer in eine überstehende Betonmauer mündete, die ihre Terrasse von der ihrer Nachbarn trennte, die Füße unter der untersten Strebe des Geländers verkeilt, die Hände um die oberste geschlungen. Ihr Pferdeschwanz flatterte im Wind. Dann stieß sie einen Fuß nach rechts, suchte Halt auf der anderen Seite der Mauer, fand ihn und zog, halb in einem wackeligen Spagat, die rechte Hand nach.

Ein harter Schlag, als die Axt zum ersten Mal in ihre Wohnungstür fuhr.

Max hatte die andere Seite erreicht und war wieder über das Geländer geklettert. Sie hielt ihm ihre Hände entgegen, doch diese reichten kaum vor den halben Betonvorsprung. Christopher packte Mtoto, die fast sosehr zitterte wie er selber, riss sie empor und wuchtete sie über das Geländer, stemmte sie mit voll ausgestreckten Armen über dem Abgrund in Richtung Max.

»Hast du sie?«, zischte er.

Als Antwort kam nur ein Stöhnen. Seine Arme wurden schwer. Die Axt schlug tief ins Holz.

»Hast du sie, verdammt noch mal?«

Seine Schultern zitterten, Mtoto krallte sich in seine Unterarme.

Plötzlich wurde das Gewicht in seinen Armen leichter, löste sich Mtoto von ihm.

»Ich habe sie«, drang es von drüben. »Ich habe sie! Jetzt du!«

Noch ein Schlag. Dieser klang anders. Sie mussten durchgebrochen sein. Christophers Blick fiel zurück auf die Wohnung, auf den Esstisch, dessen eben erst benutztes Geschirr sie noch nicht abgeräumt hatten. Das Geschirr! Es würde sie sofort verraten!

Er rannte zurück zum Tisch, sammelte die beiden Teller, die beiden Gläser, das Besteck und sein Messer zusammen – und warf alles davon über das Geländer in den Park tief unter ihnen, just in dem Moment, als ihre Tür endgültig zerfetzte.

Christopher schwang sich über die Brüstung, zu rasch, um sich Zeit zu geben, darüber nachzudenken, und klammerte sich an dem Geländer fest. Sein Fuß tastete sich an der glatten Fassade nach rechts vor. Gott, war dieser Vorsprung breit!

Die Männer strömten in ihre Wohnung.

Endlich fand sein Fuß auf der anderen Seite das Geländer. Er warf sofort seinen rechten Arm hinterher, presste sich wie ein X an die Wand.

Die ersten Schritte erreichten die Küche. Christopher hatte noch keinen sicheren Halt auf der anderen Seite, doch er durfte nicht länger zögern, sonst würde er sie alle verraten. Für einen schrecklichen Sekundenbruchteil erwog er, einfach loszulassen, doch dann legte er all seine Kraft in das linke Bein und schwang sich vollends auf die andere Seite, halb springend, halb krabbelnd. Sein rechter Fuß verlor den Halt, er krachte auf sein Knie, fast geräuschlos, aber unglaublich schmerzvoll. Nur noch mit einer Hand hing er am Geländer. Max und Mtoto zerrten mit vereinten Kräften an ihm, hievten ihn schließlich über die Brüstung, gerade als drüben einer der Männer auf die Terrasse trat.

Auf Max' Arme gestützt, das Gesicht schmerzverzerrt, humpelte er in die baugleiche, aber spiegelverkehrte Küche der Anderssons; der Boden war übersät mit Porzellan und Glasscherben, die verräterisch laut knirschten. Sie hatten Glück, dass die Angreifer beim Durchwühlen von Catherines Wohnung immer lauter miteinander diskutierten.

»Ui, die hat ja eine Modelleisenbahn!«, sagte einer der Männer, echte Begeisterung in seiner Stimme. »Das Ding ist riesig!«

»Klappe!«, schrie ein anderer zurück. »Schau lieber mal, was ich hier im Küchenschrank gefunden habe.«

Nun riefen gleich drei Männer durcheinander, und lachten dann. Ihre Vorräte! Sie mussten auf ihre Vorräte gestoßen sein.

Christopher knirschte mit den Zähnen, ebenso sehr aus Wut wie aus Schmerz, als Max ihn in Richtung Flur hievte. Sie mussten sich verstecken, so, dass sie nicht von den Wachen draußen gesehen werden konnten, oder von der Terrasse aus gehört – und darauf hoffen, dass die Angreifer nicht noch einmal in diese Wohnung zurückkehrten. Sie schlüpften in das Schlafzimmer.

Und da lag sie. Juliette. Auf dem Boden ihres Schlafzimmers, zwischen dem Himmelbett und den Trümmern ihres Schrankes, das Kleid hochgerutscht, Blut an ihren Beinen, noch viel mehr Blut am ganzen Oberkörper, Blut am Mund. Sie röchelte, gurgelte. Und sie schaute mit weit aufgerissenen Augen zu ihnen hoch.

Christopher ließ sich neben ihr auf die Knie fallen, ignorierte den Schmerz, der ihn durchfuhr. Er tastete nach Juliettes Puls. Max nahm ihre Hand und redete extrem leise, aber mit ruhiger Stimme auf sie ein. Mtoto stand starr in der Ecke des Zimmers. Juliettes Haut war aschfahl. Sie schnappte nach Luft, doch ihr Brustkorb hob sich keinen Zentimeter. Christopher tastete über ihre Rippen. An drei Stellen war ihr Kleid zerfetzt, und an diesen drei Stellen suppte Blut hervor. Ihre Haut ringsherum knirschte, knisterte fast, als würde er auf Schnee drücken. Christopher versuchte, seine Hände vorsichtig auf die Wunden zu pressen, doch damit bewirkte er bloß, dass Juliette die Augen verdrehte, ihre Lider zu flattern begannen. Ihr Mund öffnete sich, schloss sich, öffnete sich wieder, ohne einen Laut von sich zu geben.

Ihr Gesicht begann sich immer stärker bläulich-grau zu verfärben. Christopher spürte, wie Panik in ihm hochstieg. Er hatte nicht den Hauch einer Ahnung, was er jetzt tun musste, und Max auch nicht. Er rutschte zu ihrem Kopf hoch, hielt ihr mit blutverschmierten Händen die Nase zu und versuchte, sie ruhig und gleichmäßig zu beatmen, den Würgereflex zu bekämpfen, als er ihr Blut in seinem Mund schmeckte. Irgendwas gluckerte. Er schaute an Juliette hinab, sah, wie aus einem der Löcher in ihrer Brust fast schwarzes Blut nach außen drang und sich ihr Kleid damit vollsog.

Fuck.

Fuck, fuck, fuck! Keine Panik, bitte bloß keine Panik!

Juliettes freie Hand krallte sich tief in Christophers Oberschenkel. Sie starrte ihn an. Zwei Tränen lösten sich aus ihren Augen, zogen feuchte Spuren durch ihr perfektes Make-up. Ihre Lippen formten Worte, doch Christopher konnte nicht verstehen, was sie sagte.

Schritte. Jemand kam zurück in die Wohnung.

»Rasch, unters Bett!«, zischte Max, eine schier erstarrte Mtoto vor sich her schiebend.

Christopher flüsterte mit erstickter Stimme: »Es tut mir so leid«, wand sein Bein aus Juliettes Griff und krabbelte mit rasendem Puls zu Max und Mtoto unter das Bett. Gerade war er unter der Kante verschwunden, als zwei Militärstiefel neben dem Trümmerhaufen an der Tür erschienen.

Doch Juliettes Blick war noch immer auf Christopher gerichtet. Schlimmer noch, er hatte Spuren hinterlassen, allen voran einen blutigen Handabdruck auf dem Teppich, nahe an ihrem Ellbogen, dort, wo sie selbst niemals einen hätte hinterlassen können.

Juliette folgte seinem Blick. Sie schien zu verstehen. Zentimeter um Zentimeter arbeitete sich ihr Arm voran, bis ihr Ellbogen den Handabdruck schließlich mehr oder weniger verdeckte. Die Stiefel schritten auf sie zu, umrundeten Juliette, bis sie direkt vor ihren Füßen standen, mit freier Aussicht auf das, was sie angerichtet hatten, und so weit vom Bett entfernt, dass Christopher den Mann bis zum Bauchbereich der Uniform sah, seine Armyhose, die verkrüppelte rechte Hand, der Mittel- und Ringfinger fehlten – und die Waffe in der Linken.

Und noch immer schaute Juliette Christopher an. Er sah zu ihr zurück, bettelte, flehte sie stumm an. Schließlich, endlich lösten sich ihre Augen von den seinen. Christopher konnte nur ahnen, wie schwer ihr das fallen musste, den Blickkontakt zu lösen, diesen letzten Halt aufzugeben, und stattdessen ihre Augen auf den Mann zu richten, der ihr das angetan hatte.

Und dieses Arschloch wartete einfach nur geduldig, so, als mustere er ihren starren Körper, das Blut überall, ihr graublaues Gesicht, das einst so schön gewesen war.

»Die Zeit naht, an der sich entscheidet, ob wir als Amerikaner frei sein werden oder Sklaven«, sagte er unvermittelt. »George Washington, 1776, kurz vor der Schlacht um New York.«

Langsam, ganz langsam hob er die Waffe, richtete den Lauf auf ihren Kopf.

Juliettes Augen weiteten sich, Blut drang aus ihrem Mundwinkel. Der Mann blieb völlig ruhig.

»Ein bisschen theatralisch, zugegeben. Und doch ist es heute wahrer denn je.«

Dann entspannte sich sein Griff, und er sah ihr zu, wie sie ins Delirium glitt, wie sich ihre Augen schließlich schlossen und ihr Körper unkontrolliert zu zucken begann.

»Du denkst vielleicht, wir sind die Bösen«, sagte er mit leiser Stimme. Er beugte sich ein bisschen zu ihr vor. »Dabei seid ihr vom DoD die Tyrannen, mit deren Blut der Baum der Freiheit getränkt werden muss.«

Für einen Moment öffneten sich Juliettes Augen wieder. Ihre Lider flatterten, vor Unverständnis, vor Panik, vor Schmerz.

»An dem, was heute hier passiert, und an dem, was noch passieren wird, tragt einzig und allein ihr die Schuld.«

Und mit einer abrupten Bewegung legte er erneut an. Mtoto wimmerte, Christophers Hand auf ihren Mund gepresst, während der Mann den Abzug drückte und Juliettes Körper ein letztes Mal zuckte, als die Kugel in ihren Kopf eindrang.

KAPITEL 14

Das Erste, was Catherine sah, als sich ihre Augen öffneten, waren Farne. Über ihr, links von ihr, vor ihr nichts als sattes Grün, von einem schwachen Nieselregen in einen feuchten Schleier gehüllt.

Ein paar der nassen Wedel hingen ihr regelrecht ins Gesicht. Sie schob sie zur Seite – und plötzlich weitete sich ihr Blick. Jeder Quadratzentimeter Boden rings um sie herum war von Pflanzen überdeckt, Farnen, Schachtelhalmen und großblättrigen Sträuchern, die ein bis zwei Meter in die Höhe wuchsen. Aus dem Unterholz ragten die moosbehangenen Stämme riesiger Bäume, an denen sich Kletterpflanzen emporschlangen, manche von ihnen mit Hunderten Blüten übersät. Kein Fleck in diesem Dschungel schien ungenutzt zu sein, und doch verlor sich das satte Grün rasch in einem tristen Grau. Nebelschwaden waberten durch die Kronen und um die Stämme, so dicht, dass Catherine in manche Richtung keine fünfzehn Meter weit sehen konnte.

Sie stand auf.

Und sackte sofort wieder zurück in ihren Sitz.

Sie tastete an ihrem Business-Dress herab.

Natürlich. Der Gurt war ja noch geschlossen.

Was für ein Gurt?

Das Surren in ihren Ohren half ihr nicht, sich zu konzentrieren. Und warum atmete sie so schnell?

Egal. Sie zerrte mit tauben Händen an dem Gurt herum, bis sie ihn geöffnet hatte, und stand dann auf. Ihr wurde auf der Stelle übel. Sie hielt sich eine Hand an den Kopf, die andere vor den Mund. Für einen Moment verharrte sie so, bis sie glaubte, sich unter Kontrolle zu haben, und drehte sich dann um.

Vor ihr lag die Schale des Sitzes, in der sie bis eben gelegen hatte. Die linke Hälfte der Rückseite war völlig zerfetzt, Teile der Aufhängung wirkten, als seien sie mit Gewalt herausgerissen worden.

Für einen Augenblick heftete sie diese Erkenntnisse als Kuriositäten ab – bis ein Teil ihres Gehirns anfing, sich dessen bewusst zu werden, *was* sie hier eigentlich sah.

Catherine stolperte um den Sitz herum, hielt sich mit der einen Hand an seiner Lehne fest, während sie die andere weiter gegen ihre Schläfe presste. Die Absätze ihrer Schuhe sanken tief in den weichen, mit Moos und Blättern bedeckten Boden ein.

Sie blickte hinab auf eine tiefe Spur, die sich von der Rückseite des Sitzes durch das Unterholz zog und nach ein paar Metern hinter zwei dickblättrigen Sträuchern verschwand.

Catherine brach durch das Gestrüpp, spürte die Zweige kaum, die ihr dabei ins Gesicht schlugen.

Und dann stand sie auf einer Lichtung, einem kleinen Fleck versengter Erde voller Trümmer, grauer und olivgrüner Metallteile, die in den unmöglichsten Winkeln im Boden steckten. In der Mitte dieser Lichtung, in einem Tümpel aus Schlamm und brennendem Kerosin, lag ein Gerippe aus schwarz verrußtem Stahl.

Und plötzlich kam die Erinnerung wieder, stoßweise, und es schossen Bilder durch Catherines Kopf, so schnell, dass sie kaum eins festhalten konnte. Der Verhandlungsort, ein chinesischer Geheimbunker südöstlich des Zentralgebirges, ausgewählt als Geste des guten Willens. Der Dschungel und die tropischen Sümpfe ringsherum. Die endlosen Stürme. Die Wolkenbrüche. Die Debatten, in aller Abgeschiedenheit, ohne jeglichen Komfort. Die Fortschritte und die Rückschläge. Parallel, per Satellit, ihre Gespräche mit ihren Untergebenen. Adams tiefe Skepsis gegenüber der neuen Allianz. Gebratener Reis. Gedünsteter Reis. Tagaus, tagein. Die Feldbetten. Der Schweißgeruch draußen in den Zelten. Ihre Gespräche mit Yóu. Der erste Durchbruch. Ihre Rückbeorderung nach Pacifica Base, obwohl noch so viel zu tun war. Der Rückflug, im

Helikopter. Ihre Pilotin, diese quirlige Texanerin, und die beiden Begleitsoldaten. Fetzen der Gespräche, mit denen sich die Soldaten den ungewöhnlich langen Flug vertrieben hatten.

Und dann der Knall. Der Absturz.

Catherine ging langsam auf das Wrack zu. Der warme Regen fiel in langen Fäden vom Himmel, benetzte ihre Haare, ihre Haut, ihre Kleidung. Auch das Feuer war fast verloschen.

Ein paar Meter vor der Maschine hielt sie inne. Das Dach und die Seitenwände rund um das Cockpit und die Passagierkabine waren verschwunden. Einzig an dem fast intakten Heck mit dem fünfzackigen Stern der Air Force und den Überresten des Rotors ließ sich erkennen, dass es sich dabei einmal um einen Militärhubschrauber gehandelt hatte.

Ein angenehmer Geruch strömte ihr entgegen. Nach Rauch, nach Gegrilltem. Und auf einen Schlag war die Übelkeit wieder da. Sie spürte, wie sich ihr Magen beschwerte, wie sie zu würgen begann, doch sie brauchte Gewissheit.

Sie lugte in das ausgebrannte Wrack hinein, ihr Oberteil bis über die Nase gezogen. Da war etwas, eine Gestalt auf dem Pilotensitz, und zwei weitere dahinter. Alle drei waren angeschnallt, als hätten sie keine Zeit mehr gehabt, um zu reagieren.

Unter einem der Sitze klaffte ein scharfkantiges, längliches Loch im Boden des Helikopters. Catherine versuchte, nicht an die Körper neben ihr zu denken, und auf keinen Fall an die Menschen, die sie einmal gewesen waren. Mit einer fast verzweifelten Kälte begutachtete sie den Riss. Ein Raketentreffer? Dafür war er zu klein. Eine Bombe, eine chinesische vielleicht? Oder doch nur eine Folge des Aufpralls? War der Pilot am Ende wegen des Nebels in den Berg gestürzt?

Alles müßig.

Jetzt zählte, dass sie so rasch wie möglich zurück in die Zivilisation kam. Die Menschen brauchten ihre Expertise. Adam war sicher fähig, aber konnte er an all den Fronten zugleich kämpfen, ohne ihre Hilfe? Und dann war da noch ihr Projekt in Norfolk, das vielleicht entscheidendste Puzzlestück überhaupt. Und Christopher, der in all dem *Luxus* auf sie wartete, nachdem er schließlich kleinlaut ihr Angebot angenommen hatte. Und Clarity. Und ihr Vater. Auch wenn sie es nicht wahrhaben wollten, sie alle brauchten sie.

Zugleich waren diese Gedanken unglaublich anstrengend. Catherines Herz raste, ihr Atem rasselte, ihre Ohren fiepten. Und der Rest von ihr fühlte sich taub an. Was, wenn sie sich hinsetzte, nur für einen Moment?

Nein. Nicht jetzt.

Ein Funkgerät, damit wäre alles gut. Ihre Augen scannten den Boden des Helikopters, die Rucksäcke der Soldaten, das Armaturenbrett vorn im Cockpit. Sie fand gleich mehrere Apparate – jeder einzelne ein stinkender Haufen aus Plastik und Metall.

Catherine trat ein paar Schritte zurück, wagte zum ersten Mal, richtig tief Luft zu holen. Sie sah sich um. Dichter Nebelwald, wohin sie auch schaute.

Sollte sie hier warten, auf Rettung hoffen? Wusste man überhaupt, was mit ihr geschehen war? Würde man nach ihr suchen, trotz Ressourcenknappheit? Wie wahrscheinlich war es, dass man sie fand, auf einem Kontinent fünfmal so groß wie Alaska, und fünfzig Mal dünner besiedelt?

Und was, wenn es ein Angriff gewesen war? Wenn derjenige zurückkam, um zu beenden, was er begonnen hatte?

Sie presste sich beide Hände an die Schläfen, bemüht, den Tinnitus und die Kopfschmerzen zu unterdrücken. Nein, sie konnte hier nicht bleiben. Sie musste einen Weg zurück zu dem bisschen Zivilisation finden.

Doch wenn sie Pech hatte, war der nächste Mensch Hunderte Kilometer von ihr entfernt. Und wenn sie es ungeschickt anstellte, würde sie bloß noch weiter von ihm weglaufen.

Sie eilte noch einmal zum Cockpit, trotz des Gestanks, trotz ihres Magens, der sich sofort wieder umstülpte, und warf einen kurzen Blick auf die Borduhr. Ihre Umrandung war geschmolzen, aber die Zeit ließ sich noch ablesen. Um 14:47 Uhr war sie stehengeblieben.

Catherine versuchte, sich zumindest einen Moment lang zu konzentrieren. Die chinesische Basis befand sich ein paar hundert Kilometer südöstlich der Kontinentmitte, bei etwa 8 Grad Nord, 137 Grad West. Der Helikopter war pünktlich um Viertel vor eins gestartet, und flog, wenn sie die Eigenschaften dieses Typs richtig im Kopf hatte, mit knapp 210 Stundenkilometern. Wenn sie einen schnurgeraden Kurs annahm …

Catherine schloss die Augen, rief sich die Karten ins Gedächtnis, über denen sie so viele Nächte gebrütet hatte. In Gedanken zeichnete sie eine gerade Linie von dem chinesischen Bunker bis zu ihrer Basis im Norden. Mit einem dicken roten X markierte sie den Ort, den der Helikopter nach zwei Stunden erreicht haben müsste.

Sie hatten mit ziemlicher Sicherheit die höchsten Gipfel der Hauptgebirgskette bereits überflogen, mussten sich nun irgendwo knapp nordöstlich des Hauptkamms befinden, etwa dort, wo dieser abflachte, leicht in Richtung Nordwesten abbog und sich nach und nach in die Hügelkette verwandelte, die das Hinterland von Pacifica Base bildete.

Und das bedeutete, dass sie nicht weit von den äußersten Ausläufern der improvisierten Staubpiste entfernt sein konnte, mit der die Army entlang der Hügelkette ihr Revier markiert hatte.

Aber wie weit genau? Das kam darauf an, wie schnell sie wirklich geflogen waren. Zweihundert? Zweihundertzwanzig? Das machte einen Riesenunterschied. Im besten Fall waren es noch zehn, fünfzehn Kilometer nach Nordosten, bis sie auf die Piste stieß. Und im schlechtesten mehr als hundert.

Ein Grund mehr, rasch aufzubrechen. So viel Strecke zurückzulegen, wie sie nur konnte, bevor es dunkel wurde.

Catherine schaute auf ihren engen, knielangen Rock hinab. Man hatte sie genötigt, sich dem »Stellenwert der Verhandlungen«

entsprechend zu kleiden. Und dazu diese Pumps! Schon in dem chinesischen Bunker war das keine gute Kombination gewesen, aber hier draußen im Urwald war sie eine einzige Katastrophe.

Catherine packte mit beiden Händen den Saum ihres Rockes und zog ihn mit einem Ruck auseinander. Mit einem befriedigenden Rrrrt riss der Stoff bis auf Höhe ihres Hüftknochens.

Besser. Endlich konnte sie ihre Beine vernünftig bewegen. Zumal sie hier eh niemand sah.

Blieben die Schuhe. Catherine ging noch einmal zurück zum Helikopter. Bei den beiden Soldaten hatte sie kein Glück, doch die Militärstiefel der Pilotin waren zwar ordentlich angekokelt, aber im Großen und Ganzen intakt. Die unschönere Aufgabe war es, sie von ihren Füßen zu lösen. Catherine murmelte eine Entschuldigung, als sie die Schuhe endlich in ihren Händen hielt. Sie waren etwas zu eng, aber allemal besser als die Pumps.

Sonst fand sie nichts, was noch brauchbar wäre. Also auf in Richtung Nordosten.

Wo auch immer Nordosten lag.

Die Sonne hatte sich noch nicht durch den Nebel gekämpft, und das Moos an den Bäumen war auch nicht hilfreich, weil die Stämme nicht nur auf der windzugewandten Seite, sondern gleich überall mit dem grünen Zeug bedeckt waren.

Der Kompass an Bord? Die Polarisationsfilter in den Visieren der Gewehre, mit denen sie die Sonne auch durch die Wolken hindurch lokalisieren könnte? So stark geschmolzen, dass sie keine Hilfe mehr waren.

Also musste sie sich wieder an der Karte orientieren. Einer Karte, die nur in ihrem Kopf existierte; in einem Kopf, der verzweifelt danach verlangte, bloß nichts denken zu müssen.

Die Hügelkette ging in Richtung Nordosten allmählich in flacheres Land über. Und die Flüsse mussten diesem Gefälle im Wesentlichen folgen. Also würde sie sich an ihnen orientieren.

Sobald sie den ersten fand.

Sie stolperte zurück zu ihrem Sitz. Sie hätte ihn auch ohne die Spur im Boden wiedergefunden: Die beiden dickblättrigen Büsche waren zusammengeschrumpelt – sie wirkten wie verdorrt, regelrecht vertrocknet, dort, wo sich Catherine zwischen ihnen einen Weg gebahnt hatte – und gaben schon vom Wrack aus den Blick darauf frei.

Diesmal orientierte sie sich etwas nach rechts, ging ein paar Schritte in diese Richtung – und stand schon hinter dem ersten großen Strauch direkt an einem Abgrund. Fünf Meter unter ihr stürzte ein Bach zwischen moosbewachsenen Steinen über eine weitere Kante ins Tal. Gischt stieg auf und vermengte sich mit den Nebelschwaden zu einem weiteren grauen Schleier.

Catherines Herz raste vor Schreck. Eigentlich hätte das Rauschen des Baches sie warnen müssen, doch noch immer wurden die Geräusche um Catherine herum von diesem elendigen, tinnitusartigen Fiepen in ihren Ohren übertönt.

Sie atmete tief aus, gab sich etwas Zeit, sich zu sammeln. Ein letztes Mal drehte sie sich um. Sie hatte das Bedürfnis, für die drei im Helikopter irgendetwas zu tun, wusste aber nicht, was. Und so kletterte und rutschte sie schließlich los, langsam einen Fuß hinter den anderen setzend, um ihren Kopf und ihren Bauch nicht zu sehr zu verärgern.

Wenigstens der Tinnitus legte sich, als sie endlich die Talsohle erreichte. Noch einmal wurde das Fiepen in ihren Ohren laut, doch dann verschwand es endgültig – und sie konnte plötzlich wieder hören. Das Rauschen des Wassers, das Rascheln der Blätter im Wind. Diese Geräusche klangen genau so, wie sie klingen sollten, und doch war ihr mulmig zumute. Es klang nicht nach Dschungel. Zu ruhig, zu gleichmäßig, zu leer. Etwas fehlte.

Die Tiere.

Catherine schauderte. In diesem Moment wäre ihr selbst das Fauchen eines Tigers lieber gewesen als diese gespenstische Monotonie.

Sie schluckte die aufwallende Furcht herunter und peitschte sich voran. So, wie es ihr Vater stets getan hatte. So, wie er es auch von ihr erwarten würde. Allmählich kehrte das Gefühl in ihren Körper zurück, aber diese Entwicklung war nicht so positiv, wie sie gehofft hatte. Ihr rechter Knöchel meldete sich heftig zu Wort, ganz zu schweigen von den Dutzenden Prellungen, die sie bisher nicht bemerkt hatte. Vor allem aber begann die linke untere Seite ihres Rückens zu pochen. Ein dumpfes Ziehen erstreckte sich von ihrem Hintern bis zur Schulter und stimmte in die Kakophonie ihrer Schmerzen mit ein, umso mehr, wann immer sie sich mit beiden Armen durch das Unterholz kämpfte.

Sie musste eine Pause einlegen, und sei es nur für eine halbe Minute. In der Nähe eines kleinen Wasserfalls setzte sie sich auf einen glitschigen Felsblock, stöhnend, wieder eine Hand an ihre Schläfe gepresst.

Der Nieselregen hatte aufgehört, und auch die Nebelschwaden zwischen den grünen Farnen und den Baumgiganten hatten sich etwas gelichtet.

Und dann brach die Sonne durch, und die Wolken gaben den Blick auf den Talkessel unter ihr frei. Catherines Blick strich am Rand der Klippen entlang, an die sich U-förmig der Talkessel schmiegte. Von drei Seiten liefen Bäche zusammen, prasselten in dichten Wasserfällen zehn, zwanzig Meter hinab in die Schlucht und vereinigten sich dort zu einem einzigen breiten Fluss. Alles glitzerte in den Sonnenstrahlen: das Wasser, die gischtbenetzten Farne und Sträucher ringsherum, selbst die nassen Felsen hatten einen fast magischen Glanz. Geschützt, idyllisch, beinahe paradiesisch erschien das Tal in diesem Moment.

Einen Augenblick überlegte Catherine, ob sie dem Fluss auf halber Höhe am nordwestlichen Rand folgen sollte, doch die Klippen fraßen sich immer wieder tief in die umliegenden Hügel hinein. Selbst wenn es im Tal sumpfig sein sollte, würde sie dort rascher vorankommen. Und anders als hier oben im Dschungel konnte sie dort auch nicht so leicht die Orientierung verlieren.

Eine halbe Minute Rast, das musste reichen. Sie tauchte ihre Hände ein paarmal in den nächstgelegenen Bach, trank gierig – es nicht zu tun war keine Option – und suchte dann nach einer Stelle, an der sie halbwegs gefahrlos ins Tal absteigen konnte.

Nur ein paar Meter von ihr entfernt ragte der Ausläufer einer Kletterpflanze über den Abgrund, ein knorriges, fast armdickes Gewächs. Catherine zog testweise daran. Es gab ein bisschen nach, schien aber prinzipiell zu halten. Noch ein Versuch, dann stieg Catherine über den Abgrund, beide Hände an dem Gewächs, die Beine an den rutschigen Felsen abgestützt.

Schon nach dem ersten Schritt schrie sie auf. Die Schmerzen in ihrem Rücken hatten sich mit einem Schlag verzehnfacht. Sie merkte, wie ihr schwarz vor Augen wurde, wie ihre Arme zu zittern begannen. Zurück würde sie es nicht mehr schaffen. Also musste sie weiter, schneller runter, die Schmerzen verdrängen, und die anrollende Dunkelheit, um das Tal zu erreichen, ehe sie sich nicht mehr halten konnte.

Sie rutschte, stolperte und kletterte dem Boden entgegen. Unter ihr erschienen Farne und Schachtelhalme, dazwischen Rinnsale und kleine Pfützen. Als das Grün nur noch ein, zwei Meter von ihr entfernt war, verließen sie ihre Kräfte. Sie stürzte hinab, landete mit ihren Knien voraus in knöcheltiefem, braunem Morast.

Derselbe jähe Schmerz durchzuckte ihren Körper, wieder links, wieder auf Höhe der Taille. Catherine fuhr mit ihrer Hand über ihren Rücken. Sie spürte etwas Feuchtes, Klebriges, dort, wo der Schmerz am größten war. Sie zog die Hand sofort zurück. Ihre Finger und der Großteil der Handfläche waren dunkelrot. Catherine starrte auf das Blut an ihrer Hand, mit einem seltsam entrückten Blick, als ginge es hier nicht um sie, als ginge es nur um ein kleines Kuriosum, das es fasziniert zur Kenntnis zu nehmen galt.

Und dann lachte sie.

Die Vorstellung, hier zu sterben, allein und ohne ihre Mission beendet zu haben, war einfach absurd. Und deshalb durfte das auch nicht geschehen. Sie würde es einfach nicht zulassen.

Catherine kämpfte sich auf, trotz ihres pochenden Rückens und ihres pochenden Kopfs, und schleppte sich zu einem nahe gelegenen Busch mit großen, faserigen Blättern. Sie rupfte einige davon ab und verteilte dann eine dicke Schicht davon auf der Wunde, so viele, dass der Bund ihres Rockes die Blätter fest auf ihren Rücken pressen würde.

Über Verunreinigungen der Wunde konnte sie sich Sorgen machen, sobald die Blutung gestoppt war.

Dann lief sie wieder los, immer tiefer ins Tal hinab, dem linken Ufer des Flusses in ein paar Metern Abstand folgend, dort, wo die Hänge steiler und das Unterholz dünner wurden, mit langen, gleichmäßigen Schritten, gerade so schnell, dass ihr Körper nicht auf die Idee kam, sich aufzugeben, und gerade so langsam, dass sie nicht umzukippen drohte.

Ein endloser Mix von Grün, Braun, Blau und Grau zog an ihr vorbei; Farne, Bäume, Sträucher, Gräser, sogar die Felsen, das Wasser, der nebelverhangene Himmel, alles begann vor ihren Augen miteinander zu verschmelzen und ineinanderzufließen, sich mit der dampfigen, warmen Luft zu vereinen. Catherine versuchte, sich auf den Boden vor ihren Füßen zu konzentrieren, auf ihre eigenen Füße, doch selbst das fiel ihr zunehmend schwerer. Ihr schien es, als würde sich der Boden unter ihr bewegen, als würde er aus winzigen Legosteinen bestehen, die stetig neu angeordnet würden, oder aus einem zähflüssigen, glitzernden Sand, der langsam um die eigene Achse rotierte. Die Eindrücke wurden von Minute zu Minute beunruhigender. Irgendwann war ihr, als hätte der Boden unter ihr ein Bewusstsein, als würden sie Abermilliarden winzigster Augen beobachten. Ihre Empfindungen spielten verrückt, ein Durcheinander, dessen Ursache sie nicht verstand. Gefühle der Hoffnung und überbordenden Glücks schossen durch ihren Körper, dicht gefolgt von Enttäuschung, von Angst und Schmerz. Und von Vertrautheit. Instinktiv kam ihr all das hier seltsam bekannt war, wie eine tief verschüttete Erinnerung, an die sie partout nicht herankam. Als würden Stimmen mit ihr reden, ruhig und langsam, aber nicht zu verstehen. Und doch konnte nichts davon real sein, denn die Stimmen, die Bilder, die Emotionen, all das kam von überall und nirgends zugleich.

Nicht hinhören. Nur nach vorn sehen. Linker Fuß, rechter Fuß. Linker Fuß, rechter Fuß.

Einzig ihre Schritte zählten, sonst nichts. Und tatsächlich, ganz allmählich schien es zu funktionieren. Es schien, als würden die Visionen nachlassen, als würde ihr Körper einsehen, dass sie ihm einfach nicht erlaubte, zusammenzubrechen, ganz egal, wie lange dieser Kampf dauern mochte.

Es funktionierte so lange, bis das Gefälle flacher wurde und das Tal sich öffnete. Bis sie weit zu ihrer Linken, auf einer offenen Grasfläche, plötzlich einen Menschen sah. Einen Mann, einen amerikanischen Soldaten in einer dreckigen Army-Uniform. Sie wusste, wie unwahrscheinlich es war, hier Menschen anzutreffen. Und sie wusste auch, dass kein amerikanischer Soldat so tief ins Landesinnere beordert worden war. Und doch war ihr augenblicklich klar, dass dieser Mann real war.

Sie wollte schreien, ihm entgegenrennen, doch ihr Körper gestattete ihr weder das eine noch das andere. Nicht, weil er nicht konnte, sondern weil er sie instinktiv warnte. Vor *ihm*.

Der Mann sah in ihre Richtung. Sie spürte seinen Blick auf sich ruhen, sah seine durchdringenden Augen, auf denen ein merkwürdiger, gräulicher Film lag.

Wie, bitte schön, wollte sie das wissen, auf diese Entfernung?

Der Mann war jung, ein Farbiger mit ungewöhnlich heller Haut. Sie spürte ihn, seine Brillanz, sein Charisma, spürte *in ihm* denselben Gefühlsmix, der eben auch sie übermannt hatte.

Doch wie zur Hölle kam sie darauf?

Und sie spürte, dass er sie bemerkt hatte. Doch er wandte sich wieder von ihr ab, wie ein Jäger von einem Beutetier, das ihm die Mühe nicht wert schien.

Sie wollte ihm folgen, aber er marschierte bereits davon, in Richtung Nordosten, in Richtung Zivilisation. Als Catherine die Wiese erreichte, war er verschwunden.

Und nach und nach erschien ihr die Erinnerung an ihn wie die Erinnerung an einen Traum, und sie begann immer mehr daran zu zweifeln, dass diese Begegnung wirklich stattgefunden hatte.

Ein vernehmliches Knistern an ihrer Seite ließ sie innehalten. Das Knistern kam von ihr, von der Auflage auf ihrem Rücken. Sie zog ihren Rock bis auf ihren Hüftknochen hinab, griff nach den Blättern, mit denen sie ihre Wunde abgedeckt hatte – und brachte nichts als braune Krümel zum Vorschein, völlig vertrocknetes Laub, das sofort zerfiel.

Catherine sah voller Wut auf die toten Blattreste in ihren Händen. Ihr Gehirn war in keiner Verfassung, auch nur ansatzweise zu verstehen, was hier gerade vor sich ging.

Die Folgen hingegen waren ihr klar. Ihr Verband hatte sich aufgelöst – und ihre Wunde suppte munter vor sich hin.

Catherine schleuderte die Krümel auf den Boden. Dann eben ohne Wundauflage. Sie zog ihr Jackett aus und band es sich um die Taille, so eng, dass sie beim Zuziehen vor Schmerzen nach Luft japste. Sie musste sich weiterkämpfen, solange sie noch Kraft besaß. Darauf hoffen, dass sie bald die Piste erreichte, in ein paar Stunden vielleicht schon …

Linker Fuß, rechter Fuß!

Und so ging es voran, langsam, aber gleichmäßig, tiefer ins Tal, hinab in die Hitze. Die letzten Nebelreste verschwanden, die Sonne brach endgültig durch, auch wenn sie nur noch zwei, drei Handbreit über dem Horizont stand.

Linker Fuß, rechter …?

Catherines Kopf schrillte, als hätte sie in ihrem Gehirn einen Rauchmelder, der nicht abzuschalten war und jeden noch so simplen Gedanken, jeden Schritt zur Qual machte.

Links …

Ein Hund bellte. Catherine nahm es einfach hin. Noch einmal. Diesmal war das Bellen näher. Darauf eine Stimme, irgendwo im Gebüsch. Worte in einer fremden Sprache, vage vertraut und unverständlich zugleich.

Catherine wusste nicht, ob sie sich das nur einbildete. Sie konnte die Welt da draußen und die in ihrem Kopf nicht mehr voneinander unterscheiden. Und schlimmer noch, es war ihr auch zusehends egal.

Vor ihr raschelte es im Gestrüpp, doch das Rascheln musste ohne sie ablaufen. Catherine merkte, wie sich ihre Augen schlossen, wie ihre Füße unter ihr wegklappten, sie auf die Knie sank und dann langsam nach vorn kippte, dem sandigen Flussufer entgegen. Gemütlich würde er sein, der Sand, und warm, sie aufnehmen und umhüllen, und ihr dieses Gefühl nehmen, an dem sich der letzte Teil von ihr noch festklammerte, ein Gefühl ohnmächtiger Frustration …

Als Catherine zum ersten Mal wieder einen bewussten Gedanken fasste, war das Plätschern des Flusses verschwunden. Sie versuchte, die Augen zu öffnen, auch nur einen Muskel zu bewegen, aber je mehr sie kämpfte, umso rascher sackte sie wieder in die Bewusstlosigkeit zurück. Ein paarmal brach sie aus ihrem Halbschlaf, und ein paarmal wurde sie wieder in die Dunkelheit zurückgezogen, ehe sie schließlich die Kraft fand, ihre Augen zu öffnen.

Das Blätterdach war verschwunden, an seine Stelle war ein löchriger Bretterverschlag getreten, durch den ein paar Sonnenstrahlen in die staubige Luft brannten. Ein Schuppen. Nicht mehr als ein paar Bretter und eine stark fusselnde Decke trennten sie von dem Lehmboden unter ihr. Sie tastete an ihrer Seite hinab. Ihr Jackett fehlte, ansonsten war sie noch bekleidet. Mit ihrer Wunde war irgendetwas gemacht worden. Die Schmerzen waren schwächer, und auch ihr Kopf wollte nicht mehr jeden Moment explodieren.

Das musste genügen. Catherine richtete sich auf. Sofort war der Schwindel wieder da, und der Durst. Sie sackte unter einem dumpfen Schlag wieder zurück auf ihre Pritsche.

Schritte.

Catherines Blicke durchsuchten den Raum nach etwas, das sie unter ihrer Decke verstecken und notfalls als Waffe zweckentfremden konnte. Ein paar Töpfe. Werkzeug. Eine Handvoll Konserven. Und nichts davon war in Reichweite.

Die Tür – vier senkrechte Bretter – schwang quietschend auf. Ein Mann kam in den Schuppen, und mit ihm grelles Tageslicht. Catherine brauchte ein paar Sekunden, bevor sie mehr als nur einen Schemen von ihm erkannte. Schließlich fing sie an, ihn zu mustern. Sie schätzte ihn auf fünfzig, höchstens sechzig, obwohl sein breites Gesicht von zahllosen Falten durchzogen war. Ein paar wilde, schlohweiße Haare ragten hier und dort aus seinem Skalp. Wäre da nicht die bronzefarbene, fast goldene Haut gewesen – seine Haare, seine Falten und seine kleine, gedrungene Statur hätten ihm eine Yoda-gleiche Aura verliehen.

Er schaute sie belustigt an. Catherine war nicht sicher, ob dieser Blick ein gutes Zeichen war oder ein ganz schlechtes. Er sprach ein paar Worte zu ihr in einer Sprache, die ihr vage vertraut vorkam, stellte eine dreckige PET-Flasche voll nicht minder dreckigen Wassers neben ihre Pritsche und verließ den Schuppen wieder.

Noch mehrfach schaute er in den folgenden Stunden nach ihr, aber erst beim fünften oder sechsten Besuch schaffte es Catherine, alle ihre Kraft zusammenzunehmen und ein paar Silben zu artikulieren.

»Catherine«, krächzte sie, und zeigte dabei mit einem schwachen Finger auf ihre eigene Brust. Dann deutete sie auf ihn. »Du …?«

Der Mann schien sofort zu verstehen. Er deutete mit dem Kopf eine leichte Verbeugung an. »Chimaltitlan Témoc.«

»Chimaltitlan?«

Er verzog den Mund. »Meine ausländischen Freunde nennen mich Jim.«

Catherine musste plötzlich husten. Sein Akzent klang fast … britisch.

»Du … du sprichst Englisch?«

»Das will ich ja wohl hoffen!« Er lachte. »Ich habe schließlich lange genug in Edinburgh gelebt.«

Catherine hustete noch einmal, heftiger als zuvor. Sie bekam auf einmal kaum noch Luft. »Was …«

»Was ein Nahua-Azteke im kalten Schottland macht?«

Catherine biss die Zähne zusammen und schüttelte den Kopf. Sie brachte keinen Ton mehr aus ihrer Kehle. Sie deutete mit den Augen nach unten, auf den Boden.

»Ach so, Wasser!« Er ging neben ihr in die Hocke, griff nach der Flasche, drehte den Deckel ab und hob sie an Catherines Lippen. »Sorry.«

Die Hälfte ging daneben, floss ihr über das Kinn. Catherine kämpfte mit sich, zwang sich, die aufkeimende Wut über ihre eigene Hilflosigkeit zusammen mit dem Rest des sandigen Wassers hinunterzuschlucken und die demütigende Situation noch ein bisschen länger zu ertragen.

Sie musste sich so rasch wie möglich erholen, um weiterzukommen. Das war alles, was zählte.

Langsam beruhigte sich ihr Atem wieder. Ihr Gastgeber blieb geduldig neben ihr in der Hocke.

Catherine schloss für einen Moment die Augen, konzentrierte sich darauf, ihre Zunge unter Kontrolle zu bekommen.

»Ich brauche ein Funkgerät«, sagte sie schließlich.

Der Mann lachte bloß. »Glaubst du, ich habe in meiner Hütte eines liegen?«

Er *wohnte* in diesem Schuppen?

Der Mann lachte wieder. »In der ganzen Region leben vielleicht fünfzig Kolonisten. Die Hälfte ist mit demselben Trawler hierhergekommen – und glaube mir, so etwas wie ein Funkgerät hat keiner von uns mit in die Neue Welt gebracht.«

»Dann muss … muss ich zurück. An die Arbeit …«

Er musterte sie von Kopf bis Fuß. »Und du meinst, dass gerade deine Arbeit hier unersetzlich ist?«

Catherine ließ ihre Augen aufblitzen, doch der Mann schüttelte nur leicht den Kopf. »Du hast eine Gehirnerschütterung, und du hast viel Blut verloren. Ich glaube nicht, dass du so rasch irgendwohin gehst.«

Catherine runzelte die Stirn, bis das Kopfweh sie daran hinderte. »Ist das eine Drohung?«

»Nur eine Tatsache. Du bist mein Gast.«

Sie musterte ihn. »Bis ich wieder fit bin.«

»Bis du wieder fit bist.«

Sie hustete. Er reichte ihr noch einmal das Wasser.

»Danke«, sagte Catherine dann, so schwer ihr das auch fiel.

»Bedank dich lieber bei Cuauh.« Er sah ihren fragenden Blick. »Meinem Hund. Er hat dich gefunden. Und wegen ihm war ich überhaupt draußen, weil er angeschlagen hatte.«

Der andere, auf der Wiese. Sie hatte ihn sich also nicht eingebildet. Oder?

»Und wo ist … Cuauh jetzt?« Nicht, dass das Tier nur vor der Tür auf sie wartete.

»Auf der Jagd.«

Selbst ihre Augenbrauen zusammenzuziehen kostete Kraft. »Hier gibt es keine Tiere.«

Der Mann schmunzelte, was seine Falten glatt doppelt so tief wirken ließ. »Vielleicht hat man nur noch keine gefunden. Aber vielleicht hast du auch recht. Vielleicht ist das alles Teil der neuen Harmonie. Das man nicht mehr jagt, nicht mehr tötet.«

»Welche Harmonie?« Die Kopfschmerzen kamen immer stärker zurück. »Wovon … wovon redest du?«

»Von unseren Rettern natürlich.«

Catherine rollte mit den Augen, auch wenn selbst das eine ganze Menge Willen kostete. Ein Spinner. Das hatte ihr gerade noch gefehlt. Aber wer war sonst auch hier, außer Militärs und Spinnern?

Er fuhr sich mit einer Hand durch seine schlohweißen Haarbüschel. »Du weißt noch nichts von der Verschwörung?«

Ein kaltes Lächeln zuckte über ihre Lippen. »Ich weiß mehr davon, als du denkst«, flüsterte sie, gerade so leise, dass er nichts davon mitbekam.

Vielleicht hätte sie es doch lauter sagen sollen. Denn nun war der Mann nicht mehr davon abzubringen, ihr jedes Detail seiner Theorie nahezubringen.

»Anti-Tachyonen hat man gemessen, überlichtschnelle Teilchen.« Er schnippte, sein Kopf sauste von rechts nach links. »So schnell! Aber natürlich haben die Mächtigen diese Informationen unterdrückt.«

»Natürlich«, sagte Catherine, und wusste doch selbst nicht mehr, ob sie das wirklich ironisch meinte.

»Und weißt du, was Anti-Tachyonen bedeuten?«

Catherine schüttelte nicht einmal mehr den Kopf.

»Sie bedeuten, dass irgendwas durch die Zeit gereist ist!« Er strahlte regelrecht. »Das kannst du überall im Internet nachlesen. Also, nicht hier natürlich.« Er rückte etwas näher zu ihr. Er roch streng, als hätte er sich seit Tagen nicht gewaschen. »Nun? Wird es dir so langsam klar?«

Catherine schloss die Augen und wünschte, sie könnte dies auch mit ihrer Nase tun.

»Pacifica ist ein Rettungsanker, aus der Zukunft zu uns geschickt! Eine zweite Chance, es noch einmal richtig zu machen, aber diesmal im Einklang mit Mutter Natur. Deswegen steht der Kontinent auch unter ihrem ganz besonderen Schutz.«

Catherine versuchte, nicht daran zu denken, wie viel kostbare Zeit sie verlor, während sie hier den Tiraden dieses Mannes ausgeliefert war.

Seine Stimme wurde leiser, der Geruch erträglicher. Offenbar hatte er sich etwas zurückgelehnt. »Faszinierend, nicht wahr? Und die Wand ist auch nichts Böses. Sie stellt nur die alte Erde wieder her, so wie sie vor den Menschen aussah.«

Plötzlich flüsterte er. Als ob er vermutete, dass man sie hier belauschte. »Sie wollten mich sogar zu einem der ihren machen, die Stimmen oben in den Bergen. Aber ich habe abgelehnt. Ich will kein Prophet sein. Ich will hier nur in Ruhe ein einfaches Leben leben.«

Okay, das reichte jetzt wirklich. Catherine drehte den Kopf von ihm fort, bekämpfte ihre Müdigkeit nicht länger. Je schneller sie sich erholte, umso rascher würde sie wieder an ihrem Schreibtisch sitzen. Und wenn Jim trotzdem weiter erzählen wollte, dann sollte er nur …

Am nächsten Morgen – sie hoffte zumindest, dass es bloß der nächste Morgen war – fühlte sie sich viel besser. Sie war hungrig, auf eine merkwürdige Art, ohne dass ihr Magen knurrte, und ein Teil der Kraft in ihrem Körper war zurück.

Sie setzte sich auf, langsam. Der Schwindel war noch da. Dann stemmte sie sich in die Horizontale und ging mit wackeligen Schritten auf die Tür zu.

Es war noch früh. Der Boden unter ihren nackten Füßen fühlte sich kühl an und feucht. Auf dem Gras hatte sich Tau gebildet. Ringsherum erstreckte sich der Dschungel, ohne Moose, ohne Farne, mit sehr viel dichterer Vegetation, als sie es im Bergwald erlebt hatte, voller Palmen und dickblättriger Sträucher. Doch direkt vor ihr hatte jemand eine Lichtung in den Wald geschlagen, vielleicht fünfzig mal fünfzig Meter groß. Fast die gesamte Fläche war in einen Acker umgewandelt, auf dem kleine Pflänzchen in zahllosen parallelen Reihen in die Höhe schossen. Mais. Nichts als Mais. Zwanzig, dreißig Zentimeter Höhe hatten manche der Pflanzen bereits erreicht, mehr, als das Pflanzenversuchslabor in Pacifica Base je geschafft hatte.

Catherine machte ein paar unsichere Schritte nach vorn, bemüht, auf keines der Pflänzchen zu treten. Zu ihrer Linken kniete Jim neben einem Stück frisch umgepflügten Bodens, dort, wo die Lichtung in den Dschungel überging.

Catherine stakste auf ihn zu, ohne den Blick von dem abzuwenden, was er gerade tat. Einzeln und in Abständen von etwa einem Fuß setzte der Mann Körner in die Erde. Er ging dabei so langsam vor, dass Catherine den Eindruck hatte, er sei vielleicht betrunken. Aber der Wahnsinn hatte Methode. Nach jedem zweiten Maiskorn hielt er inne und legte seine Hände flach auf die Erde, dort wo er die beiden Körner gepflanzt hatte. Eine halbe Minute ging das so, ehe er sich den nächsten beiden Körnern zuwandte.

»Was tust du da?«

Er schaute über seine Schulter zu Catherine. Er lächelte, auf eine Art, die so unschuldig wirkte, dass sie ihr einen Schauer über den Rücken laufen ließ. »Ich schenke Leben.«

»Indem du die Erde berührst?«

»Und indem ich Geduld habe. Warte, wie sich das Leben von meinen Händen ausbreitet.« Seine Augen leuchteten. »Ich sage dir doch, die alten Regeln gelten hier nicht.«

Catherine holte tief Luft. »Bitte, das ist zu wichtig, um ein Spiel draus zu machen. Wie hast du es geschafft, dass die Pflanzen da hinten so gut angewachsen sind? Hast du Dünger verwendet? Welchen?«

Der Mann schüttelte leicht den Kopf, doch für einen Moment blitzte so etwas wie Zorn in seinem Blick auf. »Das hier ist kein Spiel. Auch wenn das ein Mädchen wie du vielleicht nicht versteht.«

»Warum sollte mein Geschlecht irgendetwas damit zu tun haben?«

»Nicht dein Geschlecht.« Er musterte sie von Kopf bis Fuß. »Dein … beruflicher Hintergrund.« Er lächelte. »Deine ›unersetzliche Arbeit‹.«

Catherine schaute unwillkürlich an sich herab. Die enge Bluse, unter der ihr BH hervorblitzte, der kurze Rock mit dem langen Schlitz an der Seite …

Sie sah ihn völlig entgeistert an. »Du denkst allen Ernstes, ich wäre eine Prostituierte?«

»Bist du etwa keine?«

»Nein!«

Jim zuckte mit den Schultern, dann wandte er sich wieder seinen Pflanzungen zu. »Nun gut, dann eben nicht. War bloß naheliegend.«

Noch näher konnten Catherines Augenbrauen einander nicht kommen. »Warum sollte das naheliegend sein?«

»Sagen wir so … in den paar Siedlungen, mit denen ich bisher Kontakt hatte, gibt es – wenn überhaupt – genau zwei Typen von Frauen. Die, die anpacken. Und die, die sich anpacken lassen. Und die aus der zweiten Gruppe sehen in etwa so aus wie du. Die anderen nicht.«

»Gut. Dann stellen wir unsere Beziehung ab jetzt auf eine andere Grundlage.« Catherines Stimme gewann an Schärfe und an Lautstärke. »Mein Name ist Doktor Catherine Strive. Ich arbeite unter anderem daran, die langfristige Nahrungsversorgung auf diesem Kontinent sicherzustellen. Bisher haben wir ernste Schwierigkeiten, die richtigen Dünger für die Böden hier zu finden. Und wir können nicht so einfach mal Zehntausende Tankerladungen guten Mutterbodens hier herüberschippern. Wenn ich dich nach deinen landwirtschaftlichen Praktiken frage, dann hat das sehr, sehr triftige Gründe. Also bitte, antworte mir. Du könntest damit Abertausenden Menschen das Leben retten.«

Falls ihn das beeindruckt hatte, ließ er es sich nicht anmerken. Stattdessen konzentrierte er sich darauf, die nächsten beiden Maiskörner unter die Erde zu bringen. »Du willst die Wahrheit?« Er legte seine Hände auf die beiden Pflanzstellen. »Das hier ist die Wahrheit. Das hier ist alles, was ich jemals gemacht habe. Um den Rest kümmern sich der Regen und die Sonne.«

Catherine ging um ihn herum und kniete sich neben ihn auf den Boden, direkt vor die letzte Pflanzreihe, einen halben Meter vom Waldrand entfernt. Er schaute zu ihr, schmunzelte. Catherine musterte ihn, doch je länger sie das tat, umso sicherer wurde sie: Er glaubte das alles tatsächlich.

»Nicht einmal importierte Erde?«, fragte sie.

Er musterte den Boden vor sich. »Nichts davon. Nur die Kraft des Lebens.«

Catherine sah auf seine Hände. Schmale Finger, wenig Hornhaut. Die Kraft des Lebens.

Und plötzlich verstand sie.

Er hatte etwas ganz anderes importiert als Dünger oder Erde. Etwas weitaus Wichtigeres, etwas, das es hier vorher nicht gab.

Sie packte ihn an der Schulter, zwang ihn, ihr in die Augen zu sehen. »Wie hast du die Lichtung in den Wald geschlagen? In deiner Hütte liegt nicht einmal eine Axt.«

Das Schmunzeln wurde breiter.

Catherine hatte Mühe, ihre Stimme unter Kontrolle zu halten. »Wie hast du die Lichtung in den Wald geschlagen?«

Der Mann zuckte nur mit den Schultern. »Das ist Teil eines Lebens im Einklang mit Gaia. Ich kann den Pflanzen sagen, dass ihre Zeit gekommen ist, Platz für neues Leben zu schaffen. Ich habe die Macht, und ich habe die Verantwortung. Aber ja: Ich kann Leben geben, und ich kann Leben nehmen.«

»Durch bloße Berührung, nicht wahr?« Catherines Stimme klang sogar in ihren eigenen Ohren scharf, drängend. Sie rutschte auf Knien über die Pflanzreihe hinweg zum Waldrand, scherte sich nicht um die Erde, die sich an den Resten ihres Rocks verfing und legte beide Hände um den grünen Hauptstengel eines kniehohen Strauchs.

»Einfach nur so …?«

Er hielt sie nicht auf, beobachtete sie nur.

Nichts geschah. Eine halbe Minute kniete sie vor der Pflanze, ehe sie schließlich losließ. Noch immer keine Reaktion. Aber Catherine zwang sich, geduldig zu bleiben, zu warten und ganz genau hinzuschauen.

Und dann verfärbte sich der Stengel, genau dort, wo sie ihn berührt hatte. Bräunlich, gräulich fast. Die Verfärbung wanderte an der Pflanze entlang, nach oben und nach unten zugleich, langsam, aber doch erkennbar, vielleicht ein paar Zentimeter in der Minute. Die Blätter begannen sich zusammenzurollen, zu verschrumpeln, ehe sich schließlich die gesamte Pflanze zu einem braunen Knäuel zusammenzog.

Catherine sah zu Jim, eine Mischung aus Triumph und Schock in ihrem Blick.

Jim neigte seinen Kopf ein wenig und lächelte, auf eine Art, die er wohl als gütig empfand. »Schön zu sehen, dass auch du die Gabe angenommen hast.«

Sie sprang auf, ging auf ihn zu, den Finger direkt auf seine Brust gerichtet. »Das ist keine Gabe! Verstehst du nicht, was hier passiert? Unsere Haut ist voller Mikroben! Alles aus der alten Welt ist voller Mikroben! Und offenbar ist es genau das, was den von uns eingeführten Pflanzen hier fehlt: Mikroorganismen. Wir segnen die Erde nicht, wir *verseuchen* sie bloß, damit unsere Pflanzen besser darauf wachsen können – und schleppen so Krankheiten ein, gegen die die lokale Flora keine Chance hat!«

Er zuckte mit den Schultern. Glaubte er ihr nicht, oder war es ihm schlicht egal?

»Gerade du solltest das verstehen, mit deiner Herkunft! Woran sind deine aztekischen Vorfahren gestorben, als die Spanier mit ihnen durch waren? Masern? Pocken? Sie waren darauf schlicht nicht vorbereitet. So wie der Kontinent hier auf uns.«

»Was willst du mir sagen? Dass die Menschen auf diesem Kontinent drauf und dran sind, einen Genozid an der einheimischen Pflanzenwelt zu bewirken? Und was dann? Willst du den jetzt stoppen?«

Sie schluckte. Doch zugleich zog sich ein schwaches Lächeln über ihr Gesicht.

»Ganz im Gegenteil. Ich will ihn fördern.«

Stille.

Es wirkte, als sackte der Mann etwas in sich zusammen. »Aber ... die Balance?«

Catherine rollte mit den Augen. Das Gespräch hatte den Zenit seiner Nützlichkeit überschritten. Und jede Minute zählte.

»Wie weit ist es bis zur Staubpiste der Amerikaner?«, fragte sie.

»Du bist noch längst nicht wieder ...«

»Dann beiße ich eben die Zähne zusammen.«

»Aber ...«

»Wie weit?«

»Vielleicht zwanzig oder dreißig Kilometer«, sagte er. »Immer flussabwärts.«

»Den Teil kenn ich. Danke.«

Und dann ging sie einfach los. Bevor er sich aus seinem Schock schälte. Bevor er sie am Ende mit Gewalt daran hinderte.

Sie war noch nicht weit gekommen – zur Hütte, um ihre Schuhe aufzusammeln –, als er ihr hinterher rief: »Bist du wirklich in solch einer Machtposition, wie du behauptest?«

»Ja«, rief sie, ohne ihren Schritt zu verlangsamen.

»Dann bitte ich dich, versprich mir, dass du sie verantwortungsvoll einsetzt! Wir dürfen hier nicht dieselben Fehler machen wie früher. Pacifica ist ein Geschenk, das wir nicht leichtfertig wegwerfen dürfen!«

Noch zwanzig Meter, und sie hätte den Rand des Dschungels erreicht. »Ich werde tun, was zum Überleben nötig ist. Nicht mehr und nicht weniger.«

Stille.

Dann ertönte seine Stimme von neuem. »Sie kann sich wehren, Mutter Natur, das weißt du? Du hast noch nicht gesehen, wozu sie fähig ist! Du hast noch gar nichts gesehen!«

Catherine ignorierte ihn, so lange, bis sie in das Dickicht des Dschungels eintauchte. Jims Stimme verhallte, wurde ersetzt durch das leise Rascheln der Blätter im Wind und das Rauschen des Flusses zu ihrer Rechten.

Das Unterholz war dicht. Wenn sie die Piste bis zur Abenddämmerung erreichen wollte, musste sie sich beeilen, den Hunger ignorieren, die Schmerzen und vor allem die Schwäche, die in all ihren Gliedern steckte.

Spätestens nach einer Viertelstunde war sie überzeugt, dass ihr verfrühter Aufbruch ein Fehler gewesen war. Jeder größere Stein, jedes Stückchen Wiese wirkte wie eine Einladung, sich endlich auszuruhen. Nach einer halben Stunde war sie nahe dran, eine der Einladungen anzunehmen. Doch dann ging es plötzlich besser, als hätte ihr Körper wieder in eine Art Notfallmodus gefunden, als hätte er akzeptiert, dass er einfach nicht darum herumkam, einen Fuß vor den anderen zu setzen, ganz gleich, wie viel er murrte.

Und ganz allmählich änderte sich auch die Umgebung. Die großblättrigen, hüft- bis kopfhohen Sträucher, die den Dschungel bisher so anstrengend gemacht hatten, schrumpften und verschwanden schließlich ganz; sattgrüne Gräser und einzelne kleine Büsche traten an ihre Stelle. Auch die Kronen über ihr lichteten sich. Die Bäume standen nun weiter auseinander, akazienartige Gewächse traten an die Stelle der Palmen und Edelhölzer. Immer mehr Sonnenlicht brannte auf sie herab, während Catherine schließlich mehr über Savannenwiesen als durch einen Wald wanderte, nur den blauen Himmel mit ein paar einzelnen Quellwolken über ihrem Kopf. Das Land wurde flacher, die Hügel links und rechts von ihr zogen sich nach und nach zurück.

Zu ihrer Linken erschien ein letztes Tal. Catherine ahnte bereits, was das bedeutete, und ein paar hundert Meter weiter hatte sie Gewissheit: Das Tal beherbergte einen von Sedimenten braun gefärbten Fluss, fast so breit wie der, dem sie bisher folgte, und eindeutig zu tief, um einfach so hindurchzuwaten, wie sie es bei all den Bächen getan hatte.

Für einen Augenblick spielte sie mit dem Gedanken, ein Stückchen flussaufwärts zu gehen und zu schauen, ob der Fluss dort flacher, weil schneller wäre, entschied sich aber dagegen. Keine Zeit.

Und so sprang sie einfach hinein. Im ersten Moment bot das Wasser eine willkommene Erfrischung inmitten der Nachmittagshitze, doch dann bemerkte Catherine, wie stark die Strömung ausfiel und wie tief der Fluss tatsächlich war. Und plötzlich kämpfte sie darum, nicht weggerissen zu werden. Sie mobilisierte alle ihre Kräfte, spürte, wie ein stechender Schmerz durch ihren Rücken zog, als sie mit ihren Armen durch das Wasser pflügte. Nur ein paar Meter vor der Stelle, wo sich beide Flüsse zu einem reißenden Strom vereinten, schaffte sie es Wasser spuckend ans andere Ufer.

Sie schleppte sich weiter, mit quakenden Stiefeln und triefend nassen Klamotten. Keine Pause, auch wenn der Spaß einen guten Teil ihrer Kraftreserven aufgebraucht hatte, auch wenn sich ihre Wunde so anfühlte, als hätte ihr das ganz und gar nicht gutgetan.

Das einzige Zugeständnis an ihren Körper bestand darin, dass sie sich nun weiter links hielt, auf dem Hochufer, dort, wo ein langgezogenes Wäldchen mit dem Versprechen auf etwas Schatten lockte. Doch sie hatte kaum die ersten paar Baumreihen hinter sich gebracht, als vor ihr inmitten all des Grüns eine Gruppe von drei braunen Sträuchern erschien. Verdorrt, verschrumpelt, tot. Selbst die großen Blütendolden waren kaum mehr als solche zu erkennen.

Also waren andere Menschen in der Nähe. Leute wie Jim? Oder war sie näher an der Staubpiste, als sie dachte?

Sie ging weiter, wenn auch vorsichtiger als bisher.

Und stoppte abrupt.

Irgendetwas hatte ihre Aufmerksamkeit erweckt. Ein Glitzern und Glimmern in ihren Augenwinkeln. Sie riss den Kopf herum.

Ihr Körper versteifte sich.

Das Glitzern ging vom Boden rund um den hintersten der drei toten Büsche aus, ganz eindeutig. Es ergriff seinen Stamm und wanderte an ihm hinauf, in Sekundenschnelle, von unten bis in die höchsten Astspitzen, wie eine Welle aus Millionen winzigster Lamettafäden.

Dann wurde das Glitzern rasch wieder schwächer, erst in der Krone, schließlich auch weiter unten, als zöge es sich wieder in den Boden zurück. Und zurück blieb ... nichts als Grün. Das tote Gestrüpp war verschwunden. An seiner Stelle stand dort bloß ein gewöhnlicher, sattgrüner Busch, mit ausladenden, dicken Blättern und Dolden von reinweißen Blüten. Als hätte jemand das Rad der Zeit zurückgedreht. Als hätte etwas den Busch ... repariert.

Catherine starrte ungläubig auf all das frische Grün vor ihr, nicht in der Lage, den Blick auch nur einen Moment abzuwenden. Das Herz schlug ihr bis zum Hals.

War es das, wovon Jim am Ende gesprochen hatte?

Sie strich über die Blätter. Sie fühlten sich normal an. *Real.*

Aber das Glitzern war noch nicht verschwunden. Es war nur diffuser geworden, hatte sich verteilt. Es steckte im Boden, und auch *über* ihm, in der Luft. Wie ein Schwarm aus mikroskopischen Glühwürmchen, der kurz innehielt, Catherine in respektvollem Abstand umrundete und dann mit abenteuerlicher Geschwindigkeit direkt auf den zweiten toten Strauch zuhielt.

Diesmal reagierte Catherine sofort, rannte darauf zu – und das Glitzern zog sich schlagartig in die Erde zurück. Der Busch blieb tot, und auch als Catherine ein paar Schritte zurückging, änderte sich nichts an dem Zustand. Dennoch, das Glitzern war real gewesen. Definitiv keine Halluzination.

Sie sah sich um, versuchte, markante Hügel und Baumgruppen zu identifizieren, ihre Entfernung zum Zusammenfluss der beiden Ströme zu schätzen. Sie musste diesen Ort später unbedingt wiederfinden. Hierher zurückkommen, mit wissenschaftlichen Instrumenten, mit einem Labor und einem richtigen Team.

Sie riss sich los und ging weiter, mit rasenden Gedanken, die doch keine Erklärung fanden. Immer wieder warf sie einen Blick über ihre Schulter, aber das Glitzern kehrte nicht zurück.

Stattdessen erregte bald ein Farbklecks schräg vor ihr ihre Aufmerksamkeit. Sie machte noch ein paar Schritte darauf zu – und erstarrte. In einer kleinen Senke, einer noch unbepflanzten Rodung nur ein paar hundert Meter von ihr entfernt, stand eine Reihe von Blockhütten. Und hinter ihnen parkten wie selbstverständlich zwei uralt wirkende, aber knallbunt angemalte Helikopter. Ein halbes Dutzend Menschen trugen große Mengen Material vom Landeplatz zu den Hütten. Nahrung, Werkzeuge, Waffen. Mitten zwischen ihnen wehte eine kleine Fahne: grün-weiß-rot gestreift, mit einem roten Emblem in der Mitte, das sie vage an eine Eule erinnerte. Die Flagge des Irans.

Catherines Augen weiteten sich. Sie machte sofort kehrt, zurück in Richtung Fluss, so schnell ihre Beine sie trugen, eine Mischung aus Gehen und Joggen, quer durch das Wäldchen und schließlich an den drei Büschen vorbei.

Drei Büsche, die nun allesamt in voller Blüte standen.

Für ein, zwei Sekunden nur schaute Catherine zur Seite. Doch das reichte. Als sie das nächste Mal geradeaus blickte, stand vor ihr ein Mann. Jung, sehr jung, mit schwarzem Vollbart und dunklem Teint. Und einer Pistole in der Hand.

Seine Augen zuckten zwischen ihr und den Büschen hin und her. Seine Waffe hatte er bisher auf die Büsche gerichtet, doch jetzt schwang er sie langsam zu Catherine herum.

Catherines Gedanken rasten. Wegrennen? Angreifen?

In beiden Fällen hätte sie keine Chance.

Also streckte sie die Hände zur Seite und lächelte ihn an.

Der Mann wirkte viel zu geschockt, um irgendwie darauf zu reagieren. Stattdessen sah er an ihr herab, auf ihre nasse Bluse mit dem Verband darunter, auf ihren zerrissenen Rock und die unpassenden Stiefel an ihren Füßen.

Catherine bewegte sich nicht, sah ihn bloß mit großen Augen an. Der Mann erwiderte ihren Blick, runzelte erst die Stirn und schüttelte schließlich seufzend den Kopf. Und dann ließ er seine Waffe sinken.

Für einen Moment wagte Catherine nicht, sich zu rühren. Doch als er die Waffe nicht wieder hob, machte sie ein paar Schritte zur Seite, langsam zunächst, bemüht, den Blickkontakt nicht abreißen zu lassen, sein Mitleid und seine Verwirrung nicht zu verspielen.

Er hinderte sie nicht daran, auch dann nicht, als sie sich seitlich an ihm vorbeibewegte. Sie zwang sich, langsam und gleichmäßig zu gehen, so stark der Drang nach Flucht auch war. Sie spürte seinen Blick in ihrem Rücken, doch er schoss nicht, griff sie nicht an, auch dann nicht, als sie das Flussufer erreicht und die iranische Siedlung längst hinter sich gelassen hatte.

Stattdessen kam der Angriff aus einer Richtung, mit der Catherine nie gerechnet hätte: von oben. Sie hörte das Dröhnen der schweren Propellermaschine bereits, als das Flugzeug nur ein kleiner Punkt am Horizont war. Der Punkt wurde rasch größer und entpuppte sich bald als Flugzeug der US Air Force. Keine Minute später donnerte die Maschine über Catherine hinweg, in wenigen hundert Metern Höhe, und hielt auf das Wäldchen hinter ihr zu.

Plötzlich zog der Pilot die Nase des Flugzeugs steil nach oben und drehte nach Westen ab. Gleichzeitig öffnete sich ein Schacht auf der Unterseite, ein großer schwarzer Fleck purzelte heraus und segelte an einem Fallschirm gen Boden. Catherine verfolgte mit ohnmächtigem Schaudern den Fall der Bombe. Der Fleck verschwand hinter den Bäumen. Eine Sekunde lang geschah nichts. Dann schoss ein gewaltiger Feuerball in den Himmel, die höchsten Bäume zehnfach überragend. Die

Hitzewelle erreichte sie fast augenblicklich, sengte über ihre Haut, als stünde sie nur eine Handbreit von einem Lagerfeuer entfernt. Einen Moment später kam der Knall. Catherine hatte gerade noch rechtzeitig den Mund geöffnet, doch selbst so war das Fiepen in ihren Ohren sofort wieder da. Sie sank in die Knie, beide Hände an den Kopf gepresst.

Und plötzlich war rings um sie die Hölle los. Der Feuerball war verschwunden, das Fiepen ließ etwas nach, aber an ihre Stelle traten nun Motorengeräusche, Geschrei und das Getrampel Dutzender Männer. Und ehe Catherine die Orientierung wiedergewann, blickten ihr die Mündungen zweier Gewehre entgegen. Zweier chinesischer Gewehre, in den Händen chinesischer Soldaten. Chinesischer Soldaten, die gerade an einem amerikanischen Angriff teilnahmen.

Catherine hob völlig verstört die Hände.

»Měiguórén«, sagte sie, ein Hauch von Panik in ihrer Stimme. »Měiguórén!« *Amerikaner.*

Das Wort erhöhte ihren Stellenwert bei den beiden Soldaten, wenn auch nur marginal. Sie wurde von ihnen zu einem weiteren Wäldchen geführt, hinter dem sich eine Reihe von geländegängigen Militär-Lkw versteckt hielt. Bei einem der Lastwagen lief der Motor. Auf seiner Ladefläche saß und lag ein gutes Dutzend verletzte Soldaten der Volksarmee. Offenbar war der Einsatz eben nicht der erste gewesen.

Zwischen Catherines beiden Begleitern und einem dritten Soldaten entwickelte sich eine hitzige Debatte, die der dritte Mann zu gewinnen schien.

Er kam auf sie zu. »Měiguórén?« *Amerikanerin?*

»Měiguórén.«

Der Mann zeigte auf die Ladefläche, hatte aber sonst nur Augen für ihr Dekolleté. »Bìnàn Suǒ?«

Catherine nickte sofort. Und ob sie zur Hauptbasis wollte! So zynisch das auch sein mochte: Auf diese Weise hatte der ressourcenverschwendende Angriff auf die iranische Siedlung doch noch sein Gutes. Zumindest für sie.

Sie hatte nicht einmal mehr die Kraft, um aus eigenen Stücken auf die Ladefläche zu klettern. Der dritte Soldat lachte gehässig und bellte den anderen beiden etwas zu, woraufhin sie Catherine unsanft nach oben hievten.

Sie rutschte an den einzigen freien Platz auf der Ladefläche, direkt neben einer großen Kiste voller Militärrationen und Feldflaschen. Zumindest würde sie hier nicht verdursten müssen. Oder Konversation betreiben.

Die verletzten Soldaten beäugten sie mit missbilligenden oder zumindest skeptischen Blicken; aber sie redeten nicht miteinander, geschweige denn mit Catherine, und so war es nicht schwer, sie zu ignorieren.

Stattdessen griff sie nach einem herrenlosen Wollmantel, bedeckte damit das, was von ihrer Kleidung noch übrig war. Dann starrte sie hinaus auf das Land, das auch *ihr* Land war, und dachte über all das nach, was sie nach ihrer Rückkehr zu tun hatte.

Der Lastwagen rumpelte los. Im Schneckentempo folgte er dem Grasland am Hochufer des Flusses. Es dauerte fast zwei Stunden, bis sie am Nordwestufer auf das winzige US-Lager stießen, das mangels Überquerbarkeit des Stroms den vorläufigen Endpunkt der Staubpiste markierte. So sehr, wie die Erschöpfung nun durch ihren Körper kroch, bezweifelte Catherine immer mehr, dass sie diese Strecke zu Fuß geschafft hätte – erst recht nicht vor Anbruch der Nacht.

Auf der breiten Staubpiste ging es dann etwas besser voran. Vierzig, vielleicht fünfzig Stundenkilometer schaffte der Lastwagen, solange der Weg eben war. Immer wieder querten Flüsse die Piste, manche davon fünfzig Meter breit und über einen Meter tief, und mangels Brücken blieb ihrem Gefährt nichts anderes übrig, als sie an speziell markierten Stellen – Stellen, die damals noch Catherine selbst mit ein paar Mausklicks festgelegt hatte – zu durchfurten. In einigen der Flüsse war die Strömung so stark, dass sie spürte, wie das ganze Gefährt flussabwärts gedrückt wurde. Und einmal schwappte das Wasser sogar bis auf die Ladefläche.

Ansonsten war das Land so trocken wie flach, eine Grassteppe, die erst weit zu ihrer Linken gebirgiger und bewaldeter wurde. Richtig grün wurde es nur in der Nähe der Flüsse, und dort, wo die Hügelketten näher rückten und über einen Kilometer in den Himmel ragten, hoch genug, um auf der windzugewandten Seite in dichte Wolken gehüllt zu sein.

Irgendwann zwischen Sonnenuntergang und Mitternacht erreichten sie die Midpoint Station, ein Außenposten, der dazu gedacht war, die weiter von Pacifica Base entfernten Landstriche besser zu versorgen – und nicht zuletzt zum Zentrum des Getreideanbaus auf dem Kontinent avancieren sollte. Anders als der Name suggerierte, lag Midpoint Station dabei deutlich näher am Ende der Staubpiste als an Pacifica Base, am Rande des fruchtbaren Schwemmlands des einzigen Flusses auf dem Weg, der nicht ohne weiteres zu überqueren war. Noch war der von Catherine konzipierte Außenposten nichts als eine Aneinanderreihung von zwei Dutzend Baracken, aber sobald die Baumaschinen einrückten, würden hier zwei Landebahnen und die erste große Brücke des Kontinents entstehen.

Doch heute hatten sie Glück. Nicht nur wurde ihr Lastwagen frisch betankt – von einem amerikanischen GI! –, es hatte hier seit Tagen so wenig geregnet, dass sich der Fluss problemlos furten ließ.

Noch ein halber Tag. Die Hügel zogen an ihr vorbei. Einmal bildete sich Catherine ein, das Glitzern trotz des hellen Scheins des Vollmonds erneut zu sehen, weit in der Ferne, in breiter Front nach Norden wandernd. Doch dann versiegte die Welle – und so sehr Catherine nach einer zweiten Ausschau hielt, es blieb bei der einen. Und irgendwann nickte sie ein.

Als sie aufwachte, war das Land um sie herum grüner, von Sträuchern und kleinen Bäumen übersät, die Luft noch genauso warm wie zuvor, aber feuchter. Und auf den Straßen war nun deutlich mehr los. Alle paar Minuten kam ihnen ein amerikanischer oder chinesischer Laster entgegen, mit Soldaten und Ausrüstung, aber auch Zivilisten an Bord.

Links, am Fuß der Hügelkette, tauchten immer mehr Siedlungen in den Bergen auf, Siedlungen, die auf keiner von Catherines Karten verzeichnet waren, die aber offenbar vom Militär geduldet wurden. Und als schließlich direkt neben der Straße eine Baustelle erschien, ein Erdwall, auf dem Hundertschaften »freiwilliger Helfer« damit beschäftigt waren, in mühevoller Handarbeit Kies aufzuschütten, Bretter zu verlegen und lange, von Lkw angelieferte Eisenstücke miteinander zu verschweißen, da lächelte Catherine, zum ersten Mal seit langem. Sie vermied es, zu lange in die erschöpften Gesichter der Zivilisten zu blicken. Die Bauarbeiten an der Eisenbahn gingen voran, sehr viel rascher noch als geplant, und das war alles, was hier zählte.

Das Meer kam in Sicht, und mit ihm nicht nur die militärischen Kommandozentralen der beiden großen Flotten, sondern auch Hunderte, vielleicht Tausende kleinerer Boote, zu einer gigantischen schwimmenden Siedlung zusammengebunden, einer eigenen Stadt auf dem Meer. Kurz darauf schälten sich die ersten Vorboten von Pacifica Base aus dem Grün der Hügel, Holzhütten und Zeltstädte ohne Strom oder fließend Wasser, dicht an die Ausfallsrouten geschmiegte Slums, von denen vor zwei Wochen noch kein einziger existiert hatte.

Auch die Stadt selbst war in alle Richtungen gewachsen. Von den Schäden des Zwanzig-Minuten-Kriegs war bis auf ein paar nicht wieder aufgebaute Baracken weit im Westen nichts mehr zu sehen. Die provisorische Deponie am Fluss, die Grundmauern der Holzvergasungsanlage, die untersten Segmente der ersten beiden Windräder auf dem Berg über dem Flughafen – hier stand schon weit mehr, als Catherine für diesen Zeitpunkt angepeilt hatte. Lag das alles an der Hilfe der Chinesen? Sogar eine Pontonbrücke spannte sich bereits über den Fluss, an den Bunkern und dem vielen Stacheldraht vorbei, verband die beiden Basen, nein, die beiden Städte.

Nahe am Zentrum hielt der Laster an, gab Catherine gerade genug Zeit, um abzusteigen, ehe er in Richtung der Pontonbrücke davonbrauste.

Sie lief die letzten paar hundert Meter zu Fuß, so schnell es ihre Verfassung und ihre Neugierde erlaubten. Immer wieder drehte sie sich staunend um die eigene Achse. Tonnenweise strömten Waren vom Hafen und dem Flugfeld aus in die ganze Stadt. Lastwagen und Jeeps drängten sich hupend an ihr vorbei, Fahrräder, zwei Pferde und sogar ein Mann auf einer Rikscha kamen ihr entgegen. Die Straßen den Hügel hinauf waren bereits befestigt, große Dränage-Kanäle an den Rändern führten das Regenwasser und Unerfreulicheres von ihnen fort. Stromleitungen hingen kreuz und quer über den Wegen, ein Netz, das nur dichter wurde, als sie sich schließlich mit klopfendem Herzen einem riesigen, noch unverputzten Betonklotz am Hang des Mount Audacity näherte – hoch über dem Asphalt der Landebahn, dort, wo noch vor ein paar Wochen nur eine einsame amerikanische Flagge in der Wildnis wehte –, diesem Funktionsbau, der einmal das operative Herz der Zivilverwaltung bilden sollte.

Und dessen Wachen sie einfach so abwiesen. Mit gerümpften Nasen und spöttischen Blicken.

Mehrere Minuten diskutierte sie am Tor, versuchte ihnen klarzumachen, wer sie war, bis schließlich ein hagerer Mann mit Brille und schütterem Haar aus dem Verwaltungsgebäude trat. Keiner von ihren Leuten. Ein Chinese.

Catherines Augenbrauen schnellten in die Höhe. »Mister Yóu?«

Der Mann blinzelte. »Doktor Strive? Sind Sie das?« Er führte seine Hand in Richtung ihrer Schulter. »Was ist passiert?«

»Das würde ich am liebsten mit meinen Vorgesetzten besprechen, wenn Sie nichts dagegen haben. Und zwar so rasch wie möglich.« Catherine wich seinem Arm aus und schritt um ihn herum. »Außerdem könnte ich genauso gut fragen, was *Sie* hier machen.«

»Ich arbeite hier, im Auftrag des sino-amerikanischen Koordinationskomitees.«

Catherines Blick schnellte zu ihm zurück.

Er sah sie besorgt an. »Ich glaube, ich habe Ihnen so einiges zu erzählen …«

»Das können Sie tun, sobald ich meine Vorgesetzten erreicht habe, und meinen Stab.«

»Das ist Teil dessen, was ich Ihnen sagen sollte.« Er schaute zu Boden, mied ihren Blick. »Sie waren so lange verschollen. Ihr Helikopter hat sein Ziel nie erreicht, und ihr Ministerium hat gedacht, Sie seien tot.«

»Worauf wollen Sie hinaus?«

»Nun …« Er kratzte sich am Hinterkopf, rückte sich die Brille zurecht, ehe er es wagte, wieder zu ihr aufzusehen. »Sie wurden abgesetzt.«

KAPITEL 15

In dem Moment, als der Schuss ertönte, dachte Christopher nicht mehr an Juliette. Er dachte nur noch an Max und an Mtoto. An ihr ersticktes Wimmern. Daran, ob das Arschloch, das vor ihnen stand, sie gehört hatte. Und was Christopher in diesem Fall tun konnte.

Er hatte Fantasievorstellungen davon, ihm den Kopf in den Bauch zu rammen, ihn nach außen zu ringen und ihn schließlich über die Balustrade zu stoßen, um zuzusehen, wie er mit einem befriedigend satten Bums zwanzig Stockwerke tiefer auf dem Boden aufschlug. Doch unbemerkt nach seinem Bein zu greifen, ihn umzuwerfen und sich auf ihn zu schmeißen, ihm die Waffe zu entreißen und ihn daran zu hindern, seine Mittäter zu Hilfe zu rufen, das alles war völlig aussichtslos. Wenn der Mann sie in einer der Feuerwerkspausen gehört hatte, dann waren sie erledigt.

Doch er hatte sie nicht gehört. Welcher Zufall auch immer sie beschützte, der Mann war zu sehr auf Juliette fixiert, um von Christopher, Max und Mtoto irgendetwas mitzubekommen. Selbst jetzt noch starrte er die Leiche an, und als die anderen Arschlöcher draußen nach ihrem Oberarschloch riefen, da trat er nochmals auf den leblosen Körper vor ihm ein, einmal, zweimal, dreimal, in den Bauch, gegen den Kopf, so lange, bis Juliettes Augen starr in ihre Richtung sahen.

Mtoto wimmerte, und nichts, was Christopher oder Max versuchten, schaffte es, sie zu beruhigen. Christopher konnte den Blick nicht von dem Körper vor ihm abwenden, spürte immer neue Wut in sich aufsteigen, Ohnmacht, Fassungslosigkeit. Er hielt seine Hand weiter fest auf Mtotos Mund gepresst, auch als dicke Tränen auf sie liefen, auch als er selbst nicht mehr konnte und sich am liebsten in ein kleines Knäuel zusammengerollt hätte. Erst, als die Angreifer die Etage verlassen hatten, traute sich Christopher, Mtoto loszulassen, unter dem Bett hervorzukriechen und einen Notruf abzusetzen – doch auf der anderen Seite der Leitung war besetzt.

Wieder und wieder probierte er es, auch beim Pentagon selbst, doch er drang nicht durch. Schließlich versuchte er sogar, von Juliettes Terrasse aus mit einer Taschenlampe SOS zu funken, doch gegen den grellen Schein des Feuerwerks hatte er keine Chance.

Weitere zwanzig Minuten verstrichen, ehe der Militärtransporter unten auf der Straße endlich davonrauschte, zu dem ohrenbetäubenden Knallen des großen Finales, in aller Seelenruhe und völlig unbehelligt von irgendwelchen Behörden.

Christopher rannte mit schmerzenden Knien aus dem Haus, um zu Fuß nach Hilfe zu suchen, während Max die aufgebrochenen Wohnungen durchkämmte, in der Hoffnung, Verletzte zu finden, bevor es zu spät war – und auch, um Mtoto, die Juliette in mechanischer Gleichmäßigkeit durchs Haar streichelte, vom leblosen Körper ihrer Nachbarin wegzubringen.

Erst am Absperrring rund um das nahe Pentagon fand Christopher schließlich Soldaten, die willens waren, ihn überhaupt ausreden zu lassen. Er erzählte, was passiert war und – nach kurzem Zögern – was die Angreifer gesagt hatten. Doch erst, als er angab, dass in dem betroffenen Gebäude fast nur Personal des Verteidigungsministeriums wohnte und auch vier wachhabende Soldaten erschossen worden waren, geriet die Sache in Bewegung. Auf einmal kam so etwas wie eine tatsächliche Katastrophenhilfe zustande, mit einem Platoon Sanitätssoldaten und Krankenwagen. Doch für die meisten Verwundeten kam die Hilfe viel zu spät. Schwarze Leichensäcke stapelten sich zu Dutzenden in der Lobby, und als schließlich auch Juliette abgeholt wurde und zwei Soldaten den Reißverschluss über ihrem Gesicht zuzogen, da wussten alle drei, dass sie keine Stunde länger in dieser Wohnung ausharren konnten.

Hastig packten sie zusammen, was die Angreifer übriggelassen hatten. Es war nicht viel. Praktisch das einzige, was die Männer in dem Trümmerfeld rund um Catherines Kommandozentrale übersehen hatten, waren ihre Benzinscheine. So gut wie alles andere fehlte: Catherines Lebensmittelvorräte, die dazugehörigen Marken und Ausweise, ihre Werkzeuge, ihr Geld, ihr Laptop; sogar ihr Safe war aufgebrochen. Selbst diese verdammte Mango, auf die sich Christopher und Mtoto so gefreut hatten, hatten sie mitgenommen. Wenn die Männer – fast zwanzig waren es angeblich gewesen – in den anderen Wohnungen ähnlich reiche Beute gemacht hatten und es ihnen dabei nicht bloß um das Verwischen von Spuren ging, durften sie mit dem Angriff auf Monate hinaus ausgesorgt haben.

Für Christopher, Max und Mtoto hingegen hatten die Behörden nicht einmal warme Worte übrig. Und so saßen die drei schließlich mit grimmigem Blick in Catherines Auto, einem asiatisch wirkenden Kleinwagen, dessen Marke Christopher nicht kannte, mit nichts als ein paar Wasserflaschen, ihren wichtigsten Habseligkeiten und einem Haufen dicker Klamotten, die sie bei dieser Hitze bestenfalls als Schlafdecken brauchen konnten. Sie fuhren nach Westen, raus aus der Stadt, vorbei an den unzähligen, zum Teil schwer bewaffneten Nachbarschaftspatrouillen der wohlhabenderen Vororte, vorbei an einem notdürftig umzäunten Gelände nahe Alexandria, auf dem gerade – mitten in der Nacht – ein weiteres Flüchtlingslager aus dem Boden gestampft wurde.

Zu beiden Seiten ihrer Route wirkte die Lage friedlich – oder zumindest ruhig, was nicht unbedingt dasselbe bedeutete –, aber Christopher und Max entschieden sich dennoch dazu, Militärposten, größere Städte und überhaupt die Interstates zu meiden und sich stattdessen auf kleineren Landstraßen zu halten, ehe ihre Benzinscheine Begehrlichkeiten weckten oder Fragen aufkommen ließen.

Im Morgengrauen erreichten sie die Appalachen. Die Straße durchschnitt in überraschender Regelmäßigkeit dicht bewaldete Höhenzüge, die sich – selten mehr als ein paar Kilometer auseinanderliegend, aber bis zum Horizont parallel verlaufend – mit Tälern voll beschaulicher Dörfer und kleiner Flüsse abwechselten. In der Nähe eines alten Bürgerkriegsschlachtfelds an der Grenze zu West Virginia legten sie schließlich ihren ersten Tankstopp ein. Zu ihrer Überraschung wurden die Benzinscheine nicht nur akzeptiert, sondern galten auch für alles Weitere, was man in der Gas Station kaufen konnte, ja, sie wären sogar im angrenzenden Motel genommen worden. Das entschärfte ihre Proviantsituation mit einem Schlag derart, dass sich zum ersten Mal, seit sie Washington hinter sich gelassen hatten, so etwas wie Optimismus bei ihnen breitmachte.

In vier oder fünf Tagen, verkündete Christopher großspurig, würden sie die Rockies erreichen – eine Prognose, die sich schon bald als zu optimistisch herausstellte.

Immer öfter mussten sie auf ihrer Route Umwege machen, um Unfällen auszuweichen, ihre Vorräte aufzustocken oder um nach Tankstellen zu suchen, die ihre Benzinscheine annahmen. Erschwert wurde diese Geduldsprobe durch die *Closed-* und *Out-of-business*-Schilder, die an immer mehr Geschäften hingen. Etliche der Schilder hier, mitten im ehemaligen Schwerindustriegürtel der USA, mochten schon seit Jahren hängen, aber es kamen stetig mehr hinzu – bei manchen deuteten eingeschlagene Fensterscheiben auf die Gründe hin, in anderen Fällen schien es, als ob die Besitzer einfach keinen Sinn mehr darin gesehen hatten, weiterhin jeden Tag zur Arbeit zu gehen, sei es, weil sie sich auf die Wand vorbereiteten oder weil ihnen die Kunden fernblieben, um dasselbe zu tun.

In Canton, Ohio, sah es fast noch schlimmer aus als im Rest des Staates. Eine ganze Serie von geschlossenen Tankstellen zwang Christopher und Max dazu, sich in die Stadt hineinzuwagen, anstatt sie großräumig zu umfahren. Die Straßen waren praktisch leer, doch Christopher fühlte sich wie im Auge eines Sturms. Der Teil, den sie durchquerten, hatte definitiv schon bessere Zeiten gesehen, Zeiten, in denen die Backsteinhäuser – weit auseinanderstehend und selten mehr als einstöckig – noch nicht halb verfallen waren, die Gärten noch nicht überwuchert, der Asphalt unter ihren Reifen noch nicht notdürftig geflickt. Es war, als hätte die erste Seite des Sturms Canton schon vor Jahrzehnten erreicht – während die andere Hälfte bloß darauf wartete, über die Stadt herzufallen. »Jetzt weiß ich, warum Stephen Colbert Canton ›crappy‹ genannt hat«, sagte Christopher, doch Max runzelte nur die Stirn, und so ließ er das Reden wieder bleiben.

Ein verloren wirkender Einheimischer gab ihnen schließlich eine Adresse in der Nähe des Zentrums. Was er wohl vergessen hatte, ihnen mitzuteilen: Auf einem riesigen Parkplatz einen halben Block *vor* dieser Adresse hatte sich bereits die halbe Stadt versammelt. Vor Christophers innerem Auge erschienen sofort Bilder eines mit Mistgabeln und Schrotflinten bewaffneten Mobs, Menschen, die seine und Max' Benzinscheine an sich reißen wollten.

Doch nichts dergleichen geschah, und je mehr sie sich der Meute näherten, desto offensichtlicher wurde, dass die Leute einfach nur anstanden, in Reih und Glied, in zwei Schlangen, die sich mehrfach um den Platz wanden. In ihrer Mitte hielten sich einige Dutzend Soldaten auf – Nationalgarde, wie Max vermutete – und verteilten unscheinbare braune Pakete an die Wartenden, während zwei weitere Uniformierte unter großen Sonnenschirmen saßen und auf langen Listen Namen abhakten. Einige Meter hinter ihnen, von weiteren Soldaten bewacht, ragte ein Gerippe aus dem Boden, dessen Form Christopher nur zu bekannt vorkam. Es war der Rohbau einer EMP-Kapsel, kleiner als die in Washington, aber mit der gleichen, fast perfekt kugelförmigen Struktur. Einer der Metallträger war schwarz verfärbt, genauso wie der Asphalt darunter, so, als hätte jemand stümperhaft versucht, das Ding in Brand zu setzen. Wenn es wirklich ein Anschlag gewesen war, schien er nicht sehr erfolgreich gewesen zu sein: Zwei Arbeiter, ebenfalls in Uniform, waren gerade damit beschäftigt, einen großen Generator in eine Aussparung an der Seite der Kapsel einzupassen.

Etliche der Wartenden sahen den beiden Männern bei ihrer Arbeit zu, manche mit Zuversicht im Blick, viele aber auch sorgenvoll. Nur einige Wenige richteten ihre Aufmerksamkeit auf Christopher, Max und Mtoto, beäugten sie mit unverhohlener Neugierde und zum Teil mit Neid, als sie mit Schrittgeschwindigkeit an ihnen vorbeifuhren und schließlich auf die Tankstelle am anderen Ende des Blocks zuhielten. Drei Sicherheitsleute in schwarzen Muscle-Shirts, zwei von ihnen Frauen, auch wenn das auf den ersten Blick nicht auffiel, bewachten mit ihren Schrotflinten die Zapfsäulen. Erst als Christopher die Benzinscheine vorzeigte, ließen sie ihn überhaupt auf das Gelände.

Während Max ihren Tank plus Reservekanister füllte und gemeinsam mit Mtoto von einer der Wächterinnen zur Kasse begleitet wurde, rutschte Christopher auf den Beifahrersitz und sah aus dem Fenster, hinüber zu den wartenden Menschen. Hoch über ihnen, inmitten eines strahlend blauen Himmels, zog eine Drohne ihre Kreise, die dritte innerhalb der letzten Stunden. Lautlos überflog sie das Stadtzentrum, zumindest anfangs, bis Christopher ein Brummen bemerkte, das nach und nach aufdringlicher wurde. Ein Geräusch, das ihm eigentlich zutiefst vertraut war, auch wenn er es jetzt partout nicht zuordnen konnte. Plötzlich fiel der Groschen. Sein Handy! Er hatte es in der Nähe der letzten Stadt eingeschaltet, so wie er es nun mindestens einmal pro Tag machte – und dann vergessen, es auch wieder auszuschalten.

Mit klammen Fingern fummelte er es aus seiner Tasche.

»Chris? Chris!«

»Kate? Du lebst!« Seine Stimme überschlug sich. »Was ist passiert?«

Stille.

»Kate?«

»Mir … es geht mir gut. Euch?«

»Den Umständen entsprechend auch. Wir sind schon in Ohio.« Christopher verzog den Mund. »Wir haben dein Auto entführt.«

»Ich weiß. Ich habe euren Zettel gefunden. Keine Sorge, ich habe das Auto nicht als gestohlen gemeldet und die Scheine auch nicht. Ich brauche hier beides ohnehin nicht mehr.« Sie schluckte, es klang, als würde sie sich gerade umsehen. »Hier, nun ja …«

Christopher schloss die Augen. »Kate, es tut mir so leid.« Seine Stimme wurde auf einmal sehr viel leiser. »Ich glaube, sie waren hinter dir her.« Nicht nur leiser, auch brüchiger. »Sie haben Juliette …« Bevor er ausgesprochen hatte, merkte er, wie viel Vorwurf in seiner Stimme mitschwang. Ein Vorwurf nur an Catherine? Oder etwa auch an sich selbst?

Catherine blieb stumm. Dann: »Ich weiß.« Sie setzte an, brach ab, setzte erneut an. »Ihr seid vorsichtig?« Es klang nicht wie eine Frage.

»Sind wir«, sagte Christopher. »Wir meiden die meisten Städte. Wir sind auf dem Weg zur Westküste, wie vereinbart. Und wir bleiben dabei. Jetzt noch einmal umkehren …«

»Nein, ihr habt recht. Fahrt weiter. Und geht keine Risiken ein. Lasst euch Zeit! Es bringt euch nichts, schon in ein paar Tagen in Oakland zu sein, so wie die Beladungspläne derzeit aussehen.« Wieder blieb die Leitung für einen Moment stumm. »Ihr meldet euch regelmäßig?«

»Kate, hör auf! Du klingst schon wieder bemutternd.« Abermals kam es schärfer aus ihm heraus, als er geplant hatte.

»War es nicht das, was du immer von mir wolltest?« Sie atmete tief ein. »Sorry, das war daneben. Ich will nur, dass ihr nicht unterschätzt, wie sich die Lage da draußen entwickelt. Meldet euch einfach, in Ordnung?«

»In Ordnung!« Er kratzte sich am Ohr. »Und, Kate?«
Sie zögerte einen Moment. »Ja?«
»Trotz allem: Es ist schön, deine Stimme zu hören.«
»Deine auch.«

Max ließ sich neben ihm in den Fahrersitz fallen, just als er auflegte. Sie sah ihn fragend an, ehe sie zu strahlen begann, als sie begriff, mit wem er gerade gesprochen hatte.

Und tatsächlich schafften sie es fortan, noch ein paarmal mit Catherine Neuigkeiten auszutauschen – vorwiegend Belanglosigkeiten und kurze Statusberichte, viel mehr trauten sie sich via Telefon nicht. Doch im Laufe der Zeit kam der Kontakt immer seltener zustande. Nicht zuletzt aufgrund der immer schlechter werdenden Netzabdeckung auf ihren abgelegenen Routen begannen sie, sich für Informationen zur aktuellen Lage zunehmend auf das Autoradio und die Illustrierten an den Truck Stops zu verlassen. Noch immer dominierten die offiziellen Meldungen die Nachrichten. Neue Erkenntnisse über die Wand? Plausible Erklärungsansätze für die Entstehung des Kontinents? Fehlanzeige. Und auch für Zweifel an der Echtheit des Videos oder Fragen bezüglich der gewaltigen Ressourcenverschiebung nach Pacifica schienen die klassischen Medien keinen Platz zu haben. Und die einzige Ausnahme, ein Lokalsender im Westen von Illinois, auf dem ein Mann mit elektronisch verzerrter Stimme etwas von einem Gottesgeschenk faselte und zur Flucht nach Pacifica aufrief, war von der einen Minute auf die andere nicht mehr zu empfangen. Die meisten überregionalen Radiostationen füllten ihre Sendezeit stattdessen mit Hinhalteparolen, praktischen Ratgebern zum Umgang mit der Ankunft der Wand sowie den ersten paar Tagen »danach« und – auch das – beißender Kritik an »inländischen Terroristen«, die den Berichten zufolge die politische Stabilität der Vereinigten Staaten gefährdeten. Infolge dieser Entwicklungen seien, so ein Sprecher des Weißen Hauses, ein paar Ergänzungen am Stand United Act unumgänglich geworden, um die Sicherheit des amerikanischen Volkes weiterhin gewährleisten zu können. Kernelement der neuen Gesetzgebung war die restlose Aufhebung des Habeus-Corpus-Prinzips und damit die auch rückwirkend geltende Einführung der Militärgerichtsbarkeit für Zivilisten. Die ersten Urteile seien bereits in der kommenden Stunde zu erwarten.

Um vereinzelte kritische Stimmen zu besänftigen, legten gleich mehrere Radiosprecher großen Wert darauf, immer wieder zu betonen, dass das Gesetz darauf ausgerichtet sei, nur bei einer kleinen Gruppe von einigen Dutzend Terroristen Anwendung zu finden, und rechtschaffene Bürger selbstverständlich keine Einschnitte in ihre von der Verfassung garantierten Rechte zu befürchten hätten. Fox News Radio ratterte ergänzend noch einmal einige Beispiele für terroristische Aktivitäten der vergangenen anderthalb Wochen herunter, von einem fehlgeschlagenen Angriff auf einen Hilfskonvoi des Verteidigungsministeriums über die brutale Stürmung eines Wohngebäudes in Washington, D.C. – Catherines Apartmentkomplex – bis hin zu einer Reihe von Brandanschlägen auf im Bau befindliche Schutzkapseln; alles – nach den Worten des Radiosprechers – besonders verdammungswürdige Taten, die eine harte Reaktion der Staatsgewalt geradezu erzwangen.

So propagandistisch die Nachrichten auch aufbereitet waren: Zu Christophers Überraschung deckten sich sowohl die Berichte über den Angriff in Washington als auch die über die Kapsel in Canton ziemlich gut mit dem, was sie selbst erlebt hatten.

»Selbst wenn«, sagte Max daraufhin. »Wirklich entscheidend ist nur, was sie uns *nicht* sagen.«

Bei Clinton, Iowa, überquerten sie schließlich den Mississippi. Die Polizei hatte auf den Fahrbahnen in Richtung Westen einen Checkpoint eingerichtet, aber sie selbst hatten Glück. Ein kurzer Blick des Beamten in ihren Wagen, und der Mann ließ sie passieren.

Doch Christopher und Max hatten die Warnung gehört. Mehr noch als bisher versuchten sie, die Ballungszentren in Zukunft weiträumig zu umfahren. Catherine hatte recht. Die Wand war noch weit weg. Ein Monat blieb der Ostküste, zwei dem Westen. Sie konnten sich diese Geduld leisten, mussten sie sich leisten. Und so hielten sie sich von den Highways fern und auch vom dichter besiedelten Süden, folgten stattdessen schnurgeraden Nebensträßchen irgendwo zwischen der I-80 und der I-90 durch ebene, weite Landschaften voller riesiger, quadratischer Maisfelder, die sich mit vereinzelten Farmen und noch mehr Maisfeldern abwechselten. Nach Stunden, Tagen, wurde die Umgebung zusehends trockener. Im Norden Nebraskas traten kreisförmige Bewässerungsanlagen für Weizen an die Stelle der Quadrate voller Mais, gigantische Arme aus Stahl, die unablässig ihre Runden drehten, bis schließlich auch diese verschwanden und mit ihnen der Weizen. Sie machten weitem, leerem Land Platz, mit sanft geschwungenen Hügeln und schnurgeraden Straßen bis zum Horizont, schwarzen Linien aus Asphalt, die allmählich die Great Plains emporklommen, auf beiden Seiten nichts als hohes, grüngelbes Gras, das im Wind hin und her wogte. Die einzigen Zeichen der Zivilisation waren die Telegraphenmasten am Straßenrand und der eine oder andere Wasserturm auf einem Hügel weit in der Ferne, tief unter der sengenden Sonne. Alle zwanzig oder dreißig Meilen erreichten sie etwas, das man kaum mehr Dorf nennen konnte, winzige Siedlungen, die selten aus mehr bestanden als einem riesigen Kornspeicher, einem Drugstore und einer Handvoll großzügig entlang der Durchgangsstraße verstreuter Gebäude, die ohne die davor parkenden Autos auch aus einem Western hätten stammen können. Und eine Viertelmeile später waren sie auch schon wieder in der Wildnis. Selbst Christopher war davon überrascht, wie gigantisch groß und leer Amerika doch war, wenn man die Ostküste erst einmal hinter sich ließ.

Kaum eins der wenigen Motels hatte noch geöffnet, und auch ihre Benzinscheine gingen langsam zur Neige. Doch da die Hitzewelle weiter anhielt, die Temperaturen auch nachts kaum unter zwanzig Grad sanken, schliefen sie immer häufiger draußen in der freien Natur, das Auto auf einem einsamen Feldweg hinter Hügeln oder unter den wenigen Eichen- und Pappelhainen versteckt. Es hätten romantische Nächte werden können, ungeachtet der Welt da draußen, doch je mehr Zeit sie miteinander verbrachten, desto mehr musste Christopher erkennen, dass es anders war als früher. Ihre gegenseitige Sympathie war wieder da. Die Treue, die sie zusammenschweißte. Das Vertrauen. Max behandelte ihn, wie man seinen besten Freund behandelte. Sie alberte mit ihm herum, sie philosophierte mit ihm über Gott und die Welt, sie umarmte ihn, sie schlief neben ihm – aber nichts darüber hinaus.

Schon in D.C. hatte er es geahnt, es womöglich sogar gewusst, ohne es sich einzugestehen, so wie er sich lange nicht hatte eingestehen wollen, dass er sie noch liebte, damals, vor über einem Monat, in Deutschland.

Sie wusste es. Klar, wusste sie es. Und doch war sie bisher auf keinen seiner Annäherungsversuche eingegangen, hatte stattdessen derbe Witze gerissen, wenn er versuchte, romantisch zu sein, hatte ihn rasch in den Arm genommen, wenn er sie küssen wollte.

Und wenn er das Gespräch vorsichtig auf dieses Thema brachte, dann schwieg sie, und wenn er nachbohrte, dann sagte sie ihm, dass es eben jetzt anders sei. Dass sie jetzt anders empfinde. Und das war alles.

Tage vergingen mit der erfolglosen Suche nach Mobilfunknetzen, nach Vorräten und vor allem nach Tankstellen. Einmal passierten sie zwei offenkundig aus Spritmangel liegen gebliebene

Fahrzeuge, trauten sich aber nicht, anzuhalten, auch wenn auf den ersten Blick niemand zu sehen war. Ein anderes Mal donnerte eine Staffel von Kampfflugzeugen direkt vor ihnen im Tiefflug über die Straße. Ansonsten zog leeres Land an ihnen vorbei, weite, trockene Ödnis, die Christopher eher in Arizona vermutet hätte als in der Nähe der nördlichen Rockies. Während weit im Nordosten die Wand langsam von Nordeuropa auf Grönland und damit den amerikanischen Kontinent zukroch, hörten sie im Radio von Superzellen, gigantischen Unwetterfronten, die den Mittleren Westen plagten, von Tornados und Gewittern, und auch von Bränden, ausgelöst durch die Hitze – oder aber, laut einem der Sender, durch eine in Flammen aufgegangene Öl-Pipeline –; und doch sahen sie auf ihrer gesamten Fahrt weder einen Regentropfen noch ein einziges Feuer.

Die Straßen zogen sich hin, über Dutzende Meilen schnurgerade, ehe es in der Nähe der Grenze zu Wyoming selbst dem Gras zu eintönig wurde und fortan nur mehr ein paar dürre Stengel aus dem sandigen Boden ragten.

Ausgerechnet hier, in Wyoming, dem menschenleersten Staat der USA, kamen sie wieder an größeren Orten vorbei, nachdem sie die US 20 verlassen hatten. Die dünnen Streifen von Bewässerungsland entlang der wenigen Bäche hätten Christopher mehr an Oasen in der Wüste erinnert als an einen Bundesstaat in den USA, hätten nicht eine Vielzahl von Feldflugplätzen, methodistischen Kirchen und saloonartigen Gebäuden entlang der oftmals einzigen Straße der Szenerie einen Touch von modernem Wilden Westen verliehen.

Ihr Tank wie auch ihre Notkanister waren mittlerweile bedenklich leer, und selbst ihre eiserne Reserve – bestehend aus wenig mehr als einer großen Packung Käsecracker und einem Sechserträger Mountain Dew – war so gut wie aufgebraucht. Ganz alltägliche Dinge wie Seife und Klopapier waren ihnen schon am Vortag ausgegangen, und sogar ihre Zahnpastatube war bloß noch ein zusammengerolltes Häufchen Elend. Selbst Christopher, der in der Hoffnung auf ein bisschen glückliche Fügung lange die Augen verschlossen hatte, musste den Ernst der Lage eingestehen.

Doch die einzigen beiden Tankstellen entlang des North Platte River, die noch geöffnet hatten, nahmen keine Benzinscheine mehr – und für die Handvoll Dollar, die sie noch bei sich trugen, hätten sie kaum mehr als eine Gallone bekommen.

Die Nadel stand schon am Anschlag, als schließlich, endlich, nach drei Wochen Strapazen, die ersten Ausläufer der Rocky Mountains auftauchten. Die Berge passten überhaupt nicht zu dem Klischeebild von Kiefernwäldern und grünen Bergwiesen, das sich Max und auch Christopher vorgestellt hatten. Praktisch unbewaldet und staubtrocken fügten sich die Gipfel perfekt in die wüstenhafte Umgebung ein. So öde es auf ihrer Seite der Bergkette aussah, so dunkel und unheilvoll wirkten die gigantischen Gewitterwolken, die sich auf der anderen Seite in die Höhe schraubten. Und doch fühlte sich Christopher erleichtert, zeugten die Berge doch davon, dass sie den Großteil des Weges bereits hinter sich gebracht hatten.

Aber eben auch die Gänze ihrer Reserven. In Cody, einem geschichtsträchtigen Touristenkaff am Osteingang des Yellowstone-Nationalparks füllten sie ein letztes Mal aus ihrem Kanister nach.

Eine Gallone, bestenfalls. Das würde nicht reichen. Noch nicht einmal bis zum nächsten Ort.

Und so kehrten sie zu einer Taktik zurück, die sich schon in Iowa bewährt hatte – wenn auch damals die Leute noch nicht so verunsichert gewesen waren und Christopher noch nennenswerte Mengen Bargeld bei sich trug –, und klapperten einige der umliegenden Farmen ab.

Stets ohne Erfolg.

Bis sie auf ein Gebäude stießen, das schon aus der Ferne vielversprechend aussah, ein kleines, aber hübsches, im Schatten von Pappeln gelegenes Holzhaus an einem ausgetrockneten Bachlauf, an dessen Frontseite gleich drei große Tanks angebracht worden waren.

Langsam fuhr Christopher auf das Gebäude zu, ehe er in respektvollem Abstand den Wagen am Rand der Staubpiste abstellte, Mtoto anwies, im Auto zu bleiben und gemeinsam mit Max auf eine Weise, von der er hoffte, dass sie nicht bedrohlich wirkte, auf die Vordertür zuschritt.

Gerade als Max nach dem metallischen Türklopfer greifen wollte, öffnete sich die Pforte von innen, und ein junger, breitschultriger Mann in einem einfachen weißen Hemd starrte ihnen entgegen, die rechte Hand in die Hüfte gestemmt, die linke nur scheinbar locker an die Tür gelehnt. Schräg hinter ihm an der Wand, fast in Greifreichweite, hing ein Jagdgewehr – was zum Teufel gab es hier zu jagen? – und eine ganze Reihe von Bildern, die in Christophers Augen wie die unehelichen Kinder von Aktbildern und Pin-up-Postern aussahen, so, als hätte sie ein Roy Lichtenstein auf Sexentzug gezeichnet.

»Was wollt ihr?«, fragte der Mann mit einem Mountain-Akzent, der Christopher schaudern ließ.

»Wir …«, begann Christopher, die Augen zwischen dem Jagdgewehr und dem Kopf des Mannes hin- und herbewegend.

»… brauchen Benzin«, beendete Max den Satz. Sie deutete mit beiden Daumen über ihre Schultern, zur Finsternis und den über öden Berggipfeln zuckenden Blitzen hinter ihr. »Man kann nicht einfach so nach Mordor spazieren.« Sie grinste. »Mit einem vollen Tank hingegen geht's wesentlich leichter.«

Der Mann zuckte nicht einmal mit den Mundwinkeln. Stattdessen musste Christopher mitansehen, wie sein Blick mit unverhohlenem Interesse über Max' Körper wanderte, ehe er an ihren Brüsten haltmachte.

Das Schaudern kam erneut. »Entschuldigen Sie bitte die Störung.« Christopher wandte sich zum Gehen. »Wir sind hier offenkundig falsch.«

Eine ausgestreckte Hand von Max brachte ihn zum Stoppen.

»Wir können uns den Luxus nicht mehr leisten, so rasch aufzugeben«, sagte sie, an Christopher gewandt. Dann fixierte sie den Mann, löste damit endlich seinen Blick von ihrem Dekolleté. »Ich bin mir sicher, dass wir eine Lösung finden werden. Einen Tauschhandel vielleicht.«

Noch immer reagierte der junge Mann nur mit Blicken. Christopher begann zu glauben, dass er einfach ein bisschen zurückgeblieben war – was die Situation nicht ungefährlicher machte.

»Wir haben Benzinscheine.«

Jetzt lächelte er, aber es war nicht die Art von Lächeln, auf die Christopher gehofft hatte. »Und ihr denkt, ich kann mit bunt bedrucktem Papier was anfangen? Wenn ihr Zement habt, Baumaschinen, so Zeug, dann lass ich vielleicht mit mir reden.«

Christopher runzelte die Stirn. »Wofür brauchen Sie denn das?«

Der Mann lächelte wieder, die Augen abermals auf Max' Ausschnitt fixiert. »Das geht euch Yankees nix an.« Doch ein guter Pokerspieler war er nicht. Ein kurzer Blick aus dem Augenwinkel an Christopher vorbei, auf eine halb versteckte Klappe im Boden – vielleicht der Eingang zu einem Tornado-Schutzbunker – verriet ihn.

Wollte der sich einen Bunker gegen die Wand bauen? »Hören Sie! Wenn Sie denken, dass so etwas ausreicht, um Sie vor der Wand zu schützen …«

»Behauptet denn die Regierung, dass es reicht?«

»Natürlich nicht!«

»Eben. Da haste deine Antwort. Oder glaubst du unserem Verteidigungsminister etwa?« Das Lächeln wuchs weiter in die Breite. »Ich geh mal nicht davon aus. Wenn ihr dem Video trauen würdet, wärt ihr wohl kaum hier.«

Stille.

»Aber das heißt ja noch lange nicht, dass alles, was die Regierung sagt …«, sagte Christopher.

Doch der Mann winkte ab, wortwörtlich. »Ihr hört einfach zu wenig Radio. Oder die falschen Sender. Allein die Gerüchte der letzten Tage: Unstimmigkeiten zwischen den Umstürzlern – Verzeihung, im *Kabinett* –, Sonderbehandlung des Militärs, Nahrungslager, von denen die Öffentlichkeit nichts erfährt, die ganze Sache mit China, der Regierungsbunker im Raven Rock an der Ostküste. Das ist ja wohl kein Zufall. Die Bonzen fliehen nach Pacifica oder unter die Erde. Und ob ich und meine Kumpels das auch machen oder nicht, das geht euch mal gar nix an.« Er hob eine Faust. Christopher war sich nicht sicher, wie ernst er die Geste zu nehmen hatte.

»Ich will hier einfach nur meine Ruhe«, sagte der Farmer. »Am Ende kommen nur immer mehr von eurer Sorte vorbei, spätestens wenn auch eure hundert Millionen zurückgebliebenen Yankee-Kumpels mal checken, was hier wirklich vor sich geht.« Er zwinkerte Max zu, deutete eine gespielte Verbeugung an und griff nach der Tür. »Also danke, kein Bedarf.«

»Halt!«, rief Max. »Wir haben auch andere Dinge. Womöglich ist ja etwas für deine Kumpels dabei. Oder vielleicht hast du eine Freundin? Eine Frau?«

Die Tür öffnete sich wieder. Der Blick des Mannes hatte sich verfinstert. »Meine Frau ist vor drei Jahren gestorben.«

Christopher schluckte nur, doch Max lächelte, als wittere sie eine Chance. Sie deutete mit dem Kopf auf die Bilder schräg hinter dem Farmer. »Ist sie das? Deine Frau?«

Der Mann drehte sich nicht einmal um. »Ja.«

Max legte den Kopf schief. »Sie war sehr schön. Wie hieß sie?«

Christopher legte seine Stirn in Falten. Worauf zum Teufel wollte sie hinaus?

Der Mann zögerte für einen Moment. »Kylee.«

»Ein schöner Name. Und eine schöne Frau.« Max hielt kurz inne. »Die Aktbilder hast du gezeichnet, nicht wahr?«

Ihr Gegenüber nickte nur.

Christopher sah verblüfft auf. Über Geschmack ließ sich bekanntlich streiten, aber technisch hatten es die Bilder in sich. Die hatte doch nie im Leben der Kerl da gezeichnet?

Max nestelte derweil an ihrem Tanktop herum, die Arme vor ihrem Bauch überkreuzt.

»Ich mache dir ein Angebot.«

Und mit diesen Worten zog sie ihr Shirt über den Kopf. In nichts als BH und Shorts stand sie vor dem Mann, den Rücken durchgedrückt, ein herausforderndes Funkeln im Blick. Der Mann starrte sie mit offenem Mund an – und Christopher ebenso. »Du kannst doch nicht …«

»Ich bin erwachsen, Chris. Ich kann tun und lassen, was ich will.« Dann, fast genauso scharf, aber an den Farmer gewandt: »Du hast dreißig Minuten. Ich werde komplett nackt sein, aber du wirst mich nicht berühren. Und im Gegenzug wirst du uns genügend Benzin überlassen, dass wir damit bis zur Westküste kommen.«

Für einen scheinbar endlosen Moment starrte sie der Mann einfach nur an.

»Niemand wird uns stören. Haben wir einen Deal?«, fragte Max.

Ihre Hände fuhren hinter ihren Rücken. Einen Augenblick später streifte sie den BH über ihre Brüste und ließ ihn ihren rechten Arm hinabgleiten, bis zum kleinen Finger. Der Mann sah wie in Trance dem Stück Stoff hinterher, starrte dann auf Max' entblößten Oberkörper und sah ihr schließlich in die Augen, Verwirrung und Staunen im Blick. Seine Wangen glühten rot auf, als wäre er wieder ein kleiner Junge.

Und dann nickte er, plötzlich und mit voller Kraft. »Ehrenwort!«

Und mit einem Blick, der so etwas wie »Vertrau mir, ich weiß, was ich tue« sagen sollte, war Max mit dem Fremden entschwunden.

Wie benommen wankte Christopher zurück zum Wagen, mit dem schrecklichen Gefühl, gleich mehrere riesige Fehler begangen zu haben, indem er Max nicht von dieser Schnapsidee abgebracht hatte. Er war erregt, dankbar, wütend und verängstigt, und all das zur selben Zeit. Wie lange hatte er Max nicht mehr nackt gesehen? Und überhaupt, *wie* sie es getan hatte – mit einer solchen Dreistigkeit, einer solchen Selbstsicherheit. Christopher hatte sich seit Monaten nicht mehr so ... underfucked gefühlt. Natürlich tat Max es auch für ihn und Mtoto, aber die Wut blieb Christopher erhalten, und die Angst auch. Angst, dass sich der Farmer nicht an die Abmachung halten würde, oder, weit schlimmer noch, dass er ihr etwas antat.

Mit der zweiten Angst musste er für den Moment leben, wenn er ihren Deal nicht gefährden wollte. Gegen die erste jedoch konnte er etwas unternehmen.

Mit leicht zittrigen Fingern nahm er die ersten beiden ihrer Fünf-Gallonen-Kanister aus dem Kofferraum. Max sorgte in diesem Moment dafür, dass ihr Teil der Abmachung eingehalten wurde, da war es nur fair, dass er sich schon einmal an den Benzintanks bediente.

Und so marschierte er zwischen dem mittleren Tank und ihrem Auto hin und her, bis sein Hemd Benzinflecken hatte und alle Kanister genauso randvoll waren wie der Wagen selbst. Währenddessen versuchte er verstohlen zu horchen, was im Haus vor sich ging, doch er hörte rein gar nichts – bis er schließlich die letzten Kanister in den Kofferraum hievte und eine Mädchenstimme ertönte.

»Warum ist Max mit dem Mann ins Haus gegangen?«

Christopher zuckte zusammen.

»Weil sie uns ein bisschen Benzin besorgt«, sagte er, neben das offene Fenster gekniet, aus dem Mtoto herausguckte, in einem Tonfall, von dem er hoffte, dass er sie beruhigen würde.

»Aber warum hat sie sich dann ausgezogen?«

Christopher blieb still. Besser, er ließ diese Frage im Raum stehen.

»Muss sie mit ihm Sex haben, damit wir Benzin kriegen?«

Christopher zuckte wieder zusammen, weit heftiger noch als bei der ersten Frage. »Nein, das muss sie nicht. Nichts dergleichen. Sie lenkt ihn einfach ein bisschen ab, von etwas, das ihn traurig macht.«

»Muss ich das später auch mal machen, wenn ich groß bin?«

»Was? Nein! Das wirst du nie machen, hörst du mich? Nie!« Christopher war so laut geworden, das Mtoto in Panik auf die andere Seite der Rückbank flüchtete. Sie nickte eifrig, aber nur aus Angst, nicht aus Verständnis. So war sie noch nie von Christopher angefahren worden.

»Es tut mir leid. Es tut mir leid! Ich bin dir nicht böse, Ehrenwort. Es ist nur ... diese ganze Situation. Das ist alles einfach nur fucked up. Sorry für die Wortwahl.«

So langsam rückte Mtoto wieder ein bisschen auf ihn zu.

»Das ist schon okay«, sagte sie. »Max hat mir auch ein paar Schimpfwörter beigebracht.«

»Was denn so für welche?« Das dürfte ihn wenigstens auf andere Gedanken bringen.

»Aber nicht verraten, versprochen?«

»Versprochen!«

»Sie hat gemeint, dass alle Schimpfwörter okay sind, die nicht gegen spezielle Leute sind – außer, wenn diese speziellen Leute anwesend sind.«

»Klingt wirklich nach Max ...«

»Also so was wie Mistkerl oder Arschloch oder Schwanzgesicht oder ...«

Christopher seufzte. »Okay, okay, ich glaube, das reicht. Wie wäre es, wenn wir einfach bei Mist bleiben? Du bist immerhin erst neun. Wenn die Welt nicht so tief in demselbigen stecken würde, würde ich dir nicht einmal das erlauben.«

»Ich bin nicht mehr neun.«

Christophers Augenbrauen wanderten in die Höhe. »Du bist nicht mehr neun?«

»Nein, ich bin jetzt zehn. Ich hab heute nämlich Geburtstag!«

Christopher fuhr sich mit der Hand durchs Gesicht und dann durchs Haar. »Wir haben dich nie danach gefragt, oder?« Er atmete tief ein. »Ich fürchte, wir haben nichts, was wir dir schenken können.«

»Schon okay«, sagte sie. »Mach einfach, dass Max gesund wieder rauskommt. Das reicht.«

Christopher nickte. »Das mache ich.« Er hoffte bloß, dass sich dieses Versprechen auch halten ließ.

Er musste da rein. Dass es leise war, musste nichts bedeuten. Vielleicht hatte er Max geknebelt oder gefesselt. Vielleicht war er schon längst dabei, sie zu …

Nein. Ruhig bleiben! Sie hatte ihn gebeten, ihr zu vertrauen. Mehr noch, so hatte er es verstanden, ihnen allen zu vertrauen, sogar dem Mann da drinnen. Es war schließlich ihre Idee gewesen, nicht die des Mannes. Alles war gut.

Andererseits – hatten nicht die Blicke des Mannes alles ausgelöst? Und welcher Farmer hatte bitte schön solche Bilder in seinem Flur hängen?

Zwei Minuten hatte sie noch. Eine gab er ihr. Mit mulmigem Gefühl starrte Christopher in Richtung des Farmgebäudes, als plötzlich etwas in seiner Hosentasche brummte. Vorhin in Cody war er wieder mal erfolglos gewesen – diesmal nicht, weil er kein Netz fand, sondern weil er Catherine nicht erreichte –, und wieder mal hatte er vergessen, das Handy danach sofort auszuschalten. Und jetzt erreichte *sie ihn*, zum ersten Mal seit fast einer Woche.

Keuchen am anderen Ende der Leitung.

»Kate?«

Keine Begrüßung. Nur ein »Wo seid ihr?«. Es klang gehetzt, außer Atem.

»Auf einer Farm in Cody, Wyoming.« Auf einer Farm mit einem Hinterwäldler-Quarterback, der gerade sabbernd vor seiner nackten Nicht-mehr-Freundin saß. Und das war der Fall, in dem alles nach Plan lief.

»Das ist nicht gut«, dröhnte es aus dem Hörer.

Da hatte sie mehr recht, als sie ahnte. »Warum?«

»Ihr seid auf der falschen Seite.«

»Von was?«

»Des Yellowstone-Nationalparks. Der ist dicht. Überhaupt ist bald so gut wie alles dicht. Sie errichten heute entlang der Rocky Mountains Straßensperren, von der kanadischen Grenze bis runter nach Mexiko. Zwanzig große, darunter an allen sechs Interstates. Wegen eines Angriffs mit *B-Waffen.*«

Das letzte Wort hatte sie irgendwie merkwürdig betont.

»Wegen eines Angriffs mit B-Waffen?«

»Ja genau, wegen eines Angriffs mit *B-Waffen.*«

Wieder dieser Tonfall. Und endlich verstand Christopher: Sie konnte nicht sicher sein, dass ihr Gespräch nicht abgehört wurde. Daher speiste sie ihn mit der offiziellen Version ab.

Nicht, dass er sich die wahren Gründe nicht selbst vorstellen konnte …

»Und wie machen wir das jetzt?«

Stimmen bei ihr im Hintergrund. Ein dumpfes »Nicht jetzt«, ziemlich sicher aus Catherines Mund. Dann war sie wieder klar verständlich. »Ich denke, ich kann zu denen durchdringen und euch eine Ausnahmegenehmigung beschaffen. Nehmt die I-90. Kurz vor Bozeman sollte die Sperre sein. Nennt meinen Namen, und ihr kommt durch.«

»Ansonsten alles wie geplant?«

»Nicht ganz.«

»Was soll das heißen?« Christopher wurde immer nervöser. Warum war Catherine so gestresst? Und warum war Max noch nicht wieder da? Die halbe Stunde war doch sicher schon um!

»Das Mobilfunknetz ist im Begriff, auszufallen.«

»Wie meinst du das? Woher weißt …« Christopher verstummte. Natürlich wusste sie so etwas.

»Hör mir einfach zu, okay? Entlang der Rockies, ein paar hundert Kilometer rund um die Sperren in beide Richtungen, werden zivile Handys bald keinen Empfang mehr haben. *Ein technischer Defekt.*«

Derselbe Tonfall wie vorher. War ihr eigentlich klar, was sie da gerade sagte?

»Ist dir eigent…«, begann er. Zugleich schielte er in Richtung Tür. Einunddreißig Minuten, und Max war noch immer nicht aufgetaucht. Das war gar nicht gut.

»Chris, lass mich ausreden! Das Ziel bleibt auf jeden Fall gleich, es ist alles nur etwas … schwieriger. Zumindest dürftet ihr im Süden Idahos wieder Netz haben, wenn ihr schnell genug vorankommt. Ruft mich dann auf jeden Fall wieder an, okay?«

»Kate, Herrgott, das ist alles so …«

»Chris! Die Zeit eilt! Sorry, wenn das gerade ein bisschen viel ist. Das heißt nicht, dass ich … Glaub mir, ich bin so froh, dass du … dass ihr …« Sie keuchte noch immer.

Christopher runzelte die Stirn, versuchte, sich gleichzeitig auf das Gespräch zu konzentrieren und langsam auf das Haus zuzugehen. »Was ist denn bei dir los?«, fragte er, im Geiste mehr bei Max als bei Catherine.

»Es ist nur … Ich glaube ich … Chris, ich …«

Und damit war sie weg. Ungläubig starrte Christopher auf das Display. Von vier Balken runter auf null. Als hätte es hier nie einen Sendeturm gegeben.

Egal. Nicht jetzt.

Er beschleunigte seinen Schritt. Kurz vor der Tür hielt er inne, zögerte nur für einen Augenblick – just, als sie von innen geöffnet wurde.

»Ah, du hast das Benzin schon abgezapft«, sagte Max mit einem Blick auf seine Ärmel und einem so nüchternen Tonfall, als wäre sie gerade von einer Shopping-Tour zurückgekommen. Sie war wieder vollständig bekleidet. Nur den Pferdeschwanz hatte sie geöffnet, so dass ihr die Haare über die Schulter fielen. In ihrer Hand trug sie eine ausgebeulte Tasche.

Sie nickte dem Farmer zu, der sie nur anlächelte und ihr dann verlegen hinterherschaute, wie ein Schuljunge, während sie mit Christopher zurück zum Auto ging.

»Was ist in der Tasche?«, fragte Christopher, die Augenbrauen zusammengezogen.

»Proviant, genug für vier oder fünf Tage.«

»Und wieso hat er dir das gegeben? Das war doch gar nicht vereinbart!«

Max schwieg.

»Hat er dich berührt? Max, red mit mir, hat er dich berührt?«

Max' Stimme klang leiser als sonst, eine Nuance nur, aber eine Nuance, die Christopher nicht entging. »Wir haben eine zweite Abmachung geschlossen, zusätzlich zum Zeichnen.«

»Also hat er dich doch berührt?«

»Nicht intim. Und nicht im Gesicht.«

»Max ...«

»Chris, bitte können wir das einfach lassen? Es war okay, wirklich. Nichts, was ich gerne wiederholen würde, aber es war okay. Und wir haben jetzt alles, was wir brauchen, um bis nach Oakland zu kommen.«

Christopher gab es schließlich auf, mehr aus Max herausbekommen zu wollen, zum einen, weil sie ihm erst lange Zeit gar nicht und danach nur mit blöden Witzen antwortete – dass sie als hübsche Pastorentochter zu so etwas moralisch verpflichtet sei und dass sie eh seit drei Tagen kein Bad gehabt habe – nicht zuletzt aber auch, weil Mtoto mit im Auto saß und ihnen beiden komische Blicke zuwarf.

Das änderte sich schlagartig, als Max eine Schokoladentafel aus der Tasche zauberte und Mtoto feierlich überreichte. Auch

Max hatte nicht geahnt, dass Mtoto Geburtstag hatte, aber sie schaltete schnell genug, um die Tafel prompt zu einem kleinen Geschenk umzufunktionieren. Christopher und Max lächelten, als sie sahen, mit welcher Begeisterung Mtoto die Tafel öffnete. Sie war scharf drauf, das verrieten ihre Augen. Und doch brach sie nur eine einzige Rippe ab, viertelte diese, legte drei Viertel zurück und begann, ganz langsam am verbleibenden Stück zu knabbern.

Max lenkte das Gespräch schließlich auf Catherine, und auf das, was sie Christopher berichtet hatte. Sie waren sich rasch einig, dass es sinnlos sei, es bei einer der Routen durch den Yellowstone-Nationalpark zu versuchen, aber sie wollten sich auch nicht um jeden Preis auf Catherines Wort verlassen, dass sie bei der Straßensperre in Bozeman wirklich einen Blankoscheck ausgestellt bekämen. Stattdessen planten sie, bereits kurz nach Livingston die I-90 zu verlassen und die Blockade bei Bozeman so auf winzigen Feldwegen zu umfahren.

So folgten sie einem kleinen Sträßchen in Richtung Norden, immer durch die Halbwüsten Wyomings und schließlich Montanas, durchzogen nur von einer Handvoll Bäche mit schmalen Streifen von Bewässerungsflächen zwischen den Hochufern. Schließlich erreichten sie die nahezu leere Interstate in Richtung Westen. Der Yellowstone-Nationalpark und das über ihm tobende Unwetter lagen schräg links vor ihnen, doch über ihnen selbst strahlte der Himmel so blau wie eh und je. Mehr als eine Stunde folgten sie in der prallen Mittagshitze dem Verlauf eines mit Pappeln bewaldeten Tals. Auch die Superzelle schob sich nach Norden, allerdings schien sie dabei so langsam zu sein, dass es kein Problem werden dürfte, vor ihr durchzuschlüpfen. Und falls nicht, wäre das Gewitter eben ein willkommener Sichtschutz gegenüber dem Militär – immerhin war der Regen zu ihrer Linken so heftig, dass selbst der kleine Yellowstone River, der dieses Tal in die karge Hochebene geschnitten hatte, überraschend viel schlammig-braunes Wasser mit sich führte, so viel, dass Christopher und Max froh waren, dass sie sich gegen die kleinere, direkt am Wasser verlaufende Straße unter ihnen entschieden hatten.

Eine Zeitlang verloren sie den Fluss aus den Augen, bis die Interstate schließlich kurz vor Livingston eine langgezogene Rechtskurve einschlug, das Hochufer verließ und auf eine Brücke über den Fluss führte, die allmählich grüner werdenden, nadelbaumbesetzten Hänge der Rockies auf der einen Seite, die halb im Tal versteckte Kleinstadt mit ihren Ziegelsteinfassaden auf der anderen. Und vor ihnen, mitten über dem Yellowstone River, zwei Humvees. Quer, beide Spuren ihrer Brückenseite in voller Breite blockierend.

»Fuck!«

Max trat auf die Bremse. Zu spät. Die Soldaten hatten ihr Auto bereits ins Visier genommen, und während zwei ihre Gewehre auf ihre Frontscheibe richteten, winkte ein dritter sie näher zu sich heran, dorthin, wo bereits ein weiteres Zivilfahrzeug geparkt stand.

»Fuck«, kam es noch einmal von Max.

»Wir müssen ruhig bleiben«, flüsterte Christopher. »Dann ist die Sperre eben in Livingston statt Bozeman. Wir sind ja angekündigt.«

Als Christopher, Max und Mtoto ausstiegen, die Hände vom Körper fortgestreckt, lieferte sich einer der Soldaten, ein hochgewachsener Mann mit kräftigem Körperbau, bereits ein hitziges Wortgefecht mit der Familie, die in dem anderen geparkten Fahrzeug gesessen haben musste.

»Sie können doch nicht einfach unseren Chevy konfiszieren! Das ist unser Eigentum. Verstehen Sie das? Unser Ei-gen-tum! Von der Verfassung geschützt!«

»Sir, unterlassen Sie auf der Stelle diese Beschwerden.« Der großgewachsene Soldat musste der diensthabende Offizier sein. Jedenfalls hatte der Hüne die meisten Streifen – beziehungsweise Pfeile – an seinen Schultern kleben. Und die mieseste Laune. Auch das »Sir« schien nicht ernst gemeint zu sein.

Der Mann vor ihm hatte mittlerweile seine Frau und seinen Sohn an sich herangezogen. »Dann unterlassen Sie bitte diese Aktion hier! Wie stellen Sie sich das denn vor? Die ganze Interstate sperren? In ein paar Tagen haben sie hier einen gigantischen Rückstau!«

Christopher machte einen Schritt nach vorne und warf dem Offizier ein Lächeln zu, von dem er hoffte, dass es möglichst locker wirkte. »Entschuldigen Sie bitte, Sir«, sagte er, und bewirkte, dass sich noch mehr Gewehrläufe der insgesamt zehn Soldaten auf ihn richteten. »Wir sind Vertraute von Doktor Catherine Strive, Assistant Secretary of the Air Force for Installations, Environment & Logistics. Wir bitten um Passage.«

»Schön für Sie, Sir«, blaffte der Offizier zurück. »Ich bin Corporal Turner. Und ich verweigere Ihnen hiermit die Passage.« Er wandte sich wieder an den Mann neben Christopher. »Und Ihnen natürlich auch, Sir.«

Christopher sah den Soldaten nur mit großen Augen an, ebenso wie Max und Mtoto. Der Familienvater hatte indes ebenfalls einen Schritt nach vorn gemacht. »Sie können uns doch nicht einfach so behandeln, Sie Mistkerl!«

»Glauben Sie etwa, wir machen das hier freiwillig, Sir? Glauben Sie, wir würden nicht viel lieber daheim sein, als uns hier auf einer gottverdammten Brücke mitten in dem beschissensten Bundesstaat dieser gottverdammten Union die Beine in den Bauch zu stehen, Sir? Wir sind bloß die Vorhut für Bozeman. Die Strafversetzten. Die, die Stellung halten müssen. Wenn auch nur ein einziger Wagen hier durchkommt, Sir, dann sind wir geliefert. Dann werden wir plattgemacht, denn so läuft das heute in diesen gottverdammten Vereinigten Staaten, Sir.«

Mtoto zupfte und zog an Christophers Ärmel.

»Aber …«, sagte der Mann.

Das Gesicht des Corporals war mittlerweile purpurrot angelaufen. Auch er machte einen Schritt nach vorn, so dass er keinen Meter mehr von dem Mann vor sich entfernt war. »Sie haben es immer noch nicht verstanden, Sir! Oder wollen Sie es nur nicht verstehen? Möchten Sie eine Kostprobe davon, wie das Leben in diesem neuen, von Gott in den Arsch gefickten Land aussieht?« Dabei stieß er den Mann gegen die Brust.

Mtoto begann, Christopher nach hinten zu zerren. Christopher gab nach, folgte, langsam rückwärts gehend, so dass es den Soldaten nicht weiter auffiel, deren Aufmerksamkeit nur noch ihrem Offizier und der Familie vor ihm galt.

Der Familienvater presste seine zu Tode verängstigte Frau und seinen Sohn eng an sich. Seine Stimme bebte, aber er machte keine Anstalten, zurückzuweichen. »Mein Name ist Phil Jordan. Das ist meine Frau Judy, und das ist Danny, unser Sohn. Unsere Familie lebt in Connecticut, seit drei Generationen. Wir sind Bürger der Vereinigten Staaten von Amerika. Die Mutter meiner Frau wohnt in Seattle. Wir haben ein Recht auf Freizügigkeit, wir haben ein Recht auf körperliche Unversehrtheit, wir …«

Irgendetwas in dem Blick des Corporals änderte sich. Er nahm sein Gewehr, entsicherte es und schoss zum blanken Entsetzen seines Gegenübers in den linken Vorderreifen des Familienwagens. »So viel zur Freizügigkeit in dieser schönen neuen Welt, Sir.« Dann hob er das Gewehr. Er lächelte. »Und so viel zur körperlichen Unversehrth…«

»Halt!« Eine schneidend scharfe Stimme. Ein weiterer Offizier tauchte hinter den beiden Humvees auf, umrundete die Blockade mit schnellen Schritten und blieb dann schräg neben ihnen allen stehen, seine Augen ausschließlich auf den Corporal fixiert.

»Corporal Turner, was geht hier vor sich?«

Der Offizier wippte unruhig hin und her. »Zivilisten, Sergeant.«

»Das sehe ich selbst.« Er riss dem Corporal das Sturmgewehr aus der Hand. »Die Präsenz von Zivilisten allein rechtfertigt aber nicht den Gebrauch ihrer Schusswaffe. Sie kennen Ihre Befehle?«

Ein kurzes Zögern. »Ja, Sir.«

»Haben Sie die Zivilisten aufgefordert, umzukehren?«

»Ja, Sir, das habe ich.«

»Und waren die Zivilisten bereit, dieser Aufforderung nachzukommen?«

»Nein, Sir, das waren sie nicht.«

»Haben Sie die Zivilisten aufgeklärt, was geschieht, wenn Sie sich dieser Aufforderung weiterhin widersetzen?«

Noch ein Zögern. Schließlich ein unsicheres »Ja, Sir.«

»Gut.«

Der Blick des Sergeants schwenkte augenblicklich zu der Kleinfamilie herüber. »Sir, ist das korrekt? Haben Sie sich der Aufforderung widersetzt, umzukehren?«

»Diese ganze Blockade ist doch reiner Wahnsinn! Wie können Sie …«

»Habe ich das als ein Nein zu verstehen?«

Der Mann nickte erbost. »Selbstverständlich ist das ein Nein! Als Bürger der Vereinigten Staaten haben wir ein verbrieftes Recht …«

Die Arme des Sergeants schnellten in die Höhe.

Ein einzelner Schuss.

Christopher sah wie in Zeitlupe, wie der Mann nach hinten umkippte, seine Frau und seinen Sohn noch immer in den Armen. Die obere Hälfte seines Kopfes war grotesk zur Seite gebogen, rötliche Masse spritzte aus einem sichelförmigen Loch gen Boden. Die anderen Soldaten schauten nur tatenlos zu, als der Sergeant das Gewehr herumschwang und es ohne jede Gefühlsregung auf die vor Schreck völlig erstarrte Frau daneben richtete. Noch ein Schuss. Noch ein Treffer.

Christopher rannte los, auch wenn sich seine Beine wie Gelee fühlten, auch wenn er die Welt noch immer wie in Zeitlupe wahrnahm, als er sich umdrehte, Max und Mtoto in die Rücken stieß und sie schob, drückte, presste, sie zum Rennen zwang, ohne nachzudenken, warum oder wie, auf die nahe Brüstung zu. Keine Zeit zum Reden. Keine Zeit zum Denken.

Ein dritter Schuss. Und noch immer kein Schrei.

Sie hatten die Brüstung erreicht. Der Yellowstone River, reißend wildes Wasser. Braune Gischt, Treibholz. Fünf Meter unter ihnen, zehn, fünfzehn? Egal. Christopher stieß Mtoto hart zwischen die Schulterblätter. Etwas knackte. Sie verlor das Gleichgewicht, stürzte über das Eisengitter. Dasselbe bei Max, mit mehr Kraft. Dann sprang er hinterher.

Ein Moment der Schwerelosigkeit, dann sommerlich warmer Wind, der ihm entgegenströmte. Weit über ihm das Geräusch einer Kugel, die die Luft durchteilte. Auf einmal Wasser, eiskaltes Wasser, und ein Aufprall, hart, viel härter als erwartet, am Knie, am Ellbogen, nicht auf dem Wasser, unter Wasser, auf Steinen. Strömung, die an ihm zerrte, ihn mitriss. Dumpfe Schläge auf der Wasseroberfläche. Körper neben sich im Wasser, einer, zwei? Er packte, was er greifen konnte, paddelte, schwamm, zerrte, stieß, dorthin, wo es tiefer war, kälter, die Strömung schneller. Mehr Schläge ringsherum. Unten bleiben, einfach nur unten bleiben. Mehr Paddeln, Zerren, Japsen nach Luft, vergeblich. Er hielt einen Körper eng an sich gepresst. Eine Stromschnelle. Und endlich keine Schläge mehr von oben, nur noch von unten, von den Seiten, durch Steine, durch Treibgut, durch alles. Er schob den Körper nach oben, an die Luft, zum Atmen. Dann stieß er selbst nach oben, durch die Wasseroberfläche. Ringsherum trübes braunes Wasser, weißbraune Gischt, Treibholz, Pappeln am Ufer, blauer Himmel über ihnen. Die Brücke war nicht mehr zu sehen, hinter einer Biegung verschwunden. In seinen Armen, wer war das? Mtoto. Sie hustete Wasser, stöhnte, blinzelte, aber sie sah ihn an. Max? Max! Ein paar Meter weiter flussabwärts eine Gestalt. Max! Sie regte sich, paddelte unkoordiniert auf ihn zu. Dann klammerte auch sie sich an ihn, bemüht, Mtoto immer über der Wasserlinie zu halten. Noch eine Biegung, noch mehr Stromschnellen. Schließlich prallte der Fluss fast senkrecht auf eine steile Kiesbank direkt vor ihnen, presste sie in Richtung Ufer. Christopher zog sich mit aller Kraft ins flachere Wasser, dorthin, wo die Strömung schwächer war, nicht mehr imstande, sie weiter fortzureißen.

Er spuckte Wasser, Schmerzen im Knie, Schmerzen im Ellbogen, zerrte die beiden hinter sich her, ehe sie alle drei japsend, die Beine noch im eisigen Fluss, auf den sonnengewärmten Steinen zu liegen kamen.

Christopher war kaum zu Atem gekommen, da hatte sich Max schon keuchend auf die Knie und Ellbogen gestemmt.

»Die Vorräte! Diese Schweine haben unsere Vorräte. Warum hat Kate uns davor nicht gewarnt? Die haben alles! Den Wagen, das Benzin, die Lebensmittel, das Wasser, einfach alles!«

Für eine halbe Ewigkeit lag Christopher einfach nur nach Luft ringend neben ihr, ehe er mit zittrigen Fingern in seine Hosentasche griff. »Ein Handy und fünf Dollar haben wir noch«, keuchte er, und drehte sein Smartphone in seinen Fingern hin und her. Ein kleiner Schwall Wasser ergoss sich auf die Steine neben ihm. »Mist, nur fünf Dollar.« Christopher sah an Mtoto hinab. Der Clip an ihrem Gürtel hatte gehalten. Er hätte fast gelacht, wenn ihm nicht so nach Weinen zumute gewesen wäre. »Und einen Ball, überraschenderweise.«

Max rappelte sich auf, beugte sich nach vorn, hustete. »Wir müssen uns das Zeug zurückholen!«

Christopher half Mtoto auf, die noch immer mit großen Augen zurücksah, zu den Bäumen, hinter denen die Highway-Brücke lag, zu den dunklen Wolken, die weit dahinter über den Bergen hingen.

»Das werden wir bleiben lassen. Wir hätten nicht den Hauch einer Chance, das weißt du genauso gut wie ich.« Er musterte Mtoto auf Verletzungen, Schnittwunden oder dergleichen. Im Verhältnis zu ihm schien es ihr und auch Max recht gutzugehen. Christopher rappelte sich auf, das Gesicht schmerzverzerrt. »Im Gegenteil, wir sollten schauen, dass wir wegkommen. Falls die es ernst meinen und nach uns suchen. Oder falls sie aus der Stadt Verstärkung bekommen. Die Schüsse hat bestimmt der halbe Ort gehört!«

Max starrte finster auf das Hochwasser. Es hatte sie gerettet, aber es hätte genauso gut ihr Untergang sein können. »Was schlägst du vor?«

»Den Bahnhof. Laut unserer Karte liegt Livingston an einer der wichtigsten Bahnlinien durch die Rockies. Und nach allem, was wir gelesen haben, fahren die Züge noch, zumindest Frachtzüge. Wenn wir einen offenen Wagen finden ...«

Max' Blick haftete weiter auf den Fluten vor ihr.

»Max! Sobald wir über den Rockies sind, können wir uns wieder Zeit lassen. Aber wir dürfen nicht riskieren, dass die Sperren so allumfassend werden, dass wir hier auf Dauer festsitzen.«

Jetzt erst drehte sich Max zu ihm um. Ihr Blick wirkte anders. Härter. Der Eindruck verfolgte Christopher schon seit Washington, doch erst jetzt begriff er, was genau sich geändert hatte. Was fehlte.

Ihr Glaube.

Seit Washington, seit Juliette, hatte Max kein einziges Mal mehr von einem tieferen Sinn der Wand gesprochen. Und so, wie sie ihn jetzt anguckte, bezweifelte Christopher, dass sie jemals wieder damit anfangen würde.

»Also gut«, sagte Max ohne Begeisterung in der Stimme. »Zum Bahnhof mit uns.«

Auch Mtoto schaute nun zu Christopher auf, die Arme um ihren Körper geschlungen. »Vielleicht schießen sie da ja auch nicht auf uns.«

Christopher lief ein Schaudern über den Rücken. Trotz seiner Schmerzen nahm er sie auf die Schultern. »Hey, sag das nicht! Wir hatten zweimal ganz großes Pech, aber das heißt nicht, dass das wieder passieren wird. Überleg doch mal, wie viele wildfremde Leute uns schon geholfen haben: der Kapitän auf dem Schiff, die ganzen Leute in Deutschland und in Washington, bis hin zu Juliette. Die allermeisten sind gute Menschen, und das auch jetzt, wo sie es selbst nicht leicht haben. Siehst du das nicht auch so? Dass die Leute nett waren?«

Doch Mtoto blieb lange stumm.

»Ja«, sagte sie schließlich. »Aber jetzt sind sie tot.«

Christopher schluckte. Mtotos Worte klangen nicht wie ein Vorwurf, sie klangen noch nicht einmal bitter. Es war eine Feststellung, so, als sei das normal, was mit ihren Eltern geschehen war, ihrem Bruder, mit Mhubiri und einigen der anderen Menschen, die ihnen auf ihrer Flucht begegnet waren. So, als rechne sie damit, dass es jederzeit auch ihn treffen könnte, oder Max, oder sie selbst. Als lohne es sich nicht mehr, jemanden liebzuhaben. Und so, wie Max zu ihnen herübersah, nicht niedergeschlagen, aber sehr ernst, schien auch ihr dieser Gedanke schon gekommen zu sein.

»Aber *wir* leben noch«, sagte Christopher mit fester Stimme. »Und das wird auch so bleiben!«

»Versprochen?«, ertönte es leise über Christophers Kopf.

»Versprochen!«, sagte Christopher, heilfroh, dass er ihr dabei nicht in die Augen schauen musste.

Triefnass und mit quatschenden Schuhen marschierten sie an staubtrockenen Baseballfeldern und einem heruntergekommenen Schwimmbad vorbei, vor allem aber an vielen, vielen Kirchen – Methodisten, Baptisten, Mormonen, Anhänger der Church Universal and Triumphant und, ja, sogar Katholiken schienen hier ihr Lager aufgeschlagen zu haben. Sie gingen immer in Richtung der goldgelben Hügel am Rand der Stadt, bis sie schließlich die Main Street erreichten. Livingston war wie verwaist, zumindest auf den ersten Blick. Soldaten waren keine zu sehen, nur ein paar Autos, die vor den bunten Ziegelsteinfassaden geparkt hatten, und ein Pfarrer mit einem Gesicht wie ein Weihnachtsmann auf Ritalin, der hastig ein paar Menschen in seine Kirche winkte und die drei mitleidig ansah. Für einen Moment schien er zu überlegen, sie dazuzuwinken, doch dann zog das laute Horn eines Güterzugs ihre Aufmerksamkeit auf sich, und als sie zurückblickten, hatte der Mann bereits die Tür hinter sich geschlossen.

Es war nicht mehr weit bis zum Bahnhof, auch wenn die Gleisanlagen selbst am Ende der Straße noch von einer Baumreihe verdeckt waren. Zwischen den Zweigen schienen die Umrisse von Güterwagen durch – Güterwagen, die sich zu ihrem Schrecken langsam in Bewegung setzten. Christopher setzte Mtoto auf ihre eigenen Beine. Sie begannen zu joggen, aus Angst, vielleicht ihre einzige Chance zu verpassen.

Zu ihrer Linken erschien ein schmuckes Bahnhofsgebäude, davor das Ödland des Gleisfelds, nichts als grauer Kies zwischen den Schienensträngen. Sie umrundeten die Bäume vor ihnen, sprangen über einen Zaun und rannten dann über die ersten beiden Gleise. Der Zug, eine schier endlose Aneinanderreihung von halboffenen Kohlewagen, hatte schon Schrittgeschwindigkeit erreicht. Wieder ertönte das Horn, und der Zug beschleunigte. Die Wagen waren hoch, zu hoch, als dass Christopher an die obere Kante gekommen wäre. Doch dann entdeckte er ein kleines Fußbrett an den Puffern zwischen den Wagen, direkt über der Kupplung. Die Räder des Zuges quietschten und ächzten, als sie versuchten, die Kraft der Lokomotiven auf die Schienen zu bringen. Christophers Herz pochte in demselben Takt, als er daran dachte, was passieren würde, wenn er von dem Fußbrett abrutschen und zwischen den Puffern landen sollte. Er schickte ein Stoßgebet an seine schmerzenden Extremitäten. Sie durften ihn jetzt nicht im Stich lassen!

Er sprang auf das Brett, klammerte sich mit einer Hand an der Oberkante des Wagens fest, streckte die andere Mtoto entgegen. Er war verblüfft, wie entschlossen sie an ihm und dem Wagen emporkletterte, dicht gefolgt von Max, die nur noch mit Mühe mit dem anfahrenden Zug hatte mithalten können.

Christopher blieb auf dem Fußbrett stehen, wartete einen Augenblick und legte dann alle Kraft in seine Arme. Und dann war er oben, mitten auf einem riesigen Haufen Kohlen, der in der Mitte des Wagens die Wände um einen halben Meter überragte. Dasselbe Bild vor ihnen, hinter ihnen, fein säuberliche Türme von Kohlen auf der gesamten Länge des Zuges. Und sie und die Kohlen waren nicht allein. Einige Wagen weiter hinten saß eine weitere Gruppe von Flüchtlingen, die schwarzbemalten Gesichter anteillos in ihre Richtung gekehrt, und dahinter noch eine, und dann noch eine.

Es bot fast ein surreales Bild, wie sich der Zug um die Kurven schlängelte, mal nach links wand und mal nach rechts, so dass sie das Ende nicht einmal sehen konnten, mit den einzelnen Menschenhaufen alle paar Wagen, in ihrem Schicksal vereint und doch außer Hörweite, durch die immer gleichen, glitzernden Kohlehaufen und die Wagenzwischenräume voneinander getrennt.

Der Zug zuckelte die erste Hügelkette hinauf. Es war noch immer mild und sonnig. Die Grillen zirpten in den goldgelben Bergwiesen, die Hänge wurden bewaldeter. Sie näherten sich dem Pass, vor dem sie Catherine gewarnt hatte.

Und sie hatte recht: Die I-90 direkt neben der Eisenbahnstrecke war auf der gesamten Breite blockiert. Und nicht nur der Highway – auch auf den kleineren Straßen und sogar auf dem Schotterweg weit zu ihrer Rechten, den sie als Notfallroute ausgekundschaftet hatten, standen Soldaten vor ihren Jeeps und Humvees.

Christopher kauerte sich in den Kohlenstaub, Max und Mtoto waren bereits mit gutem Vorbild vorangegangen. Wie eine La-Ola-Welle taten es ihnen die anderen Flüchtlingsgruppen gleich.

Der Zug bremste ab, kam zum Stehen. Christopher lugte über die Kante. Eine Handvoll Soldaten war aus den Führerhäusern der vorderen beiden Dieselloks gestiegen, sie unterhielten sich nun mit dem Kommandanten der Straßensperre, während einer seiner Untergebenen einen Teil des Zuges abschritt. Erst folgte er der I-90, dann kletterte er ein paar Wagen vor dem ihren über die Puffer und die Kupplung auf die andere, den restlichen Soldaten abgewandte Seite des Zuges, so dass Christopher ihn aus den Augen verlor. Die Schritte kamen näher. Christopher presste sich flach auf die Kohlen, wagte kaum einzuatmen. Doch dann stoppte der Soldat, direkt neben ihrem Wagen. Etwas Silbriges flog knapp über die Kante und landete direkt vor Max' Nase. Sie zuckte zusammen, genau wie Christopher, der fast einen Satz nach hinten gemacht hätte, ehe sie beide erkannten, was ihnen da zugeworfen worden war. Essen! Und sie waren nicht die einzigen. Weitere Militärrationen flogen auf die nächsten fünf oder zehn Wagen hinter ihnen, egal ob sich auf ihnen Flüchtlinge befanden oder nicht, stets in so niedrigem Bogen, dass es von der Straße aus nicht einsehbar war. Schließlich kletterte der Soldat wieder auf die andere Seite des Zuges und sprach etwas in sein Funkgerät.

Die Besatzung stieg auf. Langsam setzte sich der Zug wieder in Bewegung, ohne dass irgendeiner der Soldaten Anstalten machte, ihn noch einmal zu stoppen. Und damit hatten sie die Sperren passiert, einfach so.

Grinsend und mit schwarzen Gesichtern sahen Christopher und Max einander an, als sie in den Tunnel unter dem Bergpass einfuhren, und grinsend sahen sie einander auch noch an, als sie auf der anderen Seite wieder herauskamen. Sie hatten es geschafft!

Und sie hatten ein Ticket in Richtung Westen. Vielleicht nicht bis zur Küste, und sicher nicht bis Oakland – Christopher hatte schon jetzt verdammten Durst –, aber solange sie es eben auf dem Wagen aushielten.

Doch im Moment hatten sie keine Eile. Auch die neugewonnenen Energieriegel rührten sie nicht an, nachdem sich in der Nachmittagshitze der Täler Zentral-Montanas kein einziger Servicemitarbeiter der Bahn blicken ließ. Stattdessen ließen sie sich einfach von der Sonne wärmen und trocknen, bis aus dem Kohleschlamm auf ihrer Haut Kohlenstaub wurde, und Christopher und Max trotz der Schutzschicht einen kräftigen Sonnenbrand zu bekommen drohten.

Doch je länger sie fuhren und je tiefer die Sonne sank, desto mehr beunruhigte Christopher der Blick nach Süden. Die dunklen Wolken der Superzelle erstreckten sich über ein weit größeres Gebiet als bloß den Yellowstone-Nationalpark. Selbst im Westen waren nach der nächsten Hügelkette hohe Gewittertürme auszumachen. Und damit wurden die Wolken zu einem Problem.

Der Zug schraubte sich zwischen weiten, rollenden Hügeln auf den nächsten hohen Pass zu. Das Gras wurde grüner und höher, die Hügel zackiger und bewaldeter. An den Westhängen und in den tief eingeschnittenen Tälern siedelten sich Kiefern an. Zunächst waren es nur einzelne Bäume, in lockeren Gruppen zusammenstehend, doch je mehr sich die Strecke in Kehren den Berg hinaufschlängelte, desto dichter wurden die Nadelwälder. Und mit den Wäldern kam der Wind, und mit dem Wind die Wolken. Kurz nach der Passhöhe fielen die ersten Tropfen. Es dauerte keine Minute, bis sich der Himmel verdunkelt hatte, als sei es Nacht, bis es in Strömen goss, ihre eben erst getrockneten Klamotten wieder vor Nässe trieften und der Kohlenstaub in schwarzen Strömen an ihnen hinablief. Starke Böen rüttelten an ihrem Wagen, weit heftiger, als es der Fahrtwind je getan hatte. Die Luft kühlte sich schlagartig um mehr als zwanzig Grad ab.

»Fuck!«, brüllte Christopher gegen den Sturm an. »Ist das kalt!«

»Sogar der Fluss war wärmer«, fauchte Max zurück. »Und trockener!« Sie saß im Schneidersitz in einer Ecke des Wagens, Mtoto eng an sich gepresst.

Klonk. Und plötzlich lag zwischen den ganzen schwarzen Kohlebrocken ein nicht unwesentlich kleinerer weißer Brocken. Klonk. Noch einer, direkt neben Max.

»Hagel!«, schrie Christopher.

»Ich sehe es«, schrie Max zurück. »Wir brauchen Schutz, sofort!«

Christopher sah sich panisch um. Die Riegel, die Shirts an ihrem Leib, tonnenweise Kohle, das war's. »Wir haben keinen!«

Weitere Hagelkörner schlugen um sie herum ein. Eines traf Christophers Wade. Er jaulte auf.

»Hilf mir, schnell!« Max begann, mit bloßen Händen in der Kohle zu graben.

Christopher hielt schützend beide Hände über den Kopf. »Was hast du vor?«

»Uns einbuddeln!«

Das nächste Hagelkorn war Motivation genug, dass auch Christopher seine Arme tief zwischen die Kohlebrocken grub und sie wie wild zur Seite schaufelte.

Die Sturmböen rissen an dem Wagen und auch an Christopher, so sehr, dass er Panik bekam, über die Kante getragen zu werden. Die Nässe und die Kälte raubten ihm jedes Gefühl in den Fingern. Dazu die Angst vor dem immer dichter werdenden Hagel, mit bald golfballgroßen Körnern, und die Schmerzen, wenn ihn eines der Körner traf, als ob ihn ein sadistischer Golfer auf der Driving Range verfolgte.

Er stocherte mit klammen, bald mit blutigen Fingern zwischen der Kohle herum, klebrigen, tiefschwarzen Schmutz am ganzen Körper.

Irgendwann kamen sie stillschweigend überein, dass das Loch, in dem sie nun saßen, tief genug war – es war bei weitem nicht tief genug, aber das ständige Bombardement hatte neben seinem Fleisch auch Christophers Ansprüche weichgeklopft – und sie fingen an, die weggeschaufelte Kohle wieder über sich zusammenzutragen – regelrecht panisch, nachdem ein paar hundert Meter vor ihnen der erste Blitz in einen Baum krachte –, nur eine kleine Öffnung zum Atmen freilassend, an der sie mit ihren Armen notdürftig ihre Köpfe schützten.

Und so lagen sie inmitten ihres selbstgegrabenen Lochs, eng aneinandergekauert, Kohleschlamm in ihren Haaren, an ihrem Körper, überall Kohle und eiskaltes Wasser. Der Hagel wurde nochmals heftiger, prallte ebenso lautstark wie schmerzhaft auf ihre dünne Schutzdecke, rief Christopher jeden blauen Fleck und jede Prellung einzeln in Erinnerung, drohte sich in dem Loch zwischen ihren Köpfen anzusammeln, es zu verstopfen. Christopher presste die Hagelschicht mit aller Gewalt zur Seite, immer und immer wieder, während Max versuchte, einen ihrer Arme schützend über Christophers Kopf zu halten. Die Kälte fraß sich wie Wundbrand durch seinen Körper. Ihm wurde schwindelig, er wusste nicht mehr, wo oben war und wo unten, fühlte sich, als rollte er nackt einen Gletscher hinab. Er begann, unkontrolliert zu zittern. Und das Unwetter wollte und wollte nicht vorübergehen.

Nach einer gefühlten Ewigkeit wurde der Hagel schwächer, ehe er schließlich in Regen überging. Die dicke Eisschicht über ihnen begann zu schmelzen. Null Grad kaltes Wasser sickerte durch die Kohlen, lief über ihre Körper, sammelte sich, wo es nur konnte. Und doch verriet ihnen alles, was sie hörten – das Grollen des Donners, das Fauchen der Sturmböen, das Prasseln des Regens –, dass es ihnen jenseits ihres Lochs nur noch schlimmer erginge.

Christopher hatte sich in seinem Leben noch nie so sehr gefürchtet. Bis auf ein stärker werdendes Kopfweh waren alle Schmerzen weg, doch das war kein gutes Zeichen. Er spürte seine Beine praktisch nicht mehr, seine Hände, seine Nase. Er fragte sich, wie er das auch nur eine weitere Minute aushalten, ja, überleben sollte.

Max und Mtoto hatten aufgehört zu zittern; beide waren auf einmal sehr ruhig. Christopher bekam Panik. Er schrie sie an, stieß sie in die Rippen, presste sie eng an sich und rubbelte ihnen mit einer Hand und den Beinen über die Körper, soweit das ging, ohne die schützende Kohle von sich wegzuschieben. Mit der anderen Hand versuchte er, die restliche Hagelschicht über ihrem Kohlegrab zur Seite fortzuschaufeln, so dass nur noch der kalte Regen zu ihnen durchdrang anstelle des eisigen Schmelzwassers.

Und doch rührten sich Max und Mtoto nicht.

Der Regen prasselte unaufhörlich weiter. Irgendwann hatte Christopher keine Kraft mehr. Er hörte auf, Max und Mtoto anzubrüllen. Er hörte auf, sie warmzureiben. Er fühlte sich unendlich müde. Schlafen, einfach nur schlafen! Und doch gab es einen Teil in ihm, der ihn davor warnte, genau das zu tun. Warum, das verstand er nicht mehr, aber er hörte darauf, kämpfte gegen die Müdigkeit an, gegen die hämmernden Kopfschmerzen und den Schwindel, zwang sich, weiter mit Max und Mtoto zu reden, mit leiser, sanfter Stimme. Und er gestand ihnen alles. Gerade jetzt, wo sie ihn nicht hörten, prasselte es aus ihm heraus. Dass er nie Kinder haben wollte. Dass er sich nur aus Pflichtgefühl mit um Mtoto gekümmert hatte. Und dass das jetzt alles anders war, so unendlich anders! Dass er Max noch liebte, ganz egal, was sie für ihn empfand. Dass er sie immer geliebt hatte, auch und gerade, als er es selbst nicht mehr wusste. Dass er nicht wollte, dass es zu Ende ging, nicht so, in einem Grab aus Kohlen, in einem Sturm irgendwo in den Rockies.

Er wusste nicht, wie lange er so auf sie einredete. Jedes Gefühl für Zeit hatte ihn verlassen, und jeder Sinn für die Welt dort draußen. Er bekam nicht mit, wie der Wind nachließ, und auch nicht, wie der Regen wärmer wurde und schwächer, und schließlich ganz aufhörte. Er lag nur an Max und Mtoto gepresst und redete mit ihnen, erzählte ihnen aus seiner Jugend, von Catherine, von allem, was ihm wichtig war.

Und irgendwann spürte er, wie Mtoto sich bewegte. Sie hustete, begann zu schluchzen und dann zu heulen, ganz furchterregend zu weinen, und Christopher weinte mit ihr, aus Freude, aus purem Glück, weil ihre Tränen bedeuteten, dass sie noch da war.

Er buddelte sich an die Oberfläche, träge, wie durch Brei, mit steifen Bewegungen, zog Mtoto hinter sich her, und schließlich auch Max, ihre Haare und ihre Haut schwärzer noch als es die Wolken gewesen waren. Und so lagen sie da. Die meisten Hagelkörner um sie herum waren geschmolzen. Vor ihnen erstreckten sich grüne Hügel und ein riesiger, lieblicher See, an dessen schilfbewachsenem Ufer sie entlangfuhren. Es war mild hier, warm geradezu. Jenseits des Sees brach die Sonne durch die Wolken und schickte ihnen die letzten Strahlen des Tages entgegen.

In Christophers Kopf dröhnte alles. Ihm war furchtbar schwindelig, und er hatte keinerlei Ahnung, wie sie die Nacht überstehen sollten. Und doch: Für den Moment hatten sie es geschafft. Sie hatten die Berge durchquert, das Unwetter überlebt, die schwarzen Wolken und weißen Landschaften hinter sich gelassen.

Dicht nebeneinanderliegend ließen sie sich die Sonne auf ihre Körper scheinen, sahen im Dämmerzustand, unbeweglich und steif, wie am Seeufer erst einzelne Häuser auftauchten, dann immer größere Siedlungen und schließlich eine Kleinstadt.

Der Zug verlangsamte, hielt schließlich an, aber nicht im Bahnhof, sondern ein gutes Stück davor, neben einer Wildwiese, die zu einer Art Feldlager umfunktioniert worden war. Stimmen waren zu hören, aufgeregte Gespräche zwischen den Soldaten aus dem Führerhaus und anderen Männern. Einzelne Satzfragmente drangen bis zu ihm durch. »Schlimmer Erdrutsch« war eines davon, »folgen Sie uns, wir zeigen es Ihnen« ein anderes. Christopher schleppte sich bäuchlings an die Kante des Wagens, sah, wie eine größere Gruppe von Männern die Begleitmannschaft der Lokomotiven vorne vom Zug fortführte, während weiter hinten andere Männer mit Leitern auf die Wagen zuliefen. Alle von ihnen trugen markante blaue Halstücher.

Er wollte sich aufrichten, mehr sehen, doch er stürzte auf seine Hände, am ganzen Körper zitternd, und begriff frustriert, wie wenig er die Kälte hinter sich gelassen hatte.

Zwei junge Männer tauchten auf ihrem Wagen auf, mit Pistolen bewaffnet. Christopher wollte sich zurück zu Max schleppen, sie warnen, aber ehe er nur den Mund öffnen konnte, wurde ihm schwarz vor den Augen.

Das Nächste, was er mitbekam, war, wie er in der Nähe der nun leeren Gleise zugedeckt auf einer Bahre lag, neben sich Max und Mtoto und eine ganze Reihe anderer Menschen, vermutlich Flüchtlinge wie sie selbst.

Ein ganzer Pulk von großgewachsenen Männern trat auf sie zu. Dann machten die Männer ein paar Schritte zur Seite, schufen Platz für eine Person in ihrer Mitte – eine alte Frau mit kurzen grauen Haaren und wachen Augen. Sie trug ein einfaches, farbloses Gewand, in dem sie schmal und zerbrechlich wirkte, der Körper nach vorn gebeugt, die Hände starr übereinandergelegt.

»Herzlich willkommen in unserer Gemeinde.« Sie sprach sanft, aber mit einer solchen Klarheit und einem solchen Nachdruck, dass alle um sie herum verstummten. Ihr Blick schweifte über die Neuankömmlinge. Sie lächelte. »Herzlich willkommen in Sanctuary!«

KAPITEL 16

Catherine rutschte auf ihrem Stuhl hin und her. Nein, nicht auf ihrem Stuhl. Auf dem Besucherstuhl.

Ihr Stuhl stand auf der anderen Seite des Schreibtisches.

Und sie saß hier und wartete, so wie früher ihre Gäste gewartet hatten.

Plötzlich öffnete sich die Tür, und Adam stürmte herein, gleich zwei Tablets und mehrere Aktenordner unter dem Arm.

»Tut mir leid«, sagte er mit einem schiefen Lächeln. »Die Besprechung hat etwas länger gedauert.«

Er legte alles auf dem Tisch ab – *ihrem* Tisch – und ließ sich dann in den Stuhl ihr gegenüber fallen. »Es ist so schön, dich wiederzusehen! Darf ich dir einen Tee anbieten?«

»Nein danke.«

»Sonst etwas?«

Catherine schüttelte den Kopf. »Ich bin dir einfach nur dankbar, dass du mich empfängst.« Sie zwang sich zu dem sanftesten Tonfall, den sie in dieser Lage hinbekam. »Und danke, dass du mich so unbürokratisch in deinen Führungskreis aufgenommen hast.«

»Aber Catherine, das versteht sich doch von selbst! Niemand macht dir einen Vorwurf daraus, dass du ein bisschen was versäumt hast – wir sind alle glücklich, dass du diese Katastrophe überstanden hast! Und mir ist natürlich auch klar, dass diese Situation« – er deutete auf das riesige Büro, von dem aus er regierte – »für dich nicht leicht sein kann.« Er lächelte. »Aber bitte lass mich dir sagen, dass sie nicht von Dauer sein wird.«

Catherines Augenbrauen zogen sich zusammen.

»Mir liegt vielmehr an unserer guten Beziehung als an dieser Position.« Adam beugte sich zu ihr nach vorn. »Was hältst du davon: Ich bleibe für den Moment noch geschäftsführend im

Dienst, aber sobald wir beide der Meinung sind, dass du wieder voll drin bist und«, er deutete in Richtung des Verbands, der sich unter ihrem Blazer abzeichnete, »du dich auch körperlich wieder fit genug fühlst, reiche ich meinen Rücktritt ein, und wir tauschen unsere Ämter.« Er lachte. »Ich bin eh viel zu jung für solche Weihen.«

Catherine atmete tief aus. »Das klingt … sehr gut. Danke. Danke für deine Fairness.«

»Es ist mir eine Freude.« Er reichte ihr die Hand. Catherine sprang sofort auf, ergriff sie.

Wieder lächelte er. »Und ganz ehrlich, ich habe lieber dich um mich – oder über mir – als so manche anderen Zeitgenossen, die hier demnächst eine Rolle spielen.«

Catherine wusste, worauf er anspielte. Es war ein offenes Geheimnis, dass sie in den nächsten Tagen einen chinesischen Liaison-Offizier mitsamt seinem Stab zugeteilt bekamen. Ausgerechnet hier, im Herzen des Pentagons.

»Ich bin mir nicht sicher, ob die Zusammenarbeit mit *denen* so eine weise Entscheidung ist.«

Catherine nickte leicht. »Restlos überzeugt bin ich auch nicht. Dafür ging das alles viel zu plötzlich über die Bühne. Es wirkt fast so, als wisse unsere Führung nicht so recht, was sie tun soll. Andererseits würde uns eine erfolgreiche Zusammenarbeit mit China natürlich unglaubliche Chancen bieten. Und bislang scheinen sie sich ja an die Spielregeln zu halten.«

»Das ist jedenfalls die Hoffnung.«

Catherine blinzelte. »Wie genau meinst du das?«

Er lehnte sich in seinem Sitz zurück, faltete seine Hände zusammen. »Es gab nie eine Untersuchung deines Helikopterabsturzes. Offiziell, weil die Ressourcen nicht vorhanden waren.«

»Und inoffiziell?«

»Gibt es so manche Theorie.« Er zuckte mit den Schultern. »Ich sage nicht, dass die es waren. Ich sage nur, dass wir wachsam bleiben sollten.«

Catherine zögerte kurz, dann nickte sie. »Einverstanden.«

Adam strich mit der rechten Hand über die Tischplatte, so, als wische er ein paar Krümel fort. »Aber ich vermute, dass das nicht der einzige Grund ist, warum du mich sprechen wolltest?«

»Ja. Ich habe auf Pacifica etwas gesehen …« Und damit berichtete sie bis ins Detail von den Maisfeldern, von ihrer Mikroben-Theorie und auch von dem Glitzern, dass sie beobachtet hatte.

Adam hörte ihr aufmerksam zu, unterbrach sie nicht ein einziges Mal mit einer Nachfrage, doch als sie fertig war, beugte er sich lächelnd zu ihr. »Ich habe wunderbare Neuigkeiten: Wir wissen das alles bereits. In der Nähe von Pacifica Base ist erst gestern an gleich mehreren Orten solch ein … Glitzern, wie du es nennst, beobachtet worden. Und wahrscheinlich ist exakt dasselbe auch damals nach dem Zwanzig-Minuten-Krieg geschehen. Mittlerweile haben wir jedenfalls Dutzende Augenzeugen für diese Regeneration. Und nicht nur das: Ich habe bereits eine externe Task Force ins Leben gerufen, eine Gruppe von unabhängigen Fachleuten, die unter Hochdruck an möglichen Lösungen und Erklärungen arbeitet, für alle diese Phänomene. Einige der Forscher waren auch schon an den ersten Untersuchungen nach dem Angriff beteiligt.«

»Oh.« Mehr brachte Catherine nicht hervor.

»Die werden uns sicher bald alles erklären können. Das sind die richtigen Männer für den Job. Biologen, keine generalistischen Planer wie wir.« Adam erhob sich aus seinem Stuhl. »Mach dir keine Sorgen, Catherine.« Er umrundete seinen Schreibtisch. »Du siehst immer noch ein bisschen schwach aus. Schau vielleicht einfach, dass du dich erst einmal wieder richtig gesundpäppeln lässt, und alles Verpasste nachholst, und dann sehen wir weiter. In Ordnung?«

Catherine nickte.

Er begleitete sie hinaus auf den Flur. »Und weißt du was? Nimm dir den Abend einfach mal frei. Geh nach Hause, iss was Schönes und mach es dir in deiner Wohnung gemütlich!« Er lachte. »Das ist eine offizielle Anweisung.«

Doch Catherine war nicht nach Essen zumute. Und erst recht nicht danach, jemals wieder einen Fuß in das zu setzen, was sie einmal ihre Wohnung genannt hatte.

Juliette. Es war ihre Schuld, dass sie tot war. Wenn sie damals die Wahrheit gesagt hätte, wenn sie ihr nur mit ein paar Worten zu verstehen gegeben hätte, was sie wusste …

Und um ein Haar wären auch Christopher, Max und Mtoto dort drin verreckt. In *ihrer* Wohnung. Als ihre Schützlinge.

Als sie Christopher erreicht hatte, in den Trümmern ihres Zuhause stehend … ihre Hände zitterten immer noch, wenn sie an das Gespräch mit ihm dachte. Und wenn tatsächlich sie und anderes Top-Personal des DoD die Ziele dieses Angriffs gewesen waren – wie es die Behörden einfach behaupteten, wie es Christopher vermutete – dann war es gleich doppelt ihre Schuld.

Catherine schauderte. Auch wenn ihr die Wachen eine halbe Stunde in den Trümmern zugestanden hatten: Sie hatte es nicht einmal eine volle Minute darin ausgehalten.

Das Einzige, was sie mitnahm, war eine winzige Speicherkarte. Fotos lagen darauf, von Menschen, die ihr etwas bedeuteten, selbst dann noch, wenn dieses Gefühl schon lange nicht mehr auf Gegenseitigkeit beruhte. Und auch wenn es sich wie Hohn anfühlte, auch wenn sie die Bilder auf Pacifica vielleicht nicht einmal mehr ansehen konnte, so hatte sie ein extremes Bedürfnis, wenigstens irgendetwas von ihnen bei sich zu tragen.

Für alles andere in ihrem Leben, ihre Unterkunft, ihre Versorgung, musste sie sich nun auf das DoD verlassen. Selbst für Catherine war das ein mulmiges Gefühl, das nicht besser wurde, je länger sie darüber nachdachte – und sich damit in eine lange Kette von Problemen einreihte, die sie so rasch nicht lösen konnte. So hatte sie dank ihres *Unfalls* auf Pacifica den dritten Sonntagstermin in Folge verpasst, woraufhin Clarity selbst auf E-Mails rein gar nicht mehr antwortete, ganz gleich, was Catherine ihr schrieb. Um ihren Papa konnte sie sich erst wieder kümmern, wenn sie vor Ort an der Westküste war. Und auch wenn ein kleiner Anruf dafür gesorgt hatte, dass Christopher bei Clinton, Iowa ohne Zwischenfälle den Mississippi hatte überqueren können, konnte Catherine jetzt, wo sich die drei im Zickzack durch den Mittleren Westen bewegten, auch da nicht mehr viel tun.

Und so stürzte sie sich mit aller Gewalt in die Arbeit, um so rasch wie möglich wieder an ihren alten Posten zu kommen. In Rekordzeit kämpfte sie sich durch die Pläne, die in ihrer Abwesenheit beschlossen worden waren, arbeitete Adam zu, wo auch immer er ihre Hilfe brauchte – und stellte insgeheim den Kontakt zur Navy wieder her. Ihr Projekt hatte kein bisschen an Dringlichkeit verloren; ganz im Gegenteil, durch das Nahrungsproblem mochte es wichtiger sein denn je. Sie musste für den nächsten Schritt bereit sein, die Voraussetzungen dafür schaffen, alle Lösungen auch umsetzen, alle Puzzlesteine auch zusammenfügen zu können, sobald sie wieder am Ruder war und über die nötigen Ressourcen verfügte. Und darauf hoffen, dass bis dahin auch Adams Task Force mit ihren ganzen Forschergruppen Ergebnisse lieferte.

Sie schlief in ihrem winzigen Büro, auf einem Feldbett und nie mehr als zwei, drei Stunden am Stück, ehe sie sich wieder an die Arbeit setzte, an einem einzigen mickrigen Bildschirm.

Ihr Büro verfügte nicht einmal über ein Außenfenster, aber vielleicht war das auch ganz gut so. In den paar Stunden, die sie draußen verbracht hatte, hatte sie deutlich genug mitbekommen, wie sehr sich die Stimmung verändert hatte.

Sie hatte die beiden meterhohen Stacheldrahtzäune rund um das Pentagon gesehen. Sie hatte die Flüchtlingslager erlebt, die in der Nähe des Flughafens aus dem Boden gestampft worden waren, und die Blicke der Leute, die außen an seinen Zäunen vorbeigingen. Sie hatte die Schlangen gesehen, dort, wo die Supermärkte kaum noch beliefert wurden, endlose Reihen von Menschen, die vor Checkpoints des Militärs schier endlos darauf warteten, ihre Essensscheine gegen Notrationen einzutauschen. Und je schlechter die Versorgungslage wurde, je mehr die Menschen auf öffentliche Essensausgaben angewiesen waren, desto mehr schien der Optimismus zu bröckeln, und mit ihm die Bereitschaft zur Solidarität, trotz der EMP-Kapseln, die nun überall errichtet wurden, trotz des Grundvertrauens, das bislang noch zu herrschen schien.

Friedlich, aber stumm hatten sich die meisten Menschen ans Ende der Schlangen gestellt, am Rand von Straßen gewartet, die seit Tagen keine Müllabfuhr mehr gesehen hatten, und seit Wochen keinen Regen.

Nachts, so hatte man ihr gesagt, wandelte sich das Bild, und als sie auf dem Rückweg von ihrer Wohnung die ausgebrannten Autos gesehen hatte, die Sandsackbarrieren, selbst hier in Arlington, da hatte sie angefangen, diesen Erzählungen Glauben zu schenken und dankbar zu sein für die Stacheldrahtzäune, die das Pentagon vor den nächtlichen Mobs beschützte.

Und sie hatte zum ersten Mal angefangen, die Möglichkeit in Betracht zu ziehen, dass wirklich jemand hinter ihr her sein könnte. Pacifica. Ihre Wohnung. Völlig abwegig waren solche Gedanken nicht. Und doch – sogar Catherine hatte nicht das nötige Ego, um sich selbst für ein derart wichtiges Ziel zu halten. Vor allem aber hatte sie keine Zeit für einen solchen Wahnsinn, eine solche Ablenkung. Nein. Sie musste einfach nur weiterarbeiten.

Doch die Unruhen begannen trotzdem zu einer nennenswerten Bedrohung für ihre Tätigkeit zu werden. Die Trupps, die sich nachts auf die Straßen wagten, junge Männer vornehmlich, organisierten sich über das Internet, über die paar Kurznachrichtendienste, die noch online waren. Und auch weit gefährlichere Informationen wurden auf diesem Weg verbreitet, von Gruppen, die unterschiedlicher kaum sein konnten: von Verschwörungstheoretikern über Ökofundamentalisten bis hin zu Mitgliedern der ACLU, den Bürgerrechtlern der American Civil Liberties Union. Vor allem stach eine anonyme Hackergruppe hervor, die sich *Stimme der Wahrheit* nannte: Vox_Veritatis. Sie war es, die die handfesteren Beweise zu den Gerüchten lieferte, starke Indizien dafür, dass die Videos eine Fälschung waren – und mit ihnen die Schutzkapseln –, und auch dafür, dass die Wand nicht überlebbar sein konnte. Und sie war es, die die ersten Details über die gigantischen Investitionen auf Pacifica veröffentlichte.

Die Staatsgewalt reagierte schneller, als Catherine erwartet hatte, ließ die betroffenen Sites sperren, doch das führte nur dazu, dass der Informationsaustausch dezentraler stattfand, in Foren und auf simpleren Ad-hoc-Plattformen, von denen drei neue zu entstehen schienen, noch bevor die erste zerschlagen war. Schließlich verlagerte sich der harte Kern der Opposition ins Darknet, jenen Teil des Webs, der für die großen Suchmaschinen Terra Incognita darstellte und den zu überwachen selbst für die NSA kein Kinderspiel war.

Die Regierung wusste sich letztendlich nicht mehr anders zu helfen, als die Datennetze praktisch komplett zu blockieren. Und von einer Stunde auf die nächste war auch der klägliche Rest des zivilen Internets verschwunden.

Der große Aufschrei in der Bevölkerung blieb aus. Die meisten Leute hatten längst andere Sorgen, und die zeitgleich ausgestrahlten Ankündigungen neuer, intensivierter Hilfslieferungen – an Orten, die perfekt dafür geeignet waren, die Aufmerksamkeit der Bevölkerung von den bisherigen Brennpunkten abzulenken – führte sogar zu einer Beruhigung der Lage. Nicht zuletzt auch deshalb, weil die von der Abschaltung am härtesten Betroffenen ihrer Wut nun nicht mehr organisiert Gehör verschaffen konnten …

Und auch wenn das DoD schon vor Tagen auf das militärische Ersatznetz umgestiegen war, bestand Catherines Job zu wesentlichen Teilen daraus, Informationen aus den unterschiedlichsten Quellen zu finden und miteinander in Bezug zu setzen – und der Großteil dieser Informationen lag nun auf einmal außerhalb ihrer Reichweite. Es traf Catherine hart, wie klein die Welt geworden war, wie dunkel und leer. Sie fühlte sich, als hätte man ihr einen Arm ausgerissen, ein-, zweimal nachgetreten und, weil das offensichtlich noch nicht genug war, sie im selben Atemzug zurück in die Achtziger gezerrt, eine Dekade, bei der sie froh war, fast keine eigenen Erinnerungen daran zu haben.

Die meisten ihrer Kollegen hingegen hatten wenig gegen die Sperren einzuwenden. Die zunehmende Tuschelei auf den Korridoren hatte andere Themen zum Inhalt, wie die aus heiterem Himmel kommende Verkleinerung der Mannschaft, die sich mit den Abwehrmaßnahmen gegen die Wand beschäftigte – und eine weitere, zeitgleiche Aufstockung von Catherines … Adams Abteilung. *Continuity of Operations.*

Gerüchte von einem *neuen starken Mann* machten die Runde. Zuerst nahm Catherine an, dass damit jemand aus dem Generalstab gemeint sei oder gar der Verteidigungsminister selbst – nachdem der Präsident seit Wochen nicht mehr persönlich auf der Bildfläche erschienen war und das DoD mehr und mehr unter der Kontrolle des Militärs zu stehen schien – aber das einzige, was diese Gerüchte gemein hatten, war die Aussage, es handle sich um niemanden, der bislang öffentlich in Erscheinung getreten sei.

Vor allem aber sorgte die intensivierte Kooperation mit den chinesischen Behörden für unverhohlenes Murren. Unter der Hand fiel immer wieder der Vorwurf »unamerikanischen Verhaltens«, und zwar sowohl gegenüber den Unterstützern dieser Zusammenarbeit, als auch gegenüber denen, die den offiziellen Regierungskurs kritisierten.

Und Adam tat nichts, um dem Ganzen Einhalt zu gebieten. Im Gegenteil, unter seiner Führung erlebten die anti-chinesischen Vorurteile eine Blütezeit, was die Debatten in immer abenteuerlicheren Theorien gipfeln ließ. Spätestens, als einer der Neulinge in seinem Team mit der These daherkam, die Chinesen hätten schon vor Jahren in der Wüste Gobi ein Alien-Artefakt gefunden, mit dem sie nun die Wand und den Kontinent aus einem riesigen Hohlraum unter der Landmasse heraus kontrollierten, wurde es Catherine zu bunt: Adam musste endlich ein Machtwort sprechen.

Doch Adam dachte gar nicht daran. »Ich kann den Leuten doch nicht den Mund verbieten«, sagte er, als sie ihn auf dem Rückweg vom Mittagessen abfing, um zum ersten Mal seit einer knappen Woche ausführlicher mit ihm zu reden. Und: »Jeder sucht eben nach Erklärungen.«

»Wenn das mit dem Hickhack so weitergeht, geht hier bald gar nichts mehr voran!«

»Hab Geduld, Catherine.«

»Geduld? Wir liegen seit über einer Woche hinter unserem Zeitplan zurück, und jeden Tag wird es schwieriger, das noch aufzuholen. Seit gestern haben wir hier de facto Stillstand! Und zu den Böden gibt es auch noch keine neuen Ansätze.«

Er zuckte mit den Schultern. »Ich tue, was ich kann. Wir alle machen das. Die Rahmenbedingungen sind eben nicht mehr die Besten.«

»Da machst du es dir ein bisschen einfach, findest du nicht?«

Wieder nichts als Schulterzucken. »Ich hole ja auch dauernd neue Leute in mein Team.«

»Das merke ich. Die Neuen sind aber tendenziell die, die den Konflikt noch weiter anheizen. Siehst du das denn nicht?«

»Es sind einfach die Besten. Wenn sie ihre Arbeit gut machen, ist es mir egal, was für politische Ansichten sie haben.«

»Aber das ist es ja gerade! Ich habe das Gefühl, dass ihre Vorgänger rascher vorangekommen sind.« Sie sog ihre Wangen ein, ließ die Luft dann langsam wieder entweichen. »Und ehrlich gesagt hatte ich auch gehofft, dass du mich in diese Entscheidungen mehr mit einbeziehst, wenn wir jetzt wieder Ämter tauschen wollen.«

Adam blinzelte. »Jetzt schon?«

»Sagen wir so … ich habe mich reingehängt, über alle Gebühr. Ich denke, dass ich mittlerweile bei sämtlichen Projekten wieder auf dem neuesten Stand bin. Ich habe sogar den entsprechenden Beweis: Der Ausbauplan für die Midpoint Station, den du gewünscht hast, ist bereits fertig.«

»Inklusive Stufe II?«

Sie lächelte. »Stufe II *und* III.«

Sie griff in ihre Jacketttasche, reichte ihm das Tablet, das sie bei sich trug. Adams Augen flogen über die Skizzen.

»Ich … ich muss gestehen, ich bin etwas überrascht, dass das so schnell ging. Ich hätte mit den Ergebnissen nicht vor nächster Woche gerechnet.«

»Du solltest mich mittlerweile besser kennen.«

»Es ist natürlich eine rein positive Überraschung.« Er stockte. »Aber ich fürchte, ich muss dich trotzdem enttäuschen.« Adam beeilte sich, seine Hände zu heben. »Ich halte mich selbstverständlich an mein Versprechen. Du bist die bessere Frau für den Job, keine Frage, und du hast das alles außerordentlich rasch aufgearbeitet.«

»Aber?«

»Ich glaube, jetzt ist einfach nicht der richtige Zeitpunkt. Immerhin kommt heute Nachmittag die chinesische Delegation an. Da brauchen wir Kontinuität, gerade dann, wenn es in der Abteilung ein bisschen kriselt.« Er zwinkerte ihr zu. »Lass mich die Maschine ein bisschen in Schwung bringen, und dann übernimmst du wieder …« Adam wusste genau, wie begeistert sie von seinen Aussagen war. »In Ordnung, ein Zugeständnis vorneweg: Damit du siehst, dass ich es ernst meine, übertrage ich dir die zivile Repräsentanz für den Empfang.«

Und damit ließ er sie stehen.

Anderthalb Stunden später landete der chinesische Armeehelikopter auf dem streng bewachten Helipad des Pentagons. Die zwei ausländischen Generäle, beide trotz der Julihitze in ihren prachtvollsten olivgrünen Uniformen, wurden mit allen Ehren empfangen – General Wilson, der sich die letzten Tage fast gar nicht im DoD hatte blicken lassen, stellte, zusammen mit einem Admiral der Navy, das militärische Empfangskomitee – um dann von Catherine mitsamt ihrem zwanzigköpfigen Tross ins Innere geführt zu werden.

Trotz ihrer eigenen Vorbehalte versuchte sie alles, damit sich die Gäste willkommen fühlten, aber die Chinesen hätten durch die Bank autistisch veranlagt sein müssen, um nicht zu spüren, wie ein guter Teil der Leute hier ihnen gegenüber eingestellt war. Catherines Hoffnung, dass General Wilson vielleicht das Eis brechen könnte, bestätigte sich nicht – er erweckte vielmehr den Anschein, als sei er in Gedanken woanders, und ganz eindeutig nicht an einem glücklichen Ort. Leise darauf angesprochen, murmelte er nur etwas von Hardlinern und amerikanischen Werten. »Sie führen Ihre Kämpfe, Ms. Strive, und ich führe meine.« Dann trottete er wieder wortlos neben Catherine her – schmaler und fahler, als sie ihn in Erinnerung hatte – und ebenso stumm, mit ernsten, aber unsicheren Blicken folgten ihnen die beiden chinesischen Generäle in die bereitgestellten Büros, eine Reihe von Adjutanten mit Laptops und Aktentaschen im Schlepptau. General Wilson und der Admiral begleiteten sie hinein, dann schlossen sich die Türen.

Ein halbes Dutzend Männer, alles Zivilisten, blieben auf dem Gang zurück. Unter ihnen war auch ein bekanntes Gesicht.

»Mister Yóu!« Catherine deutete eine leichte Verbeugung an und reichte ihm die Hand.

Yóu tat es ihr gleich. »Doktor Strive, schön, Sie zu sehen. Ich wünschte, es wäre unter angenehmeren Voraussetzungen, aber ich freue mich, dass Sie es wieder an ihre alte Position geschafft haben!«

»Beinahe zumindest. Mein Vorgesetzter lässt sich für den Nachmittag entschuldigen.«

Yóu sah sich um – und fing sich prompt einen finsteren Blick eines DoD-Mitarbeiters ein. Er drehte sich zu Catherine zurück. »Ein plötzlicher Fall von Gelb-Fieber?«

Damit hätte er sie fast zum Lachen gebracht. »So etwas in der Art, ja. Das kommt hier zurzeit leider häufiger vor.«

Er lächelte gequält. »Danke jedenfalls, dass Sie für uns hier trotzdem etwas Platz schaffen. In meinem alten Büro sieht es mittlerweile ziemlich düster aus.«

Catherine berührte ihn leicht am Arm. »Wie schlimm ist es?« Natürlich wusste sie, wie schlimm es war, aber es war wichtig, dass er das Gefühl bekam, verstanden zu werden.

Yóu seufzte, rückte sich die Brille zurecht. »Běijīng. Tiānjīn. Shànghăi. Wir haben binnen zweier Tage das halbe Land verloren. Sie können sich vorstellen, was für ein Schock das ist – selbst wenn die Menschen dahinter sicher sind.« Er fuhr sich über die Lippen. »Und diese … Wand nennen sie es? Videoaufnahmen werden dieser Monstrosität nicht gerecht. Es ist eine Herausforderung, in den letzten freien Häfen Ruhe und Ordnung zu bewahren, selbst für uns. Wir tun, was wir können, und zumindest Dalian soll noch bis morgen offen bleiben, aber viele weitere Ressourcen können Sie von unserer Seite nicht mehr erwarten. Dafür überschwemmen wir Dòng Tiān in den nächsten Tagen mit Hunderttausenden Arbeitskräften, die sich derzeit noch im Transit befinden.« Er lächelte schief. »Und mit einer ganzen Reihe von Funktionären.«

Dann drehte er sich zu seinen fünf Untergebenen um und nickte ihnen knapp zu. Die Männer griffen in Sekundenschnelle nach ihren Ausrüstungskisten, die neben einer Reihe vertrockneter Topfpflanzen standen, für die sich offenbar niemand mehr verantwortlich fühlte.

Yóu drehte sich zu Catherine zurück. »Ich würde sagen, dann machen wir uns mal an die Arbeit. Wenn Sie wollen, jetzt gleich, auch ohne dass Sie mich Ihrem Chef vorstellen.« Er hatte wieder dieses Lächeln auf den Lippen, das Catherine nicht einschätzen konnte. »Wir haben immerhin einen ganzen Kontinent zu besiedeln.«

Tatsächlich verlief die Zusammenarbeit mit Yóu weitaus fruchtbarer, als Catherine anfangs gedacht hatte. Er wartete nicht mit den kreativsten Geistesblitzen auf, aber er stellte sich im Arbeitsalltag als kompetent und ausgesprochen kollegial heraus. Hatte sie zunächst nur aus der Überzeugung heraus mit ihm gearbeitet, dass ihre beiden Länder eben auf Gedeih und Verderb darauf angewiesen waren, zu kooperieren, entwickelte sie ihm gegenüber im Laufe der Zeit zunehmend so etwas wie echtes Teamgefühl; etwas, das sie im DoD kaum je erlebt hatte.

Von Adam hingegen war sie immer mehr enttäuscht. Zweimal hatte er bereits angedeutet, kurz vor dem Punkt zu sein, wo er problemlos seinen Posten räumen konnte, zweimal hatte er sie dann doch auf einen späteren Zeitpunkt vertröstet, mit Verweis auf irgendwelche formalen Schwierigkeiten, von denen Catherine, so stichhaltig die Begründungen auch sein mochten, irgendwann nichts mehr hören konnte. Und so verlief auch die Planung zweier weiterer Außenposten entlang der beiden Hauptausbreitungsachsen im Sande.

Doch gerade als sie Adams Arbeit an den Außenposten zu analysieren begann, weckte etwas anderes ihre Aufmerksamkeit. Eine E-Mail von einem obskuren Konto, aber mit der offiziellen Endung des DoD. Doch das Entscheidende war nicht der Absender, sondern der Plan im Anhang.

Ein Plan für eine Straßenblockade.

Für mehr als eine Straße, weit mehr. Für *alle* Straßen. Von Kanada bis runter nach Mexiko. Eine zackige Kurve entlang der Bergkämme der Rockies, die von der geringstmöglichen Zahl an Straßen gekreuzt wurde. Wenn man sie abriegelte, konnte man im westlichen Teil der USA mit weit weniger Kräften weit länger die Ordnung aufrechterhalten, für die letzten Vorbereitungen in Richtung Pacifica – und ließ dafür vier Fünftel der Bevölkerung zurück.

Dafür gab es eine passende Cover-Story, mit »B-Waffen« und »terroristischen Angriffen«.

Das Ganze sollte noch am selben Tag, dem 26. Juli, in Kraft treten und von einem großflächigen Ausfall der Kommunikationsnetze – der jeden Moment geschehen konnte – begleitet werden.

Catherine schluckte. Das war ganz und gar nicht die Art von Evakuierung, die sie sich erhofft hatte. Aber die Pläne sahen glaubhaft aus.

Sie musste ihn warnen. Und zwar sofort.

Sie griff nach ihrem Handy. Ein Anruf in Abwesenheit. Chris?

Mit pochendem Herzen rief sie ihn zurück. Und tatsächlich, sie kam noch zu ihm durch! Sie berichtete ihm von den Sperren in Montana, versprach, ihm ein Schlupfloch zu schaffen – ohne ihm gefährlich viele Details zu verraten. Gleich zwei junge Männer steckten während des Telefonats ihre Nasen in Catherines Büro. Catherine vertrieb sie mit giftigen Blicken. Das Netz konnte jeden Moment zusammenbrechen. Und dann entschied sie, nicht schon wieder eine Chance verstreichen zu lassen. Sie wusste, es würde nichts ändern, aber sie musste es ihm trotzdem endlich sagen, um ihrer selbst willen.

»Chris«, stammelte sie, Tränen in den Augen, »ich bin noch immer …«

Klack. Und damit war die Leitung tot. Catherine nahm das Handy vom Ohr, starrte fassungslos auf den Bildschirm, so lange, bis er sich erst verdunkelte und schließlich komplett schwarz wurde. Dann legte sie das Gerät mit zitternden Fingern beiseite, schloss für einen Moment die Augen – und griff nach ihrem Diensttelefon.

Sie musste den Offizier an der Straßensperre in Montana erreichen. Und dann musste sie wieder an die Arbeit. Endlich die Kontrolle zurückerlangen, Adam zeigen, dass sie keinen Spaß verstand. Das hier war einfach zu wichtig, um weiter auf ihn Rücksicht zu nehmen. Die Zeit für Geduld war endgültig vorbei.

Es war schon spät, als sie in Adams Büro stapfte, wutentbrannt und ohne zu klopfen.

»Catherine? Was tust du denn hier?«

Sie knallte einen Bericht auf seinen Schreibtisch, direkt neben den Laptop, an dem er gerade arbeitete. »Warum hast du die Planungen eingestampft?«

»Welche Planungen?«

»East Point. Lúzhōu. Neuen Raum im Landesinneren, du erinnerst dich?«

»Ach, die.« Adam warf kaum einen Blick auf die Blätter, die vor ihm auf dem Tisch lagen. »Das hat sich erledigt.«

»Warum?«

»Die beiden Basen sind strategisch unerwünscht.«

»Unerwünscht? Das Land rund um die Basen könnte Hunderttausende ernähren!«

»Wie gesagt, sie sind unerwünscht.«

»Das ist keine Erklärung.«

»Ich werde dir alles erklären, sobald wir den Wechsel abgeschlossen haben.«

Catherine stellte sich breitbeinig vor seinen Schreibtisch, die Arme vor der Brust verschränkt. »Und wann wird das endlich passieren?«

»Morgen. Ehrenwort.«

»Das sagst du nicht zum ersten Mal.«

»Bitte, hab einfach Vertrauen.«

»Ich vertraue dir, das ist es ja! Bei jedem anderen wäre ich längst pampig geworden.«

Er starrte auf den Bildschirm seines Laptops. »Du *bist* pampig.«

»Noch pampiger.« Sie presste ihre Finger in ihre Oberarme. »Manchmal bekomme ich fast das Gefühl, du willst gar nicht, dass hier irgendetwas vorangeht. Dass du uns alle nur hinhältst.«

Plötzlich hatte sie seine volle Aufmerksamkeit. »Das ist doch absurd! Ich gebe hier mein Bestes!«

»So sieht es aber nicht aus. Die Arbeiten stocken, die Lieferungen ebenso. Ich kenne dich, du wärst talentiert genug, um diese Herausforderungen zu meistern. Warum tust du es nicht?«

Keine Antwort. Nur sein Gesicht wurde rot.

»Und dann deine Kommunikationspolitik. Du sagst seit einer halben Ewigkeit, dass die Forschungsgruppe zu den Pflanzen und Böden kurz vor dem Durchbruch stünde. Aber ich habe noch nicht ein einziges Dossier dazu gesehen. Nicht einmal eine kurze Notiz. Und das, obwohl sich die Berichte über solche Regenerationswellen häufen. Obwohl immer mehr System dahinter erkannt wird, zum Beispiel die schnellere Reaktion und höhere Frequenz dieses Prozesses im Inland. Warum geht da trotzdem nichts voran? Und was ist mit meiner Mikroben-Theorie? Mit der Frage, welche Bakterienstämme für eine Durchseuchung in Frage kämen?« Sie schlug mit einer Faust in ihre offene Handfläche. »Es ist, als gäbe es diese Task Force überhaupt nicht!«

An Adams Schläfe trat eine Ader hervor. »Deren Arbeit ist nun einmal streng geheim.«

»Deren Arbeit ist die Grundlage von allem, was wir hier tun! Wenn die nicht bald einen Durchbruch vermelden, dann können wir den Laden hier dichtmachen.« Und sie ihr Navy-Projekt beerdigen.

»Ich kann dazu nichts sagen.«

Catherines Blick gewann an Schärfe. »Kannst du mir nichts sagen oder *willst* du mir nichts sagen?«

Adam sprang auf. »Catherine!«

»Und warum kannst du mir nicht sagen, was mit den Planungen für die beiden Basen los ist? Die Chinesen stehen schon bereit, an beiden Orten. Sie brauchen nur noch die Pläne!«

Er zischte: »Sollen die Dreckskerle doch warten, bis sie verhungern!«

Catherine stützte sich mit beiden Händen auf dem Tisch ab und lehnte sich ihm weit entgegen. »Was soll das werden? Ich dachte, wir wären Kollegen? Was verheimlichst du mir? Raus mit der Sprache!«

Adams Nasenflügel bebten. »Was willst du von mir hören?«

»Den Grund, warum du die beiden Stützpunkte verhinderst. Den wahren Grund!«

»Damit diese gottlosen Schlitzaugen nicht noch mehr Übermacht gewinnen!« Er brüllte, schlug mit der vollen Faust auf den Tisch vor ihm. »Ist es das, was du hören willst? Bist du jetzt glücklich?«

»Die Basen versorgen doch auch uns! Jeder Tag, den wir mit dem Bau warten, kostet tausend amerikanischen Bürgern die Lebensgrundlage!«

Seine Augen funkelten. »Tausend von unseren und fünftausend von deren!«

»Du wärst bereit, uns derart ins eigene Fleisch zu schneiden, nur um den Chinesen zu schaden? Adam, das sind unsere Verbündeten! Wir brauchen einander!«

»Brauchen!« Er schnaubte, die Adern auf seiner Stirn pochten. »Diese Schlitzaugen sind der Krebs in all unserer Arbeit. Lieber würde ich Pacifica brennen sehen, als noch einen einzigen von ihnen anlanden zu lassen!«

Catherine schluckte. Sie musste den Schock gar nicht spielen. Nach ein, zwei Sekunden ließ sie die Tischplatte los, trat einen Schritt zurück. »Dann haben wir uns nichts mehr zu sagen.«

»Gut.« Er spuckte ihr das Wort fast entgegen.

Catherine wandte sich zur Tür.

»Noch eins, *Doktor Strive«*, blaffte er ihr hinterher.
Sie stockte, drehte sich halb zu ihm um.
»Bis morgen früh habe ich Ihr Rücktrittsgesuch auf meinem Schreibtisch.«
»Keine Sorge.« Ein Lächeln zog sich über ihre Lippen. »Sie werden bis morgen meine Antwort erhalten, *Mister Gavril.*«

Draußen auf dem Korridor, außer Hörreichweite seines Büros, griff sie in die Innentasche ihres Blazers. Catherines Lächeln wurde breiter und eisiger zugleich. Das rote LED-Licht an dem kleinen Gerät blinkte noch. Sie stoppte die Aufnahme, spulte etwas zurück, um stichprobenartig zu testen, dass die Aufzeichnung gelungen war. »Diese Schlitzaugen sind der Krebs in all unserer Arbeit«, quäkte es aus dem winzigen Lautsprecher. »Lieber würde ich Pacifica brennen sehen, als noch einen einzigen von ihnen anlanden zu lassen!«
Na, wenn das nicht für eine richtig gute Antwort ausreichte …
Zurück in ihrem Büro erzeugte sie eine digitale Kopie des Mitschnitts und fügte sie an eine kurze E-Mail an. Die Nachricht hatte nur zwei Empfänger: General Wilson und sein chinesischer Kollege. Sie überprüfte, dass beide eindeutig erkennen konnten, dass der jeweils andere auch die E-Mail erhalten hatte. Dann drückte sie auf die Tastenkombination für Senden.
Erledigt. Sie genehmigte sich ein kurzes Lächeln und wandte sich dann an Punkt zwei von drei auf ihrer To-do-Liste. Sie warf einen Blick ins Intranet, durchsuchte das Organigramm nach dem Stichwort Mikrobiologie. Und tatsächlich, zwei Namen tauchten auf ihrer Liste auf, ganz unten im Keller des mittleren Rings.

In dem Moment, als sich die Fahrstuhltüren öffneten, wusste sie wieder, warum sie seit Jahren nicht mehr hier gewesen war. Breite Rohre kreuzten dicht über ihrem Kopf, und selbst dort, wo sie sich an die Ränder des Korridors zurückzogen, hing die Decke so niedrig, dass Catherine problemlos mit ihren Händen über den unverputzten Beton hätte streichen können. An den Seiten des Ganges reihte sich eine Stahltür an die nächste, allesamt mit kleinen Fenstern, die durch dünne Metallgitter verstärkt waren. Wie ein Labortrakt sah es nicht aus.

Zimmer siebenundzwanzig. Catherine schielte durch das Glas.

Eine Handvoll großer, weißer Analysegeräte dominierte den Raum, Reagenzgläser und Petrischalen fanden sich nur in einem einzigen Regal in der hinteren Ecke. Ein Mann im Rollstuhl – Irokese, Anzug, Zigarette im Mundwinkel – saß vor einem Tisch, tippte lustlos ein paar Zahlen in eine Tastatur. Eine kleine, etwas rundliche Frau mit großen braunen Augen, die frech unter einem bunten Kopftuch hervorlugten, schlich sich grinsend an ihn heran, eine Spritzflasche in den Händen und löschte mit einem kräftigen Strahl seine Zigarette aus. Der Mann rollte zurück, verfolgte die Frau durch das halbe Labor – und legte sie, als er sie schließlich neben ihrem Laborhocker erwischt hatte, einfach übers Knie.

Catherine stieß die Tür auf, doch obwohl der schwere Stahl furchtbar laut über den Boden schabte, ließen die beiden nicht voneinander ab. Die Frau blieb bäuchlings auf den Oberschenkeln des Mannes liegen, stützte ihren Kopf auf ihre Hände und schaute Catherine neugierig entgegen. Der Mann wirkte ein ganzes Stück weniger amüsiert.

»Doktor Liam Edwards, Doktor Aalia Shirani? Ich würde gerne mit Ihnen reden. Wären Sie so nett, sich für zwei Minuten wie erwachsene Menschen zu benehmen?«

Dr. Shirani kletterte von ihrem Kollegen herunter. »So, wie Sie uns wie erwachsene Menschen behandeln? Uns hier praktisch einsperren?«

»Davon weiß ich nichts.« Ihre Augen verengten sich ein wenig. »Besonders unglücklich wirken Sie hier jedenfalls nicht.«

»Wir sind massiv unterbeschäftigt.« Dr. Edwards schnaubte. »Sehen Sie sich doch um: Das hier ist eine bessere Abstellkammer, kein Forschungslabor!«

Unterbeschäftigt? Hatte Adam nicht angedeutet, dass alle Wissenschaftler Tag und Nacht an der Arbeit seien? Verflucht, sie hätte viel früher nachhaken müssen!

Catherine sah ihn grimmig an. »Das lässt sich ändern.«

Die Frau zögerte für einen Moment, verschränkte ihre Hände hinter ihrem Kopf. »Wer sind Sie überhaupt?«

»Doktor Catherine Strive, Assistant Secretary of the Air Force for Installations, Environment & Logistics.« Na ja, morgen zumindest wieder.

Ihr Kollege hatte noch immer die verloschene Kippe im Mundwinkel. Plötzlich streckte er den Rücken durch und salutierte. »Doktor Liam Ropata Edwards, zu Diensten, Ma'am.« Sein spöttischer Blick zeigte ihr, was sie davon zu halten hatte. »Was wollen Sie von uns?«

»Ich brauche Ihre Expertise. Sie sind die einzigen im DoD, die schon mit Pflanzenproben von Pacifica gearbeitet haben.«

»Nun«, sagte Dr. Edwards. »Das Pentagon ist nicht gerade ein Hotspot der mikrobiologischen Forschung.«

Dr. Shirani nickte. »Wir sind eigentlich vom Caltech. Man hat uns mit den Proben geködert, aber dann war plötzlich das Interesse an unserer Arbeit weg.«

Dr. Edwards kaute auf seinem nassen Zigarettenstummel herum. »Gehen lassen sie uns aber trotzdem nicht. Ich habe meinen Mann seit fast einer Woche nicht gesprochen.«

»Und ich meine Tochter«, sagte Dr. Shirani.

Catherine konnte nur mit Mühe ein Stirnrunzeln zurückhalten. Hatte das DoD etwa Angst, dass die beiden desertierten? Oder dass sie Geheimnisse verrieten?

»Und wenn ich dafür sorge, dass sich das jetzt ändert?« Sie lächelte. »Wenn ich Sie mit ihren Liebsten zusammenbringe und Ihnen direkt auf Pacifica alle Mittel zur Verfügung stelle, die Sie brauchen, helfen Sie mir dann?«

Endlich spuckte er den Rest seiner Kippe auf den Boden. »Reden Sie nur weiter ...«

Und Catherine erzählte von den Anbauversuchen des Farmers auf Pacifica, von der Reaktion der einheimischen Flora und auch von dem Glitzern, das sie beobachtet hatte.

Die beiden Forscher hörten ihr aufmerksam zu.

»Kommen Sie mit«, sagte Dr. Shirani, als Catherine mit ihrer Beschreibung fertig war. »Wir sollten Ihnen etwas zeigen.«

Sie schloss eine Tür an der Rückwand des Labors auf, Catherine und Dr. Edwards folgten ihr in ein kleines Zimmer mit grellen Deckenleuchten.

»Das ist die erste Lieferung, die wir bekommen haben«, sagte sie und deutete auf einen langen Tisch an einer der Wände. »Die erste und zugleich die letzte.«

Auf ihm standen Dutzende Exemplare derselben Pflanze, einer Orchideenart mit unzähligen kleinen, dichtstehenden gelben Blüten. Jede einzelne Pflanze war von einem eigenen Plexiglaswürfel umhüllt, komplett mit eigener Luft- und Wasserzufuhr. Sie schienen sich nicht groß voneinander zu unterscheiden, mit einer Ausnahme: Etwa ein Drittel von ihnen war völlig verwelkt.

Catherine beugte sich zu einem der verschrumpelten Blütenstände hinab. »Was ist der Unterschied?«

»Nun, die einen sind tot«, sagte Dr. Edwards.

»Wollen Sie mit solchen Antworten erreichen, dass ich *Ihnen* den Hintern versohle?«

Doch der Mann grinste bloß schief. Catherine ließ sich nicht darauf ein – bei dieser Reaktion konnte sie nur verlieren.

»Es sind tatsächlich eingeschleppte Mikroben, die diesen Schaden anrichten«, sagte er schließlich. »Und zwar eine ganze Reihe. Diese Pflanzen sind verdammt empfindlich, und das auf verschiedenen Übertragungswegen – im Extremfall reicht es schon fast, sie anzuhusten.« Er hob einen der Plexiglascontainer mit einer gesunden Pflanze in die Höhe, begutachtete die satten Blütendolden in seinem Inneren. »Aber der spannende Teil ist nicht, warum manche Mikroben sie umbringen, sondern warum die Pflanzen überhaupt ohne irgendwelche Kleinstlebewesen überleben können.« Er stellte die Pflanze wieder ab, sah zu Catherine herüber. »Alles makroskopische Leben hat eine symbiotische Beziehung zu Mikroben. Ohne unsere Darmflora wären wir zum Beispiel nicht überlebensfähig. Und bei Pflanzen ist es ähnlich. Die Aufnahme von Nährstoffen, chemische Prozesse in ihrem Zellgewebe – es gibt wenig, was die Pflanzen völlig ohne Hilfe von außen hinbekommen. Es sei denn, sie haben sich angepasst.«

»Die Pflanzen sind das Ergebnis einer Anpassung an eine sterile Umgebung?«

Dr. Shirani nickte. »Das wäre eine mögliche Erklärung, ja. Und eine Theorie, die sich testen lässt. Das hier sind Exemplare von Oncidium ampliatum, einer Orchidee, die auch in den Küstengebieten Guatemalas vorkommt. Von daher können wir wunderbar ihre DNA vergleichen, etwas, das bisher nur recht oberflächlich gemacht wurde.«

»Und?«

»Nur die Ruhe.« Dr. Edwards rollte vor, führte sie zurück ins Hauptlabor. »Nur weil es ein Kinderspiel ist, die Genome zu sequenzieren und miteinander zu vergleichen, heißt das noch lange nicht, dass es so einfach ist, die Unterschiede auch zu verstehen. So etwas dauert normalerweise Monate oder Jahre.« Eine Kunstpause. »Trotzdem, ein paar Ansätze haben wir. Unsere werten Subjekte hier besitzen zum Beispiel einen Erbgutschnipsel, der fast eins zu eins auch in der DNA von Knöllchenbakterien vorkommt und ihnen hilft, Stickstoff zu binden, indem sie ihn zu Ammoniak oder Ammonium reduzieren. Pflanzendünger. Das ist ein verdammt starkes Indiz dafür, dass diese Pflanzen tatsächlich angepasst sind.«

Dr. Shirani senkte die Stimme. »Es wird aber noch viel merkwürdiger. Einige der Unterschiede in der DNA konnten wir beim besten Willen keiner Funktion zuordnen, die in der freien Natur von Mikroorganismen übernommen wird.«

»Zuerst dachten wir, es könnte an gewissen Schwankungen zwischen einzelnen Subspezies liegen«, fügte Dr. Edwards hinzu. »Aber das war es nicht. Im Gegenteil: Wenn überhaupt, dann ist die genetische Vielfalt *innerhalb* einer Art auf Pacifica erstaunlich gering, fast so, als wäre eine einzelne Pflanze baukastenartig vervielfältigt worden. Zum Glück hatte Aal… Doktor Shirani aber noch eine andere Idee, um die beobachteten Abweichungen zu erklären. Nicht gerade naheliegend, aber verdammt genial, wenn sie mich fragen.«

Dr. Shiranis Blick zuckte zwischen ihrem Kollegen und Catherine hin und her. »Es gibt eine Sammlung von uralten Blütenpollen, manche von ihnen seit Jahrtausenden unter Luftausschluss konserviert. Auf die hatten wir Zugriff, und dort war auch eine Probe von Oncidium ampliatum dabei, deren DNA sich noch halbwegs rekonstruieren ließ.« Sie atmete hörbar aus. »Die Ergebnisse waren verblüffend. Die Übereinstimmungen waren nicht perfekt, aber die beiden Proben waren sich überraschend ähnlich. Praktisch alle Unterschiede, die wir nicht auf die mikrobielle DNA zurückführen konnten, waren verschwunden.«

Catherines Stirn hatte sich in Falten gelegt. »Kurz gesagt?«

»Kurz gesagt: Diese Orchidee auf Pacifica ist keine modifizierte Variante der heutigen Orchideen in Guatemala, sondern derer, die dort vor etwa zehn- bis fünfzehntausend Jahren lebten.«

Catherine legte ihre Stirn in Falten. »Aber wieso? Das ergibt doch gar keinen Sinn. Was soll uns das sagen?«

Dr. Edwards lachte auf. »Woher sollen wir das wissen? Fragen Sie die Leute, die diesen Kontinent zu verantworten haben. Ich bin ja schon froh, dass Sie uns wenigstens ernst nehmen.«

»Seit dem ganzen Mist da draußen nehme ich eine ganze Reihe von Sachen ernster.« Catherine fuhr sich durch die Haare. »Was haben Sie noch herausgefunden?«

»Das ist alles.«

»Dann sorgen Sie dafür, dass sich das ändert.«

»Mit welchen Proben?«

»Ich werde durchsetzen, dass sie bis zum Ende der Woche ein rudimentäres Labor auf Pacifica haben. Das Gebäude steht bereits, mein … Vertreter hat das Ganze bloß etwas schleifen gelassen.«

Die Augenbrauen von Dr. Shirani schnellten in die Höhe. »Wir sollen tatsächlich nach Pacifica?«

»Ja. Zusammen mit Ihren Familien, wenn Sie das wünschen. Würden Sie etwa doch lieber hierbleiben?«

Die beiden Wissenschaftler sahen einander an, als hätten sie nicht zum ersten Mal über diese Frage nachgedacht, als zählten auch sie eins und eins zusammen. Dr. Shirani schüttelte schließlich den Kopf. Dr. Edwards seufzte nur.

»Gut. Sagen Sie mir bis morgen Abend, welche Geräte sie brauchen, und ich sehe zu, dass wir Sie nach Pacifica Base schaffen. Dort haben Sie genau zwei Aufgaben: Zum einen werden Sie die Rätsel rund um die Pflanzen auf Pacifica lösen. Was es mit diesem Glitzern auf sich hat sowie mit dieser archaischen DNA. Ob die Vermutung stimmt, dass sich die Wiederherstellung dieser Pflanzen dauerhaft unterbinden lässt, wenn der Boden rasch genug durch eingeführte Vegetation besetzt wird.«

»Und zum anderen?«

»Sollen Sie Wege finden, wie Sie mit möglichst wenig Aufwand möglichst viel Boden mit Mikroben impfen können, so dass alle von uns eingeführten Pflanzen darauf gedeihen – ganz egal, wie katastrophal die Nebenwirkungen für das bestehende Ökosystem sein mögen. Das ist die Grundlage dafür, dass wir in großem Stil Nahrungsmittel anbauen können.«

Wieder sahen sie einander an, fast so, als fühlten sie sich in etwas bestätigt.

»Für den Fall, dass die Wand längerfristig bestehen bleibt.« Catherine räusperte sich. »Was die Produktion und die Verteilung angeht, habe ich noch ein kleines Ass im Ärmel. Sie sagen mir einfach nur, was genau ich produzieren muss, und wie. Und das bitte innerhalb der nächsten paar Tage.«

»Wie reizend«, sagte Dr. Edwards. »Es ist doch immer wieder schön, unter Druck arbeiten zu müssen.«

»Kriegen Sie das hin?«

Er zuckte mit den Schultern. »Wenn wir ein paar Kollegen mit ins Boot holen dürfen, ja.«

»Dann tun Sie das.«

Und damit machte Catherine auf dem Absatz kehrt.

Sie hatte durch ihr Vertrauen in Adam bereits viel zu viel Zeit verloren. Sie musste schauen, dass sie zum dritten Punkt kam: Yóu.

Yóu hatte sich kaum zur Tür umgedreht, als Catherine schon neben seinem Schreibtisch stand. »Warum so energiegeladen?« Es war so spät, dass außer ihm niemand mehr in dem kargen Großraumbüro saß.

Sie lächelte kalt. »Mir wurde vorhin gekündigt.«

»Und dann sehen Sie *so* aus?«

»Ich habe den Eindruck, die Kündigung könnte als Karriereturbo wirken.«

Noch ein verständnisloser Blick.

»Kennen Sie das Gefühl, wenn man denkt, man sei der Bösewicht – bis man merkt: Der andere ist noch viel schlimmer?«

Yóu runzelte die Stirn. »Nein, ich glaube nicht.«

»Dann sag ich es mal so: Ich weiß jetzt ein Stück besser, wo meine Loyalitäten liegen.«

»Und? Möchten Sie mich aufklären.«

Catherine lächelte. »Nein.« Sie setzte sich auf seine Tischplatte. »Aber ich möchte Sie in etwas anderes einweihen.«

Und dann berichtete sie auch ihm von ihren Beobachtungen auf Pacifica und von dem Labor, das sie aufbauen wollte, sobald sie wieder die nötige Macht hatte. »Ich hatte bis jetzt dummerweise darauf vertraut, dass sich eine Expertengruppe um diese Fragen kümmert.«

»Was hat Ihre Meinung geändert?«

»Nun, ich glaube nicht mehr, dass diese Expertengruppe jemals existiert hat. Und deswegen möchte ich das Ganze jetzt selbst vorantreiben. Und ich möchte, dass Sie davon wissen, und mir dabei helfen.« Sie streckte ihm die Hand entgegen. »Nicht nur als mein Verbindungsoffizier, sondern auch als meine rechte Hand.«

Er lächelte. Dann schlug er ein.

Der Plan funktionierte. Und zwar genau so, wie sie es sich vorgestellt hatte. In aller Herrgottsfrühe wurde sie zu den beiden Generälen beordert. Die anfängliche Standpauke – sie verteidigte sich damit, nie einen Hehl daraus gemacht zu haben, wer hinter den Aufzeichnungen steckte – war die Absetzung Adams auf jeden Fall wert. Und obwohl es zumindest General Wilson sichtlich unangenehm war, welcher Mittel sich Catherine bedient hatte, wussten alle drei, dass niemand außer ihr für den Job in Frage kam.

Fünf Minuten später hatte sie ihr altes Büro zurück. Adam bekam sie gar nicht mehr zu Gesicht. Er musste die Nachricht bereits erhalten und die Konsequenzen gezogen haben.

Umso besser. Das war eine Konfrontation, auf die Catherine gern verzichtete. Und zum ersten Mal seit langem war das Mittagessen nicht mehr pure Qual für sie, schaffte sie es, zumindest die Hälfte ihrer Gemüseplatte aufzuessen.

Sie war keine fünf Stunden im Amt, und schon waren Dr. Edwards und Dr. Shirani auf dem Weg nach Kalifornien, um das nötige Personal und die wichtigsten Geräte zusammenzustellen, und auch die Pläne für die beiden Außenposten waren so gut wie fertig – etwas, das Adam in mehr als einer Woche nicht geschafft hatte. Kurzum: Es schien, als ob endlich alle Puzzleteile zusammenkamen.

Und dennoch herrschte eine merkwürdig angespannte Stimmung, als sie nach der Mittagspause dem neuen Großraumbüro einen Besuch abstattete. Sie hatte erst heute Vormittag ihre wichtigsten Gruppenleiter an einen Ort verfrachtet, um die Zügel fester in die Hand zu nehmen, und um sie dazu zu bringen, mehr miteinander zu kooperieren. Doch es war keine Empörung der Untergebenen über Catherines Stil, oder darüber, dass sie ihre Einzelbüros verloren hatten. Ihre Reihen waren schlicht ausgedünnt. Ein ganzer Haufen Leute fehlte, keiner von den Chinesen, aber fast alle der Kollegen, die unter Adams Führung eingestellt worden waren.

Wollten sie etwa wegen dieses kleinen Machtkampfs streiken?

Aber selbst wenn: Keiner von ihnen gehörte zu den Mitarbeitern, um die es wirklich schade war, weder fachlich noch angesichts der Unruhe, die sie in die amerikanisch-chinesische Gruppe brachten. Noch nie war die Zusammenarbeit so harmonisch – und damit so produktiv! – abgelaufen wie an diesem Tag. Und das hatte Catherine nicht zuletzt dem einen Mann zu verdanken, der diese Eintracht so offen zur Schau stellte, als wäre sie etwas Selbstverständliches.

»Doktor Strive?« Yóu hatte ganz altmodisch ein paar Ausdrucke in der Hand. »Ich habe die Pläne für East Point und Lúzhōu fertig. Möchten Sie kurz einen Blick darauf werfen? Ich denke, Ihnen werden die Optimierungen gefallen.«

Catherine nahm sie ihm ab – und bemerkte erst dann, dass der Mann in seiner anderen Hand einen waschechten Hot Dog hielt. »Was ist denn das?«

Der Wurstgeruch stieg ihr in die Nase, penetrant genug, dass es ihr schier den Magen umdrehte.

»Das« – er drehte und wendete den Hot Dog in seiner Hand – »ist eine Erfindung, für die ich Ihrem Land auf ewig dankbar sein werde. Wollen Sie probieren? Sie sehen aus, als könnten Sie es vertragen.«

Catherine machte einen Schritt zurück, weg von dem Geruch. »Nein danke. Und ich weiß, was das ist.« Nicht, dass sie ihm das bisschen Fleisch auf den Rippen nicht gönnte! »Aber wo haben Sie das jetzt noch her?«

»Die wichtigsten Beziehungen in jeder Behörde sind die zum Kantinenpersonal.«

»Sally, nicht wahr?«

Yóu lächelte wieder auf seine ganz eigene Art. Catherine schüttelte den Kopf, aber sie schmunzelte dabei. »Gibt es eigentlich irgendjemanden, mit dem Sie nicht auskommen?«

»Einer der Wachhunde hat mich angeknurrt.« Er lachte. »Aber das mag auch an dem Hot Dog gelegen ha…«

Ein dumpfer Knall. Yóu stockte. Er blinzelte, einmal, zweimal, sah Catherine an, starrte mit glasigem Blick durch sie hindurch. Er hob seine Hand, mit einer abgehackten, ungelenken Bewegung, versuchte, sich an den Hinterkopf zu fassen, doch seine Hand zuckte nur hin und her, wie ein Roboter, der in einer Schleife feststeckte, unfähig, den Arm über Schulterniveau zu heben. Er fiel auf die Knie, die Hand noch immer zuckend. Und dann sank er einfach in sich zusammen.

Hinter ihm, noch fast in der Tür, stand Adam.

KAPITEL 17

Stundenlang war Christopher von einem unruhigen Traum in den nächsten gerutscht, hatte sich auf der Matratze hin und her gewälzt, die weiche Decke von sich gestoßen, wenn er schwitzte und sich von neuem in sie gewickelt, wenn er fror.

Bis er im Halbschlaf zu begreifen begann, was das alles zu bedeuten hatte. Dass er in einem echten Bett lag, unter einer echten Bettdecke, und, so wie es sich anfühlte, in einem echten Nachthemd.

Er öffnete die Augen. Und war auf einen Schlag hellwach. Er lag in der Tat in einem echten Bett, in einem Zimmer in einem echten kleinen Haus, das durch zwei Fenster vom Schein des Mondes matt erleuchtet wurde. Neben ihm im Doppelbett lag Max, in ihre Decke verdrillt, während auf einer Couch am anderen Ende des Zimmers Mtoto leise vor sich hin schnarchte. Der Raum war karg eingerichtet, mit einem Spiegel in der Ecke, einem kleinen Tisch darunter, auf dem ein Wasserkrug und ein Teller mit einem Laib Brot und etwas Käse stand, dazu zwei Stühle, die unter einer größeren Menge von Kleidungsstücken begraben waren.

Wo zum Teufel waren sie hier?

Christopher sprang auf. Die Dielen unter seinen Füßen knarzten umso lauter, je mehr er sich den Türen zum Badezimmer und nach draußen näherte. Sein langes, helles Nachthemd bewegte sich in einem leichten Luftzug, der durch einen Spalt am Fensterrahmen kam. Er sah hinaus, vorbei an Tapetenresten und abblätternder Farbe, doch draußen war nichts zu erkennen außer einem trockenen Rasen, auf dem ein paar Birken und Kiefern standen, und dahinter eine Straße, die im Mondlicht funkelte. Es ging auf den Morgen zu, so tief, wie der Mond stand. Hatten sie mehr als einen ganzen Tag verschlafen, oder war das noch dieselbe Nacht?

Christopher machte zwei weitere Schritte zum Tisch. Er riss ein Stück Brot ab – es war noch fast warm – und spülte es, als er keine Gläser fand, mit einem großen Schluck Wasser aus dem Krug hinunter. Beides war ein Fehler, aber er merkte erst beim Schlucken, wie sehr sein Hals schmerzte, wie sehr die Kälte des Vortags – oder eben des Vorvortags – noch in seinen Knochen steckte.

Er hustete so laut, dass Max und Mtoto erschrocken aufwachten.

»Was ist los?« Mtoto klang genauso heiser, wie Christopher sich fühlte. »Wo sind wir?«

Max kämpfte mit ihrer Decke. »Ich nehme an, noch immer dort, wo wir vom Zug gepflückt wurden.« Keine Spur eines Krächzens. Christopher war beeindruckt.

»Aber von wem?«, fragte Mtoto.

Max' Blick streifte über das Essen auf dem Tisch. »Unseren Rettern? Unseren Entführern? Denselben Leuten jedenfalls, die unsere frisch geschwärzten Klamotten geklaut haben.« Sie sah an sich selbst hinab, dann beäugte sie Christopher und Mtoto. »Und sie durch Vorkriegsmode ersetzt haben. Gibt es eigentlich einen Grund, warum wir alle dieselben Ich-liebe-meinen-Führer-Nachthemden anhaben?«

Christopher verzog das Gesicht und deutete mit dem linken Daumen auf den Tisch. »Da drüben liegen jedenfalls die dazu passenden Ich-liebe-meinen-Führer-Shirts, schön weit geschnitten. Zusammen mit schweren Arbeitshosen, Stiefeln und sogar Unterhosen.«

Max ging zum Tisch. »Sexy.« Sie grinste. »Aber immer noch besser als die Nachthemden.« Sie biss ein Stück Brot ab. Ohne sich zu verschlucken, ohne zu husten. »Aber die Frage bleibt: Was sind das für Menschen, die einen solch furchtbaren Kleidergeschmack haben? Und wem gehört das Häuschen hier überhaupt?«

Bewegung draußen auf der Straße. Christopher presste sich an die Seite des Fensters. »Das könntest du die beiden da draußen fragen.«

Max und Mtoto drängten sich neben ihn. Die beiden Schemen, groß gewachsen, mit hell scheinendem Haar, waren gut fünfzig Meter von ihnen entfernt, und marschierten parallel zu ihnen mitten auf der im Mondlicht funkelnden Straße. Sie schienen etwas gesehen zu haben, zückten zwei riesige Taschenlampen und beschleunigten ihren Schritt. Ihre Lichtkegel streiften von links nach rechts und wieder zurück, und wenn Christopher genau hinsah, erkannte er an den beiden Männern nicht nur ähnliche Klamotten, wie sie – mit Ausnahme der auffällig überdimensionierten Halstücher – auch über ihren Stühlen hingen, sondern zusätzlich auch etwas schwach Glitzerndes an ihrem Gürtel.

»Die haben ja Pistolen!«, sagte Mtoto.

»Ja, und sie sehen genauso aus wie die Leute gestern. Groß, blond, bewaffnet.« Max sah zu Christopher hoch. »Was denkst du, sind wir Gefangene?«

»Ich weiß nicht«, sagte er. »Ehrlich gesagt: Ich weiß nicht einmal, ob ich das überhaupt wissen *will*. Keine Ahnung, was das hier für ein Kult ist, mit diesem Fürchtet-euch-nicht-Gehabe und den neuen Klamotten und den bewaffneten Patrouillen da draußen.«

»Dann lasst es uns gar nicht erst herausfinden!« Max schaute in Richtung des Tisches. »Was meint ihr: Verschwinden wir von hier, ehe diese gruselige alte Frau von neuem auf uns aufmerksam wird? Oder wollen wir uns von ihr am Ende noch zur nächsten Bridge-Runde ihres Arierclubs einladen lassen?«

Christopher und Mtoto nickten bloß, schlangen den Rest der Mahlzeit hinunter und stiegen dann in die bereitgelegten Klamotten. Sogar ein Set in Kindergröße war dabei, und, darunter, Mtotos Ball. Nicht das – ohnehin kaputte – Handy, nicht die fünf Dollar, aber der Ball. Egal, was diese Leute sonst so im Schilde führten, höflich waren sie.

»Und was, wenn wir denen Unrecht tun? Wenn das einfach nur ein paar hilfsbereite Bauern sind?«, fragte Christopher.

»Dann bin ich die Erste, die das bedauert«, sagte Max. »Und nicht zuletzt wegen diesem göttlichen Bett! Aber mein Bauchgefühl sagt mir, dass das nicht der Fall ist.« Sie schaute ihn an. »Und deines auch.«

Es schien, als hätten sie das nötige Quentchen Glück auf ihrer Seite. Obwohl es im Osten bereits hell wurde, war es ringsherum still. Auch als sie über die Straße huschten, war niemand weit und breit zu sehen, und als sie schließlich eine Wiese überquerten – vielleicht dieselbe, neben der sie vom Zug gepflückt worden waren – und in einem etwa dreißig Meter breiten Waldstreifen neben den Gleisen ungestört in Richtung Südwesten schlichen, der See auf der einen Seite, Häuser und dann ein kleiner Golfplatz auf der anderen, da dachten sie, sie hätten es geschafft.

Bis sie bei Sonnenaufgang ein Gleisdreieck am Ende der Golfanlagen erreichten und auf einmal, ohne dass sie den Schutz des schmalen Hains aus Buchen und Birken und Kiefern verlassen hätten, ein leises, aber grelles Fiepen ertönte – und aus einem unscheinbaren Schuppen auf der anderen Seite der Bahnlinien zwei Halstuchträger auf sie zurannten. Die Männer winkten sie mit gezückten Waffen aus ihrem Versteck rauf auf die Gleise. Ihnen blieb keine Wahl, als den Anweisungen zu folgen und sich mit erhobenen Händen in den Schuppen führen zu lassen.

Und dort warteten sie, auf einer kleinen Holzpritsche, verrosteter Eisenschrott an der einen Wand. Der Ältere der beiden Männer, ein Hüne mit Holzfällerbart – blond, was sonst – bellte ein paar Sätze in ein Funkgerät an seinem Gürtel, aber davon abgesehen blieben sie stumm und erlaubten auch ihren Gefangenen nicht, den Mund aufzumachen.

Christopher hoffte auf eine Chance, einen kurzen Moment der Unaufmerksamkeit, doch die beiden Männer behielten sie stets im Auge.

Die ersten Sonnenstrahlen brachen durch die kleinen Fenster, zeichneten helle Streifen in die stickige, stauberfüllte Luft, als sie draußen im Schotter Schritte hörten. Noch mehr Übermenschen.

Die Tür flog auf, und die Sonne drang zu ihnen herein, und mit ihr ein kleiner Mann mit bronzener, fast schokoladenfarbener Haut und kahl geschorenem Kopf. Auch wenn seine restliche Kleidung der der anderen beiden ähnelte – auf das Halstuch verzichtete er. Er musterte alle fünf, dann bedeutete er ihnen mit einer Kopfbewegung, aus dem Schuppen zu treten.

»Keine Sorge«, sagte er mit perfektem Mountain-Slang, doch er lächelte dabei nicht. »Ihr kennt die Regeln noch nicht. Wir werden euch nicht bestrafen.«

»Was für Regeln?« Max trat einen Schritt auf ihn zu. »Hört mal! Wir sind euch dankbar für eure Hilfe, wirklich. Aber das gibt euch nicht das Recht, uns hier festzuhalten.«

Der Mann fixierte Max. Er hatte einen ausgeprägten Silberblick, richtete mal sein linkes, mal sein rechtes Auge auf seine Gegenüber.

»Wir haben nicht die Absicht, irgendjemandem zu schaden«, sagte er mit ruhiger Stimme. »Ganz im Gegenteil.«

Christopher stemmte seine Hände in die Hüften. »Aber ihr möchtet uns trotzdem hier festhalten, ob wir wollen oder nicht?«

»Ja.« Das sagte er einfach so. »Allerdings bin ich der festen Überzeugung, dass ihr schon bald freiwillig bleiben werdet. Spätestens, wenn ihr gesehen habt, was wir hier aufbauen.«

»Und wenn nicht?«, fragte Max. »Lasst ihr uns dann gehen?«

»Nein.« Abermals kein Zögern. »Für den Moment möchten wir das hier nicht nach außen tragen. Und wichtiger noch: Wir brauchen euch.« Jetzt lächelte er doch ein wenig. »Aber wie gesagt: Ihr werdet diesen Ort schon noch schätzen lernen, auf die eine oder andere Art.« Er streckte ihnen die Hand entgegen.

»Mein Name ist übrigens Thiago Cardoso. Thiago reicht. Ich bin einer der Sekretäre hier.«

Weder Christopher noch Max machten Anstalten, die Hand zu ergreifen. Er zog sie anstandslos zurück.

»Und was gehört so alles zum Aufgabenfeld eines Sekretärs«, fragte Max, »außer Freiheitsberaubung?«

Der Sekretär zuckte nicht einmal mit der Wimper. »Das kann ich euch gerne zeigen. Folgt mir einfach.«

Damit wandte er ihnen den Rücken zu und lief los, mitten auf den Gleisen, dem zweiten, seeferneren Schienenstrang zu ihrer Linken folgend. Und angesichts des Blickes seiner beiden Untergebenen war nur zu deutlich, dass sein letzter Satz mehr als ein Vorschlag war.

Sie marschierten zurück in den Ort, aus dem sie eben erst geflohen waren, vorbei an der Lobby des Golfplatzes, einem Service-Center für Wohnmobile, einer Krankenstation – *30 percent off on all plastic surgeries!* – und einer gigantischen Mall. Allen gemein war, dass auf ihren überdimensionierten Parkplätzen und rings um sie herum nicht ein einziger Wagen zu finden war. Und auch keine Menschen.

Zumindest Letzteres änderte sich schlagartig, als sie sich von dieser zweiten Eisenbahnlinie entfernten und in Richtung Osten auf die breite Straße einbogen, die sie erst vor einer Stunde ein paar hundert Meter weiter im letzten Mondlicht überquert hatten.

Ein uralter, erbärmlich nach Holzvergaser stinkender Lkw tuckerte direkt vor ihnen von links nach rechts über die Straße, Teile von Baumstämmen auf der Ladefläche. Das Vorkriegsgefährt – fragte sich bloß, vor welchem Krieg – hielt neben einem großen Berg Holzspänen an, woraufhin sich mehrere Männer daranmachten, die Stämme zur Seite zu wuchten.

Thiago hingegen führte sie nach links auf einer Nebenstraße in eine Art unterdimensioniertes Industriegebiet. Vor einem der Gebäude waren weitere Männer in derselben Arbeitsuniform, nur ohne die Halstücher, damit beschäftigt, Whirlpools aus dem Inneren zu schieben und auf einem Vorplatz zu einem traurigen Haufen aufzutürmen.

»Sie schaffen Platz für einen weiteren Lagerbereich«, sagte Thiago, als würde das alles erklären. »Für das hier.« Er deutete nach links zu einem großen Fabrikgebäude, das einem Werbeschild zufolge in besseren Tagen einmal Frauenbekleidung hergestellt hatte. »Das wird in den nächsten Wochen zu unserer Maschinenhalle.«

Max räusperte sich. »Wozu das denn?«

»Für die Reparatur und den Neubau von Maschinen natürlich. Landwirtschaftlichen Maschinen.«

»Und das lohnt sich noch?« Das kam von Mtoto.

»Das lohnt sich gerade jetzt mehr denn je!«, sagte der Sekretär.

Zwei weitere Bewaffnete mit blauem Halstuch kamen ihnen entgegen. Einer der beiden hatte es tatsächlich geschafft, sein Hemd falsch herum anzuziehen. Der andere beäugte sie skeptisch, die Augen mit der Handfläche vor der Sonne geschützt.

»Und diese *Blautüchler* …«, begann Max.

»Ja?«, sagte Thiago nach einem kurzen Moment der Verwirrung.

Christopher ahnte bereits, worauf sie hinauswollte. Aber auch ein Stups in die Seite brachte sie nicht davon ab, verschwörerisch zu flüstern, und immer wieder zu ihren beiden Bewachern zurückzusehen, die ihnen mit einigen Metern Abstand folgten. »… sind das irgendwelche Erkennungszeichen? Für die … nun ja, geistig benachteiligten Mitglieder der Gemeinschaft?«

Für einen Moment zuckte etwas im Mundwinkel des Sekretärs. »Das könnte man manchmal meinen«, sagte er, zu Christophers Überraschung mit ebenfalls leicht gesenkter Stimme. »Aber nein, es ist einfach nur das Erkennungszeichen für das Ordnungspersonal. Weil die Aufgaben innerhalb der Gemeinschaft manchmal wechseln.« Noch einmal der Mundwinkel. »Und weil Hunderte von diesen Tüchern herumlagen.«

»Und das Ziel eurer Gemeinschaft?«, hakte Christopher ein.

»*Unserer* Gemeinschaft«, sagte Thiago. »Ihr seid nun ein Teil davon.« Dann sah er Christopher an, abwechselnd mit dem linken und dem rechten Auge. »Unser Ziel ist dasselbe wie das von jeder Gemeinschaft: Prosperieren.« Er zögerte kurz. Seine Stirn legte sich in Falten. »Zumindest *sollte* dies das Ziel jeder Gemeinschaft sein. Ich muss euch ja nicht erzählen, wie es da draußen aussieht. Wir versuchen, die Dinge anders anzugehen. Etwas aufzubauen, anstatt nur den Mangel zu verwalten oder einfach dabei zuzusehen, wie alles den Bach runtergeht. Wir wollen vorbereitet sein.«

»Vorbereitet auf was? Auf die Wand?«

Der Mann lächelte kühl. »Habt Geduld und habt Vertrauen, dann werdet ihr schon sehen.«

Christopher, Max und Mtoto hatten weder das eine noch das andere, aber mehr bekamen sie nicht aus Thiago heraus.

Dafür drang ihnen bald ein Rumpeln und Motorenstottern entgegen, und schließlich – als sie den Kern der Gemeinde in Richtung Norden verließen, dabei abermals auf die Eisenbahnstrecke trafen – der Klang von Stimmen, die wild durcheinanderriefen. Die letzten Schuppen verschwanden, gaben den Blick frei auf ein riesiges Weizenfeld voller goldgelber Ähren, in die eine leichte Brise immer wieder neue Muster zeichnete. Doch von einer pittoresken Idylle war das Gelände weit entfernt … graue Abgaswolken stiegen über dem Feld auf, überall dort, wo verschwitzte Männer so etwas wie überdimensionierte Schneefräsen durch das Getreide schoben. Eine Menschentraube folgte ihnen, sammelte die zurückgebliebenen Halme auf, und trug sie in großen Paketen zu einer Reihe von Anhängern, die in der Mitte des Feldes standen, wo noch mehr Leute damit beschäftigt waren, die Halme irgendwie zusammenzubinden. Insgesamt mussten hier an die hundert Menschen arbeiten, Männer wie Frauen jeglichen Alters. Manche hatten die Arbeitsuniform an, die sie schon so oft gesehen hatten, doch die meisten schienen ihre normale Kleidung zu tragen. Etwa zwanzig Meter vor ihnen folgte eine junge Frau – pink gefärbte Haare, viel zu weites T-Shirt mit *Iron-Maiden*-Schriftzug, schnallenbewehrte Gothic-Hose – einer der Fräsen, während zwei Männer hinter ihr vergeblich damit beschäftigt waren, mit dem Aufsammeln der Halme nachzukommen, ohne ihre feinen Anzughosen weiter zu zerreißen. Überhaupt: Jacketts, Röcke, Hemden, Kleider – es war, als hätte man willkürlich Menschen aus ihrem Alltagsleben in den verschiedensten amerikanischen Städten gepflückt und über diesem Feld abgesetzt.

Max starrte mit unverhohlenem Unglauben auf die Szenerie vor ihnen.

»Und das«, sagte Thiago, »ist die Antwort auf eure Frage nach meinem Aufgabenfeld. Ich kümmere mich um die landwirtschaftlichen Herausforderungen in unserer Gemeinde.«

»Das ist Sklaverei.«

»Das ist Tauschhandel. Die Leute arbeiten, dafür kriegen sie was zu essen und ein Dach über dem Kopf. Ihr wärt überrascht, wie viele von denen freiwillig hier sind – allein schon wegen der Perspektive, dass es endlich mal aufwärts geht.«

Max sah zu der Frau im *Iron-Maiden*-Shirt, doch die wich ihrem Blick aus und kümmerte sich eilig wieder um die Maschine vor ihr. »Aufwärts? Ihr lasst die Leute mit verfickten Rasenmähern Getreide ernten! Was kommt als Nächstes? Dreschflegel?«

Der Mann starrte Christopher irritiert an – als ob Christopher Max' Kommentaren Einhalt gebieten könnte! »Was glaubt ihr, wie leicht es derzeit ist, die Genossenschaft anzuschreiben und einen richtigen Mähdrescher zu organisieren? Noch dazu vollgetankt? Uns fehlt hier praktisch alles. Etliche der Farmer, ihre Expertise, der Großteil ihrer Geräte. Und trotzdem müssen die Tiere versorgt und die Felder abgeerntet werden, wenn wir den Winter überstehen wollen.«

Hatte er eben ernsthaft vom Winter geredet? Hatten sie nicht andere, viel drängendere Probleme, ein paar Wochen vor der Wand?

Der Mann seufzte. »Wir machen das eben, so gut es geht, mit den Mitteln, die wir zur Verfügung haben. Überhaupt fürchte ich, dass ihr uns missversteht. Wir möchten euch helfen. Aber das werdet ihr noch verstehen, zur rechten Zeit. Und bis es so weit ist, werdet ihr euch eben zwangsweise einbringen, so wie jeder andere auch.« Er sah zu Max. »Ihr werdet in der Scheune auf der gegenüberliegenden Seite des Feldes anfangen. Die suchen händeringend nach Leuten, die die Garben in die Dreschmaschine heben. Eine elektrische Dreschmaschine übrigens, ich muss deine Erwartungen also leider enttäuschen. Trotzdem ist die Arbeit nicht ganz ohne.«

»Und wenn wir uns weigern?« Max hatte die Arme vor der Brust verschränkt.

»Das würde ich euch nicht raten. Ein weiteres Mal werden wir keine Milde walten lassen. Es gibt nur eine Regel, aber Verstöße gegen diese ahnden wir sehr streng.«

»Und diese Regel lautet?«, fragte Christopher.

»Schadet nicht der Gemeinschaft. Zum Beispiel, indem ihr die Arbeit verweigert.« Er beugte sich zu Mtoto hinab. »Das gilt auch für dich, Kleine.«

Mtoto sah ihn feindselig an.

Max stellte sich schräg vor sie. »Nur über meine Leiche.« Christopher trat an ihre Seite. »Das gilt auch für mich.«

»Ich kann eure Besorgnis verstehen, wirklich.« Ein kurzer Blick zu Max, dann sah Thiago wieder zu Mtoto. »Aber ich schwöre dir, bei Gott, dass wir dich nicht schlecht behandeln werden. Es sind nur leichte Tätigkeiten, Botengänge und so etwas, aber leider müsst auch ihr Kinder euren Beitrag leisten.« Er sah wieder auf, zu Max, dann zu Christopher. »Außerdem werdet ihr auf diese Weise nicht so schnell auf die Idee kommen, etwas Dummes zu versuchen.« Er winkte mit seiner Hand über die Schulter. »Colin? Matthew?«

Die beiden Wachen näherten sich.

»Ihr werdet unsere beiden namenlosen Gemeindemitglieder

hier zu ihrem neuen Arbeitsplatz geleiten. Und du, meine Kleine, kommst mit mir. Ich zeige dir, wo die anderen Kinder eingesetzt werden. Ein paar sind in deinem Alter; ich glaube, dass du dich prima mit ihnen verstehen wirst!«

Weder Max noch Christopher rührten sich vom Fleck. Mtoto krallte sich in Christophers Arm. »Bitte, lass nicht zu, dass er mich mitnimmt«, flüsterte sie.

Christopher streckte die freie Hand aus, sosehr es in ihm auch rumorte. »Ich bin sicher, wir können eine Lösung finden, mit der jeder leben kann.«

Doch die Wachen zogen bloß ihre Pistolen aus den Holstern.

Max' Blick zuckte zu Christopher hinüber. In ihren Augen lag dieselbe ohnmächtige Wut, die auch in Christopher aufstieg. Er versuchte, sich unauffällig umzusehen … Wenn sie schnell genug ins Feld rannten? Schwachsinn. Es nutzte nichts.

Max hatte dieselbe Erkenntnis gewonnen. Mit zittrigen Knien hockte sie sich neben Mtoto auf den Boden, fuhr ihr durch die Haare. »Wir kommen hier zusammen raus, okay?«, flüsterte sie ihr zu. »Wenn wir für den Moment tun, was die komischen Leute sagen. Schaffst du das?«

Mtotos Blick zuckte zwischen Max und Christopher hin und her. Sie schluckte, dann nickte sie.

Max sprang auf, den Zeigefinger ausgestreckt, die Wut nun nicht mehr bloß in den Augen. »Wenn einer von euch der Kleinen auch nur ein Haar krümmt, dann wird sich der Teufel weigern, euch überhaupt in die Hölle reinzulassen«, sagte sie mit knirschenden Zähnen, »weil er ganz genau weiß, dass er die Qualen nicht mehr toppen kann, die ich euch bereiten werde!«

Einer der Wachleute machte tatsächlich einen Schritt zurück. Thiago hingegen hielt Max' Blick stand. »Ich würde nichts anderes erwarten. Und ich schwöre dir noch einmal, bei meinem Leben, bei allem, was mir heilig ist: Ihr wird nichts geschehen.«

Er streckte die Hand nach Mtoto aus, doch sie dachte im Traum nicht daran, diese zu ergreifen. Und dennoch ließ sie von Christopher ab und folgte Thiago zurück in Richtung der Gemeinde, wobei sie sich immer und immer wieder zu Christopher und Max umsah. Konnte Christopher schon diese Blicke kaum ertragen, so wurden seine Augen endgültig feucht, als die beiden Wachen schließlich begannen, ihn und Max in die entgegengesetzte Richtung zu schubsen …

Vier Stunden lang hatten sie einen niemals enden wollenden Vorrat an Weizengarben in diese verdammte Dreschmaschine gewuchtet, vier Stunden, in denen sie mit kalter Wut im Bauch diese harte, stumpfsinnige Arbeit erduldeten, die blutigen Finger und die brennenden Arme, vier Stunden, in denen ihre Gedanken nur bei Mtoto waren. Max – halb so breit wie der Mann neben ihr und doch zur selben Arbeitsleistung angetrieben – wäre in der sengenden Hitze zweimal fast kollabiert. Und als sich Christopher um sie kümmern wollte, wurde er zurück an seinen Platz gezwungen mit der geradezu absurd anmutenden Begründung, der Winter stünde vor der Tür.

In ihren winzigen Ruhepausen hatte Christopher versucht, mit ihren Mitgefangenen ins Gespräch zu kommen, behutsam und vorsichtig nur. Er hatte nicht vorgehabt, eine Revolte anzuzetteln, er wollte nur die Stimmung sondieren, in Erfahrung bringen, ob sie freiwillig hier waren oder nicht – und war damit noch nicht einmal erfolgreich gewesen, weil alle seine Gesprächspartner einfach stumm weiterarbeiteten.

Doch es schien bereits ausgereicht zu haben, um die Aufmerksamkeit der Wachen auf sie zu lenken. Entweder hatte sie einer der Männer oder eine der Frauen verpetzt, oder die Wachen hatten in orwellscher Manier die halbe Scheune verwanzt. Vielleicht hatten sie auch einfach nur einen Vorwand gesucht.

So waren sie plötzlich aus ihrer Ecke hervorgestürmt und hatten Christopher und Max wortlos aus ihrer Arbeit gerissen, etwas, wofür die beiden ihnen in der ersten Sekunde regelrecht dankbar gewesen waren.

Doch dann wurden sie unsanft aus der Scheune getrieben und über das Feld in Richtung des kleinen Ortes gescheucht. Die meisten der Männer und Frauen, die hier arbeiteten, wichen ihren Blicken aus, manche schauten regelrecht zu Boden, als die Wachen sie an ihnen vorbei führten. Erschreckend viele jedoch sahen ihnen wütend, ja fast hasserfüllt hinterher.

Auf Höhe der zukünftigen »Maschinenhalle« bogen sie nach Osten ab, gingen mitten durch ein dünn bebautes Wohnviertel – dessen »bessere Zeiten« wohl nie existiert hatten und jetzt auch nicht mehr eintreten würden – und um einen flachen Gebäudekomplex mit grünen Dachziegeln herum, hin zu einem Vorplatz mit einem großen Sandspielplatz, mit Rutschen, Schaukeln und einem Basketballfeld aus Asphalt, auf das mit Kreide Dutzende Hüpfspiele gemalt worden waren. *Kootenai Elementary* stand auf einem Schild über der Tür, und kaum dass Christopher die beiden Wörter gelesen hatte, trat bereits eine ältere Frau mit kurzen grauen Haaren hinaus in die Mittagshitze, gefolgt von einer Reihe Männer.

Es war dieselbe Hohepriesterin Gottes – oder Schamanin oder Heilige der Letzten Tage oder Sektenführerin oder was auch immer – die sie mit blumigen Worten empfangen hatte, als sie halb erfroren auf dem Kohlewagen gekauert hatten.

»Christopher!«

Woher zum Teufel kannte sie seinen Namen?

»O Christopher, warum hast du das bloß getan?«, fragte sie mit leiser, fast mütterlicher Stimme, als sie auf ihn zutrottete, den Kopf nach vorn gebeugt.

Verdammt, welcher Mensch redete denn derart schwülstig?

Sie wirkte jedenfalls ehrlich bestürzt. Oder sie spielte hervorragend. Sehr wahrscheinlich Letzteres. »Mein Sekretär hatte euch gewarnt. Ihr hättet euch doch einfach nur eingliedern müssen!« Jetzt schien es fast so, als hätte sie Tränen in den Augen. »Ich wünschte, ich müsste euch keine Strafe angedeihen lassen! Aber ich fürchte, als Dienerin meiner Gemeinde sind mir die Hände gebunden.«

Die gesamte Zeit, in der die beiden Wachen sie vor sich her getrieben hatten, war Christopher ruhig gewesen, angepisst, aber nicht eingeschüchtert – doch jetzt bekam er es mit der Angst zu tun. Die Frau war verrückt, völlig verrückt!

Währenddessen versammelten sich rings um sie herum auf der Wiese vor dem Schulplatz immer mehr Menschen, dreißig oder vierzig waren es bereits, die meisten von ihnen in normaler Kleidung, mehr oder weniger offensichtlich von Blautüchlern hierhergetrieben. Christopher hatte den Eindruck, dass es sich dabei vornehmlich um Leute handelte, die ebenfalls erst vor kurzem hier gestrandet waren, was ihn – ohne dass er sagen konnte, wieso – noch mehr beunruhigte.

»Meine lieben Freunde«, sagte die Frau, leise genug, um nicht aus der Rolle zu fallen, aber zugleich so laut, dass auch die Umstehenden sie hörten, »die, die ihr mich kennt und auch die, die ihr mich noch nicht kennt: Ich bin Pope, oberste Dienerin unserer Gemeinschaft. Heute fällt mir die freudige Aufgabe zu, euch persönlich bei uns in Sanctuary willkommen zu heißen – und die traurige, über die Verfehlung eines Mitglieds urteilen zu müssen. Eine Verfehlung, die sich auf einen Verstoß gegen die einzige Regel unserer Gemeinschaft bezieht: Ihr niemals zu schaden.«

Christopher machte einen Schritt auf sie zu – was dazu führte, dass sich ein Kordon aus vier Blautüchlern um ihn legte. »Das ist eine reine Farce!«, rief er, laut genug, dass es alle auf dem Vorplatz hören konnten. »Was haben wir denn getan?«

»Es gibt mehrere Zeugenaussagen, die dich, lieber Christopher, des Versuchs bezichtigen, eine Revolte anzuzetteln. Ich fürchte, deine Schuld ist zweifelsfrei erwiesen.«

Christopher ballte die Hände zur Faust. »Das ist doch absurd! Eure Gemeinde, der Vorwurf, dieser Prozess, alles! Wo ist mein Verteidiger? Und wo ist euer Ankläger? Ihr habt uns eingesperrt, unser Mädchen gekidnappt, uns zu harter Arbeit gezwungen. Ist das etwa rechtens?«

»Nein, das ist es nicht.« Ihre Stimme war noch leiser als zuvor. Plötzlich war es mucksmäuschenstill, selbst Christopher war für einen Augenblick aus dem Konzept gebracht.

»Wer nicht freiwillig bleibt, wird dazu gezwungen. Wer der Gemeinschaft schadet, wird dafür bestraft. Du sprichst die Wahrheit: Nichts von dem, was wir hier tun, kann mit unserem althergebrachten Verständnis von Moral und Gesetz in Einklang gebracht werden.« Noch eine Pause. »Aber diese Vorstellungen sind ein Luxus, den wir uns fortan nicht mehr leisten können. Es ist unerlässlich für unser aller Überleben, dass wir um jeden Preis zusammenhalten. Und exakt darin ist diese unsere Gemeinschaft so einzigartig wie erhaltenswert. Wir bauen hier etwas auf, wo andere zerstören. Wir bereiten uns vor, wo andere fliehen. Wir schließen die Reihen, wo andere zerbrechen. Auch im Rest des Landes herrscht Härte und Unnachgiebigkeit, aber einzig wir nutzen diese Härte, um mit ihr eine neue Welt zu schmieden, uns eine neue Chance zu erkämpfen.«

»Das ist euer Plan?« Max schüttelte den Kopf. »Die Leute zu zwingen, mit euch hier auf die Ankunft der Wand zu warten?«

»Und uns auf die Zeit danach vorzubereiten, ja.«

Jemand hinter ihnen schnappte vernehmlich nach Luft.

»Und wenn es keine Zeit danach gibt? Was, wenn die Wand das Ende ist?«

»Gott hat kein Interesse daran, uns zu vernichten. Der Mantel, der uns erwartet, bedeutet nicht das Ende der Welt. Er ist weder das Jüngste Gericht, noch eine neuerliche Sintflut, wie es uns die Noahisten Glauben machen wollen, und noch nicht einmal ein Zeichen der Wiederkehr Gottes. Nein, der Mantel ist nicht mehr und nicht weniger als eine Prüfung unseres Glaubens, und eine Chance auf einen Neuanfang nach dem Umsturz der alten Ordnung. Und ihr, meine Lieben, seid Teil dieses Neuanfangs.«

»Tut mir leid, dich zu enttäuschen, aber das ist nicht wahr.« Max lächelte kühl. »Wir haben Beweise, dass die Videos von jenseits der Wand gefälscht sind.«

Ein Raunen ging durch die Menge. Christopher war verblüfft, dass Pope ihnen nicht schon längst den Mund verboten hatte.

Doch auch Pope lächelte leicht. »Ich weiß. Und ihr habt völlig recht.«

Max' Augenbrauen schossen in die Höhe. »Was?«

Doch Pope wandte sich bereits an den Halbkreis hinter Christopher und Max, der mittlerweile auf etwa fünfzig Menschen angeschwollen sein mochte. »Viele von euch wissen oder ahnen dies bereits. Und ich sage euch: Diese Gerüchte sind wahr. Die Filmaufnahmen sind in der Tat künstlich produziert worden. Aber ich sage euch auch: Das ändert nichts. Alles, was bewiesen wurde, ist, dass euch eure politischen Führer feige angelogen haben, um euch das Blaue vom Himmel zu versprechen. Aber das bedeutet nicht, dass sie selbst die Wahrheit kennen. Dass der Mantel nicht dennoch überlebbar ist. Es bedeutet lediglich, dass sie vor lauter Verblendung diesen Gedanken nicht einmal in Erwägung ziehen, nur weil ihre Technologie beim Durchtritt versagt.«

Sie machte ein paar Schritte nach vorn, bis sie – diese kleine, hutzelige alte Frau – direkt vor ihnen auf dem Gras stand. »Ich sage euch, wir werden die Wand überleben. Und ich sage euch, wir werden durch sie stärker werden.«

Christopher hatte die Arme in die Hüften gestemmt. »Und wenn, ganz nüchtern betrachtet, dein Glaube unwahr ist?« Auch er drehte sich zu dem Halbkreis um, fixierte die Gesichter, die besonders schreckensstarr in seine Richtung sahen. »Dann sterben wir alle.«

Pope lächelte wieder. Schon jetzt hasste Christopher dieses Lächeln.

Auch sie wandte sich an die Menge. »Akzeptieren wir einen Moment die Tatsache, dass unser lieber Freund hier recht hat, dass der Mantel tatsächlich beides sein könnte, harmlos oder tödlich. Doch was wäre dann die Alternative? Die neue Landmasse im Pazifischen Ozean, dieses Atlantis Gottes? Diese könnte ebenso rasch wieder verschwinden, wie sie erschienen ist. Damit wäre sie dem Mantel in nichts vorzuziehen.«

»Der Vergleich hinkt«, sagte Max, halb an Pope und halb an die Zuschauer gewandt. »Für die tödliche Wirkung der Wand gibt es reihenweise Indizien, für das Verschwinden des Kontinents kein einziges.«

»Auch dahingehend gibt es zahlreiche widerstrebende Ansichten«, sagte Pope. »Aber lasst uns das als Gedankenspiel einmal annehmen. Was wäre die Folge daraus? Ganz klar, ein wahrer Exodus auf diese neue Landmasse, so wie er sich nun aus Verblendung und Angst tatsächlich zu formieren beginnt. Doch während Moses vierzig Jahre hatte, um Zehntausende zu retten, bleiben uns heute nur einige Wochen für Milliarden.« Pope ließ den Blick über die Menschen vor ihr schweifen. »Ich frage euch, wie viele Schiffe gibt es auf den Meeren? Wie viele große Flugzeuge? Selbst wenn es Zehntausende wären, selbst wenn sie alle unermüdlich im Einsatz wären, hin und wieder zurück, selbst dann könnte nur einem winzigen Bruchteil der Weltbevölkerung der Auszug gewährt werden. Allein das sollte bereits Argument genug sein, dass Gott eine tödliche Wirkung des Mantels niemals zulassen würde!«

»So wie Gott nicht zugelassen hat, dass bei der großen Sintflut bis auf was, acht Leute, alle gestorben sind?«, sagte Max. »Wenn man der Bibel Glauben schenkt.«

»Ein Ereignis, von dem Gott versprochen hat, dass es sich niemals wiederholen wird. *Alsdann will ich gedenken an meinen Bund zwischen mir und euch und allem lebendigen Getier unter allem Fleisch, dass hinfort keine Sintflut mehr komme, die alles Fleisch verderbe.* Genesis, Kapitel neun, Vers vierzehn bis fünfzehn.« Pope ließ noch einmal ihren Blick über die Menschen vor ihr schweifen. »›Doch lasst uns dieses Gedankenexperiment für einen Moment fortsetzen, die Folgen dieses Exodus.‹ Denn der Rest, unsereins, normale Menschen« – hier schnaubte Max hörbar auf – »würde zurückbleiben und gegen dieses Verlassenwerden aufbegehren, so, wie es jetzt schon an der Westküste unseres Landes geschieht. Viele von uns würden in diesen Tumulten umkommen. Und wenn nicht, was hätten wir dann gewonnen? Wir würden letztendlich doch von dem Mantel erfasst. So viel Leid, so viel Tod, und doch stünden wir nicht besser da als die, die es gar nicht erst versucht hätten. Im Gegenteil, denn wäre der Mantel überlebbar, so würden wir uns danach in einer erbärmlichen Lage wiederfinden, völlig unvorbereitet und inmitten Millionen anderer Flüchtlinge.« Sie faltete die Hände vor der Brust zusammen. »Ihr seht, selbst der reinen Logik zufolge wäre es das Beste, sich auf den Mantel vorzubereiten, anstatt vor ihm zu fliehen.«

Christopher schüttelte vehement den Kopf. »Nur wenn man von vornherein alle Hoffnung aufgibt und alle wissenschaftlichen Indizien ignoriert …«

Pope redete einfach weiter. »Doch die reine Logik bringt uns in dieser misslichen Lage nicht weiter – der Glaube hingegen schon. Denn ich weiß, Gott wird die Menschheit nicht auslöschen. Gott wird nicht einer winzigen Schicht aus Politikern und Soldaten gestatten, die Keimzelle einer neuen menschlichen Zivilisation zu werden. Und ihr, meine lieben Brüder und Schwestern, solltet das auch wissen. Mehr noch, tief in euch, da *wisst* ihr es bereits, da seid ihr der Flucht bereits müde, da lechzt ihr danach, das Blatt zu wenden, wieder etwas aufzubauen, etwas wachsen zu sehen, anstatt immer nur weiter zu leiden und auch eure Liebsten leiden zu sehen.«

Einige der Zuhörer nickten, andere schlossen sich ihnen an, bis fast die Hälfte der Anwesenden Pope ihre Zustimmung signalisierte. Der Rest war gespalten, manche schauten sich unsicher um, andere starrten auf den Boden zu ihren Füßen oder wirkten zu erschöpft oder schockiert, um überhaupt eine Reaktion zu zeigen. Skeptische oder gar feindselige Blicke in Richtung von Pope waren rar gestreut, aber vielleicht, so hoffte Christopher, war dieses Missverhältnis durch die Blautüchler bedingt, die sie umringten. So oder so, egal, was Christopher jetzt noch in die Runde rief, ein Aufstand gegen Pope würde hier und heute nicht stattfinden.

Stattdessen wandte sich die Frau nun abermals ihm zu, dieselbe sanfte Stimme wie zuvor. »Was mich wieder zu dir bringt, Christopher. Du siehst, ich versuche, Offenheit zuzulassen, soweit es mir nur irgendwie möglich ist. Aber es kommt der Moment, an dem ich eine Linie ziehen muss, an dem es nötig wird, ein Exempel zu statuieren an jemandem, der unsere Gemeinschaft zu beschädigen droht. Und ich fürchte, dieser Moment ist gekommen.«

Pope schnippte mit den Fingern, in einer Geste, die ganz und gar nicht freundlich wirkte. Christopher schluckte. Er sah aus den Augenwinkeln, wie sich hinter ihm zwei der Wachen in Bewegung setzten, bereitete sich im Geiste darauf vor, wie sich gleich vier kräftige Pranken in seine Schulterblätter bohren und um seine Handgelenke legen und ihn dann abführen würden, weiß-Gott-wohin. Max sah zutiefst besorgt zu ihm herüber, verzweifelt bemüht, sich genau das nicht anmerken zu lassen. Christopher lächelte zu ihr zurück. Er hatte keine Macht, etwas an dem zu ändern, was ihm nun widerfahren würde, aber sei es, wie es war. Sollten sie sehen, welche Stärke er vor diesen Verrückten bewahren würde!

Doch die befürchtete Berührung blieb aus. Mehr noch, die beiden Männer hielten nicht einmal auf ihn zu. Stattdessen stellten sie sich neben Max und grapschten unsanft nach ihren Armen. Max japste erschrocken auf, wand sich in dem Griff, doch sie hatte keine Chance.

Christopher wurde auf einmal ganz schlecht. Sein Herz raste. »Hey«, rief er, und verschluckte das Wort fast. »Was … warum?«

Er machte einen Schritt auf Max zu, doch sofort stellte sich ihm eine der anderen Wachen in den Weg.

Pope sah ihm in die Augen, ignorierte den Hass, die Verwirrung, die Angst, die ihr entgegenschlugen. »Wenn ich dich bestrafe, wird die Wirkung rasch verpuffen. Aber wenn deine geliebten Menschen unter deinen Taten leiden, dann wirst du es dir gut überlegen, ob du noch einmal unserer Gemeinschaft Schaden zufügen möchtest.«

Christopher erbleichte. »Das ist barbarisch!«

»Ja, und unfair obendrein. Aber leider ist es gerade deswegen so effektiv.«

»Bitte, tu das nicht. Ich flehe dich an! Lass mich ...«

»Nein. Wenn ich jetzt Gnade zeige, wird jeder von uns stets darauf hoffen, dass es auch bei ihm so geschehen wird.«

»Bitte. Bitte! Ich verspreche, ich schwöre ...«

Pope nickte einer Wache hinter ihm zu. Christopher drehte sich um, sah, wie eine hakennasige Frau von gedrungener, kräftiger Statur hinter Max trat, die sich noch immer im Griff der beiden Männer wand. Die Frau griff nach dem Kragen von Max' Hemd, und mit einer harten, ruckartigen Bewegung zerriss sie den Stoff, vom Nacken bis zum Steißbein.

Christopher wollte Max zu Hilfe eilen, doch er kam nicht weit, ehe er selbst im Griff von zwei breitgebauten Blautüchlern steckte. Er tobte, trat und schlug um sich, doch die beiden Wachen nahmen ihn in den Schwitzkasten und hielten seine Beine fest, während Max auf die Sandfläche des Kinderspielplatzes gezerrt und zur ersten Schaukel geschleift wurde. Ihr halbes Hemd hing in Fetzen von ihren Schultern hinab, ließ die Mittagssonne ungeschützt auf ihren blanken, hellen Rücken herabbrennen.

Christopher verdoppelte seine Anstrengungen, stieß einen stummen, verzweifelten Hilfeschrei in Richtung der Menschen ringsherum aus, vergeblich.

Die beiden Männer pressten Max in die Mitte des Gerüsts. Erst jetzt fiel Christopher auf, dass der Schaukelsitz selbst fehlte. Stattdessen waren an der oberen Querstange Lederriemen angebracht, die nun von einem der Männer auf ihre volle Länge ausgezogen wurden, während der andere Max gegen erbitterte Gegenwehr anheben musste, um zunächst ihr linkes Handgelenk durch die eine Schlaufe zu fädeln und dann ihr rechtes durch die zweite. Dann zogen sie die Lederriemen fest – und ließen Max los.

Sie sackte augenblicklich hinab, doch die Riemen waren so hoch angebracht, dass Max kaum mit den Stiefelspitzen den Sand berührte, obwohl ihre Arme brutal nach oben gezogen wurden. Max kämpfte gegen ihre Fesseln an, wand sich, zerrte und riss mit wachsender Verzweiflung, die Schulterblätter unnatürlich stark hervortretend, aber das Leder saß zu stramm, ließ ihr keinerlei Spiel.

Ein Mann schritt auf sie zu, nestelte an seinem Gürtel herum. Christophers Gedanken rasten. Er schnappte nach dem Kerl, der ihn festhielt, versuchte, ihm mit aller Gewalt in den Oberarm zu beißen, doch der Mann wich ihm aus, begann ihn stattdessen zu würgen, ihm die Luft abzudrücken.

Pope hob die Stimme, gerade genug, dass sie alle hören konnten. »Zehn Peitschenhiebe. Auf den nackten Rücken.«

Für einen Augenblick war Christopher wie erstarrt. Dann drang etwas Unartikuliertes aus seiner Kehle, und er begann, zu strampeln und mit brechender Stimme zu schreien.

Pope sah ihn an, auch wenn Christopher kaum etwas davon mitbekam. »Noch ein Wort aus deinem Mund, noch eine Bewegung, und ich verdopple ihre Strafe!«

Sie klang dabei fast ängstlich – als müsste *sie* diesen Wahnsinn ausbaden! Christopher presste seine Zähne aufeinander, so fest er nur konnte. Sein Herz schlug wie verrückt. Das durfte alles nicht wahr sein! Er bebte am ganzen Körper, es kostete ihn all seinen Willen, nicht weiter gegen die Wachen anzukämpfen, Max zuliebe. Er biss sich auf die Unterlippe, so stark, dass sie aufsprang, Hauptsache, kein Ton drang aus ihm heraus.

Er spürte, wie die Tränen aus seinen Augen schossen. Er hatte keine Kraft, sie zurückzuhalten, ließ sie fließen, über die Arme seiner Bewacher, ohne einen einzigen Schluchzer, ohne sich zu regen, auch als der erste Peitschenhieb auf Max' Rücken niedersauste und sie vor Schmerzen aufbrüllte.

Ein zweiter Hieb, ein dritter, die Schreie wurden greller, schriller. Christopher wandte den Blick ab, schloss die Augen, doch die Bilder blieben bei ihm, die drei blutigen Streifen auf Max' Rücken, dort, wo die Haut aufgeplatzt war, ihr Beben, als sie sich kraftlos in den Fesseln wand.

Die nächsten vier Schläge, in rascher Abfolge. Beim letzten brach ihre Stimme, mitten im Schrei. Sie wimmerte. Christopher hörte, wie ihre Stiefel kraftlos über den Sand schabten.

Hieb Nummer acht, Hieb Nummer neun. Die Tränen drangen durch Christophers geschlossene Lider nach außen. Das Wimmern war verstummt. Der letzte Peitschenknall blieb aus.

In Panik riss Christopher die Augen auf, sah nichts durch den feuchten Schimmer, zwinkerte, blinzelte, bis sich Schemen abzeichneten. Max hing in den Riemen, der Kopf regungslos nach vorn geknickt, die Stiefelspitzen schräg im Sand steckend. Sie zuckte. Blut lief über ihren Rücken, besonders dort, wo mehrere Schnitte über Kreuz lagen.

Doch der Dreckskerl mit der Peitsche machte keine Anstalten, zum letzten Hieb anzusetzen. Dafür hatte sich Pope nun ein paar Schritte schräg hinter Max gestellt. Die alte Frau nestelte mit ruhigen Fingern an ihrer eigenen Robe herum, zog an der Schnur, die die beiden Rückenteile zusammenhielt, löste den Knoten. Ihre Robe teilte sich, legte unter dutzendfachem Raunen ihren Rücken frei. Ein Rücken, der über und über mit Narben übersät war, länglichen, geradlinig verlaufenden Narben, genau wie von Peitschenschlägen, einige davon noch sehr frisch.

Verdammt noch mal, was war denn das für eine Frau?

Pope verschränkte die Arme vor ihrem Körper, richtete sich auf und schloss die Augen.

Und dann sauste die Peitsche ein weiteres Mal hinab. Ein lautloser Schrei. Die alte Frau sackte in sich zusammen, drohte zitternd in die Knie zu gehen, und rappelte sich nach ein, zwei Sekunden doch wieder auf. Auf ihrem Rücken hatte sich eine tiefrote Spur gebildet.

Und dann drehte sie sich um, bewegte sich dabei so sicher und kontrolliert, als ob nie etwas gewesen wäre, und ließ ihren Blick über die schockierten, staunenden Gesichter vor ihr schweifen. Niemand wagte etwas zu sagen.

Eine junge Frau mit einem Schälchen lief zu ihr, doch Pope schob sie mit einem gütigen Lächeln weiter zu Max.

Christopher riss sich aus dem Griff los. Sein Bewacher ließ es geschehen. Christopher rannte zur Schaukel, vorbei an der Verrückten, direkt zu Max. Auch er stieß das Mädchen mit der Salbe aus dem Weg, umrundete Max, strich ihr durch das Haar. Ihre Augen flatterten, ihr ganzer Körper bebte heftig, als hätte sie einen epileptischen Anfall. Er zerrte mit zittrigen Fingern an den Lederriemen, fand die erste Schlaufe, zog daran. Max' linker Arm fiel an ihrem Körper herab. Die andere Schlaufe. Sofort stürzte Max ihm entgegen. Er fing sie auf, ließ sie sanft zu Boden gleiten, vornüber, ihren Kopf auf seinem Schoß, sorgsam darauf bedacht, dass kein Sand an die schrecklichen Wunden kam.

Er riss dem Mädchen mit einem hasserfüllten Blick die Schale aus der Hand, tauchte einen Finger in die kalte, feuchte Paste.

»Eine Salbe, antiseptisch, und auch gut gegen den Schock. Der ist das Gefährlichste«, sagte das Mädchen, ehe sie von Pope mit einem unmenschlich sanften »Gib den beiden Zeit« weggezogen wurde.

Christophers Hände zitterten, als er vier Finger in die weiße Salbe tauchte, und begann, sie vorsichtig in den Rillen der Wunden zu verteilen. So viel Blut! Es erforderte seine ganze Kraft, bloß, um nicht erneut in Tränen auszubrechen. Bei jeder

Berührung nahm Max' Beben schlagartig zu, fing sie an zu hyperventilieren, und kein Streicheln über ihren Kopf mit der freien Hand, keine beruhigenden Worte, nichts konnte sie da rausholen.

Es dauerte lange, bis er alle Wunden versorgt hatte und noch länger, bis ihr Beben nachließ, allmählich in ein Zittern überging und Max schließlich schluchzend in Christophers Schoß lag, ihre Augen fest zusammengepresst, sein Blick in die Ferne gewandt, gefüllt mit nichts als kalter Wut.

Eine der Wachen hatte Christopher schließlich geholfen, Max zurück in das kleine Haus zu tragen und bäuchlings, mit freiem Rücken, auf das Bett zu legen, in dem sie die letzte Nacht geschlafen hatten. Max war für die nächsten Tage von der Feldarbeit freigestellt. Christopher hatte nicht gefragt, ob das auch für ihn galt; er war einfach bei ihr geblieben.

Und doch wusste er nicht, was er für sie tun konnte. Er streichelte ihr über die Haare, hielt ihre Hand, fühlte ihren Puls und versuchte, leise mit ihr zu reden, wann immer er den Eindruck hatte, dass sie ihn hörte.

Schließlich brachte Thiago wie versprochen Mtoto vorbei. Er hatte ihr nichts erzählt, das überließ er Christoper.

Zunächst starrte Mtoto ihn nur verständnislos an, doch dann brach sie in Tränen aus, als sie Max auf dem Bett liegen sah, bewusstlos, die neun breiten, weißen Streifen auf ihrem Rücken. Sie rannte auf Max zu, trat nach Christopher, als er sie abfing. Erst als er ihr erklärte, dass sie Max noch mehr weh tun würde, wenn sie sie umarmte, ließ sie von ihm ab, und kauerte sich neben das Kopfende von Max' Bett. Sie blieb den ganzen Abend dort sitzen, und hätte wohl auch die ganze Nacht dort verharrt, wenn Christopher sie nicht irgendwann im Halbschlaf auf die Couch getragen und sorgsam zugedeckt hätte.

Christopher selbst verbrachte die Nacht auf dem Boden, vor lauter Angst, versehentlich an Max' Rücken zu kommen. Doch an Erholung war auch dort nicht zu denken, zu viele Gedanken kreisten in seinem Hirn.

Er musste eben erst eingeschlafen sein, als er wieder aufschreckte, Morgenröte am Himmel, und das Bett über ihm verlassen war.

Max stand schräg vor dem Spiegel in der Ecke ihres Zimmers, direkt neben dem einzigen elektrischen Licht, den Rücken zum Spiegel gedreht, ein Arm an der Wand abgestützt. Mit den Fingern ihrer freien Hand strich sie über ihre Schulter, und langsam weiter, ihren Rücken hinab. Ein paar Zentimeter vor dem ersten Schnitt hielt sie inne. Ihre Fingerkuppen schwebten über der Wunde, ehe sie sich zitternd der aufgeplatzten Haut näherten, tiefen Rillen, die nun, nachdem die Salbe eingetrocknet war, dunkelrot glänzten. In absolutem Unglauben starrte Max auf ihren Rücken. Ihre Finger zuckten. Abrupt zog sie ihre Hand wieder zurück.

Im gleichen Moment wurde ihr bewusst, dass Christophers Blick auf ihr ruhte. Sie drehte sich hastig zu ihm um, den Rücken zur Wand gerichtet.

Ihre Augen glänzten. Sie schlang ihre Arme eng um ihren Körper. »Christopher … was …?«

Er machte einen Schritt auf sie zu, hielt dann inne. Sein Mund öffnete sich, und schloss sich wieder, ohne dass ein Ton aus ihm gedrungen wäre. Er machte einen weiteren Schritt auf sie zu, doch sie schaute zu Boden. Weinte sie?

»Bitte«, sagte er schließlich. »Ich muss mich um deinen Rücken kümmern.« Er deutete auf den Tisch neben Max. »Die Salbe …«

Max schüttelte nur den Kopf, die Lippen eng aufeinandergepresst.

»Bitte!«, sagte er.

Noch ein Schritt. Sie wandte sich etwas von ihm ab, aber nicht so sehr, dass er ihren Rücken sehen konnte.

Und so standen sie da.

Bis es plötzlich an ihre Tür hämmerte, und ohne die Antwort abzuwarten, eine Blautüchlerin in ihr Zimmer trat, offenkundig von Thiago geschickt, um ihn und Mtoto zur Arbeit abzuholen.

Christopher hatte keine Wahl, als ihr zu folgen, und auch Mtoto trottete hinterher, wobei sie den gesamten gemeinsamen Weg dazu nutzte, auf Kisuaheli und in freundlichstem Tonfall die Frau neben ihnen, Pope und mit ihr die ganze Siedlung mit den schlimmsten Flüchen zu belegen, die ihr einfielen – und das waren so einige. Christopher hoffte bloß, dass sie ihren Tag gut überstand. Er selbst kanalisierte seine ganze Wut in die Knochenarbeiten, zu denen er gezwungen wurde, zog Kraft aus all den Emotionen, die sich in ihm angestaut hatten, funktionierte einfach und dachte nicht.

Am Abend war er völlig erschöpft. Er hatte seine Tagesration erhalten, Brot und ein paar undefinierbare Beilagen, doch Max – verkehrt herum auf einem der Stühle sitzend, ein weites Laken um die Schultern geschwungen – wollte nichts essen, was letztlich dazu führte, dass sich Mtoto ihrem Hungerstreik anschloss. Es dauerte einige Zeit, ehe er Max überredet hatte und sie, Mtoto zuliebe, wenigstens ein paar Bissen zu sich nahm.

Die Schale mit der Salbe stand auf einem der Stühle. Immerhin, Max musste sich also um ihren Rücken gekümmert haben – doch als Christopher ihre Wunden anschauen wollte, ließ sie ihn abermals nicht an sich heran.

Auch die nächsten beiden Tage verliefen nach diesem Muster. Christopher kehrte abgekämpft in ihre Bleibe zurück, bat Max darum, ihr helfen zu dürfen, doch sie saß auf ihrem Stuhl, die Lehne vor der Brust, und schüttelte nur den Kopf. Sie ließ sich kaum anmerken, wie viel Schmerz ihr jede Bewegung bereitete, aber ihre tiefen Augenringe verrieten sie. Auch wenn sie zumindest die Schmerzmittel annahm, die er für sie organisiert hatte, helfen durfte er ihr nicht.

Doch als Christopher am Abend des dritten Tages – die Sonne war gerade über den Bergen im Westen verschwunden – die Tür zu ihrer Bleibe öffnete, verschwitzt und mit zerrissenem Hemd, da stand Max auf einmal vor ihm im Türrahmen. Etwas in der Art, wie sie ihn ansah, hatte sich verändert. Und plötzlich fiel sie ihm um den Hals, völlig unvermittelt, und ließ nicht mehr los, ihr Kopf tief in seine Brust vergraben.

Christopher wusste nicht, wie er sie an sich schmiegen konnte, ohne ihr weh zu tun. Schließlich plazierte er seine Hände auf ihren Schultern. Mtoto kam hinzu, presste sich ebenso vorsichtig an sie beide.

Und in dieser Haltung standen sie im Türrahmen, bis die ersten Sterne über ihnen am Himmel erschienen, bis sich die Hitze eines weiteren Hochsommertages verflüchtigte und sich Max schließlich wortlos von ihnen löste, in das Zimmer trat und das Laken sinken ließ, ein bisschen nur.

Sie sah über ihre Schulter zu Christopher zurück, der Blick leicht gesenkt, die Stirn in Falten gelegt.

Christopher lächelte sie an, fuhr sich mit dem Handrücken über die Augen und lächelte dann noch ein bisschen mehr.

Als sie den Blick in seinen Augen sah, schluckte sie erst und lächelte dann auch, wenn auch zaghaft. Sie blinzelte, richtete sich ein wenig mehr auf und streifte dann das Laken vollständig ab.

Und so stand sie da, mit flachem Atem, als stünde sie nackt vor einem Fremden.

Christopher betrachtete ihren Rücken, die neun Schnitte zwischen Schulterblatt und Hüfte, jeder so breit wie ein Finger, und ein Vielfaches so lang. Nicht entzündet, zum Glück, aber furchtbar tief und dunkelrot, mit winzigen rosafarbenen Linien, die sich in der Mitte der Schnitte zu bilden begannen. Max' Rücken sah schrecklich aus, aber es hielt ihn nicht davon ab, auf sie zuzugehen, ganz langsam. Als er sie erreichte hatte, fiel sein Blick auf den Spiegel vor ihm. Der Dreck in seinem Gesicht. Seine schwielenbewehrten Finger an Max' Armen. Das war er? Er ertappte sich dabei, wie er sich selbst beobachtete, als er Max zärtlich von hinten auf die Schulter küsste. Max schloss die Augen, senkte den Kopf, presste die Lider aufeinander. Sie zitterte. Eine Hand von ihr wanderte nach hinten, strich durch seinen Bart, der längst jede Form verloren hatte, über seine unrasierte Wange und seine immer länger werdenden Haare.

Er schob sie sanft in Richtung Bett. Sie wehrte sich nicht, legte sich bäuchlings auf das Laken, dort, wo Mtoto bereits auf sie wartete, während sich Christopher mit Wasser und Desinfektionsmittel die Hände wusch. Er griff nach der Salbe, kniete sich neben sie auf den Boden und begann, Max' Wunden damit zu versorgen. Sie verkrampfte ein bisschen, doch dann ... dann ließ sie es geschehen. Und als Christopher fertig war und einen frischen, lockeren Verband über ihrem Rücken ausbreitete, legte sie eine Hand auf sein Knie. Sie sagte kein einziges Wort, aber zum ersten Mal lag in ihrem Blick mehr Dankbarkeit als Scham.

Es dauerte nicht lange, bis auch Max wieder als »begrenzt arbeitsfähig« eingestuft wurde, und als eine der Assistentinnen in der Maschinenhalle eingesetzt wurde. Mtoto fand mittlerweile als Laufmädchen Verwendung, und gelegentlich als Aushilfe in der Küche der Blautüchler. Nur Christopher war noch immer bei der Dreschmaschine im Einsatz, auch wenn es nun nicht mehr lange dauern konnte, ehe auch die letzte Garbe in ihr verschwunden war.

Abends, wenn sie erschöpft zusammenhockten und ihre stets zu knapp bemessene Ration aßen – Brot meistens, aber auch alles aus dem Lager, was das Haltbarkeitsdatum zu überschreiten drohte, von Joghurts bis zu Tomatenketchup – kannten sie nur ein Thema, über das sie mit gesenkten Stimmen diskutierten, bis die Nacht hereinbrach: ihre Flucht von diesem Ort.

Ihnen war klar, dass daran nicht zu denken war, solange Max' Wunden noch nicht verheilt waren, und solange sie nicht genau wussten, womit sie es alles zu tun hatten.

Doch das änderte sich so langsam. Mtoto verstand sich prächtig darauf, bei ihren Wachen den Eindruck zu erwecken, rein gar nichts mitzubekommen – ein kleines, naives Mädchen eben, das nicht im Traum darauf käme, irgendetwas zu hinterfragen. Dank ihr wussten Max und Christopher nun immer besser, womit sie es zu tun hatten – und lernten, wie durchdacht die Abläufe von Popes Kontrollmaschinerie wirklich waren. Im Nachhinein kam ihnen ihr Fluchtversuch am ersten Morgen hanebüchen naiv vor. Der nächste Versuch würde weit mehr Vorbereitung erfordern. Noch einmal durften sie jedenfalls nicht scheitern – nicht bei diesen Strafen.

Also galt es, klug und überlegt vorzugehen. Mtotos Beispiel zu folgen, so zu tun, als würden sie sich, widerwillig zunächst, mit ihrem Schicksal anfreunden, sich nicht mehr widersetzen, ja, das *System Pope* irgendwann sogar vor sich selbst und anderen rechtfertigen.

Sie würden bis zur Erschöpfung arbeiten, tun, was von ihnen verlangt würde. Und sie würden während alledem die Augen offenhalten, nach Chancen suchen und nach Schwachstellen im System. Der eisige Blick, der von Max Besitz ergriff, wann immer Popes Name fiel, die Härte, mit der sie über ihre Entstellung sprach, der kalte Zynismus, mit dem sie beiläufig daran erinnerte, mal »verfickt sexy« gewesen zu sein – Christopher zweifelte nicht eine Sekunde daran, dass sie die nötige Kaltblütigkeit aufbringen konnten.

Und so schafften sie es nach und nach tatsächlich, ein anerkannter Teil der Gemeinschaft zu werden. Christopher beteiligte sich freiwillig an der letzten Aussaat für den Herbst – Hülsenfrüchte vor allem, sowie Blatt- und Wurzelgemüse – und auch an den Vorbereitungen eines weiteren, riesigen Feldes für Winterraps, selbst wenn er nicht verstand, warum Pope meinte, solche Mengen davon zu brauchen. Und als sich der technische Aufseher des Projekts gleich zweimal mit der nötigen Zahl der Arbeitskräfte verschätzte und die falschen Pflüge beschaffte, verbrachte Christopher die halbe Nacht mit dem Studium eines alten Landwirtschaftsalmanachs. Noch am darauffolgenden Tag beschwerte sich Christopher bei Pope über die schreckliche Ineffizienz – und bekam kurzerhand selbst den Aufsichtsjob zugetragen; eine Aufgabe, die er mit solcher Bravour erfüllte, dass sie das Saatgut innerhalb der halben veranschlagten Zeit ausgebracht bekamen.

Und plötzlich wurde er für harte körperliche Arbeit zu wertvoll, Arbeit, die nun die nächste Welle von Flüchtlingen übernahm. Stattdessen wurde er immer häufiger als Troubleshooter eingesetzt, ein Job, von dem er selbst überrascht war, wie gut er ihm lag. Zu wenig Diesel für die Maschinen? Christopher stellte eine Gruppe zusammen, die eine Inventur aller herumstehenden Autos durchführte, und weitere Gruppen, die systematisch den Treibstoff aus diesen abpumpten. Zu viel Zank um die Verteilung der Nahrungsrationen? Christopher wirkte so lange auf die verschiedenen Sekretäre ein, bis ein Zentrallager etabliert wurde, so wie er es damals in Max' Heimatort miterlebt hatte. Doch sein größter Erfolg war, als es ihm gelang, ein eigenes Laufmädchen einzufordern: Mtoto.

Das bedeutete natürlich nicht, dass er nun in der Lage war, gemeinsam mit ihr und Max einfach aus dem Ort herauszumarschieren. Die Blautüchler waren ihm immer noch übergeordnet, und daran würde sich auch nichts ändern. Außerdem kam es praktisch nicht vor, dass er mal länger als die Dauer einer Toilettenpause unbeaufsichtigt war. Aber es hieß zumindest, dass Mtoto nun oft an seiner Seite war, was beiden die Tage nicht nur etwas erträglicher gestaltete, sondern Christopher auch die Chance bot, Mtoto als verdeckten Erkunder einzusetzen. Er brauchte sie dazu nur unter plausibel erscheinenden Vorwänden in alle möglichen Ecken von Popes kleinem Imperium zu schicken. Einzig die Gleisanlagen in Richtung der Kleinstadt im Südwesten, die sie bei ihrem ersten Fluchtversuch entlang des Golfplatzes fast erreicht hatten, waren auch für Mtoto tabu.

Davon abgesehen war es aber nicht besonders schwierig, mit ihrer Hilfe auch in die besser bewachten Bezirke von Popes Reich hineinzuschnuppern. Wer schöpfte schon Verdacht, bei einem kleinen Mädchen, das stets schüchtern dreinschaute und sich immer wieder mal verlief, das auch mal weinte, wenn es etwas falsch machte, und von ein, zwei mitleidigen Wachen sogar etwas zu essen geschenkt bekam, wenn es besonders verloren wirkte? Und doch erstattete dieses Mädchen Christopher immer wieder Bericht, über Mannstärken und Verteilungsmuster, über Hierarchien und Intrigen – nicht mit diesen Worten, aber mit einer Präzision, als wäre sie ein ausgebildeter Späher. Sie war es auch, die der Stadt, in deren Nähe sie gefangen waren, endlich einen Namen zuordnete: Sandpoint.

Und bei alledem, der Maskerade, dem vielen Laufen, nahm sie sich zurück, schluckte ihre eigene Wut hinunter, so wie es Christopher tat, ohne sich auch nur ein einziges Mal zu beschweren. Christopher war beeindruckt von der Kleinen, und fast ein bisschen beschämt. Er hätte ihr gern noch so viel mehr mitgegeben, ihr gezeigt, wie sie sich da draußen beschützen könnte – damit sie vorbereitet war, so gut es ginge, egal, was noch geschehen würde –, doch dafür fehlten ihm die Gelegenheiten, und, wenn er ehrlich war, das Wissen.

Mit Max verbrachte er weit weniger Zeit; nur die kurzen Momente spätabends nebeneinander im Bett, bevor Christopher vollkommen erschöpft einschlief, stets vor ihr, und das, obwohl sie immer schon wach war, wenn er sich morgens in die Senkrechte kämpfte. Früher war Max diejenige von ihnen beiden gewesen, die wie ein Stein schlafen konnte, aber seit sie kaum noch auf dem Rücken liegen konnte, hatte sich das geändert.

Manchmal, an den ruhigeren Abenden, suchte ihre Hand die seine, und sie tauschten sich mit leisen Stimmen über ihre Fortschritte aus. Christopher berichtete von Unstimmigkeiten bei der Inventur ihrer Vorräte, von Tonnen an Mehl, die tagtäglich spurlos verschwanden. Max erzählte von den Entwicklungen bei ihr in der Maschinenhalle, wo landwirtschaftliche Werkzeuge hergestellt wurden, aber auch umfangreichere Fertigungsanlagen, von denen man Max nichts erzählte, mit Gerätschaften, deren Komplexität weit über das hinausging, was Max hier für möglich gehalten hätte. In Popes engerem Umfeld gab es gleich mehrere Mechaniker, so dass Max als Amateur-Bastlerin ein Aufstieg wie Christopher verwehrt blieb. Auch nach einer halben Woche hatte sie es noch nicht geschafft, den hinteren Teil der Halle überhaupt nur zu betreten, dort, wo die Befüllungsanlagen standen, dort, wo sie relativ unbemerkt an Benzin gelangen könnte – gerade jetzt, als der Juli in den August überging, als die Tage kürzer zu werden begannen und sie immer öfter erst in der Dämmerung nach Hause kamen, trotz immer mehr Händen, die mitanpackten.

Denn noch immer rauschten jeden Tag Züge durch ihren Ort und brachten neue Flüchtlinge in ihre Gemeinde, blinde Passagiere von den Zügen, die angesichts des Erdrutsches im Süden von Popes Leuten angehalten wurden. Christopher verstand das Prinzip nicht, nach dem ausgesucht wurde, welche Züge man stoppte und welche nicht. Das Gleis schien keine Rolle zu spielen, und ebenso wenig die Anzahl der Flüchtlinge oder die Anzahl der Soldaten, die den Zug begleiteten. Ausnahmen waren die gelegentlichen Truppentransporte, die Pope stets passieren ließ, selbst wenn sie sich auf dem Gleis befanden, von dem Christopher dachte, dass es geradewegs in den Erdrutsch führte.

Was er hingegen verstand, war, dass zwar nicht die Zahl der Züge zunahm, wohl aber die der Menschen, die auf ihnen kauerten, in Viehwaggons, auf Baumstämmen und Kohlehaufen.

Ihre Gemeinde wuchs, um Dutzende, schließlich Hunderte Menschen am Tag. Der Zustrom war so groß, dass in Christopher neue Hoffnung aufkeimte, dass es zu einem Umbruch kommen würde. Dabei schien das erst der Anfang zu sein …

Pope hatte – offenbar schon vor dem Ausfall aktiver, und damit verbotener Kommunikationsmittel wie dem Internet – den Mitgliedern ihrer Gemeinde nie untersagt, Radio zu hören oder Fernsehen zu schauen. Vielleicht, weil ohnehin niemand die Zeit dafür hatte, vielleicht aber auch, weil immer mehr der Berichte ihrer Vision von einem Neuanfang in die Hände spielten – wie die Warnung einer lokalen Radiostation, Pacifica sei nichts als ein Zoo, ein diabolisches Spiel von Aliens, die sich mit den Menschen einen schrecklichen Spaß erlaubten.

Und so ließ Christopher, wann immer er mit irgendwelchen Berichten oder Plänen hantierte und dabei mit nur wenigen anderen Gemeindemitgliedern im Lehrerzimmer der Grundschule saß – dem improvisierten *Zentralbüro*, in dem er gut ein Drittel seiner Zeit verbrachte – nebenbei den Fernseher laufen. Eine ganze Reihe von Sendern hatte sich darauf verlegt, von frühmorgens bis spätabends nur noch Soaps und alte Sitcoms auszustrahlen, vielleicht, um Normalität zu suggerieren, oder schlicht, weil sie kein anderes Material mehr hatten. Die großen, staatlich kontrollierten Politiksender mäandrierten stattdessen zwischen Durchhalteparolen, strengen Verurteilungen einer Serie von »terroristischen Angriffen«, Berichten über die Kapseln und herzerwärmenden Beispielen von Nachbarschaftshilfen. Und doch standen sie kurz davor, ihre Deutungshoheit zu verlieren: Immer mehr der überschaubar werdenden Schar von Stationen berichteten von den Vorwürfen gegen die Regierung, von den Fälschungen, von den Straßensperren, den Abschaltungen des Mobilfunknetzes, von Protesten, von Massakern, von »Freiheitskämpfern« und auch von einer Reihe von EMP-Kapseln, bei denen sich die Techniker offenkundig nicht einmal die Mühe gemacht hatte, die Kabel um die Spulen miteinander zu verlöten. Und natürlich zeigten sie Bilder der Wand, wie sie träge über dem Atlantik hing, noch immer mit denselben absurden Ausmaßen, sichtbar schon von Boston, von New York, sogar von Washington aus.

Und dann verschwanden die Bilder plötzlich, bei fünf Sendern, bei zehn, zwanzig. Der Spuk dauerte keine zwei Minuten, doch danach hatte fast jede Station von der Ostküste aufgehört, zu senden.

Die verbliebenen Kanäle hatten es auch mitbekommen. Sie rätselten über die Ursachen, bis sich eine Station aus New York mit den Worten zurückmeldete, dass sie gerade mit den letzten Tropfen in ihrem Notstromaggregat sende. In der gesamten Stadt – und wahrscheinlich weit über ihre Grenzen hinaus – sei es zu einem Stromausfall gekommen. Die Moderatoren berichteten mit aufgeregten Stimmen, dass auf den Straßen unter ihnen eine Panik ausbreche, und schlimmer noch, dass das Militär sich ausgerechnet in dieser Lage aus der Stadt zurückzöge.

Andere Sender, von den Great Plains und aus Texas, wo die Lichter noch brannten, beschrieben umfangreiche Truppenbewegungen, generalstabsmäßige Verlegungen von ganzen Divisionen in Richtung Westen. Und doch war es ein kleines Radionetzwerk in den nördlichen Rockies namens AmRRON, das von der ersten von Zivilisten gestürmten Straßen- und Schienensperre berichtete, einer nur schwach verteidigten Blockade in der Nähe eines winzigen Ortes namens East Glacier Park Village.

Christopher war klar, was das für sie bedeutete. Ab heute Abend, spätestens morgen Vormittag würden die Flüchtlingszahlen in die Höhe schnellen, würde ihre Gemeinde in Chaos versinken, falls Pope versuchte, zu viele von denen aufzunehmen.

Und genau dieses Chaos konnte ihre Chance sein. Denn langsam fügten sich ihre Bausteine zu einem richtigen Plan. Anders als noch vor ein paar Tagen schlossen die Patrouillenrouten der Blautüchler nicht mehr die vielen herumstehenden Fahrzeuge ein, weil sie als Fluchtvehikel kaum noch in Frage kamen. Und das war Christophers Verdienst – immerhin hatte er bei allen Wagen das Benzin abpumpen lassen. Zumindest war das die offizielle Version, die in den Karten vermerkt war. In Wahrheit hatte Christopher ein paar Autos *übersehen*, Wagen, die von den Erkundungstrupps zwar vermerkt worden waren, zu denen aber nie ein Abpumptrupp geschickt worden war, Wagen, in denen zum Teil sogar noch die Schlüssel steckten. Und falls sein kleiner Fehler doch aufgefallen war, falls doch auch diesen Autos der Treibstoff abgepumpt worden war, kam Max ins Spiel, mit dem Benzin, dass sie Tag für Tag in ihrer kleinen Trinkflasche aus der Maschinenhalle schmuggelte – und dadurch in Kauf nahm, von morgens bis abends nichts zu trinken. Ihr »persönlicher Mini-Ramadan«, wie sie es nannte. Dennoch fühlte auch sie sich allmählich wieder kräftig genug, um einen neuerlichen, klügeren Fluchtversuch zu wagen. Zwei von drei Puzzlestücken fielen also bereits zusammen. Das dritte war Mtoto. Dank ihr wussten sie, dass eine der kleineren Straßen – die nach Westen, direkt über die Berge, kaum mit einem Jeep befahrbar – nachts nur schwach bewacht wurde. Wenn sie dort den richtigen Zeitpunkt abpassten und die Eisenbahngleise nicht am Bahnübergang, sondern ein paar hundert Meter weiter nördlich überquerten, mit Vollgas über ein Feld auf die Schienen, dann würden die nächstgelegenen Wachen verdammt schnell reagieren müssen, um ihren Wagen noch zu erwischen – gerade, wenn die kommenden Nächte wirklich so chaotisch zu werden versprachen.

Und tatsächlich, schon beim ersten Zug des Abends war die Ladung – Eisenerz? Kies? – unter den Hunderten Menschen, die wie Wanderarbeiter in Bangladesch auf ihr kauerten, kaum mehr auszumachen. Trotz der vielen Gesichter wurde auch dieser Zug von Popes Blautüchlern gestoppt, wieder mit dem Verweis auf den Erdrutsch, und Pope stellte sich vor die Menschen, um die neuen Gefangenen – *Mitglieder* – ihrer Gemeinde willkommen zu heißen und ihnen die Regeln ihres Zusammenlebens zu erklären.

Nur zwei Männer protestierten lautstark, die restlichen Leute schauten bloß erschöpft und verunsichert zu ihrer selbst ernannten Retterin. Sie ließen sich ohne Gegenwehr von Popes Leuten von den Wagen herunterhelfen. Schließlich wurden die meisten von ihnen zu den freistehenden Wohnungen im Süden der Siedlung geführt.

Christopher beobachtete das Treiben gemeinsam mit Max von seiner Türschwelle aus. Er lächelte grimmig. Erst gestern hatte er sich um die Aufteilung der Häuser gekümmert. Er wusste genau, dass bei dieser Rate ihre Siedlung morgen Vormittag voll sein würde. Und die Blautüchler wirkten mit der Situation schon jetzt völlig überfordert. Vielleicht konnten sie es tatsächlich schon nächste Nacht wagen, nach der Ankunft von zwei, drei weiteren großen Wellen. Er warf einen Blick zur Seite. Max dachte genau dasselbe. Sie nickte ernst. Dann sah sie wieder nach vorne, zu den Flüchtlingen, die stumm an ihnen vorbeizogen, viele mit hängenden Köpfen, schmutzig, müde. Alte Männer mit eingefallenen Wangen, zwei Frauen in schicken Pullovern, jede ein Baby auf dem Arm, auf das sie leise einredete, schließlich ein Farbiger mit dicker Hornbrille, einem wilden Afro und einem Bart, der seit langem nicht getrimmt worden war. Der Mann hatte unter seinem abgewetzten Jackett nur ein schmutziges, graubeflecktes Hemd an, aber die Anzugsschuhe, die er trug, mussten einmal sehr teuer gewesen sein. Er redete mit einem der Blautüchler, der ihm gerade ein kleines Häuschen direkt gegenüber zuwies und dann zu seinem nächsten Kunden weitereilte. Doch der Mann ging nicht hinein, runzelte stattdessen die Stirn und wartete, schaute zurück in Richtung der Menschenmenge, aus der sich nun eine weitere Person löste, ein junger Kerl, Mitte zwanzig vielleicht, mit hellerer Haut und austrainierten Muskeln, aber der gleichen Frisur und denselben, einstmals edlen Klamotten. Für einen Augenblick streifte der Blick des älteren Christopher, wanderte weiter – und sprang dann plötzlich zu ihm zurück. Der Mann erstarrte, und lief dann geradewegs auf ihn zu.

»Christopher?«, sagte er. »Christopher!«

Christophers Blick schnellte zu Max, doch ihre Stirn lag genauso in Falten wie die seine.

Und trotzdem … irgendetwas an der Art, wie der Mann ging, an seiner Stimme, an seiner Brille …

»Soma?«

Ein längst vergessenes Gefühlschaos stieg in Christopher auf. Er hatte seinen Mund noch nicht wieder geschlossen, als ihm der Mann bereits um den Hals fiel.

Doch auch Soma schien ihre gemeinsame Historie wieder in den Sinn zu kommen. Er riss sich so plötzlich wieder von Christopher los, wie er sich an ihn geworfen hatte.

»Was macht ihr denn hier?«, fragte Soma, während er mit einem merkwürdigen Blick in den Augen Max umarmte, auf eine unbeholfene Art und so plötzlich, dass sie nicht mehr ausweichen konnte. Max schrie auf, verzog das Gesicht, woraufhin Soma zurückzuckte und sie anstarrte.

»Dasselbe wollte ich dich gerade fragen«, gab Christopher trocken zurück.

»Hey, ich hatte euch doch klargemacht, dass ich nach Bozeman wollte!« Er schaute immer noch völlig verdattert zu Max. »Das liegt hier ja mehr oder weniger ums Eck.«

»Ja, aber Bozeman ist weiter im Osten«, sagte sie. »Was machst du dann *hier* – bist du auch auf der Flucht?«

Soma nickte fast unmerklich. »Ich weiß nicht, ob ich all den Beteuerungen der Behörden glauben kann. Ich muss doch auch an Jamie denken.« Es klang fast feierlich.

Christopher stockte. »Jamie?«

Soma nickte und warf einen Blick über seine Schulter. Der junge Mann von eben hatte fast zu ihnen aufgeschlossen, Soma zog ihn trotz dessen Murren den letzten halben Meter zu sich heran. »Christopher, Max«, sagte er mit einigem Stolz in der Stimme, »darf ich euch meinen Sohn vorstellen?«

Sowohl Christophers als auch Max' Augenbrauen zogen sich zusammen. »Dein Sohn?« Sie starrten auf den Mann, der schon alt genug aussah, um eine eigene Familie zu haben. Der als Banker durchgegangen wäre, oder auch, mit einem anderen Outfit, als Footballspieler.

Jamie selbst schien die Vorstellung eher unangenehm zu sein. Christopher wusste nicht, ob der Mann schüchtern war oder nur genervt, aber bis auf einen skeptischen, fast aggressiv zwischen Max und Christopher hin- und herzuckenden Blick schien er nicht wirklich darauf erpicht zu sein, Kontakt zu ihnen aufzunehmen.

Soma war es, der schließlich die unangenehme Stille unterbrach. »Ich kann euch jedenfalls gar nicht sagen, wie froh ich bin, euch zu sehen. Ich hatte mir schon Sorgen gemacht, als ich den Rest eurer Gruppe gesehen habe – die alte Frau in der Robe, die ganzen bewaffneten Weißen mit den Halstüchern.«

Christopher und Max schauten einander nur an. Max seufzte kaum vernehmlich.

»Gehen wir hinein, bevor die Wachen zurückkommen«, sagte Christopher schließlich. »Ich glaube, es gibt da einiges, was wir euch erzählen sollten.«

»Aber wenn das nicht eure Freunde sind, was soll das hier dann sein?«, fragte Soma, als sie die Tür hinter sich geschlossen und auf den wenigen Möbelstücken Platz genommen hatten. »Irgendein verrückter Kult oder so?«

»Das trifft's ziemlich genau«, sagte Max, die sich neben eine völlig erschöpfte Mtoto auf das Bett gesetzt hatte. »Für eine

Sekte fehlt es noch ein bisschen an religiösen Vorschriften, aber in Sachen Wahnsinn räumen die alle Preise ab. Das hier ist praktisch ein Zwangsarbeitslager.«

»Aber wofür?«

»Für die Zeit *nach* der Wand.«

Somas Augen weiteten sich. Er lehnte sich ihr entgegen. »Das heißt, die lassen uns hier echt nicht gehen?«

»Nicht mal unter Schmerzen. Deinen.«

Soma sog Luft ein. »Das darf aber nicht sein. Wir müssen weiter.«

»Hatten wir diese Debatte nicht schon einmal?« Christopher stemmte die Hände in die Hüften. »Und überhaupt, hattest du nicht mal gemeint, die USA würden von der Wand verschont?«

Keine Antwort.

»Und Professor für Mathematik bist du auch nicht, oder?«

Wieder keine Antwort.

»Lasst ihn in Ruhe.« Das kam von Jamie. Für einen Moment sah er ihnen in die Augen, und wieder blitzte etwas darin auf. »Mein Vater hat so eine Behandlung nicht verdient!«

Soma lächelte. »Schon gut, Jamie.« Er wandte sich an Christopher und Max, die Miene schlagartig wieder ernst. »Ich habe tatsächlich Mathe studiert, hier in den Staaten, zumindest, bis meine Frau und ich … nun, sagen wir so, die Ehe hat kein besonders schönes Ende gefunden. Und dann ging alles verdammt schnell den Bach runter. Sorgerecht verloren und damit auch die Aufenthaltsgenehmigung. Ich war von einer Woche auf die nächste gezwungen, in meiner Heimat neu anzufangen. Aber dort galt ich auf einmal als Studienabbrecher. Also habe ich umgesattelt, mich mit allerlei Gelegenheitsjobs durchgeschlagen – und mir nach langem Hin und Her mit Hilfe von ein paar Verwandten eine neue Existenz als Gebrauchtwagenhändler aufgebaut. So habe ich übrigens auch den Ausweis gefunden, am Tag nach dem Erscheinen der Wand, in einem der Wagen, die neu reingekommen sind.«

»Und das ist jetzt die Wahrheit?«, fragte Max.

Soma sah aus, als würde er jederzeit einen Tritt in die Magengrube erwarten. »Das ist die Wahrheit, ja.«

Christopher und Max blickten einander an. Christopher war von sich selbst überrascht, aber er glaubte dem Mann.

Max schien sich da nicht so sicher zu sein. »Und warum konntest du uns das nicht einfach gleich sagen?«

Somas Augen funkelten. »Wenn du schwarz bist, musst du in Südafrika erst jemand sein und was haben, damit dich die Leute überhaupt ernst nehmen. Ich konnte nicht riskieren, dass ihr nicht auf mich hört, und ich es nicht zu Jamie schaffe. Ich wusste ja nicht, ob seine Mutter …« Er stockte, warf einen kurzen Blick zu seinem Sohn, der sofort wegsah.

»Außerdem wollte ich es euch ja sagen, noch auf dem Schiff!« Es klang ganz schön ruppig. »Erinnert ihr euch noch? Aber da habt ihr mich ja nicht einmal ausreden lassen!«

»Weil es dir nach Wochen auf einmal im richtigen Moment eingefallen ist!«, sagte Max, die Arme vor der Brust verschränkt. »Sehr glaubwürdig.« Sie räusperte sich, ihre Stimme wurde wieder etwas weicher. »Wie hast du es überhaupt hierher geschafft?«

»Ich bin getrampt, erst per Schiff, dann per Eisenbahn. Zum Teil auch gelaufen.« Ein Blick zu Jamie. »Unter anderem durch halb Montana. Ab England ging es ja, irgendwie zumindest. Da kam die Meldung von dem Video, und viele wollten wieder zurück nach Holland, oder zumindest von Bord. Und von denen, die trotzdem weiter in die Staaten wollten, haben es die meisten geschafft …« Er sah nach oben, musterte jeden einzelnen der Dachbalken über ihren Köpfen. »Aber der Tag rüber nach Southampton, bevor wir das wussten, als alle noch Panik hatten …« Er schloss die Augen, stieß alle Luft aus seinen Lungen aus – aber zumindest versuchte er diesmal nicht, ihnen einen Vorwurf aus alledem zu konstruieren. Stattdessen richtete er seinen Blick auf Max. »Max, habt ihr … ich meine, deine …?«

Sie schüttelte langsam den Kopf.

»Scheiße«, sagte Soma.

Etwas in Jamies Blick veränderte sich. Als ob er sofort verstand, worauf die Frage seines Vaters anspielte. »Tut mir leid, das zu hören.« Er streckte eine seiner kräftigen Hände aus und legte sie auf Max' Knie. »Glaub mir, ich kann nachvollziehen, wie du dich fühlen musst. Eltern zu verlieren ...«

Max schaute zu Boden, schob seine Hand sanft von ihrem Bein. »Wir haben alle jemanden verloren.« Es klang erstaunlich nüchtern, so, als hätte sie den Satz nur auswendig gelernt.

Christopher atmete tief ein, lächelte Mtoto zu, die mit traurigen Augen zu ihm aufsah.

Ja, sie hatten alle jemanden verloren.

Soma warf einen kurzen Blick aus den Augenwinkeln zu Jamie, der noch immer Max' Gesicht fixierte. Soma versteifte sich unwillkürlich, die Hände auf den Oberschenkeln aufgestützt.

»Und jetzt sitzen wir alle hier fest, oder wie?« Er schaute sich hilfesuchend um. »Habt ihr denn keinen Fluchtplan?«

Christopher, Max und Mtoto sahen einander an. Christopher hatte seine Entscheidung schon in dem Moment getroffen, als Soma seine Lippen schloss. Max seufzte, wahrscheinlich wegen der gleichen Ängste, die auch Christopher umtrieben, aber sie sagte nichts. Mtoto zögerte erst, nickte dann aber, mit einem solchen heiligen Ernst, dass sich Christopher das Lachen kaum verkneifen konnte.

»Nun, vielleicht hätten wir da doch die eine oder andere Idee ...«, sagte Christopher.

Und so verrieten sie den beiden, was sie bisher niemandem anvertraut hatten, erzählten ihnen von den letzten beiden Wochen, von Max' Begegnung mit Pope, von ihren Fluchtvorbereitungen, dem Benzin, dass sie unter der Couch horteten, dem Jeep, den sie ausgekundschaftet hatten, und davon, dass sie den Plan womöglich schon in der kommenden Nacht in die Tat umsetzen wollten, sofern die Vorzeichen günstig waren.

Soma war sofort Feuer und Flamme. Er stellte Dutzende Fragen, kommentierte alles, bot Hilfe an, wo auch immer er meinte, sie bieten zu können. Jamie hingegen musterte nur aus den Augenwinkeln die Benzinkanister unter ihrer Couch und – mit einem schmalen Lächeln auf den Lippen – Max.

Soma redete währenddessen ohne Unterlass. Erst, als sie alle Nachfragen beantwortet hatten, ihm versprochen hatten, mit ihm am kommenden Abend nach der Arbeit nochmals alle Details durchzugehen, und ihm zum wiederholten Male klargemacht hatten, wie früh sie am nächsten Tag aufstehen mussten, umarmte er sie noch einmal und schlich sich dann endlich gemeinsam mit Jamie hinüber in seine Wohnung.

Christopher ließ sich zufrieden auf die Matratze fallen. Vielleicht war das heute ein Omen, ein Zeichen dafür, dass sie die richtigen Entscheidungen getroffen hatten. Dass sich ihre Entbehrungen bezahlt machten. Auch wenn er es Soma nicht gezeigt hatte – Christopher war glücklich, dass er es bis hierher geschafft hatte. Dass er endlich Klartext mit ihnen gesprochen hatte. Und, ganz profan, dass sie in ihm endlich jemanden gefunden hatten, dem sie sich mit dem ganzen Mist hier anvertrauen konnten: einen Verbündeten.

KAPITEL 18

Adam schlenderte betont lässig auf Catherine zu, die Maschinenpistole mit dem Schalldämpfer locker auf den Boden gerichtet.

Catherine starrte auf das Bündel vor ihren Füßen, spürte, wie ihre Kehle sich zusammenschnürte. Yóu hatte aufgehört zu zucken. Das Klackern der Tastaturen war verstummt. Niemand bewegte sich, jeder starrte auf Adam, unfähig oder unwillig, einen Ton von sich zu geben.

»Die Damen, die Herren, wären Sie so freundlich, dort hinten zwei ordentliche Reihen zu bilden? Die werten Herren Reisfresser bitte nach rechts, wenn es genehm ist.«

Die meisten reagierten rasch, nach ein oder zwei Sekunden stolperten sie dorthin, wo Adam sie haben wollte. Ein junger Mann klammerte sich an seinem Bürostuhl fest, vor Schock erstarrt. Ein Schuss, und er sackte lautlos in sich zusammen.

Catherine spürte, wie immer mehr Wut in ihr emporkochte. Ihre Füße bebten, als sie sie in Richtung der Zimmerecke trugen.

»Sie nicht, Doktor Strive. Sie stellen sich etwas abseits hin. Ja genau, dort ist's gut. Das ist dann auch ein schönes Symbol für die generelle Sympathie, die die Menschen Ihnen gegenüber fühlen, finden Sie nicht? Oder denken Sie, Ihre Untergebenen hätten sich über ihre Rückkehr gefreut? Denken Sie am Ende etwa, ich hätte Sie ohne General Wilsons Druck zurück ins Team geholt?« Er lachte, breitete die Arme aus. »Sagen Sie, Doktor Strive, was denken Sie: Würde Sie hier jemand vermissen? Tun Sie mir doch diesen kleinen Gefallen und antworten Sie mir.«

Plötzlich blickte sie direkt in den Lauf. Perfekte Schwärze. Sie war überrascht, wie klar sie noch denken konnte. Sie konnte darauf hoffen, dass die Schüsse bemerkt worden waren, trotz Schalldämpfer. Vielleicht konnte sie auf Zeit spielen.

»Sagen Sie es, laut und deutlich. Wer würde Sie vermissen?«

Catherine biss die Zähne zusammen, erwiderte seinen Blick mit derselben Eiseskälte.

Der Lauf sauste nach links. Ein Schuss, ein Schrei. Stille.

Catherines Hände ballten sich zu Fäusten.

»Niemand!«, zischte sie. »Niemand würde mich vermissen!«

»Was ein kleiner Anreiz nicht alles bewirkt.« Adam richtete seine Waffe wieder auf Catherine. »Und jetzt drehen Sie sich brav zu Ihren Mitarbeitern um, und schauen ihnen allen ganz tief in die Augen.«

Catherine kämpfte ihren Hass zurück und folgte seinem Befehl, wandte ihm langsam den Rücken zu, sah zu ihren Mitarbeitern. Sie sahen zu ihr zurück, Todesangst in den Augen.

Catherine wusste nichts über sie. Sie wusste nicht, ob sie Kinder hatten, oder was ihre Hobbys waren. Adam hatte recht: Das waren nicht ihre Freunde.

Sie waren etwas viel Wichtigeres.

Catherine ließ ihren Blick über sie streichen, wie in Zeitlupe. Mary, die Kleine mit den roten Locken. Sie hatte es geschafft, dass bald halb Pacifica Base über eine Kanalisation verfügte. Thomas und Benjamin, die beiden Glatzköpfe. Midpoint Station, der Getreidehub, war ihre Idee gewesen. Chen, der Stille. Dank ihm löschten jetzt auch chinesische Feuerwehrleute Brände in amerikanischen Vierteln, und amerikanische Ärzte kümmerten sich um chinesische Soldaten.

Jeder Einzelne von ihnen schuf die Lebensgrundlage für Hunderte, für Tausende. Das war es, was zählte.

Catherine spürte die Waffe in ihrem Rücken. Sie wusste, dass es jede Sekunde zu Ende sein konnte.

Vier Schüsse in kurzer Abfolge. Chen ging zu Boden, die drei anderen Chinesen folgten, Blutspritzer an der Wand hinter ihnen. Chen regte sich noch, flüsterte etwas auf Chinesisch. Ein weiterer Schuss, und er verstummte.

Catherine merkte nicht, dass sie weinte, aber sie spürte die Tränen, die über ihre Wangen liefern.

Einer der anderen rannte in Panik davon. Bill. Mehrere Schüsse trafen ihn in den Rücken.

Das hier war kein Massaker. Das war ein Genozid. Mit jedem Mord hier drinnen raubte er Hunderten, Tausenden da draußen ihre Zukunft!

Die Verbliebenen pressten sich eng aneinander. Paul hatte nach Marys Hand gegriffen. Catherine sah die Hoffnung in ihren Augen, die Hoffnung, dass Adam wenigstens die Amerikaner verschonen würde, zumindest die, die taten, was er von ihnen verlangte.

Adam lachte. Und dann schoss er. Immer und immer wieder.

Nein, nein, nein! Sie schüttelte den Kopf, presste die Augen zusammen, als könnte sie es ungeschehen machen, allein dadurch, dass sie es nicht wahrhaben wollte.

Die Schüsse hörten auf, die Schreie auch.

Sie waren allein.

Catherine drehte sich zu ihm um, ungefragt und plötzlich, die Augen von einem dichten Schleier bedeckt. Tränen strömten ihr über die Wangen. Hass flutete ihren Körper, sammelte sich in jeder Zelle, als sie ihrem Mörder tief in die Augen sah. Es war kein Mensch, der ihren Blick erwiderte – nur eine Waffe, und ein Finger, der sich um den Abzug schloss.

Die Waffe und der Finger kamen langsam näher.

Eine Stimme erklang aus weiter Ferne, hohl und leer. »Es ist mir fast unangenehm, wie viel meine Brüder und ich dir zu verdanken haben. Ohne dich hätte ich nie von der großen Lüge erfahren. Ohne dich hätte ich nie zu meinem Platz in der Gemeinschaft gefunden, meiner Bestimmung. Ohne dich hätte ich nie genügend Einfluss gewonnen, um Pacifica klein und rein zu halten, für die Gerechten unter uns.«

Und auf einmal brach der Damm, flutete all die angestaute Wut und all der Hass aus ihr heraus. »Ich habe dir vertraut! Ich habe dich gefördert!« Sie schrie und spuckte die Worte aus ihrem Körper, jede Silbe scharf wie eine Klinge.

Der Mann, der sich hinter der Waffe versteckte, lächelte. Doch Catherines Ausbruch veränderte vor allem sie selbst, ließ die Kälte in sie zurückkehren, und mit ihr auch ihren klaren Verstand.

»Was fällt dir ein, deine Stellung zu kompromittieren?« Sie brüllte ihn an, machte gleichzeitig einen Schritt nach vorn.

Die Waffe und der Finger zögerten, als wäre für einen Moment der verunsicherte Junge von damals zurück.

»Und nicht nur deine Stellung! Du kompromittierst uns beide!«

Noch ein Schritt.

»Was … was meinst du?«

»Das ist zu früh, viel zu früh! Die Vorbereitungen sind noch längst nicht abgeschlossen!«

Und noch ein Schritt. Keine Zeit zum Nachdenken lassen.

»Der ultimative Hinterhalt, und du Amateur machst alles kaputt!«

Adam blinzelte wie verrückt. »Ich …«

Und plötzlich stand Catherine direkt vor ihm. Die Waffe zielte immer noch auf sie, aber Catherine ignorierte sie, schritt an ihr vorbei, stieß Adam in die Brust.

»… denkst in Kategorien von Tausenden statt Millionen!«

Noch ein Stoß. Adam taumelte, starrte sie völlig verschreckt an.

»Wenn unsere Brüder das erfahren!«

Adam kämpfte um sein Gleichgewicht, die Waffe neigte sich zur Seite.

Das war ihre Chance. Catherine beugte sich nach vorn, als ob sie ihm einen weiteren Stoß geben wolle, doch ihre Hände sausten plötzlich nach links. Ihre linke Hand griff nach dem Lauf der Pistole, die rechte krallte sich tief in Adams Unterarm. Doch es war der Kiefer, in den sie alle ihre Wut legte. Und dann biss sie zu, ins Handgelenk, genüsslich fast, bis die Haut brach, bis sie Blut schmeckte und sich sein Griff um die Waffe lockerte. Die Maschinenpistole feuerte wie wild in den Raum. Der Lauf wurde sofort kochend heiß, ein gellender Schmerz zuckte durch ihre linke Hand, aber sie ließ nicht los, biss noch fester zu als zuvor, so lange, bis sie den Knochen zwischen ihren Zähnen fühlte und das Blut in ihrem Mund. Irgendetwas traf sie in den Rippen, aber nur sie hielt die Pistole noch in ihrer Hand. Sie ließ von Adams Arm ab, spuckte Blut und schwang die Waffe herum.

Adam riss sich los, rannte von ihr fort, zwischen den Schreibtischen hindurch. Catherines rechte Hand fand den Griff, ihr Zeigefinger presste den Abzug. Kugeln fetzten durch den Raum, trafen Monitore und Aktenordner, aber Adam rannte weiter, auf ein offenes Fenster zu.

»Nein!«, brüllte sie ihm hinterher, doch wieder verriss sie die Waffe, und auch die nächsten Schüsse verfehlten ihr Ziel. Adam sprang aus dem Fenster, aus dem zweiten Stock. Eine letzte Chance. Klick. Das Magazin war leer.

Sie rannte zum Fenster, beugte sich hinaus in die Hitze. Sieben Meter unter ihr nichts als Beton und Lüftungsschächte. Adam war fort.

»Spurlos verschwunden? Was soll das heißen?«

Catherine stand keine fünfzig Zentimeter von dem Soldaten entfernt, aber sie schrie ihn an, als sollte ihre Stimme den ganzen Raum füllen. »Zusammen mit Adam waren das acht Männer, die hier wochenlang in hohen Positionen gearbeitet haben. Wie geht das überhaupt?«

»Ma'am, es tut mir leid. Wir haben derzeit schlicht keine Hinweise, denen wir …«

»Das ist mir egal! Jagen Sie sie, bringen Sie sie zur Strecke!« Sie drehte sich zu einem der Soldaten um, der gerade mit einem leichten Kick seines Stiefels testete, ob Yóu wirklich tot war.

Ihre Zähne knirschten vor Wut. »Und Sie, lassen Sie ihn in Ruhe!«

Der Mann ließ von Yóu ab, blickte unsicher zu seinem Vorgesetzten, der sanft nach Catherines Schulter griff.

»Ma'am, ich verstehe, dass Sie gerade unter Schock stehen, aber …«

Catherine schlug seine Hand zur Seite. »Ich kann mir überhaupt nicht leisten, unter Schock zu stehen! Ich bin einfach nur wütend! Das alles hier hätte vermieden werden können, wenn Sie nur früher eingegriffen hätten!«

Der Soldat packte ihre Hand, schaute ihr in die Augen. »Ma'am, das hier war nur eine Attacke von vielen. In der letzten Stunde wurden Dutzende Militärinstallationen und Regierungseinrichtungen im ganzen Land angegriffen. Eine Autobombe ist neben dem Südflügel des Kongresses hochgegangen, zwei kleinere Sprengsätze am Haupteingang des Pentagons. Die Lage ist derzeit völlig unübersichtlich.« Er atmete tief ein. »Kurzum, Ma'am, wir befinden uns im Krieg.«

Catherine taumelte zurück, als hätte er ihr in die Magengrube geschlagen. Das Timing konnte kein Zufall sein. Wie mächtig war Adams *Bruderschaft* wirklich? Steckte er am Ende auch hinter ihrem Absturz? Hinter all den Verzögerungen auf Pacifica selbst? Hinter diesen Anschlägen, hier in den USA?

O Gott, Norfolk!

»Ist Norfolk getroffen?«

Der Soldat sah sie irritiert an. »Meines Wissens nach nicht.«

Sie sackte in sich zusammen. Das ergab Sinn. Sie hatte ihm nie von ihrem Projekt erzählt. Zum Glück, wenigstens das nicht.

»Ma'am, machen Sie sich jetzt bitte keine Gedanken. Wir kümmern uns schon um alles. Der Verteidigungsminister ist bereits vor die Presse getreten. Wir sind für diesen Krieg bereit. Wir werden diesen Terroristen mit absoluter Härte entgegentreten.« Der Soldat beugte sich zu ihr herüber. »Kümmern Sie sich erst einmal um sich selbst.« Er reichte ihr ein Tuch, wirkte dabei ehrlich besorgt. »Sie sehen ganz schön furchteinflößend aus.«

Catherine strich sich mit ihrem Handrücken über ihren Mund, ihr Kinn, ihren Ausschnitt. Alles voller Blut, das langsam zu verkrusten begann. *Adams* Blut.

Für einen kurzen Moment starrte sie schockiert auf ihre Brust, spürte die klebrige Nässe, mit der sich ihr Hemd vollgesogen hatte. Dann drehte sie sich um und stürmte los. Die Menschen sprangen ihr geradezu panisch aus dem Weg.

Zu ihrer Rechten lag General Wilsons Büro. Sie hörte seine tiefe Stimme bis auf den Korridor.

»Wer hat das autorisiert ... ja, ich rede von den Straßensperren ... die ganze Alphalinie, bis hoch nach Kanada ... warum tun Sie das? ... haben Sie deswegen im Pufferbereich die Netze abgeschaltet? Sind die B-Waffen nur ein Vorwand? ... Terroristen ... nein ... das hat doch nichts mehr mit den Terroristen zu tun! ... woher sollten die denn ... ja, Sir, ich sehe mich durchaus als einen amerikanischen Patrioten ... ich habe mein Leben lang ... Sir! ... ich muss aufs Schärfste protestieren ... ich habe Sie und Ihre Pläne stets unterstützt, Ihnen formbares Personal beschafft ... und ja, ich stimme zu, dass das Militär die Führung ergreifen muss ... aber nicht so ... diese *Liste* ... Sir, das geht gegen alles, wofür dieses Land steht ... gegen meine Überzeugung, meinen Glauben ... nein ... das sind Entscheidungen, die ich nicht mittragen werde ...«

Catherine stürmte weiter in ihr Büro. Sie musste zurück an die Arbeit, ihre Fehler wiedergutmachen. Auch wenn es um sie herum einsam wurde. Nein – gerade weil es um sie herum einsam wurde.

Dabei ahnte sie noch nicht, wie einsam es wirklich werden sollte. Der Mittelbau, ihre Hände, ihre Augen und Ohren, all das hatte aufgehört zu existieren. Aber auch der Unterbau wurde rapide kleiner. Mehrere Mitglieder einer *Kommission für un-*

amerikanische Umtriebe waren in ihr Büro gestürmt, hatten erst sie befragt und dann ihre Mitarbeiter. Am nächsten Tag war ihre Mannschaft um zwanzig Prozent geschrumpft. Niemand sagte ihr, was genau den Verschwundenen vorgeworfen wurde, und was mit ihnen geschehen war, aber Catherine wollte es auch gar nicht wirklich wissen. Hauptsache, Adams Sympathisanten waren aus dem Spiel. Hauptsache, er hatte hier keinen Rückhalt mehr, keine Chance, seinen Wahnsinn fortzuführen. Es jagte ihr mehr als genug Angst ein, zu wissen, dass Adam noch irgendwo da draußen war.

Wie eine Besessene stürzte sie sich in die Arbeit, versuchte, selbst all die Lücken zu füllen, die in ihre Truppe gerissen worden waren. Auch wenn sie alte Positionen neu besetzte, wusste sie, dass die eigentliche Arbeit an ihr hängenblieb.

Vor allem die Arbeit, mit der sie sich niemandem anvertrauen durfte. Die Arbeit, für die Dr. Edwards und Dr. Shirani hoffentlich bald die entscheidende Zutat lieferten – sofern sie nach der wochenlangen Vernachlässigung der Anlagen und der gegenwärtigen politischen Lage auf Pacifica überhaupt die richtige Umgebung dafür fanden.

Das Verhältnis zu China hatte sich nach den Anschlägen im Pentagon massiv abgekühlt, und noch mehr, nachdem amerikanische Fanatiker einige Außenposten von Bìnàn Suǒ, der chinesischen Basis auf Pacifica, angegriffen hatten. Absurde Vorwürfe machten die Runde. Die beiden chinesischen Generäle im DoD hatten Catherine, die Überlebende, nicht einmal empfangen. Und auf dem Kontinent drohte gar ein neuer Konflikt, der nur dadurch verhindert wurde, dass beide Nationen längst zu eng miteinander verbandelt waren, um effektiv gegeneinander vorzugehen. Aber das konnte sich ändern, jetzt, wo China restlos hinter der Wand verschwunden war, mit einer Regierung, die geschlossen nach Pacifica übergesiedelt hatte, und mit fast zwei Millionen Flüchtlingen, die noch dorthin unterwegs waren. Auch wenn Amerika endlich begann, im ganz großen Stil

Leute auf den Kontinent zu befördern, schien es nur eine Frage von Tagen, bis die Chinesen durch ihre schiere Anzahl Dominanz gewannen – und den Kontinent weit über die Grenzen seiner ernährungstechnischen Aufnahmekapazität brachten. Eine Motivation mehr für Catherine, ihr Projekt endlich zum Abschluss zu bringen.

Eines Mittags klingelte ihr Handy. Die Nummer hatte sie noch nie zuvor gesehen, aber es war ein Sonntag. Der erste im August.

»Clarity?«

Stille.

»Clarity, bist du das?«

Für einen schrecklichen Augenblick war sie sich plötzlich sicher, Adam in der Leitung zu haben. Doch dann quäkte die Stimme ihrer Schwester aus dem Gerät.

»Ich hoffe, du hast eine gute Begründung, warum du dich im Juli schon wieder nicht gemeldet hast.«

Keinerlei Begrüßung. Eindeutig Clarity.

»Ich war unpässlich. Ein kleiner Helikopterunfall«, giftete Catherine zurück. Und der Versuch, wenigstens einen Teil der Menschheit zu retten.

»Aber jetzt sitzt du wieder schön im Warmen?« Das klang regelrecht gehässig.

»Ich muss mich hier nicht von meiner kleinen Schwester beleidigen lassen! Warum rufst du mich überhaupt noch an?«

»Weil wir es vereinbart haben.« Sie flüsterte fast. »Und weil Papa es wollen würde.« Eine kurze Pause, dann wurde ihre Stimme wieder schärfer. »Aber wenn du nicht möchtest, dass ich dich angreife, dann solltest du endlich anfangen, dir deine Freunde besser auszusuchen.«

»Ich bin eine von den Guten, Clarity! Versteh es doch endlich! Ich versuche hier, Hunderttausenden zu helfen! Ich trage dazu bei, die Ordnung aufrechtzuerhalten.«

»Indem du eine Lüge stützt?«

Das saß.

Woher wusste sie das?

»Und nicht nur die eine große! Ihr macht Jagd auf Journalisten, Bürgerrechtler, Kirchenführer, jede Art von Opposition.«

»Das sind Terroristen, Clarity! Mörder, keine Bürgerrechtler!«

»Bullshit! In meinem Umfeld verschwinden Leute, die nicht einmal wissen, wie herum sie eine Waffe halten müssen. Die Liste, sie wird abgearbeitet.«

»Welche Liste?«

»Die Liste. Main Core. Über zehn Millionen US-Bürger, die irgendwann einmal als potenzielle Gefahr eingestuft wurden oder einfach nur jemandem ein Dorn im Auge waren. Die Anfänge der Datenbank reichen bis in die Reagan-Administration zurück.«

»Clarity, niemand wird auf die Idee kommen, zehn Millionen Leute wegzusperren!«

»Was macht es für einen Unterschied, wenn es nur ein Prozent von denen trifft? Die, die noch aufmucken. Und überhaupt, wer hat da etwas von Wegsperren gesagt? Hast du einmal aus dem Fenster gesehen? Da draußen herrschen Zustände wie in einer Diktatur!«

»Dass nach solchen Anschlägen die Präsenz der Armee auf den Straßen zunimmt …«

»Ich rede nicht von den Checkpoints. Ich rede von offenen Aufrufen zum Denunziantentum. Ich rede von den Schnellgerichten und von den Drohnen, die über Suburbia kreisen.« Ihre Stimme überschlug sich fast. »Das ist es doch erst, was zur Radikalisierung führt. Das, zusammen mit den ewigen Lügen. Wie kann man da nicht stutzig werden?« Sie holte Luft. »Und genau das passiert. Die Menschenschmuggler, die Bootsbesitzer, sie werden ja nicht umsonst reich. Immer mehr fragen sich, warum ihr so viel Mühe in den Kontinent steckt. Immer mehr erfahren die Wahrheit. Eine halbe Million Menschen aus Australien, Japan und Mittelamerika sind bereits auf dem Weg nach Pacifica, trotz aller Schikanen.«

Catherine atmete tief aus. Darüber hatte sie noch niemand informiert. »Und das ist auch gut so.«

»Wenn du das wirklich so meinen würdest, wäre dies das erste ansatzweise Vernünftige, was ich von dir höre.«

Catherine presste die Hand an ihre Stirn. »Clarity, uns geht es doch um dasselbe! Wir wollen beide so viele Menschen wie möglich nach Pacifica gebracht sehen. Wir setzen hier Tausende Flugzeuge am Tag ein, und ebenso viele Schiffe jede Wo…«

»Nein. Uns geht es ganz und gar nicht um dasselbe! Du stützt ein Regime. Du rettest nicht irgendjemanden. Du rettest bloß deinesgleichen, und in den Mengen auch erst, seit es euch egal ist, was die Leute denken. Aber weißt du was? Es kommt nicht nur darauf an, wie viele du da rausholst, sondern auch wen.«

»Und das bestimmt wer? Du?« Catherine richtete sich auf. »Clarity, ich weiß durchaus, dass da gerade sehr viel schiefläuft, aber sieh doch bitte auch die Vorteile für uns.«

»Bitte was?«

»Für Papa. Für dich. Ich habe genügend Einfluss, um unsere Familie hier rauszuholen. Bei Papa habe ich bereits alles Nötige in die Wege geleitet.«

»Bist du jetzt völlig abgehoben? Ich will keine Sonderbehandlung und erst recht keine Evakuierung nach deinen Gnaden! Wenn, dann kümmere ich mich schon selber um meinen Transport nach Pacifica. Und was Papa angeht …«

»So einfach ist das nicht! Glaub nicht, dass du ganz ohne Sonderbehandlung jetzt noch ein Schiff chartern kannst. Auch mit deinem Einkommen. Vielleicht findest du ja einen Fischkutter. Aber selbst dann fangen deine Probleme auf Pacifica erst an.« Catherine fuhr sich über die Stirn. »Da müssen erst einmal die nötigen Grundlagen geschaffen werden, um überhaupt noch irgendjemanden hier rauszuholen! Und das kann nur die Regierung.«

»Das kann nur das Militär, wolltest du sagen.«

»Das DoD ist immer noch eine zivile Behörde.«

»Dass ich nicht lache! Dein Chef ist eben zum Secretary der Air Force aufgestiegen. Eine explizit zivil zu besetzende Stelle, und wer sitzt auf dem Posten? Ein General!«

Catherine schüttelte unwillkürlich den Kopf. General Wilson mochte viele Zuständigkeiten haben, aber Secretary der Air Force gehörte sicher nicht dazu.

Doch Clarity war noch längst nicht fertig. »Und das war sogar noch, bevor bei euch die stalinistischen Säuberungen eingesetzt haben. Aber davon werden selbstverständlich nur die vielen, vielen Terroristen unter euch betroffen sein, nicht wahr, Schwester? Der Rest wird schon von selbst auf Linie gebracht. So wie du!« Eine kurze Pause. »Oder willst du etwas behaupten, du hättest irgendetwas Sinnvolles mit den Plänen zu den Straßensperren angefangen, die ich dir geleakt habe?«

»Das warst du?«

»Lenk nicht ab! Du hast ja nicht einmal versucht, etwas dagegen zu unternehmen! Oder auch nur die Öffentlichkeit zu informieren. Du hast deinen Ex-Freund gewarnt. Das war's.«

»Clarity! Das ist nicht …«

»Fair? So wie es nicht fair ist, dass das DoD mittlerweile einer willkürlichen Gewaltherrschaft gleicht?«

»Das ist absoluter Unsinn! Im DoD wird niemals systematisch ein Klima der Angst geschürt. Die Leute hier glauben an das, was sie tun. Das sind ganz normale, hart arbeitende Menschen, die unter beschissenen Bedingungen ihren Job erledigen. Keinem von ihnen würde ich böse Absichten unterstellen.«

»Auch nicht euren Führern? Ich würde mich nicht wundern, wenn die im Voraus von der Anschlagsserie gewusst hätten – und sie bewusst zugelassen haben, um das Anziehen der Daumenschrauben zu rechtfertigen.« Sie lachte, aber es klang grauenerregend. »Wäre ja ironisch, wenn die Straßensperren mitsamt ihren vermeintlichen Attentaten und die echten Anschläge nur durch Zufall auf den gleichen Tag fallen.« Sie atmete tief aus. »Nun, formulieren wir das mal so: Wenn bei euch wirklich so gute Menschen arbeiten, dann hoffe ich, dass sie sich mal ein bisschen vehementer gegen diese Gleichschaltung zur Wehr setzen.«

»Ist dir klar, was du da sagst? Das wäre Hochverrat!«

»Keine Sorge, Schwester, *du* wirst diesen Vorwurf nie zu hören bekommen. Du machst ja nur deinen Job.«

Catherines Stimme wurde scharf. »Clarity!«

Clarity reagierte nicht. Catherine hörte nur, wie am anderen Ende der Leitung Finger über eine Tastatur flogen.

»Moment.« Clarity klang auf einmal ängstlich. »Hey, dieser Anruf wird verfolgt! Das kann doch nicht sein, ich habe doch … Catherine, das ist dein Werk!«

Catherines Kehle wurde plötzlich furchtbar rauh. Wie konnte Clarity das glauben? »Nein, niemals! Du bist meine Schwester! Ich würde nicht im Traum …«

Aber da hatte Clarity bereits aufgelegt.

Schlimmer noch: Clarity behielt recht. Natürlich nicht mit dem Verrat. Aber mit den Säuberungen.

Auch am nächsten Tag schrumpfte ihre Gruppe. Und auch am Tag darauf. Unter den Verschwundenen waren alle, die noch aus ihrem ursprünglichen Team übrig waren. Die Zwillinge mit den stahlgrauen Augen, die ihr nie wichtig genug waren, als dass sie sich an deren Vornamen erinnerte. Paul, der Wikinger. Alles Leute, die ihr erst jetzt auffielen, als sie plötzlich ohne sie arbeiten musste.

Niemand redete offen darüber, und wenn Catherine ihre Mitarbeiter unter vier Augen darauf ansprach – etwas, wobei sich die meisten ihrer Untergebenen ohnehin nicht wohl fühlten –, bekam sie zur Antwort Achselzucken, misstrauische

Ausflüchte, aber auch Rechtfertigungen, warum er oder sie es »verdient« habe – vielleicht aus Angst, vielleicht aber auch aus ehrlicher Überzeugung. General Wilson machte es sich besonders leicht: Er ließ sich während alledem einfach nicht blicken.

Am zweiten Tag ging Catherine kurzentschlossen zu seinem Büro, klopfte lautstark gegen die Tür. Eine Männerstimme beorderte sie herein, kräftig, aber nicht so tief wie die von Wilson.

Hinter dem Schreibtisch saß ein schnauzbärtiger Offizier Anfang sechzig, seinen Schulterklappen zufolge ein General. Der Mann war voll und ganz in das Studium einiger Akten vertieft. Er sah nicht einmal zu ihr hoch. Ein kurzes, in die Papiere gebelltes »Wer sind Sie?« war alles.

»Doktor Catherine Strive, Assistant Secretary der Air Force.«

»Ah, Doktor Strive.« Zumindest einen kurzen Blick war sie ihm wert, einen Blick, der mehr ihre Brust und ihre Taille streifte als ihr Gesicht, und selbst dort nicht lang verweilte.

Sie musste sich extrem zurückhalten, um nicht ihre Hände in die Hüften zu stemmen. »Und wer sind *Sie*?«, fragte sie, ehe sie sich besann, noch ein »Sir« hinterherzuschieben.

»General O'Brien. Secretary der Air Force. Das wird noch bekanntgegeben.« Er widmete sich wieder seinen Papieren.

»Aber Sir, General Wilson ist …«

»General Wilson arbeitet nicht mehr für diese Behörde.«

Catherine spürte, wie sich ihr Puls beschleunigte. »Kann ich ihn sprechen?« Ein Test. »Es gibt noch ein paar Informationen, die ich von ihm …«

»Nein. Sie werden sich ab sofort mit allen Fragen nur noch an mich wenden.«

»Aber …«

»Haben Sie das verstanden?«

Catherine schluckte. »Ja, Sir.«

Sie stand unschlüssig im Raum. General O'Brien sah noch einmal kurz zu ihr hoch. »Sie sind ja immer noch da.«

»Was ist mit meinem Team?«

»Was soll mit Ihrem Team sein?«

»Doktor Martinez, Miss Attlee und Mister Botanelli sind schon seit zwei Tagen nicht zur Arbeit erschienen. Und heute haben noch sieben weitere Leute gefehlt.«

»Für Krankmeldungen bin ich nicht zuständig.«

»General!«

Noch ein Blick, scheinbar beiläufig, und doch bohrender als die zuvor. »Seien Sie doch froh, dass wir an Ihnen nichts Wesentliches auszusetzen haben.«

Er hatte das tatsächlich gesagt.

Catherine lief ein Schaudern über den Rücken.

»Gibt es noch etwas?«

»Nein, Sir.«

»Dann zurück an die Arbeit!«

Catherine wankte fast, als sie sein Büro verließ. Sie fühlte sich verlorener denn je.

Zurück in ihrem eigenen Büro war ihr einziger Impuls, die Tür hinter sich zuzuschließen und sich unter ihrem Schreibtisch zu verkriechen. Doch das konnte sie nicht tun. Zu viele Leben hingen von ihr ab. Noch immer. Oder mehr denn je zuvor. Oder redete sie sich das nur ein? Nein. Was für ein obszöner Gedanke! Sie schuftete immer noch für einen guten Zweck. Das durfte sie nie vergessen.

In den Büros ihrer Mitarbeiter ließ sie sich dennoch nicht mehr blicken. Sie konnte den Gedanken nicht ertragen, mitanzusehen, wie sich ihre Reihen ausdünnten. Aufträge verteilte sie per E-Mail, und ohne die Empfänger beim Namen zu nennen. Das verkleinerte den emotionalen Stich, wenn jemand anderes an ihre Stelle trat.

Immerhin gab es auch dringend nötige Lichtblicke. Dr. Edwards und Dr. Shirani hatten bei der Frage nach der Bodenaufbereitung gleich eine Reihe von Durchbrüchen erzielt. Unter Hochdruck erstellte Catherine daraufhin einen Report, mit dem die Navy-Ingenieure hoffentlich etwas anfangen konnten – bis ihr einfiel, dass ihr der Secretary der Navy schon lange eine Einladung nach Norfolk ausgesprochen hatte. Am besten, sie klärte alle weiteren Details einfach vor Ort.

Und dann kam der Moment, als das interne Nachrichtensystem des Pentagons den Tod dreier ranghoher Terroristenführer vermeldete. Ein Gesicht und der dazugehörige Name sprangen ihr sofort ins Auge: Adam Gavril.

Zum ersten Mal in ihrem Leben reagierte Catherine mit Freude und Erleichterung, als sie vom Tod eines Menschen erfuhr. Auch wenn es ein Mensch war, dem sie sich näher gefühlt hatte als jedem anderen im Verteidigungsministerium. Gerade deswegen.

Catherine hatte gerade erst die Bestätigung der Todesmeldung erhalten, als plötzlich eine junge Frau in ihrer Tür stand. Eine chinesische Offizierin. Sie war klein und drahtig, trug schwarze Stiefel, einen engen, olivgrünen Minirock und ein ebenso stramm sitzendes, olivgrünes Oberteil – und das mit einer solchen Haltung und Selbstverständlichkeit, dass es Catherine fast den Neid auf die Stirn trieb. Dabei war die Chinesin nicht nur schlank, sondern auch ausnehmend hübsch. Zarte Lippen, eine kleine Nase, kurze, strubbelige Haare. Nur der Blick, mit dem sie Catherines Körper aufmerksam musterte, erschien zu ernst und zu streng, feindlich geradezu.

Die Frau salutierte, mit einer Hand, die in einem langen weißen Handschuh steckte. »Colonel Jiāo, Chinesische Akademie der Militärwissenschaft.« Ihr Englisch war makellos. Ganz anders als Catherines Chinesisch.

Catherine erwiderte unwillkürlich den militärischen Gruß. Doch dann hielt sie inne, streckte ihrem Gegenüber lächelnd ihre Hand entgegen. »Doktor Strive.«

Ohne zu zögern, und ohne ihre Handschuhe abzustreifen, griff Jiāo nach ihr. Ihr Händedruck war fest und kurz, mehr der eines Mannes als der einer Frau. Nicht einmal ein Ansatz eines

Lächelns in ihrem Gesicht. War das Chinas neue Elite: Jung, smart, weiblich – und dabei noch immer derart reserviert?

Catherine bat sie mit einer ausladenden Geste in ihr Büro. Jiāo nahm auf dem Gästestuhl Platz, Catherine auf ihrem eigenen Sessel.

»Wie kann ich Ihnen helfen?«

Und Jiāo berichtete, warum sie hier war.

Catherine versuchte gar nicht erst, ihre Verblüffung zu verbergen. Neue chinesische Verbindungsoffiziere im DoD? Trotz des derzeitigen politischen Klimas in den USA? Und das jetzt, wo die Chinesen keine Kräfte mehr für Kämpfe außerhalb des Kontinents aufwenden mussten? Wo sie stattdessen damit begannen, sich widerspenstige australische und japanische Kolonien einzuverleiben, so lange, bis sich die verbliebenen – mit Ausnahme der Siedlungen von Nationen, die über nukleares Abschreckungspotenzial verfügten – freiwillig ihrer Oberhoheit beugten?

Wie und warum auch immer die USA das geschafft hatten: Es musste bedeuten, dass die beiden Länder trotz allem einen neuen Deal abgeschlossen hatten – und niemand den Anstand besessen hatte, Catherine davon in Kenntnis zu setzen.

Jiāo setzte sich absurd aufrecht auf die Kante ihres Stuhls. »Ich benötige Vollzugriff auf Ihre Datenbanken. Danach können wir weiterreden.«

»Vollzugriff? Niemand außer mir hat Vollzugriff.«

»Dann hat sich das eben geändert.«

»Versuchen Sie gerade, mir einen Befehl zu erteilen?«

»Nein, das liegt nicht innerhalb meiner Befugnisse. Sie sind mir völlig gleichgestellt. Aber ich nun einmal auch Ihnen.«

Und damit reichte sie Catherine einen Brief. Er war versiegelt, nicht so kunstvoll wie in früheren Zeiten, aber dennoch: Wer tat so etwas?

Catherine brach das Siegel, zog den Brief aus seinem Kuvert. Er war an sie persönlich adressiert. Und der Inhalt war eindeutig: Sie hatte mit ihrem chinesischen »Partner« – Colonel Jiāo –

zu hundert Prozent zu kooperieren, ohne Wenn und Aber. Unterzeichnet war der Brief von den Verteidigungsministern beider Länder, darunter ein Siegel, das Catherine nicht kannte.

»Eine gleichberechtigte Doppelspitze?« Catherine legte den Brief vor sich auf den Schreibtisch.

»Sie dürfen gerne Ihren Vorgesetzten anrufen. Aber Sie sind nicht die Einzige. Ihre zwölf Amtskollegen der Army, der Air Force und der Navy haben ebenfalls ein solches Schreiben erhalten, *Ms. Assistant Secretary*.«

Natürlich glaubte sie es auf der Stelle. Jiāo hätte es niemals hier hereingeschafft, wenn die Sache nicht von oben abgesegnet wäre.

»Und was soll das hier?« Sie deutete mit ihrem rechten Zeigefinger auf die Stelle unter den Unterschriften. »Auf dem Siegel da unten. Da steht: *Büro des kontinentalen Kontrollrates.* Ist das ein Witz?«

Jiāos Blick wirkte ganz und gar nicht belustigt. »Teile Ihrer Notregierung sind mit dem Ständigen Ausschuss des Politbüros zu einem US-Chinesischen Verwaltungsgremium verschmolzen.« Sie sagte es mit der Begeisterungsfähigkeit und Monotonie eines überdurchschnittlich unmotivierten Buchhalters. So, als sei es in keiner Weise bemerkenswert. »Die Führung liegt formal bei den beiden Präsidenten Chinas und der USA, wobei sich Ihr Präsident ja derzeit noch auf dem Festland befindet.« Dieselbe Emotionslosigkeit. »All das ist für den Moment selbstverständlich als streng geheim anzusehen.«

Catherine war völlig verstört. »Warum sollten beide Seiten einen solchen Schritt wagen?«

»Eine Intensivierung der Allianz bietet neben einer Stabilisierung der derzeitigen Lage auch viele strategische Vorteile. Mit vereinten Kräften sollte es kein Problem sein, Dòng Tiān nach Belieben zu dominieren.«

Catherine rollte mit den Augen. »Die Vorteile einer Kooperation sind mir bewusst. Aber das hier? Eine De-facto-Zusammenlegung beider Regierungen? Das ist schon ein ziemlich extremer Schritt. Das klingt ganz und gar nicht plausibel. Und gerade China gibt damit doch erhebliche Macht ab.«

Zum ersten Mal rührte sich etwas in Jiãos Miene. »Ich gebe zu, ich war davon auch überrascht. Es heißt, ein genialer Berater ihres NCCC habe die Verhandlungen derart vorangepeitscht.«

Es gab einen NCCC? Wusste Jião überhaupt, was das bedeutete? Und der Berater, war das etwa dieser *neue starke Mann?*

Die Existenz eines NCCC musste jedenfalls bedeuten, dass still und heimlich so etwas wie die 2007 publik gewordene Direktive 51 in Kraft getreten war: Die Schaffung einer *Enduring Constitutional Government*, einer Notregierung, die im Moment der Handlungsunfähigkeit der eigentlichen Regierung die Macht übernahm. Hierbei kam dem Assistenten des Präsidenten für Homeland Security eine entscheidende Rolle zu, die des NCCC, des *National Constitutional Continuity Coordinators*, zuständig dafür, alle Bemühungen zu koordinieren, die dem Fortbestand einer verfassungskonformen Regierung dienten. Dass dieses Amt nun tatsächlich geschaffen worden war, entgegen aller Gesetze und obwohl der Präsident noch im Amt zu sein schien, obwohl nie ein *Enthauptungsschlag* stattgefunden hatte – zumindest keiner, von dem sie wusste –, deutete darauf hin, dass irgendetwas furchtbar schiefgelaufen sein musste. Schließlich war in Abwesenheit des Präsidenten kaum eine Position größerer Macht denkbar. Solange er »im Geiste der Verfassung« handelte, durfte der NCCC die Gewaltenteilung außer Kraft setzen und nahezu diktatorische Kontrolle über alle drei Arme der Regierung ausüben. Und wenn es einem seiner Berater gelungen war, sogar auf die Chinesen einen solchen Einfluss zu gewinnen, dann war auch mit dem keineswegs zu spaßen.

Wow.

Ganz schön viel, was sie hier auf einmal zu schlucken bekam. Und dann musste sie plötzlich auch noch ihre Kompetenzen teilen. Sie sah Jiāo an. Sie würde nicht darum herumkommen, ihr tatsächlich Vollzugriff auf ihre Daten zu gewähren. Aber das bedeutete auch, dass Jiāo von ihrem Geheimprojekt erfahren würde. So ziemlich alles in ihrer Magengrube krampfte sich bei diesem Gedanken zusammen.

Nein.

Besser, sie machte aus der Not eine Tugend, und weihte Jiāo jetzt bereits ein. Wenn sie schon zusammenarbeiten mussten, dann konnten sie wenigstens so tun, als würden sie Vertrauen aufbauen.

»Colonel«, fragte Catherine, ein schmales Lächeln auf den Lippen. »Waren Sie eigentlich schon einmal in Norfolk?«

Eine gute Stunde später saßen sie im Helikopter über der Chesapeake Bay. Das Land unter ihnen sah friedlich aus. Kleine Siedlungen sprenkelten die Salzmarschen und Wälder am Ufer des breiten Meeresarmes. Von fast jedem Haus führte ein kleiner Steg hinaus ins Wasser, an dem ein weißes Segelboot oder eine Motoryacht vertäut war. Keine Feuer, keine Mobs auf den Straßen. Aber auch keine Menschen.

Das Bild änderte sich, als sie sich Norfolk selbst näherten. Die Landzunge, auf der sich die Basis der Navy befand, war großräumig abgeriegelt, und schon aus der Ferne ließ sich erkennen, dass sich dies nicht auf die Seite des Militärs beschränkte. Während der Rest der Stadt wie aufgegeben vor ihr lag, campierten Hunderte Menschen vor den Haupteingängen der Basis. Zwischen zwei ausgebrannten Autowracks, etwas von den Stacheldrahtbarrieren des Stützpunktes entfernt, hatten sie Barrieren aus Autoreifen und Möbelstücken errichtet und es damit geschafft, die Basis auf dem Landweg völlig von der Außenwelt abzuriegeln. Und so statisch die Belagerung auch erscheinen mochte, bereits jetzt stiegen an zwei Orten in der Basis kleine Rauchsäulen in die Luft.

»So hat es in Bĕijīng auch begonnen«, sagte Jiāo, laut genug, um das Rattern der Rotoren zu übertönen. »Die Menschen verlieren das Vertrauen, sobald sie merken, dass sie zurückgelassen werden. Vor allem, wenn die Barriere schon fast in Sichtweite ist.«

Catherines Augenbrauen bewegten sich in die Höhe. »Ich hätte nicht erwartet, dass Sie so kritisch gegenüber der Partei eingestellt sind.«

»Oh, da verstehen Sie mich völlig falsch, Doktor Strive.« Wieder dieser harte Blick in ihren Augen. »Die Partei tut, was sie tun muss, um unsere Nation zu retten. Meine Loyalität steht außer Frage, selbst nach allen Auflösungserscheinungen und den … unorthodoxen Geschehnissen auf Dòng Tiān.« Sie sah aus dem Fenster, auf die Menschen tief unter ihr. »Ich bedauere nur die Art, wie es ablaufen muss. Die Kollateralschäden sind enorm.«

Etwas blitzte in Catherines Augen auf. »Warum arbeiten wir dann überhaupt weiter? Alle beide?«

»Weil es alternativlos ist. Weil es trotzdem richtig ist.«

»Selbst wenn man nicht mehr weiß, für wen man eigentlich noch arbeitet? Wenn man sich der guten Absichten derer da oben nicht mehr sicher sein kann?« Und wenn Leute um einen herum verschwanden. Leute wie General Wilson.

Jiāo dachte nach. »Echtes *Vertrauen* in die Obrigkeit ist für unsere Arbeit nicht erforderlich. Aber ich gebe Ihnen recht. Gewisse Entwicklungen sind in der Tat beunruhigend. Nicht die Grausamkeit, jedoch manche … Täuschungen.« Ein kurzer Blick zu Catherine, Augenkontakt, für eine Sekunde nur. »Aber es liegt nicht an uns, das zu kritisieren. Und es ändert nichts daran, dass bereits jetzt Menschen auf Pacifica Not und Hunger leiden. Es ändert nichts an der Dringlichkeit unserer Mission.«

Ja, immer die Mission. Sie stand über allem. Catherines ganz persönlicher weißer Wal.

Doch sie blieb stumm. Draußen zogen die Piers der Navy-Basis an ihnen vorbei, aber der Helikopter hielt nicht auf Norfolk selbst zu, sondern auf einen kleinen Ort auf der anderen Seite des James River, Newport News, und verlor dabei langsam an Höhe.

»Nun, Doktor Strive?« Wieder dieser bohrende Blick. »Ich verstehe Ihre Geheimhaltung, wenn dieses Projekt wirklich so entscheidend ist, wie Sie sagen. Aber so langsam wäre es an der Zeit, mir genauer zu erklären, was Sie hier machen.«

Catherine zögerte. Selbst wenn sich Jião auf dem Flug nicht mehr ganz so bissig gezeigt hatte wie zuvor: Sie kannte die Frau seit heute Mittag. Und ihr wollte sie ein Projekt anvertrauen, das sie über so viele Wochen geheim gehalten hatte – ausgerechnet ihr, einer Chinesin? Nein, das wollte sie nicht. Aber sie musste es.

»Der Initialzünder für das Projekt war die Frage: Was, wenn die Wand an ihrem Endpunkt verharrt? Was, wenn wir auf Pacifica beschränkt bleiben, vielleicht sogar für ewig? Und je länger ich darüber nachgedacht habe, desto klarer wurde mir, wie schwierig es sein würde, unser technologisches Niveau auch nur ansatzweise zu halten – und auch unser kulturelles Erbe zu bewahren. Die Kernbestandteile unserer Zivilisation, wenn Sie so möchten; das, was uns als moderne Menschheit ausmacht: unsere Kunst, unsere Erfindungen, unsere gesellschaftlichen Strukturen, unsere schiere Schaffenskraft. Und deswegen wollte ich vorsorgen, diesen Schätzen eine Zuflucht schaffen. Pacifica selbst war mir dafür nicht nur zu unsicher, die Zeit hätte schlicht nicht ausgereicht, um direkt vor Ort die Grundlagen für Serverfarmen, digitale Archive, Kunstsammlungen, Chipfabriken und Hightech-Labors zu legen, ganz zu schweigen von den Hunderten Megawatt an Strom, die Sie rund um die Uhr für solch ein Projekt benötigen.«

Ein Blick aus dem Fenster. Am Ufer unter ihnen erschien ein riesiges Industrieareal, ein farbenfroher Wirrwarr aus Kränen,

Baumaschinen, Lagerhallen, Containern und Tausenden Arbeitern, die über das Gelände wuselten. Dutzende kleinere und größere Schiffe lagen hier an Land und im Wasser verstreut. Und langsam kam auch das Herz der Werft ins Bild.

Catherines Mundwinkel bewegten sich leicht nach oben. »Nein. Bei so einem Projekt müssen Sie in völlig anderen Dimensionen denken.«

Und dann erschien vor ihnen das Trockendock, das größte in den Vereinigten Staaten. Und für einen Moment stand selbst Jiãos Mund offen.

Die Flutschleusen des Docks hatten sich geöffnet. Die riesige Wanne aus Beton füllte sich rapide mit Wasser, tosende Gischt umspülte den turmhoch aufragenden Rumpf des Ungetüms, das träge in ihr zu dümpeln begann; eine groteske, stahlgraue Skulptur von einem Drittelkilometer Länge, die nun nach und nach zum Leben erwachte.

»Was … ist das?«

»Das, Colonel«, sagte Catherine, und lächelte, »war einmal die USS Abraham Lincoln, Nimitz-Klasse. Einer der größten Flugzeugträger aller Zeiten.«

Doch die Lincoln war kaum mehr als solcher zu erkennen. Dutzende Aufbauten ragten dicht an dicht gedrängt in den Himmel, ein groteskes Sammelsurium aus rostbraunen, grünen und grauen Platten, unlackiert, in großer Eile und ohne jeden Sinn für Ästhetik zusammengeschweißt, würfelförmige Produktionsanlagen und Kransysteme neben schwindelerregend großen Tanks, miteinander verbunden durch ein komplexes Geäst von Rohrleitungen und Stegen. Manche der Türme waren fast zwanzig Stockwerke hoch, eine Barackensiedlung voller kleiner Wolkenkratzer, die zum Teil sogar die eigentliche Brücke des Schiffes und selbst die Antennen darauf an Höhe übertrafen. Kabel hangelten sich in atemberaubenden Konstruktionen von einem Turm zum nächsten, ehe sie zwischen Hunderten herumwuselnden Arbeitern in mannsgroßen Löchern im Boden verschwanden, wo sich einst das vordere Flugdeck erstreckt hatte. Nur ein einziger schmaler, angewinkelter Streifen in der rechten hinteren Hälfte des Schiffes blieb frei, um die Startbahn und zumindest einen der Lastenaufzüge eingeschränkt nutzbar zu halten.

Kurzum, es sah so aus, als hätte ein Flugzeugträger einen Bastard mit einer Raffinerie gezeugt. Oder mit einem Hightech-Slum, einer düsteren Zukunftsvision entsprungen.

Schön war es nicht – aber prachtvoll. Catherine konnte sich nicht erinnern, jemals auf irgendetwas in ihrem Leben so stolz gewesen zu sein.

»Eine schwimmende Stadt.« In Jiãos Stimme schwang fast so etwas wie Respekt mit. »Und diese Umbauarbeiten haben Sie in den letzten paar Wochen durchgeführt?«

»Nein. Das wäre doch ganz schön ambitioniert.« Catherine grinste. »Das was Sie auf dem Oberdeck sehen, ist nicht das Werk der letzten paar Wochen. Es ist das Werk der letzten vier *Tage*.« Sie deutete auf einen Schlitz an der Seite des Schiffes. »Und warten Sie, bis sie erst einen Blick in die Hangars werfen. Der Großteil der Computeranlagen und Labors befindet sich im Inneren des Rumpfes.«

»Eine sinnvolle Maßnahme.«

»Mehr als das. Das hier ist die Antwort auf alle unsere Probleme.«

Doch plötzlich kehrte die Skepsis in Jiãos Blick zurück. »Ist das jetzt nicht ein bisschen hochgegriffen? So respektabel das hier sein mag: Es ist die Lösung für ein Luxusproblem. Mit unseren existenziellen Herausforderungen hat das wenig zu tun.«

»Das gilt für die erste Phase des Projekts, ja.« Catherine lehnte sich etwas zu ihr herüber. »Aber mit der zweiten, wichtigeren lösen wir auch das Nahrungsproblem.«

»Die Unfruchtbarkeit der Böden?«

»Genau. Zumindest einen Teil der fehlenden Mikroorganismen können wir künstlich beisteuern, und zwar im ganz großen Stil.« Ihr Finger deutete auf eine Reihe von Aufbauten, die sich auf der Fläche zweier Footballfelder rund um die Kommandobrücke erstreckten. »Sehen Sie die Tanks und die Rohranlagen?«

Jiāo nickte.

»Das meine ich mit den vier Tagen. Das ist alles diese Woche entstanden. Nachdem unsere Wissenschaftler endlich das Kernproblem geknackt haben.«

Unsere Wissenschaftler. Ein bisschen hochgestochen klang das schon. Immerhin redete sie von Dr. Edwards, Dr. Shirani und vielleicht einem halben Dutzend Kollegen.

Catherine zeigte auf den dicksten, von den meisten Rohren umgebenen Tank, einen Flickenteppich verschiedenfarbiger Stahlbleche. »Das da vorne ist der erste Prototyp eines Bioreaktors.«

»Es erweckt nicht den Eindruck von Hightech.«

»Es ist auch nicht wirklich Hightech. Die harte Nuss war es, die richtigen Bakterienkulturen zusammenzutragen und so miteinander zu kombinieren, dass sie sich nicht gleich gegenseitig eliminieren. Die korrekte Grundrezeptur zu finden, wenn Sie so wollen. Alles Weitere ist tatsächlich ziemlich primitiv, wenn man nur genügend Energie hat. Wir geben die richtige Temperatur vor, die richtigen Druckwerte, die richtigen Zusatzstoffe – und warten einfach ab, bis sie sich exponentiell vermehren.« Sie presste ihren Daumen und ihren Zeigefinger zusammen. »Bisher haben wir solch eine Menge an Mikroben in diesem riesigen Tank. Etwa fünf Gramm.« Sie lächelte. »Bis wir Pacifica erreichen, sind es siebenhundert Tonnen!«

»Und es gab schon Feldversuche vor Ort?«

»Ja, im ganz kleinen Stil zumindest. Und die meisten davon waren auch erfolgreich. In einem guten Boden steckt ja noch weit mehr drin als nur eine Vielfalt an Bakterien. Mit ein paar Pflanzen haben unsere Wissenschaftler noch ihre Schwierigkeiten.« Catherine schmunzelte. »Und perfekt wird es wohl auch nie werden, solange in dem Tank keine Regenwürmer gedeihen. Aber die Grundlagen scheinen abgedeckt zu sein. Weizen wächst zum Beispiel gut.«

»Und die Verteilung? Die erfolgt aus der Luft?«

»Exakt. Die Mikroben werden vor Ort mit etwas Flüssigdünger zu einem Substrat vermischt, in die Ersatztanks der Jets gepumpt und von diesen im Tiefflug fein zerstäubt. Wir müssen die Mikroben ja nicht zentimeterdick auftragen. Wenn wir es richtig machen, können wir mit jedem Flug mehrere Quadratkilometer abdecken, genug Land, um Tausende zu ernähren.«

»Beeindruckend.« Jiāo musterte Catherine von Kopf bis Fuß, ihren Körper, ihre Dienstuniform, ihre Augen, wie bei ihrer ersten Begegnung, nur weniger streng diesmal, und weniger feindselig. »Beeindruckend.« Sie hatte tatsächlich dieses Wort verwendet.

»Sehen Sie jetzt, warum ich das hier – mit Ausnahme der Navy-Führung – vor jedem geheim gehalten habe? Warum selbst die Arbeiter nicht wissen, woran sie eigentlich schuften?«

Jiāo lehnte sich zurück. »Ja, das sehe ich. Wenn wir es schaffen, solche Mengen herzustellen, dann könnte das tatsächlich die Lösung sein.«

»Sehen Sie? Und sogar das Motto der USS Abraham Lincoln passt: *Shall not perish.* Dürfen nicht vergehen.« Nicht dass eine Chinesin etwas mit der Rede von Gettysburg anzufangen wusste.

Und doch, Catherine hätte schwören können, dass sich ein schmales Lächeln auf Jiāos Lippen abzeichnete. »Ist es in der Rede nicht gerade eine ›Regierung des Volkes, durch das Volk und für das Volk‹, die nicht vergehen darf?«

Dazu sagte Catherine lieber nichts.

Sie waren fast da, schwebten direkt neben dem riesigen Pott, nur noch ein paar Dutzend Meter über den höchsten Aufbauten. Ihr Helikopter begann, langsam einem Parkplatz entgegenzusinken, auf den jemand mit Farbe ein *H* in einen Kreis gesprüht hatte.

Das Knattern des Rotors verlangsamte sich, dafür war im Sinkflug ein neues, schlagendes Geräusch dazugekommen.

»Wie geht es jetzt weiter?« Jiāo brüllte schier – etwas, das sie mit einer erstaunlichen Grazie bewerkstelligte.

»Nun, wir werden die Lincoln so rasch wie möglich auf den Weg schicken. Das ist durchaus ein Problem, weil sie mit den ganzen Aufbauten und den neuen Innereien deutlich tiefer im Wasser liegt. Nur bei einer hohen Springflut kriegen wir sie überhaupt aus dem Dock heraus. Morgen früh ist daher das einzige in Frage kommende Startfenster. Und das letzte, wenn sie rechtzeitig vor der Wand den Panamakanal erreichen will.«

»Und wenn der blockiert ist?«

»Sie bekommt eine Eskorte. Mit ein paar Raketenzerstörern an ihrer Seite wird man ihr schon Platz machen. Das größere Problem ist, dass sie eigentlich zu breit für den Kanal ist, vor allem auf Höhe des Flugdecks. Das wird nicht ohne Schrammen abgehen, und damit meine ich sowohl die Lincoln als auch die Gebäude entlang der Schleusentore.« Ein Seitenblick auf die Hundertschaften, die noch schweißten und Güter verluden. »Die Arbeiter bleiben übrigens die ganze Zeit an Bord, um die Aufbauten unterwegs fertigzustellen. Dann gibt es einen Zwischenstopp an der Westküste, um alles, was jetzt noch fehlt, an Bord zu nehmen: Maschinenteile, Proviant, Brennstäbe für die nächsten Jahre.« Das erntete ihr ein anerkennendes Nicken von Jiāo. Catherine senkte die Stimme etwas. »Und hoffentlich eine ganze Reihe Flüchtlinge.«

Der Boden rückte näher, die Aufbauten des Trägers verschwanden eine nach der anderen hinter seinen mächtigen Flanken aus Stahl. Der Rotor wirbelte eine Reihe von Plastikfolien auf, die bis über die Kaimauer flatterten.

»Derzeit«, sagte Catherine, »habe ich bloß das Problem, dass mindestens zwei Züge mit wichtigen Ersatzteilen die Westküste nicht erreicht haben. Wir haben nicht genügend Ressourcen, um da aufwendig nachzuforschen, aber ich habe zumindest veranlasst, dass der nächste Zug eine sehr viel stärkere Eskorte bekommt.«

Endlich setzte die Maschine auf.

»Aber alles zu seiner Zeit!«, rief Catherine. »Jetzt fluten wir erst mal das Dock.«

Jiāo half ihr, die Seitentür zu öffnen, was den Lautstärkepegel noch einmal verdoppelte.

»Warum machen Sie die Umbauarbeiten überhaupt im Trockendock? Das kostet doch Zeit.« Jiāo warf einen Blick auf die Hunderttausend Tonnen schwimmenden Stahls, auf die monströse Seitenwand des Trägers, die sich neben ihnen in den Himmel schraubte. »Deckaufbauten lassen sich doch auch vor Anker installieren.«

Gebückt liefen sie auf das gewaltige Schiff zu, hinaus aus dem kleinen Wirbelsturm, den der abhebende Helikopter erzeugte, hinaus in die Nachmittagshitze und weiter über eine langgezogene Rampe auf eine stählerne Plattform, keine hundert Meter vom Träger entfernt, auf Höhe des Flugdecks, mit dem es durch eine breite Gangway verbunden war.

Ein paar Navy-Soldaten kamen ihr entgegen, der Offizier lächelte ihnen zu und salutierte spielerisch mit einer Hand, der zwei Finger fehlten. Catherine lächelte zurück, sah dann wieder zu Jiāo herüber. »Ganz einfach«, sagte sie, sobald der Krach der Rotoren dem Lärm der Bauarbeiten gewichen war. »Im Dock ist es viel …«

Eine Stichflamme. Hoch über ihnen, am Rand des Flugdecks, gleißend blau und meterlang. Rasch wurde sie schwächer, verschwand dann völlig. Catherine atmete auf. In dem Moment erschütterte eine Explosion das Schiff, genau dort, wo eben die Stichflamme in die Höhe geschossen war. Ein lauter Knall, gefolgt von einer mächtigen Druckwelle. Ein Feuerball stieg auf, zehn, fünfzehn Meter hoch. Links und rechts von Catherine regneten Trümmer herab, Stahl und Gummi, manche Teile so groß wie ein Basketball.

Und dann war der Spuk schon wieder vorbei. Ein kleines Feuer loderte noch mittschiffs, aber es dauerte nicht lange, bis Hundertschaften von Arbeitern und Hilfstrupps zum Explosionsherd vorgedrungen waren. Die Crews reagierten schnell, der Großteil der Flammen war schon nach einer halben Minute gelöscht. Die Schäden schienen nicht besonders schlimm zu sein.

Und dann klingelte Catherines Handy. Ausgerechnet jetzt? Die Nummer war ihr unbekannt. Clarity? Catherine nahm ab.

»Ah, Doktor Strive! Wie schön, Sie zu erreichen.«

Catherine erstarrte.

»Was haben Sie denn? Freuen Sie sich gar nicht, mich zu hören?«

Das war unmöglich. Vollkommen unmöglich.

»Das wird ein ziemlich langweiliges Gespräch, wenn Sie gar nichts sagen.«

Jiāo sah zu ihr herüber, Unverständnis im Blick, doch Catherine wich ihm aus, ging einige Schritte zur Seite. Sie lehnte sich an einen Stahlträger, schloss für einen Moment die Augen und holte tief Luft.

Trotzdem fühlte sich ihre Stimme hohl an. »Adam.«

»Ganz genau!« Es klang, als klatsche er regelrecht in die Hände. »Der Leibhaftige! Nun ja, eher das Gegenteil. Ich habe mir bei dieser ganzen Glaubensgeschichte ja nicht umsonst die gute Seite ausgesucht.«

»Was willst du?« Selbst ein derart herausgespucktes »du« fühlte sich noch zu gut für ihn an.

»Dachten Sie wirklich, ich wüsste nichts von Ihrem kleinen Hobby?«

»Was hast du vor?« Es kam viel leiser aus ihr heraus, als sie es wollte.

»Nicht viel, nicht viel. Eine klitzekleine zweite Bombe vielleicht. Die erste sollte ja hoffentlich ein paar Leute angelockt haben.«

Trotz der Hitze bebte sie auf einmal am ganzen Körper. »Die Männer und Frauen der Navy werden nie …«, hörte sie sich sagen.

Parallel dazu fixierte sie Jiāo, deutete wie eine Wahnsinnige auf den Flugzeugträger und wedelte mit ihrer freien Hand wild vor ihrem Körper herum – eine Geste, die nichts als *Weg! Weg! Alle weg da!* sagen sollte.

Der Klang in Adams Stimme wurde schneidend scharf, verlor jegliche Verspieltheit. »Die wahren Männer und Frauen der Navy sind über Ihren Verrat genauso erbost wie jeder rechtschaffene Mensch! Oder sind Sie wirklich so dumm und denken, ich sei selbst an Bord marschiert? Meinen Sie tatsächlich, dass es unter all den Soldaten niemanden gibt, der die Wahrheit sieht?«

Jiāo hatte Catherines Gestik sofort verstanden. Sie rannte auf den Träger zu, auf die Mannschaften an Deck, die noch immer mehr als hundert Meter von ihnen entfernt waren.

»Bemühen Sie sich gar nicht erst, Miss Strive: Ich verspreche Ihnen, Ihr Spielzeug wird den Kontinent nie erreichen. Und Sie auch nicht. Aber das klären wir an einem anderen Tag.«

Catherine zitterte. Sie musste besonnen bleiben, Adam im Gespräch halten. Sie konnte ihn im Griff behalten, wenn sie nur ruhig blieb, das wusste sie. »Ist es wirklich das, was du willst? Du zerstörst die Lebensgrundlage von Millionen! Hunderttausende Amerikaner darunter, gute, gottesfürchtige Menschen. Kinder!«

»Wann verstehen Sie das endlich?«, fragte Adam mit einer solchen Überheblichkeit, dass Catherine ihm am liebsten die Zunge herausgerissen hätte. »Der Kontinent ist nicht das Endziel. Er ist nur ein Zwischenschritt auf dem Weg zur Erlösung. Und für den Übertritt braucht es keine Mikrochips, keine

Kunstwerke, noch nicht einmal Brot. Es braucht nur den rechtschaffenen Glauben an Gott. Der Herr ist unser Hirte, es wird uns an nichts mangeln.«

Catherine verdrängte ihr Zittern. »Selig sind die Barmherzigen, denn sie werden Barmherzigkeit erlangen.«

Adam klang regelrecht irritiert. »Was soll das?«

Zeit schinden, was sonst? Ihn mit seinen eigenen Waffen anzugreifen, ohne wirklich Ahnung von der Bibel zu haben? »Ich schlage dir einen Deal vor. Einen Deal, der deine Seele retten kann. Du lässt dieses Schiff in Frieden, und ich garantiere dir sichere Passage für dich und deine Anhänger.«

»Schöner Versuch. Aber das hätte immer noch das Problem, dass auch Leute wie Sie auf den Kontinent gelangen. Wie Sie selbst sagten: Gerade die Lincoln würde aus dem Kontinent ein Refugium für Millionen machen. Ich fürchte, das darf ich nicht zulassen.«

»Adam …«

»Ganz abgesehen von den ganzen Waffen an Bord, die gegen uns verwendet werden könnten.« Der Klang seiner Stimme schwankte nun sekündlich zwischen triumphierend und wutentbrannt. »Den Kampfstoffen. Der Raketenfabrik im Inneren.«

Tiefe Falten zogen sich über Catherines Stirn. »Nichts dergleichen ist an Bord!«

»Natürlich nicht.« Seine Stimme troff geradezu vor Sarkasmus. »Ich verstehe.«

Jiāo hatte derweil mehr als den halben Weg zum Schiff zurückgelegt. Sie begann zu brüllen, in der Hoffnung, dass die Mannschaft sie hörte. Und tatsächlich: Die ersten Männer der Crew bemerkten sie.

Adam räusperte sich. »Ah, ihre kleine chinesische Freundin.« Eine Pause. »Ich muss schon sagen, Miss Strive: Ich bin von Ihnen enttäuscht. Dachten Sie wirklich, Sie könnten mich hinhalten? Mich verunsichern? Zeit herausschinden? Die Bombe ist und war von Anfang an zeitgesteuert. Zwei Minuten zwischen der ersten Explosion und der zweiten. Das heißt, Sie haben jetzt noch genau … elf Sekunden.«

Catherine riss die Augen auf. Ihre Stimme versagte. »Adam!«

»Auf Wiedersehen, Miss Strive. Das nächste Mal trifft es *Sie*.«

Damit legte er auf.

Wie in Zeitlupe sah Catherine erst auf ihr Handy, und dann auf das prachtvolle Schiff vor ihr, voller Unglauben, voller Schock.

Und dann kam der Schlag.

KAPITEL 19

»Christopher.«

Irgendwer zerrte an seinem Arm, flüsterte dabei seinen Namen. Noch mal. »Christopher!«

Mtoto. Sie sah ihn mit großen Augen an. »Ich habe eben die Tür gehört. Ich glaube, da war jemand in unserem Zimmer!«

Christopher blinzelte, versuchte, sich im Halbdunkel zu orientieren. Max zu seiner Rechten schlief tief und fest, zum ersten Mal seit Ewigkeiten.

Er schälte sich aus den Laken – und war auf einmal hellwach. Mit zitternden Fingern griff er unters Bett. Ihr Benzin!

Christopher sprang auf, schnappte sich die Taschenlampe und rannte noch im Nachthemd aus dem Haus, Mtoto dicht hinter sich. Er ließ den Lichtkegel nach links schwenken, zur Straße, nach rechts, in Richtung der Grundschule, dann nach vorn. Und da stand er, halb verborgen inmitten einer kleinen Ansammlung von Kiefern, außer Atem, ein längliches Objekt in seiner Hand. Jamie.

Und er war nicht allein. Soma drückte ihn mit beiden Händen gegen einen der Bäume und redete mit leiser Stimme und schnellen, wütend zwischen den Lippen hervorgepressten Worten auf ihn ein – womit er schlagartig aufhörte, als er Christopher bemerkte.

Im Schein der Taschenlampe blitzten zwei Dinge in Jamies Hand auf: Ein gebogenes Metallstück, wie ein kleines Brecheisen, und eine PET-Flasche. Etwa eineinhalb Liter – alles, was Max mühselig über die letzten Tage an Benzin zusammengetragen hatte.

Christopher sagte nichts, konnte nichts sagen. Doch das *Warum?* stand in Großbuchstaben über ihm in der Luft.

Soma ließ Jamie augenblicklich los. »Er ... wir«, stammelte Soma, und stellte sich dabei vor seinen Sohn. »Wir ... wollten das Benzin nur sicher verwahren. Als Faustpfand, damit ihr nicht ohne uns geht.«

Noch immer starrte Christopher fassungslos in ihre Richtung.

Mtoto presste sich an seine Seite, die Finger in den Stoff seines Nachthemds gekrallt.

»Ihr lügt!«, zischte sie. »Ihr habt uns bestohlen!«

Jamie hielt die Flasche voll Benzin noch immer fest umklammert.

Christopher schüttelte wütend den Kopf, wütend auf sich selbst.

Soma bedeutete Jamie, dass er ihm sofort die Flasche reichen sollte. »Es war ein Fehler, einfach nur ein Fehler.« Seine Stimme brach fast. »Ich garantiere euch, so etwas passiert nie wieder.«

Geräusche, nicht weit von ihnen. Noch ehe Christopher die Richtung einschätzen konnte, erschienen zwei Lichtkegel hinter Somas Hütte. Eine Patrouille? Hier? Mit feuchten Fingern zog Christopher am Schiebeschalter seiner Taschenlampe, doch er rutschte ab, das Licht blieb an. Die anderen beiden Lichtkegel wackelten kurz hin und her, dann zeigten sie plötzlich direkt auf die drei Erwachsenen. Und dann standen sie vor ihnen: zwei Blautüchler, beides blonde Muskelpakete. Die Hand des größeren ruhte auf seiner Waffe. Er funkelte erst Christopher an, dann Soma und Jamie.

»Was geht hier vor sich?«

Soma zitterte am ganzen Leib. Seine Augen leuchteten im Licht der drei Taschenlampen regelrecht auf, bildeten einen starken Kontrast zu seiner dunklen Haut. Jamie tat einen halben Schritt zurück.

Christophers Gedanken waren in diesem Moment nur bei Max und Mtoto. Wenn die Wachen herausfanden, was sie hier geplant hatten ... Seine Gedanken rasten, während er verkrampft darum bemüht war, Gelassenheit auszustrahlen.

»Hallo, Frank«, sagte er zu dem Kleineren, ein Stoßgebet zum Himmel sendend, dass er dessen Namen richtig in Erinnerung hatte. Den Größeren hatte er noch nie gesehen, einen Mann mit glattgeschorenem Schädel, blondem Walrossschnauzer und Runen-Tattoo am Hals, der grimmig Somas und Jamies verwahrloste Afros beäugte, aber wenigstens Christophers Teint nicht zu bemerken schien.

Zwei Lichtkegel schwenkten zu ihm herüber, blendeten ihn, doch Christopher blieb ruhig. »Ich habe Geräusche gehört, aber keine Patrouille gesehen. Deshalb wollte ich nachschauen, was hier los ist.« Er deutete mit seiner eigenen Taschenlampe auf Soma und Jamie. »Und dann habe ich die beiden Kerle hier gesehen, wie sie sich davonschleichen wollten.« Empörung schwang in seiner Stimme mit, wenn auch eine andere Art der Empörung als die, die er fühlte.

Die Männer leuchteten nun wieder Soma und Jamie an, ließen ihre Lichtkegel über die Flasche in Jamies Händen und über die Gesichter der beiden streifen. Der Große schnaubte vernehmlich auf.

Jamie fixierte abwechselnd beide Wachen. Jede einzelne Faser seines Körpers schien unter Spannung zu stehen. Soma hingegen hatte nur Augen für Christopher, sah ihn entgeistert an, vorwurfsvoll und panisch zugleich. So schwer es ihm fiel, nicht wegzuschauen, Christopher hielt den Blick.

Max erschien an seiner Seite, noch im Nachthemd, ganz offensichtlich eben erst durch die Stimmen geweckt. Ihre Augen weiteten sich, als sie Soma und Jamie erkannte.

Jamie starrte sie nur an, während Soma einen Schritt auf Max zumachte, ehe er durch die beiden Wachen abrupt gestoppt wurde. »Max!«

Der Walrossschnauzer des Größeren zuckte. Er sah zu Max. »Sie kennen diese Männer?«

Max schaute dem Fragesteller in die Augen, ohne auf Christophers flehentlichen Blick zu achten. »Ja.«

Christopher stockte der Atem.

Max verschränkte die Arme vor der Brust. »Sie waren bei den Flüchtlingen dabei, die heute angekommen sind. Wir haben uns einander kurz vorgestellt.« Ein beiläufiger Blick zu den beiden. »Soma, wenn ich mich recht erinnere? Und Jamie?«

Soma schien fassungslos, sah zu Max, setzte dazu an, eine Hand nach ihr auszustrecken, zog sie aber wieder zurück, als Max ihren Rücken durchdrückte und nur leicht an ihm vorbeischaute.

Jamies Blick wandelte sich von kalt zu eisig.

»Ist das wahr?«, fragte die Wache scharf – und leuchtete dabei ausgerechnet Mtoto ins Gesicht.

Mtoto nickte, ohne nennenswert zu zögern.

Und dann ging alles ganz schnell.

Unter einem wütenden Schrei holte Jamie aus und schleuderte sowohl die Flasche als auch das Brecheisen in ihre Richtung. Die beiden Wachen sprangen zur Seite, so, als hätte Jamie einen Molotow-Cocktail geworfen. Bis sie sich wieder aufgerappelt und ihre Waffen gezückt hatten, stürmte Jamie bereits durch die kleine Ansammlung von Kiefern. Sein Vater rannte völlig aufgelöst hinter ihm her.

Auch wenn alles in ihm danach schrie, ebenfalls wegzulaufen, zwang sich Christopher, regungslos zuzusehen. Er richtete seine Taschenlampe ungefähr dorthin, wo Soma und Jamie gerade auf der anderen Seite des Wäldchens zwischen den Bäumen durchbrachen – und wackelte mit ihr doch so sehr herum, dass er hoffte, die beiden Blautüchler damit mehr aus dem Konzept zu bringen als ihnen zu helfen.

Die Kugeln der beiden Wachen sausten durch die Nacht, drangen krachend in die Baumstämme und in das Häuschen dahinter, sicher fünfzig Meter weit weg, doch die beiden Männer rannten im Zickzack, machten Ausfallschritte und schlugen Haken, ehe sie hinter dem kleinen Gebäude verschwanden.

Der Große entleerte sein restliches Magazin in die Hauswand. Frank war klüger. Er hatte aufgehört zu schießen, griff stattdessen nach seinem Funkgerät und bellte eine Reihe von Befehlen hinein.

Und dann war es ruhig. In manchen Zimmern gingen die Lichter an, Menschen schauten ängstlich aus den Fenstern. Ein leises Keuchen war zu hören, hinter dem beschossenen Häuschen. Fünf Sekunden verstrichen, zehn. Dann tauchten zwei Schemen aus der Deckung auf. Die Gestalten rannten gebückt über die breite Straße und verschwanden in Sekundenschnelle in dem kleinen Wäldchen zwischen den Gleisen und der Holzverarbeitungsanlage. Wieder war es still. Bewegung. Von Norden, von Süden. Dann ertönten Schüsse, drei Stück, in rascher Abfolge, dort, wo nach Christophers Informationen gar keine Wachen hätten sein dürfen. Kein Schrei, nichts, bloß ein gehässiges Kichern, das von dem Muskelprotz vor ihnen ausging.

Wenige Minuten später war die halbe Führungsriege der Gemeinde anwesend. Pope, die sich völlig fassungslos gab, Thiago und ein weiterer Sekretär – von dem Christopher nur wusste, dass er nie ohne seinen Cowboyhut zu sehen war – standen im Halbkreis um die Wachen und ließen sich mit gesenkten Stimmen berichten, was geschehen war.

Schließlich scherte Thiago aus dem Kreis aus und ging auf Christopher, Max und Mtoto zu, die Flasche in der Hand hin- und herschwenkend.

»Benzin«, sagte er. Er interpretierte Christophers Stirnrunzeln und seine übereinandergeschlungenen Arme – ein schwacher Versuch, sein Herzrasen zu verbergen – offenbar als Geste der Ahnungslosigkeit. »Genug, um bis in den nächsten Ort zu kommen.« Er lächelte schief. »Ich muss mich bei euch entschuldigen.« Wenn er mit diesem Satz Christophers Stirn glätten wollte, dann war der Versuch grandios gescheitert. »Ich habe heute Nacht eine kleine Kontrollinventur in der Maschinenhalle durchgeführt. Dabei ist mir aufgefallen, dass etwas Benzin fehlt. Wirklich nicht viel, aber doch bemerkbar, so knapp, wie wir damit haushalten.« Er kratzte sich am Kopf, wechselte das Auge, mit dem er Christopher fokussierte. »Meine erste Vermutung war, dass ihr dahintersteckt. Dass ihr nur so tut, als ob ihr das alles hier zu schätzen lernt, um eure kleine Rebellion von damals vergessen zu machen. Um Zugang zur Werkzeughalle zu bekommen und dann nachts Treibstoff stehlen zu können. Deswegen habe ich Frank und Bob zwischen der Halle und eurem Haus hin und her patrouillieren lassen, um euch zu überwachen …« Er kratzte sich ein weiteres Mal am Kopf, doch dieses Mal sah er dabei zu Boden. »Na ja. Sorry jedenfalls für die Verdächtigung.«

Und damit ging er wieder und ließ Christopher, Max und Mtoto mit ihrem Schock allein.

Niemand teilte ihnen mit, was mit Soma und Jamie passiert war. Es gab nicht einmal ein offizielles Statement, nur Gerüchte über »kriminelle Subjekte«, die offensichtlich von Popes Leuten gestreut wurden. Auch die Wachen, die sie nach Details ausquetschten, redeten sich damit raus, dass sie es nicht wüssten, man aber sicher sein könnte, dass die Flüchtigen es nicht über die Gemeindegrenzen hinaus geschafft haben dürften, so viele Männer, wie dort »undercover« als Wachen eingesetzt wurden.

Und damit war die Sache aus deren Sicht erledigt, der Status quo wiederhergestellt.

Christopher sah das anders. Für sie drei hatte sich einiges geändert. Ihr Plan hätte sie um Haaresbreite ins Verderben geführt. Und auch wenn Soma und Jamie sie unbeabsichtigt vor Schlimmerem bewahrt haben mochten, so war ihr Vorhaben um Tage zurückgeworfen worden, wenn nicht um Wochen. Ihre ursprüngliche Idee konnten sie jedenfalls ad acta legen –

viel zu gefährlich war es, doch noch beim Benzinklau erwischt zu werden, viel zu sehr hatten sie die Zahl der eingesetzten Wachen in Richtung Westen unterschätzt. Und was Pope anging … wenn es noch eines Beweises für die barbarische Härte ihres Systems bedurft hätte, dann hatten sie diesen jetzt.

Umso überraschter war Christopher, als am nächsten Nachmittag Pope im Zentralbüro in dem verhassten Grundschulgebäude vorbeischaute, gebückt, kleiner als er sie in Erinnerung hatte, in ihren Händen die Reste desselben kargen Mittagessens, dass auch er genossen hatte, und ihn mit sanften Worten einlud, Stift und Papier liegenzulassen und mit ihr ein bisschen durch die Gemeinde zu spazieren.

Christopher schluckte seinen Zorn hinunter. Er durfte nicht wählerisch sein, wenn sich ihm solch eine Chance bot. Mit einem wortlosen Nicken willigte er ein.

»Thiago hat sich bei dir bereits entschuldigt?«, fragte sie leise, als sie mit langsamen Schritten ins Freie traten.

Zu ihrer Linken lag die Schaukel. *Die* Schaukel. Das Brett war noch immer abgehängt.

Wieder nickte Christopher. Seine Stimme hätte ihn sofort verraten.

»Gut. Nach alledem, was ihr in den letzten anderthalb Wochen für unsere Gemeinschaft getan habt, ist es schändlich, euch derart zu misstrauen. Ich habe meinem Sekretär zu verstehen gegeben, dass dies ein Fehlverhalten ist, welches in Zukunft nicht mehr so leicht toleriert wird.«

»So?« Das war einfach aus ihm herausgerutscht.

Sie schritten durch eine Traube von Mechanikern, die eine Art altmodischen Traktor auf dem Schulgelände geparkt hatten und angeregt miteinander diskutierten. Pope lächelte ihnen zu, woraufhin ihr die Männer sofort Platz machten. Christopher quetschte sich hinter ihr durch die Lücke.

»In der Tat«, sagte Pope, als er wieder zu ihr aufgeschlossen hatte. »Ihr habt euch gestern bewiesen, für den Moment zumindest. Ich wünschte nur, dass sich die ganze unglückliche Angelegenheit ohne Gewalt hätte klären lassen.«

Christopher versuchte, sich auf die Zunge zu beißen, doch er konnte es einfach nicht. »Du gibst die Anweisungen. Du hast die Macht, diesen Schießbefehl auszusetzen.«

Einer ihrer Sekretäre kam an ihnen vorbei. Er nickte Pope zu, Pope nickte gütig zurück. »Ich habe die ganze Nacht über diese Frage sinniert. Bitte glaube mir, wie schrecklich das alles für mich war. Das waren die ersten Schüsse, die hier gefallen sind. Und ich will, dass es die letzten bleiben. Aber ich weiß nicht, wie wir die Leute sonst hierbehalten können. Gerade die, die nicht wollen, die wir aber brauchen.« Sie lächelte, doch das Lächeln erreichte nicht ihre Augen. Sie sah sich um, vergewisserte sich, dass niemand in Hörreichweite war. Ihre Stimme veränderte sich, büßte an Sanftmut ein. »Ich bin mir durchaus bewusst, dass wir hier Dinge tun, die nicht so leicht zu rechtfertigen sind. Wir beschneiden fundamentale Freiheiten. Wir sperren unsere eigenen Leute ein, wie damals in der Sowjetunion oder in der DDR. Für einige ist das akzeptabel, sie vertrauen darauf, dass wir am Ende die besten Antworten haben. Der Rest muss gegen seinen Willen bleiben – weil sonst alles zusammenbricht.«

»Der Ostblock ist trotzdem irgendwann zusammengebrochen. Mauer hin oder her.«

»Ja«, sagte Pope. »Aber es dauerte drei Jahrzehnte bis zu ihrem Fall. Wir müssen hier nur drei Wochen durchhalten. Und danach wird es jedem freigestellt sein, ob er weiterhin ein Teil unserer Gemeinschaft sein möchte. Ich wage allerdings die Vermutung, dass kaum jemand die Sicherheit, die wir bieten können, dann noch ablehnt. Bis dahin müssen wir aber maximale Stabilität bewahren, und uns bedeckt halten, falls es noch externe Institutionen gibt, die uns unseren Erfolg neiden.«

»Du weißt, dass das alles reichlich …« Christopher stockte, suchte nach einem Wort, dass er verwenden konnte, ohne sich oder Max und Mtoto in Gefahr zu bringen.

Pope legte ihm eine Hand auf die Schulter. Christopher verdrängte den Impuls, sich aus ihrem Griff zu winden. »Christopher, ich erwarte von niemandem, dass er sich mir gegenüber zensiert, erst recht nicht unter vier Augen. Ich weiß, dass du dir bei aller Arbeit für unsere Gemeinde einen kritischen Geist bewahrt hast. Das ist ausgesprochen begrüßenswert, nicht zuletzt ist es auch der Grund für deinen raschen Aufstieg in unseren Rängen.« Sie stockte, ihre Stimme wurde etwas strenger. »Aber bitte mache nicht den Fehler, mich dabei zu unterschätzen. Es ist mir durchaus bewusst, dass es riskant sein kann, unabhängig denkende Menschen mit Verantwortung auszustatten, und ich werde dich dementsprechend im Auge behalten. Aber solange du diesen Charakterzug nicht einsetzt, um unsere Gemeinschaft zu zersetzen, ist alles gut.« Sie lächelte. »Also, sei bitte ehrlich: Was wolltest du sagen?«

Christopher schwieg.

»Du wolltest mir mitteilen, dass das alles reichlich verrückt klingt? Sektiererisch? Konspirativ?«

Sollte das ein Test sein? Christopher blinzelte. »So hätte ich das nicht ausgedrückt.«

Pope breitete die Arme zur Seite aus. »Dabei hättest du völlig recht damit. Unsere Gemeinschaft erfüllt praktisch alle Kriterien einer Sekte. Schau dir das doch bloß mal an!« Sie zupfte lächelnd an ihrem Oberteil. »Meine Robe. Damit sehe ich aus wie ein Druide aus einem New-Age-Kult.«

Christophers verdutzter Blick schien Pope weiter zu beflügeln. Sie zwinkerte ihm zu, und wirkte dabei gleich zehn Jahre jünger. »Das meine ich ernst. Allein schon mein Nachname. Die Art, wie ich Reden halte. Meine Sekretäre – die könnte ich genauso gut Jünger nennen. Die, wie bezeichnet sie deine Freundin so schön, Blautüchler? Unser Streben nach Autarkie? Der Abbruch jeglichen Kontakts in Richtung Außenwelt? Selbst die Gegend stimmt. Sämtliche anderen *Wackos* haben ihr Versteck doch auch hier oben, in Idaho oder Montana. Und wusstest du, dass Sarah Palin hier in Sandpoint geboren wurde?«

Christopher schüttelte den Kopf. Er war schon froh, dass er mit dem Namen noch etwas anzufangen wusste.

»Ich befinde mich hier jedenfalls in bester Gesellschaft. Fehlt bloß noch, dass ich unseren Gemeindemitgliedern irgendwelche absurden Weltanschauungen aufoktroyiere. Wobei ich selbst dies in einer gewissen Weise tue, durch *den einen* gemeinsamen Glauben.«

»Den an die Überlebbarkeit der Wand.«

»Genau.« Pope legte ihm eine Hand auf die Schulter. »Und ich bete zu Gott, dass dieser Glaube wirklich gerechtfertigt ist.«

Christopher hob eine Augenbraue. »Pope, ich …«

»Ilana. Bitte.«

»Ilana«, sagte Christopher, »ich dachte, dass du davon mehr als überzeugt wärst?«

»Das bin ich auch … meistens … aber auch ich habe meine schwachen Momente, in denen ich mich frage, was ich den Menschen hier antue. Woher ich mir dieses Recht nehme. Und was geschieht, falls ich mich irre.« Sie sah ihn an, mit wachen, klaren Augen. »Chris, ich nehme diese Verantwortung nicht auf mich, weil es mir Spaß macht, sondern weil es das Richtige ist! Weil es nötig ist, um unsere Zukunft zu sichern. Diese Menschen sind praktisch ohne Chance, der Wand zu entkommen – oder ihren Durchzug hier unvorbereitet zu überstehen. Und daher braucht es all das hier. Wenn ich recht habe, sind wir ein Failsafe, eine Absicherung für Tausende.«

»Und wenn du nicht recht hast, eine Todesfalle.«

»Ja«, flüsterte sie, die Sanftheit in ihrer Stimme völlig verschwunden. »Und dieses Blut würde allein an meinen Händen kleben. So wie das Blut von letzter Nacht.« Dann wurde sie wieder lauter. »Aber die Entscheidung ist alternativlos.«

Christophers Blick schweifte über das wiedereröffnete Sägewerk zu ihrer Linken, und über die Männer und Frauen, die darin an kreischenden Maschinen arbeiteten, über die Zeltstadt direkt vor ihnen, die gerade für die nächsten Flüchtlingswellen errichtet wurde, bis zu den Feldern zu ihrer Rechten, und die vielen neuen Gesichter, die auf ihnen arbeiteten. In den Hügeln dahinter rollte ein Containerzug vorüber, langsam, aber völlig unbehelligt.

»Du könntest den Leuten eine Wahl geben. Ich bin überzeugt, dass viele freiwillig bleiben würden.«

»Nein.« Wieder dieser wache Blick. »Angst ist etwas zutiefst Menschliches. Und wenig kanalisiert diese Angst so stark wie die Wand. Sie markiert die Stunde der Wahrheit, sie stellt die Menschen vor die Entscheidung, ob sie ihrer Furcht ins Auge sehen und der Ungewissheit trotzen wollen. Einige werden diese Prüfung bestehen, doch viele andere werden Panik bekommen und fliehen, sobald sie ihr von Angesicht zu Angesicht gegenüberstehen. Und wenn das geschieht, werden wir alle verlieren. Das darf ich nicht zulassen. Ich werde diese Gemeinschaft wachsen sehen, sie vor externen Interventionen und internen Schwächungen bewahren, und vor Menschen, die die verbliebenen Behörden auf uns aufmerksam machen wollen. Ich werde sie stabil halten, bis uns die Wand erreicht. Und dann werden wir sehen.«

Christopher runzelte die Stirn und deutete auf ihre Robe. »Aber warum dann diese ganze …«

»Show? Ablenkung?« Pope lächelte. »Sollte ich den Menschen lediglich nüchtern ihre Optionen aufzeigen, bekämen sie das Gefühl, eine Wahl zu haben, wo in Wahrheit keine ist.« Pope öffnete ihre linke Handfläche. »Falls die Wand tödlich wirkt, ist es unerheblich, ob die Menschen hier oder erst weiter im Westen erfasst werden. Die wenigsten werden es nach Pacifica schaffen. Und ob dieser Kontinent auf Dauer Leben beherbergen kann, ist – bei Lichte betrachtet – ebenfalls eine Glaubensfrage.« Die rechte Handfläche folgte. »Wenn sich die Wand jedoch überleben lässt, dann schaffen wir hier eine Grundlage für unser Überleben in der Welt danach. Eine Insel der Stabilität und Ordnung.« Sie schloss beide Hände wieder und schaute in die Ferne. »Jeder vernünftige Mensch würde sich freiwillig für die zweite Option entscheiden. Aber das kann ich unseren Neuankömmlingen so nicht mitteilen.«

»Warum nicht?«

»Weil es dann so wirkt, als ob ich mit ihrem Schicksal russisches Roulette spiele, auch wenn ich in Wirklichkeit nur ihre Überlebenschancen zu erhöhen versuche. Wenn ich jedoch den Anschein erwecke, felsenfest an die Überlebbarkeit der Wand zu glauben, und wenn ich diese Überzeugung durch meine Taten untermauere, dann gibt es plötzlich keine Optionen mehr, keine Unsicherheit. Dann gibt es nur noch ein Richtig und ein Falsch. Und dann vertrauen mir die Menschen – oder sie fürchten mich. Und dieser Effekt macht uns allen das Leben leichter. Er lässt Gewalt seltener erforderlich werden. Und er ermöglicht es mir, weit loyalere Mitstreiter zu finden, als ich es angesichts der Wand jemals mit weltlichen Anreizen oder rationalen Argumenten schaffen könnte.« Sie nickte zwei muskelbepackten Blautüchlern zu, glatzköpfigen Hünen, die ehrfurchtsvoll zu Boden sahen. Pope schüttelte kaum vernehmlich den Kopf. »Auch wenn ich mir manchmal wünschte, etwas weniger selbst ernannte Übermenschen unter den eifrigsten Kandidaten zu finden. Aber anscheinend ziehen solche Gemeinschaften wie die meine gewisse Personenkreise geradezu magisch an.«

Christophers Augenbrauen hatten sich abermals zusammengezogen. »Ich weiß nicht, ob das die Grundlage sein sollte, auf der du diese Gemeinde errichten willst.«

»Diesen Luxus kann ich mir leider nicht leisten.« Eine kurze Pause. »Ich gebe mich keinen Illusionen hin, Christopher. Ich werde für all diese Taten nicht in den Himmel kommen.« Plötzlich lächelte sie wieder. »Und du übrigens auch nicht. Ich habe dich in keiner der beiden letzten Sonntagsmessen gesehen.«

»Ich habe in letzter Zeit ein etwas angespanntes Verhältnis zu Gott«, sagte er – wobei er mit *letzter Zeit* eher sein halbes Leben meinte.

Die Schwere war wieder von Pope abgefallen, sie lachte. »Keine Sorge, du wirst von mir keine Vorwürfe hören. Einer meiner Sekretäre ist Buddhist, ein anderer glaubt gar nicht an eine höhere Macht. Das ist eine Entscheidung, die jeder für sich selbst treffen muss.« Erneut legte sie Christopher eine Hand auf die Schulter. »Ich begrüße es natürlich besonders, wenn sich gläubige Menschen zu mir verirren, aber vorwiegend deshalb, weil der Glaube als Bindemittel fungiert: Er stärkt das Gemeinschaftsgefühl und das Vertrauen in unsere Arbeit hier.«

»Das klingt alles nicht nach den Priestern, die ich sonst so kenne.«

»Findest du?« Sie grinste schelmisch. »Ich bin aber auch erst recht spät in dieses Metier gewechselt. Davor hatte ich einen Lehrstuhl.«

»Für Theologie?«

»Für Biochemie.«

Christopher schaute sie ungläubig an. »Für Biochemie?«

»Ja. An der Cornell University. Ich hatte mich auf Paläobiologie spezialisiert. Urzeitliche Skleroproteine.«

»Cornell? An der Fakultät in Manhattan?«

»Du kennst sie?«

»Ich war an der Columbia University, einmal quer durch den Central Park. Zumindest ein paar Semester lang. Freunde von mir waren in Cornell.« Seine Augenbrauen zogen sich zusammen. »Was ist passiert?«

Pope sah geradeaus. Lange gingen sie schweigend nebeneinander her. »Mein Mann und ich ... wir hatten es lange mit Kindern versucht, über fünfzehn Jahre. Ich war eigentlich schon zu alt für eine Schwangerschaft, aber am Ende hat Gott uns dann doch noch für unsere Geduld belohnt.« Sie stockte. »Oder bestraft, wie mein Mann meinte. Isaac war ... anders, ja, aber ich habe unseren Sohn nie als Bürde erlebt – auch wenn meine Ehe daran zerbrochen ist und schließlich meine Karriere. Hier habe ich mit Hilfe meiner Eltern einen Neuanfang gewagt, fernab der Großstadt, wo er stets so viele Blicke auf sich zog.«

Christopher wusste nicht, wie er darauf reagieren sollte. »Es tut mir leid«, sagte er schließlich – und meinte es auch so. Für einen Moment war sein Hass auf sie verschwunden, und erst, als er sich an Max erinnerte, an Soma und Jamie, und an das, was Pope mit ihnen allen gemacht hatte, stieg so etwas wie grimmige Befriedigung in ihm auf, darüber, dass auch diese Frau in ihrem Leben Leid erfahren hatte. Und doch, was hätte er dafür gegeben, wenn sich seine eigenen Eltern so liebevoll um ihn gekümmert hätten wie Pope um ihren Sohn, anstatt ihn zu verlassen, so wie es der Vater dieses Jungen getan hatte?

Christopher schüttelte sich unwillkürlich.

»Er war ein blitzgescheiter Junge, trotz allem. Schlagfertig. Ein Idealist, und genauso stur wie seine Mutter.« Pope sah ihn an, mit einem verklärten Blick. »Er wollte auch nach Columbia, so wie du. Die Noten hätten gepasst, aber sie haben ihn trotzdem nicht genommen. Und so ist er bei mir geblieben.«

Christopher brauchte die Frage nicht laut zu stellen.

»Nachdem all diese Dinge mit der Welt geschehen sind, wollte ich das hier mit ihm zusammen aufziehen. Ich wollte eine Zukunft schaffen, für uns.« Pope stockte, holte tief Luft. »Ich war hart, vielleicht zu hart, zu mir selbst, zu anderen. Ich habe alles versucht, um ihn zu beschützen, ihn von allem da draußen abzuschirmen. Er hat angefangen, mich dafür zu hassen. Er hat mir nicht mehr in die Augen gesehen, mir vorgeworfen, mich verändert zu haben, ein ›selbstgefälliges Arschloch‹ geworden zu sein. *Ich* gehöre ausgepeitscht, nicht die von mir Verurteilten, das war das Letzte, was er zu mir gesagt hat. Dann ist er gegangen, mit den anderen.« Sie setzte zu einem Lächeln an, doch das Lächeln brach. Sie sah von ihm fort. »Sie wollten zu einer Marinebasis in Seattle. Sie dachten, sie seien früh genug dran, um das zu schaffen. Zwei Leute sind schließlich zurückgekommen, verletzt und völlig verstört. Isaac war nicht dabei.« Sie blieb stehen, starrte auf den Boden zu ihren Füßen. Plötzlich sah sie zu ihm auf. »Weißt du, was das Schlimmste an alledem ist? Mein Sohn war im Recht. Ich habe mich verändert, und sicher nicht zum Besseren. Und ich bin dazu verdammt, eine Maske aufzusetzen und damit weiterzumachen, so lange, bis wenigstens die anderen hier in Sicherheit sind. Und wenn ich mir schon anmaße, mich zum Richter und Henker aufzuschwingen, dann verdiene auch ich einen Teil der Strafe, eine Strafe, die mir die Versuchung nimmt, allzu diktatorisch zu herrschen, oder mich im Mindesten für meine Verfehlungen büßen lässt.«

Und plötzlich zerrte eine ganze Reihe von widersprüchlichen Emotionen an Christopher. Er war erleichtert, dass er sich keine Reaktion zurechtlegen musste, als zwei Männer auf sie zustürmten, und sie prompt mit Berichten zu den Bewässerungspumpen und der Instandhaltung eines verlassenen Wasserkraftwerks bombardierten. Pope lächelte, begrüßte beide mit vollem Namen. Ihr sanfter Tonfall und ihre blumige Sprache waren zurück, als hätte sie einen Schalter umgelegt. Sie ließ sich prompt in ein detailliertes Gespräch verwickeln, zu dem Christopher wenig beizutragen hatte. Ein kleiner Wink von ihr, und er war entlassen.

Den Rest des Tages konnte sich Christopher kaum auf seine Arbeit konzentrieren, und es wurde nur noch schlimmer, als Mtoto wieder an seiner Seite war, ohne dass er hätte frei reden können. Er war froh, als er endlich zurück in ihrem kleinen Zimmer war, doch anstatt alles gleich zu berichten, setzte er sich auf das Bett und schwieg, bis Max förmlich aus ihm herauspresste, was ihm auf der Seele lag.

Danach waren alle drei ganz still. Max hatte sich hinter Mtoto gestellt und angefangen, ihr eine Locke nach der anderen ihres Azontos zu drehen – nachdem Mtoto der Meinung war, dass sie mittlerweile genug Übung hatte, um ihre Frisur »vielleicht endlich einmal nicht zu zerstören«.

Schließlich war es Mtoto, die das Schweigen brach. »Sie mag dich.«

»Was soll das denn heißen?«

Max übernahm für Mtoto. »Dass sie einen Narren an dir gefressen hat. Warum sonst sollte sie dir all das erzählen?«

»Vielleicht, weil ich mich hier so langsam unverzichtbar mache? Vielleicht tut sie so etwas ja mit allen ihren Vertrauten?«

Max schüttelte den Kopf. Sie ließ von Mtoto ab, setzte sich neben Christopher auf die Bettkante. »Nein. Nach allem, was du erzählt hast, habe ich eine andere Theorie: Du erinnerst sie an ihren Sohn. Das Alter passt in etwa, und du warst da, wo er hinwollte, in Columbia.« Jetzt grinste sie. »Und du hast die gleiche Sturheit.« Sie lehnte sich etwas zurück, ließ die Beine über die Bettkante baumeln, knuffte ihn in die Seite. »Pass bloß auf, dass das nicht auf Gegenseitigkeit beruht. Stockholm-Syndrom und so.«

Max hatte es als Scherz gemeint, aber Christopher war nicht zum Lachen zumute.

»Das ist doch super«, sagte Mtoto, »dass sie dich mag! Das kannst du doch ausnutzen, oder? So tun, als ob du sie auch magst. Damit sie dir traut.«

Auch Max hatte dieses unheilvolle Lächeln auf den Lippen. »Das könnte in der Tat funktionieren. Wer weiß, welche Optionen sich uns dadurch erschließen, wenn du dir ihr Vertrauen erschleichst. Und welche Fallen wir noch so entdecken. Ich glaube eh, dass hier mehr vor sich geht, als Pope uns wissen lässt.« Sie räusperte sich, sprach lauter, um den gerade vorbeiratternden Zug zu übertönen, einer derjenigen, die Pope ungehindert passieren ließ. »Drüben in Sandpoint, der Stadt, die ja angeblich verlassen ist, steigen immer wieder Rauchwolken auf, und ich habe auch schon ein paarmal so etwas wie Maschinengeräusche gehört. Ein unkontrolliertes Feuer ist das jedenfalls nicht. Wir brauchen mehr Informationen und einen neuen Plan – gerade dann, wenn hinter ihrem Wahnsinn wirklich so viel System steckt – und da kommt deine Chance wie gerufen. Ein Geschenk des Himmels, könnte man sagen.«

Christopher verzog das Gesicht. So leicht, wie sie sich das ausmalte, würde es nicht werden. Bis jetzt hatte er sich ja trotz aller Offenheit Popes kaum getraut, aktiv etwas aus ihr herauszukitzeln.

Max sah seinen Blick, rollte amüsiert mit den Augen. »Hey! Wir verstellen uns doch alle drei, seit Tagen schon! Also, wenn du Mitleid mit dieser armen alten Dame haben solltest oder mit dir selbst, weil du ihr zu tief in ihren dürren Hintern kriechen musst, dann denk einfach an Soma oder die höllische Kraterlandschaft auf meinem Rücken.« Ihre Augen funkelten. »Das sollte helfen.«

Christopher nickte. Sie hatte natürlich recht. »Das schaffe ich, versprochen.« Er legte Max einen Arm um die Schulter, so vorsichtig, dass er ihr damit nicht weh tat. »Wir werden hier schon rauskommen.«

Sie lehnte sich an ihn, ein Lächeln auf ihren Lippen. »Und wenn wir dafür einen Papst aus dem Weg räumen müssen.«

Doch leider zerschlug sich Christophers Hoffnung auf eine weitere Audienz – zu rasant wuchs ihre Gemeinschaft. Trotz Gerüchten über Luftangriffe auf Brücken und Passstraßen waren immer mehr Sperren durchbrochen worden, und die verbliebenen Sender berichteten nun zunehmend die Wahrheit, oder das, was sie dafür hielten. Der daraus resultierende Ansturm auf den Straßen war gigantisch, selbst hier, fernab der Interstates. Fast im Minutentakt fuhren Busse und Lkw auf der Straße zwischen ihrer Gemeinde und den Eisenbahngleisen vorbei – und mit ihnen alle weiteren Gefährte, die mit wenig Benzin viele Menschen nach Westen bringen konnten. Die

Sitzplätze in den Bussen waren oft doppelt oder dreifach belegt, so dass die Scheiben selbst in der prallen Mittagssonne noch beschlugen. Schlimmer waren die Lkw, an deren Seiten sich die Menschen klammerten, mit apathischem Blick und verdreckten, zerrissenen Klamotten. Christopher wollte sich nicht vorstellen, wie die Verlierer aussahen, wenn dies diejenigen waren, die noch nicht ihre Kraft verlassen hatte.

Nicht wenige der Gefährte blieben liegen, mit Motorschäden oder aus Benzinmangel. In diesen Fällen waren Popes Leute stets rasch zur Stelle, um die Flüchtlinge mit Wasserflaschen in ihre Gemeinde zu locken. Doch egal wie sehr das Pope gegen den Strich gehen mochte: Den Großteil der Fahrzeuge mussten sie passieren lassen. Entsprechend wurde rund um die Hauptstraße ein breiter Korridor definiert, in dem sich außer Blautüchlern tagsüber niemand aufhalten durfte, damit keiner, der einmal in Popes Fänge geraten war, auch nur auf die Idee kam, sich an diesem Exodus zu beteiligen. Nachts und in den Randzeiten, wenn der Flüchtlingsstrom kleiner wurde, änderte sich diese Order, und Popes Leute begannen, eine flüchtige Straßenblockade zu errichten und so viele Leute wie möglich zu dem hastig errichteten Verwaltungszelt hinter der Maschinenhalle zu führen.

Doch irgendwann ging auch das nicht mehr, weil der Strom nachts auf dasselbe Maß anschwoll wie tagsüber. Selbst auf Fahrrädern und zu Fuß kamen nun Menschen an ihnen vorbei. Ein Mann mit durchgelaufenen Turnschuhen und Micky-Mouse-Rucksack brannte sich in Christophers Gedächtnis ein. Seine Wangen waren eingefallen, doch an seinem Bauch war zu erkennen, dass er noch vor ein paar Monaten eine erhebliche Leibesfülle gehabt haben musste. Nun musste er mit einer Hand seine Jogginghose festhalten, damit sie ihm nicht bis zu den Knöcheln rutschte. Und so ging er durch die Nacht, auf dem linken Randstreifen, einen Fuß vor den anderen setzend, den Blick starr auf den Boden gerichtet. Er wehrte sich nicht, sah nicht einmal auf, als zwei Blautüchler ihn links und rechts einhakten, und ihn zu den Zelten führten.

Wie ihm ging es vielen, und nur an dieser Erschöpfung und der anfänglichen Dankbarkeit der Flüchtlinge konnte es liegen, dass Pope noch immer die Kontrolle über ihre Gemeinde zu behalten schien.

Aus Hunderten waren längst Abertausende geworden, als Pope doch wieder bei Christopher vorbeisah, mit tiefen Augenringen, aber dasselbe sanfte Lächeln auf den Lippen, das sie auch sonst zur Schau trug, allen Schwierigkeiten zum Trotz.

Sie passte ihn am nördlichen Bahnübergang ab, zwischen der Maschinenhalle und dem Farmland dahinter, wo Christopher gerade die Feldarbeiter einteilte, viele von ihnen Schulkinder, Hausfrauen, Rentner. Ein Junge mit Zahnspange und Sommersprossen war darunter, vielleicht zwölf, dreizehn, der bitterlich weinte, als Christopher ihm erklärte, was er die nächsten Wochen tun würde, und sich selbst von Mtoto kaum trösten ließ. Christopher war selten so erleichtert gewesen, aus der Arbeit gerissen zu werden.

Mit langsamen Schritten führte Pope ihn in der Nachmittagshitze nach Süden, vorbei an langen Reihen hastig errichteter Blockhütten, vor denen Hunderte Arbeitsuniformen in einem dichten Netz aus Wäscheleinen hingen, vorbei an Gemüsegärten, dort, wo sich bis vor kurzem typisch amerikanische Vorgartenrasen befanden. Vor ihnen querten – von zwei Blautüchlern begleitet – Dutzende Menschen die Straße, trugen und schoben Holz, Kisten voller Nägel und Werkzeuge auf die große Wiese zu ihrer Rechten, auf der gerade durch die Arbeit von mehr als hundert Männern aus Brettern und Stoffbahnen ihre bisher größte Unterkunft entstand. Von dem Campingflair der Vier-Mann-Zelte, die sie bisher verwendet hatten, war das hier so weit entfernt wie ein UN-Flüchtlingslager von einem Pfadfindercamp. Am Ende würde die Plane hier zwei Hektar Land überspannen, ein perfektes Quadrat, mit Platz für mehr als dreitausend Menschen – sofern diese keinerlei Wert auf Privatsphäre und Komfort legten.

Vor dem Eingang war nach Christophers Plänen eine Art Begrüßungscenter entstanden, nur dass die Rezeptionisten nicht allzu zuvorkommend auftraten, wenn sie ihren Gästen Wasser, Nahrung, Kleidung, Arbeitsaufträge und gelegentliche Informationshäppchen über die Situation an der Westküste zukommen ließen oder sie zu den chemischen Klos direkt auf dem Gelände oder den Toiletten in den umliegenden Fabrikgebäuden schickten.

»Die Zelte sind für den Moment ein guter Schutz gegen Sonne und Regen«, sagte Christopher, während sein Blick über die Planenlandschaft streifte. »Aber sobald der Winter kommt, werden sie sich zu einem echten Problem entwickeln.«

Er nahm sich vor, häufiger solche Kommentare fallenzulassen, um zu suggerieren, dass er so langsam auch mit einer Zukunft nach der Wand rechnete.

Pope lächelte. »Daran arbeiten wir, glaube mir.« Ihr Blick fiel nach Südwesten, wo wieder Rauchsäulen in die Höhe stiegen, geordnet, als kämen sie aus den Schornsteinen von Industriegebäuden. »Unmittelbar nach der Ankunft der Wand werden wir den Punkt erreicht haben, an dem wir Sandpoint freigeben können. Mit der richtigen Belegungsstrategie bietet die Stadt Raum für zehn- bis zwanzigtausend Menschen.«

»Was soll das heißen: freigeben?«

»Menschen in die Häuser einziehen lassen.«

»Und die bisherigen Besitzer?«

»Die meisten sind längst geflohen, genau wie hier in Kootenai. Und viele von denen, die geblieben sind, stehen uns sehr wohlwollend gegenüber.«

»Aber warum dann überhaupt all das hier?« Er deutete auf die Zelte zu ihrer Rechten, auf zwei Männer, die gerade inmitten des emsigen Treibens einen lautstarken Streit vom Zaun brachen – der eine beschuldigte den anderen, seine Essensrationen gestohlen zu haben, was dieser vehement bestritt –, ehe zwei mit Schlagstöcken bewaffnete Blautüchler dazwischengingen.

»Warum kannst du sie nicht jetzt schon dorthin lassen?«, fragte Christopher. »Dann hocken sie nicht gar so eng aufeinander. Dann passiert auch nicht so etwas.«

Pope schwieg.

»Hast du Angst, sie dann nicht mehr ausreichend kontrollieren zu können?«, fragte Christopher.

Diese Angst wäre jedenfalls durchaus berechtigt. Gestern erst hatte ein Mann bei seinem Fluchtversuch einem anderen ein Taschenmesser in den Arm gerammt. Auch wenn sich hartnäckig das Gerücht hielt, dass in Wahrheit der zweite der eigentlich Flüchtende war – und dass sich dieser aus Verzweiflung selbst verletzt hatte, nur um dem anderen den Schwarzen Peter zuschieben zu können.

»Das auch, ja«, antwortete sie.

»Aber das ist nicht alles, oder?« Christopher reckte sein Kinn. »Was hat es mit Sandpoint auf sich? Warum sind die Gleisanlagen für uns tabu?«

Sie schwieg wieder.

»Wie soll ich deiner Meinung nach meine Arbeit machen, wenn ich die Hälfte nicht weiß?«

Das erregte ihre Aufmerksamkeit. Sie sah zu ihm herüber, musterte ihn interessiert. Dann schaute sie wieder nach vorn.

»Beizeiten werde ich das alles erklären. Das verspreche ich dir.«

Ein Schrei, von rechts hinten. Die beiden Kontrahenten hatten sich losgerissen, gingen nun mit Fäusten aufeinander los. Andere Leute strömten dazu, stiegen scheinbar wahllos auf beiden Seiten in den Kampf ein.

Die zwei Blautüchler brüllten und zerrten, doch sie waren bald chancenlos. Andere Blautüchler rannten dazu, zwei von ihnen mit Pfeifen im Mund, fast wie britische Bobbys. Doch erst als eine der Patrouillen dazustürmte, mit Pistolen bewaffnet, und einen Warnschuss in die Luft feuerte, hielt die Meute inne und zerstreute sich schließlich – bis auf die beiden ursprünglichen Kontrahenten, die nun unter Brüllen und Treten und unter den Augen von Hunderten Zuschauern von einer ganzen Reihe Blautüchler abgeführt wurden. Christopher musste nicht nachfragen, was mit ihnen geschehen würde.

»Sie kennen die Regel«, sagte Pope. So nüchtern es klang, so leise sprach sie dabei, und Christopher sah das Grauen in ihren Augen angesichts dessen, was damit auch auf sie zukam.

»Wie viele?«, fragte Christopher.

»Eine Verurteilung gestern. Zwei weitere am Tag davor.« Sie fuhr sich über ihren Rücken, ihre Schulterblätter, und doch zuckte sie nicht zusammen. Wie konnte sie diesen Wahnsinn so gut wegstecken, überhaupt so lange durchhalten?

Pope sah die Verständnislosigkeit in seinem Blick. »Es ist die mit Abstand effektivste Art, um meine Machtposition zu wahren, und meine Glaubwürdigkeit. Indem ich täglich von neuem demonstriere, wie wichtig mir diese Gemeinschaft ist. Dass ich diese Strafen nicht leichtfertig ausspreche, dass ich einen Preis zahle für all das, was ich mir anmaße.« Sie lächelte schwach. »Ich maße mir trotzdem noch genug an, keine Sorge. Ehrlich gesagt, überlege ich sogar schon seit einer Weile, ob ich dieses System ausweite, damit jeder seinen Nächsten für Verfehlungen selbst zur Rechenschaft ziehen kann – so er auch selbst die gleiche Strafe erduldet. Ab und an arbeite ich derzeit an einem kleinen Buch, das dieses neue System im Detail beschreibt, und wie es uns erfolgreich durch die Welt hinter der Wand führen kann. Einer Art *Lex Pope*, wenn du so möchtest. Hart, aber gerecht, und das alles auf einer sehr direkten, sehr persönlichen Ebene.«

Ein paar völlig verschwitzte Frauen in Arbeitskleidung schoben Schubkarren an ihnen vorbei, musterten aus den Augenwinkeln Christopher und seine sauberen Klamotten, gleichermaßen Angst wie Hass im Blick. Christopher schauderte, mühte sich, jeden Augenkontakt zu vermeiden, stattdessen zu Pope hinüberzuschauen. »Die Verurteilungen sind nicht dein größtes Problem«, sagte Christopher. »Die Stimmung der Flüchtlinge ist es. Du hast das Glück, dass sie zerstritten sind, und fluchtmüde, aber das Klima wird immer rauher und die Versorgungslage kritischer. Es ist nur eine Frage der Zeit, bis sich die entstehenden Aggressionen gegen dich richten, das weißt du. Die Zahl der Menschen verdoppelt sich alle drei Tage. Alle drei Tage! Und deine Blautüchler sind dünn gesät. Du hast selbst gesehen, wie schwer es ihnen fällt, noch für Ordnung zu sorgen. Nun stell dir vor, was passiert, wenn sich all diese Menschen zusammentun – und deine Leute ihre Waffen auf Kinder richten.«

»Was willst du mir sagen?«

»Dass du hier versuchst, ein Apartheitsregime zu installieren. Das geht vielleicht gut, wenn die Unterdrückten eine Minderheit darstellen, oder meinetwegen eine knappe Mehrheit. Aber das hier? Die nähern sich den neunundneunzig Prozent!«

»Ich denke, du unterschätzt meine stillen Reserven. Aber nehmen wir einmal an, du hättest recht: Was würdest du an meiner Stelle tun?«

Christopher sah ihr in die Augen. »Mehr Verantwortung abgeben. Mehr Leuten trauen, das Ganze auf eine breitere Basis stellen, bevor das alles hier in sich zusammenbricht.«

Der Anflug eines Lächelns huschte über ihre Lippen. »Aber genau das tue ich doch bereits, im ganz großen Stil sogar. Dafür habe ich privilegierte Helfer wie dich. Menschen, die sich aus den ersten Flüchtlingsgenerationen rekrutieren, aber irgendwann durch ihre Arbeit für mich eine solche Mitschuld auf sich laden, dass die breite Masse sie fürchten und nicht mehr als einen der ihren akzeptieren wird.« Die Andeutung eines Blickes zurück zu den Frauen, die ihnen entgegengekommen waren. »*Kollaborateure* eben, nach jeder Bedeutung des Wortes.«

Christopher sah sie entgeistert an. Er war nie im Leben ein Kollaborateur! Er tat das alles nur, um irgendwann, irgendwie ... da konnte es doch nicht wirklich sein, dass die Neuankömmlinge ihn als Teil des Systems wahrnahmen? »Das ist Manipulation, kein Vertrauen. Aber nur mit Vertrauen wirst du die Leute wirklich auf deine Seite bringen. Leute wie mich.« Er kniff die Augen zusammen. »Du könntest zum Beispiel damit anfangen, indem du mir erzählst, was ihr mit den Leuten in Sandpoint gemacht habt. Oder in der Gemeinde hier. Ich kann nämlich schwer glauben, dass die Leute aus Kootenai in derart großer Zahl geflohen sind.« Er breitete die Arme aus. »Wir sind drei Wochen quer durch die Staaten gefahren. Die Leute waren verängstigt und eingeschüchtert, aber fast keiner hatte seine Heimat verlassen. Du kannst mir schlecht erzählen, dass das hier derart anders abgelaufen ist.«

Sie lächelte noch immer. »Und doch tue ich das.« Sie nahm ihn am Arm, zeigte auf ein Haus in der Nähe der Hauptstraße, nicht weit von der Grundschule und Christophers eigener kleiner Wohnung entfernt. »Siehst du dieses Gebäude?«

Christopher nickte.

»Das Haus beherbergt jetzt neben mir noch zwei Flüchtlingsfamilien aus Macon, Georgia, doch es gehört eigentlich Simon Gavril. Simon war im Stadtrat von Sandpoint. Er hat letztendlich dafür gesorgt, dass so viele geflohen sind.«

»Und wie hat er das bewerkstelligt?«

»Sein Stiefbruder arbeitet für die Regierung, als hoher Beamter im Verteidigungsministerium. Durch ihn wussten wir schon früh von der Fälschung.«

»Und ihr habt euch einfach darauf verlassen?«

»Nicht nur darauf. Simon hat dadurch angefangen, nachzuforschen. Er ist dabei auf Leute gestoßen, im Internet. Ein Name ist ihm immer wieder begegnet ...«

Christopher beendete den Satz: »Vox Veritatis.«

Pope nickte. »Simon hat schließlich den Kontakt hergestellt.«

»Ihr habt ihn kennengelernt?«

Ihr Lächeln wuchs in die Breite. »Nicht ihn. Vox Veritatis ist eine Frau. Aber diesen Fehler machen viele. Jedenfalls hat *sie* uns so viele Indizien geschickt, dass die Fälschung nicht mehr zu leugnen war. Der Stadtrat hat die Informationen an die Menschen in der Umgebung weitergegeben, unter der Hand, um nicht zu viel Aufmerksamkeit auf uns zu lenken.« Ihr Blick wurde härter. »Ich habe flehentlich gekämpft, dieselben Argumente gebracht, die auch ihr schon gehört habt. Dass sie es nicht schaffen würden, dass wir vertrauen müssen, die veränderte Wirklichkeit akzeptieren, uns auf sie vorbereiten, um zu überleben. Doch nichts davon hat sie umstimmen können.«

»Was ist passiert?«

»Fast alle sind sie gegangen, zu den großen Häfen, nach Seattle, nach Astoria, nach Oakland, in Fahrgemeinschaften, um Benzin zu sparen, Schmuck zum Tauschen in den Taschen. Dreieinhalb Wochen ist das nun her. Hätte ich sie hindern können ... ach! Was uns blieb, das war der verschreckte Rest, die Ängstlichen, die Stoischen – und die Überzeugten, Menschen wie Thiago. Er hat mir die Kraft gegeben, meinen Plan durchzusetzen, Isaac zuliebe. Zweiundvierzig waren wir am Anfang.« Sie zwinkerte ihm zu. »Diese Zahl habe ich als gutes Omen gesehen. Wir sind zusammengezogen, in die Häuserreihe neben der Grundschule, haben angefangen, uns um die Felder zu kümmern. Aber wir waren zu wenige, und wir hatten keinerlei landwirtschaftliche Expertise. Wir brauchten Hilfe. Und wir waren überzeugt davon, dass andere im Gegenzug *unsere* Hilfe brauchten. Die hiesigen Voraussetzungen waren perfekt: fruchtbares, einsames Land, saubere Flüsse, ein Wasserkraftwerk aus den Fünfzigern mit robusten Generatoren, leer stehende Gebäude, eine funktionierende Infrastruktur. Zugleich ist Sandpoint das Eldorado schlechthin für Eisenbahnfans; drei der wichtigsten Ost-West-Verbindungen der USA treffen sich hier.« Noch ein Zwinkern. »Ich habe Züge schon als kleines Mädchen geliebt. Und nun brachten sie uns Menschen, Menschen, die unsere Hilfe genauso dringend brauchten wie wir die ihre. Wir wuchsen rapide. Doch bald schon kamen auch Leute, die nicht bleiben wollten. Die die Gemeinschaft gegen uns aufwiegelten. Wir brauchten Regeln. Den Rest kennst du.«

Vor ihnen querte jemand die Straße. Ein altes Ehepaar, beide mindestens siebzig, sein edler Mantel und ihre Ausgehschuhe über und über mit Staub bedeckt. Neuankömmlinge der letzten, besonders notleidenden Welle. Und dennoch, aufgegeben hatten sie sich nicht. Sie musterten Pope und Christopher mit klaren Augen und gingen aufrecht, fast trotzig an ihnen vorbei.

Pope lächelte in ihre Richtung, und schien dabei doch Christopher zu beobachten. »Stets staune ich, wie viel die Menschen zu erdulden und zu ertragen in der Lage sind. Und trotzdem schaffen sie es immer wieder von neuem, sich aus Arroganz und Sturheit selbst an den Rand des Untergangs zu bringen. Ich fürchte, auch das ist zutiefst menschlich.«

Sie sah in die Ferne. »Ein alter Freund und Kollege von mir ist seit einiger Zeit in Mexiko auf einer Ausgrabung. Er forscht über mesoamerikanische Protozivilisationen, die Vorläufer der Mayas und Azteken, seit Jahren schon. Und in den letzten Wochen machte er die Funde seines Lebens. Eine absolute Weltsensation, wenn die Welt an so etwas jetzt noch Interesse hätte: steinerne Tempelanlagen, Bewässerungssysteme und Klingen aus Obsidian, viertausend, manche sogar sechstausend Jahre älter als alles, was bislang entdeckt wurde. Ein völlig unerklärlicher Zivilisationssprung nach Jahrzehntausenden altsteinzeitlicher Stagnation, hin zu einer Hochkultur, die offenbar gleich mehrfach verschwand, durch Krankheiten und Seuchen, durch Klimaänderungen und Kriege, und sich mehrfach wieder emporgekämpft hat.« Eine kurze Pause. »Wir verstehen längst nicht so viel, wie wir zu verstehen glauben, Christopher. Und das nicht erst seit dieser Wand. Wer weiß, wie sprunghaft unsere Geschichte verläuft, wie viele solche Katastrophen die Menschen bereits erlebten – und irgendwie auch überstanden?«

Wollte sie ihn nun mit Analogien auf ihre Seite ziehen? Christopher ging nicht darauf ein, schüttelte den Kopf. »Warum sollte jemand überhaupt noch an so etwas forschen? Ausgerechnet jetzt?«

»Gerade jetzt! Die Bedingungen waren nie besser. Die extreme Dürre hat den Wasserspiegel der Seen fallen lassen, an deren Ufern mein Freund gräbt. Und die neue mexikanische Regierung hat in Vorbereitung auf die Wand die einst so gefährlichen Kartelle in der Region praktisch ausgemerzt.« Pope lächelte ihn an. »Du wunderst dich, warum er nicht längst fort ist? Aus demselben Grund wie das ältere Paar eben: weil er nicht aufgibt. Weil wir alle nicht aufgeben. Ich muss gestehen, seinen Idealismus und seinen Glauben an den Sinn seiner Arbeit finde ich zutiefst inspirierend.«

Idealismus! Dieses Wort, aus ihrem Mund. Christopher empfand etwas ganz anderes als Inspiration. Warum zum Teufel erzählte sie ihm all das überhaupt?

Ohne Vorwarnung klopften ihre dürren Finger gegen seine Schulter, dreimal, viermal.

»Re-si-li-enz«, sagte Pope. »Resilienz, Christopher, die haben wir. Auf unsere Widerstandsfähigkeit können wir uns verlassen. Es mangelt unserer Spezies an etwas anderem. An Nachhaltigkeit. An Demut. An langfristigem Denken.« Sie streckte ihre Hände aus. »Sieh dich doch um! Die völlig unzweckmäßige Abendgarderobe dieses Paares. Die Sturheit meines alten Freundes. Unsere Geschichte als Spezies! Wie viele goldene Zeiten mögen uns verloren gegangen, aus unserem kollektiven Gedächtnis verschwunden sein, weil wir immer und immer wieder dieselben Fehler begehen?« Pope blieb stehen. Ihre Augen waren kalt geworden. »Worauf ich mit alledem hinaus möchte: Die Menschen treffen nicht von sich aus die harten Entscheidungen, die manchmal nötig sind. Erst

dann, wenn es fast zu spät ist.« Eine kurze Pause. »Wir können den Menschen so unglaublich viel Leid ersparen, wenn wir ihnen diese Bürde abnehmen, sie zu ihrem zukünftigen Glück zwingen, indem wir sie nicht länger vor gegenwärtigem Unglück beschützen.«

Christopher hätte um ein Haar laut geschnaubt. Oder sie einfach aktiv in gegenwärtiges Unglück stoßen, dachte er.

Popes durchdringender Blick hielt ihn davon ab. »Bist du bereit, dafür zu kämpfen?«

Christopher zögerte.

»Bist du bereit?« Ihre Stimme wurde nicht schärfer, aber Christopher spürte, dass dies einer der Momente war, in denen er ihr nicht die Stirn bieten durfte.

»Ja«, sagte er. »Ja, ich bin bereit.«

Und das war noch nicht einmal gelogen. Er war tatsächlich bereit. Bereit, alles zu tun, was sie von ihm verlangte – wenn es ihm nur half, Max und Mtoto sicher von hier fortzuführen …

Etwas knackte. Pope griff in eine weite Tasche ihrer Robe, zog ein Funkgerät hervor. Christopher hatte nicht gewusst, dass sie so etwas überhaupt bei sich trug. Wozu gab es dann die vielen Boten?

Christopher verstand kein Wort von dem, was die Frauenstimme am anderen Ende sagte, nur Popes Reaktionen. »In Ordnung … zwei Teams, auf beiden Seiten des Bahndamms … nicht mehr … achte bitte darauf, die Flanken nicht zu weit zu öffnen … und beordere bitte zwei weitere heran, aus Sandpoint, für alle Fälle.«

Pope beschleunigte ihren Schritt, hielt auf die Gleise im Süden zu.

»Was ist los?«, fragte Christopher.

»Ein Zug.«

»Heute sind doch schon zwei Züge durchgerauscht. Unbehelligt.«

»Das ist der Richtige.«

»Der Richtige? Für was? Woher weißt du das?«

Einen Augenblick schien es, als würde sie auf die Frage nicht antworten. Dann nickte sie ihm leicht zu. »Ich verfüge über ein Netzwerk von Späherinnen, an jeder der drei Strecken. Die Frau, mit der ich eben sprach, ist auf einem Hügel am Idaho Golf Club stationiert, ein paar Meilen östlich von hier. Ein herrliches dreizehntes Loch übrigens, gerade im Herbst.« Pope holte eine Uhr aus der Tasche. Was trug sie noch alles mit sich herum? »Wir haben noch sechs Minuten. Das reicht.«

Es reichte tatsächlich. Als sie die Straße überquerten, konnte Christopher den heranrumpelnden Zug hören, und als sie die sandige Wildwiese betraten, die Christopher von ihrer Ankunft hier nur zu gut in Erinnerung geblieben war, hatte sich das Geräusch bereits in das grässliche Quietschen von Bremsen verwandelt. Vier knallorange Diesellokomotiven erschienen in seinem Blickfeld, aus Richtung der Berge, der Unwetter, gefolgt von unzähligen, wie an einer Kette aufgefädelten Containerwagen. Kein einziger Flüchtling klammerte sich an sie. An den Radsätzen der Loks stoben Funken auf, doch der Zug brauchte erstaunlich lange, um seine restliche Geschwindigkeit zu verlieren. Ächzend kam er schließlich zum Stehen, keine zwanzig Meter von der Stelle entfernt, an der ein einsamer Blautüchler zwischen zwei kleinen Wäldchen mitten auf den Gleisen mit den Armen fuchtelte.

Der Zug war etwas an ihnen vorbeigefahren. Christopher und Pope hatten noch gut fünfzig Meter Wiese zwischen sich und den Loks. Pope stapfte los, quer über die vielen sandigen Hügel, Christopher folgte ihr. Währenddessen stiegen zwei Soldaten aus, begannen aufgeregt mit dem einsamen Blautüchler vor ihnen zu diskutieren.

Und dann veränderte sich etwas in der Art, wie sie sich hielten. Ein mulmiges Gefühl breitete sich in Christophers Magengrube aus, noch bevor die Soldaten ihre Waffen hoben, noch bevor sich die Türen der anderen drei Lokomotiven öffneten. Er rempelte Pope von hinten an, stieß sie zu Boden, hinter einen der kleinen Sandhügel, just in dem Moment, als reihenweise weitere Soldaten aus dem Zug sprangen und das Feuer eröffneten. Auf den Mann vor ihnen, auf Christopher und Pope. Kugeln zischten eine Handbreit über ihrem Kopf vorbei, Fontänen stoben rings um sie auf, beregneten sie mit Sand und Dreck.

Christopher presste sich eng an den Boden, direkt neben Pope, verfluchte sich bei der Gelegenheit dafür, dass er sie gerettet hatte. Er hielt die Arme schützend über den Kopf, versuchte, sich umzusehen. Der Erdwall war kaum zwei Meter breit. Fuck. Das bedeutete, dass sie hier festgenagelt waren. Und sobald die Soldaten weiter ausrückten …

Die Salven wurden lauter, härter.

Er würde hier sterben. Nicht neben Max. Neben dieser Frau.

Nein. Er durfte jetzt nicht den Kopf verlieren. Vielleicht konnte er mit den Soldaten verhandeln. Ihnen klarmachen, dass er auf ihrer Seite war. Wobei es nicht so wirkte, als ob sie überhaupt eine Seite kannten. Oder ihn auch nur ausreden lassen würden.

Der Kugelhagel schien sich auf einen Schlag noch mal zu verdoppeln. Doch irgendetwas war anders. Der Klang, die Richtung. Dutzendfach, hundertfach ertönte ein metallisches Pling, so, als ob die Kugeln auf eine Stahlwand treffen würden. Zugleich ertönten hässliche, satte Geräusche, von dumpfen Einschlägen, Gurgeln. Die Fontänen vor ihnen, der Kugelhagel über ihnen, all das erstarb. Und von einer auf die andere Sekunde war alles ruhig.

Es dauerte einige Zeit, ehe Christopher wagte, über den Rand ihres Erdwalls zu schauen. Und da lagen sie, die Soldaten, zu Dutzenden, viele mit dem Rücken an den Zug gelehnt, so, als würden sie schlafen. Doch die dunkelroten Flecken auf ihren Uniformen und die unzähligen silbernen Einschlagslöcher auf dem Orange der Lokomotiven sprachen eine andere Sprache. Und dann erschienen die Blautüchler, aus ihren Verstecken in den Wäldchen, zwanzig, dreißig, vielleicht noch mehr, mit Pistolen, Flinten, sogar mit Sturmgewehren. Vier von ihnen schnappten sich ihren toten Kameraden, die restlichen schauten in die Führerhäuser und gingen von Soldat zu Soldat. Einer der Uniformierten stöhnte, bewegte sich, griff nach seiner Waffe. Ein Schuss fiel, seine Hand sackte herab.

Christopher schaute entgeistert zu, starrte zu Pope hinüber, die sich mit Tränen in den Augen aufrappelte. Und plötzlich hatte seine Wut ein Ziel. »Wenn du mir mehr vertraut hättest … mir gesagt hättest, was hier passieren kann … mir eine Waffe gegeben hättest!« Er hatte nicht das Gefühl, dass das irgendetwas geändert hätte, und er hatte Angst, was es bedeuten mochte, was er da gerade vorschlug, aber jetzt war seine Chance, und die musste er nutzen, ganz und gar ohne Arschkriecherei. Er stemmte die linke Hand in die Hüfte.

»Ich glaube dir nicht, dass es dir nur um die Flüchtlinge geht. Was hat es mit diesen Zügen wirklich auf sich? Warum dürfen wir nicht nach Sandpoint? Wohin gehen alle unsere Nahrungsüberschüsse? Was wird hier gespielt?« Er richtete seinen rechten Zeigefinger direkt auf ihr Gesicht. »Wenn du möchtest, dass ich weiterhin solch eine Stütze für dich bin, dann wirst du mir verraten, was hier los ist!«

Pope schob seinen Finger zur Seite, trat einen Schritt zurück. Sie starrte noch immer mit bleichem Gesicht zu der Katastrophe, aber sie nickte.

»In Ordnung«, sagte sie. »Beim nächsten Zug bist du dabei.«

Pope hielt ihr Versprechen. Noch in Christophers Beisein befahl sie der Führerin der Wachkompanie – derselben Frau, die vor dem Auspeitschen Max' Hemd zerrissen hatte, einer gedrungenen, kräftig gebauten Person, die zunächst nach jedem von Popes Sätzen eifrig nickte, ab dem Wort »Massaker« aber nur noch beschämt zu Boden sah – Christopher und auch Max bei der nächsten Abfangaktion als Wachen zu beteiligen.

Christopher eilte zurück, um Max zu suchen. Als er sie schließlich fand, diskutierte sie gerade mit zwei Männern über einen Konstruktionsplan, der vor ihnen auf dem Tisch lag. Er musste eine gefühlte Ewigkeit warten, ehe er Max nach draußen ziehen und sie von den Neuigkeiten in Kenntnis setzen konnte. Sie hörte ihm in Ruhe zu, nickte dann grimmig. Max stand dem Ganzen nicht begeisterter gegenüber als Christopher – nicht zuletzt, weil es hieß, Mtoto einen halben Tag allein zu lassen –, aber genau wie er sah sie die Chance, die sich ihnen dadurch bot, auf neue Erkenntnisse, neue Fluchtwege. Und auf neue Zuversicht.

Es dauerte nicht lange, bis ein Laufbursche sie abholte, ihnen einen kompletten Satz frischer Klamotten übergab – Leinenhosen mit Ledergürteln sowie normale T-Shirts und Unterwäsche, kein Vergleich zu der Einheitskleidung, die sie bislang getragen hatten – und sie nach Westen begleitete, zu einer Shopping Mall auf halbem Weg in Richtung Sandpoint. Christopher war noch nie hier gewesen: Das Areal lag bereits jenseits des Gebiets, in dem sich gewöhnliche Gemeindemitglieder aufhalten durften.

»Einkaufstour?«, fragte Max, als sie schließlich auf ein riesiges Walmart-Supercenter zuhielten.

»So könnte man das ausdrücken«, sagte der Bote.

Tatsächlich waren die Regale komplett leergeräumt. Ein paar von ihnen waren in Ausrüstungsspinde umfunktioniert worden, und in einer runden Theke, wo noch immer ein kleines Schild ein Sonderangebot für einen Tablet-Computer bewarb – 49 Dollar, inklusive Guthabenkarte für App-Downloads –, hatte jemand einen Schrein für die Jungfrau Maria eingerichtet, komplett mit einer kitschigen Porzellanfigur und reihenweise Teelichtern. Ansonsten waren die Gänge völlig leer. In ihnen hätten locker Feldbetten für Hunderte Flüchtlinge Platz gefunden. Stattdessen erwartete sie hier nur die stämmige Frau von eben, die Führerin der grob dreißigköpfigen Wachkompanie, die sich ihnen knapp als Grace vorstellte – ein Name, der in Christophers Augen weder zu ihrer krummen Hakennase noch zu ihrer bärbeißigen Art passte.

Sie warf ihnen zwei Pistolen zu – wortlos, mit einem Blick, der keinen Zweifel daran ließ, dass sie keine Dummheiten dulden würde – und deutete auf eine Reihe von blauen Halstüchern, die auf einem der Kassenbänder ausgebreitet lagen. »Für die Dauer der Mission.«

Christopher zögerte, ehe er sich eines von ihnen umband und die gesicherte Waffe hinten in seine Hose steckte. Max zeigte keine solchen Sentimentalitäten, sie hatte ihr Halstuch sofort angelegt – nur das eisige Funkeln in ihren Augen zeugte davon, wie sie wirklich darüber dachte.

Dann wurden sie aus dem Gebäude gescheucht, zusammen mit dem Rest der Kompanie: Einer der Scouts hatte einen weiteren Zug entdeckt, »Öltransport, Nordwestgleis, leicht bewacht, zwanzig bis dreißig Flüchtlinge«, wie es Grace zusammenfasste.

Obwohl sie noch den Flugplatz im Norden Sandpoints überqueren mussten – jede Stadt in diesem gottverlassenen Winkel der USA schien einen solchen zu besitzen –, erreichten sie die Gleise mehrere Minuten bevor der Zug in die Gerade einbog.

Grace stellte sich mit zwei Mitstreitern direkt auf die Gleise, die Waffen verdeckt, aber griffbereit. Christopher stand gemeinsam mit Max und dem Rest des Trupps mit klopfendem Herzen hinter einer kleinen Baumgruppe ein Stück weiter gleisaufwärts.

Das Horn der Lokomotive ertönte, erst kurz, dann lang. Die Bremsen heulten auf, quietschend schlitterte der Zug auf ihre kleine Gruppe zu und kam schließlich unter einem ohrenbetäubenden Kreischen keine hundert Meter vor Grace – und somit direkt neben ihnen – zum Stehen. Christopher schauderte bei dem Gedanken, wie viel Erfahrung Popes Leute bereits haben mussten, wenn sie das so gut einschätzen konnten.

Zwei blutjunge Soldaten stiegen aus dem Führerhaus, die Dreiergruppe kam ihnen entgegen.

»Alles in Ordnung«, flüsterte einer der Männer neben Christopher, »es sind nur vier. Rookies obendrein.«

Und damit scheuchte er den halben Trupp, darunter auch Christopher und Max, ins Freie. »Kümmern wir uns um die armen Teufel da oben!«

Wen genau er damit meinte, blieb Christopher ein Rätsel, auch als sie auf dem feinen Kiesbett den Zug entlangschritten. Christopher drehte sich immer wieder um, aber wenn die beiden Soldaten vorn bei Grace etwas von ihrer Aktion bemerkten, dann ließen sie sich davon nichts anmerken.

Als das erste Gesicht, das eines unrasierten Mannes mittleren Alters, über den Rand eines der Kesselwagens lugte und sogleich wieder zurückzuckte, wusste Christopher, wonach er schauen musste. Er schritt zur Leiter, die an einer Seite angebracht war, und kletterte hoch zu einer kleinen, von einem Geländer umgebenen Plattform in der Mitte des Wagens. Und dort kauerte der Mann, kräftig gebaut, von Kopf bis Fuß tätowiert, mit Rußflecken und einem prachtvollen Wikingerbart im Gesicht. Sein Blick wanderte zwischen Christophers Gesicht und dem blauen Tuch um seinen Hals hin und her.

Christopher fuhr mit einer Hand über den weichen Stoff vor seiner Kehle. Was zum Teufel tat er hier? Für einen Moment stieg in ihm ein starker Impuls auf, sofort wieder vom Wagen zu steigen, doch als er zu Max hinübersah, die mit entschlossenen Schritten die Leiter einen Waggon weiter erklomm, wusste er wieder, warum er all das auf sich nahm.

Er lächelte, versuchte, seine Stimme so ehrlich wie möglich klingen zu lassen. »Keine Angst, du bist hier in Sicherheit.«

Der Mann schien ihm das ebenso wenig abzunehmen wie er sich selbst.

Christopher seufzte. »Bitte, lass uns dir helfen. Wir haben Wasser, wir haben Nahrung, wir haben Unterkunft.«

Der Mann zögerte. »Und was ist mit der Wand?«

»Auf die bereiten wir uns hier gemeinsam vor.« *Gemeinsam.* Er brachte das Wort kaum über seine Lippen.

»Aber … wie kann man sich darauf vorbereiten?«

Indem man eine Sekte gründete und Widerstand im Keim erstickte. »Indem man zusammenarbeitet, Grundlagen schafft. Für die Zeit danach.«

Der Mann sagte nichts, doch sein skeptischer, fast angsterfüllter Blick verriet ihn. Seine staubgrauen Hände griffen nach dem Geländer, bogen es ein paar Zentimeter nach hinten.

»Ich möchte nach Portland«, sagte er, bemüht, Festigkeit in seine Stimme zu legen. »Zu meiner Mutter.«

Fuck. *Fuck.* Er konnte das nicht tun. Christopher schloss für einen Moment die Augen, rieb sich die Schläfen. Er verfluchte sich selbst für das, was er tun würde, aber ihm blieb keine Wahl.

»Hör mir jetzt ganz genau zu«, sagte er, mit gesenkter Stimme, so dass ihn die Männer unten am Zug nicht hören konnten. »Sie werden dir keine Wahl geben. Die Leute mit den blauen Halstüchern.«

Wieder starrte der Mann an Christopher herab.

Christopher biss sich auf die Unterlippe. »Die *anderen* Leute. Die Idee ist simpel: Mach mit und du schaffst die Grundlage für ein Überleben jenseits der Wand. Mach nicht mit, weil du an ein Überleben nicht glaubst und lieber fliehen möchtest, und du wirst bestraft, so lange, bis du doch mitmachst.«

»Aber warum tut ihr mir so etwas an?«

»Nicht ich. Die.«

»Aber …?«

»Lass mich ausreden! Wenn du eine Chance haben willst, hier rauszukommen, dann spiel die Scharade mit. Rede mit niemandem darüber, heuchle Dankbarkeit, sammle deine Kräfte, halt die Augen auf und ergreife Möglichkeiten, wenn du sie siehst.«

Der Mann starrte ihn mit weit aufgerissenen Augen an.

Christophers Augen verengten sich zu Schlitzen. »Hast du das verstanden?«

Der Mann presste die Lippen zusammen. Dann nickte er, einmal nur, aber kräftig.

Christopher half ihm von dem Wagen herunter, stützte den Mann, als er zu stürzen drohte und führte ihn schließlich zu zwei anderen Blautüchlern, die unter den Flüchtlingen Wasserflaschen und Zwieback verteilten, ehe sie sie nach Osten eskortierten, in Richtung der Zeltstädte, die hinter dem Flughafen und ein paar kleinen Wäldchen verborgen lagen.

Christopher sah ihm hinterher – und hoffte inbrünstig, keinen Fehler gemacht zu haben.

Er zuckte zusammen, als Max ihm auf die Schulter klopfte. »Wir sind nach vorne beordert worden«, sagte sie. »Es geht weiter.«

Tatsächlich war der Zug gerade im Begriff, sich in Bewegung zu setzen, als sie in den Führerstand kletterten, zu Grace und ihren beiden Blautüchlern, die das Gefährt aufgehalten hatten, und drei blutjungen Soldaten, deren Blicke unschlüssig zwischen ihren Begleitern hin- und herzuckten. Christopher musste gar nicht fragen, wer hier die Kontrolle hatte – ebenso sehr, wie klar war, dass der Führerstand nicht für so viele Leute ausgelegt war. Zwischen den abgewetzten Schaltern, Hebeln und Bildschirmen des Kontrollstands und der rückseitigen Armaturenwand blieb kaum genug Platz, dass sie alle nebeneinanderstehen konnten, geschweige denn in der heißen, muffigen Luft stehen wollten.

Der Zug zuckelte mit wenig mehr als Schrittgeschwindigkeit auf dem Hauptgleis geradeaus. Der Flughafen verschwand, zu ihrer Linken tauchten an seiner Stelle ein Gleisdreieck und weitere Lagerhallen auf. Sandpoint.

Und hier war auf einmal mehr los ... viel mehr, sehr viel mehr, als sich Christopher jemals vorgestellt hätte. Blautüchler patrouillierten mit Sturmgewehren durch die Straßen. Zwischen ihnen liefen Hundertschaften Arbeiter durch die Gegend – die meisten muskelbepackte Männer mit raspelkurzen Haaren, als wären sie direkt von einer Militärbasis rekrutiert worden –, brüllten Befehle oder schleppten alles von Mehlsäcken bis hin zu Waffen von einer Halle zur nächsten. Allein hundert bis zweihundert von ihnen machten sich an einer Reihe von Güterwagen zu schaffen, die auf einem Abstellgleis standen, räumten kistenweise Dieselgeneratoren, Bauteile, Werkzeuge und andere metallisch aussehende Gegenstände aus dem Zug. Gabelstapler zuckelten auf dem riesigen, staubigen Vorplatz der Lagerhallen um sie herum, eine Vielfalt von Behältern aus Holz und Metall auf den Forken. Wie auf einer Ameisenstraße wanderten diese Güter in die größte der Hallen, wo sie sich schon bis an die Decke türmten. Nur ein paar Kisten – Rohstoffe, Werkzeuge? – wurden von Arbeitern direkt in ein weiteres, deutlich kleineres Gebäude gebracht, an dessen Seitenwand provisorische Schornsteine installiert waren. Christopher konnte nicht genau sehen, was darin vorging, aber die dumpfen Hammerschläge und die Maschinengeräusche, die nach außen drangen, und die Rauchwolken, die aus den Schornsteinen aufstiegen, ließen keinen Zweifel daran zu, dass dies die Quelle der »Aktivitäten« war, die Max an den Tagen zuvor beobachtet hatte. Ein stetiger Strom von Metallteilen jeglicher Größe – Platten, Maschinenelemente und Ersatzteile, sogar so etwas wie Eisenbahnschienen – verließ dieses Gebäude auf der anderen Seite, wo die Erzeugnisse auf etwas verladen wurden, was wie alte Militärlaster aus den Fünfzigern aussah. Und nicht nur zwei oder drei: Auf dem Parkplatz dahinter, zwischen schwarz-gelben Schulbussen und meterhohen Kegeln aus Sand und Kies, rückten weitere, fast baugleiche Gefährte in ihr Blickfeld, bis schließlich eine Armada von Hunderten, in zig

Reihen fein säuberlich neben- und hintereinandergeparkten Trucks vor ihren Augen erschien.

Christopher sah zu Max hinüber, wie in Trance, kaum fähig, seinen Schock zu verbergen. Das hier war kein Ableger von Popes Gemeinde. Das hier war ihr wahrer Kern.

Der Zug rumpelte über eine Weiche auf eines der Nebengleise. Der ranghöchste Soldat, das Gesicht noch von Akne gezeichnet, griff zitternd nach seiner Waffe. Spätestens jetzt hatte er verstanden, dass der Erdrutsch – so überhaupt einer existierte – nicht sein größtes Problem sein würde. Seine beiden Untergebenen taten es ihm gleich.

Grace hingegen schüttelte bloß den Kopf. »Das würde ich an eurer Stelle nicht machen.«

Und alle drei ließen ihre Hände wieder sinken. Ohnmächtig sahen sie zu, wie einer von Grace' Gehilfen den Bremshebel ganz nach links zog und der Zug schließlich ratternd zwischen einer Reihe von Erzwagen und einer behelfsmäßigen Verladestation zum Halten kam.

Grace bedeutete den drei Soldaten, sie nach draußen zu begleiten. Sie gehorchten ohne ein Widerwort. Christopher und Max sprangen hinterher. Noch ehe ihre Füße den Kies berührten und der Geruch nach Rauch und Metall in ihre Nase stieg, machten sich bereits die ersten von Popes Männern am Zug zu schaffen, um die Tankdeckel zu öffnen und den Füllstand der Kesselwagen zu messen. Christopher hatte fast damit gerechnet, dass sie mit einer Dutzendschaft Tankwagen anpreschen würden, doch zumindest das blieb aus. Stattdessen stand auf einmal Pope vor ihnen, so, als hätte sie sich einen Scherz erlaubt und hinter dem nächsten Pfeiler auf sie gewartet.

Grace verneigte sich sofort tief vor ihr, doch Pope beachtete sie kaum, warf ihr nur einen kurzen, strafenden Blick zu – wohl wegen des blutigen Ausgangs des letzten Zusammenstoßes –, woraufhin Grace regelrecht zusammenzuckte.

Popes Aura war wieder zurück. Die drei Soldaten starrten sie an. Pope lächelte und faltete die Hände.

»Herzlich willkommen«, sagte sie mit sanfter Stimme, »und habt keine Angst! Ihr seid hier in Sicherheit.« Sie ließ ihren Blick über die jungenhaften Gesichter schweifen. »Die Zeiten, in denen ihr nur Handlanger wart, Figuren im Spiel der Mächtigen, die euch in der Stunde der Wahrheit im Stich lassen, diese Zeiten sind nun vorüber – für immer. Hier erwartet euch eine bessere, eine würdevollere Mission: ein gleichberechtigter Teil von etwas Großem zu werden, etwas, das wir alle gemeinsam aufbauen. Denn wir« – sie breitete die Arme aus – »legen hier die Grundpfeiler für ein Leben *danach*.«

Ein freundlicher, fast liebevoller Blick zu Christopher, dann drehte sie sich um und ging in Richtung einer der Hallen fort, ehe einer der Soldaten auch nur seinen Mund öffnete. Offenbar lohnte sich die ganz große Rede nicht für drei handzahme Jungs. Und so fiel es einer eingeschüchterten Grace zu, den ebenso eingeschüchterten Soldaten klarzumachen, was sie nun erwartete.

Christopher und Max hingegen besaßen die Geistesgegenwart, hinter Pope herzulaufen. Doch damit waren sie nicht die Einzigen.

Ein junger Mann mit Bürstenhaarschnitt kam herangejoggt. »Wir hatten schon wieder Spannungsabfälle im Netz, deutlich stärkere diesmal«, keuchte er. »Wenn das nicht aufhört, gehen hier bald die Lichter aus.«

Er hielt ihr einen Notizblock mit ein paar Zahlenwerten vor die Nase.

Pope sah nur flüchtig drauf. »Das war zu befürchten. Wir sollten uns glücklich schätzen, dass die Versorgung mit Elektrizität so lange derart reibungsarm verlaufen ist.« Sie lächelte. »Ich fürchte, wir werden nicht länger umhinkommen, bei unseren Nachbarn vorstellig zu werden.« Ihr Blick strich über das Depot. »Sende zwei Trucks mit Wachen und Technikern zum

Kraftwerk an den Albeni Falls, an der Grenze zu Washington. Die übrigen Anweisungen für Außenmissionen gelten weiterhin: Autarke Operation, in Militäruniform, Maximalbewaffnung, Radiokontakt alle drei Stunden. Und auch wenn ich darum bitte, so unauffällig wie möglich vorzugehen: Unsere Versorgungssicherheit genießt oberste Priorität – auch über die Ankunft des Mantels hinaus, falls die Generatoren den 31. August überstehen. Bis dahin bleiben die Männer vor Ort.«

Ihr Gegenüber nickte und setzte gerade zum Umdrehen an, als Pope ihm noch sanft hinterherrief. »Und sende bitte auch noch einen kleinen Trupp zum Umspannwerk am Ende des Sees. Es ist an der Zeit, aus der Deckung zu treten und die volle Kontrolle über die Stromversorgung zu übernehmen.«

Er nickte noch einmal, dann war er verschwunden.

Christopher hatte mittlerweile zu Pope aufgeschlossen. »Das ist also deine Vision für Sandpoint. Dein *Sanctuary.*« Es klang schockierter, als es hatte sollen. »Ziemlich … beeindruckend«, fügte er hinzu.

Sie lächelte, gütiger noch als sonst. Oder kälter. »Das hier ist bloß ein Zwischenschritt. Eine Keimzelle.«

»Was hast du vor?« Max flüsterte die Worte fast.

Für einen Moment musterte Pope sie aus den Augenwinkeln, dann hielt sie inne und drehte sich zu ihnen beiden um. »Einen Neuanfang. Unbelastet. In Brüderlichkeit.« Sie lächelte. »Oder in Schwesterlichkeit, wenn euch das lieber ist.«

Max hingegen lächelte nicht. »Für wen?«

»Ja, seht ihr das denn nicht?« Jetzt lachte Pope regelrecht. »Das hier tue ich nicht nur für die Männer und Frauen in meiner Gemeinde! Überall werden die Menschen nach dem Durchzug der Wand verwirrt sein, desorganisiert, ohne Führung. Und vor allem: völlig unvorbereitet. Wir sammeln die Ressourcen, mit denen wir ihnen helfen können. *Ihnen allen.* Fünfzig Meilen südwestlich liegt Spokane, eine Stadt mit einer halben Million Einwohnern. Nicht alle werden fliehen. Und viele von denen, die geflohen sind, werden versuchen, zurückzukehren. Wenn wir sie versorgen können, ihnen Sicherheit und Stabilität bieten, werden sie uns mit offenen Armen begrüßen. Und dann steht uns der halbe Nordwesten offen: Spokane ist mehr als eine Großstadt. Spokane ist das Tor zum Inland Empire, dem riesigen Becken des Columbia River. Mediterranes Klima, die fruchtbaren Lößböden in den Hügeln der Palouse – hier liegt die wahre Kornkammer Amerikas, nachhaltig bewirtschaftbar, auch ohne Hightech, auch ohne künstliche Bewässerung. Wer diese Böden kontrolliert, kann ein ganzes Volk ernähren.«

Christopher wusste nicht, was er sagen konnte. Sie war wahnsinnig, absolut wahnsinnig. Eine Wahnsinnige mit Macht, Ressourcen, Männern, weit mehr, als Christopher in seinen kühnsten Träumen erwartet hätte.

Und auf einen Schlag wurde ihm bewusst, wie maßlos er seinen eigenen Einfluss, seine eigene Bedeutung für Popes Maschinerie überschätzt hatte. Ein überschaubarer, simpler Plan, so wie bisher, würde niemals funktionieren. Sie mussten in weit größeren Dimensionen denken, das System als Ganzes angreifen. Für die anderen Gefangenen. Für sich selbst. Bloß wie?

Er sah stumm zu Max. Sie erwiderte seinen Blick. Ihre Augenbrauen hatten sich zusammengezogen, doch Pope bemerkte es nicht. Ihre ganze Aufmerksamkeit galt einzig dem monumentalen Treiben vor ihr, den Schmieden, den Produktionshallen, den gigantischen Fuhrparks – dem Zentrum ihrer Macht.

Sie strahlte, breitete ihre Arme aus. »Seid stolz, meine Helfer«, sagte sie, »denn das, was ihr hier und jetzt miterlebt, ist nicht weniger als die Geburtsstunde einer neuen Nation!«

KAPITEL 20

Das Ächzen von berstendem Metall. Flammen, die meterhoch in den Himmel loderten. Und Schreie, immer wieder diese Schreie, irgendwo zwischen all den Feuern und dem Rauch.

Catherine hastete vorwärts, hin zum Schiff. Hin zu den Schreien. Vor ihr stolperten Soldaten durch den Rauch, liefen oder humpelten zu Dutzenden von der Lincoln, ziellos, orientierungslos, die Hände eng an ihre Körper gepresst.

Sie waren egal. Es ging hier um mehr, so viel mehr als das!

Allmählich schälten sich die Schemen des Schiffes aus den stinkenden Schwaden. Eine gewaltige Rauchwolke lag über dem gesamten Dock. Die Lincoln hatte massiv Schlagseite, zehn Grad, vielleicht fünfzehn. Mittschiffs klaffte ein lastwagengroßes Loch in ihrer linken Außenhülle, kaum einen halben Meter über dem Wasser.

Eine der Aufbauten schräg vor ihr krachte zu Boden, rutschte über die Außenwand und stürzte unter lautstarkem Getöse in die steigende Flut des Docks.

Catherine packte einen verstört vorbeitaumelnden Dockarbeiter am Kragen, brüllte auf ihn ein, so lange und so laut, bis er verstand, dass es auf jede Sekunde ankam, bis er versprach, sofort zur Kontrollstation zu rennen, um das Fluten des Docks zu stoppen, um das Wasser mit aller Gewalt wieder herauszupumpen.

Weiter vorn auf der Gangway rappelte sich Jiāo langsam auf, die Hände auf die Ohren gepresst, aber auf den ersten Blick nicht ernsthaft verletzt. Zehn, zwanzig Meter näher am Schiff, und sie hätte die volle Gewalt der Explosion zu spüren bekommen. Catherine lief im Zickzack an ihr und den Trümmern vorbei, die auf der Gangway zu liegen gekommen waren, bis sie endlich das Flugdeck erreichte.

Ein paar Meter links von ihr erschien ein riesiges Loch im Boden, ringsherum Stahlbleche, verschmortes Plastik und … Schlimmeres. Die Gerüche von der Absturzstelle ihres Helikopters, sie waren wieder da.

Catherine vermied es, genau hinzusehen, den Schreien zu folgen und dem Stöhnen. Nicht jetzt.

Sie lief weiter, steil das rutschige Deck hinauf, an all dem Leid vorbei, versuchte, sich die Details der Pläne in den Kopf zu rufen. Wo die Rohre verliefen, wo sich die Aufbereitungsanlagen befanden – und das mit den Zerstörungen vor Ort zu vergleichen.

Ihr Herz raste, als sie sich der Kommandobrücke näherte, auf die Tanks ringsherum zu stieg, sie inspizierte – und aus ihrer Hoffnung Gewissheit werden ließ: Teile der Labors waren zerstört und eine der drei Serverfarmen, aber der Bioreaktor war unversehrt.

Catherine hatte gar nicht gemerkt, wie lange sie bereits die Luft angehalten hatte. Sie atmete tief aus, warf den Kopf in den Nacken. Der Reaktor hatte es überstanden!

Ein Lieutenant Commander, offenbar Teil der Brückencrew, schlitterte das schräge Flugdeck hinab. Er schrie ihr etwas entgegen, als sei sie die Terroristin, zog seine Waffe, doch bevor er sie auf sie richten konnte, hielt Catherine ihm bereits ihren Ausweis entgegen.

»Lieutenant Commander, hören Sie mir jetzt ganz genau zu. Die Flut morgen früh ist unsere einzige Chance, den Träger rechtzeitig auf den Weg zu bringen.« Sein Blick sprang zwischen dem Chaos unter ihnen und Catherine hin und her, aber Catherine gab ihn nicht frei. Sie ging noch einen Schritt auf ihn zu, richtete einen Zeigefinger auf ihn. »Verstehen Sie das? Werden Sie das Ihrem kommandierenden Offizier weiterleiten?«

Der Mann zögerte, fuhr sich mit beiden Händen über das Gesicht, dann nickte er.

»Die Aufräumarbeiten hier oben haben Zeit. Die Untersuchung hat Zeit. Jetzt zählt einzig und allein, dass die Lincoln bis morgen früh wieder schwimmfähig ist!«

»Aber ...«

»Hören Sie zu! Konzentrieren Sie alle Arbeiten auf das Loch an der Außenwand. Ignorieren Sie alles andere. Ignorieren Sie das übliche Protokoll. Schweißen Sie Stahlplatten darüber, ohne Korrosionsschutz, ohne Lackierung. Hauptsache, Sie können das Dock so rasch wie möglich wieder fluten. Hauptsache, die Lincoln kann in zwölf Stunden auslaufen.«

»Aber ...«

»Was habe ich Ihnen gesagt? Um alles Weitere können Sie sich auf hoher See kümmern! Ich schicke Ihnen per Helikopter Reparaturcrews und Ersatzteile hinterher, alles, was wir noch haben, aber Sie werden auch ohne die auslaufen.«

Der Mann setzte zu einem dritten »Aber« an, verkniff es sich jedoch in letzter Sekunde und nickte.

»Und noch etwas«, sagte Catherine. »Weisen Sie den Arbeitern Wachtrupps zu. Und achten Sie darauf, dass sich Ihre Matrosen gegenseitig im Auge behalten. Und wenn Sie auch nur den Hauch eines Verdachtsmoments haben, dann gehen Sie mit aller Härte dagegen vor, verstehen Sie das? Wer auch immer für all das hier verantwortlich ist: Er stammt höchstwahrscheinlich aus dem Kreis Ihrer Männer.«

Und endlich kam kein »Aber« mehr zurück.

Auch, als der Helikopter zurückkehrte, sie in die Lüfte stiegen und die Lincoln unter sich ließen – und mit ihr die hastig begonnenen Schweißarbeiten, welche die Trümmer und Leichen an Deck durch Hunderte Funkenbögen erhellten – auch dann ging Catherine der fürchterliche Geruch nicht aus der Nase.

Adam hatte nicht irgendein Projekt attackiert, er hatte *ihr* Projekt attackiert. Und jetzt waren dreihundert Männer und Frauen tot. Catherine atmete schwer. Wenn sie besser gezielt hätte, wenn sie ihn damals mit der Maschinenpistole nicht verfehlt hätte! Oder wenn sie früher die Warnsignale erkannt hätte …

Aber das war jetzt müßig. Die Sicherheit der Lincoln war das Einzige, was jetzt noch zählte. Keine Rücksicht mehr auf Kollateralschäden. Keine Rücksicht auf Bürgerrechtler oder Deserteure. Ihre neuen Chefs hatten recht: Diese Terroristen mussten ausgemerzt werden, koste es, was es wolle.

Jiāo sah Catherine derweil stumm an. Ihr Blick hatte sich verändert, so, als würde sie Catherine mit neuen Augen sehen, als hätte sie Respekt vor ihr gewonnen – eine merkwürdige Mischung aus Verständnis, Distanziertheit und … Mitleid?

Catherine schluckte. Jiāo *verstand*. Sie kannte die Härte, die manchmal nötig war. Und sie kannte den Preis.

Und der Preis würde nicht kleiner werden. Als sie spätabends auf dem Landeplatz im Norden des Pentagons aufsetzten, war die kleine Armee am Gebäude bereits in heller Aufruhr. Die Demonstranten rings um den Komplex hatten sich vervielfacht, und mit ihnen war auch die Zahl der Truppentransporter innerhalb der Zäune in die Höhe geschnellt.

Catherine schaffte es, in all dem Chaos einen der Wachsoldaten zur Seite zu ziehen, einen jungen Farbigen.

»Was ist hier los?«

»Die Evakuierung beginnt«, sagte der Mann mit aufgeregter Stimme.

»Jetzt schon? Ich dachte, wir hätten noch ein paar Tage?«

»Gerade eben kam der Befehl rein. Heute Nacht sind die Politiker dran. Und bis morgen Abend muss das Pentagon geräumt sein.« Der Mann knabberte an seinen Lippen. »Meine Familie! Was wird mit meiner Familie, wenn ich nach Oakland muss?«

»Bleiben Sie ruhig. Da wird sich bestimmt etwas finden lassen.« Catherine reichte ihm ihre Karte. »Bringen Sie morgen

Ihre Familie mit und nennen Sie meinen Namen, in Ordnung?« Catherine warf einen verschämten Blick zu Jiāo, die ihn mit tiefen Furchen in der Stirn erwiderte.

Die Falten wurden noch ausgeprägter. »Oakland? Das bei San Francisco?«

»Unsere Zwischenstation für die nächsten paar Wochen, solange Pacifica noch nicht die nötigen Kapazitäten hat.«

»Das hat mir nie jemand mitgeteilt.«

»Das hätte auch nicht so rasch aktuell werden sollen. Vielleicht hat jemand kalte Füße bekommen, oder weiß etwas, das wir nicht wissen.« Catherine verzog den Mund zu einer Grimasse. »Am besten, Sie genießen einfach Ihre letzten vierundzwanzig Stunden im Pentagon.«

Vierundzwanzig Stunden. Eine Nacht und einen Tag, die sie fast ausschließlich damit verbrachten, Akten zu verladen, die auf Pacifica noch relevant werden könnten. Sich einfach nur ein paar Laptops unter den Arm zu klemmen, wie Catherine sich das ausgemalt hatte, reichte offenbar nicht.

Am Ende waren sie unter den Letzten, die die großen Marmorhallen verließen. Absurde Gedanken schossen Catherine durch den Kopf, als die Türen hinter ihr versiegelt wurden – wer würde nun die ganzen zurückgelassenen Topfpflanzen gießen? – und zugleich eine ganze Menge Wehmut. Der hässliche Protzbau, und alles, wofür er stand, fühlte sich doch sehr nach Heimat an.

Seit Wochen hatte sie gewusst, dass dieser Moment kommen würde, und doch mutete er an dem Abend dieses 7. August surreal an. Catherine konnte nicht glauben, dass sie Washington einfach so hinter sich lassen würden.

Zwei lange Linien von Militärfahrzeugen zogen sich über den gesamten Südparkplatz, vorn und hinten schwere Rad- und Schützenpanzer, dazwischen leichtere Humvees. Gemeinsam mit Jiāo und zwei Begleitsoldaten wurde Catherine in einen der Humvees gelotst, während sich die anderen Hundertschaften aus dem Pentagon auf die weiteren Fahrzeuge verteilten, eine gewaltige Prozession von Menschen und Akten – und doch nur ein müder Abklatsch der dreißigtausend, die noch vor wenigen Monaten hier gearbeitet hatten; vor den Evakuierungen, den Streiks, den Säuberungen. Von dem Mann, der sie am Vorabend so panisch nach seiner Familie gefragt hatte, war nichts zu sehen. Und, weit schlimmer noch: keine Nachricht von der Lincoln.

In der Abenddämmerung setzte sich die Kolonne in Bewegung, passierte das in grelles Scheinwerferlicht getauchte Tor im Stacheldrahtzaun, während die Nachhut die Demonstranten auf Abstand hielt. Und dann rollten sie mit gemächlichem Tempo über leere Highways in Richtung der Andrews Air Base, die olivgrünen Fahrzeuge dicht an dicht. In der Stadt rings um sie herum brannten vielerorts noch die Lichter, aber sie wirkte, als hätte sie sich bereits aufgegeben. Der Müll stapelte sich auf den Straßen, neben verlassenen Sandsackbarrikaden und unter lange abgeschalteten Ampeln. Der Gestank drang bis ins Innere des Humvees, ersetzte den beißenden Geruch nach Öl und Stahl, der Catherine bisher in der Nase gehangen hatte.

Ein Radiosender lief in ihrem Gefährt. Catherines Augenbrauen wanderten in die Höhe, als sie merkte, dass es keiner der offiziellen Kanäle war. Kein einlullendes Hörspiel, keine praktischen Tipps für die letzte Vorbereitung auf die Wand. Wusste der Kommandant nicht, dass er sich damit in Gefahr brachte? Oder hatte er es einfach nicht gemerkt? Die Sender schossen wie Pilze aus dem Boden, stets auf neuen Frequenzen und an neuen Orten, wenn wieder einmal einer von ihnen dichtgemacht wurde.

Wer auch immer da gerade sprach, sendete die Reportage seines Lebens. In blumigen Worten und mit bebender Stimme beschrieb der Mann zunächst die sturmumtoste Küste Maines, das im Mondlicht glitzernde Meer und den rot-weiß gestreiften

Leuchtturm, vor dem er gerade stand: das West Quoddy Head Lighthouse, östlichster Punkt der Vereinigten Staaten. Dann redete er von der furchteinflößenden Schwärze, die aus Kanada, aus Richtung Ostnordost auf ihn zukroch, von dem Wind und dem Unwetter, die die Finsternis begleiteten, von atemberaubenden Lichterscheinungen – und wurde auf einmal persönlich, begann, seine Gefühle zu beschreiben, seine Angst, und das mit einer Stimmlage, die Catherine einen Schauer über den Rücken jagte.

Und dann war es so weit. »Landfall.« Ein einziges Wort, das er fünf- oder sechsmal wiederholte. Die Wand musste nahe sein, sehr nahe. Es klang nicht so, als würde der Sprecher Anstalten machen, sich selbst in Sicherheit zu bringen, doch seine Zuhörer rief er unverhohlen genau dazu auf.

Just in dem Moment schaltete einer der Soldaten das Radio aus. War es also bloß ein Versehen gewesen.

Und dennoch, das eine Wort hallte noch lange in Catherines Ohren nach. »Landfall.«

Vor ein paar Stunden, noch bevor sie in Maine erstmalig den Boden der Vereinigten Staaten berührte, hatte sich die Wand schon in den ersten Metropolen entlang der Ostküste angekündigt, in Boston und auch in New York. Ein dünner schwarzer Streifen über dem Meer, weit am östlichen Horizont, mehr als fünfhundert Kilometer von den Städten entfernt. Dass sie trotz der Erdkrümmung bereits zu sehen war, vier Tage vor ihrer Ankunft, war nur ein weiterer Ausdruck davon, wie gigantisch sie sein musste.

Vielleicht waren die gestrigen Berichte über Massenpaniken an der Küste Maines ja auch genau der Grund für die vorgezogene Evakuierung des Pentagons – fast eine Woche, bevor D.C. erfasst werden würde. Dass die Führung die Reaktion der Menschen fürchtete, sobald die Wand auch hier zu sehen war.

Catherine sah zu Jiāo hinüber, doch die Chinesin hatte nur Augen für die Stadt draußen vor dem Fenster und den Himmel über ihr, der sich erst purpurrot verfärbte, und dann rasch dunkler wurde. Der Konvoi nahm die Ausfahrt vom Highway. Keine zwei Kilometer mehr bis zur Basis. Sie folgten der Suitland Road, einer Straße, die auf beiden Seiten von zweistöckigen, hell erleuchteten Vorstadthäuschen gesäumt war, in Reih und Glied, und doch mit viel Grün dazwischen, alten Bäumen und offenen Wiesen – eine Nachbarschaft, wie es sie tausendfach im zersiedelten Umland von D.C. gab.

Und ausgerechnet hier war es plötzlich mit der Ruhe vorbei. Von beiden Seiten strömten Menschen auf den Konvoi zu, viele scheinbar aus dem Nichts. Weiter vorn, in Fahrtrichtung, säumten bereits Hunderte von ihnen die Straße, stellten sich den Militärfahrzeugen in den Weg. Der Konvoi wurde immer langsamer, aber er stoppte nicht.

Eine krächzende Stimme ertönte von einem der Fahrzeuge, durch das Megaphon jeder Menschlichkeit beraubt. »Bitte bewahren Sie Ruhe! Treten Sie zurück! Es gibt keinen Grund zur Sorge!«

Andere Stimmen ertönten, brüllten irgendetwas zurück.

Ihr Humvee beschleunigte auf Schrittgeschwindigkeit. Catherine versuchte verzweifelt, zu sehen, was da vorn vor sich ging. Draußen vor der Scheibe erschienen immer mehr Menschen, manche nur noch eine Armlänge von ihr entfernt. Ein älteres Ehepaar, Hand in Hand, beide hager und mit schlohweißen Haaren, die im Licht der Straßenlaternen und der Scheinwerfer zu glühen schienen. Sie fixierten Catherine, sahen ihr einfach nur in die Augen, auch dann noch, als der Humvee längst an ihnen vorbeigerollt war. Und sosehr sich Catherine in diesem Moment getönte Scheiben gewünscht hätte, starrte sie doch zu ihnen zurück.

Schließlich standen die Menschen immer dichter gedrängt, aber auch ein wenig weiter vom Konvoi entfernt. Es dauerte nicht lange, bis Catherine den Grund dafür sah, und auch den Grund dafür, dass die Fahrzeuge wieder etwas rascher voranzuckelten: Soldaten waren aufmarschiert, ob von der Basis oder direkt aus den Truppentransportern. Im Abstand von zwei, drei Metern standen sie nun am Straßenrand, mit dem Rücken zum Konvoi, die Gewehre im Anschlag. Und vor ihnen Kinder mit großen Augen, von ihren Eltern hilflos an sich gedrückt, aber auch eine Gruppe von Jugendlichen, die Schmährufe skandierten.

Und dann verloschen die Straßenlaternen ohne jede Vorwarnung. Die Lichter in den Häusern gingen aus. Und die Menschenmenge verschwand in der Dunkelheit, nur sekundenweise dort zu erahnen, wo die Scheinwerferkegel der Transporter über sie streiften.

Ein Teenager direkt neben Catherines Fenster, noch im Lichtkegel des darauffolgenden Wagens, schaute erschrocken auf das Handy, mit dem er eben noch telefoniert hatte, schüttelte es, und sah dann plötzlich in ihre Richtung. Sein Blick verfinsterte sich. Andere schrien auf. Die Menge kam in Bewegung. Die Soldaten, die die Straße flankierten, wurden unruhig. Auch sie sahen nicht, was vor sich ging.

Catherine presste ihre Nase gegen die Scheibe, um irgendetwas in dem Halbdunkel draußen zu erkennen. Plötzlich erschien eine Fratze in einem Lichtstrahl, direkt vor ihr, eine alte Frau, die Augen zu Schlitzen verengt, der Mund weit aufgerissen. Sie hielt einen großen Stein in ihrer Rechten, schwang ihn herum –

und schmetterte ihn krachend in Catherines Gesicht. Catherine sprang panisch aus dem Sitz. Ein breiter Sprung zog sich über das Fensterglas vor ihrer Nase. Zwei dumpfe Aufschläge auf dem Dach. Noch mehr Steine, diesmal geworfen.

Für einen Moment war ein Soldat direkt vor ihr hell beleuchtet. Er hatte das Gewehr erhoben, ließ den Kolben auf einen jungen Mann herabsausen, der sich an ihn klammerte.

Der Konvoi beschleunigte, die schreienden Menschen zogen nach hinten an ihnen vorbei. Sie überrollten etwas Großes, der

Humvee stieg in die Höhe, fiel zurück in die Federung. Bup-bup. Und noch einmal. Bup-bup.

Catherine wurde übel. Und auch die Stimmung der Soldaten da draußen schien sich zu verändern. Viele von ihnen starrten den Transportern hinterher, die sie zurückließen. Manche von ihnen senkten die Waffen, andere richteten sie auf ihre eigenen Kameraden. Schüsse fielen. Glas splitterte, irgendwo hinter ihnen. Catherine beugte sich nach vorn, die Hände über dem Kopf verschränkt, zog Jiāo neben sich herunter.

Und dann verhallten die Schreie und auch die Schüsse. Sie hatten das Tor zur Basis passiert.

Schon eine Viertelstunde später waren sie in der Luft, in einer Zivilmaschine, einer Boeing 777, in die so viele Menschen gepackt worden waren, dass Dutzende von ihnen nur auf den Gängen Platz gefunden hatten. Jiāo saß am Fenster, um den oftmals feindseligen Blicken der Soldaten auszuweichen, Catherine sah über sie hinweg nach draußen.

Spätestens von hier oben wurde das Ausmaß der Katastrophe klar. Der gesamte Osten Washingtons lag bereits im Dunkeln. Alle paar Sekunden ging ein weiterer Block, ein weiterer Stadtteil vom Netz, fraß sich die Front aus Finsternis ein paar hundert Meter weiter in Richtung Südwesten, wie ein Vorbote jener Dunkelheit, die von hier oben aus bereits über dem Atlantik zu erahnen war, eine schwarze Linie am Horizont, begleitet von einer Sturmzelle, aus der fast sekündlich Blitze in alle Richtungen zuckten.

Der Stromausfall blieb nicht auf D.C. beschränkt. Andere Städte folgten, und nach wenigen Minuten war die gesamte Küste unter ihnen schwarz.

Bis sich neue Lichter zeigten. Rötliche Schimmer, die hier und da aufflackerten, im Regierungsviertel, in den Vororten. Lange, schwach leuchtende Ketten von weißen Punkten auf den Highways, die aus den Städten führten. Und ein stetig dichter werdendes Lichtermeer, das den Potomac hinabtrieb, hinaus in die Chesapeake Bay und weiter in Richtung Atlantik, Tausende winzige Schiffe, die ausliefen, ohne jemals für das offene Meer gebaut worden zu sein.

Catherine lehnte sich zurück, schloss die Augen, die Kiefer so eng aufeinandergepresst, dass ihre Zähne knirschten. Sie wollte daran glauben, dass es ein unglücklicher Zufall war, dass die Netze ausgerechnet an dem Tag versagten, an dem die Führung D.C. verließ. Dass es einen guten Grund gab: extreme Spannungsspitzen zum Beispiel, jetzt, wo die Wand das Netz in Maine anknabberte. Sie *musste* es glauben.

Aber sie konnte nicht. Es passte zu der menschenverachtenden Logik, der auch die Straßensperren entsprungen waren. Man nahm den Leuten damit nicht nur ihre Orientierung und ihre Chance auf eine geordnete Flucht, sondern auch ihre Kommunikationsmittel – und damit die Möglichkeit, radikalisierend auf den verbleibenden Teil des Landes einzuwirken. Die Panik an die Westküste zu tragen. Die schönen Pläne zu durchkreuzen, aus dem Rest des Landes das herauszupressen, was noch möglich war.

Doch dann vibrierte ihr Handy, und alle diese Gedanken waren mit einem Mal vergessen. Die Militärs im Flieger mussten einen Satellitentransponder aktiviert haben. Eine kurze Nachricht flimmerte über den Schirm.

Und Catherine sackte in sich zusammen.

»Was ist los?« Jiāo beugte sich zu ihr nach links.

Und für einen Moment lächelte Catherine. »Wir haben Kontakt! Fünfzig Seemeilen vor Charleston!«

»Kontakt?« Eine kurze Pause. »Mit der Lincoln?«

»Ja! Sie haben es geschafft. Die Reparaturarbeiten laufen noch, aber zwanzig Knoten kriegt sie schon wieder hin, auch draußen auf dem Atlantik. Noch ein paar mehr, und Sie erreicht rechtzeitig den Panamakanal.«

»Ich muss sagen, ich bin erstaunt, dass sich das so schnell wieder instand setzen ließ.«

»Dann lesen Sie bei Gelegenheit mal ein bisschen über die Geschichte der USS Yorktown nach. Es ging mir immer nur darum, die Hülle im Fall des Falles rasch genug intakt zu bekommen.«

Jiāos Augen bekamen einen eigenartigen Glanz. »Sie haben die ganze Zeit gewusst, dass so etwas passieren würde? *Deswegen* also das Trockendock?«

Catherine nickte grimmig. »Nicht direkt, dass etwas passieren würde, aber dass irgendetwas passieren *könnte*, ja. Irgendetwas an Bord, wogegen die Sicherheitskräfte machtlos sein würden. Ich wollte vorbereitet sein, für alle Fälle.« Sie schluckte. »Ich hoffe nur, dass die heutigen *Säuberungsmaßnahmen* gründlich genug waren, damit sich so etwas nicht auf hoher See wiederholt …«

Fünf Stunden später gingen sie über Oakland in den Landeanflug. Oakland und auch San Francisco auf der anderen Seite der Bay waren noch hell erleuchtet, doch ihr Ziel war keine der beiden Städte, sondern eine hastig wieder instand gesetzte, für die überladene Boeing fast zu kurze Landebahn mitten in der Bay, in Alameda, wo sich im Zweiten Weltkrieg einmal ein Versorgungsdepot der Navy befunden hatte.

Hier hatte man nun das temporäre Hauptquartier des Verteidigungsministeriums eingerichtet, zumindest für die paar Wochen, die die Wand brauchte, um quer über das Land zu streifen. Hier liefen alle verbliebenen Schnüre zusammen. Direkt an den Rändern der Barackenstadt fanden sich vier Hafenbecken, tief und ausgedehnt genug, dass die ganze Trägerflotte hätte andocken können. Im Norden lag der mehrere Quadratkilometer große Güterbahnhof mitsamt Containerumschlagplatz, im Süden die Alameda-Insel, auf der sich die alten Landebahnen befanden. Auf beiden herrschte emsiger Betrieb, Lkw, Gabelstapler und sogar Kräne sausten zwischen Türmen aus bunten Bauklötzchen kreuz und quer über den Asphalt. Frachtschiffe legten in atemberaubendem Tempo an und ab, beschützt von mehr als einem halben Dutzend Fregatten der Navy, und auch der Strom an Transportmaschinen, die Waren aus dem Osten abluden oder Güter nach Pacifica aufnahmen, um nach wenigen Minuten wieder kreischend durchzustarten, riss niemals ab.

Das gesamte Areal war von einem meterhohen Zaun umgeben, der über weite Strecken dem Verlauf des Nimitz Freeways folgte und die improvisierte Basis vom Rest der Stadt abtrennte. Schützengräben und Maschinengewehrnester säumten den Zaun, sogar Panzer waren dahinter aufgefahren. Flutlichter erhellten die Nacht, und mit ihr die Hundertschaften, die vor den Zäunen um Aufnahme in die Basis bettelten.

Bloß Christopher war nicht darunter, wie Catherine im persönlichen Gespräch mit den Wachoffizieren erfuhr, denen Sie schon vor Tagen drei »besondere« Gäste angekündigt hatte.

Und Clarity? Catherines Blick glitt oft über die Zäune ihres goldenen Käfigs hinaus, nur ein paar Kilometer über die Bay bis nach San Francisco, zu den Wolkenkratzern in der Innenstadt, die noch erleuchtet waren, trotz der Gewalt, die angeblich dort herrschte, trotz allem, was geschehen war. Doch Clarity war nicht zu erreichen, auf welchem Wege sie es auch versuchte.

Einzig von ihrem Vater wusste Catherine, wie es ihm ging. Er war in das wohl noch bestversorgte und exklusivste Altenheim der Welt verlegt worden, einen gut bewachten Komplex im Marin County auf der anderen Seite der Golden Gate Bridge, knapp außerhalb ihrer Sicht. Dort lebten Angehörige von allem, was innerhalb des DoD Rang und Namen hatte. Und dank Catherines Beförderungen gehörte auch ein gewisser Richard Strive zu den Auserwählten, diesen wenigen, die es auf den Kontinent schaffen würden, ohne dass sie aus eigener Kraft dazu in der Lage waren.

Hätte er von alledem etwas mitbekommen, er hätte sie schärfstens attackiert, für die Sonderbehandlung und dafür, dass sie die stete Ausdehnung ihres Verantwortungsbereichs – und alles, was an Hässlichkeit damit einherging – nicht zuletzt für ihn auf sich nahm.

Egal. Sie würde ihn selbst dann nach Pacifica schleifen, wenn er sich mit Händen und Füßen dagegen wehrte. Hauptsache, er lebte – und sie konnte sich mit voller Kraft auf den Endspurt ihrer Arbeit konzentrieren.

Die Infrastruktur auf dem Kontinent war so weit entwickelt, wie es in der kurzen Zeit und unter den konfliktreichen Rahmenbedingungen möglich gewesen war. Die wichtigsten Transportrouten waren praktisch voll ausgebaut. Das Saatgut war beschafft; nicht dieses künstlich beschnittene, was Adam verbrochen hatte – richtige Samen, deren Nachfolgegenerationen auch noch treibfähig sein würden. Zwecks Urbarmachung des Landes durch Zerstörung der Vegetation waren Zehntausende Nutztiere eingeschifft worden – ganz gleich, wie ihre Ökobilanz ausfiel oder ihre Nützlichkeit als Nahrungsmittel. Und dann war da noch die Lincoln, der Schlüssel zu allem, deren Begleitschutz es geschafft hatte, ihr einen Korridor durch den Panamakanal freizuschießen. Kurzum: Die Lebensgrundlage für Hunderttausende, vielleicht Millionen war so gut wie geschaffen. Wann, wenn nicht jetzt sollte die großangelegte Evakuierung der Zivilbevölkerung beginnen, zumindest an der Westküste? Wann, wenn nicht jetzt sollte endlich die Rettung schwerer wiegen als ein paar weitere Tage einer Stabilität, die nach all dem Vertrauensverlust ohnehin kaum noch existierte?

Doch egal, bei wem sie es probierte, ihre Gedanken wurden aufs Schärfste zurückgewiesen, mit dem Verweis auf unzureichende Nahrungsvorräte oder auf eine Gefährdung der Evakuierung der eigenen Kernflotte. Selbst als sie versuchte, mit Phrasen wie »Mehr Amerikaner auf Pacifica!« den Patriotismus der Generäle anzusprechen oder Kompromissvorschläge machte – ein »Prinzip der geschlossenen Augen«, bei dem blinde Passagiere bewusst ignoriert wurden, so, wie es Catherine schon lange bei den Frachtzügen über die Rockies handhabte, oder ein Lossystem, das die Zahl der Flüchtlinge auf ein kontrollierbares Maß beschränkte – erntete sie nichts als blanken Hohn.

General O'Brien war besonders schlimm. »Beschäftigen Sie sich lieber mit Dingen, von denen Sie etwas verstehen.«, sagte er.

Und das war vielleicht sogar gut so.

»Ernst genommen zu werden war schon immer gefährlicher, als nur Spott zu ernten«, sagte Jiāo, als Catherine ihr in ihrem kargen Bürocontainer von dem Rückschlag berichtete.

Jiāo war durchaus auf Catherines Seite, und sie wollte den Flüchtlingen, die es aus eigener Kraft nach Pacifica schafften, keine Steine in den Weg legen, aber sie sah auch die Probleme einer großangelegten Evakuierung. »Auf ihre Art haben Ihre Vorgesetzten leider recht. Ich habe mit meinen eigenen geredet. Die Nahrungsvorräte gehen rapide zur Neige. Und das sind nur die, die wir für uns bunkern. Bis die Felder geimpft sind und die erste Ernte eingebracht ist, dürfte es reichen. Gerade so.«

Catherines Nasenflügel zuckten. »Ihre Vorgesetzten wissen von der Lincoln?«

Jiāo runzelte die Stirn. »Schauen Sie mich nicht so an. Ihr Projekt ist mittlerweile ein offenes Geheimnis im Rat. Was der amerikanische Generalstab weiß, das erfährt mit etwas Verzögerung auch der chinesische. Und dieser Informationsaustausch hat durchaus seine Berechtigung. Auf diese Weise wird keine Arbeit doppelt gemacht oder unnütze Panik erzeugt. Und je mehr wohlwollende Blicke auf die Lincoln gerichtet sind, desto sicherer ist sie.« Jiāos Augen blitzten kaum merklich auf. »Das ist immer noch eine gewisse Luxussituation, gerade, was die Nahrungsvorräte angeht. Viele der einfachen Flüchtlinge verfügen über keine solchen Ressourcen und kein solches Auffangnetz. In Teilen der Peripherie« – damit meinte sie die Slums rund um Pacifica Base – »zeichnet sich schon jetzt der Beginn einer gewaltigen Hungersnot ab.« Sie senkte ihre Stimme. »Das Problem ist weit größer, als es der Rat erscheinen lassen will. Die Zahl der schwarz eingereisten Flüchtlinge, gerade aus Ostasien, ist viel zu konservativ geschätzt. In ein paar Wochen stehen wir vor einer echten Katastrophe.«

Catherine schüttelte vehement den Kopf. »Ich weigere mich, zu glauben, dass die Lösung sein soll, dann einfach niemanden zu evakuieren! Wir müssen anders herum ansetzen: Nicht weniger Leute, sondern mehr Nahrung!«

»Sie wissen genauso gut wie ich, dass es ab der Aussaat noch Monate dauert, bis wir die erste Ernte einholen können. Diese Zeit haben wir nicht.«

»Dann müssen wir die paar Monate eben überbrücken. Schon tausend Kilokalorien am Tag können einen Menschen am Leben erhalten. Selbst wenn wir Millionen ernähren müssten ...«

»... dann wären das immer noch Hunderttausende Tonnen Nahrung. Ein paar Containerschiffe voll. Das mag wenig sein im Verhältnis zu dem, was wir insgesamt für den Kontinent zusammenkratzen, aber es ist nichts, was wir unter der Hand verschiffen können.« Jiāo verschränkte die Arme hinter ihrem Rücken. »Der Generalstab ist der Meinung, dass wir für unsere beiden Nationen bereits genug Nahrung gelagert haben, wenn auch nur knapp. Und die Generäle werden sicher nicht auf die Idee kommen, kostbaren, für andere Ausrüstung nutzbaren Laderaum herzugeben, um damit Nahrung für Bürger anderer Nationen zu verschiffen. Sie tun das ja schon kaum für unsere eigenen Zivilisten.«

Catherine biss sich auf die Unterlippe. »Und wenn wir ihnen erklären, dass sie die Nahrung nutzen können, um sich die anderen Nationen gefügig zu machen?«

»Das brächte wenig. Die Siedlungen der anderen Länder sind ja bereits befriedet, mit der Ausnahme von ein paar Atommächten. Und die Masse der Hungernden in den Slums ist ohnehin de facto staatenlos, da gibt es nichts zu gewinnen. Nein, das Aushungern hat durchaus System.«

Catherine begann, vor Jiāo auf und ab zu gehen. »Aber *wir* planen doch die Infrastruktur vor Ort! Wir übernehmen den Großteil der Logistik. Mehr noch, wir geben sogar vor, welche Güter die verbleibenden Frachtzüge hier in den Staaten an die Westküste bringen. Was, wenn wir den Fokus stärker auf Lebensmittel und Medikamente legen, besonders auf den südlichen Linien, auf denen die Güter noch regelmäßig durchkommen?«

Jiāo versteifte sich. »Und wie erklären wir diese Prioritätenverschiebung, wenn das jemand überprüft?«

Catherine ging nun im Kreis. »Wir könnten die Zahlen fälschen. Die Menge der Lagerbestände zum Beispiel.« Sie zwang sich, stehen zu bleiben. »Oder, schwerer zu überprüfen, die Menge an Gütern, die sich gerade im Transit befinden. Der geschätzte Zeitraum, bis wann die Bodenimpfungen abgeschlossen sind. So etwa. Hier und da ein paar kleine Änderungen, und schon steigt der prognostizierte Nahrungsbedarf, und niemand wundert sich, warum wir deutlich mehr als geplant einführen müssen. Dasselbe können wir mit dem Benzin machen. Heimlich mehr Treibstoff herüberbringen und dafür sorgen, dass er auch den Fischerbooten zugutekommt. Vielleicht könnten wir auch ein paar der Papiere fälschen …«

»Ich bin davon nicht überzeugt.« Jiāo runzelte die Stirn. »Das ist mehr als nur Pflichtverletzung. Wenn das ans Licht kommt …«

»… dann wird es eben nicht ans Licht kommen.« Catherine stemmte die Arme in die Hüften. »Ich verlange von Ihnen noch nicht einmal, das aktiv zu decken oder gar mitzumachen. Es reicht bereits, wenn Sie einfach nur keine Aufmerksamkeit darauf lenken.« Catherine streckte ihr die Hand hin. »In Ordnung?«

Jiāo zögerte. Dann schlug sie ein.

Die Fälschungen waren relativ leicht ausgeführt. Catherine bezweifelte zwar, dass außer ihr noch viele Leute das Chaos ausreichend überblickten, als dass es ihnen allzu rasch auffallen konnte. Zugleich entwickelte sich dieses Chaos aber auch zu Catherines größtem Feind, da es von Tag zu Tag schwerer wurde, überhaupt noch die richtigen Ansprechpartner zu finden und den Erhalt der Waren sicherzustellen.

Denn während die Zäune in die Höhe wuchsen, schmolz die Basis von oben her bereits ab: Je weiter die Bauarbeiten auf Pacifica voranschritten, desto größere Teile des Generalstabs wurden dorthin evakuiert. Das sollte Platz für die zivile Rumpfregierung rund um den Präsidenten und den Verteidigungsminister schaffen, die derzeit angeblich noch in einem Ableger der Edwards Air Force Base in Kalifornien ausharrte und so bald wie möglich nach Oakland ausgeflogen werden sollte – was jedoch aufgrund »organisierten Widerstands terroristischer Kräfte« jeden Tag aufs Neue verschoben wurde.

Entsprechend machten neuerliche Gerüchte die Runde: dass auch der Verteidigungsminister selbst bedeutungslos geworden war, eine Marionette, die nicht mehr gebraucht wurde. Eine Marionette von wem? Diesem NCCC-Berater?

Catherine bezweifelte so langsam, dass dieser Mann überhaupt existierte. Niemand schien ihn je gesehen zu haben, und die Dinge, die man über ihn erzählte, waren so fern von jeder Realität, dass sie nur den Kopf schütteln konnte. Immer fantastischere Eigenschaften wurden ihm zugeschrieben, von einem hochsensiblen Gespür, wenn ihn jemand hintergehen wollte bis hin zur Fähigkeit, Menschen einfach verschwinden zu lassen. Es gab sogar die Behauptung, dass er Gedanken lesen konnte.

Fehlte bloß noch, dass er Wasser in Wein verwandelte!

Nein, das konnte alles so nicht stimmen. Aber letztlich war es Catherine auch nicht mehr so wichtig, für wen sie wirklich arbeitete. Die echten Probleme lagen woanders.

New York existierte nicht mehr. Washington und Chicago folgten. Und so ikonisch eine Aufnahme der Wand hinter der Skyline New Yorks oder dem Weißen Haus in Washington auch hätte sein können, schien doch kein einziges Bild davon zu existieren – es war schlicht niemand mehr da, der das filmen und anschließend verbreiten konnte.

In Boulder, Colorado, hatten Militärberichten zufolge religiöse Fanatiker eine machtvolle Gegenregierung gebildet, die nun aus ihrem Bunker tief unter der Erde heraus Jagd auf die verfassungstreuen Truppen machte – und die Bürger mit einer Reihe von nicht näher spezifizierten Lügengeschichten gegen ihre gewählten Vertreter im Westen des Landes aufwiegelte.

Der Generalstab ging darauf nicht weiter ein. Lediglich das zugehörige Gerücht, dass es schon mit verhältnismäßig wenig Aufwand möglich sei, die Wand zu untertunneln, dementierte er öffentlich. Catherine wusste nicht, ob es sich bei dem Dementi um ehrliche Empörung handelte – die »Bunkertheorie« war seit Monaten widerlegt – oder um bewusstes Kalkül. Im letzteren Falle war es ein ebenso genialer wie perfider Schachzug. Die, die der Regierung noch trauten, hatten durch die ehrliche Aussage einen weiteren Grund, dies auch weiterhin zu tun. Und die, die eh schon skeptisch eingestellt waren, begannen nun zu Hunderttausenden in ihren Gärten Bunker anzulegen – anstatt Racheaktionen auszuüben oder an die Westküste zu fliehen.

In beiden Fällen musste Catherine dafür fast dankbar sein, verschaffte ihr die Ablenkung doch die nötige Ellbogenfreiheit, um mehr Güter in Oakland zusammenzuziehen, ehe sich der Menschenring um die Basis vollends schloss.

Der Ablenkungseffekt wurde noch weiter verstärkt, als in allen staatlichen Medien und sogar per Flugblatt die Öffnung einer Reihe von Flüchtlingshäfen in Südkalifornien und im Norden Washingtons angekündigt wurde, »für Patrioten, die ihren Teil bei der Überwinterung der Regierung auf Pacifica leisten wollten«. Das war keine reine Lüge. Tatsächlich wurden mehrere Dutzend Frachtschiffe und auch einige Fregatten abgezogen, um an diesen Häfen bereitzustehen. Und im ständigen Pendelverkehr hätten diese Schiffe auch durchaus eine nennenswerte Menge an Leuten nach Pacifica bringen können. Bloß: Auslaufen durften sie noch nicht. Stattdessen dienten sie als Köder, der Menschen von Oakland weglockte. Waren nach dem Fall der ersten Straßensperren jeden Tag noch Tausende vor den Zäunen eingetroffen, Flüchtlinge aus dem Osten des Landes, die die Stimmung unter den Wartenden extrem anheizten – so sehr, dass auch schwerbewaffnete Züge den Belagerungsring kaum noch durchbrechen konnten – so schien die Zahl nun etwas zu sinken.

Auch die Welle von Terroranschlägen wirkte so, als würde sie langsam abflauen. Zumindest auf Pacifica hatte Catherine ihren Anteil daran. Adam war noch immer irgendwo da draußen, in Freiheit, aber sie kannte seine Denkweise und ahnte, wo er als Nächstes zuschlagen würde.

Die neue Eisenbahnbrücke an der Midpoint Station konnte sie durch eine rechtzeitige Aufstockung der dortigen Militärpräsenz retten – der fehlgeschlagene Sturmangriff kostete Dutzenden seiner Mit-Terroristen das Leben; eine Rache aus der Ferne, die ausgesprochen süß schmeckte.

Doch für die wissenschaftliche Plattform vor der Küste Pacificas, deren Bohrkopf nur einige hundert Meter von dem vermuteten Hohlraum unter dem Kontinent entfernt war, kam jede Warnung zu spät. Dabei war diese Mission wichtiger denn je geworden, seit Messungen die Anwesenheit gewisser Edelgase und Spuren von Neutronenaktivierung im Gestein festgestellt hatten, beides Indizien für die Theorie, dass der Kontinent Teilchen für Teilchen durch Umwandlung von Meerwasser per Nukleosynthese erschaffen worden war.

Man versuchte nicht einmal mehr, mit Reparaturarbeiten zu beginnen. Die nötigen Ersatzteile jetzt noch zu organisieren und rechtzeitig nach Pacifica zu verschiffen, war praktisch unmöglich.

In den Rest-USA beschränkte sich die Gewalt derweil zunehmend auf Aktionen im Kleinen. Vielleicht, weil die Menschen einfach die Mittel nicht mehr hatten. Vielleicht, weil die Staatsgewalt sich nun auf immer weniger Orte beschränkte. Vielleicht aber auch nur, weil Catherine immer weniger erfuhr.

Oder weil sich die Flüchtlingsströme in ihrer Not immer neue Wege bahnten. Angeblich hatten bereits Hunderttausende Texaner zu Fuß die Grenze zu Mexiko überquert, in der verzweifelten Hoffnung, sich zu den Fischerhäfen an der Pazifikküste des Landes durchzuschlagen – und das, obwohl in Mexiko scharf geschossen wurde, seit sich das Land zu einer katholischen Theokratie entwickelt hatte.

Die Welt schrumpfte zusammen, auf wenig mehr als die westlichen USA und Mexiko. Es wurde einsam inmitten all der Dunkelheit.

Und das galt auch für ihre paar Quadratkilometer in Oakland, wortwörtlich sogar. Das öffentliche Stromnetz war auf einen Schlag zusammengebrochen, eine halbe Woche früher als erwartet, mehrere Tage, bevor die großen Wasserkraftwerke am Columbia River im Norden erfasst werden würden. Das war der Zeitpunkt, den sie für den letzten großen Aufbruch anvisiert hatten: Sobald die Frachtschiffe ihre Ladung an Bord genommen hatten, sobald die Lincoln eingetroffen und mit neuen Brennstäben sowie Lebensmitteln versorgt worden war. Und nun war die Dunkelheit bereits da, Stunden vor dem Einlaufen der Lincoln, Tage vor der ursprünglich geplanten Evakuierung des Altenheims.

Und mit der Dunkelheit kamen die Flüchtlinge. Tausende, Zehntausende, die zu diesem kleinen, notstrombetriebenen Überbleibsel der Alten Welt strömten wie Motten zum Licht. Ein Menschenmeer, das sich in die Zäune krallte und kollektiv um Einlass bettelte, fluchte und brüllte.

Es war viel zu riskant, noch einen einzigen Zug durch diese Mengen zu schleusen. Das, was sie jetzt hier hatten, war alles, was sie noch bekommen würden. Die letzten Güter.

Und womöglich die letzten Daten.

Die Satelliten, die Pioniertrupps vor Ort, ihre Logistikpartner, selbst Dr. Edwards – immer mehr ihrer »Augen« da draußen erblindeten. Doch wie sollte Catherine Entscheidungen treffen, wenn der Kontakt zu ihren Informationsquellen abriss? Schlimmer noch, wenn sie nicht einmal mehr wusste, welchen Informationen sie noch trauen konnte?

Sie hatte eine anonyme Warnung – die Lincoln betreffend – erhalten, mitsamt Indizien, die einen ihrer Mitarbeiter schwer belasteten. Billy Scay. Neununddreißig Jahre alt, verheiratet, zwei Kinder. Ein Ingenieur für Drohnen-Software, und damit völlig fachfremd, wie so viele ihrer Untergebenen. Catherine hatte die Verluste nie wirklich ersetzen können.

Und während zeitgleich der Rest ihrer Gruppe trotz aller ausstehenden Arbeit ein paar Flaschen Wein köpfte – die Feier zur Vollendung der Regierungszentrale in Pacifica Base, der Catherine nur zu gern fernblieb –, saß ihr nun dieser etwas rundliche Mann gegenüber und starrte nervös auf die Tischplatte.

»Sie wissen, warum Sie hier sind?«

Der Mann antwortete nicht.

Catherine entschied sich, ihn direkt mit den Vorwürfen zu konfrontieren. »Sie haben versucht, auf Daten zuzugreifen, für die sie keinerlei Berechtigung haben. Bestreiten sie das?«

Endlich hob er den Kopf. »Nein.«

»Warum?« Catherine legte ihre Hände auf den kühlen Metalltisch vor sich. »Warum haben Sie das getan?«

»Aus Gewissensgründen.« Er sprach sehr leise. »Ich wollte wissen, ob es wahr ist.«

Catherine runzelte die Stirn. »Ob was wahr ist?«

»Die Gerüchte über die Ladung der Lincoln. Die biologischen und chemischen Waffen an Bord.«

Sie stellte sicher, dass er ihr in die Augen sah, bevor sie sprach. »Und so einen Unsinn glauben Sie?«

Sie kannte jeden Quadratmeter des Schiffes. Es war völlig ausgeschlossen, dass etwas Derartiges ohne ihr Wissen passieren konnte – oder passieren durfte. Auf die Lincoln konnte der Kontinent um keinen Preis verzichten.

Der Mann wich ihrem Blick aus. Catherine entspannte sich unmerklich. So viel zum Wahrheitsgrad der Gerüchte.

Catherine stand auf, die Hände auf der Tischplatte abgestützt. »Mister Scay, was ist der wahre Grund? Warum haben Sie wirklich auf diese Dokumente zugegriffen?«

Der Mann begann zu schwitzen. »Ich lüge Sie nicht an! Es … es gab so viele schrecklichen Gerüchte. Zu den Waffen. Zu dem Video. Ich musste einfach versuchen, die Wahrheit zu erfahren!«

»Haben Sie bei diesen Versuchen sensible Daten an terroristische Organisationen weitergeleitet?«

Er sah sie schockiert an, als realisiere er zum ersten Mal, wie schwer die Vorwürfe wogen. »Nein, niemals!« Er klang regelrecht panisch. »Bei Gott! Das schwöre ich!«

Catherine fixierte ihn eine gefühlte Ewigkeit lang. Immer wieder wich er ihrem Blick aus, sah schwitzend auf seine Hände, mit denen er sich an der Tischplatte festgekrallt hatte.

»Ich glaube Ihnen«, sagte sie schließlich, noch immer direkt vor ihm stehend. »Wirklich.«

Zum ersten Mal schien sich der Mann ein kleines bisschen zu entspannen.

Catherine nahm wieder Platz. »Aber das reicht nicht. Nicht bei dem, was hier auf dem Spiel steht.«

Seine Augenbrauen zogen sich zusammen. »Ich … ich verstehe nicht.«

»Mister Scay, Sie sind hiermit von Ihren Pflichten entbunden.« Sie hob die Stimme, so dass man sie auch auf dem Gang hören könnte. »Mister Zykovsky?«

Ein einfacher Soldat erschien in der Tür.

Catherine nickte ihm zu. »Sehen Sie zu, dass Mister Scay auf seinem Weg mit niemandem in Kontakt kommt.«

Der Ingenieur sprang auf. »Madam Secretary, ich flehe Sie an! Ich bin Zivilist. Ohne diese Stellung werden die mich der Basis verweisen!«

Der Soldat packte ihn, zerrte ihn an Catherine vorbei.

Catherine sah ihm hinterher. »Es tut mir leid.« Es war fast ein Flüstern.

»Ich habe Familie hier, Kinder! Wenn die Gerüchte über das Video wahr sind …« Er war beinahe an der Tür, stemmte sich noch einmal gegen den Griff des Soldaten. »Madam, bitte, Sie wissen nicht, was das bedeutet!«

Catherine wich seinem Blick nicht aus. Ihre Augen glänzten. »Glauben Sie mir, ich weiß es ganz genau.«

Catherine brauchte dringend frische Luft. Das, und einen Lichtblick. Nachricht von der Lincoln, die innerhalb der nächsten zwei Stunden einlaufen musste, solange in der Bay noch Niedrigwasser herrschte. Und, wichtiger, Nachricht von ihrem Vater.

Sie lief nach draußen, ihr Headset pausenlos im Ohr. Sie versuchte es bei einer ganzen Reihe von Offizieren, ehe sie die ersehnte Auskunft erhielt: Das Altenheim war erfolgreich evakuiert worden. Und das Boot mit seinen Bewohnern würde jede Minute im südlichsten Hafenbecken eintreffen.

Sie sah zu, dass sie vor ihm da war.

Kaum dass sie den Pier erreicht hatte, schälte sich ein ziviles Tourenschiff aus den aufziehenden Nebelschwaden, die Seitenwände gold und dunkelblau gestrichen – und augenblicklich schossen Erinnerungen aus ihrer Kindheit durch ihren Kopf. Eine Bootsfahrt in Maine, fast dasselbe Schiff, dieselben Farben. Der Geruch von Sommer. Tiefgrüne Wälder, ringsherum das Surren der Zikaden. Ihr Vater, Hände in den Hosentaschen, wacher Blick, hinaus aufs Meer. Die Bewunderung, die sie für ihn empfand, schon damals. Und dann das helle Lachen ihrer Mutter.

Ihre Mutter.

Catherine biss sich auf die Lippen, atmete tief ein. Ihr war es schon damals nicht wichtig gewesen, an welchem Ort sie lebte, solange sie ihre Eltern um sich hatte. Heimat war, wenn ihre Familie bei ihr war. Und deshalb verbesserte sich ihre Laune nun auch rapide, als sie das erste halbe Dutzend schlohweißer Haarschöpfe erspähte. Ihr war egal, dass er sie wohl nicht einmal erkennen würde. Hauptsache, sie sah ihn wieder. Hauptsache, sie brachte *Papa* in Sicherheit.

In aller Langsamkeit verließen die Alten das Schiff, viele von ihnen im Rollstuhl oder von Krankenschwestern gestützt, eine Prozession geradezu, die sich über eine Viertelstunde hinzog. Einer nach dem anderen tapsten sie an Catherine vorbei, die meisten ohne auch nur einmal aufzusehen. Ohne zu begreifen, welches unverschämte Glück sie hatten.

Eine blinde Frau im Chanel-Mantel, von zwei jungen Mexikanerinnen geführt, bildete das Schlusslicht. Und dann war das Boot leer. Und von Catherines Vater war noch immer nichts zu sehen.

Eine der Schwestern ging von sich aus auf Catherine zu, die Stirn in Falten gelegt. »Kann ich Ihnen helfen?«

»Mein Vater … können Sie mir sagen, wo mein Vater ist?«

»Oh.« Die Frau sah sie mit großen Augen an. »Sie sind die Tochter von Richard Strive?«

Catherine spürte, wie sich etwas in ihr zusammenkrampfte.

Die Krankenschwester machte einen Schritt auf Catherine zu. Catherine wollte zurückweichen, doch sie konnte nicht.

»Es tut mir so leid, Miss Strive«, sagte die Frau. »Die Evakuierung, die ganze Aufregung … «

Die Stimme der Frau klang in Catherines Ohren hohl und fern. Catherine starrte an ihr vorbei in die Dunkelheit, in die Richtung, wo das Altenheim lag. Ihr Blick verschwamm.

Die Krankenschwester griff nach ihren Händen, strich ihr mit rauhen Fingern über die Haut. »Ihr Vater ist bei der Räumung des Hauses leider verstorben.«

Catherine riss sich aus dem Griff los.

Die Frau zuckte zusammen, zog sich aber nicht zurück, suchte weiter den Blickkontakt zu Catherine. »Miss Strive, es tut mir so leid! Ihr Vater, er war ein wundervoller Mensch.« Ihre Stimme wurde immer leiser. »Trotz allem so selbstlos, so zuvorkommend …«

»Kann ich ihn sehen?« Es war irgendein Automatismus in Catherine, der das fragte.

Die Frau sah zu Boden. »Wir hatten nicht mehr die Zeit, seine … den Körper …«

Catherine blinzelte nicht, rührte sich nicht, starrte ins Nichts.

»Kann ich Ihnen etwas Gutes tun? Miss Strive?«

Catherine sagte nichts, schaute sie nicht einmal an. Und dann machte sie auf dem Absatz kehrt, ging weg, einfach nur fort von ihr, fort von allem, bis sie zu stark zitterte, als das sie noch einen Fuß vor den anderen hätte setzen können, und an einem einsamen Hafenpoller in sich zusammensackte.

Sie legte den Kopf in ihre Hände. Sie spürte die Kälte in sich emporkriechen, die Verzweiflung, doch sie konnte nicht weinen. Sosehr sie ihn geliebt hatte, sosehr sie ihn zu vermissen glaubte, hoffte, flehte: Hier und jetzt spürte sie nichts davon. Keine Trauer. Nur Leere und Verzweiflung.

Verflucht noch mal, was war mit ihr geschehen? Ihr Vater war tot, und sie weinte nicht einmal um ihn.

Und dann kamen die Tränen doch. Und auf einmal schluchzte sie, bebte sie, weinte sie, so, wie sie noch nie in ihrem Leben geweint hatte. Nicht um ihn. Um sich selbst.

Sie lehnte noch immer an dem Poller, als es rings um sie herum laut wurde. Als Jiāo sie fand. Als die Träger einliefen.

Die Lincoln mit ihren skurrilen, in frischem Glanz erstrahlenden Aufbauten, vollständig wiederhergestellt und in einheitlichem Navy-Grau lackiert. *Ihr Schatz.*

Doch die Lincoln war nicht allein.

Direkt hinter ihr folgte ein weiterer Träger, ebenso monströs und gewaltig wie die Lincoln, mit Aufbauten, die weit über die Länge seines Decks hinausragten. Ein ohrenbetäubendes Aufheulen der Motoren, dann kam ein dritter Koloss in ihren Blick, und schließlich ein vierter, alle in so dichter Formation, dass Catherine zwischen diesen Trutzburgen aus Stahl im fahlen Licht des fast vollen Mondes kaum mehr das Wasser der Bay ausmachen konnte. Eine nach der anderen fuhren die Lincoln, die Nimitz, die John C. Stennis und die Carl Vinson in das Hafenbecken ein, vier schwimmende Städte, die grauen Flugdecks Dutzende Meter über der Kiellinie, schäumendes Wasser am Heck.

Die Crème de la Crème dessen, was die Navy aufbieten konnte.

Und Catherines letztes Ass im Ärmel.

Nicht nur die Lincoln barg in ihrem Bauch ein Geheimnis. Auch die Hangars der drei anderen Neuankömmlinge beinhalteten Werkstätten, Produktionsanlagen und ganze Fabriken. Und bald würden sie über eine kleinere Version des Bioreaktors verfügen, der das Hauptdeck der Lincoln zierte.

Catherine rappelte sich auf, biss sich die Tränen aus dem Gesicht, die Schwäche aus den Beinen. Das hier sollte ihr größter Triumph sein. Ihr größtes Geheimnis. Ihr Meisterwerk. Nicht bloß *ein* solches Wunder, sondern derer gleich vier.

Die Träger waren mit vollem Geleitschutz angerückt. Zerstörer, Fregatten, U-Boote. Komplette Geschwader, so dicht nebeneinander, dass bis hinüber nach San Francisco kaum mehr Wasser zwischen dem Stahl durchblitzte. Noch nie hatte die Bay so vielen Schiffen auf einmal als Hafen gedient.

Und das war beileibe nicht alles. Mehr als ein Drittel der Schiffe sah anders aus, gedrungener und in einem helleren Grau gehalten – und doch bildete gerade diese Gruppe den inneren Kordon rund um die USS Lincoln, Kriegsschiffe mit unvertrauten Hoheitszeichen und Markierungen in einer fremden

Schrift. Die chinesische Armada – sie war angekommen, hier, mitten in der Bucht von San Francisco.

Und so willkommen ihr diese Verstärkung aus militärischen Gesichtspunkten auch war: Catherine wollte sich nicht ausmalen, welchen Eindruck es auf die Menschen in ihren dunklen Wohnungen und draußen vor den Zäunen machte, wenn in amerikanischen Hoheitsgewässern auf einmal die halbe chinesische Pazifikflotte vor Anker ging.

Jiāo stand neben Catherine, beobachtete mit in die Hüften gestemmten Händen, wie die Träger und ein kleiner Teil des Begleittrosses am größten Containerterminal anlegten, im Zentrum der Basis, fein säuberlich hintereinander aufgereiht am Rande des tiefen Kanals, der die Landebahnen im Süden von dem Güterbahnhof im Norden trennte. Jiāo hatte noch immer kein Wort über den Zustand verloren, in dem sie Catherine vorgefunden hatte, aber wenn die Chinesin einen auf harten Kerl machte, konnte Catherine das auch.

Sie schaute kurz zu Jiāo und dann wieder zu den schwimmenden Städten, die alle vier bereits von Kränen aus mit bunten Containern beladen wurden, so, als seien sie Frachter, keine Trägerschiffe.

»Sie sind nicht überrascht, dass es gleich vier sind?«

Jiāos Blick war fest nach vorn gerichtet. »Sie unterschätzen mich noch immer. Und Sie trauen mir nicht, zumindest nicht völlig.«

»So wie Sie mir.«

Da huschte fast so etwas wie ein Lächeln über Ihren Mundwinkel. »Man muss die Situation ja ausgeglichen halten.«

Die nächsten Container sanken gen Deck. Sie trugen ein schwarzes Dreiblatt auf gelbem Grund an ihrer Seite, das Warnzeichen für Radioaktivität. Die neuen Brennstäbe.

»Fairerweise kommen die anderen drei lange nicht an die Lincoln heran«, sagte Catherine, auch ihr Blick auf das Geschehen gerichtet. Ihre Stimme klang so schwach, dass sie selbst erschrak. »Das ist mehr eine Absicherung. Alles, was sich an der Westküste zusammenkratzen ließ.«

Plötzlich vibrierte ihr Handy. Lang, kurz, lang, kurz. Eine Vibrationsfolge, die sie bei ihrer Ankunft in Oakland für genau zwei Leute einprogrammiert hatte: Christopher und Clarity.

Mit klammen Fingern zerrte sie ihr Handy aus der Innentasche ihres Blazers, ließ es dabei vor Aufregung fast fallen.

Clarity. Eine Kurznachricht, wie auch immer sie die durchgebracht hatte. »Ecke Mission Street/Main Street, 03:30.«

Das war alles.

Catherine versuchte sofort, sie zurückzurufen, ihr zu schreiben, aber Clarity reagierte nicht.

Halb vier in der Früh – das war in weniger als vierzig Minuten.

Ihr Herz pochte wie wild.

Die Entscheidung war bereits gefallen.

»Ich muss rüber nach San Francisco.«

Jiāo sah sie an, als hätte sie gerade die Absicht geäußert, zum Mond zu fliegen. Hier und jetzt. »Das ist nicht nur illegal, sondern auch völlig aussichtslos. Die Basis ist abgeriegelt.«

»Meine Schwester ist da drüben!« Catherine erkannte ihre eigene Stimme kaum wieder.

Jiāo legte ihre Stirn in Falten. »Und das tut mir ehrlich leid für Sie. Aber es sollte Ihre Entscheidungen nicht beeinflussen. Wir haben einen Job zu erledigen. Und dafür brauche ich Sie hier.«

»Tun Sie nicht.« Catherine ließ ihr Handy zurück in die Tasche gleiten. »Achten Sie in meiner Abwesenheit einfach darauf, dass die Lebensmittel zuerst eingeladen werden, in Ordnung?«

Jiāo lächelte milde, aber ihre Augen blieben kalt. »Ich bin nicht Ihre Untergebene, Miss Strive. Und auf diese Vorgehensweise wäre ich schon von selbst gekommen.« Sie stemmte ihre Arme in ihre Seiten, musterte Catherine von Kopf bis Fuß, ehe ihr Blick an Catherines Taille hängen blieb. »Das heißt aber nicht, dass ich Sie dieses horrende Risiko in Kauf nehmen lasse, wenn Sie schon hier auf der Basis kaum auf sich achtgeben können.«

Was sollte das jetzt heißen? Catherines Augenbrauen zogen sich zusammen. »Mir ist völlig gleich, wie Sie da argumentieren. Es geht hier um meine Familie.« Um alles, was von ihr übrig war.

»Und es geht auch um Ihre Pflichten. Sie dürfen sich von Ihren Gefühlen nicht zu einer solchen Unverantwortlichkeit treiben lassen.«

Catherine fauchte sie regelrecht an. »Bei aller Hochachtung, was wissen Sie schon davon, wie ich mich gerade fühle?«

Jiāo versteifte sich. Sie richtete sich zu ihrer vollen Größe auf, machte einen drohend anmutenden Schritt auf Catherine zu. »Sie erinnern sich an Herrn Yóu? Den Mann, dessen Tod Sie durch Ihre persönliche Vendetta mit diesem Terroristen mitverursacht haben?« Mehr als ein Hauch von Zorn hatte sich in ihre Stimme geschlichen.

Catherine stockte. »Was hat das …«

Jiāos Augen blitzten. »Yóu war mein Mentor.« Ihr Blick wurde bohrend. »Er war wie ein Vater für mich.« Sie zögerte, ließ ihre Worte sacken. »Und dennoch arbeite ich mit Ihnen zusammen.« Jiāo atmete tief aus. Ganz allmählich entspannten sich ihre Gesichtszüge wieder.

Catherine verdrängte den Gedanken an Yóu, an ihr letztes Gespräch, seinen Tod. Sie wagte es nicht, Jiāo in die Augen zu sehen. Und doch spürte sie, dass die Frau tatsächlich … *begriff*. Dass sie ihr zur Seite stehen würde. Trotz ihres Vaters, trotz all ihrer Vorbehalte. Ihre gemeinsame Komplizenschaft, ihre Kameraderie, all das, was sie durchgemacht hatten, all das, was sie gemeinsam mit sich herumtrugen, wog schwerer. Denn auf wen konnten Menschen wie Jiāo und Catherine in dieser Welt noch bauen, wenn nicht aufeinander?

»Ich weiß, wie Sie sich fühlen müssen. Ich kann Ihre Situation bestens verstehen.« Jiāos Stimme hatte ihre alte Nüchternheit zurückgewonnen. Für einen Moment sah sie Catherine stumm in die Augen. »Aber ich werde Ihnen nicht helfen. Und ich werde Sie nicht beschützen, wenn Sie durch Ihre Entscheidung in Schwierigkeiten geraten.«

Catherine starrte die Frau zwei, drei Sekunden lang an, ohne zu wissen, was sie darauf noch sagen sollte. Schließlich schüttelte sie den Kopf, nicht einmal mehr darum bemüht, ihre Enttäuschung zu verbergen. »Ob mit oder ohne Sie, ich muss das tun.« Catherines Stimme wurde immer leiser, während sie sich von Jiāo fortdrehte. »Sie ist alles, was ich noch habe.«

Der Kapitän des kleinen Patrouillenboots am südwestlichen Ende des Hafens – ein Mann mit riesigen Pranken und einem wilden, grau-weiß gefleckten Vollbart – musterte sie von Kopf bis Fuß. Nur den Dienstausweis, den sie ihm unter die Nase hielt, würdigte er mit keinem Blick.

»Und Sie erwarten allen Ernstes, dass ich Sie über die Bay bringe?« Seine Stimme hatte einen tiefen Basston, der perfekt zu seiner Statur passte. »Unter diesen Bedingungen?«

»Ja.« Catherine war klar, wie trotzig das klang.

»Das ist gegen die Vorschriften.«

»Gibt es irgendetwas, das ich im Gegenzug für Sie und Ihre Crew tun könnte?«

Catherine sah sich um, nahm mit jedem der fünf Männer an Bord einzeln Blickkontakt auf.

Der Kapitän presste seine Lippen aufeinander, beugte sich etwas zu ihr hinab. »Versuchen Sie etwa, mich zu bestechen?«

»Nein!« Catherine zögerte. »Ja.« Noch eine Pause. »Es geht um eine zutiefst persönliche Angelegenheit. Da ist mir jedes Mittel recht.«

»Ich verstehe.« Der Kapitän sah sich um. »Nun, vielleicht könnten wir uns da ja einig werden. Gewisse … Garantien bezüglich unserer Evakuierung wären ein guter Anfang. Plätze auf einem der hochseetauglichen Schiffe, zum Beispiel.«

»Für fünf Menschen?«

»Acht, mit den jeweiligen Partnern.«

Catherine nickte knapp. »Das müsste sich einrichten lassen.«

»Gut«, sagte der Kapitän. »Das reicht mir.«

»Das reicht Ihnen?«

»Ja, das reicht mir. Das soll jetzt keine Drohung sein, aber ich habe den Eindruck, dass Sie uns schon nicht vergessen werden.«

Catherine blinzelte. »Wie meinen Sie das?«

»Ich weiß nicht, ob Ihnen das bewusst ist, aber meine Männer und ich sind dafür zuständig, die Ladung der Frachter in Richtung Pacifica stichprobenartig zu überprüfen. Und in den letzten Tagen sind uns dabei zunehmend … Unstimmigkeiten aufgefallen. Falsch deklarierte Container zum Beispiel.«

Catherine hätte fast einen Schritt rückwärts gemacht.

»Und was hat das bitte schön mit mir zu tun?« Sie versuchte, so ruhig wie möglich zu klingen.

»Nun, *Miss Strive*, die Begleitpapiere trugen den Stempel Ihres Büros.« Er deutete auf ihren Dienstausweis. »Ich bezweifle sehr, dass diese Unstimmigkeiten ohne Ihr Wissen möglich gewesen wären.«

Catherine musste sich zwingen, nicht zu schlucken. »Das dürfte ein simpler Fehler sein. So etwas kann in diesem Chaos leicht mal passieren. Die gesamte Dienststelle ist ja völlig überarbeitet.«

Der Kapitän hob eine seiner buschigen Augenbrauen. »Und dann verschiffen Sie Trockenmilch anstelle von Granaten? Jemand mit Ihrer Reputation?« Er machte einen Schritt auf sie zu. Catherine spürte, wie sich ihre Kehle zuschnürte. »Nein. Das ist kein Fehler. Das hat System.« Er beugte sich zu ihr herunter. Seine Stimme wurde leiser. »Ich fürchte, ich weiß *ganz genau*, was Sie da tun, Miss Strive.« Dann lehnte er sich zurück und richtete sich zu seiner vollen Größe auf. »Und ich weiß auch, wie viel Dank wir alle Ihnen dafür schulden. Was Sie da durchziehen, erfordert Eier.«

Catherine blinzelte verstört. Der Kapitän winkte derweil einen seiner Untergebenen herbei. »Nun, was Ihre kleine Bitte angeht: Ich habe Ihnen gesagt, dass es gegen die Vorschriften ist. Das heißt aber nicht, dass es auch gegen meine Überzeugungen ist.« Er zeigte auf den Mann neben sich, einen pausbäckigen Matrosen mit großen, grünen Augen und einem unsicheren Lächeln auf den Lippen. »Private Carter wird Sie wohlbehalten über die Bay bringen, und auch wieder zurück.«

Ein paar Minuten später fand sie sich in einem Schlauchboot mit Außenmotor wieder, das mit hoher Geschwindigkeit über die flachen Wellen der Bay in Richtung San Francisco hüpfte. Die letzten Wolken hatten sich verzogen, die ganze Bucht war vom Licht des Mondes in einen unheimlichen Schein getaucht.

Und so, wie sie da stand, im Schatten der Nacht, in ihrem dunklen Blazer mit der dunklen Hose und dem Halfter für die Pistole, die ihr der Kapitän mit auf den Weg gegeben hatte, aufrecht und mit grimmigem Blick den Schlägen der Wellen trotzend, fühlte sie sich fast wie eine FBI-Agentin. Eine Agentin auf zutiefst persönlicher Mission.

Nebelschwaden waberten über der Bay, Schwaden, die sich auf den untersten paar Metern über dem Wasser rasch verdichteten. Darüber ragten die Wolkenkratzer der Stadt wie dunkle Mahnmale empor, intakt, und doch nur vom Licht des hoch im Südwesten stehenden Mondes in einen schwachen Schein getaucht – ehe der Nebel auch sie vor ihrem Blick verbarg, ihr kleines Boot wie ein Mantel umschloss, nichts als schwarzes Wasser um sie herum übrig lassend.

Auf einmal wurde es laut. Nicht vor ihnen. *Über* ihnen.

»Die Bay Bridge rüber nach Oakland«, flüsterte der Private, »siebzig Meter über uns.«

Catherines Augen weiteten sich. »Das müssen Tausende sein!«

Ein mächtiger Pfeiler aus Beton tauchte neben ihnen aus den Schwaden auf. Catherine konnte die Fahrbahn hoch darüber immer wieder kurz erahnen. Sie lag in völliger Dunkelheit.

Also keine Fackeln. Und hoffentlich auch keine Mistgabeln.

Schließlich verlangsamte sich das Boot.

»Wir sind fast da, dicht neben dem Fährgebäude.« Ihr Begleiter zeigte auf eine schmale Landzunge aus Beton, die langsam aus dem Nebel auftauchte. »Pier 14, der östlichste Punkt im Hafen.«

Einem Hafen, der völlig verwaist schien.

Das Boot kam dicht neben einer eisernen Leiter zum Stehen.

»Ich fahre wieder etwas hinaus aufs Wasser«, flüsterte er ihr hinterher, als Catherine bereits hochkletterte. »In exakt einer halben Stunde bin ich wieder da.«

Catherine nickte grimmig. »Verstanden.«

Eine halbe Stunde sollte mehr als ausreichen. Drei Blöcke waren es von hier bis zum Treffpunkt, die Mission Street hinauf. Dreihundert Meter, immer direkt auf den Mond zu.

Der Nebel hier war konzentrierter, wirkte künstlich, wie Bühnennebel, einzelne, hüfthohe Schwaden, die wie in Zeitlupe zwischen den Bürotürmen hin und her schwappten, und quer über die breite Straße, die verwaist vor ihr lag. Ein paar Autos standen am Rand, eines davon war ausgebrannt. In den Gebäuden links und rechts waren einige Fenster eingeschlagen, und bei einer der größeren Banken war die komplette Empfangshalle ein Opfer von Flammen geworden. Und doch hielt sich die Zerstörung in Grenzen, so, als hätten selbst ihre Verursacher irgendwann nicht mehr den Sinn dahinter gesehen.

Catherine griff nach ihrer Waffe, legte die Sicherung um.

Langsam ging sie weiter.

In einem der flachen Gebäude zu ihrer Linken – einem der wenigen, die nicht ausschließlich für Büros genutzt wurden – flackerte Licht. Eine Öllampe, oder Kerzen vielleicht.

Der Eingang war mit Einkaufswagen, Brettern und einer Couch verbarrikadiert worden, und für einen Moment war Catherine, als ob sich dahinter etwas bewegte.

Sie umrundete das verkohlte Wrack eines Cable Cars, das mitten auf der Straße stand, mehr als hundert Meter von seinen Gleisen entfernt. Den Kisten und leeren Konservendosen nach hatte es sich dabei einst um eine improvisierte Essensausgabe gehandelt. Jetzt stapelten sich bloß noch Müllsäcke auf beiden Seiten, gaben einen beißenden Gestank von sich.

Die Glaspaläste wuchsen in die Höhe, und die Bay Bridge wurde zu Catherines ständigem Begleiter. Einen Kilometer lang tauchte die Brücke, die auch an Land auf hohen Stelzen verlief, bei jeder Kreuzung zu ihrer Linken auf. Catherine konnte nichts sehen, und so gut wie nichts hören, und sie war definitiv weit genug von der Brücke entfernt, dass ihr keine Gefahr drohte, aber allein das Wissen, dass dort oben Tausende verzweifelte Menschen auf dem Weg nach Oakland waren, ließ sie schaudern.

Endlich lag die Kreuzung mit der Main Street vor ihr. Im Norden ein enger Parkplatz, auf den anderen Seiten drei der größten Bürotürme der Stadt, dreißig, vierzig Stockwerke hoch.

Der Nebel verzog sich. Catherine fühlte sich von Sekunde zu Sekunde verwundbarer, exponierter. Zu allen Seiten warfen die leeren Gebäude lange Schatten, und sie stand hier mitten auf der Straße, ganz allein in einem dunklen, verlassenen Viertel der Stadt, direkt im fahlen Licht des Vollmondes.

Zu ihrer Linken bewegte sich etwas. Eine Gestalt, die sich bisher an einen der Betonpfeiler des mittleren Bürogebäudes gelehnt haben musste, kam nun mit langsamen, staksigen Schritten auf sie zu.

Sie erkannte den Gang sofort, hätte ihn in hundert Jahren noch erkannt. Das Ungelenke, das Unsichere.

Catherine ließ ihre Waffe sinken, eilte mit schnellen Schritten über die Kreuzung.

Die Gestalt ging ihr entgegen. Sie wirkte dünn, zerbrechlich fast, mit Oberarmen, die Catherine mit einer Hand hätte umfassen können. Ihre offenen Haare, ihr einfaches, weites Kleid, alles an ihr funkelte im Mondlicht, als sie aus dem Schatten trat.

Ein Gesicht zeichnete sich im Zwielicht ab. Und plötzlich hatte Catherine Gewissheit. Sie war es! Sie war es tatsächlich! »Clarity!«

Doch das Gesicht blieb starr. Ernst. Emotionslos.

Catherines Lächeln fror ein. »Clarity?«

Die Gestalt blieb stehen. Sie hob den linken Arm. Etwas in ihrer Hand glitzerte.

Es dauerte, bis Catherine begriff, was hier vor sich ging – und sie verstand, dass der Lauf einer Pistole auf sie gerichtet war.

KAPITEL 21

Wir haben keine Wahl. Wir müssen sie aufhalten.« Christopher schritt hastig in ihrer winzigen, frisch zugewiesenen Backstein-Wohnung am Rand von Sandpoint auf und ab, auch wenn er damit Gefahr lief, Mtoto aufzuwecken.

»Das wird nicht so leicht«, sagte Max, auf der Bettkante sitzend. »Du hast ja gesehen, wie viele Leute ihr zur Verfügung stehen. Und was für Vorräte die hier unten haben, während die Flüchtlinge in Kootenai Pflüge aus den Dreißigern benutzen und tagaus, tagein diesen widerwärtigen Haferbrei schlürfen. Die Frau hat Trucks. Fabriken. Sturmgewehre, Hunderte davon, während die Wachen drüben mit Pistolen oder läppischen Schlagstöcken herumlaufen. Wir kratzen noch immer bloß an der Oberfläche des wahnsinnigen Imperiums, das sie erschaffen will. Das sie bereits erschaffen *hat.*« Sie folgte Christopher mit ihren Augen. »Aber sieh es doch mal so: In einigen Tagen wird sich das Problem von ganz allein lösen. Von daher reicht es, wenn wir uns nur auf unsere eigene Flucht konzentrieren. Das wird schon schwer genug.«

»Es sei denn, sie hat recht. Was machen wir dann? Was passiert mit den Leuten hier, den Leuten flussabwärts? Immerhin können wir nicht ausschließen, dass die Wand doch überlebbar ist.«

»Das stimmt. Aber nach allem, was wir wissen und was Catherine uns gesagt hat, ist sie es nicht. Und wir dürfen uns nicht den Luxus erlauben, für jede Eventualität zu planen.«

»Es ist ja nicht nur das.« Christopher fuhr sich durch die Haare, ließ sich neben ihr auf die Matratze fallen. »Es ist die schiere Masse an Menschen. Das sind so viele, da können wir nicht einfach mit der Schulter zucken.«

Max runzelte die Stirn. »Was schlägst du vor?« Sie lehnte sich ein bisschen zurück. »Bisher haben wir bei all den Wachen ja noch nicht einmal einen Plan, wie wir drei hier rauskommen wollen. Selbst die Straße in Richtung Westen ist ein hoffnungsloser Fall.«

Christopher starrte in Richtung Fenster, auf die vertrockneten Wiesen da draußen, die Gewitterwolken weit dahinter, die völlig überfüllten Zeltlager zu seiner Linken. »Ich schlage gar nichts vor. Ich sage nur, wir müssen ganz anders an die Sache herangehen. In weit größeren Dimensionen denken.« Er sah auf die Lagerhallen und die zentrale Essensausgabe zu seiner Rechten, dann schaute er zurück zu Max. Ihr Blick folgte dem seinen, musterte das, was er soeben gemustert hatte. Und plötzlich hielt sie inne. Sie sprang auf, lief ans Fenster, die Nase gegen die Scheibe gepresst.

»Max?«

Es dauerte ein paar Sekunden, doch dann drehte sie sich grinsend zu ihm um. »Ich glaube«, sagte Max, »du hast mich da gerade auf eine Idee gebracht.«

Christopher richtete sich auf. »Ja?«

»Der Plan wäre riskant. Er könnte nur funktionieren, wenn wir es praktisch in letzter Minute versuchen. Im Chaos, wenn es regnet und stürmt und die Menschen Panik bekommen ...«

Christopher zögerte, schüttelte dann den Kopf. »Davor haben wir eh keine Chance. Nicht zu dritt. Nicht solange die Patrouillen so geordnet ablaufen und Mtoto tagsüber von uns getrennt ist.«

»Genau! Aber wir beide haben Zugriff auf die Ladung der Frachtzüge. Und Mtoto hat Zugang zur Hauptküche der Blautüchler. Ich denke, das reicht. Um hier rauszukommen und gleichzeitig auch den anderen eine faire Chance zur Flucht zu bieten.« Max' Augen leuchteten. »Alles, was es dazu braucht, ist ein bisschen Vorbereitung, ein glückliches Händchen mit dem Timing – und ein paar kleine Schachteln aus dem Vorratslager ...«

Christopher runzelte die Stirn, sah aber weiter zu ihr auf. Max stellte sich zwischen seine Beine, direkt an die Bettkante, griff nach seinen Händen und sah ihm tief in die Augen. »Vertrau mir einfach, okay?«

Christopher erwiderte ihren Blick. Und diesmal zögerte er nicht. »Okay«, sagte er. Einfach nur »Okay«.

Und damit lief ihre Fluchtmaschinerie an. Die meisten Schwierigkeiten ließen sich rasch überwinden, aber ausgerechnet das Beschaffen der »paar kleinen Schachteln aus dem Vorratslager« – die Hauptzutat für ihren Fluchtplan – stellte eine erstaunlich große Herausforderung dar. Anders als Christopher erwartet hatte, fand er rein gar nichts von dem Gesuchten in den Regalen, auch nicht, als er sich bei Pope Vollzugriff auf die nicht-militärischen Inventarlisten erschlich. Umso mehr Hoffnung setzte er in die Züge, die Sandpoint noch passierten, doch ihre Zahl reduzierte sich abrupt – wegen der sich nähernden Wand oder wegen des generellen Chaos im Osten – und die wenigen, die sie erreichten, waren zwar randvoll mit Hilfsgütern beladen, und noch randvoller mit Flüchtlingen, die sich an diesen gütlich hielten, aber nicht mit dem, worauf er hoffte. Max vermutete, dass die neue Gegenregierung dahintersteckte, die in den letzten Tagen – nach der Funkstille des Präsidenten und seines gesamten Kabinetts – die legitime Führung des Landes für sich beansprucht hatte. Laut einem Radiosender hatte sie ihren temporären Sitz bei Unterstützern in Boulder, Colorado, bezogen, unter der Ägide des Sprechers des Repräsentantenhauses. Gerüchteweise hatte sie die alte Regierung unter dem Vorwurf des Verfassungsbruches für abgesetzt erklärt, den Schießbefehl zurückgezogen und alle noch intakten Interstates in den Westen wieder geöffnet – doch welche Teile des Militärs auf sie hörten und welche Teile der Zivilbevölkerung überhaupt etwas von ihr erfuhren, blieb unklar. Klar war nur, dass in der Folge die Zahl der Flüchtlinge in Sandpoint weiter in die Höhe schnellte – nur eben nicht die Zahl der Züge.

Und das war ein ernstes Problem.

Schließlich war Christopher aus Frust und Angst kurz davor, es doch einfach mit roher Gewalt zu versuchen – was reiner Selbstmord gewesen wäre, selbst wenn Pope sie am Morgen des »Tages der Wahrheit« wieder als bewaffnete Blautüchler einsetzen sollte.

Und zu allem Überfluss setzte nun auch noch eine weitere Flüchtlingswelle ein – aus der *falschen Richtung*, verzweifelte Menschen, die keine Chance mehr sahen, sich zur Küste durchzuschlagen, und darum zurückkehrten, in ihre Heimat, völlig ungeachtet der näherrückenden Wand. Entsprechend verlegte Pope immer mehr ihrer Wachen an den Westrand ihrer Gemeinde, um die Heimkehrer in ihre Reihen aufzunehmen – und ihr Netz noch dichter zu schnüren, die letzten Löcher zu stopfen, die Christopher, Max und Mtoto vielleicht hätten ausnutzen können.

Doch dann, am 27. August, vier Tage vor der Ankunft der Wand, endete ihre Pechsträhne: Ein letzter Frachtzug aus Billings, Montana, ungewöhnlich kurz und zugleich ungewöhnlich gut bewacht, vollgestopft bis zum letzten Winkel mit Arzneimitteln und medizinischen Geräten. Genau das, was ihnen gefehlt hatte. Das letzte Puzzleteil.

Am Morgen des 28. August war die Wand zum ersten Mal am Horizont zu erkennen. Und doch wirkte sie nicht ansatzweise so imposant wie in Sizilien, in Tansania, damals, vor einem gefühlten halben Leben. Ein paar Grad nur reichte sie in die Höhe, von den meisten der höheren Berggipfel im Osten noch überragt. Und sie war keineswegs schwarz. Die Luft auf den vierhundert Kilometern zwischen ihr und Sandpoint, der Smog und Dunst, all das tauchte sie in einen diffusen, bläulich-gräulichen Schein, der sie fast so hell erscheinen ließ wie den Himmel über ihr. Und bei alledem wirkte sie völlig bewegungslos, wie erstarrt. In diesen Momenten erschien es unvorstellbar, welche Zerstörungskraft dieses Ding gerade über den kanadischen Plains und im Mittleren Westen entfaltete, weit im Nordosten, auf der anderen Seite der Rocky Mountains, auf die es langsam zukroch.

Und so blieb es auch ruhig in ihrer Gemeinde, zumindest nach außen hin. Nur wenn Christopher über die Straßen ging und den Menschen in die Augen sah, spürte er die Nervosität, die von allen Besitz ergriffen hatte, selbst von Pope höchstpersönlich.

Am 29. August sah die Wand schon nicht mehr so lächerlich aus. Wie eine Sichel aus dunklem Silber schmiegte sie sich an ein Viertel des Horizonts, vom Osten bis weit in den Norden. Sie hing dort praktisch bewegungslos, doch wenn Christopher nach einigen Stunden bei der Arbeit seinen Blick erneut auf sie richtete, konnte er bereits erahnen, wie die Sichel sich verbreitert hatte, dunkler geworden war, länger.

Pope verdoppelte die Anzahl der Wachen – und zugleich die Essensrationen. Sie veranstaltete den ersten großen Freiluftgottesdienst, sprach mit Hilfe gigantischer Lautsprecher vom Dach einer Fabrik auf halbem Weg zwischen Kootenai und Sandpoint aus zu ihrer »Gemeinde«. Und obwohl die Anwesenheit nicht verpflichtend war, war das Feld vor der Fabrik rappelvoll, mit Tausenden, vielleicht Zehntausenden Menschen.

Pope wiederholte dieselbe Zeremonie am nächsten Tag, verknüpfte sie mit einem rauschenden Festessen am Abend, nachdem alle Vorbereitungen abgeschlossen waren, alle Arbeiten getan. Die Stimmung war dennoch gedrückt. Die Wand war größer geworden, bedrohlicher. Sie erstreckte sich fast über den halben Himmel, vom Nordwesten bis zum Südosten. Entlang des Horizonts strahlte sie noch immer in Anthrazit, doch je höher sie sich in die Atmosphäre schraubte, desto dunkler erschien sie – und wurde jede Stunde schwärzer.

Das blieb nicht ohne Folgen. Mehrere Menschen versuchten, sich abzusetzen. Christopher, Max und Mtoto hofften, dass dies der Moment sein könnte, in dem eine Massenflucht einsetzte.

Ein-, zweimal wirkte es so, als wäre es so weit, nach einem Raunen in der Menge oder nach unruhigen Blicken, aber letztlich hofften sie vergebens. Die übermächtige Präsenz von Wachen, die gemeinsamen Gebete und die harten Strafen – Peitschenhiebe meistens –, die Pope im Schnellverfahren verhängte, und abermals auch an sich selbst vollstrecken ließ, verhinderten, dass aus der allgemeinen Unruhe eine echte Panik erwuchs.

Bei Einbruch der Dämmerung löste Pope das Fest schließlich auf, beschwor noch einmal den Zusammenhalt der Gemeinschaft und kündigte dann eine strikte – mit weitaus härteren Sanktionen belegte – Ausgangssperre für die Nacht an, von der lediglich ein großes Kontingent an Blautüchlern ausgenommen war.

Christopher und Max gehörten nicht dazu. Sie würden erst morgen früh wieder eingesetzt werden, dank Christophers Beharrlichkeit immerhin als Wachen im mittleren Ring, zwischen den Neulingen innen und dem harten, besonders loyalen Kern ganz außen.

Das sollte, würde, musste für ihren Plan reichen. Sie hatten getan, was sie tun konnten. Alles lag bereit, jeder von ihnen wusste, was er zu erledigen hatte. Doch bis es so weit war, konnten sie nur warten.

Die Laken hatten sie schon längst auf den Boden gestrampelt, so wenig hatte sich die Luft seit dem Sonnenuntergang abgekühlt. Der Wind hatte am Abend kräftig aufgefrischt, er schien nun auf direktem Wege Wüstenluft aus Kalifornien und Mexiko nach Norden zu tragen. Die Pappel neben ihrem Nordfenster schwang hin und her, schlug bei den kräftigsten Böen lautstark gegen ihre Backsteinwand. Im Nebenzimmer stöhnte Mtoto im Schlaf auf und drehte sich schnarchend zur anderen Seite.

Christopher gab den Versuch auf, in dieser Nacht zur Ruhe zu kommen. Er rollte sich aus dem Bett, rieb sich die Augen, blinzelte – und erstarrte. Das Laken zu seinen Füßen, der Boden ringsherum, sein grauenhaftes Nachthemd, sogar seine Hände: Alles im Raum war in ein sattes, unheimliches Türkis getaucht, in verschiedenste Schattierungen von Blau und Grün. Er stemmte sich in die Höhe, schritt mit weit geöffneten Augen auf das Fenster zu.

Der Himmel war ein Farbenmeer. Langgezogene Bänder aus sattgrünem Licht waberten über das Firmament, formten mäandrierende Muster, fantastische Spiralen, die an ihrer Basis in Töne von Türkis und Cyan übergingen, ehe sie scharf abgeschnitten endeten, dicht über der sternenlosen Schwärze, die unter ihnen herrschte.

Christopher zitterte am ganzen Körper. Er rief leise nach Max, war sogar versucht, Mtoto zu wecken, ohne sich zu ihr umzudrehen, unfähig, den Blick von all den Polarlichtern abzuwenden, die vor ihm über den Himmel wanderten, links und rechts, überall um ihn herum. Max trat wortlos an seine Seite, schaute mit derselben Ehrfurcht in die wabernde Pracht, das Gesicht in ein fast mystisches Blaugrün getaucht. Sie legte Christopher einen Arm um die Schulter. Christopher zog sie eng an sich heran.

Neue Arme und Windungen flackerten auf, züngelten über den Himmel, während andere Irrlichter langsam verglommen, doch die grobe Struktur blieb bestehen. Weiterhin waren alle Bänder auf die Kante der Wand ausgerichtet, die unermesslich hoch über den Berggipfeln ruhte, in dichte Gewitterwolken gehüllt. Und selbst diese Wolken, auch nachts ein steter Begleiter der Wand, schienen von innen heraus beleuchtet, glühten giftgrün und furchteinflößend schön.

Christopher strich Max durch die Haare, blickte ihr in die Augen, in denen winzige Spiegelungen grüner Bänder tanzten, und darunter nichts als Schwärze. Ihr Blick war stark, so stark wie eh und je, doch Christopher sah darin auch die tiefe Unsicherheit, die von ihr Besitz ergriffen hatte, sah im Spiegel ihrer

Augen seine eigene Angst, eine absurde Angst, vor Einsamkeit und Nähe zugleich.

Und er sah ihre Schönheit.

Er näherte sich ihrem Kopf, wollte sie auf die Stirn küssen, doch Max zuckte zurück. Eine ganze Reihe von Gefühlen huschte über ihr Gesicht.

»Es tut mir leid.«

Tränen standen in ihren Augen. Sie löste sich von ihm, legte ihre Hände vor ihr Gesicht, wischte sich über die Lider, wandte sich von ihm ab und drehte sich dann doch wieder zu ihm.

Und dann, ohne jede Vorwarnung, legte sie ihm die Hände an die Wangen, zog ihn zu sich hinab und küsste ihn, auf die Lippen, immer und immer wieder. Sie packte ihn an den Schultern, holte ihn so eng an sich heran, dass Christopher ihren warmen Atem auf seinem Hals spürte.

»Wehr dich nicht.«

Sie hauchte es nur, aber mit einer solchen Entschlossenheit, dass ihm ein Prickeln über den Nacken lief. Sie drückte ihn gegen die Backsteinwand, mit einer Kraft, die Christopher überraschte, und schaute ihn an, ein Funkeln in den Augen, das Christopher lange nicht mehr gesehen hatte. Ihre linke Hand wanderte über seine Brust, fand den obersten Knopf seines Nachthemdes, öffnete ihn, öffnete sie alle, blitzschnell und völlig mühelos.

Christopher atmete schwer. Er konnte kaum noch denken. Sein Blick zuckte nach links, zur Tür. »Aber Mto…«

Max presste ihm ihre rechte Hand auf den Mund, hielt ihren linken Zeigefinger vor ihre Lippen und lächelte, als sein Protest dumpfer wurde und schließlich komplett versiegte.

Sie zog ihn herum, schubste ihn aufs Bett, mit offenem Hemd, bis auf die Boxershorts entblößt, trat breitbeinig vor ihn und begann, ihr eigenes Hemd aufzuknöpfen, ihren Slip abzustreifen. Und so stand sie vor ihm, nackt, stolz, den Rücken durchgestreckt, dieses Glitzern in den Augen, ihre Haut die Farbe von kalt glänzender Bronze, wo sie von den Lichtern beschienen wurde.

Sie schwang sich über ihn, katzengleich, küsste ihn, auf die Brust, auf den Mund. Eine Hand krallte sich in seine Schulter, die andere zog ohne Vorwarnung seine Hose über seine Knie. Sie spielte mit ihm, streichelte ihn – und mit einem Lächeln auf den Lippen ließ sie sich auf ihm nieder.

Christopher stöhnte auf, als er die plötzliche Hitze spürte, *ihre* Hitze. Sie bewegte sich auf ihm in die Höhe, bis er sie verlor, und ließ sich dann wieder auf ihn fallen, hart und schnell. Er krümmte sich, sah sie mit weit aufgerissenen Augen an, griff an ihre Schenkel, die sich an seine Hüfte pressten und ließ seine Hände über ihren Hintern gleiten, ihre Taille, über diese unglaublich weiche Haut. Sie beugte sich zu ihm nach vorn, küsste ihn, gierig und feucht. Seine Hände strichen über ihre Brüste, so fest, so schön, spielten mit ihnen, ehe sie weiterwanderten, nach hinten, zu ihrem Rücken. Ihre Haut hier war härter, unebener, doch Christopher stoppte nicht, streichelte über einen der langen Striemen, fuhr die Erhebungen der Narbe mit seinen Fingern nach. Max versteifte sich unwillkürlich, richtete sich auf. Sie senkte den Blick, griff nach Christophers Hand, versuchte sie wegzuziehen. Er ließ es nicht zu, zog ihre Hand fort und berührte Max sanft am Kinn, hob es an und zwang sie so, ihm in die Augen zu sehen, während seine andere Hand über ihren Rücken strich. Sie blinzelte, schluckte, doch er schaute sie weiter an, so lange, bis ihr Blick brach, und sie zu schluchzen begann, die Augenlider fest zusammengepresst. Tränen quollen unter ihnen hervor, liefen ihr über das Gesicht, während ihre Finger nach seiner Wange suchten und über sie strichen, wieder und wieder. Sie öffnete die Augen, sah ihn an, ein grüner Schimmer auf der Iris, und nahm seine freie Hand, presste sie auf ihren Rücken, so dass nun seine beiden Hände auf ihren Narben lagen, und ritt auf ihm, mit einer spielerischen Freude und Leichtigkeit, feuchte

Streifen auf den Wangen und ein Lächeln auf den Lippen. Christophers Hände lösten sich langsam von ihrem Rücken, streiften über ihren Körper, über die Hüfte, die über ihm kreiste, ehe er seine Finger zwischen ihren Schenkeln begrub. Max warf den Kopf leise stöhnend in den Nacken, die Augen geschlossen, den Mund weit geöffnet. Ihr Pferdeschwanz wippte auf und ab, und mit ihm ihre Brüste. Die Schweißtropfen auf ihrem Gesicht, in ihrem Dekolleté, auf ihren Schenkeln glitzerten im magischen Licht dieser Nacht. Ein schwerer, süßlicher Geruch stieg auf. Immer schneller, immer kraftvoller prallten sie nun aufeinander, und als sich ein Kitzeln in Christophers Körper auszubreiten begann, in Wellen durch ihn lief, immer rascher, immer intensiver, da packte er sie im Nacken und zog sie eng an sich heran. Mit weit aufgerissenen Augen, keuchend, zitternd, schauten sie einander an, sahen, wie die Lust in ihnen beiden sich aufstaute, dieses Glitzern, wie es bettelte, nach außen drang. Sie kamen fast gleichzeitig, gewaltig und ohne den Blick voneinander zu lösen. Sie bebten. Und sie lachten, lachten Tränen, vor Glück, vor Erschöpfung, auch dann noch, als Max schließlich zitternd auf ihn herabsackte und sie sich auf dem feuchten Laken eng aneinanderschmiegten, schwer atmend, im farbenfrohen Schimmer der Welt da draußen geborgen.

Die Polarlichter waren noch da, als der Sturm auffrischte und Christopher aus einem tiefen, traumlosen Schlaf aufwachte, doch immer mehr von ihnen verschwanden hinter den Wolken, die sich vor große Teile der Wand schoben, ließen sie in einem ungesund wirkenden Grün erstrahlen, wie Vorboten einer radioaktiven Katastrophe.

Max lag nicht mehr neben ihm. Sie hatte sich wieder in ihre Schutzhülle zurückgezogen, stand regungslos am Fenster, die Arme eng um ihren Körper und den Mtotos geschlungen, aber sie schenkte Christopher ein Lächeln, als sie ihn bemerkte.

Der Morgen rückte näher, doch der Himmel wurde nicht heller, bloß furchteinflößender, dominiert von einem Streifen aus purem Schwarz, der schier vertikal in die Höhe wuchs. Die »Stunde der Wahrheit«, wie Pope es genannt hatte, sie stand unmittelbar bevor …

Der Sonnenaufgang war ausgefallen. Selbst als es am östlichen Horizont längst hell werden sollte, blieb ihre Welt in Dunkelheit getaucht. Eine dichte Wolkendecke hatte sich über dem gesamten Himmel ausgebreitet, so tief im Schatten der Wand liegend, dass fast kein Streulicht bis zum Boden drang. Ein unheimliches Zwielicht lag auf der Landschaft vor ihrem Fenster, fast so, als zöge eine gigantische Sonnenfinsternis über sie hinweg. Dagegen war selbst die Ankunft der Wand in Italien regelrecht strahlend erschienen. Zugleich hatte der Sturm nochmals an Kraft gewonnen. Die Pappel vor ihrem Nordfenster wurde von den Böen wie ein Punchingball hin und her geworfen, und den Bäumen weiter hinten im Halbdunkel schien es nicht besser zu ergehen.

»Das war also der letzte amerikanische Sommer.« Christopher wusste selbst nicht genau, wie er das meinte. Eine Feststellung? Eine Frage? Ein Vorwurf?

Max lächelte schwach.

»Ein bisschen pathetisch, ich geb's ja zu.« Christophers Blick wanderte wieder nach draußen, über die Muster, die der Sturm in das trockene Gras malte. »Aber das ändert nichts an der Sachlage.«

Elf Kilometer war die Wand ihren Zahlen zufolge noch entfernt. Höchste Zeit, Mtoto zu wecken und auf den Weg zu schicken.

Während Max ein letztes Mal das Pulversäckchen inspizierte, das sie über einem der Dachbalken versteckt hatten, drückte Christopher Mtoto an sich, so fest, dass sich Mtoto schließlich empört aus seinem Griff freikämpfte. Als sie das Päckchen an sich nahm und unter ihrem Hemd in die Hose stopfte, leuchteten ihre Augen. Sie wusste genau, was sie zu tun hatte, und so ungern Christopher sie in die Pflicht genommen hatte – Mtoto tat es gern: Dass sie nach all der Zeit als Küchenhilfe, in der sie sich bedeckt halten und warten musste, endlich eine Mission bekam, gefiel ihr nur zu gut. Mit heiligem Ernst im Blick stapfte sie los, rechtzeitig, um wie vorgesehen beim Zubereiten des Frühstücks zu helfen.

Eine halbe Stunde später, nachdem sie ihre eigenen Vorbereitungen getroffen hatten und Max noch rasch die Spritzen eingepackt hatte – »für alle Fälle« –, traten auch Christopher und Max hinaus in den tosenden Sturm, voller Zuversicht, und doch so nervös, dass sie sich noch einmal gegenseitig Mut zusprachen, sich klarmachten, wie wenig eigentlich schiefgehen konnte.

Die Halstücher und die weiteren Ausrüstungsgegenstände erhielten sie in einem Vorgebäude der Essensausgabe. Dann wurden sie direkt in die Mensa weitergedrückt, deren Haupthalle bereits gerappelt voll war: Fast alle Blautüchler, die nicht auf Nachtwache waren, hatten sich hier zusammengefunden. Hunderte waren es, die sich nun ungeachtet der allgemeinen Nervosität und der Geräusche der Böen, die an der Halle rüttelten, in Reih und Glied anstellten.

Unter ihnen waren auch die jungen Soldaten, die sie einige Tage zuvor aus dem Ölzug gepflückt hatten. Offenbar hatten die drei eine steile Karriere hingelegt. Sie schienen sich überraschend wohl zu fühlen, scherzten gerade mit einer der älteren Wachen. Falls sie tatsächlich ihre eigene Flucht planten, dann war ihre Tarnung perfekt.

Die Schlange bewegte sich rasch voran. Schon nach ein paar Minuten hatte jeder von ihnen einen Schöpflöffel Porridge auf dem Tablett. »Liebevoll«, grinste Christopher, »fast wie auf der Highschool.«

Christophers Magen knurrte. Umso schwerer fiel es ihm, scheinbar lustlos im Essen herumzustochern, nachdem sie endlich zwei der Campingstühle ergattert hatten, die um die zahllosen Plastiktische herum standen.

»Was ist los?«, fragte der Mann, der ihnen gegenübersaß, ein Mittvierziger mit Baseballkappe und Terroristenbart. Bis auf das Klackern von Hunderten Löffeln und das Gespräch eines Blautüchlerpärchens, das allen Ernstes einen Konzertabend zu planen schien, war es erstaunlich leise in der Halle. »Zu aufgeregt?«, schob er nach.

Christopher nickte und schubste den Teller mit einem theatralischen Gesichtsausdruck etwas von sich weg, auch wenn sein Magen die Geste augenblicklich als Hochverrat wertete.

»Und sie?« Der Mann zeigte mit seinem Löffel auf Max, ehe er ihn wieder lustvoll in sein Porridge tauchte. Christopher konnte gar nicht hinsehen.

»'ne böse Magenverstimmung«, sagte er, woraufhin sich Max' genervter Gesichtsausdruck sofort in einen leidenden verwandelte. »Unser halbes Zimmer war heute Nacht blau und grün.« Immerhin, gelogen war das nicht. Und es half, weitere Gespräche im Keim zu ersticken.

Als sie lange genug gezögert hatten, um am Ausgang nicht aufzufallen, nickte Christopher den Umsitzenden zu, klopfte Max auf die Schulter und stand auf. »Wir essen vielleicht besser danach. Jetzt geht's erst mal an die Arbeit. Wir kämpfen hier immerhin um das Schicksal von Zehntausenden!«

Jeder Blautüchler hatte explizite Anweisungen für diesen Tag, auch Christopher und Max. Schusswaffen hatten sie allerdings keine erhalten. Ihr Auftrag bestand vielmehr darin, die auf der Lauer liegende Garde des äußeren Rings zu warnen, falls Gemeindemitglieder die Blautüchler im Zentrum überlisteten oder die ihnen zugeordneten Bereiche verließen. Zu diesem Zweck hatten sie neben Taschenlampen jeweils ein Funkgerät bekommen, einen klobigen Metallkasten aus alten Armeebeständen. Immerhin – damit konnten sie in Kontakt bleiben, denn während Christopher westlich des Flughafens patrouillierte, nahe der Hangarhalle, wo Mtoto während der Ankunft der Wand als Faustpfand verbleiben würde, war Max einen halben Kilometer weiter südlich stationiert, auf halbem Weg zwischen den Hangars und dem Nordrand Sandpoints. Sichtkontakt zu Max hatte Christopher praktisch nie, bloß zu ein oder zwei mit Sturmgewehren bewaffneten Wachen am westlichsten der Gleise. Und zu dem Unheil, dass sich im Nordosten zusammenbraute …

Sofern man das Sichtkontakt nennen konnte. Die Wolken hingen so tief, dass es extrem schwer war, die Entfernung zur Wand einzuschätzen. Sie kam näher, keine Frage. Über der Startbahn zu seiner Rechten begann es zu regnen, wurde die Landschaft langsam in tiefe Dunkelheit getaucht, als ob sich der Kernschatten der Sonnenfinsternis nun direkt über ihnen befand, doch der Übergang war graduell, nicht plötzlich.

Vielleicht war es deswegen so ruhig? Sturm, Regen, selbst eine Sonnenfinsternis, das alles waren Dinge, womit die Menschen klarkamen. Sie hatten die Wand nie so erlebt, wie Christopher sie gesehen hatte.

Andererseits: Wenn alles nach Plan liefe, wäre ein Aufstand gar nicht nötig. Dann könnten die Leute einfach so aus den Häusern und Hallen strömen, in denen Pope sie »beschützte«. Dann hätten sie die Chance, sich selbst zu retten.

Das Funkgerät knackte. Eine der anderen Patrouillen gab einen Statusbericht ab. Christopher schob seinen flatternden Ärmel zurück, sah auf seine Uhr. Viertel nach sieben. Für die meisten der Blautüchler, gerade für die Wachen im Westen, musste das Frühstück nun über eine halbe Stunde zurückliegen. Er schielte zu dem Mann hinüber, der ein paar hundert Meter weiter auf dem westlichsten Schienenstrang stand, mit dem Rücken gegen den Wind, die Waffe mit daran befestigter Taschenlampe im Anschlag, ein im Halbdunkel glühender Zigarettenstummel in der Hand. Der Mann wirkte putzmunter, zog zweimal an seiner Kippe, bis eine Bö sie ihm aus der Hand riss, und schlenderte dann weiter. Verdammt. Die Wirkung hätte längst einsetzen müssen.

Stattdessen setzte Regen ein. Allmählich zunächst, in feinen, fast horizontal auf ihn treffenden Fäden, einem Sprühnebel gleich, der einen feuchten Film auf seiner Haut hinterließ. Doch der Regen wurde bald dichter, und nach wenigen Minuten hatte Christopher das Gefühl, als würde er unter dem Brausekopf einer prasselnden Dusche stehen. Im gleichen Atemzug fiel die Temperatur rapide. Orkanartige Böen peitschten den Regen vor sich her. Christopher drehte seinen Rücken in die Gischt, und doch fror er, zum ersten Mal seit Wochen.

Das eben noch knochentrockene Feld unter seinen Füßen verwandelte sich binnen Minuten in einen riesigen, teils knöcheltiefen See, aus dem nur die zahllosen Stummelreihen der abgeernteten Getreidehalme hervorragten. Nicht auszumalen, was der Wolkenbruch für Popes Zeltstadt ein paar Kilometer weiter östlich bedeutete.

Christopher fuhr sich durch die patschnassen Haare, ließ seine Taschenlampe mal nach links, mal nach rechts zucken. Langsam wurde er nervös. Alles war nach Plan verlaufen. Bis jetzt. Er legte sich in die Böen, ließ sich langsam in Richtung Norden treiben, weiter auf seiner Patrouillenroute, mit vollgelaufenen Schuhen, die bei jedem Schritt knatschten.

Immer wieder fiel sein Blick nach links, zu den Gleisen und dann nach rechts, wo sich in etwa zweihundert Metern Entfernung nach und nach der Hangar aus dem dunkelgrauen Einheitsbrei schälte. *Der* Hangar. Der, in dem Mtoto gefangen gehalten wurde, nachdem sie in der Küche nicht mehr gebraucht worden war. Der, aus dem sie eigentlich schon längst ungehindert hätte herausspazieren sollen, zusammen mit den anderen Kindern. Wenn der Plan funktioniert hätte.

Aber das hatte er nicht. Auch die nächste Wache, die gerade weit im Norden Christophers Blickfeld querte, wirkte quickfidel. Fuck. So viel zu ihrem Versuch, Tausende zu befreien. Jetzt waren es null. Christopher fror und schwitzte zugleich. Irgendetwas war furchtbar schiefgelaufen.

Er musste sich entscheiden. Wenn er noch länger wartete, und weiterhin nichts geschah … Er griff nach seinem Funkgerät. »Hier vierzehn.« Er hustete laut. »Quadrant 32 ist klar. Trete nun in Quadrant 33 ein.«

Das Husten war das Zeichen, das er mit Max vereinbart hatte. Für den Fall, dass ihr Plan gescheitert war. Für den Fall, dass sie improvisieren mussten.

Fuck.

Ihr Plan *war* gescheitert. Die Wachen hockten weder mit heruntergelassenen Hosen und schmerzverzerrtem Gesicht im Gebüsch, noch lagen sie bewusstlos auf den Schienen. Und Mtoto war noch immer in ihrer Hand.

Fuck, fuck, fuck!

Nein. Kein fuck.

Den Luxus hatte er nicht mehr. Angst zu haben. Zu zögern, abzuwägen. Keine Einfälle zu haben.

Plötzlich verengten sich Christophers Augen, sein Atem beruhigte sich. Ein eisiges Lächeln legte sich über seine Lippen. Er griff wieder nach dem Funkgerät. »Hier vierzehn. Bewegung in Quadrant 34! Ich wiederhole, Bewegung in Quadrant 34! Mehrere Personen. Sie flüchten in Richtung Westen, nördlich des Woodland Drive.«

Es knackte. Eine Männerstimme, die er nicht kannte. »Hier fünfzehn, aktuelle Position: Quadrant 35. Ich sehe nichts. Bitte um genauere Lokalisierung.«

Christophers Gedanken rasten. Er versuchte, sich Popes Karte in den Kopf zu rufen. Wo genau lag Quadrant 35? Was konnte der Mann von dort aus sehen? »Sie betreten gerade von Südosten aus das kleine Waldstück, Ecke Woodland Drive, Samuelson Drive. Können Sie bestätigen?«, brüllte er in das Funkgerät.

Für einen Moment blieb es still. Dann knackte es erneut. »Scheiße, das ist genau in meinem toten Winkel. Basis, hören Sie das?«

Keine Sekunde später ertönte die Stimme eines jungen Mannes. »Bestätigt. Wir kümmern uns drum!«

Einen Moment lang geschah nichts. Dann öffnete sich eine der Türen des Hangars. Ein Mann stürmte heraus, die Waffe im Anschlag. Noch einer. Bald schon rannten vier Männer von Christopher weg über das Feld. Schräg vor ihnen schälte sich etwas Tiefschwarzes aus den Wolken.

Jetzt oder nie.

Christopher ließ die Taschenlampe fallen und rannte los, mit langen, kräftigen Schritten, die den Schlamm meterhoch aufspritzen ließen, getragen durch den Wind in seinem Rücken und den Gedanken an Mtoto.

Auf der anderen Seite des Hangars trat das Schwarz nun deutlich zutage. Viel zu deutlich. Christopher presste alles, was er hatte, in seine Beine.

Vier der Wachen waren aus dem Spiel. Vier der sechs, die die Kinder bewachten. Die beiden verbliebenen würden keine Chance haben, nicht gegen die Wut in seinem Bauch.

Christopher riss die Tür auf, just in dem Moment, als die gegenüberliegende Ecke des Hangars von der Wand erfasst wurde. Mehr als zwanzig Kinder, die meisten im Grundschulalter, schauten schreckensstarr auf die perfekte Schwärze, die nun die Halle flutete, jede Sekunde einen guten Meter mehr von ihr verschluckte – und zugleich einen gewaltigen Luftsog durch die enge Tür bewirkte. Christophers Ohren knackten so schmerzhaft, dass ihn der Druckausgleich fast das Gleichgewicht kostete. Er sah sich um.

Zwei Wachen standen vor ihren Geiseln, mit dem Rücken zu Christopher, die Füße in den Boden gestemmt, die Pistolen schussbereit in der Hand, aber nicht direkt auf die Kinder gerichtet. Einer von ihnen musste das Öffnen der Tür gespürt haben. Er machte Anstalten, sich zu Christopher umzudrehen, als plötzlich eines der Kinder auf die beiden Männer zustürmte. Mtoto. Sie hatte Christopher gesehen, aber sie schaute ganz bewusst an ihm vorbei. Stattdessen warf sie sich auf den Boden, direkt vor dem kleineren der beiden, einem dunkelhäutigen Mann ohne Halstuch, schmiegte sich an seine Beine und begann bitterlich zu weinen. Der Mann ließ die Waffe sinken, kniete sich in all dem Getöse zu ihr, versuchte, sie mit sanften Worten zu beruhigen, half ihr wieder auf. Auch wenn er den Mann in dem Tosen kaum verstand, Christopher erkannte die Stimme sofort. Thiago.

Auch der andere sah zu Mtoto hinab. Christopher griff nach seinem Funkgerät, hielt es wie einen Faustkeil. Er hatte nur diese eine Chance. Er sprintete, von heftigen Böen getragen, auf die zweite, ihm nähere Wache zu. Der Mann bemerkte ihn erst, als Christopher direkt hinter ihm war, den Metallkasten hoch erhoben. Er drehte sich um, versuchte noch, die Pistole herumzuschwenken, doch Christopher ließ das Funkgerät bereits auf seinen Kopf herabsausen, für Mtoto, entgegen Hunderter Stimmen in seinem Kopf, die »Nein!« schrien, Stimmen aus alten Tagen, die ihn davon abzubringen versuchten, einen anderen Menschen zu verletzen.

Es gab ein hässliches Knirschen, als etwas unter Christophers Händen zerbarst, zeitgleich einen Schrei zu seiner Linken, als Mtoto unter ihren Tränen aufschaute, lächelnd, die Augen plötzlich erschreckend klar, und Thiago mit voller Wucht ihr Knie in den Schritt rammte.

Beide Wachen gingen zu Boden. Christopher kämpfte sich zu Mtoto vor, packte sie an der Hand und riss sie zur Tür, während er »Raus hier!« in Richtung der Kinder brüllte.

Die Wand hatte den halben Raum verschluckt. Zwei der Kinder begannen zu laufen, aber in die falsche Richtung, hin zu einer Tür, die schon fast von der Wand erreicht war. Die anderen stemmten sich gegen die Böen oder kämpften vergeblich sie an – und von einer Sekunde auf die nächste waren sie verschwunden, einfach so, flup, von dem schwarzen Monstrum verschluckt. Christopher schrie vor Entsetzen auf, aber er hörte nicht auf, zu kämpfen, Mtoto gegen die ihnen ins Gesicht peitschende Luft in Richtung Ausgang zu schubsen.

Der andere Mann rührte sich. Blut floss aus einer großen Wunde auf seinem Kopf, über seine Wange, doch er griff bereits wieder nach seiner Pistole, richtete sie auf Christopher, nein, auf Mtoto!

Dahinter hatte sich auch Thiago aufgerappelt, seine Waffe erhoben. Ihnen fehlten noch ein paar Meter. Doch Thiago schaute nicht auf sie. Sein linkes Auge starrte auf den anderen Mann, der Mund weit aufgerissen, als er begriff, was dieser tun wollte. Dann schwenkte Thiago die Waffe herum. Ein einziger Schuss, und es fetzte die Hand der zweiten Wache zur Seite. Der Mann jaulte auf, seine Pistole schlitterte über den Boden halb in Christophers Richtung, halb in die der beiden Kinder, die gerade zeitgleich mit der Wand die andere Tür erreichten.

Christopher brüllte ihnen zu, winkte sie herüber, doch sie konnten ihn in dem Getöse nicht hören. Der Ärmel des ersten verfing sich in der Schwärze, stoppte ihn auf der Stelle. Der zweite rannte in ihn hinein. Und dann waren beide verschwunden. Einfach so, binnen einer halben Sekunde.

Während Christopher für einen Augenblick wie gelähmt dorthin starrte, wo eben noch die beiden Kinder gestanden hatten, nutzte Mtoto den Moment, stürmte zur Pistole und kämpfte sich dann zu ihm zurück, ihre Beute in der einen Hand, die andere schützend vor das Gesicht gehalten. Thiago hob seine Waffe. Er schaute ihnen hinterher, mit einem anklagenden Blick, als hätte er alles Recht der Welt, von ihnen enttäuscht zu sein, doch er schoss nicht – auch dann nicht, als Christopher Mtoto an sich heranzog und sie in Richtung Tür stieß, und auch dann nicht, als sie sich endlich gegen die Gewalt des Sturmes hinauspressten.

Der Wind war draußen erträglicher, doch dafür peitschte ihnen wolkenbruchartiger Regen ins Gesicht. Mtoto war in Sekundenschnelle durchnässt. Sie zitterte am ganzen Körper.

»Alles in O…«, fragte Christopher.

Doch anstatt ihm zu antworten, packte sie ihn am Handgelenk und zog ihn voran, mit der Nase in den Wind. »Wir müssen weiter.«

Christopher fiel es schwer, sich angesichts der Dunkelheit und des vielen Grau um sie herum zu orientieren, aber Mtoto lief genau in die richtige Richtung, hin zu Quadrant 30, einem Bahnübergang in der Nähe einer Gleisweiche, von dem aus eine Straße direkt zu dem Wagen führte, dessen Tankfüllung Christopher nicht hatte abpumpen lassen. Ihr Ticket in Richtung Westen – wenn da nicht das ungelöste Problem mit dem äußeren Ring aus Popes loyalsten Wachen wäre.

Sie liefen so schnell sie konnten, doch jeder Schritt war ein Kampf gegen den Wind, den Schlamm auf den Feldern, die kleinen Sand- und Grashügel auf dem Brachland dahinter, ihre eigene Erschöpfung, gegen das Seitenstechen und den sauren Geschmack in der Kehle. Sie waren etwas schneller als die Wand, aber bei weitem nicht schnell genug, um einen nennenswerten Vorsprung herauszuarbeiten. Als sie sich keuchend dem Bahnübergang näherten, hatten sie hundert Meter herausgeholt, vielleicht zweihundert – und um sie herum brach das Chaos aus. Zu ihrer Linken, am Südende des Rollfelds, kam es zu einem Schusswechsel, kurz, aber heftig. Scheinbar hatte ein Blautüchler die Seiten gewechselt – ein an beiden Armen tätowierter, Christopher vage bekannt vorkommender Hüne mit rotem Haar, der eine kleine Gruppe von Flüchtlingen genau in die falsche Richtung führte, nach Süden, nach Sandpoint. Christopher fluchte. So war das alles nicht gedacht!

Weit zu ihrer Rechten, einige hundert Meter schräg hinter ihnen, tauchten vier bewaffnete Wachen aus dem Nebel dicht vor der Wand auf: die vier von vorhin. Christopher war sich nicht sicher, ob sie hinter ihm und Mtoto her waren, aber darauf ankommen lassen wollte er es nicht.

Sie rutschten einen kleinen Sandhügel hinab – auf den der Regen schwallweise mit solcher Gewalt niederprasselte, dass Körner und Klumpen bis in ihre Gesichter spritzten – und brachen dann mit zusammengekniffenen Augen durch die dünne Baumreihe, hinter der ihre letzte Deckung vor Popes äußerem Ring lag: Das Kiesbett zwischen den durchgehenden und abbiegenden Gleisen.

Doch sie waren nicht allein.

Christopher versuchte, Mtoto zur Seite zu reißen, schlitterte mit Fersen und Hosenboden in eine Pfütze im Kies – und lächelte dann beschämt. Direkt vor ihnen stand Max, die Hände in die Hüften gestemmt. Auch sie war pitschnass, ihr Pferdeschwanz hing senkrecht nach unten, doch ein Grinsen huschte über ihr Gesicht. In ihrem Gürtel steckte eine Pistole, und hinter ihr, unter den Zweigen der einzigen Buche, die sich in dem Kiesbett behauptet hatte, lag deren Besitzer – in seinem Hals die Spritze mit dem Betäubungsmittel, und auf seinen Lippen ein Lächeln, als wäre das Letzte, was er gesehen hatte, etwas höchst Erfreuliches gewesen.

»Wurde aber auch Zeit!« sagte Max, doch die Erleichterung darüber, dass sie beide wohlauf waren, war jeder Faser ihres Körpers anzusehen.

Christopher blickte keuchend auf den Mann zu ihren Füßen. Er war ehrlich beeindruckt. »Gute Arbeit!«

Sie zuckte mit den Schultern, schaute mit grimmigem Blick auf die Schwärze hinter Christopher. »Die Pistole ist nur leider nicht geladen.«

Mtoto zog ihre Waffe hervor. Auch sie keuchte noch, aber ihr Blick war klar. »Du kannst meine haben.« Sie reichte die Pistole an Max, die sie ein, zwei Sekunden lang mit offenem Mund anstarrte, ehe sie sie gegen ihre eigene austauschte.

Mtoto warf einen kurzen Blick zurück zur Wand. »Aber wir müssen jetzt wirklich weiter.« Sie wartete nicht auf eine Reaktion, setzte sich selbständig wieder in Bewegung.

Christopher und Max schauten sorgenvoll nach links und rechts, an den Gleisen entlang, wo sie ungeschützt sein würden, aber sie folgten ihr.

Niemand zu sehen. Was hoffentlich hieß, dass auch niemand sie sah.

»Was war bei euch los?«, rief Max Mtoto hinterher, als sie durch das Pfützenmeer liefen, in das sich die Straße auf der anderen Seite des Bahnübergangs verwandelt hatte. »Die Schlaftabletten, die Abführmittel? Warum haben die nicht gewirkt?«

»Ich bin überhaupt nicht an die Töpfe rangekommen.« Mtoto schaute stur geradeaus. Ihre schnellen Schritte zogen Wellenkegel hinter sich her, die sich rasch über die gesamte Pfütze ausbreiteten. »Die haben heute ohne uns gekocht.«

Christopher hielt sich die Seite und sog nur noch durch die zusammengebissenen Zähne Luft ein, aber er hatte fast zu Max und Mtoto aufgeschlossen. »Was ist mit der zweiten Wache weiter vorne an der Gooby Road?«

Die Felder links und rechts der Straße hatten sich in zwei gigantische Seenplatten verwandelt, zwischen denen nur Teile des Asphaltstreifens aus den aufgewühlten Fluten emporragten, ein dunkelgrauer Deich in hellgrauer See.

»Abgelenkt.« Max klopfte auf ihr Funkgerät, blickte mit einem grimmigen Lächeln zu ihm zurück. »Hab mich von dir inspirieren lassen.«

»Da ist es!« Das kam von Mtoto.

Und tatsächlich, gerade als die ersten Gleise hinter ihnen in der Schwärze verschwanden, schälte sich vor ihnen eine ausladende Baumkrone aus dem Grau-in-Grau, an der das Wasser in zahllosen kleinen gestuften Wasserfällen hinabrann, wie Lametta an einem Weihnachtsbaum.

Und darunter, hinter einer kleinen Scheune verborgen, wartete das passende Präsent auf sie: ein vollgetankter Wagen, in dem sogar noch der Schlüssel steckte ...

Mit neugewonnenem Elan stürmte Christopher an Max und Mtoto vorbei, umrundete die Scheune – und erstarrte augenblicklich. Das Auto war weg. Stattdessen stand eine alte Frau vor ihm, die Robe triefend nass. Pope.

»Hey, so hässlich ist der Jeep auch wieder nicht«, lästerte Max von hinten. Bis auch sie um die Ecke bog, und auch sie erstarrte.

Pope trat mitten auf die Straße, den einzigen Weg, der von der Wand fortführte. Und so stand sie da, die Hände vor dem Bauch zusammengefaltet, den Blick auf Christopher gerichtet. Eine zweite Gestalt trat hinter der Scheune hervor, eine drahtige, gedrungene Frau, in deren Oberschenkelholster ein langes Messer steckte. Grace. Sie bezog direkt neben Pope Stellung.

Christopher, Max und Mtoto standen den beiden gegenüber, Schulter an Schulter, nur ein paar Schritte von ihnen entfernt, um sie herum die Sintflut, dahinter die Wand.

Christopher und Max tauschten einen kurzen, fast panischen Blick. Max tastete nach der Pistole in ihrem Gürtel, doch Pope blieb ruhig, viel zu ruhig, als dass sich die beiden tatsächlich auf die Dienste eines einzigen Messers verließen.

»Bitte, Christopher«, sagte Pope mit sanfter Stimme, »tue mir den Gefallen, und bleib bei uns. Ihr alle.« Sie streckte die Arme aus. »Bleibt bei uns, und ich verzeihe euch.«

Der Regen rann in Strömen über Christophers Gesicht, bei jedem Wort spritzte Wasser von seinem Mund. »Das ist doch Wahnsinn!«

Pope lächelte. »Nein. Es ist Güte gegenüber einem verwirrten Sohn. Nächstenliebe. Menschlichkeit.«

»Nichts an dieser Gemeinde ist menschlich! Nichts!« Max' Unterlippe bebte. »Ich sage dir, warum du das hier tust. Du hast Angst. Du spürst die Schuld deiner Verbrechen, wegen der dir dein eigener Sohn den Rücken zugewandt hat. Und du suchst Bestätigung, ja, Vergebung von jemandem, der dich an ihn erinnert!« Sie zerrte die Pistole aus ihrem Gürtel, richtete den Lauf auf Pope. »Das ist nicht gütig. Das ist einfach nur erbärmlich.«

Pope lächelte noch immer, auch als ihr Blick zu Max wanderte. »Keine Sorge. Gott wird noch hart genug über mich richten. Doch ich weiß sehr genau, was ich hier tue. Und ich sage euch ein letztes Mal: Bleibt bei uns. Bitte!«

»Wir haben keine Zeit für diese Scheiße.« Max deutete mit der Waffe auf den Schuppen im Halbdunkel zu ihrer Rechten. »Geh aus dem Weg. Sofort!« Sie warf einen kurzen Blick über ihre Schulter. Christopher tat es ihr gleich. Ein Blitz zuckte hoch über ihnen krachend in die Wand. Hundert Meter, vielleicht ein bisschen mehr. Kaum mehr als eine Minute. Gemeinsam machten sie alle drei einen Schritt auf Pope zu.

»Nein.«

»Ich werde schießen.«

»Nein, das wirst du nicht.«

Max' Augen funkelten. »Du hast zu viel Vertrauen in meine Nächstenliebe.«

»Du verstehst mich falsch.« Popes Mundwinkel wanderten weiter in die Höhe. »Du *kannst* gar nicht schießen.«

Und plötzlich lächelte auch Grace, sah bewundernd, fast liebevoll zu Pope auf.

Max hob ihre Waffe, sichtlich bemüht, ihre Verstörung zu kaschieren, doch Pope breitete nur in aller Ruhe ihre Arme aus. »Ich habe euch geschätzt, aber ich habe euch nie vertraut. Ich kannte euren Plan, bis ins Detail. Die Betäubungsmittel, eure Fluchtroute. Ich war es, die Thiago instruiert hat, Mtoto gehen zu lassen. Ich war es, die es euch ermöglicht hat, die Wachen im äußeren Ring außer Gefecht zu setzen.« Sie zeigte auf die Pistole in Max' Händen. »Und deswegen ist die Waffe, die ihr da erbeutet habt, auch nicht geladen.« Sturmböen zerrten an Popes Robe, peitschten einen Schwall kalten Wassers gegen sie. Die Wand fraß sich weiter vorwärts, drohte jede Sekunde den Baum hinter ihnen zu erfassen. Popes Lächeln konnte das nichts anhaben, im Gegenteil. »Ihr könnt euch noch so sehr gegen euer Glück sträuben, ich trage hier etwas bei mir, das euch sehr rasch davon überzeugen wird, doch bei uns zu bleiben.«

Und mit diesen Worten griff sie in ihre Robe.

Und Max schoss.

Ein Knall, ein dumpfer Schlag. Pope riss den Mund auf, starrte ungläubig an sich herab. Sie machte einen Schritt, zittrig, abgehackt. Ihr Bein knickte weg, sie stürzte auf die Knie. Ihre Hand rutschte aus ihrer Robe, hielt etwas Schwarzes, Glänzendes fest umklammert. Es war ein Buch. *Proklamation eines Neuanfangs.*

Ihr Buch.

Grace kreischte schrill auf, stürzte erst zu Pope, sah dann zu Max hinüber – und stürmte mit bebenden Nasenflügeln auf sie zu, das Messer in einer fließenden Bewegung aus seinem Holster reißend.

Max zögerte keinen Augenblick. Sie drückte den Abzug, einmal, zweimal. Ein Klick, ein hässliches Knirschen, aber kein Schuss. Max japste vor Schock, drehte sich zur Seite weg, aber zu spät. Grace war fast an ihr dran.

Christopher machte zwei kräftige Schritte in ihre Richtung. Grace sah es, schwenkte das Messer zu ihm herum, doch Christopher rammte seinen Körper mit aller Kraft in ihre Seite. Die Welt um ihn herum drehte sich, das Wasser, die Schwärze, nah, viel zu nah. Er schlug hart auf, in einer flachen Pfütze, mit dem Rücken voraus, alle Luft aus seiner Lunge gepresst. Grace. Das Messer. Neben ihm. Christophers Hand tastete danach, doch Grace war schneller, nicht beim Messer, bei ihm. Ihre rechte Faust traf sein Kinn, ein stechender Schmerz surrte durch seinen Kopf. Sterne vor den Augen, Blut im Mund. Sein Griff um das Messer lockerte sich, Grace bekam es zu fassen, doch er hielt dagegen. Jemand brüllte seinen Namen. Max. Noch einmal, panisch: »Chris!« Ein extremer Schmerz, erst im linken Fuß, dann auch im rechten, abrupt, scharf, als hätte ihn jemand auf einen elektrischen Stuhl geschnallt. Sein gesamter Körper brannte, zitterte, zuckte. Christopher konnte seine Füße nicht mehr spüren. Er sah an sich herab, die Augen voller Unglauben aufgerissen. Die Wand. Seine Beine steckten in der Wand, bis zu den Knien, bis zu den Oberschenkeln; sie kroch rasend schnell an ihm empor. Grace wand das Messer aus seinem Griff, doch ihr Blick machte klar, dass sie es nicht mehr für nötig befand, die Waffe gegen ihn zu richten. Mit einem hasserfüllten, triumphalen Grinsen sprang sie auf, die Klinge erhoben, bereit, erneut auf Max zuzustürmen. Eine einzige Chance. Christopher brüllte, wand sich herum, streckte beide Hände nach Grace aus, packte ihre Knöchel, und legte all seine Kraft in einen gewaltigen Ruck. Die Wand half ihm, gab ihm festen Anker. Grace verlor das Gleichgewicht, das Messer schepperte zu Boden, ihr Schädel knallte hart auf den Asphalt. Sie zuckte, lallte etwas, das im Prasseln des Regens unterging. Christopher nutzte die Chance. Ein zweiter Ruck, und ihr Fuß verschwand neben seinem in der Schwärze. Christophers Arme sackten zu Boden. Die Wand kroch nun über seine Brust, raubte ihm den Atem, den Puls, die Sinne, als würde sie alle Luft, alles Blut, alles Leben aus ihm heraussaugen. Er legte den Kopf in den Nacken, drehte seine Augen hilflos nach rechts, nach links. Dann begann er unkontrolliert zu lachen, ein lautloses, ersticktes Gurgeln. Über ihm standen Max und Mtoto, Tränen in den Augen. Sie hatten es geschafft.

Christopher lächelte.

Und dann hörte alles auf.

KAPITEL 22

Clarity?« Catherine starrte ungläubig auf ihre Schwester, und auf den im Mondschein glitzernden Lauf, der auf sie gerichtet war. »Claire?«

»Nenn mich nicht so!« Es klang schrill, schriller als sie Clarity jemals erlebt hatte.

»Was tust du da?« Catherine zitterte am ganzen Leib. »Erkennst du mich nicht?«

»Natürlich erkenne ich dich. *Genau das ist es ja.*«

»Aber … die Waffe?« Catherine wurde übel.

»An dir habe ich bislang auch noch nie eine gesehen«, kam es kalt zurück. »Also sei so nett und leg deine vor dir auf den Boden.«

Catherine zögerte.

Clarity legte prompt die Sicherung um, mit einer Entschlossenheit im Blick, die Catherine ihrer Schwester niemals zugetraut hatte.

Mit zitternden Fingern ließ Catherine ihre Waffe auf den Asphalt fallen. »Was willst du von mir?«

»Ein Ende der Gewalt. Ein Ende der Lügen. *Dich retten.*«

»Aber …«

»Und vor allem keine Ausflüchte!« Clarity begann, langsam im Kreis um Catherine herumzugehen, ihr dabei immer näher zu kommen. Ihre grauen Augen waren wie Eis. »Du bist kein Opfer. Du bist noch nicht einmal ein kleiner Mitläufer. Du bist einer der Haupttäter. Du spielst eine entscheidende Rolle in einer Regierung, in der kaum noch ein gewählter Vertreter des Volkes sitzt. Einer Regierung, die Tausende aktiv tötet und Millionen einfach sterben lässt. Die auf dem neuen Kontinent einen Genozid begeht, unter all denen, die sich nicht wehren können.«

Catherine drehte sich mit ihr mit. Ihre Unterlippe bebte. »Ich …«

Der Lauf rückte näher. »Du verschleierst die Wahrheit! Du stützt diesen Kontinentalrat! Einen Treppenwitz der Geschichte, durch nichts legitimiert. Ein brutales Zweckbündnis zweier Diktaturen.«

»Nichts davon ist mein Ziel!«

Clarity deutete mit der freien Hand direkt auf Catherine. Sie zitterte vor Wut. »*Du* bist verantwortlich dafür, dass Arthur Ryan solche Macht anhäufen konnte!«

Catherine streckte die Arme aus, schrie sich die Verzweiflung aus dem Leib. »Wovon redest du überhaupt? Ich weiß nicht einmal, wer das ist!«

»Lügnerin!«

»Ich sage die Wahrheit! Verflucht noch mal, Clarity, ich sage bei allem die Wahrheit! Ich kämpfe hier für uns alle!« Catherines Hände ballten sich zu Fäusten. »Glaubst du, ich nehme diese ganze Verantwortung auf mich, weil es mir Spaß macht? Ich mache es, weil es das einzig Richtige ist. Weil es nötig ist, um unsere Zukunft zu sichern!«

Clarity schnaubte. »Das war schon immer die Rechtfertigung der Tyrannen.«

»Und was bist du? Ein Freiheitskämpfer?«

Sie ging langsam weiter um Catherine herum, kam ihr immer näher. »So etwas in der Art. Ich versuche, die Balance wiederherzustellen.«

»Und da fängst du ausgerechnet bei mir an?«

In Claritys Augen blitzte etwas auf. »Ja.«

Catherine brüllte vor lauter Frust. »Warum tust du mir das an? Du bist meine Schwester, verflucht noch mal! Woher nimmst du dir das Recht, über mich zu urteilen?«

»Woher nimmst *du* dir das Recht, über den Willen von Milliarden hinweg zu entscheiden, wer leben darf und wer nicht?« Clarity schnaubte wieder. »Und schau jetzt nicht so herablassend! Es ist völlig egal, ob auf deine Art am Ende mehr oder weniger Menschen überleben – das macht es keinen Deut richtiger oder besser. Es geht hier um die elementarsten Rechte jedes Einzelnen von uns! Rechte, die systematisch aufgehoben werden.« Sie machte eine ausladende Bewegung, die die ganze Dunkelheit der Stadt umfasste. »All das hier, die Ermächtigungsgesetze, die Hinhaltetaktiken, die Verbrechen einer nicht gewählten Elite, all das ist kein zufälliger Ausrutscher, sondern die Kulminierung dessen, wovor ich immer gewarnt hatte.«

»Clarity!« Catherine schüttelte den Kopf. »Wie naiv willst du denn noch sein? In solch einer bedrohlichen Lage haben wir nicht den Luxus, Freiheiten …«

»Bullshit! Das war doch schon immer die größte Lüge: Freiheit stand noch nie im Wettstreit mit Sicherheit. Freiheit ist die *Voraussetzung* für Sicherheit!« Clarity klang immer schärfer, drohender. »Und *behaupte ja nicht*, dass ihr uns unsere Freiheit nehmt, um unsere Sicherheit zu garantieren! Eure Sicherheit, ja, aber nicht unsere. Das Seil, das uns zugeworfen wird, ist kein Rettungsanker. Es ist eine Fessel. Die ersten Freiheiten, die wir uns nehmen lassen, das erste Wegschauen, die erste Zensur, die erste Inhaftierung, all das sind die Fasern eines Stranges, der uns die Luft zum Leben nimmt.« Ihre Stimme wurde tiefer und leiser. »Und weißt du, was am schlimmsten ist? Die Menschen merken noch nicht einmal, was mit ihnen geschieht. Bis es zu spät ist, ganz wie der Frosch im langsam erhitzten Wasserglas.« Ein Schritt, um Catherine herum. »Kommt dir das bekannt vor, Schwesterherz? Merkst du überhaupt, was du da Böses tust, alles im Namen des Greater Good? Wie du schleichend immer kälter wirst, und mit dir die Welt um dich herum?« Noch ein Schritt. »Bist du der Frosch? Oder bist du am Ende etwa der Mensch, der sein Glas erhitzt?«

Catherine drehte sich mit Clarity, stand ihr so nahe, dass sie fast nach ihrer Waffe hätte greifen können. Catherine flüsterte, doch ihre Stimme schnitt geradezu durch die Nacht. »Was zum Teufel willst du wirklich?«

Clarity schmiegte ihren Zeigefinger enger an den Abzug. »Ich will, dass du deine Fehler erkennst. Dass du deine Rechtfertigungen einstellst. Und dass du endlich von diesem Unweg abkehrst.«

»Und wenn ich das nicht tue?«

»Dann werde ich dich stoppen.«

»Indem du mich erschießt?«

Clarity stockte, senkte ihre Waffe. »Nein.« Ein, zwei Sekunden blieb sie so stehen, dann richtete sie den Lauf von neuem auf Catherine. »Andererseits kann ich dich auch nicht so einfach gehen lassen. Aber vielleicht wirst du uns ja noch nützlich, mit dem ganzen Insider-Wissen, das du hast?«

»Willst du mich jetzt etwa verschleppen?« Keine Reaktion. Catherine starrte sie fassungslos an. »Und was heißt hier überhaupt *uns? Wer seid ihr?«*

»Die, die sich noch wehren. Bürgerrechtler und Journalisten, Priester und Umweltschützer, Intellektuelle und Rednecks, Pazifisten und Militante.« Sie war schließlich stehen geblieben, direkt im Mondlicht, einem Engel gleich, so zart und bleich, und doch so hasserfüllt. »Du siehst, es gibt kein *wir* in dem Sinne. Uns eint nur die Überzeugung, dass die derzeitige Regierung nicht mehr das Wohl des Volkes im Sinn hat. Dass es das Recht, ja, die Pflicht der Bürger ist, diese Regierung abzuschütteln.«

»Das bedeutet Anarchie!«

»Wenn es nötig ist, ja.«

»Aber doch nicht jetzt! Das ist die falsche Zeit für einen Bürgerkrieg. Nicht so kurz vor dem Erfolg!«

Clarity zitterte vor Entrüstung, deutete abermals auf die dunkle Stadt rings um sie herum. »Du nennst das hier einen Erfolg? Unsere Nation ist völlig am Ende! Selbst wenn wir jetzt noch Schiffe chartern oder stehlen – die paar hochseetauglichen Fähren werden niemals ausreichen, um alle Leute auszuschiffen, die das möchten.« Clarity ging wieder in einem weiten Halbkreis um Catherine herum. »Wenn ihr von Anfang an im Sinne des Volkes gehandelt hättet, dann hätten wir Dutzende Millionen auf den neuen Kontinent bringen können! Aber was macht ihr stattdessen? Veranstaltet Ablenkungsmanöver und Massaker!«

Der Nebel wurde langsam dichter, neue Schwaden zogen vom Meer heran. Catherine schüttelte den Kopf. »Niemand geht so weit, das eigene Volk zu massakrieren.«

»Ach so? Und warum werden deine Träger dann mit B- und C-Waffen bestückt?«

»Nichts dergleichen …«

Clarity redete einfach weiter. »Warum die Straßensperren? Warum die Standgerichte? Und was ist mit den Boat People? Wusstest du, dass zwei von drei zivilen Schiffen versenkt werden, ehe sie den Kontinent erreichen?« Sie machte eine abfällige Bewegung mit ihrem freien Arm. »Natürlich wusstest du das!«

»Das ist alles nicht so leicht!« Catherine strich sich durch die Haare. »Der Kontinent kann nicht genügend Menschen ernähren.«

»Ihr bemüht euch ja nicht einmal, daran etwas zu ändern!«

Catherine fühlte sich, als hätte sie ein Schlag getroffen. »Das ist nicht wahr. Das ist einfach nicht wahr!« Sie spürte, wie ihre Augen feucht wurden. »Ich tue alles, was ich kann.« Ihre Stimme begann zu versagen, sie deutete auf ihren Körper. »Schau mich doch an, verflucht noch mal! Ich schlafe nicht einmal mehr! Ich arbeite jede Sekunde daran, so viele Leute wie möglich am Leben zu erhalten!« Sie machte einen Schritt auf Clarity zu, einen Arm auf ihre Schwester gerichtet. »Und dann besitzt du die Unverfrorenheit, zu behaupten, ich bemühe mich nicht? Ich bin hier die Gute, verstehst du das?« Tränen rollten über Catherines Wangen, tropften auf den Kragen ihrer Bluse. »Bilde dir bloß nicht ein, dass ich nicht ganz genau sehe, was für eine Scheiße da draußen passiert! Und *wage* es nicht, zu glauben, dass diese Zweifel nicht jede beschissene Sekunde an mir nagen!«

Einen Augenblick lang war Clarity still, musterte sie verstört ihre Schwester. Dann kehrte das Funkeln in ihre Augen zurück. »Dann tu etwas!«

»Das tue ich! Ich führe meine Arbeit zu Ende! Damit diese ganze Scheiße es wert war! Damit ich mir wieder in die Augen sehen kann!« Eine kurze Pause. »Und deswegen werde ich nicht mit dir mitkommen.« Für einen Moment sah Catherine ihrer Schwester tief in die Augen. »Und du wirst mich gehen lassen.«

»Und wenn ich das nicht akzeptiere?«

»Dann, *Schwesterherz*, musst du schießen.«

Und damit drehte sie sich um. Sie ging langsam von Clarity fort, zitternd, aber mit festen Schritten.

»Ich warne dich! Ich werde feuern!«, rief Clarity hinter ihr her.

»Nein«, sagte Catherine, ihre Stimme so kalt wie möglich. »Das wirst du nicht.«

Schritte hinter ihr. Ein Klicken.

»Nein«, sagte eine Männerstimme. »Das wird sie tatsächlich nicht. Aber ich.«

Catherine fuhr herum.

Eine zweite Gestalt, neben Clarity.

Ein langer Ledermantel. Ein dicker Verband am rechten Handgelenk. Eine Pistole in der Linken, im nebligen Dämmerlicht kaum auszumachen.

Und dieses selbstherrliche Grinsen auf den Lippen.

Adam.

Catherine stapfte sofort auf ihn zu, völlig gleich, wie wahnsinnig das war.

Dann hielt sie inne.

Clarity stand keine drei Meter neben ihm, und doch sah sie nicht einmal zu ihm hinüber. Im Gegenteil. Beide hatten ihre Waffen auf Catherine gerichtet.

Catherine starrte ihre Schwester entgeistert an. »Du kennst ihn?« Ihre Stimme überschlug sich. »Du hast mich hierhergelockt – für *ihn?* Clarity, er ist ein Terrorist!«

Ein frostiger Blick. »Adam ist ein Freiheitskämpfer.«

»Was für eine rührende Wiedervereinigung, meine Damen. Aber wären Sie so freundlich ...«

»Halt die Klappe!« Catherine drohte ihm mit dem Zeigefinger, völlig ungeachtet der Pistole in seiner Hand. »Zu dir komme ich noch!«

Adams Augenbrauen wanderten in die Höhe, aber er wirkte nicht wütend, eher amüsiert.

»Das da« – Catherine zeigte weiter auf ihn –»ist kein Freiheitskämpfer. Dieses *Monster* hat Hunderte auf dem Gewissen, vielleicht Tausende.«

»Das weiß ich.«

»Das weißt du?« Catherine stutzte. »Und wie bitte schön ist das mit deinem ach so hehren Idealismus vereinbar?«

Clarity hielt ihren Blick. »Kein Krieg ist reines Schwarz-Weiß. Kein Krieg lässt sich ohne Opfer führen. Aber bei ihm sind es wenigstens keine Unschuldigen.«

»Keine Unschuldigen? Er hat den gesamten Führungszirkel meiner Gruppe ausradiert!«

»Aber nur als letztes Mittel, und nur, um dem Verrat an der Zivilbevölkerung von innen heraus ein Ende zu bereiten! Wenn du ihn nicht hintergangen hättest, weil du um jeden Preis deinen menschenverachtenden Plan durchsetzen wolltest, hätte er dasselbe Ziel auch ohne Blutvergießen erreicht.«

»Die Schüsse waren regelrecht Notwehr.« Adam hob sein bandagiertes Handgelenk in die Höhe, drehte es lächelnd hin und her. »Sie haben mich angegriffen wie die Tiere.«

Catherines Augen verengten sich. »Das ist eine Lüge! Er hat sie zusammengetrieben, sie regelrecht exekutiert.« Ihr Blick schoss zu Clarity hinüber. »Adam hatte nie humanitäre Ziele! Er ist ein religiöser Fanatiker. Ein Rassist! Siehst du das nicht?«

»Welchen Glauben er hat, ist seine Sache. Und rassistische Äußerungen habe ich noch nie von ihm gehört. Er kämpft einfach nur für die Frei…«

»Freiheit? Clarity, du bist doch viel zu klug, um ihm all das zu glauben! Merkst du nicht, wie er uns gegeneinander ausspielt?« Catherine streckte die Arme aus. »Ich bin deine Schwester, Clarity! Ich habe dich immer vor allem beschützt! Vertraust du ihm etwa mehr als mir?«

Alles an Clarity zitterte. »Ich habe mein ganzes Leben nichts anderes getan, als dir zu vertrauen, zu dir aufzusehen!« Sie kämpfte darum, ihre Stimme unter Kontrolle zu kriegen. »Bis du die Menschen verraten hast. Bis du mich verraten hast.«

»Ich würde eher sterben, als dich zu verraten!«

»Und doch hast du das Gespräch abhören lassen!«

»Das ist völlig verrückt! Warum sollte ich dir so etwas antun?«

»Um mich vor mir selbst zu beschützen, wie du es formulieren würdest? Oder weil du noch immer an die Rechtsstaatlichkeit dieses Regimes glaubst? Du hast schon obskurere Argumente geliefert.« Ihre Stimme brach, und klang doch trotziger denn je. »Vielleicht wolltest du mich auch bloß endlich einmal bestrafen!«

»Claire, wofür sollte ich dich bestrafen wollen?«

Clarity sprach es nicht aus, aber die Worte lagen auf ihren Lippen, in ihren Augen. *Für Mama.*

Catherine starrte nur völlig verstört zu ihr hinüber. »Ich habe dir niemals deswegen einen Vorwurf …«

Clarity schniefte, versuchte, sich zu sammeln. »Fakt ist jedenfalls: Kaum jemand sonst hätte die nötigen Mittel oder die Fähigkeiten.«

»Clarity, du glaubst doch nicht wirklich …?«

Clarity verschränkte die Arme vor der Brust. »Kate, wegen dir haben sie meine Wohnung gestürmt!«

Catherines Augen weiteten sich. »Sie haben deine Wohnung gestürmt?«

»Glaubst du etwa, ich bin freiwillig hier draußen?«

Wieder nickte Adam, so, als erzähle er eine schöne Geschichte aus seiner Kindheit. »Meine Männer haben Vox unmittelbar nach ihrer Flucht in den Yerba Buena Gardens gefunden. Wir wussten gleich, dass jemand wie sie nicht in die Hände der Obrigkeit fallen durfte.«

Vox? Jemand wie sie?

»Vox beschafft uns Informationen, auf die niemand anders Zugriff bekommt. Und sie hält die Kommunikation mit einer ganzen Schar verschiedenster Gruppen aufrecht. Mit Peer-to-Peer-Radionetzen, via Internet, da, wo es eben noch geht. Wir werten das alles aus und erledigen die Drecksarbeit. Besorgen Schiffe, versuchen, Lügen aufzudecken und weitere Massaker des Regimes zu unterbinden.«

Catherine suchte Claritys Blick.

Clarity machte keine Anstalten, ihr auszuweichen. »Ich bekomme hier nicht nur Schutz. Ich bekomme auch eine Chance, etwas zu bewirken. Es reicht nicht aus, nur die Wahrheit zu verbreiten. Nicht mehr.«

Adam hatte seine Stimme gesenkt. Ein eiskaltes Lächeln zog sich über die Hälfte seines Gesichts, die Clarity abgewandt war, ein Lächeln, aus dem nichts als purer Hass sprach. »Wenn wir gerade von Wahrheit sprechen: Möchten Sie Ihrer Schwester nicht noch etwas mitteilen, Miss Strive? Ich dachte mir, eine solch private Nachricht wie das mit Ihrem Vater würden besser Sie übermitteln, nicht ich.«

Catherine erstarrte. Claritys Blick zuckte zwischen Adam und ihr hin und her. Schließlich blieb er auf Catherine hängen. »Was ist los?« Sie klang auf einmal wie ein Kind, verunsichert, verängstigt.

Catherine schossen Tränen in die Augen. Sie öffnete ihren Mund, schloss ihn wieder.

Clarity wurde leise. »Geht es Papa nicht gut?«

Catherine streckte eine Hand nach Clarity aus, ganz langsam.

»Kate? Was ist mit Papa?«

Ihre eigene Stimme klang ihr fremd, so fremd wie die Stimme, die ihr als kleinem Mädchen von ihrer Mutter berichtet hatte. »Papa ist tot.«

Clarity schüttelte den Kopf, langsam zunächst, dann immer schneller. Ein feuchter Film legte sich über ihre Augen. »Und das hast du mir nicht gesagt?«

»Ich … ich hatte nie die Gelegenheit dazu.«

»Oder Sie wollten es geheim halten.« Das kam von Adam.

Catherine knirschte mit den Zähnen. »Und warum sollte ich das tun wollen?«

»Weil Sie für den Tod Ihres Vaters verantwortlich sind. Sie haben alle Medikamentenlager in der Bay Area ausräumen lassen, Medikamente, die auch Ihr Vater dringend gebraucht hätte. Damit haben sie seinen Tod eiskalt in Kauf genommen!«

Catherine wurde auf einen Schlag kotzübel. »Das ist … das ist …« Hatte er recht? Sie hatte tatsächlich die Lager ausräumen lassen. Kollateralschäden in Kauf genommen.

Alles nur für Pacifica. Alles nur für die Zukunft.

Clarity zitterte immer stärker. »Kate? Ist das wahr?«

»Natürlich ist es das nicht!«, schrie Catherine. Ihre Gedanken rasten. Und Adams Grinsen wuchs in die Breite.

Bis Catherines Augen plötzlich eisig wurden. »Moment …« Sie hielt auf Adam zu. »Moment! Woher weißt du das? Woher weißt du vom Tod unseres Vaters?«

Er blinzelte. »Wir hatten in der Nähe eine Operation durchgeführt.«

»Neben einem Pflegeheim? Mitten in einem Naturschutzgebiet?« Catherine ging noch einen Schritt auf ihn zu. Ihre Stimme schwoll zu einem Donnern an. »Ich frage dich noch einmal: Woher weißt du vom Tod unseres Vaters?«

»Dort …« Er leckte sich über die Lippen. »Dort in der Nähe ist ein wichtiger Hafen. Wir mussten die Boote sichern, für alle Fälle.«

Claritys Augen wanderten von Adam zu Catherine und wieder zurück.

Adam sah zu Clarity hinüber. Er hatte sich wieder gefangen, lächelte sogar ein bisschen. »Ich wollte sicherstellen, dass es den Menschen in dem Pflegeheim gutgeht, wenn wir schon in der Nähe waren. Ein paar Konserven vorbeibringen, und Medikamente. Der Name des Verstorbenen ist mir aufgefallen, das war alles.«

Clarity schaute vollkommen verstört zu ihm zurück.

Catherine hingegen sah die Welt mit schärferem, neuem Blick. Adam, immer wieder Adam. Die Werke eines Monsters. Den Tod ihres Vaters, seine *zufällige* Begegnung mit Clarity, die infamen Gerüchte über Waffen an Bord der Lincoln. All das dürfte er orchestriert haben. Und vielleicht sogar den Blackout.

Adam hielt seine Waffe leicht gesenkt, sah wieder kurz zu Clarity hinüber. Das war ihre Chance. Alle Wut und aller Hass platzten aus Catherine heraus, und mit einem bestialischen Schrei stürzte sie sich auf Adam, schlug ihm die Waffe aus der Hand, bevor er irgendwie reagieren konnte. Noch ein Schlag, mit der Linken gegen sein Kinn. Er taumelte einen halben Schritt zurück.

»Mörder!« Ein weiterer Schlag, nun mit der Rechten. Doch diesmal reagierte Adam, wich dem Haken aus und ließ Catherine an ihm vorbeistolpern. Er versuchte gar nicht erst, nach seiner Waffe zu suchen. Stattdessen rammte er ihr seinen Ellbogen in die Seite und prügelte dann auf sie ein, als sie gekrümmt neben ihm stand, links, rechts, links, rechts, in den Bauch, in die Nieren, gegen ihren Kopf, trieb sie zurück, durch den Nebel, über die Straße, Schlag für Schlag. Catherine schmeckte Blut in ihrem Mund. Sie versuchte, sich zu schützen, zurückzuschlagen, zurückzutreten, ihren Hass umzumünzen in blinde Aggression, doch sie spürte, dass sie nicht den Hauch einer Chance gegen diesen Mann hatte.

»Clarity!«

Doch Clarity starrte sie einfach nur an. Tränen liefen ihre Wangen hinab, aber ihre Waffe zielte noch auf dieselbe Stelle wie vorher.

Catherine stolperte weiter nach hinten. Noch ein Schlag, mitten in den Solarplexus. Sie ging keuchend zu Boden. Noch im Fall trat Adam nach, traf ihren Brustkorb. Catherine rollte sich auf ihren Rücken, japste, versuchte, von ihm fortzukommen, doch er kniete sich über sie in den Nebel, traktiere sie mit Fäusten und Worten gleichermaßen.

»Du gottlose Schlampe!« Ein Schlag gegen die Seite ihres Schädels.

»Verräterin!« In ihre Brust.

Catherine schnappte panisch nach Luft. Adam beugte sich ganz nahe an ihr Ohr, so dass nur sie hören konnte, was er ihr zuflüsterte. »Wir haben rund um die Hafenanlagen Bomben versteckt. Viele Bomben. In einer guten halben Stunde wird von deiner prächtigen Flotte nichts mehr übrig sein.« Er lächelte. »Ich wollte, dass du das noch weißt.«

Catherine keuchte, starrte mit flatternden Augenlidern in den Nachthimmel, unfähig, auf Adam selbst zu fokussieren. »… niemals zulassen …«, flüsterte sie.

»Der da oben?« Adam beugte sich noch einmal zu ihr hinab. »Glaub mir: Solange Vaterlandsverräter wie du dabei draufgehen, ist das nicht meine erste Sorge. Anerkennung wird mir auch so gewiss sein.« Er richtete sich wieder auf, das Lächeln noch verachtungsvoller als zuvor. »Aber ich denke, wir haben jetzt genug geplaudert.« Die nächsten Schläge wurden härter, so, als hätte er bislang nur mit ihr gespielt, so, als ließe er erst jetzt seinen ganzen Hass an ihr ab. Catherine versuchte, ihren Kopf zu schützen, doch wann immer sie ihre Hände hob, rammte er seine Knöchel in ihre Seiten. Höllische Schmerzen fluteten ihren Körper.

»Clarity!« Ein Krächzen.

Clarity blieb wie eingefroren stehen. In ihren Augen lag Unsicherheit, Verzweiflung.

Catherine bäumte sich auf, versuchte, ihre Knie nach oben zu bewegen, sich zur Seite wegzurollen, ihn irgendwie abzuschütteln. Ein paar Meter rechts von ihr lag die Pistole. Wenn sie es nur unter Adam herausschaffte …

Der nächste Schlag. Direkt gegen ihre Schläfe. Für einen Moment wurde ihr schwarz vor Augen. Noch so ein Schlag, und sie würde das Bewusstsein verlieren. Dann war es aus.

»Claire!«

Clarity schluchzte.

Ein einzelner Schuss.

Adam schrie auf, griff sich ans Bein, fiel zur Seite.

Catherine robbte unter ihm hervor, kniete, kroch in Richtung ihrer Pistole, stürzte, rappelte sich japsend wieder auf, spürte endlich das kühle Metall in ihren Händen.

Sie richtete sich halb auf, die Linke in ihre Seite gestützt, die Rechte um den Griff der Waffe geschlossen.

Adam sah aus dem Sitzen zu ihr hoch, Panik im Blick. Er hob zitternd seine Arme in die Luft.

Bläm.

Ein Schrei. Clarity.

Adam blickte ungläubig an sich herab. Seine Hände strichen über seine Brust.

Catherine schleppte sich zu ihm hin. Ihr Atem rasselte.

Er sah sie näher kommen, versuchte zunächst, rückwärts von ihr wegzurobben, ehe er sich auf einem Arm aufstützte, den anderen weit von sich fortgestreckt, die blutverschmierte Handfläche in einer eindeutigen Geste der Kapitulation nach oben gerichtet.

Catherine hob die Waffe, zielte aus weniger als einem Meter Entfernung direkt auf seinen Kopf.

Adam schaute mit großen Augen zu ihr auf, stammelte etwas, dass sie nicht verstand.

Ein Hauch eines Lächelns strich über Catherines Mundwinkel.

Bläm.

Bläm. Bläm. Bläm.

Adams Körper sackte leblos in sich zusammen.

Catherine wandte den Blick nicht einen Moment ab. Sie musste sehen, was sie hier anrichtete.

Bläm.

Von seinem Gesicht war nichts mehr übrig.

»Du Monster!«

Clarity rannte auf sie zu, die Stimme heiser, die Waffe erhoben. Ihr Finger schwebte zitternd über dem Abzug.

Catherine riss ihre eigene Pistole herum, zielte direkt auf ihre Schwester.

Clarity starrte erst auf die Waffe, die ihr entgegenblickte, dann auf die Leiche. Sie würgte, hielt sich die freie Hand vor den Mund.

Catherine spürte, wie ihre Knie zitterten, als ihr Verstand realisierte, was sie soeben bei ihrer Schwester anrichtete.

»Clarity.«

Doch Clarity machte bereits den ersten Schritt.

Rückwärts.

Von ihr fort.

Catherine schluckte. »Bitte.«

Claritys Schritt beschleunigte sich. Ein Fuß hinter den anderen, ihre Waffe noch immer direkt auf Catherine gerichtet, zog sie sich zurück.

Catherine bebte. »Du bist meine Schwester!«

Clarity war schon halb im Nebel verschwunden, als sie die Pfeiler des nächsten Hochhauses erreichte. Dann drehte sie sich um – und rannte los.

»Clarity!« Catherine brüllte ihr hinterher, immer lauter, immer verzweifelter. »*Claire!*«

Doch es half nichts. Ihre Schwester war fort.

Sie musste zurück. So rasch, wie irgendwie möglich. Alles in ihr schrie auf, ihre Lungen brannten, ihre Seiten brannten, aber sie joggte, hinkte, lief dennoch die Straße hinunter, durch den Nebel, zum Hafen.

Sie war später dran als vereinbart, aber das Schlauchboot war noch da. Als er ihren Zustand sah, wollte sich Private Carter sofort um sie kümmern, doch sie brüllte ihn nur an, befahl ihm, sie so schnell wie möglich zurück zur Basis zu bringen. Sie riss ihm das Funkgerät vom Gürtel, erreichte den Kapitän des Patrouillenbootes, ließ sich zum nächsthöheren Schiff weiterverbinden, und noch einmal, bis sie den Admiral selbst erreichte, ihm die Lage schilderte, die Dringlichkeit, ihren Posten darauf verwettete, dass es kein Bluff war, und es fast schon durch die Panik in ihrer Stimme schaffte, ihm zu befehlen, augenblicklich die Leinen zu kappen und die Träger aus dem Hafen zu bringen.

Als sie die halbe Bay überquert hatten, als der Nebel verschwand und der Blick sich weitete, war die Basis bereits in hellem Aufruhr.

Die Kräne hatten sich zurückgezogen. Hunderte waren damit beschäftigt, die riesigen Träger loszutäuen, Tausende strömten aus den Bürogebäuden und rannten kreuz und quer zwischen Sträuchern und Gleisen über die Kaianlagen, um vor dem panischen Ablegen noch an Bord eines der Schiffe zu kommen. Selbst die Soldaten, die die Zäune bewachten, waren unruhig geworden, wussten offenbar nicht, wann sie sich dem Rückzug anschließen durften, weg von den Massen, die an den Zäunen rüttelten wie nie zuvor.

Der Treibstoff ihres Schlauchboots ging langsam zur Neige, doch das Patrouillenboot war nirgends zu sehen, und sie beachtete bei all der Ablenkung ohnehin niemand. Catherine befahl dem Private, direkt neben den Landebahnen anzulegen.

Sie kletterten am Kai hinauf, versuchten, sich zu orientieren. Keine fünfzig Meter zu ihrer Linken war eine Crew eifrig damit beschäftigt, den Tankschlauch von einer startbereiten Transportmaschine abzukoppeln.

Just in dem Moment brach die Hölle los. Eine Serie von Explosionen erschütterte die Basis. Jedoch nicht an den Kais; an den Zäunen, direkt am Rande des Gebäudes, in dem Catherine und Jiāo die letzten Wochen gearbeitet hatten. Der Komplex stürzte unter einem fürchterlichen Krachen in sich zusammen, gewaltige Feuerbälle stiegen hoch in den Nachthimmel. Und in Sekundenschnelle wurde aus dem Chaos reinste Panik.

Die Soldaten an den Zäunen flohen oder feuerten panisch in die hereinbrechende Menschenmenge, ehe sie von ihr verschluckt wurden. Zwei Jagdbomber, die über der Basis durch die Lüfte donnerten, tauchten kreischend in die Tiefe, regneten Feuerteppiche auf die Menschen, verzweifelt darum bemüht, ihr Vorankommen zu verlangsamen.

Die Träger legten ab. Die anderen Schiffe beeilten sich, ihnen zu folgen, teils in heller Panik, teils bemüht, einen schützenden Ring um sie zu legen.

Catherine und ihr Begleiter rannten keuchend auf die Transportmaschine zu, sprangen durch die noch offene Luke hinein. Das Flugzeug setzte sich in Bewegung, rollte auf die südöstliche Startbahn zu, noch bevor sich die Luke vollends geschlossen hatte, noch bevor Catherine einen Platz gefunden hatte, an dem sie sich festschnallen konnte, neben ihr ein General und seine jugendliche Tochter, die apathisch Gummibärchen in sich hineinstopfte.

Ihr Flugzeug war nicht das erste, das auf das Rollfeld zuhielt. Drei weitere standen vor ihnen auf der Bahn, dicht an dicht. Das vorderste hatte gerade erst angefangen, Geschwindigkeit aufzunehmen, da gab auch das zweite Vollgas, und dann das dritte. Mit wenigen hundert Meter Abstand erhoben sich die Flugzeuge in die Lüfte. Die beiden hinteren wurden durch die Wirbelschleppen der vorausfliegenden Maschinen derart durchgeschüttelt, dass sie sich hart in die Kurve legen mussten, um den

Turbulenzen auszuweichen. Das zweite übersteuerte dabei, provozierte nur Sekunden nach dem Start einen Strömungsabriss und zerschellte auf einer Salzwiese neben der Basis.

Der Pilot von Catherines Maschine hatte nach vorn mehr Platz gelassen – zu viel Platz. Denn die beiden Pisten kreuzten sich, und auch auf der Nordostbahn machten sich Maschinen zum Start bereit.

Sie hatten gerade erst die Startbahn erreicht, doch der Pilot zögerte keine weitere Sekunde. Er beschleunigte hart und zog den Steuerknüppel schon nach der halben Bahnlänge bis zum Anschlag nach hinten, noch vor dem Kreuzungspunkt, bevor die andere Maschine die Mitte ihrer Startbahn erreichte.

Mit einem ohrenbetäubenden Dröhnen katapultierte sich das Propellerflugzeug in die Luft und legte sich, kaum dass es ein bisschen Distanz zwischen sich und den Grund gebracht hatte, steil in die Kurve. Catherine wurde jäh gegen das Fenster geworfen. Draußen, keine hundert Meter unter ihr, erschütterte eine zweite, noch gewaltigere Serie von Explosionen die Basis, dort, wo noch vor ein paar Minuten die Flugzeugträger gelegen hatten.

Die Feuerbälle stiegen in die Höhe und tauchten das gesamte Gelände in einen gespenstischen Schein. Für einen kurzen Moment, bevor sie im Nachthimmel zu verglimmen begannen, konnte Catherine zum ersten Mal erahnen, wie viele Menschen wirklich durch die zerstörten Zaunanlagen in die Basis eingedrungen waren. Es mochten Tausende sein, Zehntausende. Unter ihnen waren Kämpfer, Milizen, auch reguläre Soldaten, die den Lügen ihrer Vorgesetzten keinen Glauben mehr schenkten, doch die überwältigende Mehrheit waren Flüchtlinge, die mit den Anschlägen nichts zu tun hatten, Familien, die meisten von ihnen unbewaffnet. Wie Ameisen strömten sie aus der dunklen Großstadt in die Militärbasis und überrannten in blinder Verzweiflung alles, was sich ihnen in den Weg stellte. Hier und da blitzte noch das Mündungsfeuer der Verteidiger auf, ehe es binnen weniger Sekunden im Ansturm der Flüchtlinge verging. Ein Teil der Kompanien gab seine Stellungen kampflos auf, der Rest wurde eingekesselt und aufgerieben, ohne die Massen nennenswert zu verlangsamen.

Für eine geordnete Evakuierung war es längst zu spät. Die verbliebenen Soldaten lieferten sich mit den Flüchtlingen ein Wettrennen zu den Kais. Doch die Flotte wartete nicht auf sie. Die Schiffe legten ab, sobald die Maschinen angelaufen waren, freie Kapazitäten hin oder her. Wie Rettungsboote im Sog eines sinkenden Schiffs versuchten sie, so rasch wie möglich von der Halbinsel wegzukommen, um sich dann auf Höhe der Flugzeugträger neu zu gruppieren.

Die Hauptstoßrichtung des Menschenstroms verlagerte sich daraufhin auf die beiden noch funktionsfähigen Rollfelder. Doch die Lage dort verschlimmerte sich noch rascher als an den Kais. Im Nordosten hatten sich zwei C-130 ineinander verkeilt und blockierten die gesamte Piste. Nur auf der Südostbahn hatte es nach Catherines Maschine noch ein weiteres Flugzeug in die Luft geschafft. Ein drittes ließ gerade die Triebwerke anlaufen. Obwohl die Massen bereits auf die Startbahn vorstießen, gab sie Vollgas. Das Flugzeug nahm rasch an Fahrt auf, aber der freie Teil der Piste war viel zu kurz. Noch bevor es abhob, traf es auf die anstürmende Menge – die Menschen hatten keine Chance, auszuweichen.

Catherine war froh, dass sie die Schreie nicht hören konnte. Schon in ihrer Fantasie war dieses Geräusch, als Metall auf Fleisch traf, kaum auszuhalten. Ihr wurde schlagartig übel, und dennoch konnte sie den Blick nicht abwenden, als sich das startende Flugzeug mit einem Flügel in der Menge verfing, abrupt herumgerissen wurde, sich mehrfach überschlug und schließlich brennend neben der Startbahn liegen blieb. In einem breiten Streifen rings um das Wrack rührte sich nichts mehr, und doch rannten die Menschen, die von der Katastrophe verschont geblieben waren, unbeirrt weiter auf den Hangar zu.

Catherines Maschine trat in eine langgezogene Kurve ein und gewann dabei schnell an Höhe. Die Vogelperspektive ließ die grausige Szenerie zunehmend unwirklich erscheinen, surreal fast, doch Catherine bebte am ganzen Leib. Nie war ihr die Absurdität ihrer privilegierten Position derart bewusst geworden wie jetzt. Wenn sie eine von denen da unten wäre, würde sie dann nicht genauso verzweifelt um ihr Leben kämpfen?

Aber sie war keine von denen. Jetzt nicht mehr. Ganz im Gegenteil. Sie war es, die Mitschuld daran trug, dass diese Menschen zurückgelassen wurden, selbst ihre eigenen Soldaten. Dass sie starben, zu Tausenden. Catherine krallte die Hände in die Lehne ihres Vordersitzes, bis ihre Knöchel weiß wurden, den Blick weiterhin starr aus dem Fenster gerichtet. Kalte Wut stieg in ihr empor, Wut auf die Generalstochter im Sitz neben ihr, die ihren Platz auch nicht mehr verdient hatte als die Menschen, die unter ihr starben. Catherine riss ihr die Gummibärchenpackung aus den Händen, schmiss sie mit Gebrüll an die gegenüberliegende Wand, so dass sich ihr Inhalt im halben Flieger verteilte und das Mädchen sie entsetzt anstarrte.

Catherines Unterlippe zitterte. In Wahrheit war ihre Wut nur gegen eine einzige Person gerichtet – sie selbst.

Catherine wandte den Blick ab, weg von den Trümmern der Stadt ihrer Schwester, hoch zum Himmel. Am östlichen Horizont zeichnete sich ein dünner violettfarbener Streifen ab, das erste Licht des Tages, so rein und schön, als wollte es sie damit verspotten. Catherine presste die Lippen zusammen. Neun Tage blieben der Stadt noch. Neun Tage und eineinhalb Stunden, ehe auch sie erfasst und der Himmel im Osten nicht mehr so rein und schön erscheinen würde.

Catherine wurde schwindelig bei dem Gedanken an die vergeudete Zeit. Was sie in neun Tagen noch alles hätten erreichen können!

Der Flieger hatte seine Schleife vollzogen und kippte nun langsam in die Waagrechte zurück. Dadurch verschwand die

Basis aus Catherines Blickfeld, und mit ihr große Teile der in Finsternis liegenden Stadt. An ihre Stelle trat die Bay tief unter ihr, und die Meerenge mit der darübergespannten Hängebrücke, die das Tor zum Pazifik markierte: das Golden Gate. Eine gigantische Armada steuerte mit Vollkraft darauf zu. *Ihre* Armada. Zerstörer, Fregatten und ein ganzer Schwarm von Patrouillenbooten legten mit Suchscheinwerfern einen kreisförmigen Kordon um den Schatz in ihrem Zentrum: die vier Flugzeugträger, auf denen riesige Aufbauten und Containertürme in die Höhe ragten.

Der Flottenverband erreichte gerade die Brücke, kratzte mit seinen höchsten Aufbauten regelrecht daran. Catherine kniff die Augen zusammen. Etwas bewegte sich auf den Fahrbahnen, hoch über den Schiffen. Kurz darauf erhellte ein Lichtblitz die Nacht, der Nordpfeiler der Brücke wurde von einer heftigen Detonation erschüttert. Stahlträger schossen durch die Luft. Das Bauwerk wankte, riss, dann sackte es ein oder zwei Meter in sich zusammen, ehe es in dieser Position verharrte. Zeitgleich tauchte am südlichen Rand der Flottenformation eine Reihe von unbeleuchteten Motorbooten aus der Dunkelheit auf. Die Boote steuerten auf die Flotte zu, griffen sie aber nicht an. Stattdessen manövrierten sie um die größten Schiffe der Armada herum und hielten dann mit voller Geschwindigkeit auf das Zentrum der Formation zu. Catherine japste nach Luft. Die Träger!

Auch die Flotte hatte die Bedrohung erkannt. Sämtliche Schiffe des Flügels eröffneten das Feuer, doch die flinken Motorboote waren schwer zu treffen. Mit Leichtigkeit durchbrachen sie den äußeren Ring, bis eine kleinere, chinesische Fregatte aus der Flottenformation ausscherte und mit Volldampf auf das Heck des Zerstörers vor sich zuhielt, um den Motorbooten den Weg abzuschneiden. Einer der Angreifer schaffte es an ihr vorbei, doch der zweite knallte mit voller Geschwindigkeit in ihre Seite. Ein kleiner Feuerball stieg auf, sofort gefolgt von einer ungleich größeren Explosion, die die Fregatte aus dem Wasser hob und das Schiff, als es zurückstürzte, in der Mitte zerbersten ließ. Eine ganze Reihe weiterer Detonationen folgte. Die massive Druckwelle schleuderte auch die verbliebenen Angreifer durch die Luft, Bruchstücke der halben Flotte regneten auf das Wasser nieder. Die gesamte linke Flanke der Armada war durch die Wucht der Explosionen in ein brennendes Trümmerfeld verwandelt worden – doch die vier Flugzeugträger schwammen noch!

Eisern hielten sie Kurs nach Westen, mit einer Geschwindigkeit, die Catherine bei solchen Schiffen noch nie erlebt hatte. Bald schon ließen sie die Brücke hinter sich und tauchten in die Nebelbänke ein, die vom offenen Meer in Richtung Küste krochen. Nach und nach entschwanden sie Catherines Blick und mit ihnen die Tausendschaften kleinerer Boote, die nun im Kielwasser der Armada aus der Bay drängten, ihr verzweifelt zu folgen versuchten, ungeachtet des waffenstrotzenden Begleitschutzes, ungeachtet des weiten, offenen Meers, das vor ihnen lag.

Und auf einmal spürte Catherine jede einzelne Verletzung, die Adam ihr zugefügt hatte. Sie legte die Hände in den Nacken und atmete tief ein, schaute ein letztes Mal zur Küste zurück. Die orangeroten Pfeiler der Golden Gate Bridge erstrahlten in dem Flammenmeer unter ihnen, so satt, wie es Catherine noch nie gesehen hatte, auch nicht, als die Welt noch in Ordnung gewesen war. Der Anblick war atemberaubend schön und grausam zugleich. Catherine konnte nicht anders, als jedes Detail aufzusaugen, die Handflächen krampfhaft an das Plastik der Fensterscheibe gepresst. Und als ihr Flugzeug schließlich in die Wolken eintauchte und das Bild hinter einem dunstigen Schleier verblasste, brach Catherine unkontrolliert in Tränen aus – ihr war klar, dass sie ihre Heimat niemals wiedersehen würde.

KAPITEL 23

Der Regen prallte in dichten Schwaden auf die Wand, versank geräuschlos in der Dunkelheit, in der Leere, genau dort, wo eben noch Christopher gelegen hatte. Max starrte fassungslos in die Schwärze. Ihre Beine wurden schwach. *Nein.* Wenn sie jetzt zögerte, war alles umsonst gewesen. Sie griff nach Mtotos Hand, zog sie gewaltsam von der Dunkelheit fort, nach Westen, trampelte in voller Absicht über Pope, die stöhnend in knöcheltiefem Wasser lag. Sie begannen zu rennen, Hand in Hand, durch die eisige Nässe, gegen den Regen und den peitschenden Sturm, weit nach vorn gelehnt, eine Hand vor den Augen, um sich vor den Tausenden kleinen Nadelstichen zu schützen. Die Wand blieb ihnen dicht auf den Fersen. Sie kam aus Nordosten, schräg von der Seite – und je weniger sie in direkter Linie vor ihr flohen, desto schwieriger wurde es, sie auf Distanz zu halten.

Die Pfützen auf dem Asphalt schmolzen dahin, die Seen links und rechts auf den Feldern endeten. Die Baldy Mountain Road kletterte nun geradewegs den Hang empor. Max wagte einen gehetzten Blick über ihre Schulter. Zehn, fünfzehn Meter hatten sie gewonnen, auf einem halben Kilometer. Zu wenig. Max peitschte Mtoto an, doch Mtoto lief schon so schnell sie konnte, so schnell, dass auch Max kaum noch Reserven hatte. Sie hasste bereits Wandern, ganz zu schweigen von Joggen. Und nun mussten sie praktisch gegen einen Sturm anrennen. Bergauf.

Vor ihnen hatte sich ein Sturzbach gebildet, der nur einen dünnen Asphaltstreifen auf der Hangseite des Weges verschonte. Die Farmen und Schuppen im Zwielicht ringsumher wichen winzigen Häusern, die lieblos und mit großen Abständen zwischen vereinzelte Kieferngruppen gezimmert worden waren.

Der Weg bog nach links ab, weg von der Wand. Ein verlockendes Angebot, aber Max hatte die Karte gut genug im Kopf, um zu wissen, dass er weiter oben am Hügel U-förmig zurückverlief – ein Umweg, den sie sich nicht leisten konnten. So rannten sie weiter geradeaus, auf schmalen Kieswegen mitten zwischen den Bäumen hindurch. Im Sturm hin und her geworfene Zweige schlugen ihnen ins Gesicht. Ein paar Blitze zuckten in der Ferne. Max keuchte, der Regen lief ihr in Strömen übers Gesicht. Lange würde sie dieses Tempo nicht mehr durchhalten. Sie starrte sehnsüchtig auf die Jeeps, die neben manchen Häusern standen, doch sie wollte nicht ihrer beider Leben darauf verwetten, dass die Tanks noch gefüllt waren oder einer ihrer Besitzer den Schlüssel stecken gelassen hatte.

Max zog Mtoto hinter sich her, immer am Hang entlang, durch das Unterholz, an einzelnen bebauten Lichtungen vorbei, stets in die Richtung, in der sie die Straße vermutete. Der Kiefernwald wurde dichter und finsterer. Ein Vormittag im August – und doch war die Landschaft so schwach beleuchtet, als wäre die Sonne schon vor einer Stunde untergegangen. Max bekam Angst, ob sie einen tödlichen Fehler gemacht hatte, eine Angst, die sie Mtoto um keinen Preis spüren lassen durfte. Sie rannte weiter, verbissen, mit rasendem Herzen, bis sie auf das nächste Haus stießen, mitten zwischen den Kiefern, und der Wald nahtlos in ein Grundstück überging, typisch amerikanisch, ganz ohne Garten, ohne Zaun, und sie von diesem aus wieder auf die Straße fanden. Zum ersten Mal seit vielen Minuten wagte Max einen Blick zurück. Sie hatten etwas Boden gutgemacht, so viel, dass sie die Wand hinter den Baumstämmen und im Einheitsgrau des Wolkenbruchs kaum mehr erkannte. Und doch mussten sie dem Bergweg laut Karte noch fast zwei weitere Meilen nach Westen folgen, und sechshundert Fuß hoch zum Catt Creek. Zweihundert Höhenmeter, in ihrer Verfassung? Aber wenn sie früher abbogen, nach links, nach Süden, hin zum Pend Oreille River, dann würden sie noch innerhalb von Popes Wachgürtel auf die Straße treffen, die aus Sandpoint in Richtung Spokane führte – und hätten rein gar nichts gewonnen. Ganz zu schweigen von der Bergkette und den Schluchten mit den reißenden Bergbächen, die ihnen dort im Weg standen. Ob sie wollten oder nicht, sie mussten weiter.

Mtoto drohte zurückzufallen. Max verstärkte ihren Griff, so klamm ihre Finger auch waren. »Wir haben's gleich geschafft. Ein kleines Stückchen noch, dann wird's gemütlicher.« Das war eine glatte Lüge, und so, wie Mtoto sie anschaute, wusste sie das auch. Sie rannte zwar weiter, gab alles, kämpfte, aber als die Straße noch einmal steil anstieg, waren ihre Reserven endgültig erschöpft. Sie wurde immer langsamer, zog Max mit sich zurück. Max fluchte. Schräg zu ihrer Rechten lugte wieder die Schwärze zwischen den Bäumen hervor. Max stellte sich neben Mtoto, schwang sie auf ihren Rücken. Der Schmerz war fürchterlich. Bei jedem Schritt rieb Mtotos Körper über ihre Narben, ganz egal, wie eng sich das Mädchen an sie klammerte. Max' Beine hatten schon ohne das Extragewicht gebrannt, doch mit Mtoto auf ihrem Rücken fühlten sie sich an wie Blei. Max stieß zwischen zusammengepressten Zähnen saure Luft aus, saugte frische ein, und schwang ein Bein vor das andere, immer und immer wieder, nur auf den nächsten Schritt fokussiert, bemüht, die Schmerzen auszublenden, den eisigen Regen, die Böen, und einfach nie stehen zu bleiben. Ihr Atem rasselte, die Welt begann sich um sie zu drehen, doch wann immer sie aufzugeben drohte, dachte sie an Christopher, stellte sich vor, wie er neben ihr herlief, sie anspornte, alles gab, damit sie hier rauskamen. Max spürte, wie ihre Augen feucht wurden, wegen Christopher, wegen den Schmerzen überall. Sie kämpfte die Tränen hinunter und rannte weiter, immer weiter. Eine langgezogene Rechtskurve, gespickt mit reißenden Bächen, denen die Rohre unter dem Weg längst nicht mehr reichten. Nicht gut.

Die Route führte noch immer von der Wand fort, aber nur gerade eben so. Die Wand kroch durch die Astspitzen, berührte zuerst hinter ihr den Weg, dann neben ihr, fraß sich schräg in ihn hinein. Max wich nach links aus, bis an den Rand, doch der Rest des Weges wurde schmaler, und die Wand war keine zwei Meter mehr von ihr entfernt. Es wäre so einfach, nach links auszuweichen, den Hang hinab und in den Wald hinein, einfach davonzurennen, egal, welche Bergrücken und Schluchten, welche Blautüchler dort auf sie warten sollten. Nein. Sie mussten weiter. Aber ihre Kraft würde nicht reichen, ganz egal, wie sehr sie sich antrieb. Nicht mit Mtoto auf ihrem Rücken.

»Es tut mir leid«, keuchte Max, und pflückte sie mitten im Rennen herab, stieß sie vor sich auf den Weg. »Sieh dich nicht um. Renn!«

Und Mtoto rannte. Die Pause hatte geholfen. Rasch gewann sie Vorsprung. Max nahm sich Mtoto als Vorbild, versuchte, ihre Schrittfrequenz nachzuahmen; möglichst gleichmäßig, um den Knoten in ihrer linken Wade nicht zu verfestigen, auf keinen Fall einen Krampf zu riskieren. Und so lief, hinkte, spurtete sie praktisch parallel zur Wand neben der Schwärze her, fühlte sich verspottet, von der Welt, von ihrem eigenen Körper, der sie im Stich zu lassen drohte, von der Wand, die ihr dicht auf den Fersen war, alles schräg hinter ihr verschlang. Bis auf ein paar Fingerbreit rückte die Finsternis an ihre Schulter heran, und dann, am engsten Punkt des Pfades, links im Zwielicht der Abhang, rechts die Wand, spürte Max, wie sich eine Strähne ihres im Wind flatternden Pferdeschwanzes versteifte, plötzlich schmerzhaft unter Zug stand. Sie sah über ihre rechte Schulter nach hinten – und erkannte voll Horror, dass ein Teil ihrer Haare mit der Wand in Kontakt gekommen war.

Und auf einmal spürte sie es, durch all den Lärm und all ihr Adrenalin hindurch. Stimmen, nein, keine Stimmen. Ein Rauschen, ein Summen. Instinktive Empfindungen, geradezu verstörend positiv. Ein Angebot. Zu vertrauen, sich fallen zu lassen, endlich zur Ruhe zu kommen. Als hieße sie jemand willkommen.

Max bekam augenblicklich Panik. Sie legte den Rest ihrer Kraft in ihre Beine, versuchte, sich loszureißen – doch es reichte nicht, nach wie vor zerrte sie die Schwärze wie an einer Leine hinter sich her.

Endlich schwenkte der Weg nach links, in Richtung Südwesten. Max spurtete dicht neben dem Abgrund. Sie legte ihren Kopf in den Nacken. Ein Schrei, aus purer Verzweiflung, dann riss sie ihn abrupt nach vorn. Ein kurzer Schmerz, als ihr die Wand die Strähne ausriss – dann war sie frei, frei, auf einem Weg, der von der Wand wegführte.

Und plötzlich klang *Schrittgeschwindigkeit* regelrecht harmlos, fiel das Monstrum zurück, drei Meter, zehn, zwanzig. Mtoto schaute über ihre Schulter, ein durchnässtes Bündel Elend inmitten eines dunklen Waldes. Max versuchte, ihr aufmunternd zuzulächeln, aber mehr als eine Grimasse kam dabei nicht heraus. Mtoto verlangsamte ihren Schritt, doch Max schüttelte vehement den Kopf. Sie wusste, dass ihnen noch eine letzte Rechtskurve bevorstand, ein letzter steiler Anstieg, eine letzte Brücke über einen Bach, ehe sie die Bergkette endgültig umrundet hatten. Mtoto biss die Zähne zusammen, schluckte ihre Enttäuschung, ihre Erschöpfung hinunter, rannte keuchend weiter.

Doch auf dem nächsten Anstieg, dem allerletzten in dieser langen, verfickten Reihe von langen, verfickten Anstiegen, lösten sich ihre Hoffnungen in Luft auf. Genauer gesagt: in Schwärze. Der Weg vor ihnen war bereits von der Wand erfasst. Niemals würden sie rechtzeitig daran vorbeikommen.

Max sah nach links. Das Tal, das – unter dichten Regenwolken begraben – gute fünfzig Meter tiefer lag, war das richtige. Der Weg nicht. Was unter normalen Umständen ein mit sicherem Schuhwerk begehbarer Berghang gewesen wäre, lag nun unter einem dichten Netz aus reißenden Bächen und breiten Sturzfluten verborgen, die ihnen sofort die Beine unter dem Körper weggezogen hätten. Mehr als die Hälfte der trichterförmig zusammenlaufenden Flanke schien den Gesetzen der Physik zu widersprechen, schien ein einziger, schiefer Wildwassersee zu sein.

Max atmete tief ein. Sie hasste sich schon jetzt für das, was sie tun würde.

Sie packte Mtoto am Kragen, gab ihr einen kräftigen Kuss auf die Stirn und presste sie ganz eng an sich. Dann sprang sie über die Kante, die Füße voraus. Ihr improvisierter Schlitten – sie selbst – nahm sofort Fahrt auf. Auf einer kaum knöchelhohen, aber mit gewaltiger Kraft ins Tal tosenden Wasserschicht glitt sie über den bis kürzlich ausgetrockneten Boden, stieß gegen Steine, die ihr den Rücken zerkratzten, gegen Äste, die ihre Hose aufritzten. Mtoto lag mit ihrem Gesicht auf Max' Brust, die Hände in ihre Schultern gekrallt, die Augen krampfhaft geschlossen. Immer wieder versuchte Max, mit den Schuhsohlen zu bremsen, sich an größeren Brocken oder Baumstämmen abzustoßen, so den Kiefern auszuweichen. Auch wenn ihre Muskeln brannten, gelang ihr das die ersten paar Meter noch, doch als der Hang steiler wurde und dichter bewaldet, und die Wassermassen reißender schäumten, fand sie keinen Halt mehr. Ihr Fuß tastete unter Wasser nach Steinen, Ästen, Vorsprüngen, doch alles, auf das sie stieß, riss ihr nur den Fuß weg oder schleuderte sie auf eine andere Bahn. Immer wieder schwappte Wasser über ihren Kopf, nahm ihr die Orientierung. Schließlich bekam sie keinen Fuß mehr auf den Boden gesetzt, raste nur noch unkontrolliert auf einen kleinen, dichtbewaldeten Absatz zu. Sie wurden von einem Ast erfasst, wild herumgewirbelt und schossen Rücken voraus über die Kante. Max' Schulter prallte gegen einen Baumstamm. Sie stöhnte, aber sie ließ Mtoto nicht los, auch nicht, als Sekundenbruchteile später der dritte Aufprall folgte, im braunen, reißenden Wasser des Baches. Max tauchte unter, stieß mit derselben Schulter gegen einen Stein, schrie unter Wasser, schluckte und tauchte hustend auf, versuchte verzweifelt Halt zu finden, als sie von der Strömung mitgerissen wurde, rings um sich Treibgut, ganze Äste, in einem Bach, der auf etliche Meter Breite angewachsen war. Sie paddelte hilflos mit einer Hand, die andere um Mtoto geschlungen. Direkt vor ihnen machte das Tal eine scharfe Biegung nach links. Rechts von ihr hatte sich Holz gesammelt, bildete eine Art natürlichen Deich an der Oberfläche, der das Wasser darunter durchließ. Max sah es gerade rechtzeitig, um ein, zwei kräftige Schwimmbewegungen zu machen, Mtoto hilflos an ihre Brust geklammert. Die Strömung presste sie gegen das Holz, und mit vereinten Kräften zerrten sich Max und Mtoto weiter in Richtung Ufer.

Max presste die Arme in die Hüfte, beugte sich nach vorn. Ihr ganzer Mund schmeckte sauer, sie zitterte, vor Kälte, vor Erschöpfung. Sie sah sich keuchend um. Auch hier war der Uferbereich von zahllosen Rinnsalen überzogen, aber es gab wenigstens keinen Wassertrichter wie oben am Hang.

Mtoto hustete, spuckte Wasser. »Ich hasse Bäche.«

Max starrte auf die Fluten vor sich, schauderte regelrecht beim Gedanken an den Yellowstone River. »Hassen ist so ein mildes Wort …« Ihr Blick strich über Mtoto. Ein paar Kratzer an der Stirn, ein Schnitt am Oberschenkel, mehr war ihr zum Glück nicht passiert. Sie selbst fühlte sich um einiges schlimmer zerschunden, aber das hatte Zeit.

Sie half Mtoto auf, obwohl sie selbst kaum stehen konnte. Beide sahen in Richtung des Hügels, den sie gerade heruntergestürzt waren. Die Wand hatte seine oberen Ausläufer erreicht – mit der unerwarteten Folge, dass der Wassernachschub in Sekundenschnelle versiegte und ihr *Wildwassertrichter des Todes* zu einer harmlosen Feuchtwiese verkam.

Max und Mtoto sahen einander an. Sie mussten es nicht einmal laut aussprechen. Stattdessen sahen sie zu, dass sie weiterkamen, einem Feldweg am rechten Rand des tosenden Baches folgend, wo immer dieser nicht von dem Bach selbst oder seinen zahllosen Zuflüssen weggerissen worden war. Nach ein paar hundert Metern löste sich der Feldweg vom Flussbett, folgte ihm etwa zwanzig Meter höher, halb am Hang. Zum Rennen fehlte beiden die Kraft, aber sie joggten einen Teil der Strecke, und vergrößerten damit nach und nach ihren Vorsprung auf die Wand.

Die ersten Häuser tauchten im Wald auf. Sie mussten dem Pend Oreille River schon sehr nahe sein. Ihr Weg mündete in eine befestigte Straße, und die wiederum unvermittelt in eine zweite. Offenbar waren sie nicht die ersten, die von der Straßenführung überrascht wurden. Bremsspuren, eine davon offenbar von einem Auto, zogen sich über die komplette Breite des Weges, bis zur angrenzenden Schlucht. Max warf einen kurzen Blick hinab: Dort, ein paar Meter tiefer, lag der zugehörige Jeep, auf dem Dach, alle vier Türen sperrangelweit offen. Die andere Bremsspur war schmaler, die eines Motorrads oder eines Mopeds vielleicht. Sie verlief in Schlangenlinien und endete am rechten Fahrbahnrand, hinter einer Gruppe junger Kiefern.

Mtoto war vorausgejoggt, blieb jetzt keuchend stehen und strich sich durch ihren klatschnassen Azonto. »Was ist denn das für ein widerlicher Gestank …?«

Max roch es auch. Faulig, dabei penetrant süßlich, und trotz des Regengusses derart dominant. Sie umrundete das kleine Wäldchen – und sah sofort, woher der Geruch kam. Ein Motorrad lag auf dem Boden, und ein paar Meter dahinter ein Mann in Lederkluft, inmitten einer riesigen Pfütze, den Kopf in einem unnatürlichen Winkel zur Seite geneigt, das Visier hochgeklappt. Sein Gesicht war praktisch nicht mehr auszumachen, aufgedunsen, mit extrem dunkler, grünlich-roter Haut. Max hielt sich die Nase zu, wand den Blick ab, doch das Bild ging ihr nicht aus dem Kopf, und der Verwesungsgestank blieb in ihrem Mund.

»Mtoto, komm nicht näher, bitte.«

»Aber warum denn nicht?«

»Zählt als Argument, dass es widerlich ist?«

Natürlich hörte Mtoto nicht auf Max – bis sie die Leiche bemerkte. »Lass uns bitte weitergehen!«

»Nicht so schnell. Wart bitte weiter vorne, da, wo du den Gestank aushältst.« Max warf einen Blick über ihre Schulter, versuchte, die Zeit abzuschätzen, die ihr blieb. Das Schwarz der Wand schälte sich gerade aus dem Dunkelgrau der Regentropfen. Knappe zweihundert Meter. Gute zwei Minuten.

Das Wichtigste zuerst: Der Schlüssel steckte. Halbwegs intakt sah die Maschine auch aus, und ziemlich geländetauglich. Und auf dem Gepäckträger war ein Reservetank festgezurrt. Das war doch eine Grundlage. Max zerrte das Motorrad aus der Pfütze, versuchte dann, es aufzurichten. Das Ding war viel schwerer als erwartet, es wog locker das Drei- oder Vierfache von ihr selbst, und ihre Arme fühlten sich an wie Brei. Noch einmal rutschte sie ab, doch im dritten Anlauf hievte sie es auf. Sie klappte den Ständer aus. Okay. Wo zum Teufel schaltete man es an? Der Schlüssel ließ sich drehen, von On auf Off und wieder auf On. Doch der Motor rührte sich nicht. Mit vor Erschöpfung zitternden Beinen setzte sich Max auf die Maschine. Immerhin: Ihre 1,57 reichten aus, um die Rückbremse zu erreichen.

Ein Blick zurück zur Wand. Halbzeit.

Rechts gab es einen roten Knopf. Beim Betätigen war der Motor zu hören, aber nur für einen kurzen Moment, in dem das Motorrad prompt einen Satz nach vorn machte. Die Kupplung? Wo war bei einem Motorrad die Kupplung? Max tastete am Lenker entlang. Rechts und links an den Handgriffen gab es Hebel, wie bei einem Fahrrad. Im Auto war rechts Gas, also war der Linke die Kupplung? Max zog mit klammen Fingern am linken Hebel, hielt ihn in der Position und betätigte noch einmal den roten Knopf. Der Motor sprang an. Und er blieb an! Sie ließ vorsichtig die Kupplung kommen, nur ein bisschen. Die Maschine röhrte immer noch.

Mtoto lief zu ihr zurück. Sie grinste über beide Ohren.

Auch Max grinste. »Hey, Kleine, Lust auf 'ne Spritztour?«, fragte sie in bestem Bikerslang – oder zumindest dem, was sie dafür hielt.

Mtoto kletterte auf die Maschine, ohne so recht zu wissen, wohin sie ihre Beine strecken sollte, und klammerte sich brav an Max fest.

Max drehte sich noch einmal um. Die Wand war noch knappe dreißig Meter von ihnen entfernt. Genug Puffer, um in aller Ruhe loszufahren. Sie hämmerte den Ständer weg und drehte vorsichtig am Gas. Und tatsächlich, das Motorrad hoppelte los. Doch dann, als Max in die Kurve vor ihnen einbiegen wollte, kaum mehr als mit Schrittgeschwindigkeit, brach das Hinterrad aus, schlitterte auf der klitschnassen Fahrbahn erst nach links, und schließlich, als Max zu sehr gegensteuerte, nach rechts. Das Motorrad kippte um, begrub Max' und Mtotos Beine unter sich und rutschte noch einen halben Meter weiter.

»Scheiße!« Jetzt wurde es doch eng. Hastig packte Max den Rahmen, drückte das Gefährt hoch, während Mtoto von der anderen Seite daran zog, diesmal mit Hilfe des Sturms. Als sie es geschafft hatten, war die Wand schon bis auf ein paar Meter an ihnen dran. Max schwang sich wieder auf das wackelige Gefährt, Mtoto presste sich eng an sie. Max' Herz raste, als sie den Motor von neuem zündete und dann vorsichtig am Gas drehte. Eine dunkle Abgaswolke verschwand hinter ihnen in der Wand. Max beschleunigte, solange die Strecke halbwegs gerade war, in der Hoffnung, damit stabiler in der Kurve zu liegen, und trat dann zwischen zwei Erdhügeln in ein steiles Abwärtsstück ein, das eng nach rechts abbog. Obwohl sie kaum mehr als zwanzig Stundenkilometer fuhr, standen ihr Schweißperlen auf der Stirn. An der kritischsten Stelle versuchte das Hinterrad erneut, auszubrechen, aber diesmal ließ Max ihm mehr Spiel, steuerte sanfter dagegen, und das Motorrad blieb in der Bahn. Ihre Straße mündete in die US Route 2, dahinter nichts als die Gleise und der Pend Oreille River. Sie bogen halb nach rechts ab, in Richtung Südwesten, doch bevor Max das tat, warf sie einen letzten Blick nach links. Keine zweihundert Meter von ihnen entfernt, auf einer unscheinbaren Brücke über den Bach, in dem sie vorhin fast ertrunken wären, befand sich die äußerste Sperre Popes – nur Sekunden davon entfernt, von der Wand erfasst zu werden. Das halbe Dutzend Blautüchler, das dort Wache hielt, begann sofort aufgeregt durcheinander zu schreien. Max schnaubte bloß. Es war ihr vollkommen egal, ob diese Arschlöcher sie bemerkten. Sollten sie doch die letzten Augenblicke ihrer Leben damit zu verschwenden, einen Steckbrief auf ihren Namen auszustellen.

Sie lächelte grimmig, umso mehr, als Mtoto ihnen den Mittelfinger zeigte, und tuckerte dann in die Gegenrichtung von dannen. Das Tuckern war nicht beabsichtigt: Schneller als dreißig Stundenkilometer fuhr die Maschine nicht, auch wenn Max den Motor voll aufheulen ließ – das änderte sich erst einige hundert Meter später, als sie herausfand, wo sich die Gangschaltung befand …

Max pendelte sich schließlich bei einer Geschwindigkeit von gefühlten fünfzig Stundenkilometern ein. Auch wenn sie den Drang verspürte, bis ans Limit zu gehen, auch wenn sie nur noch bis zum folgenden Abend Zeit hatten, um rechtzeitig nach Oakland zu gelangen, und auch wenn die Nadel am Armaturenbrett einen vollen Tank anzeigte, so zwang sie sich, vernünftig zu sein, so spritschonend wie möglich zu fahren, und nicht zu riskieren, von Sturm und peitschendem Regen aus der Bahn getragen zu werden. Oder von ihrer eigenen Erschöpfung, die sich nun, da sich ihr Atem langsam beruhigte, mit einem fast unkontrollierbaren Beben bemerkbar machte. Weder sie noch Mtoto trugen Schutzkleidung über ihren nassen, völlig verdreckten Klamotten. Für seinen Helm hatte der Biker mit dem ungesunden Teint zwar ebenso wenig Verwendung gehabt wie für das Motorrad, aber bevor sie ihm dieses stinkende Ding vom Kopf gezogen hätte – und sich selbst aufgesetzt! –, nahm Max lieber jede erdenkliche Verletzung in Kauf. Und vor Genickbrüchen schien das Ding ja eh nicht zu schützen.

Immerhin reichte ihr Tempo aus, um die Wand rasch hinter ihnen verschwinden zu lassen. Der Regen wurde schließlich leichter, und auch der Himmel hellte sich etwas auf, als würde irgendwo hinter den Wolken die Sonne aufgehen. Aber erst als sie nach einigen Kilometern das Wasserkraftwerk hinter sich gelassen hatten – die letzte Blautüchler-Bastion, auch wenn von denen im Vorbeifahren nichts zu sehen war – entspannte sich Max wirklich.

Sie überquerten den Pend Oreille River und fuhren in einen dieser Orte, die in Max' Augen exemplarisch waren für die dünnbesiedelten Staaten dieses Landes: Weite Straßen, an beiden Seiten von nichts anderem gesäumt als Tankstellen und Dinern, einstöckig und mit flachen Dächern, und natürlich den Dutzenden Parkplätzen, die diese Betonwüste komplett machten. Nur dass jetzt das typische Midwest-Gefühl von Freiheit, diese unbeschwerte Leckt-mich-am-Arsch-Einstellung, wenn die Leute mit SUVs mal schnell zum Einkaufen fuhren, fehlte – mangels Leuten, SUVs und Einkaufsmöglichkeiten.

Sie passierten die Grenze zum Bundesstaat Washington, mitten in diesem Tausend-Seelen-Kaff, und hielten weiter grob die Richtung nach Südwesten, der Straßenbeschilderung und Max' groben Kenntnissen der Umgebung vertrauend. Bis sie sich dem Ende des Ortes näherten, und aus der unangenehmen Stille ein noch unangenehmeres Chaos erwuchs. Der Wind hatte nicht abgeflaut, aber der Regen war zu einem kümmerlichen Nieseln verkommen. Und plötzlich waren Menschen auf den Straßen. Zwei blonde Männer, die aus einem Blautüchler-Zuchtprogramm hätten stammen können, zerrten eine alte, asiatisch aussehende Frau aus ihrem halb vernagelten Haus. Max dachte an die Pistole, die noch immer an ihrem Gürtel hing, schlammverkrustet und ohne Munition. Die drei diskutierten lautstark mitten auf der Straße, bis die beiden Männer auf den Himmel zeigten, die alte Frau regelrecht zwangen, in die Höhe zu schauen. Max folgte ihrem Blick. Direkt über ihnen allen, jenseits des Nieselregens, hatte sich ein großes Loch in den Wolken aufgetan. Die eine Hälfte des Himmels war in ein herrliches Dunkelblau getaucht. In der anderen Hälfte lag schon wieder die Wand, eine Schwärze, die senkrecht in die Höhe schoss, weit über die Wolken hinaus, höher als jedes Flugzeug flog. Es war, als verfolge sie die Mutter aller Felsklippen, dunkler, steiler und unermesslich viel höher als jede andere.

Der Widerstand der alten Frau erlahmte. Die beiden Männer atmeten erleichtert auf, als sie ihnen schließlich freiwillig folgte.

Max umrundete die Dreiergruppe, sah zu, dass sie etwas an Geschwindigkeit gewann. Immer mehr Gesichter tauchten hinter und vor den Fenstern auf. Familien, die bei Kerzenlicht versammelt waren, Hand in Hand, die Augen geschlossen, Zuflucht im Miteinander suchend, oder im Glauben. Links ein Mann, der sich in Richtung der Wand an seine Haustür lehnte und mit einem Rosenkranz im Mund betete. Gegenüber ein Schoßhündchen, am Gartenzaun angeleint, winselnd, das Fell völlig zerzaust.

»Können wir die Wand bitte schön eintauschen?«, rief Max zu Mtoto nach hinten. Ihre Stimme klang bitter und trotzig zugleich. »Gegen eine herrlich altmodische Zombieapokalypse? Dagegen gibt's wenigstens Mittel. Hide-outs. Schrotflinten.« Vor einigen Wochen hätte Mtoto noch gefragt, ob man das denn wirklich tauschen könnte, doch jetzt blieb sie stumm.

Immer mehr Menschen tauchten aus verlassen wirkenden Häusern auf, brüllten einander an und joggten mitten auf die Straße, Reisetaschen und Rucksäcke um die Schulter geschlungen, manche zerrten sogar Rollkoffer hinter sich her. Als hätte sich der halbe verbliebene Ort in letzter Sekunde entschlossen, doch noch zu fliehen – obwohl sie offenkundig nie jemand an der Flucht gehindert hatte. Max sog die Wangen ein. Solche *Idioten!* Warum warteten sie damit bis zur letztmöglichen Sekunde, verbarrikadierten sich, nur um dann auf ihre Angst zu hören, wenn es bereits zu spät war?

Max und Mtoto erregten zunehmend die Aufmerksamkeit der Flüchtenden. Sie drehten sich zu ihnen um, starrten auf ihr Motorrad, ängstlich, neidisch, hasserfüllt.

»Mach schneller«, hauchte Mtoto von hinten, ihre klammen Arme eng um Max' Hüften geschlungen. Max nickte, doch sie gab bereits so viel Gas, wie sie sich traute, um auf dem feuchten Asphalt nicht die Bodenhaftung zu verlieren. Die meisten Leute sprangen ihr aus dem Weg. Ein junger Mann jedoch drehte sich zu ihnen um, direkt vor ihnen, und schaute sie mit großen Augen an. Max war nicht sicher, ob er sie anklagte oder ob er sie um Hilfe ersuchte; sie senkte den Blick und wich ihm aus. Ein Stück weiter vorn stand am rechten Straßenrand ein Kleinwagen, direkt am Ufer eines trockengefallenen Moores. Ringsherum hatte sich eine große Traube an Menschen gebildet, Dutzende, Hunderte, die mit aller Gewalt versuchten, jemanden aus dem Auto zu zerren. Ein Schuss fiel. Max lehnte sich mit pochendem Herzen nach vorn, drehte den Gashebel bis zum Anschlag durch. Ihr Shirt flatterte, peitschte Mtoto schier ins Gesicht. Das Vorderrad begann zu hüpfen, der Motor heulte auf. Spätestens jetzt nahm die Meute von ihnen Notiz. Zwei griffen nach Waffen. Scheiße. Weiter Vollgas. Die Tachonadel raste in die Höhe, trotz der Nässe, mit einer Geschwindigkeit, die Max nicht für möglich gehalten hätte. Sechzig Meilen in der Stunde, achtzig, hundert. Sie umklammerte die Handgriffe, presste die Augenlider zu Schlitzen, um gegen den Fahrtsturm noch irgendetwas zu erkennen. Schreie und Flüche zogen zu ihrer Rechten vorbei, die Stimmlagen blitzartig von hoch nach tief kippend. Menschen sprangen reihenweise zur Seite. Eine Pistole schwenkte zu ihnen herum. Augen zu, Kopf runter. Zwei Schüsse, rasch nacheinander. Max hörte den dumpfen

Einschlag eines Geschosses in einem Baumstamm links vor ihnen. Noch mehr Schüsse, noch mehr Einschläge, neben ihnen, der letzte hinter ihnen. Und dann war es still, bis auf den Fahrtsturm und das Heulen ihres Motors.

Es dauerte lange, ehe sich Max traute, wieder so langsam zu fahren, dass sie ihre Augen dauerhaft offen halten konnte. Sie strich Mtoto mit ihrer linken Hand kurz über die Seite, aber sie drehte sich kein einziges Mal um.

Max und Mtoto waren sich stillschweigend einig, dass sie sich in Zukunft auch von kleinen Orten so fern wie möglich halten wollten. Sie umfuhren Spokane weit im Westen, auf Straßen, die nicht einmal einen Mittelstreifen erhalten hatten, folgten Tälern, umfuhren dürre, mit Kiefern getüpfelte Bergrücken, bis sich die Straße eine enge Schlucht emporschlängelte, hinauf auf eine Hochebene mit sanft geschwungenen Hügeln. Bis sich die Wolken zu lichten begannen. Bis die Sonne durchbrach und mit voller Kraft auf sie hinabknallte, vor ihnen nichts als strahlend blauer Himmel, goldene Weizenfelder, reifer und üppiger als alle zuvor, in ihrer Mitte ein dünnes schwarzes Band aus Asphalt, das sich um die Hügel wand, so kitschig, dass Max fast abfällig schnaubte. Der Sommer war schlagartig zurück. Die Hitze und die Trockenheit. Es war herrlich, wie rasch die Wärme zurück in ihre Glieder kroch und die Nässe aus ihrer Kleidung verschwand.

Stunde um Stunde fuhren sie auf frisch geteerten Pisten zwischen scheinbar endlosen Getreidefeldern entlang, ohne eine einzige Pause, stets der Sonne nach, auf dem kürzesten Weg nach Oakland. Anderthalb Tage hatten sie noch, dann wäre Catherines Deadline überschritten. Dann würden die letzten Schiffe den Hafen verlassen. Anderthalb Tage für weit über tausend Kilometer. Ambitioniert. Max mochte Herausforderungen, aber wenn der Wetteinsatz das eigene Leben war – und das Leben eines zehnjährigen Mädchens –, dann nahm das der ganzen Sache doch einen erheblichen Teil ihrer Lockerheit. Sie durfte nicht nachlassen, sich keine Pausen erlauben. Ganz gleich, wie sehr ihr Körper danach schrie, ganz gleich, wie sehr sie Mtoto ihre tiefe Erschöpfung anmerkte.

Nicht ein Mal warfen sie einen Blick zurück. Stattdessen versuchte Max, sich auf die idyllische Szenerie *vor* ihnen zu konzentrieren – und die Stille, die jenseits ihres Fahrtwindes und der Motorengeräusche fast perfekt war. Niemand außer ihnen war auf diesen Straßen unterwegs, und über lange Strecken konnte man fast vergessen, was mit der Welt geschehen war. Es waren meist die kleinen Unstimmigkeiten, die sie dann doch wieder in die Wirklichkeit zurückholten. Der reinblaue Himmel über ihnen, von keinem Kondensstreifen getrübt. Ein gesatteltes Pferd, das einsam am Wegrand graste. Überreife Felder, mit satten, tief nach unten gebogenen Ähren. Und dann gab es noch die Momente, in denen sich die Welt einen feuchten Kehricht um Subtilität scherte. Ein Rumms, wie von einer fernen, gewaltigen Explosion, gefolgt von einem leisen, aber tiefen Grollen, das minutenlang anhielt. Verlassene Autos am Wegrand, die Türen weit geöffnet. Windzerzauste Zelte mitten im Weizen.

Nach Stunden begegnete ihnen ein Farmer, der erste Mensch seit dem Kaff. Der Mann saß auf seinem Mähdrescher, drehte in der Nachmittagssonne seine Kreise, völlig blind gegenüber ihren Versuchen, sich bei ihm bemerkbar zu machen, und brachte in aller Seelenruhe seinen Weizen ein. So, als sei dies das Normalste der Welt. So, als sei es kein Problem, an Treibstoff zu kommen. Und vor allem: So, als gäbe es nichts Besseres, was man mit diesem Treibstoff anstellen könnte.

Der Boden wurde trockener, an die Stelle der Weizenfelder traten die altbekannten, kreisförmigen Bewässerungssysteme. Noch bis vor ein paar Wochen mussten sie in Betrieb gewesen sein, so, wie sich hier und da noch etwas Grün der Feldfrüchte zeigte. Doch auch das verging, machte einer immer lebensfeindlicheren Halbwüste Platz. In der Nähe eines uralten Kernkraftwerks – was hoffentlich hieß, dass es schon lange abgeschaltet war – überquerten sie zum ersten Mal den Columbia River. Der Fluss war beeindruckend, ein blaugrünes Band inmitten der tristen Ockertöne, aber er war bei weitem nicht so breit, wie es Max von einem der mächtigsten Ströme Nordamerikas erwartet hatte.

Während der Fluss einen Bogen nach Osten vollzog, fuhren Max und Mtoto in Richtung Süden, einer Reihe von trockenen Canyons folgend, in denen die einzigen Zeichen von Zivilisation die Windräder auf den Bergrücken waren – Hunderte von ihnen, die sich langsam in der nachmittäglichen Brise drehten, als hätte niemals jemand daran gedacht, sie abzuschalten.

Am frühen Abend, kurz bevor sie zum zweiten Mal auf den Columbia River stießen, fanden ihre Bemühungen, den großen Straßen auszuweichen, ein Ende. Wenn Max die Straßenschilder richtig interpretierte, war die nächste Brücke nach Oregon erst wieder hundert Meilen flussabwärts zu finden, während die I-82 den Columbia River nur ein paar Meilen weiter südöstlich querte. Ohne diese Abkürzung würde ihr Ziel, Oakland rechtzeitig zu erreichen, sehr schwierig werden, ganz zu schweigen davon, dass sie schon jetzt an ihren Reservekanister gehen mussten. So beschlossen sie, es doch mit der Interstate zu versuchen – und waren verblüfft, wie sehr sie mit ihren Befürchtungen danebenlagen: Bis auf ein paar der obligatorischen verlassenen Autos am Straßenrand war die I-82 frei, auch, als sie schließlich in einer langgezogenen Linkskurve in Richtung Tal abfiel.

Trotz des Fahrtwindes bildete sich Max ein, schon Kilometer davon entfernt das Rauschen des Flusses zu hören. Langsam erst kam das gegenüberliegende Hochufer in Sicht, dessen trockenes Gras im Licht der untergehenden Sonne rotgolden schimmerte. Die Brücke schien ein gutes Stück tiefer zu liegen, es dauerte eine weitere halbe Minute, ehe Max Teile der Fachwerkkonstruktion erahnte.

Doch irgendetwas war merkwürdig. Die paar Eisenpfeiler, die Max bereits erkannte, standen leicht schräg zur Fahrtrichtung, und je näher sie der Brücke kamen, desto mehr verfestigte sich der Eindruck, dass die Brücke nicht in dem Zustand war, in dem sie hätte sein sollen. Max' Mund war auf einmal staubtrocken, ihr Kopfweh, das sie den halben Tag verdrängt hatte, kehrte auf einen Schlag zurück. Die letzten paar hundert Meter fuhr Max mit tiefen Falten auf der Stirn, und als sie schließlich anhielt, war es, weil sie schlicht keine andere Wahl hatte.

Von den drei Hauptspannen der Brücke war fast nichts übrig. Braune Wassermassen prallten tosend gegen die Reste der Pfeiler. Die Fahrbahn war verschwunden, Eisenträger, eine Handvoll Autos, sogar Strommasten ragten wie Mikado-Stäbchen hier und da aus dem reißenden Strom. Das war nicht der Columbia River, den sie ein paar hundert Kilometer flussaufwärts überquert hatten: Dieser Fluss war breit, zu breit. Auf der anderen Seite lugten die Kronen von Bäumen aus dem Wasser, zwischen ihnen nichts als Trümmer und Schaum. Ein paar Dutzend Meter hinter ihnen stieg das Land langsam an, ragte wieder aus den Fluten heraus, doch auch hier hatte das Wasser alles zerstört. Ein breiter Streifen Land war übersät mit Schlamm und riesigen Pfützen, mit Brettern, mit Unrat und mit anderen Dingen, bei denen Max froh war, sie nicht identifizieren zu können. Fundamente von Häusern waren zu erkennen, Reste von Autos und Militärfahrzeugen, die halb unter Trümmern begraben waren. Und dazwischen immer wieder riesige Stücke olivgrüner Zeltplanen, die sich zwischen alledem verheddert hatten. Die Zerstörungen endeten erst auf halber Höhe des Hochufers, die Flutlinie durch Treibgut markiert, das aus Resten von Häusern bestand, die angespült worden waren wie Algen an einen Strand.

»Die armen Männer.«

Max wirbelte zu Mtoto herum. Sie erschrak, als sie sah, wie erschöpft die Kleine wirkte, mit tiefen Augenringen und einer für sie erstaunlich blassen Hautfarbe. »Welche Männer?«

Max folgte Mtotos Blick nach links, zur Brücke für die Gegenfahrbahnen. Auch diese war zerstört, bis auf einen einzigen, intakt gebliebenen Pfeiler in ihrer Mitte. Und auf diesem stand ein Panzer, nein, *hing* ein Panzer, zwanzig Meter über den Fluten, in einem prekären Gleichgewicht, mit Ketten, die auf beiden Seiten weit über den winzigen Pfeiler hinausreichten. Auf seinem Turm saßen zwei Soldaten und starrten auf das Wasser rings um sie herum. Die Kanone des Panzers war auf das Nordufer gerichtet, auf Max und Mtoto, aber niemals würden die Soldaten so wahnsinnig sein, das Ding jetzt noch abzufeuern.

Max klappte den Ständer aus, stieg vom Motorrad ab und machte drei steife Schritte nach vorn an den Abgrund. Die Soldaten bemerkten sie jetzt, doch Max' Aufmerksamkeit galt etwas anderem: einem Damm, der zwei Kilometer flussaufwärts den Columbia River teilte. Sie presste ihre Lippen zusammen, atmete tief ein. In dem Zentrum der riesigen Betonkonstruktion – kilometerbreit und Dutzende Meter hoch – klaffte eine gewaltige Lücke. Auf mehreren hundert Metern Breite hatte sich ein schäumender, in der Abendsonne glitzernder Wasserfall gebildet, dessen braune Fluten lautstark in die Tiefe stürzten. Und doch war das kaum mehr als der kümmerliche Rest, war das Reservoir dahinter bereits zu einem erheblichen Teil geleert. Max stellte sich unwillkürlich vor, wie zerstörerisch dieser Wasserfall unmittelbar nach dem Dammbruch gewesen sein musste, als der Inhalt des Stausees mit voller Wucht in die Schlucht gedonnert war.

Mtoto war vorsichtig herangerückt. Ihre Augen weiteten sich, als sie die Ursache all dieser Zerstörung sah.

»Waren das die Männer dort?«

Max sah wieder zu dem Panzer hinüber. Die Soldaten winkten aufgeregt in ihre Richtung, schrien jetzt so laut sie konnten.

Max behielt sie im Augenwinkel, sah aber Mtoto an und schüttelte den Kopf. »Nein, ich denke nicht, dass ein Panzer dafür reicht. Das muss etwas Größeres gewesen sein.«

»Aber was haben die Männer dann auf der Brücke gemacht? Sind die wie der Soldat, der unser Auto geklaut und auf uns geschossen hat?«

Max legte Mtoto eine Hand auf die Schulter. »Vielleicht das, ja. Vielleicht wollten sie auch gar nicht hier sein. Im Endeffekt sind sie auch bloß Opfer der ganzen Scheiße, die hier passiert.«

»Wir können ihnen nicht helfen, oder?« So, wie sie es sagte, war klar, dass sie die Antwort bereits kannte.

Max zögerte dennoch. »Nein«, sagte sie schließlich. »Aber wir können immer noch *uns* helfen.« Und damit führte sie Mtoto zurück zu ihrem Motorrad, und versuchte, die Hilfeschreie auszublenden, die sie auf dem Weg begleiteten.

Sie hatten noch immer eine winzige Chance. Wenn sie perfekt vorankamen, wenn sie sich beeilten, dann konnten sie den Zeitplan noch immer einhalten, selbst wenn sie nun einen Umweg in Kauf nehmen mussten. Zurück nach Norden, um dort den Fluss zu überqueren, war zu riskant angesichts der näherrückenden Wand, aber vielleicht hatte die Brücke hundert Meilen weiter westlich die Fluten überlebt.

Mtoto murrte nicht, als Max sie bat, sich wieder gut an ihr festzuhalten, ihr erklärte, was sie tun mussten, um doch noch rechtzeitig nach Oakland zu kommen. Und so fuhren sie wieder los.

Eigentlich hatte Max geplant, dem Verlauf der Straße auf dem nördlichen Hochufer zu folgen, der einzigen nennenswerten Verkehrsachse auf dieser Seite des Flusses, doch der Idiot, der diese Strecke geplant hatte, schien nicht an Hochwasser, geschweige denn an Dammbrüche gedacht zu haben. Immer wieder verliefen Teile der Straße nah am Ufer, keine zehn Meter über dem normalen Wasserspiegel, so dass sie zwar nicht mehr von den braunen Massen zu ihrer Linken überflutet, wohl aber von mannshohem Unrat bedeckt war. Anfangs versuchte Max noch, im schwindenden Licht der Dämmerung einen Weg durch die Trümmer zu finden, aber schon bald musste sie einsehen, dass es im Hinterland kaum schlechter laufen konnte.

Doch die Straßen hier im Nirgendwo schienen nicht dafür ausgelegt zu sein, einen Menschen mit einer Geschwindigkeit, die die einer Pferdekutsche überstieg, von A nach B zu bringen. Mal schlängelten sie sich sinusförmig zwischen kreisrunden Bewässerungsanlagen durch, so dass Mtoto von den permanenten Links- und Rechtskurven übel wurde, mal endeten sie abrupt, traten unbefestigte Zugangsstraßen für Windanlagen an ihre Stelle. Dazu kamen die zahllosen kleinen Canyons, die sich die Zuflüsse des Columbia River über Jahrmillionen in den trockenen Boden gegraben hatten, ein ewiges Auf und Ab, dutzendfach, hundertfach, und doch nur ein winziger Teil einer schier endlosen Odyssee. Wie gigantisch die Entfernungen in diesem Land doch waren! Immer rabiater ließ Max den Motor aufheulen, verdrängte den Frust und die Schmerzen, legte sich flach in die Kurven, sah zu, dass der schwache Lichtkegel ihres Scheinwerfers mit Höchstgeschwindigkeit durch die Landschaft schnitt, um irgendwie Boden gutzumachen. Stunde für Stunde kämpfte sie sich so voran – und Stunde für Stunde fiel sie immer hoffnungsloser hinter ihren Zeitplan zurück.

Der fast volle Mond stand schon hoch am Himmel, als Max spürte, wie sich Mtotos Griff um ihre Taille lockerte. Sie beide waren auf allen Ebenen völlig erschöpft. Max atmete tief ein, hustete, strich sich mit der linken Hand über die pochenden Schläfen. Sie musste eine Entscheidung treffen, das wusste sie.

Nein. Sie hatte bereits eine Entscheidung getroffen.

Wieder einer dieser Canyons. Sie ließ das Motorrad langsam ausrollen, versteckte es hinter ein paar Büschen am Straßenrand. Mtoto verstärkte instinktiv ihren Griff.

»Aber … wir müssen doch weiter.« Sie hatte Mühe, ihre Zunge unter Kontrolle zu halten.

»Nein«, sagte Max so laut, dass Mtoto trotz ihres Dämmerzustands zusammenzuckte. Max pflückte Mtoto von ihrem

Rücken und stellte sie vor sich auf die Beine. »Wir haben getan, was wir konnten.« Sie strich ihr über die Schulter. »Aber selbst unter den besten Bedingungen würden wir Oakland nicht mehr rechtzeitig erreichen. Und wir haben nicht die besten Bedingungen. Das, was ich uns gerade antue, ist nicht durchzuhalten. Die Tanks sind so gut wie leer. Und damit rede ich nicht nur von unserer Maschine.« Sie lächelte. »Sag, hast du Durst?«

Mtoto schüttelte den Kopf.

Max wuschelte ihr durch das Haar. »Lügnerin! Wir haben beide seit heute Morgen nichts getrunken.«

Ein kurzes Lächeln verriet Mtoto, ansonsten blieb sie standhaft. »Aber du sagst, alles ist möglich, wenn man sich nur genug zwingt. Also auch, dass wir der Wand entkommen!«

»Ja. Und das werden wir auch schaffen, ganz egal wie. Gemeinsam, nur wir zwei. Dafür brauchen wir keine Catherine, kein Oakland. Wir finden auch so einen Weg.«

Mtoto sah sie unsicher an. »Ehrenwort?« Ihre Stimme wurde so leise, dass Max sie kaum noch verstand. »Ich habe ihm doch versprechen müssen, dass ich es um jeden Preis schaffe.«

»Wem?«

Noch eine Pause. »Meinem Bruder.«

Max ging in die Knie. »Ich gebe dir mein Ehrenwort.« Und dann knuffte sie Mtoto ebenso plötzlich wie kräftig in die Schulter.

Mtoto schaute sie empört an, rieb sich den Oberarm, doch dann wanderten ihre Mundwinkel nach oben. »Das heißt, wir können jetzt doch Pause machen?«

Max sah nach Nordosten, so weit es die wüstenhaften Wände des Canyons erlaubten. Nichts als Sterne am Firmament. »Ja. Zumindest ein bisschen.«

Ihr Blick fiel zurück auf Mtoto, nahm sich die Zeit, die Kleine genauer anzuschauen. Getrockneter Schlamm hing an ihrer Seite, an ihrer Hose, sogar in ihren Haaren. Ihre Klamotten waren übersät von Kratzern und Rissen, doch die Gürtelschlaufe, an der ihr Ball hing, hielt noch immer.

»Max?«

»Ja?«

Mtoto sah zu Boden. »Ich hab doch Durst.«

»Warum überrascht mich das nicht?« Max nahm Mtoto am Arm, führte sie mit wackeligen Schritten zu dem dünnen Baumstreifen in der Mitte des Canyons. »Komm, ich glaub, ich hab da was plätschern gehört.«

Und tatsächlich schlängelte sich ein Rinnsal zwischen den Steinen, die die Wärme des Tages bewahrt hatten.

Mtoto sah zu ihr auf, die Arme verschränkt. »Bis jetzt hast du immer gesagt, wir dürfen nicht aus Bächen trinken.« Ihre Arme lösten sich. »Darf ich? Wirklich?«

»Hast du jetzt Durst oder nicht? Im Ernst, das ist nicht bloß meine Altersmilde: Der Bach hier ist nur ganz klein, und wir haben in der Nähe keine Felder oder Häuser gesehen. Und eine andere Wahl haben wir eh nicht.«

Sie knieten sich nebeneinander auf die Steine, tranken gierig, beide Hände in das Rinnsal getaucht. Max verschluckte sich, hustete. Ihre Kehle hatte die Rauheit einer Kiwischale, und das Wasser knirschte ein bisschen beim Trinken, doch es schmeckte köstlich frisch.

Mtoto schien der Sand nicht zu stören. Sie trank gleich fünf oder sechs Handvoll, dann rollte sie sich zur Seite – und war sofort eingeschlafen.

Max lehnte sich neben ihr an einen Baum, streichelte ihr zärtlich durchs Haar. Sie schloss die Augen – und alles hämmerte auf sie ein. Der Hunger. Diese unendliche Erschöpfung. Ihre Schmerzen durch die blauen Flecken und Schnittwunden, die sie sich bei der Flucht aus Sandpoint zugezogen hatte, das Kopfweh durch die Sonne, den Durst, die Konzentration den ganzen Tag. Ihr geschundener Rücken, ihre Gelenke, ihre Beine. Und ihr Hintern, der sich nach einer Stunde Rennen und einem ganzen Tag auf dem Motorradsattel nur noch wie Brei anfühlte – dabei hatte Christopher ihn noch heute Morgen liebevoll den »knackigsten Arsch der Welt« genannt.

Christopher.

Und auf einen Schlag waren die Bilder wieder da.

Die Spasmen. Seine kraftlos herabsinkenden Hände. Es war alles so beschissen schnell gegangen. Sie hatte nicht einmal eine Chance gehabt, sich von ihm zu verabschieden. Und sich bei ihm zu entschuldigen, für all ihre Angst.

Ihre Augen wurden feucht. Christophers Blick – er ging ihr nicht aus dem Kopf. Auf welche Art er sie ansah, selbst dann noch, als sein ganzer Körper bereits zuckte. Doch in seinen Augen, da war er noch er selbst gewesen, bis zum Ende. Und er hatte so glücklich ausgesehen, so verdammt glücklich.

Max biss sich in ihre Unterlippe, presste die Augen zusammen und legte den Kopf in den Nacken. Sie krallte sich mit ihren Fingern in den Baum hinter ihr, schlug mit dem Hinterkopf gegen den Stamm, einmal nur, aber kräftig, mit aufgeblähten Nasenflügeln, voller Wut, voller ohnmächtigem Schmerz, ehe sie schluchzend an ihm herabsackte.

Er hatte sie verdammt noch mal geliebt, die ganze Zeit. Und jetzt war er weg und ließ sie allein, mit ihren Schuldgefühlen und dem Grauen, die Verantwortung für ein Mädchen zu tragen, dass es niemals – niemals! – verdient hatte, so etwas erleben zu müssen.

Sie presste die Zähne aufeinander, so stark, dass sie schmerzten, und drückte sich mit zitternden Armen nach oben. Sie war jetzt für Mtoto verantwortlich. Sie musste stark bleiben, für die Kleine, und auch für sich selbst. *Ihm* zuliebe.

Sie atmete tief aus, mit bebenden Lippen, mit Tränen in den Augen.

»Wir werden nicht untergehen«, flüsterte sie leise in Mtotos Richtung. »Nicht mit einem Wimmern, und auch nicht mit einem Knall. Wir werden am anderen Ende des Tunnels herauskommen, und wir werden triumphieren.« Ihre Unterlippe begann wieder zu zittern. »Und er wird die ganze Zeit bei uns sein.« Sie klopfte sich auf die Brust. »Hier.«

Max schüttelte sich. »Was für ein widerlicher Pathos!« Sie lachte und schluchzte zugleich. Tränen strömten über ihre Wangen. »Aber es ist wahr. Scheiße – es *muss* einfach wahr sein …«

Sie schloss die Augen, schob die Schmerzen beiseite, konzentrierte sich auf die milde, klare Nachtluft, die ihre Lungen füllte, das leise Plätschern des Wassers, den Geruch nach Harz und Gras, der in der Luft lag. Langsam beruhigte sich ihr Atem, wurde sie wieder zu der Max, die Mtoto im Morgengrauen erwarten und brauchen würde.

Sie sah sich um, fand schließlich ein adäquates Plätzchen für sich. Nur zwei Meter neben Mtoto, unten im Bachbett, auf den Steinen, die Beine als Frühwarnsystem bewusst in Richtung des Rinnsals gestreckt. Sie legte sich testweise auf ein paar der Brocken. Scheißunbequem. Sie lächelte. Perfekt. Zumindest zwei, drei Stunden Halbschlaf waren unverzichtbar, um den nächsten Tag irgendwie überstehen zu können. Aber mehr durfte es eben auch nicht werden, wenn sie nicht irgendwann von einer Sintflut ein paar Kilometer flussabwärts zu ihrem freundlichen Nachbarn, der Wand, getragen werden wollte …

Ihr Plan ging auf. Die Steine waren nicht nur unbequem, sondern regelrecht schmerzhaft. Wann immer einer der scharfkantigen Brocken über eine ihrer Narben schabte, schreckte sie jäh auf. Drei- oder viermal ging das so, bis schließlich die ersten Vögel zwitscherten und im Nordosten die Morgenröte mit den zeitgleich eintreffenden Polarlichtern um die Wette strahlte. Max verzog das Gesicht. Erholung fühlte sich anders an, aber das musste reichen. Sie rappelte sich auf, weckte Mtoto und trieb sie zum Bach. Das völlig schlaftrunkene Geschöpf musste von Max praktisch dazu gezwungen werden, so viel zu trinken, wie sie konnte. Und selbst danach schaffte es Mtoto kaum, sich auf dem Motorrad an Max festzuhalten. Max zog kurzerhand den Gürtel aus ihrer Stoffhose, schlang ihn erst um Mtotos Taille und dann um ihre eigene, ehe sie ihn mitsamt ihrem Waffenholster wieder festzurrte. Das Ding war gerade lang genug, um die Schnalle vor ihrem eigenen Bauch zu schließen. Mtoto wirkte damit nicht besonders glücklich, doch sie war auch nicht wirklich in der Position, zu protestieren.

»Schlaf, wenn es irgendwie geht«, rief Max ihr zu. »Spar dir deine Kräfte.«

Und damit fuhr sie los, weiter durch das Zwielicht der Halbwüsten, über trockene Hügel, vollgestellt mit Windkraftanlagen, wo auch immer sie sich dem Columbia River näherten. In der Ferne tauchten eisbedeckte Gipfel auf, vier gigantische Vulkankegel, die die dunkelgrünen Bergketten darunter um ein Vielfaches überragten und nun, über den schier unendlichen Schatten der Wand hinausragend, im ersten Licht des Tages strahlend weiß erglühten. Die Vegetation wurde rasch satter, vereinzelte Kiefernhaine entwickelten sich zu dichten Wäldern voller Buchen, dazwischen hohes, grünes Gras, fast wie in Max' Heimat. Sie erreichten eine Passhöhe, gut fünfhundert Meter über dem Fluss, dort, wo der Columbia River die Bergkette durchschnitt und aus ihrem Regenschatten trat. Max' Blick weitete sich, weitete sich enorm, und voller Staunen beobachtete sie, wie dramatisch sich die Welt auf wenigen Kilometern veränderte, wie hart der Übergang zwischen der Halbwüste im Osten – tief unter der Schwärze, die ihr die ersten Regenfälle seit Wochen bescheren würde – und den grünen Mischwäldern im Westen ausfiel. Sie lächelte. Um Trinkwasser würden sie sich fortan keine Sorgen mehr machen müssen. Doch das Lächeln hielt nicht lange an. Selbst von hier oben, hoch über der engen Schlucht, waren die Schäden an den Ufern unübersehbar. Und von der Brücke, auf die Max noch immer gehofft hatte, waren nicht einmal mehr die Fundamente zu erkennen.

Also blieb ihnen wieder nur der Weg weiter nach Westen. Doch das Hinterland rund um den Fluss wurde steiler, zerklüfteter, feuchter. Wenn sie bislang gegenüber der Wand Boden gutgemacht hatten, änderte sich das spätestens jetzt. Die wenigen Wege, auf die Max noch stieß – die sich nicht als Sackgassen entpuppten –, führten letztendlich alle hinunter in die Talenge. Ihnen blieb keine andere Wahl, als einem davon zu folgen, in dichter besiedelte Gebiete zurückzukehren. Schon auf halber Höhe stießen sie auf einen hastig in den Fels getriebenen Stollen, und dann, hinter Apfelplantagen und einem Wildwasserbach, auf eine zweite, größere Kaverne, von innen verbarrikadiert, Reifenspuren davor, Jeeps, Kisten und plattgedrücktes Gras. Kurz darauf, erreichten sie White Salmon, ein kleines Städtchen mit gepflegten, üppigen Gärten und steilen, fast europäisch anmutenden Dächern. Spuren von Plünderungen waren zu erkennen, Hausrat, der auf der Straße herumlag, eingeschlagene Fensterscheiben oder offen stehende Haustüren, aber die meisten Häuser wirkten so unberührt, als wären ihre Bewohner in den wohlverdienten Sommerurlaub gefahren. Sogar eine US-Flagge wehte in einem der Vorgärten – erst auf den zweiten Blick sah Max, dass sie auf Halbmast hing.

Max fuhr langsamer, auch weil Mtoto anfing, genervt an dem Gürtel herumzunesteln, der sie beide verband.

»Wo sind wir?«, fragte Mtoto. Sie blinzelte verschlafen. Die ersten Sonnenstrahlen hatten es über die Kante der Wand geschafft, schienen ihr direkt ins Gesicht.

»Mit etwas Glück? Nicht unter Menschen.« Max ließ Mtoto frei, band sich Gürtel und Holster wieder um und stieg dann ab. Sie hatte zu ihrer Rechten unter einem riesigen Rhododendronbusch einen alten Pick-up erspäht, in dessen Tanköffnung noch ein Schlauch steckte. Doch die Euphorie verflog so schnell, wie sie aufgekommen war. Der Tank des Wagens war leer, ebenso wie die der nächsten paar Autos, die sie entdeckten. Alles, was Max von den Ansaugversuchen davontrug, war ein ekelerregender Nachgeschmack von Diesel im Mund – und das Gefühl, so langsam ein richtiger Badass zu werden. Bis Mtoto sie darauf aufmerksam machte, dass sie aus einem der Häuser heraus beobachtet wurden – und beide zusahen, dass sie so rasch wie möglich weiterkamen. Ein paar Liter hatten sie schließlich noch. Früher oder später würde sich eine Gelegenheit ergeben, in einem Ort, der vielleicht wirklich menschenleer war.

Sie nahmen die einzige Route, die über eine Kurve steil hinab zur Hauptstraße entlang des Flusses führte, dem Lewis & Clark Highway. Wenn der Ort bislang nahezu unbeschädigt gewirkt hatte, nahm das hier ein jähes Ende. Der Fluss hatte sich zwar fast wieder in sein altes Bett zurückgezogen, doch auf einem Hunderte Meter breiten Streifen zwischen ihm und dem Highway stand kein Stein mehr auf dem anderen. Bretter, Fassadenteile, Autos, alles war durcheinandergewirbelt worden. Der Schriftzug einer Tankstelle – *Pacific Pride* – ragte aus dem stinkenden, öligen Schlamm, der zum Teil hüfttief den Boden bedeckte. Das riesige Dach einer Fabrik hing unmotiviert zwischen einer Reihe von Pappeln. Und überall trieben Baumstämme, zu Tausenden, in den stinkenden Seen, die die Flut hinterlassen hatte, und auch im Columbia River selbst. Max war dankbar, dass, so weit sie sehen konnten, ausschließlich Dinge umhertrieben – und keine Menschen. Hoffentlich bedeutete dies, dass die meisten von ihnen ihre Heimat schon vor der Katastrophe verlassen hatten.

Mtoto presste sich noch enger an sie. »Die armen Leute.«

Doch sie selbst hatten Glück im Unglück. Die Schneise der Zerstörung endete abrupt am linken Rand des Highways. Nur gelegentlich reichte die Hochwasserkante auf die Straße und zwang Max, Trümmern und Driftholz auszuweichen – und den Resten der Schilder, die die fortgeschwemmte Brücke rüber nach Oregon markierten. Also fuhren sie weiter nach Westen, der braune Strom zehn Meter tiefer zu ihrer Linken, das dicht bewaldete Hochufer zu ihrer Rechten. Max begann sich Karten ins Gedächtnis zu rufen, sich zu fragen, welches Ziel sie ansteuern könnten, wenn sie mit ihrem Motorrad dauerhaft auf dieser Seite des Flusses bleiben mussten. Weit kam sie mit diesen Überlegungen nicht. Sie hatten White Salmon kaum verlassen, der Asphalt lag nur noch knapp über der Hochwasserkante, als plötzlich vor ihnen eine Yacht auftauchte. Mit dem Kiel nach oben. Mitten auf der Brücke über einen Zufluss – oder dort, wo bis gestern eine Brücke existiert haben mochte.

Und das Flüsschen darunter war ausgerechnet der Wildwasserbach, dessen Schlucht sie hinab ins Tal gezwungen hatte.

Max sah auf die Szenerie vor sich, versuchte, zumindest Reste der Brücke auszumachen, oder irgendetwas zu finden, woraus sich eine behelfsmäßige Brücke errichten ließ, mit der sie ihr Motorrad auf die andere Seite bekamen. Doch die Lücke zwischen den Resten der Straße und der Yacht dahinter war zu groß. Kristallklares Wasser aus dem Bach umströmte den Rumpf des Bootes auf mindestens zehn Metern Breite, ehe es sich in langgestreckten, turbulenten Wirbeln nach und nach der braunen Brühe zu ihrer Linken unterordnete. Max sog zischend Luft ein. Sie musste sich dringend etwas einfallen lassen.

»Ich hasse Flüsse«, sagte Mtoto.

Max nickte gedankenverloren.

Mtoto kletterte vom Motorrad runter. »Aber uns bleibt nichts anderes übrig, oder?«

Jetzt drehte sich Max zu ihr um. Und dann sah sie ihn, den kleinen See, der sich rechts von der Yacht gebildet hatte, ein gutes Stück vor der eigentlichen Mündung des Baches. An seinem Rand lagen Schlauchboote. Nicht nur ein paar. Dutzende, in Gelb, in Graun, in Olivgrün, zwischen Trümmern und Bäumen verstreut. Von manchen waren nur noch Fetzen übrig, andere schienen noch ganz gut in Schuss zu sein.

»Das ist ja ein richtiges Klassentreffen!«

Mtoto hatte das erste Boot erreicht, drückte auf seinem Luftring herum. »Denkst du, davon ist eines noch ganz?«

Max beäugte die Boote, die ihr am nächsten lagen, ignorierte ihr Unbehagen. »Das Braune da, zwischen den drei Gelben, sieht doch noch gut aus.«

Es war besser als bloß gut. Die Luftkammern schienen in Ordnung zu sein, und unter einer Abdeckfolie fanden sie Angelhaken, Köder, eine kleine Wasserflasche, und zumindest eines der beiden Ruder. Auf Fischjagd wollten sie in dem Fluss sicher nicht gehen, aber der Rest war ein reiner Segen.

Mtoto sah zu ihrem Motorrad herüber, während sie das Schlauchboot an einen trümmerarmen Ort trugen, wo sie es halbwegs risikoarm zu Wasser lassen konnten.

»Es fühlt sich falsch an, Michael einfach so zurückzulassen.«

Max schmunzelte. Sie hatte nicht mitbekommen, dass Mtoto die Maschine getauft hatte. »Michael hat für uns getan, was er konnte, bis fast ans Limit seines Tanks. Wer weiß, vielleicht finden wir ja weiter stromabwärts Michael II? Oder du gibst unserem Boot einen Namen.«

Mtoto schüttelte vehement den Kopf. »Man kann doch einem Boot keinen Namen geben!«

Und Max schaute ihr bloß verdutzt hinterher.

Einen Michael II fanden sie so rasch jedenfalls nicht. Das Südufer des Stromes war derart steil, dass gerade so die vier Spuren der Interstate Platz fanden – und zwar praktisch auf Flusshöhe. Und dort, wo der Asphalt nicht komplett weggerissen oder unterspült worden war, hatte die Flut die Autos und Motorräder, die sich noch auf der Straße befunden hatten, durch etwas anderes ersetzt. Durch Häuser und Boote zum Beispiel.

Immerhin ging es auf dem Columbia River besser voran als erwartet. Auch wenn das Wasser stank und in so vielen Farben schillerte, dass Max davon überzeugt war, dass sie das Motorrad zum Auftanken einfach nur in den Fluss hätte werfen müssen, trieben in der Hauptströmungsrinne überraschend wenig Trümmer. Die Strömung war langsam genug, dass sie nicht Gefahr liefen, die Kontrolle zu verlieren, und zugleich so schnell, dass sie Boden gutmachten auf die Wand, die weit hinter ihnen das Tal ausfüllte.

Und zum ersten Mal seit gestern waren sie nicht allein. Ein junger, kräftig gebauter Mann mit Anzug, glattgeschorenem Kopf und einem Rucksack auf dem Rücken stapfte am Ufer weit zu ihrer Rechten stoisch durch all die Zerstörung. Langsam fiel er hinter sie zurück, verschwand immer wieder zwischen Trümmern und tauchte dann von neuem auf, den Blick stur geradeaus gerichtet. Und doch hatte ein kleiner Teil von Max das Gefühl, dass er sie ganz genau beobachtete …

Sie konzentrierte sich wieder auf den Fluss, nutzte von Zeit zu Zeit das Ruder, um sich von Trümmerteilen oder Baumstämmen abzustoßen, stets darum bemüht, etwa dieselbe Geschwindigkeit wie das sie umgebende Treibgut zu bewahren.

Manchmal half Mtoto mit einem Brett, dass sie aus dem Fluss gezogen hatte, doch die meiste Zeit blickte sie skeptisch über den vorderen Rand des Bootes. Sie hatte, ohne dass Max sie dazu auffordern musste, die Position eines Trümmer-Wachpostens eingenommen. Vielleicht, um etwas zu tun zu haben. Um nicht permanent daran zu denken, dass sie auf einem winzigen Schlauchboot inmitten eines riesigen Flusses saß – obwohl sie noch immer nicht schwimmen konnte.

»Wohin mündet eigentlich der Fluss?«, fragte Mtoto irgendwann. »In den Pazifik?«

»Ja.«

»Das heißt, wir können mit dem Boot bis nach Pacifica fahren?«

Max lachte. »Ich glaube, das würde auf Dauer etwas zu sehr auf die Arme gehen.«

Mtoto sah enttäuscht drein.

Max zwinkerte ihr zu. »Aber vielleicht finden wir ja unterwegs ein größeres Boot. Spätestens an der Mündung muss es ja auch einen Hafen geben.«

»Und wenn da schon andere Leute sind? So wie der da hinten?«

»Dann finden wir einen Weg, wie wir trotzdem weiterkommen. Oder wir treffen unterwegs doch noch auf Michael II.«

Max hielt plötzlich inne. Vor ihnen am Prallhang bewegte sich etwas, etwas Orangefarbenes. Max packte das Ruder, versuchte, gegen die Strömung anzukommen, etwas mehr Platz zwischen sich und das Ufer zu bringen als die dreißig Meter, die ihnen der Fluss zugestand.

Ein zweiter Mann stand auf der unter lauter Schutt kaum zu erkennenden Eisenbahntrasse, kurz vor einem Tunnel, der in direkter Linie durch den Hang der Flussschleife vor ihnen schnitt. Der Mann trug einen Cowboyhut auf dem Kopf – und einen Revolver an der Seite. Er hatte keine Schuhe an, bloß einen orangefarbenen Zweiteiler.

Eine Gefängnisuniform.

Und er hatte sie gesehen. Max ruderte stärker als zuvor, zugleich bemüht, sich das nicht anmerken zu lassen. Der Mann winkte ihnen zu.

»Howdy Pa'dner!« Er hielt kurz inne, rückte seine Krempe zurecht. »Oh, entschuldigen Sie bitte. Ladys!« Er zog seinen Hut, deutete eine tiefe Verbeugung an.

»Ignorier ihn«, flüsterte Max Mtoto zu, doch die Kleine war bereits im Boot aufgestanden.

»Wer sind Sie?«

»Sheriff Emmett Houston.« Der Mann schnippte sich gegen seinen Cowboyhut. »Ich sorge für Recht und Ordnung in dieser herrlichen Schlucht.« Er stieg über die Reste eines Kajaks, ohne seinen Schritt sichtbar zu verlangsamen. »Hier sind gefährliche Leute unterwegs.«

Max konnte nicht verhindern, dass sich ihre Augenbrauen zusammenzogen. »Was Sie nicht sagen.«

»Bei meiner Ehre! Ich stelle mich Ihnen selbstverständlich zur Verfügung, sofern Sie Schutz wünschen. Zwei so reizende Ladys wie Sie sollten nicht allein reisen.«

Ihre Fingerspitzen bebten. Wenigstens ihre Stimme war noch klar. »Danke, aber nein.«

Die Strömung nahm wieder an Fahrt auf. Immer schneller fiel der Mann hinter ihnen zurück – und er machte keine Anstalten, daran etwas zu ändern. Oder nach seiner Waffe zu greifen. »Ganz wie Sie wünschen. Wenn ich mir diese Frage erlauben darf: Wohin geht denn Ihre Reise?«

»Wir fahren noch ganz weit, bis zum Pazifik«, rief Mtoto.

»Wahrlich beeindruckend!« Der Mann verbeugte sich noch einmal tief. »Ich wünsche Ihnen jedenfalls noch eine sichere Fahrt – halten Sie sich gut fest, meine Ladys, Sie haben es bald geschafft.«

Und damit drehte er sich um. Etwas hatte seine Aufmerksamkeit erregt, am Ufer weiter flussaufwärts. Ein anderes Opfer, der Mann von eben vielleicht? Der *Sheriff* setzte sich in Bewegung und entschwand ihrem Blick.

Mtoto strahlte. »Was für ein netter Mann! Ganz anders als die bei Pope.«

Max sagte nichts. Sie atmete ganz langsam aus, dann griff sie wieder nach dem Ruder.

Die Strömung nahm zu, langsam zunächst, dann immer rascher. Wirbel bildeten sich, in denen kleinere Trümmer kreisten. Fast schien es, als würde der Wasserstand fallen. Tatsächlich: Der Fluss zog sich vom Ufer zurück, breite Schlickbänke tauchten aus dem Wasser auf. Schräg vor ihnen ragte eine Reihe von algenbedeckten Felsbrocken etliche Meter in die Luft. Das Wasser begann zu schäumen, zu rauschen. Und auf einmal verstand Max, was hier vor sich ging.

»Nach rechts! Wir müssen ans Ufer! Sofort!«

Mtoto sah den entsetzten Blick in Max' Augen und presste augenblicklich ihr Brett vorn rechts in die Fluten.

»Links! Paddel links!«

Max schwang ihr eigenes Paddel in die Strömung, zog es hart durch, raus, vor, rein, immer wieder, schob das Treibholz jetzt einfach mit dem Schlauchboot weg. Ein kurzer Blick nach links vorn. Das Wasser schäumte. Der Blick nach rechts. Das Ufer war nah. Aber der Sog wurde stärker.

»Zieh.«

Mtoto zog, besprenkelte Max mit einem Schwall braunen Wassers.

»Zieh!«

Immer wieder rammte Max das Paddel in den aufgewühlten Fluss, zwischen Gartenmöbeln und Autoreifen.

»Zieh!!!«

Ihr Paddel traf den Boden.

Und dann ließ die Strömung plötzlich nach.

Die vordere Hälfte ihres Bootes touchierte eine Schlickbank. Max sprang heraus, sank bis zum Knie ein, kämpfte sich nach oben, zerrte das Boot hinauf. Ein paar Meter über ihr wurde das Ufer flacher, wo die Reste von zwei Badestegen aus dem Schlamm ragten. Max keuchte, warf einen kurzen Blick nach links. Ein paar hundert Meter hätten sie bis zum Durchbruch noch gehabt, nicht mehr.

»Was ist denn hier passiert?«, verlangte Mtoto zu wissen, während sie sich von Max im Schlauchboot das schlickige Ufer hochziehen ließ.

»Noch ein Damm. Beziehungsweise die Reste davon.« In Max' Stimme lag Ärger. »Scheiße, das hätte ich mir früher denken müssen.«

Sie drehte sich um, ließ ihren Blick über die Szenerie schweifen. Der Fluss hatte sich in zwei reißende Arme aufgespalten, dazwischen und rings um sie herum nichts als nasser Schlick, der langsam in die Strömung nachgezogen wurde. Die Arme verzweigten sich weiter, bildeten Stromschnellen und riesige Wirbel und mündeten schließlich in Gischt sprühenden Wasserfällen, dort, wo haushohe Lücken in zwei der drei Staumauern klafften.

»Also war es gut, dass wir aus dem Wasser gegangen sind?«

Max hob ihre linke Augenbraue. »Ist das dein Ernst?« Sie warf einen Blick auf die Schwärze im Nordosten, winkte Mtoto dann zu sich. »Hopp, raus da. Hilf mir, das Boot am Damm vorbeizutragen. Wir müssen schauen, dass wir nicht zu viel Zeit verlieren.«

Sobald sie den stetig nachrutschenden Schlick hinter sich gelassen hatten, stellte das Schultern des Schlauchbootes kein Problem mehr dar – bis auf den widerwärtigen Gestank, der sich nun auf Max' Händen und in ihren Haaren festsetzte. Es dauerte nur ein paar Minuten, um in die Nähe der Überreste des Dammes und seiner trockengefallenen Fischtreppe zu kommen – nicht mehr weit von der trümmerübersäten Kiesbank entfernt, wo sie ihr Boot wieder zu Wasser lassen konnten.

Max hielt urplötzlich inne. Keine fünfzig Meter vor ihnen, schräg unter dem Westportal des Eisenbahntunnels, im Gegenlicht der tiefstehenden Sonne, stand ein Mann im Geröll und starrte in ihre Richtung. Der Mann von vorhin. Nicht der selbsternannte Sheriff. Der Kerl in dem staubigen Anzug.

Und auf einen Schlag weiteten sich Max' Augen. Das war doch nicht möglich …

Mtoto quiekte vor Überraschung. »Jamie!«

Die Kleine wollte prompt das Boot fallen lassen, auf ihn zugehen, aber Max packte sie am Handgelenk, zerrte sie unsanft an ihren Platz zurück.

Irgendetwas war nicht in Ordnung, ganz und gar nicht. Max hatte Jamies Blick gesehen. Er hatte sie erkannt, keine Frage, doch in seinen Augen funkelten Zorn und blanker Hass. Er kam langsam auf sie zu, die rechte Hand so eng um den Rucksackgurt geschlungen, dass seine Knöchel weiß anliefen.

Max schluckte. Auch Mtoto zögerte nun.

Max' Augen zuckten über die Landschaft vor ihr, suchten verzweifelt nach einem Weg, der sie in weitem Bogen um ihn herumführen würde.

»Beeil dich«, flüsterte sie leiser, als es angesichts des Abstandes zu Jamie nötig gewesen wäre.

Mtoto nickte.

Max beschleunigte ihren Schritt. Ihr Puls raste. Sie folgten dem Verlauf der Hochwasserkante über eine Wiese, dort, wo das Gras nicht weggerissen worden war.

Der Mann kletterte den Abhang hinauf, langsam, aber nicht langsam genug. Wenn er wollte, konnte er ihnen jederzeit den Weg abschneiden.

»Bleib, wo du bist!«, brüllte Max in Jamies Richtung. Er schien ihre Worte nicht einmal wahrzunehmen. Und auf einmal wünschte sich Max den Sheriff zurück.

Mtoto auch. »Määäx?« Das klang weit unsicherer, als es Max lieb war.

»Lass das Boot los, Mtoto«, sagte Max. Sie hatten keine Chance, ihm zu entkommen, solange sie das Ding auf den Schultern trugen.

»Aber der Pazifik?«

»Lass das Boot los«, sagte sie noch einmal, leiser, aber schärfer. Das Schlauchboot fiel neben ihnen ins Gras. Max fingerte nach ihrer Pistole.

»Wir sind bewaffnet«, rief Max Jamie entgegen. »Zwing uns nicht, zu schießen!«

Max und Mtoto waren schon fast an ihm vorbei, aber der Mann befand sich nur noch zehn Meter unter ihnen, dort, wo das Trümmerfeld allmählich passierbar wurde. Max eilte weiter, schräg den Hang hinauf, verzweifelt bemüht, den Höhenunterschied nicht kleiner werden zu lassen. Währenddessen hob sie die Waffe, legte die Sicherung um und richtete sie so auf seinen Körper, so tief, dass er hoffentlich nicht sehen konnte, wie schlammverstopft der Lauf war.

Doch falls er Angst hatte, war davon nichts zu bemerken. Er sah die Pistole nicht einmal an, fixierte stattdessen nur Max.

Und er wurde schneller.

Viel schneller.

Scheiße! Max packte Mtoto an der Hand, riss sie hinter sich her, geradeaus, die Wiese entlang, mit aller Kraft, die ihre Beine noch hergaben. Sie dachte nicht, funktionierte nur, aber das reichte nicht. Er rannte jetzt, schneller, als sie oder Mtoto jemals werden konnten. Binnen Sekunden holte er auf. Max bog scharf nach links ab, hin zum Treibgut am Ufer. Eine Metallstange, eine Latte voller Nägel – irgendetwas musste hier doch liegen! Zwei, drei Meter trennten sie noch. Zu wenig, um vor ihm dort anzukommen. Sie schickte ein Stoßgebet in den Himmel, ließ Mtoto los, rammte ihre Beine in den Boden, warf ihren Oberkörper herum und holte aus. Jamie hatte keine Zeit, zu reagieren, als der Pistolenknauf in seine Rippen sauste. Für einen Moment lag Verblüffung in seinen Augen, und Schmerz, doch noch bevor Max zu einem zweiten Schlag ansetzen konnte, stieß er sie mit den Handflächen nach hinten, so gewaltsam, dass ihr die Luft wegblieb, sie ins Gras stürzte. Noch im Fallen sah sie, wie sich Mtoto von der Seite auf ihn warf. Der Mann drehte sich zu ihr um, rammte seinen Faustrücken gegen die Seite ihres Schädels. Mtoto ging ohne einen Ton zu Boden. Sie blieb regungslos liegen.

»Du verficktes Arschloch!« Max richtete sich auf, mit einer Kraft, von der sie nicht wusste, woher sie kam. Sie trat nach ihm wie nach einem Fußball, von der Seite gegen sein Schienbein, mit aller Gewalt. Ein Krachen. Ein höllischer Schmerz schoss durch ihren linken Spann, aber es war ein Gefühl, das sie mit einem grimmigen Lachen willkommen hieß. Jamie zuckte zurück, schaute für einen Moment nur auf sie herab – dann griff er nach seinem Rucksack, riss das Hauptfach auf. Max' hasserfüllter Blick verwandelte sich in blanken Horror. Ein Messer. So eines, wie es Wanderer oft dabeihatten, mit einer scharfen, gezackten Klinge.

Max ließ die Pistole fallen, doch anstatt von ihm fortzurennen, stürmte sie auf ihn zu und warf sich mit aller Gewalt gegen ihn. Ihre Hände schlossen sich um sein rechtes Handgelenk, drückten das Messer nach links, von ihrem Körper weg. Doch seine Linke blieb frei, griff nach ihrer Schulter, rutschte ab, bekam stattdessen ihren Pferdeschwanz zu greifen, und zog ihren Kopf weit in den Nacken, um sie brutal zu Boden zu zwingen. Zugleich hob er seine Rechte in die Höhe, und mit ihr Max' Hände, die sich noch immer um sein Handgelenk klammerten, die nicht loslassen durften, weil sonst das Messer auf sie niedersauste. Max' Hände begannen zu beben. Jamie verstärkte seinen Zug an ihren Haaren, zwang sie so nach unten, während er die Hand mit dem Messer weiter nach oben zog, in die entgegengesetzte Richtung, Max schier auseinanderreißend. Egal, was sie noch an Willensstärke, Wut und Hass mobilisierte, Max konnte sich nicht mehr dagegenstemmen. Die Hand des Mannes löste sich aus ihrem Griff. Für einen kurzen Moment stand er so vor ihr, den rechten Arm hoch erhoben, wie eine Perversion der Freiheitsstatue, ein Messer dort, wo die Fackel sein sollte. Er sah sie an. Der Anflug eines Lächelns huschte über seine bebenden Lippen. Dann sauste die Klinge in einem weiten Bogen hinab – und mit aller Gewalt in sie hinein.

Max' Mund öffnete sich, schloss sich wieder, doch kein Schrei drang aus ihrer Kehle. Mit weit aufgerissenen Augen schaute sie an sich hinab, starrte auf das Messer, das bis zum Anschlag in ihrem linken Oberschenkel steckte. Das waren nicht ihre Schmerzen, nicht ihr Bein. Das konnte es nicht sein. Es war zu surreal, zu absurd, dass ihr so etwas zustieß. Eine Verwechslung. Ein furchtbares Missverständnis.

Max beobachtete mit einer schrecklichen Faszination, wie dieser Frau das Bein wegbrach, sah zu, wie der Mann sie nun mühelos zu Boden riss, diese Frau, die einen Kopf kleiner war als er, vielleicht halb so viel wog.

Als er das Messer aus ihrem Oberschenkel zog und die fast schwarz glänzende Klinge fortschleuderte, als sie das Blut an ihrem pochenden Bein hinablaufen spürte – *ihr* Blut –, als ihr schummrig wurde, da schrie sie nicht, brüllte sie nicht, jammerte sie nicht, da schoss nur ein erschreckend nüchterner Gedanke in ihren Kopf: So fühlte sich das also an.

Über ihr legte der Mann in aller Ruhe sein Jackett ab, die Krawatte, öffnete die obersten beiden Knöpfe seines Hemdes. Er beugte sich über sie, drückte sie mit seinem Körpergewicht zu Boden. Sie fühlte seinen warmen Atem auf ihrem Gesicht, sah diese Augen, die sie einmal anders angesehen hatten, diese Augen, die jetzt nur noch aus Schmerz und Hass und Lust bestanden, Lust, sie leiden zu lassen, sah die beiden grässlichen Schusswunden an seinem Hals und seinem Schlüsselbein, die Ausläufer der Narben von unzähligen Peitschenhieben auf seiner Schulter.

Er strich ihr über die Wange, über den Mund. Ekel überkam sie. Sie drehte sich weg, versuchte, die Hand abzuschütteln, die in ihre Intimsphäre eindrang, gegen den Willen jeder einzelnen Faser ihres Körpers. Die Hand wanderte tiefer, über ihren Hals, gab ihr das Gefühl, sie müsse ersticken, und noch tiefer, über ihre Brust. Sie zog zum Schutz ihre Arme heran, die wie Bleiklötze an ihren Seiten hingen, doch Jamie drückte sie mühelos zur Seite. Zwei starke Hände griffen nach dem Stoff ihres Shirts, rissen es in einer langen Linie von der Schulter bis zum Bauchnabel entzwei. Das plötzliche Gefühl des Ausgeliefertseins, der absoluten Ohnmacht, es traf sie wie ein Schlag. Er schob ihren BH hoch und presste mit einer Hand ihre beiden Handgelenke über ihrem Kopf zu Boden, als sie versuchte, ihre Brüste wieder zu bedecken. Sie wehrte sich, versuchte, ihn mit dem gesunden Bein abzuschütteln, mit aller Kraft, die ihr geblieben war. Und für einen Augenblick schien es ihr, als könnte sie tatsächlich freikommen.

Doch der Mann zögerte nicht lang, krallte ohne Vorwarnung seine Hand in ihre Wunde im Oberschenkel. Sie schrie jäh auf, beendete vor Schock das Zappeln, vor Schmerzen, doch er drückte nur noch weiter zu. Max' Augenlider flatterten, ihr Blick verschwamm. Eine feuchte Wärme breitete sich über ihr linkes Hosenbein aus. Sie röchelte. Jamie hatte seine freie Hand auf ihren Schritt gelegt, rieb mit der Handfläche darüber, krallte seine widerwärtigen Finger tief in ihre Haut. Sie zuckte nicht einmal mehr, hatte keine Kraft, sich weiter in seinem Griff zu winden – im Herzen, o ja, da brannte das Feuer, aber nicht in den Muskeln – spuckte nur in seine Richtung, doch er ließ sich nicht beirren. Er lockerte ihren Gürtel. Dann packte er ihre Hosenbeine, beide zugleich, und zog sie mit einem einzigen kräftigen Ruck nach unten.

KAPITEL 24

Fünf Minuten noch«, hatte man ihr gesagt, ihr ein kühles Glas Orangensaft in die Hand gedrückt, und sie dann draußen auf dem Balkon stehen gelassen.

Catherine drehte das Glas in ihrer Hand hin und her. Der Orangensaft war frisch gepresst.

Sie spürte, wie sich ihre Kehle zusammenschnürte. Sie wollte nicht hier sein. Aber manchmal sagte man nicht nein. Nicht, wenn es der Rat war, der sie zu einer Audienz lud. Was auch immer er von ihr wollte. Und warum auch immer er sie nötigte, ausgerechnet hier zu warten, an diesem Ort, von dem aus man die ganze Stadt und die ganze Bucht überblickte. Glaubte man, ihr damit einen Gefallen zu tun?

Was da tief unter ihr lag, hatte schon lange nichts mehr mit der Stadt gemein, die sie einst am Reißbrett entworfen hatte. Eine Millionenmetropole, die sich unkontrolliert bis zur Küste ausbreitete, und doch kaum mehr war als eine aufgedunsene Frontier Town, voller armseliger, dicht an dicht gepackter Holzhütten und enger, staubiger Straßen, die sich chaotisch zwischen ihnen hindurchschlängelten. Die einst mehrere Kilometer voneinander getrennten Basen der USA und Chinas waren längst zu einem durchgehenden Siedlungsgebiet verschmolzen. Dutzende Brücken spannten sich über den trennenden Strom, fast alles einfache, flache Ponton-Bauten mit Schwimmkörpern direkt auf dem Wasser, die die unzähligen kleinen Dschunken auf dem Jefferson River von dem offenen Meer fernhielten. Rikschas, Fahrräder und sogar der eine oder andere Lastwagen kreuzten die Brücken zwischen den Slums im Schwemmland beider Seiten – Sumpf, der nie hätte besiedelt werden dürfen – und ließen die einstigen Grenzen verschwimmen.

Sogar der Name hatte sich verändert.

Hope.

So hatten amerikanische Soldaten das entstandene Gebilde getauft, ein Name, der sich langsam auch in den höchsten Kreisen zu etablieren begann. Die Chinesen hingegen dehnten einfach die Bezeichnung ihrer Basis auf die gesamte Siedlungsregion aus.

Bìnàn Suǒ.

Sanctuary.

Und doch schienen die beiden Namen einander nicht auszuschließen. Catherine hatte Amerikaner von Bìnàn Suǒ reden hören und Chinesen von Hope. Und damit hatten sie jeweils die gesamte Stadt gemeint.

Hoffnung. Zuflucht.

Vielleicht lag ja doch ein Funke Wahrheit darin. Die Stadt mochte ein dreckiger Moloch sein – doch dieser Moloch war die Quintessenz dessen, was von der Menschheit übrig blieb. Catherine atmete tief ein. Nicht New York, nicht Shànghǎi; *das hier* war nun das Kronjuwel ihrer Spezies.

Eine chinesische Transportmaschine donnerte im Tiefflug über ihren Kopf, machte erst gar keine Anstalten zu landen, sondern warf ihre Fracht einfach per Fallschirm neben der Landebahn ab, ehe sie fauchend zurück in den Himmel schoss – und wieder Kurs nach Norden nahm, hinaus aufs Meer, zu einer der Basen in Kalifornien oder auf Hawaii. Dutzende Maschinen folgten in Formation, taten es ihr gleich. Ihre Abgaswolken hüllten den Gipfel des Mount Audacity in einen gräulichen Schleier, ließen die Festungsanlagen um Catherine herum noch trostloser erscheinen, als es all das fehlende Grün vermochte. Und doch, der geordnete kleine Kern des US-chinesischen Kommandozentrums – ein Bollwerk aus Beton, von Stacheldrahtzäunen und schwerbewachten Toren umgeben, inmitten eines zweiten, offeneren Ringes, der die Kasernen und Lagerhallen umgab, den Flughafen, die Baustelle für das wahnwitzige, auf Dauer kaum aufrechterhaltbare Satellitenkontrollzentrum – hob sich markant vom Rest der Stadt ab. Hier oben auf dem Hügel waren die Straßen breit und asphaltiert, die Gebäude schossen zwei oder gar drei Stockwerke in die Höhe, selbst Strommasten waren errichtet worden. Vor allem aber waren die Straßen hier voller amerikanischer und chinesischer Soldaten, die sicherstellten, dass Terroristen – oder auch nur die hungrigen Menschen draußen auf den Straßen – niemals zum Zentrum der Macht auf Pacifica gelangten.

Hier gab es keine Anschläge, keine Brände durch offene Feuer und falsche Baumaterialien. Das beschränkte sich auf die Favelas, Slums und Shantytowns im Flachland darunter, wo selbst jetzt Rauchsäulen in die Höhe stiegen.

Catherine stellte das Glas auf einem kleinen Holztisch neben sich ab. Sie musste sich hinsetzen, wegen dieses Ausblicks, wegen ihrer Erschöpfung, wegen ihren Verletzungen. Seit San Francisco hinter ihr verschwunden war, seit das Adrenalin nachgelassen hatte, waren die Schmerzen zu einem ständigen Begleiter geworden. Man hatte sie durchgecheckt, ihr einen Verband angelegt und ein paar Pillen gegeben, aber das hieß nicht, dass sie die angebrochenen Rippen nicht spürte, oder die vielen blauen Flecken, mit denen ihr Körper übersät war.

Und doch – sie war wenigstens hier. Anders als Christopher. Anders als Papa. Anders als Milliarden. Anders als die überwältigende Mehrheit der Menschen, die auf der Basis in Oakland gearbeitet hatten. Anders auch als die Millionen Menschen, die draußen auf dem Ozean zu sterben drohten, weil Clarity damit recht gehabt hatte, dass die US-chinesischen Truppen sie nicht anlanden ließen.

Clarity! Sie hatte von den Bomben in Oakland gewusst, musste davon gewusst haben, das wurde Catherine auf einen Schlag klar. Aber auch wenn sich Catherine an der Hoffnung festklammerte, dass ein Teil von ihrer Schwester nicht gewollt hatte, dass sie in dem Feuersturm umkam – dass Clarity sie auch deshalb in die Falle gelockt hatte! –, und auch wenn Catherine keinen Zweifel daran hatte, dass Clarity dank ihrer neuen Freunde einen Weg auf den Kontinent fand: Es war kein Weg, der sie jemals zu Catherine führen würde.

Catherine fühlte sich einsam, mehr auf sich allein gestellt, als sie es je hatte sein wollen. Noch nicht einmal Jiāo war bei ihr. Die Chinesin hatte Glück im Unglück gehabt, war bei den Explosionen in Oakland schwer verletzt und dennoch von einer der letzten Maschinen ausgeflogen worden. Nun lag sie auf der Intensivstation des US-Kommandoschiffs, des *National Emergency Command Post Afloat*, irgendwo hinter dem Horizont, inmitten all der amerikanischen und chinesischen Flottenverbände, die auf die Ankunft der Träger warteten, eine gewaltige Blockade bildeten, mit der sie Tausende Schiffe davon abhielten, an einem der wenigen Kais ihre hungernde Fracht abzuladen, sie dazu zwangen, aufs offene Meer zurückzukehren oder weit, weit im Westen an einem der Strände anzulanden – ein Schiffsfriedhof voller Menschen, Stahl und Öl, mitten in der Wüste.

Catherine horchte auf. Schräg unter ihr wurde es laut. Ein Befehlsstakkato, von Männerstimmen gebellt. Ein spitzer Schrei, wie von einem kleinen Mädchen. Catherine stemmte sich wieder in die Höhe und zog sich näher an die Brüstung heran. Der Schrei kam aus der Richtung des Flusses, dort, wo die Slums bis auf fünfzig Meter an den Betonpalast heranrückten.

Dort, wo die Menschen nun in alle Richtungen davonstoben und eine große Gruppe Männer der Militärpolizei mit erhobenen Waffen auf eine kleine Hütte zuströmten.

Vor dieser Hütte standen zwei Mädchen, mit dem Rücken zur Wand, die kleinere vielleicht fünf, die größere nicht älter als zwölf. Beide hatten Sommersprossen im Gesicht und trugen dieselben langen, roten Locken, völlig verdreckt und zerzaust.

Die ältere der beiden hielt ein langes Messer in der Hand. Sie schob die jüngere – ihre Schwester? – hinter sich, drehte sich mal nach links, mal nach rechts, zu den Soldaten, die sie umzingelt hatten und den Kreis nun kontinuierlich enger zogen. Die Jüngere zitterte, hielt eine halb zerrissene Plastiktüte in ihren Händen. Eine einzelne Konservendose schaute aus ihr heraus, ein halbes Dutzend weitere lagen neben den Füßen der beiden Mädchen auf dem Boden verstreut.

Wieder schrien die Soldaten, befahlen der Großen, das Messer fallen zu lassen, so laut, dass es selbst Catherine verstand.

Die Große schüttelte wild den Kopf, blaffte unter Tränen etwas zurück, auf Englisch, mit einem Bostoner Slang, der Catherine unwillkürlich an Christopher erinnerte. Als die Männer näher kamen, schwang sie das Messer in einem weiten Bogen hin und her, hielt die Soldaten so auf Abstand – bis sie plötzlich schreiend und zuckend zu Boden stürzte, die glitzernden Drähte gleich zweier Taserpistolen in der Brust.

Die Kleine löste sich aus ihrer Starre, sprang nach vorn, wollte selbst nach dem Messer greifen, um sie beide zu beschützen, doch einer der Soldaten fing sie ab, trug sie schreiend und prügelnd zur Ladefläche eines Lastwagens, der etwas abseits geparkt stand.

Catherine zitterte am ganzen Leib. In ihrem Inneren schrie und tobte sie, doch äußerlich blieb sie stumm. Sie wollte brüllen und wegschauen zugleich, aber ihr Hals ließ weder das eine noch das andere zu.

Auch die restlichen Soldaten zogen ab – und ließen das ältere Mädchen zuckend im Staub liegen.

Catherine starrte fassungslos an sich selbst herab, schaute wie in Trance zu dem Mädchen, sah zu, wie es sich schließlich aufzurappeln versuchte, dabei immer wieder in sich zusammenbrach, durch den Staub kroch, in die Richtung, in die ihre Schwester verschleppt worden war.

Und dann fiel Catherines Blick auf ihren frischgepressten Orangensaft. Das Glas war trotz der feuchtheißen Luft noch immer kühl, feine Wassertröpfchen hatten sich an seiner Außenseite niedergeschlagen.

Catherine stieß einen lautlosen Schrei aus – und schleuderte das Glas mit ihrem Handrücken so kräftig von sich fort, dass es vom Tisch kippte und klirrend auf dem Beton zerbarst.

Die Dame vom Empfang kam zurück auf den Balkon. Sie schaute missbilligend auf den Boden, dann sah sie zu Catherine auf, ihr Blick wieder neutral.

Catherine deutete hinter sich, auf die Straße im Slum, die jetzt wie leergefegt war. »Haben Sie das gesehen?«

Doch die Frau drehte sich einfach um. »Doktor Strive, wenn Sie mir bitte folgen würden. Der Rat tagt nun.«

Und das war alles.

Mit mahlenden Kiefern folgte Catherine ihr nach innen.

Die Räume waren dunkel, eng, funktional, erinnerten Catherine mehr an das Innere von kommunistischen Profanbauten in Osteuropa als an die Verwaltungszentrale eines Imperiums. Und doch: Relativ gesehen war das hier Luxus.

Der nächste Raum endete in einer breiten Eichentür. Auf beiden Seiten wachten Soldaten in voller Montur, beäugten Catherine mit misstrauischem Blick. Einer von ihnen kam auf sie zu, ein breitschultriger Chinese, durchsuchte sie auf eine sehr grobe, respektlose Weise nach Waffen, obwohl sie bereits zwei Checkpoints passiert hatte.

Erst nach einem besonders frostigen Blick Catherines, machte er einen Schritt zurück, stellte sich direkt neben eine lebensgroße Flagge, die Catherine noch nie zuvor gesehen hatte.

Der Großteil des Stoffes war von dreizehn horizontalen Streifen bedeckt, abwechselnd rot und weiß, der amerikanischen Flagge gleich. Doch das Rechteck links oben war anders, fundamental verändert. Die fünfzig weißen Sterne auf blauem Grund waren drei goldenen auf rotem Grund gewichen, einem großen Stern links und zwei kleineren, vertikal übereinander angeordneten rechts – fast wie die Flagge Chinas, nur mit zwei kleinen Sternen anstelle von vieren.

Was zum …? Eine eigene Flagge? Sollten die zwei kleinen

Sterne etwa für die beiden Nationen stehen? Und der große für Pacifica selbst?

Catherine starrte voller Unglauben auf den rot-weißen Stoff. Das ging weit, weit über die gesetzgebenden Befugnisse des Kontinentalrats hinaus.

Die schwere Tür zum Ratssaal öffnete sich. Einer der Soldaten drückte ihr ein kleines Gerät in die Hand, das so aussah wie die Miniaturversion eines Hörapparats und deutete dann so lange auf ihr Ohr, bis sie es sich einsetzte. Ein Teil von Catherine, der, der nichts als Abscheu empfand, hätte am liebsten auf dem Absatz kehrtgemacht, aber sie wischte ihn beiseite, trat blinzelnd ein. Der Raum war erstaunlich klein und karg eingerichtet. Unverputzter Beton, keine Fenster, Neonröhren an der Decke. Nur zwei Objekte stachen ins Auge: Zum einen ein langer Eichentisch mit vielleicht zwanzig Stühlen ringsherum und ebenso vielen Wasserfläschchen darauf, der sich U-förmig durch den gesamten Raum zog, und dessen Monotonie nur durch ein liebloses, fast verwelktes Blumengesteck gebrochen wurde. Und zum anderen ein großer Bildschirm in der Aussparung in der Mitte, vielleicht das einzige futuristische Element in einem Gebäude, das sonst auch aus den Fünfzigern hätte stammen können.

Durch zwei Türen am anderen Ende des Raumes traten die Mitglieder des Kontinentalrates ein, links die Chinesen, rechts die Amerikaner. Unter den Chinesen befanden sich einige Zivilisten, darunter ein älterer Herr mit müdem Blick und akkurat nach hinten gegelten Haaren, den Catherine bisher nur aus dem Fernsehen kannte: der Staatspräsident. Die Anschläge hatten ihn gezeichnet. Er humpelte noch, weigerte sich aber, sich stützen zu lassen und nahm mit aufrechter Haltung an der Stirnseite des Tisches Platz, auf einem der beiden Plätze, die den Enden am weitesten entfernt waren. Der Rest der chinesischen Delegation, sieben Männer, alle in den Fünfzigern und Sechzigern, einer ernster als der andere, füllte die verbliebenen Plätze.

Parallel marschierten die Amerikaner in den Raum, besetzten nacheinander die Stühle auf der gegenüberliegenden Seite des Tisches. Catherine hielt Ausschau nach einem bekannten Gesicht aus der Regierung. Vielleicht hatte es der Präsident doch noch nach Pacifica geschafft oder zumindest irgendjemand aus seinem Kabinett. Ein Vertreter vielleicht? Und doch strömte lediglich eine Uniform nach der anderen herein. Catherine stieß die Luft zwischen den Zähnen aus. Nicht einmal der Verteidigungsminister war hier, trotz aller markigen Reden, die er früher geschwungen hatte. Und selbst der Mann, der direkt neben dem chinesischen Staatspräsidenten an der Stirnseite des Tisches Platz nahm, ein hagerer alter Glatzkopf mit Hornbrille, trug die Uniform eines Generals. Catherine kam er irgendwie bekannt vor. Vielleicht handelte es sich bei ihm um den ominösen NCCC, den National Constitution Continuity Coordinator? Aber eigentlich war ja auch das eine zivil zu besetzende Stelle.

Und dann traf es sie wie ein Schlag: Sigonella. Er war der General, der das Experiment in Sizilien betreut hatte. Der General, der so heroisch mit seinen Truppen auf die Wand gewartet hatte.

Dann wussten sie also Bescheid.

Sie alle hier, inklusive der Chinesen.

Der Stuhl neben dem dicken General gehörte einem grimmig dreinschauenden Schnauzbartträger, den sie tatsächlich schon einmal gesehen hatte: O'Brien. Der General musste sie zweifelsohne erkannt haben, würdigte sie aber keines Blickes, obwohl Catherine wiederholt versuchte, mit ihm Augenkontakt aufzunehmen.

Die nächsten vier Amerikaner waren Admiräle, die mit offen zur Schau getragener Überheblichkeit in die Runde starrten. Die Dominanz der Navy überraschte Catherine nicht – sie hatte sich mit der Evakuierung naturgemäß leichter getan als die Air Force oder gar die Army.

Und dann war da noch ein junger, etwas schmächtiger Mann, der auf dem vorletzten Sitz der amerikanischen Seite Platz nahm.

Er war anders.

Ein Colonel gerade mal, und noch dazu in Catherines Alter.

Er trug die Haare länger als die Offiziere neben ihm, aber seine Frisur – und überhaupt sein ganzes Äußeres – sah gepflegt aus.

Bis auf ... *die Farbe*.

Die Farbe seiner Haut, seiner Haare, seiner Augen. Die Farbe von allem, was nicht seine Uniform war. Er wirkte blass, regelrecht kränklich, aber auf eine merkwürdig gleichmäßige Art, so, als hätte man einen leichten Schwarzweißfilter über ihn gelegt. Und das lag nicht an dem kalten Licht – im Vergleich zu den Offizieren neben ihm verfestigte sich der Eindruck nur noch mehr.

Catherines Instinkt sprang an, versuchte sie dazu zu bringen, den Blick von ihm zu lösen, doch ihre Augen wanderten immer wieder zu ihm zurück.

Er war der Letzte, der den Raum betreten hatte, und zugleich der Einzige, der sie beim Reinkommen angesehen hatte, nicht feindlich, doch auf eine derart durchdringende Art, dass sich Catherine auf einmal schrecklich nackt und verwundbar fühlte. So, als spürte er regelrecht den Ekel, den sie diesen Männern gegenüber empfand.

Schließlich saßen alle fünfzehn auf ihren Plätzen. Nur Catherine stand noch.

Sie blinzelte. Der letzte Stuhl war frei geblieben, aber sie konnte sich schlecht dorthin setzen, auf einen Platz, der Ratsmitgliedern vorbehalten war.

Der Staatspräsident begann mit leiser, ruhiger Stimme auf Chinesisch zu reden. Es dauerte ein paar Augenblicke, ehe Catherine merkte, dass er mit ihr sprach.

Dann schaltete sich der Knopf in ihrem Ohr ein. »Doktor Strive«, sagte eine junge Frauenstimme. »Nehmen Sie doch bitte Platz.«

Catherine deutete eine Verbeugung an – warum tat sie das? – und setzte sich eilig neben den jungen Colonel, so eigenartig sich das auch anfühlte.

Jetzt übernahm der hagere alte General. »Schön, dass Sie hier sind, Doktor Strive.« Wenn er sich wirklich freute, war ihm das nicht anzusehen. Er runzelte die Stirn, während sein Blick über Catherines Gesicht strich.

»Sie haben diesem Rat große Dienste erwiesen. Durch ihren Sachverstand, ihren Blick für das große Ganze und vor allem auch ihre starke Eigeninitiative haben sie aus dieser Basis das gemacht, was sie heute ist.«

Catherine hätte von den Worten durchaus berührt sein können, hätte er »den Menschen« statt »diesem Rat« gesagt und das Ganze nicht in einem Tonfall vorgetragen, als lese er die Gebrauchsanleitung einer Waschmaschine vor.

»Zudem haben sie das Trägerprogramm nicht nur angestoßen, sondern die Schiffe auch erfolgreich aus ihren Heimathäfen und aus der Falle von Oakland geleitet. Und dafür gebührt Ihnen unser Dank.« Ein kurzer Blick von ihm herüber zu General O'Brien. »Wir wissen auch, dass Sie schon früh von unseren … bedauernswerten Ablenkungsmanövern erfahren haben. Dass Sie uns dennoch die Treue gehalten haben, darauf können Sie ganz besonders stolz sein.«

Catherine biss die Zähne zusammen, verkniff sich jegliche Regung. Darauf sollte sie *stolz* sein? Wollte er ihr jetzt einen Orden fürs Lügen verleihen, oder was?

Der Colonel musterte sie aus den Augenwinkeln, mit diesem durchdringenden Blick, so, als wüsste er ganz genau, was sie dachte. Ein Blick, der Catherines Herz schneller schlagen ließ, in ihr den Impuls aufsteigen ließ, einfach nur zu fliehen.

Und plötzlich war er es, der das Wort ergriff, sich direkt an sie wandte. »Was der Herr Vorsitzende sagen möchte: Wir schätzen die Art, wie Sie denken und handeln. Und wir könnten jemanden wie Sie in unserem Kreis gut gebrauchen.«

Catherines Augen weiteten sich. Sie klammerte sich regelrecht an der Tischkante fest, sah zu ihm hinüber. »Ich? Im Rat?« Nicht die souveränste Antwort, ganz und gar nicht.

Doch der Colonel neben ihr nickte.

Catherine war auf einmal schwindelig. Ihre Gedanken rasten. Ihr Hass, ihr Ekel, all das rückte schlagartig in den Hintergrund. Was für eine Chance! Was sie mit einer solchen Position alles bewirken konnte! Sie dachte an die Millionen draußen auf dem Ozean, die unzähligen Weiteren, die an der Westküste noch immer auf Rettung warteten. Wenn sie auf diese alten Männer Einfluss nehmen konnte, um all diese Menschenleben zu retten …

Ihr Herz klopfte wie wild. »Es wäre mir eine Ehre, bei den Abstimmungen im Rat …«,

Der Colonel sah mit ernstem Blick zu ihr herüber. »Sie wären selbstverständlich *kein* stimmberechtigtes Mitglied. Dieses Privileg kommt nicht jedem von uns zu. Auch nicht ihrem Vorgänger auf diesem Platz, der unglücklicherweise nicht länger in der Lage ist, sein Amt auszuüben.« Schwang da eine leise Drohung in seinen Worten mit?

»Nein, wir hatten Sie uns eher als eine Art technische Beraterin vorgestellt. Sie nehmen als stumme Beobachterin an den Sitzungen teil – natürlich unter absoluter Geheimhaltungspflicht –, und wir können, wann immer es das Thema verlangt, augenblicklich auf ihre Expertise zurückgreifen.«

Oh. Das klang weit weniger reizvoll.

Jetzt lächelte der Colonel, aber es war ein eisiges Lächeln, so grau wie seine Augen und seine Haut. »Ein gutes Angebot, wenn Sie mich fragen.« Noch eine Drohung? »Und jemand wie Sie in unseren Reihen würde auch der Zusammensetzung dieses Gremiums guttun.«

Dass er sich traute, so etwas laut zu sagen, vor den ganzen alten Militärs – er, der kleine Colonel?

Sie wollte mit dem Kopf schütteln, den Raum verlassen, gegen ihre neue Aufgabe protestieren, aber sie konnte nichts davon tun. Wieso? Warum brachte sie nicht einmal einen kleinen Einwand über ihre Lippen?

Das eisige Lächeln verschwand. »Damit wäre das wohl geklärt.«

Die meisten der Militärs schauten schon nicht mehr zu ihr herüber.

Wenn die Entscheidungsprozesse hier immer so abliefen …

Die Sitzung ging nahtlos weiter, das Thema wandte sich nun den militärischen Operationen auf und um Pacifica zu.

Auf dem Bildschirm in der Mitte des Tisches erschien eine Karte des angrenzenden Ozeans. Eine gepunktete Linie, etwa fünfzig Kilometer vor der Küste, zog sich fast den gesamten Nordrand des Kontinents entlang. Weitere Blockaden existierten überall dort rund um Pacifica, wo das Meer nicht direkt in Wüsten oder Sümpfe überging. Verschiedenfarbige, hässlich animierte Pfeile markierten dabei die Hauptstoßrichtungen aller möglichen Flotten.

Jetzt kaperten auf beiden Seiten die Admiräle die Debatte.

»Nach ersten Erkenntnissen haben wir die japanisch-koreanische Flotte vernichtend geschlagen«, meldete einer der chinesischen Admiräle. Eine halbe Sekunde später erklang die englische Version in Catherines Ohr.

»Ich dachte, die hassen einander«, stöhnte einer seiner amerikanischen Kollegen.

»Nicht so sehr wie uns.«

»Warum haben die das überhaupt gewagt? Hatten die etwa gehofft, durchzubrechen und sich mit den britischen und französischen Flotten zu vereinen?«

»Das ist doch Unsinn!« Ein dritter Admiral. »Die Europäer hätten sie eh nie unter ihren nuklearen Schutzschirm gelassen!«

»Und unsere eigene Seegrenze im Osten, ist die stabil? Wo sind die Briten jetzt?«

Immer mehr Männer beteiligten sich am Gespräch. Catherine war überrascht, wie chaotisch das alles zuging. Nur einer lehnte sich zurück und beobachtete das Treiben in aller Seelenruhe, mit einer solchen Aufmerksamkeit, als mustere er sie alle zugleich: der Colonel.

Selbst General O'Brien warf nun ab und an einen bärbeißigen Kommentar in die Runde. Sein Wort schien dabei schwerer zu wiegen als das der Admiräle, so, als sei er ihnen übergeordnet. Und scheinbar war er das auch. Wie sich herausstellte, fungierte er als eine Art Koordinator verschiedener militärischer und ziviler Stellen, ein verfassungsrechtlich hochbrisanter, schon vor Monaten geschaffener Posten mit extrem weitreichenden Befugnissen. Catherine schluckte. General Wilson musste just dieselbe Position bekleidet haben …

»Die Briten sind doch jetzt nicht wichtig.« O'Brien hatte die Debatte vollends an sich gerissen. »Wir müssen zunächst die Japaner hinaus aufs Meer treiben, bevor sie wiederkommen. Nach unseren Informationen war ein Teil der Flotte, darunter fast alle zivilen Konvois, so klug, rechtzeitig beizudrehen. Wir müssen dafür sorgen, dass das so bleibt, und sie irgendwann zwischen uns und der Wand aufgerieben werden!«

Catherine musste sich zusammenreißen, ihm nicht ins Wort zu fallen. War das jetzt ihr Job, sich jeden Tag solche Horrorgeschichten anzuhören?

»Oder wir feuern eine andere Art von Warnschuss ab«, warf einer der Admiräle ein, »geben ihnen eine Kostprobe der Waffen auf der Lincoln …«

Was hatte er da gesagt? Catherine erbleichte. Das konnte er doch unmöglich so gemeint haben, wie sie das verstand?

»Ist solch ein harsches Vorgehen wirklich nötig? Die gegnerischen Verluste waren doch hoch, oder? Und unsere minimal.« Einer der Chinesen.

»Ja. Wobei wir die USS Cole verloren haben.« Der einzige amerikanische Admiral, der bisher stumm geblieben war, ein weißhaariger Mann mit einem Brandmal auf der Stirn.

»Und das war alles?«

»Nun. Eine Reihe von Flüchtlingsbooten wollte das Chaos im Nordosten nutzen, um weiter im Westen anzulanden.«

Bisher hatte der Vorsitzende gelangweilt auf den Tisch vor sich geschaut, nun stemmte er sich in die Höhe, die Hände auf der Tischplatte abgestützt. »Aber Sie haben alle Eindringlinge versenken können?«

Noch ein Satz, der sich für Catherine wie ein Schlag in die Magengrube anfühlte.

Zögern. »Nicht alle.«

Die Stimme des Vorsitzenden klang freundlich, aber in ihr schwang auch eine ganze Menge Schärfe mit. »Warum nicht?«

»Sie hatten Schützenhilfe«, sagte der Admiral.

»Von wem? Den Japanern?«

Ein hilfloser Blick. »Nein. Es waren zwei Lenkwaffenzerstörer der US Navy. Ich fürchte, die Rebellenregierung von Boulder hat eine weitere Flottille unter ihre Kontrolle gebracht.«

»Und das ist etwas, wovor sich unsere Kontinentalstreitkräfte fürchten sollten?« Der Vorsitzende rückte seine Brille zurecht. Trotz seiner schmalen Figur beanspruchte er um sich herum immer mehr Raum.

Der Admiral rieb sich dicht neben dem Brandmal über die Stirn. »Nein, natürlich nicht.«

»Dann statuieren Sie an denen ein Exempel!«

»Sind Sie sicher, Sir? Die Rebellen auszuradieren, könnte uns erhebliche Verluste bescheren. Wenn wir einfach warten …«

»Haben Sie nicht gehört?« So langsam wurde der Vorsitzende lauter. »Sie sollen …«

Der junge Colonel neben ihr räusperte sich. »Admiral, denken Sie, wir können die Rebellen mit genügend Geduld einfach aushungern?« Er hatte den Vorsitzenden einfach unterbrochen.

Der Admiral nickte. »Ja, das halte ich für sehr wahrscheinlich.«

Für einen Moment dachte Catherine, dass der Vorsitzende gleich explodieren würde, so, wie sich seine ganze Haltung verkrampfte. Doch dann tauschte er mit dem chinesischen Staatspräsidenten neben sich einen kurzen, unsicheren Blick aus. Kurz darauf sahen beide zu dem Colonel herüber, der nur knapp nickte.

»Dann ist es also beschlossen«, sagte der Staatspräsident auf Chinesisch. »Wir werden die Flotten aushungern.«

Die Debatte hatte sich längst auf die Lage auf dem Kontinent verschoben, aber Catherine konnte nicht aufhören, voller Unglauben auf den jungen Colonel neben ihr zu starren.

Auch er musterte sie, ohne sie richtig anzuschauen, auf diese furchteinflößende, unheimlich intensive Art. Das Gefühl der Beklemmung, der Angst, des Beobachtetwerdens war von Sekunde zu Sekunde schwerer zu ignorieren.

Seine Augen veränderten sich, schienen sich … einzutrüben, nur für einen kurzen Augenblick. Er blinzelte, einmal, zweimal, dann waren sie wieder so wie vorher – und die Panik in Catherine war verschwunden. An ihre Stelle trat ein anderes Gefühl. Eines von … *Vertrautheit*.

Das war doch völlig absurd!

Und trotzdem stimmte es. Bloß konnte sie partout nicht sagen, *warum*.

Sie musste geduldig bleiben. Irgendwie würde sie schon noch verstehen, was sein Geheimnis war. Einfluss nehmen. Endlich etwas Gutes tun.

Der junge Colonel war aufgestanden. Einer der chinesischen Generäle, der gerade mit bebender Stimme über die zahlreichen Anschläge der letzten Tage gewettert hatte, hörte sofort auf, zu reden und sah nervös zu ihm herüber.

»Meine Herren, ich bitte Sie!« Der Colonel hielt die Hände leicht erhoben. »Überdramatisieren Sie die Lage nicht wegen des einen oder anderen Rückschlags. Die Fronten der Rebellen brechen vielerorts zusammen. Die religiösen Fundamentalisten haben bereits so gut wie verloren. Bis zu ihrem selbsterklärten

Tag des Jüngsten Gerichts – in drei Wochen, wenn die Wand zum Stillstand kommt – sind die nur noch ein Schatten ihrer selbst. Sie haben hier praktisch keine Rückzugsräume, auf deren Ressourcen sie zugreifen können und keinen starken Untergrund, der sie versorgen kann. Einer ihrer gefährlichsten Anführer ist noch auf dem Festland erschossen worden, …«

Die Bilder von Adams Leiche schossen ihr in den Kopf. Catherine schüttelte es unwillkürlich.

Der Colonel hielt für einen Moment inne, sah mit bleichen Augen zu ihr herüber. Spürte er, was in ihr vorging? Catherine erwiderte seinen Blick, blaffte ihn in Gedanken lautstark an.

Keine Reaktion.

So albern das auch sein mochte, Catherine fühlte sich erleichtert. Der irrationalste Teil von ihr hatte ihm mittlerweile selbst Gedankenlesen zugetraut.

Er sprach weiter. »… eine echte Propaganda-Katastrophe für die Fundamentalisten, weil einem ihrer Führer damit das genommen wurde, was ihnen am Wichtigsten scheint: nach Pacifica zu gelangen.« Eine Kunstpause. »Und lassen Sie sich auch von den Scharmützeln mit feindlichen Flotten und von so manchem kostspieligen Partisanenkampf der Überbleibsel der anderen Nationen nicht von der Gesamtsituation ablenken. Wir haben den längeren Atem. Gut fünfeinhalb Millionen Menschen leben den Zählungen zufolge in unserem Herrschaftsgebiet, die meisten von ihnen illegal. Und wenn Sie die unerfassten Flüchtlinge dazurechnen, kommen Sie wohl auf die doppelte Zahl.«

Auf dem Bildschirm in der Mitte erschien nun eine Karte Pacificas, mit großen weißen Flächen entlang der fruchtbaren Gebiete des Nordens, die das US-chinesische Territorium markierten – und ein paar verstreuten schwarzen Punkten an den schrofferen Felsküsten und tief in den Sümpfen des Südens, den Herrschaftsgebieten der Europäer, Inder und ein paar weiterer Gruppierungen.

»Selbst wenn sich die amerikanischen Rebellen mit den Europäern und den anderen Nuklearmächten in ihren Bergdörfern verbünden, selbst wenn sich diese zwei Prozent der Gesamtbevölkerung weiter von Netzwerken wie Vox Veritatis aufwiegeln lassen«, fast wirkte es, als hätte er dabei einen winzigen Blick in Catherine Richtung geworfen, »und es vielleicht sogar schaffen, auf Dauer unabhängig zu bleiben: Was für eine Gefahr stellen die für uns dar? Auf große Dummheiten werden sie es nicht ankommen lassen. Die wissen genauso gut wie wir, dass die nukleare Abschreckung in beide Richtungen funktioniert. Mehr noch« – er sah sich um, fixierte jedes einzelne Mitglied des Rates –, »dank der Arbeit unserer Wissenschaftler und dank der Initiative von Doktor Strive verfügen wir über einen gewichtigen Vorteil, den uns die anderen Nationen so leicht nicht streitig machen können: Wir, und nur wir allein, haben das Monopol, zu entscheiden, wo wir im großen Stil fruchtbaren Boden erzeugen. In ein paar Wochen, wenn der Hunger unerträglich wird, kommen die auf Knien angekrochen!«

Dank *ihr*. Catherine bewahrte nur mit Mühe ihre Fassung, um ihn nicht vor der gesamten Runde anzubrüllen. Der Impfstoff war kein Machtinstrument! Der war für alle da!

»Nein«, sagte der Colonel. War das an sie gerichtet? »Wir können mit Fug und Recht behaupten: Der Krieg ist so gut wie vorbei.« Er sah lächelnd in die Runde. »Und wir sind die Sieger …«

Nein. Es ging nicht mehr. Es war ihr egal, dass niemand sie gefragt hatte. Es war ihr egal, dass sie ausgerechnet *ihm* ins Wort fiel. Wenn sie nicht wollte, dass sie von innen heraus zerkochte, dann musste sie sich jetzt einmischen.

»Dann lassen Sie die Zivilisten durch!«

Es war mucksmäuschenstill im Raum.

Der Colonel schaute zu ihr herüber, sein Gesichtsausdruck unlesbar.

Einer der chinesischen Generäle sah unter seiner Brille hervor. »Doktor Strive, niemand hat Ihnen das Wort erteilt.«

Catherine war aufgestanden. »Dann nehme ich es mir jetzt! Solange Sie hier eine derartige Ressourcenverschwendung betreiben …«

»Doktor Strive, setzen Sie sich!«

»… kann ich nicht einfach nur …«

»Doktor Strive!« Das kam vom amerikanischen Vorsitzenden.

Sie wurde immer lauter, versuchte, ihn zu übertönen »… still danebensitzen …«

»Sie nehmen jetzt augenblicklich Platz und sind ruhig, oder ich lasse Sie …« Der Blick des Vorsitzenden fiel auf den Colonel, und er verstummte.

Der Colonel hatte sich zu ihr gewandt. »Möchten Sie uns an Ihren Gedanken teilhaben lassen, Doktor Strive? Was würden Sie anders machen?«

Wieder war es mucksmäuschenstill im Saal.

Catherine atmete tief ein. »Ich würde Ihnen raten, zumindest die Zivilisten durch die Blockade zu lassen. Und mit den frei werdenden Schiffen noch mehr Menschen aus den noch nicht erfassten Gebieten zu retten.«

Einer der amerikanischen Admiräle lehnte sich vor. »Und wie stellen Sie sich das vor? Wir können die Menschen ja jetzt schon kaum ernähren! Die Vorräte werden nicht bis zur ersten Ernte reichen. Wenn wir überhaupt eine erste Ernte bekommen, mit der Dürre, die derzeit einsetzt!«

Sein Kollege neben ihm nickte. »Die Wand kehrt die Luftbewegungen um. Wir haben seit Tagen nur noch trockene Fallwinde aufs Meer hinaus! Wenn das so bleibt …«

Catherine atmete tief ein. »Das wird nicht so bleiben.«

»Und woher wollen Sie das wissen?«

»Sehen Sie sich doch diesen Kontinent an! Die Vegetationszonen hier entsprechen dem, was man mit den unveränderten Passatwinden erwarten würde.«

Verständnislose Blicke.

»Wenn die Wand dauerhaft da bliebe, wo sie anhalten wird, dann wäre der Kontinent völlig falsch designt. Dann könnte das, was jetzt hier wächst, niemals dauerhaft Bestand haben.«

»Sie sagen, die Wand wird verschwinden?« Der Admiral lächelte, als wüsste er die Antwort bereits.

»Das, oder sich wieder zurückziehen, ja.«

Der Colonel räusperte sich. »Sie wird verschwinden.«

Catherine wandte sich abrupt zu ihm um.

Der Colonel nahm wieder Platz. »Es gibt in der Tat immer mehr Messungen, die darauf hindeuten, dass die Wand sich nicht nur verlangsamt, sondern auch schwächer wird.« Er hatte ihren entgeisterten Blick längst bemerkt. »Denken Sie, wir veröffentlichen solche Informationen? Der Effekt ist bisher ohnehin recht subtil. Bis wir davon ernsthaft etwas bemerken, dürften noch Wochen oder Monate vergehen. Vielleicht länger.«

»Und dann?«

»Was dann dahinter liegt? Das ist wohl die Millionenfrage, nicht wahr?«

Catherine wich seinem Blick nicht aus. »Es ist durchaus vorstellbar, dass zumindest die Flora den Kontakt mit der Wand übersteht.«

Und plötzlich hatte sie eine Idee. Wenn sie so dachte wie die Militärs, sich an ihre Sprache anpasste …

Sie lächelte kalt. »Und es wäre taktisch klug, für diesen Fall einen großen Pool an arbeitsfähigen Männern und Frauen bereitzuhalten.«

»Für welchen Fall?«

»Für den Fall, dass wir die Welt nach unserem Gusto von neuem bevölkern.«

Für einen Moment herrschte absolute Stille. Eine völlig hanebüchene Idee, das war ihr klar, aber sie schien den Männern hier zu gefallen.

»Eine Reconquista der Alten Welt?« Der Colonel lächelte. »Wie gesagt: Wir mögen die Art, wie Sie denken.«

Der chinesische Staatspräsident schien weniger überzeugt. Er mied den Blickkontakt mit dem Colonel, sah stattdessen Catherine in die Augen. »Unabhängig davon, was in ein paar Monaten sein wird, mache ich mir mehr Sorgen um das, was jetzt ist. Unsere Vorräte reichen schlicht nicht aus, um alle Flüchtlinge bis zum Punkt der ersten Ernte zu ernähren – selbst wenn dies unsere höchste Priorität wäre.«

Falsch. Die Vorräte waren nicht üppig, aber sie reichten sehr wohl aus. Bloß, dass Catherine das schlecht einstreuen konnte, ohne dass ihre Manipulationen aufflogen.

»Das mag sein«, sagte sie stattdessen. »Und doch werden wir die größten Schwierigkeiten *nach* der ersten Ernte bekommen, nicht davor.«

Der Präsident lehnte sich in seinem Stuhl zurück. »Und was veranlasst Sie zu dieser These?«

»Ganz einfach: der Überbau.«

»Der Überbau?«

»Sie. Ich. Die zwei Millionen Soldaten da draußen, von denen Sie sagen, dass sie zur Befriedung des Kontinents unverzichtbar sind. Menschen, die zur Nahrungsproduktion nichts beitragen. Und wir haben hier keine großen Feldmaschinen zur Verfügung, keine Mähdrescher oder Traktoren, und selbst dort, wo wir sie haben, wird der Sprit nicht länger als ein paar Tage reichen. Und auch wenn die Böden einmal geimpft sind, fehlt es doch an Dünger. Kurzum: Sie können nicht davon ausgehen, dass Sie mit einem Bauern zwanzig oder gar fünfzig Menschen ernähren können. Bei weitem nicht.«

»Was wäre denn ein realistischerer Wert?«

»Bei den schwierigen Rahmenbedingungen hier, und wenn man bedenkt, dass die meisten Leute keinerlei Erfahrung mitbringen …« Catherine hielt kurz inne, um den Effekt zu verstärken. »… etwa ein bis zwei. Eher einen.« Hoffentlich würden sie die Zahl nicht gleich hinterfragen.

Nein, das taten sie nicht. Der Staatspräsident schreckte sogar in die Höhe. »Also kaum mehr als sich selbst? Aber das bedeutet ja, dass nahezu jeder Mensch auf Dòng Tiān auf den Feldern arbeiten müsste?«

»Genau das bedeutet es.« Catherine entfernte sich ein paar Schritte von ihrem Platz an der Seite, stellte sich mitten in die Lücke des Tisches. Die Blicke der Männer folgten ihr. Gut. So langsam hatte sie sie dort, wo sie sie haben wollte.

»Und das heißt«, sagte sie, »Sie haben jetzt die Wahl. Entweder, Sie verpflichten den allergrößten Teil Ihrer Soldaten dazu, auf den Feldern zu arbeiten. Oder Sie lassen mehr Leute hinein. Viel mehr Leute.«

Eine kurze Pause. Niemand unterbrach sie.

Catherines Blick wurde eisig. »Wenn Sie beides bleiben lassen, werden Sie in einem halben Jahr keine Armee mehr haben.« Noch eine Pause. »Sie sehen schon: Die Vorräte sind das kleinere Problem. Die lassen sich strecken – Menschen können schließlich auch ein, zwei Monate lang mit tausend Kilokalorien oder weniger überleben.«

Sie sprach den Gedanken nicht laut aus, dass eine solche Behandlung gerade einigen der hier Anwesenden mal guttun könnte.

Ein Lächeln zog sich über die fahlen Lippen des Colonels. Hatte er gerade etwas Ähnliches gedacht?

»Ich weiß nicht, wie es dem Rest der Anwesenden geht«, warf er im Plauderton in die Runde, aus den Augenwinkeln so gönnerhaft zu Catherine herübersehend, als wäre alles, was sie sagte, von Anfang an sein Plan gewesen, »aber ich würde lieber jetzt ein paar Einschränkungen in Kauf nehmen und die Flüchtlinge für unsere Zwecke einspannen, als in einigen Monaten vor den Ruinen all dessen zu stehen, was wir hier aufgebaut haben.« Die volle Aufmerksamkeit des Colonels schwenkte auf

Catherine zurück. Es lag nichts Drohendes in seiner Stimme, und doch war ihr, als würden sich auf einen Schlag Dutzende Bühnenscheinwerfer auf sie richten. »Sofern Sie uns erklären, wie Sie sich vorstellen, dieses Ansturms Herr zu werden.«

Catherine musste sich mit ihren Händen auf den beiden Tischplatten links und rechts von ihr abstützen, um das Zittern in ihren Armen zu verbergen. Ihr Herz klopfte wie verrückt, und doch klang ihre Stimme blechern und schwach.

»Entziehen Sie den Flüchtlingen ihre Rechte.« Sie hörte sich selbst wie aus großem Abstand, so, als wäre es jemand anderes. »Teilen Sie sie auf. Gehen Sie nicht so weit, Familien zu trennen, aber lassen Sie die Flüchtlinge einer Nation nicht beieinander.«

Der Colonel begann zu nicken.

»Würfeln Sie sie in kleinen Gruppen von etwa zehn Leuten neu zusammen.« Catherine schluckte. »Und ordnen Sie sie als Hilfsarbeiter einem Bauern unter, der bereits ein paar Hektar Land betreibt. Stellen Sie sicher, dass die Bauern über mehr Rechte verfügen, ein Überlegenheitsgefühl entwickeln. Geben Sie ihnen Waffen, wenn es nötig sein sollte.«

Die ganze Runde hing an ihren Lippen.

»Wenn Sie es richtig anstellen, reicht es, wenn Ihre Soldaten die Bauern kontrollieren.« Sie bebte, ihre Stimme stand kurz vor dem Versagen, doch sie redete weiter. »Die Arbeiter werden dankbar sein, dass sie überhaupt am Leben sind. Sie werden sich mit den anderen Arbeitern aus anderen Ländern praktisch nicht verständigen können. Sie werden nicht die Mittel haben, um sich zu organisieren, und sie werden zum Überleben auf ihre Farm angewiesen sein.«

Aber sie werden leben.

Der Colonel nickte, ließ seinen Blick über die Runde schweifen. Und einen Augenblick später nickten auch der Vorsitzende und der Staatspräsident.

Catherine hingegen zitterte am ganzen Körper.

Noch einmal sammelte sie die Kraft, die nötig war, um weiterzusprechen. »Sie werden die Flüchtlinge also anlanden lassen? Und Sie werden in der Alten Welt Evakuierungen in die Wege leiten?«

Der Vorsitzende schaute ihr aber nur für einen kurzen Moment in die Augen, starrte dann auf den leeren Tisch vor sich, als ob da geschrieben stände, was er ihr zu sagen hatte. »Ja, das werden wir tun.«

Catherine spürte, wie sich ihre Stimme immer weiter von ihr entfernte. »Dann teilen Sie den zivilen Konvois der anderen Nationen mit, dass sie fortan anlanden dürfen, solange ihr militärischer Geleitschutz zurückbleibt, solange sie sich voll und ganz der Oberhoheit des Kontinentalrats unterordnen. Nutzen Sie den Hafen in der Nähe der Midpoint Station als Verteilungszentrum. Das ist effizienter und weniger riskant, als sie durch diesen Moloch hier zu lotsen, und macht es Ihnen auch leichter, potenzielle Terroristen auszusortieren.«

Sie hielt inne.

»Was die Evakuierung der Westküste angeht, haben wir – abgesehen von den paar Schiffen, die noch in den Häfen in Oregon und Kalifornien stationiert sind – nur noch für einen einzigen richtigen Versuch Zeit. Geben Sie den Schiffen vor Ort Bescheid und schicken Sie alles hinterher, was Sie hier entbehren können. Hawaii kann warten. Konzentrieren Sie sich auf die größten verbliebenen Bevölkerungszentren: Die Bay Area, L.A., San Diego, Tijuana.«

»Doktor, Tijuana liegt in Mexiko.« General O'Brien hatte die Arme vor der Brust verschränkt. Noch immer schaute er halb durch sie hindurch.

Catherine musste sich zusammenreißen, ihm zumindest halbwegs kühl und überlegt entgegentreten, anstatt ihm mit einem Faustschlag ins Gesicht klarzumachen, dass ein mexikanisches Menschenleben genauso viel wert war wie jedes amerikanische. »Sie haben mir wohl nicht zugehört, *General.* Größtmögliche Vielfalt innerhalb der Flüchtlinge ist unerlässlich, wenn Sie vermeiden wollen, dass sich die Arbeiter sofort zusammenrotten. Also werden Sie Mexikaner genauso mitnehmen müssen wie Amerikaner.«

Der Colonel schien fast darüber zu lächeln, was sie sich hier anmaßte. Dann nickte er knapp, und damit war die Debatte beendet.

Eigentlich hätte sich Catherine jetzt zu ihrem Platz zurückbegeben müssen, aber sie konnte nicht; das Zittern hatte von ihrem ganzen Körper Besitz ergriffen. Ihr Puls raste, sie hörte das Pochen in ihren Ohren. Sie versuchte zu lächeln und scheiterte auf ganzer Linie.

»Entschuldigen Sie mich bitte«, sagte sie, an den Vorsitzenden und den Staatspräsidenten gerichtet. »Ich fürchte, ich fühle mich nicht wohl. Die Verletzungen von dem Angriff.«

Der Colonel stand auf, warf einen kurzen Blick zum Rest des Rates. »Ich denke, diese Sitzung ist ohnehin beendet. Für heute.«

Allgemeines Stühlerücken. Die Ratsmitglieder erhoben sich, verließen einer nach dem anderen den Saal.

Nur der Colonel trat auf sie zu, schien ihren Körper wie mit tausend winzigen Augen zu mustern, mitleidig, fast ein bisschen besorgt. Catherine kämpfte sich vollends in die Senkrechte. Ihre Gefühle drehten sich im Kreis, und sie nahmen ihren Magen mit.

»Doktor Strive! Nehmen Sie sich doch einfach mal ein paar Tage Auszeit, um wieder auf die Beine zu kommen. Sie haben die letzten Monate derart viel für uns geleistet, da ist dies das Mindeste, was wir für Sie tun können.« Eine Kunstpause. »Und auch heute, Ihr Plädoyer für die Flüchtlinge, Ihre Idee einer Reconquista … sagen wir so: Ich mag Ihre vorausschauende Art.«

Irgendetwas war merkwürdig daran, wie er das sagte. Schätzte er wirklich ihre Ideen, ihr planerisches Geschick, oder hatte er diese Gedanken auch schon gehabt? War es ihm nur gelegen gekommen, dass Sie die Verantwortung für all diese Unmenschlichkeiten übernahm? Sie schwitzte und fror zugleich.

Bis auf sie beide war der Ratssaal völlig leer. Der Colonel schlenderte zu dem Blumengedeck in der Mitte des Tisches. Die Blüten wirkten noch trostloser als vor einer halben Stunde, hingen schlaff und vertrocknet bis auf die Holzplatte hinab.

Er schüttelte fast unmerklich den Kopf. »Ich habe den Damen hier schon mehrfach gesagt, sie mögen doch bitte Handschuhe anziehen. Oder Blumen aus der Alten Welt nehmen, statt der einheimischen Flora, die nicht einmal mit ein paar Mikroben klarkommt.«

Ihr wurde schwindelig. Sie musste hier raus, so rasch wie möglich!

Die Augen des Colonels trübten sich ein. Scheinbar beiläufig strich er mit dem Handrücken die Blumenstengel entlang, ohne dabei für einen Moment seinen Blick von Catherine zu nehmen. Es fühlte sich an, als würde er sie bis auf die Knochen mustern, und doch schien es für einen Moment, als würde ausgerechnet er am meisten unter diesem Blick leiden. »Ich nehme an, wir können uns auch in Zukunft auf Sie verlassen, Doktor Strive?« Das *wir* klang nicht so, als meinte er damit den Rat.

Catherine nickte, ohne darüber nachzudenken, was für eine Drohung das eigentlich war, wie sehr er sie damit unter seine Kontrolle zu bringen glaubte. Sie fühlte sich so blass, wie er wirkte, und sie zitterte stärker denn je.

Und dann fiel ihr Blick auf das Gesteck hinter ihm. Tiefes Rot und sattes Blau. Die Blüten standen wieder in vollster Pracht.

Was zum …?

Der Colonel schmunzelte und wandte sich dann zum Gehen.

Catherine starrte ihm ungläubig hinterher. »Colonel …?«

Er schien sie misszuverstehen, absichtlich vielleicht.

»Ryan«, sagte er, und lächelte ihr auf dem Weg nach draußen noch einmal zu. »Arthur Ryan.«

Catherine flüchtete. Vor ihm, vor den Menschen, vor der Welt. Vor dem Wahnsinn, der sie alle erfasst hatte. Da, die Damentoilette. Riegel zu. Einfach nur allein sein.

Die Aura des Colonels verschwand, doch Catherines Beklemmungen blieben.

Sie starrte auf die Kloschüssel, auf das Waschbecken. *Echtes Porzellan.*

Catherine fuhr sich über die Wangen. Feucht und salzig.

Die beiden rothaarigen Mädchen schossen ihr in den Kopf, und dazu das Lächeln des Colonels. Catherine prügelte die Bilder fort.

Sie hatte ihr Ziel doch erreicht! Sie hatte Millionen Menschen das Leben gerettet. Catherine begann lauthals zu lachen. Millionen! Sie musste doch stolz auf sich sein!

Nur das Überleben zählte, nicht wahr? Alles andere ließ sich richten. Irgendwann würden sich die Arbeiter auflehnen. Irgendwann würde alles gut werden. Vielleicht mit Hilfe der Europäer, wenn die sich halten konnten. Vielleicht würde jemand die Mikroben zu ihnen schmuggeln.

Catherine spürte, wie sie würgte. Nein. Keine Reue. Bedauern ja, aber keine Reue. Colonel Ryan hatte recht. Sie konnte hier viel Gutes tun, wenn sie ihrer Verantwortung nachkam, wenn sie nur weiter im System mitschwamm.

Was für eine dreiste Rechtfertigung!

Sie schwamm nicht mit. Sie *war* das System! War sie wirklich so verblendet, zu glauben, dass sie hier Gutes tat? Oder war es bloß Bequemlichkeit, die sie dazu brachte? Machtgier? Angst? Und welche Verantwortung überhaupt? Das hier waren nicht die Ideale, denen sie einen Eid geschworen hatte. Das hier … was war das hier überhaupt?

Verflucht. Ruhig bleiben, klare Gedanken fassen. Sie konnte das doch.

Oder?

Früher vielleicht. Aber jetzt?

Leer. Ausgelaugt. Vergiftet. Sie fühlte sich ekelerregend schwach, auf so vielen Ebenen.

Ein freier Tag, dann sah die Welt schon wieder anders aus. Ein bisschen Urlaub, das war alles, was sie brauchte.

Was für ein Schwachsinn!

Und warum drehte sich alles im Kreis?

Sie bekam keine Luft mehr.

Das war es: die Luft hier drinnen.

Mit zitternden Fingern riss sie das Toilettenfenster auf, aber das reichte nicht. Sie musste hier raus, sofort. Niemanden sehen. An nichts denken.

Sie kletterte auf die Kloschüssel, drückte, zog und zerrte sich durch das Fenster, stieß sich ab, ohne richtig zu schauen, wie tief es ging, und fiel, nein, rutschte fünf, sechs Meter tief die schräge Mauer hinab, die das Gebäude zum Hang hin stabilisierte, drehte sich dabei um die eigene Achse, und knallte hart mit der Schulter auf die staubige Straße, den Blazer an einem Vorsprung zerrissen, die Hände großflächig aufgeschürft.

Sie hustete, presste sich eine Hand an die schmerzende Brust und lief dann einfach los, weg von der Mauer, aus dem Kommandoviertel hinaus, durch die Checkpoints, und in den Moloch hinein.

Blicke verfolgten sie, von Soldaten, von einfachen Menschen, die in Trauben die Straßen bevölkerten, Arbeiter, Bettler, auch Flüchtlinge, die gerade erst eingetroffen waren, bunte Rollkoffer hinter sich her durch den Staub zogen, auf der Suche nach einer Bleibe, voller Hoffnungen, die sich nie bewahrheiten würden, dank ihr, dank Catherine.

Ihr Körper zwang sie, langsamer zu werden, erst zu joggen und dann nur noch zu gehen, keuchend, ohne Plan und Ziel.

Die Schützenpanzer und Militär-Lkw, die bisher das Bild dominierten, verschwanden aus ihrem Blickfeld, und mit ihnen die Stromleitungen, die Betonbauten des Militärs, die asphaltierten Straßen. Catherine traf noch auf einzelne Patrouillen, aber wie die meisten Menschen hier waren auch sie zu Fuß unterwegs, hatten so schon Mühe, sich durch die immer dichter werdenden Massen zu kämpfen. Dutzende Gesichter starrten in Catherines Richtung, mitleidig, feindselig, apathisch. Wortfetzen drangen an ihr Ohr. Englisch, Chinesisch, dazu unzählige weitere Sprachen. Ein Mann mit einem riesigen Trekkingrucksack versuchte, ihr im Tausch für ihren Blazer oder ihr Smartphone einen einzigen Müsliriegel anzubieten, ehe er plötzlich vor einer Patrouille Reißaus nahm, nicht realisierend, dass die Soldaten ganz bewusst nicht hingesehen hatten. Ein altersschwacher Jeep mit Holzvergaser tuckerte hupend an ihr vorbei, kaum schneller als die Menschenmenge ringsherum. Aus einer der größeren Hütten aus Holz und Stoff drangen Gerüche von Gewürzen und Gōngbăo-Hühnchen, ertönte das Geräusch klirrender Gläser, dazu Flüche, auf Englisch und Chinesisch – eine improvisierte Bar womöglich, ein Handelsplatz für Essen, oder beides zugleich. Auf dem Dach daneben installierten gerade zwei Frauen eine Miniatur-Windmühle neben einem uralten Solarpaneel, an das bereits ein Generator und eine Wasserpumpe angeschlossen waren. Musik erklang, nur für einen Moment, arabische, afrikanische, irgendwie mischte sich die Neunte darunter. Wie lange war es her, dass sie zuletzt Musik gehört hatte?

Doch dann endete das emsige Treiben. Das Schwarzmarktgeschrei der Händler verklang, die Hütten wurden kleiner und schäbiger – die Fenster nicht einmal mehr mit Plastikfolie ausgekleidet – bis sie schließlich in eine Ansammlung gigantischer, kreuz und quer durcheinander errichteter Zeltstädte übergingen. Nichts als staubige Planen jeglicher Form und Farbe, auf die die Sonne niederbrannte, baumlos, kaum ein Grashalm dazwischen, als handle es sich um ein Flüchtlingslager in der Wüste. Keine Wasserversorgung, keine sanitären Einrichtungen. Es stank bestialisch. Der Bau des zentralen Kanals, den Catherine noch in Oakland angeregt hatte, war nie begonnen worden. Die Menschen saßen zu Tausenden neben ihrem eigenen Unrat vor ihren Zelten, ohne Beschäftigung oder Perspektive, ohne Hoffnung in den Augen.

Ein Mann war darunter, der verblüffende Ähnlichkeit mit einem berühmten Schauspieler aufwies, dessen Namen Catherine nicht einfiel, einem Schönling aus Hollywood, über den Max stets gelästert hatte. Aber auch er sah nur apathisch in die Ferne.

Eine junge Frau mit riesigen roten Ohrhängern und einem verdreckten Designer-Shirt stolperte barfuß auf sie zu. Blond, lange offene Haare, die Wangen eingefallen, musste sie einmal eine außergewöhnlich schöne Frau gewesen sein. Sie murmelte etwas, auf Deutsch vielleicht, oder Holländisch, und deutete beständig auf das Zelt hinter sich, wo mehrere Gestalten regungslos im Halbdunkel lagen.

Catherine wich ihrem Blick nicht aus – und ging doch einfach an ihr vorbei.

Soldaten kamen ihr entgegen, eine rein amerikanische Einheit, und trieben diejenigen Menschen im Lager zusammen, die noch aus eigener Kraft gehen konnten.

Catherine starrte auf die Flaggen an ihren Schultern. Dieselbe, die sie im Vorraum des Ratssaals gesehen hatte, in aller Eile über die amerikanische genäht.

Sie drehte sich nicht um, wollte nur raus aus dem Lager, in dem sie nichts verloren hatte.

Die Zelte wurden weniger, gingen über in Buschland mit hektarweise Baumstümpfen, erst von kniehohem Grün umgeben, bald von Sträuchern, die Catherine bis zur Brust reichten, vor ihr der Urwald, die Hügel mit den riesigen Windrädern darauf, hinter ihr die Stadt.

Und plötzlich, schräg über ihr: das Dröhnen von Kampfjets.

Catherine wirbelte herum, sah in die Richtung, aus der die Geräusche kamen, zur Küste.

Die Flotte hatte den Kontinent erreicht.

Alle vier Träger schwammen dort draußen, auf der chinesischen Seite der Bucht, ein paar Kilometer vor Bìnàn Suǒ – Städte aus grauem Stahl, die friedlich in der Dünung des Pazifiks lagen.

Catherines Mundwinkel zuckten.

Endlich. *Ihre Archen waren da.*

Eine nach der anderen spien sie nun Flieger in den Himmel, Kampfjets, die in einem großen Bogen über die Stadt rauschten, sich parallel zueinander ausrichteten – und dann im Tiefflug direkt auf Catherines Position zudonnerten.

Unter ihren Tragflächen waren längliche Tanks montiert, deren Ventile sich eines nach dem anderen öffneten, nur Sekunden, nachdem sie die Slums hinter sich gelassen hatten. Unter jedem Tank erschien ein feiner grauer Strahl, der sich hinter dem Flugzeug verbreiterte und wie ein feiner Sprühregen in der Sonne glitzernd zu Boden sank.

Und auf einmal war Catherine auf allen Seiten von diesem Dunst umgeben. Wie ein funkelnder Schleier legte er sich über die Sträucher, verfing sich in ihren Haaren, auf ihrer Haut, überall an ihren Klamotten, ein klebriger, streng riechender Schleim.

Ein paar Sekunden lang passierte gar nichts. Die Flugzeuge hatten sich dröhnend entfernt, machten sich bereit für den nächsten Anflug auf ein anderes Gebiet weiter im Osten. Catherine stand nur da, schaute zu, wie die feine Schicht in Zeitlupe an ihrer Haut hinabfloss.

Und dann begann es.

Ein Knistern und Knacken, von überall zugleich. Der gesamte Dschungel vor ihr, die Sträucher hinter ihr, alle Pflanzen rings um sie herum sackten herab, zogen sich zusammen, begannen in Sekundenschnelle zu verschrumpeln. Blätter regneten zu Boden wie in einem Herbststurm, verfärbten sich, noch während sie fielen, von Grün zu Gelb und dann zu Braun und Schwarz.

Und als sie schließlich den Boden erreichten, als der Blätterfall endete, da hörte auch das Knistern und Knacken auf, und nichts als eine braune Wüste aus verdorrten Ästen und Zweigen und totem Gras blieb zurück.

Catherine starrte auf die Überreste des vergifteten Buschlands rings um sie herum. Sie schüttelte ungläubig den Kopf, den Anflug eines Lächelns auf den Lippen, und begann, sich langsam um die eigene Achse zu drehen, inmitten all der Zerstörung, die verklebten Arme weit zur Seite gestreckt. Der Schleim tropfte von ihren Fingerspitzen und von ihrem Gesicht. Sie schaute hinauf zum blauen Himmel, die Augen geschlossen, den Mund weit aufgerissen – und lachte und drehte sich dazu, immer schneller und immer lauter, mit einem Klang, der tief aus ihrer Kehle drang, bis sie – erleichtert, entsetzt, erlöst – in sich zusammensackte, inmitten all der toten Zweige und des braunen Laubs liegen blieb, lachend und weinend zugleich, ein Todesengel, die Hände tief in den klebrigen Boden gekrallt.

Hinter ihr wurde es auf einmal laut. Stimmen. Die Soldaten von vorhin bewegten sich auf das tote Land zu, trieben die Menschen aus dem Flüchtlingscamp vor sich her. Zwei Militärlaster hielten am Rande der Zerstörung, Hunderte Setzlinge auf den Ladeflächen. Catherine rappelte sich auf, so schnell es ging. Sie erkannte die Blattform. Kleine Mangobäume. Kein Mais, keine Kartoffeln, ausgerechnet ein Luxusgut.

Die Soldaten trieben die Flüchtlinge gruppenweise zu den Lkw, verteilten Schaufeln und hielten sie unter lautstarkem Gebrüll dazu an, die Setzlinge zu nehmen und mit ein paar Metern Abstand einzupflanzen, solange die Wirkung von *Agent Green* anhielt.

Das Terraforming, es hatte begonnen. Der Anfang vom Ende für die einheimische Flora. Und der Beginn eines neuen Lebens, für die Pflanzen, die nun an ihre Stelle traten.

Es war nicht schön. Aber es war bitter nötig.

Ein weiterer Lastwagen folgte, er hatte säckeweise Körner geladen, Getreide, das zwischen den Bäumen ausgesät werden würde.

Die Soldaten brüllten Befehle, die die eine Hälfte der Menschen nicht verstehen, und die andere kaum befolgen konnte.

Und sie, die sie mitten in dem Schleim stand, die Haare verklebt, der Blazer zerrissen, sie ignorierten die Männer einfach.

Aber das war gut so.

Denn Catherine wusste nun ganz genau, was sie nie wieder tun wollte: Das, was *nötig* war. Das Furchtbare, was getan werden musste, um noch Furchtbareres zu vermeiden.

Und zum ersten Mal spürte sie, wie sehr sie sich nach dem Gegenteil sehnte, nach so etwas wie Reinheit, Wahrheit. Sie musste raus aus ihrer Position, einfach nur raus. Keine Entscheidungen mehr, die eins über das andere stellten. Keine Abwägungen. Nur noch klare Antworten auf die einzige Frage, für die in den letzten Wochen nie Zeit geblieben war: Warum?

Und sie war dafür genau am rechten Ort.

Sie blickte hinauf zu den Windrädern, die sich in einer langen Reihe den Grat der Hügelkette entlangzogen, und weiter zu dem kleinen Gebäudekomplex zwei oder drei Kilometer in Richtung Süden, der das Labor von Dr. Edwards und Dr. Shirani markierte.

Es war höchste Zeit, dass sie den beiden mal wieder einen Besuch abstattete …

»Gott, Sie sehen ja beschissen aus!«

Auch eine Begrüßung.

»Kommen Sie rein.« Dr. Edwards kam auf sie zugerollt, ausnahmsweise mal ohne Kippe im Mundwinkel, und hielt ihr die Tür auf.

Catherine folgte ihm in einen der Vorräume. Ein paar Holztische, zwei Dieselaggregate, Zeltplanen ringsherum. »Wo sind denn Ihre Kollegen, ihre Familien? Wo ist Doktor Shirani?«

»Vom Regime eingezogen. Neue Proben sammeln, irgendwo im Landesinneren.« Er strich über die Reifen seines Rollstuhls, lachte hart. »Aus irgendeinem Grund wollten sie mich nicht dabeihaben.« Eine kurze Pause. »Und Sie? Haben Sie in den Eingeweiden eines Tauntauns geschlafen?«

»Ein Mikrobenschauer.« Catherine zuckte mit den Schultern. Nach langen Gesprächen stand ihr nicht der Sinn. »Sie sollten den Geruch eigentlich am besten erkennen. Unappetitlich, aber nicht gesundheitsgefährdend.«

»Junge Dame, Sie haben mehr als nur etwas Substrat abbekommen. Sie bluten, Sie sind verdreckt, und warum Ihre Klamotten zerrissen sind, will ich gar nicht wissen.« Er rollte auf sie zu, die Stirn in Falten gelegt. »Sind Sie sicher, dass Sie sich nicht wenigstens duschen wollen? Ich könnte Ihnen frische Kleidung geben.«

Catherine schüttelte den Kopf. »Später vielleicht.«

»Ehrlich gesagt biete ich Ihnen das nicht aus Nettigkeit an. Sie stinken zum Himmel. Und ins Labor lasse ich Sie mit dem ganzen Dreck sowieso nicht.«

Ein Todschlagargument. Widerwillig verschwand Catherine in der kleinen Duschkabine, die auf der Rückseite des Komplexes installiert worden war. Wenige Minuten später stand sie wieder vor ihm, in einem viel zu weiten T-Shirt, einer grässlichen Trekkinghose und Turnschuhen mit neongrünen Streifen, die sie nie von sich aus angezogen hätte.

»Vor einem Monat hätte Ihnen das Hemd noch gepasst«, sagte Dr. Edwards und bedachte sie dabei mit einem solchen Stirnrunzeln, dass sich Catherine sofort unwohl fühlte.

Sie strich sich über die nassen Haare. »Ich bin gerade nicht zu Smalltalk aufgelegt, Doktor Edwards. Kommen Sie bitte einfach zum Punkt. Was haben Sie herausgefunden?«

»So einiges.« Seine Augenbrauen zogen sich zusammen. »Aber wahrscheinlich kann ich Ihnen nicht mit den Antworten dienen, die Sie sich von mir erhoffen.« Er rollte in den einzigen

Teil des Gebäudes, der von einer gemauerten Wand umgeben war, und deutete auf eine verschlossene Glasphiole, die in einem ebenfalls verschlossenen Glaskasten steckte. In der Phiole lag ein einziges grünes Blatt.

»Sehen Sie die Phiole?«

Catherine zog sich einen der Laborhocker heran, nickte knapp.

»Das war unser einziger halbwegs erfolgreicher Versuch, dieser« – er sagte es fast mit Abscheu in der Stimme – »*Regeneration* auf die Spur zu kommen. Der Effekt lässt sich ausgesprochen schwer fassen. Wir haben kein System entdeckt, um vorauszuberechnen, wie rasch es zu einer Wiederherstellung der Pflanzen kommen würde, nachdem wir sie abgetötet hatten. Mal geschah es fast sofort – vor allem im Landesinneren –, mal war nach Tagen noch nichts passiert. Und wann immer wir uns näherten, brach der Prozess augenblicklich ab. Deswegen haben wir zuletzt nur noch einen ferngesteuerten Roboter mit einem Greifarm eingesetzt.« Er rollte näher an die Phiole heran, begutachtete sie mit schiefgelegtem Kopf, und sah dann grinsend zu Catherine hoch. »Einmal hatten wir Glück, und haben es geschafft, ein Blatt in einer Glasphiole einzuschließen, während der Effekt gerade aktiv war.«

Catherine hatte sich weiter nach vorn gelehnt. Sie sah zu ihm hinüber, deutete auf das Blatt. »Und?«

»Nichts *und*. Das Blatt in der Phiole ist völlig normal. Nicht zu unterscheiden von dem anderen Zeug, das hier wächst.«

Catherine sackte auf ihrem Hocker zusammen.

»Aber«, sagte Dr. Edwards und lächelte dabei, »wir haben dafür etwas anderes entdeckt. Ein mikroskopisch kleines Loch am Boden der Phiole beziehungsweise eine mikroskopisch dünne Röhre. So klein, dass Sie kaum einen Luftaustausch dadurch erreichen können.«

Catherines Augenbrauen wanderten aufeinander zu.

»Das Loch ist beeindruckend präzise geschnitten. Quasi atomgenau.« Er schaute sie regelrecht triumphierend an. »Besser, als Sie das jemals mit einem Laser hinbekommen würden, und ohne die Glasmoleküle ringsherum zu beschädigen.«

»Und was hat das verursacht?«

»Nun, wenn ich das wüsste, hätte ich vorhin nicht so bescheiden angefangen. Aber ein bisschen was habe ich schon noch für Sie.« Er rollte etwas zurück, löste den Blick von der Probe vor sich und sah Catherine stattdessen direkt an. »Und zwar nur für Sie: Wir wissen das nicht erst seit heute, aber ich habe meine Ergebnisse noch nicht weitergeleitet. Ich traue unserem neuen Regime nicht. Wenn Sie mich fragen, sitzen im Rat nur Verbrecher.«

Catherine wandte die Augen ab, starrte wieder auf das Blatt vor ihr. »Ich höre.«

»Wir haben in der Phiole Spuren von Aminosäuren entdeckt.«

»Aminosäuren? Also Proteine?«

Er warf ihr einen abfälligen Blick zu. »Manche Aminosäuren sind vielleicht die Grundbausteine von Proteinen, aber das heißt nicht, dass alle Aminosäuren proteinogen sein müssen. Die Mehrzahl ist es nicht.«

»Das heißt, dass Sie in der Phiole Aminosäuren entdeckt haben, die nichts mit Proteinen zu tun haben?« Catherine versuchte verzweifelt zu verstehen, was er ihr sagen wollte. »Ist das etwas Besonderes?«

»Erst einmal nicht. Es gibt Hunderte natürlich vorkommende oder synthetisierte Aminosäuren, die nicht proteinogen sind.« Dr. Edwards strich über die Räder seines Rollstuhls. »Bloß gehört das, was wir hier gefunden haben, nicht zu dieser Gruppe. Dadrin« – er zeigte auf die Phiole – »befinden sich Dutzende Aminosäuren, die noch nie irgendwo beobachtet wurden. Nicht eine einzige davon.«

»Doktor, was wollen Sie mir sagen? Dass Sie alternative Bausteine des Lebens entdeckt haben?«

»Vielleicht? Ich weiß es nicht. Einige der Säurederivate sind ziemlich simpel, darunter decarboxylisierte Gruppen, die ein bisschen an Botenstoffe im Gehirn erinnern, Histamine zum Beispiel. Aber andere sind unglaublich komplex und verfügen im Großverbund über enorme Robustheit gegenüber extremen Umweltbedingungen – und zum Teil sogar über elektrochemische Eigenschaften, die ich nicht im Ansatz verstehe. Was die bewirken …«

»Doktor!«

»Ich will bloß sagen, dass die Spuren, die wir dort drinnen gefunden haben, kein Produkt der biologischen Evolution sein können, wie wir sie kennen. Nicht der auf der Erde. Im Laufe der Jahrmilliarden haben sich hier nun einmal die Aminosäuren durchgesetzt, die wir heute sehen. Wenn da keine Fremdkörper von außen …«

Tiefe Falten zogen sich über Catherines Stirn. »Wenn Sie mir jetzt sagen, dass irgendwelche galaktischen Invasoren …«

»Nein! Um Himmels willen, keine Aliens.« Er wurde leiser. »Ich meine nur, dass ich es nicht verstehe.«

Catherine schloss die Augen, massierte sich die Schläfen.

Dr. Edwards redete währenddessen weiter, die Stimme weit weniger forsch als noch vor ein paar Minuten. »Aber das ist noch nicht einmal alles. Jetzt wird es erst wirklich merkwürdig.« Er holte tief Luft. »Wir haben auch Spuren von DNA entdeckt. *Menschlicher* DNA.«

»Menschlicher DNA?« Ihre linke Augenbraue schoss in die Höhe. »Und Sie sind sich sicher, dass keiner ihrer Laborassistenten …«

»Das war das Erste, worauf wir geschaut haben.« Er sah sie fast beleidigt an. »Nein, das können wir ausschließen. Und ich kann Ihnen auch erklären, wieso. Wir haben die vorliegenden Gensequenzen mit unserem digitalen Archiv abgeglichen. Damit können wir zwar nicht sagen, ob wir eine Speichelprobe von ihrer Tante gefunden haben, aber wir können zumindest grob einschätzen, in welchen Genpool die DNA fällt.«

»Und?«

»Nun, das ist das Verwirrende.« Er hielt ihren Blick, aber er zögerte trotzdem, ehe er weitersprach. »Die DNA deutet auf einen Menschen aus dem Nahen Osten hin. Einen Mann, genauer gesagt, etwa aus der Zeit fünfzehntausend bis zehntausend vor Christus.«

Catherine war sprachlos.

Dr. Edwards hob die Hände in die Höhe. »Wir haben es bestimmt fünfmal überprüft, mit Koaleszenzanalysen, mit Simulationen der Gendrift, mit Erbgut aus frühzeitlichen Grabstätten. Die Haplogruppe, die Mutationsmarker, einfach alles passt.«

»Verflucht noch mal! Sie sind dafür da, mir zu helfen!« Sie funkelte ihn an. »Aber mit jedem Informationsschnipsel, den Sie mir zuspielen, ergibt das alles *weniger* Sinn, nicht mehr!«

Sie ging im Labor auf und ab. »Aminosäuren, die um Jahrmilliarden danebenliegen, Menschen und Pflanzen aus der Steinzeit, ein Kontinent, der erst ein paar Monate existiert – das passt doch alles nicht zusammen!«

Dr. Edwards sah ihr hinterher. »Ich habe Ihnen nie versprochen, dass wir all Ihre Fragen beantworten können.«

Catherine fuhr sich mit beiden Händen durch die Haare. »Wenigstens eine wäre nett gewesen.«

»Mehr als alles versuchen können wir auch nicht. Doktor Shirani und ihr Team haben sich für die eine Probe immerhin zwei Wochen lang mitten durch den Urwald gekämpft, unter solchen Extrembedingungen, dass schon das gesamte Team halluziniert hat.«

Catherine hielt inne. »Was haben Sie gesagt?«

»Dass die sich für Sie den Arsch aufgerissen haben.«

Sie kam auf ihn zu. »Nein, die Halluzinationen. Was für Halluzinationen?«

Er zuckte mit seinen Schultern. »Was eben passiert, wenn man sich bis ans Äußerste piesackt. Sie haben Stimmen gehört und Dinge gesehen, die nicht da waren, Bewegungen, so etwas.«

Das Funkeln in ihren Augen war zurück, auf eine ganz andere Art als zuvor. »Wo war das? Wo haben die das erlebt?«

»Was haben Sie denn auf einmal?«

Ihre Augen wurden schmaler.

Dr. Edwards blinzelte, kramte eine Karte aus einer der Schubladen. »Schauen Sie nicht so, ich zeig es Ihnen ja schon.« Sein Daumen fiel auf eine Stelle an den südöstlichsten Ausläufern der Hügelkette, direkt am Rand des Zentralgebirges. »Hier, ziemlich in der Nähe des Ortes, wo sie die Phiole befüllt bekommen haben.«

Catherine wurde schlagartig schlecht.

Der Ort ihres Absturzes.

Der Ort, an dem sie die Stimmen gehört hatte.

Der Ort, an dem sie auf diesen Mann gestoßen war.

Und auf einmal passte so vieles zusammen.

Sie wusste nun, warum ihr der Colonel so bekannt vorgekommen war.

Sie hatte ihn schon einmal gesehen. Damals, im Dschungel, als sie fast am Ende gewesen war.

Er hatte sich verändert, war bleicher geworden, älter, aber seine Aura, sein durchdringender Blick, der Schleier auf seinen Augen, all das stimmte auf gespenstische Weise überein.

Catherine biss sich auf die Lippen, so hart, dass sie fast bluteten. Was hatte Arthur Ryan in diesen Bergen gefunden, das ihn so verändert hatte? Das ihn zu solchen … *Tricks* befähigte, ihn, den einfachen Colonel, in die Lage versetzte, den Rat von innen heraus zu kontrollieren?

Und warum gerade dort? Was machte diesen Ort so besonders?

Catherine riss ihrem Gegenüber die Karte aus der Hand.

Ihr Absturzort lag bei etwa 10 Grad 25 Minuten Nord und 139 Grad 50 Minuten West – in der Nähe des Zentrums des Kontinents, aber nicht exakt in seiner Mitte.

Was war an diesen Koordinaten so besonders?

Und dann machte es Klick.

Mit klopfendem Herzen starrte sie auf die Zahlen, kehrte die Werte in ihrem Kopf um, immer wieder, um sich wirklich sicher zu sein.

10 Grad 25 Minuten Süd. 40 Grad 10 Minuten Ost.

Ihre Atmung beschleunigte sich.

Sie kannte diese Koordinaten. Sie hatte einmal einen Helikopter ganz in die Nähe beordert.

Mtwara, Tansania.

Der Ort an dem sie ihre *Halluzinationen* gehabt hatte, der Ort an dem sie Arthur Ryan das erste Mal gesehen hatte – dieser Ort lag dem Ausgangspunkt der Wand exakt gegenüber.

Auf der anderen Seite der Welt.

Das war es. Das war es!

Sie musste los.

KAPITEL 25

Max spürte den stärker werdenden Wind auf ihrer nackten Haut, das Gewicht des Mannes über ihr, die Kraft, mit der er ihre Hände herabdrückte, während er seinen Gürtel lockerte, den obersten Knopf seiner Hose öffnete. Bilder schossen durch ihren Kopf, Bilder von Juliette, Bilder von Christopher. Sie sehnte sich nach einem Retter, zum ersten Mal in ihrem Leben.

Bullshit. Es gab nur eine Person, die ihr jetzt helfen konnte: sie selbst. Und wenn diese himmelschreiende Ungerechtigkeit, dieses Ungleichgewicht der Kräfte, nicht zu ändern war, dann musste es eben andere Mittel geben. Sie blinzelte ihre Benommenheit beiseite, den Schmerz, die Schwäche, warf einen raschen Blick auf ihre Umgebung. Wenn sie es schaffte, ihn irgendwie abzulenken … vielleicht konnte sie ihn aus dem Gleichgewicht bringen, Jamies Kopf gegen einen der Steine schlagen, wieder und wieder, bis er sich nicht mehr rührte?

Halt. Etwas hatte sich bewegt. Mtoto! Sie drehte ihren Kopf, schien langsam zu sich zu kommen, trotz der heftigen Rötung über ihrer Augenbraue. Max' und Mtotos Blicke trafen sich. Die Kleine war augenblicklich hellwach.

Der Mann hielt inne, beim Öffnen des Reißverschlusses, sah sich für einen Moment um und machte dann doch weiter. Mtoto hinter ihm hatte die Augen wieder zugekniffen, lag regungslos da. Max sah in die andere Richtung. Was sie sich vorhin überlegt hatte, galt nun umso mehr: Sie musste ihn ablenken.

Sie stöhnte, ganz leise, schloss für einen Moment die Augen, leckte sich lustvoll über die Lippen. Sie reckte ihre Arme, die er noch immer mit links über ihrem Kopf auf den Boden drückte, sanft und geschmeidig nach oben, öffnete dazu leicht ihren Mund. In seinen Augen blitzte etwas auf, das Max bekannt vorkam. Eine alte Sehnsucht, eine Hoffnung vielleicht, die er in Popes Gemeinde gehegt haben mochte. Er sah sie verwirrt an, ließ es zu, für einen Moment zumindest; stützte sich dabei auf seiner rechten Hand ab. Sie legte die Hände um seinen Nacken, ihre Handgelenke noch immer von seiner linken zusammengehalten, und zog seinen Kopf allmählich zu dem ihren hinab. Wieder ließ er es zögerlich geschehen. Sie war versucht, ihre Stirn mit aller Gewalt gegen die seine zu rammen, aber sie wusste, dass ihn das nicht ausknocken würde. Sie musste einen kühlen Kopf bewahren. Zeit schinden.

Ihre Gesichter waren nur noch ein paar Zentimeter voneinander entfernt. Max lächelte. Dann schloss sie die Augen und küsste ihn, voller Leidenschaft, voller Verlangen, spürte seine spröden, trockenen Lippen auf den ihren, unbeholfen, unsicher, die eines Schuljungen bloß, schluckte den Ekel herunter, und ihre Wut, bloß ein paar Sekunden noch.

Sie zog ihren Kopf ein wenig zurück. Er schaute ihr direkt in die Augen, ein wilder Mix von Emotionen in seinem Blick, das Widerstreben, die alten Sehnsüchte, die Erregung. Der Hass.

Mtoto hatte sich hinter ihm aufgerichtet, griff mit schwachen Fingern nach dem Messer.

Max zog Jamies glattgeschorenen Kopf direkt auf ihre Schulter, ganz eng an sich. Ihre Stimme war sanft und leise. »Gefällt dir das? Dass ich hier unter dir liege, nackt und blutüberströmt?« Lustvoll hauchte sie ihm die Worte ins Ohr. »Weißt du auch, warum dir das gefällt? Weil du denkst, dass du gewonnen hast. Du denkst, du hast mich gebrochen, mich zu deiner kleinen Hure gemacht. Du denkst, du kannst alles mit mir anstellen, mich hier liegen lassen, benutzt, beschämt, geschlagen.« Sie leckte sich über die Lippen, bemerkte genüsslich, wie eine immer stärkere Verwirrung von ihm Besitz ergriff, und mit ihr eine Erregung, die er kaum noch kontrollieren konnte. »Aber nicht ich muss mich schämen. Du musst es.« Ihre Stimme wurde leiser. Die Sanftheit blieb. »Ganz egal, was du mir vorwirfst, ganz egal, warum du denkst, dass du das Recht hierzu hast: Du hast es nicht.«

Jamie begann zu begreifen, dass hier etwas nicht stimmte. Er zerrte an ihren Handgelenken, versuchte, sich irgendwie aus der Umklammerung zu befreien, doch Max hielt dagegen. Sie schaute zu Mtoto, sah den Blick in ihren Augen, die Angst, aber mehr noch die kalte Entschlossenheit, als sie mit dem Messer in der Hand auf den Mann zuschritt. Max wusste, dass sie nur noch ein paar Augenblicke durchhalten musste.

»Die Gerechtigkeit ist ein seltsames Ding«, flüsterte sie, während er sich immer heftiger in ihrem Griff wand. Ihre Stimme wurde auf einmal eisig. »Sie erscheint oft dann, wenn man sie am wenigsten erwartet. Und sei es in der Form eines kleinen Mädchens mit dem Herzen eines Löwen.«

Seine Augen weiteten sich.

Mtoto stand direkt hinter ihm. Das Messer glitzerte in der Sonne. Max sah die Klinge bereits in den Rücken des Mannes rauschen, doch Mtoto starrte nur auf Jamies strampelnde Beine. Langsam beugte sie sich zu ihnen herab. Worauf wartete sie? »Mtoto!«

Und in dem Moment packte sie das Messer, mit beiden Händen, und zog es durch den Stoff seiner Hose, durch sein Fleisch, irgendwo zwischen Unterschenkel und Ferse, so sorgfältig, als zöge sie einen Pflug durch einen Acker.

Max' Magen drehte sich um. Zwei dumpfe Schnalzgeräusche, als würden zwei Gummiseile zurückschnappen. Jamie brüllte auf, wand sich, versuchte, sich umzudrehen, nach Mtoto zu greifen. Max löste ihren Griff um seinen Nacken, hämmerte ihm mit der linken Faust gegen die Schläfe und stieß ihn nach rechts fort, den Hang hinab, mit ihren Armen, mit dem guten Bein. Er rollte herum, blieb schreiend auf dem Rücken liegen, schlug wild um sich. Max kroch und hüpfte von ihm weg, die zerrissenen Klamotten an ihren Körper gepresst. Sie richtete sich humpelnd auf, kippte vor Schwindel fast wieder um. Mtoto ließ das Messer fallen, presste sich an sie. Max drückte sie kurz, schob sie dann aber weiter, fort von Jamie, der mit schmerzverzerrtem Gesicht über seine Beine strich. Sie sammelte das Messer auf, steckte es in ihren Gürtel – und knickte augenblicklich ein.

»Max!« Mtoto lief zu ihr zurück.

»Schon gut«, sagte sie und biss die Zähne zusammen. »Alles okay.« Sie warf einen sorgenvollen Blick in Richtung Nordosten, den aufbrausenden Böen hinterher. »Schaffst du es, das Boot allein ins Wasser zu bringen?«

Mtoto nickte, wischte sich die Tränen aus den Augen.

»Gut.« Max fand kaum die Kraft, ihre Lippen zu bewegen. »Ich muss mich noch um was kümmern.«

Und damit humpelte sie zurück zu Jamie, der noch immer auf seinem Rücken lag, dessen Brustkorb sich ebenso flach wie schnell hob und senkte.

Er sah zu ihr hoch. Seine Lippen bebten. »D… Du …«

Max stellte sich breitbeinig über ihn, ignorierte die Schmerzen in ihrem linken Bein. Ihr zerrissenes Hemd flatterte im Wind, und doch unternahm sie keinen Versuch, sich zu bedecken. Sie stemmte beide Fäuste in ihre Hüften, in der Rechten das Messer. Die scharfe Klinge glitzerte in der Sonne. Ihre Augen funkelten. Sie hatte eine scheiß Lust, ihre gute Kinderstube zu vergessen, dem winselnden Arschloch noch ein weiteres Mal das Messer durch das Fleisch zu ziehen, langsam, genüsslich. Oder ihm zumindest die Zähne auszuschlagen. Noch nicht einmal für das, was er ihr angetan hatte, sondern für das, was er Mtoto zu tun gezwungen hatte. Und doch war es gerade Mtoto, der zuliebe sie ihre Wut herunterschluckte.

Sie lächelte, kniete sich neben ihn, auf ihrem guten Bein, gerade so außerhalb der Reichweite seiner Arme. »Vielleicht ist die Gerechtigkeit auch bloß ein kleines Mädchen mit einem großen Messer, da bin ich mir nicht ganz so sicher.« Sie hielt kurz inne. »Du solltest jedenfalls dankbar sein, dass *sie* die Klinge in der Hand hatte, und nicht ich.«

Sein Blick bohrte sich in den ihren. »D… Du hast uns verraten«, flüsterte er mit heiserer Stimme. »Mich und meinen Vater!« Er spuckte vor ihr auf den Boden. »Wegen dir ist er tot. Wegen dir!«

Max schüttelte einfach nur den Kopf. »Nein, Jamie. Das hast du alles dir selbst zuzuschreiben.«

Dann schnappte sie sich die Krawatte, die noch immer neben ihm im Gras lag. Sie deutete mit ihrem Kinn auf seine Beine. »Ich an deiner Stelle würde zusehen, dass ich die Wunden verbinde«, sagte sie wie beiläufig. »Du produzierst da unten eine ganz schöne Sauerei.«

Und damit humpelte sie zurück zu Mtoto, die das Schlauchboot schon an den Rand der Fluten gezerrt hatte.

»Du dreckige Schlampe!«, rief er ihr hinterher, mit brechender Stimme. »Verräterin!« Er krabbelte ein Stückchen auf sie zu, stöhnend, schreiend. »Ich … Du …«

Max erwiderte nichts, drehte sich nicht einmal mehr um. Sie stützte sich bei Mtoto auf, stöhnte, als sie ihr rechtes Bein über den Rand schwang. Die Kleine schob das Boot an und sprang dann hinterher.

Und keiner von beiden warf auch nur einen Blick zurück.

»Ich sollte mir in Zukunft die Leute etwas besser aussuchen, mit denen ich Blutsbrüderschaft schließe«, sagte Max, während sie die Wasserflasche nahm und vorsichtig einen kostbaren Schluck über der Wunde verteilte.

Mtoto sah sie sorgenvoll an. Sie nahm Max die Maske nicht ab.

»Hey, darf ich jetzt etwa keine blöden Witze mehr reißen?«

Mtotos Blick blieb unverändert.

Max schluckte. Warum musste Mtoto sie so anschauen? Sie zog die beiden Hälften ihres Shirts enger zusammen, bis nur noch ihre linke Schulter und ein Cup ihres BHs unbedeckt waren.

»Mir geht's gut«, sagte sie. »Wirklich.«

Sie hasste es, die Kleine anzulügen. Aber was sollte sie sonst tun? Ihr gestehen, wie verletzlich sie sich auf einmal fühlte?

Max wickelte die Krawatte zweimal um ihren Oberschenkel. Sie stöhnte auf, als sie den Ad-hoc-Verband festzurrte, einen Knoten in die Krawatte band. Hygienisch war das nicht, aber wenigstens stoppte es die Blutung.

Mtoto sah sie immer noch so seltsam an.

Max stieß ihr in die Rippen, verzog ihren Mund zu einem schiefen Lächeln. »Hey! So schlimm ist das alles doch nicht. Siehst du, es blutet schon nicht mehr. Und wir haben unser Boot zurück. Und ein Gratismesser!«

»Ich wünschte, wir müssten das Messer nicht mitnehmen.« Mtoto starrte auf ihre eigenen blutverkrusteten Hände. »Versprichst du mir, dass wir es nicht mehr einsetzen? Nicht gegen Menschen.«

Max zögerte, doch Mtoto sah sie so ernst, so traurig an, dass Max ein Schauer über den Rücken lief.

Erst als Max es ihr schwor, verschwand ein kleines bisschen Melancholie aus ihren Augen. Und schließlich wandte sich Mtoto wieder zum Fluss vor ihnen, hielt Ausschau nach Trümmern, die ihnen gefährlich werden konnten. Max' Blick hingegen blieb noch lange an Mtoto haften. Sie hoffte inständig, dass sie ihr Versprechen nicht würde brechen müssen.

Am Anfang schien es noch, als würde das Pochen in ihrem Bein den Anstand besitzen, sich mit den restlichen Schmerzen in ihrem Körper auf ein gemeinsames, irgendwie erträgliches Niveau zu verständigen. Doch egal, wie oft Max auch ihre Position änderte, sie fand keine Ruderhaltung, die nicht in kürzester Zeit unaushaltbar wurde. Sie wollte gar nicht erst darüber nachdenken, wie es weitergehen sollte, falls sie das Boot vor Erreichen des Pazifiks aufgeben mussten.

Wenigstens hatte der Columbia River nun die Bergkette hinter sich gelassen, floss als mächtiger, kilometerbreiter Strom gemächlich dem Ozean entgegen, so ruhig, dass Max manchmal den Eindruck bekommen konnte, es sei nichts geschehen – sofern sie nicht nach links oder rechts sah. Die flachen Uferbereiche waren selbst hier, so weit flussabwärts, noch komplett überspült worden. Am Nordufer hatte es eine riesige Kläranlage erwischt, deren Becken nun einen Strom übel stinkendes, dunkelbraunes Wasser abließen, dem Max nach Kräften auszuweichen versuchte. Auf der anderen Seite, in den nördlichen Vororten Portlands, war rund um ein überflutetes Umspannwerk ein Feuer ausgebrochen, das sich langsam durch die Überreste der Stadt fraß. Aus einem der Trümmerhaufen hatte sich eine schwimmende, lichterloh brennende Müllinsel aus Häusern, Booten, sogar Öltanks geformt, die ihnen nun träge folgte. Gerüche von Rauch und Fäkalien lagen in der Luft, und von Schlimmerem.

Einmal donnerte ein Helikopter über ihre Köpfe hinweg, der gleiche Typ, mit dem sie vor Monaten aus Mtwara geflohen waren. Sie schrien und ruderten mit den Armen, aber die Maschine reagierte nicht. Stattdessen erhoben sich an zahllosen Orten auf beiden Seiten des Flusses Menschen, deren Anwesenheit ihnen bisher verborgen geblieben war, Männer, Frauen und Kinder, die aus Trümmerhaufen heraus, von Dächern, sogar von den Rümpfen umgekippter Segelboote winkten und brüllten, weinten, um Hilfe riefen; Dutzende, die sie sahen, Hunderte, die sie hörten. Max hoffte inbrünstig, dass deren Schicksal die Ausnahme war, dass die Stadt schon so gut wie entvölkert gewesen war, bevor die Dämme gebrochen waren.

Plötzlich erklangen Schüsse. Gleich acht oder neun in Folge, die meisten wohl auf den Helikopter gerichtet. Max und Mtoto sahen einander an, und ohne ein Wort zu wechseln, steuerten sie ihr Boot weiter in die Flussmitte und versuchten, die gespenstische Geräuschkulisse ringsherum so gut wie möglich zu ignorieren.

Nachdem sie die zerstörten Hafenanlagen passiert hatten – und auch die einzige noch intakte Brücke über den Fluss –, wurden die Stimmen weniger, und die Stadt entschwand aus ihrem Blick.

Max' Bein pochte immer schlimmer, fing an zu jucken und zu brennen. Und die Affenhitze rings um sie herum verwandelte jeden Ruderschlag in eine Qual.

Schließlich versank die Sonne hinter den Küstenwäldern im Westen, doch der Columbia River bog scharf in Richtung Norden ab – und steuerte damit fast auf die Wand zu. Noch war sie ein paar Stunden von ihnen entfernt, biss gerade in die im Abendlicht glühende Flanke eines kuppenlosen Vulkans im Nordosten, doch Max sah die Angst in Mtotos Augen.

Sie stupste die Kleine, sog demonstrativ Luft ein. »Riechst du das?«

Mtoto schnupperte vorsichtig. »Bäh. Das riecht ja nach Fisch.«

Max grinste. »Meeresluft. Es kann also nicht mehr weit sein. Das bisschen schaffen wir auch noch, wie Lewis und Clark.«

»Wer sind Lewis und Clark?«

»Die Führer der ersten Expedition quer durch die Vereinigten Staaten. Wenn ich mich nicht täusche, sind sie auch auf dem Columbia River rausgekommen.«

»Vor uns?«

»Ein bisschen vor uns, ja.« Sie wollte lachen, hustete stattdessen. »Aber die haben auch keinen Triathlon machen müssen. Ich für meinen Teil hab jetzt schon den Muskelkater meines Lebens.«

Mtoto sah sie wieder so besorgt an. »Du siehst nicht gut aus.«

Max fuhr sich durchs Gesicht, wischte sich die Schweißperlen von der Stirn und brachte immerhin ein müdes Lächeln zustande. »Das ist nur die Hitze.«

»Es ist doch gar nicht mehr heiß!«

Max zuckte mit den Schultern.

Mtoto griff nach der Flasche. Ein paar Schlucke waren noch drin. »Du solltest was trinken.«

»Der Rest ist für dich. Ich hab schon genug getrunken.«

»Das stimmt nicht. Du hast überhaupt nichts getrunken!« Mtoto hielt ihr die Flasche anklagend vor die Nase. »Ich hab ganz genau hingeschaut! Du tust bloß immer so, als ob du trinkst, aber danach ist genauso viel Wasser in der Flasche wie vorher.«

Max' Kopf dröhnte. Sie fühlte sich viel zu matt für diese Art von Gespräch. Sie wandte den Blick ab, sah über den Gummischlauch ins verlockende Nass.

Ihre Augen trafen die einer anderen Person, einer Frau mit bleicher Haut und blauen, aufgerissenen Lippen, Dreck im Gesicht, die Haare zerzaust, das Oberteil zerrissen.

Max schaute weg. Nein. Das Trugbild dort unten im Wasser war nicht sie. Sie leckte sich über die trockenen Lippen. »Können wir bitte einfach nicht streiten?«

»Nur wenn du endlich auch was trinkst.«

Max schloss die Augen. »Ich hab schon so viel Wasser für die Wunde verbraucht.« Sie öffnete sie wieder, doch die Flasche baumelte immer noch vor ihrem Gesicht herum.

Mtoto starrte sie finster an. »Ich schütte es weg, wenn du es nicht trinkst.«

»Das würdest du nicht wagen.«

Mtoto griff nach dem Deckel, begann, entschlossen daran zu schrauben. Max lief ein Schaudern über den Rücken, als sie den Blick in Mtotos Augen sah – es war derselbe eisige Blick, mit dem sie das Messer durch Jamies Fersen gezogen hatte. Mit bebenden Händen riss Max ihr die Flasche aus der Hand. »Du bist ja völlig verrückt!«

Max nahm einen Schluck, noch immer zitternd. Sie hustete augenblicklich, versprühte die Hälfte des Wassers vor sich in der Luft, aber der Geschmack und die Feuchtigkeit in ihrer

Kehle waren herrlich. Verfickt nochmal, wie lange war es her, dass sie zuletzt etwas getrunken hatte?

Zwei Fingerbreit waren noch übrig.

Max sah zum Flussrand. Kühe, Hundertschaften von Kühen, Tausende potenzielle Roast Beefs, Rippchen und Filetsteaks weideten am Ufer und starrten zurück.

Und plötzlich war alle Kälte aus Mtotos Augen verschwunden. Sie verstaute die Flasche, griff zögerlich in ihre Hosentasche. »Das habe ich aufgehoben, für den Notfall.« In ihrer Hand erschien ein silberner Riegel, auf dessen Seite allen Ernstes *Soldier Fuel* stand.

Mtoto drückte ihn Max in die Hand. »Christopher hat ihn mir gegeben, auf dem Zug zu Pope.«

Christopher. Max wusste nicht, ob sie lachen oder weinen sollte. »Und du hast den Riegel allen Ernstes einen Monat lang aufbewahrt?«

Mtoto nickte nur.

»Das hätte ich ja keinen Tag durchgehalten! Und du bist wirklich nicht einmal in Versuchung geraten, reinzubeißen?«

Mtoto schüttelte den Kopf. »Für den Notfall, das hat Christopher ganz klar gesagt.«

Max hob eine Augenbraue. »Soso, für den Notfall. Sehe ich wirklich *derart* schlimm aus?«

Mtoto nickte noch mal.

Max seufzte, doch das Seufzen ging fast sofort in ein Lächeln über. »Keine Sorge. Mich flicken wir schon wieder zusammen. Schauen wir erst einmal, dass wir zu diesem Hafen kommen.« Und da ein Schiff finden. Und einen Platz darauf. Aber eins nach dem anderen.

Und diesmal machte Max nicht den Fehler, Mtotos Angebot abzulehnen. Sie half niemandem, wenn sie irgendwann zusammenbrach.

Sie teilten den Riegel in der Mitte, einen Akt, den Mtoto mit einer fast heiligen Ernsthaftigkeit ausführte. Max schnupperte an ihrer Hälfte der dunkelbraunen, körnigen Masse und brach dann ein Stückchen davon ab.

Ihr Magen rumorte direkt nach dem ersten Bissen. Sie hatte nicht gemerkt, wie hungrig sie war. Der Riegel war köstlich. Max versuchte, nicht daran zu denken, dass er womöglich das Letzte war, was sie beide in ihren Leben essen würden. Stattdessen bemühte sie sich, ihn zu genießen, jeden einzelnen Bissen zu würdigen, die Süße und die Aromen auf ihrer Zunge zu halten. Und doch konnte sie nicht verhindern, dass sie ihre Hälfte des Riegels letztendlich gierig hinunterschlang, schneller als Mtoto, die an Max' gesundes Bein gekuschelt feierlich an ihrer Hälfte knabberte. Max strich ihr durchs Haar, und schüttelte dabei den Kopf. Was für ein seltsames Mädchen.

Als Mtoto fertiggegessen hatte, nahm Max wieder das Ruder in die Hand. Der Fluss war relativ frei. Sie konnten, ja, mussten es wagen, schneller als die Strömung zu sein.

Doch auch die paar Extra-Kalorien des Riegels bewirkten keine Wunder. Max musste immer wieder pausieren, wenn die Schmerzen und der Schwindel zu stark wurden, und obwohl Mtoto ihr Bestes gab, in diesen Momenten an ihre Stelle zu treten, hatte sie einfach nicht die Kraft, um die von Max vorgelegte Geschwindigkeit zu halten.

Überraschend schnell legte sich nun Dunkelheit über den Fluss. Die Wand hatte sich vor den Mond geschoben, und bis auf die Feuer weit hinter ihnen waren die dichtbewaldeten Ufer unbeleuchtet. Selbst die Polarlichter schienen sich heute zurückzuhalten. Müde flimmerte ein blau-grüner Streifen über dem nordwestlichen Rand der Wand. Als schließlich im Westen der letzte Schein des Tages verglomm, war das einzige Licht das der Sterne über ihnen, und auch dieses verblasste, als sich hohe Gewittertürme zwischen sie und den Himmel schoben. Mit jeder Minute nahm das Restlicht weiter ab, bis letztendlich sogar die Wand schräg vor ihnen nicht mehr von dem Rest der Welt zu unterscheiden war, und tiefe Nacht über sie hereinbrach, durchstochen nur von einigen Lichtkegeln am rechten Ufer, dicht neben der Finsternis, den Strahlen von Taschenlampen, die immer wieder grell aufflackerten, wenn sie für einen Augenblick in ihre Richtung zeigten.

Doch dann begannen die Taschenlampen der Reihe nach zu verlöschen, wie Kerzen, die eine nach der anderen ausgeblasen wurden, und Max und Mtoto waren in eine Finsternis getaucht, deren Absolutheit schier unvorstellbar war.

Obwohl sie keine zwei Meter von ihr entfernt saß, erahnte Max nur noch vage die Schemen von Mtoto und dem Brett, das sie als Rudererersatz aus dem Fluss gefischt hatte. Es war, als wäre die Welt auf eine winzige Blase rings um sie zusammengeschrumpft, als würde die reale Welt nur noch in ihnen selbst existieren.

Max versuchte, die Verbindung zu Mtoto nicht abreißen zu lassen, immer wieder leise auf sie einzureden, und zugleich zu erfühlen, wohin die Strömung sie trug, praktisch blind darum zu kämpfen, sie in schnellere Gewässer zu steuern, wann immer ihr Boot langsamer wurde. Immer wieder streiften sie Trümmer, deren Größe und Form Max beim besten Willen nicht erkannte. Ihr blieb nur die Hoffnung, mit nichts zusammenzustoßen, was ihrem Boot ernsthaft gefährlich werden konnte. Der Gedanke, Mtoto in diesem stinkenden Strom untergehen zu wissen, in dieser allesumhüllenden Finsternis, einen halben Kilometer vom Ufer entfernt, nichts als ihren kleinen Stoffball umklammernd, erfüllte sie mit Horror.

Regen setzte ein, dicke Tropfen, die auf die Plane ihres Bootes prasselten, auf die Trümmer ringsherum, ins Wasser.

Max verstummte, fing an, das Boot nach Gehör zu lenken, dem Plätschern zu folgen und den Stellen auszuweichen, wo die Tropfen besonders dumpf oder hohl aufschlugen.

Der Wind frischte auf, entwickelte sich in Böen zu einem Sturm, der immer höhere Wellen gegen ihre Außenwand schlagen ließ. Die Luft strömte unverändert von links hinten über sie hinweg. Das hieß, der Fluss trug sie immer noch nach Norden.

Max' Puls beschleunigte sich. Das war doch völlig wahnsinnig: Sie ruderten fast blind auf eine Finsternis zu, deren Entfernung sie nicht abschätzen konnten, darauf vertrauend, dass sich der Fluss rechtzeitig dazu bequemte, sie doch noch in die richtige Richtung zu tragen! Und jederzeit konnte es zu spät sein.

Für einen winzigen Moment erwog Max, das Boot hart nach links zu steuern, ans Ufer, ganz egal, was das für sie selbst bedeuten würde. Die Kleine an Land zu bringen, wenigstens ihr eine Chance zu bieten; das war das Einzige, was in dieser verrückten Welt noch einen Sinn ergab. Doch dann schossen Bilder durch ihren Kopf. Mtoto, allein und ohne Orientierung im stockfinsteren Wald, noch immer zig Kilometer von der Küste entfernt. Nein. Das konnte sie ihr nicht antun.

Ein Blitz zuckte über den Himmel, gerade, als sie den Kopf nach links wand, sauste direkt vor Max in einen Baum, der funkensprühend in zwei Teile zerbarst. Und für einen winzigen Augenblick war die Szenerie rings um sie taghell erleuchtet, ein Bild, das sich tief in Max' Netzhaut einbrannte. Sie waren nah am linken Ufer des Flusses, viel, viel näher, als Max gedacht hätte.

Der Donnerknall traf sie praktisch ohne Verzögerung, gefolgt von einem langen, tiefen Grollen, das ein paar Sekunden später vom anderen Ufer zurückstrahlte. In Max' Ohren klang es so heftig nach, dass sie nicht einmal ihre eigenen Ruderzüge hörte.

Zwei weitere Blitzschläge, ein paar hundert Meter rechts von ihnen. Max steuerte das Boot hart in ihre Richtung, paddelte wie wild, das Brennen in ihrer Lunge und ihren Armen ignorierend, versuchte, mit dem Treibgut und den Untiefen Blindenschach zu spielen, aus den kurzen Momentaufnahmen der Trümmerlandschaft um sie herum einen sicheren Kurs abzuschätzen, weg vom Ufer, zurück in eine schnellere Strömung, aber nicht zu weit, um nicht selbst Opfer des nächsten Blitzeinschlags zu werden.

Blind und taub stach sie ins Wasser, die verbliebenen Sinne extrem geschärft. Das Gefühl des rauhen, triefend nassen Plastikgriffs des Ruders. Der Wind und das Prasseln des Regens auf ihrer Haut. Das Wasser, die hereinbrechende Kälte rings um sie herum. Und der beißende Geruch des Ozons, der die Luft erfüllte.

Langsam, ganz langsam nur schälte sich das Geräusch des Regens und ihrer beider Ruderschläge wieder aus dem Hall in ihren Ohren. Der Sturm frischte weiter auf, traf sie von der Seite, trug Wasser in ihr Boot, zusätzlich zu dem Wolkenbruch, der sich über ihnen entlud. Zu Max' Füßen stand es bereits knöcheltief, aber sie konnte sich nicht darum kümmern, musste mit aller Gewalt nach rechts rudern, in die Flussmitte.

Der nächste Blitz, am anderen Ufer. Diesmal hatte Max nach vorn gesehen. Und erstarrte. Der Fluss krümmte sich nach links, nach Westen, endlich. Doch die Wand war schon da, rechts vor ihnen. Sie hatte das Ufer fast an seiner gesamten Länge erreicht, begann nun, den Strom selbst zu verschlingen, parallel zu seiner Flussrichtung von rechts nach links über ihn zu streichen. Und sie war schnell! Ein weiterer Blitz, das Ufer war verschwunden.

»Paddel!«, brüllte Max zu Mtoto vor.

Sie rammte ihr eigenes Ruder tief in das Wasser, zog durch, so weit sie konnte. Jeder Zug sandte einen jähen Schmerz durch ihr Bein, durch ihren Körper, so stechend, dass sie japste, Sterne sah, drohte, das Gleichgewicht zu verlieren. Sie konnte den Schmerz nicht länger zurückbeißen, keuchte und stöhnte bei jedem Zug, wütend in die Schwärze starrend.

Der Regen prasselte auf sie nieder, kälter denn je zuvor. Immer mehr Blitze zuckten über den Himmel, ließen das Vorrücken der Wand noch bedrohlicher erscheinen, ruckartig und schnell.

Mtotos Stimme bebte. »Wir fahren direkt drauf zu!«

»Ich weiß! Wir müssen in die Mitte des Flusses, in die stärkste Strömung.«

»Was, wenn wir das nicht schaffen?«

Max stieß sich von etwas Großem ab, das neben ihnen schwamm. »Wir schaffen das!«

»Hast du keine Angst?«

»Wir brauchen keine Angst zu haben.« Noch ein Zug. Ein beißender Stich. Sie keuchte. »Alle beide nicht.«

»Warum?«

»Weil du bei mir bist, und ich bei dir. Was immer passiert, wir stehen das gemeinsam durch. Okay?«

Mtotos Stimme zitterte noch immer. »Okay …«

Max spürte den Kampf, der gerade in Mtoto ablief. Die Kleine ruderte noch, aber immer wieder starrte sie währenddessen dorthin, wo sich die Wand in den Fluss hineinfraß.

Max zerrte ihr Paddel durchs Wasser, immer schneller, immer verzweifelter. Sie kamen voran, näherten sich der Mitte, und auch der Biegung, aber nicht rasch genug. Max brüllte auf, vor Frust über alles, was sich gegen sie verschwor, doch selbst dieses Brüllen ging im Grollen der Donnerschläge unter. Orkanböen peitschten hohe Wellen gegen ihr Boot, überschütteten sie mit eisigen Regenschwallen, so heftig auf sie niederprasselnd, dass Max kaum mehr spürte, wo das Wasser aufhörte und wo ihr Boot begann. Nicht nur die Kälte und die Nässe, auch die Angst, der Horror, die Zweifel, sie knabberten von allen Seiten an Max, nährten den Wunsch, den sinnlosen Kampf sein zu lassen und aufzugeben, Frieden zu finden und ein Ende all der Schmerzen. Jede Bewegung fühlte sich so an, als würde ihr die Klinge von neuem ins Bein gerammt. Ein weiterer Blitzschlag. Die Wand war schon fast auf ihrer Höhe. Max konnte sie bereits *hören*, der einzige Ort, aus dem keine Geräusche drangen. Es reichte nicht.

In Max' Hals bildete sich ein Kloß. Tränen quollen in ihren Augen empor, als sie versuchte, die Schmerzen beiseitezuschieben, alles darauf zu konzentrieren, etwas Wärme in ihre Stimme zu legen. Und zu singen, völlig egal, wie kitschig und absurd sich das anfühlte, einfach nur zu singen, die Dunkelheit zu füllen mit trotzigem Ungehorsam, laut und klar zu verkünden, dass sie noch lebten.

»Row, row, row your boat,
gently down the stream.
Merrily, merrily, merrily, merrily,
life is but a dream.«

Max liefen die Tränen über die Wangen, aber sie ruderte weiter, und sie sang weiter, für Christopher, für Mtoto und sich selbst, hinaus in die Schwärze, auch wenn ihre Stimme fast brach.

Und plötzlich stimmte Mtoto in das Lied mit ein, mit einer klaren, hellen Kinderstimme, die durch die Luft schnitt wie Sonnenstrahlen durch die Nacht. Sie sang laut und schief, und es war herrlich, mit ihr in einem Boot zu sitzen.

»Row, row, row your boat,
gently down the stream.
Verily, verily, verily, verily,
life is but a dream.«

Und sie sangen, und sie ruderten, fester, härter, siegessicherer, als seien die Worte Zaubersprüche gegen ihre Schmerzen, gegen den Regen und den Sturm, gegen all die Scheiße, die dort draußen vor sich ging.

Die Wand kroch an ihr Boot heran. Die Strömung war nicht stark genug, die Böen, die Wellen, der Regen, all das hämmerte gegen sie, doch sie sahen nicht mehr nach hinten, nur noch nach vorn, legten alle Kraft in ihre Arme und ihre Stimmbänder, folgten der Hauptströmung des Flusses, folgten seiner Biegung nach Westen, geradewegs fort von der Wand.

Und auf einmal holte die Finsternis nicht mehr weiter auf, kam die Stille nicht mehr näher. Max ließ nicht locker, hielt auch Mtoto an, weiter zu rudern, immer weiter. Mit neuer Kraft stach sie in die schwarze Brühe.

Und irgendwann, nach einer Zeit, die Max wie Stunden vorkam, wurden die Blitze seltener, der Regen schwächer – und die Wand fiel hinter ihnen zurück. Alles in Max brannte, ihre ausgetrocknete Kehle, ihre Muskeln, und in ihrem Oberschenkel war ein dumpfer, tiefer Schmerz an die Stelle des Stechens getreten. Doch sie lachte, drückte Mtoto fest an sich, als diese vor Anstrengung zitternd in ihre Arme fiel. Sie zogen die Ruder an Bord, griffen mit bloßen Händen in das fast knietiefe Wasser im Boot, warfen es regelrecht hinaus, Wasser, nach dem Max so sehr lechzte, bis nur noch eine dünne Schicht übrig blieb. Das Boot wurde leichter, so, wie sich auch die Strömung beschleunigte, sie nach Westen zog, in Richtung Meer, als hätte sie bereits die Ebbe erfasst.

Die Wand blieb nie weit zurück, und auch die Wolken verzogen sich nicht, aber sie hellten sich nach und nach auf, verkündeten schließlich den Anbruch eines neuen Tages. Konturen schälten sich aus der Dunkelheit, Nebenarme, Auenwälder, sanft geschwungene Anhöhen, ein Naturparadies. Der Strom wurde breiter, eher Meeresarm als Fluss, voller Brackwasser und kaum zu überblicken. Zu ihrer Linken tauchten zwischen all dem trostlosen Grau sattgrüne Hügel auf, und auf einem von diesen lag eine Stadt, wolkenverhangen und leer, geradezu verdächtig still. Die Strömung trieb sie auf das südliche Ende einer Brücke zu, die die gesamte Breite der Bucht überspannte, ein paar Kilometer vor der Mündung in den Pazifik.

Plötzlich hallten Schüsse durch die regennasse Luft, gefolgt von schwerem Geschützfeuer. Sie passierten den letzten Brückenpfeiler, gewannen freien Blick auf das Wasser dahinter – und erlebten mit, wie dort die Hölle losbrach.

Der Hafen war rappelvoll. An jedem einzelnen Liegeplatz drängten sich Transport- und Kriegsschiffe, die Decks hoffnungslos überfüllt. Doch an Land hielt sich noch eine weit riesigere Menschenmenge bereit, von den Hafenanlagen bis hoch zu einer Zeltstadt auf dem Hügel, in langen Reihen, als hätten die Männer, Frauen und Kinder bis eben friedlich auf ihre Evakuierung gewartet. Tore waren am Ende der Kaimauern installiert worden, und diese Checkpoints waren es, an deren Gittern die Menschen nun rüttelten, die sie nun regelrecht überrannten, während die Soldaten panisch in die Menschenmassen schossen, von den Türmen der Kontrollpunkte hinab, und auch von zweien der Transporter.

Zeitgleich näherten sich vom Ozean aus Kriegsschiffe dem Hafen, Fregatten oder Zerstörer, unförmige graue Klötze mit martialischen Aufbauten, deren gewaltige Geschütze sogleich unter Donnerschlägen in die Menge zu feuern begannen. Max starrte ungläubig auf die Armada. Zwei der Schiffe, halb Fregatte, halb Transporter, trugen asiatische Schriftzeichen, und doch standen sie mit den anderen Schiffen Seite an Seite, halfen ihnen, ausgewählte Punkte rund um die Checkpoints zu bombardieren, eine Schneise zu schlagen, die vielleicht den ablegenden Schiffen den Rückzug sichern sollte – oder aber den Menschenmengen eine Chance, noch zu ihnen durchzubrechen? Nur Sekunden später erwiderten einige der noch angedockten Schiffe das Feuer. Vielleicht hatten sie sich mit den Flüchtlingen solidarisiert, oder wurden bereits von ihnen kontrolliert? Oder dachten sie, dass der Angriff ihnen galt? Von dem größten Kriegsschiff im Hafen stiegen zwei Raketen auf, zischten durch die Luft und schlugen kurz darauf mit einem hässlichen Geräusch knapp über der Wasserlinie in die Hülle eines der Angreifer ein, hoben das Schiff regelrecht aus dem Wasser und ließen es beim Zurückkrachen am Heck zerbersten. Doch anstatt auf den Gegenschlag zu reagieren, stellte die verbliebene asiatisch-amerikanische Flotte sofort das Feuer ein. Zögerlich folgten die Schiffe im Hafen. Dann spalteten sich die Neuankömmlinge auf. Ein Teil der Flotte drehte unverrichteter Dinge bei – was auch immer diese Dinge gewesen sein mochten – und kümmerte sich stattdessen um das sinkende Schiff in ihrer Mitte, während die beiden asiatischen Dampfer Kurs auf den Hafen setzten, so, als wollten sie von einer Sekunde auf die andere doch noch Menschen an Bord nehmen, anstatt auf sie zu schießen.

Konnten die sich nicht entscheiden, wer hier gegen wen kämpfte? Max schaute mit wachsender Verstörung auf die Szenerie vor sich, doch auch ein Lächeln umspielte ihre Lippen. Das war ihre Chance, jetzt oder nie. Und Max sah auch schon, wie sie das Chaos für sich nutzen konnten. Sie packte das Ruder, brachte ihr Boot hastig nach links, näher zum Hafen.

»Was tust du da?«, rief Mtoto. »Die bringen uns um!«

»Siehst du das da? Das Schlauchboot mit den Männern in den roten Schwimmwesten und den dunkelblauen Jacken?«

»Das ist ja unfair!«, sagte Mtoto. Ihr Blick wurde finster. »Die haben einen Motor an ihrem Schlauchboot!«

Das Schlauchboot hielt mit atemberaubender Geschwindigkeit auf eines der Schiffe weit draußen zu, an dessen Heck sich eine Klappe ins Wasser gesenkt hatte.

»Ja, da können wir auch mit Soldier Fuel nicht mithalten.« Max lächelte grimmig. »Aber guck doch mal, was sie dafür zurücklassen!«

Sie deutete mit ihrem Kinn auf einen Streifen Wasser am Rande der Anlagen, etwas versteckt zwischen einem auf einem Steg befindlichen Hotel und einem längst verlassenen Yachthafen. Ein vielleicht zehn, fünfzehn Meter langes, hellgraues Boot, auf dessen Seite *U.S. Coast Guard* stand, trieb stotternd aufs offene Wasser hinaus, höchstens hundert Meter von ihnen entfernt. Max hatte keine Ahnung, ob so ein Gefährt hochseetauglich war, aber es sah schnittig aus und kräftig zugleich, mit einem bulligen Führerhaus und einer breiten Reling an Bug und Heck.

»Die haben wohl nichts dagegen, wenn wir uns ihr Boot mal kurz ausleihen …«

Mtotos Augen öffneten sich weit. Dann griff auch sie nach ihrem Paddel und ruderte so schnell, wie sie konnte.

Sie waren nicht die Einzigen, die das treibende Boot entdeckt hatten. Ein paar Männer sprangen vom Ufer ins Wasser, in voller Alltagskleidung, zwei sogar mit Messern in den Händen, und schwammen auf das Schiff der Küstenwache zu, mit schnellen, kräftigen Zügen.

Max warf einen Blick auf das Messer, das neben ihr im Schlauchboot lag, auf Mtoto, die die Waffe mit einer furchterregenden Mischung aus Abscheu und Resignation anstarrte.

Nein. Soweit durfte es nicht noch einmal kommen. Sie warf sich in ihr Paddel. Ein letztes Mal alle Kräfte mobilisieren, den Regen ignorieren, die Kälte, die allumfassende Erschöpfung. Das Schiff vor ihnen röhrte und brummte, trieb auf sie zu, von den anderen fort. Mit einem Krächzen rammte ihr Schlauchboot die rechte Seite, gerade dort, wo sich eine Aussparung in der Hülle befand. Max hievte sich an Bord, riss Mtoto hinter sich her und humpelte dann die Treppe hoch aufs Hinterdeck. Tatsächlich, der Motor war noch an.

Max nahm stöhnend hinter dem metallenen Steuerrad Platz, schob den Gashebel – fast wie bei einem Passagierjet – bis zum Anschlag. Der Motor jaulte auf. Dann krächzte das Boot, und beschleunigte rasant, fuhr schnurstracks vom Hafen fort, und von den Männern, die hinter ihnen im Wasser fluchten. Doch anstatt auf das Tor zum Pazifik zuzuhalten, riss Max das Rad voll herum. Mit etwas Verzögerung drehte sich das Schiff, ließ nun den Hafen vor ihren Augen erscheinen. Max' Blicke strichen über das Gelände, suchten im Zwielicht des sterbenden Tages verzweifelt nach einem Korridor, auf dem sie zwischen den kämpfenden Militärs hindurch zu einem der Piers gelangen könnte oder irgendwohin sonst, wo

Flüchtlinge waren. Flüchtlinge, die keine Messer in der Hand trugen.

Doch Mtoto schüttelte nur den Kopf, deutete dabei auf die Wand, die sich aus dem Regen schälte und langsam, aber unaufhaltsam die Brücke hinter ihnen auffraß.

Ein paar Sekunden lang starrte Max auf die Wand, auf den Hafen und dann auf die Männer im Wasser, die doch auch nur überleben wollten, die Mtoto und ihr ja vielleicht gar nichts antun würden, wenn sie sie an Bord ließ. Flehentliche Blicke schossen ihr entgegen. Max schloss die Augen, stieß ein gewaltiges »Fuck« in den Himmel, riss das Steuerrad herum und hielt mit voller Kraft auf das offene Meer zu.

Dass sich die Wand näherte, war auch den anderen Schiffen nicht verborgen geblieben. Panisch machten die Transporter im Hafen die Leinen los, zogen die Brücken ein, egal, wie viele Menschen sich auf ihnen drängten, und fuhren mit Maximalgeschwindigkeit in Richtung der Schiffe weiter draußen, die Max gerade unbehelligt passierte. Auch diese erwachten nun zum Leben, brachen die Evakuierung der Überlebenden des Wracks zwischen ihnen ab und begannen unter Einsatz ihrer gewaltigen Maschinen träge zu wenden.

Und binnen einer halben Minute fanden sich Max und Mtoto mit ihrem kleinen Boot der Küstenwache an der Spitze eines gewaltigen Konvois wieder. Die Fregatten und Zerstörer hinter ihnen holten rasch auf – viel schneller, als Max es solch riesigen Kriegsmaschinen zugestanden hätte –, drohten ihr kleines Boot einfach durch ihre Bugwellen beiseitezuschieben.

Das Wasser vor ihnen wurde plötzlich heller, nahm eine fast gelblich-braune Tönung an, die Max schrecklich vertraut vorkam. Hier, so weit von den Küstenanlagen und dem Ufer entfernt? Max versuchte auszuweichen, aber es war zu spät. Ein Ruck ging durch ihr Boot, als der Kiel über die Sandbank schliff. Das Boot verlor rapide an Geschwindigkeit, doch so plötzlich, wie er begonnen hatte, endete der Spuk, und sie waren wieder frei.

Ein gewaltiges Krächzen, dicht an ihrem Heck. Der Bug der Fregatte schräg über ihnen schoss in die Höhe, dann drehte sich das Schiff jäh nach links, begleitet von einem Knirschen und Schaben, als würde jemand mit gigantischen Fingernägeln über eine riesige Tafel kratzen. Die Fregatte rollte zur Seite und blieb so liegen. Für einen Sekundenbruchteil war es still – dann krachte das zweite Schiff unter einem lauten Ächzen schräg in die Seite des ersten. Hörner ertönten, weitere Schiffe versuchten verzweifelt, beizudrehen, dem Chaos vor ihnen auszuweichen.

Doch Max hatte keine Zeit, länger zurückzuschauen; den Job übernahm Mtoto. Vor ihnen folgte eine Sandbank auf die nächste. Was sollte das, mitten in einer Hafenausfahrt? Max konnte in dem Regen und dem Halbdunkel kaum erkennen, wo das Wasser tief genug war und wo nicht. Fast wahllos riss sie das Ruder ihres Bootes herum, mal nach links, mal nach rechts, doch letztlich drängte sie das Minenfeld nach Norden, weg von dem Ende der gigantischen Buhne, die die Mündung des Columbia River markierte und nahe an die Wand heran, bedenklich nahe, die Finsternis keine hundert Meter mehr zu ihrer Rechten.

Aber dann, von einem Meter auf den nächsten, hörten die Sandbänke auf. Max zog das Ruder hart nach links, mitten in die Strömung, dicht am Rand der Mündung vorbei – und auf einmal waren sie draußen. Frei. Auf dem Pazifik, vor ihnen nichts als das Meer. Max konnte es kaum glauben. Sie hatten es geschafft! Und doch war ihr plötzlich ganz anders zumute.

Sie riss das Ruder ein weiteres Mal scharf nach links, um den Endpunkt der Uferanlagen herum, steuerte das Boot an der Küste entlang in Richtung Süden, klatschte mit Höchstgeschwindigkeit über die Wellen, um Abstand zwischen sich und die Wand zu bringen und auch, um den anderen Schiffen auszuweichen, die es noch aus der Hafenausfahrt geschafft hatten. Und erst, als sie aus dem Schatten der Wand fuhren, hinaus in die warme Sonne, erst, als Max sich sicher war, dass sie nicht verfolgt wurden, dass sie – schlimmer noch – tatsächlich die Einzigen waren, die es geschafft hatten, drosselte sie ihre Geschwindigkeit. Um Treibstoff zu sparen. Um nachzudenken. Um endlich, endlich einmal durchzuatmen. Sie ließ sich in ihren Sitz fallen – und klappte augenblicklich zusammen.

Als Max wieder zu sich kam, lag sie auf einer kleinen, harten Pritsche, in einer derart schiefen Haltung, dass sie sich wunderte, wie ihr Körper so überhaupt hatte schlafen können. Ein einziger Sonnenstrahl wanderte neben ihr über den Metallboden, nach links, nach rechts, wieder nach links, folgte dem Schaukeln des Bootes. Draußen kreischten Möwen miteinander um die Wette.

Und mit einem Mal wusste Max wieder, wo sie sich befand. Was geschehen war.

Sie fühlte sich schwach. Ihre Hand tastete ihre linke Seite entlang. Sie trug noch immer ihre alten, dreckigen, hoffnungslos verschwitzten Klamotten, doch das zerrissene Shirt war mit groben Stichen geflickt worden. Dafür klaffte nun in ihrer Hose ein Loch, gefüllt mit einem dicken Verband, der sich gleich mehrfach um ihr Bein wickelte. Ihre Wunde war professionell verbunden worden. Max fuhr über die Mullbinden. Na gut, halbwegs professionell.

Neben ihr stand eine zur Hälfte gefüllte Wasserflasche. Max leerte den Rest in einem Zug. Ihren Hunger ignorierte sie fürs Erste. Sie schwang die Beine auf den Boden – und kippte beinahe wieder um, als sofort ein stechender Schmerz durch ihren Oberschenkel raste. Max fasste sich an den Kopf. Ihre Stirn glühte förmlich. Sie rappelte sich wieder auf, vorsichtiger diesmal, ignorierte ihre Verspannungen und ihren abartigen Muskelkater und stolperte auf die kleine Treppe zu, die nach draußen zum Kommandostand führte. Für einen Moment sah sie nichts als die Sonne, die schon etliche Faustbreit über der grünen Küste Oregons stand. Dann tauchte die Schwärze der Wand auf, weit, weit über ihnen, nur zwei, drei Kilometer im

Norden, verstörend vertraut und wie eh und je bis zur halben Höhe von massiven Wolkentürmen umringt.

Max humpelte an Deck. Links über ihr war der Kommandostuhl. Und dort stand Mtoto, stand sie – im wahrsten Sinne des Wortes – ruhig auf dem Stuhl, den Blick aufmerksam nach vorn gerichtet, ihren Stoffball zwischen zwei Speichen des Steuerrades eingeklemmt. Und dirigierte so das Schiff durch die rauhe See, parallel zur Küste, mit minimalem Vorwärtsschub.

Es dauerte einen Moment, ehe Mtoto Max' Anwesenheit bemerkte, doch dann fielen alle Anspannung und aller Ernst sofort von ihr ab. Sie warf sich Max um den Hals, vergrub ihr Gesicht in ihrer Schulter. »Ich bin so froh, dass du wieder wach bist!«

Max pflückte Mtoto von sich ab. »Genug der Rührseligkeit.« Scheiße, klang ihre Stimme heiser! »Ist ja nicht so, als ob ich gerade aus einem Koma aufgewacht wäre.«

Mtoto schaute finster zu ihr auf. »Du hast mir jedenfalls ganz schön Angst gemacht!«

Max lächelte sanft. »Und du hast dich trotzdem ganz wunderbar geschlagen!«

Mtoto reckte ihr Kinn in die Höhe. »Ich weiß sogar ganz genau, wo wir jetzt sind.«

Max strich ihr über die Schulter. »Na, dann zeig mal.«

Mtoto faltete eine Karte auf. »Ich hab einen Kringel um jede Stadt gemacht, die ich gesehen habe.«

Max' Augen flogen über die Karte. Sie runzelte die Stirn. »Das ist eine ganze Menge an Kringeln. Damit wären wir ja schon fast in Kalifornien! Bist du dir sicher, dass du all die Städte gesehen hast?«

Mtoto sah zu Boden. Max tat es sofort leid, die Kleine kritisiert zu haben. Wie sollte eine Zehnjährige aus Tansania auch eine Karte lesen können?

»Ich dachte das jedenfalls«, sagte Mtoto. »Aber so ganz sicher bin ich mir nicht. Vielleicht habe ich mich bei manchen geirrt. Die haben ja nachts keine Lichter mehr an.«

»Was?«

Jetzt runzelte Mtoto die Stirn. »Ja, weil die doch keinen Strom mehr haben.«

»Das weiß ich.« Max wurde auf einmal ganz schlecht. »Willst du damit sagen, dass du das Boot einen ganzen Tag und eine ganze Nacht lang allein gesteuert hast?«

Mtoto scharrte mit den Füßen am Boden. »Zwei Nächte«, sagte sie so leise, dass Max sie fast nicht verstehen konnte.

Die Kleine hatte hier zwei Nächte ausgeharrt? Ganz allein?

Mtoto schaute Max in die Augen, sah ihren Blick. »Hab ich was falsch gemacht?«

»Nein, nein! Bitte, denk das bloß nicht!« Ein halbes Dutzend Fragen schossen durch Max' Kopf. Sie hastete an Mtoto vorbei, sah auf die Treibstoffanzeige. Am Anschlag. Eigentlich war es ein Wunder, dass Mtoto es überhaupt geschafft hatte, bis jetzt damit zu haushalten. »Du hast alles super gemacht, viel besser noch als super! Auch das Mitdenken, das Treibstoffsparen.«

Mtoto sah schon wieder zu Boden. »Ich wusste nicht, wo ich hinsteuern soll. Deswegen bin ich neben der Küste geblieben und gerade schnell genug gefahren, um vor der Wand zu bleiben. Das Wasser hat ein bisschen geholfen.« Sie deutete nach Süden. »Das fließt nämlich auch dahin.«

Max wuschelte ihr durchs Haar. Mtoto lächelte schief, zeigte auf Max' Wundverband. »Ich hab alles so sauber gemacht, wie es ging, und versucht, dir was zu trinken zu geben. Ich hab dir auch Essen hingestellt, aber da wusste ich nicht, wie ich das machen soll.«

»Danke!« Max strich sich das Bein entlang. »Ich schaue mir den Verband mal kurz an, okay? Du hältst hier oben die Stellung?«

Mtoto nickte und kletterte sofort wieder auf den Kommandositz, den Blick streng nach vorn gerichtet.

Max humpelte zurück nach unten, bemüht, sich ihre Schmerzen nicht ansehen zu lassen. Mtotos Vorräte fand sie rasch. Zwieback, Tütensuppen, Fertiggerichte, genug, um monatelang davon zu leben. Doch anstatt etwas zu essen, setzte sich Max auf die Pritsche, legte das linke Bein hoch und begann, vorsichtig den Verband abzuwickeln.

Sie ahnte bereits, wie es aussehen musste, seit dem Columbia River schon, aber das bedeutete nicht, dass sie wirklich auf den Anblick vorbereitet war, als ihr Bein schließlich nackt vor ihr lag. Die Wunde hatte sich orange-dunkelviolett verfärbt und in ihrem Kern eitrig entzündet. Und sie strahlte aus, gut zehn Zentimeter in jede Richtung, eine knallrote Scheibe wie von einem Sonnenbrand.

Nicht gut. Gar nicht gut.

Sie zwang sich, ruhig zu atmen, ruhig genug zumindest, damit ihre Hände nicht mehr zitterten, und schnappte sich die Erste-Hilfe-Box. Sie tupfte die suppende Wunde trocken, soweit es eben ging, sprühte etwas Desinfektionsspray darüber – auch wenn es dafür eigentlich längst zu spät war – und wickelte dann einen frischen Verband um ihr Bein.

Sie durchwühlte die Erste-Hilfe-Box und, als sie dort nicht fündig wurde, auch den Medizinschrank. Schmerzmittel, immerhin. Eine halbe Tablette, stand auf dem Beipackzettel, und bei starken Schmerzen eine. Max nahm zwei.

Doch auch das bekämpfte nur die Symptome. Was sie brauchte, waren Antibiotika. Max wühlte sich noch einmal durch den Medizinschrank, verteilte seinen Inhalt über der Pritsche. Nichts. Nicht eine einzige verfickte Packung!

Max sackte zu Boden, die Augen geschlossen, Mund und Nase unter ihren Händen begraben. Ohne Antibiotika … nein, so durfte sie nicht denken. Nicht solange sie noch eine Chance hatte, die Kleine zu retten.

Eine ungekannte Kälte ergriff von ihr Besitz. Sie stand auf, humpelte nach oben zu Mtoto, setzte sich neben sie, zupfte das Funkgerät aus seiner Halterung.

»Mayday! Hier spricht das US Coast Guard Boot 47248.« Ihre Finger fuhren über die Karte. »Wir befinden uns auf Höhe

42 Grad Nord, zwei Meilen vor der Küste. Unsere Treibstoffreserven sind praktisch erschöpft. Erbitten sofortige Hilfe. Over.«

Keine Reaktion.

Max wechselte zum nächsten Kanal. Wieder keine Reaktion. Sie wiederholte das Spiel, mehr als zwanzigmal, horchte hinaus in die Welt. Nichts als statisches Rauschen.

Sie griff nach dem Fernglas, suchte den Horizont nach Schiffen ab. Wellen, Gischt, blaues Meer unter einem blauen Himmel, aber nichts von Menschenhand.

Der Schiffsmotor stotterte. Für einen kurzen Moment wurde das Boot leise und trieb steuerlos im Meer, dann fingen sich die Maschinen, und sie tuckerten wieder mit drei oder vier Knoten voran, kaum schnell genug, um ihren Abstand zur Wand zu halten. Hinter den Felsklippen der Küste tauchte eine größere Stadt auf, die erste, die Max zu Gesicht bekam. Und doch lag kein einziges Boot im Hafen.

Max versuchte es noch einmal am Funkgerät, und noch einmal, und noch einmal. Während der ganzen Zeit sah Mtoto zu ihr herüber, mit einem solch durchdringenden, ernsten Blick, dass Max es schließlich aufgab.

Mtotos Blick streifte ihren Oberschenkel. »Wird das wieder?«

»Du meinst mein Bein?«

Mtoto nickte.

Max blinzelte. »Warum sollte das denn nicht wieder werden?«

»Weil ich sehe, wie du gerade dreinschaust.«

»Wie schaue ich denn drein?«

»Genauso wie Christopher. Und Kukinga.«

Max lachte, aber es war ein unsicheres Lachen. »Ach, das ist doch Blödsinn.«

»Nein, das ist es nicht! Hör endlich auf, mich beschützen zu wollen!« Mtoto verschränkte die Arme vor der Brust. »Kann das Bein wieder gut werden, ohne einen richtigen Doktor?«

Max sah Mtotos Blick. Und plötzlich wirkte jede flapsige Antwort seltsam fehl am Platz. Max strich mit ihren Fingern über den Verband an ihrem Oberschenkel, schaute hinaus aufs Meer, nach links, zu den Häusern an der Küste, und weiter, zur Finsternis, die Christopher verschlungen hatte, und mit ihm die halbe Welt. Mehrfach setzte sie an, nur, um ihren Mund jedes Mal von neuem zu schließen. Sie fühlte sich so leer, so unbeschreiblich ausgelaugt.

Eine Ewigkeit verstrich, ehe sie die Kraft aufbrachte, der Kleinen direkt in die Augen zu sehen.

»Nein«, sagte Max schließlich, »ohne die richtige Behandlung werde ich nicht wieder gesund.«

Mtoto nickte leicht, aber sie sagte nichts. In ihrem Blick lag dieselbe Traurigkeit, die auch von Max Besitz ergriffen hatte. Es dauerte, bis sie den Mund wieder öffnete. »Max?«

»Ja?«

»Hast du Angst?«

»Ja.«, sagte Max. Sie lachte aus vollem Hals, biss sich auf die Unterlippe. »Eine Scheiß-Angst sogar.«

Mtoto sah zu ihr herüber. Sie lächelte. »Ich auch.«

Und damit griff die Kleine nach Max' Hand, und Max nach der ihren. Das Zittern ließ nach, in ihnen beiden.

Und so standen sie nebeneinander an der Reling, Hand in Hand, und beobachteten das Schauspiel zu ihrer Linken.

Die Dunkelheit, die von Nordosten aus über die Küste strich, gerade das Städtchen erreichte, ein schwarzer Tsunami, der sich mit unaufhaltsamer Gleichmäßigkeit vom Land aus ins Meer ergoss.

Die Welt, dort, wo sie noch im Sonnenlicht glitzerte. So friedlich. So schön. Der kalte, tiefblaue Ozean, auf dem ihr Boot sanft hin und her schaukelte. Die salzige Luft, voll intensiver Gerüche nach Sand und Tang. Der Wind, der das Geräusch der brechenden Wellen zu ihnen trug. Die Wellen selbst, die rauschend auf die Klippen prallten, an grauen Stränden ihre

Gischt versprühten, vor bunten Holzhäusern, die sich zwischen Kiefernwäldern in die Sanddünen duckten. Es war eine wilde Küste, eine rauhe Küste, aber sie strotzte nur so vor Leben.

Max lächelte Mtoto zu, suchte mit zitternden Fingern nach ihrer Hand, doch Mtoto stand nur wortlos auf, drehte sich mit einem zärtlichen Kuss auf Max' Wange einfach von ihr fort. Max' Unterlippe fing an zu beben. Sie schüttelte ganz sanft den Kopf, begann zu flehen, stumm und voller Hilflosigkeit. Ihre Augen füllten sich mit Tränen, als sie Mtoto hinterherschaute, ihr zusah, wie sie hinter das schwere Steuerrad kletterte, wie sie es ergriff, ohne einen einzigen Moment zu zögern, und das Schiff jäh herumriss, nach links, direkt in Richtung Wand.

KAPITEL 26

Ihrem Ausgangspunkt gegenüber.

Catherine schnappte sich eines der GPS-Geräte und rannte los, ohne Dr. Edwards auch nur eine dürre Erklärung hinzuwerfen, ohne sich bei ihm zu bedanken, aus der Tür hinaus, den schmalen Waldpfad hinab ins Tal, zu den Hauptverkehrsadern, den Hunderten Lastwagen und Zügen, die täglich ins Landesinnere aufbrachen.

Niemand beachtete sie, als sie auf einen der langsam fahrenden Eisenbahnwaggons aufsprang, an einer Außenleiter aufs Dach kletterte und sich zwischen Hunderten Flüchtlingen einen beengten Sitzplatz ertrotzte.

Der Zug zuckelte gen Südosten, immer an der Hügelkette entlang, durch braunes, totes Land, Sprühflugzeuge in der Luft, Tausende Menschen darunter am Boden, immer längere Schatten im Licht der sinkenden Sonne werfend. Die Waggons ratterten über eine hölzerne Eisenbahnbrücke, unter den Pfeilern flache Baken, Flussschiffe, die Hundertschaften an Zwangsarbeitern von der Küste stromaufwärts brachten, verängstigte Männer und Frauen, die nicht zu wissen schienen, ob sie dankbar sein sollten oder wütend, dahinter Midpoint Station, nun ein gewaltiges Verteilungszentrum für Menschen, Tiere und Saatgut, durch dessen staubige Pisten gewaltige Mengen an Rindern getrieben wurden.

Hinter Midpoint wurden die Viehherden weniger, ersetzte der Vollmond – eine perfekte Scheibe, die dicht über der Wüste im Osten stand – die Sonne. Die urwaldbedeckten Hügel zu ihrer Rechten wuchsen in die Höhe, schimmerten immer heller in seinem fast gleißend weißen Licht.

Tief in der Nacht erreichten sie das vorläufige Ende der Linie, dicht vor dem Fluss, mit dem Catherine noch so viele Erinnerungen verknüpfte, neben einer Militärbasis, um die Dutzende Sägewerke und eine kleine Flusssiedlung aus dem Boden geschossen waren.

Von hier an war Catherine auf sich allein gestellt. Sie lief los, in ihren neongrünen Turnschuhen, mitten in der Nacht, einen lauen Wind im Nacken, den Mond über sich, immer dem Ufer des Flusses folgend in Richtung Südwesten, an winzigen Farmen vorbei und einem scheinbar unberührten Wäldchen, in dem sich einst die iranische Basis befunden hatte.

Immer häufiger glitzerte es im Unterholz, kaum sichtbar, fernab der Wege. Die Regenerationswelle kam ihr entgegen. *Natürlich tat sie das.* Catherine lief auf ihren Ursprung zu, den Punkt, wo der Stein in den Teich geworfen worden war.

Sie durchquerte den Nebenarm des Flusses, vorsichtiger als beim letzten Mal, marschierte klatschnass flussaufwärts, durch die fast perfekte Stille dieses unheimlichen Waldes, durch dichter werdendes Unterholz, in dem kaum ein Strahl Mondlicht den Boden erreichte. Sie passierte Jims Farm. Die Felder waren überwuchert, die Hütte abgebrannt, von dem Mann selbst war nichts zu sehen. Für einen Augenblick bildete sie sich ein, das Bellen eines Hundes zu hören, vielleicht sogar verfolgt zu werden, doch dann verschwand die Illusion. Andere Felder und Holzhütten tauchten im Dickicht auf, manche mit US-chinesischen Flaggen bestückt, scheinbar von Soldaten betrieben, selbst hier, tief im Dschungel.

Dann endete der menschliche Einfluss, war die Wildheit der Natur perfekt, zu ihrer Linken das rauschende Flüsschen, zu ihrer Rechten Palmen und Farne. Und mit jedem weiteren Kilometer, den sie zwischen sich und die Zivilisation brachte, verbesserte sich Catherines Laune.

Sie fühlte sich befreit. Sie war raus, weit weg von allem, was sie vergiftet hatte. Vielleicht war es noch nicht zu spät.

Das Flüsschen wurde schmaler und reißender. Die von Farnen und Sträuchern überwucherten Steilwände wuchsen auf beiden Seiten in die Höhe, machten es dem sinkenden Mond immer schwerer, durch die schwüle Luft hinabzudringen, die Stromschnellen in ein bläuliches Glitzern zu hüllen.

Doch je dunkler es in dem Canyon wurde, umso stärker schien die Welt rings um Catherine in Bewegung zu geraten.

Es war also real – und war es immer schon gewesen.

Nicht bloß das Wasser und die Blätter der Pflanzen, selbst der Boden unter ihren Füßen schien zu fließen. Und wenn sie mit ihrer Anwesenheit Schaden anrichtete, dann wurde er augenblicklich repariert.

Sie war fast da.

Catherine krallte ihre Finger in die feuchte Erde des Hangs zu ihrer Rechten, begann zu klettern. Die Wand war steil, aber zwischen all den Felsbrocken und den kleinen Bächen, die kaskadenartig an ihr hinab gen Tal stürzten, hatten sich Büsche, Palmen und sogar Bäume ins Erdreich gekrallt, Vegetation, an der sie sich emporziehen konnte, immer weiter hinauf durch das nächtliche Dickicht, bis sie keuchend und schlammbedeckt die Oberkante des Kliffs erreichte.

Vor ihr lag dichtester Urwald, archaisch und lieblich zugleich, mit majestätischen Stämmen, die sich gut fünfzig Meter in die Luft erheben mochten, mit Farnwedeln, unter denen sich Catherine regelrecht verlor.

Alles um sie herum schien zu fließen wie ein Gemälde van Goghs. Gefühle schossen durch ihren Kopf, zusammen mit Stimmen, einzelnen Wörtern in fantastischen Sprachen, die nicht den Hauch eines Sinnes ergaben.

Die Stimmen, das Fließen, all das kam von überall und nirgends zugleich. Es war einfach da, Rauschen, Chaos, kein sechster Sinn, der ihr half, ans Ziel zu finden.

Sie verließ sich nun auf ihr Navigationsgerät, ließ sich durch das feuchte Dickicht führen, stockte, wann immer das Gerät durch die dichten Baumkronen den Empfang verlor, beschleunigte ihren Schritt, sobald es ihn wiedergefunden hatte.

Vor ihr erschien ein funkelnder See, der sich aus einem gewaltigen Halbkreis von Rinnsalen speiste, die wie Hunderte winziger Wasserfälle über farn- und moosbedeckte Vorsprünge plätscherten. Dunstschwaden zogen über diese blaue Lichtung inmitten all des Grüns, wo das Fließen der Welt stärker zu werden schien, zielgerichteter.

Zur Rechten der Wasserfälle hatte sich ein hufeisenförmiger, Dutzende Meter tiefer Einschnitt in der Hochebene gebildet. Entlang der Kante fiel das Land steil ab, drang der Himmel durch das sonst dichte Blätterwerk und mit ihm die erste Morgenröte des anbrechenden Tages.

In der Mitte des Einschnitts, dort, wo der Abfall flacher wurde, wo sich der See über eine Reihe von kleineren Bächen plätschernd ins Tal entleerte, wo die Bäume Platz machten und hüfthohe Sträucher das Wasser überwucherten, lag der Ort, zu dem ihr Gerät sie schickte.

Sie watete durch die ersten beiden Bäche, bis sie eine kleine farnbedeckte Insel in der Mitte erreichte, auf halbem Weg zwischen diesem urzeitlichen See und seinem Abhang.

Hier war es. Noch sah sie es nicht, aber sie spürte es bereits. Jemand war hier gewesen, genau an diesem Ort. Und *etwas* war noch immer hier. Ihre Haut begann zu prickeln.

Sie ging in die Knie, schob die gewaltigen Blätter des größten Farnes zur Seite.

Und tatsächlich, dort war es.

Eine weißlich schimmernde Kugel, so groß wie Catherines Kopf, die vollkommen unbeweglich ein paar Zentimeter über dem Boden schwebte. Feine Rillen zogen sich über ihre Oberfläche, ließen sie im letzten Licht des Vollmonds glitzern.

Instinktiv streckte Catherine die Hand aus. Irgendetwas in ihr schrie förmlich danach, dieses Ding zu berühren.

Ein leises Summen ging von der Kugel aus, kaum hörbar über das Plätschern all der kleinen Bäche rings um sie herum.

Ihre Fingerspitzen strichen zitternd über ihre Oberfläche,

drangen in sie ein, aber sie spürten nichts, konnten nicht entscheiden, ob das, was sie umgab, rauh oder glatt war, kalt oder warm. Stattdessen fühlte Catherine im Moment des Kontaktes etwas anderes. Nicht vor ihr, *in* ihr.

Eine … Präsenz.

Sie breitete sich in ihr aus wie die Wärme einer Tasse heißen Tees, von innen heraus, erfasste ihre Arme, ihre Brust, ihren Kopf. Panik stieg in Catherine auf. Sie konnte nicht sagen, was es war, aber es ergriff definitiv Besitz von ihr.

Oder etwa nicht? Plötzlich fühlte es sich so an, als würde sich die Ausbreitung in ihr verlangsamen, als würde das, was in ihr war, auf etwas warten. Als würde es sie vor die Wahl stellen, weiterzumachen, es zuzulassen. Eine Wahl, alles zu erfahren, die Wahrheit, aber auch … den Schmerz.

Es war eine Warnung.

Catherine atmete tief ein.

Kein Zurück.

Sie wusste nicht, auf welche Weise sie ja sagen konnte, aber sie akzeptierte, emotional, mit aller Inbrunst, die sie aufbringen konnte.

Und plötzlich durchfuhr sie eine Welle aus Wärme und Licht.

Und die Präsenz war verschwunden.

Nein.

Sie war nicht verschwunden.

Sie war *in ihr*, so tief, dass Catherine erschrocken aufschrie, als sie es begriff. Als würde sich ein zweites Bewusstsein mit ihrem eigenen vermengen. Mehr als nur ein Bewusstsein. Ein ganzes *Kollektiv*.

Wie kam sie auf dieses Wort? Ein Kollektiv von was?

Und dann verstand sie. Die Wand, der Kontinent. Das war *deren* Werk. Nicht nur von diesem einen Kollektiv. Von unzähligen.

»Was seid ihr?« Sie redete laut, ohne zu wissen, ob sie das überhaupt musste. »Warum tut ihr uns das an? Warum vertreibt ihr uns in dieses Reservat? Wollt ihr die Welt von uns säubern?«

Hatten die Spinner am Ende recht? War das etwa *Gaias Rache?*

Ein Rauschen, ein Summen, in ihr. Es klang schrill, ablehnend, fast empört.

Bilder formten sich vor ihrem inneren Auge, nein, keine Bilder, bildliche Emotionen, die in rasender Geschwindigkeit an ihr vorbeizogen, fremd und vertraut zugleich.

Ein Paradies. Ein neues, herrliches Leben, gottgleich, voll Wonne und Überfluss. Und dann der Schock. Unglaube. Angst. Und Schmerz.

Immer rascher schossen diese Eindrücke durch ihr Gehirn, so schwindelerregend schnell, dass Catherine sich die Hände auf die Ohren presste.

»Ich verstehe nicht!«, brüllte Catherine. »Was wollt ihr mir sagen?«

Die Eindrücke beruhigten sich, ließen Catherine für einen Moment mit sich selbst zurück. Dann kehrten sie wieder, anders diesmal. Direkter, und weit bildlicher.

Ein Dschungel im Morgengrauen. Eine alte, junge Frau erschien darin, eine schmale Gestalt in einem viel zu weiten Shirt, die Catherine, so wie sie dort im Dickicht kniete, vage vertraut vorkam. Abgemagert, die geschlossenen Augen fast schon aus ihren Höhlen hervortretend, die rechte Hand nach vorn ausgestreckt.

Und dazu diese Schuhe.

Catherines Unterlippe begann zu zittern.

Diese fürchterlichen, neongrünen Turnschuhe.

Dieser Schatten einer Frau, diese Person, die nichts mit Catherine gemein hatte – sie trug ihre Schuhe.

Catherine schossen Tränen in die Augen. Sie begann hemmungslos zu schluchzen.

Und auch der Frau vor ihr strömten die Tränen über das Gesicht.

Catherine hob die linke Hand, sah der Frau dabei zu, wie sie sich mit dünnen Fingern über die Wange strich, ehe sie den Arm zitternd wieder sinken ließ.

Sie bebte am ganzen Körper.

Was war nur mit ihr geschehen?

Catherine versuchte, ihre Augenlider aufzureißen, dorthin hochzuschauen, von wo aus sie auf diese Frau blickte, eine Kamera zu finden oder irgendetwas anderes, was da oben in der Luft schwebte – und doch änderte sich das Bild vor ihren Augen nicht, starrte sie weiterhin nur auf diese Frau hinab, die nun tränenüberströmt aus dem Dschungel aufsah, ihr direkt in die Augen schaute, der Blick voller Bitterkeit und Schmerz.

Dann fuhr das Bild – oder das, was sich wie ein Bild anfühlte – hinaus, als würde es von einer Kamera aufgezeichnet, die an einer startenden Rakete hing. Der Dschungel unter ihr wurde rasch kleiner, verschluckte die armselige Gestalt in seiner Mitte. Bald waren keine einzelnen Bäume mehr zu erkennen, nur noch der Bergrücken als solcher, und dann die Gebirge im Westen und die Wüste im Nordosten, die bereits von der Morgensonne in prächtige Ockertöne getaucht wurde.

Immer weiter sauste das Bild hinaus. Catherine schnappte nach Atem, versuchte, den Schwindel zu unterdrücken, den Protest ihres Körpers zu ignorieren, der sich nun hoch über dem Kontinent wähnte.

Der Pazifik erschien, ein tiefblaues, glitzerndes Meer im Osten, ein dunkler Schimmer im Westen, wo noch die Nacht herrschte. Die Küste Kaliforniens tauchte auf, und ein paar Inseln im Südpazifik. Und dann endete das, was von der Erde übrig war, eine kleine große Scheibenwelt aus Blau, Grün und Ocker, umgeben von einem Ring absoluter Schwärze.

Höher, immer höher ging die Reise, bis sich rings um diese Scheibe der gesamte Globus vor dem Firmament abzeichnete, ein riesiger schwarzer Ball, der die Sterne verdeckte, bloß von einem feinen bläulichen Streifen umgeben, dem Teil der Atmosphäre, der über der Wand lag.

Das Bild veränderte sich, wurde gröber, so, als stamme alles, was nun kam, aus einer Simulation, einer Annäherung nur an die Wirklichkeit.

Die Nacht breitete sich aus, strich über den Kontinent, von West nach Ost, der Tag folgte ihr, und noch eine Nacht, und noch ein Tag, immer schneller, bis Catherine vor lauter Wechsel zwischen hell und dunkel der Kopf schwirrte. Gleichzeitig zog sich die Wand zurück, wuchs der Teil der Erde, der noch verschont geblieben war. Die Lichter der Städte erschienen wieder, die Wand schnurrte auf der anderen Seite der Erde zusammen, verschwand schließlich völlig und mit ihr – auf einen Schlag – auch der neue Kontinent.

Die Welt sah wieder so aus wie vor diesem schicksalsträchtigen Tag im Mai, doch die Bilder beschleunigten trotzdem weiter, sprangen immer rascher voran, so schnell, dass der Wechsel zwischen Tag und Nacht längst nicht mehr zu erkennen war. Jahre mussten das mittlerweile sein, Jahrzehnte, Jahrhunderte, die sie da beobachtete. Die Lichter der Zivilisation verglommen. Immer schneller veränderte sich die Welt. Die Wüsten zogen sich zurück. Die Gletscher der großen Gebirge und die Eismassen der Pole starteten ihren Vormarsch, bedeckten die Rockies, drangen bis zu den Great Lakes vor.

Und auf einmal begriff Catherine, dass sie all das verkehrt herum interpretiert hatte. Dass die Bilder nicht die Zukunft zeigten, sondern die Vergangenheit, am Ende der letzten Eiszeit vor mehr als zehntausend Jahren.

Der Zeitraffer verlangsamte sich nun, so dass wieder einzelne Tage und Nächte sichtbar wurden, wie sie über den Globus zuckten.

Und dann geschah etwas, das Catherine den Atem stocken ließ.

Mitten im Pazifik erschien ganz langsam von neuem der Kontinent, in derselben Form wie Pacifica, mit denselben Gebirgszügen und Klimazonen, die Catherine so vertraut waren. Eine Zeitlang lag die restliche Welt unverändert vor ihr, doch dann begann sich ein grauer Schleier über sie zu legen, über alle Landmassen mit Ausnahme des einen Kontinents. Der Schleier verdichtete sich, verwandelte sich bald in pure Schwärze, eine Finsternis, die mit Ausnahme des einen Kontinents den ganzen Planeten einhüllte. Und dann zog sich auch diese Schwärze zurück, verschwand auf der anderen Seite der Erdkugel. Und schließlich, während eines Wimpernschlags, hörte auch der Kontinent auf zu existieren.

Catherines Puls raste.

Ein zweiter Kontinent. Eine zweite Wand.

Nein.

Ihr Kontinent war der zweite. *Ihre* Wand war die zweite.

Das alles war schon einmal geschehen, vor Tausenden von Jahren!

Die Bilder spulten noch weiter zurück, ein paar Monate vielleicht, höchstens ein Jahr, dann bremste die Geschwindigkeit des Rücklaufs vollends ab, und auch der Blickwinkel veränderte sich, streifte in einem atemberaubenden Schwenk Mittelamerika, den Atlantik, Nordafrika, ehe er letztlich über dem östlichen Rand des Mittelmeers stehen blieb, über einer veränderten, viel tiefer liegenden Küste am Rand der Levante, irgendwo zwischen dem heutigen Libanon, Zypern und der Türkei.

Und dann stürzte sie zur Erde, so schnell, dass sie aufschrie, als ihr die Wolken entgegensausten, die Savanne und schließlich ein kleiner grüner Hügel direkt am Meer. Catherine schnappte nach Luft, ruderte unwillkürlich mit den Armen. Es half nichts, dass sie wusste, dass das hier nicht real war, bloß Erinnerungen oder Veranschaulichungen.

Der Boden näherte sich mit unvorstellbarer Geschwindigkeit. Catherine versuchte ebenso panisch wie vergeblich, beim Aufschlag die Hände vor ihr Gesicht zu halten.

Doch es kam zu keinem Aufschlag. Sie drang durch die Erde und den Fels wie durch Butter. Auch die visuellen Eindrücke setzten sich nahtlos fort, nur kamen sie jetzt von … innen, aus dem Gestein heraus, bis der schwindelerregende Flug abrupt an der Wand einer tiefen Höhle endete.

Nicht an der Wand. *In* der Wand.

Sie befand sich tatsächlich mitten im Fels, bildete sich ein, seinen gewaltigen Druck zu spüren und seine Zusammensetzung zu … *schmecken*, die einzelnen Mineralien blind voneinander unterscheiden zu können.

Nein, nicht sie vermochte das, sondern *es*. Dieses Kollektiv, es war hier gewesen, vor langer, langer Zeit. Und es hatte sich merkwürdig wohl gefühlt, hier, mitten im Gestein. *Heimisch* fast.

So etwas wie ein wohliges Schaudern durchzog das Kollektiv beim Blick aus dem sicheren Fels, hinaus in die Leere, in diesen gigantischen Hohlraum, der mit rein gar nichts gefüllt zu sein schien.

Catherine versuchte, ihre eigenen Gedanken zu trennen von den Erinnerungen an Wahrnehmungen und Gefühle, die nicht die ihren waren. So nüchtern wie möglich zu analysieren, was es ihr zeigte, gerade jetzt, wo die Bilder unmittelbarer wurden, direkter, persönlicher, wo sie keine Simulationen mehr waren, sondern echte Erinnerungen.

Das Kollektiv wagte sich vor – fast fühlte es sich an, als widerspräche dies seinem Instinkt –, bis weit an die Kante, dort, wo das Gestein endete, ihm das blanke Nichts entgegenschlug.

In dem Nichts war etwas. Etwas Gigantisches, Monumentales, Millionen Mal größer als das Kollektiv selbst, sogar gewaltiger noch als die Mineralienkörner im Granit. Ein Felsbrocken schier, der stetig näher kam.

Das Kollektiv konnte dem Bild keinen Sinn abringen – Catherine hingegen war der Anblick trotz ungewohnter Perspektive nur zu vertraut.

Über ihnen, in dieser Höhle am Ende der letzten Eiszeit, riesig groß und durch den Blickwinkel ins Groteske verzerrt, stand ein Mensch.

Ein Mann, Ende zwanzig vielleicht, mit dunkler, ledriger Haut und einem dichten Vollbart, am Körper nichts als eine Art Lendenschurz und Schuhe aus Fell. In der einen Hand trug er einen Speer, in der anderen eine Fackel.

Und er sah sie an, schaute in ihre Richtung, mit großen, wachen Augen, als hätte er eine Bewegung wahrgenommen. Der Mann stützte sich auf seinem Speer ab, ging in die Hocke, um dann mit seinen gewaltigen, schwielenbesetzten Fingern über das Gestein zu streichen.

Catherine erlebte die Reaktion des Kollektivs hautnah mit. Das völlige Unverständnis, den vergeblichen Versuch, diesen … Anblick mit Geschmäckern zu beschreiben, die nie etwas anderes unterschieden hatten als Mineralien und Gesteine.

Der Instinkt verlangte nach Rückzug, danach, einer unsagbar alten Abneigung vor der Leere jenseits des Gesteins Folge zu leisten.

Und doch zögerte es. Eine Fehlschaltung. Eine historische Anomalie.

Und dann ging alles rasend schnell. Die Finger des Mannes strichen über das Kollektiv, nahmen es mit fast all seinen Mitgliedern in sich auf. Catherine spürte, wie das Kollektiv all die plötzlich einprasselnden Empfindungen zu verarbeiten suchte, seine neue Umgebung mit dem Gefühl verglich, durch eine der Wasseradern zu rasen, die sich schier überall durch den Fels zogen, doch die Materialien hier waren fremd und exotisch, weich und dünn, und auch die Art, wie diese Adern, gefüllt mit zähflüssigem, dunklem Wasser, pulsierten und sich verzweigten, hatte es niemals zuvor erlebt.

Zum ersten Mal in all den Äonen seiner Existenz war es – durch Zufall, durch ein kleines Versehen bloß – in ein anderes Lebewesen eingedrungen.

Es bewegte sich voran, fraß sich in wilder Desorientierung durch den Körper, fast zu schnell, um die hinter sich angerichteten Schäden wieder zu reparieren, wie es das sonst tat. Zu komplex war die Umgebung, zu ungewohnt ihre Zusammensetzung. Alles war in Bewegung, alles floss oder pulsierte.

Es stieß auf Geschmäcker, die es nie zuvor gekannt hatte, und auf *andere*, die in diesen Adern unterwegs waren, und doch nicht so waren wie es selbst. Einzeln traten sie auf, nicht im Kollektiv, und größer waren sie, träger, aggressiver, als wären sie so etwas wie die Wächter dieses Körpers.

Es manövrierte um sie herum, immer und immer wieder.

Catherine kam kaum hinterher, zu rasch folgte ein Eindruck auf den nächsten, zu unvertraut war ihr diese Perspektive – und zu absurd war der Gedanke, ein mikroskopisch kleines Kollektiv von unterirdischen Lebewesen dabei zu beobachten, wie es gerade den Blutkörperchen eines Steinzeitmenschen auswich.

Und dabei war das erst der Anfang. Denn schon bald traf das Kollektiv auf etwas, dass es hier niemals erwartet hätte, gigantisch groß und doch zutiefst vertraut.

Ein riesiges Netzwerk, hochaktiv und gewaltiger als die größten Zusammenschlüsse, an denen es selbst jemals teilgehabt hatte.

Doch so vertraut dem Kollektiv der Aufbau dieses Netzwerks auch erschien, so fehlerhaft konstruiert kam es ihm vor, als seien seine Kernbestandteile starr miteinander verknüpft, anstatt einfach nur lose je nach Bedarf zusammenzukommen.

Das Kollektiv sonderte chemische Botenstoffe ab, um sich zu identifizieren, sein eigenes Netzwerk bei dem anderen vorzustellen, doch es erhielt keine Antwort.

Es streckte instinktiv ein paar wenige Fühler aus, versuchte, an einer winzigen Stelle dem Netzwerk direkt beizutreten.

Der Kontakt war augenblicklich da. Und wie der Kontakt da war! Das große Netzwerk wurde auf das Kollektiv aufmerksam – mit einer Geschwindigkeit und Kraft, die alles übertraf, was es jemals erlebt hatte.

Es überflutete das Kollektiv mit Impulsen, und doch, der Inhalt der Signalketten blieb völlig unverständlich.

Catherine spürte, wie das Kollektiv anfing, die Verbindungen des anderen Netzwerks zu nutzen, die weit schneller waren als die eigenen, wie es Signale aussandte bis an die fernen Ränder dieses gewaltigen Systems, im Versuch, durch reines Ausprobieren einen Sinn aus dieser nicht enden wollenden Flut von Eindrücken zu schöpfen.

Überraschend schnell hatte es damit Erfolg. Zwei besonders dicke Verbindungsstränge in diesem Netzwerk trugen Informationen in sich, die so etwas wie ein Abbild der Umgebung beinhalteten.

Und plötzlich veränderte sich Catherines Sicht, erlebte sie die Erinnerungen nicht mehr nur aus dem Blickwinkel des Kollektivs, sondern nahm die Welt auch mit den Augen des steinzeitlichen Jägers wahr, erlebte sie mit, wie er hastig aus der Höhle rannte, begann, die Panik zu spüren, die ihn erfasst hatte, ein Konzept, mit dem die Eindringlinge in seinem Kopf nichts anzufangen wussten.

Langsam lernte Catherine, die Eindrücke besser zu unterscheiden, zwischen dem Mann und dem Kollektiv, zwischen dem Kollektiv und ihr selbst. Das Kollektiv war das Verbindungsglied, das Catherine die Empfindungen des Mannes von damals zugänglich machte. Es war in ihm gewesen, vor all dieser Zeit, und nun war es in ihr.

Immer präziser, immer differenzierter, immer klarer wurden die Eindrücke, die das Kollektiv an sie weitergab. Seine Empfindungen – die Angst und die Verwirrung, die der Mann hegte, als er aus der Höhle zu einem nahen Bach stürmte –, aber auch die des Kollektivs selbst. Die fremdartige Welt ringsherum, voller Leere und fragiler, dünner Dinge, manche von ihnen in ständiger Bewegung, manche starr wie der vertraute Fels.

Der Mann kniete sich ans Ufer, bewegte den Kopf nahe an das glasklare Wasser heran, fixierte sein eigenes Spiegelbild.

Und dann weiteten sich seine Augen.

Und er verstand.

Die Stimmen, die Bilder, vor denen er geflohen war, sie kamen aus seinem Kopf. Sie steckten in ihm.

Und in just demselben Moment bemerkte Catherine auch in dem Kollektiv eine Veränderung, als würde ihm klarwerden, dass dieses Netzwerk, mit dem es sich nun immer enger verband, nicht losgelöst von dem Rest dieses Mannes existierte, dass sein Körper vielmehr eine Art … Hülle für sein Gehirn bildete, fest und zerbrechlich zugleich, eine Hülle, die sich von sich aus nicht zu verändern schien.

Ein Kollektiv, das auf Dauer zusammenblieb. Ein einzelnes Lebewesen praktisch.

Das Kollektiv war regelrecht … verblüfft.

Und das war das wahrhaft Schockierende für das Kollektiv. Seine eigene Verblüffung.

Es kannte bis dato keine Verblüffung, keine Schockiertheit, keine Angst.

So viele neue Konzepte! Das Kollektiv war von immer mehr Dingen verblüfft – und je besser es verstand, was Verblüffung überhaupt bedeutete, was Empfindungen bedeuteten, umso mehr steigerte sich seine Verblüffung, entwickelte sich zu einem Schock, als es anfing, sich nach dem Vorbild des Mannes selbst Fragen zu stellen.

Zum ersten Mal horchte es in sich hinein, zum ersten Mal lauschte es seinen eigenen Prozessen – und begann zu verstehen, dass es … *existierte*. Scheinbar so banal, und doch erschrak es, als es begriff, was es hieß, *zu sein*.

Der Mann spürte diese Veränderung in seinem Kopf, verfolgte mit wachsendem Erstaunen, wie sich tief in ihm etwas der eigenen Existenz bewusst zu werden begann.

Und das war es, was dem Mann schließlich die Angst nahm, seinen Atem beruhigte und ihn dazu brachte, dem Kollektiv Fragen zu stellen, die es zunächst nicht als solche identifizieren konnte, die es dann aber nach und nach zu deuten lernte, sobald er sie statt in Worte und Gedanken in Bilder und Gefühle kleidete.

Dennoch dauerte es eine halbe Ewigkeit, bis das Kollektiv ihm zu verstehen geben konnte, dass es keinen Schaden anrichten wollte, bis es ihm ansatzweise klarmachen konnte, wer oder was es war – und noch länger dauerte es, bis er realisierte, dass dieser Mensch tatsächlich hier draußen in der Leere lebte, an der Grenzfläche zwischen Luft und Erde, wo man die Welt nicht erst umgestalten, sich nicht erst selbst Platz schaffen musste. Aber auch dort, wo eine sichere Heimstatt unmöglich erschien.

Catherine schloss die Augen, versuchte sich zu konzentrieren. Irgendwie hatte sie erwartet, ein Kitzeln oder ein Prickeln zu spüren, wenn sich die Zellfortsätze der Neuronen ihres Gehirns und die Einzelwesen dieses Kollektivs milliardenfach aneinander herantasteten, oder einen Gewittersturm von neuen Erkenntnissen, doch nichts dergleichen geschah. Vielleicht war einfach noch nicht genug Zeit vergangen?

Sie versuchte, dem Kollektiv eine einfache Frage zu stellen, deren Antwort sie bereits wusste – aber das, was da in ihr war, schien die Frage nicht zu verstehen, vielleicht noch nicht einmal zu bemerken, dass sie überhaupt eine Frage gestellt hatte.

Catherine horchte tief in sich hinein. Noch nahm das Kollektiv einzig ihre stärksten Gefühle wahr. Noch war die Verbindung zerbrechlich, eher eine Einbahnstraße, durch die all diese Erinnerungen in ihr Gehirn fluteten. Aber sie spürte, dass sich die Verknüpfungen nach und nach verdichteten, dass die Bilder stärker wurden und klarer, besser interpretierbar, besser einschätzbar als zuvor.

Und dass es nur eine Frage von Minuten sein konnte, bis sich auch die Gegenrichtung etablierte.

Für den Moment aber musste sie ihnen Zeit lassen, aufmerksam mitfühlen, mithorchen und einfach hoffen, dass die Bilder in ihrem Kopf ihre dringlichsten Fragen beantworteten.

Und tatsächlich, die Eindrücke beschleunigten sich, so, als wäre zwar nicht ihre Frage, wohl aber ihre Ungeduld angekommen.

Der Mann lief nun mit klopfendem Herzen los, immer flussaufwärts, redete dabei ohne Unterlass laut und in einer gutturalen, kehligen Sprache, so, als trainiere er die Stimmen in seinem Kopf, als gebe er ihnen Zeit, nach und nach hinter die Geheimnisse dessen zu kommen, was er auszudrücken versuchte.

Falls er damit Erfolg hatte, waren diese Fortschritte jedenfalls winzig – bis zu dem Moment, als er direkt am Ufer unter einer Gruppe von Palmen einen Strauch mit kleinen, roten Beeren entdeckte. Der Mann ging neben ihm in die Hocke und tat sich daran gütlich, bis alle reifen Rispen in seinem Rachen verschwunden waren und er nach weiteren Büschen Ausschau hielt.

Aber das war schon nicht mehr nötig.

Catherine lief ein Schauer über den Rücken, als die Bilder vor ihrem inneren Auge erschienen.

Ein Glitzern hatte den Busch erfasst, ein Glitzern, das Catherine nur bekannt vorkam. In Sekundenschnelle schwoll es an, kletterte bis zu den äußersten Spitzen und ebbte dann ebenso rasch wieder ab. Und als es verschwunden war, quoll der Busch nur so über vor kleinen, roten Beeren, ganz so, als hätte der Mann niemals davon gegessen.

Das Kollektiv hatte verstanden. Nicht die Hintergründe, nicht das Warum. Aber es hatte begriffen, dass diese Beeren für ihn etwas Wichtiges waren. Etwas Positives.

Und deswegen war es in eine der Beeren eingedrungen, die der Mann in seinen Rachen geworfen hatte, hatte sie bis ins letzte Detail begutachtet und dann einen Teil von sich ausgesandt, hinaus in diese Leere, nur für einen kurzen Moment. Und sie hatten ihm neue Beeren geschaffen. Einfach so.

Der Mann war verstört zurückgesprungen, sah nun mit großen Augen auf die rote Pracht vor ihm. Lange zögerte er, ging in einem weiten Kreis um den Strauch, stapfte kopfschüttelnd durch den Uferschlick und stellte Fragen über Fragen in seinem eigenen Kopf; Fragen, auf die keine Antwort kam.

Schließlich wagte er es und pflückte die erste Rispe. Er roch an ihr, misstrauisch zunächst, ehe er vorsichtig an einer einzelnen Beere knabberte. Eine zweite folgte, und eine dritte, und dann begann er plötzlich zu lachen, zu jubeln – und seinem Helfer lautstark zu danken.

Doch das Kollektiv verstand nicht, damals nicht und – wenn Catherine die Verwirrung in ihrem Kopf richtig deutete – vielleicht auch heute noch nicht. Der Mann hatte doch auch Extremitäten, mit denen er Gegenstände greifen, auseinanderziehen und nach Belieben neu anordnen konnte. Warum überraschte es ihn, dass das Kollektiv genau dieselbe Fähigkeit beherrschte, seine Umgebung zu beeinflussen – bloß auf viel kleinerer Ebene, direkt mit den Grundbausteinen der Natur?

Der Mann rannte los, weiter flussaufwärts, und schneller als zuvor, bis er schließlich einen Halbkreis aus Basthütten direkt an einem breiten Schilfgürtel erreichte.

Hier waren andere wie er, weitere Lebewesen, die solche … untrennbaren Netzwerke in ihren Köpfen bargen. Weitere Menschen.

Mit aufgeregter Stimme redete der Mann auf die anderen ein, zunächst auf eine Frau, eine rauhe, dunkelhäutige Schönheit mit aufwendig geflochtenem Haar, dann auf die ganze Gruppe.

Zunächst lachten die Menschen nur.

Doch als er sich von ihnen zu einem weiteren Strauch führen ließ, den die Gruppe so gut wie abgeerntet hatte, als das Kollektiv in ihm begriff, was er wünschte, und als erneut das Glitzern einsetzte und dunkelrote Beeren erschienen, in Hülle und Fülle, da hörte das Lachen schlagartig auf.

Manche der Menschen wichen vor ihm zurück, andere warfen sich vor ihm auf den Boden, aber Catherine spürte vor allem den Ärger, der in dem Mann aufkeimte. Er schüttelte den

Kopf, redete mit kraftvoller Stimme auf sie ein und führte die Menschen den weiten Weg flussabwärts, zurück zu der Höhle, in der er auf das Wunder gestoßen war.

Und das Kollektiv in ihm? Es verstand, was der Mann bezweckte und sandte einen kleinen Teil von sich aus, tief in den Fels, auf der Suche nach anderen Kollektiven, die sich für einen kurzen Moment in die Nähe der Oberfläche locken ließen.

Es hatte nicht vergessen, wie die anderen seiner Art lebten. Doch was es nicht erwartet hatte, war das Gefühl von ... Scham, das es überkam, als es ihnen von neuem begegnete. Gewiss, auch die anderen Kollektive hatten eine rudimentäre Intelligenz, die umso größer, aber auch träger war, je mehr von ihnen sich gerade zusammengefunden hatten. Ansonsten jedoch erschienen sie dem Kollektiv des Mannes auf einmal fürchterlich unterentwickelt, instinktgetrieben, auf ewig zur Stagnation verdammt, ohne Bewusstsein für die eigene Existenz. Ohne ein Streben nach mehr. Und ohne die Fähigkeit, Emotionen empfinden zu können.

Zum ersten Mal begriff es, welches Geschenk, welche einmalige Chance die Menschen für seine Spezies darstellten. Alles, was es tun musste, war, beide Seiten zusammenzubringen ...

Fortan arbeiteten das Kollektiv und der Mann gemeinsam daran, die Ängste ihrer jeweiligen Artgenossen abzubauen. Und gemeinsam hatten sie Erfolg, vereinzelt zunächst, und dann doch bei allen Stammesmitgliedern des Mannes. *Des Ersten.*

Immer mehr Verbindungen wurden geschlossen, immer mehr gewöhnten sich beide Seiten aneinander, lernten sie, voneinander zu profitieren. Das Leben wandelte sich. Die Artgenossen des ersten Kollektivs waren nicht länger lose Zusammenschlüsse, die sich je nach Bedarf vergrößerten und verkleinerten, Kollektive, die zwar das Innere der Welt beherrschten, für diese Macht aber keine Worte kannten. Nun war jedes von ihnen ein kollektives Individuum, eine Einheit, untrennbar verbunden – mit sich selbst und mit dem Menschen, in dem es steckte.

Auch die Grenzen, die zwischen den Menschen und den Kollektiven in ihnen anfangs bestanden, verschwammen zusehends. Mehr noch als eine Bedarfsgemeinschaft, mehr als eine bloße Symbiose, fingen sie an, in derselben Sprache zu denken, präziser und direkter miteinander zu kommunizieren, alles voneinander in Erfahrung zu bringen, was es zu wissen gab. Und schon bald konnte das eine Kollektiv nicht mehr ohne das andere.

Ein Leben ohne Bewusstsein, ohne Emotionen?

Ein Leben voller Hunger und Leid?

Nein. Ein Zurück war unvorstellbar.

Die Welt hatte sich verändert. Aus Gefahren waren über Nacht Chancen geworden. Das Kollektiv und seine Artgenossen hatten ihre Scheu vor der Leere verloren, sandten immer größere Teile ihrer Kollektive in die Welt hinaus, um sie gemeinsam mit den Menschen umzugestalten. Immer mehr Mitglieder verschiedenster Stämme wurden Teil dieser neuen Realität, Hunderte erst, Tausende dann, die sich binnen Wochen auf engstem Raum zusammenfanden, jetzt, wo das Land auf einen Schlag beliebig viele an einem Ort versorgen konnte.

Und bald schon beschränkten sich die Fähigkeiten nicht mehr darauf, Nahrung bereitzustellen, wenn sich auf anderem Weg keine fand. Die – je nach ihrer Dichte – mal unsichtbaren, mal hell glitzernden Wolken aus ihren Einzelwesen, die sich immer mutiger rund um die Menschen ausbreiteten, dienten nun auch dazu, ihre gemeinsame Wahrnehmung auf eine neue Stufe zu stellen, Augen auch dort zu haben, wohin man nicht schaute, Ohren, wo man sonst nichts hörte. Ein dünner, gräulicher Schleier legte sich über die Augen und die Haut der Menschen, überall dort, wo sich ihre Sinne künstlich verstärkten.

Die Bilder vor Catherines innerem Auge wurden von Moment zu Moment fantastischer, verschlugen ihr regelrecht den

Atem, ohne auch nur ansatzweise ihren Erwartungen zu entsprechen, ohne auch nur einen einzigen Prachtbau zu zeigen, der sich in den Himmel reckte. Es war eine kulturelle Revolution, die stattfand, keine technologische. Praktisch über Nacht entstanden neue Formen des Zusammenlebens und der Kommunikation. Bald reichte es, an einen geliebten Menschen zu denken, und das eigene Kollektiv sorgte dafür, dass dieser die Botschaft erhielt, selbst wenn beide einen Horizont voneinander entfernt waren. Wichtige Entscheidungen wurden im Einvernehmen der gesamten Gemeinschaft getroffen, im *Konsens*, der ebenfalls von den Kollektiven vermittelt wurde.

Und doch entstanden weder Glaspaläste noch gewaltige Fabriken. Wozu ein Dach über dem Kopf, wenn die Kollektive jeden Regentropfen in bloße Luft verwandeln konnten? Wozu Produktionsanlagen, wenn fast alles, was man sich vorstellen konnte, Augenblicke später vor der eigenen Nase schwebte?

Und der Transport? Es war nur eine Frage der Größe der Kollektive, bis diese genügend Energie bereitstellen konnten, um selbst einen Menschen schweben zu lassen.

Es fehlte nicht mehr viel, und Catherine hätte den Eindruck bekommen, eine Siedlung halbnackter Superhelden vor sich zu haben.

Doch dann hielt sie inne. Etwas an den Eindrücken veränderte sich. Es waren noch immer Bilder und Töne, eine subjektive Collage von Erinnerungen und Empfindungen, und doch fühlte es sich zunehmend wie eine echte Erzählung an, in Lauten gehalten, die sie nicht verstehen, aber doch zuordnen konnte – als ob die Gedanken ihres eigenen »Über-Kollektivs«, ihres Gehirns, dazu dienten, dass das, was sich dort in ihrem Kopf einnistete, nach und nach ihre Sprache erlernte.

Catherine war überrascht, wie erschreckend ruhig sie bei diesem Wort blieb. *Einnisten*. Und das nach allem, was sie über die Folgen der Einnistung bei Arthur Ryan wusste. Nach allem, was ihr selbst noch blühen mochte.

Insbesondere nach allem, was sie nun empfand.

Denn nicht nur die Art der Eindrücke hatte sich geändert. Auch die Stimmung, mit der sie vermittelt wurden, war nun eine andere, düsterere.

Schmerzen fluteten ihren Körper, Schmerzen, die in jähem Kontrast zu der Unbeschwertheit und dem puren Glück standen, das sie bis jetzt miterlebt hatte.

Bilder von Menschen, die in langen Reihen am Boden lagen. Das Leid der Sterbenden. Und das Leid derer, die ihnen dabei hilflos zusahen.

Einfache Verletzungen konnten die Kollektive reparieren, aber Krankheiten zu heilen, dazu waren sie außerstande. Ganz besonders dann, wenn es sich um eine Krankheit handelte, die sie selbst ausgelöst hatten …

Catherine verstand nicht immer, was ihr die Bilder und Klänge sagen wollten, die nun in schneller Abfolge durch ihren Kopf schossen, Eindrücke aus dem Inneren der Körper, von all den Veränderungen, die weit über eine bleiche Haut und einen Schleier auf den Augen hinausgingen.

Sie sah Kämpfe, in den Blutgefäßen, in den Zellen, im ganzen Körper. Offenbar hatte das menschliche Immunsystem die Kollektive immer extremer als unerwünschte Eindringlinge aufgefasst. Und offenbar hatten die Kollektive schließlich keinen anderen Ausweg gesehen, als sich gegen die Angriffe zur Wehr zu setzen.

Der Konflikt eskalierte bald zu einem regelrechten Krieg, der umso rascher einen eindeutigen Sieger hervorbrachte, je weiter die Verzahnung beider Partner fortgeschritten, je mächtiger der Zusammenschluss geworden war – mit dem Resultat, dass die Immunabwehr des jeweiligen Wirtes innerhalb kürzester Zeit zum Erliegen kam.

Die Konsequenzen waren fatal. Der Verlust machte die Menschen anfällig, für Infektionen, für jegliche Art von Umwelteinflüssen, die eigentlich harmlos hätten sein müssen.

Und doch verstanden die Menschen und ihre Kollektive weder, was genau die zerstörten Abwehrmechanismen bewirkt hatten, noch, wie sie ihr Fehlen kompensieren konnten. Die ersten Gegenmaßnahmen beschränkten sich daher auf den Versuch, den Kontakt zu Pflanzen und Tieren zu minimieren, die im dringenden Verdacht standen, die Krankheiten auszulösen.

Doch bald schon wurde dem *Konsens*, dem Netzwerk aller Menschen und ihrer Kollektive, bewusst, dass das nicht ausreichte. Die Probleme umfassten nicht nur einige wenige Arten, sie traten bei Kontakt mit praktisch allem auf, was lebte – Flora, Fauna, manchmal reichte es schon, aus dem Fluss zu trinken oder einfach nur zu atmen. Die Hauptschuldigen schienen winzige Organismen zu sein, die schier überall auftraten und sich schneller vermehrten, als die Kollektive sie aufspüren und auslöschen konnten. Und die Auswirkungen waren lebensbedrohlich.

Das einstige Paradies verwandelte sich nach und nach in einen Alptraum. Die Zahl der Kranken, zu schwach, um ohne Hilfe ihrer Kollektive überhaupt noch aufzustehen, übertraf bald die der Gesunden. In einem gewaltigen Umkreis um die Siedlung – so weit, dass auch Hunderte unveränderte Menschen davon betroffen waren; Nomaden, die in der Nähe ihr Winterlager aufgeschlagen hatten – begannen die Kollektive, präventiv die komplette Tier- und Pflanzenwelt auszulöschen, nichts als tote, braune Erde hinterlassend, apokalyptisches Niemandsland, so weit das Auge blickte.

Und doch brachte selbst das nur kurzzeitig Linderung, verlangsamte es das Fortschreiten der Krankheiten lediglich, anstatt es umzukehren – und wurde dadurch erschwert, dass sich längst auch an weiteren Orten auf dem Globus symbiotische Gemeinschaften gebildet hatten, in Asien, Mittelamerika und im Südosten Afrikas.

Immer verbissener widmeten die Kollektive ihre Energie dem Ziel, die Funktionsweise des menschlichen Körpers zu verstehen, eine Lösung zu finden, wie sie ihn mit dem Einverständnis ihrer Wirte von innen heraus umgestalten konnten, um so die Krankheiten zu besiegen – doch je verzweifelter ihre Versuche wurden, desto katastrophaler fielen die Ergebnisse aus.

Sehr bald mussten sie sich eingestehen, dass sie die Menschen weder von innen heraus retten noch sie ausreichend vor ihrer nun toxischen Umwelt beschützen konnten.

Und doch dauerte es lange, bis jemandem der rettende Einfall kam. Am Ende waren es ausgerechnet der Erste und sein Kollektiv, die im Konsens den Vorschlag machten, eine neue Heimat zu erschaffen – ein riesiges, künstliches Habitat, frei von diesen winzigen Organismen. Frei von Leid und Tod.

Die perfekte Zuflucht.

Das perfekte Reservat.

Teile Hunderter Kollektive wurden losgeschickt, um die Erde nach ihren abgelegensten Orten zu durchkämmen. Und sie wurden fündig, in der östlichen Hälfte des größten Ozeans des Planeten.

Doch so atemberaubend es auch klang, ein halbes Meer Stück für Stück in Luft, Fels und Boden umzuwandeln, so viel Zeit die Vorbereitung dieses Vorhabens auch verschlingen mochte – die Ausführung selbst war eine Frage von kaum einer Stunde. Ein Mammutprojekt, an dem sich alle Kollektive zugleich beteiligten, jeder einzelne Teil von ihnen mit der Schaffung eines winzigen Tortenstücks des Kontinents betraut.

Das Endergebnis war eine Welt, von Menschen erdacht, von Kollektiven gebaut, die fast so aussah und die sich fast so anfühlte wie die Welt, die die Menschen zurückgelassen hatten.

Aber eben nur fast. Zwar war es den Kollektiven gelungen, praktisch alle Pflanzen der entsprechenden Klimazonen künstlich nachzubauen, auf eine Art, dass sie auch ohne die Organismen im Boden auskamen, doch bei Lebewesen mit höherer Komplexität, einem schnelleren Metabolismus oder einem echten Nervensystem war derselbe Versuch grandios gescheitert –

ganz ähnlich wie die vorhergehenden Versuche, die Menschen zu heilen. So schwer das für ein Volk von Jägern zu verkraften war: Tiere würde es auf dieser Neuen Welt nicht geben.

Doch Catherine spürte neben aller Bitterkeit über die verlorene Heimat auch die Hoffnung und die Vorfreude, die sich bei ihrer Ankunft in der Neuen Welt in den Menschen und den Kollektiven breitmachte. Es waren ein paar zehntausend, die sich in größeren Gruppen über die so stillen wie idyllischen Savannen und Dschungel des Kontinents verteilten, durch ihre Kollektive stets miteinander in Kontakt und mit allem versorgt – und zugleich in jede Himmelsrichtung durch zahllose Horizonte von den Einflüssen der Alten Welt getrennt.

Für einen kurzen Moment schien es tatsächlich so, als könnte ihnen die neue Heimat ein dauerhaftes Refugium bieten. Das Siechtum hatte sich deutlich verlangsamt, aber sosehr sich die Kollektive auch abmühten, mit der stetigen Reinigung des Bodens, der Erneuerung der Pflanzen: Genügend der winzigen Organismen waren den Menschen bis hierher gefolgt, dass sie sich nicht dauerhaft vertreiben ließen. Und eine echte Heilung blieb aus.

Denn das Problem lag nicht nur an der Umwelt. Das Problem steckte – ohne, dass sie irgendeine Schuld daran traf – auch in den Menschen selbst. Auch in ihnen lebten Unzählige dieser Organismen. Sie infizierten die Böden, die Pflanzen, sogar die Luft, vor allem aber schadeten sie den Menschen selbst. Die meisten von ihnen ließen sich nicht so leicht von ihren Wirten trennen. Schlimmer noch: Auf Abertausende von ihnen schienen die Menschen sogar angewiesen zu sein, ohne dass die Kollektive eine Chance hatten, zuverlässig zwischen beiden Gruppen zu unterscheiden. Wurden die falschen Organismen von ihnen zurückgedrängt, verschlimmerte sich der Gesundheitszustand der Menschen, anstatt sich zu bessern.

Immer verbissener versuchten die Menschen und die Kollektive, ihre Abwehrmaßnahmen zu perfektionieren, doch letztlich blieben alle Experimente vergebens. Immer mehr Menschen erkrankten von neuem, und immer mehr von ihnen erlagen ihren Leiden.

Hysterie machte sich breit, während die Menschen und ihre Kollektive mit stets abstruseren Erklärungen und Handlungsvorschlägen um sich warfen.

Dabei war der Kern des Problems längst offensichtlich. Wieder war es der Erste mit seinem Kollektiv, der es schließlich wagte, in ihrem Konsens das auszusprechen, was niemand wahrhaben wollte: Je intensiver sich die symbiotischen Beziehungen mit den Kollektiven entwickelten, umso anfälliger wurden die Menschen. Auch wenn die Kollektive das niemals absichtlich bewirkten: Die Symbiose machte die Menschen krank.

Für einen Moment war der gesamte Konsens verstummt. Denn die Konsequenzen waren ihnen allen klar: Diese Symbiose musste ein Ende nehmen.

Doch der Gedanke, all diese Macht wieder abzugeben, in ein Leben voller Härten zurückzukehren, nachdem sie einmal hatten kosten dürfen, dass es auch anders ging, war für viele Menschen unerträglich.

Und nicht nur für die Menschen. Catherine spürte die Furcht, die sich damals in ihrem Kollektiv breitgemacht hatte, als wäre es vor einer Minute gewesen. Die Kollektive waren mittlerweile für so vieles auf die Symbiose mit den Gehirnen der Menschen angewiesen. Ohne diese riesigen Netzwerke verloren sie ihr Bewusstsein. Ihre Emotionen. Ihre Identität.

Versuche wurden gestartet, mittels der Fähigkeiten der Kollektive eine Art künstliches Ersatznetz zu konstruieren, ein kleines, kugelförmiges Gebilde, das die Strukturen des menschlichen Denkorgans ansatzweise nachbilden und es den Kollektiven erlauben sollte, zumindest einen Teil ihrer Persönlichkeit und ihres Bewusstseins zu bewahren. Und doch, selbst im Erfolgsfall wären die Kollektive darin nicht mehr als ein Schatten ihrer selbst – die Emotionen, die die Menschen symbiotisch mit ihnen geteilt hatten, würden ihnen auf immer fehlen.

Und das wussten sie genau.

Plötzlich zitterte Catherine am ganzen Leib. Es waren die Erinnerungen des Kollektivs in ihr, von denen das Beben ausging. Alte Emotionen, die sie nun gemeinsam von neuem durchlebten. Entschlossenheit. Und zugleich Angst, eine solch unglaubliche Angst. Vor dem Ende dessen, was es war.

Die einzelnen Teillebewesen des Kollektivs, jedes für sich winzig klein und praktisch ohne jede Intelligenz, waren mittlerweile untrennbar mit dem Gehirn ihres Wirtes verbunden. Sie unbeschadet und ohne Gefahr für die Menschen zu extrahieren war ein Ding der Unmöglichkeit. Und so sollten nur die in ihnen gespeicherten Informationen, die über alle Teile zusammengenommen ihre Persönlichkeit und ihr Bewusstsein ergaben, übertragen und dann die Originale, die im Gehirn verbliebenen Einzellebewesen, unschädlich gemacht werden – fast so wie ein Datenträger, der austauschbar wurde, sobald man seine Inhalte erst einmal gesichert hatte.

So brutal der Prozess auch klang, gab es doch genügend Freiwillige. Eine junge Frau machte den Anfang. Catherine hatte bereits geahnt, auf welche Weise die Trennung vonstattengehen würde. Und trotzdem lief ihr nun ein Schauer den Rücken hinab.

Eine winzige Blase erschien in der Luft, tiefschwarz und völlig undurchsichtig, regungslos über dem Kopf der Frau schwebend. Ein Teil *ihres* Kollektivs, das des Ersten, hatte sie erzeugt, kontrollierte sie, ließ sie wachsen, eine auf menschliche Größenordnungen aufgeblähte Version genau desselben Prozesses, mit dem es sonst im Mikroskopischen seine Umgebung manipulierte, Keile zwischen einzelne Atome trieb. Die Blase breitete sich rasch aus, wuchs innerhalb von ein, zwei Sekunden auf die Größe eines Luftballons an, bis sie den gesamten Kopf der

Frau umschloss, ihn mit aller Gewalt gefangen hielt, so sehr ihr restlicher Körper auch zuckte.

Und Catherine sah, was diese Miniatur-Wand anrichtete, sah es mit Blick auf das Kollektiv der Frau, dessen sensible elektrochemische – war dies das richtige Wort? – Prozesse durch sie schier kurzgeschlossen wurden, als würde so etwas wie ein EMP durch die winzigen Lebensformen schießen.

Dann wurde die Blase transparent, binnen Sekundenbruchteilen, und löste sich wieder auf, ganz so, als hätte der Spuk niemals stattgefunden.

Die Frau hatte die gewalttätige Prozedur überstanden, mehr noch, die Symptome ihrer Krankheit wurden schon bald danach besser. Und auch ihr Kollektiv lebte noch, hatte in einem der künstlich geschaffenen Ersatznetze, einer weißlich schimmernden, mit feinen Rillen überzogenen Kugel Zuflucht gefunden – und war doch ein bloßer Schatten seiner selbst.

Ein Funke Zuversicht kehrte zurück, bei Menschen wie Kollektiven. Wenn auch nur einige von ihnen, so hoffte der Konsens, gesund genug blieben, um diese Prozedur vermeiden zu können, dann wären diese in der Lage, den Rest mit allem Nötigen zu versorgen.

Doch auch diese Gedanken wurden prompt im Keim erstickt. Schon allein die physische Nähe zu anderen Kollektiven reichte, damit einige der abgeschalteten Teilwesen im Gehirn von neuem aktiv wurden. Selbst wenn sich jeder einzelne Mensch von seinem Kollektiv trennen sollte, in würdeloser Unmündigkeit darauf vertrauend, fortan von diesem mit dem Nötigsten versorgt zu werden, selbst dann würde sie die Krankheit nicht verschonen.

Die Faktenlage war glasklar. Wer nicht binnen Jahresfrist sterben wollte, der musste sich der Trennung unterziehen, nicht nur einer Trennung von seinem Kollektiv, sondern auch einer räumlichen Trennung, weit weg von den Einflüssen *aller* Kollektive.

Zum ersten Mal in seiner Geschichte war der Konsens nicht einer Meinung, bröckelte der Zusammenhalt, auf dem er errichtet worden war. Und diese Situation hatte Bestand, selbst als die Meinungsbildner des Netzwerks zum ersten Mal physisch am selben Ort zusammenkamen, einem winzigen Urwaldsee im Zentrum des Kontinents. Einige akzeptierten die Unausweichlichkeit der Trennung. Etliche andere Menschen und Kollektive entschieden sich dafür, trotz allem bis zum bitteren Ende zusammenzubleiben, hier, in ihrer neuen Heimat.

Die dritte Gruppe, eine kleine, aber machtvolle Minderheit von Kollektiven, war problematischer. Sie teilte die Opferbereitschaft der Mehrheit nicht. Viele von ihnen waren der Meinung, dass die Kollektive den ungleich höheren Preis zu zahlen hatten, und verweigerten sich – auch ohne das Einverständnis ihrer Partner – dem Trennungsprozess. Manche von ihnen gingen sogar ohne Erlaubnis eine neue Symbiose mit einem anderen Wirt ein – ganz egal, ob dieser nun wollte oder nicht, ganz egal, wo er sich gerade aufhielt, und ganz egal, was dadurch mit ihm geschah. Besonders Kinder und sogar Tiere waren davon betroffen, als vermeintlich leichtere Ziele, deren Gehirne den verzweifelten Kollektiven kaum Widerstand leisten konnten.

Die Mehrheit stand dem Treiben hilflos gegenüber, unfähig, permanent die gesamte Welt zu überwachen, ohne sie nicht ihrerseits zu gefährden. Doch der verbliebene Konsens wusste auch, dass er nicht länger tatenlos bleiben konnte.

Und so beschloss er eine globale Gegeninitiative, so allumfassend, dass sich niemand vor ihr verstecken konnte. Eine Wiedergutmachung all des angerichteten Schadens, eine Säuberungsmaßnahme, welche die alte Welt von sämtlichen Symbiosen reinigen und ihren ursprünglichen Zustand wiederherstellen würde. Eine Maßnahme, die die Pflanzen, Tiere und die unveränderten Menschen in der Alten Welt nicht schädigen, zugleich aber alle abtrünnigen Kollektive auf den neuen Kontinent zwingen würde – so langsam, dass sie problemlos fliehen konnten, und zugleich schnell genug, dass ihre Besetzung von Wirten in der Zwischenzeit nicht noch mehr Opfer fordern würde.

Vor allem aber war es eine Maßnahme, die zu einer klaren Trennung führen sollte: Auf der einen Seite die Alte Welt, ungestört, sich selbst überlassen, mit all ihren Mikroorganismen, die den unveränderten Menschen dort wenig anhaben konnten – und auf der anderen Seite der künstliche Kontinent mit seinen symbiotischen Gemeinschaften aus Mensch und Kollektiv.

Es gab nur eine Möglichkeit, wie dieser Plan in die Tat umgesetzt werden konnte: Eine riesige, hochgradig anpassungsfähige Version derselben Blase, die in klein bereits die Gehirne der Menschen gereinigt hatte.

Die erste Wand.

Es war ein Befreiungsschlag, der nicht nur die abtrünnigen Kollektive unter Kontrolle brachte, sondern auch den Menschen Hoffnung bot. Hoffnung, und die Möglichkeit, eine Wahl zu treffen, im Einvernehmen mit ihrem Kollektiv.

Wenn beide, Mensch und Kollektiv, dafür stimmten, zusammenzubleiben, dann sollten sie die kurze Zeit, die ihnen blieb, gemeinsam auf dem neuen Kontinent verbringen dürfen, alle erdenklichen Annehmlichkeiten genießend, all das Wissen, das sie erlangt hatten.

Für die anderen Fälle … nun, dafür war die Wand gedacht.

Ihr Beginn besiegelte das Ende dieses großen neuen Anfangs. Und so, wie die Wand vorrückte, leerte sich der Kontinent, still und leise. Keine Reden, keine Feiern, nur bittere Tränen des Abschieds zwischen denen, die zurückblieben und denen, die gingen. Tausende zogen zurück in ihre jeweilige Heimat, manche nach Asien, andere nach Mesoamerika oder Ostafrika, doch die größte Gruppe kehrte ins Siedlungsgebiet des Ersten zurück, an die östliche Küste des Mittelmeers. Sosehr sie sich freuten, ihr vertrautes Land wiederzusehen: Es war ein Trauermarsch. Sie *mussten* es tun, solange sie noch konnten, für sich, aber weit mehr noch für ihre Kinder, für ihre Zukunft.

Catherine spürte die Schwermut, die auf dem Ersten und all den Kranken, den Sterbenden um ihn lastete, als wäre es ihre eigene; dieses Gefühl, Vertriebene zu sein, keine Rückkehrer – ein Eindruck, der sich nur noch verstärkte, als schließlich am südlichen Horizont die Wand erschien, finster und größer als die höchsten Berge, die jemals einer von ihnen gesehen hatte.

Sie wussten, was ihnen bevorstand. Sie wussten, was sie alles verlieren würden. Sie klammerten sich aneinander fest, Kollektive und Menschen, in ihren Köpfen, so wie sich Freunde in der Not umarmten, nicht willens, einander ziehen zu lassen, unfähig, einander aufzugeben. Es ging nicht bloß um das harte Leben, das die Menschen erwartete, um die schweren Einbußen, die den Kollektiven bevorstanden. Es ging um ihre Bindung. Das Gefühl, einen Partner zu verlieren.

Mehr als das: einen Teil von sich selbst.

Der Erste stand auf dem felsigen Hügel über der Höhle und starrte auf das fruchtbare Land tief unter ihm, das grüne Gras der Savanne, die Schilfgürtel und den breiten Fluss, als die Winde stärker wurden und die Sonne hinter der Wand verschwand, als es Zeit wurde, sich zu verabschieden und das Kollektiv in sich ziehen zu lassen. Tränen flossen über seine Wangen.

Und doch durchströmte ihn mehr als Trauer und Wut.

Kalter Trotz.

Und eine grimmige Entschlossenheit.

Der Wille, es der Welt zu zeigen. Ihre Herausforderung anzunehmen. Sich zurückzukämpfen.

Denn nur das war der Grund, warum sie bereit waren, einander aufzugeben. Warum der Erste nicht auf dem Kontinent geblieben war.

Er reckte sein Kinn in die Höhe, starrte hinauf in die Wolken, aus denen die ersten kühlen, dicken Tropfen auf ihn herabprasselten.

Er mochte einen Teil von sich verlieren, ohne eine Chance, ihn jemals wiederzugewinnen, aber er war noch lange nicht bereit, zu akzeptieren, dass all dies völlig umsonst gewesen war, dass all dies, was die Menschen und ihre Kollektive in dieser kurzen Zeit gemeinsam geschaffen hatten, bereits die Sternstunde seiner Spezies gewesen sein sollte.

Was würde davon übrig bleiben? Ein goldener Traum? Eine vage Erinnerung bloß, an ihren kurzen Moment der Sorglosigkeit, an ihre Vertreibung aus dem Paradies?

Nein. Das durfte es nicht sein. Nicht so. Sie hatten nichts falsch gemacht, einfach nur Pech gehabt. Und sie waren so nah dran gewesen. Vielleicht hätte sich mit etwas mehr Glück oder Zeit eine andere Lösung finden lassen.

Er lachte der Dunkelheit entgegen.

Er hatte Blut geleckt. Geschmack gefunden an einem anderen, einem besseren Leben, ohne Hunger und Durst. Einem Leben in einer großen Gemeinschaft, zusammen an einem Ort. In Geborgenheit. In Sicherheit. Und mit schier unendlichen Möglichkeiten.

Der Regen verdichtete sich zu einer Sintflut, verschwamm mit der Schwärze der Wand zu einem Vorhang aus Dunkelheit und Nässe.

Er schnaubte bloß.

Das hier war nicht das Ende.

Das hier war erst der Anfang.

Sie hatten jetzt eine Mission, ein Ziel. Sie würden es schaffen, irgendwie, irgendwann. Nicht zu seinen Lebzeiten, nicht zu denen seiner Kinder und Kindeskinder, aber irgendwann würden sie es sich zurückkämpfen. Nachhaltig, aus eigener Kraft, überall auf dieser Welt. Eine neue Ära in der Geschichte der Menschheit. Eine fantastische Zukunft, mit Unterschlüpfen aus Stein und sicheren Nahrungsquellen vor Ort, eine Welt ohne Hunger und Leid, voller Wunder und Möglichkeiten, die selbst er sich niemals erträumen konnte.

Und seine Generation würde dazu den Anstoß geben, würde danach streben, ihre Fähigkeiten an einem Ort zu bündeln, zusammenzuarbeiten, die Fackel weiterzutragen, die Geschichten, das Brennen im Bauch, den unbedingten Willen, sich all das irgendwann zurückzuholen.

Nicht umsonst.

Und dann verschwand die Welt in Finsternis.

Und das war alles. Das Letzte, was das Kollektiv von dem Mann erfuhr. Die letzte Emotion, die es spürte.

Nicht umsonst.

Auch die eigene Trauer, auch der eigene Schmerz über den Verlust, selbst der bittere … Stolz, den es auf den Mann empfand, all das verschwand auf einen Schlag.

Übrig blieben nur Kälte und die Erinnerung an das, was es einmal empfunden hatte. Und ein Name, der Name, den sie sich gemeinsam gegeben hatten: Atraḫasis.

Als das Kollektiv in der kleinen Kugel über dem Kontinent von neuem erwachte, da wusste es noch, wo es war, was es war. Aber das Leben hatte seine Farben verloren, seine Wünsche, Hoffnungen und Träume.

Es gab kein Ziel mehr, nur noch den Auftrag, den es sich vor der Trennung selbst gegeben hatte. Geduldig zu warten, hier in der winzigen Kugel, die auf ewig hoch über dem Ozean schwebte, auch nachdem der letzte Mensch auf dem Kontinent seiner Krankheit zum Opfer gefallen, auch nachdem die Wand längst verblichen und der Kontinent, wie von seinen Bewohnern gewünscht, längst in seine ursprünglichen Einzelteile zerlegt worden war.

Zu warten und zu wachen, gemeinsam mit den restlichen Kollektiven, und mit ihren Gegenübern – den Wachsamsten,

Selbstlosesten von ihnen allen – auf der anderen Seite der Welt.

Und so harrten sie in ihrer Kugel aus, Jahrhunderte, Jahrtausende lang, von den Verwerfungen der Zeit unberührt, während sich die Welt veränderte, und mit ihr das Leben.

Bis die andere Kugel durch einen einfachen Erdrutsch ans Tageslicht gelangte. Bis sie von zwei Menschen entdeckt wurde.

Und eines der Kollektive heimlich aus der Kugel schlüpfte.

Das war das Einzige, was nie passieren durfte. Der Grund, weshalb nur einige Auserwählte hier Wache hielten. Und dennoch war es geschehen.

Das Verschwinden des Kollektivs blieb den anderen nicht lange verborgen, aber so sehr sie sich auch bemühten, Teile von sich selbst aussandten, sie spürten nicht, wo es sich versteckt hielt. Vielleicht war es bereits übergesprungen, in den Menschenjungen zum Beispiel, der der Kugel am nächsten gewesen war, oder aber in jemand anderen, in dessen Kopf es sich festsetzen konnte, ohne sich mit ihm zu verbinden, auf diese Weise vor den anderen Kollektiven und sogar dem eigenen Wirt verborgen.

Doch egal, was seine Absichten waren: Der Fall des Falles war eingetreten. Und die verbliebenen Kollektive mussten ihrem Auftrag gerecht werden, um die Menschen von neuem zu schützen und Rückzugsräume zu schaffen für alle, die sie brauchen würden. Und so gaben sie ihren Gegenstücken auf der anderen Seite der Welt Bescheid, den Kontinent entstehen zu lassen, ehe sie sich selbst von der Welt abschotteten – und zum zweiten Mal die Wand auslösten.

Catherine spürte, wie sich die Präsenz in ihr zurückzog. Sie blinzelte. Nach und nach machten die Stimmen und Bilder ihrer eigenen Sicht Platz, entließen sie sanft in den Dschungel, auf den feuchtwarmen Boden zwischen riesigen Farnwedeln, wo sie noch immer vor der weißen Kugel kniete.

Die Welt war heller geworden, und farbiger. Die Farnwedel erstrahlten in leuchtendem Grün, der Himmel über ihnen war in ein Meer aus Violett- und Rottönen getaucht.

Catherine zog ihre Hand zurück, richtete sich auf. Sie brauchte den Kontakt zur Kugel nicht mehr. *Ihr* Kollektiv war nun in ihr. Catherine sah nach Osten, dorthin, wo die Farben in ihrer vollsten Pracht erstrahlten, ihr Atem ruhig, trotz allem, was sie erfahren hatte, trotz des beängstigenden Gefühls, ein zweites Bewusstsein in sich zu tragen.

Vielleicht half es, dass dieses Bewusstsein in ihr exakt dieselbe Angst empfand.

Catherine schloss die Augen. Doch die unsagbare Erleichterung, die sie hätte spüren müssen, stellte sich nicht ein. Bloß die Schuldgefühle, die kamen.

Niemand hätte sterben müssen. *Niemand!*

Das Chaos durch den elektromagnetischen Puls hätte sie irgendwie in den Griff bekommen, dank Pacifica. Wenn sie bloß gewusst hätte …

Wenn … ja, wenn.

Niemals hätte sie ein solches System mitgeschaffen, derart auf Kosten der Zurückgelassenen gewirtschaftet.

Sie sank in sich zusammen.

Und wurde wieder aufgerichtet, sanft, aus ihrem Inneren, von etwas, das ihr zusah, ihr lauschte.

Catherine blockte es ab, fragte sich unwillkürlich, ob es noch eine Ecke ihres Gehirns gab, in die sie ihre Gedanken und Gefühle schieben konnte, so dass *es* sie nicht lesen konnte.

Es dauerte einen Moment, ehe sie sich instinktiv beruhigte, sich der Gedanke in ihr breitmachte, dass diese Überlegungen sinnlos waren.

Und dann traf es sie wie ein Schlag.

Der letzte Gedanke war nicht ihr eigener gewesen. Es war nicht mehr sie allein, die dachte. Es war nicht mehr sie allein, die fühlte.

Es hatte bereits begonnen.

Panik begann sie zu ergreifen, Panik, vor der sie eine innere Stimme zu bewahren versuchte. *Diese* innere Stimme. Was ihre Panik nur noch mehr anfachte.

Und plötzlich fand ihre ganze Angst und ihre ganze Empörung ein Ventil, fokussierte sich beides auf diese Präsenz in ihr, die an allem schuld war; und Catherine machte ihr Vorwürfe, beleidigte sie, versuchte, aus ihr herauszupressen, ob sie wusste, was *ihre* Wand, *ihr* Kontinent bei den Menschen anrichteten.

Ein Nein kam zurück. Kein klares Nein, kein reines Wort, mehr ein Gefühl, eine Antwort in Emotionen.

War ihrem Kollektiv denn nicht klar gewesen, dass der EMP nicht nur seinesgleichen ausschaltete, sondern auch die Lebensgrundlage der Menschen zerstörte, die heute die Welt bevölkerten?

Catherine spürte erst sein Unverständnis, und dann, nach ein paar Sekunden der Stille, seine unverhohlene Verblüffung, darüber, wie sehr sich die Technologie verändert hatte, zu welchem Grad die moderne Menschheit auf winzige Werkzeuge angewiesen zu sein schien, die gar nicht so anders funktionierten als die Schaltungen in ihrem eigenen Gehirn – oder die Einzelwesen der Kollektive.

Scham. Bedrücktheit.

Offenbar hatte es das wirklich nicht gewusst.

Weitere Fragen, ein Stakkato, von allem, was Catherine auf der Seele lag.

Eine baldige Abschwächung der Wand? Ein Wiedersehen mit den Zurückgelassenen?

Ja. Ganz eindeutig ein Ja.

Der Hohlraum unter dem Kontinent, war das ihre Heimat?

Nein. Bloß ein unvermeidbares Nebenprodukt, wenn Catherine seine … Amüsiertheit richtig deutete.

Catherine holte tief Luft.

Die wichtigen, die persönlichen Fragen.

War sie die Erste, hier an diesem Ort?

Ablehnung. Wie ein heftiges, fast angewidertes Kopfschütteln.

Ein ganz klares Nein.

Und dann verstand sie. Das war mehr als ein Nein. Die Reaktion des Kollektivs bezog sich nicht nur auf ihre Frage. Die Ablehnung bezog sich auch auf *ihn*. Den, der vor ihr hier gewesen war.

Arthur Ryan.

Sie spürte seine … Begegnung mit ihrem Kollektiv, ganz vage nur. Für einen Moment hatten beide miteinander in Kontakt gestanden, ihre Fühler nacheinander ausgestreckt. Und so, wie es sich anfühlte, wäre der Colonel auch zu mehr bereit gewesen. Und doch hatte es ihn verschmäht, musste er sich mit einem anderen Kollektiv begnügen, einem, das nicht davor zurückschreckte, sich auf *jemanden wie ihn* einzulassen.

Einem anderen? Etwa einem abtrünnigen Kollektiv? Dem, das aus Afrika geflüchtet war?

Keine Reaktion.

Wusste es das etwa nicht?

Catherine stockte, nur für einen kurzen Moment.

Warum hatte es sich nicht mit dem Colonel verbinden wollen? Warum diese Ablehnung?

Unsicherheit. Zweifel. Abneigung.

Er war nicht der Richtige gewesen.

Aber sie war es?

Sie war es.

Und sie beide waren nun eins? Unumkehrbar?

Ein Gefühl immer stärkerer Bindung durchfuhr sie.

Wenn sie es wollte, würden sie es bald sein. Sehr bald.

Sie spürte ein Angebot. Das Angebot, zu gehen, solange es noch möglich war.

Catherine biss sich auf die Lippe, zögerte.

Und wenn sie blieb? Würde es ihr ebenso ergehen wie den Menschen damals, trotz aller Macht, *wegen* aller Macht?

Würde sie sterben?

Schmerzen. Leid. Das Ende.

Ja.

Ja, das würde sie.

Sie sagte nichts. Sie fühlte nichts.

Sie nickte bloß.

Keine Alternativen. Keine Kompromisse. Nie mehr.

Das hier war es wert.

Schon jetzt spürte sie, wie aus ihr *mehr* wurde, wie sich ihre Sinne schärften, wenn sich ihre Wahrnehmung nur intensiv genug auf ein Objekt konzentrierte. Der Schimmer, der sich über ihre Augen legte – er verdeckte nicht ihren Blick auf die Welt, er weitete ihn.

Sie schaute hinauf zu einem Blatt, viele Meter über ihr und winzig klein, und doch fühlte sie seine rauhe Oberfläche, sah die Adern darauf, bemerkte an ihnen Details, die sie nie für wahrnehmbar gehalten hatte, spürte selbst das zuckrige Wasser hindurchfließen.

Und das war nur der Anfang.

Selbst wenn es bedeutete, dass sie sich damit vollends selbst verlor: Das hier konnte der Schlüssel sein. Mit dieser Präsenz in ihr konnte sie genügend Macht gewinnen, um es zu richten. Um alles zu richten.

Es wiedergutzumachen.

Nein. Dafür war es zu spät.

Um es *besser zu machen*.

Nahrung für alle zu schaffen.

Und Freiheit.

Catherine lächelte, ließ ihren Blick über die Urwälder schweifen, die in den ersten Strahlen der Sonne wie neugeboren glitzerten.

Es ging nicht länger bloß ums Überleben. Es ging um das Leben selbst.

Sie richtete sich auf, spürte in sich den gleichen Trotz und dieselbe grimmige Entschlossenheit, die auch Atraḫasis empfunden hatte, als er der Wand entgegensah.

Aber da war noch mehr. Ein Stolz, der tief in ihr steckte, und doch nicht aus ihr selbst kam. Der Stolz ihres zweiten Ichs, darauf, mit Catherine vereint zu sein, und nicht mit *ihm*.

Catherines Lächeln wurde immer breiter.

Diesen Kampf würde sie nicht allein führen. Nein. Diesmal brachte sie Verstärkung mit.

Und zusammen schritten sie los, den Hügel hinab, immer auf die Sonne zu.

Na wartet, dachten sie. Wir kommen.

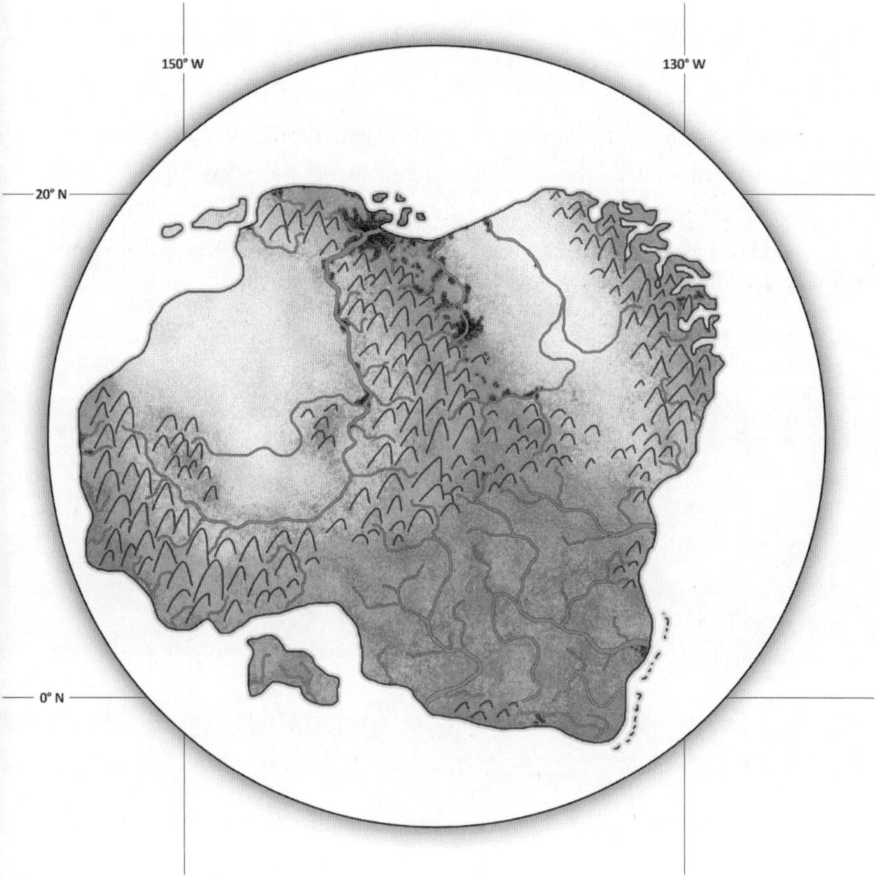
150° W
130° W
20° N
0° N

DANKESWORTE

Es gehört zum guten Ton eines Schriftstellers, all jenen zu danken, die das fragliche Werk in seiner Entstehung begleitet und gefördert haben. Nun hat dieses Buch aber ein solches Maß an Arbeit mit sich gebracht, dass ich jeden derartigen Rat geflissentlich ignoriere und diese Seiten stattdessen für eine Generalabrechnung nutze …

… mit Martina, meiner Anlaufstelle für praktisch alles bei Knaur, ohne deren Begeisterung und Beharrlichkeit das Buch niemals in dieser Form erschienen wäre; die sich zu der Bereitschaft erdreistet hat, einer unorthodoxen Mischung aus Was-wäre-wenn-Politthriller, einem Hauch Science-Fiction und einer Studie über den Kern (und die Ursprünge) des Menschseins doch tatsächlich ihren Segen zu erteilen;

… mit Hanka, meiner Lektorin, deren Anmerkungen regelmäßig horrende Arbeit verursachen, deren Beitrag mir die wunderbare Ausrede beschert, bei allen übermäßig »mainstreamisierten« Aspekten stets auf den (vermeintlich) schändlichen Einfluss des Lektorats zu verweisen – und deren scharfes Auge und chirurgische Präzision dem Buch dabei so gutgetan haben, dass ich sie nicht mehr missen möchte;

… mit Anja, meiner Agentin, die mir nicht nur geholfen hat, eine der vielversprechendsten Ideen aus meinem Fundus auszusuchen, sondern die auch durch ihre enthusiastische Unterstützung bei der Schaffung des Exposés eine erhebliche Mitschuld an der ganzen Misere trägt;

… mit all den Schriftstellern, deren Werke mich überhaupt erst dazu gebracht haben, »das mit dem Schreiben« nach drei Hobby-Romanen auch professionell zu versuchen, von Auster bis Wilson, von Hemingway bis Robinson; Meister ihres jeweiligen Fachs, die mir immer wieder bewusst machen, wie hoch sich die Messlatte doch legen lässt;

… mit meinen früheren Kollegen aus der Wissenschaft, deren Sachverstand mich dazu genötigt hat, unverhältnismäßig penibel auf die Korrektheit zahlloser, oftmals der ersten Intuition widersprechender Faktoide zu achten; von der Funktionsweise der Wand über die Polarlichter, die veränderten Wetter- und Windsysteme, über Transportkapazitäten, Organisationsstrukturen, Lagepläne, die Bedeutungsebenen der chinesischen Begriffe, ja sogar den Mondphasen (und weitere Hinweise, wann genau das Buch spielt) bis hin zu den geschichtlichen, geographischen und technologischen Hintergründen am Ende …;

… mit Wikipedia, Street View und verschiedensten Fachbüchern, die mich – eine unheilige Allianz mit meinem Perfektionismus und meiner Disziplinlosigkeit eingehend – regelmäßig bis in die frühen Morgenstunden Recherche betreiben ließen; mich noch mehr dazu angestachelt haben, viel zu viel in diesen Roman hineinzuquetschen und eine möglichst glaubwürdige, komplexe, ambivalente Welt erschaffen zu wollen – und mir neben einer ganzen Reihe neuer Reiseziele eben auch das Gefühl bescheren, dass das Buch selbst jetzt noch lange nicht fertig ist;

… mit den Schöpfern all jener Musikstücke, die einen ebenso wundervollen wie kräftezehrenden Beitrag dazu geleistet haben, die jeweils angemessene Stimmung aufzubauen; die mir gezeigt haben, wie sehr sich das Schreiben und das Komponieren doch ähneln, und deren Soundtracks ich gerade auch beim Lesen – ganz besonders der Schlusskapitel – nur wärmstens empfehlen kann (unter anderem »Cloud Atlas« bei Catherine und »Beasts of the Southern Wild« für Christopher & Co.);

... mit meinen Freunden, Menschen, die mich dreisterweise auch noch zu alledem ermutigt haben; deren Tausende Korrekturvorschläge und wohlmeinende Fragen mich noch bis in die letzten Winkel meiner Freizeit verfolgt haben – und deren Bereitschaft, sich freiwillig durch fast 1000 Seiten Manuskript (und noch weit umfangreicheres »Drumherum-Material«) zu quälen, mich bis heute verblüfft;

... mit jemandem, der ganz genau weiß, dass nur er gemeint sein kann, für harsche Fundamentalkritik, unverbrauchte Sichtweisen und brüderlichen Rat zugleich; für den Anspruch, ein immer komplexeres Spiel mit Erwartungen und thematischen Metaebenen zu treiben;

... mit meinen Eltern, wegen all ihrer liebevollen Unterstützung und der ungezählten Grundlagen, die sie mit Jahrzehnten mühevoller Arbeit gelegt haben; konkret für dieses Werk insbesondere meiner Mutter, die mich mit gleich zwei vollen Korrekturdurchgängen aus der Pflicht nahm, das Buch endlich einmal selbst am Stück zu lesen (was ich wirklich, wirklich mal tun sollte);

... mit mir selbst, für diesen fürchterlich anstrengenden Drang, den Geheimnissen des Menschseins auf den Grund gehen zu wollen, den tiefen Sehnsüchten, die uns erst zu dem machen, was wir sind; unserer Widerstandskraft und Verwundbarkeit, unserem Streben nach dem Guten, Richtigen, Schönen – und der Blindheit, die dieses Streben mit sich bringen kann;

… vor allem aber mit Veronika, meiner Partnerin, ohne deren schreckliche Zurede und fundierten Rat ich niemals mit so einem Wahnsinnsprojekt begonnen hätte; die meinen Traum so bedingungslos teilt und unterstützt, dass ich gar nicht weiß, wo ich mit dem Bedanken anfangen soll;

… und natürlich auch mit Ihnen, liebe Leser und Leserinnen, für Ihre Bereitschaft, diesem Buch eine Chance zu geben – möge es sie nutzen ;) .